Elena Blanco

El origen

Carmen Mola

Elena Blanco

El origen

NEGRA
ALFAGUARA

Papel certificado por el Forest Stewardship Council®

MIXTO
Papel | Apoyando la silvicultura responsable
FSC® C117695

Penguin Random House Grupo Editorial

Primera edición: noviembre de 2024

Printed in Spain – Impreso en España

ISBN: 978-84-10299-67-2
Depósito legal: B-16050-2024

Compuesto en Arca Edinet, S. L.
Impreso en Unigraf, Móstoles (Madrid)

AL99672

Índice

Las madres

La novia gitana

Primera parte

EL CIELO EN UNA HABITACIÓN

Cuando estás aquí conmigo,
esta habitación no tiene paredes,
sino árboles, árboles infinitos.

Al principio parece un juego. Alguien ha encerrado al niño en un lugar oscuro y él tiene que intentar salir de allí por sus propios medios. Lo primero sería encontrar el interruptor de la luz, pero el niño no lo busca porque piensa que la puerta se va a abrir en cualquier momento.

La puerta no se abre.

También puede ser un concurso de resistencia, gana el que pasa más tiempo en silencio, el que no pide ayuda. El niño pega la oreja a la puerta de madera, desportillada. Oye un ruido ensordecedor, una moto que arranca y se aleja. Entonces comprende que está solo. Si empezara a gritar, notaría el eco de su voz en ese espacio lóbrego, lleno de polvo y humedad; pero está tan asustado que no le sale ni el llanto.

Ahora sí tiene que encontrar el interruptor de la luz. Tantea la pared. Evita los obstáculos, despacio, para no caerse. Hay una bombilla en el techo, tiene que haberla. La habitación cuenta con una ventana estrecha y alargada, en la parte superior de la pared, pero el sol se ha puesto hace una hora y ya solo quedan las primeras sombras de la noche.

No sabe por qué lo han encerrado.

En sus pasos de sonámbulo por la oscuridad tropieza con lo que parece una lavadora. Podría probar a ver si funciona, por lo menos le acompañaría el ruido del agua dando vueltas en el tambor; pero no lo hace. Sigue explorando el lugar, acariciando la pared con una mano, como un ciego. Quiere encontrar el interruptor, pero sus dedos golpean el mango de una herramienta. Es una pala que cae al suelo con estrépito.

El niño rompe a llorar y tarda un poco más de la cuenta en oír un gruñido sordo que proviene de un rincón. No está solo. Hay un animal escondido; no es la primera vez que lo escucha, sabe que por las noches ronda la zona: sus gemidos, sus aullidos son tan fuertes que ha llegado a pensar que era un lobo. Es solo un perro que se ha colado en la nave que hay en la finca, la que se ve desde la ventana de su habitación y a la que nunca le han dejado entrar. Es allí donde lo han encerrado, en la nave prohibida, por eso no reconoce el espacio y no es capaz de manejarse en la oscuridad.

Casi puede ver dos puntitos luminosos en la negrura del fondo. Retrocede por puro instinto. Tiene la impresión de que los puntitos luminosos avanzan hacia él, pero no sabe si es el miedo el que crea esa imagen. No es posible que únicamente se vean dos pequeños destellos. Y, de pronto, deja de verlos. Ahora siente un dolor intenso, agudo, en la pierna. El animal le está mordiendo.

El niño usa las dos manos para apartarlo de su cuerpo. Nota un nuevo ataque y aparta la cara del animal con el pie. Las patadas y los manotazos lo hacen recular. El niño oye jadeos y después nada. No se escucha nada y el silencio le parece mucho más aterrador.

Con sigilo retrocede hasta la puerta, preparado para contener el ataque, si al perro le da por lanzarse de nuevo, y al hacerlo su mano encuentra el interruptor de la luz. Le parece increíble no haberlo localizado antes, pero por alguna razón se saltó justo esa parte de la pared.

Una bombilla torcida cuelga del techo. Ilumina lo suficiente como para comprender que la nave es un almacén de cajas con mantas viejas, cintas de casete, libros, herramientas de labranza, una lavadora, una bicicleta oxidada con una sola rueda y unos cuantos trastos más.

El perro está debajo de una pila con un grifo, un pequeño lavabo. Es un perro callejero al que le falta una pata.

Sin apartar la vista del animal, el niño coge la pala que encontró antes, la que cayó al suelo. El perro gruñe. El niño levanta la pala. Le sorprende ser capaz de manejar ese peso con tanta desenvoltura. Debe de ser el instinto de supervivencia, algo le ha insinuado que en ese encierro no pueden convivir los dos.

El animal se incorpora y cojea lastimosamente hasta el niño. Lo hace de un modo tan remolón que no resulta amenazador. Pero luego empieza a morderle el tobillo como si fuera un hueso al que hay que sacarle hasta la última gota de tuétano. El niño descarga un palazo y el animal se desploma con un leve gañido. Golpea la cabeza del perro varias veces, hasta que ya no puede con el peso de la herramienta. Se sienta en el suelo y se pone a llorar.

Le duele el tobillo, tiene marcados los dientes del animal. También tiene el zapato manchado de sangre. Se lo quita y descubre la herida que el perro le hizo en su primer ataque. Con el miedo ni siquiera se había dado cuenta.

Entonces se va la luz.

El eco duplica los jadeos del niño y él se obliga a contenerlos para ver si es el perro el que respira; pero no es así. El perro está muerto.

Capítulo 1

—¡Su-sa-na!, ¡Su-sa-na!, ¡Su-sa-na!

Las amigas de Susana gritan, aplauden, bailan entusiasmadas, igual que han hecho las de las otras quince o veinte novias que han coincidido hoy, viernes, en el Very Bad Boys, en la calle Orense. Ni un solo hombre entre el público, todo mujeres, celebrando despedidas de soltera o reuniones de amigas; unas se han puesto ridículas diademas con pollas en la frente; otras, bandas de miss cruzando el pecho con el nombre de la homenajeada; un grupo lleva camisetas con la foto de la futura esposa... Las amigas de Susana han sido discretas dentro de lo que cabe: solo tienen tutús rosas de bailarina alrededor de la cintura.

—¡Su-sa-na!, ¡Su-sa-na!, ¡Su-sa-na!

Susana llevaba rato temiendo el momento en que le tocara a ella ser el centro de atención y este ha llegado. Le han correspondido dos bailarines, uno rubio con aspecto de sueco, un vikingo; otro mulato, parece brasileño. Los dos empezaron vestidos de policías, aunque ahora estén casi desnudos, los dos son muy atractivos, de pechos amplios y piernas fuertes, musculados, con el pelo afeitado en los lados de la cabeza y más largo por arriba, depilados por completo y con la piel brillante por el aceite que deben de haberse untado antes de salir a actuar... Solo les queda puesto un pequeño tanga, rojo el del mulato y blanco el del vikingo. Susana teme que le pidan que se los quite con los dientes, como han hecho varias de las novias que la han precedido en el escenario. Si su padre la viera... Por cosas así siente tanta ira hacia ella.

—No te preocupes, no te vamos a hacer nada —le susurra el mulato, tranquilizador, en buen castellano.

Susana no ha acertado, no es brasileño, es cubano.

Está sobre el pequeño escenario, la música es ensordecedora y la han sentado en una silla; los dos bailarines se alternan sobre ella, rozándola con sus genitales, bailando a su alrededor, pasando las manos por todo su cuerpo. Al entrar en el local, todas las invitadas hicieron la misma promesa: «lo que pasa en el Very Bad Boys se queda en el Very Bad Boys», ninguna de sus amigas contará lo que haya ocurrido allí a nadie, mucho menos a Raúl, el que dentro de un par de semanas va a ser su esposo. Está segura de que no va a acabar como una de las novias de antes, la del grupo de las pollas en la frente, se llamaba Rocío: todas pudieron ver cómo uno de los bailarines que la sacaron al escenario —uno vestido de bombero— se ponía nata montada sobre su órgano sexual y ella le pasaba la lengua a lo largo para retirarla, hasta que lo dejó completamente limpio para delirio de sus acompañantes. Ella no va a hacer eso, por mucho que nadie vaya a contarlo. Aunque las amigas la llamen reprimida, como han hecho siempre. Ellas la consideran una beata y su padre, poco más que una zorra, pero no es ni una cosa ni la otra.

No puede ver a sus compañeras, pero las imagina a todas gritando y riendo, a todas menos a una, Cintia. Después tendrá que hablar con ella, recordarle que esto no significa nada, que solo está haciendo lo que todo el mundo espera de una novia en su despedida de soltera.

El mulato cumple su palabra y ni él ni el sueco la ponen en la tesitura de hacer algo que no quiera o de negarse y cortar la diversión de todas. Supone que el vikingo y el cubano ven decenas de novias cada semana y saben hasta dónde pueden llegar con cada una en cuanto la miran. Bailan, terminan de desnudarse, se frotan un poco más contra ella y la ayudan a bajar del escenario, educados y respetuosos, pese al entorno.

Marta, la más lanzada de sus amigas, la que lo ha organizado todo y se empeñó en que Susana no podía casarse sin tener su despedida, le habla al oído.

—¿No te han propuesto que vayas al camerino?

—No.

—Eres una sosa, cuando yo me casé, después de la actuación, fui al camerino con el rubio que ha bailado contigo.

—¿Y qué hiciste?

—Imagínatelo... Eso mismo que estás pensando. Seguro que la tiene el doble de grande que Raúl, aunque a Raúl no se la he visto. La que iba antes que tú, la tal Rocío, se está tirando a sus dos bomberos y a tus dos policías, como si lo viera.

Susana no es así, no piensa follar con un bailarín de estriptis, por mucho que otras novias lo hagan o por mucho que lo hiciera hasta su amiga Marta; no le extraña que su matrimonio solo durara cinco meses. Mira alrededor, temerosa, no ve a la única del grupo que le interesa de verdad.

—¿Y Cintia?

—Se marchó cuando estabas arriba. ¿De dónde has sacado a una amiga tan aburrida?

Cintia es la única de las invitadas que no fue con ella al colegio, la distinta. Debería haber previsto que no congeniaría con las demás. Pero no podía no llamarla para la fiesta, no a ella; en todo caso, podía haber sido la única convidada. Lo que tenía que haber hecho son dos despedidas de soltera, una para Cintia y otra para el resto.

«¿Por qué te has marchado?».

En el taxi, camino de El Amante, al lado de la calle Mayor, donde van a tomar una copa porque según Marta es el sitio más de moda de Madrid, le ha mandado un wasap a su amiga, pero dos horas después Cintia no lo ha leído, todavía no se han puesto azules las aspas. Al salir de El Amante, vuelve a consultarlo, angustiada, deseando una respuesta.

En esas dos horas les han entrado varios grupos de chicos, las han invitado a copas, la han empujado al baño para compartir una raya de coca y ella se ha negado a aceptarla, han visto a uno que era futbolista, ya retirado, y se han sacado fotos con él. Las amigas por un lado, en grupo; la novia, por el otro, sola con él, abrazada por la cintura... El futbolista sí que le ha propuesto que se fueran juntos, quizá le haya gustado, quizá ha sido el morbo de acostarse con una novia el día de su despedida de soltera. Susana no ha tenido mayor problema en quitárselo de encima, es muy guapa —tanto que en algún momento fantaseó con ser modelo— y está acostumbrada a los moscones desde hace muchos años.

—Ahora nos vamos a un local clandestino que hay cerca de Alonso Martínez —propone Marta—. No cierra hasta por la mañana, tengo la contraseña para entrar.

—Ahora nos vamos a casa, que ya es hora —responde Susana. Y lo dice tan convencida que los intentos de las otras por estirar la noche son más empeños de justificar que la noche ha sido divertida que propuestas reales.

Al bajarse del taxi donde la dejan sus amigas para seguir su juerga, a dos manzanas de casa porque las calles del barrio son un lío y hay que dar muchas vueltas para que el coche la lleve hasta el portal, se da cuenta de que todavía lleva puesto el tutú rosa. Ya se lo quitará arriba. Coge el teléfono y comprueba otra vez que Cintia no ha leído el mensaje que le mandó al salir de la sala de los Boys. Le escribe otro.

«Ya llego a casa, agotada. No te habrás enfadado, ¿no? Te he echado de menos».

Todo el mundo encuentra ridículo que Susana escriba los wasaps siguiendo fielmente las instrucciones de la Real Academia, sin faltas, sin abreviaturas, respetando los signos de puntuación. Cuando Cintia le conteste lo hará con emoticonos, sin vocales, en un galimatías que a veces le resulta imposible de descifrar. Susana se da cuenta de que en toda la noche apenas ha pensado en Raúl, pero no le sorprende ni le hace cambiar de opinión: se casará con él, aunque su padre deje de hablarle, aunque Cintia se enfade. No es amor, no tiene nada que ver con el amor.

En la calle de Ministriles, donde está el pequeño apartamento de Susana, no se ve un alma. A cualquiera le daría miedo caminar por allí de noche, por una acera oscura en la que el ayuntamiento parece que ha olvidado poner farolas. Pero ella está acostumbrada y no tiene ningún temor, no está dispuesta a vivir con miedo, como siempre ha querido su madre. No va a hacer caso a sus decenas de instrucciones y consejos, no le va a pasar nada, su familia ya ha agotado las dosis de mala suerte para varios siglos. Lo oyó decir en una película: nunca caen dos bombas en el mismo sitio, no hay lugar más seguro que el cráter de un obús.

Cuando siente el golpe en la cabeza y el pañuelo tapándole la boca, no tiene tiempo de reaccionar, le quedaban dos metros para llegar a su portal, ya estaba sacando la llave del bolso, soñaba con acostarse en su cama y comprobar si Cintia había leído sus mensajes... Solo nota que pierde la fuerza, que la arrastran y que la suben a la parte de atrás de un vehículo, tal vez una furgoneta. Nada más.

Capítulo 2

La Quinta de Vista Alegre, en Carabanchel, es una espectacular finca de recreo que tuvo su máximo esplendor en el siglo XIX, cuando se convirtió en lugar de veraneo de la reina María Cristina de Borbón y, más tarde, en residencia del marqués de Salamanca, el constructor que impulsó el barrio de Salamanca en Madrid.

—No me he acercado para no meter la pata. En cuanto la he visto les he llamado —el guarda de seguridad de la Quinta de Vista Alegre está nervioso, deseando que los policías se hagan cargo del cuerpo que ha aparecido allí—. Es la primera vez que me encuentro con una muerta, pero tenía que pasar, esto está muy abandonado.

El subinspector Ángel Zárate lleva muy poco tiempo en la comisaría local, aún no había tenido ocasión de visitar la Quinta y ahora mira a todas partes sorprendido. Han pasado junto a un palacio y atraviesan unos jardines en los que parece haberse detenido el tiempo, en los que sorprendería menos encontrar a una dama vestida con ropas del siglo XIX que a una muerta del XXI.

—Es como el Retiro —comenta admirado.

—Mejor que el Retiro, lo que pasa es que no se cuida. Ya sabe cómo son los políticos, no hay dinero para lo que no los beneficia. Seguro que para sus banquetes y para ir en cochazos no han recortado nada. Aquí hay dos palacetes, el antiguo de la reina y el nuevo del marqués, también una residencia de ancianos y hasta ha habido un orfanato. Decían que iban a alquilar todo a la Universidad de Nueva York para que se instalase aquí y que lo arreglarían, pero nada, ya ve cómo está.

Le aburre la gente que habla mal de los políticos, aunque tengan razón. Es más fácil echarles la culpa que hacer algo para mejorar las cosas. Y los jardines no están mal cuidados, sino mucho mejor mantenidos que cualquier otro parque del distrito. Allí no hay ni pandillas, ni camellos, ni columpios rotos.

—¿Ha dicho que se llamaba...?

—Ramón, para servirle —se apresura a contestar el guardia. No da apellidos.

—¿Cuándo encontró el cadáver, Ramón?

—No hace ni media hora. Menos mal que fui hacia esa zona, la del antiguo orfanato de La Unión. Yo crecí allí, ¿sabe? La verdad es que llevo varios días mosca. Suele haber mendigos que se cuelan por la noche y los últimos días no venían.

—No entiendo la relación.

—Todo tiene siempre relación, señor inspector. Nada pasa porque sí; al final, una cosa lleva a la otra. ¿No ha oído eso que dicen de que el aleteo de una mariposa en Australia puede causar un terremoto aquí?

Lo último que esperaba Zárate era que el guarda de un parque le diera su propia versión del efecto mariposa. Y no le interesa, así que sigue andando al encuentro del cadáver.

—Mire, ahí viene su compañero. Y perdone si hablo demasiado, es la falta de compañía, paso los días solo y, desde que falleció mi esposa, también las noches. Aquí estamos los mendigos y yo. Y ahora la muerta, claro.

Aproximándose a él, ve a Alfredo Costa. Si su compañero tuviera que volver a aprobar las oposiciones para entrar en la policía, lo tendría muy difícil. Siempre le dice a Zárate que cuando tenía su edad estaba hecho una mula, pero ahora, más cerca de los cincuenta que de los cuarenta, no podría perseguir a la carrera ni a su abuela.

—¿Has visto el cadáver? —Zárate está ansioso, los policías jóvenes no tienen muchas oportunidades de investigar un asesinato. Como dice Salvador Santos, su mentor desde joven, el hombre que le animó y ayudó a entrar en el cuerpo: en Madrid se mata poco.

—Sí, lo he visto, pero no me he acercado. —Costa ya está de vuelta y no comparte la opinión de Salvador, para él se mata demasiado y, sobre todo, demasiado a las horas en que él se encuentra de guardia—. Y tú tampoco deberías, que después llegan los de la Científica y nos tocan los cojones con lo de la destrucción de pruebas. *CSI* le ha hecho mucho daño a la policía, lo que yo te diga.

—¿Les has llamado?

—A la vez que a ti, deberían haber llegado ya.

Los dos se acercan al lugar que les señala el guarda de seguridad. Se quedan a algunos metros de la chica. Lleva algo alrededor de la cintura, algo rosa.

—¿Qué es?

—Un tutú. Cuando tengas hijas te hincharás a comprar gilipolleces como esa. —Costa tiene dos niñas, de catorce y de diez; si se le escucha, se le quitan a uno las ganas de tener hijos para siempre.

—Yo quiero verlo más de cerca.

—No te metas en líos, ¿cuándo vas a aprender que lo mejor es mantenerse alejado de los problemas? Los ascensos llegan por antigüedad, no por pisar charcos.

Los de la Científica aparecen antes de que Zárate dé un paso hacia el cadáver. Por lo menos, el que viene es Fuentes, uno de los más veteranos. No se cree que está en una serie de televisión, como los otros.

—¿Sabéis quién es?

—No nos hemos arrimado.

—Joder —protesta—. ¿Y cómo sabéis que está muerta?

Los tres se aproximan a la chica, Zárate va observando todo mientras llega junto a ella: morena —si tuviera que apostar diría que gitana—, guapa, pero con la cara descompuesta, como si hubiera sufrido mucho. El tutú está sucio y manchado de sangre, como el resto de su ropa, hecha jirones.

El de la Científica es el primero que la toca, le abre un ojo para ver sus pupilas y se llevan la mayor de las sorpresas. Fuentes da un grito, pero no es por el gusano que sale reptando de la cuenca.

—¡Está viva! Rápido, el maletín.

Uno de sus ayudantes corre hacia él, pero la chica tiene un espasmo, el último. Quién sabe, tal vez, si hubieran llegado antes, podrían haberle salvado la vida. Fuentes suelta el aire y niega con la cabeza.

—Tranquilos, ya está muerta, no le quedaba mucho. Vamos a poner en el informe que la encontramos muerta, así os ahorro el marrón.

—¿Qué le ha pasado? ¿De dónde ha salido el gusano? —Zárate está, a su pesar, descompuesto.

—No toquéis nada, me temo que este caso no es para vosotros. Voy a llamar al comisario Rentero —avisa Fuentes.

Zárate mira alrededor, el parque ha dejado de ser un lugar maravilloso para convertirse en un infierno, en un sitio en donde a las muertas les salen gusanos de los ojos.

Capítulo 3

—¿Una barrita con tomate, señora inspectora?

A Elena Blanco no le gusta nada que Juanito, el camarero rumano que la atiende a diario —eficaz, gamberro y barcelonista—, la llame «inspectora» en público, pero ya ha desistido de afeárselo.

—¿Tengo cara de querer una barrita con tomate?

No necesita decir nada más para que Juanito saque del frigorífico que hay bajo la barra una botella de grappa friulana joven, una Nonino, la que a ella le gusta por las mañanas, de aspecto transparente y cristalino, con un gusto seco y limpio. Dicen que la grappa no se debe tomar con el estómago vacío, pero Elena Blanco lleva años, muchos años, cerrando con esa bebida las noches en las que dormir no le ha parecido una prioridad.

—Estuvo aquí a primera hora Didí, el vigilante del aparcamiento de debajo de la plaza. Me pidió que le pusiera una copa de su grappa.

—Espero que no lo hicieras.

—No, le puse orujo y se lo bebió sin rechistar. Me contó que anoche una pareja estuvo echando un polvo en la tercera planta del parking.

—¿En un Land Rover rojo?

El rumano sonríe, le hacen gracia las cosas de Elena y por eso le comenta cada rumor detrás del que cree que está ella. De vez en cuando intenta ligársela, aunque ya sabe que es un esfuerzo inútil, tiempo tirado a la basura.

—¿No sería usted, inspectora...?

—No, es que siempre he pensado que, si tuviera que echar un polvo en la tercera planta del parking de debajo de mi casa, lo haría con un tío que tuviera un Land Rover rojo. Ya ves, las hay con suerte que cumplen mis fantasías. ¿Te ha dejado algo para mí Didí?

Juanito mira a todos lados antes de darle una bolsita, atento y preocupado, como si le estuviera entregando el mayor alijo de droga de los narcos colombianos.

—No te asustes, Juanito, que la policía soy yo y no te voy a detener.

—Debería tener cuidado.

—¿Con los Land Rover rojos o con los alijos?

—Con todo.

—No sé cómo te has decidido a cruzar Europa, con lo prudente que eres.

En la bolsa apenas hay unos gramos de marihuana, Didí la cultiva en el jardín de su casa de Camarma de Esteruelas. No tiene producción suficiente para atender a sus dos o tres clientes ni siquiera durante la primera mitad del año. A Elena le sobra, solo se fuma un porro algunas mañanas como la de hoy, esas que siguen a toda una noche bebiendo en bares, en las que visita los aparcamientos con propietarios de coches grandes. Es muy raro que suba a alguno a su casa.

—Cóbrame, Juanito, que me voy a dormir.

Vivir en la plaza Mayor es un lujo y un incordio. Un lujo porque al asomarte al balcón puedes imaginarte que la ciudad lleva cientos de años pasando por allí; cuatrocientos son los que acaba de cumplir la plaza. Dicen que se han hecho corridas de toros, procesiones, misas, autos sacramentales, juicios de la Santa Inquisición y hasta hogueras para quemar a los condenados. Desde el balcón de Elena se pueden ver, en escorzo y si uno se esfuerza un poco, los dibujos, sorprendentes y coloridos, de la Casa de la Panadería y los espectáculos que el ayuntamiento programa en fiestas. Por eso mismo es un incordio: desde los concursos de chotis en San Isidro hasta el mercadillo de Navidad, todo pasa por debajo de su casa. Ha llegado a ver una exhibición de doma de caballos jerezanos desde el balcón y sin pagar entrada. Ruido, ruido garantizado todo el año.

Los turistas que se concentran en la plaza, los que se hacen fotos con el Spiderman gordo, con los cuerpos de flamencas a los que ellos mismos ponen la cabeza, los que echan monedas a los hombres estatua o a la cabra con hocico de madera, no se creerían que detrás de esas viejas fachadas pudiera haber un piso como el de ella: moderno, minimalista, elegante, de más de doscientos metros cuadrados. Cuando lo heredó de su abuela no era más que el piso abigarrado de objetos de una anciana, ahora podría salir en cualquier revista de decoración.

Para Elena tiene un valor añadido: en un rincón oculto de uno de los balcones hay una cámara que no se ve desde la plaza, escondida de miradas ajenas. La cámara, situada sobre un trípode y protegida por un pequeño voladizo, enfoca siempre hacia el mismo sitio, el arco que da a la calle de Felipe III. Está programada para hacer una foto cada diez segundos y lleva así años, conectada a un ordenador. Elena comprueba que ha funcionado correctamente. Hay miles de fotos desde ayer por la mañana, la última vez que las analizó; ha sacado millones desde que instaló el sistema, aunque ha guardado muy pocas, más por curiosidad que porque le vayan a servir para nada.

Antes de sentarse delante del ordenador, pone música con su iPad. Lo mismo que siempre, una canción de Mina Mazzini: «Vorrei che fosse amore». Escucha, y canta por lo bajo, mientras se fuma el porro que ha liado con la marihuana de Didí. Se desnuda lentamente, el dueño del Land Rover le ha hecho un arañazo en el hombro, se mira en el espejo, a sus casi cincuenta años sigue teniendo prácticamente el mismo cuerpo que a los treinta, no necesita largas horas de gimnasio para mantener los kilos y las redondeces a raya. Se mete en la ducha.

Mientras siente caer el agua, piensa en que quizá hoy tenga suerte, quizá en una de esas miles de fotos aparezca la cara picada por la viruela que busca hace tanto tiempo. El teléfono suena, no se inmuta, lo deja sonar. Solo cuando vuelven a llamar, después de un primer intento fallido, sospecha que pueda ser algo urgente. Envuelta en una toalla, dejando charcos a su paso, contesta.

—¿Rentero? Hoy es mi día libre... ¿Quinta de Vista Alegre? No, no sé dónde está, pero seguro que el navegador sabe... ¿Carabanchel? Perfecto, tardo veinte minutos, o mejor pon treinta. Que me espere allí mi equipo.

Capítulo 4

La previsión de media hora ha sido muy optimista teniendo en cuenta el tráfico de un lunes por la mañana en Madrid. La inspectora Blanco ha tardado casi una hora en llegar, puede ver ya a su equipo en acción y se siente orgullosa: están haciendo lo que ella habría ordenado.

—El cadáver no tiene mucho peor aspecto que tú... ¿Tuviste noche de jarana?

Buendía, el forense del equipo, es una de las pocas personas a las que Elena permite un comentario así. Lleva años trabajando con él, le fiaría su vida si fuera preciso, aunque espera que no lo sea: a Elena no le gusta dejar nada importante en manos de nadie que no sea ella misma.

De haber tenido algo más de margen, se habría maquillado mejor y habría tapado los efectos de la noche en vela. Solo le ha dado tiempo a ponerse unos vaqueros y una camiseta, a peinarse un poco y a tomarse una pastilla de paracetamol. Ahora sí que necesita un café más que una grappa, en cuanto pueda hará que vayan a buscarle uno.

—¿Ha llegado Rentero?

—Yo no lo he visto, no creo que venga... El cadáver está por allí.

La inspectora Elena Blanco, jefa de equipo de la Brigada de Análisis de Casos, nunca había estado en la Quinta de Vista Alegre. Admira fascinada —como todos los que han acudido esa mañana a ese lugar— los jardines, los palacios, las estatuas. Muy descuidados, pero quizá por ello mucho más atractivos, así se nota que no es una recreación a la manera de los parques de atracciones americanos, que allí hay historia de verdad, que quizá una reina de España plantara su culo en el mismo sitio en el que se ha sentado un policía viejo, que mira a todos los presentes como si aquello no le interesara lo más mínimo.

—¿Quién es?

—El agente Costa —le contesta Buendía—. Es uno de los policías que han respondido al aviso del cadáver. Está deseando marcharse, no como su compañero, un tal Ángel Zárate. Se mete por medio, quiere estar al tanto de todo. Ya ha tenido dos enganchadas con Chesca.

—¿Es joven ese Zárate?

—Poco más de treinta. Ya sabes cómo son los jóvenes. Está jodido porque le quitamos el caso.

—De buena gana se lo devolvería.

No es normal que la BAC se haga cargo de un caso que se inicia en ese momento. Ellos suelen entrar después. Son un departamento especial del cuerpo que se encarga de investigaciones que se tuercen, unas veces por incompetencia de los policías que las llevan o porque se sospeche que haya intereses personales de los agentes; otras, simplemente, porque se han ido embarullando de tal manera que es difícil deshacer los nudos... En Estados Unidos los considerarían una especie de superpolicías, en España no hay nada de eso, solo son los que se comen los marrones después que los demás, los que no tienen ya nadie en quien delegar. La única diferencia es que cuentan con más medios que cualquier otro departamento.

—¿Qué es lo que lleva el cadáver alrededor de la cintura? —Como a todos, es lo primero que llama la atención a Elena.

—Un tutú de ballet. Dicen que puede ser...

—... de una despedida de soltera —completa la inspectora.

Gracias a la situación de su piso, esa es otra de las materias acerca de las que podría dar conferencias. Rara es la despedida de soltera que no pasa bajo su balcón. Al principio eran grupos de ingleses borrachos hasta las cejas, se les unieron las inglesas, igual de borrachas; después grupos de franceses, de italianos, de españoles... Lo de los tutús lo ha visto bastante, también velos de novias y lencería sobre la ropa. El no va más siguen siendo las pollas de plástico a modo de diadema.

—Chesca, Orduño, acercaos.

Ellos también son miembros de la BAC. Buenos policías, jóvenes, entusiastas, atléticos, a los que Elena recurre siempre que puede ser necesario usar los músculos además de la cabeza. Orduño procede de los Geos; Chesca era una agente de la Brigada de Homicidios y Desaparecidos. La inspectora Blanco los escogió personalmente, junto con Buendía, el forense, y Mariajo, su peculiar experta en informática; son las personas en las que más confía.

—A tus órdenes, inspectora. —Le ha costado a Elena que Orduño abandonara las formas militares, pero poco a poco lo va consiguiendo, por lo menos ya es capaz de tutearla.

—Echad a toda la gente que hay alrededor del cadáver. Lo dudo, pero si hay alguna pista que no haya sido pisoteada, la quiero. Y es posible que la víctima estuviera en una despedida de soltera, a ver si nos enteramos de algo.

Órdenes precisas y claras, ya tendrán tiempo para elaborar teorías cuando se reúnan en las oficinas de la BAC. Todos saben cómo le gusta trabajar a Elena y todos la respetan.

—Inspectora, los policías que acudieron cuando se descubrió el cadáver...

—Ángel Zárate y su compañero, ¿no? Tranquila, Chesca, yo me encargo, ya me ha hablado Buendía de ellos.

Ha localizado a Zárate con la mirada, pero prefiere esperar antes de hablar con él, ver cómo se mueve. No le gusta enemistarse con sus compañeros, los policías a los que la BAC sustituye, pero sabe que es casi imposible evitarlo. Enemistarse con los demás policías es el mayor defecto de Chesca, es como si el resto del mundo fuera su contrincante y la BAC, su familia. Menos mal que Orduño suele ser mucho más diplomático.

—Ya estamos en marcha, Buendía. Y ahora cuéntame por qué nos ha llamado Rentero.

Buendía sabe que debe ser muy objetivo y directo con ella, no se anda por las ramas.

—El primero que se acercó al cadáver fue Fuentes, de la Científica. Es un buen policía, veterano, le conozco hace años. Al levantarle el párpado a la víctima observó que salía un gusano. No podía ser de descomposición porque la mujer acababa de expirar.

—¿Entonces?

—Cuestión de suerte: hace unos años, Fuentes trabajó en el asesinato de otra mujer exactamente en las mismas circunstancias, un asesinato ritual espeluznante. Ha temido que fuera lo mismo. Por eso llamó a Rentero y Rentero nos llamó a nosotros.

—Vaya, ya estamos con lo de los asesinos en serie. ¿No se puede prohibir que los agentes vean películas?

—No te lo tomes a broma, Elena. Me llevo el cadáver al Anatómico Forense para hacerle la autopsia esta misma mañana.

—Te sigo enseguida. Voy a hablar con ese tal Zárate.

No necesita acercarse, Zárate ya ha descubierto que es la que manda y llega hasta ella, para protestar por haber sido apartado.

—¿Es usted la jefa de este equipo? —la aborda altivo.

—Me han dicho que has sido tú el que ha respondido al aviso del cadáver —Elena ignora su pregunta para hacerle ver quién marca las reglas—. Soy la inspectora Blanco, jefa de equipo de la BAC.

—Entonces es cierto que la BAC existe...

Blanco se sorprende por su respuesta sarcástica, le mira y lo aprecia como un hombre muy atractivo: moreno, con el cuerpo trabajado en el gimnasio como la mayor parte de los agentes jóvenes... Si tuviera un todoterreno rojo y Elena se lo encontrara en una noche de diversión, no dudaría en llevarlo al aparcamiento de Didí.

—Somos nosotros quienes nos vamos a hacer cargo del caso.

—¿Por qué? Está en la jurisdicción de mi comisaría.

—¿Por qué? Pues porque la vida es injusta y porque sí, la BAC existe. Se lo comunicaremos a tus superiores. Haz el favor de no inmiscuirte en las tareas de recogida de pruebas.

Capítulo 5

A Elena no le ha dado tiempo a ir a casa a cambiarse de ropa, se ha tenido que poner la bata, así como el gorrito y la mascarilla, con la que obligan a entrar en la sala de autopsias, sobre los mismos vaqueros y la camiseta con los que fue a la Quinta de Vista Alegre. No le gusta ir vestida así, en cualquier momento la llama Rentero y debe ir a algún restaurante de los caros o al bar de algún hotel de cinco estrellas, los lugares en donde su jefe se siente a gusto, en donde prefiere reunirse con ella.

—¿Has descubierto ya algo, Buendía?

—Te estábamos esperando para empezar —la recibe el forense con todo listo—. De momento solo la hemos examinado por fuera.

—¿Alguna pista sobre quién es la novia gitana? —por ahora la llaman así, por los rasgos, a falta de un nombre.

—Hay un tatuaje con una mariposa, se le han sacado fotos, cuando acabemos te las envío.

El tatuaje está en el omóplato derecho, no es demasiado llamativo. Una mariposa bonita, coloreada con rojo, verde, azul y negro.

—¿Alguna mariposa en concreto? Me refiero a si puede tener algún significado especial —de repente a Elena se le ha ocurrido que tal vez sea la misma mariposa en la que se convertiría el gusano que salió de su ojo. En el fondo, una mariposa y un gusano son lo mismo.

—No tengo ni idea de mariposas, nos enteraremos.

Buendía le muestra los dedos de la chica.

—Mira debajo de las uñas, hay restos de piel.

—¿Pueden ser de su asesino?

—O suyos, si se ha rascado, o de su novio, o de cualquiera —rebaja Buendía las expectativas de la inspectora—. Sacamos muestras y lo analizamos.

—¿La han violado? —Elena sabe que en los casos de violencia contra mujeres no es extraño que se haya abusado de ellas antes o inmediatamente después de su muerte.

—No. Lo indagaremos más a fondo, pero no parece que haya sido violada.

A Elena le gusta ver trabajar a Buendía: meticuloso, ordenado, con el pulso más firme que ha visto en su vida. A su alrededor se mueven, igual de eficaces, las dos auxiliares que siempre asisten a las autopsias con él, silenciosas, sin nombre.

—Mira aquí.

Buendía le señala tres pequeños agujeros en el cráneo unidos por un corte en forma de círculo. La muerta tiene esa zona de la cabeza afeitada. Una de las pocas cosas en las que Elena Blanco se fijó cuando vio su cadáver en la Quinta de Vista Alegre fue en su pelo, negro, largo y, de haber estado limpio de sangre, precioso...

—El corte circular es rudimentario y superficial, quizá un cuchillo afilado o un cúter, parece que solo sirve para unir las incisiones o marcar dónde debían hacerse. Seguramente han usado un taladro eléctrico, uno pequeño, de alta precisión, para hacerle los agujeros. Hay gusanos dentro.

—¿Dentro de los agujeros? —Elena está asqueada, aunque no lo demostrará delante de sus compañeros.

—Me temo que dentro del cráneo, pero eso no te lo voy a decir hasta que lo abra. No es agradable, mejor apártate.

Elena se siente obligada a quedarse, por muy desagradable que sea ver cómo seccionan el cráneo de una joven. Solo una llamada de móvil le permite alejarse unos segundos.

—¿Rentero? Por fin me llamas... ¿En el bar de la Facultad de Medicina en quince minutos?... Perfecto, allí nos vemos.

Todavía tiene tiempo de ver a Buendía usando el cincel de cráneo y la sierra circular con aspiración. Sus ayudantes ya tienen preparado un aparato con el que levantar la bóveda craneal.

—Bien...

Dentro solo hay gusanos, gusanos que han debido de comerse todo el cerebro de esa joven.

—Voy a tener que llamar a un entomólogo, a ver qué nos puede contar de esto —poco más puede decir Buendía.

Manuel Rentero, comisario, director adjunto operativo y número dos de la policía española, la está esperando sentado en una de las mesas de la cafetería de la Facultad de Medicina.

—¿Has hablado con tu madre? —le pregunta a modo de bienvenida.

No solo es su jefe, fue un buen amigo de su padre y, tras su muerte, ha mantenido la amistad con su madre. La ve más a menudo que la misma Elena.

—Seguro que eres tú el que me va a decir dónde está.

—¿No lo sabes? En el lago Como, siempre pasa allí el final de la primavera. ¿Cuánto hace que no vas a verla?

—Lo mismo aprovecho las vacaciones. —Elena tiene que contenerse para no tirar en exceso de ironía, hace muchos años que no sigue las costumbres de su familia. De cualquier forma, no quiere herir a Rentero, aunque pertenezca a una clase tan alta como sus padres, trabaja y es un buen jefe—. Vengo de la autopsia de la chica de esta mañana. Le han hecho una barbaridad.

—¿Gusanos?

—¿Cómo lo sabes?

—Lo suponía. Susana Macaya, veintitrés años, medio gitana y medio paya. —Rentero pone ante ella el historial de la muerta. Ya tiene nombre por el que llamarla: Susana—. Hubo un caso similar hace siete años.

—¿Similar o idéntico?

—La muerta de entonces se llamaba Lara, Lara Macaya, era hermana de Susana y también estaba a punto de casarse.

Elena Blanco no dice nada, pero acaba de convencerse de que ese caso es suyo y de que va a meter en la cárcel al que lo haya hecho. Para esto se hizo policía. Dos hermanas muertas a punto de casarse, con la cabeza llena de gusanos. Ahora entiende por qué han llamado a la BAC.

Capítulo 6

—Entonces, aunque han llegado después, ¿ahora mandan ellos?

Zárate está frustrado y de buena gana obligaría a callarse al guarda de la Quinta de Vista Alegre, como si el pobre hombre tuviera la culpa de que a Costa y a él los hayan dejado de lado. Por allí andan los policías de la BAC, despreciando a los demás. La jefa ya no está, pero una más joven se mueve de un lado para otro mirando a los agentes uniformados como si fueran inferiores.

—Lo que importa es pillar al que se ha cargado a la chica, ¿no? Da igual si mandan ellos o nosotros, no es asunto suyo. Supongo que no hay cámaras.

—No, ni cámaras, ni nada. Solo yo. Y un jardinero que viene una vez cada quince días. Hace unos años instalaron riego por goteo en los jardines, antes venía más a menudo.

—¿Y vienen muchos visitantes?

—Apenas nadie, hay vecinos del barrio que quieren que se abra el parque al público, pero de momento, nada. Aquí dentro solo estoy yo y los mendigos que se cuelan.

—¿Ha habido algún robo o algo así?

—Esto es tranquilo, como mucho pequeños incendios en invierno. Los mendigos encienden hogueras, se emborrachan y a veces se les va de las manos o se pelean entre ellos. Pero no ha pasado nada grave, gracias a Dios.

—Y me decía que hace días que no aparecen los mendigos.

—Sí. Y me extraña. Hace buen tiempo, no es mal sitio para dormir. Yo intentaría hablar con ellos.

—Sé hacer mi trabajo —responde antipático—. Hablaré con ellos cuando corresponda.

No debería perder tan fácilmente la paciencia; Salvador Santos, su mentor, le insiste siempre en eso, en que sepa escuchar, en que no eche en saco roto lo que dicen los testigos, en que aprenda a distinguir el trigo de la paja. Sabe que tiene razón, pero hoy está enfadado, le fastidia que les hayan quitado el caso, que esa inspectora le haya tratado como si fuera un simple agente de movilidad.

Hace un rato encontraron el bolso de la chica, Zárate se ha enterado de su nombre, Susana Macaya, porque se lo escuchó decir por teléfono a uno de los de la brigada mientras se lo comunicaba a sus jefes. También los ha visto sacar moldes de huellas de zapatos, había unas grandes, de un hombre pesado, que parecían prometedoras; han guardado una bolsa de un supermercado de la que quizá puedan sacar impresiones digitales. Él no la hubiera recogido, tenía pinta de ser una bolsa que ha llevado el viento hasta allí, pero, claro, no la ha visto de cerca, tal vez hayan reparado en algo que él de lejos no ha sido capaz de apreciar. Debe reconocer que los agentes de la BAC trabajan bien, organizados, sin dejarse ni un centímetro por escrutar. Si no fueran tan prepotentes...

—Me han dicho que ya nos podemos marchar. —Costa lo estaba deseando desde que encontraron el cadáver.

—Yo me quedo —se empeña Zárate.

—No te hacía tan gilipollas, el caso lo han cogido los de la BAC, olvídate de él.

—¿Tú sabes dónde tienen estos las oficinas?

—No, ni yo, ni nadie. Ni siquiera sabía si existían de verdad. Nosotros somos como párrocos de pueblo y ellos son los mandamases del Vaticano, nada que ver. Olvídate de esto, te quedan muchos años por delante, te vas a hartar de investigar asesinatos.

—Márchate tú, mañana te veo.

Costa se va, cabreado. Zárate sigue curioseando, de un lado a otro. Se mete dentro de la zona que han precintado los de la brigada. Ve una colilla de cigarrillo, se agacha a recogerla para meterla en una bolsa de pruebas.

—¿Qué coño haces? —la policía borde llega hasta él, prácticamente le arrebata la bolsa de la mano—. Haz el favor de salir de la zona acotada.

—Soy policía y ahí había una colilla que se te ha escapado.

—Me da igual quién te creas, para mí eres un guarda jurado. El caso es nuestro y tú te sales. ¿O quieres que te saque yo?

—¿Sí?, ¿me vas a sacar? ¿Cómo?

Los dos se enfrentan, brazos abajo, chocando sus pechos, como hacían de niños en el colegio. La diferencia es que ya no están en el recreo, él va de uniforme y ella lleva un chaleco con las letras BAC en la espalda. El otro, el cachas, se acerca, más conciliador.

—Venga, Chesca, vuelve al trabajo. Zárate te llamas, ¿no? Soy Orduño. Perdona a mi compañera, se pone muy nerviosa.

—Pues que se tranquilice.

—Venga, que estamos todos en el mismo bando. Nos ha tocado el caso a nosotros, no te hagas mala sangre. ¿Quién sabe si tú otro día te quedas con un caso nuestro?

Le acompaña, por la fuerza, pero sin que se note demasiado, fuera del terreno acotado. Zárate se aleja y, cuando está lo bastante apartado para que nadie le vea, se lleva la mano al bolsillo. Se pregunta cuánto tiempo tardará esa agente de la BAC en echar de menos su cartera.

Capítulo 7

Las oficinas de la Brigada de Análisis de Casos no están dentro de una comisaría, ni siquiera en un edificio oficial. Ocupan la cuarta planta de un inmueble normal de la calle Barquillo, rodeadas de empresas convencionales, una de informática que programa juegos de ordenador, otra de seguros, una empresa de brókeres de bolsa. Allí no hay ni uniformes, ni armas a la vista, ni letreros que indiquen lo que se hace dentro. Lo único que diferencia a los trabajadores de la cuarta planta es que casi todos están en forma, en especial Chesca y Orduño. La sala de reuniones es como la de cualquier empresa: una mesa, sillas, una gran pizarra blanca, un dispensador de agua en una esquina...

En la Brigada de Análisis de Casos no se guardan pistas en secreto, todos hacen su trabajo y lo ponen en común. La verdadera investigación se hace en esta sala, analizando lo que se va encontrando; cuando están metidos en un caso hay reuniones diarias, a veces más de una, para mantener a los miembros del equipo perfectamente informados. Solo han pasado unas horas desde el hallazgo del cadáver y ya tienen que presentar sus pesquisas, o bien sus intuiciones. La primera en hablar es la inspectora Elena Blanco, que acaba de compartir los primeros datos del informe de la novia gitana.

—De momento, la prensa está fuera, aunque Rentero no sabe cuánto podrá aguantarla, así que no habléis con nadie —les dice—. La víctima, como ya sabéis, se llama Susana Macaya, tenía veintitrés años, era medio gitana y medio paya y puede ser que estuviera de despedida de soltera.

—¿Se ha confirmado ya con la familia?

—No, todavía no les hemos informado de la muerte. Vienen hacia acá, yo hablaré con ellos. —Elena se ha guardado lo mejor para el final—: Hay un elemento especial, el que hace que nos hayan dado el caso a nosotros; bueno, dos. El primero es la causa de la muerte: parece ser que los gusanos le han comido el cerebro. El segundo es que una hermana de Susana, Lara, murió de la misma forma hace siete años.

Todos se quedan en silencio, procesando la información, hasta que Orduño se atreve a preguntar:

—¿No se descubrió entonces al asesino?

—Ese es el tercer elemento discordante de la historia. El asesino de Lara Macaya está en la cárcel, cumpliendo condena.

—¿Puede haber un copycat, alguien que esté copiando la forma de matar a una hermana para cargarse a la otra?

—Es lo que tenemos que averiguar, Chesca: cotejaremos todos los detalles a medida que los tengamos. Quiero que estudiemos el caso de la hermana para ver hasta qué punto son iguales o si solo se parecen. Pero vamos por orden, lo primero es enterarse de si de verdad estaba en una despedida de soltera, dónde se celebró, quién iba con ella, si pasó algo...

—¿Sabemos quién era el novio?

—Ni idea, pero me enteraré ahora, cuando hable con los padres. ¿Te ocupas tú de localizar a las amigas en cuanto sepamos algo, Orduño?

—Me pongo ya, no hay tantos locales en Madrid en los que se celebren despedidas. Supongo que teniendo su nombre encontraremos dónde estuvieron, tendrían que hacer una reserva.

—Muy bien —lo que más le gusta a la inspectora de su equipo es que tengan iniciativa y no esperen a que ella les diga cómo hacer las cosas—. Mariajo, hemos localizado el bolso de la víctima. Su teléfono está apagado, supongo que se quedó sin batería. ¿Te encargas de ponerlo a funcionar y ver qué había dentro?

—Sí, sin problema.

Mariajo es la última persona de la que nadie esperaría que fuese una hacker extremadamente competente. No se trata de un joven huraño, con más relación con los ordenadores que con las personas, sino de una encantadora abuelita —hace tiempo que dejó atrás los sesenta— sin nietos, de las que siempre aconsejan remedios de toda la vida para el catarro o el dolor de cabeza, de las que llevan bizcochos para sus compañeros y de las que mata los ratos libres haciendo crucigramas. Pero, cuando se sienta delante de un teclado, se transforma. Si alguien es capaz de averiguar todo lo que haya en la red sobre Susana Macaya, es ella.

—Cuando se registre su casa fijaos bien en si hay ordenadores, tablets o lo que sea. Voy a mirar sus redes sociales, a ver qué encontramos —remata.

—Confío en ti, Mariajo —le dice Elena antes de volverse hacia Orduño—. Quiero que busquéis cámaras en los alrededores del portal de Susana.

Orduño asiente.

—¿Qué tenemos del lugar donde se encontró el cadáver?

—Además del bolso de la víctima, hemos recogido una bolsa de plástico con manchas dentro, creo que de sangre, lo que no quiere decir que no se trate de sangre de unos filetes de ternera; también una colilla de cigarrillo...

—¿Nada que sea más prometedor?

—Unas huellas de pisadas. Profundas. Casi con toda seguridad son de alguien que cargó con Susana, es decir, su asesino. Zapatos masculinos, talla cuarenta y cinco. Se ha mandado todo a analizar.

—¿Os contó algo interesante ese policía que llegó antes que nosotros?

—Ese no se enteraría de nada ni aunque hubiera presenciado el crimen —se nota que a Chesca no le ha caído nada bien su compañero de la comisaría de Carabanchel—. No sé por qué aprueban en la academia a tipos tan obtusos.

Elena no le da mucha importancia, en todos y cada uno de los casos hay un policía del que Chesca piensa lo mismo. Ha llegado el momento de Buendía...

—Todavía no puedo contar mucho, esta tarde he quedado con un entomólogo para ver si nos puede iluminar un poco. Lo que parece claro es que a la víctima se le hicieron unos agujeros en el cráneo, probablemente con un torno eléctrico de dentista, y un corte en forma de círculo que los unió. En los agujeros hay restos de polietileno, policloruro de vinilideno y policloruro de vinilo, es decir, se hicieron con la cabeza cubierta por una bolsa de plástico. Puede ser esa que habéis encontrado. Ya la he mandado a analizar. Le habían sujetado las manos con cinta de embalar, de la normal, la que se compra en cualquier sitio. Se están haciendo análisis para ver si la chica estaba drogada con alguna sustancia. Mañana os podré decir mucho más.

—Gracias, Buendía. Se levanta la reunión, todos a trabajar.

Antes de salir, Chesca se acerca a Elena para pedirle que la libere media hora.

—Es que he perdido la cartera.

—¿No te la habrán robado...? No sé si fiarme de una policía que se deja robar la cartera. Qué decepción, Chesca. —Elena sabe que a Chesca hay que bajarle las ínfulas de vez en cuando—. Tómate el tiempo que necesites.

Capítulo 8

Miguel Vistas enseña a Carlos —un preso joven, de poco más de veinte años, al que todos conocen como el Caracas— a colgar el negativo de las fotografías para su secado.

—Caracas, ten cuidado, es una foto, no las bragas de tu novia. Tiéndela con cariño.

El resto de los alumnos está a lo suyo, no les interesa ni lo más mínimo la clase: uno dormita, otro escucha música con auriculares, otro simplemente está allí, absorto en sus pensamientos. Suena un timbre.

—Ya es la hora, el miércoles seguimos.

Solo el Caracas se queda a ayudar a Miguel a recogerlo todo, los demás salen del taller. Por lo menos hoy no han estado revolucionados, parecen dormidos. Apenas hay cinco apuntados y casi nunca asisten más de tres al curso de fotografía del Centro Penitenciario Madrid VII, en Estremera. A ninguno le interesa la fotografía, el único valor que tiene el curso es que sirve para demostrar buen comportamiento y, según los tipos de pena, lograr más días de permiso. Al primero al que no le interesa nada en absoluto es a Miguel Vistas, el instructor, un preso como los demás. Él sabe, como cualquiera, que las fotos con película, negativo, revelado y papel son el pasado, que pronto será imposible conseguir los aparatos y los componentes químicos necesarios; están asistiendo a los estertores de su arte. Los ordenadores, la fotografía digital, han acabado con todo eso. Es lo que les dice al empezar el curso, que con un móvil se pueden hacer fotos cojonudas. Pero, mientras le sigan permitiendo impartir la clase, tendrá algo de dinero para gastar en el economato del centro.

—¿Sabes algo de tu recurso, Caracas?

El Caracas no es un delincuente de verdad, solo un pardillo al que metieron droga en la maleta en el aeropuerto de Caracas, de ahí el apodo. Un pobre chaval que no debería estar en la cárcel: la cárcel es para los malos, no para los tontos.

—Todavía nada, a ver si me contestan pronto.

—Putos abogados —responde Miguel, que sabe que es lo que los internos quieren oír. Allí todos son inocentes y están entre rejas porque han sido maltratados en el juicio.

—Putos abogados, sí. El peor, el mío —no hay nadie que hable más de abogados que los presos. De abogados, de recursos, de jueces, de permisos, de reducciones de penas... Todos acaban entendiendo de leyes más que cualquier ciudadano.

Miguel Vistas es un preso más, pero no es como el resto de sus compañeros. En la cárcel todos aprovechan el tiempo libre para pasarlo en el gimnasio, ponerse cachas, hacerse tatuajes y cortes de pelo que indiquen lo duros que son. Miguel, no, Miguel tiene unos cuarenta años, está regordete y, cuando pasea por el patio, casi siempre solo, parece un padre de familia de cualquier barrio residencial de Madrid que disfruta del fin de semana vestido con su chándal comprado en las rebajas del Alcampo.

Según consta en su expediente, Miguel asesinó a una chica medio gitana de poco más de veinte años que estaba a punto de casarse. Fue un crimen especialmente brutal, le hizo tres agujeros en el cráneo y le introdujo gusanos, unos gusanos que le comieron el cerebro. La chica tardó casi una semana en morir, consciente, entre dolores terroríficos. Miguel Vistas continúa asegurando que él es inocente, que no merece estar allí, expuesto a las venganzas de otros gitanos. Por eso prefiere no hablar, que ninguno de los recién llegados se entere de lo que le ha llevado allí, que caiga en el olvido. Aunque a veces se permite adoptar un aire misterioso cuando le preguntan por su caso, para que piensen que sí puede ser culpable. En la cárcel, la etiqueta de asesino atroz concede prestigio.

—A mí me ha pedido una reunión un abogado nuevo —le cuenta al Caracas—. No sé qué querrá, ya no confío en nadie. Lo atiendo para ver si consigue que me den un pase de fin de semana. ¿Sabes cuánto hace que no piso la calle? Siete años. Cuando salga, no voy a conocer nada.

—Está todo igual que antes. Me voy, luego te veo, que tengo que lavar la ropa del Mataviejas.

—Que no te oiga llamarle así.

El Caracas, como muchas veces Miguel, tiene que hacer de criado para los presos duros de verdad: lavar la ropa, limpiar la celda... El Mataviejas es uno que se cargó a tres ancianas para quedarse con sus ahorros. Nada más ingresar, otro preso le quiso dar una paliza, por si había violado a las viejas, siguiendo ese viejo y absurdo código de la cárcel de que hay que castigar a los violadores, los *violetas*. El Mataviejas demostró que no iba a permitir que nadie le tratara como tratan al Caracas, que él era un tipo de cuidado: mató al justiciero con un punzón fabricado con el mango de una cuchara.

—No te preocupes, delante de él le llamo hasta señor. No quiero que me jodan.

—Si no me haces caso, acabarán jodiéndote. ¿No vives bien cuando haces lo que te aconsejo? Aunque aquí, tarde o temprano, uno acaba jodido. —Miguel Vistas sabe de qué habla.

Capítulo 9

Zárate ha dejado la moto en la plaza del Rey, donde está la Casa de las Siete Chimeneas —el lugar en donde dicen que ronda el fantasma de una amante del rey Felipe II—, y ha ido por la calle Barquillo buscando el número que aparecía en el recibo de taxi que encontró en la cartera de la policía borde de la brigada. No está orgulloso de habérsela robado, pero quiere ir a la BAC y era la única forma de saber adónde dirigirse. Tampoco está seguro de que vaya a dar con lo que busca en ese edificio antiguo y elegante, lo del recibo de taxi no ha sido más que una corazonada, pero tiene que intentarlo, no quiere quedarse fuera del caso así como así.

—¿A la cuarta planta? No me han avisado de que esperaran ninguna visita. Me tendría que haber llegado la comunicación. Si quiere, póngase en contacto con ellos por teléfono y que me avisen; de lo contrario no le puedo dejar pasar —demasiado interés por las visitas a la oficina para ser un simple portero.

—Soy policía.

Al portero no parece importarle mucho la placa que Zárate le enseña. No le dejaría entrar si no escuchara a su espalda la voz de una mujer.

—Deja, Ramiro. Yo me hago cargo. ¿Qué le trae por aquí?

Tenía razón, allí está la BAC, la misteriosa Brigada de Análisis de Casos, y la que le franquea el paso es su jefa, la inspectora Elena Blanco. Zárate le muestra inocente la cartera.

—Se le cayó a una de su equipo en la Quinta de Vista Alegre, he venido a traérsela.

—Bien, le ahorrarás un montón de papeleo. Ya sabes cómo es esto de renovar todos los carnés y las tarjetas de crédito. Sube y te enseño nuestras instalaciones.

Zárate no esperaba que fuese tan sencillo cruzar la entrada. Al parecer va a tener hasta una visita guiada por las oficinas.

El ascensor es pequeño, de los de madera y rejas, instalado en el hueco de una escalera que no fue construida para albergar uno. La proximidad entre la inspectora y Zárate es incómoda, ella no parece darse cuenta.

—¿Se la has robado a Chesca?

Entre lo pequeño del ascensor y lo abrupto de la pregunta, Zárate siente que es imposible que la inspectora no se dé cuenta de que el corazón se le ha acelerado. No vale la pena negarlo.

—Era la única forma de encontrar la BAC. Y no quiero quedarme fuera del caso.

—¿Por qué?

—Es mi primer muerto por asesinato desde que llegué a este destino. Llevo toda la vida preparándome para esto...

La inspectora Blanco no habla hasta que se detiene el traqueteo del ascensor. Zárate duda sobre la conveniencia de haber dicho la verdad, llega a pensar que le van a detener en cuanto llegue al descansillo de la cuarta planta. La inspectora acerca una tarjeta a un lector y la puerta se abre. Por fuera parece una puerta normal; al ver su hoja, se nota que está blindada. Dentro hay una recepcionista.

—Verónica, hazle una tarjeta al subinspector Zárate, va a pasar unos días con nosotros.

—En mi destino... —la decisión de la inspectora ha pillado desprevenido a Zárate.

—Yo hablo con ellos. Ven.

Al pasar por un despacho, ella se detiene. Dentro está Chesca.

—Anda, toma tu cartera. Tienes que tener más cuidado, Chesca: si no llega a encontrarla Zárate en la Quinta de Vista Alegre, te tienes que renovar hasta el DNI —le dice mientras se la entrega.

—A buenas horas.

Chesca mira con evidente hostilidad a Zárate; de no haber estado la inspectora Blanco, habría acabado con la pelea que iniciaron en la Quinta. Zárate se dice que debe tener cuidado con ella. Él y la inspectora siguen andando hasta llegar a una puerta cerrada.

—Ahí dentro están los padres de la víctima. Se llaman Moisés y Sonia. Ya asesinaron hace años a su hija mayor, Lara, ahora han matado a la pequeña. Vamos a darles la noticia.

—¿Quiere que la acompañe? —se extraña Zárate.

—Te irá bien ver que investigar asesinatos es una de las cosas más crueles que existen, por muchas ganas que tengas de hacerlo. No les vamos a dar detalles escabrosos, solo les diremos que Susana ha muerto. ¿De acuerdo?

—Claro. Solo una pregunta, ¿por qué me acepta?

—Me ha gustado que te hayas atrevido a robarle la cartera a una policía que te arrancaría la cabeza de un solo golpe. Te merecías un premio... Y un castigo: serás tú quien les dé la noticia a los padres. Yo he bajado a beberme una grappa antes de hacerlo, para encorajarme, y sigo sin ganas.

Zárate no tiene tiempo ni para procesarlo antes de que Elena Blanco abra la puerta.

—Señores Macaya, siento haberles hecho venir hasta aquí. El subinspector Zárate les cuenta el motivo.

Es muy difícil dar a unos padres la noticia de que han encontrado a su hija muerta, asesinada. Hay lágrimas, lamentos, dolor, reproches velados... Moisés, el padre de las dos hermanas muertas, tiene un duelo más llamativo, agravado, además, por un evidente tirón en la espalda. Sonia, la madre, se muestra más callada, sufre por dentro.

—Les prometo que vamos a poner todos los medios para encontrar al asesino de su hija —después de dejar a Zárate la parte más dura del encuentro con los padres, la inspectora Blanco retoma el protagonismo. Zárate se da cuenta de que es una estrategia: él da las malas noticias, ella abre la esperanzadora puerta de la venganza.

Capítulo 10

—No es sencillo educar a una hija cuando estás convencido de que ella debe ser libre, tomar sus propias decisiones y cometer sus propios errores —Moisés habla despacio, como si sufriera cada una de las palabras que pronuncia—. Ahora me arrepiento, debí educarlas como se ha hecho siempre con las mujeres de mi raza. Ya me equivoqué con Lara, solo yo tengo la culpa de que también me haya ocurrido con Susana.

Entre Zárate y Elena les han dado los datos imprescindibles sobre la muerte de su hija, les han dicho que estaban convencidos de que se trataba de un homicidio, pero les han asegurado que hasta que lleguen los resultados definitivos de la autopsia no podrán indicarles cómo ha sido asesinada.

—¿Sufrió mucho? —pregunta Sonia entre lágrimas—. La muerte de Lara fue atroz.

—Ese malnacido que la mató sigue en la cárcel. Y espero que nunca salga —completa Moisés.

La inspectora Blanco sabe que debe ir con cuidado, no dejar que los padres de la víctima se cierren en banda ni que sospechen que su hija no fue escogida al azar y que su muerte es una reedición del asesinato de su hermana.

—Como les he dicho, les daremos toda la información cuando se complete la autopsia, pero ahora necesitamos que sean ustedes los que nos ayuden a nosotros. ¿Llevaba mucho tiempo Susana viviendo sola?

—Un poco más de dos años. Desde que cumplió veintiuno. Hasta eso aceptamos, que quisiera vivir sola —se lamenta Moisés.

—¿De qué vivía?

—De algunos trabajos de mensajería. También ha hecho de modelo para catálogos de ropa —el padre está orgulloso de la belleza de su hija.

—A veces yo le pasaba algo de dinero, poco —completa la madre, mirando a Moisés con temor; está claro que él no lo sabía—. Para que llegara a fin de mes.

—Lo normal a esas edades —tercia la inspectora, que no quiere que ella tenga miedo a decir la verdad por contrariar a su esposo—. Creemos que su hija estaba en una despedida de soltera.

—Se casaba a final de mes, en dos semanas. Su novio se llama Raúl, no me gusta... —reconoce Moisés—. Se dedica a algo de publicidad. Señora inspectora, uno ha visto mucho mundo y sabe que ese joven no es de fiar, es de los que pasan la vida en bares, metiéndose lo que sea que se metan ahora, de los que no se casan para formar una familia, sino para tener a una chica dispuesta a satisfacer sus vicios...

—¿Se lo había dicho a ella?

—Mil veces, tantas que había dejado de hablarnos. Ni siquiera nos quería invitar a la boda. Menos mal que mi esposa habló con ella y la hizo entrar en razón...

—Creemos que Susana desapareció la noche del viernes al sábado, aunque todavía no tenemos la certeza, la hemos encontrado hoy y no teníamos ninguna denuncia. ¿No hablaban con ella? —dice Zárate. Blanco le clava la vista: no debería decir nada que parezca un reproche, ya le echará la bronca después.

Moisés, como Elena suponía que iba a suceder, mira hostil a Zárate.

—Usted no tiene hijos, ¿verdad? Hay veces en que no es fácil entenderse con ellos. No era la primera vez que pasábamos un fin de semana, incluso una semana entera sin saber de ella.

—Yo hablé el viernes por la tarde con mi hija —Sonia no interviene mucho y hay que aguzar el oído cuando lo hace, se nota que es una mujer destrozada, tras recibir la peor noticia que se le puede dar a una madre—. Se iba de despedida con sus amigas de toda la vida. Solo le deseé que no hiciera nada de lo que tuviera que avergonzarse y que disfrutara, que lo pasara bien.

—¿Sabe dónde iba a juntarse con las amigas?

—Iban a un restaurante y después a un local de esos en los que celebran las despedidas. No sé el nombre, yo nunca he ido a un sitio de esos —contesta la mujer—, solo que está por la calle Orense.

Mientras hablan, mientras Zárate, que quiere ganar puntos, les hace preguntas sobre su hija, sobre cómo localizar al novio, sobre quiénes son las amigas que pudieron ir con Susana a la despedida, Elena Blanco se abstrae. Delante de sus padres no quiere pensar en la última imagen que tiene de Susana, la de hace unas horas en la sala de autopsias, con el cráneo abierto y la cavidad llena de gusanos. Quiere pensar en la joven como ellos la recuerdan, como una chica guapa y rebelde. Piensa también en su hermana muerta hace años, a la que todavía no pone cara porque no les ha llegado el expediente con su fotografía. ¿Estaban las dos unidas?, ¿hay algo más allá de su relación familiar que las iguale ante los ojos del asesino?, ¿hay alguna diferencia en las muertes que permita pensar que no las haya asesinado la misma persona?, ¿se llevó bien la investigación del primer asesinato?, ¿está el verdadero asesino en la cárcel? Son muchas las preguntas sin respuesta. Como en cada caso al que se enfrenta, le costará dormir bien —más incluso de lo habitual— hasta que las haya encontrado.

—No me he vengado, el asesino de mi hija mayor está en la cárcel. Podía haber hecho que lo mataran, tenía medios para hacerlo, y no lo he hecho, he confiado en su justicia. Esta vez no será así.

Elena Blanco no sabe si es una amenaza fundada o una forma de liberar tensión de Moisés Macaya. Tampoco le importa, detendrá al asesino; lo que ocurra después —si le castiga el Estado o se venga el padre— no depende de ella.

Capítulo 11

Bruno, bailarín del Very Bad Boys —el segundo de los locales del mismo estilo que recorren—, recuerda perfectamente a la chica morena del tutú rosa. Chesca mira alrededor en el vestuario donde los estríperes se preparan para el show del día. Le hace gracia ver a su compañero Orduño hablar con el cubano: costaría saber cuál es el que va a actuar dentro de unos minutos, Orduño tiene más músculos que cualquiera de los bailarines que se mueven por allí.

—Parecía tímida, estaba a disgusto. Así que le dije que no se preocupara, que no iba a pasar nada. Bailamos, terminamos nuestro número y se marchó.

El cubano es atractivo, educado, habla bien y parece realmente afectado al escuchar la suerte que ha corrido una de sus clientas, pero poco más puede decirles.

—Hay chicas a las que les divierte venir, otras vienen por la costumbre y empujadas por las amigas. Usted me pregunta por una de las segundas.

—¿Recuerda a las amigas?

—Por aquí pasan decenas de mujeres cada noche. Si nos cuesta recordar a las que salen al escenario, imagine a las que se quedan en el público.

—Me habían dicho que cada día acababa más de una en el camerino con vosotros.

—De vez en cuando, pero mucho menos de lo que la gente cree. La chica del tutú rosa no era una de las que nos visitan después. Esa noche hubo otra que tendrá que explicarle muchas cosas a su novio antes de la boda, una que llevaba una diadema con una polla de goma.

Otro de los bailarines, de más de uno noventa y cien kilos de músculos inflados, entra en el vestuario, sonríe despectivo y provocador a Chesca.

—Me voy a desnudar, ¿te vas a asustar de lo que veas?

—No creo que me asuste. Ya he visto pollas pequeñas antes.

—¿Pequeñas? Si quieres te hago un pase. Y, si te apetece, nos vamos a uno de los camerinos privados.

—¿Serás lo bastante hombre para mí?

—Hasta ahora no he tenido quejas. Les gusto mucho a los chochitos como tú.

El bailarín le echa la mano al culo a Chesca, quizá no sepa que es policía o, sabiéndolo, ha decidido que así es más excitante. Orduño se da cuenta tarde y no puede evitar que ella le tuerza el brazo atrás y le haga arrodillarse en el suelo.

—¿Estás loca? —grita el bailarín, mientras intenta zafarse sin éxito—. ¡Suéltame!

—Chesca, por favor —interviene Orduño sin mucha energía.

—No te preocupes, solo quiero darle una lección a mi amigo, que tiene las manos muy largas... Lo primero, que no le debe tocar el culo a una chica que no le ha dado permiso. Lo segundo, que a ninguna mujer, o a casi ninguna, le gusta que la llamen chochito...

Aprieta, le retuerce el brazo, podría romperlo. El cubano mira con indiferencia, como si hubiera visto algo así muchas veces, como si solo esperara que sonara un crac. Pero Chesca lo suelta.

—Apréndelo para la próxima.

Orduño se ríe cuando llegan a la calle, no es la primera vez que es testigo del mal humor de su compañera.

—Podrías haberle roto el brazo.

—Es verdad, hasta he pensado en hacerlo. Lo que me jode es que no hemos sacado nada de esta visita —se queja Chesca.

—Conocemos mejor a Susana, algo es algo. Era de las que no se divierten en estas fiestas. Una buena chica.

La siguiente cita de los dos agentes de la BAC, en un día que está resultando especialmente largo, es en las oficinas de la calle Barquillo. Allí los esperan las amigas de la novia que estuvieron en la despedida de soltera en el Very Bad Boys. Todas antiguas compañeras de colegio menos una, Cintia.

—¿De qué conocías a Susana? —Cintia es la primera en la que se ha fijado Chesca. No sabe por qué, quizá por un sexto sentido que la ha llevado a ser policía.

—Estuvimos juntas en un curso de modelos. —Cintia, aunque parezca tímida y apenas mire de frente, solo al suelo, como si no quisiera que se le viera bien la cara, es muy guapa y tiene el típico cuerpo de modelo: alta, delgada, muy espigada—. Susana lo dejó enseguida, no le gustaba y era bajita. Ahora solo hacía algún catálogo de supermercados, de tiendas online y cosas así. Pero continuamos siendo amigas.

La conversación deriva hacia las demás jóvenes, aunque Chesca sigue muy pendiente de las reacciones de Cintia. La líder de las amigas es Marta, la que contesta antes que ninguna, la que lo organizó todo, la que menos siente la muerte de Susana, por lo menos no lo aparenta.

—Fuimos muy amigas en el colegio y después hemos seguido viéndonos. Más por costumbre que por otra cosa: despedidas de soltera, una noche de chicas cada verano y poco más. La gente cambia mucho a lo largo de la vida y ya teníamos poco que ver.

—¿Sospecháis de alguien que pudiera quererla mal?

—¿Han hablado ya con su novio? Aunque no creo, Raúl es un buen chico. No estaba enamorado de ella, pero es un buen chico. Si no se metiera tanto por la nariz, hasta sería un famoso director de cine. Bueno, y lo de su hermana Lara; aunque Susana no hablaba casi nunca de ella, todas lo sabíamos. No me parece casualidad que dos hermanas mueran poco antes de casarse. ¿Sabe que su padre es gitano? Las bodas de los gitanos son distintas, ¿no? Lo mismo a la familia no les gustaba que se fueran a casar como las payas. Pero lo digo por decir —remata.

Interrogan una por una a todas por separado, no hay contradicciones. Todas, menos Cintia, se fueron desde el Very Bad Boys a El Amante; después dejaron a Susana con un taxi cerca de su casa antes de acabar la noche en un local por Alonso Martínez. Tienen que volver a hablar con Cintia.

—¿Eres la única que no se quedó? ¿Dónde fuiste?

—A casa, a dormir.

—¿Sola?

—Sí, sola... No me gustaba lo del sitio ese, me da vergüenza que las mujeres hagan esas cosas, como si esos tíos tuvieran derecho a hacer lo que quisieran con ellas. Era patético, disfrazados de bomberos, de policías...

Chesca opina lo mismo que Cintia, a ella no se le ocurriría entrar en un lugar así. Orduño se mantiene al margen, escuchando las preguntas de su compañera y las respuestas de la amiga de la novia.

—¿Por qué fuiste a la despedida?

—No quería dejar sola a Susana. Me arrepiento de haberme marchado.

Cintia rompe a llorar, lo que no ha hecho antes ninguna de las amigas. Chesca no es buena para consolar, eso se lo deja a Orduño. Le permiten irse con el aviso de que pronto volverán a hablar con ella.

—¿Qué te parece? —pregunta a su compañero cuando la han dejado metida en un taxi.

—Que estaban liadas.

—Todos los hombres pensáis que las mujeres guapas están liadas.

Orduño se encoge de hombros.

Capítulo 12

A Chesca no le ha gustado nada enterarse de que Zárate iba a estar unos días con ellos y no se corta en demostrarlo, pero cumple órdenes: todos saben que con Elena se puede discutir y argumentar lo que sea y que, en muchas ocasiones, se consigue que cambie de opinión, pero una vez da una orden no cabe más que cumplirla.

—Yo voy al apartamento de la víctima, me acompaña Zárate. Vosotros presentaos en casa del novio, no le aviséis antes; a ver cómo reacciona —ordena la inspectora.

Esa tarde han tenido una reunión más. Buendía les ha dado datos sobre la autopsia que, de momento, no han aportado nada nuevo; Orduño y ella han comentado su impresión sobre Cintia. Quien ha estado más interesante ha sido Mariajo.

—Los últimos mensajes que salieron del móvil de Susana Macaya fueron para Cintia. Le pedía que no se enfadara con ella. Cintia no contestó hasta el día siguiente, le pedía perdón por haberse comportado como una aguafiestas. O eso creo, qué mal escribe esa chica, no había ni una vocal en todo el mensaje...

—¿Te pareció que era una discusión de enamoradas? Orduño está empeñado en que tenían un lío —se ríe de él Chesca—. Debe de ser una de sus fantasías.

—La forma en que hablaba de ella su amiga... No son fantasías —se defiende Orduño.

—Era una charla de buenas amigas, nada más. Aunque tampoco sería capaz de negarlo, tenían mucha confianza. En realidad, hacía pocos días que se había eliminado el chat. Lo mismo que las fotos, en la tarjeta apenas había, se borraron hace solo una semana, supongo que cuando acceda a la nube podré deciros algo más.

—¿Hay algo en las redes sociales?

—Susana no era muy activa. Tenía Facebook, pero apenas lo usaba. Nada de Twitter, ni de Instagram, ni de ninguna otra red.

—Mira las redes del novio y las de Cintia. A ver si ellos eran más activos. Y tú, Buendía, intenta que el entomólogo nos diga algo que nos ayude a avanzar. Todos en marcha, mañana reunión a primera hora para poner todo en común.

—¿Y este coche?

Zárate alucina al subirse en el Lada Riva rojo de la inspectora Blanco, una joya de la automoción soviética.

—Es el único que he tenido en mi vida, un clásico. Aunque igual debería ir pensando en cambiarlo, pues cada vez me cuesta más encontrar mecánicos que me lo tengan a punto.

No es verdad que sea el único que ha tenido; de hecho, en el aparcamiento de debajo de casa, el que cuida Didí y es testigo de sus fantasías cumplidas, guarda el Mercedes 250 Berlina gris perla, que compró para viajar y que nunca mueve. El Lada es su favorito, el que usa siempre por Madrid, el que ha cogido hoy para llegar, a primera hora de la mañana, a la Quinta de Vista Alegre.

No es fácil aparcar en la zona de Lavapiés, cerca de la calle de Ministriles, donde está el apartamento de Susana. Deben dejarlo en un área de carga y descarga, pero a Elena no le preocupa, sabe que Rentero se encargará de que la Policía Municipal no tramite la multa, si es que se la calzan.

El edificio es antiguo o, mejor, habría que decir viejo. Susana vivía en el tercero sin ascensor, al que se llega subiendo una estrecha escalera. Tienen orden de registro, pero no copia de la llave y allí no hay portero. Los de la Científica todavía no han llegado, solo les queda una solución: usar su habilidad para abrir la puerta.

—¿Se te dan bien las ganzúas o llamamos a un cerrajero?

—Soy un experto —se jacta el agente.

Zárate tarda menos de lo que lo hubiera hecho con una copia de la llave; en apenas unos segundos están dentro de la casa de Susana.

—Está todo muy ordenado. Está claro que no se la llevaron de aquí. Quien se la llevara lo hizo después de que se bajara del taxi que luego dejó a sus amigas en Alonso Martínez y antes de entrar en el portal.

—Quizá ella decidió ir a algún lugar antes de volver a casa.

—Quizá.

Es un apartamento pequeño, un salón con cocina americana, una habitación y un baño con plato de ducha. En la pared del salón destaca la reproducción de un cuadro; una mujer rubia, desnuda de cintura para arriba, con lo que parecen edificios de cemento en el fondo. Elena lo identifica sin necesidad de acercarse.

—Es de Tamara de Lempicka. Es una pintora medio polaca, medio mexicana. Era bisexual, lo mismo tiene razón Orduño y las dos amigas se entendían. Lo mismo es solo que le gustaban sus pinturas. A mí me gustan.

—¿Sabe usted de arte?

—Lo primero, háblame de tú, Zárate, te lo he pedido ya varias veces, la próxima te arresto —le dice ella por fin—. No, no sé nada de arte, pero estuve en su casa museo en Cuernavaca, en México. No hay que haber visto muchos para identificar un cuadro suyo.

Resulta muy violento curiosear entre las posesiones de un muerto, mucho más ser el primero que lo hace. Entrar en una casa que estaba esperando a su propietario, sin que él hubiera podido hacer nada para ocultar de la vista lo que no quería que nadie viera: papeles, fotografías, revistas, libros y hasta juguetes sexuales que cualquiera tendría pudor en mostrar a los demás; pero allí no hay nada que llame la atención.

—¿No te extraña? Es como si fuera una habitación de hotel. Pero todos tenemos secretos. —Elena curiosea, con cuidado para no tocar nada, mientras Zárate busca. Lo único que le llama la atención es la foto de una chica parecida a la víctima, supone que se trata de su hermana Lara. Está guardada en un cajón, como si la inquilina del apartamento no quisiera deshacerse de ella, pero tampoco verla a todas horas—. ¿Crees que alguien puede haber preparado la casa para un registro?

—No —apunta Zárate—. Mariajo también comentó que las fotos del móvil habían sido eliminadas, como si quisiera hacer borrón y cuenta nueva con su antigua vida antes de casarse.

Elena asiente, Zárate tiene razón. Deben descartar que haya sido de allí de donde se llevaron a Susana. Probablemente la chica no llegó a subir a su casa después de la despedida.

Zárate sale de la habitación con un portátil viejo en la mano, se lo llevarán a Mariajo.

—Hay ordenador, pero no hay línea ADSL. Todo el mundo tiene internet ya, hasta mi madre. ¿De verdad vivía aquí?

—Veremos qué nos cuentan Chesca y Orduño de la visita a casa de su novio. Lo mismo vivía allí y este apartamento solo lo mantenía para venir de vez en cuando. Ya están de camino los de la Científica, ellos nos dirán si hay algo más que debamos saber.

Lo sabrán, en breve no quedará nada de la vida de Susana que ellos no sepan.

—Necesito una grappa. ¿Vienes?

Capítulo 13

El piso en el que vive Raúl no tiene nada que ver con el de Susana. Está en una de las calles de detrás del Museo del Prado, de las que llevan al Retiro, una zona de Madrid que recuerda a París. El edificio hace esquina con Alfonso XII y es el último piso; seguro que tendrá unas vistas privilegiadas sobre el parque, quizá hasta cuente con uno de los torreones que Chesca mira con envidia todas las mañanas, mientras da las dos vueltas de rigor al parque corriendo. Allí solo puede vivir gente de dinero.

—¿Raúl Garcedo? Policía.

—¿Policía? ¿Qué pasa?

—¿Le importa si hablamos dentro?

—Estoy ocupado. ¿Vienen con una orden?

Raúl intenta impedir la entrada de los policías, Orduño se tiene que poner serio.

—No, no traemos una orden de registro, pero si quiere la pedimos y vemos qué trata de esconder. Solo venimos a hablar con usted sobre su novia, Susana Macaya.

—¿Le ha pasado algo?

Raúl permite la entrada de los dos policías. El salón es todavía más lujoso de lo que ellos esperaban: decoración en blanco y negro, elegante y cara, sobre todo un impresionante altavoz BeoLab 90, de Bang & Olufsen, que cuesta bastante más que un coche de gama media. Si lo hiciera sonar a la máxima potencia, la música podría acompañar a los corredores del parque; como dice la publicidad de la casa, un sonido más potente solo se consigue en primera fila de un concierto en un estadio.

—Antes de hablar, prefiero que guarde eso —Chesca mira con desprecio.

Sobre la mesa hay una raya de coca; a su lado, la tarjeta de crédito que ha servido para prepararla y un tubo que tal vez sea de plata. Para sorpresa de los policías, Raúl esnifa la raya y deja caer todo lo demás dentro de un cajón, empujándolo con el dorso de la mano.

—Guardado. Ustedes me dirán... No sé nada de Susana desde el viernes. Se iba de despedida de soltera.

—¿No ha intentado hablar con ella?

—Ayer la llamé al móvil, no me lo cogió. Suponía que me llamaría hoy.

—Se van a casar dentro de un par de semanas. ¿No sería normal que hablaran a diario? —pregunta Chesca.

—Supongo que la policía no viene a mi casa para saber si me porto mejor o peor con mi novia o si hablamos cada diez minutos. Hagan el favor de decirme lo que sea.

Chesca siente una inmediata antipatía por Raúl, casi deseos de que sea el culpable de la muerte de la chica. Lo suelta sin rodeos:

—Esta mañana han encontrado el cadáver de Susana Macaya en un parque en Carabanchel.

—¿Qué?

La sorpresa de Raúl no parece fingida, pero eso no quiere decir nada, todos los sentimientos se pueden imitar.

—Ha sido asesinada. Le rogamos que colabore con nosotros.

—Claro, lo que ustedes me pidan —por primera vez parece nervioso—. No sospecharán que yo...

—En un caso de asesinato, siempre sospechamos de la pareja; desgraciadamente, nos da buen resultado. Tendrá que acompañarnos.

—Pero ¿estoy detenido?

—No, por supuesto que no. No le detendremos si no encontramos motivos para hacerlo. Si llegara el caso, se lo diríamos, para que pudiera llamar a su abogado. De momento solo queremos que nos hable de Susana Macaya.

Se llevan el ordenador —un Mac de más de dos mil euros— para que Mariajo pueda analizarlo y le piden que los acompañe a sus oficinas. No le dicen que esta noche no volverá a casa, que dormirá en una sala de espera y que la inspectora Blanco solo le interrogará por la mañana, cuando esté enfadado, cuando se le pasen los efectos de la cocaína que acaba de esnifar, cuando esté dispuesto a cambiar su altavoz Bang & Olufsen por una simple ducha. Solo entonces les dirá todo lo que quieren saber.

Capítulo 14

La inspectora Elena Blanco ha llevado a Ángel Zárate hasta un local en la calle Huertas. Es un karaoke de los de toda la vida, el Cheer's.

—¿Un karaoke?

—¿Has estado alguna vez en uno?

—Hace más de diez años, con unos amigos... Pero no había vuelto.

Nada más entrar advierte que allí todos conocen a la inspectora: los camareros la saludan, algunos entre el escaso público presente le hacen un gesto, hasta el cantante que está en el escenario, que en estos momentos interpreta una canción de Mocedades, le guiña un ojo al verla.

—Veo que eres de lo más popular.

—Vengo a menudo, de domingo a jueves. Los viernes y sábados solo hay turistas y borrachos, entre semana es cuando se juntan los que cantan bien.

Zárate mira alrededor, sin saber cuál puede ser el encanto del local: gente mayor, un micrófono, una pantalla con delirantes vídeos con la letra de las canciones, un hombre con pinta de funcionario que canta sobre una mujer a la que las demás mujeres del barrio llamaban loca... El camarero se acerca a ellos con una sonrisa en la cara.

—No te esperaba hoy, Elena. Como ayer te marchaste tan tarde...

—Hoy no me dejes que me quede hasta el final. Una horita y me voy.

—¿Lo de siempre?

—Sí.

—¿Y el señor?

—Una cerveza, un tercio de Mahou —interviene Zárate.

Elena se precia de saber mucho de la gente por lo que bebe, pero no tiene ninguna opinión sobre los que piden tercios de Mahou. Que son madrileños, poco más.

—¿Qué es lo de siempre? ¿Grappa? —le pregunta él.

—Sí, una grappa distinta según la hora del día. Al caer la noche me gusta la stravecchia, envejecida en barricas de madera al menos dos o tres años.

—Un coche ruso de la época de los sóviets, grappa, un karaoke... No se puede negar que eres peculiar, inspectora.

—Todavía no sabes nada. Y hemos venido a trabajar. Dime, ¿qué te ha llamado más la atención del apartamento de Susana?

Zárate siente haber estado tan presionado por la presencia de la inspectora y no haber tenido los ojos lo bastante abiertos. Poco puede decir, más allá de lo que ya han hablado, la llamativa ausencia de detalles personales, aparte de la ropa. También la falta de línea ADSL.

—¿Nada más?

—Nada. ¿Qué ha visto usted?

—Poco, como bien dices, daba la impresión de que se había limpiado el piso de recuerdos, pero algunos elementos llamaban la atención.

Elena le habla del cuadro de Lempicka, que puede tener significado o no; también del retrato de Lara guardado en un cajón, del imán de nevera con la misma mariposa que Susana llevaba tatuada en el omóplato...

—Muy poca cosa, pero no importa. Ya encontraremos lo que buscamos.

—¿Y si no lo encontramos?

—La brigada siempre lo encuentra, no tenemos demasiada prisa. Y no lo olvides: siempre llevamos ventaja sobre el asesino. Nosotros podemos equivocarnos veinte veces, pero si acertamos una, lo descubrimos; él puede acertar veinte veces, pero si falla una, lo descubrimos. Es una cuestión de estadística.

A Zárate le gustaría que la inspectora siguiera hablando, pero por el altavoz la reclaman: Elena.

—Es mi turno.

Sale al escenario y coge el micrófono, algunos de los presentes la saludan con aplausos, la música empieza a sonar.

—*Suona un'armonica, mi sembra un organo, che vibra per te, per me, su nell'immensità del cielo.*

No es una música que a Zárate le guste —nunca antes había oído cantar a Mina Mazzini; en realidad, la única italiana que le suena es Raffaella Carrà—, pero debe reconocer que la inspectora canta muy bien. Le ha dado una sorpresa más, mayor que la de la grappa o la del Lada. Cuando acaba, se lleva una buena dosis de aplausos. Enseguida llega el camarero con otra copa del selecto aguardiente.

—Invitación de la casa, cada día cantas mejor, Elena.

Hablan de la carrera de Zárate: hijo de policía, nacido en Bilbao, aunque vive en Madrid desde la muerte de su padre en acto de servicio cuando él era apenas un niño, policía de vocación tardía, antes de presentarse a las pruebas para entrar en el cuerpo estudió Derecho... Elena, en cambio, no dice más que generalidades sobre sí misma.

—Espera y atiende, va a salir a cantar Adriano.

Un hombre de cerca de sesenta años sube al escenario y rechaza el micrófono que le ofrecen.

—Escúchalo, si Adriano hubiese querido, Pavarotti, Carreras y Plácido Domingo se tendrían que haber ganado la vida cantando en el metro.

—¿Exageras? —se ríe Zárate.

—Un poco, pero canta muy bien.

Adriano no necesita el micro para que se le escuche hasta en el último rincón del Cheer's.

—Nessun dorma! Nessun dorma! Tu pure, o Principessa, nella tua fredda stanza, guardi le stelle, che tremano d'amore e di speranza!...

Todos aplauden a rabiar, incluido Zárate, aunque él es consciente de que lo hace solo para imitar a los demás: ellos parecen haber accedido a algo que a él le ha sido vedado, una experiencia que solo está al alcance de algunos escogidos.

—¿Tienes coche? —le pregunta Elena, como si la actuación del tal Adriano hubiera sido un resorte.

—No, solo moto.

—Entonces vamos a mi casa...

Capítulo 15

Cuando se levantó esta mañana, en su apartamento compartido con otros dos agentes de la comisaría en Carabanchel, Zárate no podía ni imaginar que el día acabaría en un piso en el que cualquiera desearía vivir, en plena plaza Mayor de Madrid.

—Ponte de beber lo que quieras, voy un momento al baño.

Mientras la inspectora Blanco desaparece por el pasillo, él se asoma a la ventana para ver la plaza a la que tantas veces su madre le trajo de niño para comprar las figuritas del belén; si lo piensa bien, no hace tantos años de eso. No recuerda las Navidades, sin padre, como días muy felices. En el balcón, tapada con un voladizo, hay una cámara. Un piloto rojo ha llamado su atención. Tal vez sea algo del ayuntamiento, tal vez se trate de un sistema de seguridad. Después le preguntará a la dueña de la casa.

Tras salir del karaoke, fueron a buscar el Lada. La inspectora lo condujo hasta el aparcamiento de debajo de la plaza y allí se acabaron las dudas de Zárate acerca de lo que iba a ocurrir: ella se sentó a horcajadas sobre él y le empezó a besar.

—Tienes que conseguir un todoterreno, grande.

Después subieron al piso, parando en los descansillos de la escalera para seguir besándose y entraron en el impresionante salón en el que ahora están. Si esta mañana hubiera tenido que apostarse su sueldo a que acabaría con una de la BAC en la cama, se habría decantado por Chesca, no porque sea la que más le gusta, ni mucho menos, sino porque era la más borde y a Zárate le gustan los retos. Mejor con la jefa, mucho mejor que sea con la jefa.

—¿Todavía estás así? Desnúdate.

La inspectora Blanco ha salido desnuda del baño y le ha pedido —ordenado— a Zárate que haga lo propio, pero no le deja tiempo. Ella misma se le acerca y lo lleva al dormitorio mientras le va quitando la ropa.

La habitación es también muy grande, con una cama que debe de medir dos metros de ancho por otros dos de largo. No hay nada en la casa fuera de lugar. Sobre el cabecero de la cama, cuelga un cuadro grande en el que se retrata un desnudo femenino. No se parece al de casa de Susana, al de la pintora polaca o mexicana de la que hablaban. Este es más realista y, aunque no se le ve la cara, se pregunta si no será quizá la misma inspectora.

—Solo te aviso de una cosa. Esto que está pasando no ha sucedido. Mañana sigo siendo la inspectora y tú el agente que está destinado unos días en mi brigada. Nada más, no te creas más importante por esto. Si no lo aceptas así, levántate y vete.

—No te preocupes.

Son las últimas palabras de ambos. A partir de ahí solo hay sonidos guturales, gemidos, susurros... Cuando se fija en ella, ve que tiene la cicatriz de una cesárea, no se imaginaba a Elena Blanco como madre, no hay nada en lo que ha visto de esa casa que lleve a pensar que allí viva nadie más. Quizá sea que no se fija en los detalles, que no es observador, lo mismo que le pasó en casa de la muerta.

La inspectora no es una mujer remilgada en la cama, nada le parece mal, todo le provoca placer. Zárate está en tensión continua, no quiere quedar mal con su jefa, que ella no acabe satisfecha. Como si la posibilidad de no darle placer en la cama fuera a traducirse en la negativa a aceptarle en la BAC. Pero ella llega muy rápido al orgasmo y no se detiene por eso, sigue y sigue, encadenando uno tras otro. Cuando termina, se acurruca a su lado, como si buscara que alguien la protegiera.

No tarda en quedarse dormida, Ángel se levanta con cuidado para no molestarla. Desnudo, como está, va al salón. Mira alrededor, no hay fotos, no hay nada que permita pensar en el hijo o en la hija que supuestamente tiene la inspectora. Todo parece muy caro, el sofá de cuero, los muebles de maderas buenas, juraría que los cuadros son de firma, nada que se compre en centros comerciales o en mercadillos... Se vuelve a asomar a la plaza Mayor, casi desierta a esta hora de la noche, solo la atraviesa un hombre que camina deprisa. Allí está la cámara, con su piloto rojo que se enciende de forma intermitente.

—¿No puedes dormir?

La inspectora se ha puesto una bata ligera para salir al salón.

—Perdona, me llama la atención la plaza por la noche.

—Creo que es mejor que te vayas.

—No quería molestarte.

—No es molestia, es que no me gusta que nadie pase aquí la noche. De hecho, no me gusta que nadie suba a mi casa —esta es su guarida, solo para ella—. No te molestes, te espero mientras te vistes.

—Perdóname una pregunta, ¿qué es ese piloto que se enciende y se apaga en el balcón?

—Nada importante —no le da ninguna explicación más.

En la puerta no hay un beso, la inspectora le tiende la mano.

—Hasta mañana, Zárate.

Cuando el agente ha salido, Elena lucha entre el deseo de irse a la cama a dormir y la que considera su auténtica obligación: comprobar las fotografías, muchos miles desde que lo hizo por última vez el domingo, que ha tomado la cámara instalada en su balcón.

Tiene práctica, las mira de veinticinco en veinticinco y las borra a continuación. Ocasionalmente guarda alguna porque tiene algo que le hace gracia: una pareja besándose, un niño con un globo, una mujer con un rostro peculiar... Pero nunca aparece lo que ella busca, una cara picada de viruela que solo vio en una ocasión, durante un par de segundos, hace ocho años. Teme que esa cara se le olvide y no poder reconocerla si alguna vez se la encuentra.

Capítulo 16

Zárate se encuentra todos los días con su compañero Costa en el bar La Reja, casi enfrente de la comisaría de Carabanchel. Allí toman su café con leche con churros y se preparan para el día.

—Pensé que no ibas a desayunar.

—Creo que voy a estar unos días sin venir, la inspectora Blanco ha pedido que me una a la Brigada de Análisis de Casos mientras dura la investigación sobre el asesinato de la chica y el comisario ha aceptado —Zárate supone que Costa se va a enfadar, se va a sentir desplazado; en lugar de eso sonríe y suelta el cotilleo:

—Mejor, así te enteras de todo lo que vayan descubriendo. ¿Sabes quién llevó la investigación del asesinato de la hermana? Salvador Santos...

Zárate asiente al oír el nombre de su mentor. No hay nada que temer, Salvador Santos fue un buen policía, uno de los mejores, seguro que el caso estuvo bien instruido y las pruebas que llevaron a que un condenado entrara en prisión eran concluyentes. Salvador Santos fue compañero de Costa, pero años antes lo fue de Eugenio Zárate, el padre de Ángel. El día en que murió, en un tiroteo con unos aluniceros, estaba con él. Fue Salvador quien tuvo que llamar a su madre para darle la noticia. Desde entonces ha seguido cerca de él, como una especie de segundo padre. Fue él quien, cuando Zárate acabó Derecho y estaba perdido, le asesoró para que entrara en la policía, le allanó el camino y le consiguió los mejores preparadores. Gracias a Santos entró a formar equipo con Costa, su compañero. Desde que se jubiló, hace unos seis años, Zárate come todos los domingos en su casa la magnífica paella que prepara Ascensión, su esposa. Así, domingo tras domingo está siendo testigo de cómo el alzhéimer va terminando con los recuerdos del hombre al que más admira y aprecia. Todavía le reconoce al llegar y le sonríe cuando le ve, algunos días hasta parece que la enfermedad se ha parado y está brillante, pero lo normal es que su conversación sea cada semana más incoherente. Zárate sabe que al Salvador Santos que conoció le queda muy poco...

—¿Te preocupa algo, Costa?

—A Salvador se le nota la enfermedad en los últimos tiempos, pero la arrastra desde antes, desde mucho antes de jubilarse —le responde Costa como si le hubiese estado leyendo la mente—. Estoy intranquilo, solo eso.

No dejes que nadie manche su nombre, Zárate. Sabes que fue un gran policía, el mejor, mucho mejor que esa inspectora que parece de película.

Elena Blanco no mira a los ojos de Zárate cuando este llega a las oficinas de la BAC, como si no recordara la noche pasada. Todos están entrando en la sala de reuniones. Zárate ya va conociendo los nombres: Buendía es el forense; Mariajo, la experta en informática; Orduño y Chesca, los agentes que se encargan de casi todo; Elena, la jefa. Es un equipo pequeño que parece funcionar como una máquina bien engrasada.

El primero en tomar la palabra es Buendía. Ya tiene completos los informes de la autopsia y le pasa una copia a cada uno de ellos. Nadie los mira, todos esperan sus explicaciones.

—Antes que nada, debo decir que el *modus operandi* del asesinato es el mismo que el descrito en la muerte de la hermana mayor de la víctima. He tenido acceso al expediente de la autopsia de Lara Macaya y no he encontrado diferencias significativas.

—¿Mismo asesino? —Elena lleva siempre la voz cantante, aunque el que presente sus conclusiones sea otro de los miembros del equipo.

—Eso lo debéis descubrir vosotros, pero yo tiendo a pensar que sí. Os he dejado un resumen de la autopsia de la hermana entre los papeles. La muerte fue tremendamente cruel: miasis. Os explico qué es. —Las imágenes que Buendía quiere mostrar a los demás van apareciendo en un proyector en la pared. La primera es de un gusano—. Os presento a la *Cochliomyia hominivorax*. Una mosca inofensiva. Pero en su etapa larvaria es un gusano que se alimenta de tejidos vivos. Sobre todo del ganado, pero también de humanos.

Sonríe al grupo con expresión ufana. Él hace su trabajo con eficacia, sin detenerse a pensar en lo perturbadores que pueden resultar sus hallazgos. Habla con entusiasmo, como si les estuviera recomendando un restaurante magnífico que descubrió la noche anterior.

—Es una mosca tropical, pero se ha visto en Europa, quizá por los envíos de ganado de un continente a otro. Por ejemplo, en Francia se han encontrado gusanos de esta mosca en un perro que tenía una herida en la oreja.

—¿Es el mismo gusano que apareció en el cadáver de Lara? —pregunta Blanco.

—El mismo en las dos hermanas.

—¿Cómo lo hace?

Es Chesca quien plantea la pregunta. Pese a su afán por parecer una mujer aguerrida, no puede evitar una mueca de repugnancia.

—Solo hay dos modos —explica el forense—. O introducir una mosca hembra en la cabeza de la víctima para que ponga sus huevos dentro, lo que llevaría un tiempo de incubación, o colocar directamente las larvas vivas para que empiecen a hacer su trabajo. Dado el destrozo causado en el tejido cerebral, me inclino por lo segundo.

—¿El asesino mete gusanos vivos en la cabeza de las víctimas? —pregunta Mariajo—. ¿Lo estoy entendiendo bien?

—Así es. Y estos gusanos son voraces. Se les llama gusanos «barrenadores». Arrasan con todo el tejido que encuentran a su paso.

—Prefiero los piojos —bromea Chesca.

—Se nota que no has tenido hijos —rebate Buendía.

Elena zanja el chascarrillo antes de que vaya a más.

—¿Se pueden criar aquí esos gusanos?

—Sin problema, en determinadas condiciones de humedad y temperatura —responde el forense—. Así es como actuaron en la cabeza de Susana.

La siguiente imagen muestra lo que Elena ya vio en la sala de autopsias: el cráneo de la víctima, de la novia gitana, abierto. Dentro hay centenares de gusanos que se han comido todo su contenido.

—Joder, Buendía, vaya guarrada —se queja Orduño.

—Si no quieres ver guarradas, dedícate a la decoración de interiores; eres policía, recogemos la mierda de la sociedad —se defiende jocoso el forense—. Los gusanos o, más bien, los huevos se introdujeron en el cerebro a través de tres incisiones hechas con un torno eléctrico de dentista.

La explicación de Buendía sigue, mezclando los términos técnicos con las puntualizaciones al alcance del más lego: los gusanos «barrenadores» pueden atacar a cualquier ser de sangre caliente, incluyendo al género humano. Las larvas comienzan inmediatamente a alimentarse del tejido vivo penetrando en la herida, que se agranda conforme se alimentan.

—Y lo más cruel: no es necesario que el anfitrión esté muerto. Susana, como su hermana hace unos años, permaneció con vida durante toda la tortura a la que fue sometida.

Las caras de todos reflejan asco y dolor, deseos de venganza.

—Vamos a pillar al culpable —les promete Elena.

Los siguientes en hablar son Orduño y Chesca, que trajeron a Raúl, el novio de la víctima, a la brigada.

—Ahí lo tenemos, en la sala de espera. Ayer llegó muy gallito. Pasar la noche en esas sillas lo tiene que haber hecho ablandarse —informa Chesca.

—Muy bien. ¿Algo que debamos saber sobre él?

—Que tiene el dinero por castigo. Menudo casoplón mirando al Retiro. Que el tío se mete coca. Ah, y que no sé por qué se casaba, no ha soltado ni una lágrima desde que le dijimos que su novia había muerto.

—Su ordenador tiene más filtros de seguridad que el de Donald Trump, bueno, no es un buen ejemplo, el de Donald Trump tiene menos que el de mis nietos.

—No tienes nietos, Mariajo —se ríe la inspectora—. ¿No vas a conseguir abrirlo?

—Claro que sí, pero voy a tardar un poco.

—Pues nos vamos a hablar con él. Zárate, ven conmigo. Si aparece algo nuevo, decídmelo. Chesca, Orduño, quiero que os empolléis el informe que nos ha dado Buendía. ¿Habéis encontrado cámaras cerca de la casa de Susana?

—Había dos. Nos están preparando un montaje, ahora vamos a visionar las imágenes —dice Orduño.

—Estupendo. Si hay novedades, me llamáis de inmediato.

Chesca mira hostil a Zárate mientras él sale de la sala, acompañando a la inspectora.

Capítulo 17

—¡No tienen ningún derecho a retenerme aquí! ¡Es un abuso! ¡Les voy a denunciar!

La inspectora está acostumbrada a la reacción de los retenidos, hasta cree que tienen razón y que ella misma gritaría, se quejaría, amenazaría con denuncias. No le gusta hacer lo que ha hecho con Raúl, sobre todo teniendo en cuenta que su prometida acaba de ser asesinada, pero lo considera necesario.

—Nadie le ha retenido, usted podría haberse marchado en el momento en que lo deseara. Como puede ver, esto no es una comisaría, sino una dependencia policial; si le hubiéramos querido retener, le habríamos llevado a un calabozo. Aquí las puertas no tienen llave.

—Me voy.

—Si se va ahora, nos hará pensar que no tiene deseos de que encontremos al asesino de Susana. Y, si creemos que usted quiere entorpecer nuestra investigación, sospecharemos. Le aconsejo que se quede sentado y responda a nuestras preguntas.

El tono de voz de la inspectora ha sorprendido a Zárate: amable y a la vez firme. Nadie se levantaría de esa mesa.

—No me han dicho nada de la muerte de Susana —es la última protesta de Raúl.

—No queremos que trascienda. No sé si usted conocía la muerte de Lara, la hermana mayor de su prometida.

—Sé que la asesinaron, poco más.

—No parece que tuviera una relación muy estrecha con la víctima, aunque se fuera a casar con ella.

—No todos los noviazgos son iguales.

Poco a poco, pese a las reticencias de Raúl, la inspectora va sacando la información que quiere: que no se llamaban a diario, que la última vez que hablaron fue el viernes por la tarde, cuando ella salió a celebrar la despedida con sus amigas, que pensaba que tendría una resaca brutal y por eso no se había puesto en contacto con él...

—¿Cuándo vio a Susana por última vez?

—El miércoles o el jueves, no recuerdo, no, sí, el jueves. Cenamos en el Amazónico, en la calle Jorge Juan, después le propuse tomar una copa por allí, pero ella prefería que fuéramos a casa. Así que allí nos fuimos.

—¿Se quedó a dormir?

—No, hicimos el amor y se fue a su casa. No le gustaba quedarse a dormir. Y yo tenía que trabajar por la mañana, tenía una reunión para preparar la grabación de un anuncio de un yogur.

—¿Qué hizo usted el viernes por la noche?

Raúl se pone todavía más nervioso.

—No sé, ¿no me considerarán sospechoso? Esto es absurdo...

Elena Blanco repite su pregunta, implacable.

—¿Qué hizo el viernes por la noche?

Raúl no alcanza a responder porque Mariajo se asoma a la sala.

—Por favor, inspectora, es importante.

Elena y Zárate salen al pasillo, Raúl se queda solo, tal vez intentando recordar qué hizo el viernes, tal vez inventando una mentira.

—He conseguido abrir el ordenador del novio de la víctima. Todavía no he visto ni un diez por ciento. ¿A que no sabe lo primero que ha aparecido?

No tienen que tirarle de la lengua para que ella les muestre una serie de fotos: son Susana y su amiga Cintia, desnudas y en posiciones más que reveladoras, en la cama del apartamento de Ministriles que Elena y Zárate visitaron ayer. Están sacadas de lejos, probablemente con una cámara dotada de un potente teleobjetivo.

—Tenía razón Orduño, estaban liadas. Pídeles que traigan a Cintia a hablar conmigo esta misma mañana.

Antes de entrar en la sala, la inspectora se queda pensando y lo comenta con Zárate y Mariajo.

—¿Estaban liadas, Raúl se enteró y mató a su novia? —No es una posibilidad muy original, pero quizá sea todo así de sencillo.

—¿Con gusanos? No lo creo —responde Zárate.

Elena concuerda, pero a Mariajo le queda algo por desvelar.

—En el ordenador hay una carpeta entera con recortes del asesinato de la hermana mayor. —Mariajo ha descubierto mucho más de lo que ella misma reconoce, en apenas unos minutos trasteando con el Mac.

—Quizá tuvo acceso al expediente de la muerte de su hermana y le pareció que matarla de la misma forma era un modo de apartar de él las sospechas. Pero no, yo tampoco creo que nadie mate a la novia con gusanos por un enfado, eso hay que prepararlo con tiempo. Además, tal vez lo sabía y le ponía cachondo.

—O tal vez la asesina fue Cintia. Estaba enamorada de su amiga y ella se iba a casar con otro... era una manera de impedirlo —aventura Zárate.

—Te digo lo mismo que me dijiste tú —Elena duda—. ¿Con gusanos? ¿Será tan rebuscada?

—Tal vez. ¿Le decimos algo a Raúl de lo que sabemos de su novia y de Cintia?

—No, dejemos que él mismo nos cuente qué hizo el viernes.

Cuando regresan a la sala, Raúl ya no está tan agresivo como hace unos minutos; ahora se muestra abatido, nervioso.

—El viernes no hice nada. Me quedé en casa.

—Qué contrariedad —habla con sarcasmo la inspectora—. No me ha parecido que fuera usted una persona de quedarse muchas noches en casa.

—El viernes fue una de esas noches.

—¿Vio la tele? ¿Pidió una pizza?

—No, no sé qué hice. Leer, escuchar música...

La inspectora toma notas constantemente. Ni Raúl ni Zárate saben qué es lo que escribe. En realidad, no escribe nada importante, se trata de un truco: si toma notas, el interrogado piensa que ella sabe más de lo que demuestra, que de alguna forma ha dicho cosas que no debiera.

—Vamos a volver a hablar del asesinato de Lara, la hermana de su novia. ¿Qué sabe de aquello?

—Nada, no sé nada.

La dureza emerge en la voz de la inspectora.

—Sin embargo, en su ordenador hay una carpeta con los recortes de prensa que aparecieron en la época.

Raúl se da cuenta de que su posición es peor cada minuto que pasa. Es el momento de que diga la verdad.

—En serio, Susana nunca quería hablar conmigo de aquello. Pero yo siempre he deseado ser director de cine, se me ocurrió que se podría hacer un guion...

Hay una nueva interrupción, esta vez es Chesca.

—Inspectora.

Otra vez salen los dos. Chesca les enseña unas imágenes en una tablet.

—Es de una cámara de seguridad de la plaza de Tirso de Molina. Se ve al novio de Susana, a Raúl Garcedo. Es de la noche del viernes al sábado a las tres de la mañana.

Allí está, se trata de él sin ninguna duda. Camina hacia la calle de Ministriles, donde vivía su novia.

—Vaya, parece que al final no se quedó en casa. Preparad el traslado, Raúl Garcedo queda detenido.

Segunda parte

QUISIERA QUE FUERA AMOR

Quisiera que fuera amor, aquel amor verdadero,
lo que siento y lo que me hace pensar en ti.
Quisiera poderte decir que te amo hasta morir
porque es lo que deseas de mí.

El niño está sentado en el suelo y se mira la herida del pie. Tiene mal aspecto. Hay sangre coagulada en medio de una mancha negra que le cubre todo el empeine. El mordisco en la pierna le duele a oleadas, como descargas eléctricas que le recorren la tibia y luego se van. Hasta que llega una nueva.

Con la luz del día, la nave es un lugar habitable. La lavadora blanca, las cajas en fila, bajo una estantería alargada de obra. El perro muerto, con la lengua fuera, como si le estuviera haciendo la burla. La pala apoyada en el cuerpo del animal. La pala.

El niño se levanta, coge la pala. La emprende a golpes con la puerta. La pala pesa mucho, le resulta más fácil utilizarla a modo de ariete. Una astilla salta y se le mete en el ojo. El niño parpadea. En un ataque de furia golpea la madera con la pala varias veces. La pala se le escurre de las manos y le hace daño en el pie herido. Se deja caer y se queda ovillado con la espalda apoyada en la puerta. Se frota los ojos, tiene una astilla dentro y siente un ardor insoportable. Llora.

Podría explorar las cajas en busca de alguna herramienta que le ayude a escapar, pero no lo hace. Está cansado, sin fuerzas. A esas horas, si estuviera con su madre, estaría tomando el desayuno. Un vaso de leche y unas galletas. La sensación de hambre se le hace de pronto muy presente y lo domina todo.

No consigue abrir el ojo izquierdo por completo, está tuerto; pero se queda mirando la ventana alargada que casi toca el techo. No tiene manija, no es una ventana de ventilación, simplemente existe para dejar pasar un poco de luz. Tiene unos barrotes por fuera, pero, si rompe el cristal, podría gritar para pedir ayuda. Se acerca cojeando a la lavadora y la arrastra hasta la pared, se sube encima. No llega a la ventana. Saca varios libros de una de las cajas de cartón, tomos gruesos. Los apila y se sube a la torre. Ahora sí la alcanza.

Mira a su alrededor, en busca de una herramienta que le permita romper el cristal. Coge uno de sus zapatos. Golpea con el tacón, golpea con la puntera, golpea con fuerza hasta que le cae encima una lluvia de cristales. Tiene un corte en la mano, pero no le duele. Retira los cristales que todavía están pegados en el bastidor de la ventana y logra hacerse un hueco para agarrar los barrotes y levantarse a pulso.

Grita pidiendo ayuda. Pregunta desesperado si hay alguien por ahí. Ante sus ojos se despliega una extensión de campo sin fin. Sabe que está en medio de la nada.

Baja de la torre, baja con cuidado de la lavadora. El pie le duele mucho cuando lo apoya en el suelo, se mueve a la pata coja hasta el lugar que ha elegido para sentarse a esperar.

Allí se queda varias horas con la vista clavada en el animal. Por la herida de la cabeza se le ha escapado un trozo grande del cerebro. Al niño le recuerda a un guante de boxeo. Podría tapar el cadáver con una manta, pero no se le ocurre hacerlo. O no quiere. El perro muerto le hace compañía.

Él siempre ha querido tener un perro. A veces, cuando lo oía por la noche, imaginaba que ese perro era suyo.

Capítulo 18

Segunda reunión del día tras el traslado de Raúl a los calabozos de una comisaría convencional. De ahí pasará a disposición judicial, si así lo decide la inspectora Blanco.

—Pues nada, aquí estamos otra vez. Buendía, supongo que no hay novedades con la autopsia, ¿no? ¿Se sabe ya de quién son los restos de debajo de las uñas?

—No hay datos todavía.

—¿Algo más?

—Nada, aparte de un detalle que no creo que tenga mucha importancia. Ya han llegado los análisis: en el cuerpo de Susana había grandes dosis de diazepam.

A Elena le choca de inmediato.

—¿Diazepam? ¿Es que querían sedarla? No me pega que usen un sistema tan cruel para matarla y que después le proporcionen diazepam, como si quisieran que sufriera y a la vez que no sufriera. ¿Le dieron diazepam o algo a su hermana cuando la mataron?

—Que yo sepa, no. A menos que se haya extraviado un informe de tóxicos. ¿Qué dice el novio de la víctima? ¿Le habéis apretado para que confiese?

—El novio dice poca cosa, sobre todo tonterías. De hecho, yo no creo que tenga nada que ver —la revelación de la inspectora sorprende a todos.

—Estaba cerca de casa de Susana a la hora aproximada en que desapareció —protesta Chesca.

—Sí. Y nos mintió diciendo que no había salido de casa. Además, tenía las fotos de su novia y de Cintia en la cama. Aparte de todo lo que se publicó sobre el asesinato de Lara.

—¿Por qué aseguras entonces que no ha sido él, inspectora? —es la primera vez que Zárate se atreve a decir algo en una de las reuniones. Se arrepiente al sentir la mirada de los demás sobre él. Solo Elena le contesta cordialmente.

—La huella de la Quinta de Vista Alegre. ¿Te has fijado en los pies de Raúl?

Zárate debe reconocer que no, que no se ha fijado. Cada vez que ella le pregunta algo es para que él caiga en la cuenta de que no es tan observador como siempre había creído que era.

—No calza más de un cuarenta y tres; las huellas que encontramos eran de la talla cuarenta y cinco. De un hombre grande que hemos convenido en que cargó con ella. Susana pesaba alrededor de cincuenta kilos y, por la profundidad de las pisadas, si le restamos esa carga, el asesino debe de pesar al menos cien. Así que sigamos trabajando. Mariajo, ¿algo más en el ordenador?

—Que a Raúl le gustaban los vídeos y las fotos de lesbianas. No solo tenía las de su novia y su amiga, entraba casi a diario en una página de vídeos porno y era su sección favorita.

—Y la de todos los tíos.

Todos discuten, pero Buendía, Orduño y Zárate acaban dándole la razón a la inspectora: sí, es una de las secciones favoritas.

—¿Y del ordenador de Susana?

—Hay una zona en la que todavía no he logrado entrar. Tengo la sensación de que esa chica había eliminado muchas cosas de su ordenador, igual que hizo con su móvil, hacía pocos días.

—Y de su casa; había hecho limpieza general. No he visto nunca una casa con menos objetos personales. —Zárate quiere reconciliarse con la inspectora, que ella no piense que no se entera de nada.

—Cierto —apunta ella—. ¿Algo más, Mariajo?

—Sí, he conseguido ver el seguimiento del móvil por GPS. Poco después de las tres de la madrugada, a las 3:17 del sábado, Susana entra en un vehículo, supongo que un coche.

—Casi la misma hora en la que se grabó a Raúl.

—Por tanto, le habría dado tiempo. La señal se mueve a unos sesenta kilómetros por hora desde la calle de su casa hasta la Quinta de Vista Alegre. No sabemos si se montó por su cuenta u obligada. Desde que llegó a la Quinta de Vista Alegre, no se movió de allí.

—Entonces fue allí en donde le hicieron todo, en donde le trepanaron el cerebro y le introdujeron las larvas.

—Y en donde pasó su calvario. El guarda dijo que solía haber mendigos. ¿Ninguno notó nada? Son más de cuarenta y ocho horas, es mucho tiempo. Tendremos que volver a la Quinta, a ver si nos hemos dejado algo pendiente. Muchas gracias, Mariajo, sigue buscando. Hay otra cosa en la que no hemos pensado: ¿quién hizo las fotos de Susana y Cintia?

Todos las han visto ya. Las dos mujeres se encuentran en la cama, dispensándose sus atenciones. No hay ninguna posibilidad de equívoco, dos simples amigas no hacen la mitad de las cosas que ellas comparten en su sesión de sexo. Se han tomado en el dormitorio de casa de Susana, desde la ventana de un edificio que tiene que estar en la acera de enfrente, con una buena cámara.

—Ellas no saben que las están fotografiando, yo creo que eso descarta que el fotógrafo fuera Raúl.

—O no, cosas más raras se han visto —se ríe Buendía.

—Lo único que podemos descartar es que formaran un trío.

—Tienen más pinta de estar hechas por un detective privado —aventura Orduño.

—¿No es muy antiguo lo de los detectives privados? Bueno, nadie ha dicho que los asesinos sean modernos —se corrige a sí misma Chesca—. Podemos ir a visitar la casa otra vez con los de la Científica y estudiar desde dónde se hicieron las fotografías. Quizá hacer una visita al vecino mirón.

—Eso después. Antes quiero que tú y Orduño interroguéis a Cintia. Hacedlo en la sala de las cámaras, asistiré al interrogatorio.

—¿Estamos pensando en que pueda ser culpable?

—Recuerda la huella que encontramos, Orduño. Era de la talla cuarenta y cinco y de un hombre pesado. Aunque no sea una prueba determinante, es probable que pertenezca al asesino. No parece posible que sea de Cintia.

—Pudo encargar el asesinato —se defiende el agente.

—Pudo hacerlo, pero sería el primer sicario del mundo que usara gusanos para matar a alguien —rechaza Elena Blanco—. Levantamos la sesión, cada uno a lo suyo.

Capítulo 19

Cintia está mirando, preocupada y avergonzada, las fotografías que hay en el ordenador. Se ve que siente pudor, no solo de estar desnuda en las fotos, también de haber mentido, de verse así con su amiga.

—No nos habías dicho que Susana y tú tuvieseis una relación tan cercana.

—¿De dónde han salido? ¿Quién las ha sacado? —está al borde de las lágrimas, sin saber qué hacer o qué decir.

—Creo que eso nos lo tienes que contar tú. Son muchas las cosas que nos tienes que contar. No sé si te das cuenta de lo incómodo que es esto para todos. Confiamos en ti desde el primer momento, eras la que más afectada parecía de las amigas de Susana y nos encontramos con que nos mientes...

—Yo no la maté, no podría...

Elena y Zárate asisten al interrogatorio desde la pantalla del ordenador del despacho de la inspectora.

—¿No han empezado a presionarla demasiado pronto? —pregunta Zárate.

—El interrogador es quien sabe el ritmo que debe llevar —defiende Elena—. Chesca y Orduño son buenos; si no lo fueran, no estarían en la BAC. Déjame que escuche, no quiero perderme nada.

Zárate encaja el golpe, hay policías en la BAC y policías en una comisaría de barrio. Cuando acabe este caso, él regresará a Carabanchel; sus compañeros circunstanciales seguirán en su estatus de superpolicías. A no ser que lo haga bien el tiempo que dure aquí, a no ser que demuestre que él también merece estar entre los privilegiados del cuerpo.

—Susana y yo llevábamos tres años juntas, desde que nos conocimos en la escuela de modelos. Por eso me fui de la despedida de soltera, no soportaba verla con esos hombres desnudos rozándose con ella...

—¿Y te pusiste celosa?

—¿Si me puse celosa y la maté? No, solo me daba asco verla así... Yo nunca había estado con una mujer antes de conocer a Susana; ella sí, pero parecía que fuera al contrario: yo asumía nuestra relación, ella la ocultaba. Habría hecho cualquier cosa para que nadie descubriera que era lesbiana.

—¿Quién más lo sabía?

—¿De nuestro entorno? Creo que nadie.

Cintia no puede parar de llorar; por la muerte de Susana, porque ella no aceptara que estaban juntas de cara a los demás, porque la interroga la policía. Por miles de motivos, todos válidos.

—¿Dónde estaban esas fotos? No podía tenerlas Susana, me las habría enseñado.

—En el ordenador de Raúl. Háblanos de él.

Antes de que pueda contestar, Chesca le pasa un paquete de pañuelos para que se seque las lágrimas.

—Susana no estaba enamorada de Raúl y él tampoco lo estaba de ella. Se casaban porque les convenía. Susana tendría una boda, como ella decía, como Dios manda.

—¿Y él?

—Interés. Seguro que al ver su casa habéis pensado que es rico, que vive en una de las mejores zonas de Madrid, que ella se casaba con él por pasta... Era al contrario. El padre de Susana tiene más dinero del que ha tenido la familia de él en varias generaciones. O por lo menos lo ha tenido, yo creo que los últimos tiempos han sido duros para ellos.

—No parece que sean ricos.

—Hay tantas cosas que no parecen lo que son... Desde que murió la hermana, esa familia no ha sido la misma, según me contaba Susana.

Zárate mira a Elena, quiere saber cómo ha encajado la revelación sobre la fortuna de la familia de Susana. Si la ha sorprendido, no lo demuestra.

—¿Y las fotos? ¿Por qué podría tenerlas Raúl?

—No lo sé. Pero esas fotos son como las que hacen los detectives en las películas. Supongo que contrató a uno.

—¿Por qué iba a hacerlo? Acabas de decir que no estaba enamorado de ella.

—Ya, eso es verdad. Yo creo que él solo quería casarse y esperar a que el dinero le lloviera del cielo. Pero esas fotos en su ordenador demuestran que yo estaba muy equivocada.

Elena Blanco sonríe mientras lo escucha.

—Tres sospechosos al canto: el asesino de la hermana, que no puede ser porque está en la cárcel; el novio, que no creo que sea porque tiene los pies pequeños y porque, al parecer, le convenía que Susana estuviera viva; la amante lesbiana, que no queremos creer que fuera porque es dulce, pero que nadie puede afirmar que no sea.

—¿Por cuál apuestas, inspectora?

—Por todos, o por ninguno, a ratos tiendo a pensar que ninguno de los tres es el culpable y a ratos los veo a todos capaces. Todavía quedan muchos caminos que explorar. Nadie mata a una novia, quizá a dos, con una trepanación y unas larvas de gusano «barrenador» sin prepararlo todo. Por lo menos sin haber pensado muy bien cada detalle para no entrar en el primer grupo de sospechosos.

Chesca se ha ganado a Cintia; si tiene algo que decir, se lo va a contar a ella.

—¿Te hablaba de su hermana? —le pregunta entonces dentro de la sala.

—Susana estaba obsesionada con la muerte de Lara. ¿No habéis visto las fotos? Se hacía fotos con un velo igual que el que llevaba su hermana en los retratos de la sesión que le hizo ese hombre, el que la mató.

Ahora sí que reacciona Elena, descuelga el teléfono y le pide a Mariajo que vaya. La informática aparece a los pocos segundos. La inspectora habla con ella sin perderse una sola palabra de lo que pasa dentro de la sala de interrogatorios.

—Mariajo, creo que ya sé lo que hay en la parte del ordenador que no puedes abrir: fotos de Susana vestida de novia.

—Estoy a punto de conseguirlo, sabes que no hay ningún ordenador que no se abra con un poco de paciencia. Otra cosa, inspectora, he recuperado un chat de WhatsApp de Susana y su padre. Es muy sabroso: la amenaza de todas las formas posibles para que no se case con Raúl. Además, la llamaba cuatro o cinco veces al día, Susana normalmente no contestaba.

Zárate niega. Es imposible, se les olvida la muerte cruel que han sufrido las dos hermanas. Si lograra hablar con Salvador Santos, si él recuperara por un momento la lucidez y le dijera todo lo que descubrió en la investigación de la muerte de la hermana mayor, tal vez descartarían de inmediato a Moisés como sospechoso. Tal vez en la mente de Salvador esté la clave, lo difícil es acceder a ella.

—Un padre no puede matar de una manera tan cruel a su propia hija.

—Desde luego, por lo menos yo no quiero pensar que pueda hacerlo —le contesta la inspectora.

—No debería —apunta Mariajo—, pero aquí hemos visto de todo. Supongo que cuando se produjo la primera muerte no se dieron muchos datos a la prensa. Por ejemplo, lo de los tres agujeros en el cráneo estoy casi segura de que no se filtró. ¿Quién puede saberlo? Alguien con acceso a toda la documentación del juicio, es decir, alguien cercano a la víctima o al asesino: su familia.

—Cuidado, Mariajo, hacen falta pruebas muy sólidas para acusar con el dedo a un padre —dice Elena—. Y ahora me vais a perdonar: yo también tengo jefes y debo rendirles cuentas. Zárate, quédate hasta el final del interrogatorio y aprende de tus compañeros.

Capítulo 20

—El cangrejo crujiente con sal y pimienta de Sichuan es una exquisitez. Pídelo, te lo recomiendo.

A Rentero le pegaría más ser crítico gastronómico que comisario de policía, pero no hay que engañarse con él; debajo de su apariencia de hombre tranquilo, amante de los lujos, el jefe de la inspectora Blanco es un buen policía, como ella, y tiene sus motivos para estar en el cuerpo, como todos.

—Sabes que siempre sigo tus consejos.

—Y de segundo yo pediría la lubina salvaje al vapor con jengibre y chalota fresca, a no ser que tengas antojo de pato laqueado.

—No soy de antojos, la lubina está bien.

—Perfecto. Con el vino haremos una concesión al mundo occidental, ¿qué te parece si pedimos Pesquera?

—Lo que tú digas me parece perfecto, siempre que en vez de postre pueda pedirme una grappa.

Elena y Rentero se han encontrado en el Asia Gallery, el restaurante asiático del hotel Palace. A él le gusta porque dan una de las mejores comidas chinas de Madrid; a ella, porque no le pilla demasiado lejos de las oficinas de la BAC.

—Dime que tienes algo —exige el comisario.

—Dudas, todo lo que tengo son dudas.

—No te pagamos para tener dudas.

—Conmigo no te funciona lo del dinero, sabes que no vivo de mi sueldo, Rentero, que me da exactamente igual. Si estoy en la policía, no es por el dinero, tengo más del que voy a ganar en tres vidas en el cuerpo.

—Sé más de las finanzas de tu familia que tú. No eres la única que está aquí por vocación o por otros motivos. Y ya sabes mi opinión, debes pasar página, la vida se vive solo una vez.

Elena no contesta, Rentero cree que lo sabe todo, pero no sabe nada, no tiene ni idea de lo que se sufre ni de por qué se hacen las cosas. Él no insiste porque, en el fondo, es discreto y porque, aunque no tenga ni idea, imagina el sufrimiento de Elena Blanco, ese del que ella nunca habla.

—Te digo lo del sueldo porque es la costumbre. Dime cómo está el caso.

Elena le hace un resumen: la detención de Raúl, las similitudes entre las muertes de las dos hermanas a excepción del suministro de diazepam, la relación de Susana con Cintia y las fotos que han aparecido de las dos, las dudas sobre el padre...

—O sea, no tienes nada.

—Nada en absoluto —reconoce la inspectora—. Pero estoy más cerca de tenerlo a cada minuto que pasa.

—Me preocupa que podamos tener a un inocente en la cárcel.

—¿Quién llevó el primer caso?

—Salvador Santos, un buen policía. Fue uno de sus últimos casos antes de jubilarse, puede que fuera el último importante. Pero no creo que puedas hablar con él, tiene alzhéimer.

—Si era un buen policía y confías en él, no hay motivo para pensar que tengamos a un inocente en la cárcel.

—Era un buen policía, pero eso no quiere decir que confiara en él. Nunca nos entendimos, mi relación con él jamás fue buena. Pero no nos desviemos, no quiero a un inocente preso. Eso es fatal para la prensa.

Elena entiende a Rentero, su problema no es la solución de los casos, sino la opinión pública: es mejor tener a un asesino en la calle que a un inocente en la cárcel, los medios se arrojarían sobre él.

—¿Cuánto vas a poder mantener a la prensa alejada del caso?

—Sabes que eso no lo puedo asegurar, Elena. De hecho me extraña que no se hayan metido ya. El tiempo que tengamos es un regalo del que debemos disfrutar y aprovechar. Tú dedícate a averiguar quién ha matado a las dos hermanas, día y noche.

—Siempre lo hago, día y noche.

Rentero usa esa obsesión de Elena en su favor, aunque de boca para fuera le insista en que no se obsesione, en que descanse, en que aproveche al máximo las vacaciones que ella nunca ve el momento de solicitar.

—Has pedido un policía nuevo.

—¿Ángel Zárate? Lo tendré a prueba en este caso. Tiene iniciativa, quizá sea un buen fichaje para la brigada.

Tras la comida, mientras Rentero se bebe un Yamazaki, un whisky japonés de dieciocho años, Elena bebe su grappa, una Bressia dal Cuore, digna del lujo del hotel que los acoge, una grappa de autor, argentina, un destilado de alta gama.

—No entiendo por qué te gusta tanto la grappa, yo creo que la mitad de las veces te dan orujo gallego y te lo cobran al doble. De hecho, creo que es mejor el orujo gallego que cualquier grappa, lo que pasa es que los italianos saben vender mejor que nosotros.

Hace un buen día, el verano todavía no ha entrado de lleno en Madrid y apetece pasear por la calle sin esas temperaturas que en apenas un par de semanas la convertirán en un suplicio. Elena disfruta del anonimato mientras vuelve a las oficinas: ninguno de los turistas, estudiantes, parejas de novios que se cruzan con ella sabe que es una de las inspectoras más prestigiosas de la policía española, una que viene de comer con el número dos del cuerpo en uno de los lugares más lujosos de Madrid. Elena se atreve hasta a comprar un helado en un puesto callejero, aunque haya rechazado tomar postre en el Asia Gallery. Son pocos esos momentos en los que, pese al trabajo, se siente a gusto y en paz.

Va pensando en los próximos pasos: mandar a Zárate y a Orduño a la Quinta de Vista Alegre a buscar a los mendigos; visitar a los padres de Susana para ver si Moisés les dice algo nuevo; interrogar otra vez a Raúl y, posiblemente, dejarlo en libertad; pensar en la presencia de diazepam: algo le dice que es más importante de lo que Buendía cree, aunque todavía no sabe por qué; estudiar el caso de Lara Macaya y entrevistarse en la cárcel con el que todos han pensado que fue su asesino, Miguel Vistas... Mucho por hacer y, como siempre, con prisas. Hay que intentar llegar a la cima antes de que los periodistas se inmiscuyan.

Capítulo 21

Damián Masegosa no es un abogado del turno de oficio, él cobra —y mucho— por atender a un cliente, es uno de los mediáticos, de los que salen en los telediarios cuando hay un juicio famoso. A veces los presos hablan de él, como si conseguir que el gran Masegosa los defienda fuera una gran suerte; son capaces de dejar que sus familias se empeñen para pagarle.

—¿Señor Vistas? Le he pedido este encuentro porque quiero hacerme cargo de su caso —le suelta sin rodeos.

—Mi juicio terminó hace tiempo. Fui condenado.

—Lo sé todo, he leído su caso, lleva siete años encerrado en esta cárcel. ¿No quiere salir?

—Claro. Claro que quiero salir, estos siete años han sido una pesadilla. La he visto tan lejos que ya hasta he dejado de soñar con la libertad... ¿Por qué quiere retomar mi caso después de tanto tiempo? No sabe si soy inocente.

—Eso a mí me da igual, su caso ha sido juzgado y usted ha sido condenado; pero, si ocurriera algo que hiciera dudar de su culpabilidad, alguien tendría que pagar por el tiempo que ha estado encerrado. Podremos demandar al Estado y llevarnos una buena indemnización.

—¿Y vamos a poder lograrlo después de siete años?

—Le aseguro que sí, pronto se sabrá algo muy importante y usted mismo se dará cuenta de lo fácil que será el caso. No deje que le vuelva a defender un abogado de oficio, ni pierda la oportunidad de que yo le saque de aquí, de limpiar su nombre y de llevarse un buen pellizco.

—No tengo dinero para pagarle.

—No quiero su dinero, quiero el del Estado. De lo que saquemos de la demanda me llevo la mitad, ¿de acuerdo?

—La mitad es mucho; el que ha estado encerrado todo este tiempo soy yo, me parece injusto que usted se quede tanto como yo. Le doy el cuarenta por ciento.

—Entonces no hay trato, cojo mi maletín y no me vuelve a ver. La mitad, o lo toma o lo deja.

Miguel aprieta los puños con rabia, por un momento parece que se va a levantar y va a dejar a ese famoso abogado sin respuesta. Pero se calma y sonríe.

—Lo tomo.

—Perfecto, hábleme sobre usted. Y recuerde que el secreto entre un abogado y su cliente es todavía más firme que el de confesión.

—¿Qué le voy a contar? Que no soy más que un pobre fotógrafo de bodas que nunca pensó en verse condenado. Han sido siete años muy duros, al principio me revolvía, no podía entender cómo se podía encerrar a alguien que nunca ha hecho nada. Hace ya mucho que dejé de pensar en eso, me limito a sobrevivir, a no llamar la atención y a intentar que ningún otro preso decida hacerme la condena todavía más difícil.

—Según el juez, usted asesinó a una de las novias a las que iba a hacer las fotos. Y lo hizo metiéndole gusanos en la cabeza.

—Yo no fui. El asesino sigue libre. De lo único que yo soy culpable es de ser el último que vio con vida a esa chica, si exceptuamos a su asesino, claro.

Miguel Vistas trabajaba para Moisés Macaya, el padre de la chica asesinada, en su empresa de eventos. Su trabajo era encargarse de las fotos de la boda, desde la iglesia —Moisés tenía sobornados a muchos párrocos para que les dieran la exclusiva a ellos e impidieran la entrada de otros fotógrafos— hasta el banquete. En ocasiones especiales le hacía también un *book* de fotos de estudio a la novia. Con Lara, la hija del jefe, estaba dispuesto a regalarlo.

—¿Recuerda las fotografías de Lara que aparecieron cuando la asesinaron? Era una preciosidad, una gitana guapa, se lo aseguro, señor Masegosa... Pocas mujeres he conocido tan bellas como ella.

La novia quería las fotos vestida con el traje de novia que llevaría el día de su boda, pero también quería otras fotos para regalar a su prometido.

—Ya sabe, fotos que solo pudieran ver ellos dos.

—¿Se las hizo?

—Sí, pero me arrepentí y quise destruirlas. Moisés Macaya es gitano, ¿se imagina lo que habría hecho conmigo si se entera de que he fotografiado a su hija desnuda? Podría haberme arrancado los ojos con sus propias manos. Lo recuerdo como un hombre muy celoso, no con su esposa, pero sí con sus hijas.

Miguel sigue contándole. Lara discutió con él y le exigió las fotos; él se negó a entregarlas, no quería que quedara constancia de lo que había hecho, ella se marchó del estudio y nunca más la vio nadie con vida.

—¿Alguien supo que le había hecho las fotos?

—No lo sé, quizá sí. Yo creo que esa fue la causa de que su padre se obcecara y testificara en mi contra, pero yo no maté a esa chica: nunca le haría daño a un ser tan bello... —Miguel cambia de postura en el asiento—. Escuche, no se puede ni imaginar lo que he vivido aquí dentro... Tiene que sacarme. Muchas veces pienso en el suicidio. Si no me he quitado la vida, es porque quiero demostrar que soy inocente, que el abogado que me defendió, Antonio Jáuregui, no hizo su trabajo, se limitó a ver cómo me condenaban.

—Olvide a ese abogado, ahora le defiendo yo. Limítese a hacer lo que yo le pida.

—No me ha dicho qué es lo que ha cambiado para que crea que me puede ayudar a salir.

—Pronto, pronto lo sabrá. Todavía no le puedo dar muchos detalles. Solo le adelanto que en los círculos policiales se habla de un crimen muy similar al suyo. Todavía no se sabe mucho y lo están ocultando.

—¿Cómo lo sabe?

—Tengo ojos y oídos por todas partes. Mi dinero me cuesta. En la cárcel las noticias vuelan, no sería de extrañar que no tardara usted en saber tanto como yo del asesinato del que le hablo. Por eso he querido adelantarme, antes de que lo deje en manos de un abogado que no sepa sacar partido.

—Ya le he dicho, a partir de hoy es usted mi abogado.

Damián Masegosa asiente con la cabeza.

—Llamaré a Jáuregui para que me pase toda la documentación sobre el caso. Necesitaré que me firme algunos papeles, mañana recibirá la visita de uno de mis colaboradores...

Capítulo 22

Raúl mira con incredulidad a Chesca; ni en el peor de los sueños esperaba haberse encontrado así, delante de una policía que le grita a pocos centímetros de la cara, rezando por que la otra policía, la mayor y elegante que se mantiene al margen, intervenga e impida que prosiga el acoso al que la joven le somete.

—¡Te enteraste de que Susana se había liado con su amiga Cintia y la asesinaste!

—¡Yo no asesiné a Susana, por Dios, era mi novia, iba a casarme con ella!

Ha pasado la noche allí, en esas oficinas, luego le trasladaron esposado a los calabozos de una comisaría, y solo unas horas después le han vuelto a llevar a la BAC. Está cansado, desorientado, hambriento y se siente sucio. Además, necesita meterse una raya. Tanto tiempo diciendo que controlaba y, al final, va a ser verdad que está enganchado como un vulgar yonqui de la calle.

—¡Era tu novia, pero era lesbiana! ¿Qué pasa, eres muy machito y no soportas que a tu novia le gusten más los coños?

—De verdad, yo no hice nada —gime el novio desolado y desesperado.

—Tranquila, Chesca...

Por fin interviene la otra, seguro que a ella se lo puede explicar todo con calma, seguro que ella le va a creer.

—Usted tiene que creerme, yo no maté a Susana...

—Quiero creerte, pero date cuenta de que me resulta difícil. Me dijiste que no habías salido de casa el viernes y me encuentro con que apareces en un vídeo cerca de casa de Susana a la hora en que se la llevaron. ¿Qué hacías allí?

—Se lo he dicho ya... No tuvo nada que ver con ella. Hay un camello que me lleva lo que le pido a casa, pero le debía dinero y no quiso. Conozco de hace años a otro por allí que me podía fiar.

—¿Nos lo confirmará si le encontramos?

—No, no le encontré. Y esa gente nunca va a confirmar nada a un policía, ni para bien, ni para mal.

—Cada vez te creo menos... No es solo lo de la cámara que te grabó en el barrio, tampoco lo de las fotos de tu novia y su amiga... Es que, además, me dices que no sabes casi nada de la muerte de Lara y resulta que tienes una carpeta entera del ordenador con recortes de prensa de su asesinato... Vamos a volver a las fotos de Cintia y Susana.

—A mí me las mandaron. Yo ni siquiera le dije a Susana que las había visto. A mí no me importaba, ella y yo no teníamos sexo, era lesbiana, no lo ocultaba.

—Vaya, otra mentira, me dijiste que el jueves cenasteis en el Amazónico y que después os fuisteis a casa a hacer el amor... Por favor, Raúl, no me sigas mintiendo o me va a costar mucho creer en nada de lo que me digas.

—No sé quién fue el que me mandó las fotos —Raúl está a punto de romper a llorar—. A mí me llegaron en un mail, pero el remitente era un tal X, señor Equis, como en las películas.

—¿Y nunca te preocupaste de saber quién era el que andaba haciéndole fotos a tu novia con otra?

—Claro que me preocupé, pero siempre pensé que era el padre de Susana.

—¿Su padre?

—Moisés Macaya es más tolerante de lo que acostumbran los gitanos, ha querido que sus hijas tengan vida de payas, pero no deja de ser un gitano. Pasaría por que su hija se casara sin la prueba del pañuelo, pero no por que fuera lesbiana. Si de alguien me pega que mandara un detective a seguirnos, es de Moisés. Él lo sospechaba, amenazó varias veces a su hija con mandarla a una clínica en la que le curaran sus vicios. Como si eso fuera posible...

Elena toma nota de la novedad: puede que Moisés no sea el padre liberal que aparenta ser, el que ha querido que sus hijas fueran libres de decidir, sin someterse a los ritos de las bodas de las mujeres de su raza.

—Moisés vino a hablar conmigo, me amenazó para que no me casara con su hija. Quería que ella se casara con un gitano... Pero yo no tenía opción, necesitaba el dinero. Además, yo sabía que para Susana no era más que una tapadera. Solo quería el dinero, de verdad.

—Tienes dinero, he estado en tu casa, he visto los muebles, he visto el altavoz. Vale lo menos treinta y cinco mil euros. —Chesca pierde los nervios, habla más que el interrogado, que es el que tiene que hablar; Elena tiene que mandarla callar.

—¿Los altavoces? Sí, pero eso no es importante, no es dinero. Mis deudas son mucho mayores, no se pueden pagar vendiendo un altavoz.

—¿Tanto dinero tiene la familia de Susana?

—Todavía no saben quiénes son los Macaya, ¿no? No son ellos directamente. Si has tenido algo que ver con el mundo de las drogas, si quieres que te perdonen unos plazos, que te den más tiempo... Si quieres seguir con vida, tienes que hablar con algunos parientes de Susana. Ya les dije que le debía dinero al camello y no me servía droga. Pero ahora ya nada tiene remedio. Espero que me crean, yo no la maté.

Elena Blanco tiene que procesar todo lo que ha dicho Raúl. Y echar la bronca a su equipo: no puede entrar en una sala de interrogatorios vendida, a expensas de que cualquiera le dé una sorpresa. Alguien tenía que haberse enterado y le tenía que haber dicho quiénes son los Macaya. Por primera vez siente que su brigada no funciona como debe.

—¿Por qué iba a darte las fotos Moisés?

—No sé si fue él. Pero él estaba en contra de la boda, pensé que quería espantarme con esas fotos. No sé si es verdad, pero fue lo que creí entonces. Él, desde luego, no se casaría con una mujer que hace esas cosas con otra.

—¿Y perdonaría a su hija?

—Su hija está muerta. ¿Quién sabe si fue porque no obtuvo el perdón? —Raúl se ha decantado por sospechar del que iba a ser su suegro, quizá porque lo crea de veras, quizá porque así despeja las dudas sobre sí mismo.

—Te vamos a dejar en libertad. Pero no salgas de Madrid, en cualquier momento podemos necesitar que vuelvas.

—¿Me cree, inspectora?

—Yo solo creo en lo que veo, en que Susana está muerta y en que su hermana Lara también lo está.

Elena sale indignada de la sala, esperará a tranquilizarse antes de hablar con su equipo...

Capítulo 23

En el coche, con Orduño, Zárate se siente por primera vez en compañía de alguien como él, un policía; es el único de la brigada al que puede reconocer como un compañero, aunque vista de paisano y el coche no sea de los habituales; nada de un utilitario cutre con matrícula civil, Orduño conduce un potente todoterreno, un Volvo XC90 que han sacado del aparcamiento de debajo de la plaza del Rey. Había tres iguales aparcados juntos, supone que los tres son para uso de la brigada, aunque la inspectora lleve ese Lada de los tiempos del muro de Berlín.

—La inspectora siempre va a sacar la cara por ti, aunque te cante las cuarenta cuando te equivoques, aunque a veces te eche una bronca que tengas ganas de pedir el traslado a Tráfico...

—¿Y Chesca? Se cree la Capitana América...

—Chesca es una muy buena policía. Y se dejaría la vida por un compañero, no la menosprecies, no sabes cuándo la necesitarás.

Van camino de la Quinta de Vista Alegre, en la zona de Carabanchel, el territorio de Zárate. Tiene que lucirse, conseguir encontrar a un mendigo que haya visto algo, descubrir una pista que se les haya pasado por alto el día del levantamiento del cadáver.

Una vez en la Quinta, al primero que encuentran es a Ramón, el guarda que localizó el cadáver.

—Usted descubrió a la muerta el lunes a primera hora, pero creemos que trajeron a la chica la madrugada del viernes al sábado sobre las tres y media.

—Yo no vengo los fines de semana. Y la mayor parte de los edificios oficiales están cerrados. Solo quedan aquí la residencia de ancianos, que está en el otro lado del parque, y los mendigos.

—Me dijo que llevaban varios días sin venir.

—Y así siguen. Algo los asustó, tal vez ellos vieran algo... Tendrían que hablar con el Tuerto: si alguien vio algo, seguro que él lo sabe. Es el cabecilla de los que vienen. Aunque esté medio ciego, una vez tuvo una reyerta con uno y casi le saca las tripas.

Zárate es un veterano en Carabanchel y conoce como la palma de su mano este barrio que fue independiente hasta unos años después de la Guerra Civil, cuando se anexionó a Madrid; entonces eran dos municipios, Carabanchel Alto y Carabanchel Bajo. Los antiguos terrenos, propiedad de Eugenia de Montijo, la que fue esposa de Napoleón III, forman ahora uno de los barrios más populosos de Madrid, con más de un cuarto de millón de habitantes, en su gran mayoría de clase trabajadora, muchos de ellos inmigrantes. El subinspector sabe que, si quiere localizar a un mendigo, hay que ir a los parques y pasear por las zonas menos favorecidas: Pan Bendito, los Altos de San Isidro, Vía Carpetana, Cañorroto, la antigua cárcel de Carabanchel, la que en épocas fue la más famosa de España.

—¿Vives por aquí? —le pregunta Orduño, mientras pasean por las zonas que Zárate le recomienda buscando al mendigo tuerto. Este espera que le cuente más sobre la inspectora: le llama la atención esa mujer que dirige uno de los equipos de policía más prestigiosos de España, pero a la vez canta canciones italianas en los karaokes, bebe grappa y se lleva a un nuevo compañero a la cama el día en que lo conoce.

—Sí, vivo aquí. Hay de todo, calles muy malas, pero también otras donde se vive bien. Ya sabes cómo es la zona sur de Madrid, de la que menos se han ocupado los alcaldes de derechas.

—¿Y los de izquierdas?

—Lo mismo.

La antigua cárcel de Carabanchel se construyó al acabar la Guerra Civil para sustituir a la cárcel Modelo, que estaba situada en pleno frente de Moncloa y fue escenario de luchas: quedó completamente destruida, tanto que era inútil volver a levantarla. La de Carabanchel pronto se hizo famosa por ser la cárcel que acogía a los presos más renombrados, desde Jarabo, uno de los últimos ajusticiados mediante garrote vil, hasta todos los presos del franquismo, incluyendo escritores como Fernando Sánchez Dragó, humoristas como Gila o políticos como Miguel Boyer, Marcelino Camacho o Ramón Tamames. En el año 1998, casi a final de siglo, echó el cierre y años después fue demolida. Desde entonces, los vecinos y las autoridades discuten cuál será su uso: hospitales, instalaciones deportivas, parques, pisos..., pero de momento es un enorme solar desierto y vallado, muy vigilado, aunque algunos mendigos lo usen para pernoctar.

—Buscamos a uno que llaman el Tuerto...

—No sé, amigo.

Un grupo de gitanos rumanos se ha tumbado en la única sombra que se ve en los alrededores. No hay mujeres entre ellos, estarán en el centro, recorriendo Madrid, pidiendo por las terrazas. Zárate saca la placa.

—Si me decís dónde puedo encontrar a un tuerto, yo me voy y no os toco los cojones; si no me lo decís, os pido los papeles, mando venir a un coche patrulla, hago que os lleven... Sé que esta noche estáis otra vez en la calle, pero logro que la tarde sea una putada para todos.

Uno de los rumanos le mira y decide ahorrarse los problemas y seguir a gusto en su sombra.

—Donde el cementerio. Por ahí andará, roba las flores de las tumbas para venderlas otra vez.

La entrada del Cementerio Sur está ya donde se acaba el barrio, pegada a Orcasitas. En la misma puerta lo detectan nada más llegar.

—¡Tuerto!

No espera a que lleguen a su lado, sale corriendo como alma que lleva el diablo. Los dos echan a correr detrás de él, Orduño saca mucha ventaja a Zárate y reduce a buen ritmo la distancia con el mendigo. Cuando Zárate llega hasta ellos, ya le ha dado caza y Orduño tiene que esperar a que los dos, el mendigo y él, dejen de jadear.

—Hay que ponerse más en forma, compañero —se ríe Orduño—. A ver, Tuerto, ¿por qué corrías?

—Siempre que sé que hay maderos cerca, corro. Más si van de paisano.

—Contéstame lo que quiero saber y no tendrás problemas. Quinta de Vista Alegre, este fin de semana.

—No estuve.

—¿Por qué?

—Un hombre me paró en la entrada, me dio cien euros si me iba a dormir a una pensión. Y me prometió otros cien si convencía a mis compañeros para no ir.

Zárate y Orduño se miran, han encontrado algo.

—¿Y eso cuándo fue? —Zárate ha recobrado, por fin, la respiración.

—El jueves me dio mis cien euros y, el viernes por la noche, los otros cien, no volví, no sé nada.

—¿No tuviste ni un poco de curiosidad?

—Pagué una pensión, me pegué un baño que me saqué la costra de un mes, me comí un cocido y le pagué veinte euros por un completo a una rubia a la que tenía echado el ojo que se pone por la Colonia Marconi. A mí no me importaba un carajo lo que fueran a hacer en la Quinta, siempre que me pagaran.

—¿Por qué no has vuelto?

—Volví el lunes, vi que estaba lleno de maderos y me abrí, solo traéis problemas. Mejor ir al médico que hablar con vosotros.

—Pues no te queda más remedio. Vas a tener que ayudarnos a encontrar a ese hombre. ¿Serías capaz de reconocerlo?

—Me llaman el Tuerto porque me falta un ojo. ¿Y sabéis lo peor? Que era el ojo bueno. Por el otro veo menos que Pepe el Leches. Bultos y poco más.

—¿Cómo sabías que éramos policías?

—Si no hueles a los policías, no tienes futuro en la calle. Vosotros apestáis a maderos.

Capítulo 24

Ya están otra vez en la sala de reuniones, a Zárate le empieza a parecer que hay muchas reuniones y poca acción, aunque reconoce que tal vez sea esa la clave del éxito de la Brigada de Análisis de Casos. Salvador Santos se lo decía siempre: hay que pensar, el problema es que nos gusta más salir corriendo detrás de los malos que pensar en lo que ha pasado.

Va conociendo las costumbres de sus nuevos compañeros. Buendía ha llevado un bizcocho hecho por él; Chesca, zumo de naranja natural; Orduño ha servido cafés y ha abierto una lata de galletas danesas de mantequilla... La inspectora no le ha mirado de ninguna forma especial, como si la noche del lunes no hubiera significado nada.

—Una vez a la semana hacemos un desayuno conjunto. La semana que viene nos toca a Mariajo y a mí, apúntate con nosotras —le invita la inspectora.

Es miércoles, han pasado dos días desde la aparición del cadáver y la sensación de todos es que no tienen ningún buen sospechoso en el que centrarse, más cuando la inspectora Blanco decidió dejar en libertad a Raúl Garcedo.

—Buendía, me has dicho que tienes información nueva —abre la reunión, como siempre, la jefa.

—Hemos reconstruido el proceso de la muerte de Susana y lo hemos comparado con el de Lara. Entre los dos hemos sido capaces de reproducir con bastante fidelidad lo que pudo ocurrir. Os voy mostrando las fotografías.

En las primeras aparece una simple construcción a medio derruir, con pintadas, basura, escombros. Hay varias marcas hechas por los policías que examinaron el sitio; las siguientes imágenes detallan lo que se ve en ellas.

—Este es el lugar en el que apareció el cuerpo de Lara. Era una casa abandonada en Usera, cerca de donde estuvo en tiempos el Rancho del Cordobés. Para los que no sois de Madrid, fue una zona de chabolas con mucho tráfico de drogas, la policía no entraba si no era muy armada y en grandes contingentes. En los últimos años se ha construido por allí, la casa de la foto ya no existe.

En la siguiente, aparece una joven con los ojos cerrados, muerta, el velo de novia está manchado de sangre.

—Esta es Lara. Como podéis ver, la colocaron como si estuviera posando. Fijaos en las marcas del suelo. Las de la derecha marcan las tres patas de un trípode fotográfico; las fotos que supuestamente se sacaron de su suplicio no se encontraron, pero las patas correspondían a un trípode como el que tenía Miguel Vistas. Las otras cuatro marcas, las de la izquierda, son de una silla: el asesino se sentó a ver el espectáculo.

»La siguiente foto es de la Quinta de Vista Alegre y muestra a Susana. La posición del cuerpo es distinta y no hay marcas en el suelo.

—Puede que las borraran con los pies los policías que primero se acercaron al cadáver —aprovecha Chesca para criticar la actuación de los primeros policías que acudieron.

Todos se vuelven a Zárate, que siente que les debe una explicación.

—Estaba con vida, tratamos de salvarla...

—Dos fracasos, ni la salvasteis, ni preservasteis la escena del crimen. ¡Bravo! —Chesca no pierde la oportunidad de humillar a su compañero.

—Si hubo un trípode, es que se hicieron fotos o se grabó. Esas imágenes nunca aparecieron, ¿no? Ni entonces, ni ahora —zanja la discusión la inspectora.

—No, nunca.

La siguiente foto es del cráneo de Lara. Están marcados tres puntos.

—Ya hemos hablado de las diferencias: la colocación del cadáver y las marcas alrededor. También el diazepam: en el cuerpo de Lara no había trazas. Le hicieron análisis y lo único que encontraron fue que tomaba anticonceptivos orales. Ahora las semejanzas. Estas son las incisiones que se hicieron en la cabeza de Lara.

Cambio de foto, las mismas marcas.

—Y estas las de Susana, en el mismo lugar. Quiero hacer notar que el corte para formar un círculo alrededor es posterior, no tiene nada que ver con las incisiones.

—¿Una firma?

—Quizá, vosotros lo averiguaréis. Por otro lado, las primeras incisiones, las de Lara, fueron hechas con un berbiquí; las segundas, las de Susana, con un torno eléctrico de dentista. No le daría más importancia, más allá del avance tecnológico.

—Y de la crueldad —apunta Elena Blanco—. Si todo esto se lo hicieron a la víctima con vida, supongo que el torno eléctrico es más compasivo.

—Es posible. En el cuerpo de Lara los gusanos estuvieron una semana, una semana alimentándose de tejidos vivos hasta que la víctima murió; en el de Susana, según las pruebas que se han hecho en el laboratorio de crecimiento de las larvas, fueron solo dos días —prosigue Buendía—. De nuevo la hermana pequeña tuvo más suerte.

—O el asesino fue menos cruel. ¿Crees que fue el mismo? —la inspectora hace la pregunta que todos tienen ganas de formular.

—No lo sé, puede serlo o puede no serlo. En el cadáver de Lara se encontró un cabello de Miguel Vistas. Ese cabello, las huellas del trípode y el hecho de que fuera el último en verla le condenaron.

—El trípode puede ser una prueba circunstancial, el cabello pudo ponerlo alguien y quizá no fue el último en verla con vida, la vio su asesino —rebate la inspectora.

—¿Estás diciendo que puede haber un inocente en la cárcel? —Zárate quiere defender la investigación de Salvador Santos, pero no puede permitirse que nadie conozca su relación con él, sería suficiente para que lo apartaran del caso.

—Quiero decir que no sabemos nada y que tenemos que investigar los dos asesinatos, el de hace siete años y el de ahora. ¿Algo más, Buendía?

—De momento, nada. Había pensado en hacer un relato del sufrimiento que tienen que haber pasado las dos chicas, perdiendo facultades a medida que los gusanos se iban comiendo partes de cerebro. A mí me apasionan esas cosas, pero sé que vosotros no las disfrutáis.

—Eres la alegría de la huerta, chico —dice Mariajo con un escalofrío—. No sé con qué cuentos dormirás a tus nietos...

La inspectora echa un vistazo al reloj: tienen solo un par de minutos para que Orduño y Zárate puedan hablar de su encuentro con el Tuerto.

—Nos ha dado una descripción del hombre que le dio el dinero por no acercarse por la Quinta: más alto de lo normal, corpulento, pero encorvado, muy nervioso, de tez y pelo morenos...

—La descripción coincide con la de Moisés. Acordaos de que le dolía la espalda cuando vino y le dimos la noticia de la muerte de su hija.

—Sí, el problema es que el testigo no nos serviría para una rueda de reconocimiento, es tuerto y por el otro ojo apenas ve.

O se les ocurre una forma de usar el testimonio o deben descartarlo. Mejor seguir adelante.

—Más cosas —apunta la inspectora—. ¿Qué sabemos de las fotos de Susana y Cintia?

—Hicimos un estudio del ángulo en el que habían sido tomadas —contesta Mariajo—. Fue el tercero A del edificio de enfrente de casa de Susana, en la misma calle de Ministriles.

—Me he acercado a hablar con el propietario —completa Chesca—. Me ha dado el nombre del tipo que le alquiló la casa durante una semana. Le pagó seiscientos euros. Se llama Luis Soria, es detective y tiene su despacho en la Gran Vía.

—Gracias, Chesca. Vamos a tener que ir a hablar con Moisés —decide la inspectora—. Zárate, vienes conmigo. Chesca, tú y Orduño tenéis que hablar con el detective que hizo las fotos, no le dejéis tranquilo hasta que os diga quién le contrató.

Capítulo 25

La zona a la que han llegado es cara, la Piovera, pegada a Conde de Orgaz, muy cerca de Arturo Soria.

—Vamos a tener que creer a Raúl, estaba más interesado en el dinero de los Macaya que en la belleza de la hija. Este barrio no es barato...

El chalet de la familia Macaya es grande y bueno, como muchos de ese barrio creado en los años setenta del siglo XX para alojar a las nuevas clases acomodadas, lejos de las estrecheces de los pisos del centro. Sin embargo, en este hay una cierta decadencia que no pasa desapercibida: necesita una mano de pintura, habría que arreglar algunas persianas, recortar el seto que lo separa de la calle, reparar algunas zonas del tejado... La piscina, pese a la época del año, está vacía. Tal vez sea la falta de las hijas, tal vez que la casa, como la familia que la habita, haya pasado épocas mejores.

En el interior, el salón presenta un ambiente lúgubre, oscuro, con las persianas casi bajadas, como si se quisiera evitar el paso de la luz y, con ella, la alegría. Moisés aparece acompañando a su esposa, que apenas tiene fuerzas para caminar. Está desorientada, ida, a punto de romperse. Moisés la ayuda a sentarse. La inspectora Blanco le echa una mano, mano a la que Sonia se agarra con fuerza y no suelta.

—¿Ya saben cómo han matado a mi hija? —pregunta la madre, angustiada.

Elena siente el peso y mira a Zárate. ¿Cómo van a decirle a esos padres que el asesinato de Susana es idéntico al de Lara? ¿Cómo puede hacer que una noticia así duela menos? ¿Existe alguna manera?

—Igual que a Lara —dice sin rodeos—, no creo que merezca la pena pararse en los detalles —la inspectora quiere ahorrarle crudeza a la confesión—. Sería aún más duro para ustedes.

El gesto de la madre se hace de piedra. Agarra la mano de Elena Blanco y la aprieta, como si fuera lo único que la retuviera, que la salvara. Ella aguanta como puede la violencia, las uñas de Sonia se meten en su piel. Moisés grita, protesta, pierde los papeles, se encara con la inspectora como si ella fuese la asesina de su hija.

—¿Han soltado a ese hijo de puta? ¿Le han soltado?

—No, Miguel Vistas sigue preso, no ha salido y no ha tenido ningún permiso. Él no ha podido ser.

—Ese cabrón mató a Lara... También estaba a punto de casarse, también era una chica maravillosa. Ahora a Susana.

Nadie prepara a los policías para ver desmoronarse a un hombre como Moisés, un hombre de cerca de un metro noventa, con cara de estar acostumbrado a todo, fuerte como una casa que ahora parece derrumbarse. Moisés llora amargado y Elena debe contenerse para no abrazarle y decirle que sí, que sabe cómo se siente, que no solo es policía, que también es una mujer y sabe lo que es perder a quien uno más quiere. Ella también tiene que recomponerse e intentar avanzar, para cumplir lo que se prometió al ver el cerebro abierto de Susana lleno de gusanos: que cogería al que se lo había hecho y haría que lo castigaran, que impediría que ninguna otra joven volviera a caer en sus manos. Por eso no puede dejarse vencer por la pena, tiene que mantener la frialdad y pensar.

—Tal vez no la mató él, tal vez haya dos asesinos. Le aseguro que estamos haciendo todo lo posible por descubrirlo. Pero para eso necesito que me ayuden, tendremos todo el tiempo del mundo para llorar a Susana. ¿Hay alguien que quiera hacerles daño?

Marido y mujer se miran y la inspectora cree ver en esa mirada una duda, la súplica de Sonia para que Moisés hable.

—No, ¿por qué iba alguien a odiarnos tanto? —se adelanta el marido—. Nunca le hemos hecho daño a nadie, nuestros negocios son humildes y legales; organizamos eventos: bodas, comuniones, bautizos, cosas así. No es un mundo en el que haya odios y venganzas.

—¿Qué piensan de Raúl?

—Ya le dije que no nos gustaba, un vividor, pero no era alguien capaz de hacerle eso a nuestra hija —reconoce el padre de las dos chicas.

—¿Y el novio de Lara?

—Le investigaron cuando pasó aquello. No pudo ser él, era un buen chico, trabajador y serio, su profesor de baile flamenco... Ni siquiera estaba en Madrid el día de su muerte, esa noche actuaba en Granada. Tuvimos contacto con él durante mucho tiempo, nos llamaba, nos hacía visitas, amaba a Lara. Se fue hace tres años a vivir fuera de España, a Estados Unidos. No, estoy seguro de que él no ha tenido nada que ver. Además, el asesino de mi hija Lara está en la cárcel.

—¿Y si no fue él?

—Lo fue. Yo le miré a los ojos durante el juicio y sé que lo era. ¿Le conoce? Parece una buena persona, pero tiene la mirada más fría que yo haya visto nunca. Tenía que haber hecho que le mataran... Todo lo que me ha pasado es por resistirme a ser como tenía que haber sido.

—¿Cómo tenía que haber sido? —por primera vez habla Zárate.

Moisés le mira como si no recordara que estaba allí, como a un invitado que no es bienvenido, como al mirón que interrumpe una partida de mus.

—Mi familia no tiene tantos remilgos como yo. Decenas de veces me ofrecieron su ayuda y yo no la acepté, pensé que era mejor la justicia de los payos. Por eso están muertas mis dos hijas.

—¿Dónde pasaron ustedes el fin de semana?

—No me diga que sospecha de nosotros, inspectora —salta de inmediato Moisés.

—No. Le aseguro que, cuando descubramos quién mató a su hija, se alegrará de que hayamos hecho todas las preguntas a todo el mundo. Solo queremos estar seguros de no olvidar nada.

—Estuvimos aquí en casa —se tranquiliza el padre.

—¿Todo el fin de semana, no salieron a nada?

—A por el pan —contesta Sonia—. No somos de mucho salir, no desde que ocurrió lo de Lara.

—¿Usted tampoco? —Elena Blanco se vuelve al padre.

—Yo tampoco, yo ni siquiera a por el pan.

—Ya, gracias. Una pregunta más, señor Macaya. ¿Conocía a Cintia, la amiga de Susana?

—Malas compañías, hoy en día es muy difícil apartar a tu hija de las malas compañías...

Capítulo 26

La oficina de Luis Soria, director —y probablemente único empleado— de Detectives Soria, está en la Gran Vía, en un bloque destartalado en el que se alquilan despachos. Da la sensación de ser un negocio en franca decadencia; ahora hay más espionaje que nunca, pero es industrial y económico, se hace en ordenadores y en grandes edificios corporativos: husmear braguetas ha perdido mucho brillo, si es que alguna vez lo tuvo. La mayor parte de los cubículos están vacíos, pero Orduño y Chesca, en su recorrido por los pasillos, han podido ver despachos de abogados que se encargan de temas de extranjería, una agencia de viajes de aventura y un gabinete de masajes al que ninguno de ellos confiaría una contractura.

—Les debo confidencialidad a mis clientes. No voy a responderles a esa pregunta.

—Señor Soria, sabemos que usted tiene su ética profesional y entendemos que quiera respetarla, pero necesitamos que nos comprenda, estamos investigando un caso de asesinato —argumenta Orduño—. Estoy seguro de que su deber como ciudadano se va a imponer a su deseo de ocultar el nombre de su cliente.

El reparto de funciones entre policía bueno y policía malo no es exclusivo de las películas, funciona. Orduño y Chesca no necesitan ponerse de acuerdo para asumir sus funciones: él siempre es el bueno y ella, la mala.

—No sé qué interés pueden tener unas fotografías de dos mujeres en la cama para resolver un asesinato. —Luis Soria se siente seguro, todavía no va a desvelar lo que los policías le preguntan.

—Eso no se lo podemos decir, comprenderá que nuestro deber de confidencialidad es superior al suyo.

—En ese caso, les ruego que abandonen mi despacho.

Le han dado la oportunidad de colaborar por las buenas. Ha llegado el momento de Chesca.

—Luisito, campeón —lo trata sin el menor respeto—, mi compañero te ha preguntado de buenas maneras. Queremos saber quién te encargó las fotos de la señorita Susana Macaya. Yo te voy a decir una cosa, no voy a salir de este despacho sin que me lo hayas dicho. Si es necesario, voy a mirar los papeles de tu archivo uno a uno...

—Usted no tiene derecho...

—No me interrumpas, déjame acabar. Voy a salir con el dato que te estamos pidiendo y, cuanto más tarde en encontrarlo, más me voy a enfadar.

—No le conviene a usted que se enfade, señor Soria —apoya Orduño.

—Cuando me enfado, no sé controlarme. Pero eso no es todo. Cuando llegue a mi oficina, voy a llamar a mis amigos de la comisaría de Centro y vas a tener muchas dificultades: te van a pedir todo tipo de permisos, van a llamar al propietario de este edificio para ver si cumples todos los requisitos...

—Yo también tengo amigos —se atreve a amenazar el detective.

—Pues te vas a quedar sin ellos. Te aseguro que van a querer ser más amigos míos que tuyos.

Orduño sonríe, se lo ha visto hacer ya muchas veces a Chesca. Sabe que ahora llega el momento culminante, ese en el que Chesca saca la pistola de su cartuchera y la pone encima de la mesa. El detective la mira asustado.

—De verdad, Luisito, campeón. Es mejor que seamos buenos amigos.

Luis Soria duda, está seguro de que no le van a hacer nada, pero es mejor no pasarse de listo.

—Fue Moisés Macaya. Él me contrató para que siguiera a su hija —confiesa.

—¿Ves cómo no era tan difícil colaborar? Cuéntanos.

El detective saca de sus archivos hasta la factura que le entregó por sus servicios a su cliente. Les cuenta que el hombre sabía perfectamente la relación de su hija con la otra mujer y que hasta le dijo dónde y cuándo se encontraban.

—Solo quería que les hiciera las fotos.

—¿Le entregaste todas?

—Hice una selección de las menos fuertes. Tampoco quería que ese hombre entrara en cólera y me diera una paliza. Las demás las borré, lo juro. Esas dos mujeres hacían cosas que sonrojarían a una actriz porno. Por favor, no le digan a nadie que yo les he desvelado todo esto. Digan que se han enterado de otra forma, se lo ruego.

—¿Por qué le asusta tanto?

—¿Saben quién es el primo de Moisés Macaya?

—El Capi —responde Chesca, que después de la bronca de su jefa ha conseguido toda la información.

—Exacto, el Capi, uno de los jefes del Clan del Sordo. Esos no se andan con chiquitas, si se enteran de que he traicionado a uno de los suyos, puedo tener muchos problemas.

Todo el mundo sabe quién es Capi y quiénes son los sordos. En los periódicos y en la tele han salido algunas veces. Se supone que por las manos de

Capi pasa el negocio de las drogas en Madrid, que los mejores aluniceros están en su equipo, que a través de su tienda de antigüedades cerca del Rastro se compran y se venden la mayor parte de las joyas robadas de media España.

—¿Moisés está en el negocio?

—Nunca le he visto con ellos, pero al fin y al cabo es un primo hermano. Eso, para esta gente, es más importante que para nosotros... Dos primos son como dos hermanos.

Capítulo 27

A Elena Blanco le habría gustado no tener que llamar a Cintia de nuevo. Respeta al máximo la relación que tenían las dos chicas, aunque no entiende que la convirtieran en algo tan tortuoso, por mucho que Susana fuese gitana y que su familia no lo fuera a aprobar. Quiere que Cintia se sienta a gusto y se abra, por eso ha entrado sola a la sala de interrogatorios y ha desconectado las cámaras, haciéndole saber a la chica que todo lo que hablen se quedará allí, entre ellas.

—Cintia, necesitamos que nos ayudes. Cada rato que pasa, cada descubrimiento nuevo que hacemos, es todo más complicado.

—Inspectora, usted sabe que yo haría todo lo que pudiera para que encontraran a quien asesinó a Susana.

—¿Por qué había decidido Susana casarse con Raúl? Ya sé que era una manera de tapar sus verdaderas inclinaciones sexuales, pero su padre no tragaba a Raúl, ella no estaba enamorada de él... ¿No era mejor escoger a un hombre al que su padre aceptara?

—Susana era muy compleja, nada con ella era sencillo. Era capaz de ocultar lo que de verdad deseaba para no hacer nada que pudiera avergonzar a su padre, pero a la vez no podía evitar enfrentarse a él. Tenía muy presente lo que sus padres habían sufrido con la muerte de Lara.

—Nos dijiste que te hablaba de su hermana.

Cintia duda antes de seguir desvelando nada, se debate entre preservar la intimidad de sus relaciones con Susana y la necesidad de ayudar a que su muerte sea vengada.

—Hablábamos mucho, estaba obsesionada con ese tema, con su asesino, con el modo en que la habían matado.

—Raúl nos ha dicho que era un tema del que nunca quería decir nada.

—Raúl no era importante para ella, la verdadera Susana era la que se metía en la cama conmigo. Algunas noches nos quedábamos charlando hasta la madrugada de Lara, de sus padres, de todo. Quería ir a la prisión, encontrarse con Miguel Vistas.

Elena se muestra sorprendida, no sabe qué decir, qué preguntar. Mariajo llega en su ayuda cuando se asoma, después de llamar a la puerta.

—Por favor, Elena, necesito enseñarte algo.

La hacker de la brigada ha conseguido abrir, por fin, la zona del ordenador de Susana que tan protegida estaba. Aunque lo esperaba, Elena no puede creerse lo que ve: son las mismas fotos que les ha mostrado Buendía del expediente de Lara. Pero la que aparece en las fotografías no es Lara, es Susana. Como les dijo Cintia, Susana llevaba años sacándose fotos en la misma postura en la que el asesino dejó a su hermana, con un velo igual, incluso las primeras, hasta que se derribó la casa de cerca del Rancho del Cordobés en la que la encontraron, en el mismo sitio.

—Sabes que he entrado miles de veces a la red oculta y he visto las perversiones más grandes que se pueden imaginar, pero esta es de las buenas. Es como si esa chica quisiera seguir los pasos de su hermana.

—Pues lo ha conseguido...

Elena no vuelve a entrar de inmediato, necesita tomarse un respiro y ordenar en su cabeza todo lo que ha escuchado en los últimos minutos. Mira a Cintia a través de la persiana semibajada, está callada, con la mirada ida, sufriendo. A menudo su trabajo le parece cruel, tiene delante a una joven que ha perdido a la que probablemente fuera el amor de su vida y ella, en lugar de consolarla, se dedica a indagar, a preguntar, a hurgar en la herida. Decide darse unos minutos, acercarse a la pequeña cocina, beber un vaso de agua, asomarse a la ventana y ver la calle... Solo cuando ha vencido los deseos de dejar de preguntar y abrazarla, vuelve a la sala, quiere que Cintia le siga hablando de la obsesión de Susana.

—Me decías que quería conocer al asesino.

—Sí, pero sabía que no le iban a autorizar la visita. Decía que esperaría a que le dieran un permiso de fin de semana o a que le soltaran para abordarle por la calle y preguntarle todo lo que quería saber.

—¿Crees que quería morir igual que su hermana? —lanza el órdago.

Cintia pone cara de indignación, de no entender cómo alguien puede preguntar tal cosa.

—¡No! En absoluto. ¿Quién quiere morir así?

Poco más puede desvelarle Cintia, no porque no esté dispuesta, sino porque Elena no sabe qué preguntar. Rara vez se ha visto tan anonadada por un caso. Las fotos de Susana imitando la muerte de su hermana, una vez que sabe que, al final, todo se produjo de la misma forma, la han dejado perpleja.

Fuera se encuentra con Orduño y Chesca, que la informan acerca de quién es la familia de Moisés. Ella también conoce el Clan del Sordo de nombre, aunque ignora qué relación puede guardar con la muerte de Susana. En realidad, cada minuto que pasa sabe menos sobre el caso, lamenta que Rentero la llamara y piensa que mejor habría sido que se lo hubieran quedado los agentes de la comisaría de Carabanchel, aunque nunca descubrieran al asesino.

—Quiero entrevistarme mañana con Miguel Vistas. Organizadlo con la dirección de la prisión de Estremera. ¿Alguien sabe dónde se ha metido Zárate?

—Dijo que tenía que visitar a un pariente enfermo.

—Hay que joderse, parientes enfermos. ¿Nadie le ha dicho que en la brigada no tenemos parientes y que si los tenemos están siempre sanos?

Todavía no es muy tarde, pero Elena se marcha. Sus compañeros no le dicen nada, es algo que pasa de vez en cuando. Buendía, que la conoce hace tantos años, sabe que no le sería difícil encontrarla, está seguro de que va a pasar la noche en el Cheer's cantando a Mina Mazzini.

Capítulo 28

Zárate no sabe si le gusta visitar a Salvador Santos, el inspector de policía que le acogió bajo el ala cuando él empezó a dar sus primeros pasos en la profesión, el hombre que ha sido una especie de padre para él desde que murió el verdadero. Cuando era un recién jubilado, sí que le gustaba, entonces le recibía con grandes palmadas en la espalda y la tarde pasaba volando entre whiskies y batallitas. Pero pronto empezaron los despistes y las efusiones sentimentales que llevaban al hombre a confundirle con el hijo que nunca tuvo. ¿Esa es la razón por la que Santos le trataba con tanto cariño? Puede ser, pero a Zárate no le importa que la relación entre ambos estuviera teñida de esa nostalgia por el padre perdido y el hijo nonato. No olvida la tutela que recibió en los momentos de aprendizaje, ni los sabios consejos, ni la paciencia cuando cometía algún error. No olvida, tampoco, las palabras de aliento. Salvador fue su primer jefe. El mejor. Y él, en justa correspondencia, fue un alumno aplicado; Salvador fue su padre y él, su hijo.

—¿Cómo está don Salvador? ¿Se encuentra bien?

El alzhéimer lleva cinco años avanzando y la cabeza de Salvador resistía, al principio, a duras penas. Desde que un médico le puso nombre a la enfermedad, las conversaciones entre los dos se empezaron a llenar de apremios, de cautelas, finalmente de tristeza. Zárate entraba animoso en la casa de la Colonia de los Carteros, el barrio gremial construido hace cien años en el que vivía el enfermo, y salía un par de horas después hundido en la miseria. Su jefe, su maestro, su padre imaginario, estaba perdiendo su esencia día tras día.

Ascensión los recibe con la cordialidad de siempre. Zárate viene acompañado de Costa y esto insinúa a la mujer que la visita no es de carácter personal. Los policías le explican que quieren hablar con Salvador de aquel asesinato que investigó hace siete años: Lara Macaya se llamaba la víctima. Ahora que ha muerto su hermana Susana en circunstancias muy similares, es posible que el condenado del primer crimen sea inocente. A Ascensión no se le escapan las implicaciones de estas novedades.

—Pero entonces van a acusar a mi marido de haber hecho mal su trabajo.

—Precisamente por eso queremos hablar con él —matiza Zárate—. Es importante saber cómo llevó la investigación para poder defenderle cuando todo esto estalle.

—No quiero que le molestéis con cosas del pasado. Él no está bien. La terapia ocupacional no está sirviendo de nada y la medicación, tampoco. Y lo peor es que se da cuenta de que está perdiendo la memoria y sufre mucho.

—Es por su bien. Y va a ser solo un momento. Si vemos que se sobresalta, lo dejamos. Te lo prometo.

—Le pongo música para que se relaje. El médico dice que la memoria musical es la última que se pierde. Y yo creo que le gusta, se queda sonriendo en su sillón. Pero recordarle aquel asesinato espantoso... Eso no, Ángel. Entiéndelo. Tú no sabes lo que pasó con aquello, no te lo quiso contar porque decía que nadie podía dedicarse a una profesión en la que había que enfrentarse así con el mal.

—Sabes que Rentero nunca se ha llevado bien con tu marido, aunque le respete como policía. Y va a aprovechar este caso para arrojar mierda sobre él. Yo no puedo permitirlo, Ascensión —insiste Zárate—. Salvador es un padre para mí.

La mujer toma aire, se ha quedado sin argumentos.

—Está bien, pero entra tú solo. Si pasáis los dos, se va a pensar que es un interrogatorio.

—Yo me quedo con usted —acepta Costa.

Salvador está sentado en un sillón azul. En la penumbra de la habitación, compone una imagen muy apacible. Sonríe al ver a Zárate. Una sonrisa que le ilumina el rostro de amor.

—¡Hijo!

Zárate se sienta en una silla enfrente de él y le toma de la mano.

—Soy Ángel.

—Ya lo sé, no soy tonto. Pero yo te llamo hijo.

Zárate sonríe. Le pregunta qué tal se encuentra. Salvador hace un gesto espasmódico, como si estuviera ahuyentando a una mosca.

—No hablemos de eso, que me pongo a llorar. Me faltan las palabras. Y ya casi no me tengo en pie. ¿Qué le vamos a hacer, hijo? Estoy en las últimas. ¿Qué tal estás tú?

—Yo estoy liado, como siempre. Investigando un asesinato.

—El de la hermana de Lara.

—¿Cómo lo sabes?

—Todavía estoy vivo. Todavía me entero de las cosas. Me llamó Fuentes, el forense que vio a la chica y supuso que las dos muertes tenían que ver.

—¿Recuerdas la investigación de la muerte de Lara?

—Claro que la recuerdo, la llevé yo. Todavía sueño con gusanos. Pero cogimos al culpable, que es lo que tiene que hacer un buen policía.

—Pero este asesinato es idéntico y Miguel Vistas está en la cárcel. No pudo ser él.

Salvador se queda rumiando algo. Suena un ruido ronco, de animal, que sale de su garganta.

—¿Había algún sospechoso más? —pregunta Zárate—. ¿Alguien que no esté en los informes porque lo descartasteis en los primeros pasos de la investigación?

—Hablamos con mucha gente. Yo sospechaba del hermano de la chica.

—¿Cómo? No tiene hermanos, Salvador.

—El hermano. El cantante.

—No había hermanos. Eran dos chicas.

—¡Ya lo sé! —exclama Salvador.

De pronto se ha irritado y ahora no quiere mirar a la cara a su alumno. Al negarle la mirada gira el rostro hacia la ventana y quedan al descubierto las arrugas del cuello y un pequeño bulto que le cuelga de la papada, como un fruto que pende de una rama. Zárate se da cuenta de que ha envejecido mucho desde la última vez en que se fijó en él.

—Buscamos a alguien que camina encorvado. Y que calza un cuarenta y cinco.

—Un hombre con joroba, sí. Recuerdo que había uno.

—¿Quién?

—Le frotabas el décimo de lotería en la joroba y te daba suerte. Sí, no recuerdo su nombre...

Se queda pensativo, como buscando de verdad ese nombre en su memoria. Está delirando y Zárate lo sabe. Le acaricia la mano y prepara su retirada.

—Adiós, Salvador. Cuídate mucho.

Le besa en la frente. Se dirige a la puerta sin hacer ruido, como si ahora tratase de proteger el sueño del anciano. Antes de abrir la puerta, oye la voz de Salvador.

—No estáis buscando a un jorobado.

Zárate se gira hacia la voz. Salvador lo mira con los ojos inyectados en sangre.

—No te equivoques, hijo. Estáis buscando al demonio.

Capítulo 29

—*Se vuoi andare, ti capisco. Se mi lasci ti tradisco, sì... Ma se dormo sul tuo petto, di amarti io non smetto, no...*

«Ancora, ancora, ancora», una de las canciones favoritas de Elena Blanco, pero que, por algún motivo, casi nunca canta. Quizá es por su letra: te pido más de tu cuerpo, te pido más de tus brazos... Elena no está dispuesta a dar más, por eso tampoco lo pide.

Lleva dos horas en el Cheer's, le han servido varias copas de grappa. No sabe por qué, pero la grappa no se le sube a la cabeza; con un whisky, con medio, acabaría como una cuba, pero la grappa solo la nota al día siguiente al despertarse y a veces la ayuda a dormir. En este tiempo ha cantado cuatro veces: «Acqua e sale», «Ma che ci faccio qui», «Se mi ami davvero» y «Ancora, ancora, ancora», la última. Ha escuchado a algunos de los mejores: Adriano, que canta arias; Nati, que borda las canciones de Mocedades; Perico, que, cuando sube al escenario, se cree que es Frank Sinatra y canta mejor que el italoamericano. Pero ella es la que ha interpretado con más sentimiento y la que más aplausos se ha llevado del grupo de asiduos.

—Joaquín, me voy. Apúntame lo que te debo.

Antes de salir le ve en la barra.

—¿Qué haces aquí?

—He venido a escucharte.

No le gusta, no le gusta que nadie se meta en su vida sin que ella le haya invitado antes. Y una invitación un día no implica que se haga extensiva a más.

—Pues ya he acabado de cantar, puedes marcharte, Zárate, aire.

—Había pensado en que podíamos tomar algo.

—Y después ir a mi casa, a follar...

—Sí, se me había ocurrido.

Zárate trata de ser gracioso, no se ha dado cuenta del tono de la inspectora, no se percata de que no es juguetón, sino duro. Debería ser más empático, adivinar lo que piensa el otro por encima de sus palabras. Hasta que no lo consiga, no será un buen policía.

—Pues mi respuesta es no. Si algún día quiero que vengas a mi casa, seré yo quien te llame para hacerlo. Adiós.

—Perdona, si es que tienes a tu hijo en casa... No quería ser inoportuno.

Parece que la excusa ha sido mucho peor que la ofensa. Elena pierde la compostura por unos instantes.

—¿Qué sabes de mi hijo? ¿Quién te ha dicho algo?

Se ha acercado a pocos centímetros de su cara, ha levantado la voz más de lo necesario. Cualquiera pensaría que está a punto de pegarle.

—Perdona, no sé nada, es que me fijé en la cicatriz de la cesárea y...

—No vuelvas a preguntarme por él. Mi hijo es solo asunto mío, de nadie más. No se te ocurra volver a hablar de mi hijo...

Zárate se queda solo, la ve marchar, vuelve a entrar en el Cheer's y pide un tercio de Mahou. Después, cuando está seguro de que Elena ya ha llegado a casa, camina hacia la plaza Mayor. No es tarde y quedan turistas de varias nacionalidades, pero no tiene la animación de la cercana Puerta del Sol. Es como si la plaza hubiera perdido su importancia cuando la Inquisición dejó de quemar a los herejes y a los conversos, en caso de que sea verdad que eso ocurriera allí; observándola a esa hora uno pensaría más bien que ha sido un simple mercado de verduras.

Desde el centro de la plaza, mira hacia los balcones del piso de la inspectora. No tenía mala intención al preguntar por su hijo, simplemente pensaba que pasaría algunos días en casa de la inspectora y otros, no, quizá con su padre.

Había dirigido sus pasos hacia el portal de su jefa —y de ahí al karaoke, en busca de fortuna—, dispuesto a hablarle de Salvador Santos, decirle que fue un gran policía, rogarle que se respetara su nombre, se descubriera lo que se descubriera al analizar su trabajo en el caso del asesinato de Lara. Quería que ella le viera como le ve él, como un policía que pudo cometer errores, pero que siempre fue honesto y trabajó para que la ciudad fuera un poco mejor. Pero ahora ve que la inspectora no es la mujer cercana que él creyó cuando compartió la cama con ella. Y piensa que sabe de dónde viene esa dureza: tiene que descubrir por qué ella ha reaccionado así cuando le ha mencionado a su hijo. Se pregunta si podrá averiguar algo de él en los archivos de la policía. También si sería sensato o peligroso hacerlo.

Elena regresa sola, sale al balcón y retira la tarjeta de memoria para cambiarla por otra vacía. Abre el ordenador y carga las fotografías de su sistema de vigilancia de la plaza. Las mira, son miles, como todos los días cuando regresa. Ninguna llama su atención, las va borrando hasta que el disco se queda otra vez vacío. Solo había gente que entraba y salía por el arco, pero no la cara que ella busca. A veces piensa que es absurdo, que esa cara nunca volverá y que, si lo hace, ella no la reconocerá. Está a punto de venirse abajo, le ha pasado decenas de veces en estos años; en una ocasión llegó a destrozar la cámara y tuvo que instalar otra al día siguiente. ¿Por qué no puede simplemente superarlo, como ella misma aconseja a las personas a las que comunica la muerte de sus seres queridos?

—Mierda, ¿por qué ha tenido que venir a buscarme?

Son demasiadas las noches que bebe grappa y olvida cenar. Tiene que obligarse, meter una lasaña congelada en el microondas, poner la tele para entumecer su mente con un programa absurdo en el que se hable de los amores de gente que le trae sin cuidado. No debe probar ni una sola copa; por mucho que lo desee, si bebe con esta rabia, acabará haciendo una locura.

Mañana conocerá a Miguel Vistas. ¿Mirará otra vez a los ojos al mal? ¿Será tan cruel como creyeron los jueces, los policías, el jurado? La experiencia le ha enseñado que no basta con mirar a alguien a la cara para saber si es culpable; hay que reunir muchas pruebas, irrefutables, para estar convencido.

Capítulo 30

Sonia ha ido a abrir la puerta de la casa —desmejorada, despeinada, en camisón— y se ha encontrado a la última persona que esperaba ver: Cintia. Era la mejor amiga de su hija, la mujer de la que estaba enamorada. Son cosas que no se le escapan a una madre... Solo la saludó una vez, se encontraron en un centro comercial cerca de casa, el Arturo Soria Plaza. Las vio a través de un escaparate, estaban comprando un bolso. Le bastó con verlas para saber lo que pasaba entre ellas, aunque no hubo ningún gesto, aunque no se rozaron, lo vio en sus ojos, en sus miradas. Susana miraba a esa joven igual que ella miraba a Moisés el maldito día en que se conocieron. Las esperó en el pasillo, Susana la presentó como una amiga, pero era imposible disimular. El amor no se puede ocultar. Ese día rezó por que su padre no llegara a enterarse.

—¿Qué haces aquí? Si te ve mi marido, te mata.

Cintia intenta abrazarla, pero Sonia se aparta. No quiere abrazar a la mujer que abrazaba a su hija, no quiere sentir su compasión.

—Quiero decirle que Susana era lo mejor de mi vida. Que ahora que la he perdido siento que nada merece la pena.

—Será mejor que te vayas.

—Por favor, dígame cuándo será el entierro, necesito despedirme de ella.

—No sabemos, será cuando la policía lo permita. Y no se te ocurra presentarte, bastantes muertos ha habido ya.

—¿Por qué contrataron a un detective para seguirnos?

—¿Qué detective?

—He hablado con Raúl, me lo ha contado.

—No sé de qué me estás hablando.

Cintia se da cuenta de que Sonia no está en el ajo, que es una cuestión que solo atañe a Moisés.

—Déjelo, no importa.

Sonia entiende, no necesita más. Se da cuenta de que nada es como pensaba, que ha vivido con los ojos cerrados, que Moisés ya no es el hombre del que se enamoró, que sus hijas ya no viven, que la casa se ha ido desmoronando, igual que ella, que no queda nada de su belleza, igual que no queda nada del hogar que construyeron ella y su marido en otros tiempos.

De repente ve que las paredes tienen manchas, que las tapicerías están deslucidas, que sus ojeras están más marcadas que nunca.

—Vete.

Cierra la puerta y rompe a llorar, no quiere echar a esa chica, pero tampoco quiere arriesgarse a que Moisés regrese y la vea y todo empeore más aún.

Al cabo de unos minutos se arrepiente y sale para ver si sigue allí, pero no está. De pronto Sonia reconoce en la lejanía una furgoneta blanca. De ella baja Moisés, quien se queda hablando unos instantes con el conductor. Sonia continúa observando cómo conversan hasta que el vehículo arranca y se marcha. Moisés se da la vuelta y ve a Sonia.

—¿Sigues en contacto con esa gente? —se atreve a reprochar a su esposo.

—Esa gente a la que desprecias es mi familia. ¿Qué haces en camisón en medio de la calle?

—¿Pusiste a un detective a seguir a tu hija?

—Vete para dentro.

—No te conozco, han sido tantos años engañándome que ya no sé qué es verdad y qué es mentira. Supongo que todo es mentira.

Capítulo 31

Rentero no tiene ni un gramo de más, aunque a su edad sea normal que los hombres empiecen a subir de peso. Ha cumplido ya sesenta y cuatro años, quizá esté a punto de jubilarse, aunque Elena no se lo imagine marchándose a vivir a su apartamento de Marbella y dedicándose al golf: le gusta mucho estar en el ajo, meter la cuchara en todo lo que pasa a su alrededor.

—No sé cómo no pesas doscientos kilos.

Esta mañana, cuando ella estaba a punto de salir de casa para ir a la calle Barquillo y preparar su entrevista con Miguel Vistas en la cárcel de Estremera, Rentero la ha llamado para que vaya a encontrarse con él en el hotel Ritz. Elena se ha limitado a servirse en el plato un poco de fruta, además de la taza de café con leche. Rentero ha comido huevos revueltos, pan con tomate y jamón y ahora disfruta de unos cruasanes que dice que son los mejores de Madrid.

—No engordo porque hago ejercicio. Todas las mañanas, a las seis, estoy en la cinta de correr, una hora a diez kilómetros por hora mientras veo la CNN. A ver a cuántos de mi edad conoces que sean capaces. Y después media hora de pesas. Puedo comer lo que quiera.

Pero Elena sabe que Rentero no la ha convocado a esta hora para desayunar o para hablar de sus rutinas deportivas. Algo tiene que contarle que tenga relación con el caso de Susana Macaya.

—Ya no puedo retener más a la prensa, está a punto de salir todo —le avisa el comisario.

—¿Les has informado de algo?

—Me temo que ha habido una filtración. Ya sabes que todo lo que hace tu brigada es completamente confidencial.

—¿De dónde sale la filtración?

—De tu equipo —acusa Rentero.

—No puede ser.

—Que yo sepa, hay un elemento nuevo al que has incorporado por tu cuenta, sin pedir informes y sin que pasara ninguna prueba.

¿Zárate? Pese a su desencuentro de anoche con el nuevo, Elena no desconfía de él. No va a cambiar su forma de pensar. Esperará, seguro que nadie de su equipo, incluyendo a Zárate, es responsable de la filtración.

—¿Te importa si pido una grappa?

—Es temprano, pero me extraña que hayas tardado tanto en pedirla.

Es agradable desayunar en el restaurante del Ritz. Incluso si uno no quiere fijarse en los reflejos dorados de las lámparas o los espejos, el lujo se nota en todos los detalles, en la educación de los camareros, en la exquisita discreción de los otros comensales, en el silencio abovedado que parece envolver el lugar. Elena se mueve con languidez, un gesto heredado de su madre, que en los ambientes suntuosos se vuelve más lenta y más suave. A ella le gustaría verla allí, charlando entre millonarios, y no con sus toscos compañeros de la brigada. Con un trago largo de grappa aparta del todo el recuerdo de la gran dama.

—¿Cómo va la investigación? —pregunta Rentero.

—Lenta. ¿Tú crees que deberíamos sospechar de Moisés, el padre de las chicas?

—¿El gitano?

Rentero, que es el colmo de la elegancia y el adalid del lenguaje políticamente correcto en las comunicaciones del ministerio, no tiene reparos en hablar como han hablado toda la vida entre policías.

—Yo prefiero llamarlo por su nombre de pila —le corrige la inspectora.

—¿Por qué crees que puede tener algo que ver con el crimen?

—Hay un testigo que vio merodear a un hombre encorvado por la zona días antes del asesinato.

—¿Crees que estaba preparando el escenario del crimen?

—No lo sé.

—Es un indicio muy débil. Hay poca gente que camine erguida. Yo mismo voy siempre un poco encorvado, debería hacer terapia postural.

—Te estás haciendo viejo.

—Dime que tienes algo más para sospechar del padre —elude el comentario, vanidoso, Rentero.

—Calza un cuarenta y cinco. Hemos recogido una huella de ese número. Ahora me dirás que mucha gente tiene los pies grandes, pero te aseguro que no es verdad. Vamos a hacer un registro en su armario, aunque no creo que encontremos nada. ¿Tú no te habrías deshecho de los zapatos?

—Me parece poco.

—Su actitud es muy extraña.

—Sus dos hijas han sido brutalmente asesinadas. Lo sospechoso sería que mantuviera una actitud normal.

—¿Te molesta que estemos investigando a Moisés? ¿Estás recibiendo presiones de la comunidad gitana?

—Sabes que las presiones solo me asustan si vienen de grandes grupos de comunicación. Solo intento entender tus sospechas.

—No sospecho, solo quería sondearte. Me resulta inconcebible que un padre mate a sus hijas de un modo tan espantoso. Metiéndoles gusanos en la cabeza.

—Pues déjate de sondeos y haz tu trabajo, Elena. Este caso es una bomba de relojería y tenemos prisa por atrapar al asesino.

—Siempre hay prisa por atrapar al asesino.

—Aquí más. Todo apunta a que podría haber un inocente en la cárcel y eso crea muy mala imagen en la policía.

—Hoy voy a la cárcel a hablar con él. Te mandaré un informe.

—Supongo que su abogado no tardará en pedir su excarcelación.

—Mientras no salgan a la luz los detalles del caso, no tiene por qué hacerlo. Pero ¿cuánto tiempo podemos mantener esto en secreto?

—Te lo he dicho, ya no es secreto, en cualquier momento tengo a los periodistas en la puerta del ministerio. Lo mismo ya hay un redactor de algún medio digital tecleando algún titular demoledor. —Los miedos del comisario están dejando de ser abstractos—. A mí me gustaría que cuando Miguel Vistas salga a la calle tengamos al asesino para que entre en su lugar. Eso calmaría las aguas.

—Ya. Te aseguro que por aquí abajo nadie de mi equipo está vagueando.

Rentero se queda con la mirada perdida.

—Se hicieron muy mal las cosas, ¿sabes? Hace siete años.

La inspectora vacía su copa de grappa. Paladea el último reflujo del licor.

—¿Con la investigación del asesinato de Lara?

Rentero asiente.

—No me gustaría estar aquí cuando estalle el escándalo, pero voy a tener que dar la cara. Ese caso no se llevó bien. Y tienes que ayudarme.

—¿Cómo?

—Atrapando a ese cabrón cuanto antes.

—Necesito más tiempo. Todavía estamos pegando tiros al aire, como tú dices. Pero en esta ocasión las cosas se están haciendo bien.

—Veremos qué sale en el periódico. Si me dejas al pie de los caballos, dudaré mucho de que las cosas se estén haciendo bien, Elena.

Capítulo 32

El director de la cárcel de Estremera no ha podido recibir a Elena Blanco; en su lugar lo hace la subdirectora, que desde dos horas antes de su llegada ha estado con Zárate brindándole toda la información que la inspectora pueda necesitar para su entrevista con el preso.

—No es un recluso que haya dado problemas. Su comportamiento ha sido ejemplar.

La cárcel de Estremera, Centro Penitenciario Madrid VII según su nombre oficial, es una de las últimas construidas en España, con capacidad para mil ochocientos presos, entre hombres y mujeres, y unas instalaciones modernas, pensadas para alojar con ciertas comodidades a los internos. Pese a todo, es una cárcel y en los últimos tiempos ha habido un repunte de las agresiones producidas dentro.

—Miguel Vistas ha sido objeto de algunos de esos ataques, pero nunca se ha tratado de nada importante, solo unos cuantos golpes. En ocasiones, los funcionarios nos han informado de que es posible que se trate de lesiones autoinfligidas para pasar la noche en la enfermería.

—¿Problemas con presos de origen gitano?

—Al principio, pero hace tiempo que eso se acabó.

Mientras camina con Zárate por los pasillos de la cárcel, rumbo a la sala donde se encontrarán con el asesino convicto, aquel informa a la inspectora de lo que ha averiguado. Ni una concesión a un comentario personal, ni una mención a su desencuentro de ayer.

—Miguel Vistas es un tipo solitario. Durante los siete años que lleva encerrado solo ha tenido un amigo que salió en libertad hace año y medio y regresó a Colombia. En los últimos tiempos tiene otro, uno joven, al que de alguna manera protege, le llaman el Caracas. Vistas participa en los talleres de fotografía y es un gran consumidor de libros de la biblioteca. No practica ningún deporte y nunca ha tenido, ni ha pedido, una comunicación íntima.

—No parece un preso.

—No, pero estoy seguro de que no está aquí por casualidad. Aunque los funcionarios le describen como un tipo apocado e inofensivo, incapaz de matar a una mosca...

—Y, sin embargo, mató a esa chica llenándole la cabeza de gusanos... ¿O no sería él?

Junto a Miguel Vistas está sentado Masegosa. Elena conoce a ese abogado de lo mismo que cualquiera, de verlo en la tele. Se extraña, en sus papeles dice que su defensa la llevó un tal Antonio Jáuregui, un letrado que se le asignó por el turno de oficio. Miguel ha pasado de un abogado gratuito a uno de los más caros. Lo entendería si ya se hubiera publicado la noticia del hallazgo del cadáver de Susana, pero hasta el momento se ha mantenido en secreto. A no ser que Moisés haya informado a sus parientes: en ese caso la noticia habría llegado a la cárcel a toda velocidad.

—¿Es usted el nuevo abogado de Miguel Vistas?

—Sí, le adelanto que estoy preparando los papeles para pedir la libertad inmediata de mi detenido.

—¿Puedo saber la causa?

—No me tome por tonto, inspectora. La causa la sabemos usted y yo. Todo parece indicar que la inocencia de mi defendido está quedando demostrada. En breve se sabrá que el verdadero asesino está en la calle, haciendo de las suyas, y que ustedes tienen a un inocente entre rejas.

Elena no quiere precipitarse, la agresividad de los abogados mediáticos es normal, están en lados distintos de la ley, pero todos son útiles.

—No vaya tan deprisa, señor Masegosa. De momento no hay nada comprobado.

Se sienta y mira papeles, aunque en realidad está analizando a Miguel Vistas. No es como lo esperaba: es difícil reconocer a un diablo capaz de hacer sufrir de aquella forma a una chica en ese hombre de mediana edad, regordete, mal afeitado, con la mirada baja y un chándal de mercadillo.

—Señor Vistas, afirma usted que es inocente. ¿Por qué le condenaron?

—Por mi defensa, el abogado que se encargó de mi caso no le prestó ninguna atención. Y el padre de la chica, Moisés Macaya, se empeñó en que yo era el asesino. Entre él y ese inspector, Salvador Santos, lo urdieron todo para meterme en la cárcel.

Elena se ha dado cuenta de un ligero gesto de tensión de Zárate cuando se ha mencionado a Salvador Santos. Quizá haya sido una apreciación errónea, pero a Zárate no le ha gustado que el preso se refiriera al policía que llevó la investigación de la primera muerte.

—Yo nunca haría daño a nadie, pero mucho menos a Lara. La adoraba, la vi crecer, le enseñé a revelar fotografías, hicimos una cámara oscura con una caja de zapatos... Yo soy inocente, simplemente necesitaban un culpable y me escogieron a mí porque estaba cerca.

Miguel mira a los ojos a la inspectora Blanco buscando comprensión. Ella duda; si está mintiendo, es uno de los mejores embusteros que ha conocido.

—Yo sé que el mundo se divide entre el bien y el mal, la luz y la oscuridad, y mucho más después de siete años conviviendo con el mal dentro de las cuatro paredes de la cárcel. Pero estoy del lado de la justicia, de la luz, y necesito ayuda.

Capítulo 33

«Siete años de cárcel por un crimen que no cometió».

El titular golpea a Moisés con fuerza, el periódico le tiembla en las manos y las sienes le laten con furia. Según va leyendo, tiene la sensación de que le va a estallar la cabeza.

«Las similitudes entre los dos asesinatos hacen pensar en un mismo autor, luego todo indica que el primer caso se cerró con un falso culpable».

Una lágrima cae sobre el texto y la tinta se emborrona. Moisés no entiende nada. Ni siquiera ha notado el acceso de llanto, pero ahí está, ha brotado de su rabia, de su indignación, de su odio. Cuando entra Sonia en el salón, el periódico está en el suelo, repartido en hojas dobles aquí y allá, como si Moisés se hubiera entretenido haciendo casillas en un juego de niños. Él está doblado sobre sí mismo, tiene el rostro cubierto por las dos manos, se balancea con suavidad.

—¿Qué ha pasado con el periódico?

No obtiene respuesta. Recoge las hojas, las apila, busca la noticia que ha podido provocar el ataque de ira. Moisés levanta la mirada. Nota que tiene los ojos húmedos y se los seca con el dorso de la mano.

—La policía no está haciendo su trabajo —dice.

—¿Por qué dices eso?

—No están investigando para encontrar al asesino de Susana. Lo que quieren es soltar al que mató a Lara.

Sonia no da crédito a las palabras de su marido. Retoma la búsqueda de la noticia. La encuentra. La lee. Tampoco a ella le gusta lo que dice.

—¿Van a soltar a Miguel Vistas? Pero si había pruebas sólidas contra él.

—Le van a soltar. Seguro —grita él—. ¿Qué hacemos? Si ese cabrón sale a la calle, me lo llevo por delante. Te lo juro por Dios.

—Tranquilo, Moisés. ¿No ves que eso solo estropearía las cosas?

—No pueden estar más estropeadas. Ya da igual todo.

Ella se queda muda al escuchar esa frase. Es como una acusación frontal: tú no formas parte importante de mi vida. Sin mis hijas, ya no vale la pena vivir.

—Si no te hubieras empeñado en alejarlas de mí… —añade.

Eso ya es demasiado para Sonia. Teme el mal humor de su marido y sus arranques agresivos, pero no puede aceptar que la carguen a ella con la culpa de lo que ha pasado.

—¿Qué quieres decir?

Moisés no contesta. Se levanta de un impulso, pasea por el salón, furioso.

—¿La culpa es mía? ¿Es eso?

Él se gira de pronto. Está demacrado, su rostro no parece humano.

—Si las hubieras dejado conmigo, esto no habría pasado.

—Yo no te he quitado a tus hijas. Tú estabas con ellas igual que yo.

—Ya me entiendes.

—Sí, ya te entiendo. Si las hubiéramos educado como gitanas. Con vuestros ritos, vuestras costumbres y vuestro clan. Pues no me dio la gana.

—Mira lo bien que te ha salido educarlas como tú querías. ¿Cómo decías? Como personas normales y corrientes.

—¡Creía que tú estabas de acuerdo conmigo!

El silencio vibra con el eco del grito. Moisés mira a su mujer con lástima, pero la lástima la siente hacia sí mismo. Sonia teme por un instante que se abalance sobre ella, pero enseguida se da cuenta de que es un hombre vencido.

—Tú me alejaste de los míos —musita. La voz se le quiebra y parece que se va a poner a llorar como un niño. Pero no.

—Nadie te obligó a casarte conmigo.

—Le di la espalda a mi familia por ti, para casarme contigo y tener hijos. Y mira lo que ha pasado. Todo ha sido una equivocación. Un desastre.

Sonia menea la cabeza en un gesto de tristeza infinita. No encuentra palabras para deshacer la enorme injusticia que él ha construido. No es cierto que todo haya sido una equivocación. No es cierto que su matrimonio haya sido un desastre. Moisés fue feliz a su lado, notó muy pronto el alivio de alejarse del clan, de su hermano, de su tío, de la vida pegajosa de gitano. En los momentos de euforia la llamaba «mi paya favorita» y la cubría de besos. Montaron juntos un negocio de organización de bodas y otros eventos, y les empezó a ir bien, incluso muy bien. Hasta la muerte de Lara. Ese fue el punto de inflexión, el instante en el que todo comenzó a cambiar. El negocio quedó desatendido y se vino abajo. Una grieta se fue abriendo en el matrimonio, pequeña, casi imperceptible al principio; un abismo con el paso del tiempo.

No es justo, piensa Sonia. Mira a su marido, su rostro terrible, su cabello despeinado, y siente el vértigo del asco. Quiere estar sola, pensar en silencio, pasar el día entero llorando. No pretende alargar más la discusión con él. Pero le sale del alma la frase.

—La culpa es tuya, Moisés. No has sabido cuidar de tus hijas. Nunca has aceptado que sean más payas que gitanas. Decías que sí, que lo preferías, pero en el fondo rabiabas por no educarlas según tus normas. Tus normas de otro siglo, tu disciplina absurda... Cuando Lara se iba a casar con un payo se te revolvían las tripas. Tú no lo decías, pero yo lo notaba. Y con la boda de Susana te pasaba lo mismo.

—Estás loca.

—Reconócelo. Por lo menos ten la valentía de admitir que no te gustaban tus hijas porque no eran como tú.

—Quería que se apuntaran a clases de flamenco. ¿Eso es monstruoso?

—Eso no. Pero espiarlas para ver si viven con decoro es de locos. Y tú lo hacías.

—Susana estaba descarriada, pero tú no querías darte cuenta.

—Estaba sufriendo porque a su hermana la habían asesinado.

—Perfecto. Y la labor de un padre es intentar enderezar a su hija si se sale del carril.

—¿Contratando a un detective privado?

Moisés clava en ella una mirada salvaje.

—Como sea.

—Ya. Ya veo. Creo que tienes razón. Este matrimonio ha sido un desastre.

Moisés asiente. Avanza hacia ella y de nuevo Sonia se prepara para recibir una embestida. Pero él pasa de largo. A los pocos segundos, se oye un portazo.

Capítulo 34

—¿De dónde ha salido la filtración? —pregunta Chesca periódico en mano.

Buendía se lo arrebata de un zarpazo. Ya ha leído la noticia, pero quiere entresacar las partes que más le han irritado.

—«Hay similitudes entre los dos crímenes», dice este cabrón, pero no especifica cuáles. Vaya manera de hacer periodismo.

—Se trata de arrojar mierda sobre el trabajo policial —protesta Orduño.

Elena permanece tranquila. Una reacción natural de su carácter, que tiende a buscar la calma cuando las cosas se complican.

—No vamos a desconfiar de nadie, Chesca. Yo pongo la mano en el fuego por todos. Estoy segura de que la filtración no ha salido de aquí.

—De los que estamos aquí fijo que no —dice Chesca.

Se queda mirándola con intención.

—¿Qué quieres decir con eso?

—Que no respondo por Zárate.

Elena niega con la cabeza: otra vez la misma acusación que escuchó el día anterior de labios de Rentero.

—Zárate no ha sido, sería absurdo. ¿Por qué iba a querer que la prensa dé la matraca con el caso de hace siete años?

—No lo sé, pero justo el día en que sale publicada la noticia, él no está. ¿Alguien le ha visto esta mañana?

—Aquí nadie tiene horario, yo no le puedo pedir que fiche a una hora.

—Claro, a lo mejor tiene gripe y se ha quedado en casa. Justo hoy —insiste Chesca—. Yo no confío en él.

—Yo confío en todo el mundo, hasta que se demuestra que no se lo merece —zanja la inspectora.

Mariajo, que ha estado concentrada en el ordenador mientras los otros hablaban de la noticia, ajena a ellos, llama la atención de los demás.

—Chicos, tenemos novedades.

Mueve la pantalla para que todos la vean.

—Imágenes de una cámara de seguridad que hay en el barrio de Moisés. Es una cámara de tráfico.

—No dejan ni un metro vacío —dice Orduño—. Así se hinchan a poner multas.

—No hagas nada ilegal y no te las pondrán —le afea Elena—. Ponnos esas imágenes, Mariajo.

—Se me ocurrió pedir a tráfico que nos mandaran lo que tuvieran del fin de semana en los alrededores. Pensé que me iba a pasar horas y horas de visionado. Y ya veis, a la primera —explica Mariajo mientras todos miran el monitor.

La grabación no es muy nítida. Pero se adivina a un hombre corpulento cruzando la calle y subiéndose a una furgoneta blanca, destartalada. La fecha se corresponde con la de la desaparición de Susana.

—¿Es Moisés? —pregunta Buendía.

—Claro que es Moisés —contesta Elena—. Le pregunté qué había hecho el fin de semana y me aseguró que no había salido de casa.

—Si de verdad es él, te mintió. Y nunca se miente por nada bueno. Aumenta la imagen para poder estar seguros.

La imagen ampliada se ve peor. Sin embargo, Buendía aparca sus dudas. Mariajo aporta más datos.

—La furgoneta es una Fiat Fiorino muy antigua, juraría que del año 96. La matrícula no se ve bien. El primer número es un nueve y el segundo parece un cuatro.

—¿Puedes hacer un barrido de matrículas para averiguar quién es el propietario de esa tartana? —pregunta Chesca.

—Ya he pedido el registro a tráfico, han quedado en que nos contestaban en cuanto pudieran. Hay que tener paciencia.

—«Paciencia» es una palabra prohibida a partir de ahora —dice Elena—. Rentero temía que llegara este momento, ya estamos en los medios.

Suena el teléfono de Buendía. Responde. Todos aguardan expectantes. Por las caras que pone, intuyen que ha pasado algo.

—De acuerdo —dice el forense de la BAC—. Mándame el informe preliminar, por favor. ¿Está ya? Gracias.

Cuelga. Se levanta, pasea pensativo. Parece preocupado.

—¿Qué pasa, Buendía? —le apremia Elena.

—Era Clara, la chica del laboratorio.

—¿Han sacado alguna muestra de ADN?

—Sí. Os comenté que había restos en la muestra que extraje de una uña del cadáver. Podía ser un trocito de su propia piel, al rascarse. Han tardado, pero ya tenemos respuesta: no es suyo. Me mandan un mail para ampliármelo. ¿Me dejas el ordenador, Mariajo?

—¿De quién puede ser? —pregunta Chesca.

—No es suyo, esa es la gran noticia —divaga Buendía mientras abre el correo y busca el mensaje—. Eso demuestra que Susana se defendió de su agresor. Le arañó y le arrancó un trozo de piel.

—La primera hipótesis al ver el cadáver fue que no se defendió —recuerda Elena.

—Pues esto demuestra que sí. Aquí está. —Buendía mira a sus compañeros con aire luctuoso, consciente del efecto que van a tener sus palabras—. Ya han hecho el cotejo. El ADN de los restos de piel encontrados en la uña de Susana corresponde a su padre, a Moisés Macaya.

Por un instante, todos se quedan callados. Impresionados por la noticia.

—Moisés... —dice Mariajo—. Me resisto a creerlo.

—Acabamos de ver que esa noche salió de su casa —acusa Chesca.

—La descripción del testigo del parque coincide con la de Moisés —abunda Orduño.

—Y tiene un móvil muy claro —añade Buendía.

—¿Ah, sí? ¿Cuál es el móvil? —busca un resquicio para dudar Mariajo.

—Sus hijas se querían casar con un payo en vez de con un gitano —responde Chesca. Le ha quitado la palabra de la boca a Buendía, pero él no se ofende. Se encoge de hombros y asiente.

—¿Y los gusanos en la cabeza? Si las hubiera matado a palos me lo creería, pero así, de una forma tan cruel... Me cuesta verlo.

—Nadie quiere pensar que un padre pueda hacer esas cosas, pero puede —sentencia Orduño.

Habla como si escondiera algún secreto familiar, aunque nadie entra al trapo. Están nerviosos, a punto de obtener una prueba que les permita hacer una detención.

Todos se vuelven a la inspectora Blanco, la única que no ha dicho nada, la que tiene que marcar la opinión y el camino de todos.

—¿Lo detenemos? —pregunta Chesca, deseosa de entrar en acción.

Elena no sabe qué pensar. Le cuesta creer que un padre mate a sus hijas de un modo tan espantoso, pero, es cierto, como dice Orduño: en su trabajo policial se han encontrado con casos espeluznantes. Y una detención calmaría a Rentero, eso seguro. Le daría un hueso suculento que lanzarle a la prensa.

Tercera parte

GRANDE, GRANDE, GRANDE

Te odio tantas veces
como tantas otras veces te amo,
y por eso eres tú tan grande, grande, grande para mí,
tan grande como es mi amor.

No hay agua en la pila.

El niño tiene sed.

Busca en las cajas y encuentra dos latas de conserva. Una de carne en salsa, otra de melocotones en almíbar; pero no hay abrelatas. Tiene que abrirlas con la pala. Examina la forma puntiaguda de la herramienta. Aprieta la lata de melocotones entre las rodillas, agarra la pala por el acero con las dos manos, la coloca en el borde de la lata y presiona con fuerza. La lata rueda por el suelo. Repite la maniobra varias veces, sin éxito.

Prueba a sujetar la lata entre los pies. Agarra la pala por el mango y golpea con fuerza en la tapa. No cede. En la siguiente tanda de golpes, la lata se le escapa y se golpea en el pie herido. Suelta un aullido de dolor, se acerca cojeando a la puerta, se sienta y llora.

Rabioso, coge de nuevo la lata y hace un nuevo intento. Nada. No se abre. La golpea con fuerza contra el suelo. La lata se abomba. Lo intenta con los dientes. Se hace daño y llora de nuevo. El perro parece burlarse de sus intentos, le enseña la lengua que se ha vuelto azulada.

Agarra otra vez la pala y presiona la punta contra la tapa de la lata. Por una incisión asoma una gota de almíbar. El niño la sorbe con ansiedad. Vuelca la lata contra su boca. Caen dos gotas y después nada. Mete la punta de la pala en la incisión y consigue que la hendidura se amplíe un centímetro. Sorbe lo que puede, como un hombre de las cavernas luchando por su vida. Hunde la tapa para hacerle un hueco a su dedo, lo mete dentro y tira hacia arriba. Se corta el dedo, pero logra levantarla lo justo para beber todo el almíbar y sacar después los melocotones uno por uno.

Después de comer, descansa un rato sentado en el suelo, con la espalda apoyada en la pared. La herida del pie vuelve a sangrar. Todavía tiene hambre, pero le parece imposible afanarse ahora con la lata de carne. Aun así se obliga a hacerlo. Después de varios intentos, consigue abrirla. Mete la mano dentro de la lata, saca trozos de carne pringosa, como vísceras, y se los mete en la boca. En medio minuto se lo ha comido todo.

Se queda mirando al perro y le da la sensación de que le devuelve la mirada. Sus pupilas se mueven. Nota un acceso de terror. Se acerca y ve que hay gusanos saliendo de los ojos. También los hay en los trozos de cerebro que se desparraman por las orejas. Motitas brillantes en movimiento.

El niño sufre una arcada. Vomita encima del perro. Se aleja de allí, se sienta en el otro extremo de la nave. Está mareado. Se tumba en el suelo. Poco a poco, como si estuviera en medio de un juego, comienza a imitar la postura del cadáver. Los dos cuerpos forman el mismo dibujo.

Se oye un lloriqueo quejumbroso. El niño se ha puesto a imitar el lamento de un animal herido.

Capítulo 35

Hay tantos muebles en la tienda de antigüedades de Capi que apenas caben en el local. Muchos de ellos ocupan la calle de la Ribera de Curtidores, como si hubieran invadido por su propio pie el exterior para poder respirar al aire libre. Moisés encuentra a su primo barnizando un taquillón. Al verle entrar, Capi deja oír un chasquido característico que hace con la lengua.

—Dichosos los ojos, gitano.

No se levanta para saludarle. Moisés traga saliva, se siente agobiado en ese lugar.

—¿Podemos hablar?

Capi deja el pincel en la mesa y comprueba el efecto del barniz. Lo da por bueno. Se pone de pie y abraza a Moisés. Un abrazo sentido, que adorna con fuertes palmadas en la espalda. Después le da un beso en la mejilla.

—Vamos dentro, gitano.

Moisés le sigue a la trastienda. También allí se amontonan los muebles y la quincalla. Sillas, mesas, mecedoras, cuadros, bandejas y candelabros.

—¿Has leído la prensa?

Capi asiente.

—Me la han traído. Sabía que venías por eso.

—Van a soltar al asesino de mi hija.

—Confías demasiado en la justicia de los payos, te lo he dicho siempre.

Moisés no quiere entrar en esa conversación. Se separó de su familia porque no le gustaba el camino que tomaban. Vender muebles antiguos en el Rastro está bien, es un modo decente de ganarse la vida. Asociarse con el Clan del Sordo es cruzar una línea muy peligrosa. Y él está convencido de que los gitanos tienen que ser más escrupulosos que los demás en el respeto a la ley, pues solo así se conseguirá algún día la integración real de su etnia en la sociedad. Pero Capi es cínico, está amargado, no cree en más ley que la gitana. No le interesa la integración, mira a los payos con indiferencia y, cuando lleva cuatro vinos, con desprecio. Y, sin embargo, ahora lo necesita.

—Me lo has dicho siempre y yo nunca he sabido escucharte.

Capi asiente, complacido. Saca un Ducados y se lo enciende. Pone un cenicero de latón sobre una silla. Ofrece a Moisés, que niega con un gesto.

—¿Cómo está Sonia?

—Mal.

—Siempre está mal, me parece a mí.

—Han matado a su hija, Capi, ¿cómo quieres que esté?

Capi nunca aceptó la relación de su primo con una paya. Ni siquiera fue a la boda. Una protesta ruidosa que condenó la amistad con Moisés a un silencio de más de veinte años. El acercamiento se produjo cuando el negocio de organización de bodas y otros eventos se desmoronó. A Moisés le costó mucho llamar a la puerta de Capi justo en ese momento. Era como volver con el rabo entre las piernas. Golpeado por la tragedia y arruinado. Pero su primo le ayudó, le metió en sus chanchullos y Moisés se vio vendiendo antigüedades que no eran tales y llevando droga escondida en los marcos de los cuadros. Todo a espaldas de Sonia, que nunca preguntó de dónde venía el dinero. Tal vez la desgracia la mantenía aturdida, tal vez un sentido práctico alumbraba en la oscuridad de su alma. Jamás hizo preguntas, aunque eso no le evitó a Moisés un sentimiento de traición.

—¿Por qué has renegado de nosotros? —le lanza Capi.

Es la misma pregunta que le hizo siete años atrás, cuando murió Lara y acudió a él desesperado. Capi se la vuelve a hacer y hay algo de crueldad en ello. Es como un rito de humillación, como pasar por debajo de la mesa después de perder una partida de futbolín. Es el peaje que su primo le cobra a cambio de tenderle la mano de nuevo.

—No lo sé. Todo me ha salido mal, primo.

—Llámame gitano.

—Claro, gitano. Todo mal. No he sabido proteger a mis hijas. Ese es el mayor fracaso de mi vida.

—Tu fracaso es no haberlas educado como gitanas. Si me hubieras oído en su día. Pero estabas como un verraco con esa paya.

—Me enamoré, gitano, ¿qué quieres?

—Eso pasa, yo me enamoro y me emborrico. Todos. Mira Loren cómo está con la niña de los Moncada. Pero que no te sorba los sesos, cojones. Que no te los sorba tanto tiempo. ¿Qué llevas con ella? ¿Treinta años?

—Tienes razón.

—Que no te quite el derecho de educar a tus hijas a tu manera. Y con orgullo de gitano.

—Las dos me salieron rebeldes. A cuál más, no podía con ellas —se lamenta Moisés.

—Te has dejado manejar por la paya, y eso a mí me da vergüenza. Pero somos familia. Somos sangre, gitano. Y yo no te voy a dejar solo. Nunca, ¿me oyes?

—Gracias, no sabes cuánto lo aprecio.

—Ni a ti, ni a Sonia. Que a mí no me guste no quiere decir que no la proteja. Es tu mujer. La madre de tus gitanas. Que están muertas, que vayan con Dios. Pero ella te dio dos gitanas y eso merece mi respeto.

Capi se besa una sortija que lleva en el dedo corazón.

—Y ahora dime qué hacemos con ese asesino al que quieren soltar.

—No lo sé.

—No te las des de señorito decente; si has venido a mí, es por algo.

—Es que estoy hecho un lío, no pienso con claridad.

—¿Tú quieres que te ayude? ¿Sí o no?

Se inclina hacia él. Moisés le mira asustado. Hace mucho calor en la trastienda, está empezando a sudar a mares.

—Tienes que pedirlo, es mi única condición.

—Ayúdame, primo.

Capi le da una palmada en el muslo y se levanta. Cruza la tienda a buen paso. Cuando Moisés sale a la calle, lo ve hablando con otros gitanos. Uno de ellos lo mira con lástima, aunque a él le parece una mirada de desprecio. Se meten en una furgoneta blanca y vieja, una Fiat Fiorino del 96.

Capítulo 36

Elena Blanco acompaña a Sonia al Instituto Anatómico Forense. Los trabajos de los investigadores con el cadáver han terminado y ya es hora de que los familiares se hagan cargo del cuerpo. Es un momento duro y Elena lo sabe. Ella no tiene por qué estar allí en ese trance, acompañando al familiar doliente, pero quiere hacerlo. Necesita extraer información, sí, pero, además, late en ella una pulsión personal. Se compadece de Sonia, de una madre que ha perdido a sus dos hijas en un lapso de siete años. Sonia camina por el largo pasillo como una sonámbula. Ya no es una madre, aunque todavía no ha caído en esta triste conclusión.

—Hemos intentado localizar a Moisés, pero no responde al teléfono —avisa la inspectora.

—Yo tampoco doy con él. No sé dónde está mi marido.

Elena la coge del brazo para girar hacia la derecha en una bifurcación. No hay la menor resistencia en Sonia, se deja llevar como si fuera una marioneta.

—¿Es normal que desaparezca de esta forma?

Sonia se detiene, como si la respuesta a esa pregunta estuviera más allá de sus fuerzas.

—Nada de lo que nos está pasando estos días es normal.

Reanudan el camino. Elena busca a tientas, en su cabeza, la fórmula que le abra una puerta hacia la verdad.

—Él estaba pendiente de que le entregáramos el cuerpo de Susana, no aguantaba la espera. Y, ahora que por fin le llamamos, no contesta.

Sonia aprieta los labios y asoma en su rostro un amago de llanto, aunque lo contiene.

—Hemos tenido una discusión. Nos hemos dicho cosas horribles.

—¿Cosas horribles? ¿Qué ha pasado, Sonia?

—Estamos muy nerviosos. Los dos. Esto es inhumano, no hay quien lo aguante.

—Pero ¿tienes alguna idea de dónde puede estar?

Por puro instinto, la inspectora pasa al tuteo. Necesita cercanía para suavizar, aunque sea un mínimo, el bombazo que va a soltar muy poco después.

—¿Usted cree que me gusta la idea de enfrentarme a esto sola? —le hace ver Sonia—. Yo soy la primera interesada en que esté aquí. Pero no está. Se ha ido, como hace siempre que hay problemas. Estará emborrachándose por ahí, qué sé yo.

Elena considera la posibilidad de dejar la conversación por ahora. Faltan apenas unos pasos para entrar en la morgue. Allí Sonia romperá a llorar sobre el cadáver de su hija, firmará dos papeles y un empleado de alguna funeraria le suministrará los teléfonos de su empresa para agilizar los trámites luctuosos. La habrá perdido. No es agradable, pero tiene que aprovechar ese momento.

—Sonia, hay una grabación de Moisés saliendo de casa la noche del crimen.

—No es posible —niega—, estuvo en casa.

—¿Estuviste con él? ¿Puedes afirmar con seguridad que no se movió de allí en toda la noche?

Sonia flaquea. Es evidente que no puede afirmarlo. La convivencia de dos personas casadas es misteriosa, hay muchas formas de esquivar la compañía, estrategias que a lo largo de los años se van afinando.

—No —concede—. No puedo estar segura.

—Las cámaras de tráfico muestran a Moisés subiéndose a una furgoneta blanca. ¿Sabes de quién podría ser?

—Puede ser la de su primo. Pero me extraña, hace años que no se hablan.

—¿Qué primo?

—Capi. Tiene una tienda de antigüedades en el Rastro.

Elena asiente despacio. Toma nota de la información, pero sin abandonar la pose de una mujer sensible que está acompañando a una amiga en un trance desagradable.

—¿Dónde está mi hija? Quiero verla —pide Sonia.

Ya no hay margen. Hay que soltar el bombazo y recoger después los pedazos de esa pobre mujer. Elena avanza dos pasos más tomando del brazo a Sonia, pero se detiene de nuevo, ya casi en la puerta de la morgue.

—Sonia, hemos encontrado restos de ADN de Moisés en el cuerpo de Susana.

Durante unos segundos nada sucede. Es como si el tiempo se hubiera detenido. Sonia palidece, la sangre no le llega al rostro y parece que tampoco a las piernas, porque de repente se tambalea. Elena la sujeta.

—¿ADN de Moisés en el cuerpo de mi hija? No entiendo...

—Yo tampoco lo entiendo, Sonia, y necesito que me ayudes. ¿Es posible que Moisés viera a Susana la noche del crimen?

—No es posible, me lo habría contado.

—¿Cómo era la relación de Moisés con tu hija?

—Era normal, la que tienen un padre y una hija. —Sonia está aturdida y no se da cuenta de lo que dice y de lo que le dicen a ella.

—No puede ser, Sonia. No podía ser normal. El ADN lo hemos encontrado en las uñas de Susana. Está claro que se pelearon y ella lo arañó.

Sonia mueve la cabeza a un lado y a otro, de forma espasmódica.

—Tenían una relación... A veces se peleaban. Ella era rebelde y él, muy autoritario. Pero... No entiendo qué está pasando, inspectora. ¿Por qué no me dan de una vez el cuerpo de mi hija?

—Sonia, quería hablar contigo antes de dar un paso que me cuesta mucho dar.

—¿De qué está hablando? Quiero ver a mi hija, déjeme tranquila, se lo suplico.

—Creemos que su marido sabe algo que no nos ha contado sobre el asesinato de Susana.

—¿Por qué piensan eso? Moisés es agresivo a veces, pero se le va la fuerza por la boca.

—Tenemos que detenerle para que nos cuente algunas cosas.

—¿Qué?

—Solo queremos tomarle declaración. Que nos ayude a aclarar algunos puntos.

—No detengan a mi marido —ruega—. ¿Quieren dejarme sola o qué? ¿Es que no va a terminar nunca esta pesadilla?

—A veces una detención sirve para despejar todas las dudas. No quiero que sufras más de la cuenta, Sonia. Comprendo todo por lo que estás pasando.

—No, usted no puede comprenderlo. Usted no sabe lo que es perder a una hija.

Elena la mira en silencio. Traga saliva y se muerde la lengua, porque lo cierto es que nota una sacudida en su interior que la empuja a consolarse con esa mujer. No lo hace. Está trabajando, tiene que verificar sus sospechas hacia Moisés. No quiere detenerle; sin embargo, la conversación con Sonia no ha servido para deshacer un posible malentendido.

—Tenemos que detenerle, Sonia. Pero no te preocupes, todo va a ir bien, estoy segura. Y lo vas a tener muy pronto a tu lado.

Sonia no contesta, porque no puede. Ha roto a llorar. Entre sollozos e hipidos logra colocar una última defensa.

—Moisés no ha matado a mis hijas. Es imposible...

Elena quiere abrazar a esa mujer, pero se contiene. Se limita a asentir. La conduce a la morgue, donde está el cadáver de Susana, maquillado, decoroso, esperando la llegada de la madre y posteriormente la sepultura.

—Mis hijas han muerto porque yo no he sabido cuidarlas.

Dice eso. Lo dice en una pausa milagrosa del llanto, pero enseguida arrecia y la mujer se desmorona. Elena llama a un ujier y le pide un vaso de agua. Poco a poco, Sonia se va serenando hasta que se ve con fuerzas para reunirse con su hija.

La inspectora se queda en el pasillo pensando en las últimas palabras que ella ha pronunciado. Se han muerto porque no he sabido cuidarlas. Se pregunta hasta dónde llega la responsabilidad de una madre, en qué momentos hay que dejar a los hijos volar solos, sin la mirada vigilante y la tutela obsesiva. No hay tregua, ni descanso, se dice. A los hijos hay que cuidarlos todo el tiempo, incluso cuando no estás con ellos. Un hilo de plata debe mantener la comunicación, un hilo del que tirar si asoma el peligro, si se encienden las alarmas interiores. Si el hilo se rompe, el niño se pierde para siempre. Y no hay perdón para la madre que no supo estar al acecho.

Capítulo 37

Miguel vierte en una pileta los líquidos mientras explica el proceso de revelado al Caracas, su único y despistado pupilo. Esta mañana no ha ido nadie más al taller. Una falta de asistencia general que podría resultar sorprendente, ¿por qué? Pero los sentidos del presidiario están embotados y nada llama demasiado su atención.

—¿Qué quería la policía esa?

Dos cortinas negras sirven para acotar un espacio y formar el cuarto oscuro. Están esperando a que las imágenes se impresionen. Miguel quiere hablar de su oficio, del cuidado artesanal en cada fotografía, al Caracas solo le interesan los cotilleos policiales.

—Creo que van a revisar mi caso —dice Miguel.

—Y, si te sacan de aquí, ¿quién va a llevar el taller de fotografía?

—Si quieres te propongo a ti.

—Yo no soy muy bueno para llevar nada.

Hace un gesto con las manos como para ilustrar lo disparatada que es la idea. Golpea sin querer la pileta y se derrama el líquido de revelado. Un reguero resbala por la mesa y Miguel se queda mirando, como hipnotizado, la cascadita que le está mojando una zapatilla.

—¿Lo ves? —dice el Caracas—. Soy un desastre.

Miguel le coge del cuello, su mano es una garra que aprieta la tráquea del Caracas, que balbuce disculpas sin ton ni son. Lo empuja contra el forillo negro. Una de las cortinas se pliega como un molde rodeando el rostro del otro y le da el aspecto de una monja grotesca.

—Suéltame, por favor —dice con la voz ronca por el ahogo.

Miguel lo suelta. Durante unos segundos nota el embarazo de haberse dejado llevar por la ira; antes de entrar en la cárcel jamás había perdido los nervios. No sabe cómo salir de su mal humor. Recoge la pileta, se sacude unas gotas de los dedos, se los seca en el pantalón. Sabe que no debería haber saltado de esa forma y menos por alguien tan inocente como el Caracas.

Está en la cárcel por tonto, por llevar en su maleta la droga de otros —y eso no da mucho prestigio—, pero a partir de cierto punto no importa el delito por el que estés dentro. Como las mentiras de un currículum cuando uno ha sido contratado. Se olvidan, pierden su función.

—Perdona, todo esto de la revisión de mi caso me está volviendo loco.

El Caracas se toca el cuello y toma aire. Tiene miedo, pero se acerca a la mesa y ayuda a Miguel a poner de nuevo en remojo las fotografías.

—Creo que esa policía es buena, eso significa que se están tomando las cosas en serio. Por una vez.

Esboza una sonrisa ambigua, que puede pasar por irónica. Un gesto inútil, pues el Caracas no capta las ironías.

—Pero tendrán que coger al culpable para que te suelten.

—A lo mejor no hace falta —niega Miguel—. A mí me acusaron sin pruebas.

—Yo acusaría a otro con el dedo —se ríe sin razón el Caracas—. Para que se coma el marrón.

—Si supiera quién lo hizo, lo haría. Pero no tengo la menor idea.

—El novio. Seguro que pilló a su chica con otro. Si me pasa a mí, la mato a hostias.

—No, Caracas, hay que saber tragar. Si no, no duras en la calle ni dos minutos.

El Caracas se encoge de hombros. Tampoco es un buen candidato a absorber las enseñanzas de la vida.

—Aquí todo el mundo dice que fuiste tú.

—Ya lo sé. Porque yo lo he contado a mi manera.

El Caracas lo mira fijamente. Tanto que logra incomodar a Miguel.

—¿Qué pasa?

—Quiero preguntarte una cosa.

—Quieres saber por qué presumo de haberla matado si no fui yo.

—No. Quiero saber si hacías fotos de la gitana desnuda. Cuando sepa hacer fotos y revelarlas, voy a hacer fotos en pelotas de todas las tías que pueda —se ríe el Caracas.

Dos porrazos en la puerta. Es el modo que emplea el funcionario para indicar que la hora del taller se ha terminado. El Caracas se despide de Miguel y se va a su módulo, cabizbajo. Miguel cruza la primera galería, la de los traficantes, evitando el contacto visual con los reclusos. Es un método defensivo que le suele dar resultado. En la cárcel es mejor no llamar la atención. Tiene más problemas para hacerlo en el comedor. Allí siempre hay alguien que reacciona con hostilidad hacia aquellos que prefieren mantener un perfil débil. Al principio lo pasaba mal con eso. Ahora es un veterano. Ya sabe adoptar el gesto más conveniente, ni demasiado chulesco, ni demasiado vulnerable.

La conversación le ha removido. Piensa en Moisés, en Sonia, en las dos chicas a las que él vio crecer a lo largo de unos años. Aunque Moisés era de trato áspero, siempre se comportó con él como con uno más de la familia. Empezó de auxiliar, pero pronto lo convirtió en el fotógrafo principal de la empresa en la mayoría de los eventos que organizaban. Un orgullo para Miguel.

Echa de menos aquella época de su vida.

El guardia que le precede se detiene en una reja abierta. Ya han llegado a su módulo. Miguel camina sin prisa, no le apetece mucho pasar al comedor y ya se está acercando la hora. Oye el eco de sus pasos en el pasillo desierto y de pronto decide que va a poner de pretexto un dolor muy fuerte de tripa para saltarse la comida. Lo que quiere es tumbarse en la cama y pensar un rato en Lara, era tan bella... Sí, le hizo fotos desnuda, como preguntaba el Caracas.

Alguien sale de su celda. Es un recluso joven, moreno, que camina con brío. Miguel se pregunta por qué estaba ese hombre en su celda, pero no tiene tiempo de pensar en una respuesta convincente. En un movimiento muy rápido, el otro saca un punzón de la manga y se lo hunde en el abdomen. Una vez dentro, lo mueve a un lado y a otro como si fuera un destornillador. Miguel nota cómo el estómago se desborda por la herida abierta; pero se trata de una ilusión óptica, porque es el arma azulada lo que sale. Se tapa la herida con las manos que, en un segundo, están cubiertas de sangre. Se tambalea, intenta apoyarse en la pared, se cae. El hombre se aleja y Miguel no oye el eco de sus pasos.

Capítulo 38

Elena Blanco y Ángel Zárate recorren a buen paso el camino que lleva a la enfermería de la cárcel. Un celador les impide la entrada. Miguel Vistas está grave y ahora no se le puede molestar. La inspectora no ha terminado de formular su protesta cuando la puerta se abre y sale un hombre de pelo canoso y ojeras marcadas que se presenta como el director de Madrid VII. Sin preámbulos ni cortesías lanza el parte médico.

—El paciente presenta herida inciso-contusa de varios centímetros de profundidad, con pérdida abundante de sangre.

Lo dice así, como si fuera un cirujano recién salido del quirófano. ¿En cuántas peripecias de estas se habrá visto ya?, piensa Zárate.

—¿Nos puede explicar qué ha sucedido? —pregunta Blanco.

—Le han apuñalado en el pasillo de su módulo, cuando estaba a punto de entrar en su celda. En esa zona no hay vigilancia.

—¿Cámaras tampoco?

—Lo atacaron en un punto ciego. El agresor sabía lo que hacía, era justo el lugar en el que no podíamos impedirlo y donde quizá íbamos a tardar más en descubrirlo.

—¿Alguna idea de quién ha podido ser?

Aunque lo normal es que sea Elena la que lleve la voz cantante en los interrogatorios, la ansiedad mueve a Zárate a pisarla todo el rato y a adelantarse a la hora de hacer las preguntas.

—El agresor es del módulo de los gitanos, vinculado con el Clan del Sordo. Hemos abierto un expediente disciplinario.

—¿Dónde está?

La pregunta de Zárate suena como una admonición.

—Chapado.

Los dos policías cambian una mirada de desconcierto. El director de la cárcel se ve obligado a ser más claro.

—En la celda de castigo.

—Queremos hablar con él.

—Como quieran, pero no le van a sacar nada. Estos gitanos son duros de pelar.

Recorren el pasillo, cruzan el módulo de los gitanos, atraviesan un patio, se meten en una galería y bajan unas escaleras. La celda de castigo está en un sótano lóbrego. Un celador se levanta de inmediato al ver al director y se estira el faldón del uniforme.

—Abre la puerta —ordena el director.

El gitano está ovillado en un rincón, con las manos abrazadas a sus rodillas. Ni siquiera levanta la mirada para ver quién entra.

—Estos dos policías quieren hablar contigo.

Ahora sí, el hombre los mira. Blanco nota unas pupilas brillando en la oscuridad, como el reflejo de una luz en un pozo.

—¿Quién te manda? —pregunta Zárate.

El hombre no contesta.

—¿Quién te ha pedido que hagas esto? —insiste.

—Yo no he hecho nada.

Zárate le da una patada en las piernas.

—Déjame a mí —interviene Elena.

El director carraspea.

—Los espero fuera.

Sale. Deja la puerta entornada. La inspectora se acerca al preso y trata de ser persuasiva.

—Sabemos que has sido tú y se te puede caer el pelo por esto. Pero si colaboras con nosotros, puedes obtener beneficios penitenciarios.

—¿Qué beneficios?

—Los podemos negociar. Ahí fuera está el director de la cárcel.

—Está bien, acepto. ¿Qué quieren saber?

Blanco no reprime una mirada fugaz de victoria a su compañero, ante la demostración de que sus métodos son más eficaces.

—¿Quién te ha pedido que apuñales a Miguel Vistas?

—Yo no he sido, pero creo que sé lo que ha pasado.

—¿Y qué ha pasado, según tú?

—Se ha apuñalado él solo —se la toma a chacota el preso.

—¿Él solo? ¿Heridas autoinfligidas?

—No sé lo que es eso, pero ha sido él solo, lo hace mucho. Y no solo él. Es de esos blandos que no aguantan aquí y necesitan darse un paseo por la enfermería.

Blanco no necesita girarse hacia Zárate para notar su mirada de burla. El preso quiere reírse de ellos.

—¿No quieres colaborar? ¿Prefieres pudrirte en este agujero?

—Ya les he contado todo lo que sé. ¿Qué me van a dar a cambio?

Zárate acerca su boca al oído del preso.

—Diles a los del Clan del Sordo que van a tener policía en casa cada puto día de su vida.

—Si son sordos, no me van a oír —reta el hombre y a ellos no les queda más remedio que reconocer que no, que no van a sacar nada de él.

El director los acompaña a la salida. En el pasillo los intercepta el comisario Rentero, que tiene la frente perlada de sudor y los labios cortados, seguramente por el estrés.

—¿Qué cojones ha pasado? —brama—. ¿Está vivo?

Es el director quien contesta.

—Está vivo. El pronóstico es reservado, pero el médico parece optimista. Aquí hemos visto muchas cuchilladas como esa.

—Dios te oiga, Laureano, Dios te oiga.

A Zárate le sorprende esta familiaridad. Elena Blanco sabe que siempre es así con Rentero, conoce a todo el mundo y con todos se intercambia favores.

—Si necesitan algo más, ya saben dónde estoy.

Rentero no espera a que el director se aleje lo suficiente. Coge a la inspectora del brazo y la aparta de su compañero.

—¿Tú sabes lo que puede pasar si Miguel Vistas se muere? La noticia está en los periódicos, todo el mundo espera la liberación de este pájaro. No podemos sacarlo de aquí con los pies por delante.

—Entendido. Ahora, ¿nos dejas trabajar?

—Claro. —Rentero intenta serenarse—. Anda, vamos, os acompaño a la puerta.

Se dirigen a la salida. En el arco detector de metales hay un hombre formando un tapón. Algo pita cada vez que intenta pasar y hay dos personas esperando tras él. El hombre es ancho de espaldas y aparenta más años de los que tiene. Es como si llevara la vida a cuestas.

—Vaya por Dios.

Rentero tuerce el gesto al verle.

—¿Le conoces? —pregunta Blanco.

—Es Antonio Jáuregui, el abogado que defendió a Miguel Vistas en el juicio.

—¿Y qué hace aquí? —la extrañeza de Zárate es genuina—. ¿No había cambiado de abogado?

Rentero le mira como si fuera idiota.

—Es evidente que viene a entregar los papeles de aquel caso al nuevo letrado. ¿Quién es?

—Damián Masegosa.

—Joder —se lamenta Rentero—. En cuanto le convenga empieza el espectáculo. Tendremos suerte si no sacan a Miguel Vistas hasta en la isla de los famosos.

Jáuregui ha vaciado sus bolsillos en una bandeja y aun así pita el arco por tercera vez. El hombre retrocede resoplando y se dispone a quitarse el cinturón. Un policía se acerca y le dice que no es necesario. Rentero habla con profunda resignación.

—Ya se ha puesto en marcha la maquinaria para reabrir el juicio de Vistas. Necesitamos un culpable pronto.

Capítulo 39

Sonia está sola en casa pasando la peor noche de su vida. La tarde en el tanatorio ha sido larga y dolorosa. Algunas amigas, contadas, han acudido para darle el pésame y escoltarla en el duelo. Un sucedáneo de la compañía inexcusable que debería haber tenido: la de Moisés. Continúa sin noticias de él. Le ha llamado más de quince veces al móvil, en vano. Ella debería haberse quedado velando el cuerpo de su hija, pero no podía más. Ha decidido dormir en su casa, aunque sabe que el sueño solo la visitará cuando raye el alba, en las horas de la relajación final de los insomnes. No quiere enterrar a Susana hasta que no aparezca su marido. Si por ella fuera, la incineraría. No lo hace por no contrariar a Moisés. Pero ¿qué derechos puede mantener él a la hora de tomar estas decisiones? A la luz de las últimas sospechas de la policía, ninguno. Considerando su desaparición cuando ella más le necesita, ninguno. Y, sin embargo, mientras calibraba lo mejor para darle sepultura a Susana, ha notado la vigilancia de Moisés todo el rato, como un aliento pegajoso en la nuca que no le permitía pensar con libertad.

Sabe que le esperan jornadas duras y trata de resistir a base de un cóctel de ansiolíticos y alcohol. Quiere estar fuera de combate, pero su congoja es más fuerte que todo lo que se ha tomado. Tiene los ojos muy abiertos, con todas las trazas de resistir así varias horas todavía. Enciende la televisión. En un canal están hablando del asesinato de su hija, de los errores policiales, de las últimas filtraciones que sitúan al padre de las chicas como sospechoso de los dos crímenes. Aunque la curiosidad asoma en su interior, decide apagar el televisor.

No puede creer que Moisés haya matado a sus hijas. Al menos no de ese modo. En la confusión mental que padece, por la mezcla del whisky y las pastillas, se da cuenta de la peligrosa deriva de sus pensamientos. Si los crímenes no se hubieran cometido con esos gusanos, sí podría dudar de su marido. Intenta apagar también sus pensamientos, como ha hecho con el televisor hace un minuto, pero eso no es tan fácil.

Oye unos ruidos provenientes del vestíbulo. A menudo, cuando está sola, cae en la sugestión de que alguien está intentando entrar en la casa. Pero esta vez es real: una llave está hurgando en la cerradura. Un embate de la puerta contra la pared indica que el intruso ha irrumpido finalmente. Al poco, Moisés asoma en el salón. No hay posible disimulo: está borracho.

—Qué buen día para irse de bares —acusa ella—. Con el cuerpo de tu hija en el tanatorio.

—He estado haciendo otras cosas por ella —responde él.

La frase suena misteriosa para Sonia, pero no tiene ganas de indagar. Lleva todo el día deseando abrazar a su marido y ahora solo tiene ánimo para los reproches y las acusaciones, para la guerra.

—¿Adónde fuiste la otra noche?

—¿Qué noche? ¿De qué cojones hablas?

—Del día en que se llevaron a tu hija. De eso hablo. ¿Dónde fuiste?

—A ninguna parte.

—No me mientas. Ya está bien de mentiras. La policía sabe que saliste esa noche en la furgoneta de tu primo.

Moisés se va a la cocina. Sonia teme que se esté sirviendo otra copa, pero oye el ruido del grifo; parece que le basta con un vaso de agua. No sabe si perseguirle hasta allí. Decide que es mejor esperar a que su marido se serene. Él no tarda mucho en volver. Trata de mantener una pose digna, pero se tambalea levemente.

—Salí a hacer unos recados. Espero que no te moleste, reina.

—Lo que me molesta es que me ocultes las cosas.

—Te pido perdón. Si te oculto cosas, es por no liarla más de la cuenta.

—¿De qué hablas? Soy tu mujer, me puedes contar todo lo que quieras.

—Con todos mis respetos, no estoy de acuerdo.

Corona la frase con un hipido de borracho.

—Hoy ha hablado conmigo la policía. Dicen que hay ADN tuyo en el cuerpo de Susana.

Hace una pausa esperando una reacción. Moisés tiene bastante con mantenerse en pie. Le cuesta.

—¿Cómo es posible que hayan encontrado restos tuyos en el cuerpo de la niña? ¿Me lo quieres explicar?

—Fui a verla esa tarde. Ya que lo quieres saber todo, te lo cuento. Fui a verla y discutimos.

—¿Para qué fuiste a verla?

—Para decirle cuatro cosas. Como no se las dice su madre, se las tengo que decir yo.

Sonia se levanta, se acerca a él y, sin saber cómo, le cruza la cara de una bofetada. Moisés se queda estupefacto y no consigue reaccionar.

—¿Para qué fuiste a hablar con mi hija? Cuéntamelo todo o te mato aquí mismo.

Él retrocede por puro instinto. La borrachera le tiene como adormecido, sin reflejos. En ese trance, su mujer es una bestia que le puede devorar de un bocado.

—Solo quería preguntarle por qué me estaba mintiendo.

—¿En qué te mentía?

—Me dijo que estaba en clases de flamenco, pero no era verdad.

—¿En clases de flamenco?

—Me dijo que se iba a casar por el rito gitano, pero me estaba tomando el pelo.

Sonia no puede creer lo que está oyendo.

—¿El rito gitano? ¿Estás loco? Eso lo has soñado. Susana nunca se planteó casarse por el rito gitano.

—Sí que lo hizo.

—¡Estás mintiendo!

—Y lo de esa chica, lo de Cintia...

—Fue eso, era lo único que te preocupaba.

—Me enteré de que me estaba engañando y fui a hablar con ella. Y nos peleamos, porque la niña ha sacado tu genio. Y me arañó, que todavía tengo la marca.

Enseña el brazo, con un arañazo ya casi curado.

—¿Me estás diciendo que estabas intentando lavarle el cerebro a la niña a mis espaldas?

—No. Te estoy diciendo que esa tarde la vi. Y que esa noche salí con mi primo a hacer un recado cuando tú ya estabas en la cama.

—Te odio —dice Sonia.

Moisés extiende el índice y busca una respuesta que no le viene. Llaman al timbre. Él no reacciona, pero ella, sí. Mira el reloj, es muy tarde. Abre la puerta.

—Policía. ¿Está su marido en casa?

Orduño y Chesca enseñan sus placas y entran en la vivienda, casi apartando a Sonia, que reacciona como si llevara todo el día esperando ese momento. Lo cierto es que esa detención se la había anunciado la inspectora Blanco por la mañana.

Los policías entran en el salón.

—¿Dónde está su marido? —pregunta Orduño.

Sonia no entiende nada. Su marido está en el salón, borracho, indefenso, carente de reflejos. Nada más fácil que pronunciar las formalidades y ponerle las esposas. Y, sin embargo, los dos policías le piden ayuda para encontrarle. Sonia entra en el salón y ve las puertas que dan al jardín abiertas. Las cortinas ondean suavemente y forman las barrigas de dos cocineras embarazadas. A través del jardín llega el ruido de un motor que arranca. Orduño y Chesca corren hacia la calle, se suben al coche patrulla y doblan la primera esquina. Llegan a tiempo de ver una furgoneta haciendo un giro a la derecha. Orduño está al volante, Chesca coge la radio. Informa de que el sospechoso huye en un vehículo en dirección sur.

Capítulo 40

Un hombre sale de la plaza Mayor llevando un niño de la mano. Se los ve de espaldas. Elena Blanco mira la imagen con detenimiento. La amplía, busca las anteriores y las siguientes. Examina la expresión del niño en el único momento en que gira la cabeza. Pero el giro no ofrece un ángulo suficiente para captar un gesto de angustia o de miedo. Se fija ahora en las dos manos entrelazadas. Le parece detectar una presión excesiva. La mano grande del hombre aferra la manita del niño. ¿Un padre protector? ¿Un modo de insinuarle al hijo que jamás correrá peligro a su lado? Puede ser.

Y, sin embargo, Elena ve algo sospechoso. Analiza la fotografía durante varios segundos. Cree notar un tirón de la mano del niño, como si quisiera soltarse; pero después no lo percibe. Tiene que quitar la cámara de fotos y poner una de vídeo. Se está volviendo loca. Se está mareando.

Por las noches, como siempre, le cuesta dormir. Cierra los ojos y empieza el desfile de gente cruzando la plaza. La increíble variedad del género humano se va concretando en caras risueñas, sudorosas, viejas, desdentadas. Un carrusel interminable de personas que cantan, bailan y ríen. Cuando está a punto de quedarse dormida, alguno de esos paseantes la despierta a bofetadas. Son amistosas, son terribles, alejan el sueño.

La grappa ayuda a veces a dormir; hoy no, hoy la lleva a enfrascarse en los informes unas horas más. En su mesa están las declaraciones y las fotos del asesinato sucedido siete años atrás. Lara Macaya, veintitrés años, ojos negros, pelo moreno. Una joven preciosa. El cadáver aparece en una casa abandonada, cerca del Rancho del Cordobés, un lugar que ha sido emblema durante muchos años del tráfico de drogas en Madrid, de las chabolas y la dureza. Fue hacia el mundo de las familias de la droga el lugar al que la policía dirigió los primeros pasos.

El cadáver presentaba varias incisiones craneales, todas circulares, y estaba lleno de gusanos. No había heridas de bala, ni de arma blanca, pero sí un golpe en la cabeza que no fue mortal. A Lara la mataron los gusanos voraces que alguien introdujo en su cabeza. El asesinato causó conmoción. La prensa se ocupó de él durante las cuatro semanas que llevaron a la detención de Miguel Vistas. Ella no lo recuerda, hace siete años todavía seguía perdida en sus propios problemas.

Lara se iba a casar ese mes de julio con Juan López Cabello, un hombre quince años mayor que ella que había sido su profesor de danza flamenca. De su declaración no salió nada relevante. La noche del crimen estaba de gira por el sur de España con su compañía.

También se sospechó del exnovio de la joven, un compañero de clase en el instituto de la calle Amaniel, donde Lara cursaba sus estudios de Música y Danza. Finalmente, se tomó declaración a Miguel Vistas, que la tarde del asesinato había recibido a Lara en su estudio para hacerle unas fotografías vestida de novia. Elena lee la declaración con interés. Miguel admitía haber estado con ella, aseguró que la notó algo triste esa tarde, pero no le dio importancia. Para él lo normal era que la gente estuviera triste, dijo. Además, su papel en la empresa familiar excluía la posibilidad de inmiscuirse en los problemas personales que pudieran tener entre ellos. Él era un simple fotógrafo y tenía que comportarse con discreción.

La policía encontró el vestido de novia en poder de Miguel. Él declaró que ella se lo quitó después de la sesión de fotos, se vistió y se fue. Le extrañó que dejara el vestido en el suelo, como un gran escupitajo blanco, y se marchara. Comprendió que le tomaba por un criado y que debía recogerlo y guardarlo. Al fiscal le pareció muy rara esa conducta en una novia, que cuida su vestido como la posesión más preciosa del mundo, por lo menos hasta el día de la boda.

El cadáver de Lara apareció desnudo y cubierto con el velo de novia. ¿Dónde estaban sus ropas? ¿Por qué la desnudaron? No había marcas de agresión sexual. Era fácil imaginar a Miguel Vistas enloqueciendo de amor al hacerle fotos a la joven gitana vestida de novia. La mata, la despoja del vestido y la traslada a una casa alejada del mundo para ejecutar el espantoso ritual de los gusanos.

El jurado valoró como muy débil la coartada de Miguel Vistas la noche del crimen. Se quedó en su casa viendo la tele, lo peor que puede alegar alguien cuando se ve en el centro de una investigación. Además, hallaron un pelo de Miguel entre los dedos de la muerta. Él explicó que en la sesión de fotos se acercaba a ella para corregir el vuelo del vestido. Ella le hacía la burla, le revolvía el pelo, le prodigaba carantoñas. No era raro que un pelo se hubiera desprendido. Sin embargo, el fiscal pintó con trazos vigorosos la escena del ataque: Miguel era un loco enajenado por la belleza de la modelo y Lara una víctima que se defendió como pudo, tirando del pelo del agresor.

Elena busca en el expediente una transcripción del interrogatorio a Moisés. No la encuentra. No hay ninguna mención al padre de Lara. ¿Cómo es posible? Sabe que a Moisés se le hizo una prueba de ADN y eso significa que necesitaban hacer el cotejo con algunos restos encontrados en el cadáver o en el lugar del crimen. Tal vez con el pelo localizado entre los dedos de Lara Macaya. Pero ¿por qué sospecharon del padre? Elena sabe que el entorno familiar hay que investigarlo siempre cuando se da una muerte violenta: debería constar la declaración de los Macaya en el archivo.

Esa laguna ahora le parece de lo más irritante. Las pruebas en el caso de Susana la obligan a detener a Moisés, pero algo le dice que no debería cebarse con esa familia, que ya ha tenido bastante sufrimiento. Y no consigue creerse que un padre se deleite de una manera tan perversa con el asesinato de sus hijas. Se ha llevado el expediente de Lara a casa porque quiere encontrar la prueba exculpatoria. Busca a tientas, mira fotos, lee entrevistas y no hay nada; pero la omisión es algo. Nada apunta a Moisés en el relato de esa investigación. Y, sin embargo, sospecharon de él. ¿Racismo? ¿Alguien le consideró un monstruo capaz de cualquier cosa solo por ser gitano?

Se dice a sí misma que debería haber tirado de ese cabo hasta el final, antes de ordenar una detención que puede destruir ya para siempre lo poco que queda de la familia Macaya.

Una llamada la saca de su concentración. Es Chesca, el sospechoso se ha dado a la fuga. Le han perseguido durante varias manzanas, sin éxito. La orden de detención se va a convertir en una orden de busca y captura.

Capítulo 41

Capi está a punto de vender un arcón a una pareja de turistas cuando la policía irrumpe en su tienda de antigüedades del Rastro. Elena mantiene la calma. Es Zárate el que se muestra más enérgico. Lleva en la mano un papel con membrete oficial y viene con ganas de pelea.

—Policía, traemos una orden judicial para registrar este establecimiento.

—Enseguida estoy con ustedes —dice Capi displicente.

Su intención es rematar el trato con los turistas, pero Zárate no se lo permite.

—Cierre la tienda ahora mismo o se viene a comisaría.

Los turistas se quitan de en medio. Puede que el hecho de perder un negocio cuando ya estaba casi cerrado haya puesto de mal humor a Capi, pero también que su alergia a la policía venga de muy lejos. Se pone a la defensiva, se le frunce el ceño, su mirada echa fuego y parece que su piel cetrina se vuelve todavía más oscura.

—Es la tercera visita de la policía para joderme el negocio. No pienso enseñar los papeles otra vez.

—¿Y si yo le pido que me los enseñe? —dice Zárate.

—Busca en el váter, me he limpiado el culo con ellos.

Zárate aprieta el puño. La inspectora Blanco, que ha permanecido deliberadamente en un segundo plano, se ve obligada a intervenir.

—No hace falta que nos enseñe nada, solo queremos charlar un poco.

—¿Por qué? ¿Yo qué he hecho ahora?

—¿Le suena el nombre de Miguel Vistas?

La pregunta brota de los labios de Zárate con la forma de una acusación. Capi hace un esfuerzo por dominar un temblor en el párpado. Un tic nervioso, tal vez, o un gesto de ira.

—Díganme qué quieren y váyanse con la música a otra parte. Yo tengo mucho que hacer.

—Creemos que su primo ha encargado que apuñalen a Miguel Vistas en la cárcel —de nuevo es Blanco quien habla en tono conciliador. Sabe que el gitano es hosco y cree que le puede ablandar la educación servida con un poquito de dulzura. Sin embargo, se equivoca. Capi no la mira, solo parece responder a la autoridad de Zárate y es con él con quien se encara.

—Si es verdad que han rajado a esa rata, me alegro en el alma. Pero yo no sé nada, están perdiendo el tiempo.

—¿Sabe dónde está su primo?

Nuevo intento de Blanco de establecer contacto visual con Capi. Nuevo ninguneo por parte del gitano, que contesta mirando al suelo.

—Ni idea. Pero creo que tenía mucho que hacer. Preparar el entierro de su hija, por ejemplo.

—Hay una orden de busca y captura contra él.

—Pues ya tienen algo en lo que entretenerse. Busquen, capturen y dejen de incordiar a la gente, que yo con la policía no tengo cuentas.

Zárate se vuelve hacia los dos policías que han venido con ellos.

—A trabajar, chicos. Removed la tienda, ponedla patas arriba si hace falta. Buscamos drogas, material de contrabando, cualquier cosa. Vamos.

Los hombres empiezan a mover muebles.

—Aquí no hay nada. Yo no trabajo la droga, ni el contrabando. Vayan donde las chabolas y miren por ahí.

—Si quiere detener el registro, tiene que colaborar —dice Zárate.

—Tengan cuidado con ese escritorio, que es delicado —se preocupa Capi, aproximándose a los policías—. Yo abro las gavetas. No tienen tope y se salen. Así.

Las abre con sumo cuidado. Blanco se acerca a él.

—¿Cuándo vio a su primo por última vez?

—No me acuerdo, no alternábamos mucho últimamente.

De nuevo, Capi responde mirando a Zárate, como si la pregunta hubiera venido de él. Esta vez, la inspectora no puede contenerse. Coge al gitano del brazo y tira de él con brusquedad hasta que lo tiene cara a cara.

—¿Se puede saber por qué no me mira a los ojos? ¿Es porque soy mujer o porque le pongo cachondo?

—No me tire del brazo, que no respondo —dice Capi mirándola con furia contenida.

—Moisés nos ha contado que el viernes por la noche estuvo con usted.

—Yo no me acuerdo —contesta Capi girando el rostro para negarle a Blanco la mirada.

—Una pena, porque esa es su única coartada. Y usted es el único que puede confirmarla.

—¿Coartada? Moisés es un santo, un imbécil redomado, en el buen sentido de la palabra. No es capaz de matar a una mosca.

—La policía no lo tiene por un ángel —suelta Blanco—. Se le investigó también por la muerte de Lara.

—El asesino de Lara está entre rejas. Y juro por Dios que, como salga a la calle, le va a caer una maldición encima.

—Ya se ha encargado de lanzarle una maldición —dice Zárate.

—¿Estuvo con usted la noche del viernes?, ¿sí o no? —insiste la inspectora.

—Mire, yo no tengo memoria. Si él dice que estuvimos juntos, será que sí.

—¿Haciendo qué?

—¿Yo qué sé? Tomando vinos o jugando a las cartas.

—Él dice que le ayudó a hacer unos trabajos con la furgoneta.

La inspectora Blanco mantiene el tipo ante la mentira que acaba de soltar. Y no le resulta fácil, porque ahora Capi la mira fijamente. Ella ve el odio en sus ojos, la rabia acumulada a lo largo de años y su estúpido sentimiento de superioridad.

—Me ayudó a guardar unos muebles —su voz sale con una extraña ronquera, como si de pronto a la garganta le faltara ventilación.

—¿A guardarlos dónde?

—No me acuerdo.

—Es imposible que no se acuerde. ¿Dónde llevaron los muebles esa noche?

—No lo sé, unos aquí, otros allí. He perdido la agenda —Capi la desprecia.

—¿Notó algo raro en Moisés esa noche?

—Moisés está raro desde que conoció a la paya esa. Treinta años ya.

—Me refiero a si lo notó alterado.

—La paya le daba mala vida. Y las payitas también. Eso pasa cuando te dejas comer el terreno, y yo se lo dije mil veces.

—¿Quién le comió el terreno a Moisés? ¿Su esposa? ¿Le molesta que educaran a las niñas como payas?

—Le molestaba a él. A mí me da igual lo que haga con sus hijas.

La inspectora Blanco le mira casi con gratitud. A su manera huraña, y echándole el aliento a la cara al hablar, el gitano le está dando información.

—¿Dónde cree que puede estar Moisés?

—No tengo ni la menor idea. Pero aquí no está. Dígale a su gente que deje de tocar mis muebles.

Zárate mira a Elena en busca de una confirmación. Ella asiente.

—Es suficiente, chicos. Gracias.

Los policías detienen el registro. La inspectora Blanco insiste.

—¿Dónde llevaron los muebles la noche del crimen? Es importante.

Capi la mira en silencio. Su rostro surcado de arrugas comunica pena y desprecio.

—Conteste a lo que le preguntan —le apremia Zárate.

—Es igual —dice ella—. Vámonos.

Nada más salir de la tienda, Elena se fija en la Fiat Fiorino que está aparcada en la puerta. Acaricia la carrocería como si fuera un comprador potencial admirando una reliquia.

—¿Por qué no me has dejado apretarle más? —pregunta Zárate.

—Eres muy joven y tienes mucho que aprender. Esta gente no colabora con la policía.

—¿Y por eso les tenemos que dejar tranquilos? Puede que ese tío haya encargado el asesinato de Miguel Vistas. Y puede que esté escondiendo a Moisés en algún sitio.

—Moisés no es el asesino.

—¿Y ahora por qué dices eso? ¿Qué pasa con el ADN en el cadáver de su hija?

—No lo sé. Pero no es el asesino. El ADN es importante, pero no lo es todo.

—¿Por qué se escapa de la policía si no tiene nada que ocultar? —insiste Zárate.

—Quiero una orden de vigilancia de esta furgoneta —Elena le ignora.

—¿No me contestas?

Ella se aleja calle abajo.

—¿Adónde vas?

—Tengo algo que hacer. Pide la orden de vigilancia —ordena.

Zárate se queda mirando la Fiat Fiorino. Anota la matrícula. Empieza por noventa y cuatro.

Capítulo 42

A Ascensión no le gusta nada que la policía visite a Salvador, pero la inspectora Blanco le explica que es un asunto importante.

—Importante para usted —dice ella—. Para mí lo importante es que mi marido esté tranquilo.

—Estamos a punto de detener a un hombre por el asesinato de su hija. Y yo creo que es inocente.

—¿Y qué puede saber mi marido sobre eso?

—Puede que mucho. Él investigó la muerte de Lara Macaya y sabe cosas que no constan en el informe policial. Déjeme hablar con él, por favor. Va a ser solo un minuto.

Salvador Santos está sentado en un sillón junto a la puerta del jardín. Tiene la vista clavada en un limonero que da una buena sombra. Ascensión entra con un sigilo exagerado, como si cualquier ruido pudiera desquiciar al enfermo.

—¿Salvador? —dice con dulzura.

El policía no se gira hacia ella, así que se aproxima y le coge de la mano.

—Dile a esa policía que pase.

Ascensión le mira sin entender. Estaba dispuesta a exponerle la situación con delicadeza, pero su marido ha encontrado un atajo para zanjar el asunto lo más rápido posible.

—Y déjanos hablar a solas.

Hay un timbre autoritario en su voz. Resabios del viejo policía. Elena, que se ha quedado en el umbral un instante, entra con decisión.

—Hola, Salvador.

—Sea breve, por favor —ruega Ascensión antes de salir.

Elena barre el salón con la mirada en busca de un asiento que le permita hablar cara a cara con el enfermo. Le parece que el taburete del piano es el más adecuado. Lo coge con desenvoltura y se sienta frente a Salvador.

—Soy Elena Blanco, estoy investigando la muerte de Susana Macaya.

—La novia gitana.

—¿Cómo dice? —se extraña la inspectora.

Salvador sonríe ante su reacción.

—Así llamábamos a su hermana. ¿Esta también estaba a punto de casarse?

—Sí. Son dos asesinatos prácticamente idénticos.

—¿También con gusanos?

—Veo que sigue las noticias.

—Leo cada vez menos, me canso mucho. Pero conservo la imaginación.

—Tengo entendido que ese homicidio fue su último gran caso.

—Tuve otros después, creo recordar. Pero me empezó a fallar la salud y me fui haciendo a un lado. Usted, que es joven, aproveche la vida.

—Lo intento a diario.

—Hace bien. Aunque con un asesino suelto no se puede disfrutar de nada si eres tú el que le tiene que atrapar. Eso le quita el sueño a cualquiera. ¿A usted le quita el sueño?

—Sí. Duermo muy mal.

—Entonces es usted una buena policía.

—No me llame de usted, por favor. Somos compañeros.

—Entonces tú a mí tampoco.

Elena sonríe con desgana. Quiere disimular la impaciencia y nota que al anciano no le desagrada un rato de charla. Cruza por su cabeza la impresión de que su mujer lo tiene secuestrado, que disfruta al tener por fin bajo control al viejo policía.

—Salvador, tú llevaste en persona la investigación de la muerte de Lara.

—En persona no. El trabajo policial se hace en equipo.

—Lo sé, pero tú eras el jefe, como lo soy yo ahora. Necesito saber algo importante.

—A ver si te puedo ayudar. Los recuerdos vienen y van a su antojo, nunca se sabe lo que florece en el camposanto de mi memoria.

Sonríe complacido ante la figura que ha creado. Elena se inclina hacia él, con la esperanza de que en ese acercamiento haya más calidez que vehemencia.

—¿Por qué sospechabas del padre de las niñas?

—¿Del padre? No, de quien yo sospechaba era del fotógrafo de la familia. Estaba seguro de que era el asesino.

—Pero al padre se le sometió a una prueba de ADN. Y eso no se hace si no hay sospechas fundadas de que ha tenido algo que ver con el crimen.

—Mmmm...

Salvador se frota el mentón, como si estuviera buscando el hilo del que tirar para descolgar un recuerdo concreto.

—Se encontró algo en el cadáver —dice de pronto.

—¿Un pelo?

—Puede ser. Pero era del fotógrafo, claro. La mató ese chico.

—Pero todo apunta a que a Susana la ha tenido que matar el mismo asesino. Y Miguel Vistas está en la cárcel.

—Yo hablo de Lara. A esa chica la mató Miguel Vistas. A Susana no la conozco. Pero la ha podido matar un imitador.

—Esa línea de investigación está abierta, pero eso me parece un poco raro, dadas las circunstancias del caso.

—Yo nunca me he encontrado con ningún imitador, si te digo la verdad.

—¿Por qué pediste una orden judicial para extraer el ADN del padre?

—Para despejar dudas, supongo.

—En el informe del caso Lara no consta una declaración del padre. ¿No hubo un interrogatorio formal?

—Supongo que sí.

—No está en el informe.

—Se habrá perdido. Te sorprendería saber la cantidad de papeles importantes que desaparecen cada año en la policía.

—Salvador, hay una orden de busca y captura contra Moisés Macaya. Y yo creo que es inocente.

—¿Por qué lo crees?

—Porque un padre no puede matar a sus hijas con esa crueldad.

—Un padre normal puede que no. Pero nosotros tratamos con asesinos, no con gente normal. Y Moisés Macaya era gitano.

—¿Cómo dices?

El tono de incredulidad de Elena no es fingido. Salvador la mira un instante a los ojos y ella ve el miedo adensado en sus pupilas. Es solo un segundo, lo que tarda el anciano en alejar la vista de la inspectora y en distraerse mirando el limonero, el lilo, el jazmín. Por la puerta abierta entran fragancias embriagadoras.

—¿Se sospechó de Moisés por el solo hecho de que es gitano?

La inspectora pone firmeza en su entonación, pero trata de acolchar el acoso con un gesto suave. No le sirve de nada. Salvador Santos se ha puesto tenso y ahora está muy incómodo. La papada, partida en dos montículos, como dos pequeñas amígdalas, tiembla de forma llamativa.

—La policía no es racista, señorita. Nunca lo ha sido.

—¿Y usted? ¿Es racista a título personal?

—Ahora me llamas de usted para que el insulto quede más fino.

—¿Por qué sospechó de Moisés Macaya?

—Al principio de la investigación yo sospechaba hasta de mi sombra. Pedí el ADN para ir acotando el número de sospechosos.

—¿Por qué no consta su declaración en el informe policial?

—No me acuerdo.

—Cuando le conviene se escuda en la falta de memoria.

—Márchate de mi casa.

—¿Qué pasó en ese interrogatorio? ¿Le dio de hostias a Moisés? ¿Le insultó por ser gitano?

—¿Para qué preguntas si ya tienes las respuestas?

—¿Extravió el informe de la declaración porque usted quedaba como un racista?

—¡Ascensión! —se pone a gritar el viejo—. ¡Ascensión!

Mueve las manos con paroxismo. A Elena le parece que está buscando una campanilla para hacerla sonar. Entra Ascensión, alarmada.

—¿Qué pasa? ¿Estás bien, cariño?

—Me encuentro mal. Esta mujer me está torturando con sus preguntas.

Elena coge el taburete y lo coloca en su sitio. Intenta no acusar la mirada de censura de Ascensión.

—¿Qué le ha hecho? ¿No le dije que fuera delicada?

—He sido muy delicada, se lo aseguro.

Elena se marcha sin despedirse del policía. Nadie la acompaña a la puerta. Por eso tiene tiempo de detenerse en el recibidor y fijarse en un detalle que llama su atención. Sobre un mueble hay una serie de fotografías enmarcadas y en una de ellas aparece Salvador Santos, sonriente, señalando el pecho de un joven policía que posa junto a él. Ese policía es Ángel Zárate.

Capítulo 43

Se había imaginado aceptando la invitación de Salvador para quedarse a comer, a esas horas podría estar relajándose con una charla trufada de anécdotas policiales y de cotilleos sobre tal o cual comisario. Pero la entrevista con el inspector jubilado ha sido un desastre y Elena Blanco no tiene más remedio que conformarse con un bocadillo en el bar de todos los días y con una conversación con Juanito, el camarero rumano, que casi siempre gira en torno al fútbol.

—La veo muy distraída, inspectora.

Ella asiente mientras mastica con indolencia su bocadillo de calamares, una exquisitez en ese bar popular, al lado de la plaza Mayor, que se nutre de turistas y parroquianos fieles.

—Otras veces me da algo de conversación, pero hoy ni mu. ¿Qué le pasa? ¿Problemas en la comisaría?

—Siempre hay problemas en la comisaría, Juanito.

—Mantener el vestuario unido es difícil, eh...

—Sobre todo con los últimos fichajes.

Juanito la apunta con el índice y sonríe. Le gusta mucho que ella se sume a sus metáforas futbolísticas.

—Pues un partidito fuera de la convocatoria y se les bajan los humos. Se lo digo yo, que algo sé de esto.

—Tú que eres un filósofo contéstame a una pregunta: ¿qué pasa cuando tienes que hacer algo que no te apetece y buscas excusas para retrasar el momento?

—Error infantil, inspectora. Retrasar las cosas es mantener los nervios dentro del estómago más tiempo del necesario.

—Así que debería lanzarme.

—Antes de un partido importante, los futbolistas pasan una semana de muchos nervios. Pero cuando suena el silbato inicial se les van todos los males y se ponen a jugar. Esto es lo mismo. En cuanto esté haciendo eso que tanto le disgusta, se sentirá mejor. Hay que coger el toro por los cuernos.

—No me mezcles las metáforas de fútbol con las taurinas, que eso ya no hay quien lo aguante. Y los rumanos no sabéis de toros.

—Pero ¿entiende lo que quiero decir o no?

Claro que lo entiende. Y Juanito, a su manera tosca, la ayuda muchas veces a ver las cosas con más claridad. Algo tiene la sabiduría popular que simplifica los problemas y los muestra en su justa proporción. Con estas reflexiones, Elena se dirige al barrio de la Piovera, donde viven los Macaya.

Sonia la recibe con el rostro demacrado. Está pálida, despeinada, flaca como un cadáver. Pero no tuerce el gesto al ver a la inspectora al otro lado de la puerta. Ningún asomo de hastío. Casi parece que agradece la visita.

—¿Hay alguna novedad? —pregunta al tiempo que se hace a un lado para franquear el paso a la recién llegada.

—Me temo que no. Pero esa es la pregunta que debería hacerte yo, Sonia. ¿Has sabido algo de Moisés?

—No.

—¿Dónde crees que puede haberse escondido?

—No lo sé, la verdad. Está visto que mi marido tenía una vida oculta, así que puede estar en cualquier parte. Es increíble lo poco que conocemos a la gente que tenemos más cerca.

—Sonia, ¿por qué crees que Moisés huyó de la policía?

Sonia se encoge de hombros, parece que la pregunta le supera por su amplitud inabarcable.

—¿Crees que tiene algo que ocultar?

—Si andaba en tratos con su primo y con el Clan del Sordo, tenía mucho que ocultar, eso seguro.

—¿Crees que hacía algo delictivo con su primo?

—No quiero hablar de Capi, no quiero decir algo para luego arrepentirme. Discúlpame, pero ya no puedo más. Ni siquiera me tengo en pie.

Sonia se sienta en una butaca que hay en la entrada, junto a la mesita del teléfono fijo. Parece un buen lugar para hablar dos horas con un pariente lejano en los tiempos anteriores al móvil. Elena la observa unos segundos y se muerde el labio inferior.

—Sonia, me gustaría que me acompañaras a un sitio.

—¿A la comisaría? ¿Me vas a tomar declaración a mí también?

—No es nada relacionado con la investigación. Solo quiero ayudarte.

—¿Qué sitio?

—Acompáñame, confía en mí.

Sonia la mira con los ojos secos de haber llorado tanto. Se pregunta si puede confiar en ella.

El Centro de Atención al Duelo está ubicado en el primer piso de un inmueble del barrio de Chamberí, muy cerca de Moncloa. Es un lugar austero, de paredes blancas decoradas con cuadros sencillos. Paisajes costeros, frondosos, estampas con flores. Amplios ventanales dan a un patio de manzana. La inspectora Blanco sabe que Sonia no tiene fuerzas para fijarse en nada, pero confía en el poder relajante de ese espacio.

Una recepcionista alegre que roza los sesenta años sonríe al ver entrar a la pareja.

—¡Cuánto tiempo, Elena! Dichosos los ojos.

—Hola, Maite. ¿Qué tal todo por aquí?

—Muy bien. ¿Ya te has olvidado de nosotros o es que has andado muy liada?

—Liada, como siempre. Vengo con una amiga.

La recepcionista saluda con calidez a Sonia, que responde con una voz casi inaudible. Poco a poco empieza a captar detalles del lugar y descubre que nace dentro de ella algo parecido a la curiosidad. ¿Por qué saludan a la inspectora con esa campechanía?

Un hombre orondo viene de un pasillo con un vaso de plástico en el que humea un café.

—Me alegro de verte, Elena. Va a empezar la reunión, ¿te apuntas?

—Hoy no, Ramón. Otro día.

—Últimamente vienes poco.

—Bueno, ya estoy mejor. Pero vendré a alguna reunión para veros a todos.

—No lo dejes, Elena.

Ramón se mete en un aula y mantiene la puerta abierta. Sonia inclina un poco la cabeza y consigue ver a doce personas sentadas en círculo. Elena le explica que todos han perdido a algún ser querido y necesitan compartir su dolor con gente que esté en el mismo trance. Es como una terapia de grupo que a ella le ayudó a sentirse acompañada en el mundo.

—¿Y tú por qué venías? —pregunta Sonia.

—Es una historia muy larga. Pero yo ya estoy bien, no te preocupes por mí.

A Elena Blanco no le gusta mentir, pero ¿qué puede hacer? Si tuviera valor, se plantaría en medio de la reunión para confesar la realidad. Que cuando llega a casa no se mete en la cama, se pone a ver fotografías de gente pasando por el arco de la plaza Mayor y llora sola, consciente de que es una búsqueda sin fin. Solo pensar en esto le produce un agobio inmenso y, de pronto, necesita salir de allí. Habla con Maite, le pide que se ocupe de Sonia, a ella le promete que la deja en buenas manos y sale a la calle después de bajar los escalones de dos en dos.

Una vez en el exterior, aspira fuertes bocanadas de aire. Camina sin rumbo, sintiendo que la ciudad quiere devorarla. La imagen de un niño de cinco años se distingue entre los paseantes, junto al escaparate de una zapatería. Con un pestañeo, el niño desaparece. Elena aplaca las ganas de llorar, frunce los labios en un gesto de orgullo y decide encaminar sus pasos hacia el parque del Oeste. Allí se tumba entre los árboles a mirar el cielo de Madrid. Se queda tendida, sin mover un músculo, hasta que anochece.

Capítulo 44

Cuando Zárate se presenta en la Colonia de los Carteros, se encuentra a Ascensión abrumada, incapaz de controlar el arrebato de ira de Salvador. En el suelo hay cristales y platos rotos, un jarrón volcado que milagrosamente se mantiene entero y cojines aquí y allá que el anciano ha hecho volar en un tramo menos destructivo de su episodio nervioso.

—Ha venido una inspectora y le ha hecho un montón de preguntas. Lleva toda la tarde muy intranquilo, no ha querido tomarse la medicación. Y de pronto se ha puesto a tirar cosas.

—Déjame hablar con él.

Zárate entra en el salón. Antes de que pueda abrir la boca, Salvador se dirige a él con pasos inseguros.

—¿Vienes a detenerme?

—Nadie va a detenerte, no tienes nada que temer —intenta tranquilizar al anciano.

—Fuera de mi casa, no quiero policías, estoy harto de policías...

Se tropieza con uno de los cojines que él mismo ha tirado por el suelo y se cae con estrépito.

—¡Salvador! —Ascensión se acerca a él con apremio—. ¿Te has hecho daño?

—No me toques. Dile que se vaya.

—Viene a ayudarte, tienes que intentar tranquilizarte. Levanta, cariño.

—No me pienso levantar.

Ascensión le pone un cojín debajo de la nuca, a modo de almohada. Zárate se sienta en el suelo junto a él.

—Cuéntame qué ha pasado, por favor.

—No le hagas revivirlo, Ángel, te lo suplico —le defiende Ascensión.

—Necesito saber qué preguntas le ha hecho la inspectora Blanco. —Ha tenido que ser ella.

—Vienen a por mí, lo noto —protesta Salvador.

—¿Quién viene a por ti?

—Rentero. Ese hombre me odia, no pasaba un día sin ponerme una zancadilla. Y ahora ha visto el cielo abierto con las gitanas.

Zárate cruza una mirada con Ascensión, que se santigua antes de hablar.

—No pueden reabrir ese caso, Ángel —suplica—. No lo soportaría.

—El caso de Lara Macaya está cerrado —grita Salvador—. Y el asesino está en la cárcel.

—Nadie va a reabrir el caso de Lara, te lo aseguro.

—Entonces, ¿por qué me hacen preguntas?

—Porque hay una relación entre los dos asesinatos y el primero lo investigaste tú, es normal. No te preocupes.

—Soy viejo, estoy perdiendo la memoria y puede que me fallen las piernas, pero no el instinto. Sé que Rentero y esa inspectora vienen a por mí.

—Escucha, Salvador. Yo también estoy investigando el caso de Susana Macaya. Y no voy a permitir que reabran el de Lara.

—¿Puedes conseguir parar eso? —pregunta Ascensión, esperanzada.

—No puede —brama Salvador—. Es muy joven, es el último mono.

—No van a revisar tu investigación, ¿me oyes? Por encima de mi cadáver.

Zárate se esfuerza en sonar convincente, pero sabe que su mentor tiene razón. Es el último mono en la brigada.

—Gracias, hijo —claudica—. Ayúdame con esto. Yo ya no tengo fuerzas.

—Anda, levántate. Vamos al sofá. Seguro que Ascensión nos pone una bebida fresquita.

—Te ayudo a levantarlo. Hay que hacerlo con cuidado.

—No hace falta, Ascensión. Déjame con él unos minutos.

A Ascensión no le gusta delegar el cuidado de su marido en nadie, pero transige. Se va a la cocina y, mientras Zárate ayuda al anciano a levantarse, maniobra que se alarga penosamente, se oye el tintineo de unos hielos. Caminan a pasos cortos hasta el sofá y se sientan.

—¿Recuerdas lo que me decías cuando entré a trabajar en la comisaría?

—Te diría cualquier tontería que se me pasara por la cabeza.

—Me dijiste que un policía tiene que estar activo. Que no me quedara sentado mucho tiempo, que me moviera. Así que tú no puedes quedarte ahí tumbado, hay que moverse un poco.

—Yo ya no estoy para moverme.

—Yo no paro de hacerlo, ¿y sabes por qué? Porque sigo a rajatabla cada uno de los consejos que me diste.

—¿Qué otros consejos te di? Ya no me acuerdo.

—Me dijiste que no me fiara de nadie dentro de la comisaría, que cada uno va a lo suyo y que los cuchillos vuelan por todas partes.

—Algunos los llevan entre los dientes.

—También me dijiste que al asesino hay que ponerlo entre rejas como sea. Que la justicia va muchas veces por detrás del trabajo policial.

—Ahora que no nos oye nadie, eso es una verdad como un templo.

—¿Te acuerdas de mi primer caso? Un alijo de drogas en un piso de Usera. Yo quería una orden judicial para entrar en el piso y el juez tardó mucho en concederla. Cuando entré, la casa del cabecilla parecía el hogar de una monja carmelita. Les había dado tiempo a sacar todo de ahí dentro, a los muy cabrones. Mis compañeros en la comisaría se estuvieron riendo de mí dos meses.

—Tenías que haber entrado sin la orden.

—Eso me dijiste entonces. Que primero se entra. Y, si hay algo interesante, se pide la orden. Así no metemos la pata.

—¿De verdad te dije eso? Menuda manera de educarte.

—Hiciste algo más, Salvador. Yo me peleé a puñetazos con un imbécil que se burlaba de mí. Y tú me invitaste a cenar en una marisquería de la plaza de España. Y después me llevaste a jugar al billar. No sé quién te había contado que me gustaban el marisco y el billar, pero esa noche me acosté feliz cuando podría haber sido una de las peores de mi vida.

La mirada de Salvador vaga por la habitación sin detenerse en ningún punto.

—No me digas que no te acuerdas.

—Me acuerdo de que eras una calamidad jugando al billar. Está claro que me informaron mal.

—Pues no he mejorado mucho.

—¿Como policía tampoco?

—Todo lo que sé del oficio me lo has enseñado tú. Desde el primer día, cuando me tendiste la mano. Todo.

Ascensión entra con dos bebidas en una bandeja y un cuenco con aceitunas. Respira con alivio al ver a su marido tranquilo, casi plácido. Y dedica a Zárate una mirada de gratitud.

Capítulo 45

El camarero del karaoke Cheer's anuncia por el micrófono el nombre de Elena y ella sube al escenario. Suenan los acordes de «Tintarella di luna», quizá la más famosa de las canciones de Mina.

—*Tintarella di luna, tintarella color latte, tutta notte sopra al tetto, sopra al tetto come i gatti, e se c'è la luna piena, tu diventi candida.*

Al intentar concentrarse en la canción, se da cuenta de que está algo borracha, pero no lo suficiente como para no sacar lo mejor de sí misma. Solo se ha tomado dos copas, de la tercera apenas ha dado un par de tragos y ha cantado en condiciones muchísimo peores.

Le gusta cantar con sentimiento, alargar las vocales finales, notar caliente el timbre de su voz, como una cuerda impregnada de cerveza. Un treintañero rubio, con pinta de extranjero, la mira extasiado. Ella lo advierte y le dedica algún estribillo, sonríe con chulería tras una inflexión y se inclina hacia él en un gesto provocador. Cuando acaba la canción hay bravos y todo el mundo aplaude menos el extranjero. Elena se acerca a él.

—¿Tú no aplaudes o qué?

—Yo me he quedado sin habla.

—Para aplaudir no hace falta hablar.

—También me he quedado inmóvil.

—¿Tienes un coche grande?

—Un todoterreno —se extraña el rubio—, ¿por?

El extranjero no es extranjero, solo es un español rubio que viene a ligar a un karaoke. Parece haber venido solo, no hay amigos, no hay una novia que se acerque zumbona al notar un indicio de coqueteo. Con el sonido metálico de los micrófonos se oye al camarero pronunciar el nombre de Luis. El rubio sube al escenario y canta una de Rosana. Lo hace mirando a Elena todo el rato, como si se la estuviera dedicando. Ella sorbe su copa a tragos cortos al principio y más largos según avanza la canción, pues sabe que al terminar se va a llevar al rubio al parking de Didí. De nuevo hay aplausos y bravos, la actuación ha sido buena, el rubio saluda muy ufano y se acerca a Elena.

—¿Te ha gustado?

—Sin palabras —elogia ella.

Le da un beso en los labios, le coge de la mano y lo arrastra a la calle. Allí se encuentra con Zárate.

—¿Ya te vas? —pregunta él.

La inspectora lo mira con una mueca burlona.

—¿Tú qué crees?

—He venido por si acaso estabas aquí. Solo quería tomar una copa contigo.

—Una pena que no hayas venido diez minutos antes. Pero entra, tómate una copa de mi botella, a nombre de Mina. Y pide una canción, esta noche hay buen público.

Zárate asiente y se mete en el bar. Lo hace por orgullo, para no parecer un idiota al que le han robado la novia y se marcha con el rabo entre las piernas. Dos mujeres se desgañitan en el escenario cantando una canción de Pimpinela. El garito está lleno de gente. Se acerca a la barra y pide un tercio de Mahou. No le apetece beber solo, pero quiere dejar correr el tiempo antes de volver a casa. No ha dado dos tragos a la cerveza cuando ve a Elena mirándole.

—¿Nos vamos?

—¿Los tres?

—¿Qué tres?

Elena abre los brazos para señalar la incongruencia de la pregunta. No hay rastro del rubio, ni en el bar, ni en la calle. Ella le ha despachado porque prefiere pasar la noche con él. A Zárate le cuesta recuperar la gallardía, se dirige a casa de la inspectora manteniendo un aire suspicaz, como a la espera de que ella revele la broma cruel, la inocentada que le está preparando; pero no es así. Elena tiene ganas de sexo, se muestra briosa y él se deja hacer. Se quedan abrazados un buen rato, hasta que él se arriesga a romper el silencio.

—¿Por qué bebes tanto?

—¿Tú qué sabes lo que yo bebo?

—Me basta con lo que veo. Estás en medio de una investigación importante, ¿no deberías dedicar toda tu energía al caso?

Ella no responde. Él sabe que tiene que acostumbrarse a esos silencios si quiere estar con ella. Tiene ganas de preguntarle por la cicatriz de la cesárea que ha vuelto a ver en la penumbra; de preguntarle dónde está su hijo, qué ha pasado con él. Pero intuye que eso sería traspasar una línea roja. Quiere saber sobre su pasado, sobre la extraña fijación por las canciones de Mina. Con mucho gusto le pediría que le contase por qué conduce un Lada, un coche antiguo que no se ve por las calles. Ella le acaricia el pene y cuando nota la erección se sienta encima de él y follan por segunda vez. Después del polvo, no tarda en quedarse dormida.

Él se levanta. Repara en el expediente de Lara Macaya, que ella tiene extendido en la mesa del salón. En un sobre hay un anexo acerca de Salvador Santos, su mentor. Lo lee deprisa, conteniendo la respiración, como temiendo que ella se despierte. Localiza un informe con los resultados de la prueba de ADN del pelo que se encontró entre los dedos de Lara. Una prueba firmada por un agente de la Científica.

Zárate vuelve al dormitorio. Se viste con sigilo, acompasando los ruidos inevitables al ponerse los pantalones y la camisa con la respiración de Elena. Ella duerme profundamente. Tiene ganas de darle un beso en los labios, pero no lo hace. Sale del dormitorio de puntillas, guarda la hoja con la prueba de ADN en el bolsillo y se marcha.

Capítulo 46

A la mañana siguiente, Elena presenta un aspecto impecable. Vestida con un pantalón azul marino de seda y una camiseta blanca, se pasea por la sala de reuniones de la brigada con aire seguro y despierto. Zárate no deja de admirar el efecto de una ducha y un par de tazas de café. Nadie diría que esa mujer ha pasado una noche de alcohol y sexo.

—He hablado con Rentero y quiere que os transmita a todos su preocupación.

—¿Alguien recuerda algún momento de la vida en que Rentero no esté preocupado? —ironiza Mariajo.

—Le preocupa que no estemos haciendo bien nuestro trabajo, que dejemos cabos sueltos, que no seamos capaces de encontrar a Moisés Macaya.

Chesca se rebulle en la silla en señal de impaciencia. Orduño, que la conoce bien, se adelanta para dar las explicaciones.

—Hemos pasado la tarde y la noche siguiendo a la Fiat Fiorino. Os aseguro que no es un trabajo muy divertido. Nos hemos ido hasta Toledo y hemos presenciado un remate de una tienda de muebles en un polígono. Los gitanos han comprado un taquillón, un aparador y una mecedora.

Por supuesto, ni rastro de Moisés.

—Cuenta lo de esta noche —le pide Chesca—. Esa furgoneta no para. Recorre toda la ciudad en busca de muebles viejos abandonados en los contenedores. Se llevan sillas que descartaría hasta el hurón más cutre de Madrid.

—Esos muebles los arreglan en el taller de la Ribera de Curtidores. Unas tachuelas por aquí, unos listones por allá, los barnizan y los ponen en el escaparate. Y todavía la gente se cree que les ha comprado un chollo.

—Seguid vigilando —ordena Elena—. Es la única pista que tenemos para dar con el paradero de Moisés. ¿Qué más hay?

Buendía consulta sus notas.

—Yo me pasé el sábado comparando las autopsias de las dos hermanas. Hay diferencias sutiles.

—¿Cuáles?

—A Lara le raparon el cráneo entero antes de hacer las incisiones. Solo le dejaron la melena que le caía a la altura de las orejas. A Susana le raparon solo las zonas en las que le hicieron los agujeros.

—Parece que el asesino se ha hecho más experto con los años —dice Orduño.

—O más vago —añade Chesca.

—O más piadoso.

Todos miran a Buendía para que explique esta opinión.

—Puede que le diera pena dejarla calva por completo. Como si hubiera querido causar el menor destrozo posible.

—Tres agujeros con un taladro para inyectar gusanos voraces en el cerebro no me parece muy piadoso —dice Mariajo.

—Es atroz, eso ya lo sé. Pero hay detalles que diferencian a un asesinato de otro. Lara apareció desnuda, Susana, con su ropa de la despedida. Lara no tenía restos de diazepam en la sangre, Susana, sí. Y luego está el detalle de la bolsa de plástico. Estoy seguro de que el asesino le puso la bolsa en la cara a Susana para no verla sufrir.

—¿Por qué no hizo eso con Lara?

—Puede que la tapara con el velo del vestido o con una bolsa que no dejó restos. O puede que la Científica recogiera mal las pruebas en el primer asesinato.

Zárate nota una punzada de inquietud.

—¿Qué te hace pensar eso? —pregunta—. Tú eres científico, siempre he creído que está muy mal visto lanzar acusaciones entre compañeros.

—Yo me limito a dar mi parecer, no estoy acusando a nadie.

—Pues cualquiera lo diría.

La actitud de Zárate es demasiado hostil, se le nota que está a la defensiva. Él mismo se da cuenta y lamenta no ser capaz de disimular mejor, pero es que la conversación ronda el tema que más le preocupa: la posible implicación de Salvador Santos en un caso de negligencia.

—Calma, Zárate —interviene la inspectora Blanco—. Estamos llegando a un punto clave, que es el que más interesa a Rentero.

—¿Estamos llegando a algún punto? —dice Chesca—. Me sorprende que digas eso, yo más bien creo que estamos en punto muerto desde el principio.

—Rentero no lo cree así. Él piensa que la prueba de ADN señala a Moisés como el asesino de Susana. Y está convencido de que va a confesar que también mató a Lara.

—¿Por qué cree que ha sido él? —pregunta Zárate.

—No lo cree, quiere creerlo. Prefiere liberar a Miguel Vistas y entregar a la vez al asesino.

—Nadie piensa que Moisés haya matado a sus dos hijas de ese modo.

A Elena le gusta ver que Zárate comparte su opinión. Pero algo le dice que la comparte por motivos muy distintos de los suyos.

—¿Por qué dices eso?

—He revisado el caso de Lara Macaya y las pruebas contra Miguel Vistas eran abrumadoras. Yo estoy seguro de que la mató él.

—Yo también he revisado el caso y discrepo.

Todos se giran hacia Mariajo, que ha pronunciado esas palabras con gran seguridad.

—¿Tú has revisado el caso de Lara? —se extraña Elena—. ¿Por qué?

—Porque me aburría rastrear mensajes de móviles y redes sociales. Me sé la vida entera del novio de Susana y de su amante, de Cintia, y os aseguro que son las vidas más aburridas que os podáis imaginar. He pedido una transcripción del juicio oral contra Miguel Vistas.

—¿Para qué cojones has hecho eso? —pregunta Zárate, que no puede ocultar su incredulidad.

—Para ver si se celebró con normalidad, quería ver si había pasado algo raro.

—¿Y pasó algo raro? —pregunta Buendía.

—En mi opinión, sí.

Mariajo guarda silencio y la pausa le queda muy teatral.

—¿Qué has encontrado, Mariajo? —se interesa Elena.

—A Miguel lo acusan por indicios. Era solitario, conocía a Lara, la joven estuvo en su estudio de fotografía el día en que la mataron, no tenía coartada.

—Y encontraron un pelo suyo en el cadáver —recuerda Zárate—. Y las huellas de un trípode al lado de la víctima que coincidían con uno de Miguel Vistas.

Su tono de voz es ligeramente acusatorio. Pero Mariajo se mantiene tranquila.

—No es eso lo que me extraña del juicio. Yo creo que se puede explicar que haya un pelo del fotógrafo en el cuerpo de la chica, si esa tarde tuvieron una sesión de fotos.

—El jurado no lo creyó así.

—Pero lo más extraño es que el abogado de Miguel no interrogó a Moisés. Estuvo en el estrado, el fiscal le preguntó por la actitud del fotógrafo y él declaró que no le gustaba nada cómo miraba a sus hijas. Y, cuando llegó el turno de la defensa, el abogado dijo que no tenía preguntas para ese testigo.

—No le parecería un testigo relevante —dice Zárate.

—Eso es lo que no entiendo. En la investigación se sospechó del padre, se le hizo una prueba de ADN para cotejarla con el pelo encontrado en el cadáver.

—Y el resultado del cotejo fue negativo.

—Pero debería haberle hecho alguna pregunta. Su obligación como abogado de la defensa es desviar las sospechas hacia otras personas, y el padre era una buena diana. ¿Por qué no le preguntó nada?

—¿Cuál es tu conjetura? —pregunta Buendía.

—No tengo ninguna explicación.

—Tampoco figura en el expediente del caso Lara la declaración policial de Moisés, y eso sí que me extraña —dice Elena.

—Demasiadas coincidencias —dice Orduño.

—O demasiadas chapuzas.

Es Chesca quien dice eso al tiempo que pone las piernas sobre la mesa.

—Creo que ha llegado el momento de hablar con Jáuregui, el abogado que tuvo Miguel Vistas —dice Elena—. Hay muchas cosas que no entiendo de ese juicio.

Zárate se levanta de un impulso, pasea por la habitación, pensativo. Su actitud resulta tan llamativa que todos le miran aguardando que diga algo.

—¿Qué te pasa, Zárate? —pregunta Elena.

—Que no entiendo nada.

—A este hay que explicarle las cosas despacito, que se pierde.

Zárate evita la provocación de Chesca. Centra su mirada en Elena.

—No entiendo qué hacemos investigando el asesinato de Lara, que ya lleva siete años cerrado.

—Porque hay puntos oscuros que nos pueden ayudar en este caso.

—No, inspectora. Tenemos que centrarnos en Susana, en su entorno, en el novio, en Cintia, en los gitanos, en el Clan del Sordo. No podemos perder el tiempo enredándonos con un caso del pasado.

—Solo quiero que hablemos con el abogado. Nada más. No vamos a perder mucho tiempo.

Zárate siente la tentación de forcejear más, sabe que es el momento de ofrecer razones incontestables; pero no se le ocurren. Nota que el cerco se estrecha sobre su mentor y no está seguro de si será capaz de protegerle.

Capítulo 47

La inspectora Blanco y Zárate aparcan el coche de la brigada cerca de la glorieta de Cuatro Caminos. Van a pie por la calle Bravo Murillo y buscan la dirección de Jáuregui en una zona en donde las casas humildes se alternan con bloques de nueva construcción, de no más de tres alturas. Es un barrio de contrastes, en el que conviven varias nacionalidades, sobre todo de latinoamericanos, y junto a un bar español de toda la vida se puede ver una tienda novísima de cuidado de uñas regentada por los chinos.

Una voz ronca responde al telefonillo. Blanco se presenta como policía, quieren hablar de Miguel Vistas. Enseguida suena el timbre que abre la puerta. Suben las escaleras hasta el tercer piso. Las paredes están llenas de desconchones y en el ambiente flota un olor a col hervida. Jáuregui los espera en el umbral. Es un hombre gordo y de expresión afable que suda a mares. Los hace pasar y, según se adentran en el piso, tanto Blanco como Zárate comprenden por qué. Hace mucho calor allí, no hay aire acondicionado, ni tampoco un miserable ventilador. Por la ventana abierta que da a un patio trasero no entra mucha corriente.

—¿Cómo se les ha dado la subida? A mí me mata. Llevan años prometiéndonos un ascensor, pero nada. No sé para qué cojones se aprueban las cosas en las reuniones de la comunidad.

Jáuregui se mueve con lentitud y torpeza, como un hipopótamo cojo. De cuando en cuando se echa las manos a los riñones para darse un pequeño masaje. Zárate y Blanco no dejan de advertir el desorden de la casa. En la cocina, que se ve desde el salón, hay una pila de platos sucios. La mesa está llena de papeles, alguno de ellos, en el suelo. También hay una servilleta manchada de tomate que se le caería algún día al recoger los platos. La estantería es un batiburrillo de libros apretados que ya no puede hacerle hueco a un solo tomo más. De hecho, hay dos columnas de libros al pie del mueble. Elena se fija en que hay muchos de derecho y otros que parecen de autoayuda. También de historia. Muchas novelas, no todas comerciales. Jáuregui compone la imagen de un hombre acabado, pero tal vez alguna noche se consuele leyendo a Flaubert o a Calvino.

—Estamos investigando la muerte de Susana Macaya, la hermana de Lara. Tenemos entendido que usted fue el abogado de Miguel Vistas.

—Sí, pobrecillo, le tocó lidiar conmigo. Supongo que la vida es una cuestión de suerte, y ese hombre no la tuvo.

—¿Por qué dice eso?

—No hice bien mi trabajo, no estaba en mi mejor momento personal. Ya sé que no es excusa, pero he tenido problemas con el alcohol.

En la estantería, y también en el mueble del recibidor, hay varias fotos de una mujer mayor, de aspecto severo. Tal vez su madre.

—¿De verdad admite que no fue un buen abogado? —pregunta Zárate.

—Digamos que he tenido días más gloriosos a lo largo de mi carrera.

—No es muy habitual que un abogado reconozca sus propios errores.

—Dejo esas vanidades para los letrados jóvenes. Yo ya soy un dinosaurio.

—¿En qué se equivocó? —pregunta Elena.

—En todo.

—No, en todo no se equivoca nadie. ¿En qué momentos del juicio cree que no estuvo a la altura?

—Mire, Miguel era un fotógrafo solitario que adoraba su trabajo. Ya está. No había nada definitivo contra él. Solo indicios. Lara se hizo fotos en su estudio el día en que la mataron, no se llevó su vestido de novia, lo dejó allí. Eso para el fiscal era un indicio brutal. Y yo no supe desmontar su estrategia. Lo presentó como un loco enfermo de lujuria por la belleza de la gitana. Que era muy guapa, eso no se puede negar.

—Creo que también se sospechó del padre de la niña.

—Tonterías, el padre era gitano, se sospechó de él por puro racismo, la policía reculó enseguida y eligieron al culpable. Eso sí, al padre lo adiestraron para que declarase en contra de Miguel.

—Señor Jáuregui, está insinuando algo muy grave —dice Zárate.

—Déjale hablar, Zárate. ¿Por qué afirma que le adiestraron?

—Porque desde la declaración policial cambió de actitud y empezó a decir que Miguel se comportaba de forma extraña con sus hijas. Sobre todo con Lara. Y eso es mentira. Miguel era tímido, eso sí, pero ser tímido no es ser raro. Y amaba su profesión. Estaba encantado de trabajar para Moisés. Y ¿saben qué? El sentimiento era recíproco. Moisés acababa de renovarle el contrato en la empresa.

—¿Está diciendo que la policía hizo un trato con Moisés? —salta Zárate—. ¿Que le dejaron libre de cargos y de sospechas a cambio de que apuntara con el dedo a Miguel?

—Eso es exactamente lo que estoy diciendo.

—¿Tiene alguna prueba de que se produjo esa coacción?

—Ninguna —reconoce Jáuregui con sencillez.

Zárate se está sulfurando. No le gusta el aire grotesco de ese hombre, que suda profusamente y jadea al hablar, como si necesitara tomar aire entre una frase y otra. Elena le hace un gesto a su compañero para que se tranquilice. Prefiere tomar ella las riendas de la conversación.

—Hay una cosa que no entiendo. Ha dicho que Moisés acababa de renovar el contrato de Miguel en la empresa de eventos. Y eso podía desmontar la ficción del fiscal de que le había cogido ojeriza.

—Eso es.

—¿Por qué no se lo preguntó en el juicio a Moisés?

—Porque no valía la pena.

—¿No valía la pena? A mí me parece un buen modo de atacar la estrategia de la acusación.

—Ya le he dicho que no estaba en mi mejor momento y reconozco que me pude equivocar. Pero no soporto a los testigos manipulados. No me hacía ningún bien interrogar al padre de la niña cuando sabía que iba a señalar con el dedo a mi defendido en cada una de sus respuestas. Así que opté por no darle esa oportunidad. Creí que mi renuncia a interrogarle dejaba claro que no me parecía un testigo fiable.

Zárate piensa que esa actitud es cobarde e injusta. No se debe acusar a la policía de coaccionar a un testigo sin pruebas y mucho menos renunciar a exponer las sospechas en el único marco donde pueden ser escuchadas: delante de un tribunal. Pero se muerde la lengua porque nota el nacimiento del mal humor y no quiere perder los estribos delante de la inspectora. Está incómodo, tiene calor, la casa se halla desordenada y huele mal. Una mosca revolotea alrededor de su cara y ya está harto de espantarla.

—¿Sigue las noticias del caso de Susana Macaya? —pregunta Elena.

—Las sigo a media distancia, pero con interés. Trato de mantenerme al margen, el corazón no me funciona del todo bien.

—¿No cree que este segundo asesinato prueba la inocencia de Miguel?

—Creo que sí. Espero que su nuevo abogado solicite su inmediata excarcelación. Yo ya no puedo hacer nada.

—Más allá de su desempeño como abogado defensor, ¿qué cree que condenó a Miguel? ¿Fue el ADN del pelo?

—A Miguel le condenó no ser normal. Eso la sociedad no lo soporta. Era un hombre introvertido, solitario, que no tenía amigos. Su única relación con la gente era a través de su cámara de fotos. Yo sé que sentía verdadero aprecio por esas niñas. Hizo fotos a Lara el día en que murió, por eso apareció un pelo en el cadáver. El fiscal hablaba también de las marcas de un trípode. Por Dios, estamos hablando de un trípode muy habitual en el mercado. Cualquier fotógrafo aficionado tiene uno. Lara salió viva de ese estudio.

—¿Por qué está tan seguro?

—Hablé muchas veces con él.

—Pero él es muy reservado, le debió de costar sacar algo en claro.

—Yo creo en su inocencia. Creía entonces y creo ahora con más razón, a la luz de lo que está pasando. Es evidente que el asesino está suelto.

—¿Para qué fue a la cárcel de Estremera el otro día?

—Para ver a Miguel y desearle suerte. Y, de paso, para darle a su nuevo abogado toda la documentación del caso. Es una cortesía elemental entre colegas.

Elena ha empezado a sudar también. Ha llegado la hora de terminar la visita. Antes de salir del piso se fija con más detalle en la estantería y repara en una foto de Jáuregui de joven, mucho más delgado y con una mujer joven en lo que parece una excursión campestre. Piensa en lo efímeros que son los momentos de placer en esta vida.

Capítulo 48

En la sala de visitas, Damián Masegosa, el nuevo abogado de Miguel Vistas, tiene en las manos la documentación que le entregó Jáuregui. Miguel ha adelgazado y está sin fuerzas. El médico dice que ha tenido suerte, pues la puñalada no ha tocado ningún órgano vital, pero él no se siente bien. Su tratamiento consiste en un cóctel de antibióticos y analgésicos que le da mucho sueño. Por las noches le sube la fiebre y ha perdido el apetito. La herida cicatriza muy despacio. Tiene la sensación de que se le van a abrir los puntos si cambia de postura, si respira hondo, si tose.

—He estado con el juez de asuntos penitenciarios y la cosa pinta bien —informa Masegosa.

—¿Cuándo me van a sacar de aquí?

—Pronto. Pero debes tener paciencia. Hay una orden de busca y captura contra el padre de las niñas. Lo mejor que nos puede pasar es que lo encuentren cuanto antes, que le aprieten y que confiese que mató a sus dos hijas.

—¿Y si no lo hace?

—Tenemos más armas, tú no te preocupes. Es evidente que las dos muertes son obra del mismo asesino, eso lo entiende cualquiera. Ningún juez se va a negar a revisar el juicio.

Miguel mira a su abogado con desgana, le ha visto tantas veces en la tele que sabe que es el mejor para convertir su caso en un espectáculo. Es un hombre de mediana edad y repeinado que habla con un tono redicho que le desagrada.

—He estudiado toda la documentación del caso y debo decirte que no tuviste una buena defensa.

—Eso ya lo sé. Mi abogado era un desastre.

—Estoy de acuerdo. Y te aseguro que arremeter contra un compañero no es agradable.

—¿Qué es lo que hizo mal, exactamente?

—La presunción de inocencia que a ti te asistía por derecho fue vulnerada por las bravas, a base de indicios insustanciales. Y eso se hizo bajo la mirada impávida de tu abogado. Su comportamiento en la vista oral es inexplicable. Renunció a interrogar a testigos esenciales, admitió la prueba de ADN del pelo cuando podía haber sido anulada por defecto de forma.

—¿Qué defectos?

—Ese pelo apareció tarde y como por arte de magia. Muy conveniente para el fiscal, claro. No hay quien se lo crea. Tu abogado debería haber pedido la nulidad de la prueba y no lo hizo.

—Si esto que dice es tan claro, ¿por qué cree que no lo hizo?

—Pregúntaselo a él, yo no lo sé. A lo mejor no le interesaba el caso o pensaba que eras culpable. Conozco a abogados que no preparan bien sus casos, si les coincide con un torneo de golf.

Miguel se rasca la mano en un gesto nervioso.

—Solo con este dosier que tengo en las manos podríamos alegar indefensión y el juez podría ordenar que se repita el juicio.

—¿Y por qué no lo hace?

Masegosa sonríe con malicia.

—Porque es mejor ir contra el Estado.

—Yo quiero salir de aquí. Haga lo que sea más rápido para que me saquen, porque ya no aguanto más.

—Esa no es la actitud, Miguel —dice el abogado levantando el índice—. Aquí hay mucho en juego.

—Ya no tengo fuerzas.

—Esto que te voy a decir te las devolverá. Si se demuestra que el Estado ha enviado a prisión a un inocente, va a tocarle aflojar una indemnización millonaria. Hay unas tablas para calcular la cuantía y depende de cuánto tiempo hayas pasado en la cárcel. Y tú llevas siete años, Miguel. Podrías vivir toda la vida sin dar un palo al agua.

—A mí el dinero me da igual.

—Recuerda que la mitad es para mí, es nuestro acuerdo. El dinero no nos da igual, es lo único que hace que estemos aquí; que seas culpable, inocente o que aparezcan más gitanas muertas no me interesa, solo mi parte, el cincuenta por ciento.

Miguel nota un aguijonazo en el estómago. Sufre muchos desde la puñalada. Como si algo en su interior se estuviera desgarrando poco a poco. No le gusta dar muestras de debilidad, pero se le escapa una mueca de dolor. El abogado demuestra su escaso compromiso con la justicia en cada frase.

—Tenemos que hacer responsable al Estado. Esa es nuestra mejor baza. Y lo tenemos a huevo. Pero, cuidado, a la administración no le gusta nada admitir errores, así que compórtate de forma ejemplar, no te metas en líos, no entres en provocaciones. Ahora hay que andar con mucho ojo.

Ni siquiera una palabra para interesarse por lo que le pasa, por qué ese lamento. Miguel advierte que Masegosa no le ha preguntado cómo se encuentra, qué pastillas le están dando o si tiene que hacer alguna clase de rehabilitación. Solo piensa en la tajada que puede sacar de su caso.

—Como usted lo vea —dice con aire sumiso.

—La próxima vez que venga a verte vamos a tener novedades, estoy seguro. Así que aguanta, que ya queda poco. Confía en mí.

Un funcionario anuncia el fin de la visita y Miguel siente alivio. Vuelve a su celda mirando al suelo, con la postura cabizbaja que le enseñó a evitar a toda costa al Caracas para no parecer presa fácil de los matones.

Capítulo 49

La Fiat Fiorino está aparcada en la Ribera de Curtidores. Para una mujer de acción como Chesca, no hay nada más aburrido que una vigilancia. A ella le gustan los deportes extremos. Practica el salto base para sentir cómo vuela un pájaro, participa en ultramaratones para explorar los límites de la resistencia humana. Se metió en la policía porque quería descargar adrenalina. Lo que más le gusta del trabajo es perseguir a un delincuente, hacer una redada, irrumpir en un local con el arma firmemente apretada en sus manos. Pasar el día entero dentro del coche esperando a que una furgoneta se mueva es lo más parecido a la muerte.

Un gitano sale de la tienda, las llaves del vehículo tintinean entre sus dedos. Abre la portezuela y la cierra con decisión. La furgoneta arranca. Ni siquiera esta novedad anima a Chesca. Se dirige a la avenida de Arcentales, se detiene frente a un portal y el gitano se las apaña para descargar él solo un escritorio y un sillón, con ayuda de una carretilla. Una mera entrega de muebles.

La ruta incluye un par de direcciones más. Nuevas entregas a domicilio. Después, vuelta a la Ribera de Curtidores. Ya es mediodía, la tienda cierra tres horas, los gitanos salen a comer, tal vez alguno se quede dentro durmiendo la siesta.

Sería el momento de descabezar un sueñecito, de turnarse con Orduño para que uno de los dos siga vigilando y el otro pueda descansar un poco. Pero Chesca nunca duerme la siesta, le parece una pérdida de tiempo. La siesta es para ella algo así como la inacción elevada al cubo, cristalizada en un intervalo del día que el ser humano decide tirar a la basura.

Orduño soporta mejor la vigilancia. En su adolescencia y juventud ha sido un gimnasta de élite, ha sudado la gota gorda en centros de alto rendimiento, ha vivido lejos de sus padres, bajo las órdenes de monitores durísimos. Hasta que un día decidió dejar el deporte profesional y se convirtió en policía. Esa experiencia ha forjado un carácter paciente. Le gusta la tranquilidad, vivir sin exigencias ni apremios, charlar con calma de cualquier asunto con el interlocutor que tenga delante. Pero Chesca, cuando tiene el demonio en el cuerpo, no es buena compañera para una conversación distendida. Está de un humor de perros, habla con sarcasmos y latigazos de amargura. No quiere seguir vigilando a los gitanos y se le nota mucho.

A las siete de la tarde, se pone en marcha la Fiat Fiorino. Desde la Puerta de Toledo baja hasta la M-30, después coge la A-4 y se desvía para entrar en un polígono industrial cerca de Parla. Hay un desguace de coches, un enorme bazar chino, varias tiendas de muebles... La furgoneta se detiene junto a una nave sin rótulos. El gitano se baja, abre el cierre metálico de la nave y de allí saca muebles que mete en la furgoneta. Hay uno que no puede acarrear sin ayuda, un aparador que tiene pinta de pesar mucho. El hombre se seca el sudor de la frente, trata de encontrarle el truco al volumen, el mejor modo de subir ese bulto a la carretilla. Un segundo tipo, alto, corpulento, sale de la nave y le ayuda a hacerlo.

Es Chesca la primera en darse cuenta. Le da un codazo a su compañero, que sale de su sopor y se pone en guardia.

—¡Es él! —avisa la policía.

Orduño achina los ojos para verle mejor. Sí, es él. Es Moisés Macaya, el padre de las gitanas muertas, el hombre más buscado de la ciudad. El agente aplaca los deseos de Chesca de actuar, saca su móvil y marca un número.

La inspectora Blanco está en la sede de la BAC hablando con Mariajo cuando recibe la llamada. Orduño quiere saber si deben detener a Moisés en ese mismo instante.

—¿Estás seguro de que es él?

—Completamente seguro.

—Si intenta huir, le detenéis; si no lo hace, esperad a que llegue yo. Quiero hablar con él.

Las últimas palabras las pronuncia mientras coge las llaves del coche y sale del edificio. Mariajo se queda con la palabra en la boca, pero ha entendido por la conversación que la cacería está llegando a su fin. Se pregunta cuál va a ser la actitud de Elena al verse frente a frente con Moisés. Han estado hablando de él. Ella ha investigado rituales y maldiciones ancestrales de gitanos por si acaso aparecía algo relacionado con los gusanos en el cerebro; pero no hay nada. Los asesinatos, al menos en su *modus operandi,* no tienen vinculación con la cultura gitana en ninguna de sus vertientes. No es él. Las últimas palabras que ha pronunciado Elena antes de recibir la llamada resuenan ahora en la cabeza de Mariajo. No es él. Moisés Macaya no ha matado a sus hijas. Pero hay una orden de busca y captura y Elena corre ahora en su coche con la misión inevitable de detener a ese hombre y entregarlo a la justicia.

Orduño y Chesca salen a su encuentro cuando ella llega al polígono. La Fiat Fiorino se ha ido con su carga de muebles. El cierre metálico de la nave está echado. Han recorrido el perímetro del edificio y hay una puerta trasera que se puede tumbar de una patada.

Elena prefiere aporrear la puerta, llamar a Moisés, decirle que quiere hablar con él; pero nada sucede. No hay pasos al otro lado, tampoco voces. Lo vuelve a intentar, con el mismo resultado. Suspira en un gesto de resignación y mira a Chesca, que aguarda la señal para intervenir. La puerta, una simple lámina de chapa, resulta ser más resistente de lo previsto. A la tercera patada cede y Orduño y Chesca entran con las pistolas desenfundadas.

—¡Policía!

Ese es el grito de aviso para que Moisés se entregue o bien se lance a una huida desesperada. Pero tampoco hay respuesta a la irrupción policial en la nave. El lugar es húmedo y oscuro. Los últimos rayos de sol se filtran por un tragaluz pequeño. Elena saca su linterna, ilumina los rincones del almacén, que está lleno de muebles, quincalla y cachivaches. Algunos tapados por sábanas, otros arrumbados de cualquier manera. Gana presencia un ruido metálico, como un resorte limpio que alguien acciona. Entre dos columnas de cajas está Moisés, jugando a abrir y cerrar una navaja automática. Chesca y Orduño se tensan. Elena les pide calma con un gesto.

—Moisés... Quiero hablar contigo.

El filo de la navaja surge de la empuñadura con un chasquido. Brilla la hoja en la oscuridad del almacén. El gitano parece hipnotizado por la blancura del arma, por el latigazo con el que asoma para mostrar su amenaza.

—Sé que no has hecho nada malo y quiero ayudarte.

—¿Nada malo?

La voz de Moisés suena amarga y gutural.

—Nada malo. Aunque tú creas que sí, no es verdad. Discutir con tu hija es normal. Lo hacen todos los padres.

—¿Todos los padres contratan a un detective privado?

—Más de los que crees, te lo aseguro.

—¿Todos los padres intentan evitar la boda de su hija?

—Nada de eso es grave, Moisés. No hay razón para que te escondas.

—Le crucé la cara. El día de su despedida de soltera fui a verla y le crucé la cara. Le dije que ya se había terminado la tontería, los coqueteos con mujeres, lo de ser más chula que nadie. La golpeé. Y ella me arañó como una gata rabiosa. Y me dijo que me odiaba.

El chasquido de la navaja ha cesado de pronto, como si el acto de rememorar la pelea le hubiera dejado sin fuerzas o demasiado melancólico.

—Esas palabras se dicen sin pensar, no tienes que preocuparte por eso —intenta mediar Blanco.

—Están muertas por mi culpa, las dos, algo me dice que es así.

Hay un brillo blanquecino en la piel oscura de Moisés. Tal vez han brotado dos lágrimas.

—¿Por qué escapaste de la policía?

—Porque no puedo más. No quiero que me detengan delante de mi mujer. Es humillante. Ella ni siquiera está segura de si no las he matado.

—Sonia no duda de ti, Moisés, no lo ha hecho en ningún momento.

—Se nota que usted no ha visto su mirada de reproche. Se enteró de que andaba en tratos con mi primo y me miró con desprecio. No le deseo a nadie que su mujer le mire así.

—Sonia te necesita a su lado. Lo sé porque me lo ha dicho.

—No estaría a mi lado. A mí me van a colgar los asesinatos y me van a mandar al trullo.

—No. No hay ninguna prueba contra ti, solo el ADN, y acabas de explicar que tu hija te arañó el día de su muerte.

—Le tiene que decir a mi esposa que la he querido de verdad, que me enamoré de ella como un loco.

—Eso se lo vas a decir tú en persona.

—He sido un mal padre y lo reconozco. Caí en manos de Capi cuando yo siempre quise separar al gitano de la delincuencia... Ese quizá es mi mayor fracaso, no haber conseguido eso.

—Venga, Moisés, levanta. Ahora vamos a ir a la comisaría, vas a prestar declaración y yo te aseguro que mañana duermes en tu casa.

—Pero mi mayor fracaso es no haber sabido cuidar de las niñas. Las cosas como son.

—Yo te voy a ayudar. No os voy a dejar solos ni a Sonia, ni a ti. Y vamos a encontrar al asesino de Susana.

—Prométame que no va a parar hasta encontrarle.

—Te lo prometo.

—Gracias. Hágalo. Y métale un tiro en la frente de mi parte.

—Yo me conformo con atraparle. Y ahora tenemos que irnos.

Moisés no responde. Suena el chasquido de la navaja y enseguida un borboteo. Después un ruido espantoso, un grumo de barro empieza a hervir, el ronquido de un monstruo. Elena, que no quería apuntar a su rostro directamente, dirige ahora la linterna a la cara del gitano, que se ha cortado el cuello y se está ahogando con su propia sangre.

—¡Una ambulancia, deprisa!

Elena saca un pañuelo del bolsillo y lo coloca sobre la raja del cuello para intentar detener la hemorragia. En un segundo el pañuelo está empapado y se demuestra su ineficacia. Chesca ha salido de la nave para pedir ayuda. Orduño encuentra entre la quincalla un trapo mugriento que puede servir de tapón en la herida. Se lo tiende a Elena. Ella se queda varios minutos haciendo compresión en el cuello de Moisés. Orduño ya no busca más trapos porque se da cuenta de que ha muerto. Pero comprende que Elena necesita más tiempo para encajar esa realidad y la deja manejarse en los esfuerzos inútiles para salvarle la vida al gitano.

Capítulo 50

No se oye un alma en el barrio de la Piovera, como si el luto se hubiese extendido de casa en casa con un susurro. Ni siquiera hay vecinos asomados a las ventanas por las que debe de entrar al menos el resplandor azul del coche de policía. Hay una luz macilenta en la cocina del chalet de los Macaya. Es tarde, pero puede que Sonia esté desvelada y necesite un whisky para dormir. Esa noche, en un programa de televisión, han hablado del asesinato de Susana. Algunos tertulianos han acusado a Moisés de haber matado a su hija. ¿Habrá visto ese programa? ¿Había un televisor en el almacén?

La inspectora Blanco está paralizada en el asiento del copiloto, la mirada perdida. Le cuesta bajar del coche.

—¿Quieres que hable yo con ella? —se ofrece Orduño.

Elena no contesta, hablar con Sonia es su obligación. Abre la puerta y sale. También lo hace Chesca, que prefiere esperar al aire libre. Se queda apoyada en el vehículo y sigue con la mirada los pasos lentos de la inspectora hasta la puerta de Sonia.

Hay estrellas en el cielo, la noche de verano es cálida y embriagadora. La vida continúa ajena al drama de los Macaya. Los tertulianos de la televisión vuelven a sus casas como si nada, como si sus palabras fueran asépticas o irreales y no tuvieran ningún efecto sobre los destinos de los seres humanos. Pero hay cadáveres que esperan ser enterrados y la seguridad de que en esas calles se esconde un asesino.

Cuarta parte
CIUDAD VACÍA

Las calles llenas, la gente alrededor de mí
habla y ríe y no sabe nada de ti.
Veo quién pasa, pero sé que la ciudad
me parecerá vacía si tú no vuelves.

El niño corre por el campo, se sube a un árbol y desde una rama alta contempla el horizonte. Después busca un prado agradable para tumbarse un rato y mirar las nubes. Se queda dormido con el aire fresco de la tarde.

Cuando abre los ojos ve una cañería que recorre el techo de la nave. Le parece que en una de las juntas hay una gota de agua. Se levanta como un sonámbulo, se sube a la lavadora, se sube a la torre de libros y lame la tubería. Un regusto a óxido le baja por la garganta. De pronto le parece imposible saltar de la lavadora al suelo. No tiene fuerzas. Lo único que ha comido en los últimos días es su propio vómito. Esa gota metálica le tiene que permitir resistir un poco más.

Los primeros días se subía a pulso hasta la ventana y gritaba pidiendo ayuda. Ya no lo hace. Tampoco intenta ya abrir la puerta a base de palazos. Simplemente se dedica a esperar.

Ha inspeccionado el lugar de arriba abajo y no hay más latas de comida. Los únicos que comen allí son los gusanos. El cadáver del perro está cubierto de ellos.

Al principio le daba mucho asco, pero ahora ha descubierto un juego hipnótico en el acto de observar el proceso de descomposición del cadáver. Es capaz de determinar el adelgazamiento progresivo del lomo, de las orejas, de la lengua del perro.

Un cosquilleo en el pie le sobresalta. Hay gusanos hurgando en su herida, diminutas larvas en movimiento que entran y salen como por turnos, como si estuvieran horadando un túnel. Considera la posibilidad de comerse los gusanos. Pone un dedo en su herida y lo deja allí unos segundos. Después se lo acerca a los ojos. Cuatro o cinco gusanos se mueven despistados en la yema de su dedo. Los observa. Se desplazan alocadamente en todas las direcciones. De vez en cuando se chocan entre sí y hay un instante de confusión hasta que cada uno recupera su camino. Se los quita del dedo de un soplido.

Se queda apoyado en la pared, sin fuerzas. Decide que va a permitir a los gusanos hacer lo que quieran con su pie. Solo va a actuar contra ellos si se aventuran más allá de la rodilla. Su instinto infantil le dice que son una especie avanzada, que no necesitan buscar latas de conserva para alimentarse. Entonces se fija en el cadáver del perro. Se acerca a la ventana y coge un cristal afilado que encuentra en el suelo.

Lo utiliza a modo de cuchillo para separar un trozo de carne de una de las patas del perro. Se lo lleva a la boca. Mastica con asco. Escupe el trozo de carne y sufre una arcada. A continuación, desgaja una loncha de carne algo más fina. La mastica despacio. Se concentra en el acto de encontrar el jugo a la carroña que tiene dentro de la boca.

Capítulo 51

Las cuatro torres del paseo de la Castellana se van haciendo más pequeñas a medida que el Lada rojo se aleja de la ciudad. En el coche suena «Città vuota», de Mina. Elena intenta cantarla para sobreponerse al cansancio, pero no se ve con ánimo. Comprende que toca conducir en silencio, con la tristeza pegada a la piel. No le disgusta ese paréntesis de dos horas y pico de paz, el tiempo que va a tardar en llegar a Urueña, el pueblo de Valladolid al que su exmarido se mudó hace unos años.

La casa está a las afueras del pueblo, pero para llegar a ella hay que recorrer sus calles empedradas, sus murallas, las casonas impecables. A Elena le ofende que Abel haya elegido un lugar bonito para empezar una nueva vida. Piensa que hay algo sacrílego en rodearse de belleza después de lo que les ha pasado, pero reconoce que la plaza Mayor de Madrid también es bella, lo que ocurre es que no lo ve así, allí ocurrió lo que marcó su vida. No va a decirle nada a su marido, el tiempo de los reproches quedó atrás.

No ha anunciado su visita, pero Abel la recibe como si la estuviera esperando. La conoce bien, sabe que un impulso puede llevar a Elena a donde sea y que las normas elementales de la cortesía nunca han casado con su temperamento. Abre la puerta con sorpresa y con una alegría que no parece fingida y le pregunta qué la trae por esos andurriales.

—Me apetecía verte —contesta ella.

Encaja la respuesta con naturalidad. Sabe que Elena es así, que no hay propósitos concretos que motiven sus actos, que se mueve por instinto o por capricho. Siempre le ha gustado esa parte irreflexiva de su carácter.

—Pasa, pasa, Gabriella está preparando la comida. ¿Quieres tomar algo?

Gabriella es su novia brasileña, quince años más joven que él. Sale a saludar a Elena, se acerca con una sonrisa, la abraza con calidez. Ella se ve envuelta en un pelazo negro y fragante. Gabriella está descalza, es bajita y musculosa. Trabaja en una de las muchas librerías del pueblo.

—¿Te gusta el fricasé? —pregunta con un fuerte acento.

Abel explica en qué consiste el plato. Pollo con nata, arroz y palmito. Huele muy bien. Elena no muestra un gran entusiasmo, pero se deja agasajar. A eso ha venido, a descansar un rato, a que la cuiden un poco, aunque solo sea por unas horas. Nadie mejor que su exmarido para eso.

La comida está rica, la conversación es agradable. Hablan de cosas livianas y la risa de Gabriella suena como un cascabeleo. Beben el vino que hace Abel. Se ha agenciado unos viñedos y produce un caldo del que se siente muy orgulloso. A Elena le parece áspero y desagradable, como suelen ser los vinos de un aficionado que se lanza a la arena por su cuenta, pero se bebe cuatro vasos sin rechistar.

Después de la comida, Gabriella se despide de Elena. Tiene que ir a trabajar. Puede que no sea verdad, puede que se quite de en medio para dejarles hablar a solas. Le pregunta si se va a quedar a dormir. Elena dice que no lo sabe todavía.

Dan un paseo por los viñedos, Abel le enseña la bodega. Habla con entusiasmo de su nueva afición y, de nuevo, ella piensa en que hay algo antinatural en esa manera de reconducir su vida como si nada hubiera sucedido.

—¿Te acuerdas de tu hijo?

La pregunta es tan brusca que él se detiene y la mira un instante.

—Claro que me acuerdo —exclama con vehemencia.

—No sé, pareces tan feliz que me da la sensación de que te has olvidado.

—Pienso en él todo el rato. Pero no me he quedado atascado en el día de su desaparición.

—No lo llames «desaparición». El día en que lo secuestraron, en que nos lo robaron.

—El día en que desapareció, Elena. El día en que dejó de estar con nosotros. Pero la vida tiene que seguir...

Ya está. Ya lo ha dicho. No quería discutir con ella, estaba preparado para resistir las pullas y las provocaciones. Él es feliz y se siente orgulloso de serlo, de haber aprovechado los rasgos positivos de su naturaleza para seguir adelante. Ella no es capaz de mirar la vida de frente. La felicidad se ha convertido en una quimera. No hay descanso, no hay tregua, no hay posible disimulo. La vida es una mierda desde que su hijo Lucas fue secuestrado. Han pasado ya ocho años.

—¿Y yo? ¿Yo me he quedado atascada?

Era Navidad, estaban en la plaza Mayor —debajo de casa— eligiendo los adornos del árbol. Lucas se soltó de su mano y ella se acercó a mirar un Papá Noel tallado en madera. Fueron apenas unos segundos. Se giró hacia su hijo y de pronto no estaba. Lo buscó entre la multitud. La plaza estaba abarrotada. Le pareció verle saliendo por el arco con un hombre que tenía la cara picada de viruela; pero ni siquiera está segura de eso. No está segura de nada. Todavía hoy es incapaz de comprender qué pasó. ¿Puede un niño de cinco años alejarse de su madre sin protestar, arrastrado por un desconocido? ¿Puede darle la mano a un hombre cualquiera y salir para siempre de su vida? ¿Así, sin un pataleo, sin un berrinche, sin el menor drama?

—A veces me parece que sí, que te has quedado atascada.

A Elena no le parece justo que diga eso. Ella sigue con su trabajo. Él dejó su carrera de periodista para empezar una nueva vida en un pueblo pequeño con unos ridículos viñedos que producen un vino pésimo.

—Yo no me escondo ni me he jubilado a los cincuenta, como tú.

—No estoy jubilado, solo he cambiado de vida.

—Por mucho que cambies de vida, por muy lejos que te vayas, tu hijo está secuestrado.

—Eso no lo sabemos.

—Yo sí lo sé. Está vivo. Y está esperando a que lo encontremos.

—Han pasado ocho años, cariño. ¡Ocho!

Ese es el gran abismo que los separó. Él desistió de buscar al niño al cabo de un año. Ella siguió buscando. Pero era una búsqueda desesperada, sus propios compañeros se lo decían una y otra vez. Ella cargó contra el protocolo policial. Avisó a la comisaría a los cinco minutos de perder al niño de vista. No le hicieron mucho caso. El niño podía aparecer en cualquier parte, todos los días hay uno que se extravía en un centro comercial o en el Parque de Atracciones. Llamó más de diez veces pidiendo un cordón policial en las inmediaciones de la plaza Mayor. Navidad, riadas de gente bajando por la calle Mayor, por Arenal. Era una locura acotar ese perímetro. Encargó un retrato robot del hombre que había visto: estatura mediana, corpulento, moreno, la cara picada de viruela, cejas pobladas, una cazadora de ante con el cuello de piel de borrego. Repartió el retrato por todos los distritos. Montó en cólera al enterarse de que no se estaban organizando los operativos policiales necesarios. La miraban con paciencia y compasión, le decían que se había denunciado el secuestro, que se estaba haciendo todo lo posible. Ella se enfadaba. Le sugerían que se fuera a casa a descansar. Ella bufaba de rabia.

Una policía y un periodista pierden a su hijo y no son capaces de encontrarlo, inaudito. Abel aguantó un año y medio y dejó el periódico. Dos años después, la abandonó. Al año siguiente encontró una casa en Urueña y a Gabriella y cambió de aires. Elena no ha parado de buscar a Lucas ni un solo día. Ha montado una cámara en su piso para fotografiar a la gente que pasa bajo el arco de la plaza Mayor. Está segura de que el hombre con la cara picada de viruela volverá a ese lugar para llevarse a otro niño. Ella se agarra a ese cabo porque no tiene otro. Es la única posibilidad de encontrar una pista sobre su hijo.

—Hay un sospechoso —miente Elena.

Él la mira haciendo acopio de paciencia. No le gusta que haya montado una cámara en su casa, que en lugar de dormir se pase las noches buscando en las fotos. Sabe que lo hace por mantenerse unida al dolor, que le horroriza rehacer su vida, como ha hecho él, pasar página y seguir adelante, con la herida cicatrizada, con la herida sangrando de vez en cuando, como mucho. Elena ha elegido sufrir. Y no va a aceptar ningún pacto que la pueda conducir a la felicidad hasta que no encuentre a su hijo.

—Pues entonces investígalo. Y me cuentas las novedades. ¿Vale?

—Vale.

Ya está. Ya está tranquila. Él no le reprocha que siga investigando. No le restriega por la cara la obsesión en la que ha caído. Pasean un buen rato en silencio y a ella le parece que el aire de la tarde empieza a ser fresco. Puede que no se esté tan bien allí, después de todo. Decide no quedarse a dormir, tiene mucho trabajo pendiente. Abel le regala una botella de su vino y ella la guarda en la guantera del Lada. Tardan varios segundos en deshacer el abrazo de despedida.

Mientras conduce de vuelta a Madrid, piensa en el día que ha pasado en Urueña. Se pregunta por qué necesita de vez en cuando estar con su exmarido. Ya no le quiere, aunque le gusta notar el viejo olor conocido de su piel y ese aire huraño con el que se mueve por el mundo. Tal vez necesite ver con sus propios ojos la estampa del hombre que ha superado la tragedia. Tal vez quiera dejarse tentar por esa vida fácil y autónoma, alejada del ruido, un hombre en paz pese a todas las desgracias del mundo. Es verdad que Abel parece feliz. Pero ella no puede. Siempre que va a verle le pasa lo mismo. Empieza envidiándole y termina convencida de que es él quien está equivocado. No se puede vivir con esa cobardía. Ha tirado la toalla antes de tiempo. Afortunadamente, ella no lo ha hecho. Ella se mantiene en guardia y no va a aflojar la tensión jamás. Lucas ha perdido a su padre, pero la tiene a ella.

Capítulo 52

Hay tanta gente en el entierro de los Macaya que cuesta creer que todos conocieran a los muertos. La prensa se está cebando con el caso y el morbo lleva a muchos a pasar la mañana en el cementerio para situarse al menos por una o dos horas en el centro de la tragedia. Ni siquiera el calor los disuade.

No hay mucho que ver, en realidad. Una viuda y madre desolada que apenas se tiene en pie. Un hombre la sujeta y otro está pendiente de cada paso que da. Elena no los conoce. Parientes de Sonia, quizá, o esos amigos especiales que nunca fallan en las ocasiones luctuosas. La inspectora se ha situado en un discreto segundo plano, junto a Zárate, que se ha puesto una camisa negra y una americana que le debe de estar haciendo sudar a mares. A Elena le parece que está muy guapo.

Chesca y Orduño aguardan algo más alejados. No les quitan ojo a los familiares de Moisés, que están situados casi al borde de la sepultura. Reconocen a Capi. Está hablando con un hombre que lleva los dedos llenos de sortijas. Es el Sordo. Su actitud comunica una extraña campechanía, podrían estar haciendo esos mismos gestos en una conversación de taberna.

Elena también mira de cuando en cuando a esa pareja. Le sorprende la desfachatez del Sordo. La policía ha investigado sus pasos por si aparecía alguna prueba de la agresión que Miguel Vistas sufrió en la cárcel. Nunca aparece nada. Los gitanos se protegen entre sí con una fidelidad admirable. Encontrar un soplón que testifique contra ellos es casi imposible. Y ahí está el patriarca, con una chaqueta azul oscuro de solapas disparatadamente grandes. Exponiéndose a la acción de la policía como si supiera que tiene bula, que nadie puede tocarle.

Entre los asistentes se encuentran también Cintia, Marta y otras amigas de Susana. Al reconocer a Raúl, camuflado entre la muchedumbre, Elena no deja de admirar la fuerza que tienen los rituales. No ha querido faltar al último adiós pese a las cuentas pendientes que arrastra con el Clan del Sordo.

Un cura gana posiciones y, después de unos carraspeos más ruidosos de lo que impone el decoro, recita unas palabras como de memoria, sin la menor emoción. Unos operarios bajan los ataúdes. Unos cuantos hombres comienzan a echar paletadas de tierra sobre el de Moisés. También echan dinero, billetes y monedas que rebotan y tintinean en la tumba. Cuando van a hacer lo mismo en la de Susana, Sonia llega hasta ellos y los aparta de allí. Se le oye decir que no quiere que lo hagan, que no se les ocurra enterrar a su hija bajo ningún rito. La tensión se corta por momentos. Los hombres buscan con la mirada al Sordo, que susurra algo al oído de Capi. Este asiente, se queda unos segundos inmóvil hasta que por fin se acerca a Sonia. Ella trata de oponer resistencia, recibirle con hostilidad al menos, pero se siente tan débil que su reacción se queda en un conato muy breve, un gesto del brazo que el otro aplaca sin esfuerzo. Capi le dice algo al oído y ella se echa a llorar.

—¿Qué le habrá dicho? —pregunta Zárate.

—Le está diciendo que se van a ocupar de ella —dice Blanco—. Que no va a pasar por ningún problema económico.

Zárate la mira, admirado de la seguridad con que lo dice. Sobre el ataúd de Susana solo caen paletadas de tierra. Nadie echa dinero. Los cuerpos quedan enterrados y la comitiva se va dirigiendo a la salida lentamente. Junto a las lápidas quedan los centros florales y ramos que convierten el pequeño panteón en un vergel.

Elena se aparta del grupo al ver que Rentero la está llamando al móvil.

—¿Ha terminado el entierro? —pregunta el comisario, sin tiempo para saludarla.

—Ahora mismo.

—Me habría gustado estar, pero tenía mucho lío. ¿Has leído la prensa?

—Yo también tengo mucho lío, no me da el día para leer periódicos.

—Mejor no lo hagas. Nos ponen a caldo. Hablan de una investigación llena de errores, de un falso culpable en la cárcel, de un asesino que se suicida antes de la confesión...

—¿Un asesino?

—Eso dicen. La prensa ha señalado al culpable. Y quizá nosotros debamos hacer lo mismo.

—Los dos sabemos que Moisés no es el asesino.

—Eso lo sabes tú, yo no. Se quita de en medio porque no soporta los remordimientos de conciencia después de haber matado a sus hijas —simplifica la situación el comisario a su antojo—. Es razonable.

—Ojalá fuera así, Rentero. Dejaríamos el caso cerrado y le podría dedicar un rato a la lectura. Pero me parece que estamos lejos todavía.

—He hablado con el juez de vigilancia penitenciaria. Va a redactar el auto de libertad de Miguel Vistas.

—Perfecto, ¿no? —comenta con ironía la inspectora—. Tú detestas la sola idea de tener a un inocente en la cárcel.

—Así es. Pero no me gusta que los plazos los marquen los titulares de prensa.

—Si hubo errores en la instrucción del caso lo van a tener que soltar, y tú lo sabes.

—Gracias por los ánimos. Voy a hablar con Laureano, el director de la cárcel. Quiero saber qué opinan él y su gente.

Cuelga sin despedirse, igual que empezó a hablar sin saludar. Hasta Rentero siente la presión. Los asistentes al entierro están marchándose y Elena mira alrededor: le gustan los cementerios, la ayudan a pensar. Si Zárate no estuviera allí, esperándola, se perdería por las tumbas, leyendo los epitafios de las lápidas.

—Creo que van a soltar a Miguel Vistas —dice a Zárate.

—¿No podemos hacer nada?

—Resolver el caso, es nuestro trabajo.

Capítulo 53

Miguel Vistas se contempla en el pequeño espejo de su celda y le parece que cada vez está más delgado, él, que siempre ha sido un hombre regordete. Ni siquiera dejándose crecer la barba consigue disimular los nuevos filos cortantes del mentón, la palidez de la piel. Con movimientos lentos, se levanta el apósito del abdomen para ver el aspecto de la herida. Está cicatrizando, pero todavía le duele cuando camina, cuando se agacha, cuando cambia de postura en la cama. Le duele casi todo el día.

Un funcionario abre la celda de un fuerte embate.

—Inspección. Fuera.

Miguel se coloca el apósito de nuevo, exagerando la lentitud en el proceso para irritar al funcionario.

—Eso lo puedes hacer fuera. Vamos.

Lo saca a empujones, suaves pero firmes. Miguel se termina de colocar el apósito. Ahora, sin la mirada del otro, lo hace con destreza. Se queda en el pasillo, observando cómo el funcionario revuelve la habitación. Por un momento ha pensado que el juez había dictado el auto de libertad, que había llegado al fin la hora de recuperar las riendas de su vida. Y al pensarlo se ha visto invadido por una oleada de vértigo. El miedo a volver a la calle, a abandonar la vida regulada, la pereza infinita y el privilegio de pasar los días sin tener que tomar decisiones sobre nada. Quiere salir y nota que le hierve la sangre. Por encima de las cautelas iniciales se impone la euforia, la urgencia de ser libre.

Una inspección rutinaria. Es raro, hace mucho que no las hacen. Puede que no sea un simple registro. Hay algo raro en el celo que pone el funcionario. Ya ha palpado el colchón en busca de una raja que pueda albergar un escondite de droga. Ya ha recorrido con los dedos las junturas de los azulejos por si hay alguno suelto. Ahora está mirando los libros, los dibujos, está despegando las fotografías de la pared para ver si hay algo detrás.

Esto no es una inspección rutinaria. Conoce casos de funcionarios que colocan un saquito de droga en la celda para perjudicar al recluso; para que le caiga algún castigo. Pequeñas rencillas que se zanjan a base de marrullerías así. Más vale vigilar al funcionario, su abogado le ha advertido claramente sobre este particular. Te van a mirar con lupa. Compórtate, que estás a punto de salir a la calle. Van a ir a por ti. Al Estado no le gusta nada reconocer un error judicial.

Pero ¿qué puede hacer él? ¿Qué puede hacer un pobre preso, si el sistema se confabula para mantenerlo entre rejas? Solo puede poner su mejor cara, mostrar buena conducta en las entrevistas, componer la imagen de un hombre civilizado que quiere hacer algo útil en esta sociedad, aunque por dentro desearía partirle la cara al psicólogo que le lanza las estúpidas preguntas. Pero no, mejor cruzar los dedos para que el mecanismo de la rueda no se atranque justo con su expediente.

El funcionario está revisando ahora la litera superior, que está vacía desde que se marchó el último preso con el que ha compartido celda, el colombiano. Día tras día ha esperado la llegada de un nuevo compañero, pero nadie viene. ¿No estaban masificadas las cárceles? ¿Están cayendo los índices de delincuencia hasta el punto de poder disfrutar de una celda para él solo?

Basta con plantearse estas cuestiones para sufrir una aprensión violenta. No es casualidad que nadie venga a compartir la celda con él. Quieren que esté solo para que no haya ninguna duda cuando encuentren droga escondida en alguna parte. Ya está. Le van a colocar unos gramos de cocaína, le van a abrir un expediente y él no podrá esgrimir la excusa que todos tienen siempre a mano: la droga no es mía, será de mi compañero de celda. Por eso está solo. Obsesionado por esta idea, se mete en la celda.

—Te he dicho que esperes fuera —dice el funcionario.

—Tengo derecho a presenciar el registro.

El funcionario pone una mano en la porra.

—Fuera.

Miguel se queda mirándole unos segundos. Sabe que tiene derecho, su abogado se lo ha advertido con claridad. Pero no quiere meterse en una discusión. No quiere líos. Opta por salir. Cuando quiere girarse para decir algo más, la puerta se cierra en sus narices. Ya no sabe lo que está pasando ahí dentro. Oye ruidos, oye al funcionario resoplando, oye un aullido de dolor. Se ha debido de tropezar con la pata de la cama. Le está bien empleado, piensa.

Cuando por fin se abre la puerta, el funcionario sale con una caja de cartón. Dentro lleva los libros de Miguel, las fotos que ha revelado en el taller y una carta, la única que ha recibido en estos siete años.

El funcionario se aleja por el pasillo y Miguel entra en la celda, que parece muy desangelada con las paredes y la estantería desnudas. Se sienta en la cama, convencido de que esto no ha sido una inspección de rutina.

Capítulo 54

La inspectora Blanco recorre a grandes zancadas los pasillos de la Brigada de Homicidios y Desaparecidos. No le gusta presentarse en ese edificio, sabe que no está bien vista allí, que la consideran una ladrona de casos policiales. Pero el enfado que tiene está muy por encima de esas consideraciones. Alguien le dice que el comisario Rentero está reunido, pero ella desoye la advertencia y abre con ímpetu la puerta del despacho.

En efecto, Rentero está hablando con un hombre trajeado, de pelo cano, con toda la pinta de ser un jerarca del ministerio.

—Inspectora Blanco, no es el momento —la recibe Rentero con seriedad.

—¿Quién ha encargado un registro en la celda de Miguel Vistas?

El comisario toma aire, mira al hombre de pelo cano como disculpándose por la intromisión. El hombre se levanta.

—Luego hablamos —se despide—. Estoy en el despacho hasta las dos.

El hombre se va. Rentero abandona el aire sumiso que había mostrado y señala con el índice a Elena.

—¿Sabes quién era ese?

—Me ha llamado Masegosa, el abogado de Vistas. Está indignado, quiere saber por qué retienen a Miguel Vistas en la cárcel, por qué le registran la celda. Dímelo tú, Rentero. ¿No querías soltarlo?

—¿Por qué no te tranquilizas?

—Estoy muy tranquila.

—Acabas de expulsar de mi despacho al futuro delegado de Seguridad del Gobierno.

—¿No es un poco mayor para el cargo?

—Basta, Elena. Ya está bien. No puedes ir por la vida pisando callos y creándote enemigos.

—¿Quién ha mandado hacer ese registro en la celda de Miguel?

Rentero se echa hacia atrás en la silla. Mira a la inspectora con algo parecido a la compasión.

—En todas las cárceles del mundo se practican registros de vez en cuando.

—Me parece mucha casualidad que se lo hagan a Miguel Vistas justo antes de soltarlo.

—Puede. Pero resulta que lo que han encontrado no tiene desperdicio.

La mira de un modo intrigante, con una media sonrisa de suficiencia. Por un momento la seguridad de Elena flaquea. Rentero abre un armario y saca una caja, que pone sobre la mesa.

—¿Esas son las cosas de Miguel? ¿Por qué las tienes tú?

—Me las ha mandado Laureano. Todavía no había decidido si dárselas a mis chicos o mandaros la caja a la BAC.

—¿No confías en nosotros?

—Esa pregunta la tienes que contestar tú. ¿Puedo confiar en vosotros?

Elena aprieta los labios, se traga su indignación, se reserva para otras batallas, que pueden ser más importantes, al revisar el contenido de la caja.

—Si encuentro una bolita de droga ahí dentro, me descojono, Rentero. Los dos sabemos cómo actúan los funcionarios de prisiones en los registros.

—No hay una bolita de droga.

Elena se queda en silencio, a la espera de que el otro le revele algo sobre el contenido de la caja. Como si le diera miedo ponerse a hurgar entre las pertenencias del preso. Rentero la anima a hacerlo con un gesto. Elena mete la mano en la caja y saca una fotografía. No sabe lo que representa. Un círculo iluminado por un halo. Es Rentero quien da las explicaciones.

—Hace dos años, Miguel Vistas pidió permiso para fotografiar el eclipse de sol. Y se lo dieron, para que luego arremetas contra la política de rehabilitación de prisiones.

Elena saca ahora otra fotografía que resulta ser una ristra de imágenes unidas. Fotografías de flores y motivos vegetales.

—Esas son del taller de fotografía. Le dio por formar los aros olímpicos con flores, espigas y cosas así. Es tan ingenuo que resulta conmovedor.

Elena sigue buscando en la caja. Hay fotos de varios reclusos. Saca un par de libros. Una biografía de Gengis Kan, el conquistador de Mongolia. Una sobre Alejandro Magno. Tomos viejos, con el papel amarillo y arrugado.

—Lecturas apasionantes —ironiza Rentero.

—Todavía no entiendo dónde está el gran hallazgo de este registro.

—Sigue mirando.

Elena saca una carta.

—¿La tengo que leer?

Rentero ni siquiera pestañea. Es su forma de animarla a hacerlo. Elena toma asiento. Lee la carta. La envía un tal Camilo Cardona. Antes de terminar el segundo párrafo, le empieza a faltar el aire.

—Camilo Cardona, varios años junto a Miguel Vistas en la cárcel, el candidato idóneo para copiar sus métodos y vosotros ni siquiera habéis hablado con él.

—Nos dijeron que había vuelto a Colombia.

—Y tú lo creíste, sin comprobarlo. ¿De verdad funciona tu brigada, Elena?

Capítulo 55

Mariajo está eufórica porque ha conseguido colocar un bulo en la edición digital de *El País*. «Expulsan a un hombre de un teatro por ser muy feo». Ese es el titular que ha circulado desde una de sus cuentas de Twitter, con un link a un servidor de noticias creado por ella misma para darle más verosimilitud a la historia. En la noticia se explica que el espectador padecía una malformación congénita que le abombaba la frente de forma grotesca y que una actriz paró la representación porque no podía actuar con ese hombre sentado en la primera fila. Tras un revuelo, según el texto urdido por Mariajo, un responsable del teatro invitó al hombre a abandonar la sala. El tuit se hizo viral antes de saltar a *El País*.

—Lo más gracioso es que el título de la obra también me lo he inventado. No existe *La macabra ascensión a los cielos de Lady Macbeth*. Me lo he inventado yo. Ni siquiera comprueban eso.

Buendía la mira por encima de sus gafas. Está enfrascado en la contemplación de unas fotografías y no quiere que le interrumpan. Además, no entiende esa fijación de su compañera por extender noticias falsas por la red.

—Es la primera vez que me publican en un periódico nacional, tenemos que celebrarlo.

Mariajo detesta la frivolidad en la que ha caído la información periodística. Pero su manera de denunciarlo es demostrar con sus bulos hasta qué punto llega la falta de rigor.

—Me parece que la falta de rigor está más extendida de lo que parece —dice Buendía sin apartar la vista de las fotografías.

Mariajo le mira en silencio, esperando que añada algo que aclare la cuestión.

—Estas fotos son del cadáver de Lara Macaya. Están tomadas el día en que encontraron el cadáver, en la misma escena del crimen.

—Las he visto mil veces, no hace falta que me las enseñes.

—Lo interesante no es lo que se ve en la foto, sino lo que no se ve.

Ahora sí, levanta la mirada y empuja el puente de sus gafas hacia el entrecejo.

—El pelo. No está. No aparece en ninguna fotografía.

—¿El pelo de Miguel Vistas?

—Exacto —confirma Buendía—. El pelo que se convirtió en la prueba definitiva. Se supone que estaba entre los dedos de Lara, pero no se ve.

—Es un pelo, puede que sea un problema de resolución de la imagen.

Buendía saca de un sobre cinco fotografías. Las extiende sobre la mesa.

—Eso mismo pensaba yo. Pero he pedido fotografías de casos en los que se haya encontrado un pelo en el cadáver. Pensé que era como buscar hielo en el desierto y resulta que hay cinco casos en los últimos tres años.

—Eso demuestra que la caída de cabello es un problema de salud nacional.

—Mira esta fotografía. Se encontró un pelo en el pecho del muerto. ¿Lo ves?

Mariajo se inclina sobre la fotografía.

—Sí, un pelo rubio. Ahí está.

—Un pelo rubio sobre una camiseta marrón claro. Y se ve perfectamente. Mira las otras fotografías. ¿Encuentras el pelo?

—Aquí hay uno, en la mejilla del muerto —dice Mariajo señalando una de las fotografías.

—Te quedan tres.

Mariajo empieza a encontrar el juego divertido. No tarda en localizar los otros pelos en distintas partes de los cadáveres.

—Bingo, has pasado a la siguiente fase. Ahora te pregunto. ¿Dónde está el pelo de Miguel Vistas?

Pone en la mesa la fotografía de Lara Macaya. Mariajo busca y busca. No está.

—Podrías pasarte el día entero buscando. Y te quedarías atascada en esta pantalla. Porque no hay pelo.

—Puede que estas fotos se hayan hecho con una cámara peor.

—Se han hecho con la misma cámara, lo he preguntado.

—¿Estás diciendo que la policía se ha inventado una prueba falsa?

—Ya lo ves, Mariajo, algunos se inventan noticias y otros, pruebas.

—No compares, Buendía —se defiende ella—, lo mío es inofensivo.

—Hay algo muy sospechoso en todo esto. He repasado la cadena de custodia de las pruebas de ese caso, ¿y sabes qué me he encontrado?

—Que se saltaron la cadena todo el rato.

—Al contrario. La respetaron escrupulosamente. Lees el informe y parece la investigación más ejemplar de toda la historia. Incluso señala que el pelo hallado en el cuerpo nunca estuvo en contacto con el vestido de novia de la muerta.

—Esa precisión tiene sentido. Miguel Vistas tocó el vestido y el ADN puede migrar de una prueba a otra.

—Exacto. Pero no tiene sentido hacer esa precisión cuando todavía no se sospechaba de Miguel.

—Fue el último que la vio con vida. Supongo que sospecharon de él desde el principio.

—No era un sospechoso oficial.

—¿Insinúas que el informe está redactado a posteriori?

—En lugar de insinuar, voy a salir de dudas.

Buendía coge su móvil, busca en su agenda, marca un número.

—¿A quién llamas?

—Al agente Rivero. Ya estaba en la Científica en esos años y no sé si le tocó la investigación de la muerte de Lara.

—Esperemos que no, no creo que le apetezca sacar cadáveres del armario.

Buendía le pide silencio con un dedo en los labios.

—¿Ismael? ¿Qué pasa, compañero? Soy Buendía.

Se levanta, le hace un gesto ambiguo a Mariajo, como dando a entender que le da vergüenza decir lo que dice a continuación.

—Oye, estoy investigando el caso Macaya y, al revisar el informe policial del primer asesinato, me han surgido algunas dudas. ¿Tú estuviste en esa investigación?

Buendía separa, sorprendido, el móvil de la oreja y mira a su compañera.

—Ha colgado.

—¿Qué esperabas, que te pusiera una alfombra roja?

—¡El muy hijo de puta me ha colgado! —se indigna.

—A ver, puede que él fuese quien se inventó la prueba del pelo para incriminar a Vistas.

Zárate está en la puerta de la sala, pálido. No le gusta lo que ha escuchado.

—¿Qué estáis haciendo?

—Tenemos indicios de mala praxis en la investigación de la muerte de Lara.

Buendía habla con voz profesoral, para darle más autoridad a sus palabras.

—Indicios...

—Más bien pruebas, Zárate. Esa investigación no se hizo bien.

—¿Qué pruebas?

Mariajo y Buendía cruzan una mirada de estupor. Ninguno de los dos entiende a qué viene el tono de voz cortante de Zárate.

—El pelo del que sacaron el ADN de Vistas no está en el cadáver. Mira estas fotos.

—¿Te fías más de unas fotos que del trabajo presencial de la Policía Científica?

—Mira las fotos, Zárate. El pelo no está.

—No necesito mirar las fotos. Me basta con leer el informe de la Científica. Son mis compañeros y confío ciegamente en ellos.

—Ojalá yo pudiera decir lo mismo.

—Me das asco, Buendía —insulta Zárate.

—Perdón, ¿cómo dices?

—Tú eres forense, has trabajado años en la Científica y ahora te dedicas a esparcir mierda en el departamento que te ha dado de comer.

—Ten cuidado con lo que dices.

—Deja de jugar a los detectives, si no quieres tener un problema —amenaza.

—¿Me vas a pegar? —se ríe de él Buendía, le provoca.

—Voy a pasar un informe a Rentero sobre tu actitud desleal hacia el trabajo de la policía.

Buendía se acerca a él, le mira fijamente.

—Pero ¿tú ya has aprendido a escribir?

Zárate le agarra de la pechera, arruga con el puño un pellizco de la camisa de Buendía.

—¡Suéltale! —grita Mariajo.

Zárate le suelta. Buendía se estira la camisa, coge su chaqueta y se dirige a la salida.

—Voy a hablar con Ismael Rivero en persona, a ver si todos los policías son tan leales como tú dices.

Se marcha y enseguida se oye un portazo. Zárate se queda mirando a ninguna parte, resoplando de rabia.

Capítulo 56

Cuando Elena llega a la cárcel de Estremera, Masegosa está esperándola en la puerta. No hablan del contenido de la carta, se limitan a saludarse con frialdad. Masegosa parece querer incluir a la inspectora en su bando, pero ella, a estas alturas, ya no sabe en cuál situarse.

Pasan el arco detector de metales, pasan los controles y todavía han de esperar quince minutos antes de tener a Miguel frente a frente. Elena no ha traído la carta porque Rentero no se lo ha permitido. Pero la ha repasado varias veces y se la sabe de memoria. Lo más llamativo son los recortes de prensa que Camilo Cardona incluye en el sobre. Son noticias publicadas sobre la muerte de Susana Macaya.

—Miguel, es muy importante que me explique con claridad por qué este preso le envió estos recortes.

Elena habla con gravedad, para que quede claro desde el principio que la situación es muy delicada. Por eso no ha puesto pegas a la presencia del abogado en esa entrevista.

—Eso se lo tendría que preguntar a él.

—Pero se lo estoy preguntando a usted.

—Él sabía por qué estoy dentro. Por el asesinato de Lara Macaya. Supongo que pensó que me podía interesar esta noticia, que habían matado a una chica de una forma muy parecida.

Masegosa carraspea.

—Perdone, inspectora, ¿adónde quiere ir a parar?

—Quiero saber si Camilo Cardona pudo matar a la hermana de Lara por imitar a un asesino al que admiraba.

—A un presunto asesino, querrá decir —puntualiza el abogado.

—A un asesino con una sentencia firme —insiste Blanco.

—Yo no maté a Lara Macaya, inspectora.

—Se lo voy a preguntar directamente, Miguel: ¿es posible que Camilo Cardona haya matado a la hermana de Lara solo por seguir sus pasos?

Miguel se rebulle en su asiento. Busca con la mirada a Masegosa, que le hace un gesto de asentimiento, como animándole a darle la razón a la inspectora. Pero Miguel no le hace caso, se diría que el ascendente que tiene su abogado sobre él es casi nulo.

—Yo no le conozco hasta ese punto.

—Fue su compañero de celda durante tres años —dice Elena.

—Un compañero de celda no es un amigo.

—¿No hablaban? Aquí no hay mucho que hacer, alguna clase de relación tiene que surgir.

—Mire, Camilo no era muy listo. Yo le conté por qué estaba dentro y eso le interesó.

—¿Le habló de los gusanos en el cerebro de Lara?

—Le hablé de todo. Puede que en parte sea culpa mía... Bueno, no sé.

—Continúe, ¿qué quiere decir?

—Es difícil de explicar. Yo no maté a Lara Macaya. Pero, una vez condenado, una vez aquí dentro, me di cuenta de que me venía mejor actuar como si fuera culpable.

—¿Por qué?

—Porque este tipo de homicidios da prestigio. Seguro que para usted es una tontería, pero la vida en la cárcel no tiene nada que ver con la vida de fuera. Hay normas distintas, el estatus te lo ganas de otra forma.

—Así que su compañero de celda pensaba que usted era el asesino de Lara.

—Puede ser.

—Y eso reforzó su amistad.

—Ya le he dicho que no éramos amigos.

—«Echo de menos nuestras charlas, compadre. Eres el único amigo que he tenido en toda mi vida». Es la despedida de Camilo en su carta.

Elena se queda mirando a Miguel después de rememorar esta frase.

—Puede que él me tuviera por un amigo.

—Eso parece. ¿Es habitual que un expresidiario escriba cartas a su antiguo compañero de celda?

—No tengo ni idea.

—Yo tampoco la tenía, pero lo he preguntado —dice Elena—. Ya sabe que las cartas que llegan a la cárcel se supervisan antes de entregárselas a los reclusos.

—Se «censuran», inspectora —dice Masegosa—. Vamos a emplear el término correcto.

—Muy bien, se censuran. El caso es que gracias a eso se puede llevar un recuento fiable de quién escribe a quién y con qué frecuencia lo hace. Y resulta que es muy raro que un preso se acuerde de sus compañeros de encierro una vez que obtiene la libertad.

—Lo que demuestra que Camilo es un pesado —dice Miguel.

—No parece tenerle mucho cariño.

—Era muy corto de luces. Y estaba un poco loco.

—Pero conservaba la carta que le mandó.

Miguel baja la mirada, como cogido en falta. Masegosa decide intervenir.

—¿Hay algún indicio criminal en conservar una carta?

—Solo quiero entenderlo, letrado.

—Me interesaban los recortes. Yo conocía a esas hermanas, les tenía cariño, eran guapas y simpáticas. Que la pequeña apareciera muerta me daba esperanzas de salir de aquí. Así que me gustaron las noticias que me mandó Camilo.

—Eso tiene todo el sentido del mundo, inspectora, no se puede negar —dice Masegosa.

—Que le interesen tiene sentido; que las conserve, no —dice Elena.

—¿Y se puede saber por qué?

Elena se gira hacia Masegosa, dispuesta a darle una lección. No le cae bien ese abogado.

—Porque su defendido está a punto de salir en libertad. Y lo último que le interesa es que le encuentren unos recortes de prensa sobre el asesinato de Susana Macaya.

—Eso demuestra que actúa con total inocencia.

—Después de siete años encerrado sabe perfectamente que se ordenan registros con frecuencia. ¿Por qué no se deshizo de esa carta, Miguel?

Le mira, abre las manos como invitándole a que rellene ese hueco con una explicación sólida y comprensible.

—Yo solo guardaba la carta, no sé por qué. Quizá porque aquí no tenemos nada, quizá porque es la única que he recibido. Nos gusta acumular pertenencias, aunque no tengan valor. No lo sé, inspectora, le juro que no lo sé.

Elena asiente despacio. Comprende que no va a sacar nada por ahí.

—¿Cree que Camilo Cardona ha podido matar a Susana Macaya?

—Yo creo que no. Camilo pasó tres años aquí por estampar un coche contra el escaparate de una joyería. Era un alunicero, no un homicida.

—¿Dónde puedo encontrarle?

—Si le digo la verdad, yo pensé que se iba a volver a Colombia al salir de la cárcel. Pero, por el matasellos de la carta, está claro que sigue por aquí.

—Parece ser que no tiene dirección conocida.

—Suele ocurrir con los delincuentes. Pero, si quiere hablar con él, le puedo dar una pista. Le gustan las carreras de coches. Ilegales. Parece increíble que consiga conducir, es manco.

Sonríe con malicia.

Cuando Elena recupera su móvil en el control de salida ve que tiene varias llamadas perdidas. Buendía le dice en un mensaje que tiene problemas con Zárate. En otro, Zárate le comenta que tiene problemas con Buendía. En otro, Mariajo le comunica que hay problemas entre Zárate y Buendía.

Elena habla con Buendía, se entera de todo lo que ha pasado y llama después a Mariajo para pedirle un pequeño favor. Es esencial conseguir una entrevista con Ismael Rivero, el policía de la Científica que investigó la muerte de Lara Macaya. Después telefonea a la BAC y pide a Orduño que pongan en marcha la detención de un exconvicto: Camilo Cardona. Deben incluir en el operativo a Zárate, les enviará toda la información desde el coche.

Capítulo 57

Chesca conduce por la M-30 a toda velocidad. Adelanta a otros coches por la izquierda y por la derecha, se acerca a ellos hasta casi tocarlos, toma las curvas sin reducir la marcha y, cuando el vehículo derrapa, deja escapar un aullido de euforia. Está soltando adrenalina. Sentado junto a ella, Orduño la deja hacer, pero se nota que lo está pasando mal. Zárate, que viaja en el asiento de atrás, no entiende a qué viene esa demostración de pericia al volante.

—¿Podrías conducir más despacio?

—¿Te estás cagando o qué? —se ríe Chesca.

—Eres más infantil de lo que yo pensaba.

Chesca responde con un acelerón y un nuevo grito de felicidad.

—Dile algo, Orduño.

Orduño se gira hacia Zárate.

—Es inútil, pero míralo por el lado positivo. La siguiente salida es la nuestra.

—Si queréis damos otra vuelta —se jacta Chesca.

—Estamos en un operativo policial, deja de hacer tonterías —dice Zárate.

Chesca sale de la autovía por el Ensanche de Vallecas. Aparca en un cruce.

—Aquí hacen carreras ilegales y dentro de una hora empieza una. Puede que encontremos a alguien que conozca a este pájaro.

—¿Cómo sabes que hoy hay una carrera ilegal aquí? —pregunta Orduño.

—Tengo mis contactos. Y conozco al manco que buscamos. Se pone un gancho en el muñón para manejar el volante y con su única mano cambia las marchas. Alucinas con él.

Chesca mira a un lado y otro de la calle, como si estuviera buscando a alguien. Zárate se impacienta.

—¿Qué hacemos aquí parados? Canta mucho que somos policías.

Un coche tuneado con la imagen de una bola de fuego sobre un fondo morado se detiene junto a ellos. Un hombre con gafas de sol y una camiseta negra saluda a Chesca. Está sentado en el asiento del copiloto.

—¿Qué pasa, tía? Hace tiempo que no te vemos por aquí.

—Mucho lío —dice Chesca con camaradería—. ¿Cómo va todo?

—Bien. ¿Hoy te apuntas?

—No puedo, estoy currando.

—A ver si nos vas a joder la carrera.

—No, ni loca. Estoy buscando a Camilo Cardona.

—Camilo Cardona...

—El manco, el colombiano, ha salido de la trena hace poco más de un año.

—Últimamente está todo el día en el parque de las Siete Tetas, con sus colegas. Seguro que por allí lo encuentras —responde el conductor.

—Gracias. Y suerte esta noche.

—¿El parque de las Siete Tetas? —pregunta Zárate.

—Es un sitio estupendo para ver la puesta de sol. Si nos damos prisa, llegamos.

Chesca sale quemando ruedas. Conduce en dirección al parque. Zárate, molesto con Chesca, está decidido a mantenerse en silencio. Pero le puede la curiosidad.

—¿Tú participas en carreras ilegales?

—Sí, pero no se lo digas a nadie. Es un secreto.

Chesca contesta en tono de burla. Da la sensación de que le importan muy poco las consecuencias de sus actos. Ya no hay más preguntas. Zárate comprende que es mejor así, no se puede hablar con ella de una forma normal. Además, no le apetece. No entiende qué está haciendo allí con ellos, él no debería formar parte de ese operativo policial.

El parque de las Siete Tetas es un magnífico mirador sobre la ciudad. Está cayendo el sol y el cielo se rompe en mil colores. El crepúsculo atrae a mucha gente que viene a disfrutar del espectáculo. También hay deportistas corriendo y montando en bici y parejas de novios esparcidas por la hierba. Los tres policías bajan del coche y curiosean aquí y allá. Bajo un árbol hay un grupo de latinos que están bebiendo una litrona.

Orduño les pregunta si conocen a Camilo Cardona. No le conocen, dicen. Un hombre colombiano, salido hace no mucho de la cárcel. No les suena esa descripción, pero en cuanto dice que es el manco miran hacia un sitio. Alguien sale corriendo de un grupo de jóvenes que hay al lado. Orduño es quien inicia la persecución. No tarda en dar caza al fugitivo y ruedan los dos por un terraplén.

—¿Camilo? ¿Adónde vas con esas prisas?

—Yo no he hecho nada.

—Entonces, ¿por qué corres?

Camilo no sabe contestar a esa pregunta. La costumbre del delincuente habitual, correr cuando viene la policía, por lo que pueda pasar. Ahora que lo tiene reducido, Orduño comprueba que el exconvicto es un hombre bajito, delgado y lleno de tatuajes. Pero el brazo izquierdo termina en un muñón a la altura del codo. Es muy meritorio que un hombre en esas condiciones pueda conducir un coche en una carrera ilegal. Y es muy dudoso que pueda matar a una joven del modo en que mataron a Susana Macaya. Deja que sea Zárate quien lo interrogue.

—¿Conoces a Miguel Vistas?

—De la cárcel, sí. Fuimos compañeros de celda.

—¿Por qué le mandas recortes de prensa?

—Porque le podían interesar. El caso de los Macaya, ¿usted me entiende o no?

—¿Cómo sabías que esa muerte tenía relación con la de Lara Macaya?

—Porque lo leí.

—¿En dónde? No se había publicado ningún detalle cuando mandaste la primera carta.

—Yo leí que había gusanos en la cabeza. Y supe que era un caso igual. Suélteme, por favor, que me está haciendo daño.

—Déjale marchar —le pide Orduño.

—Ya sabemos de él todo lo que queremos —apoya Chesca.

Zárate no entiende nada, no entiende cómo quieren dejar marchar al hombre al que han ido a buscar sin detenerlo, sin trasladarlo a la brigada. Le pide su dirección, por si necesitan hablar con él en otro momento, y le suelta.

—¿Por qué no nos lo hemos llevado? —pregunta con extrañeza.

—Es manco. ¿Cómo va a matar un manco a Susana Macaya? Hemos terminado por hoy.

—¿Para esto hemos venido? —pregunta Zárate.

—No me digas que la puesta de sol no es preciosa —contesta Chesca.

Zárate la mira con estupor. Comprende que ha sido víctima de una celada. Que su inclusión en el operativo era un modo de mantenerle alejado de la BAC.

—¿Dónde está la inspectora Blanco en estos momentos? —pregunta.

Orduño y Chesca se encogen de hombros.

Capítulo 58

Ismael Rivero es un hombre alto y de complexión fuerte. Mientras camina hacia la sala, se va fijando en las dependencias de la calle Barquillo.

—Así que esta es la famosa sede de la BAC —dice—. Yo creía que era un mito, que esta brigada no existía de verdad.

—Le aseguro que somos reales, señor Rivero —zanja Elena.

Le invita a sentarse. Mariajo está frente a su ordenador y no pierde ripio de la conversación, pero no se suma a ella. Sí lo hace Buendía, que entra cuando los otros ya están sentados y le tiende la mano a Rivero. Con algo de vergüenza, dados los últimos desplantes, Rivero se presta a un apretón de manos de lo más flácido.

—¿Cómo van las cosas en Homicidios? —pregunta Elena—. ¿Tienen muy atascado el laboratorio?

—Yo le rogaría que fuéramos al grano, inspectora. He dejado una tarea a medias y ya conocen a Rentero. Puede ponerse muy nervioso si los resultados no llegan a tiempo.

—Podríamos haber resuelto todo esto por teléfono o cuando he ido a buscarte a tu casa —dice Buendía.

—Te pido disculpas, pero no estoy acostumbrado a que me interpelen de una forma tan directa, como si fuera un criminal al que acaban de detener en una redada.

—Si soy demasiado directa me lo dice, pero nosotros también tenemos una investigación a medias y el tiempo corre en contra.

—Adelante, por favor.

Elena saca las fotografías del cadáver de Lara.

—Estas son las fotos de la escena del crimen, el día en que encontraron el cuerpo de la víctima.

Rivero las mira con displicencia, sin prestar atención a los detalles.

—Las conozco, estuve en ese caso.

—¿Recuerda haber recogido un pelo del cadáver de Lara Macaya?

—No lo recuerdo.

—¿Recuerda si alguien lo recogió?

—Yo no vi a nadie recogerlo, pero había un pelo.

—Un pelo del que se extrajo una muestra de ADN y que resultó encajar con el de Miguel Vistas.

—Así es.

—¿No debería apreciarse el pelo en alguna de estas fotografías?

—Eso no lo sé. A veces no se aprecia por un efecto de la luz o por la calidad de la imagen.

—Hay muchas fotografías tomadas desde diversos ángulos. ¿Es normal que no se aprecie el pelo en ninguna de ellas?

—Yo no soy especialista en fotografía, inspectora.

—Veo que no quiere colaborar.

—Estoy contestando a todo lo que me pregunta —responde altivo.

Buendía recoge las fotografías y las va pasando una por una.

—Ismael, nos conocemos desde hace años. Te he visto hacer la escena del crimen varias veces. Eres pulcro y metódico. Para mí, uno de los mejores.

—Gracias.

—¿No es posible que hubiera un pelo en ese cadáver y que tú no lo vieras?

—Hubo otro equipo que volvió a la escena del crimen al día siguiente. Supongo que lo recogieron ellos.

—Pero entonces el pelo no estaba en el cadáver.

—Podía haberse desprendido del cadáver cuando se procedió a su levantamiento.

—¿Y en esos casos se redacta un informe diciendo que se encontró un pelo entre los dedos de la muerta?

—Puede que el informe fuera un poco exagerado.

—¿Quién redactó el informe? —pregunta Elena.

—No lo sé.

—Siempre vienen firmados, el informe científico de Lara Macaya solo viene con un sello del departamento. ¿Por qué razón se esconde detrás de un sello el autor del informe?

—No tengo la menor idea.

Rivero se seca el sudor de la frente con un pañuelo.

—¿Más preguntas?

—Mariajo...

Esa es la señal de Elena que estaba esperando la informática. Se sienta ahora a la mesa con su portátil en la mano. Introduce un USB y muestra el contenido.

—Como me aburría, he estado navegando un rato por sus redes sociales. Lo hago siempre, no se moleste, soy una enferma. Y me he encontrado con esto.

Muestra en su monitor varios pantallazos de una página de contactos, una web para ligar por internet. Chats de Rivero con varias mujeres. Algunos diálogos son tan explícitos que no dejan lugar a la duda.

—¿Esto qué es? ¿Un chantaje?

—Nosotros lo llamamos una «negociación» —dice Mariajo—. Colabora con nosotros y a cambio se lleva este pincho para que su mujer no monte en cólera.

Rivero asiente y mira a Buendía.

—¿En esto te has convertido, Buendía? ¿Viniste a esta brigada a enterrar tu prestigio?

—Estamos persiguiendo a un asesino. Esto no es un juego, Ismael.

—Me habían contado muchas historias sobre la BAC. Atrocidades que cometéis con la ley. Y yo siempre pensaba que eran exageraciones; pero veo que se quedaban cortos.

—¿Por qué llegó un pelo de Miguel Vistas al expediente del caso? —corta Elena, la opinión de Rivero sobre sus métodos no le interesa.

—No lo sé. A mí me lo dieron y yo hice el cotejo del ADN.

—¿Quién se lo dio?

—No sé qué importancia puede tener eso para su investigación.

—Nos acusa de ser muy flexibles en el manejo de la ley, pero usted está cubriendo las espaldas de un policía corrupto.

—Mire, yo soy un mandado. A mí me piden que haga una prueba en el laboratorio y yo la hago.

—Pero le tuvo que extrañar que apareciera un pelo que usted no había visto.

—Claro que me extrañó. Pero mi cometido es científico. Yo aporto resultados objetivos, no tengo que hacerme preguntas, ni andarme con conjeturas que solo retrasan el trabajo y no llevan a ninguna parte.

—¿Quién le pidió que hiciera la prueba de ADN de ese pelo?

Ismael toma aire. Menea la cabeza para dejar clara su indignación; pero contesta.

—Salvador Santos. Está enfermo, ¿qué van a hacer con él? ¿Arruinarle lo que le quede de vida?

—¿No se da cuenta de que un hombre lleva siete años en la cárcel por culpa de esa prueba de ADN?

—Insisto, yo me limito a hacer mi trabajo. Las condenas que las dicten otros.

—Pero tendrá una opinión sobre el caso. ¿O es que los científicos actúan como robots?

—¿Quiere saber mi opinión? Pues se la doy. Salvador siempre sospechó del padre, pero le acusaron de racista y tuvo que recular. Se vio obligado a entregar a otro culpable, y sí, puede que se excediera al fabricar una prueba. Pero su caso está cerrado, ya tienen al asesino. Había una orden de busca y captura contra el gitano y el hombre se quitó la vida. Perfecto. Se carga a sus hijas y, cuando le acorralan, se quita de en medio. Caso cerrado. Dejen de dar vueltas como un perro persiguiendo su cola. Saquen al fotógrafo de la cárcel y dejen al viejo en paz. ¿Me da el pincho, por favor?

Mariajo se lo tiende. Rivero lo guarda en el bolsillo, se levanta, se estira los faldones de la chaqueta y se marcha sin despedirse de nadie.

Capítulo 59

Es noche cerrada en la Colonia de los Carteros cuando Elena Blanco aparca el coche junto a un vehículo policial en el que aguardan dos agentes. Ella lleva en el bolsillo la orden de detención contra Salvador Santos. Antes de entrar en la casa la aborda Zárate. No le extraña encontrarlo allí.

—¿Esto era lo que querías? —acusa. Parece agotado, como sin fuerzas—. ¿Me quitas de en medio para poder actuar a tus anchas?

—Zárate, esto no es agradable para nadie. Debiste decirme que erais amigos.

—Está enfermo, por lo menos podrías haber esperado a mañana.

—¿Qué diferencia hay? No puedo esperar ni un minuto. Tengo que tomarle declaración. Y lo voy a hacer en sede policial, se han terminado las contemplaciones.

—Pero si no sabe dónde tiene la cabeza. ¿Qué clase de confesión crees que le vas a arrancar?

—Eso ya lo veremos. De momento me lo tengo que llevar. ¿Me dejas pasar?

—Sabes de sobra que Rentero se la tiene jurada a Salvador desde hace años.

—Yo no me meto en intrigas de despacho. Me aburren soberanamente.

—Todo el mundo conoce las ambiciones políticas de Rentero. Quiere un cabeza de turco para salvar el culo por una investigación que se hizo mal.

—¿Se hizo mal? —se limita a sonreír la inspectora.

Elena hace un gesto a los agentes, que llaman al timbre de la casa. Sale Ascensión. Lleva puesta una bata y está desencajada por lo que se le viene encima.

—Ángel, no dejes que se lo lleven, por favor.

—No puedo hacer nada. Te aseguro que lo he intentado todo.

—Un poco de compasión —se vuelve a la inspectora—. Está enfermo.

—Lo siento —dice Elena—. Tengo que tomarle declaración. Espero que todo se aclare cuanto antes.

—Usted no lo siente, no sea hipócrita —solloza Ascensión—. Le enfiló desde el primer día. Cómo se nota para quién trabaja.

A un gesto de Elena, los agentes entran en la casa. Ascensión los sigue. Se oyen sus gritos de súplica, el ruido de una silla que se cae al suelo en algún forcejeo con ella. Elena y Zárate se miran en silencio. Es una mirada cargada de tristeza.

Con el rostro adelgazado y la mirada vagabunda, Salvador Santos parece mucho más enfermo que la última vez que habló con Elena. La inspectora se pregunta si esa actitud es real o fingida. Mariajo está junto al ordenador y se dispone a teclear la declaración del detenido.

—¿Cómo se encuentra, Salvador? ¿Quiere tomar algo?

—La pastilla. Me toca la pastilla.

—Le puedo ofrecer un vaso de agua.

Salvador se gira hacia Mariajo.

—Ascensión, ¿me he tomado la pastilla?

—Yo no soy Ascensión, pero le voy a dar un vaso de agua.

Mariajo se levanta y se lo sirve. Salvador mira hacia un lado y otro sin fijar la vista en ninguna parte. Elena le observa en silencio.

—¿Sabe dónde está?

—En el cuartito de la música, pero no suena. Se debe de haber quedado sin pilas el aparato.

Elena y Mariajo cruzan una mirada. Mariajo levanta una ceja, un gesto de escepticismo que la inspectora conoce muy bien.

—¿Se acuerda de Lara Macaya?

—Lara Macaya... Me suena mucho. Ascensión, ¿no se llamaba así la asistenta que tuvimos un tiempo?

Lo dice girándose de nuevo hacia Mariajo.

—No, esa se llamaba Svetlana. Era rusa.

—Ah...

El viejo asiente.

—Salvador, ¿a qué se dedica? —retoma la inspectora.

—Policía. De toda la vida.

Contesta como si la cosa cayera por su propio peso.

—¿Recuerda haber investigado la muerte de una gitana?

—La novia gitana, claro que me acuerdo. Eso no se olvida fácilmente.

—Perfecto. ¿Recuerda quién la mató?

—El padre, estaba clarísimo desde el principio.

—¿El padre?

—No, espere. No era el padre. Era el fotógrafo. Había un joven que hacía fotos en la empresa de la familia. Ese es el que la mató.

—Pero ¿había pruebas contra él?

—Muchas. Muchísimas pruebas. Un caso de libro. Lo recuerdo como si fuera ayer.

Elena asiente en silencio. Estudia la conducta del hombre que tiene ante ella. Piensa que no es posible que haya avanzado tanto la enfermedad en unos pocos días. Aunque también ha leído en algún sitio que el estrés perjudica la estabilidad de estos pacientes.

—¿Recuerda si se encontró un pelo en el cadáver?

—¿Un pelo? No, no... Ah, sí, bueno... Lo del pelo fue una cosa mía. Lo pusimos para darle más entidad a la acusación. Estas trampitas que hacemos los policías.

Lo justifica como si se tratara de una travesura inocente. Sonríe complacido de revelar sus trucos.

—Yo no hago esa clase de trampas y también soy policía.

—¿No las hace? Bueno, es muy joven, ya irá aprendiendo.

Mariajo teclea en su ordenador la declaración. El ruido de las teclas es apenas un murmullo.

—Así que no había pruebas tan sólidas contra el fotógrafo. Lo digo porque tuvo usted que añadir el pelo.

—Los jueces son como son; si no hay una prueba de las gordas, son capaces de soltar al procesado. Por eso la puse.

—Salvador, ¿se da cuenta de que al hacer eso pudo mandar a la cárcel a un inocente?

—¿Inocente? De ninguna de las maneras, lo hizo ese chico, no hay ninguna duda. Lo que pasa es que las cosas hay que probarlas. No basta con tener la convicción. Eso a un jurado le da exactamente igual.

—¿Y usted tenía la convicción de que había sido Miguel Vistas?

—Claro. Una convicción absoluta.

—Si me permite, Salvador, ¿por qué estaba tan seguro?

—Porque me lo dijo él.

Elena le mira con asombro. El diálogo está siendo fluido y le parece que el viejo habla en una tregua de su desmemoria; pero esto no le encaja.

—¿Cómo?

—Eso —confirma—. Me dijo que la había matado.

—¿Confesó el crimen?

—Sí. Y con una chulería tal que me dieron ganas de partirle la cara.

—¿Y por qué no figura esa confesión en la declaración?

—Ah, bueno, porque el muy ladino me la hizo cuando yo apagué la cámara y me quedé a solas con él.

—¿Por qué apagó la cámara?

—Bueno, ya sabe. Estrategias del oficio. El interrogatorio se puede alargar mucho y, si no estás sacando nada, está bien quedarte un rato a solas con el detenido, sin cámaras, ni testigos, para meterle un poco de miedo.

—Ya. O sea que usted le está interrogando y, de pronto, apaga la cámara, le pide al oficial que está anotando la declaración que salga y se queda a solas con él. Y se remanga, como si le fuera a dar de hostias.

—Algo así —reconoce el anciano.

—¿Y qué pasó?

—Que cambió de actitud. El corderito se convirtió en el demonio. Y me dijo que la había matado él.

—¿Con esas palabras?

—Más o menos —hace un esfuerzo por recordar y parece dar con algo—. No, lo dijo de una forma muy rara.

—¿Recuerda las palabras que empleó?

Salvador se inclina hacia delante. Sus pupilas se mueven muy deprisa. Y entonces se detienen, el hombre alza la barbilla y habla recitando, como si fuera un actor en un monólogo teatral.

—Yo no he matado a Lara. La he ayudado a renacer.

—¿A renacer?

—Eso dijo.

—Parece la frase de un mesías o del gurú de una secta.

—O del demonio —reitera—. Ese chico era el demonio. Encendí la cámara y le pedí que repitiera la frase. Pero el demonio se había ido. Otra vez era un angelito que no había roto un plato en su vida.

—Salvador, ¿está seguro de esto que me está contando?

—Completamente; dijo esa frase. Y yo supe que era él. Por eso puse el pelo, para que no se me escapara. ¿Eso qué es?

Señala al techo. La moldura de escayola, la pared más sucia de lo debido.

—Nada, la pared.

—No digo la pared, digo los hombrecitos que están andando por ahí.

—Mariajo, ¿tú ves hombrecitos en la pared?

—Yo no.

—No hay hombrecitos, Salvador.

—¡Ascensión! ¡Ascensión!

—Ascensión está en su casa, tranquilo.

—Esta es mi casa. Quiero que venga mi mujer.

—Mañana podrá hablar con ella, ¿de acuerdo?

Salvador mira hacia la puerta, con llamativa inquietud; pero se va sosegando.

—De acuerdo.

—Nos ha ayudado mucho al recordar el interrogatorio a Miguel Vistas. ¿Sabe que igual lo sacan de la cárcel?

—¿Cómo, a Miguel Vistas? No, lo que le he contado fue con el gitano, con el padre.

—¿El gitano? ¿Fue Moisés el que dijo que Lara había renacido?

—Sí, fue el gitano. Dijo esa frase. Por eso me quedó tan claro que había sido él.

—Vamos a ver, Salvador. Me acaba de contar que el asesino era Miguel Vistas y que usted estaba convencido.

—¿Miguel Vistas? No lo sé, puede ser. Ya no me acuerdo. Uno de los dos me dijo esa frase. Pero, si me deja consultar mis notas...

—No se preocupe. —Elena se desespera—. Intente descansar un poco. De momento es suficiente.

Capítulo 60

La botella de grappa está casi vacía. Las imágenes de gente pasando por el arco de la plaza Mayor empiezan a dar vueltas en la cabeza de Elena. Está agotada. Le gustaría meterse en la cama, pero tiene la sensación de que no es capaz de llegar hasta el dormitorio por su propio pie. Si sigue visionando las fotos de la cámara, podría aparecer el hombre con la cara picada de viruela. Siempre que deja de mirar le parece que el siguiente paseante va a ser él. Entonces decide seguir mirando un poco más. Y así el bucle va tejiendo su red de conexiones hasta el infinito.

Ya está acostumbrada al desfile de rostros en su duermevela. Los hombrecitos que veía Salvador en la sala de interrogatorios de la BAC. Ella no necesita padecer alucinaciones, los hombrecitos están dentro de ella desde hace muchos años. En el carrusel de todas las noches, con el regusto del alcohol en la boca, ahora cobran forma las facciones familiares de personas que conoce. La mirada vagabunda de Salvador Santos, los gestos amables de su exmarido en Urueña, tan beatíficos que solo pueden ser irreales, el orgullo mancillado de Ismael Rivero, la ansiedad expectante de Miguel Vistas en la cárcel. Sobre todos esos gestos se va definiendo el más pegajoso de todos, la mirada triste y derrotada de Zárate por no haber conseguido defender a su maestro.

Suena el timbre de la puerta y Elena se pregunta cómo se las va a apañar para incorporarse, de dónde va a sacar las fuerzas para levantar el brazo y correr el pestillo. Está segura de que es Zárate el que llama a esas horas y algo le insinúa que no le viene mal recibirle con un aspecto tan desastrado. Eso igualará las fuerzas en la discusión que seguramente van a tener. Pero es Rentero quien entra.

—¿Es muy tarde? —dice a modo de saludo.

Elena se hace a un lado para dejarle pasar. No se molesta en señalar lo obvio, que no son horas de visitar a nadie.

—Como no me llamas para informarme del interrogatorio a Santos, tengo que venir en persona para que me lo cuentes.

—¿Quieres beber algo?

—Yo no. Y tú ya has bebido suficiente.

—Tienes toda la razón.

—¿Qué ha pasado con él? ¿Confiesa sus pecados?

—Entre delirios, pero sí, los confiesa.

—¿Le has sacado algo más?

—¿Sabes por qué estoy borracha? Porque me da pena ese hombre. ¿Qué van a hacerle ahora?

—Falsificar pruebas es un delito, pero no te preocupes. Esa enfermedad que te da tanta pena es su mejor protección. No irá a la cárcel.

—Aun así, no está en condiciones de enfrentarse a un tribunal.

—Si ha soportado tu interrogatorio, podrá soportarlo todo, te lo aseguro.

—No me hace gracia.

—Eso es porque estás borracha.

Elena se deja caer en el sofá. Rentero acerca una silla para sentarse frente a ella.

—He hablado con el juez de vigilancia penitenciaria. Mañana van a soltar a Miguel Vistas.

—¿Ya no vas a hacer nada por impedirlo? —sugiere, casi suplica Blanco—. ¿Alguna triquiñuela de última hora?

—Me conformo con el pacto al que hemos llegado. Saldrá en libertad vigilada. Es una buena forma de saber si tiene algún contacto con un posible imitador.

—¿No crees que ese acuerdo deberías haberlo consultado con la BAC?

—Creo que no. Pero me parece justo que lo sepas, por eso he venido.

—Has venido porque quieres saber si tu enemigo del alma ha firmado una confesión. Solo quieres un cabeza de turco.

—¿Ese es el concepto que tienes de mí?

—Si en algún momento te contesto con un ronquido, no te lo tomes a mal. Es muy tarde.

—Me voy. Hablamos mañana.

Se levanta, tropieza con un vaso que está tirado en la alfombra.

—¿Sabe tu madre que aún vives aquí?

Ella contesta con un ronquido.

—¿Cuándo te vas a mudar, Elena? No puedes vivir así, sin avanzar.

Un nuevo ronquido disuade al comisario de seguir preguntando. Cuando oye el portazo, Elena abre los ojos y se queda mirando al techo.

Capítulo 61

Aparca el Lada rojo en la Piovera, frente al chalet de Sonia Macaya. Quiere comunicarle en persona la liberación inminente de Miguel Vistas, antes de que se entere por la prensa. Se siente embotada por la resaca, con la tristeza pegada al cuerpo. Presiente que la conversación no va a resultar agradable.

Llama a la puerta y nota una sequedad en la garganta más llamativa de lo normal. Necesita un vaso de agua. Necesita un caramelo de menta. Necesita meterse en la cama y dormir varias horas seguidas. Nadie abre. No le cuesta nada imaginar a Sonia fuera de combate, tendida en el sofá o todavía en la cama, empastillada.

Vuelve a llamar al timbre y aguarda. Escucha pasos al otro lado. Oye el ruido de la llave en el cerrojo. A Elena le cuesta colocar en su mirada otro rostro que no sea el de Sonia, con las ojeras marcadas, con las mejillas hundidas. Pero es Capi el que abre y la mira con seriedad desde lo más profundo de sus ojos negros. Su silencio comunica mucha más hostilidad que cualquier frase desabrida que pudiera pronunciar como saludo.

—Quería hablar con Sonia. ¿Puedo pasar un minuto?

—Sonia no está.

Elena le mira sin entender. No puede concebir la imagen de Sonia haciendo algún recado o volviendo con la compra de la semana. Tiene que estar en casa, arrastrando los pies por el pasillo, alcanzando una taza con movimientos lentos para prepararse una infusión, ovillada en la alfombra, con la espalda apoyada en el sofá y la mirada perdida en el infinito.

—¿Dónde está?

—¿Para qué lo quiere saber?

—Tengo que hablar con ella, es importante.

—Deje de molestarla, haga el favor.

—Dígame dónde está —insiste con autoridad Elena.

Un brillo de impaciencia asoma en las pupilas de Capi. Elena puede sentir las notas acres de su aliento.

—En Moncloa. Allí la he dejado esta mañana. Dentro de una hora voy a recogerla. Puede venir más tarde.

Capi cierra la puerta. Elena conduce hasta el barrio de Moncloa, supone que Sonia está en el grupo de duelo. La presencia de Capi en el chalet ha empeorado su mal cuerpo. ¿Qué estaba haciendo allí, enseñoreado de la casa, la casa de una paya que él mismo había repudiado?

Cuando llega al edificio, ve a Sonia charlando con un grupo de participantes en las sesiones de terapia. Ella pone una mueca de disgusto cuando la ve acercarse.

—Inspectora...

Ahora sonríe con languidez, pero está muy pálida y la rodea un halo de tristeza imposible de disimular.

—Tengo algo que contarte, Sonia. ¿Podemos hablar a solas?

Se meten en una habitación vacía. Varias sillas forman un círculo amplio.

—¿Hay alguna novedad? —pregunta Sonia.

Elena se acuerda durante un segundo de Juanito, el camarero rumano, el hombre que le suelta consejos. A la hora de dar noticias malas, lo mejor es ir directa al grano. Sonia la mira con desolación.

—Van a liberar a Miguel Vistas.

—Pero ¿por qué?

—La prueba que sirvió para condenarlo ha resultado ser falsa. Lo van a soltar hoy, quería que lo supieras antes de que salga en los periódicos.

Sonia se queda en silencio.

—Va a estar vigilado en todo momento hasta que se celebre un nuevo juicio.

—¿Otra vez? ¿Otro juicio? No sé si voy a poder soportarlo.

—Sé que es difícil de asimilar, pero, si la justicia cree tener un inocente en la cárcel, su obligación es liberarlo.

—¿Tú crees que es inocente?

—Yo creo que se le condenó sin pruebas —admite la inspectora.

—Pero entonces todo el mundo va a pensar que el asesino de las niñas fue Moisés.

—Sonia, yo pongo la mano en el fuego por tu marido. Sé que Moisés no les hizo daño.

—Ayúdame con eso —suplica—. No permitas que acusen a Moisés de haberlas matado.

—Te prometo que voy a hacer todo lo que esté en mi mano para encontrar al asesino.

Sonia asiente muy despacio.

—Tengo que volver, va a empezar una reunión. Gracias por avisarme.

Se levanta. Es el momento de despedirse con educación y olvidar para siempre a esa pobre mujer. Pero Elena no puede evitar retenerla un instante más.

—Sonia... He ido a buscarte a tu casa y me ha abierto la puerta Capi.

—Sí, me está ayudando mucho.

—Pero tú no querías saber nada de ellos. Me extraña que ahora cambies de parecer.

—Me equivoqué. No debería haber apartado a Moisés de su familia. Creo que ese ha sido uno de los grandes errores de mi vida.

—Entonces, ¿está todo bien?

—Sí, sí, todo bien. Capi no me va a dejar tirada. Me va a cuidar. ¿Y qué puedo hacer yo? Es la única familia que tengo.

Mientras conduce hacia la BAC, Elena piensa en Sonia, en el rechazo visceral que sentía por Capi, en la oportunidad que tenía ahora de iniciar una nueva vida sin las miradas acusadoras del clan de su marido. Es imposible que no la culpen de toda la tragedia. ¿Por qué no sale corriendo? ¿Por qué no se desprende para siempre de esas ataduras? No lo entiende. Los seres humanos son complejos y frágiles, se dice. Sonia necesita un sostén para seguir avanzando y lo ha encontrado en Capi.

Capítulo 62

Las diez de la mañana es la hora del paseo, cuarenta minutos dando vueltas al patio. Ha sido así casi desde que ingresó en la cárcel. Su único ejercicio, lejos de lo que hacen otros compañeros, que levantan pesas día y noche. La vida allí es aburrida, todo el mundo debería hacer una tabla de ejercicios diaria, apuntarse a un taller, leer un rato por las tardes y pasar tiempo en la biblioteca estudiando una disciplina nueva. Sin embargo, casi nadie lo hace. El gran enemigo del recluso es la apatía. Se va haciendo más y más grande hasta contaminarlo todo.

Miguel Vistas ha sido un recluso ejemplar. Sabe que está pasando las últimas horas de su vida en la cárcel, en cualquier instante va a aparecer un funcionario con la noticia de que el juez ha dictado por fin el auto de libertad. Le gustaría estar en el patio caminando, pero le tiran los puntos de la cuchillada y debe guardar reposo. La ansiedad que siente en esos momentos casa muy mal con la inactividad. Intenta suplir el ejercicio físico con la meditación.

Sabe cómo hacerlo. Lleva siete años reservando media hora cada día para meditar. No le resultó nada fácil al principio, los pensamientos volaban libremente y se posaban en cualquier rama. Ahora no. Ahora consigue poner la mente en blanco, descargarla de energía, de movimiento, de peso. Disfruta de esa levedad. También sabe elegir un detalle de su entorno y concentrarse en él por completo. Un desconchón en la pared. El ruido regular de una gota sobre el linóleo.

Pero es el último día de su reclusión y no logra concentrarse en nada. No es capaz de poner la mente en blanco. Si tuviera un profesor de yoga, le regañaría por haber olvidado tan pronto las enseñanzas. A lo largo de siete años de meditación se van destilando las esencias de la vida. Miguel tiene una nueva filosofía que podría animar sus pasos una vez recobrada la libertad; pero ahora se da cuenta de que no es lo mismo pensar en abstracto que hacerlo con intenciones prácticas. Él no pensaba que se le fuera a presentar una segunda oportunidad. Ahora que la tiene siente un vértigo cercano al miedo.

Tal vez para ese último día deba ensayar una meditación más ligera. Un repaso de esos siete años. Tiene que despedirse de muchas cosas y dar gracias por todo lo que la providencia le ha permitido vivir. Uno se pasa la vida despidiéndose, haciendo el luto de una época, de una persona, de una afición que ya no queremos seguir cultivando. Miguel quiere repasar cada una de sus vivencias, quiere tener un recuerdo de cada rostro que ha conocido en su cautiverio, quiere despedirse de todo, quiere dar gracias.

El Caracas es el único de allí del que quiere despedirse. Cuando concluye su meditación, se dirige al taller de fotografía. Los reclusos han colgado un telón negro de dos postes y están haciendo retratos con ese fondo. A Miguel le conmueve comprobar que el Caracas, un hombre de escasa iniciativa, es el que lleva la voz cantante en esa sesión de fotos. ¿Cómo serán los otros para dejarse manejar de esa manera?

—Vengo a despedirme. Me sueltan hoy mismo.

El Caracas asiente, esboza una sonrisa rápida y se vuelve hacia los dos alumnos del taller para darles instrucciones. Como si Miguel, al entrar sin avisar, hubiera interrumpido algo muy importante.

—Hay que confiar en la justicia, o en el tiempo, como prefieras. Tarde o temprano te da la razón.

—Estás pisando el telón, lo vas a tirar —grita el Caracas a uno de los reclusos.

Miguel comprende que está de más allí. Se había imaginado una despedida muy emotiva, pero es evidente que el Caracas se ha olvidado de él, que ha buscado nuevas compañías por el puro instinto de supervivencia. Ya no le importa nada de lo que diga Miguel, ha dejado de ser su referente moral, ya no es el asidero que le mantiene a flote. Hasta parece otro, más seguro de sí mismo.

—Quiero que sepas que, si puedo salir hoy a la calle, es gracias a ti —le confiesa.

El Caracas le mira un instante, sorprendido por esa declaración.

—Has sido un apoyo constante.

—Oviedo, vas a hacer tú las fotos. Encuadra, no coloques la figura en el centro, piensa antes.

Otra vez. El Caracas se ha girado hacia sus compañeros del taller porque está incómodo con la presencia de Miguel. Parece claro que quiere acortar la despedida lo máximo posible.

—Hazme una foto con mi amigo —le pide Vistas. Se acerca al telón—. Tú, fuera —dice al recluso que estaba buscando el mejor sitio para posar.

El recluso se quita de en medio. Miguel llama al Caracas, que está desconcertado.

—Quiero que te quedes una foto de recuerdo de tu gran amigo Miguel. Vamos, ven.

El Caracas se sitúa junto a Miguel. Le dice al fotógrafo que dispare. Miguel le pasa el brazo por los hombros. El fogonazo los deslumbra.

Ya está, ya se ha despedido. En la celda, se quita el apósito y lo tira a la papelera. La herida sigue cicatrizando.

A las diez de la noche empieza a pensar que el juez se ha olvidado de él. Masegosa le ha asegurado que hoy se emite el auto de libertad, pero tampoco se fía mucho de su abogado, a él no le interesa su libertad, sino la demanda que pongan a continuación. O tal vez sea cosa del juez, puede que el magistrado le esté haciendo sufrir. El sadismo oculto de la gente sale a flote en el momento menos pensado. A las doce menos cuarto oye unos pasos acercándose. Collantes, el funcionario que le tiene menos simpatía, abre la puerta y le mira muy serio.

—A la puta calle. Recoge tus cosas.

Se lo dice así, con esa fórmula tan basta. Podría ser una forma divertida de dar la información, pero lo cierto es que no ha sonreído.

Miguel no tiene nada que recoger. Lleva diez horas esperando con todas sus pertenencias preparadas.

Masegosa le está aguardando fuera. Le pregunta si tiene dónde alojarse.

—Sí, tengo un apartamento. Pero antes llévame al centro —dice Miguel—. Tengo ganas de ver gente normal.

Capítulo 63

—Te he buscado en el karaoke y no estabas —dice Zárate.

—No tengo ganas de cantar.

Elena le deja en el umbral y se mete en el salón. No le ha invitado a pasar, pero tampoco le ha cerrado la puerta en las narices. Zárate se lo toma como un permiso. La sigue hasta el salón. La mesa está llena de fotos del caso. Los cadáveres de las hermanas gitanas, las imágenes confiscadas a Miguel Vistas en su celda, las declaraciones de los sospechosos, las pruebas. También hay una botella de grappa recién empezada y otra en el suelo, vacía.

Elena se sienta a la mesa, coge la fotografía de Lara, después la de Susana. Las compara. Actúa como si estuviera sola. Zárate nota cómo tiemblan las imágenes en sus manos. Puede que no sea el mejor momento para hablar con ella. Pero no siempre se puede elegir.

—¿No me vas a mirar a la cara? —la reta.

La inspectora deja las fotografías en la mesa y anota algo en un cuaderno.

—Cómo se nota que tienes cargo de conciencia —insiste Zárate.

Esta vez logra que Elena se fije en él.

—¿Estás seguro de que quieres tener esta conversación?

—¿Por qué te has prestado a los intereses de Rentero?

—Yo no he hecho tal cosa.

—Entonces, ¿por qué esa fijación por Salvador Santos, por cubrirle de mierda cuando ya solo es un viejo enfermo?

—Porque hizo mal su trabajo, porque falsificó una prueba, porque una investigación policial hay que hacerla bien si queremos que el sistema funcione.

—¿Qué ganas demostrando que cometió un error? Ahora que estás repasando las pruebas del caso a lo mejor me lo puedes decir. ¿Qué ganas? ¿Has avanzado algo?

—¿Por qué defiendes a ese hombre, Zárate?

—Porque fue como un padre para mí. Porque me lo ha enseñado todo.

—Incluso las malas prácticas.

—¿De qué estás hablando?

—De que me robaste un sobre con información del caso de Lara. ¿Te crees que no me di cuenta?

Zárate palidece. Su cruzada pierde fuelle en un segundo.

—Pensaba devolver el sobre al expediente.

—Lo que hiciste fue señalarme el camino. Yo sabía que algo se había hecho mal en la investigación de la muerte de Lara, pero no sabía el qué. Cuando vi que te habías llevado el informe de la Científica supe que me podía centrar en eso.

—Así que me tendiste una trampa.

—Eres más ingenuo de lo que yo creía. Pero no, yo no soy tan lista, fue casualidad.

—Y la seducción de esa noche ¿formaba parte del juego? Tenías que acostarte conmigo para luego hacerte la dormida y dejarme vía libre. ¿Es eso?

Elena lo mira con frialdad.

—Creía que te gustaba un poco —dice Zárate con pena.

—No te fustigues, me lo pasé bien en la cama. No tuvieron que ver una cosa y la otra.

Él esboza una sonrisa sarcástica. La va conociendo, sabe que no intentará reconducir la relación entre ellos. Más bien al contrario, su humor autodestructivo añadirá unos pellizcos de sal a la herida.

—Por lo menos podrías haber sido sincera conmigo.

—Entonces no habría descubierto el agujero en la investigación del caso Lara.

—Me refiero a que podrías haberme contado tus dudas sobre Salvador. Podríamos haber pensado juntos la mejor forma de resolver eso.

—¿Me habrías entendido? Estabas obsesionado con proteger a Santos.

—Por lo menos me habría ahorrado participar en detenciones absurdas solo para alejarme de la brigada.

—Ninguna detención es absurda.

—¿La de Camilo no es absurda?

Coge una fotografía de la mesa. Muestra a Camilo Cardona en la cárcel. Zárate señala el muñón del brazo izquierdo.

—Tiene un brazo amputado, cojones. ¿Cómo va a matar a Susana de la forma en que la mataron?

Elena se fija en la fotografía de Camilo luciendo sus tatuajes. Destaca el que tiene en el pecho.

—Si conduce coches de carreras, es capaz de matar.

—¿Haciendo agujeros en el cráneo? Es imposible hacer eso con una sola mano.

—De todas formas, eso a ti ya no te importa. Estás apartado del caso.

—¿Qué?

—Lo que oyes —se mantiene firme Elena—. Puedes volver a tu comisaría de Carabanchel. Estoy segura de que te echan de menos.

—No me vas a apartar del caso solo porque te resulta incómoda mi presencia.

Elena se levanta de un impulso y, al hacerlo, un mechón de pelo baila delante de su rostro.

—Fuera de aquí, no vuelvas a poner un pie en mi casa y tampoco en la brigada.

—No me voy a ir sin que me des una explicación de por qué me echas.

—Has robado un dosier de la investigación para proteger a un policía corrupto. Eso es una falta grave.

—Lo he hecho por razones personales, ya te lo he explicado.

—Hace ocho años se llevaron a mi hijo. La policía no activó el protocolo de búsqueda a tiempo, no difundió el retrato del sospechoso que yo misma les había suministrado, no hizo el barrido de pederastas que teníamos registrados y todo por desidia, por negligencia y por falta de profesionalidad. Desde entonces me he jurado a mí misma que no voy a tolerar ni una sola irregularidad en mi trabajo. Así que no me pidas que mire hacia otro lado y actúe como si nada tuviera importancia o como si todo fuera muy gracioso. Porque no lo es.

Zárate la mira en silencio. Elena está jadeando de rabia. El mechón oscila lentamente. Sin decir nada, él se da la vuelta y se va.

La inspectora se sirve un vaso de grappa y lo vacía de un trago. Se sienta. Se queda mirando la fotografía del preso. Hay algo que le ha llamado la atención. El tatuaje del pecho. Una serpiente que se enrosca sobre sí misma.

Coge ahora las fotografías de las autopsias. Mira las incisiones en el cráneo. Son muy parecidas. Son circulares, no tienen nada de particular. Los círculos siempre se parecen entre sí. O tal vez el parecido sí que tenga algo de particular.

Localiza las fotografías confiscadas en la celda de Miguel y las dispone una a una. Y, de pronto, ve lo que antes no había visto. Círculos. Círculos por todas partes. Miguel ha fotografiado el eclipse de sol, unas flores o ramas formando los aros olímpicos, el cerco de una taza de café en una mesa y el pecho de Camilo con una serpiente que se enrosca sobre sí misma.

Elena mira las incisiones en el cráneo de las gitanas.

Círculos.

Capítulo 64

Camilo Cardona vive en un piso del barrio de Vallecas junto con dos compatriotas. Las paredes están llenas de pósteres de Colombia y de automóviles deportivos. Recibe a Elena con desconfianza, pero se relaja al ver que ella conoce los modelos de los coches. Ella le pide que se acerque a la ventana y le señala el Lada Riva aparcado en la calle. Un coche soviético, de coleccionista, el que utiliza para moverse por Madrid.

—No lo conozco —dice Camilo—. No tiene pinta de andar mucho.

—No necesito que ande mucho, yo no participo en carreras ilegales.

Camilo vuelve a mirarla con recelo. Cuando ha llamado al timbre y se ha presentado como inspectora de policía ha pensado que venían a detenerle por su afición a las carreras. Después se ha relajado, al observar el entusiasmo de ella al ver sus pósteres. Y, de pronto, esta referencia al lado ilegal de su afición a la velocidad. ¿Está jugando con él? ¿Qué quiere?

Ella le nota esquivo y trata de tranquilizarle.

—Cuéntame por qué te has hecho ese tatuaje en el pecho.

—¿El de la serpiente? Eso fue una cosa de la cárcel, mi compañero de celda me convenció. Pero ahora me arrepiento, me lo quiero quitar.

—¿Por qué te lo quieres quitar?

—A mis amigos no les gusta. Dicen que me han lavado el cerebro.

—¿Por qué no les gusta tu tatuaje? A mí me parece muy bonito.

Camilo la mira unos segundos, pensativo.

—Le enseño una cosa.

La conduce por un pasillo estrecho que desemboca en una habitación de matrimonio. Tiene dos camas individuales separadas por un pequeño altar con imágenes de la Virgen. Hay una talla policromada, cuadros bíblicos por todas partes, sendos crucifijos sobre los cabeceros.

—En este cuarto duermen mis compadres, que no se enteren de que hemos entrado. Como puede ver, son muy religiosos.

—¿Y tú dónde duermes?

—Yo duermo aquí.

Abre una puerta que hay en el codo del pasillo. Elena disimula el impacto que le causa la habitación. Está decorada con dibujos y grabados que representan la forma del círculo. Hay un dibujo enmarcado que muestra a un hombre atado a una estaca con una rata saliéndole de la tripa.

—He cambiado de religión. Y a mis amigos no les gusta.

—¿Qué religión es esta?

—El mitraísmo. ¿No la conoce?

—No.

—Pues es anterior al cristianismo.

Elena nota una fricción en las piernas. Se queda paralizada por el terror al ver que una enorme serpiente se le está enroscando a la altura de la pantorrilla.

—No se preocupe, no hace nada, le hemos sacado el veneno.

—¿Es legal tener una serpiente como esa en un piso?

—Ni idea. —Camilo se agacha, coge la serpiente con su única mano y la mete en un terrario que hay en una esquina de la habitación—. La dejo suelta de vez en cuando, para que me limpie el cuarto de bichos.

Elena intenta sobreponerse al susto.

—¿La serpiente tiene algo que ver con esta religión?

—Es un símbolo. Igual que mis amigos tienen a la Virgen, yo tengo a la serpiente.

—Pero, entonces, ¿por qué dices que te arrepientes del tatuaje?

—Porque han dejado de hablarme. Dicen que se me ha ido la cabeza. Y ¿qué quiere que le diga? Entre esta mierda y mis amigos, me quedo con mis amigos.

—Bueno, entonces no eres un caso perdido. ¿Y quién te habló de esta religión?

—Mi compañero de celda. Era un fanático.

—¿Miguel Vistas?

—Sí. Todos los días se sentaba a meditar y a recitar unas frases en voz alta; le juro que se me ponía la carne de gallina.

—Creí que lo admiraba y que era su mejor amigo.

—Y lo era, en la cárcel. Y después también, aunque fuera el tiempo pasa de otra forma, todo se olvida y tiene menos importancia. A Miguel Vistas lo admiraba y me enseñó mucho. Si no hubiera sido por él, quizá no habría sobrevivido. Pero, cuando empezaba con aquellas frases...

—¿Qué decía?

—No entendía nada, era una lengua extranjera.

—Y ¿te habló de esa religión?

—Todo el rato. Que era la única religión que importaba. Me hablaba de símbolos, como el de la serpiente, y de no sé cuántas cosas más. Yo no me enteraba mucho, pero me convenció.

—¿Y te pidió que te tatuaras una serpiente?

—El tatuaje me lo hizo él. No sé de dónde sacó las agujas y el tinte, pero tampoco se lo pregunté.

Elena pasea por la habitación. Se sobresalta al oír el siseo de la serpiente, pero está encerrada en la urna de cristal. Se fija en un pergamino con los mandamientos del mitraísmo. No se muere, se renace. No hay esfuerzo inútil. Todo puede ser sacrificado. La muerte de un ser es el alimento de otro. La oscuridad es luz y la luz, oscuridad.

Se fija en el dibujo de la rata. Se queda un rato mirándolo, asqueada.

—Eso también le gustaba. Las torturas que se hacían en la antigüedad.

—Así que le gustaban las torturas —dice Elena para sí.

—Todavía tengo pesadillas recordando las que me contaba.

Elena asiente mientras mira el dibujo.

—Me tengo que ir. Me has ayudado mucho.

Mientras enfila el pasillo, saca su teléfono móvil. Marca un número. Responde Mariajo.

—Mariajo, es urgente. Quiero que investigues sobre una religión antigua que se llama mitraísmo. Y sobre la serpiente como símbolo.

—¿Qué te pasa? —suena la voz de Mariajo al otro lado—. Pareces muy agitada.

—Tengo razones, querida. Creo que hemos soltado al asesino.

Capítulo 65

—El mitraísmo es una religión persa que rinde culto a un dios solar —explica Mariajo—. Es anterior al cristianismo, que toma algunos elementos prestados de ella.

—¿Como, por ejemplo?

—Como, por ejemplo, que habla de la salvación; o de celebrar el nacimiento de Cristo el 25 de diciembre. La Biblia no habla de ninguna fecha. En cambio, está documentado que el dios Mitra sí nació ese día.

—Documentado no hay nada, Mariajo, vamos a hablar con precisión.

Es Buendía quien introduce el matiz. Él también estaba en la sede de la BAC cuando Elena llamó con tanta urgencia y ha pasado la mañana buceando en internet.

—No hay textos escritos sobre esa religión, solo pruebas escultóricas y arqueológicas. Unas tablas que se encontraron en Turquía hace cien años.

—Estamos hablando del siglo v antes de Cristo —puntualiza Mariajo.

—¿Hay algo en esa religión que nos permita pensar en los asesinatos de las hermanas gitanas?

—Solo un loco puede hacer semejante asociación. El animal sagrado es el toro, al que Mitra captura y sacrifica para dar vida.

—¿El toro? Creía que era la serpiente.

—No es así, pero la serpiente que se muerde la cola simboliza bien la principal creencia de esa religión. La serpiente se come a sí misma para alimentarse, luego destruye la vida para regenerarla.

—No la he matado, ha renacido —murmura Elena para sí.

Mariajo asiente al reconocer la frase. Buendía se queda mirándolas.

—Salvador Santos me contó que esa frase la dijo un sospechoso en el caso Lara.

—¿Qué sospechoso?

—No se acuerda de si fue Vistas o Macaya.

—Tuvo que ser Vistas, esa frase encaja con su obsesión por el mitraísmo —dice el forense.

—Lo que no entiendo es cómo puede nadie predicar una religión que desapareció hace más de quince siglos —se asombra Mariajo.

—Más, ¿no dices que es anterior a Cristo?

—Pero penetró en el Imperio romano. Tuvo fieles hasta que el emperador Teodosio suprimió el culto de cualquier religión que no fuera la cristiana.

—Cualquiera puede predicar una religión muerta —dice Buendía—. Lo único que hace falta es haber perdido la cabeza por completo.

—Camilo, el último compañero de celda de Miguel Vistas, dice que estaba loco.

—Pero tú has hablado con él más de una vez y no te ha parecido que lo estuviera —apunta Buendía.

—No, pero los locos pueden ser muy inteligentes.

—Lo que no hemos encontrado es ninguna relación entre el mitraísmo y los gusanos.

—Los gusanos se alimentan de un cadáver, eso tiene que ver con lo que me habéis contado —dice Elena.

—Hay una posible relación —añade Buendía. Se pone a teclear en el buscador hasta que encuentra algo—. «Escafismo»; es un método de tortura de la antigüedad. Lo usaban los persas. ¿Os suena una caja con cinco agujeros?

Mariajo y Elena niegan con cara de grima, como anticipando un relato repugnante.

—Al prisionero lo metían en esa caja. Por un agujero sale la cabeza y por los otros cuatro, los brazos y las piernas. Todo untado de miel para atraer a las moscas. Por una herida abierta se iban metiendo los bichos, ponían huevos y las larvas se comían vivo al pobre diablo.

—Qué maravilla —ironiza Mariajo.

—Pero eso es exactamente lo que ha hecho el asesino con los gusanos.

—Sí. Por eso creo que nuestro asesino sabe lo que es el escafismo.

—¿Y por qué no me has contado todo esto mucho antes?

—Lo he leído esta mañana, cuando nos has pedido que investigáramos al dios Mitra. Eso me ha llevado a Persia y al escafismo. Y yo diría que algo así le ha pasado al asesino. Ha ido de un sitio a otro y se ha creado una religión a su medida, con las torturas, la muerte como renacimiento y las serpientes que se muerden la cola.

—¿Por qué iba a hacer eso?

—No lo sé. Pero le gustan los círculos, ¿no? El uróboros —se da cuenta de que Elena se pierde—. La serpiente que se muerde la cola. Es un símbolo muy antiguo, ese círculo se llama «uróboros» —repite.

Muestra un dibujo en el ordenador. Elena ve un círculo grueso, de dos colores. Solo al fijarse mejor descubre que se trata de una serpiente enroscada sobre sí misma.

—Ese símbolo lo he visto en alguna parte.

—El tatuaje de Camilo —señala Mariajo.

—En casa de Jáuregui —se da cuenta Elena—. Había un libro que tenía ese dibujo en el lomo. No le di importancia porque no sabía lo que era.

—¿Por qué iba a tener el abogado de Vistas un libro sobre el mitraísmo?

—No lo sé. A lo mejor se dio cuenta de que su defendido estaba obsesionado con esa religión y quiso documentarse por si la cosa salía en el juicio.

—Has visto ese símbolo en otro sitio —dice Buendía.

—¿En dónde?

—En los cadáveres. No sé cómo no me he dado cuenta antes. Para introducir una larva de mosca en el cerebro basta con practicar una pequeña incisión.

—Son incisiones circulares, uróboros —concluye Elena—. La marca del asesino.

Capítulo 66

Chesca y Orduño son los primeros en llegar al barrio de Cuatro Caminos. Han recibido el aviso de la inspectora Blanco y de momento se limitan a montar una vigilancia en el portal. Elena llega veinte minutos después, acompañada de Buendía.

—Quedaos aquí de guardia, por si al abogado le da por escapar. Vamos a subir Buendía y yo.

Elena nota los jadeos del forense al subir los tres pisos de escaleras. Está menos en forma de lo que ella pensaba. Llaman al timbre y esperan. Nadie abre. No se oye nada al otro lado de la puerta. Elena intenta no pensar en Zárate. Él encontraría el modo de entrar en la casa sin una orden judicial y ya se encargaría más tarde de conseguirla, en el caso de que hallaran algo interesante en el registro. Pero ella no puede ceder a esos impulsos. Debe mantener un respeto escrupuloso de la ley.

Ya casi han desistido cuando Jáuregui abre la puerta. Está sudando a mares y presenta un aspecto horrible. El rostro, sin afeitar; la ropa, llena de manchas de comida; uno de los faldones de la camisa, por fuera del pantalón.

—Inspectora —dice a modo de saludo.

Sonríe con aire nervioso. Elena se pone en guardia, conoce esos estados de ánimo muy próximos a la explosión emocional.

—¿Se encuentra bien?

—Perfectamente, pasen, por favor.

El piso está más desordenado que la otra vez. El suelo del salón es un batiburrillo de papeles, libros, ropa, perchas y cojines. En un tendedero de mano hay colgados dos calzoncillos.

—No los esperaba —se excusa Jáuregui, que los sigue arrastrando los pies descalzos, como si una cojera le incapacitara para caminar con normalidad.

Elena localiza el libro que le interesa. En efecto, el dibujo de un uróboros está en el lomo.

—¿Sabe que han soltado a Miguel Vistas?

—Me alegro mucho. Es una noticia extraordinaria.

—¿Puedo echar un vistazo a ese libro?

—¿Qué libro?

Elena lo señala. Es Buendía quien lo coge y se lo tiende. *Cultos mistéricos antiguos,* de Walter Burkert.

—¿Le interesan esos temas?

—Las religiones antiguas, en general —dice el abogado—. Es interesante.

—Creo que a Miguel Vistas también le interesaban.

—Alguna vez hablamos de eso, sí.

Buendía coge el libro, lo hojea. Se detiene en una ilustración de una serpiente mordiéndose la cola.

—Este dibujo me resulta muy familiar.

—Es un uróboros —explica Jáuregui—. Un símbolo misterioso, tiene tres mil años de vida.

Tres o cuatro moscas zumban por la habitación. Una de ellas se posa en el rostro de Jáuregui, pero él no la espanta.

—Si me permiten, voy a ponerme unos zapatos.

Se pierde por el pasillo y se mete en su habitación. La inspectora y el forense se miran y tragan saliva. Elena coge otro libro, *Las máscaras de Dios,* de Joseph Campbell. Observan una ilustración del dios Mitra sacrificando al toro. Por la herida del animal manan semillas de trigo. Buendía encuentra otro volumen interesante, un ensayo sobre el paganismo en Occidente.

—Nuestro abogado es un experto en el tema. Estos libros son raros. Supongo que ha tenido que hacer un buen rastreo para encontrarlos.

—O se los ha encargado alguien —duda Elena.

Jáuregui regresa al salón. Se ha calzado un par de zapatillas de deporte, seguramente lo primero que ha visto en el zapatero.

—Tengo que salir a hacer un recado. Pueden quedarse si quieren, echen un buen vistazo.

Elena disimula el estupor que le causa esta propuesta.

—Señor Jáuregui, antes de que se vaya queríamos hacerle unas preguntas. Solo van a ser unos minutos.

—En otro momento hablamos. Pero quédense aquí y revuelvan todo. En la cocina tienen cosas.

—¿Cómo nos vamos a quedar en su casa si usted se va?

—Considérense mis invitados.

Buendía se ha quedado pensativo.

—¿Qué quiere decir con que en la cocina tenemos cosas? —pregunta.

—Que cojan lo que quieran.

Jáuregui se dirige a la puerta. Elena hace el amago de seguirle, pero Buendía la sujeta por la muñeca. Cuando el otro se ha ido, ella se encara con su compañero.

—¿Qué estás haciendo? No nos podemos quedar aquí sin una orden.

—Nos ha autorizado.

—Eso no se lo creería nadie.

—Nos ha dado una pista, Elena. Nos ha dicho que miremos en la cocina.

Elena coge su móvil y busca un contacto en la agenda mientras se acerca a la ventana del salón.

—Orduño, el sospechoso está saliendo por la puerta. No le quitéis ojo, quiero saber adónde va.

Cuelga. Oye a Buendía trastear en la cocina.

—¿Te vas a preparar un café?

—Voy a salir de dudas.

Buendía abre cajones y armarios. En uno de ellos encuentra lo que buscaba. Una caja redonda, de cristal, con una tapa. Dentro, restos de huevo y carne picada sobre una base de metal.

—Aquí está, Elena.

—¿Qué es eso?

—Es una placa de Petri. Una herramienta de laboratorio, se usa para analizar cultivos y también para la cría de hongos, bacterias y otros organismos.

—¿Como gusanos?

—Como gusanos. Mira.

Le señala una neverita con un regulador de temperatura.

—Es una estufa de incubación. Regulada a treinta y cinco grados de temperatura y a setenta de humedad relativa. Exactamente la temperatura que necesita el gusano «barrenador».

—¿Ese es el gusano que se encontró en los cadáveres? ¿Estás seguro?

—Completamente. Y estas moscas que están volando por todas partes son la evolución de esos gusanos.

—Joder...

Elena sale de la cocina, marca un número en su móvil.

—Te iba a llamar ahora, Elena.

—Cambio de planes, Orduño. Detenedle. Detened a Jáuregui de inmediato.

—No podemos hacerlo.

—Es él, Orduño, hemos encontrado el criadero de gusanos. Detenedlo de inmediato.

—Se ha entregado.

—¿Cómo?

—Que ha entrado en una comisaría.

—¿Cómo sabes que se ha entregado?

—Chesca está dentro. Espera...

Elena aguarda, los segundos parecen horas, se impacienta.

—¿Orduño?

Nadie al otro lado.

—¿Qué está pasando? —brama.

Le dan ganas de estampar el móvil contra la pared, pero se contiene. Buendía sale de la cocina, alertado por los gritos de Elena.

—¿Elena?

—Dime, Orduño.

—Perdona, estaba hablando con Chesca. Confirmado. Jáuregui se acaba de entregar en la comisaría de Tetuán. Y dice que es el asesino de las dos hermanas Macaya.

Quinta parte

¿Y SI MAÑANA...?

¿Y si mañana (y subrayo el si)
de repente te perdiera?
Habría perdido el mundo entero,
no solo a ti.

El niño se está muriendo. Su cuerpo se encuentra lleno de gusanos. Cuando nota que hay uno cerca de los labios, saca la lengua y se lo mete en la boca. Le gusta sentir el cosquilleo del gusano antes de tragárselo. De vez en cuando, aparta los gusanos que tiene en el pie para ver por dónde van en su trabajo de demolición. Ya se nota una hondonada justo antes del dedo gordo. En unos días más llegarán hasta el hueso.

Ha perdido interés en el perro, como el que se cansa de un amigo de toda la vida. Si aguza el oído, le parece escuchar un murmullo de bichos extasiados en ese cuerpo; pero le da igual. Ahora le fascina lo que están haciendo con su propio pie. Ha cogido cariño a los gusanos. Contemplarlos se ha convertido en su único pasatiempo.

La mente le falla y no distingue el sueño de la realidad. Está seguro de que ha dado una vuelta por el campo por la mañana, pero solo lo ha soñado. Le vienen recuerdos felices, como por ejemplo los cuatro días que pasó en la playa con sus padres, y de pronto se gira hacia un lado y otro buscando en la nave la línea del horizonte, el punto exacto en el que se confunde con el mar.

En una de las cajas de cartón ha encontrado un flotador deshinchado con una serpiente verde dibujada. Sueña a menudo con esa serpiente. Está convencido de que es la madre de todos los gusanos que le recorren el cuerpo. Una madre bondadosa que les ha pedido que vayan a hacer cosquillas al niño enfermo.

Se está muriendo, pero él no lo sabe. Todavía es capaz de evocar momentos alegres, de pensar en sus padres, de esbozar una sonrisa de felicidad; pero, a cada minuto que pasa, se va apagando.

La respiración es débil y cada vez más espaciada. Los párpados se le cierran. Los músculos se relajan y la poca energía que le queda se escapa por los poros de su piel. Se desmaya.

Ya está. Ha resistido todo lo que ha podido. Ha comido carne de perro, su propio vómito, gusanos. Ha lamido las cañerías en busca de agua.

Aún es muy niño.

Se agarra a la vida con la poca fuerza que le queda y convierte el desmayo en un duermevela, y a través de ese sueño ligero oye que alguien abre la puerta y también unos pasos que resuenan en la nave. Abre los ojos con inmenso esfuerzo.

La tenue luz permite adivinar una sombra. Es la figura de un hombre corpulento.

El niño se desmaya antes de verle la cara.

¿Dónde está Victoria? ¿Dónde está Victoria?

Intenta decirlo, pero las palabras no salen de su boca. Ha estado inconsciente un día entero. Le han dado agua, infusiones, leche. Le han hidratado. Le han limpiado la herida.

¿Dónde está Victoria?

Mueve los labios, pero no puede hablar. Está muy débil. Distingue las siluetas de un hombre y una mujer de mediana edad. El hombre lleva una sotana negra.

¿Dónde está Victoria?

La mujer dice que hay una ambulancia en camino, le coge de la mano y se la cubre de besos, le promete que se va a poner bien. El niño quiere decirles que no deberían haberle limpiado la herida, que echa de menos el cosquilleo de los gusanos por todo su cuerpo.

Capítulo 67

No les ha costado que Antonio Jáuregui confiese; la inspectora Blanco tiene la sensación de que deseaba hacerlo, de que, más que inculparse, se está liberando de la culpa gracias a su torrente de palabras. Está sola con él, aunque sabe que las cámaras registran lo que se dice y graban sus movimientos. Sus compañeros escuchan y observan en una pantalla el interrogatorio. Lo que cuenta Jáuregui, pero también sus gestos y sus dudas, sus miradas al frente o a sus propias manos. Lo analizan todo y son buenos haciéndolo. Si hubiera algo de lo que ella no se diera cuenta, ellos se lo señalarían al salir.

—Yo las maté, a las dos, también a Lara. Estaba obsesionado con ella, la había visto bailar flamenco en una academia por Antón Martín. ¿Saben lo bella que era? Desde el primer día en que la vi estuve obsesionado con ella, la seguía, la espiaba, cada día me atrevía a llegar más cerca de ella, alguna vez habría podido tocarla. Pero no me atrevía a hablarle, solo a mirarla. Más de una vez merodeé por su barrio, me ponía en la acera de enfrente y la veía desnudarse al trasluz por la ventana de su dormitorio... Hasta que la vi salir del estudio de Miguel Vistas... Llevaba el velo de novia en la mano. ¡Se casaba! No podía soportar que lo hiciera con otro hombre...

—¿Y a Susana? ¿La mató por lo mismo?

Elena se siente incómoda, está logrando una confesión, bastaría esta para archivar el expediente y ponerle una medalla más a la Brigada de Análisis de Casos, pero no se cree del todo lo que le cuenta el abogado. Está segura de que es el asesino de Susana, los datos son suficientes: la huella del zapato de la talla cuarenta y cinco, la declaración del Tuerto que hablaba de un hombre corpulento, el material que había en su casa y, desde luego, esta confesión. Todo cuadra y, sin embargo, no puede olvidar que entre la muerte de Lara y la de Susana hay ciertas diferencias, tantas como para pensar que quizá no las provocó la misma persona. Tiene que conseguir las pruebas que confirmen sus sensaciones y tiene, sobre todo, que descubrir el porqué, el porqué de las mentiras y el porqué de las muertes de las dos novias gitanas.

—Esperé a que se hiciera mayor, a que se pareciera a su hermana. Susana no era igual que Lara, pero era la única mujer del mundo que podía recordarme a ella, a la mujer a la que amaba. Y, cuando se fue a casar, pensé que era el momento de que siguiera los pasos de Lara. La espié en la despedida de soltera, la seguí cuando se separó de sus amigas y la metí en mi furgoneta. Después la llevé a la Quinta de Vista Alegre. Lo demás ya lo saben...

Elena se queda en silencio, estudia los papeles que tiene delante, todos los informes que le han dado sus colaboradores. Va a apretar a Jáuregui, va a hacerle repasar todos los pasos, punto por punto, hasta que cometa un error.

—Lo sabemos todo, pero queremos que nos lo corrobore. Las incisiones del cráneo... ¿Eran tres?

—Tres, en forma de un uróboros, una serpiente que se muerde la cola —contesta Jáuregui y la sensación de Elena es de que se lo ha aprendido.

—Tres pueden ser un simple triángulo, es todo cuestión de cómo mirarlo —le desprecia Blanco.

—Es un uróboros, un símbolo del mitraísmo.

—No sé mucho del mitraísmo. Ya hablaremos después, a ver si me ilustra, lo mismo me hago adepta. Pero volvamos a las incisiones. Las hizo con un torno de dentista, igual que las de Lara.

—No, las de Lara fueron con un berbiquí, no tenía taladro.

Jáuregui no ha caído en la primera de las trampas que Elena le ha tendido, tiene que seguir intentándolo.

—Hay algo que me llama la atención: ¿por qué les dio diazepam? Fue como si quisiera ahorrarles el dolor. Y yo me pregunto: si no quiere que les duela, ¿qué sentido tiene una muerte tan cruel?

—No era para que no les doliera, solo para que no se movieran.

¿Se mueve mucho alguien mientras los gusanos «barrenadores» le comen el cerebro? Cualquiera sabe. ¿Habla a la vez que se va muriendo? ¿Se da cuenta de lo que le está pasando?, reflexiona Elena.

—Hay que reconocer que fue un detalle por su parte darle diazepam a las hermanas.

—Aprendí con Lara, se movía tanto...

—Un gran detalle, un detalle importante, en realidad... Quizá el que nos lleve a descubrir si usted dice o no la verdad.

Jáuregui se mantiene en silencio, mira para abajo, no se jacta, no parece orgulloso de haberles dado muerte. Blanco mira a la cámara, no dice nada, pero sus compañeros advierten que ha encontrado lo que quería.

—A Lara no le dio diazepam —se da cuenta de inmediato Buendía.

Todos asienten, Jáuregui no cayó en la primera de las trampas, la del taladro, pero lo ha hecho en la segunda, la del diazepam.

—Bien por la inspectora, ya le ha pillado. No es el asesino de la mayor, solo el de la pequeña. De la muerte de Lara solo sabe lo que le han contado —se felicita Chesca.

—Sabe todo lo que se dijo en el juicio, aparte de lo que le hayan contado. ¿No se habló entonces del diazepam? —se extraña Orduño.

—En un juicio no se habla de lo que no se ha encontrado. Pero callad, conozco a Elena, seguro que le pregunta por la bolsa. —Buendía se centra en la pantalla de nuevo.

Elena no ha cambiado de expresión ante Jáuregui. Está dispuesta a seguir sacándole las incongruencias del discurso, una a una.

—En los dos casos le tapó la cara a la víctima con una bolsa de plástico —Elena se la juega de farol ante Jáuregui, como si hubiera podido escuchar la corazonada de Buendía—. Eso era algo que solo podía saber el asesino, porque ni siquiera lo sabíamos nosotros. Cuando encontramos la bolsa, creímos que teníamos algo, una diferencia en la forma de matar a las dos chicas que nos hacía pensar en distintos asesinos. Pero, cuando analizamos las fotografías de la muerte de Lara, nos topamos con la bolsa medio escondida en una esquina. Los investigadores de entonces no le dieron importancia y no la recogieron, pero allí estaba la prueba: un solo asesino.

Jáuregui se queda callado, perdido, sin saber qué contestar. Elena sabe que, del otro lado de la cámara, sus compañeros saben qué pretende con esa mentira.

—¿No va a decirme por qué les tapó la cara?

—No quería ver cómo les cambiaba la expresión al sufrir, quería recordarlas bellas —desvela el abogado la verdad de la muerte de Susana, una demostración más de que no fue responsable de la de Lara.

Elena no necesita nada más, solo recabar indicios que apunten a la culpabilidad de Vistas.

—¿Y cómo consiguió que metieran en la cárcel a Miguel Vistas?

—Fue una cuestión de suerte. Yo estaba en la lista del turno de oficio, le iban a dar el caso a otro compañero y le pedí que me lo cediera. Fui organizando todo para que lo condenaran. Querían quitarse el caso de encima, aunque no tuvieran grandes pruebas. Un abogado decente habría logrado que quedara en libertad.

—Pobre hombre...

—Sí, no me siento orgulloso, pero era lo mejor para mí. Cada día que le visitaba en prisión iba apagándose. Los gitanos se lo hicieron pasar muy mal.

—Entonces usted le conoció cuando ya había sido detenido y acusado de la muerte de Lara.

—Sí, aunque de vista le conocía del día en que le hizo las fotos vestida de novia. Quizá me había cruzado con él otras veces; cuando yo espiaba a Lara, él trabajaba con su padre, pero no lo recuerdo.

—Volvamos al mitraísmo, si no le importa. Fue usted quien introdujo a Miguel Vistas en sus creencias, ¿no?

—Para que le sirvieran de ayuda en su estancia en prisión. Me sentía culpable, yo sabía que él era inocente. Aunque usted no se lo crea, me daba pena ese hombre, no estaba hecho para la vida de la cárcel.

—Ya, al final me va usted a enternecer. Pero no me cambie de tema, ¿en qué consiste el mitraísmo?

—Es una religión antigua.

—Sí, eso ya lo sé, pero seguro que me puede decir algo más... ¿En qué creen?

—Mitra es el dios de la luz, el que ayuda a los justos a vencer sobre el mal —duda al hablar Jáuregui, no estaba preparado para tener que explicar la religión...

—Este sabe de mitraísmo lo que yo de críquet —observa Mariajo—. Tendría muchos libros, pero no ha leído ni media página.

Todos siguen las titubeantes explicaciones del acusado. Dice frases hechas, vacías, sin ningún interés. Chesca está de acuerdo con Mariajo.

—Es cierto, da la impresión de que sabe menos que Miguel Vistas de mitraísmo. No me creo que fuera él quien lo introdujera en esa creencia. Parece al revés.

—¿Cómo era la frase aquella que le dijo Vistas a Salvador Santos? —pregunta Orduño—. Algo de renacer.

—Que no había matado a Lara, solo la había ayudado a renacer, pero, según Elena, se lo soltó con la cámara apagada, no consta la frase exacta en las transcripciones —recuerda Buendía.

—Y Santos dudaba, no sabía si se lo dijo Moisés Macaya o Miguel Vistas. No sé si los recuerdos de ese hombre tienen valor.

—Solo pudo ser Vistas. Esa terminología mitraísta, renacer para ser perdonado y demás. Se supone que, cuando Salvador Santos le interrogó y dijo eso, aún no conocía a Jáuregui, no se le había asignado un abogado —explica Buendía—. ¿Quién introdujo a quién en el mitraísmo? Jáuregui miente.

—Entonces estamos igual que estábamos, a la primera hermana la mató Miguel Vistas y a la segunda, su abogado —resume Mariajo.

—Lo que hay que averiguar es por qué. Mirad, la inspectora sale.

Todos levantan la vista de la pantalla para verla entrar en la sala.

—Ya lo habéis visto, este hombre no mató a Lara. Hay que mandar detener de nuevo a Miguel Vistas ahora mismo. En un par de horas se tiene que presentar en los juzgados, no puede salir de allí en libertad.

Capítulo 68

Miguel Vistas conoce a Elena de los interrogatorios en la cárcel de Estremera. Si la viera al entrar en la plaza de Castilla, se daría cuenta de que algo va mal en su plan y podría desaparecer antes de que le prendieran. Por eso, ella se queda en el coche, aparcado en doble fila en el final de la calle Bravo Murillo, con el teléfono listo para recibir la noticia de la detención del asesino de Lara Macaya. Van a corregir el error de haberle dejado en libertad.

Chesca es la que ha entrado en los juzgados, acompañada por otros dos agentes de paisano. En el coche, con Elena, se ha quedado Orduño. Con él puede abrirse, decirle lo que le preocupa del caso.

—¿Tú pensabas que Miguel Vistas era inocente? Dime la verdad sin tapujos, Orduño.

Le mira a los ojos para animarle a hablar, pero su compañero es un hombre de largos silencios. No le gusta contestar una pregunta sin meditar primero la respuesta.

—Todos pensábamos que era inocente —responde por fin—. El homicidio de Susana, en las mismas circunstancias que el de Lara... Es imposible pensar en un imitador. Eran demasiados los detalles que se respetaron y que nunca salieron publicados.

—Zárate pensaba lo contrario —defiende la inspectora—. Él sí creía que Vistas era el asesino de Lara.

—No, él quería defender la reputación de Salvador Santos, que es algo muy distinto. No te flageles, Elena.

—No debería haberle apartado del caso —se arrepiente ella—. Fui muy dura con él.

—Por lo que yo sé, y por lo que nos dijiste, Zárate robó un informe del expediente de Lara Macaya. Y lo hizo para proteger una falta muy grave de su mentor. Había motivos para castigarle.

—Puede —concede Blanco—; pero ahora resulta que Salvador Santos tenía razón. Él sabía que Miguel Vistas era el asesino de Lara.

—Pero no se pueden fabricar pruebas. Eso es cruzar una línea roja.

La inspectora asiente. Está de acuerdo con Orduño, comparte con él el respeto escrupuloso de las normas. Y, sin embargo, no deja de pensar en que

Salvador Santos salvó alguna que otra vida al encarcelar a un asesino tan cruel como Miguel Vistas. ¿De parte de quién está la razón? La línea que separa el bien y el mal es más resbaladiza de lo que a ella le gustaría.

—Salvador estaba convencido de que Vistas era el asesino. Pero sabía que faltaban pruebas que le pudieran condenar en un juicio. Si tú hubieras tenido esa misma convicción, ¿habrías colocado ese pelo en el cadáver?

Esta vez Orduño no tarda en contestar.

—No. Una prueba falsa puede provocar la anulación de un juicio, puede dejar libre al asesino y puede cargarse tu carrera. Jamás habría fabricado una prueba para demostrar que tengo razón en mis sospechas.

—Pues a mí a veces me entran dudas. Las normas no sirven para todo. Quizá un buen policía se las tiene que saltar de vez en cuando.

—¿Por ejemplo?

—Por ejemplo, para encerrar a un culpable o para dejar en libertad a un inocente.

Los dos se quedan pensativos. Orduño es un buen policía, disciplinado, constante e implacable, aunque sea tan ordenancista. Por nada del mundo le gustaría a Elena perderlo.

—Tú vives aquí cerca, ¿no?

—Vivía, me mudé hace seis meses. Ahora vivo por Moratalaz.

Elena asiente, como si no tuviera importancia, pero se siente culpable de no saber que uno de sus compañeros se ha cambiado de casa. Ha estado demasiado centrada en sus propios problemas y en su propia vida: su karaoke, sus visitas al aparcamiento de Didí con propietarios de todoterrenos, sus fotografías de la plaza Mayor...

—¿Comprasteis por fin un piso Ana y tú? —intenta arreglar su despiste.

—No, rompí con ella. El contrato de alquiler estaba a su nombre y se quedó con el apartamento. Yo me tuve que marchar.

No solo no sabía que se había cambiado de piso, tampoco que había roto con su novia. La recuerda, guapa, pero tímida. Poquita cosa, como diría su madre.

—Lo siento. No he estado pendiente de la vida de mis compañeros tanto como debía.

—No te hagas mala sangre —le quita importancia él—, sé que has andado muy ocupada. No tienes que preocuparte por nosotros. Estoy bien.

El teléfono suena, ella se precipita a contestar.

—Dime, Chesca. ¿Todo según lo previsto?

—Está todo preparado. Bueno, todo menos Miguel Vistas. Todavía no ha aparecido.

—Falta casi media hora. ¿Y su abogado?

—¿Masegosa? Sí, anda de un lado para otro sin dejar de hablar por el móvil. Se ha puesto la toga, ¿sabes que viene con una asistente que le trae su propia toga?

—Así son los abogados ricos y famosos. Las togas que dan allí deben de oler que apestan, muchas veces se las ponen verdaderos buitres. Llámame en cuanto aparezca Vistas.

Cuelga, no necesita explicar a Orduño que todavía no han conseguido nada.

—¿Qué opinas de Zárate?

—Me cae bien, la que no lo soporta es Chesca. Pero es que a Chesca no le gusta conocer a gente nueva; si por ella fuera, seguiríamos siempre los mismos en la brigada.

—No podemos anclarnos en nada, dejaríamos de ser eficaces. Tal vez Zárate se debería incorporar definitivamente.

—Yo no tengo ningún problema, estoy para lo que tú mandes, inspectora. Sí, vaya elemento, se salta las normas, algo que al parecer es lo que hace de alguien un buen policía —añade pensativo y con un punto de sarcasmo.

Los dos se quedan en silencio, esperando, sin mucho que decirse, con los nervios propios del que quizá deba intervenir de un momento a otro. La inspectora Blanco ha tenido que venir muchas veces a los juzgados, pero nunca se había quedado fuera, viendo cómo se desarrolla la vida del barrio, una zona de Madrid que solo ha visitado por motivos profesionales, nunca personales. La presencia de los juzgados de la plaza de Castilla —insuficientes, pese a su gran tamaño— marca la vida de esta parte de la ciudad. A no mucha distancia todo cambia, por la Castellana se llega al estadio del Real Madrid y a los lujosos pisos que hay alrededor; pero si se va por la calle Bravo Murillo a Cuatro Caminos, se llega a los barrios que un día fueron de fábricas y casas bajas y hoy se han convertido en una especie de Caribe: es la zona en la que viven los dominicanos, llena de locutorios, de peluquerías que hacen alisado de cabello, de restaurantes que sirven frijoles, yuca, batata o chicharrones, de discotecas en las que solo se escucha salsa, merengue, bachata, reguetón...

—Tenemos la dirección en donde se supone que está Vistas, ¿no? —se activa de repente la inspectora Blanco.

—Sí, calle Purchena. Está por Manoteras. No muy lejos.

—¡Vamos!

—Todavía faltan veinte minutos —se extraña Orduño.

—Este cabrón no se va a presentar. Lo mismo todavía le pillamos antes de que desaparezca.

El teléfono vuelve a sonar cuando están llegando a la dirección que dejó Vistas al recibir la libertad provisional.

—¿Ha llegado Vistas, Chesca?

La cara de la inspectora cambia al escuchar a su agente. Orduño espera ansioso para enterarse de qué sucede.

—No ha venido y no va a hacerlo. Masegosa ha anunciado que abandona su defensa —resume Elena—. Vamos a subir.

El edificio al que llegan es humilde, de los que todavía tienen en la puerta el yugo y las flechas de los edificios construidos por el Ministerio de la Vivienda del franquismo. No hay ascensor, solo una escalera estrecha. Los policías no han visto que, desde la acera de enfrente, un hombre que ocultaba su cara con la visera de una gorra de la selección española de fútbol los veía entrar. Es Miguel Vistas, esperaba tener más tiempo, no imaginaba que fueran a buscarlo tan pronto, cuando todavía no se ha cumplido la hora.

Lleva en la mano una caja con agujeros. Una de esas en las que un niño guardaría sus gusanos de seda, a los que daría de comer morera y de los que se cansaría antes de que se convirtieran en mariposas.

—¡Abre la puerta, Orduño!

—No tenemos autorización, inspectora.

—Haz lo que te ordeno.

La puerta, como todo lo que se ve, es de mala calidad y Orduño solo necesita darle una patada junto a la cerradura. Dentro no hay nadie, apenas algunos papeles tirados por el suelo.

—Joder, hemos llegado tarde, se ha marchado.

La inspectora mira algo con terror. Son cajas iguales a las que vieron en casa de Antonio Jáuregui.

—Los gusanos, los putos gusanos...

Saca su móvil.

—Chesca, que lleven a Jáuregui a la oficina, que le voy a volver a interrogar. Y te paso con Orduño para que te dé la dirección de la casa en la que estamos. Quiero que vengas y que entre los dos saquéis toda la información que podáis de este piso...

Capítulo 69

—Jáuregui espera en la sala de interrogatorios. Le tenemos esposado a la mesa, no le vaya a dar por hacer algo. Es el típico que se suicida y nos quedamos sin saber la verdad —informa Buendía.

—Bien hecho. ¿Vamos?

La inspectora Blanco está muy seria. Ha entrado en la BAC como un ciclón, ha recorrido las estancias a paso firme. Ahora clava la mirada en Mariajo.

—¿Podemos apagar las cámaras?

—¿Qué quieres hacer?

Elena tiene ganas de contestar a esa pregunta, decir sin más que solo quiere darse un paseo por el otro lado de la ley, cruzar la línea roja por una vez para ver cómo se siente uno. El respeto de las normas únicamente le ha traído disgustos: Miguel Vistas está en la calle, Zárate, apartado del caso, Salvador Santos ha sido detenido y tendrá que enfrentarse a una comisión disciplinaria durísima y, tal vez, a un juez de instrucción. Pero prefiere callar sus reflexiones.

—Nada —la tranquiliza—, si quieres, que graben en audio lo que digamos, pero que no se vea.

Mariajo busca la aprobación de Buendía. Es una mirada rápida que él aprovecha para hacer un gesto de asentimiento.

La inspectora Blanco entra en la sala y observa al detenido. Se encuentra muy asustado. Sus manos están esposadas a una barra que forma parte de la mesa. Solo se usa cuando se sospecha que el interrogado pueda tener una reacción violenta. En este caso, como avanzó Buendía, temen que él mismo se haga daño, no que se lo intente hacer a los demás. No le dice nada. Se limita a mirarle en silencio.

—¿Para qué me traen otra vez? —dice Jáuregui—. Ya les he contado todo. Yo maté a las dos hermanas.

—Sabemos que mató a Susana, pero no nos creemos que matase a Lara.

—¿Por qué iba a mentir?

—Para eso estoy aquí, para averiguarlo.

Elena se quita la chaqueta y deja ver la sobaquera con la pistola, comprueba que las muñecas de Jáuregui están firmemente sujetas, le señala la cámara.

—¿Ve esa cámara? Normalmente graba todo lo que sucede en esta sala. Pero también puede ver que no tiene ningún pilotito rojo encendido. ¿Sabe qué significa? Que está desenchufada. Así que todo lo que pase en esta sala es asunto suyo y mío.

—No tiene derecho a amenazarme.

—¿Y usted tiene derecho a matar a una chica que está a punto de casarse? ¿Tiene derecho a meterle gusanos en la cabeza? Vamos, no me joda. A lo mejor piensa que alguien le va a creer.

—Soy abogado.

—Usted es un mierda. Hágase a la idea, nunca más le va a tratar nadie como otra cosa.

Jáuregui se queda callado; Elena quiere pensar que avergonzado, que él mismo se siente humillado por lo que ha hecho.

—Le voy a decir qué vamos a hacer cuando salgamos. He estado mirando, ¿sabe cuál es la cárcel de España con más población gitana? La del Puerto de Santa María. Me va a suponer un montón de papeleo, pero voy a conseguir que espere allí a ser juzgado. Y no crea que no se van a enterar de su crimen, yo misma me voy a encargar de que todos sepan que mató a una preciosa joven gitana y cómo lo hizo. Va a soñar con Heredias y con Ayalas todas las noches de su vida.

Al otro lado de la mampara de cristal, Buendía y Mariajo no pierden detalle del interrogatorio. Los dos piensan que a Elena le pasa algo. Ese modo de tratar a un detenido no es el suyo, parece impostado, está actuando como lo haría Chesca. Les gustaría comentar sus impresiones con el otro, pero mantienen la mirada fija en la escena. Para sorpresa de los dos policías, el asesino de Susana empieza a gemir. Creían que sería más difícil, que habría que presionar mucho más.

—Yo no quería matar a esa chica.

—¿Y por qué lo hizo?

—Porque no me quedó más remedio. Si no moría esa chica, el que iba a morir era mi hijo.

—¿Su hijo? ¿Quién es su hijo? —se sorprende Blanco.

No tiene que preguntar más para que Jáuregui lo cuente todo, sin dejarse ni un detalle.

—Mi hijo no lleva mis apellidos, lleva los de su madre. Ni siquiera pude reconocerlo. Aparece en los documentos como hijo de padre desconocido, pero es mío. Se llama Carlos Rodríguez Velasco, en la cárcel le llaman el Caracas.

—¿El compañero de Vistas?

—Sí —asiente Jáuregui—. Mi hijo me desprecia, siempre lo ha hecho. Solo me llamó una vez, para que lo defendiera, le habían pillado con drogas en Barajas. Él decía que no tenía nada que ver con la coca que había en su maleta, que se la habían metido en el aeropuerto de Caracas, por eso le llaman así. Le defendí, pero todo lo hice mal, llegué borracho al juicio, lo condenaron. No me extraña que me odie, fue la única vez en que me pidió ayuda y yo volví a fallarle... Pero, cuando le mandaron a la cárcel de Estremera, en donde estaba Miguel Vistas, creí que tal vez podría protegerle dentro. Me fui a hablar con él, le pedí que cuidara de mi hijo...

—Y él no estaba dispuesto.

—Todo lo contrario —reconoce el abogado—. Me amenazó con hacerle la vida imposible. Me dijo que ni siquiera iba a necesitar matarlo, que conseguiría que la vida de mi hijo fuese tan perra que él mismo se la quitaría. No me quedaba más remedio.

—Y Vistas le puso una condición.

—Ya lo saben, matar a Susana, igual que él había matado a Lara. Para provocar dudas, que se reabriera su caso y que le soltaran. Tardamos medio año en prepararlo todo... No me importa que me condenen, ni que me mande a la cárcel esa para que los gitanos se venguen de mí. Ojalá hubiera silla eléctrica, es lo que merezco. Yo hice lo que debía, no hay nada más importante que un hijo. Hay que hacer lo que sea para ayudar a un hijo, para protegerlo, para encontrarlo cuando está perdido...

Ni Mariajo, ni Buendía comprenden al principio por qué Elena se queda callada justo en ese instante, por qué no aprovecha el desmoronamiento de Jáuregui para apretarle hasta el final, para hacerle vomitar la confesión entera de una vez por todas. Está pálida y le tiemblan las piernas. Entonces empiezan a vislumbrar lo que sucede. Mariajo susurra algo que Buendía puede entender.

—Lucas...

Pese a su evidente turbación, la inspectora todavía acierta a formular una pregunta más.

—¿Dónde está Miguel Vistas?

—No lo sé, le juro que no lo sé. Tienen la dirección del piso que alquilé para él; si no está allí, quién sabe cuál será su próximo paso.

Capítulo 70

La reunión de los componentes de la Brigada de Análisis de Casos podría ser feliz; al fin y al cabo, han descubierto lo ocurrido, que fueron dos los asesinos de las hermanas y sus nombres, lo que les pide el ministerio. Pero no están contentos y no lo estarán hasta que Miguel Vistas vuelva a prisión, sin posibilidad de meterle a nadie más sus gusanos en la cabeza.

Elena Blanco le ha sacado toda la información posible a Jáuregui —nada referente al paradero de Miguel Vistas— y Chesca y Orduño han examinado cada centímetro del piso de Manoteras en el que se supone que estuvo tras salir de la prisión el autor del primer asesinato e inductor del segundo.

—El piso lo alquiló el abogado, Antonio Jáuregui, hace tres meses. Una vecina escuchó ruidos los últimos días, pero no le llamaron la atención. Ayer mismo había alguien en el piso, según nos ha dicho.

—Vistas sabía que no iríamos a buscarlo hasta comprobar que no se presentaba en los juzgados. Hemos sido unos pardillos, le hemos soltado y encima lo hemos perdido. ¿Habéis averiguado algo?

—Lo más importante, que se han criado gusanos. Tenía cajas como las que encontramos en casa del abogado. Pero estaban vacías.

—Ya sabemos para qué los usa. Si ha criado esas larvas, es que piensa volver a hacerlo. Debemos detenerlo antes de que aparezca otro cadáver con la cabeza llena de gusanos. ¿Dónde puede estar? ¿Alguna idea?

Orduño saca una vieja fotografía y la muestra a los demás. En ella se ve a un matrimonio con un niño de unos siete u ocho años y a una mujer joven. Es una fotografía anterior a las que se pueden hacer con cualquier teléfono, de esas que había que mandar a revelar, quizá de los años ochenta, al fondo se ve una iglesia.

—Es lo único personal que hemos encontrado en la casa. Quizá llegamos antes de lo que él esperaba y tuvo que salir precipitadamente, por eso la olvidó. No sé si será Miguel Vistas de niño.

Buendía la mira con interés. Solo se ve el torreón de una vieja iglesia con dos huecos para las campanas. En uno de los lados hay un gran nido de cigüeña.

—Es una foto muy mala. ¿Tú crees que puedes sacar algo? —le dice a Mariajo.

—Puedo intentarlo.

Mariajo escanea la foto y la mete en un programa de reconocimiento facial que no da coincidencias. Luego la pasa por un software de reconocimiento de entorno. Por suerte se trata de una iglesia peculiar, con espadaña muy alta y dos vanos gemelos para las campanas. No tarda en obtener siete resultados. Después comprueba los datos de filiación de Miguel Vistas. Sus padres, ya fallecidos, nacieron en La Serna del Monte. Uno de los siete pueblos que menciona el rastreador.

La Serna del Monte solo está a ochenta kilómetros de Madrid, pero parece que hay cincuenta años de diferencia desde que se abandona la ciudad por la carretera de Burgos hasta que se entra en las primeras casas de un pintoresco pueblo típico de la sierra norte de Madrid, la que aún se conoce como sierra pobre. Su población no llega al centenar de habitantes, que en tiempos vivieron de la agricultura y la ganadería; en la actualidad ha cobrado importancia el turismo y cuenta con varias casas rurales.

—Aquí nunca pasa nada —les dice el párroco de la iglesia de San Andrés—, por eso nos acordamos de cosas que han pasado hace tantos años...

Al hablar, solo mira a Elena, como si hubiera comprendido que la jefa es ella. A Chesca y Orduño apenas los incluye en sus respuestas.

—¿Conoce usted a Miguel Vistas?

—Lo conocí de niño, cuando todo aquello pasó, pero no he vuelto a verlo. Si quieren los llevo a la casa en donde vivía su familia. Todavía está en pie, aunque no sé si le quedará mucho. Y ya saben cómo son los pueblos, hay gente que dice que algunas noches se escuchan ruidos, como si hubiera fantasmas. Bobadas.

Mientras caminan con el párroco hacia las afueras, les cuenta el famoso suceso que marcó el final de la familia Vistas en el pueblo.

—Era agosto, en esta zona muchos pueblos celebran las fiestas. El padre de Miguel Vistas era un hombre difícil, pendenciero, de mal beber... Nadie por aquí quería darle trabajo, así que él y la mujer se fueron a Francia, a hacer peonadas en el campo y a ganar algo de dinero para pasar el invierno. No quisieron llevarse al niño, así que una prima de su padre se vino a cuidarlo.

—¿Recuerda cómo se llamaba?

—No estoy muy seguro, pero yo juraría que era un nombre que empezaba por uve, Victoria, Virginia, algo así... La joven era guapa y varios mozos de la zona se enamoriscaron de ella. El que se la llevó en su moto fue Genaro, hijo de unos vecinos que vivían en Madrid y pasaban los veranos por aquí. Creo que se fueron a Sigüenza, a las fiestas de San Roque, pero de eso no estoy seguro. El caso es que la chica dejó encerrado al niño en un galpón que había enfrente de su casa. Una nave medio abandonada en la que la familia guardaba trastos viejos. Para el niño, al principio fue un juego, después se transformaría en una pesadilla. La prima de su padre pensaba que solo sería una noche, que de madrugada volvería y lo sacaría de allí.

—Y no volvió.

—Tuvieron un accidente con la moto, lejos del pueblo. El chico murió y la chica tuvo que ser ingresada en un hospital en Guadalajara. Estaba inconsciente y no se despertó en una semana. De la muerte de Genaro nos enteramos, pero, como ella no era de aquí, nadie nos informó de su estado hasta que se despertó y nos llamaron. Yo mismo fui a la nave de enfrente de la casa de los Vistas para sacar de allí al niño, no pensé que pudiera estar vivo. Creo que ha sido lo más desagradable que he visto nunca.

—Sé que es difícil recordarlo, pero necesito que me diga qué vio —ya están llegando a la casa, pero la inspectora no quiere que el párroco interrumpa su relato; es la primera vez en que tiene la sensación de que podrán entender a Miguel Vistas.

—Un perro muerto lleno de gusanos, el niño tenía una herida en el pie, también infestada de gusanos, creo que perdió el dedo gordo... Algo horrible. Se había alimentado de los mismos gusanos que se lo estaban comiendo. Perdóneme lo que le voy a decir, pero, cuando lo vi, pensé que casi era mejor que se muriera. Nadie puede superar haber vivido algo así de niño. Cuando supe que le condenaban por haber matado a aquella chica, lo entendí. Ojalá hubiéramos llegado antes. O quizá no, quizá lo mejor sería que no hubiéramos llegado, que Dios me perdone, pero, si lo hubiéramos encontrado sin vida, se habría ahorrado mucho sufrimiento.

—¿Sabía usted que estaba en la cárcel?

—Claro que lo sabía. Y, cuando leí en el periódico lo de los gusanos, estuve seguro de que era culpable.

—¿Habló con usted la policía?

—Me llamó un policía mayor. No recuerdo su nombre.

—¿Salvador Santos?

—Sí, puede que se llamara así. Todavía no le habían condenado. Al policía le hablé de lo que ese crío hizo con un perro poco después de aquello. Le pedí que lo metiera en la cárcel y que se encargara de que nunca saliera.

—¿Qué fue lo del perro?

—Lo mismo que le hizo a esa chica: llenarle la cabeza de gusanos y dejar que se lo comieran. Ese hombre tiene el demonio dentro, se le metió de niño en ese sitio...

La casa que les señala el párroco está en muy mal estado y tiene algunas pintadas, se nota que lleva deshabitada muchos años. En el mismo estado, o peor, está la nave.

—Esta es la casa de los Vistas, nadie de por aquí la compraría, todos saben lo que ocurrió. Pero ahora el pueblo se está llenando de forasteros, el día menos pensado la compra uno de Madrid, la arregla, le llena las paredes de antiguos aperos y se viene a pasar los fines de semana. La nave de la que sacamos al niño es aquella de enfrente.

Antes de entrar en el galpón, la inspectora hace un gesto a Chesca para que se acerque a ella.

—Llama a Mariajo: que busque a Victoria o Virginia Vistas. A ver si hay suerte y encuentra algo. Si una prima me hubiera abandonado a mí para que me comieran los gusanos, yo tendría muy claro cuál debería ser su final, el fin de fiesta antes de que me pillen.

—¿Crees que Miguel Vistas ha ido a por ella?

—Estoy segura. ¿Por qué habría guardado la foto varios años si no fuera porque no quería olvidarla?

Todos entran en la nave. Aunque esté abandonada y en mal estado, se nota que hay gente que la visita a menudo: botellas, ropa vieja tirada, unos periódicos... Elena coge uno.

—Es de hace solo un mes. ¿Sabe si alguien viene por aquí?

El párroco es el primer sorprendido.

—Quizá algunos mozos a fumarse un porro o a emborracharse. Pero es raro, por aquí hay muchos sitios adonde ir a hacerlo y a esta casa nadie quiere acercarse mucho.

—¿Dónde da aquella puerta?

Al fondo hay una puerta sólida cerrada con un candado especial. Contrasta con el descuido de todo lo que ven.

—Aquí no han entrado los vagabundos. Y no será porque no lo hayan querido —deduce Elena cuando ve que en algunas partes hay señales de que han tratado de hacer palanca con algo para abrirlo—. Orduño, hay que reventarlo... ¿Serás capaz?

—Lo intentaré.

Esta vez él no discute sobre órdenes de registro, busca un hierro y una piedra para hacer de maza. Tiene que golpearlo varias veces hasta que, al final, revienta el candado. Dentro solo hay un armario metálico. No le hace falta que le den la orden, también lo abre.

—¿Qué es esto?

Está lleno de deuvedés, hay dos discos duros, algunos vídeos VHS antiguos... Ya es más de lo que esperaban encontrar en ese sótano.

—Nos los llevamos. Hay que analizar todo esto.

Capítulo 71

—¿Son gusanos de seda?

Miguel le demostraría lo que pueden hacer sus gusanos a la señora que se le ha sentado al lado en el autobús. Pero no quiere llamar la atención, no hasta que pueda acabar lo que ha empezado.

—Sí, para mi sobrino.

—Mi hermano tenía gusanos, les daba de comer morera.

—Les gusta mucho la morera —contesta Miguel, amable—. En Madrid no es fácil conseguirla, antes sí. Ahora casi no quedan árboles.

Faltan pocos kilómetros para llegar a Aliaga, en la provincia de Teruel. Allí se bajará y se librará de esa vieja entrometida. Le gustaría ir pensando en Victoria, en lo que va a sufrir, le gustaría ir recordando cómo murió Lara Macaya, sus gestos de dolor, sus súplicas, sus gritos... Va a volver a vivirlos, esta vez con su prima Victoria. Ella nunca le visitó en la cárcel, le abandonó, igual que en la nave, hace tantos años.

—Me bajo aquí. Que tenga buen viaje.

Miguel Vistas nunca ha estado en Aliaga, el lugar adonde su prima Victoria se fue a vivir después de «aquello». No olvidará nunca al perro, la pala, los gusanos, la herida de su pie, la sed, el hambre, el miedo, ni siquiera la lavadora abandonada. Lleva años pensando en hacerle pasar por lo mismo y ha llegado el momento. No la localizó hasta hace un par de años, ya en la prisión: tuvo que estar horas en el ordenador para conseguirlo, con lo difícil que era que le autorizaran a navegar por internet. Victoria se escondía de él y del mundo, pero no le ha servido de nada. Metiendo su nombre en buscadores no la encontraba, pero un día la suerte se alió con él, la localizó por un comentario que esta había hecho en un foro de agricultores en el que pedía consejo para librarse de una plaga. Su constancia dio fruto, como pasa siempre en la vida.

El autobús le ha dejado junto a una gasolinera, Miguel entra en los servicios, están limpios. Se sienta, se quita un zapato, el calcetín, le falta el dedo gordo del pie, se lo comieron los gusanos, por eso cojea al andar, por eso lo pasó así de mal en el colegio, cuando era un niño, o quizá dejó de serlo cuando «aquello» ocurrió. Aún se acuerda de todo, nunca podrá olvidarlo, solo tenía siete años cuando sus padres se fueron a la vendimia en Francia y él quedó al cuidado de una prima de su padre, Victoria le abandonó en aquella nave y acabó con su vida. Se convirtió en un niño tímido, encerrado en sí mismo, sin amigos. Todos en el colegio se reían de él por su cojera, le decían que era como una trucha, que a las truchas se las pesca poniendo gusanos en el anzuelo, que él también comía gusanos...

Tenía trece cuando lo del perro. Mató al de unos vecinos y lo untó de miel. Estuvo horas observando cómo llegaban los gusanos y se lo comían. Cuando lo descubrieron, su padre le dio una paliza que tampoco olvidará. Bien muerto está, igual que su madre, aunque no duraron lo suficiente como para que él los matara.

Pronto se cambiaron de casa, se fueron a Madrid, a un piso minúsculo por Orcasitas. Miguel creció como un adolescente solitario e inadaptado, siempre encerrado en la biblioteca. Allí descubrió muchas cosas: el mitraísmo —renacer y regenerarse—, el escafismo persa. Cuando sus padres murieron —un accidente de coche, otra vez un accidente...—, heredó la casa y pudo empezar con sus experimentos: criar gusanos para que se comieran pequeños animales como hicieron con el dedo gordo de su pie. Tenía que experimentarlos con una persona. ¿Con quién?

Por entonces ya trabajaba de fotógrafo, le contrató Moisés Macaya para su empresa de eventos, sobre todo bodas. Conoció a su hija Lara, la mujer más bella que había visto nunca, se enamoró de ella y soñaba a diario con besar su boca, con hacerle el amor. Pero Lara no era buena, se reía de él, le hacía creer que se le entregaría para después alejarse... El día de las fotos de antes de su boda, con el vestido y el velo, la pudo ver desnuda por primera vez, ella le provocaba: le mostraba sus pechos, y le preguntaba si le gustaban; su sexo, y le pedía que le contara qué haría con ella... Había pensado muchas veces en cómo mataría a alguien con sus gusanos, lo tenía todo previsto, lo único que no había decidido era a quién se lo haría, la candidata número uno era su prima Victoria. Algún día la encontraría y le devolvería el sufrimiento que le hizo pasar de niño; pero aquel día, en aquella sesión de fotos, todo cambió: cuando Lara le empezó a contar cómo sería su noche de bodas con otro hombre, se dio cuenta de que debía ser ella.

Disfrutó mucho, tanto que no tuvo que violarla, como había pensado. Lara lloraba, le pedía perdón, le juraba que sería suya, pero Miguel ya estaba harto de mentiras y de decepciones. Durante una semana la tuvo a su disposición. Los gusanos se iban comiendo su cerebro y ella iba perdiendo facultades, pero seguía viva. Al final, ni siquiera sentía dolor. Él lo limpió todo bien, estaba seguro de que no le descubrirían, pero se cruzó aquel policía,

Salvador Santos, y le persiguió como un perro rabioso. De no ser por él todo habría salido bien. Por su culpa tuvo que organizar lo de Susana, para que le dejaran salir de la cárcel e ir en busca de su prima. Por fin le ha llegado el momento a ella.

La casa de Victoria está apartada del pueblo. Es de piedra, como la mayoría de las de allí. Miguel la mira, desde fuera, todo parece cuidado, recogido; piensa que Victoria tiene que haber cambiado mucho con los años. La recuerda como una joven perezosa y algo alocada. Él también ha cambiado, ya no es aquel niño indefenso. Abre la cancela de la reja, no tiene candado, no hay perros que cuiden la casa. Por fin está cerca de Victoria, lo que lleva soñando desde hace tantos años.

Camina despacio hacia la puerta de la casa. Imagina la cara de su prima —siempre la ha llamado prima, aunque en realidad sea una tía segunda—, si se encontraran de frente. ¿Gritaría? Motivos tendría para hacerlo.

Pone la mano sobre el pomo de la puerta, está abierta, es un pueblo pequeño, como el suyo cuando era un niño, las puertas se quedan abiertas sin temor a los ladrones. Entra en la casa, hay una temperatura agradable dentro. No ve a nadie. Camina sin hacer ruido, pasa al salón, el ventilador de techo gira, pero Victoria no está ahí. Tampoco hay nadie en la cocina, ni en los dormitorios. La cama está deshecha.

Miguel vuelve al salón, se sienta en una butaca cómoda. Se queda esperando. Tanto tiempo ha soñado con este momento que no tiene prisa, ha aprendido a ser paciente. Sabe que tiene razón, que va a hacer lo que se debe hacer, lo que ha aprendido, que los pecados no se limpian ni con buenas acciones, ni alejándose del mundo, que de nada le puede servir a Victoria haberse ocultado en ese pueblo, en esa casa aislada. Para limpiar los pecados hay que renacer.

Escucha la puerta, ahí está ella, que entra en el salón con una caja llena de tomates. No le ve hasta que él le habla.

—Hola, Victoria. ¿Te acuerdas de mí?

Los tomates se le caen al suelo, como si hubiera visto a un fantasma... No se ha dado cuenta de que se trata de algo mucho peor.

Capítulo 72

—No, Rentero, no quiero que comamos en ningún restaurante de lujo, solo quiero que hablemos sin perder tiempo. No estoy dispuesta a recoger a nadie más con la cabeza llena de gusanos.

Pocos se atreverían a discutir sus costumbres al comisario Rentero, quizá sea la primera vez en que Elena Blanco usa su posición social, mucho más alta que su lugar en el escalafón de la policía, para dirigirse a su superior.

—Rentero, hemos metido la pata al soltar a Miguel Vistas.

—¿Hemos? ¿Estás diciendo tú y yo?

—Está bien, «he», he metido la pata. Ya sé que la pata solo la metemos los de abajo. El asesino de Lara es Miguel Vistas, él también es el inductor del asesinato de Susana. Jáuregui solo es un pobre hombre que le hizo el trabajo para salvar a su hijo.

—¿Dónde está Vistas ahora?

—Eso me gustaría saber, necesito que me eches una mano, que hagas que hasta el último policía de tráfico lo busque —se desespera ella.

—¿Estás segura de que es el delincuente más peligroso que tenemos en España? Esta misma mañana he estado en una reunión en la que me han hablado de células yihadistas en Melilla. No le des más importancia a ese Miguel Vistas de la que tiene, Elena...

—A lo mejor no es el delincuente más peligroso, pero sí el que has presionado para liberar. Y no me voy a comer el marrón yo sola, Rentero.

A veces hay que amenazar a un delincuente para que cante, a veces tienes que hacerlo con tu propio jefe. Llegar al chantaje, si hace falta.

—Vamos a dejarnos de historias, Elena. ¿Qué quieres?

—Tengo razones para pensar que hay una mujer en peligro.

—¿Qué mujer?

—La prima del padre de Miguel Vistas.

Rentero enarca una ceja, un gesto que ella conoce bien. Ya se ha cursado una orden de busca y captura contra él, el caso está cerrado desde el punto de vista de la BAC. Ahora falta que alguien vea al prófugo, haga una llamada a una comisaría y una patrulla lo detenga. Fin de la historia. Esa es la visión de Rentero, Elena lo sabe. Pero ella quiere atraparle antes de que se cobre otra víctima.

—¿Una prima de su padre? —pregunta el comisario.

El tono de escepticismo no deja lugar a la duda. Rentero no quiere seguir con el caso y ella nota un acceso de pereza a la hora de explicarle quién es Victoria Vistas. Mariajo la ha rastreado, sabe que la joven de la fotografía es ella, sabe que su última dirección conocida es anterior a los tiempos de La Serna del Monte, después nada, eso indica que la mujer quiere vivir oculta. Rentero escucha el relato de Elena sin reprimir varios gestos de impaciencia. La historia del encierro, la espantosa compañía del perro muerto y los gusanos.

—No puedo hacer nada por ti —concluye.

—Sí puedes. Sé que la policía ha ordenado un registro en casa de Salvador Santos y que se ha confiscado todo lo que había del expediente del caso Lara Macaya. Varios dosieres que él guardaba en su domicilio. Estoy segura de que hay información sobre Victoria Vistas. Salvador estaba obsesionado, seguro que llegó hasta esa mujer.

—Esos dosieres están en poder de la comisión disciplinaria, que tiene que decidir si Salvador ha cometido un delito. En ese caso, todo el expediente se remitirá al juzgado.

—Quiero un permiso para mirar el contenido de esa documentación.

—Y sabes que yo no te lo puedo dar. Tú misma te empeñaste en detener a Salvador Santos.

—Lo sé y nunca me arrepentiré lo bastante.

—Ya es tarde, Elena. Lo siento, pero no puedo ayudarte.

—No quieres ayudarme, que es distinto. Creía que éramos amigos.

—El chantaje sentimental no te pega nada. Yo soy amigo de tu madre, a ti te guardo cierto cariño. Punto. No confundas las cosas.

A Elena no le da tiempo ni a salir del despacho de Rentero cuando suena su teléfono. Es Mariajo.

—He encontrado una cosa en los deuvedés de la nave de La Serna. Ven corriendo.

—Adelántame algo —ruega Elena.

—No se puede explicar con palabras.

La inspectora apenas consigue dominar la ansiedad mientras se dirige a la brigada. Al menos, la expectativa de encontrar alguna pista en los discos le hace olvidar el enfado por la actitud de Rentero. Ese deseo de extender un velo cuanto antes sobre todo lo sucedido con las hermanas Macaya. Ese modo de desprenderse del caso cuando el asesino todavía está suelto. No es capaz de entender esa actitud.

Cuando Elena llega a la BAC, Mariajo la está esperando con el ordenador encendido.

—La humedad ha dañado la mayoría de los discos, pero he conseguido desbloquear dos de ellos. Las imágenes son espantosas.

Elena se asoma a verlas. Lo primero que ve es un niño de unos ocho años atado a una silla. Un hombre encapuchado le corta una oreja y la muestra a la cámara. El niño se retuerce de dolor, la silla cae al suelo y él patalea como puede, pues también tiene los pies sujetos.

—¿Has oído hablar de la Red Púrpura? —pregunta Mariajo.

Elena no consigue articular palabra. El corazón se le ha acelerado y se lo masajea para intentar atajar un conato de infarto.

—Es una banda que trapichea con vídeos *snuff*. Torturas salvajes grabadas en vídeo para moverlas en la Deep Web. Parece que Miguel Vistas estaba metido en esa red.

—¿Hay imágenes de Lara Macaya?

—De momento, no. Pero puede que estén en alguno de los discos duros. Todavía no me he puesto con ellos. No sabremos lo que hay hasta que no lo veamos todo. Hay material de muchos años, incluso vídeos en VHS. Nos queda mucho por descubrir.

—Necesito ir al baño.

Elena corre a trompicones y vomita en el retrete. Mariajo se pregunta por qué a ella no se le descompone el estómago al ver los límites a los que puede llegar la crueldad del ser humano. La vida la ha endurecido. En diversas investigaciones ha tenido que meterse en la Deep Web, o en el internet profundo, como se llama a veces. Ya está familiarizada con el lado oscuro de la red, con el uso pernicioso de la tecnología. Ha visto vídeos de maltrato animal, de peleas de perros, de gallos y de personas, ha visto porno infantil, ha accedido a páginas de contratación de asesinos a sueldo. Conoce bien las profundidades del océano. Sabe que el cadáver de Lara Macaya descomponiéndose en directo como pasto de los gusanos tiene su sitio en la Deep Web. Miles y miles de personas comprarían una butaca en primera fila para verlo.

Como la inspectora está tardando mucho en volver, Mariajo se acerca al cuarto de baño y golpea la puerta.

—¿Estás bien? —pregunta.

Le llega una arcada como respuesta. Mariajo sale al balcón y se fuma un cigarrillo. No quiere pensar más en su falta de humanidad al ver las imágenes. Ella también las sufre, simplemente está más acostumbrada que Elena. Cuando vuelve a la sala, la inspectora sigue sin aparecer. Mariajo va al cuarto de baño. La puerta se encuentra abierta. La inspectora no está. Y tampoco los discos con las imágenes terribles.

Capítulo 73

Las primeras sombras de la noche caen sobre la Colonia de los Carteros cuando Elena Blanco aparca su Lada rojo. Llama a la puerta de Salvador Santos y aguarda. Ascensión abre y tuerce el gesto al ver a la inspectora.

—Hola, Ascensión.

Elena pone el pie en el quicio de la puerta para evitar que la mujer la cierre del todo.

—Espere un momento, se lo pido por favor. Necesito hablar con su marido. Es muy urgente, hay una vida en juego.

—La única vida en juego que a mí me interesa es la de Salvador. Y usted la ha destruido.

—Quiero disculparme, su marido tenía razón. El asesino de Lara Macaya es Miguel Vistas y Salvador lo supo desde el principio. Déjeme disculparme, es lo mínimo que puedo hacer.

—Es tarde para disculpas, inspectora. Sobre todo después de ensuciar así la hoja de servicio de mi marido.

—Déjeme hablar con él, se lo ruego. Miguel Vistas está a punto de matar a alguien y Salvador es el único que sabe dónde está.

—No queremos saber nada más de todo este asunto.

—¿No le importa que muera una mujer inocente?

—Lo único que queremos es vivir en paz.

—Ascensión, entiendo que esté enfadada conmigo. Pero tengo que hablar con Salvador, es cuestión de vida o muerte.

—Váyase de aquí.

Ahora no intenta evitar que la puerta se cierre en sus narices. Elena entiende la inquina de esa mujer contra ella, no necesita hacer el esfuerzo de ponerse en su lugar. Nunca ha sido una narcisista, no piensa que sus necesidades deban estar por encima de cualquier consideración. Sabe que se merece ese adiós. Se mete en el Lada saboreando el trato recibido, el gusto amargo de la venganza que se ha cobrado Ascensión. Pero también sabe que, en la rabia de esa mujer, la centinela del hogar y de la vida de Salvador, hay una víctima colateral que es Victoria Vistas.

Conduce hasta su casa sin dejarse abrumar por la lentitud del tráfico. Anticipa la borrachera de esa noche, las lágrimas, la obsesión. Pasa varias horas visionando los discos que se ha llevado de la BAC. Imágenes de niños secuestrados a los que someten a toda clase de torturas. En el disco más dañado se ven imágenes pixeladas y el audio se ha perdido por completo. Y en una de esas imágenes cree reconocer a su hijo. No puede estar segura, la imagen no es más que una sombra, un volumen amorfo; pero ella distingue el cuerpo pequeño de su hijo, los brazos ligeramente asimétricos, el flequillo característico moviéndose en un giro desesperado de la cabeza. ¿Era su hijo? Y si lo era, ¿cómo es posible que Miguel Vistas tuviera imágenes suyas?

Intenta mantener la calma, decirse que no es él, que las imágenes no son nítidas. Si al menos pudiera reconocer su ropa, las zapatillas New Balance que calzaba el día en que se lo llevaron... Pero no se ven. Las zapatillas son dos plataformas que sostienen dos piernas, eso es todo. La calidad de las imágenes no permite decir nada más.

Con la segunda botella de grappa comienza el bucle de la obsesión. Comprende que tiene que encontrar a Miguel Vistas como sea, le da igual la vida de Victoria, solo quiere interrogar a ese hombre sobre los discos que han descubierto en su casa de la sierra de Madrid. ¿De dónde los ha sacado? ¿Qué tiene que ver Vistas con esos vídeos? ¿Los hizo él?, ¿hay otros culpables? ¿Qué pasa con esos niños? ¿Están vivos? ¿Están muertos? En ese caso, ¿dónde puede encontrar los restos de su hijo? Ella no es una mujer religiosa, pero quiere tener un sitio que visitar para hablar con Lucas de vez en cuando, para pedirle perdón por no haber sabido cuidarle.

Está segura de que Salvador Santos investigó el pasado de Miguel Vistas y, por lo tanto, debe saber adónde se mudó su prima Victoria. Los dosieres confiscados podrían contener esa información, pero, sin duda, también está el dato en el bosque enmarañado que es la cabeza de Salvador. De pronto se nota con energía suficiente para plantarse de nuevo en la Colonia de los Carteros y convencer a Ascensión de que la deje pasar. Coge las llaves del coche y ya está en la calle cuando se siente golpeada por la ciudad desierta y oscura. Son las cinco de la mañana. No son horas de hacer una visita a nadie. Vuelve a su casa, se sirve un vaso de grappa, intenta pensar con calma. Podría irrumpir en la Brigada de Homicidios y Desaparecidos y robar el dosier de Salvador Santos. Ella sabe muy bien en dónde se guardan. Tendría que forzar una puerta y un armario, las cámaras recogerían claramente la intrusión y sería inhabilitada. Pero antes de eso podría llegar hasta Miguel Vistas y sonsacarle toda la información sobre su hijo. ¿Es de verdad ese niño su hijo? Si no era él quien le torturaba, tal vez pueda decirle quién hace esos vídeos. Una línea roja se le dibuja delante de los ojos. La línea roja que ella no quiere traspasar. Se odia por respetar las normas. Se odia por no ser como Zárate o como Salvador Santos, por no predicar la máxima de que el fin justifica los medios.

Visiona de nuevo las imágenes de los cuatro discos que se ha llevado. Vomita varias veces. Se tumba en el sofá y reflexiona sobre los pasos que debe seguir, sobre las normas, sobre las líneas rojas. Aprieta los ojos hastiada de sí misma, el bucle la está desquiciando. Se queda dormida. Cuando abre los ojos ve que ya es de día. No se ducha, no se cambia, no se asea. Son las ocho y cuarto de la mañana. Se sube al Lada y conduce hasta la Colonia de los Carteros.

Ascensión abre la puerta y la mira con desprecio; pero algo asoma en esa mirada dura, hay un rayo de compasión. La deja pasar.

—Yo voy a estar presente en la conversación.

—Gracias —dice Elena.

Salvador Santos está sentado en un sillón orejero. Junto a él hay una mesita con una taza de café que ya está vacía y un platito con una galleta desmigajada. Acaba de desayunar.

—Cariño, está aquí la inspectora Blanco. Quiere hablar contigo. Yo voy a estar a tu lado mientras ella te hace unas preguntas. ¿De acuerdo?

Salvador no responde. Hay una lágrima a punto de caer de su ojo derecho, que tiene un brillo azulado. Ascensión se sienta junto a él y le coge de la mano. Elena se acuclilla para intentar entrar en el radio de su mirada. Pero no consigue establecer el contacto visual, pues el anciano no posa los ojos sobre ningún lugar concreto. Parece estar en su mundo.

—Salvador, quiero pedirle disculpas —empieza Elena—. Tenía usted razón. El asesino de Lara Macaya es Miguel Vistas.

No hay reacción por parte del enfermo. Elena da más datos, en busca de la luz.

—El fotógrafo. ¿Recuerda que usted sospechaba de él?

—Tenías razón, cariño —dice Ascensión—. Hiciste muy bien tu trabajo. Encontraste al culpable y conseguiste que lo encerraran. A ver qué dicen ahora Rentero y compañía.

Salvador sonríe para sí. No da la impresión de estar reaccionando a las palabras de su mujer, más bien parece que un recuerdo amable le ha venido de repente.

—Miguel tenía una prima, o una tía, no sé. El párroco me dijo que era una prima de su padre —pregunta Elena—. Se llamaba Victoria. La que le encerró en la nave. Necesito saber si le habló de ella.

La sonrisa del hombre se hace más amplia. Ascensión le da un beso en la mano.

—Salvador, está aquí la inspectora. ¿No le vas a decir nada?

Elena no puede creer hasta qué punto ha caído en picado la salud mental del anciano. Se siente culpable de todo el estrés por el que le ha hecho pasar. Pero necesita un dato y no puede marcharse sin conseguirlo.

—Un perro lleno de gusanos. ¿Se acuerda de eso?

—Inspectora, por favor —la reconviene Ascensión.

—Un niño viendo cómo los gusanos se comen un perro. ¿No se acuerda de eso?

—No le haga revivir esos momentos, no es bueno para él.

—Victoria —dice de pronto Salvador.

La palabra ha brotado de sus labios como un soplo de aire fresco.

—Victoria Vistas, la prima de Miguel —dice Elena—. La que le dejó encerrado en la nave.

—Victoria —repite el enfermo.

—Necesito saber dónde vive. ¿Habló usted con Victoria Vistas?

—Muy guapa —dice Salvador.

—Cariño, te están preguntando si sabes dónde vive esa mujer.

—Mudanzas Alcarria.

Elena y Ascensión cruzan una mirada de desconcierto. Elena intenta tirar de ese cabo.

—¿Eso qué es, Salvador? ¿La empresa de mudanzas que contrató Victoria?

—Mudanzas Alcarria.

Lo dice y sonríe, complacido, como si obtener ese dato fuera para él una de sus proezas como investigador.

—Victoria se mudó, sí —dice Elena—. Y la empresa que contrató para llevar sus muebles era Mudanzas Alcarria. ¿Adónde llevaron los muebles? ¿Se acuerda?

—Un escondite —dice Salvador—. Un refugio.

—¿Dónde se refugió Victoria? ¿Se fue a un pueblo?

—Pobre.

—¿Dónde vive, Salvador? Haga memoria, es muy importante.

Salvador cierra los ojos y aprieta los labios. Como si estuviera haciendo un esfuerzo descomunal por recordar. Dos lagrimones ruedan por sus mejillas.

—No se acuerda —dice Ascensión—. Y eso le angustia.

—Dígame adónde llevaron los muebles de Victoria. Usted lo descubrió, Salvador.

El hombre menea la cabeza. Está llorando.

—Déjele descansar —dice Ascensión.

—¿Dónde vive Victoria? Miguel Vistas la quiere matar. Tengo que avisarla.

—Pobre Victoria —dice Salvador.

—Haga memoria —repite—, solo usted puede salvarla.

Salvador niega con la cabeza, cierra los ojos, está sufriendo.

—Ya está bien, inspectora —dice Ascensión—. Lo hemos intentado, pero no puede.

—Vamos, Salvador, dígame dónde vive Victoria —insiste Elena.

Resbalan más lágrimas por la mejilla.

—Ya está, mi amor, ya está. No te preocupes, ya está.

Ascensión le limpia las lágrimas, le abraza la cabeza, le da un beso en la mejilla. Salvador parece más tranquilo tras estas atenciones. Vuelve a ser un hombre dócil, inofensivo, sus ojos recuperan su movimiento errabundo, sin posarse en nada.

—La acompaño a la puerta —dice Ascensión.

Elena asiente, resignada. Lo ha intentado todo. Ahora, con la sensación de fracaso pegada al cuerpo, se siente sucia y resacosa.

—Ya ha visto lo nervioso que se pone. Por eso no me gusta que le molesten con preguntas.

—Siento haberlo hecho, no era mi intención.

—Todo lo que sea para él un ejercicio de memoria termina siendo una pesadilla. Sufre mucho al ver que no es capaz de recordar.

—Lo comprendo. Gracias por todo.

Ascensión cierra la puerta y Elena se da cuenta de que no sabe por dónde tirar. Su única opción es convencer a Rentero de que merece la pena encontrar a Miguel Vistas. Pero ya lo ha intentado y no ha podido, sería como darse de cabezazos contra un muro. Se mete en el Lada y estudia su imagen en el espejo. Está horrible. Tiene corrido el rímel del día anterior, está despeinada y pálida. No puede presentarse en la BAC con ese aspecto, lo primero es ir a casa y darse una buena ducha. Pone en marcha el motor. A través de la ventanilla ve que Ascensión corre hacia ella. Ha dejado la puerta de su casa abierta de par en par.

—Inspectora... Entre. Deprisa.

Elena baja del coche y entra en la casa. Corren las dos hasta el salón. Allí está Salvador, moviendo los labios en una suerte de rezo inaudible.

—Creo que lo está diciendo —susurra Ascensión, como si no quisiera hablar en voz alta por temor a romper el hechizo.

Elena se acerca lentamente. Se agacha y pone la oreja a la altura de los labios de él.

—Aliaga, Aliaga, Aliaga...

—Aliaga —repite Elena.

Salvador sonríe. Dos lágrimas ruedan por sus mejillas, pero ahora son lágrimas de felicidad.

Capítulo 74

No se ha duchado, no ha pasado por casa, se ha montado en el Lada y se ha puesto en camino. Presenta un aspecto horrible, pero esa no es la peor consecuencia de su noche de borrachera. La peor es que no tiene batería en el móvil. Antes de irse a la cama lo deja cargándose, lo hace siempre, es una rutina invariable. El visionado de los discos, las torturas a los niños, la sugestión de haber reconocido a su propio hijo, la obsesión, las botellas de grappa... Todo ha colaborado para que anoche se le olvidara y no lleva cargador en el coche.

Debería llamar a Mariajo para que compruebe la pista de Mudanzas Alcarria. Debería pedirles a Orduño y a Chesca que se dirijan a Aliaga de inmediato, pues una mujer puede estar en peligro; pero no quiere perder ni un minuto. No solo la mueve la urgencia de salvar una vida, también necesita información sobre la Red Púrpura. Para ella, Miguel Vistas no es un fugitivo. Tampoco es un asesino a punto de cometer otro asesinato. Se trata del único hombre en la tierra que dispone de información sobre ese niño que tal vez fuera su hijo. Lleva una pistola en la guantera y un juego de esposas. Con eso le basta para practicar una detención.

Aliaga, en la provincia de Teruel, está a unos trescientos veinte kilómetros de Madrid, saliendo por la autovía de Barcelona hasta Alcolea del Pinar, poco después de Sigüenza. Es allí donde Elena para a llenar el depósito. Se pregunta si debería comer. Tiene prisa, pero algo le dice que necesita alimento. La noche anterior no cenó nada, esa mañana no ha desayunado, se nota débil y desastrada. Pide un montadito de jamón en el bar de la gasolinera y un café muy caliente. Come deprisa, no quiere entretenerse más de lo estrictamente imprescindible. Un par de bocados para resistir el día entero si hace falta. No sabe lo que se va a encontrar en Aliaga.

Se pone en camino de nuevo, toma el desvío por la carretera que pasa por Monreal del Campo. Tarda poco más de tres horas en llegar a Aliaga. Detiene el coche en la plaza del ayuntamiento. Necesita preguntar por Victoria Vistas y que esa investigación sea rápida y eficaz. A su favor cuenta con que se trata de un pueblo pequeño, de menos de cuatrocientos habitantes, en donde todos se conocen. Localiza un bar y se dirige a una mujer entrada en años y en carnes que, detrás de la barra, lee un periódico local con aire aburrido. Se presenta como inspectora de policía, confiando en que ese dato pueda animar el deseo de echar una mano a una desconocida.

—Busco a una mujer que se llama Victoria Vistas. Tengo entendido que lleva unos años viviendo en el pueblo.

—¿La de la nave?

—¿Cómo?

—Bueno, aquí la llamamos así. La mujer que encerró a un crío en una nave. El hombre que ha estado preso injustamente siete años... Ella nunca habla de eso, pero alguien se enteró...

—Sí, esa —la interrumpe Elena—. ¿Sabe dónde vive?

—Vaya hacia el santuario. Verá una casa en medio de la nada. Esa es, vive allí sola.

Como siempre pasa, las indicaciones de los lugareños resultan insuficientes para el profano.

—¿Hacia dónde voy?

—Siga los indicadores del parque geológico. Antes de llegar verá el santuario. Y allí está la casa.

La mujer remata su información con un gesto que indica que no hay pérdida posible. Elena espera no tener que regresar a ese bar después de dos horas de extravío. Se sube al Lada, recorre la calle principal del pueblo y enseguida encuentra una señal que la conduce al parque geológico. Aliaga es un antiguo pueblo minero, y en el camino todavía se pueden ver algunas minas clausuradas hace años.

Una señal indica la proximidad del santuario de Nuestra Señora de la Zarza. Elena toma ese desvío y, a pocos metros del río Guadalope, avista una casa rural. Allí detiene el coche. Saca la pistola de la guantera y se la guarda bajo la presilla del pantalón. Coge las esposas y las mete en el bolsillo trasero. Se pregunta si será esa la casa. Tal vez debería subir un poco más por si acaso hay otra. Pero la camarera parecía muy segura de que no era posible equivocarse. ¿Por qué tendrá tanta información sobre Victoria?, se plantea la inspectora. El relato de Victoria dejando al niño en la nave para correrse una juerga con un pretendiente solo ha podido salir de sus labios. Está claro que, cuando encarcelaron a Miguel Vistas, ella misma se sintió empujada a contar su historia. A Elena no deja de admirarle hasta qué extremos puede llegar la vanidad humana. Hasta los relatos que le dejan a uno en el peor lugar se cuentan con tal de obtener un poco de notoriedad.

Un sendero de grava conduce a la puerta principal de la casa, una construcción de piedra, muy sencilla, con un tejado a dos aguas. Elena rodea la casa en busca de alguna pista. En la parte trasera hay un todoterreno aparcado, con el parachoques y los neumáticos manchados de barro. Las contraventanas están echadas e impiden espiar en el interior de la vivienda. En una pequeña explanada de tierra hay un tendedero inseguro, construido con cuatro palos clavados en el suelo y dos cuerdas; y prendas tendidas. Unos pantalones cortos, varias camisetas, ropa interior femenina, una toalla. Poco más allá del tendedero hay un cobertizo sin puertas, como una cochera. Allí hay una moto de campo y una bicicleta, además de algunos aperos. ¿Un huerto cerca? Sí, a cincuenta metros de la propiedad hay un pequeño terreno cultivado. Elena no sabe qué han plantado allí, no tiene ni la menor idea de horticultura. Podría confundir una col con una calabaza.

Al rodear la casa, descubre que hay una segunda puerta de entrada a la vivienda. Una de cristal que conduce a un porche techado, un lugar agradable para una cena de verano. Las persianas están bajadas, pero no del todo. Si tuviera que irrumpir en la casa, podría forzar esa puerta y levantar la persiana a pulso. Pero, antes de decidirse a hacer eso, se dirige a la puerta principal y llama al timbre. No abre nadie. Vuelve a llamar. Ni siquiera son las dos de la tarde, no es posible que Victoria se esté echando la siesta. Puede estar fuera, pero el todoterreno está aparcado, así como también la moto y la bicicleta. Y no es probable que una mujer que vive sola, como le dijo la camarera del bar, tenga más de un coche. No. Elena está convencida de que Victoria se encuentra en casa.

Antes de dar por buenas sus conclusiones, efectúa una inspección más detenida del lugar. Hay pisadas en el camino de grava. Hay una contraventana combada, como formando una uve, que permite ver parte del salón. Elena se asoma. Y descubre algo que la deja helada. Una mujer atada de pies y manos, con la boca tapada con un trozo de cinta americana. Ve los pies moviéndose a impulsos, los dos juntos dentro de la cuerda, como los de un tullido. Elena examina la puerta principal. Es de madera maciza, con tachuelas de metal adornando los lados. Una puerta con cerrojos de hierro. Rodea la casa, rompe el cristal con varios culatazos, se protege como puede de la lluvia de esquirlas y tira con fuerza de la persiana hacia arriba. Logra practicar una abertura suficiente para deslizarse dentro del salón. Al otro extremo está la mujer atada y amordazada. Al principio le parece que está calva. Al acercarse, se da cuenta de que le han rapado la cabeza por las bravas y tiene en el cráneo tres incisiones circulares.

—Victoria, soy inspectora de policía, estás a salvo.

Elena saca su pistola. Se dispone a liberar a la mujer y no entiende la mirada de pánico que ella le dedica. Como si creyese que es una justiciera que viene a darle el tiro de gracia. Antes de que pueda quitarle la mordaza, recibe un golpe en la sien que hace que se tambalee. Enseguida se le nubla la vista y un mareo tremendo le baja desde la cabeza a los pies. En el estupor del momento, Elena acierta a comprender que la han golpeado con una herramienta muy pesada y también que va a caer sobre el cuerpo de Victoria. Su último instante de lucidez lo dedica a evitar una caída tan penosa.

Cuando se despierta, está atada de pies y manos y tiene una mordaza en la boca. Se halla sentada en el suelo, enfrente de Victoria. Apenas las separan tres metros. Miguel Vistas está acoplando una cámara de vídeo a un trípode. Acto seguido, saca de una bolsa de deportes azul una cajita y la abre. Con mucho cuidado, introduce un dedo. Cuando lo saca, está lleno de gusanos. Miguel se acerca a su prima y pone el dedo sobre su cabeza. Los gusanos se lanzan al olor de la sangre, descienden desde el dedo hasta la cabeza y empiezan a hurgar en las heridas de Victoria. Él ayuda a un gusano que se resiste a bajar de su dedo. Después se coloca detrás de la cámara y apoya el ojo en el visor.

—Inspectora, te voy a pedir que te acerques un poco a Victoria.

Elena está tan aturdida que no consigue descifrar lo que le pide.

—Avanza un poco, con el culo, no es tan difícil. Es para que entres en escena.

Ahora sí lo comprende. En el vídeo que pretende grabar, el sufrimiento de Victoria solo es una parte del entretenimiento. La otra, el espanto de ella al observar desde cerca lo que está sucediendo. Miguel ha encontrado un giro más en su ejercicio de sadismo. Una mujer es devorada lentamente por los gusanos y otra es testigo de lo que le va a suceder a ella a continuación.

Aun así obedece y se arrastra hacia Victoria.

—Perfecto. Ahí estás bien —dice Miguel.

Aparta el ojo del visor y levanta el pulgar en señal de aprobación.

—Es importante que seas natural, que no fuerces los gestos ni sobreactúes. Sé tú misma.

Miguel se acerca a Victoria y estudia la acción de los gusanos en las tres incisiones del cráneo y la cicatriz circular que las une.

—Esto va bien.

Elena quiere hablar con él, quiere preguntarle por los vídeos que graba, quiere información sobre cómo se difunden en la Deep Web. Quiere saber si tiene noticias sobre su hijo. Intenta articular sonidos a través de la cinta americana, pero la mordaza está tan prieta que apenas consigue inflarla un poco, como un globito.

—Te vas a ahogar si sigues haciendo eso. Lo mejor es que estés tranquila y observes. Te aseguro que merece la pena.

Elena se fija en que Victoria está inconsciente. Da gracias al cielo, si pudiera pedir un deseo escogería que la pobre mujer no se despertara nunca más; que no se diera cuenta de lo que le están haciendo. Tiene sangre en la cara, en los brazos, en la ropa. Las incisiones han provocado una hemorragia tremenda. Se fija también en una pala apoyada en la pared. Esa es la herramienta con la que Miguel ha debido de golpearla. En una balda de la estantería localiza su pistola. Las esposas no se las ha quitado. Lo sabe porque se le clavan en el culo y le duele.

Miguel se ha sentado en una silla de tijera y mira la escena, complacido. Elena trata de pensar en sus opciones de sobrevivir. La camarera del bar podría pasarse por la casa, movida por la curiosidad de hablar con Victoria para saber qué quería esa inspectora de Madrid. Pero no sabe si eso le podría servir de ayuda. Tal vez, si viera algo sospechoso, podría avisar a la Guardia Civil. A lo mejor a Victoria la esperan en algún sitio y, en ese caso, su ausencia podría resultar llamativa. El *modus operandi* de Miguel Vistas es espantoso, pero también lento, y eso le permite a Elena contemplar algunas posibilidades de salir airosa del trance. Seguro que en la brigada la echarán de menos, pero nadie sabe dónde ha ido, salvo Salvador Santos y su esposa. No ha dejado noticias sobre lo que se disponía a hacer. Es su estilo, en el fondo le gusta ser impulsiva y hosca, pero ahora sabe que esos rasgos de carácter actúan en su contra. Por mucho que Mariajo y Buendía se pongan a investigar, no encontrarán nada. No se les ocurrirá ir a hablar con Salvador Santos; la dueña del secreto es Ascensión, pero no van a pensar en ella ni siquiera en los momentos más angustiosos de la búsqueda. Elena tiene fama de orgullosa, nadie se va a plantear que se le haya ocurrido ir a la Colonia de los Carteros a disculparse por su metedura de pata. ¿Quién la puede socorrer? Elena concluye que nadie. Está sola. Tiene unas esposas en el bolsillo trasero del pantalón. Tal vez pueda alcanzarlas con un dedo y usarlas para cortar las cuerdas de las manos. No conoce precedentes de una maniobra semejante, pero sabe que, si no logra desatarse y alcanzar su pistola, está muerta.

Miguel se levanta, sale de la habitación. Ha llegado el momento de empezar a hurgar en el bolsillo de atrás. Para lograr meter un dedo, Elena necesita inclinarse hacia delante y separar el culo del suelo. El dedo índice ya está en contacto con las esposas. Tiene que conseguir sacarlas y usar uno de los dientes metálicos como cuchillo. No es tan cortante como para segar una cuerda, pero tal vez avanzando un poco cada hora... Se afana en encontrar el punto exacto de la cuerda en el que va a tener que incidir en cada intento, para no abrir una vía nueva en cada ocasión.

No advierte el regreso de Miguel a la habitación. Se acerca a ella, la mira con cara de loco, la tumba de un bofetón y saca las esposas del bolsillo trasero. Las contempla con una sonrisa y las deja junto a la pistola.

Capítulo 75

La vida en la comisaría de Carabanchel se le está haciendo dura a Zárate. Se acercan las vacaciones de verano y hay que firmar autorizaciones para que los hijos de padres separados puedan viajar al extranjero. De todos los trabajos policiales, seguramente este es el más tedioso.

—¿Adónde viaja usted? —le pregunta Zárate a una mujer acompañada de dos hijas adolescentes.

—A Estoril —dice ella.

—A Estoril, qué te parece.

La mujer le mira sin entender. Las hijas adolescentes se ríen.

—Portugal está en la Unión Europea, los niños no necesitan autorización para viajar.

—La compañía aérea nos pide una autorización del padre, firmada en una comisaría.

—Vale, vale, yo se la firmo —dice Zárate resoplando—. Ya sé que no es culpa suya, pero le aseguro que yo no me he hecho policía para esto.

Costa, su compañero, irrumpe en la sala.

—Te llaman de la BAC. Les he dicho que estás ocupado, pero han llamado tres veces. Ponte, anda, que ya termino yo.

Zárate sale y coge el teléfono de la sala común. Es Mariajo.

—¿Sabes algo de Elena?

—Lo último que supe de ella es que me despedía. Desde entonces, nada.

—No da señales de vida, estamos muy preocupados.

—Estará en su casa bebiendo grappa.

—Zárate, no te llamaría si no fuera muy urgente —le reconviene Mariajo—. Está pasando algo raro.

—¿Y por qué crees que yo puedo saber algo de ella?

—No lo sé, teníais alguna clase de relación, ¿no?

Zárate piensa en la fórmula elegida por Mariajo: alguna clase de relación.

—Sí, supongo que alguna clase de relación sí teníamos.

—¿No me puedes ayudar a encontrarla?

—Lo siento, pero tengo mucho trabajo. Temporada alta en las comisarías de barrio.

Cuelga. Al instante se arrepiente de haber sido tan borde con Mariajo. Esa mujer no le caía mal. Coge su móvil y llama a Elena. No hay respuesta. Consulta la última conexión a WhatsApp. Nada en treinta horas. Es extraño, incluso para alguien tan esquivo como ella. Entra en la sala de las autorizaciones, le dice a Costa que se coge la tarde libre, que, si pregunta alguien, le diga que tiene paperas.

Se dirige al bar en donde ella siempre desayuna y le pregunta a Juanito, el camarero rumano, si sabe algo de la inspectora.

—Hace tiempo que no viene por aquí. Ya sé que se ha acabado la liga de fútbol, pero, si la ves por ahí, dile que se pase para hacer la pretemporada.

—Se lo digo de tu parte —promete Zárate mientras sale por la puerta.

Va también al karaoke. Lo encuentra desierto, con las sillas colocadas sobre las mesas, el suelo fregado y un olor a amoniaco en el aire. Hay algo triste en los lugares festivos cuando están clausurados, esperando su momento de fervor. Una chica está limpiando los baños.

—¿Conoces a Elena Blanco? Una inspectora de policía, clienta habitual.

—Ni idea.

—Viene casi todas las noches, canta canciones de Mina.

—¿De Mina? ¿A quién se le ocurre?

—¿La conoces o no?

—Lo siento, no sé quién es.

Zárate se dirige a la calle Barquillo, saluda al portero y sube a las dependencias de la BAC. Habla con Mariajo.

—Se llevó unos discos que encontramos en un registro, estaba muy impresionada. Con decirte que se metió en el baño a vomitar...

—Para, para. Cuéntamelo despacio, que no me entero.

Mariajo le pone al día. Le cuenta las novedades del caso, la liberación de Miguel Vistas, que Zárate conoce, el hallazgo de la casa en La Serna del Monte, el registro, los vídeos *snuff* que se difunden en la Deep Web.

—¿Tenéis un informe detallado de todo lo que habéis descubierto desde que yo estoy fuera?

—Claro, esos informes los redacto yo misma.

—Dámelos, quiero estudiarlos con detenimiento. Conociendo a Elena, cualquier detalle nimio le puede haber parecido esencial. Es una mujer de impulsos.

A Mariajo le sorprende la información que Zárate tiene de la inspectora, pese a haberla tratado tan poco tiempo. Pero no hace preguntas. Está preocupada, quiere saber dónde está Elena y ella ya no sabe dónde buscar.

—¿Quién es la última persona que la ha visto? —pregunta Zárate.

—Yo soy de las últimas, eso es seguro. Antes de venir a la BAC había comido con Rentero.

Entra Chesca en la brigada y se acerca a Zárate con chulería.

—¿Tú qué haces aquí?

—Te echaba de menos y he venido a verte.

—Fuera.

—Le he llamado yo —explica Mariajo—. Le he pedido ayuda para encontrar a Elena.

—Este hombre está despedido, no puede entrar aquí —dice Chesca.

—Escucha —dice Zárate—. No vengo por gusto, vengo para echar una mano. ¿Algún problema con eso?

Chesca lo mira con desprecio y pone los brazos en jarras.

—¿Me vas a hacer llamar a seguridad?

Zárate sonríe.

—No hace falta. Aquí no se me ha perdido nada.

Zárate se va. Está tan enfadado que se plantea volver a la comisaría de Carabanchel a firmar autorizaciones de viaje a niños de padres separados. Pero se dirige de nuevo a la plaza Mayor. Quiere entrar en el piso de Elena. La casa es vieja, las puertas, vulnerables, y Elena nunca cierra con llave. Le choca esa negligencia en una inspectora de policía, pero le encanta que ella sea así, tan liviana y tan irresponsable. Saca una tarjeta de crédito, la introduce entre la jamba y el resbalón y, al segundo intento, la puerta cede. En el desorden del piso no tarda en encontrar los discos confiscados en la casa de La Serna. Cuando lleva diez minutos viéndolos, llama a la hacker de la brigada.

—¿Qué es esto, Mariajo?

—Comercian con esas imágenes —explica ella—. Se llama la Red Púrpura. ¿Has oído hablar de la Deep Web?

—Claro, pero ¿qué tiene todo esto que ver con Miguel Vistas?

—Él era el propietario de esos vídeos, probablemente traficaba con ellos. A Elena le causaron una gran impresión. Son niños. Tú sabes que secuestraron a su hijo hace unos años, ¿no?

Zárate reproduce los cuatro discos. Ve las botellas de grappa en el suelo. Imagina a Elena bebiendo toda la noche, poniendo las imágenes una y otra vez. Se la figura llegando a alguna conclusión en un momento de lucidez. Pero ¿cuál?

Vuelve a llamar a Mariajo. Ella no sabe qué puede ser; pero ese día comió con Rentero y volvió muy cabreada, le dice. Rentero. El hombre que se ensañó con Salvador Santos. El comisario que quiere medrar en política a costa de la imagen de su mentor. ¿Existe alguna posibilidad de que ese hombre le cuente algo? Ninguna.

Aun así, se dirige a la Brigada de Homicidios y Desaparecidos y le dice a un funcionario que quiere hablar con Rentero.

—Está reunido.

—No tengo prisa, espero.

Se sienta en un banco corrido. Saca su móvil. Consulta el WhatsApp de Elena. Inactivo. Pasan dos horas. Rentero le recibe con sequedad.

—No te esperaba, Zárate, normalmente la gente pide cita para verme.

—Estoy buscando a la inspectora Blanco. ¿Sabe algo de ella?

—Sé que puede estar en cualquier parte. No te preocupes, aparecerá mañana con una resaca monumental.

—Creo que ayer comió usted con ella. ¿Hablaron de algo especial?

—Para mí no hay conversaciones especiales, eso es cosa de adolescentes.

—Lo comprendo, pero ¿estaba preocupada por algo?

—Estaba preocupada por encontrar a Miguel Vistas. Y yo le dije que nosotros también, pero que ya no era de su competencia.

—Pues yo creo que Elena ha seguido buscándole, aunque usted se lo haya prohibido.

—No me extrañaría, pero no tengo ni la más remota idea de dónde puede estar.

—Yo creo que sí que lo sabe.

—¿Perdón?

—No me lo tome a mal, solo quiero encontrarla. Creo que hay algo en su conversación con ella que puede ser importante. Y necesito que me lo cuente.

Rentero le mira fijamente durante unos segundos. Después se recuesta en su silla y se regodea en su indolencia.

—Me pidió el expediente de Salvador Santos, el del caso Lara Macaya. Quería saber si había alguna pista sobre el paradero de una prima de Miguel Vistas o algo así. Y yo se lo denegué, porque ese expediente está bajo investigación.

—¿Una prima de Miguel Vistas?

Rentero hace un aspaviento en señal de hastío.

—O de su padre, no estoy muy seguro. Ella pensaba que la prima sería la siguiente víctima.

—¿Dónde está ese expediente?

—Está aquí, ya lo ha devuelto la comisión disciplinaria, pero no te lo voy a dar.

—Le ruego que me permita examinarlo, si quiere lo puedo hacer en su presencia. Creo que en ese expediente puede estar la clave de todo este asunto.

—Si no le he dado acceso a la inspectora Blanco, con menos razón se lo voy a dar a un oficial imberbe de una comisaría de barrio.

—Lo comprendo, pero puede que la inspectora Blanco esté en peligro.

—Puede, pero, si lo está, la manera de rescatarla no está en el expediente de Salvador Santos. Tengo entendido que fue tu mentor, ¿no es así?

—Así es.

—Pues esperemos que sepas distanciarte de su ejemplo.

Zárate comprende que no hay nada que hacer. Lo suponía. Rentero le tiene demasiada inquina a Salvador Santos como para tenderle la mano a uno de sus pupilos. Se va a casa, se quita la ropa, se queda en calzoncillos y enciende el ventilador. Piensa. No se le ocurre nada. Llama a Mariajo, pero no hay novedades. La única posibilidad que se le ocurre es entrar por la noche en la Brigada de Homicidios y Desaparecidos y robar el expediente. Traérselo a su casa y estudiarlo, con la esperanza de encontrar alguna prueba. El domicilio de la prima de Miguel Vistas, tal vez. Pero eso sería traspasar una línea roja y las consecuencias serían muy graves.

Se consuela pensando en las palabras de Rentero. Elena aparecerá mañana con una resaca tremenda. La puede imaginar esquivando las preguntas incómodas, dando a entender que ha pasado un día entero de farra y a la vez manteniendo el recato, haciéndose la misteriosa. Con estos pensamientos se queda dormido.

Capítulo 76

Elena se despierta porque una mosca le está haciendo cosquillas en la nariz. Tarda solo unos segundos en recordar en dónde está: en el salón en penumbra de una casa aislada en el campo. Atada de pies y manos. Frente a ella, un enjambre de moscas revolotea sobre el cuerpo de Victoria. Miguel Vistas está untando miel en las piernas de la mujer. Ha debido de hacer lo mismo con la cabeza. Embebido en su tarea, no se da cuenta de que Elena se ha despertado. Pero se gira de golpe y la sorprende observando la escena con horror.

—Buenos días, dormilona.

Ella mueve la cabeza para espantar a una mosca que se quiere posar en su rostro. Miguel se ríe.

—Si te molesta una, imagínate lo que te pasará cuando te ponga la miel.

Elena aparta la mirada. Tiene ganas de llorar, pero no quiere hacerlo. Le parece que hay algo de derrota en el acto de llorar delante de su asesino. Se concentra en aguantarse el llanto.

—Mira, vamos a hacer una prueba, solo para que veas.

Se acerca a Elena, le sube la pernera izquierda del pantalón y empieza a untar miel en la pantorrilla. Miguel Vistas parece hipnotizado por el brillo áureo de la miel, extiende la capa pringosa con mimo, como queriendo formar un manto homogéneo. Este es el momento, piensa la inspectora. Ahora podría descargar un cabezazo en el rostro de Miguel. Hay un punto exacto, encima de la frente, que puede provocar el desmayo del agredido. Si se concentra en ese punto y golpea con todas sus fuerzas, podría conseguirlo. Él sigue extendiendo la miel en su pierna y sonríe con arrobo, como si estuviera barnizando un mueble muy hermoso. Hay que esperar a que levante un poco la mirada, justo en ese segundo le va a ofrecer el ángulo perfecto para el ataque. Varias moscas se posan en la pierna de Elena y empiezan a comer miel. No debe distraerse con eso, tiene que mantener la tensión y aguardar su momento. Ahora. Miguel alza la vista para mirarla, pero Elena no se decide. Está lenta de reflejos, agarrotada y muerta de miedo. No se ha atrevido a lanzar el ataque.

Miguel saca una cajita de su bolsa de deportes azul. La abre. Salen varias moscas. Se reparten entre los dos manjares que tienen a su disposición.

—Ahora vamos a poner la cosa más emocionante.

Saca de la bolsa un cuchillo. Mira a Elena con una sonrisa. Ella sabe que no la va a matar todavía, sería demasiado pronto. Tal vez se conforme con un corte en la cara o en el brazo, para atraer a más moscas. Pero Miguel se acerca a Victoria y le clava el cuchillo en el dedo gordo de un pie. Un aullido sobresalta a Elena. Habría jurado que su compañera de infortunio estaba muerta, pero ahora comprueba que no es así. Victoria está viva y se retuerce de dolor ante la satisfacción de Miguel.

—Ese es el dedo que me comieron los gusanos en la nave —dice—. Ahora te toca vivirlo a ti. Es lo justo.

La inspectora Blanco evita mirar su pierna. Sabe que la tiene cubierta de moscas; pero están chupando la miel, de momento no corre ningún peligro. Y la escena que acaba de presenciar le hace creer que Miguel actúa por venganza, ella solo es una visitante inoportuna en su centro de operaciones. Eso le da una mínima esperanza de sobrevivir. Observa los movimientos del asesino. Está buscando algo en su bolsa de deportes. Saca una máquina de afeitar. Comprueba que tiene pilas. Mira a Elena y sonríe.

—Hora de afeitarse.

Elena, ahora sí, se resiste. Mueve la cabeza a un lado y otro, trata de protegerse de las manos de Miguel y ve una nube de moscas revoloteando delante de sus ojos. Él la tumba en el suelo y la inmoviliza con una rodilla. El ruido de la máquina es un murmullo relajante mientras los mechones de pelo van cayendo en el suelo. Después vendrán las incisiones en el cráneo para que ese psicópata pueda introducir las larvas en su cerebro. La cuenta atrás ha comenzado. Ya no lucha. Cierra los ojos y se abandona a lo que tenga que pasar. Oye a Miguel trasteando de nuevo en su bolsa de deportes y, al cabo de unos segundos, siente el efluvio del éter.

—Duérmete, es mejor para ti.

Elena tiene una gasa impregnada de éter aprisionando su nariz. El olor es tan penetrante que sufre una arcada. Poco a poco le va ganando una somnolencia dulce. Se queda dormida.

Un latigazo de dolor despierta a Elena. Miguel está trazando un círculo en el cuero cabelludo de esta. Lo hace con el cuchillo, tratando de formar la serpiente que se muerde la cola. Al principio es un arañazo que raspa la superficie, pero al cabo de unos segundos la punta del cuchillo penetra en la piel en busca del cerebro. Elena se debate con todas sus fuerzas, mueve el cuerpo a base de espasmos violentos, como un salmón en el canasto de un pescador. El cuchillo cae al suelo y Miguel la agarra del cuello y descarga varios puñetazos en su rostro. Si el éter no ha conseguido dormirla, una tunda de golpes hará el trabajo. Necesita precisión en esa parte de la tarea, es esencial que la inspectora no se mueva. El olor de la sangre se mezcla con los restos del cloroformo y el resultado es nauseabundo. Los oídos de Elena lanzan pitidos en todas direcciones. Le va a estallar la cabeza. Intenta abrir los ojos y se da cuenta de que solo puede hacerlo con uno de ellos, el otro está pegado a la carne con una costra de sangre. En el pánico del momento advierte que está sorda. Ya no hay pitidos, ni gritos de advertencia del asesino. Todos sus sentidos parecen bloqueados, el último mecanismo de defensa de su organismo para ahorrarle el sufrimiento final.

Han cesado los golpes, su cuerpo ya no recibe nuevos impactos y ella sabe que en cualquier instante notará el filo del cuchillo dentro de su cabeza horadando el tejido para llegar al cerebro. No siente el dolor. De pronto está sumergida en el agua y le llegan atenuadas las voces de la superficie. Se ha levantado la persiana del salón con estrépito, pero ella no lo ha oído, ha entrado Zárate con la pistola amartillada gritando a Miguel que se aleje del cuerpo y ponga las manos detrás de la cabeza. Tampoco eso lo ha oído.

—Suelta el cuchillo o disparo.

Los sentidos de Elena salen de su letargo, vuelven los pitidos en los oídos, la visión parcial en un ojo que le permite ver a su compañero con el gesto grave y la frente brillando por el sudor. Entonces comprende. Zárate la ha encontrado. Zárate ha seguido investigando por su cuenta o bien se ha preocupado por su desaparición y ha llegado hasta Aliaga. Miguel ha levantado las manos y parece dispuesto a rendirse, pero lo que hace es acercarse al trípode y lanzarlo con fuerza contra Zárate. Aprovecha el desconcierto del otro para salir del salón.

Zárate se apresura a socorrer a Elena, le quita la mordaza, le libera las manos.

—Ve a por él —le apremia ella—. Corre.

—¿Estás bien?

—¡Corre! —y, cuando Zárate sale del salón, añade—: Lo quiero vivo.

No tiene tiempo de explicar por qué. Ese hombre puede tener información sobre su hijo. Necesita interrogarle, puede que Miguel Vistas tenga las respuestas que ella lleva buscando tantos años.

Zárate sale al exterior, mira a un lado y otro. Del pequeño cobertizo que hace las veces de cochera surge una lengua de humo. Es el tubo de escape de la moto de campo. Zárate corre hacia allí, no está dispuesto a permitir que Miguel Vistas se fugue. Cuando llega al cobertizo, ve que la moto tiene la llave puesta y el motor está en marcha; pero no hay nadie. Antes de comprender que ha caído en una trampa, nota el filo de un cuchillo en el cuello.

—La pistola —escucha.

Con movimientos muy lentos, Zárate le alarga la pistola. Miguel la coge y empuja a Zárate hacia el cobertizo. Le mira jadeando de rabia. Dirige su mirada también en dirección a la casa, esperando la aparición de Elena.

La inspectora termina de desatar la cuerda de los pies y se acerca a Victoria. No sabe si está inconsciente o muerta. Su cuerpo se encuentra lleno de moscas y la cabeza, cubierta de gusanos; pero ahora no puede ocuparse de ella. Coge la pistola y las esposas y sale al exterior. Se siente deslumbrada por el sol del mediodía y tarda en ver, junto al cobertizo, a Zárate desarmado y con los brazos en alto y a Miguel apuntándole con su pistola. Elena amartilla el arma en un segundo y encañona a Vistas con firmeza.

—Suelta el arma —le dice.

Su voz sale con una extraña ronquera después de varias horas amordazada.

—Suéltala tú, ¿o quieres que lo mate?

Miguel habla con extraña chulería, como si tuviera la situación bajo control.

—Se acabó, Miguel. Te juro que voy a disparar.

—¿Estás segura? ¿Me vas a matar? ¿Vas a matar a la única persona que sabe algo de tu hijo?

—¿Qué sabes de mi hijo? —Elena siente todavía más terror. ¿Ha sabido Vistas siempre, desde la primera vez en que se vieron en la cárcel de Estremera, quién es ella y quién es su hijo?

—Yo te lo cuento —sonríe Miguel, consciente de que ha removido la conciencia de la policía—, pero primero vamos a presenciar los dos un renacimiento.

—¿Qué?

—Es muy fácil, te estoy ofreciendo un trato. Yo te cuento lo que sé de tu hijo y tú me dejas escapar. Pero no queremos testigos de este pacto. No nos interesa ni a ti, ni a mí.

—¿Qué sabes de mi hijo? —repite.

—Dios de la luz, ayuda a este hombre a renacer de sus pecados —dice Miguel.

Se oye un disparo. Pero no es Zárate el que cae, es Miguel. Elena le ha disparado en el pecho. Se acerca a él corriendo.

—Está vivo, trae toallas, vamos a taponar la hemorragia. ¡No! Pide una ambulancia. Voy yo a por las toallas.

Elena sale corriendo de nuevo en dirección a la casa. Zárate saca su móvil, pide refuerzos sin perder de vista a Miguel, que se retuerce en el suelo y tiene el rostro manchado de arena. Parece que intenta levantarse, pero no lo consigue. Se queda boca abajo. Elena llega con dos trapos gruesos. Y, de pronto, no entiende lo que pasa y se detiene a mitad de camino. Algo ha hecho Miguel. Ha levantado el culo, como si fuera una oruga desplazándose a su manera ondulante y penosa. Y se ha tumbado sobre un objeto que le mantiene levantado unos centímetros del suelo. Zárate le da la vuelta y ambos ven que Miguel Vistas se ha clavado el cuchillo en el abdomen.

Elena, desolada, se queda mirando el cadáver. No necesita hacer la menor comprobación, sabe que está muerto. También Zárate lo confirma cuando se acerca a ella y le pasa un brazo sobre los hombros.

Capítulo 77

Sentada en la terraza del bar en el que desayuna a diario, Elena Blanco mira a los paseantes ociosos y se pregunta por qué la vida es tan extraña. Hay momentos de quietud y de belleza que parecen insinuar algo, que la felicidad está al alcance de la mano y que solo hay que abrir el corazón y vaciar la mente para recibirla sin reservas. Ella sabe que no es así. Ahora se siente bien, corre un poco de aire y la mañana es preciosa, pero su cabeza apenas descansa. Dentro de ella hay un carrusel casi incesante de imágenes siniestras: los cadáveres de las hermanas Macaya, el suicidio de Moisés, la desesperación de Jáuregui por proteger a su hijo, la pobre Victoria llena de gusanos, la sonrisa de Miguel Vistas mientras le untaba el cuerpo de miel, Zárate encañonado y a punto de morir para renacer, según los dictados de una religión extinta hace más de quince siglos... Imágenes, imágenes en su cabeza de niños siendo torturados por hombres con capucha. La imagen de su hijo encarnando a uno de esos niños en una nube borrosa.

—Vaya pinta de pirata tiene, jefa.

Juanito sale a la terraza llevando el café con leche que Elena ha pedido. Se queda mirando el pañuelo que cubre la cabeza de ella y sonríe como si a la inspectora le hubiera dado por enseñar al mundo su lado lúdico. Como si se hubiera disfrazado. Ella sonríe con dulzura, la inocencia de Juanito le gusta, le consuela de la crueldad que hay en el mundo. Se trata del único que al ver el pañuelo no extrae la conclusión de que Elena tiene cáncer. Eso es lo que piensan todos; lo que han pensado en el grupo de duelo las dos tardes en que ha pasado por allí. Ella no se ha molestado en desmentir esa impresión. Mejor que piensen que está recibiendo quimioterapia y que se ha quedado calva a conocer la verdad: que un loco la ha rapado y le ha dibujado un uróboros en el cráneo con un cuchillo. En eso Rentero se ha portado y ha impedido que el nombre de Elena salga en los periódicos y las teles.

La herida ha cicatrizado bien, le ha dicho el médico. Ella se ha cortado la melena que le quedaba y con la que parecía un payaso y se ha puesto un pañuelo por coquetería. Tardará unos meses en tener el pelo como a ella le gusta.

En el grupo de duelo se ha encontrado con Sonia Macaya y la ha visto bien, el apoyo de Capi y el del clan gitano la han ayudado a salir a flote. Ahora mismo, esa mujer es un ejemplo para Elena. Tras haber atisbado a su hijo en los vídeos *snuff* ha revivido el secuestro como si hubiera sucedido el día anterior. Tiene la sensación de que ha retrocedido a la casilla de salida, jamás superará el duelo por su desaparición. Pero la desgracia que ha vivido Sonia, se mire por donde se mire, es muchísimo peor. A ella ya no le cabe ninguna esperanza de volver a ver con vida a sus hijas y aun así parece haber recuperado la ilusión por el futuro. Elena sabe que tiene que aprender de los demás, ser fuerte, como su exmarido, seguir caminando.

Empujada por esas reflexiones, decide ir esa noche al karaoke. Quiere salir al escenario con el pañuelo en la cabeza y cantar una canción de Mina. Para ella, conseguir hacer eso sería una gesta; pero no se decide. Se queda tomando copas de grappa y mirando cantar a los otros. Tampoco está mal ese plan. No ha descartado lanzarse al escenario a última hora, puede que con un par de copas más reúna el coraje necesario. Se acerca a la barra para pedir otra y ve a Zárate entrando por la puerta. No sabe si esta aparición por sorpresa le gusta o no.

—¿Estás sola? —pregunta él.

—Yo siempre estoy sola.

—Traigo malas noticias. He llamado al hospital. Victoria Vistas ha muerto.

Elena se toma unos segundos para digerir la información. El hecho de haber compartido con esa mujer unas horas de terror había creado un misterioso nexo entre ellas. La primera vez en que fue a verla a la clínica, Victoria acababa de sufrir una hemorragia cerebral y la estaban operando con urgencia. Elena se quedó esperando hasta que la sacaron del quirófano y la llevaron a la UCI. La dejaron pasar a verla y ella se limitó a cogerla de la mano y a observarla durante unos minutos, como para insuflarle parte de su fuerza. La visitó varias veces más, pero nunca consiguió hablar con ella, pues la enferma había perdido las facultades cognitivas.

—Otra hemorragia cerebral —explica Zárate—. Esta vez no ha podido superarla.

—Viendo lo que yo vi, es un milagro que haya resistido tanto tiempo.

—Ella sabía que tenía que esconderse. Se lo dijo a Salvador Santos.

—Eso nunca me lo has contado. ¿Él llegó a hablar con ella?

—Claro que sí. La encontró en Aliaga y ella le explicó todo lo que había pasado en aquella nave. Pero dijo que jamás testificaría en un juicio contra su primo, que ya le había hecho suficiente daño y no quería ahondar en la herida.

—¿Y tú cómo sabes todo eso? ¿Te lo ha contado Salvador?

—Salvador no está en condiciones de contar nada. Aunque al menos creo que no le van a llevar a juicio. La comisión disciplinaria ha tenido en cuenta su estado de salud.

—Me alegro por él y por Ascensión, pero no me has contestado.

—¿Qué quieres saber?

—Quiero saber si robaste el expediente de Salvador para averiguar dónde estaba yo y salvarme la vida. No me creo que te hayan suspendido por haber hecho mal tu trabajo en la comisaría de Carabanchel.

—Yo prefiero que no sepas la verdad.

—¿Por qué?

—Porque entonces no vas a querer repescarme para la BAC y esa es ahora mismo mi única salida profesional.

—A lo mejor te sorprendes. Prueba. Cuéntamelo todo.

Zárate pide un whisky al camarero. Si va a hacer una confesión ante una mujer tan estricta con el reglamento como Elena, más vale tener algo para mojar el gaznate.

—Que conste que primero intenté hacer las cosas bien. Quise buscar información en la BAC, pero Chesca me expulsó de allí. Quise hablar con Rentero, pero se cerró en banda y, además, me insultó por haber defendido a Salvador.

—Rentero no es la mejor opción para buscar ayuda. Solo piensa en su carrera y en salvar el culo.

—No le va nada mal con esa actitud. Le han dado una medalla por el caso de las novias gitanas.

—Que le aproveche. Dime qué hiciste para encontrarme.

—Entré por la noche en la Brigada de Homicidios y Desaparecidos, saludé a un funcionario, le dije que tenía que trasladar el expediente de Salvador al juzgado y, para mi asombro, me lo dieron.

—No me lo puedo creer.

—No tuve ni que forzar el armario. Así que me lo llevé a mi casa y busqué como loco hasta encontrar una transcripción de la entrevista que Salvador mantuvo con Victoria. Allí salía el nombre de Aliaga.

—¿Y qué hiciste?

—La segunda irregularidad: cogí prestado un coche patrulla y me presenté en el pueblo. Y lo demás ya lo sabes.

—Así que pretendes entrar en mi Brigada de Análisis de Casos y tu currículum es que robas expedientes oficiales y utilizas los vehículos de la policía para tus caprichos...

—Tú lo has dicho. Y eso que estoy empezando.

Elena lo mira con seriedad.

—Pero no era un capricho, era para salvarte la vida.

—Y, de paso, para arruinar tu carrera.

—No hay una situación perfecta.

Elena asiente, está de acuerdo con eso. Coge su vaso de grappa y lo levanta.

—Vamos a brindar.

Zárate alza su vaso.

—¿Por qué brindamos?

—Por tu incorporación a la BAC. ¿Te parece un buen motivo?

—No sé si a Chesca y a Buendía les va a hacer mucha gracia —sonríe Zárate.

Brindan y vacían sus respectivas copas de un trago. Él la coge de la mano y le da un beso en el cuello.

—¿Y si rematamos la celebración en tu casa? —le susurra.

—No me apetece, lo siento.

Zárate la mira, pretende insistir de un modo divertido, ponerse suplicante para halagar su vanidad. Pero, al verla tan seria y tan triste, se da cuenta de que no hay ninguna posibilidad de convencerla. Decide cambiar de tema.

—¿Estáis investigando la Red Púrpura?

—Mariajo está desencriptando contenidos y rastreando direcciones, pero no es fácil.

—Y... —Zárate duda—. ¿Sabes algo de tu hijo?

Elena esboza una sonrisa de fatiga.

—Me voy a ir a casa. ¿Te importa? Me apetece estar sola.

—Claro. ¿Quieres que te acompañe?

—No, tómate una copa a mi salud. Quiero caminar. Mañana te espero a las diez en la brigada.

Zárate levanta el pulgar.

Capítulo 78

Elena Blanco se aleja del bar, caminando deprisa, no quiere dar a Zárate la oportunidad de insistir, de seguirla, de evitar que esté sola. Va hacia su casa de la plaza Mayor, la vida sigue, los turistas visitan Madrid, los buscavidas revolotean por el barrio en busca de las monedas que ellos les den o de las carteras repletas de billetes que puedan robar. Prefiere atravesar la plaza deprisa, como siempre hace, para no sufrir la eterna pesadez de los camareros invitándola a tomar algo en las terrazas. Lleva ya las llaves en la mano y entra en su oscuro portal. Pero no alcanza a subir el primer tramo de escaleras, sabe que tiene algo pendiente y que, ignora la razón, tiene que afrontarlo hoy.

Vuelve a salir, camina por la calle Mayor, llega a la Puerta del Sol y le sorprende la cantidad de gente con la que se cruza —tiene la sensación, quizá equivocada, de que en Madrid se vive cada vez más en la calle, como si se estuviese convirtiendo en una ciudad del tercer mundo: comen en la calle, se divierten en la calle, se aman en la calle—, sigue por Alcalá hasta Barquillo. Le extraña no encontrar a Ramiro en el portal del edificio que alberga la brigada y mira la hora, ya es tarde, más de lo que pensaba. En su lugar hay otro hombre de unos cincuenta años, quizá otro antiguo policía, como Ramiro.

—Voy a la cuarta planta.

—Claro, inspectora. Pase.

Las oficinas están vacías. Si por algún motivo se hubiera encontrado a Buendía, a Mariajo, a Orduño, a Chesca, a deshoras, quizá habría desistido de lo que va a hacer. Pero no hay nadie que se lo impida, que le haga ver que no merece la pena, que la vida sigue.

Coge las cintas de la Red Púrpura y se mete en una sala de visionado. La violencia de las imágenes es insoportable. Los niños gritan, piden ayuda desesperadamente. Se fija en el niño pixelado que no es su hijo. Lo mira cada día durante horas. Sabe que, si sigue por ese camino, se va a volver loca.

Su marido piensa que a su hijo lo mataron y que no encontrarán nunca el cadáver, eso le permite dormir tranquilo. Pero a ella no le basta, quizá si hubiera podido enterrarlo... Lo buscará hasta dar con él, tiene la sensación de que aparecerá en el momento menos pensado, que ella solo tiene que mantener los ojos bien abiertos.

En la pantalla, un hombre enmascarado viola a una niña. Pasa deprisa, aunque sea una salvajada es algo que en esas grabaciones hay a patadas. Muchas veces son padres que violan a sus propias hijas o niñas y niños cuyas madres los han ofrecido para grabar esos vídeos asquerosos a cambio de unos euros... Niños que quizá se levantan al terminar el vídeo y se van a la cama llorando, que acaso no se dan cuenta de la barbaridad que han hecho con ellos. Niños que puede que piensen que la vida es así, que lo que les pasa no es anormal. Y, lo que es peor, que tal vez lo repetirán cuando crezcan con otros que sean como ellos ahora.

Un pitido en el móvil la sobresalta. Supone que es un mensaje de Zárate agradeciendo el encuentro que ha tenido con ella; pero no es así. Es un mail con un link. Lo abre y el link resulta ser un vídeo. Elena se queda sin aliento.

Lo perdió hace ocho años, ya casi nueve, cuando tenía cinco, pero no cabe duda de que el chico que aparece en un primer plano es su hijo Lucas: sus ojos, su barbilla, el remolino en el pelo rubio...

—Hola, mamá.

Es él quien aparece en primer plano y se dirige a ella.

—Deja de buscarme, mamá. ¿Vale? Déjalo ya. No te imaginas en qué persona me he convertido.

El plano se abre y muestra una habitación espartana, transformada en un espacio de tortura. Hay una adolescente atada a una silla. Y hay otro hombre que tiene la cara picada de viruela, el hombre que pasaba por el arco de la plaza Mayor. La cara que lleva tantos años buscando en las fotografías de su balcón.

—Te voy a hacer una pequeña demostración, porque si no sé que no vas a parar.

El hijo de Elena es ya un chaval de trece años. Es alto y fuerte, su voz suena como a medio hacer, oscilando entre el registro grave y el agudo. Su mirada podría ser desafiante, pero es una mirada muerta.

—Dime que me quieres cuando termines de ver esto.

Coge un cuchillo y hace un corte limpio en la frente de la chica, que grita y patalea. El hombre con la cara picada de viruela la sujeta. El hijo de Elena mira a la cámara.

—Esto es solo el aperitivo. Yo de ti no seguiría viendo el vídeo, mamá.

Elena no le da al stop, se queda mirando las torturas hasta el final. Tiene que encontrar a su hijo, tiene que parar esto.

La Red Púrpura

Primera parte

REZARÉ

Rezaré por ti,
que tienes la noche en el corazón,
y, si quieres, creerás.

La mujer aguarda dentro del coche, abstraída del ambiente navideño. Al principio ha pensado que la radio podía servir de entretenimiento, pero no soporta la euforia impostada de los locutores, la obligación de transmitir alegría a los oyentes. La publicidad radiofónica, ya de por sí cargante, le resulta insufrible en estas fechas. Un villancico más y se abre las venas. Apaga la radio, ella no está para celebraciones.

Mira el reloj. Es tarde, la espera se está alargando más de lo previsto. Cansada, se deja hipnotizar por el tráfico, por las luces de neón, por la muchedumbre amorfa que baja por la calle. Sale del coche para estirar las piernas y nota el frío de diciembre en las orejas, en la nariz, en el pelo. Camina hacia el Mercado de San Miguel y se asoma a la plaza Mayor por la calle de Ciudad Rodrigo. Imposible distinguir en esa marea humana al hombre al que ha venido acompañando.

Cuando vuelve al coche, hay dos policías municipales tomando nota de la matrícula. Corre hacia ellos, se disculpa como puede. Ya se va, su marido está comprando un árbol de Navidad en el mercadillo, es solo un minuto. Tiene suerte: la multa no está en la red todavía y el policía de la libreta la conmina a buscar un parking. Inútil explicarle que están todos llenos; es mejor mover el coche, no arriesgarse a un cambio de humor de última hora, dar una vueltecita y rezar para que se hayan ido los municipales, pues su intención es parar en la misma esquina y subir dos ruedas a la acera para permitir el paso de otros vehículos. La calleja es estrecha.

Ahora la espera entra en una fase angustiosa. Ya no hay margen; si los policías vuelven, la van a multar y a ella no le interesa llamar la atención ni que la matrícula del coche quede registrada.

Pasa un grupo de turistas ruidosos con pelucas naranjas. Detrás viene el hombre, Dimas. Lleva de la mano a un niño de unos cinco o seis años. La mujer pone el motor en marcha. Aplaca un brote de tristeza al ver al pequeño hablando con Dimas, exactamente igual que un hijo haría con su padre. Le parece ver que incluso el niño sonríe. Oye un fragmento de la conversación que mantienen cuando el hombre abre la puerta y se mete con él en los asientos traseros: tranquilo, te vamos a llevar con tu madre, no te asustes.

La entonación cantarina que se emplea con los niños resulta torpe en labios de Dimas, casi siniestra. Se dirige a ella:

—Vamos, ¿a qué coño estás esperando?

El cambio de tono es llamativo incluso para el niño. Ahora está asustado. El coche enfila la calle Mayor hacia Bailén, pero hay mucho tráfico y no se puede ir deprisa. El niño grita, pregunta dónde está su madre, descubre ya sin la menor duda que la simpatía del otro era fingida, una trampa para atraer a la presa. El hombre le suelta un bofetón y cesa el llanto de golpe. En el silencio solo se oye un hipido ahogado. La mujer busca el rostro del niño en el espejo retrovisor.

—¿Cómo te llamas?

Con un hilo de voz, tembloroso, el niño responde.

—Lucas.

Capítulo 1

La pantalla muestra un espacio casi vacío, desangelado. Solo hay una silla de madera en el centro de la estancia y un monitor grande en una pared tosca, de ladrillo. No hay ningún indicio de lo que va a ocurrir allí, pero, poco a poco, más y más ordenadores se irán conectando. Dentro de unos minutos serán casi cien; sus propietarios no se conocen entre ellos, aunque disfrutarán del mismo espectáculo. La mayoría está en España, pero también los hay en Portugal, en México, en Brasil... Muchos son hombres de entre treinta y cinco y cincuenta años; aunque hay alguna mujer, varios jubilados, hasta un menor de edad... Todos han pagado los seis mil euros que les han exigido, en bitcoins y de forma segura, sin dejar huella.

El monitor de la pared de detrás se enciende. La imagen muestra el manto verde de un campo de fútbol. Los jugadores que van a disputar el partido esperan para saltar al terreno de juego, la cámara los enfoca, rotula sus nombres. Es un partido de la Champions League, de la fase de grupos, jugarán el Real Madrid y el Spartak de Moscú.

Pero el interés de los conectados no está en el partido de fútbol. Con esas imágenes, los organizadores solo quieren demostrar que están emitiendo en directo. Es importante que todo el mundo sepa que lo que van a ver es un espectáculo en vivo y no una simple grabación, por eso pagan tanto.

Saltan los jugadores, cada uno de la mano de un niño o una niña, se hacen fotos, se saludan, escuchan el himno de la competición, sortean los campos. Empieza el partido...

El balón está en juego, pero el espectáculo todavía no ha comenzado. Los espectadores han pagado para ver cómo una mujer, casi una niña, muere ante sus ojos.

—¡Lo tengo!

El grito de Mariajo rompe la tranquilidad de la Brigada de Análisis de Casos. Llevan dos meses esperando escucharlo.

—¿Estás segura? —pregunta Orduño.

—Completamente, la IP que teníamos bajo vigilancia está conectada, el «evento», como le llaman ellos, empieza a las nueve y cuarto, nos queda un cuarto de hora. Id llamando a la gente mientras me aseguro.

El operativo está diseñado desde hace semanas a la espera de que Mariajo, la sexagenaria hacker de la BAC, dé la orden de ponerlo en marcha. Todos saben cuál será su función a partir de este instante: Elena Blanco y la propia Mariajo irán al lugar donde está el ordenador que tienen intervenido, acompañadas por un equipo de acción inmediata; Zárate, Chesca y Orduño aguardarán instrucciones en el Centro de Medios Aéreos de la Policía Nacional; Buendía se quedará de guardia en las oficinas de la BAC, por si fuera necesario su apoyo en algún sitio.

—¿Llamas tú a Zárate?

—Llámale tú, yo localizo a Elena —Chesca no ha cambiado de opinión acerca del nuevo compañero de la brigada, no soporta a Zárate.

Mariajo teclea a toda velocidad. Ninguno de los otros dos sabe lo que está haciendo, solo que ha encontrado algo y no va a parar hasta averiguar quién está detrás.

—Cabrones... —se lamenta—. El espectáculo de hoy es una muerte en directo.

—¿Podemos evitarlo?

—Vamos a intentarlo, hay que salir para Rivas.

Los días de partido en la tele, a Elena le gusta ir al Cheer's, en la calle Huertas. En sus pantallas no se ve el fútbol, solo esos vídeos cursis que acompañan la letra de las canciones que interpretan los parroquianos.

—¿No vas a cantar a Mina?

—Hoy no, de vez en cuando hay que cambiar. Hoy me apetece Adriano Celentano: «Pregherò».

En cuanto termine la chica que está cantando el «Soy rebelde» de Jeanette, le tocará a ella: *pregherò, per te, che hai la notte nel cuor e se tu lo vorrai, crederai*. No necesita la letra —nunca la necesita—, se la sabe a la perfección.

Todavía está sonando la canción de Jeanette cuando vibra su teléfono.

—¿Rivas? Perfecto, salgo para allá. Llego a la vez que vosotros. ¿Todo el mundo en sus puestos?

Elena pierde su turno; seguro que Carlos, otro de los habituales, lo aprovechará: rezaré por ti, que tienes la noche en el corazón...

Una chica ha aparecido en la imagen y está de pie junto a la silla. Parece aturdida, aunque todos saben que no la habrán sedado. Nadie quiere ahorrarle sufrimiento, al contrario: cuanto peor lo pase, mejor será el espectáculo. Si no sintiera dolor, no valdría la pena, sería como ver una operación en un quirófano, ¿quién paga para asistir al trabajo de los cirujanos? Ellos gastan su dinero para ver sufrir y morir.

Si están allí, si se han tomado las molestias —y corrido el peligro— de ponerse en contacto con la Red Púrpura, si han abonado por anticipado y en bitcoins la fuerte cantidad exigida, si han esperado a que les llegara el mensaje con el día, la hora y el modo de conectarse, es porque confían en el maestro de ceremonias. Dimas. Los espectadores nunca le han visto la cara —la lleva tapada con una máscara de las que usan los luchadores mexicanos—, pero conocen sus movimientos, igual que un aficionado al fútbol sabría cuál es el jugador que tiene el balón en la pantalla del fondo solo viendo su forma de trotar y el lugar que ocupa en el campo. Son forofos de Dimas, igual que otros lo son de Messi o de Cristiano Ronaldo... Algunos hasta creen que, si vieran a Dimas caminando por la calle, serían capaces de identificarlo por sus andares.

La chica es guapa, joven, muy joven —tal vez sea mayor de edad, pero en ese caso lo sería por apenas unas semanas—, morena y con los ojos muy grandes. Por sus rasgos podría ser española —eso es lo que más se cotiza, y todavía más si es muy pija, de esas que siempre han vivido entre algodones—, pero también marroquí. Alguien a quien no se escucha a través del ordenador debe de estar dándole órdenes y ella se ha sentado en la silla. Mira alrededor con miedo, está claro que no sabe lo que va a pasar allí, que no se lo espera. Quizá sufra tormentos que ni imaginaba que se le pudieran infligir a un ser humano.

Capítulo 2

Dicen que Rivas-Vaciamadrid, pese a su desagradable nombre, es uno de los pueblos con mejor calidad de vida de la Comunidad de Madrid —el séptimo más rico de España, el cuarto con menor cantidad de población en riesgo de pobreza—: un paraíso en el que no debería haber problemas. Hay zonas de pisos y otras de chalets adosados; viven muchos jóvenes profesionales con sus familias; el municipio está lleno de instalaciones para hacer deporte o para albergar actividades de ocio y cultura. La vida es agradable en Rivas, un ejemplo de ciudad sostenible, un lugar donde merece la pena vivir y educar a unos hijos. Por eso, Alberto se esforzó en comprar allí, aunque al principio les costara tanto pagar la hipoteca de su adosado con jardín y piscina. Menos mal que las cosas han mejorado para la familia Robles. Ahora están orgullosos de su casa, del vecindario y del Lexus recién estrenado, de haber conseguido lo mejor dentro de lo que estaba a su alcance.

Aunque oficialmente se acaba en menos de una semana, es todavía verano y ha hecho mucho calor durante el día, así que cuesta sacar a Sandra de la piscina. Hay que amenazarla con castigos, con enfadarse con ella.

—¡O sales ahora mismo o vacío la piscina y no te bañas más! —le grita su padre.

—Está prohibido vaciarla, no se puede desperdiciar agua —se mofa de su padre Sandra, sabihonda.

—Pues me la bebo, así no se desperdicia.

Sandra se ríe, tal vez la única forma de lograr que obedezca. Alberto la recibe con una toalla y la lleva envuelta en ella, en brazos, hasta la casa. Los dos se ríen de la imagen del padre bebiéndose toda el agua de la piscina. Allí está Soledad terminando de preparar la cena.

—¿De qué os reís?

—De las tonterías de papá. ¿Qué hay para cenar, mamá?

—Sopa de tomate y croquetas.

Alberto no sabe para qué pregunta su hija, cenan lo mismo por lo menos dos o tres veces a la semana: sopa de tomate de lata y croquetas congeladas. Ni a él ni a su mujer les gusta cocinar, y Sandra se lo come sin las peleas que tienen las pocas veces que les da por poner comida sana en la mesa —todavía se acuerda de la noche del brócoli—. Su madre nunca le habría dado a él croquetas congeladas cuando era pequeño, las habría hecho con dos cucharas, una a una.

—¿Daniel no baja a cenar con nosotros?

—Dice que está estudiando

—¿Estudiando? Me juego lo que quieras a que si subo le encuentro haciendo el gilipollas con el ordenador. Con uno de esos juegos de matar a gente.

—No digas tacos delante de la niña. Y siéntate, que se enfría la sopa.

Alberto se sienta delante de la tele, que está sin sonido: el Madrid sigue empate a cero con el Spartak. Lo primero que ve es una oportunidad de gol de los rusos, han lanzado fuera de milagro.

—¿Te vas a quedar viendo el fútbol?

—Está sin sonido, déjalo —se excusa él.

Hoy Sandra debe de tener hambre, la piscina siempre le abre el apetito. Cenarán tranquilos y Alberto podrá echar alguna ojeada al partido.

—Acuérdate de que el domingo comemos donde mi madre.

—Yo creo que va a ser el último día de piscina para Sandra —se defiende—. Podemos cambiarlo para la semana siguiente y que la niña disfrute.

—Sí, mamá —ruega su hija—. No podemos perdernos el último día de piscina.

No da tiempo a que Soledad conteste; antes de que lo haga se oye un golpe seco y fuerte. La puerta de la calle se ha abierto, la han reventado con un ariete y han empezado a entrar policías, no saben si son Geos, de los que Soledad y Alberto solo han visto en la tele. Tras ellos llega una mujer de unos cuarenta y cinco o cincuenta años, sin uniforme ni arma a la vista.

—¡No se muevan! ¿Dónde está el ordenador?

—¿Cuál? —responde Soledad, asustada—. Hay varios.

—Daniel está en su cuarto —aunque Sandra solo tiene nueve años, es la única que acierta a adivinar a quién buscan.

Al oír el estruendo en el piso de abajo, Daniel presiente que vienen a por él. Sabe que tiene que desenchufar el ordenador, pero hay algo que se lo impide: está hipnotizado por el espectáculo. En solo diez minutos, Dimas ya ha demostrado que es alguien especial, un artista. Lo primero que ha hecho al salir, cuando la chica se ha puesto a gritarle, a suplicarle clemencia, ha sido darle un puñetazo en la tripa que la ha dejado doblada y sin aire. Después ha empezado a arrancarle la ropa. La chica lloraba sin entender nada, pero a esas alturas ya debía darse cuenta de que la noche iba a ser muy difícil para ella.

Daniel escucha las botas de varios hombres en la escalera y no sabe si salir a su encuentro, si saltar por la ventana o si tumbarse en la cama con un libro como si no pasara nada. No llega a hacer ninguna de las tres cosas. Solo apaga el monitor un segundo antes de que dos hombres en uniforme de combate entren y le aparten de un empellón que le hace caer sobre la cama. Tras ellos vienen dos mujeres. La mayor de ellas es la que se sienta ante el ordenador y lo manipula con gestos precisos. Daniel la ve conectar un dispositivo en uno de los puertos y, luego, encender la pantalla. Aun con el miedo dentro del cuerpo trata de mirar por encima del hombro de la mujer para ver qué está pasando.

Las imágenes se siguen emitiendo a pantalla completa. Ya no están solos Dimas y la chica; ha entrado otro hombre, uno con pasamontañas que tiene una prótesis de metal que sustituye parte de su mano. A la chica no se le ve bien la cara, la tiene llena de sangre.

—¿Cómo eres capaz de ver esto...? —dice la más joven. En su tono, Daniel percibe más incomprensión que reproche.

—¡Eh! ¿Qué es eso? —intenta defenderse Daniel—. ¡Yo no he puesto eso!

—Sacadlo de aquí.

Uno de los dos policías que entraron primero lo planta en la puerta de un solo empujón. Allí se encuentra de cara con su padre.

—Espero que sea un error, que todo sea un error —le dice con el rostro desencajado.

Daniel habría preferido que le abrazara; se siente como un niño pequeño que ha hecho una travesura, pero sabe que esto es peor, mucho peor. Que esta vez la ha cagado de verdad.

Capítulo 3

Chesca, Orduño y Zárate están esperando en un hangar del Centro de Medios Aéreos de la Policía Nacional en Cuatro Vientos. Hay cuatro helicópteros preparados para ponerse en marcha de inmediato, en cuanto ellos lo ordenen. Tienen prioridad absoluta y la torre de control les permitirá despegar en el momento en que lo soliciten. Son helicópteros EC-135, preparados para vuelo nocturno, con capacidad para siete personas cada uno y velocidad de crucero de doscientos cincuenta kilómetros por hora. Los aparatos tienen a su propio equipo de agentes, armados y dispuestos a actuar.

Los agentes de la BAC están vestidos con uniformes azules, casi militares. Se nota de dónde viene cada uno de ellos. Orduño, que estuvo en los Geos antes de que Elena lo captase, no se diferencia de los agentes de operaciones especiales. Chesca tampoco, pasa el suficiente tiempo en el gimnasio como para mimetizarse con los demás. Zárate es un hombre musculado, alto y fuerte, pero algo en su manera de llevar el uniforme en medio de todos ellos recuerda a un oficinista que se ha equivocado de destino.

—Mírale, parece recién salido de una película de marines —dice Chesca—. Hace el papel del recluta que echan al principio, el que quería ser marine por su hermano mayor, el que murió en el Golfo.

—No digas tonterías, en cuanto nos llamen te vas con él en el helicóptero. Más te vale que sepa lo que se trae entre manos.

—A ver si te echas novia, que estás muy coñazo, Orduño.

Apartado de ellos, Zárate no deja de mirar el teléfono. Está deseando que empiece la acción.

Cuando regresen a las oficinas de la BAC podrán examinar la grabación y buscar la forma de identificar a la víctima y a sus dos verdugos. Ahora solo pretenden salvarle la vida a esa pobre chica.

Han llegado a tiempo de ver al hombre de la mano ortopédica apoyar el punzón sobre uno de los ojos de ella. En algún momento le ha cortado el párpado para que no pueda cerrarlo y tiene un aspecto extraño, como de muñeca antigua. El hombre empuña ahora un martillo. Da la sensación de que va a descargar un golpe contra el punzón para atravesar el ojo o para arrancarlo de cuajo, pero de pronto se gira levemente hacia un lado y baja la herramienta. Vuelve el otro, el de la máscara de luchador mexicano. Elena no puede seguir mirando mientras el hombre coge el punzón, se lo mete en la boca a la joven y, con un golpe firme de martillo, le atraviesa la mejilla...

¿Será su hijo Lucas uno de esos hombres? ¿Será el de la máscara mexicana? Los gritos de la chica se le clavan en el cerebro. Aunque intente huir de esa idea, se siente de alguna forma responsable de la tortura.

Está tan concentrada en su dolor que se sobresalta al oír la voz de Mariajo.

—He localizado el origen. Creo que sé desde dónde están emitiendo.

Todos se levantan como con un resorte cuando suena el teléfono de Zárate.

—Sí, vamos —dice este al aparato—. Navacerrada —anuncia luego a los presentes.

No necesita añadir nada más, han estudiado cada uno de los pasos que debían dar esta noche. Por ahora todo marcha según lo previsto.

Orduño los acompaña hasta el helicóptero para desearles suerte. Él se queda esperando por si hubiera una segunda localización a la que acudir, o para salir dentro de unos minutos a apoyar a sus compañeros. Buendía también ha recibido la noticia en las oficinas de la brigada y debe de estar llamando en este momento para que salgan dotaciones hacia el objetivo por tierra.

—Suerte, compañeros. Tened cuidado —se despide de ellos Orduño.

Todo está en su sitio, los hombres en sus puestos, los helicópteros a punto de partir.

—Están intentando localizar la dirección exacta. ¿Cuánto tardaremos hasta Navacerrada? —pregunta Zárate a uno de los dos pilotos.

—Está a unos sesenta kilómetros y tenemos que coger velocidad de crucero, calcula dieciocho o veinte minutos. Quizá un poco menos.

Viajan Chesca y Zárate, dos pilotos y tres agentes de los Geos. Otro helicóptero parte tras ellos con más hombres. Cuando lleguen, deberán tomar la decisión de entrar en la casa o esperar a recibir refuerzos. Todo dependerá de lo que les vaya diciendo la inspectora Blanco. Básicamente, de si la chica a la que están torturando sigue viva y se puede hacer algo por ella. Solo se pondrán en riesgo si tienen alguna posibilidad de salvarla.

Elena sigue evitando mirar la pantalla. El sonido es suficiente para imaginar el martirio de esa pobre chica a manos de los dos hombres, el de la máscara y el de la mano de hierro. No quiere interrumpir a Mariajo, que no deja de trabajar, unas veces en el ordenador del chico y otras en uno que ha conectado ella misma. Sabe, más o menos, lo que la especialista en informática del grupo está haciendo: rastrear direcciones IP e ir descartando otras enmascaradas hasta llegar a la original. Por fin, la hacker se da la vuelta y sonríe.

—Calle de los Arcos, en Navacerrada.

Elena consulta en su teléfono el mapa de la localidad.

—Es una zona de chalets.

—Tiene lógica, ya has oído los gritos que está dando esa pobre. No lo pueden hacer en un piso del centro, lo escucharían los vecinos...

Elena solo puede rezar para que los suyos lleguen a tiempo, avisar al helicóptero de la dirección exacta y mandar refuerzos. Lo hace con una voz firme que no deja vislumbrar su pánico: que al detener a esos dos salvajes y quitarles las máscaras, uno de ellos sea Lucas. Su hijo perdido.

Zárate sigue dando a los pilotos las indicaciones que recibe.

—Calle de los Arcos, está en la zona noroeste del pueblo, muy cerca del hotel Arcipreste de Hita.

No sabe cómo lo van a buscar, pero confía en el gesto de conformidad que le hace uno de los pilotos alzando el pulgar.

—¿Te han dicho si la chica sigue viva? —Chesca no puede esconder su inquietud.

—De momento no me han dicho que esté muerta. Si no nos vuelven a llamar, entramos en la casa en cuanto lleguemos.

No necesitan orden judicial: en caso de delito flagrante, y sospechan que dentro de la casa puede estar cometiéndose un asesinato, no solo tienen la capacidad, sino también la obligación de entrar para impedirlo. El piloto interviene:

—Seis minutos.

Capítulo 4

La chica de la pantalla ha perdido el conocimiento y eso no gusta a los torturadores. Tienen que mantenerla plenamente consciente para que los que han pagado disfruten. Mariajo, que poco más puede hacer tras haber descubierto el lugar desde el que emiten, mira por primera vez con curiosidad.

—¿La han matado? —se asusta.

—Creo que no, creo que la están reanimando —responde Elena.

Le están haciendo volver en sí, le han inyectado algo en el brazo.

—Pobre chica. ¿Qué hemos hecho para que esto sea posible? Vaya mierda.

Elena no contesta, sabe que Mariajo no lo necesita. También sabe que nadie puede eludir su responsabilidad de lo que pasa en el mundo, que su propio hijo podría estar ahí; podría ocupar el lugar de cualquiera de ellos, de los que torturan o también, por qué no, de la víctima. ¿Seguirá con vida?

Han pasado ocho años desde que su hijo Lucas fue secuestrado. Y solo unos meses desde que Elena recibió un vídeo en el que salía su hijo, transformado en un adolescente, dirigiéndose a ella para que dejara de buscarle. No ha hablado con nadie de aquel vídeo. ¿De qué serviría contárselo a su exmarido? ¿No es más compasivo que siga pensando que Lucas murió hace mucho tiempo? Tampoco se ha atrevido a confesarse con sus compañeros de la BAC, ni siquiera con Zárate. Tal vez, sus agentes le habrían dicho que había sido una alucinación. Que el adolescente que aparecía en ese vídeo no era Lucas. Ella guarda un fotograma, una captura de pantalla en la que solo aparece su hijo. El resto desapareció de su móvil y de la red tan pronto como acabó la reproducción. Pero Elena no necesita volver a verlo para estar segura de que no se equivoca. Se le quedó grabado a fuego en la memoria. A su hijo lo secuestró una organización criminal, que responde al nombre de la Red Púrpura y que trafica en el internet profundo, indetectable y siniestro, con imágenes violentas. Y el vídeo revelaba algo más horrible todavía: en algún momento de su cautiverio, Lucas se había pasado al enemigo. Cómo y por qué sucedió eso es algo que a Elena se le escapa, pero esas imágenes ya forman parte de sus pesadillas. Lucas sonriendo, con un cuchillo en la mano, a punto de empezar a torturar a una joven atada a una silla. Una chica de ojos color miel llenos de miedo. ¿Iba a torturarla o a matarla? En sus pesadillas se dan ambos desenlaces y siempre es Lucas el ejecutor, con su sonrisa sádica y sus ojos de loco. Desde entonces, Elena Blanco solo vive para desarticular la Red Púrpura y para encontrar a su hijo.

La zona en la que está el chalet es muy arbolada y el helicóptero debe buscar un claro para posarse. Lo halla a unos doscientos metros de la casa que tienen como objetivo. En la carrera de los policías hacia ella, ven a algunos vecinos que, alertados por el ruido, se asoman a las ventanas. Los Geos se detienen tras la valla. Zárate llama a Elena.

—Estamos en la puerta, no se ve actividad especial en la casa. ¿Sigue con vida la chica?

Elena levanta la vista al monitor, la chica está viva, aunque seguro que preferiría estar muerta. El hombre de la máscara mexicana tiene un pájaro en las manos. Mariajo mira aterrada.

—¿Se lo va a meter ahí? Son unas alimañas, no tienen escrúpulos.

De eso no cabía ninguna duda, desde antes incluso de que empezaran a ver aquello. Elena sabe que con la orden que va a dar pondrá en peligro la vida de los suyos, pero no tiene más remedio.

—Sí, Zárate, está viva. Hay que entrar en la casa. ¡Ya!

No se ve ninguna reacción cuando Chesca, Zárate y los Geos que los acompañan entran en el recinto. Buscan señales de que haya algún sistema de seguridad conectado, pero no las encuentran. Los Geos conocen perfectamente su trabajo y en menos de un minuto estudian las entradas y salidas —una en la parte de delante, que da al vestíbulo principal, y otra en la de detrás, que da a la cocina— para organizarse y minimizar el riesgo de sufrir bajas.

El inspector que organiza el operativo dispone los últimos detalles. Zárate, él mismo y cinco hombres entrarán por la puerta principal, Chesca y el resto cubrirán la puerta trasera y, si nadie intenta huir por allí, entrarán para unirse a sus compañeros.

—Está cargando la pistola —se extraña la vieja hacker mirando el monitor.

¿La van a matar de un tiro? Ni Mariajo ni Elena esperaban eso, hasta les parece una muerte dulce en comparación con todo lo que le han hecho hasta ahora.

Son momentos de incertidumbre para Elena. Se pregunta si sus hombres estarán a salvo, si llegarán a tiempo de rescatar a la chica, si se descubrirá que tras la máscara mexicana está su hijo Lucas, aunque a ella no le extrañaría que la máscara cubriera el rostro picado de viruela que ha buscado tantos años.

El que ha cargado la pistola —es el de la mano ortopédica— apunta a la cabeza de la chica. Mariajo y Elena contienen la respiración, pero el torturador vuelve a bajar el arma y sale de plano.

—¿Te das cuenta de que muchas veces parece que van a hacer algo, como lo del punzón o esto, y paran en el último instante? —observa Elena.

Mariajo asiente.

—¿Por qué?

—Seguro que no son remordimientos.

En el chalet de Navacerrada están todos en sus puestos. El inspector da la orden y derriban la puerta. Entran en la casa. Nadie se defiende desde dentro, solo encuentran a una señora de edad avanzada que los mira con terror.

—No se mueva, ponga las manos en la cabeza —le grita Zárate—. ¿Quién más está en la casa?

—Mi esposo, pero se fue a dormir hace rato —contesta ella temerosa—. Toma pastillas y no se despierta con el ruido.

Los Geos han entrado con sus armas en alto, dispuestos para disparar. Se escucha a Chesca cruzar el umbral de la cocina. El inspector del Grupo Especial de Operaciones baja su pistola.

—Aquí no hay nadie.

Zárate no se conforma.

—¿Hay sótano?

—No, solo este piso y el de arriba —la anciana, nerviosa, se sienta en una butaca sin perder de vista a los agentes que han invadido su casa.

—¿Y el ordenador?

—Lo tengo estropeado, estaba viendo el capítulo de hoy de *Puente Viejo* en la tablet...

Elena mira aterrorizada la pantalla, se separa el teléfono del oído.

—Nada, Mariajo, hemos fallado.

La hacker no lo entiende. La cara le cambia, ahora no queda esperanza, solo angustia por lo que va a sufrir esa pobre chica, por no haber sido capaz de pararlo.

—Pero si era allí.

No dice nada más. En ese momento, en la pantalla, el hombre de la máscara mexicana ha vuelto a aparecer. Ahora es él quien tiene la pistola. Con decisión, se acerca a la chica y apoya el cañón del arma en su pecho, en el corazón. Y dispara. El impacto es tan fuerte que la joven, ya sin vida, cae al suelo de espaldas. Mariajo se queda mirando la pantalla y tarda unos segundos en salir de su silencio.

—No sé cómo me han podido engañar. Vamos a cogerlos, sea como sea —se jura a sí misma.

—Voy a hablar con los padres del chico.

Elena se levanta y, casi sin fuerzas, sale de la habitación. Hasta este instante no se ha dado cuenta de que en la pared hay un póster como el que puso Abel, su exmarido, en el cuarto de Lucas cuando este solo tenía cinco años. Es un jugador de baloncesto, blanco y rubio, con un uniforme verde, con el número 33. Su nombre es Bird, «pájaro». Se acuerda del pájaro con el que han torturado a la chica, era extraño, azul. Mandará que lleven al chaval a las instalaciones de la BAC, ahora no tiene fuerzas para hablar con él, sería como si lo hiciera con su propio hijo.

Capítulo 5

Nadie ha logrado dormir bien esta noche. Elena y Mariajo por el terror al que han asistido y por el fracaso; Chesca, Orduño y Zárate por la frustración de no haber podido intervenir; Buendía por haberse quedado esperando sin oportunidad de ayudar a sus compañeros. Tampoco habrá sido una noche tranquila para Daniel, Sandra, Soledad y Alberto, una familia destrozada.

Juanito, el camarero rumano, le ha servido a primera hora a Elena su barrita de pan con tomate y ha adivinado en sus gestos cansados el rastro de una noche en vela.

—¿Un todoterreno en el aparcamiento, inspectora?

—Ya me hubiera gustado, Juanito. Anoche tuve trabajo. Uno muy desagradable. Habría preferido bajar al parking de Didí, no lo dudes.

—Si una noche me llama, yo soy capaz de alquilar el Land Rover más grande que tengan y así se va usted relajada a casa.

—Muy amable de tu parte —la inspectora se ríe.

—Lo hago por usted, no por mí —replica, ladino—. Estoy metiendo en una hucha la mitad de las propinas todos los días, para que no me pille sin blanca cuando usted se decida.

—De acuerdo, un día te llamo. Eso sí, espera con calma, que no creo que sea ni este año, ni el que viene. Ayer jugó el Madrid, ¿no?

—No vale la pena ni enfadarse, inspectora. Juegan mal, como siempre, pero ganan. A lo mejor emigro a otro país para no seguir viéndolos.

—No te marches, que no puedo vivir sin ti. Además, los seguirías viendo, están hasta en la sopa. Anda, ponme una grappa.

—Para matar el gusanillo, como dicen los obreros. No deje caer en saco roto mi ofrecimiento, inspectora.

—¿En saco roto, matar el gusanillo? —Elena sonríe—. ¿Quién te enseña a hablar castellano? ¿Paco Martínez Soria?

Hay días que Elena Blanco sabe, desde por la mañana, que el único momento que valdrá la pena es el que pasa con Juanito. Se merece de sobra esa propina.

Al llegar a las oficinas de la BAC, en Barquillo, le dicen que la esperan los padres de Daniel, el adolescente de Rivas.

—¿Y el chico?

—Lo tuvimos que trasladar a un centro de menores para pasar la noche, pero está de camino.

A través del cristal, Elena se detiene a mirar a los padres. Se los nota aturdidos y agobiados, como es lógico, pero hay algo que los diferencia: en el semblante de Soledad, domina la tristeza; en el de Alberto, lo que se ve es ira. Parecen personas normales —en realidad, lo son—, no los padres de un monstruo. Bien lo sabe ella.

—Soy Elena Blanco, inspectora y responsable de la BAC. Buenos días.

—¿Dónde está mi hijo? — Soledad se levanta de inmediato. Una madre siempre defiende a su hijo, no importa de qué le culpen.

—Ahora lo traen. Por lo que sé, está bien —trata de consolarlos; en el fondo, siente lástima por ellos.

—¿Cómo va a estar bien si ha pasado la noche dios sabe dónde? —se envalentona la madre.

—Por lo menos está mejor que la víctima del espectáculo al que asistía. Esa chica vivió un infierno hasta su muerte —contesta la inspectora con crueldad—. Lo que ha hecho su hijo es muy grave.

—¿Cree que no nos damos cuenta? Estoy avergonzado, no he pegado ojo en toda la noche —dice Alberto, y por un segundo parece que lo más imperdonable de todo el asunto es la alteración de su sueño.

—Mi hijo no tiene nada que ver con esas cosas, inspectora —insiste Soledad—. Llegaría por casualidad a esa página. Es una vergüenza lo que hay en internet al alcance de cualquiera.

—Para acceder a esas páginas hay que pagar una buena cantidad de dinero. No se llega por azar.

—¿Mi hijo ha pagado? —se extraña la mujer.

—Lo damos por hecho, es el único modo de entrar en ese enlace.

—Tiene dieciséis años, no dispone de dinero. Seguro que es un error —la madre se aferra a un clavo ardiendo.

—No, no es un error —baja la cabeza Alberto—. Hace semanas que estoy notando salidas a través de una tarjeta de la cuenta.

Soledad se vuelve hacia él aturdida, enajenada.

—¿Y por qué no me lo dijiste?

—Las salidas de dinero eran a través de tu duplicado de la tarjeta. Pensé que estabas preparando un viaje para nuestro aniversario... No quería fastidiarte la sorpresa.

Elena contempla a esos padres, su tranquila vida saltó anoche por los aires. Querrán perdonarse el uno al otro, no culparse, no buscar el error en el contrario, pero lo más probable es que no lo consigan. Uno de los dos tratará de estar al lado de su hijo, contra viento y marea, y el otro solo verá un monstruo al que ha criado él mismo. Elena y su marido se separaron a los dos años de la desaparición de Lucas. Abel quería rehacer su vida y no soportaba la obsesión de ella. Dejó su trabajo de periodista y se mudó a Urueña, un pueblo de Valladolid. Vive con una brasileña muy joven, se dedica a hacer vino y parece un hombre feliz.

Precisamente de eso le acusa Elena: de ser feliz a pesar de su desgracia, de tirar la toalla antes de tiempo, de dar por muerto al hijo cuando nunca hubo pruebas de que así fuera, más allá de las que aporta la estadística que dice que en los secuestros infantiles, pasado un mes, se pierde toda esperanza. No le ha contado que Lucas está vivo. No le ha restregado que ella tenía razón. Quizá sea por proteger a Abel de la horrible verdad, que ella evita enunciar, pero que se le presenta cada noche con tintes desgarradores y hasta con voces que le martillean el cerebro. Voces que le dicen que su hijo es un psicópata. O puede que se calle porque quiere seguir sola en su dolor, como ha estado siempre. Sabe que debería contárselo, que Abel es el padre. Y también sabe que no se lo va a contar.

Mira en silencio a estos dos padres desolados y se ve a sí misma con Abel tratando de respirar el mismo aire y gestionar la desgracia como un buen equipo. No les fue posible. Tampoco podrán hacerlo Alberto y Soledad.

Pero Elena no es asesora matrimonial, es inspectora de policía. Su trabajo es evitar que otra chica pase por lo que pasó anoche la chica morena. Lo que ocurra con ellos dos y les depare la vida no es asunto suyo.

—Ahora van a traer a Daniel a esta sala. Pueden ustedes escuchar su declaración a través de un monitor desde otra sala de nuestras instalaciones si lo desean.

—¿No podemos hablar antes con él? —suplica su madre.

—Cuando acabe. Cuando acabe les dejaré que pasen y lo saluden. Su hijo es un menor, no deben tener miedo.

—Mi hijo es un monstruo —murmura, para sorpresa de todos, Alberto.

Capítulo 6

Chesca ha quedado encargada de acompañar a los padres de Daniel en la otra sala. Buendía, Zárate y Orduño asistirán al interrogatorio, también a través de un monitor, desde la zona común de la BAC. Mariajo ha entrado con Elena para resolver cualquier duda de tipo informático que surja.

—Tiene que saber que estamos aquí, que no lo hemos dejado solo... —suplica la madre.

—Si sabe que están escuchando, no hablará con libertad. Después podrán verlo.

Chesca les ofrece un café, que los dos rechazan. No puede evitar mirarlos con un punto de desprecio, como si fueran los culpables por lo que ha hecho su hijo, aunque se corrige: uno solo es responsable de sus actos. Allá los demás con los suyos.

—¿Qué le puede pasar? —pregunta Alberto, angustiado.

—Nosotros no somos jueces, solo policías.

Sabe que eso no le consuela; tampoco le tranquiliza. Habría sido mejor que fuera Orduño el que se quedase con ellos, siempre ha sido más empático con la gente.

Daniel no es distinto de cualquier otro chaval de su edad. Lleva vaqueros y una camiseta con el logo de una marca americana de cerveza; es rubio, con el pelo rizado, alto. Seguro que tiene muchos amigos y es popular entre las chicas. Está nervioso, pero no tanto como sería de esperar. Dentro de lo que cabe, controla la situación. Elena ve en él al adolescente que sería Lucas si el hombre de la cara picada de viruela no se lo hubiera llevado.

—¿Has conseguido dormir? —Elena trata de ser amable, la misma amabilidad que le gustaría que alguien tuviera con su hijo si llegara el día.

—Al principio no, después ya sí. ¿Puedo beber agua?

Elena le señala el dispensador que hay en un rincón de la sala. Daniel se bebe dos vasos seguidos.

—¿No están mis padres?

—Los verás cuando llegue el momento.

Daniel no insiste, se sienta. Mira con curiosidad a Mariajo, que, hoy más que nunca, parece una abuela, con una rebeca de punto color café con leche y sus gafas colgadas de un cordón en el cuello. Daniel sabe que, pese a su aspecto inofensivo, es su enemiga, la que puede destruir cualquier atisbo de inocencia.

Es hora de empezar.

—Daniel, no vale la pena que intentes mentirnos —Elena va directa al asunto—. Cuando llegamos anoche a tu casa estabas viendo cómo asesinaban a esa chica.

—¡Es falso! —se defiende—. Entré por casualidad en esa página. No sabía lo que había. Y después pensé que era *fake,* todo mentira, una actuación. Seguro que no pasó nada, que salió por su propio pie.

—No, Daniel, no salió por su propio pie.

Elena mira a Mariajo, sabe que ella desmontará esa burda defensa de inmediato.

—¿Te suena el *nickname* Larry33? Es el que sueles usar para conectarte con la web de Amino para charlar sobre anime y videojuegos.

—Sí, pero eso no es nada malo. —El chico la mira, confundido.

—Es malo cuando usas el mismo *nick* para conectarte a la Red Púrpura; allí no se charla de tebeos, Daniel.

—Seguro que hay cientos de Larry33 en el mundo, es por Larry Bird, el de los Celtics.

—Es posible, pero ayer solo había uno conectado a la Red Púrpura: tú —Mariajo ignora sus quejas.

Solo es un adolescente de dieciséis años que ha cometido un error imperdonable y empieza a sentirse acorralado, aunque no llevan ni dos minutos con él. Es otra vez el turno de Elena.

—Daniel, sabemos que eres menor de edad y que no te va a pasar nada. Y creo que tú también lo sabes. Pero necesitamos que nos ayudes, que nos digas cómo contactaste con ellos, dónde y cómo les entregaste el dinero, quién te avisó del día que iba a haber un evento.

—No sé nada de eso. Entré en esa página por casualidad.

—¡Nos estás mintiendo!

En la sala en la que los padres lo ven todo, Soledad se revuelve incómoda.

—Si Daniel dice que fue casualidad es porque lo fue. Están tratándolo como si fuera un asesino y no lo es. Hay que parar esto, ¿me oye?

Chesca la mira, indiferente.

—No estamos aquí para parar nada, solo para asistir a lo que dice su hijo. El interrogatorio va a proseguir.

—Alberto, dile algo —se vuelve hacia su esposo.

—¿Tú estás segura de que es inocente? Porque yo no.

Soledad le mira con rencor, como si su duda estuviera fuera de lugar, como si él también se estuviera convirtiendo en su enemigo. Todavía es pronto para ella. No puede pensar en la glorificación de la violencia en los tiempos que corren, en lo fácil que es, en realidad, caer bajo su influjo. La mirada de una madre a un hijo es concreta. No hay contexto ni ruido ambiental. Un hijo es un espécimen único, como de laboratorio, un prototipo perfecto protegido en su burbuja. La maldad del mundo aletea por todas partes sin rozar siquiera al hijo modélico.

Parece que Daniel se ha recompuesto, ha superado el primer momento de pánico y ha decidido guardar silencio, no contestar a ninguna otra pregunta, excusarse siempre con la misma letanía: llegó a esa página por casualidad y él no sabe nada de redes púrpura, asesinatos, torturas y demás.

Se va endureciendo muy deprisa; todo esto le servirá para aprender, lo que todos dudan es que lo que aprenda sea bueno. Elena se da cuenta de que Lucas tuvo que pasar por el mismo proceso: perder de golpe la inocencia en cuanto salió del caparazón de seguridad que le ofrecían sus padres, el piso de la plaza Mayor, las vacaciones con su abuela... Endurecerse para sobrevivir.

Para sorpresa de todos, la inspectora finaliza el interrogatorio.

—Estás perdiendo la ocasión de salvar a otras chicas, tú verás. Quizá un día, y para ese día no falta mucho, te arrepientas.

Daniel no se inmuta, se mantiene frío. Nada que no cupiera esperar de un chaval que dedica parte de su tiempo libre a asistir a muertes en directo.

Al salir de la sala, le espera su madre. Se abraza a él.

—¿Y papá? —pregunta Daniel.

—Se ha quedado con Sandra —le miente Soledad—. Estaba muy nerviosa y no la podíamos dejar sola.

Alberto sigue sentado en la otra sala. Está seguro de que ha hecho mal no yendo a abrazar a su hijo, pero no podía. Es incapaz de fingir que todo está bien.

Capítulo 7

Los compañeros de Elena han analizado el vídeo de la tortura segundo a segundo. Mariajo grabó todo lo que sucedía desde que se conectó al ordenador de Daniel. Ante la pantalla, han dejado a un lado los escrúpulos, han evitado la empatía con la chica que era torturada hasta morir, en busca de alguna pista en las imágenes que les revele quiénes eran esos hombres enmascarados, dónde se estaba cometiendo en realidad el crimen.

Mariajo pide unas disculpas que nadie le demanda, se siente culpable por haber caído en la estratagema de las IP camufladas. Creyó que había dado con el origen, pero esta dirección resultó ser un puente más. Habían usado la tablet de la anciana de Navacerrada como espejo para esconder su identidad y ahora Mariajo piensa que quizá su edad ha empezado a volverse contra ella, que tal vez sea cierto que no se puede ser hacker a los sesenta. Pero es orgullosa y asegura que hará todo lo que esté en su mano para enmendar su error de anoche.

—Estoy pasando todo tipo de programas por la cara de la chica, pero con la sangre y las muecas de dolor no logro que ningún programa de reconocimiento facial me dé resultados. Busco algún plano de la oreja que esté limpio, a ver si eso funciona.

—¿Tatuajes? No me fijé anoche.

—No, ninguno. Habría iniciado una búsqueda.

Elena reconoce que la imaginación y los recursos técnicos de su compañera no concuerdan con su imagen de adorable abuelita, no debe dudar de su capacidad para el puesto.

—Bien, Mariajo, esperamos resultados. Más cosas —exige al resto.

—El pájaro azul. No sé si hay muchos así —señala Buendía—. Estoy intentando localizar a un ornitólogo para que me diga algo. A ver si tenemos suerte y es característico de alguna zona.

—Yo desde luego no lo había visto nunca —confirma Chesca—. Y tuve un novio hace años al que le gustaban los pájaros. Me llevaba a veces un fin de semana entero al monte con unos prismáticos.

—Algo más haríais —Orduño se ríe.

—A ti te lo voy a decir...

—Venga, no os distraigáis —zanja Elena—. ¿Qué más habéis visto?

Orduño busca un punto de la grabación, el momento en que entra el encapuchado de la mano ortopédica.

—Aquí.

Nadie observa nada.

—¿No lo veis? La luz cambia un segundo —explica—. No sé si se abriría una puerta o es que hay alguna ventana que no vemos en el plano.

Elena pide a Mariajo que vuelva a pasar ese fragmento. Orduño tiene razón; un instante antes de que el hombre de la mano ortopédica aparezca, hay un destello fugaz. Un aumento en la intensidad de la luz que dibuja en el suelo las sombras de la silla donde torturaron a la chica, la silueta del hombre con la máscara mexicana.

—No parece que la fuente sea de luz natural —piensa en voz alta Buendía—. A lo mejor proviene de algún foco.

—Es un relámpago —afirma Elena sin dudar—. Fijaos en el pasamontañas y en la camiseta del hombre con la mano ortopédica.

Mariajo amplía un fotograma centrándose en él. Tanto el pasamontañas como la ropa que usa es negra y cuesta diferenciarlo, pero al modificar el contraste de la imagen, se hace más evidente: está mojado. Hay gotas jaspeando sus hombros, el algodón de su máscara.

—Estaba lloviendo —dice Chesca—. Caía una tormenta.

—El canal en el que están viendo el partido de Champions es español —recuerda Zárate—. Debían de ser las nueve y veinticinco en ese momento.

—Habla con la Agencia Estatal de Meteorología —ordena Elena a Orduño—. Averigua en qué puntos de España llovía anoche a esa hora. ¿Qué podemos sacar de la prótesis que lleva en la mano?

—Poca cosa —se adelanta Zárate—. De hecho, he estado hablando con una ortopedia y me han dicho que, al no tratarse del pulgar, son dedos que no tienen una movilidad especial. Vamos, que no entiende por qué son de metal y no se ha puesto simplemente una prótesis que imite la piel humana.

—Supongo que por su profesión; si te dedicas a torturar, es más terrorífico que te llamen Mano de Hierro a que te llamen Mano de Plástico —se mofa Chesca.

—Sí, quizá sea eso —reconoce Zárate.

Elena está a punto de levantar la sesión, debe ir a dar cuenta del operativo ante Rentero. Espera que le caiga una bronca por el fracaso. Por lo menos, el comisario no la ha citado en un restaurante de lujo, sino en su despacho de la calle Miguel Ángel.

—Tenemos tarea. Hay que buscar el pájaro azul, localizar en qué puntos de España había tormenta y algo más de lo que no hemos hablado: hay un cadáver de una chica que puede aparecer en cualquier sitio, hay que encontrarlo. ¿Se han ido los padres de Daniel?

—Los hemos mandado a casa con orden de presentarse cuando lo pidamos —contesta Chesca—. La madre se resiste a admitir que su hijo es un pieza, quiere denunciarnos a todos y llevarse a su niño.

—A trabajar todos —se despide Elena.

No quiere hablar de la suerte de Daniel con sus compañeros ni de las posiciones que han adoptado sus padres. De qué puede haberle llevado a la violencia extrema de la Red Púrpura, porque teme que, sin pretenderlo, se descubra excusándolo. Tiene que repetirse que Daniel no es la principal víctima en todo este asunto: hay una chica sin nombre, martirizada hasta la muerte y que, ahora mismo, será un cadáver abandonado en algún lugar. Ella y solo ella es quien debe ocupar sus pensamientos.

El despacho de Rentero tiene por lo menos cincuenta metros cuadrados y su propio baño. Los muebles son antiguos y lujosos, y en la pared destaca un cuadro que parece de Sorolla. Tal como es su jefe, Elena no cree que sea una copia. El comisario no la espera tras la mesa, sino en los sofás dedicados a las visitas más íntimas. Ha hecho que un ordenanza les suba café y algo más para ella.

—¿Qué te parece? Luego dirás que no me acuerdo de ti. El otro día fui a comprar vino y vi esta grappa en la tienda esa que hay en Ortega y Gasset, cara, pero con vinos estupendos. No sabía si esta la habías probado.

La grappa es una Carpenè Malvolti Fine Vecchia Riserva, de Conegliano, en la región del Véneto. Muy buena, pero la que a Elena le habría gustado probar es la variedad que la misma destilería hace con uvas de prosecco.

—Estupenda.

—Ya puede serlo, con lo que me ha costado... Compré dos botellas, la otra te la llevas ahora, al salir. Pero, como puedes imaginarte, no te he citado para que probaras grappas, para eso podíamos haber esperado a un momento más propicio. Cuéntame qué pasó anoche...

Cuando se usan varios helicópteros con sus dotaciones —y se tienen reservados dos más—, un número indeterminado de Geos y una docena de coches patrulla, se cometen destrozos en la puerta del chalet de un matrimonio mayor en Navacerrada y se causa una buena alarma social, hay que dar explicaciones, aunque seas la responsable de la Brigada de Análisis de Casos, una de las unidades con más autonomía y mejor valoradas de la policía española.

—Fue un paso en falso en una operación de gran envergadura, Rentero. Estamos un poco más cerca de desarticular la Red Púrpura. Si vieras el evento que organizaron ayer a la hora del partido, no tendrías ninguna duda de que cualquier gasto es poco. Mataron a una chica en directo, después de torturarla, no creo que tuviera más de dieciocho o diecinueve años.

Rentero no puede evitar arrugar la cara.

—¿Sabemos quién era?

—Todavía no, pero lo averiguaremos.

—¿Tiene que ver con aquellos vídeos que encontrasteis en el caso de las novias gitanas?

—Sí, llevamos dos meses intentando localizar esos vídeos en el internet oculto.

—El mundo se va a la mierda, Elena —se queja amargo Rentero, incapaz de entender cómo se ha permitido que crezca ese mundo digital fuera de la ley hasta convertirse en un monstruo que nadie puede domar.

—Por fin logramos identificar a uno de los participantes en los foros, un chaval de dieciséis años llamado Daniel Robles.

—Dieciséis años y ya está tarado, qué futuro nos espera.

—Hackeamos su ADSL y ayer nos dimos cuenta de que se preparaba algo gordo. No pudimos evitarlo, pero debemos seguir intentándolo, Rentero.

—Sigue, sigue, pero recuerda que tus casos no son los únicos del país y no te gastes lo que no tenemos. Te he asignado a Zárate, con eso vas que te matas. Y tenme informado de todo, no quiero que me llame el ministro y tener que poner cara de tonto...

La reunión con Rentero ha sido menos tensa de lo que ella esperaba. O su jefe está de acuerdo con su planteamiento o está perdiendo su mal carácter. Tal vez tenga que ver con la edad.

Capítulo 8

Al volver a las oficinas de la BAC, todo el mundo tiene nuevas noticias que ofrecer a Elena.

—El pájaro es un pinzón azul macho —Buendía se adelanta a los demás—. Es un pájaro endémico de Gran Canaria en peligro crítico. Vive solo en unos cuarenta kilómetros cuadrados, en los pinares de Inagua, una reserva natural situada casi en el centro de la isla. Hay otra subespecie muy parecida, el pinzón azul del Teide, en Tenerife, pero me dice el ornitólogo que el de la imagen es el de Gran Canaria. Me ha explicado por qué y hasta ha mandado un informe, por si alguien lo quiere leer.

—A mí me basta con que él esté seguro.

Elena se vuelve a Orduño. Sabe que él ha hecho también su trabajo.

—Llovió en más lugares, pero el Centro Meteorológico de Gran Canaria registró cuatro litros por metro cuadrado y más de doscientos rayos entre las nueve y las diez de la noche, hora peninsular.

—O sea, que tenemos que buscar en Canarias. Mariajo, ¿ha dado resultado lo de la oreja?

—De momento no, pero la imagen que he captado nos servirá para confirmar que se trata de la misma chica si encontramos un cadáver.

—Zárate, ¿la prótesis?

—Imposible averiguar nada por ese lado. Se la he enseñado a algunos especialistas y creen que puede ser de fabricación artesanal.

Chesca entra en la sala de reuniones.

—Rescatado el cadáver de una mujer joven con señales de tortura en un barranco de Roque Nublo, en Gran Canaria.

—Todo nos lleva al mismo sitio. Buendía, Zárate, nos vamos a Las Palmas en el primer avión que salga. Llamad a nuestros compañeros de allí, que lo tengan todo preparado.

—¿A Marrero? —pregunta Chesca.

—A Marrero —confirma Elena.

El avión para Las Palmas tarda tres horas, aunque con el cambio horario ganan una. Sale a las cinco menos cuarto y llega a las siete menos cuarto, hora canaria. Allí les estará esperando Marrero, un inspector de la Policía Nacional que colaboró con la BAC en sus inicios, un buen agente que más tarde, por problemas personales, decidió regresar a su tierra.

Mientras embarca en Barajas —han tenido suerte y van en Business—, Elena no puede evitar acordarse de que pasó la luna de miel allí, entre Gran Canaria y Lanzarote. Entonces Abel y ella se amaban, no había nubes en el horizonte, y su hijo Lucas no había nacido. En cuanto se acomoda en su butaca, se pone el antifaz que viene en el neceser que le entrega la azafata para evitar que Zárate o Buendía le hablen.

—Anoche no dormí ni diez minutos seguidos, voy a ver si aprovecho las tres horas de vuelo.

Con los ojos tapados por el antifaz podría hasta llorar sin que nadie se diera cuenta. Llorar pensando en esos días que fueron felices. Entonces su abuela, de la que heredó el piso de la plaza Mayor, aún no había muerto —lo hizo solo tres meses después de la boda— y Abel y ella habían alquilado un piso bastante cerca de allí, en la calle de Santiago. De ese piso son los mejores recuerdos de Elena, hasta sigue desayunando en el mismo sitio que entonces, en el bar en el que Juanito el rumano le sirve las tostadas con aceite y tomate y las copas de grappa. En un avión que hacía el mismo recorrido que este, Elena y su recién estrenado esposo discutían cuál debía ser el nombre del niño que pensaban encargar en cuanto llegaran a la habitación de hotel. Elena quería que fuera Lucas, Abel quería que fuese Adán, que por una vez en la historia Abel fuera el padre de Adán y no al revés.

Sigue dejándose llevar por sus pensamientos y, sin darse cuenta ni saber en qué momento, se queda dormida. No se entera ni del vuelo, ni de la comida y bebida que ofrecen las azafatas, ni del aterrizaje. Duerme tranquila, se atrevería a decir que tiene un sueño agradable, hasta que Buendía la despierta.

—Hemos llegado, Elena. Vamos deprisa, a ver si nos da tiempo de ver el cadáver hoy mismo.

Marrero ha engordado más de diez kilos desde que regresó a Canarias —«Son las papas arrugás y el mojo, inspectora», bromea— y está más moreno. Elena se alegra de que prácticamente haya desaparecido la cojera que le hizo dejar la BAC. Solo una leve incomodidad al apoyar la pierna izquierda delata un pasado que Elena no le va a recordar y que espera que Marrero haya logrado dejar atrás.

—El caso no me cayó a mí, pero desde que me llamó Chesca me he puesto las pilas para enterarme de todo y que me lo asignen. El cadáver lo encontró un matrimonio de turistas ingleses en el Roque Nublo. ¿Saben lo que es el Roque Nublo?

—Ni idea, Marrero.

—Pues una vez que vengan de turismo deberían ir a visitarlo. Es un monumento natural, un lugar donde antiguamente se hacían ritos aborígenes. Hay un sendero que se recorre a pie que llega hasta el monumento, unos dos kilómetros. La inglesa se salió del camino para echar una meada y se topó con la chica.

—¿La has visto? —se interesa Buendía.

—No, pero me han dicho que está destrozada, que se ensañaron con ella.

—¿Por qué tiraron allí el cadáver?

—No tiene lógica. Está lejos de cualquier zona habitada, solo se puede llegar a pie, pero no es raro que los turistas se salgan del camino y existía el riesgo de que lo descubrieran rápido. Lo único, que fuera algún ritual. Intentaré averiguar algo en unos días.

—¿Es la primera vez que ves algo así en la isla?

—Canarias es el lugar de España con más sectas de las que llaman destructivas, de las que celebran más ritos sangrientos, pero normalmente se encuentran restos de animales. Con una persona, es el primero que veo.

Capítulo 9

Todo lo que hubieran previsto sobre el estado del cadáver —incluso lo que ellos mismos vieron a través de la emisión en *streaming* de su muerte— es poco comparado con lo que se encuentran sobre la mesa en el depósito. El único que lo mira de manera profesional es Buendía, que se fija en el ojo de un solo párpado y en el cráter de la mejilla. También examina meticulosamente la oreja de la chica y la compara con las capturas sacadas del vídeo.

—¿Es la misma?

—Sí, creo que sí. Aunque las fotografías que tenemos de la oreja no son perfectas, y aquí no tengo los medios para aplicar el sistema Iannarelli.

Zárate levanta una ceja.

—Es un método basado en la medición de doce puntos de la oreja —explica Buendía ante su pregunta muda—. Cuando volvamos a Madrid quizá podamos aplicarlo correctamente. Aun así, fíjate en la inclinación de esta zona del antehélix y en el ángulo del hélix superior... Creo que son idénticos.

Elena lo mira sin mayor comentario. Va al grano.

—¿Nos vamos a llevar el cadáver?

—Yo prefiero hacerle la autopsia allí, con mis ayudantes. ¿Es posible, Marrero?

—¿Se olvidan de que he trabajado con ustedes y conozco a Buendía? —se anticipa Marrero—. Estaba tan seguro de que iba a querer llevarse el cadáver que he iniciado los trámites mientras volaban hacia acá. Van a tener que firmar un montón de papeles, pero si quieren pueden llevárselo a Madrid mañana por la mañana, en el vuelo de las ocho.

—¿Por qué no vuelves a Madrid, Marrero? —la inspectora sonríe—. En la BAC seguimos teniendo un sitio para ti.

—Me he acostumbrado al buen tiempo —se excusa el policía y, rápido, cambia de tema. Evita que la conversación derive a lugares que no quiere volver a pisar—. Silvia me ha pedido que los invite a cenar en casa. ¿Les apetece?

Elena sabe que debería decir que sí, que tan importante como la excelencia profesional es formar equipo con los compañeros, conocer a sus familias, hacerles ver que le importan.

—No —contesta, pese a todo—. Sabes que esas cenas me dan urticaria, Marrero.

El canario no se enfada; al contrario, sonríe.

—Eso le dije a Silvia que me ibas a contestar, jefa. Hasta me he enterado de dónde está el mejor karaoke de Las Palmas. Sé que acabarán allí.

El hotel que les han reservado desde Madrid, el Reina Isabel, le habría gustado hasta a Rentero. En su restaurante se come muy bien y tiene unas magníficas vistas sobre la bahía de Las Canteras. Buendía y Marrero se han quedado rellenando todo el papeleo necesario antes de ir a su casa a cenar. En el restaurante del hotel, en una mesa apartada, Zárate y Elena solos.

—¿Habías estado alguna vez en Las Palmas? —pregunta él.

—Hace muchos años, de luna de miel. Pero no me acuerdo demasiado. Lo que sí me gustó fue Lanzarote. No sé por qué no he vuelto... Quizá porque alguien me dijo hace siglos que no se debía volver a los lugares en los que has sido feliz.

—Creo que es la vez que has hecho más confidencias personales desde que te conozco —Zárate se sonríe.

—Solo te he dicho que fui feliz en mi luna de miel. ¿Quién no lo ha sido? Los problemas empiezan después.

—No hemos vuelto a quedarnos a solas —dice el joven agente, y se arrepiente de inmediato; ha parecido una queja, un lamento. Tiene la suerte de que Elena Blanco ignore su comentario.

—Me gusta el mar —comenta ella, como si fuera de eso de lo que hablan—. Cualquier día pido un destino en la costa, pero en el norte, en un pueblo de Cantabria o de Asturias. ¿Conoces Lastres?

—Sí. Estuve un fin de semana hace un par de años.

—Pues allí. Pido que me manden a Lastres, me alquilo una casa con vistas al mar y me olvido de los asesinatos y las redes púrpura. Como mucho, detengo a un par de borrachos que se peleen en una taberna.

—No creo que haya Policía Nacional en Lastres, allí estará la Guardia Civil.

—Tampoco creo que yo vaya a pedir nunca el traslado. Cuando me canse de verdad, dejaré el cuerpo y se acabó. Me dedicaré a cantar en karaokes y a beber grappa. ¿Vas a pedir postre o nos vamos?

Marrero les habló de dos locales, el Karaoke Ghost y el Reina de la Noche. El nombre ha sido el único motivo que les ha llevado a escoger este último, en la calle de Portugal. Elena puede cumplir su deseo frustrado de la noche del partido —fue hace unos días, pero parece que han pasado semanas— y cantar la canción de Adriano Celentano. Aunque nadie la conozca, aunque sea nueva en ese lugar, hay bastantes aplausos cuando acaba de interpretarla.

Mientras la oye cantar, Zárate piensa en su relación desde el día que la conoció: aquella noche acabó con ella en la cama de su piso de la plaza Mayor, pero después ha sido de todo menos fácil. Han estado al borde de la ruptura, tanto personal como profesional; él le salvó la vida, ella le ha rescatado de un puesto administrativo en la comisaría de Carabanchel en el que estaba destinado a pudrirse. Los dos se deben mucho el uno al otro, pero Zárate no ha logrado escarbar en sus recuerdos, no ha conseguido saber mucho más de ese hijo que fue secuestrado y del que ninguno de los compañeros habla.

—Esa canción que has cantado, ¿no es «Stand By Me»?

—Es la versión de Adriano Celentano, la original era de Ben E. King, pero a mí me gusta más en italiano. De cualquier forma, es una de las canciones más versionadas de la historia. ¿Tú no vas a cantar?

—Prefiero que me sigas respetando.

Es la única canción seria que interpreta Elena en toda la noche, después va pidiendo viejas canciones italianas: «Volare», «Il cuore è uno zingaro», «La bambola»...

—Te recuerdo que el avión sale a las ocho.

—Solo una más.

La última es otra sorpresa: «Hay que venir al sur», de Raffaela Carrà. Y, además, en castellano. Después en taxi al hotel.

—Sé que quieres que te invite a mi habitación.

—Sí —Zárate no lo oculta.

—Sí, pero no. Apenas nos quedan tres o cuatro horas antes de salir al aeropuerto, procura dormir —le dice Elena tras darle un beso fugaz en los labios.

No enciende la luz de su habitación. Con gestos automáticos, Elena se desnuda. Deja los pantalones en el suelo, la camiseta, arrugada, a los pies de la cama. Hace calor. ¿Por qué no ha sentido nada al besar a Zárate? Pone la tarjeta de la habitación para que el aire acondicionado se encienda. Las lámparas de las mesillas se iluminan. El armario del cuarto tiene un espejo y puede verse reflejada. Se quita la ropa interior y observa su cuerpo desnudo. A pesar de la edad, sus pechos se mantienen firmes. Pronto, el paso del tiempo hará estragos en su piel, en sus formas. Lo sabe, pero ¿qué importa? Cada vez le cuesta más sentir. Como si su tacto se hubiera atrofiado. Las caricias, el sexo, incluso el alcohol se han convertido en una pulsión desesperada por volver a sentir algo que no sea dolor. Por lograr salir de su piel. Recuerda las noches de pasión con Zárate. Y, mucho antes, aquella luna de miel con Abel, en estas mismas islas, cuando nada le impedía entregarse al placer. Ni siquiera volver sobre esos recuerdos logra excitarla. Se diría que esas memorias pertenecen a otra persona, no a la Elena Blanco que sigue desnuda ante el espejo. Cada vez le tienta más ir a la habitación de Ángel Zárate. Se pone el albornoz y sale de su cuarto. En el pasillo, ante la puerta 213, cambia de idea. No es justo que le use de esa forma. No le causaría más que sufrimiento, siente que su dolor es una enfermedad contagiosa. Coge el ascensor.

Atraviesa la playa de Las Canteras y deja caer el albornoz en la arena. Las luces de los edificios de la bahía se reflejan en la lámina negra de agua. Entra en el océano, esperando que, al menos, el frío despierte sus sentidos. Pero, dentro de ella, solo hay miedo. Tal vez sea eso lo que se resiste a asumir. El pánico que crece en su interior al saber que, a cada paso en la investigación, está más cerca de Lucas. De su hijo. Del niño que perdió en la plaza Mayor. Del monstruo que torturaba a esa chica de ojos color miel en el vídeo. Sigue adentrándose en el mar hasta que el agua la cubre y, entonces, rompe a llorar y sus lágrimas se mezclan con el océano.

Capítulo 10

Buendía trabaja junto a sus dos ayudantes, cuyos nombres Elena nunca conseguirá recordar. Calladas, con movimientos certeros, eficaces. Adelantándose a lo que el forense vaya a pedirles en cada momento.

—Es ella, sin duda —confirma Buendía—. No es solo la oreja, las heridas coinciden con lo que hemos visto que le hacían en el vídeo.

—¿Sufrió mucho?

—No te puedes hacer una idea de cuánto.

Elena tenía la esperanza de que su compañero le dijera que no, que la víctima dejó de sufrir después de las primeras agresiones, pero Buendía no escatima nunca la verdad, ni siquiera para suavizarla un poco.

—Voy a hacer pasar a Daniel.

—¿Estás segura? —duda Buendía.

—Fue capaz de ver cómo la mataban, también será capaz de verla muerta.

Daniel no sabe dónde le lleva la inspectora, solo que le han obligado a ponerse un pijama como de médico y a taparse la cara con una mascarilla.

En la mesa de autopsias está esa chica, la reconoce nada más verla, aunque se parezca tan poco a aquella sentada en la silla al principio del evento. Es joven, no aparenta más de dieciocho años, en ningún caso más de veinte. De piel morena, podría ser española, pero también marroquí o sudamericana. Su cuerpo es un compendio de marcas, laceraciones, heridas, torturas y cicatrices.

—Mírala, pagaste por ver cómo la mataban. —Elena no adorna sus palabras, le muestra a Daniel la consecuencia de sus actos—. ¿Quieres tocarla? Así verás que todo esto es real...

Daniel se mantiene en silencio, un pequeño temblor que no logra evitar le agita la mandíbula.

—Yo no sabía —acierta a decir.

—¿Te imaginas que fuera una película? Gritas «corten» y todo el mundo se levanta: los muertos están vivos, los asesinos piden un café, los cámaras se preparan para la siguiente toma. Pero no es una película: los muertos están muertos, los asesinos son unos hijos de puta y no hay más tomas.

—De verdad, no sabía. —Daniel llora. Un niño de dieciséis años por fin.

—Claro que sabías, ¿estás dispuesto ahora a ayudarnos a que esto no vuelva a pasar?

No es capaz de que las palabras salgan de su boca, solo asiente.

—Yo había visto algún vídeo de Dimas; nunca uno entero, solo hay publicados fragmentos de segundos, pero son famosos en la Deep Web: en los foros se habla de él, de los vídeos en *streaming*. Tardé varios meses en encontrar la forma de contactar con ellos para poder asistir a uno en directo.

Tienen que aprovechar mientras Daniel está en *shock* y sacarle toda la información que puedan. No es para usarla contra él; es, como Elena le ha dicho, para evitar que pase de nuevo.

—¿Por qué querías verlo? —en la pregunta, Elena no busca solo las razones de Daniel. También las de Lucas.

—No lo sé, me gusta la violencia. No, no la violencia, en el insti nunca me meto en peleas, soy de los que se ponen a separar. Es la ultraviolencia. Tira de mí, no lo puedo evitar, es como una droga.

—¿Era la primera vez que veías algo así?

—Sí. He visto muchos vídeos de *snuff,* pero casi siempre son falsos. Me dijeron que Dimas los hacía reales, con españolas.

—¿Cuál es Dimas? ¿El de la prótesis en la mano?

—No, el otro, el de la máscara mexicana.

—¿Cómo contactaste con él?

—Con él nunca, con la Red Púrpura. Dejé mensajes en muchos foros, hasta que me contestaron. Algunos eran bromas, hasta que me contactó Yarum. Él era serio, vendía enlaces buenos.

Mariajo va tomando nota de todo, de los foros, del nombre de ese vendedor de enlaces, del proceso que hay que seguir para comprarlos.

—Yarum... ¿No sabes su nombre real?

—No, solo Yarum.

—¿De dónde sacaste el dinero?

—Le lloré y me hizo una rebaja, yo solo pagué la mitad: tres mil. Una parte la tenía ahorrada, otra de la tarjeta de mi madre, también de mi abuela, guarda billetes en botes de café en la despensa y se olvida de ellos.

—¿Cómo compraste los bitcoins?

—Me ayudó Yarum. Se quedó un diez por ciento de comisión. No sé cómo los consigue él. Me dijo que solo me ayudaba porque yo era un enfermo y estaba loco, que para él eso era calderilla. Me decía que era un depravado y que me merecía morir en un vídeo. Pero yo solo quería ver a Dimas, que me llamara lo que quisiera.

—¿Conociste en persona a Yarum?

—Nos vimos dos veces, las dos en la estación de Atocha, donde el jardín.

Son muchas preguntas, cincuenta o sesenta, las que Mariajo le hace. Algunas no las entiende Elena, son cuestiones técnicas, contraseñas, accesos, nombres en clave. Hasta que la hacker decide que es suficiente.

—De momento tengo todo lo que necesito. Si veo que me hace falta algo más, te llamo. Voy a mi sitio, Elena.

Elena se queda sola con Daniel, apaga la cámara con la que se graba el interrogatorio y que permite que sus compañeros puedan verlo a través de los monitores.

—¿Has visto en algún vídeo la cara de Dimas?

—No, siempre lleva máscara.

—¿Has visto a este chico?

Le deja ver una foto de Lucas. Es la única que tiene de su hijo en la actualidad. Cuando le envió el vídeo en el que torturaba a aquella chica, Lucas se acercó a la cámara ocupando toda la imagen y Elena hizo una captura de pantalla. Entonces, todavía no sabía lo que vendría a continuación. La conmoción la paralizó. No fue capaz de guardar otros instantes que tal vez ahora serían útiles en la investigación. Daniel se toma su tiempo observando la foto en el móvil de Elena antes de contestar.

—No, nunca.

La guarda, no quiere que nadie se entere.

—Mi padre no me va a perdonar. —Daniel llora de pronto

—Me gustaría mentirte, pero no, probablemente nunca te perdone.

—¿Tú perdonarías a tu hijo si estuviera metido en algo así?

Elena lo piensa un instante, después asiente.

—Sí, sí le perdonaría.

—Mientes, esto no tiene perdón. —Daniel ha notado la duda en las palabras de Elena—. Hasta mi madre terminará odiándome.

Un depravado lloriqueando y haciéndose la víctima es demasiado para el estómago de la inspectora. Pero se queda mirándolo con una expresión extraña, en un intento de masticar las palabras que ha pronunciado para poder escupirlas después. Daniel ha señalado el principal temor de Elena, el de llegar a comprender, en algún punto del camino, que el amor por el hijo perdido es ya irrecuperable y que, yendo todavía un paso más allá, ese vacío lo anegará el odio.

Capítulo 11

Buendía, con su habitual gusto por el detalle, va ilustrando con fotos todo lo que les cuenta a los agentes de la BAC.

—La mayor parte de lo que os puedo enseñar ya lo vimos en el vídeo: violación tanto anal como vaginal con objetos contundentes, en especial un rodillo de cocina, heridas de cuchillo de todo tipo, supongo que el mismo con el que le cortaron el párpado, perforación de una mejilla, ya sabéis, con el punzón y el martillo... Antes de que empezáramos a grabar le dieron un golpe, probablemente un puñetazo, que le fracturó dos costillas. Le arrancaron el pezón izquierdo con unos alicates, le taladraron la rodilla derecha...

Todos los presentes hacen gestos instintivos de dolor. Todos se juran a sí mismos que vengarán la muerte de esa chica.

—Así que, como todos lo sabemos, trataremos de olvidarlo, porque todo esto no sirve más que para regodearnos en la desgracia de esta joven. Vamos a lo importante. Causa de la muerte: se desangró.

Todos demuestran estar atentos con un sobresalto.

—¿Cómo que se desangró? —reacciona Elena—. Vimos cómo el de la máscara mexicana le pegaba un tiro en el pecho.

—Sí, lo vimos, pero la chica tenía dextrocardia, es decir, el corazón en el lado contrario. Luego el disparo fue en el pecho, donde supuestamente estaba el corazón, pero no en el corazón.

—Explica eso —le pide la inspectora.

Buendía, como siempre, lleva preparadas imágenes que aparecen en el monitor, para que todo el mundo le entienda.

—La chica tiene una dextrocardia simple, es decir, el corazón y demás órganos únicos, como el hígado, el páncreas y el bazo están desplazados. Podría dar lugar a enfermedades graves, pero ella tuvo suerte, quizá haya sido la única suerte de su vida si atendemos a su final, y no las padeció. Aun así, seguro que ha tenido que ser atendida en algún instante.

—¿Podemos identificarla por esa enfermedad? —pregunta de inmediato Zárate.

—Podemos y hemos iniciado el proceso, mis ayudantes están consultando historiales clínicos de todos los hospitales españoles. Si la chica es española, o ha recibido atención médica en nuestro país, en pocos minutos tendremos su nombre.

Buendía sigue desgranando los detalles de la autopsia: se han encontrado plumas azules en la vagina de la chica, heridas de un punzón en la córnea y en una mano...

—Otro dato curioso: en un momento dado, la chica perdió el conocimiento. La reanimaron inyectándole epinefrina, así que supongo que tenían experiencia en estos menesteres: hablamos de profesionales que fueron modulando el nivel de dolor para que la víctima no acabara con su diversión antes de tiempo —indica el forense—. Parece que tenían claro que la tortura debía durar una hora exactamente.

—¿Cuántas mujeres habrán muerto así? —se pregunta Chesca llena de rabia, sin esperanza de que nadie le conteste.

Todos se quedan pensativos, pero Elena no puede permitir que se dejen llevar por la desesperanza o la ira.

—Hay que continuar —suspira—. ¿Orduño?

Orduño ha recibido el encargo de seguir en contacto con Marrero, que se ha hecho con el caso en Canarias, y asistirle en lo que fuera necesario.

—Marrero cree que tiene una buena pista. Dice que ha encontrado algo buceando entre las denuncias y que a lo mejor puede localizar el lugar donde murió la chica.

—Prepárate por si hay que ir a Las Palmas —le encarga Elena—. Quiero saber si ha habido más torturas, si existe una estructura fija o ha sido circunstancial que la muerte haya sido en Canarias.

—A la orden, inspectora. En cuanto haya algo nuevo, salgo para las islas.

Por su parte, Chesca ha husmeado en la vida de Daniel, sus compañeros de colegio, sus amigos, alguna posible novia.

—Aunque parezca mentira, de puertas afuera era un chico bastante normal. Vamos, que todo el mundo piensa lo mismo que su madre: que es un buen chaval que se ha metido en algo turbio sin querer —informa.

—Sin querer no se pagan tres mil euros —Elena se muestra escéptica.

—No es un gran alumno, saca notas regulares pero sus profesores le aprecian; no tiene novia, aunque parece que dos compañeras están locas por él; no es bueno, pero es voluntarioso jugando al fútbol...

—Me están entrando ganas de adoptarlo —bromea Zárate.

—Pues sí, un chico ejemplar. Hace dos años, en su clase hubo un episodio de acoso. Daniel no tuvo nada que ver, ni como acosador ni como víctima. Se mantuvo al margen y participó en un par de sentadas que hicieron los alumnos del colegio para protestar.

—Entonces por ahí no hay nada —resume Elena.

—Nada de nada. Yo dejaría de preguntar en el colegio y en la urbanización, no creo que saquemos nada en claro.

—Bien, déjalo, ayuda a Mariajo. A ver si entre las dos conseguís una cita con el tal Yarum. ¿Alguna novedad con eso, Mariajo?

—Los cebos están puestos y los anzuelos echados. He entrado con las contraseñas de Daniel en todos los foros que me ha indicado. He leído sus comentarios antiguos y los he imitado. Ahora solo falta que Yarum conteste.

—¿Tardará?

—Ya veremos, no creo que organicen eventos como el de la otra noche a menudo —se muestra escéptica la hacker—. Lo mismo nos contestan hoy que podemos estar semanas sin saber nada. Hay mucha gente que quiere ponerse en contacto con el tal Yarum; aunque solo un diez por ciento acabe pagando la cuota de seis mil euros, el negocio es redondo. No hay motivo para que se arriesguen si no necesitan el dinero.

—La avaricia rompe el saco. Sigue por ahí.

Una de las ayudantes entra y le pasa un papel a Buendía. Él sonríe antes de anunciar a los demás su contenido.

—Tenemos el nombre de la chica: Aisha Bassir. Marroquí, pero vive desde que era una niña en España.

—¿Tiene familia?

—No hay ningún dato —contesta Buendía—, pero en el informe del hospital donde la trataron hace dos años aparece un nombre de contacto: Mar Sepúlveda. Vive en la plaza del Cazador, aquí en Madrid.

—Eso está en Pan Bendito, en Carabanchel —dice Zárate.

—Vamos —ordena Elena, poniéndose en pie.

Capítulo 12

Pan Bendito, aunque vaya mejorando poco a poco, es una de las zonas más deprimidas de Madrid. Fue el típico barrio en el que se instalaron las familias que llegaban de los pueblos a las ciudades en los años cincuenta y sesenta. De esos sitios en los que la gente levantaba de noche su casa con unos cuantos ladrillos, unas chapas de uralita y la ayuda de los vecinos. Hace muchos años de aquello, las asociaciones vecinales consiguieron que se les dotara de servicios de luz y alcantarillas, a finales de los setenta se empezó a realojar a los que vivían allí en grandes bloques y en el 98, casi acabando el siglo, se inauguró la estación de metro que acercaba a los vecinos a la capital. Pero sigue siendo duro, humilde y, en ocasiones, peligroso. Gran parte de los antiguos habitantes, los manchegos, extremeños y andaluces que levantaron el barrio, han sido sustituidos por los nuevos recién llegados: rumanos, latinos, magrebíes...

—¿Habías estado aquí alguna vez?

—Varias —responde Elena—. Pero hacía un tiempo que no venía.

—Cuando estaba en la comisaría de Carabanchel tenía que patrullar por aquí. Los veteranos hablaban pestes, decían que no hace mucho, solo diez o quince años, había que echarle muchos huevos para venir de noche. Que vieron hasta coches patrulla destrozados por ataques con bombonas de butano.

—¿Y ahora?

—Ahora también, pero es de día y nosotros tenemos huevos, ¿no? —Zárate se ríe.

Elena nota cómo, a pesar de las bromas, a Zárate le cuesta mantenerle la mirada. El policía quizá tema que la inspectora haga algún comentario sobre ese breve beso que se dieron en la entrada del hotel en Las Palmas. Elena no lo hará. Como no le dirá jamás que estuvo al otro lado de la puerta de su habitación, a punto de llamar y rogarle que le hiciera el amor. Elimina esos pensamientos hablando de su Lada. Debería haber cogido uno de los Volvo asignados a la brigada que aparcan en la plaza del Rey. Teme que, antes de que se vayan del barrio, le hayan robado hasta las ruedas. Pero Ángel Zárate llama a un par de chavales tras aparcar, los que peor pinta tienen de todos.

—Eh, vosotros. ¿Os queréis ganar veinte euros?

Rompe en dos un billete y les da uno de los pedazos, se guarda el otro.

—Si cuando bajemos el coche está entero, os doy la otra mitad.

—Pero no tardes, que no tenemos todo el día.

—Vuelvo enseguida.

—¿Dará resultado? —pregunta Elena mientras entran en el portal.

—Ni puta idea, lo he visto en una película —se ríe su compañero—. A ver si te crees que voy rompiendo billetes con mi sueldo.

—¿Mar Sepúlveda?

Les ha abierto, después de esperar un buen rato, una mujer de unos cuarenta años, una mujer a la que la vida ha castigado con dureza. Aunque vaya peinada y con ropa limpia, salta a la vista que se trata de una yonqui: brazos agujereados, dientes podridos por la heroína... Tal vez ahora no se meta, pero el estigma tarda en borrarse, si es que alguna vez lo hace.

—¿Qué quieren?

—Somos policías.

—Estoy limpia y no quiero malos rollos, no he hecho nada.

—No venimos a por ti, solo a hablarte de Aisha Bassir. ¿La conoces?

—Pues depende de para qué la quieran, si es para buscarle la ruina, no.

—¿Nos dejas pasar? —la inspectora prefiere callar sobre Aisha. No sabe cómo reaccionará esta mujer cuando sepa qué final ha tenido.

El interior presenta mejor estado de lo que ellos esperaban. Es humilde y los muebles son de mala calidad, pero está aseado y puesto con mimo.

—Tienes una casa muy bonita —la inspectora quiere congraciarse.

—Es una mierda de casa, pero es lo único que tengo. La cisterna está jodida y tengo que echar agua en el váter con un cubo y la cocina no funciona, solo puedo comer latas y bocadillos. Les puedo dar un vaso de agua, del grifo, que está rica.

—No, gracias.

Hay un sofá desvencijado, pero ella no los lleva hasta allí, sino hasta una mesa camilla con cuatro sillas. Toman asiento.

—¿Qué ha hecho Aisha?

—Siento tener que decirte esto —la inspectora Blanco intenta suavizar el tono—. Está muerta.

Mar enarca las cejas, se queda en silencio unos segundos y de pronto menea la cabeza y sonríe sin demasiado pesar, como si las malas noticias fueran un ingrediente esencial de su vida.

—Sabía que tenía que pasar algún día —se lamenta Mar, asintiendo casi con dulzura.

—¿Qué relación tenías con Aisha?

—Era la mejor amiga de mi hija Aurora. Estaban siempre juntas en el centro de acogida. Y desaparecieron a la vez.

Elena y Zárate se miran al instante, preocupados. Los dos están pensando en lo mismo. ¿Es posible que, en contra de lo que piensa Mariajo, vaya a haber un segundo evento de inmediato? ¿Es posible que pronto vean a Aurora pasar por lo que pasó Aisha?

—Necesitamos que nos ayudes, Mar. Cuéntanos cuándo desaparecieron, todo lo que sepas sobre Aisha.

—Era huérfana. O no, no estoy segura. Creo que mi hija me contó que había cruzado el Estrecho sola. Estaba en el centro la última vez que me quitaron a Aurora y la llevaron allí.

—¿Por qué te la quitaron?

Mar separa las manos, le cuesta encontrar las palabras.

—Me la han quitado muchas veces, desde que era una niña. La última fue por una tontería. Me dejé algo en la sartén, hubo un fuego... Tampoco fue para tanto, pero los vecinos hicieron piña contra mí... Que si me dejaba la puerta abierta, que si no limpiaba, que si discutía a gritos con un novio que tenía... De vez en cuando me metía algo, poca cosa, yo iba bien. Pero esos cabrones me estaban esperando. Un puto día de bajón y me quedé sin hija y sin cocina, porque desde entonces no funciona y aquí nadie viene a arreglarla. Y han pasado casi tres años.

—¿Cuándo desaparecieron?

—Hace diez meses. Pero no se dejen engañar, no se fugaron. Las secuestraron.

—¿Por qué estás tan segura?

—Yo he estado en ese centro, he ido de visita varias veces a San Lorenzo. Parecía un campo de concentración. De esos de los nazis, ¿saben? Y el director, Ignacio Villacampa, era el carcelero.

—¿Ignacio Villacampa el político?

—Me persigue porque yo no le dejé abusar de Aurora y de Aisha —asiente la mujer—. Hasta las ayudé a escapar y venir a casa. Llevé a esa chica al hospital para que la curaran, tenía el corazón mal.

—¿La sacaste del centro para llevarla al hospital?

—Le estaba dando un infarto, a la pobre, y nadie decía nada. Le querían dar una pastilla. Yo dije que una mierda, y me las llevé a las dos para que la viera un médico. Desde entonces, en ese centro me odian.

—¿Quién crees que ha podido secuestrar a tu hija?

—Ignacio Villacampa, seguro. Ha intentado matarme muchas veces, la última con un coche bomba. Menos mal que la policía lo desactivó. Decían que eran los de Al Qaeda; mentira, era para mí, lo pusieron por donde me muevo. Tuve suerte, pero la próxima vez quizá no la tenga.

Blanco y Zárate cruzan un gesto de preocupación. El relato de Mar ha entrado en el delirio y su mirada se va extraviando más y más. Ya no es capaz de fijarla en un punto de la habitación, y mucho menos en los ojos de sus interlocutores. Ahora vaga sin descanso por todas partes.

—Tienen que detener a Ignacio Villacampa, a Rocío Narváez, que es la gobernanta de un hotel en el que trabajé y me despidió, y a Rosendo Zamora. Ellos se llevaron a mi hija y a su amiga.

—¿Rosendo Zamora, el ministro?

—No es tan malo como Villacampa, pero creo que es el que manda de todos ellos.

—Los investigaremos —se compromete Elena, en un intento de que la mujer vuelva a la normalidad—. ¿Tiene fotografías de su hija?

—Sí, se la voy a enseñar, ya verán qué bonita es.

Mar sale del salón y vuelve con una fotografía suya con un bebé en brazos. Está rota, medio borrada.

—Solo esta.

—Esta no nos sirve —trata de hacerle entender Zárate—. Necesitamos una en la que se le vea la cara. Y en la que su hija sea mayor, como ahora, no un bebé.

—Me las robaron todas. Salvé esta porque siempre la llevaba en el bolsillo.

—¿Quién las robó?

—¿Pues no se lo he dicho? Ignacio Villacampa. Si no le detienen, ese hombre me va a matar.

—Intentaremos impedirlo —procura tranquilizarla Elena—. Mar, necesitamos que procures acordarte de si Aisha tenía familia.

—Esa chica solo nos tenía a mi hija y a mí. Olvídense de ella y busquen a mi hija. Tienen que encontrar a Aurora antes de que la maten.

Los chavales siguen cuidando el coche de Elena cuando los policías vuelven, están esperando la otra mitad del billete de veinte. Zárate se la da después de felicitarles por el trabajo.

—Tienes un coche guapo. Se han hecho lo menos diez fotos con él.

Elena saca otro billete de veinte, se lo da también al chico.

—A ver en qué os lo gastáis.

—En botijos, nosotros no nos metemos nada raro.

Mientras sube al coche y arranca, mira a los chavales por el espejo retrovisor. Elena los ve bromear, felices con el botín que han ganado de forma inesperada. Una sonrisa se dibuja en su rostro.

—¿Cuánto tiempo hacía que no te veía sonreír? —murmura Zárate.

—¿Botijos? —pregunta la inspectora, más que nada por evitar la conversación.

—Botellines de Mahou. Tienes que salir más a la calle, inspectora.

Capítulo 13

Sin dejar en ningún momento de trastear con el ordenador, Mariajo habla con Chesca y Buendía sobre la famosa Deep Web.

—Esto es un vertedero. ¿Os lo imagináis? Un estercolero donde acaba lo peor del mundo. Aquí hay drogas, blanqueo de dinero, tráfico de armas, pornografía infantil, compra y venta de objetos robados, asesinos a sueldo...

—No entiendo por qué no se prohíbe.

—Porque no se le pueden poner puertas al campo, Buendía... Aquí está cerca del noventa por ciento del contenido de internet, lo que nosotros conocemos no es nada, la punta del iceberg. Además, no todo es malo o ilegal, eso es solo una parte —contradice sus palabras anteriores—. Lo que más hay son redes internas de instituciones científicas.

Va mostrando a sus dos compañeros distintas páginas, desde una que ofrece hackers de alquiler hasta otra que ofrece todo tipo de drogas con servicio a domicilio.

—Mirad, por cincuenta dólares le hackean el teléfono a tu pareja para que leas sus wasaps y escuches sus conversaciones a la vez que ella.

—¿Se puede hacer eso? —se escandaliza Chesca.

—Hay más sistemas de seguridad que nunca, pero, al mismo tiempo, estamos más expuestos. Puedes poner todas las cerraduras que quieras, siempre habrá alguien que descubra cómo abrirlas.

Siguen mirando páginas de manera aleatoria, a través de enlaces que ha encontrado antes Mariajo: venta de pasaportes y carnés de conducir, municiones de AK-47, viejas pistolas Tokarev usadas en la guerra de los Balcanes, asesinatos por encargo desde veinte mil dólares —con la posibilidad de dar simples sustos por mucho menos dinero—, billetes falsos por el cuarenta por ciento de su valor nominal, varios tutoriales para hacer bombas caseras, vídeos de zoofilia...

—¿Yo puedo acceder al internet invisible en casa? —Chesca se muestra interesada en todo lo que ve.

—Sí, solo tienes que bajarte un programa que se llama Tor. Lo más complicado es encontrar los enlaces de estas páginas. No aparecen en los buscadores; tienes que rastrear en foros, tener paciencia. También mucha precaución, hay estafadores de todo tipo, trampas de la policía para pillar delincuentes, extorsionadores...

Chesca no puede evitar la curiosidad.

—Mariajo, ¿cómo has aprendido todo esto? Cuando eras joven no existían los ordenadores.

—Claro que existían, lo que pasa es que no tenía cada uno un ordenador en casa. Lo aprendí estudiando, como todo el mundo. Estudié Informática, en la Politécnica. Empecé en el 77, cuando se creó. Antes me había licenciado en Exactas, en matemáticas. Los jóvenes os creéis que el mundo empezó con vosotros, pero el mundo existe desde antes de que nacierais.

Una señal acústica interrumpe la conversación. Mariajo se pone en guardia de inmediato.

—Yarum se acaba de conectar.

Todos esperan a que Mariajo les informe. Ella no para de teclear en una especie de chat y en una ventana de sistema, donde aparecen series de números que son incomprensibles para los demás.

—No puedo localizar su IP, pero aquí lo tengo. Ha leído mi saludo y está escribiendo.

Esperan conteniendo el aliento hasta que llega su mensaje.

—Me pregunta si me lo pasé bien el otro día —consulta Mariajo.

—Dile que sí —propone Chesca—. Dile que estás deseando que se repita.

—Te dejo a ti, seguro que lo convences más rápido que yo. Pero no te lo ligues, recuerda que eres un chico de dieciséis años. Ah, ya sabes cómo escriben estos chicos.

Chesca se pone ante el teclado, ella también está segura de que será capaz de convencer de todo al tal Yarum, se ha pasado media adolescencia chateando.

Larry33: De puta madre. Xa cdo el próx?
Yarum: ¿Tienes dinero?
Larry33: Lo puedo conseguir.
Yarum: ¿6.000 euros? Esta vez no hay rebajas.
Larry33: T puedo pagar d otra manera.
Yarum: Solo dinero, no me interesan los chicos.
Larry33: Hay más formas, no solo esa.
Yarum: Pues dímelas, porque no se me ocurren.

Chesca mira a los demás sin saber qué contestar.

—¿Qué le ofrezco? Tiene que ser algo que le haga caerse de culo, que no me pueda decir que no.

—Esta gente está muy loca —dice Mariajo—. Tienes que ofrecerle una locura.

—¿Locura de qué tipo? ¿Sexual?

Buendía, que se ha quedado pensativo, se inclina de pronto hacia el teclado y toma los mandos. Se pone a escribir, muy serio.

Larry33: Kiero ser la víctima.

Esperan unos segundos sin respuesta. Si se han excedido y Yarum no los cree, quizá hayan perdido toda posibilidad de volver a contactar con él y el resto de la Red Púrpura.

—Joder, di algo, cabrón —murmura Chesca con los ojos pegados a la pantalla.

Por fin llega la respuesta.

Yarum: ¿Estás seguro de lo que dices?

Buendía y Chesca cruzan una mirada. Es ella quien escribe ahora.

Larry33: Kiero sentir lo mismo q esas chicas. Sé q solo será una vez, xo kiero saber cómo es.

Yarum: Mañana a las tres, donde las otras veces.

Yarum se desconecta, pero no necesitan nada más, han conseguido lo que buscaban.

Capítulo 14

Han tenido que confiar en Daniel para que les dijera cómo preparar la celada y para que se prestara a hacer de cebo. Está sentado en un banco junto al estanque de las tortugas del invernadero de la estación de Atocha.

Hay agentes diseminados por toda la estación, intentando mezclarse con los viajeros, procurando no destacar. Elena mira a algunos y reconoce que a los policías no se les da bien camuflarse. Hay por lo menos tres fácilmente identificables, espera que Yarum no sea muy observador y perspicaz.

De repente, un hombre de unos cuarenta años se sienta junto a Daniel. Todos dudan, Daniel no les ha hecho la señal pactada, apoyarse en el banco con la mano izquierda.

—¿Nos la va a jugar el niño? —se asusta Chesca, que arrastra una maleta vacía al lado de Elena.

—Quizá no sea Yarum.

—Le está hablando.

Daniel no sabe cómo quitarse de encima a ese hombre que le está ofreciendo cuarenta euros por acompañarlo al baño. En otro momento se levantaría y se marcharía, pero no puede moverse de allí. Eso le está dando ánimos al acosador.

—¿Y cincuenta? Venga, no te hagas el estrecho, seguro que lo has hecho por menos.

Los policías se han dado cuenta de lo que pasa, un pederasta. No saben qué hacer, no pueden llegar y quitarlo simplemente de en medio, se arriesgan a que Yarum lo vea. Tampoco pueden dejar que siga allí, Yarum no se acercaría y abortaría el encuentro.

—Paciencia —le pide Elena a Chesca—. Deja de mirarlos o ahuyentaremos a Yarum.

Daniel toma una decisión, se levanta y se cambia de banco, como si no pasara nada, como si solo quisiera librarse de ese pesado. Son las tres y cuarto, hace quince minutos que se tenía que haber producido el encuentro. El acosador pasa junto a Daniel y le dedica un gesto inequívoco con el dedo corazón.

—Tú te lo pierdes, niñato.

Menos de un minuto después, alguien más se sienta en el banco. Ahora sí que Daniel hace el gesto de aviso.

—Has ligado, Larry33. —Yarum se ríe—. Pensé que habías decidido empezar a ganar dinero haciendo chapas para pagar un evento más como espectador.

Apenas ha acabado la frase cuando recibe un golpe que le tira al suelo. Y no se ha dado todavía cuenta de lo que pasa cuando Orduño, con la rodilla en su espalda, le está poniendo las esposas en las muñecas por detrás.

—Yarum, qué ganas teníamos de charlar contigo.

Elena tiene el honor de consultar la primera los papeles de la cartera del detenido.

—Casto Weyler, español, vive en la plaza de España, en la Torre de Madrid. Casto, vamos a ir a tu casa a hacer un registro. ¿Nos acompañas y nos ahorras problemas o vamos solos?

—Todo lo que sea crearos problemas me gusta. Y tú, chaval —se vuelve hacia Daniel—, te vas a arrepentir de esto. Ya lo creo. ¿Víctima? Al final vas a conseguirlo...

Acompañado por varios agentes, Orduño conduce a Casto Weyler a las instalaciones de la Brigada de Análisis de Casos. Los demás se ponen en marcha hacia la plaza de España. Rentero estaba al tanto de la operación, y la orden de registro, firmada por un juez, llegará antes que ellos.

La Torre de Madrid mide ciento cuarenta y dos metros y fue, durante algunos años —desde el final de su construcción en 1960 hasta que fue superado en 1967 por un rascacielos belga—, el edificio más alto de Europa. Todavía hoy es el sexto más alto de Madrid y uno de los más admirados. En sus buenos días fue sede de las oficinas de algunas de las empresas más modernas de la capital, también sirvió de vivienda a muchos artistas, allí se celebraron las fiestas más glamurosas de los actores y actrices de Hollywood que recalaban en Madrid para grabar después sus películas en el desierto de Almería, pero con el tiempo sufrió una constante y paulatina decadencia. Hace solo unos años que fue rehabilitado en su totalidad y convertido en una dirección lujosa de nuevo.

El apartamento de Casto Weyler está en el piso veinticinco, y su balcón da a la Gran Vía. Desde allí se puede disfrutar de algunas de las mejores vistas de Madrid, de noche tiene que ser un espectáculo, cuando las luces de la ciudad se encienden. Allí está la plaza de España, la Gran Vía se ve sin ningún obstáculo hasta Callao; a la derecha el Palacio Real, el Teatro Real y los jardines de Sabatini; a la izquierda, la ciudad hasta la Torre de Valencia y el

Pirulí... En la última planta hay un mirador que da la vuelta casi entera al edificio y que te da la sensación de poner la ciudad a tus pies. Elena lo conoció una vez, hace años, le encantaría subir de nuevo y buscar el templo de Debod, las torres de la plaza Mayor y los jardines del vecino Palacio de Liria.

No es un apartamento muy grande, apenas dos habitaciones, pero sí muy lujoso. Llama la atención que no haya ningún libro, tampoco películas. Sí algunas litografías valiosas en las paredes: Miró, Tàpies, Hockney...

De frente a un ventanal, con Madrid al fondo —una ciudad mucho más bella que ninguna obra de arte—, hay dos potentes ordenadores. Mariajo se sienta allí.

—Qué silla más cómoda, esto es lo que me hace falta a mí para no destrozarme la espalda.

—Yo te la compro si sacas todo de esos ordenadores —le promete Elena.

—Me has dado tu palabra —la hacker se sonríe.

Elena, Chesca y Zárate curiosean por el lugar mientras Mariajo se encarga de los ordenadores. Es tal y como imaginan que debe de ser el apartamento de un muy alto ejecutivo que vive solo y para el que el trabajo ocupa el día entero: impersonal, minimalista, con electrodomésticos de lujo y con poco uso, con un armario lleno de ropa de las mejores marcas colocada por colores, con una enorme pantalla de televisión frente a la cama. Más que un hogar parece una habitación de hotel. En un cajón encuentran seis mil euros en fajos de billetes de cincuenta. En la mesilla de noche, una buena colección de relojes de las mejores marcas: Rolex, Patek Philippe, Audemars Piguet, Hublot.

—Relojes muy buenos, pero se hizo esperar quince minutos en su cita con Daniel, qué cabrón —ironiza Zárate.

—Si todo sale bien, durante los próximos veinte años y un día, alguien le dirá la hora sin que tenga que mirarla —Chesca se ríe.

En el mueble bar solo hay una botella de Whisky mediada, un Macallan Rare Cask *single malt* que debe de rondar los doscientos cincuenta o trescientos euros. En la nevera, unas latas de cerveza de una marca normal y corriente y una caja de bombones de chocolate belga abierta.

—No vive mal Casto. Si tuviera grappa se la confiscaría.

—De lo que uno se da cuenta siendo policía es de que los malos viven mejor que nosotros —comenta Chesca.

—No te creas. Ser malo es muy jodido. Hay que serlo a tiempo completo.

No tarda mucho Mariajo en avisarlos.

—Tengo todo lo que necesito. Cargamos con los ordenadores y nos los llevamos a la BAC.

Capítulo 15

—A ver, no pretendo que ustedes compartan mi visión del mundo, pero esto es un negocio y yo no soy más que uno de los eslabones de la cadena. Si no estoy yo, está otro, tan sencillo como eso.

Casto mantiene la calma. Elena puede fijarse en él; no lo había hecho apenas en la estación de Atocha. Es un hombre bien vestido, da la imagen que proyectaba su apartamento: un ejecutivo de éxito.

Encima de la mesa está todo lo que llevaba encima, se ve que es un tipo preocupado por las marcas: el último modelo de iPhone, un bolígrafo Montblanc, el reloj es un Longines de oro, la cartera y el cinturón son de Loewe. Muchos miles de euros en complementos. Y sin embargo...

—Veo que le gustan las cosas caras, señor Weyler —comenta con sarcasmo la inspectora Blanco—. Pero lleva tres meses sin pagar el alquiler en la Torre de Madrid.

—No creo que sea la primera persona del mundo que vive por encima de sus posibilidades. ¿Me va a decir ahora que la ostentación es un delito? Si es así, medio país debería estar en la cárcel. Digamos que, últimamente, las cosas no han ido tan bien como me gustaría en mi trabajo.

—El problema es que su trabajo consiste en matar chicas jóvenes para que los que pagan por verlo asistan en directo.

Casto pone cara de escándalo y asco.

—¿Quién le ha dicho que mi trabajo es ese? Qué horror. Mi trabajo es vender enlaces en internet, en lo que llaman la Deep Web. No es problema mío adónde lleven esos enlaces. Yo nunca he matado a nadie en mi vida, ni a una mosca.

Chesca se levantaría y le partiría la cara con todas sus ganas, pero tiene que reprimirse y seguir atenta al interrogatorio que lleva Elena.

—O sea, que es inocente, como un bebé.

—No, seamos sinceros, inocente del todo no: cobro en negro —reconoce Casto—. Hacienda no me consideraría inocente. No pago impuestos, cobro en bitcoins y, ocasionalmente, en efectivo, como en el caso del chico que me ha delatado.

—Le ha amenazado usted.

—Pero solo porque se me ha calentado la boca. El chaval puede estar tranquilo, que no le voy a hacer nada.

—¿Ni mandar que le hagan algo?

—Ni siquiera sabría dónde acudir si quisiera, como usted dice —se defiende Casto con tono ingenuo.

Elena consulta sus papeles. No sabe, de momento, por dónde pillar a Casto, hay que reconocerle dominio y control de la situación.

—¿Está usted tranquila, inspectora?

Ella le mira extrañada, no sabe a qué se refiere.

—Completamente, tengo más motivos para estar tranquila que usted.

—Lo celebro, aunque no es la impresión que da. Debe usted relajarse, tener paciencia y darse cuenta de que hay enigmas que no depende de uno mismo solucionar, que la vida tiene sus ritmos y no son los que nosotros deseamos.

—Cuando necesite consejo, no dudaré en pedírselo —le responde ella, seca, sorprendida por sus palabras.

Tras la interrupción, regresa a los papeles.

—Entonces, según usted, vende enlaces y no sabe para qué son.

—Escucho cosas, muy desagradables, pero no me las creo. No creo que sea cierto que asesinen a chicas. Estoy convencido de que todo es falso. Como muchos negocios, seguro que este también se levanta sobre la mentira. Si hubiera un mínimo de realidad en esos rumores, aparecerían los cadáveres, ¿no?

—¿Y si le digo que apareció uno hace pocos días en Las Palmas? Fue la chica del último evento, era marroquí, tenía dieciocho años, se llamaba Aisha Bassir y fue salvajemente torturada.

—No me lo creo —insiste Casto con completa tranquilidad—. Es decir, me creo que hayan encontrado a esa pobre chica muerta, lo que no creo es que la hayan matado en uno de esos eventos. Será una casualidad. Le dije al principio que esto era un negocio, ¿en qué negocio se mataría a los protagonistas? Imaginen que DiCaprio se muere de verdad ahogado en las aguas heladas tras hundirse el Titanic. No sería rentable, no.

Elena da paso a Chesca.

—Cuando hablé con usted, ayer, no se sorprendió de que me ofreciera como víctima.

—¿Fue usted? —el detenido se sonríe—. ¿De verdad cree que no me sorprendió? Por Dios, me pareció una barbaridad. Por eso quise quedar con ese chico, con Larry33. Necesita ayuda. Quería hablar con él y proporcionársela. Sugerirle que hablara con sus padres, con algún profesor.

—Qué amable de su parte.

—Ayudo siempre que puedo; por ejemplo, usted... He visto que la llaman Chesca, vendrá de Francesca, pero como es española, de pequeña la llamarían Paquita, ¿no? Se lo ha cambiado porque está demasiado preocupada por lo que piensan los demás. Libérese, Paquita, usted es usted y tiene que hacer de usted, no de otra.

Una vez más, Chesca tiene que respirar hondo para no arrancarle la cabeza.

Ángel Zárate preferiría estar dentro de la sala que delante de una pantalla viendo vídeos porno extraídos de los ordenadores de Casto Weyler, pero Elena ha elegido a Chesca, y es lo que hay. Por suerte, en los vídeos no parece haber pornografía infantil, ni *snuff movies;* es todo muy convencional: una orgía entre varios hombres y mujeres que disfrutan con lo que hacen. No hay tomas especiales, solo una cámara fija. Si no es un vídeo amateur de verdad, se han esforzado mucho en que lo parezca. Pasa al siguiente. Otra escena de sexo en grupo. El trabajo es tan rutinario que no hay modo de erizarse en secreto, ni siquiera una pequeña recompensa. Es imposible despertar la lujuria con esa exhibición obscena de cuerpos entrelazados y jadeos que tienen algo de impostado o ridículo. Pero, de pronto, Zárate sale de su aburrimiento de un respingo y se queda observando un vídeo. Lo rebobina y lo estudia con interés.

—Yo este ya lo había visto... ¡Buendía!

El forense, que está ayudándolos en el visionado, se acerca.

—Conozco este vídeo. Es una de las orgías de la secta esa... ¿Cómo se llamaba el tío?

—No sé de qué me hablas —dice Buendía.

Zárate se levanta, está inquieto, busca en su memoria un nombre que se le resbala una y otra vez. Hasta que lo encuentra.

—¡Nahín! El gurú de la secta se llamaba Nahín. ¿No te suena?

—No, pero vamos a buscar ese expediente...

Mientras Buendía bucea en los archivos, Zárate cuenta que es un caso antiguo, el líder de una secta que captaba chicas de buena familia y grababa con ellas orgías que después vendía a través de internet.

—¿Y por qué lo investigasteis vosotros?

—Yo acababa de entrar en la comisaría de Carabanchel. En los ratos libres me ponía a bucear en archivos de desaparecidos. Miré un montón de vídeos de sectas por si encontraba a alguna de las chicas de los casos archivados. Por eso me suena este.

—Aquí está —dice Buendía frente a su monitor—. Ahora sí lo recuerdo. En efecto, el gurú de la secta se hacía llamar Nahín. Lleva en prisión ocho años.

—La pregunta es: ¿por qué tiene Casto Weyler vídeos de esas orgías?

—¿Por qué no? Estamos hablando de un depravado.

Se miran en silencio, como tratando de encontrar alguna otra explicación.

—Inspectora, yo le sugiero que me ponga en libertad, me devuelva mis cosas y deje de hacer el ridículo —Casto Weyler le habla como si le hiciera un favor.

—Ya, es un buen consejo, como todos los suyos —responde Elena con sorna—, pero no es lo que voy a hacer.

—¿Va a ponerme a disposición judicial? Sabe que no tiene nada, le repito que yo solo vendía los enlaces y no sabía para qué eran. ¿Qué va a conseguir, que me pongan una multa por no declarar el IVA? Si es lo que quiere, perfecto. Pero ¿no está poniendo demasiado empeño en cargar contra el mensajero?

—Tampoco le voy a poner a disposición judicial. —Elena sonríe.

—Hay un límite de horas. No sé si son cuarenta y ocho o setenta y dos, pero no más.

—¿Ha mirado alrededor? ¿Ha visto logos de la policía o algo así? ¿Le han tomado la foto de frente y de perfil? ¿Le han hecho mancharse los dedos de tinta para imprimir sus huellas? Seguro que no. Usted me dijo que era un ejecutivo especial; voy a darle una mala noticia: yo soy una inspectora de policía especial. Los límites no funcionan para mí —miente la inspectora Blanco—. Usted va a estar encerrado hasta que a mí me parezca. Chesca, llévate a nuestro amigo.

Chesca sonríe satisfecha y, al ver la expresión de terror de Casto Weyler, se acuerda del refrán favorito de su abuelo: el que ríe último ríe mejor. Elena espera que su farol, tan propio de Zárate, dé resultado.

Capítulo 16

Orduño es capaz de montar en helicóptero, de descolgarse desde uno sobre una lancha —ya lo ha tenido que hacer en unas maniobras—, de arrojarse en una tirolina de más de cien metros de altura y de hacer vuelo base —una vez fue con Chesca a practicarlo—, por eso le da tanta vergüenza reconocer que cuando se monta en un vuelo comercial, siente un cosquilleo en el estómago antes del despegue. Ha tenido suerte y también viajará en Business, como sus compañeros hace unos días. Por lo menos irá a sus anchas y le darán una buena merienda.

Se dirige a Las Palmas para seguir una pista de Marrero. El mensaje era claro, un deje de excitación en el tono de pachorra habitual en el canario: «Tienen que venir, compañeros. Creo que he encontrado el sitio donde la mataron». No sabe por qué Elena ha confiado en él una misión tan importante, ni si en esos momentos pesa más el halago o el fastidio de tener que desplazarse a las islas.

—¿El asiento de la ventanilla es el suyo? —le pregunta una mujer que se ha encontrado en su sitio.

—No importa, no hace falta que se levante. Me quedo con el del pasillo —aprovecha Orduño.

Se pone los cascos antes de despegar y sube el volumen. En el móvil, reproduce «Waterloo Sunset», de los Kinks, y se concentra en la voz de Ray Davies para olvidar cómo el avión coge velocidad en la pista y, después, se separa de la tierra. Abre una carpeta para repasar los escasos datos que todavía tienen en la investigación. Una ampliación de la mano ortopédica ocupa toda la hoja. El metal de la prótesis tiene manchas de sangre. No es una sangre anónima. Ahora saben que pertenece a Aisha Bassir. Su rostro sin vida en las fotos de la autopsia, entre la documentación, le obliga a cerrar la carpeta. Era solo una niña. ¿Qué placer puede haber en obligar a cruzar todos los umbrales del dolor a una adolescente? De la misma manera que se avergüenza de su miedo a los aviones comerciales, Orduño no comparte con nadie cómo le afecta el contacto con esta violencia extrema. Le gustaría que todo acabara cuando deja el despacho de la BAC, pero no es así. Como si se tratara de una plaga, las imágenes de esta realidad oscura invaden la soledad de su casa. Quizá este sea su verdadero problema: la soledad. Esa casa vacía, el silencio en el que se instala cada vez que se derrumba en el sofá tras un día de trabajo. El sustrato perfecto para que todo lo que ha vivido en las oficinas de la calle Barquillo cobre fuerza.

Vuelve a reproducir el disco de los Kinks e intenta que esa música le lleve a la época en que los descubrió. Sus años de instituto, el grupo de amigos con el que quiso formar un grupo de rock. Su torpeza con la guitarra, era incapaz de sacar una sola canción de oído. La dulce ingenuidad de unos años en los que ni siquiera imaginaba qué atrocidades son capaces de cometer los seres humanos.

No sabe en qué momento se ha quedado dormido. El temblor de su compañera de vuelo le ha despertado. Durante un instante, ha creído que había algún problema en el avión. La mujer contiene un sollozo en el pecho. Sus ojos, de un azul cristalino, están empañados y, al parpadear, dejan caer una lágrima. Sin embargo, cuando mira a Orduño, le sonríe.

—Perdona, soy una tonta; ¿te he asustado? Es esta película. No sé por qué la he puesto con lo triste que es. No es justo que las historias de amor acaben tan mal.

Orduño mira la pantalla que señala la mujer, en el cabecero del asiento de delante. Los créditos la recorren sin sonido.

—Es solo una película. Yo pensaba que habíamos perdido un motor e íbamos de cabeza al Atlántico —bromea él.

En la puerta del aeropuerto le espera Marrero. Antes de encontrarse con el policía, Orduño se despide de Marina. Así se llama la mujer que lloraba. No han dejado de hablar el resto del viaje. Se han tomado dos benjamines de cava mientras la escuchaba contar que lleva un año separada, que vive en un apartamento enano al lado del parque del Oeste, que trabaja en un gimnasio, de monitora de boxeo y de aeróbic, y que viaja a Canarias sin ninguna razón, solo porque vio una buena oferta. Orduño se ha descubierto pensando que Marina le mentía. Le ha parecido que es una mujer que huye, aunque no sabe de qué ni tampoco quiere preguntárselo. Quiere dejar de pensar las veinticuatro horas como un policía. Ha sido agradable compartir una conversación trivial con ella. En algunos momentos, creyó que podía estar flirteando y se sintió torpe, incluso ruborizado. Sus últimas relaciones han sido encuentros fugaces fruto de aplicaciones de internet. Ha olvidado cómo hablaban dos desconocidos por el mero placer de hablar.

«No me has dicho tu nombre», le ha dicho ella al despedirse.

«Orduño».

«Seguro que tienes un nombre normal, no solo un apellido».

«Rodrigo —le ha respondido el policía descolocado—, pero hace tanto tiempo que nadie me llama así, que no estoy seguro de contestar».

«A mí me gusta Rodrigo —le ha sonreído Marina—. Acuérdate de girarte si oyes tu nombre».

No han pasado por el hotel. Marrero y Orduño se han montado en un coche patrulla en el aparcamiento del aeropuerto y han cogido la carretera hacia el interior de la isla.

—¿Qué tal el viaje?

—Pesado, ya sabes que los viajes de avión se hacen largos, prefiero el AVE.

—Difícil que el AVE llegue a Las Palmas… —bromea Marrero, y pasa a desgranar los detalles de esa nave que ha localizado y donde se supone que fue asesinada Aisha—. El pueblo más cercano se llama Tunte, pertenece al municipio de San Bartolomé de Tirajana. Pero ya ves esto, está en medio de ninguna parte.

La nave no es muy grande, pero está muy aislada. Orduño piensa que no escogieron mal, que si tenían intención de hacer lo que hicieron sin que nadie se enterase, era el sitio perfecto, sin vecinos que pudieran escuchar nada, sin curiosos.

—Hay muchas marcas de neumáticos. Yo creo que el día que grabaron la muerte de esa chica tenían invitados —supone Marrero—. Intentaremos localizar a alguno, pero no creo que lo consigamos. No te extrañe que sean turistas alemanes o ingleses. Con tanta población flotante es muy difícil prevenir estas cosas.

Dentro de la nave hay un rincón que Orduño recuerda del vídeo; es el mismo. Allí está hasta la silla en la que se sentó Aisha antes de que entraran en el campo de la cámara el hombre de la máscara de lucha libre mexicana y el de la prótesis metálica en la mano.

—No estuvieron aquí más de un día, quizá desde la noche anterior a lo que llamaban el evento. Llegaron, lo prepararon todo, emitieron la muerte de la chica y esa misma noche se marcharon.

—¿Y la infraestructura para emitir en directo?

—No necesitan más que un ordenador y una conexión a internet. Y esa se puede conseguir en un coche. Aunque parezca que esto está muy alejado del mundo, estamos a muy pocos kilómetros de Vecindario o de Maspalomas. En cuanto regresaron a esa zona, desaparecieron; se mezclarían con los turistas. Allí nada llama la atención.

—¿El propietario de esta nave?

—No tiene. O bueno, sí tiene, pero no se ha hecho cargo de ella. El propietario murió hace un año y los herederos no se han puesto de acuerdo.

—¿Por qué aquí, en Gran Canaria? ¿Por qué en una nave que no les pertenece? ¿Por qué dejar el cuerpo en un lugar por el que pasan tantos turistas?

—Yo para eso no tengo respuesta, Orduño. Llegué a esta nave casi por casualidad, por un vecino que denunció una discusión de tráfico con un hombre que tenía una prótesis en la mano. Ya he pasado el informe, eran dos: uno con la prótesis y otro con la cara picada de viruela, el primero extranjero y el segundo español. El vecino no se quedó con el número de matrícula, solo sabe que era un Ford, no reconoció si Fiesta o Focus, uno de los centenares que se alquilan todos los días en el aeropuerto de Las Palmas.

—¿Has pedido ayuda a las empresas de alquiler de coches?

—Claro, pero no vamos a conseguir nada. Aquí en la isla todavía estamos en temporada alta, entran y salen miles de turistas a diario. Y no sabemos si han venido en avión o en el jet-foil desde Tenerife. Hacemos lo que podemos, Orduño.

—Lo sé, Marrero, pero ya sabes que Elena siempre pide más.

Empieza a ponerse el sol cuando, en el viaje de regreso, Marrero detiene el coche en el mirador de la Degollada de las Yeguas. En el horizonte, se adivina la silueta del Roque Nublo. El monolito se perfila contra la luz del crepúsculo. Cuando Marrero se acerca a él, Orduño nota su leve cojera; el cansancio acumulado a lo largo del día la evidencia.

—Sé que la mayoría piensa que lo dejé por esto —confiesa Marrero, señalando su pierna izquierda—, pero no es verdad. No me fui por miedo, lo hice porque la vida se me estaba escapando. Para Elena solo existe el trabajo. Veinticuatro horas al día, siete días a la semana. Y la vida no puede ser solo buscar a los malos, Orduño. Tenía una esposa, necesitaba pasar tiempo con Silvia. Disfrutar un poco de estar vivo. Comer bien, follar, emborracharme con los amigos... ¿Cuánto llevas tú sin hacer nada de eso?

—He perdido la cuenta —reconoce Orduño con una sonrisa.

—Esos años no volverán. Has cumplido. Has hecho tu trabajo. No pasa nada por cederle el turno a otro y ser un poco egoísta. Hazme caso, Orduño.

Capítulo 17

Elena ve los vídeos de la secta de Nahín. Le parecen sosos, no tienen nada que ver con lo que están buscando. Varias personas jóvenes y atractivas, que aparentemente no saben que están siendo grabadas, manteniendo sexo en grupo.

—No veo nada ilegal. Parecen mayores de edad, no hay prácticas salvajes...

—Son vídeos de los que comercializaba Yarum —dice Buendía—. Lo importante no es lo que sale en ellos, sino su procedencia. ¿Recuerdas el caso aquel de la pornografía y las extorsiones por internet?

Elena se acuerda perfectamente, aunque no participó en aquella investigación.

—Eso lo investigó el equipo del inspector Valle. ¿El tal Nahín es árabe?

—No, español, su verdadero nombre es José Ramón Oliva —comenta Buendía leyendo el informe—. Nahín era un apodo, creo que por aquí está lo que significaba. Sí, aquí: quiere decir «nadie» en hindi.

Las chicas y los chicos eran de buena familia. Nahín había logrado formar una secta en la que predicaba el amor libre, organizaba orgías a las que asistían hijos de familias burguesas y las grababa sin que ellos lo supieran. Después chantajeaba a los padres, que pagaban para que sus hijos no vieran manchada su reputación con esas imágenes. Daba igual que se prestaran a entregar el dinero que les pedían, los vídeos acababan en el internet oculto, para solaz de todos los que compraran los enlaces para verlos.

—¿Por qué se metían aquellos chicos que lo tenían todo en una secta? —se pregunta Chesca, inocente.

—Por ganas de follar —contesta Zárate y provoca las carcajadas de todos.

—Nahín está en la cárcel de Soto del Real, he llamado para que nos concedan una entrevista con él. ¿Quién sabe si nos dirá algo de Casto Weyler? —resume Buendía.

Por mucho que Elena le ha insistido en que su hijo ha decidido ayudarlos y en que, gracias a él, han podido detener al tal Yarum, Alberto Robles no ha querido despedir a Daniel antes de que se lo lleven al centro de menores en el que esperará juicio. Allí recibirá ayuda, quizá los psicólogos sepan hacer su trabajo y logren que abandone su fascinación por la violencia. Su madre sí ha entrado a besarlo, a abrazarlo, a despedirse de él.

—Sé que me considera un monstruo por no ir a consolar a mi hijo —le dice Alberto a Elena.

—Hace mucho tiempo que dejé de juzgar a nadie, señor Robles —contesta la inspectora con total sinceridad—. Nunca se sabe lo que está sintiendo el otro.

—Quise educar a Daniel en libertad, sin que le faltara de nada, dándole las mejores herramientas para la vida...

—Lo sé, pero los planes no siempre salen como uno quiere. Solo me voy a permitir darle un consejo, si es que lo quiere escuchar.

—Adelante.

—Perdónele. No solo porque su hijo lo necesite, que también, sino porque usted lo necesita: un hijo siempre forma parte de nosotros, por muy lejos que esté, por mucho que nos repugne en qué se ha convertido. Perdone o se arrepentirá toda la vida de no haberlo hecho...

Se queda esperando un gesto de arrepentimiento de ese padre por mostrarse tan duro y tan cruel. El gesto no llega, y Elena, al notar su enorme desazón, se da cuenta de que ella también ansiaba ese perdón, de que necesitaba ver que Alberto volvía a ver en Daniel a su hijo y no a un ser despreciable.

Ha pensado que lo mejor que podía hacer esa noche era ir al karaoke, anestesiarse con varias copas de grappa, conocer a un hombre y hacer el amor con él en un todoterreno en el aparcamiento de debajo de la plaza Mayor, ha llegado a pasar por delante de la puerta del Cheer's, pero al final ha decidido no entrar. Ha parado en un súper —es una suerte que ahora hayan puesto esos que no cierran hasta las doce por todo Madrid— y se ha comprado una lasaña congelada de las que se preparan en el microondas. Tiene la botella de Carpenè Malvolti Fine Vecchia Riserva que le regaló Rentero. Lasaña, grappa y mucha tristeza, la historia de sus noches.

Se asoma a la plaza, el verano no termina de irse y el día ha sido caluroso, las terrazas están llenas, los turistas no se retiran. Ve, desde la altura, a alguno de los habituales: los dibujantes y los caricaturistas todavía no se han marchado a dormir; un rumano sigue allí, con sus tres maniquíes sin cabeza, vestidos con trajes de torero y sevillana, para que los turistas se hagan fotos con ellos; hay un acordeonista que toca fatal, que destroza un tango argentino: por una cabeza de un noble potrillo...

En su balcón sigue el voladizo y la cámara que durante años estuvo fotografiando la plaza. Ya no hace fotos, Elena no necesita volver a ver la cara picada de viruela, la ha encontrado en el vídeo, al lado de su hijo. Algo le dice que es el hombre que se esconde bajo la máscara de lucha libre mexicana, que el hombre al que buscó durante tantos años se llama —o le llaman— Dimas. Cualquier día desmontará la cámara y su balcón dejará de ser especial, como si se hubieran borrado las cicatrices.

Mete la lasaña en el microondas y se sirve la grappa. Le parece mejor que cuando la probó en el despacho de Rentero. Pone la tele con la esperanza de tropezar con algún programa de esos en los que unos supuestos periodistas hacen tertulias basadas en los amores y las vidas de unos supuestos famosos. Basura que solo sirve para entontecer, pero es lo que ella necesita hoy, entontecerse y marcharse a la cama con la cabeza vacía de cualquier pensamiento profundo. No le da tiempo a descubrir de quién hablan, la antigua novia del hijo de una folclórica que ahora se ha liado con el dueño de un restaurante —famosos de tercera generación—, cuando suena el timbre de su casa. Elena no es una persona que reciba visitas, menos todavía visitas no anunciadas.

—Hola, perdona que me haya presentado en tu casa.

Mar Sepúlveda, la madre de Aurora, el último contacto que dejó Aisha, está allí. Se nota que se ha vestido con deseo de agradar: se ha puesto una falda de flores y una blusa blanca, y ha cambiado las zapatillas de deporte por unos zapatos.

—¿Cómo me has encontrado? ¿Cómo has sabido que vivía aquí?

—Te he seguido. Ya sé que está mal. ¿Puedo entrar?

Elena le franquea el paso, tal como Mar hizo cuando Zárate y ella se presentaron en su pequeño piso de la plaza del Cazador, en Pan Bendito. Le ofrece asiento en el salón y le sirve una Coca-Cola Zero.

—Tú sí que tienes un piso bonito.

—No me puedo quejar, la cisterna funciona. ¿Por qué has venido?

A Mar no le salen las palabras con fluidez cuando trata de ser coherente, solo cuando da inicio a sus teorías desquiciadas: intento de atentado islamista contra ella, persecución por parte de las autoridades, mensajes a través de los presentadores de televisión para que se mantenga alejada de su odiado Ignacio Villacampa.

—No sé si te has dado cuenta —dice como si eso fuera una revelación secreta—. Yo he tenido problemas con las drogas: heroína, cocaína, de todo... Pero ahora estoy limpia.

—Y así debes seguir.

—No es fácil, a veces tengo tentaciones. A veces pienso en meterme un pico y dejarme ir, que se acabe todo. ¿Sabes por qué no lo hago?

—¿Por qué?

—Por mi hija, porque sé que Aurora va a volver un día y quiero que me vea así, serena, sin arrastrarme para conseguir mi dosis. Nunca lo he logrado durante mucho tiempo, ahora llevo seis meses limpia. Sé que se sentiría orgullosa de verme así.

Hijos que decepcionan a los padres y madres que decepcionan a los hijos... Hombres con la cara picada que se llevan a un hijo y le arrebatan la vida. Si fuera objetiva, Elena diría que no ha tenido la oportunidad de decepcionar a su hijo, tampoco la de sentirse decepcionada por él. Pero ¿cómo ser objetiva con un hijo?

—Por eso le pido que la encuentre, por favor. Para que mi hija vea que lo voy a hacer todo por ella.

—Lo voy a intentar.

—¿De verdad? Se lo pregunto porque he pedido ayuda a mucha gente, pero a mí nunca me ayuda nadie.

En esas palabras hay un poso de patetismo que cala en Elena. Se nota triste cuando Mar se va. Decide que no puede quedarse en casa y rebozarse en su desesperanza. Se vuelve a vestir, va al karaoke. Es viernes y está lleno: grupos de chicas que cantan «La chica yeyé», grupos de amigos que cantan «El tractor amarillo». Ni siquiera pide una canción. Un joven se le acerca.

—¿Qué coche tienes?

—He venido en metro.

No es para ella. No tarda ni diez minutos en aparecer otro.

—Un Toyota Rav 4.

—Vamos.

Mañana, cuando le sirva su tostada con tomate, Juanito estará enterado de su nueva visita al parking de Didí. No sabrá que lo ha hecho solo para anestesiarse. Para no pensar en la culpa por soltar la mano de su hijo en la plaza Mayor, en el horror de que su hijo se haya convertido en un tentáculo más de la Red Púrpura.

Capítulo 18

Los Volvo asignados a la brigada son más cómodos, más rápidos y más seguros que el Lada de la inspectora Blanco. Zárate, que es quien conduce, no deja de insistirle en ello.

—Sí, un coche moderno es más cómodo que un Lada soviético y cantar en *Operación Triunfo* es mejor que hacerlo en un karaoke de barrio, pero a mí me gustan las cosas cutres y antiguas —reconoce ella.

El pueblo de Soto del Real no siempre se llamó así; hasta 1959 se llamaba Chozas de la Sierra, pero a los vecinos les parecía un nombre denigrante y aprobaron el cambio en un referéndum en el que se decidía entre Soto del Real, Alameda de la Sierra y mantener el antiguo. Ganó el más aristocrático de los tres.

A finales del siglo xx, en 1995, se construyó la prisión que ha dado fama al pueblo, un centro mastodóntico con capacidad inicial para dos mil reclusos, dotado con piscina, pistas de baloncesto, fútbol sala y balonmano, gimnasio, un módulo para estudiantes universitarios...

—Si me meten en la cárcel, que sea en esta —bromea Zárate.

—Lo tendré en cuenta y se lo diré al juez. ¿Has visto la foto de Nahín?

—Vaya cara de iluminado. Pero es de hace años, cualquiera sabe cómo está ahora. No creo que los peluqueros de la prisión le hayan conservado esa melena.

Se equivocaba Zárate al dudar de los peluqueros de los presos. Ante ellos hay un hombre de melena leonada, con más canas que en la foto de su detención, pero con aspecto de estar muy cuidada.

—¿Aquellos vídeos? ¿Usted se cree que se puede meter a alguien en la cárcel por aquellos vídeos? Menos mal que esto se acaba. Mi abogado está seguro de que me soltarán antes de fin de año y podré volver a dormir tranquilo. No todos lo logran, ¿verdad, inspectora?

—¿Por qué me dice eso?

—Por nada. ¿Quién, al llegar a cierta edad, es capaz de dormir con la placidez de un niño? Díganme, ¿para qué han querido encontrarse conmigo?

—Casto Weyler, ¿le conoce usted?

—Claro, él me ayudó.

—¿A vender sus vídeos pornográficos? —pregunta Zárate.

—Qué desagradable es usted —Nahín le mira con desprecio—. Yo no vendí esas imágenes, las liberé. Logré que esos jóvenes alcanzaran la felicidad, dejaran atrás sus ataduras para encontrarse con la fuerza telúrica.

—¿A través del sexo?

—Lo único que nos une a Dios y a la vida. Liberé las imágenes en internet para que todos pudiéramos ver que era posible alcanzar un estado de conciencia superior.

—Y de paso, cobró —insiste Zárate.

—Aléjese de este hombre —Nahín clava los ojos en Elena.

Elena se revuelve inquieta, no entiende la antipatía que ha surgido entre los dos.

—Volvamos a Casto Weyler.

—Casto es otro ser superior, capaz de salvar los obstáculos que la mezquindad pone en el camino de los que queremos cambiar el mundo. Pero no quiero hablar de él. Sé que pretenden encontrar en mis palabras argumentos para condenarle por cualquier motivo que se les haya ocurrido, y yo no los daré.

—¿Qué sabe de la Red Púrpura?

—Hace años oí hablar de eso. No sé quién estará detrás, pero estoy seguro de que tiene el aura negra, muy negra, negra azabache.

No han conseguido sacarle ni una palabra más. Zárate todavía protesta cuando llegan al coche.

—¿Este cenutrio es el fundador de una secta? No dice más que gilipolleces.

—Lo que asusta es pensar en la cantidad de gente que ha reclutado con sus tonterías —reflexiona Elena.

Suena su teléfono y Zárate observa cómo a Elena se le va ensombreciendo el rostro.

—¿Comisaría de Carabanchel? En una hora estamos allí.

Cuelga y mira a Zárate con gravedad.

—Ignacio Villacampa, el político, salía de prestar declaración en el juzgado por un escándalo de corrupción. Lo han agredido a la salida.

—¿Quién?

Elena toma aire, como si le costara un esfuerzo enorme completar la información.

—Mar Sepúlveda, la madre de Aurora.

Capítulo 19

Hace solo unos meses que Ángel Zárate abandonó la comisaría de Carabanchel para incorporarse a la Brigada de Análisis de Casos. Todavía lo conocen todos los compañeros destinados allí y debe pararse a saludar a cada paso. Elena puede ver la admiración y la envidia de los que se acercan, uno de los suyos está en la BAC: un orgullo.

Los recibe el inspector Martínez.

—No sé qué influencias tiene la detenida, pero ha venido a defenderla Manuel Romero. Os está esperando en la sala de interrogatorios.

Todos han oído hablar, y generalmente bien, de Manuel Romero. Es un abogado importante, de los que aparecen en los juicios más mediáticos, pero que no ha olvidado sus orígenes humildes; procede de un pequeño pueblo del sur y estudió la carrera gracias a becas y ayudas. Dedica parte de su tiempo a defender a gente sin recursos.

—Buenos días, inspectora, mi defendida no se ha quedado tranquila hasta que ha sabido que la habíamos llamado.

—¿En qué situación está?

—No ha sido un ataque grave, ha esperado a don Ignacio Villacampa a la salida de la Audiencia Nacional y le ha arrojado un huevo. El problema es que le ha dado de lleno en la frente.

—¿La van a dejar en libertad?

—Dentro de dos horas hablo con el juez, espero que pueda marcharse a casa. Aunque siendo Villacampa el director general del Servicio para la Infancia y la Familia, un político importante... Y no es la primera vez que Mar Sepúlveda intenta agredirle, está obsesionada con ese hombre.

—Lo sé. ¿Puedo hablar con ella?

—Por favor, será mejor que lo haga a solas —se excusa el abogado para marcharse.

Mar lleva la misma falda de flores que cuando se presentó en casa de Elena, no tiene síntomas de haber bebido o de haber consumido nada, parece tranquila.

—¿Por qué has hecho eso, Mar?

—Tenías que haberlo visto —fanfarronea Mar—. El huevo le dio en toda la jeta. Se tiró al suelo como si le hubiera caído una bomba atómica encima. Los que iban con él ponían caras serias, pero yo creo que se estaban descojonando.

—No tiene gracia —Elena interrumpe sus carcajadas—. No puedes ir tirándole huevos a la gente. Tu abogado dice que no es la primera vez.

—Pero es la primera vez que le doy. Le caía la yema por el careto.

—Puede que no te dejen en libertad. Ayer me decías que querías que tu hija Aurora se sintiera orgullosa de ti. ¿Crees que se va a sentir orgullosa si estás en la cárcel?

Mar se pone seria.

—No, claro.

—Pues no hagas tonterías.

—Si no hago esto, nadie me escucha. Ese hombre fue el que hizo desaparecer a Aurora y a Aisha, solo haciendo esto van a escucharme.

—Lo único que va a pensar la gente es que estás loca y que él es un hombre bueno que tiene que lidiar con personas que no están bien de la cabeza. ¿Crees que podrás ayudar a tu hija desde un manicomio?

Mar se queda callada, tal vez valorando lo que le dice la inspectora Blanco, tal vez pensando en volver a encontrar a Villacampa y tirarle otro huevo a la cabeza; Elena no consigue averiguar en qué piensa.

—¿Tú me vas a ayudar?

—Ya te he dicho que sí, que voy a hacer todo lo que pueda por encontrar a Aurora.

Al salir ordena a Zárate que se vaya con Chesca a San Lorenzo y que se enteren de qué pasa en ese centro de acogida. Poco más puede hacer.

Es sábado por la tarde y el verano todavía no se ha ido, San Lorenzo está lleno de visitantes y de gente que pasa allí el fin de semana. Chesca conduce directa hasta el centro de acogida, sin necesidad de preguntar o usar el navegador.

—¿Conoces este pueblo?

—Pasé aquí todos los veranos desde que nací hasta hace pocos años. Mi abuela nos prohibía que habláramos con los internos del centro.

—¿Y le hacías caso?

—Nunca tuve ningún interés por hablar con ellos. No necesitaba obedecer, solo hacer lo que me apetecía.

El Centro de Menores de San Lorenzo de El Escorial está en un edificio moderno, sin ningún encanto, no se parece en nada al monasterio que da fama al pueblo. Hasta hace seis meses, su director era Ignacio Villacampa, ahora le ha sustituido una mujer joven, Julia Garfella, que se ha mostrado colaboradora al recibir la llamada de la policía y ha accedido a hablar con ellos aunque sea sábado.

—Conozco los nombres de Aisha Bassir y de Aurora López Sepúlveda, pero a ellas no llegué a conocerlas, ya se habían marchado cuando yo me hice cargo de la dirección del centro.

Hay una treintena de niños y niñas en la residencia. A los pequeños se les busca una familia de acogida, algo que se vuelve muy difícil según van entrando en la pubertad, e imposible cuando son adolescentes. A los dieciocho años abandonan la institución y el Estado se desentiende de ellos.

—A partir de esa edad no tenemos ninguna potestad sobre ellos. Muchas veces desaparecen semanas antes de cumplir los dieciocho y ni siquiera se denuncia. He mirado los expedientes de las dos chicas por las que me preguntan y eso fue lo que sucedió con ellas.

—¿No saben adónde fueron?

—Ya le digo que esto fue hace diez meses, antes de que yo me incorporara, pero no creo que nadie lo sepa. He hecho una copia de sus expedientes para que ustedes puedan llevárselos. Ya lo leerán, ninguna de las dos era un angelito.

—¿Conoció a Ignacio Villacampa?

—Sí. Lo tuve que sustituir. Fue un gran director, gracias a hombres como él algunos de los chicos que pasan por hogares como este tienen un futuro. Él llama personalmente a empresas para conseguirles empleo al cumplir los dieciocho, los ayuda de su bolsillo, logra becas para los pocos que tienen cabeza y ganas de estudiar... Es un gran hombre.

—Pero no ayudó a Aisha y a Aurora.

—Muchas veces estos chicos no se dejan ayudar.

Capítulo 20

Orduño abre la ducha. Ha vuelto a poner el disco de los Kinks en el móvil, pero el ruido del agua apenas deja escuchar los acordes de «Waterloo Sunset». No le importa. Se enjabona mientras la tararea. Sonríe al pensar cómo una canción puede evocar cosas tan diferentes a lo largo de una vida. Hasta ahora, esa música le hacía recordar su adolescencia. Sabe que, desde hoy, «Waterloo Sunset» le llevará a esta última noche en Las Palmas. Rechazó cenar en casa de Marrero con su esposa. Decidió regresar solo al hotel Reina Cristina. Cogió una cerveza en el bar y se sentó junto a la piscina a beber y escuchar música.

—¿Rodrigo?

Orduño no reaccionó al oír su nombre. Ella tuvo que acercarse y tocarle en el hombro.

—¿Qué te dije, Rodrigo? ¿No te vas a girar?

Allí estaba Marina. Llevaba un vestido blanco y se abrazaba a sí misma, la temperatura había bajado con la noche. Sus ojos le parecieron aún más azules que en el avión. Se sentó a su lado sin pedir permiso y se quitó los zapatos de tacón. Estaba agotada, le dijo. Había salido a bailar a una discoteca.

—Creo que he bailado suficiente reggaeton para el resto de mi vida.

—Si existe el karma, te has ganado el derecho a reencarnarte en lo que quieras —bromeó Orduño.

—En un oso panda —dijo ella sin dudar, como si fuera algo que hubiera pensado muchas veces—. ¿Sabes que, para no gastar energías, los pandas bajan rodando por las colinas? Me encanta esa idea de vida...

—¿La de rodar por las colinas?

—Soy una perezosa —se rio Marina—. No me digas que nunca te has sentido así de cansado.

Podría haberle contestado que sí. Podría haberle contado la conversación que había tenido con Marrero en el mirador frente al Roque Nublo. De lo harto que estaba. De la sensación de que la vida se le estaba escapando entre los dedos, sin hacer nada, sin disfrutarla de verdad. Prefirió no hacer esas confesiones, aunque se sentía cómodo a su lado. Le gustaba su mirada, su olor, era como una brisa nueva para él.

—¿Qué escuchas? —le preguntó Marina ante su silencio.

—Los Kinks.

Orduño le habló de «Waterloo Sunset» y de la historia que la canción encierra. Cuando Ray Davies, el compositor de la banda, tenía dieciséis años, su hermana mayor, Rene, le regaló una guitarra. Habían crecido en una familia sin recursos y comprar ese instrumento suponía un gran esfuerzo. Esa misma noche, Rene se fue a bailar con unos amigos. Sufrió un infarto y murió en el acto. «Waterloo Sunset» está dedicada a ella. A la vida que podría haber tenido su hermana si no se hubiera apagado tan pronto. Escucharon el tema sin decir nada más. Cuando terminó, la noche de Las Palmas se quedó en silencio. Le habría gustado dar el primer paso, pero tenía miedo al rechazo. Fue Marina quien se acercó a su boca y le besó. Después, subieron a su habitación, presos de la urgencia de la pasión, hasta caer en la cama. Apenas durmieron, como si llevaran buscándose toda una vida y en esas horas tuvieran que recuperar el tiempo perdido.

En la ducha, Orduño no puede evitar excitarse otra vez al recordar la piel de Marina, sus gemidos, cómo clavaba las uñas en su espalda. No se ha dado cuenta de que ella ha entrado en el baño ni de que se ha desnudado. No, hasta que abre la puerta de la ducha y, después de mirar su sexo, le sonríe.

—Me parece que los dos estábamos pensando en lo mismo —le murmura antes de acercarse a él y acariciarle.

Orduño se viste y comprueba la hora. Lo más seguro es que Marrero ya esté esperándole en la puerta del hotel. Antes de ir al aeropuerto y coger el vuelo de regreso, tienen tiempo para acudir a un par de sitios por si alguien les da alguna pista sobre el hombre de la mano ortopédica y su acompañante. Marina todavía tiene el pelo húmedo cuando sale del baño y guarda su móvil en el bolso. Por un instante, Orduño ve la sombra de la tristeza en su rostro.

—¿Problemas?

—Mi ex... No es nada —dice ella intentando sacudirse un sentimiento que a Orduño le parece miedo durante un segundo.

—No son ni las ocho.

—Llama a cualquier hora en la que me pueda tocar las narices. Borracho, seguro que estaba saliendo de un puticlub. Menos mal que me he librado de él.

—Tengo que irme a trabajar —le dice después de besarla. Le fastidia tener que marcharse. Le gustaría quedarse encerrado en esa habitación de hotel a su lado. Hacerle olvidar a su ex.

—Todavía no me has dicho a qué te dedicas.

—Soy policía.

—Por favor, no hagas el chiste de «y has sido una chica muy mala».

Orduño y Marina ríen. Le deja la tarjeta de su habitación para que no tenga prisa por marcharse. Él ya no volverá al hotel.

—¿Nos vamos a ver cuando estemos en Madrid? —le pregunta ella.

Orduño se moría de ganas de hacer esa misma pregunta, pero un resabio masculino, forjado a base de citas y citas por internet, le sale al paso.

—Ya veremos —contesta.

Capítulo 21

Los domingos no le gustan a la inspectora Elena Blanco. Las oficinas de la BAC no presentan la misma actividad que otros días y, cuando ve a alguno de sus compañeros trabajando, le embarga la sensación de ser una explotadora: que su vida privada esté suspendida desde hace tantos años no quiere decir que los demás tengan que renunciar a ella. Por eso se han marchado algunos de los hombres y mujeres que ella ha seleccionado a lo largo de los años para la brigada, por eso se marchó Marrero, o Amalia, una de las mejores agentes que ha tenido —a la que sustituyó Chesca—, que ahora se conforma con hacer patrullas en una comisaría en Ávila.

Al salir de casa, se encuentra a los vendedores de sellos y monedas de cada domingo por la mañana en la plaza Mayor, algunos la conocen y la saludan por su nombre. Cuando Lucas era pequeño, desde los cuatro o cinco años, decidió hacer una colección de sellos y todos los domingos su padre y él bajaban a comprar algún sobre de estampillas variadas de poco valor, los muy coloridos de los países africanos eran los que más le gustaban a su hijo. Los vendedores a veces le regalaban algún sello y esos pasaban a ser los favoritos de Lucas; después, ya en casa, él y su padre los ponían en los álbumes y los miraban con lupa, buscando alguna imperfección que los convirtiera en únicos y deseados, en sellos que valieran millones de euros. Todas las semanas Lucas encontraba uno así y le pedía a su madre, emocionado, que lo guardara en la caja fuerte, temeroso de que una banda de ladrones entrara en la casa y le arrebatara sus tesoros.

No vale la pena pensar en cómo habría sido la vida de Lucas si el hombre de la cara picada no se lo hubiera llevado.

Los domingos, Juanito libra y a Elena no le gusta ir a su bar habitual a por sus tostadas con tomate. A Lucas le gustaba que fueran a la chocolatería de San Ginés, sin preocuparse por la cola, y se tomaran un chocolate con churros. A veces tiene la tentación de hacerlo, pero siempre se arrepiente a tiempo. Prefiere parar en cualquier bar que le pille de camino hacia la calle Huertas y pedir su café y su tostada, aunque tenga que conformarse con empezar el día sin su copa de grappa.

En la oficina solo está Mariajo, presa de una actividad inusitada.

—Perdóname, Elena. Necesito solo media hora, en media hora a lo mejor te doy algo que puede ser muy interesante.

Elena se dedica a ver las transcripciones de los interrogatorios, los informes de los vídeos que han elaborado sus compañeros y el resto del personal, a repasar los detalles una y otra vez en busca de algo que se le pueda haber pasado. Le extraña no haber recibido ninguna información del viaje de Orduño a Las Palmas, en este momento debe de estar en el avión de vuelta, es de suponer que mañana hablará con ella y le contará todo lo que haya descubierto allí, si es que hay algo que merezca la pena.

Por fin entra Mariajo en su despacho. Justo cuando Elena iba a abrir la carpeta en la que Chesca y Zárate le han dejado el informe sobre la visita de ayer al Centro de Menores de San Lorenzo de El Escorial.

—¿Has encontrado lo que buscabas?

—No estoy segura, pero creo que sí. ¿Te acuerdas de lo que nos dijo Buendía sobre lo que significaba *nahín* en hindi?

—Me acuerdo de que nos lo dijo, pero no de lo que significaba.

—«Nadie», significaba «nadie». No le di importancia, pero después, mirando el historial de Yarum, pensé que a lo mejor eso también significaba algo.

—¿Y?

—Es una palabra tamil, el idioma que se habla en Sri Lanka. Significa lo mismo: nadie.

Elena sonríe, admira a su equipo. Todavía no sabe qué, pero han encontrado algo.

—Me puse entonces a mirar si había más coincidencias. ¿Te acuerdas de dónde había nacido la secta de Nahín antes de instalarse en Madrid?

—Ni idea.

—En Alicante. ¿Sabes quién estaba empadronado en Alicante en aquella época? Casto Weyler. Pero espera, que hay más. ¿Sabes que los dos, Casto Weyler y José Ramón Oliva, Yarum y Nahín, iban al mismo colegio y a la misma clase cuando eran niños? Ahí me acordé de lo que contasteis de la entrevista con Nahín, que no era más que un charlatán, y de la de Weyler, que era muy listo y controlador. Llegué a una conclusión: el que está en la cárcel es Nahín, pero el verdadero líder de la secta es Yarum. Solo que han cambiado de actividad. Si alguno ha tenido contactos con la Red Púrpura es Casto Weyler, no Nahín.

Elena solo necesita pensar un segundo para decidir que Mariajo está en lo cierto. O que por lo menos es muy creíble.

—Casto Weyler todavía no ha pasado a disposición judicial. Lo quiero en la sala de interrogatorios lo antes posible.

Capítulo 22

Elena espera en la sala cuando un agente hace entrar a Casto Weyler, esposado. Al verse cara a cara con ella, esboza una media sonrisa y levanta un poco las muñecas. Elena le hace un gesto al agente para que le quite las esposas y la deje a solas con él.

—Estaba muy tranquilo en el calabozo, meditando, y de pronto me sacan a empujones. Espero que tenga una buena razón.

—Silencio —ordena autoritaria Elena, antes de continuar más amable—: Ya hablará cuando yo le pregunte.

La inspectora revisa los datos que le ha pasado Mariajo: ha encontrado hasta una fotografía de los dos juntos, de Nahín y Yarum cuando tenían quince años. Están en una piscina municipal, Yarum es más alto y algo, incluso en la foto, dice que es el líder de los dos amigos. Ella no tiene prisa, se demora en leerlo todo y en pensar en ello; mientras, Casto Weyler contiene la curiosidad y disimula un conato de impaciencia. Elena por fin levanta la vista y los ojos de ambos se cruzan.

—Ayer estuve con José Ramón Oliva en la cárcel. Nahín, Yarum... Dos nadies. Qué ingenioso.

—¿Y bien? —Casto trata de que no se le note la sorpresa y lo consigue.

—Me pareció un iluminado. Y no cabe duda de que compone bien su personaje: la melena, esos ojos que te escrutan, una voz de ultratumba... Solo hay algo que no cuadra: su discurso. Es un poco simple.

—No sé por qué me cuenta todo esto.

—¿Sabe una cosa, Casto? No me creo que él convenciera a todos esos pijos de que el amor y el sexo libre liberarían sus almas, de que debían entregarse a orgías cuando él lo decidiera... Algunas de las chicas acababan de salir de los pisos de sus papás en el barrio de Salamanca, en Chamberí, en El Viso... En sus casas había servicio y sus padres eran abogados, jueces, empresarios, hasta un ministro... Seguro que sus madres las llevaban de compras por Serrano y por Ortega y Gasset para regalarles lo que quisieran y que iban a los mejores colegios. Pero ellas se iban a follar con todo el que Nahín les pusiera por delante. No, no me lo creo.

—A lo mejor es que Nahín es más convincente de lo que usted cree.

—No —responde la inspectora—, yo creo que Nahín, como su nombre indica, no era nadie. Que había otra persona que lo ideaba todo y que dejaba que José Ramón usara sus dotes de actor, que no cabe duda de que las tiene.

—Le voy a decir algo que a lo mejor le sorprende. Nahín es una de las personas más tontas que he conocido en mi vida.

—¿De verdad? —intenta sonar burlona.

—Ya sé que no está bien hablar mal de un amigo. Pero ¿quién no lo hace de vez en cuando?

—¿Tan tonto como para suplantar su identidad y comerse él los años en la cárcel?

—Hay una recompensa en el sacrificio, pero eso usted no puede entenderlo. Tiene una gran herida que le impide penetrar en el interior de las cosas. Una herida que la mata poco a poco y que nunca se curará.

Elena se queda sorprendida, no esperaba este giro.

—¿Hay libros que enseñen a hablar de esas patrañas? Se parece usted a las echadoras de cartas del Retiro, que siempre descubren el sufrimiento del cliente —se burla la inspectora.

—Quizá. Pero volvamos a lo importante, a mí lo único que me interesa es cuándo me va a dejar en libertad. Le aseguro que mi casa es más cómoda que sus instalaciones.

—Son los inconvenientes de que te detengan. De momento vamos a acusarle de abuso de menores, por Daniel, de tráfico de vídeos *snuff,* de estafa por el dinero negro... Y me queda tiempo para ponerlo a disposición judicial, seguro que se me ocurren más delitos.

Elena sigue desgranando sus teorías ante Casto. No lo acusa solo de ser el cerebro de todo y de haber dejado que Nahín corriese con las culpas en Soto del Real. También de usar los vídeos pornográficos que grabaron en la secta para introducirse en la Red Púrpura.

—Qué barbaridad —se defiende Casto Weyler—. La Red Púrpura, nada menos.

—Usted es el que vende los enlaces para sus espectáculos.

—Ya se lo dije, vendo enlaces para todo el que me ofrece una comisión. Es lo único que puede usar contra mí. Aceptaré los cargos ante el juez, me pondrá una multa que no podré pagar, porque ya sabe que no tengo dinero a pesar de mi fachada. Así que tendré que pasar unos meses en la cárcel, y ya está.

—No va a ser así, Casto. Voy a encargarme de que le acusen hasta de la muerte de John Lennon.

—Seamos sensatos, inspectora Blanco. Estoy seguro de que podemos negociar, habrá algo que usted quiera a cambio de tratarme de una forma racional.

—Dimas. Quiero a Dimas, el de la máscara mexicana.
—No sé de quién me habla.
—Le dejaré pensarlo. Tal vez se despierte su memoria.

Elena piensa en que es domingo y a lo mejor podía tomarse libre el resto del día. Tal vez acercarse al Retiro, dar un paseo, comer en alguna terraza de Sainz de Baranda. Quizá hasta aprovechar el buen tiempo para leer alguna novela negra de esas que hubo un tiempo que le gustaban tanto. Pero sabe que no lo conseguiría. Tan pronto como saliera de las oficinas de Barquillo, las palabras de Casto le golpearían: «Una herida que la mata poco a poco y que nunca se curará». Se siente como si ese hombre la hubiera visto desnuda. Sin maquillaje, sin máscaras que oculten el profundo dolor por Lucas. Se acuerda del informe que dejó sobre la mesa sin abrir, el de la visita de Zárate y Chesca a San Lorenzo. Se obliga a sí misma a volver a su despacho para ver qué descubrieron sus compañeros.

Antes de hacerlo, se encuentra con Mariajo en la zona común.

—¿No te vas?

—Sí, estaba esperando a que terminaras con Yarum. ¿Qué tal ha ido?

—Tus sospechas son ciertas, él es el jefe. Hay que dejar que se cueza a fuego lento.

—Pues nada, mañana seguiremos. Me voy a ir al cine. ¿Te apetece?

—No sé cuándo fue la última vez que me encerré en un cine, pero han pasado años.

—Vente.

—No. Disfruta.

—Hasta mañana, entonces. Y descansa un poco.

—Sí, miro un tema que tengo pendiente y me voy. Hasta mañana.

Elena se sienta, sobre la mesa está la carpeta. Al abrirla, ve unos informes que llevan sendas fotografías cogidas con un clip. Uno de ellos es el de Aisha Bassir. Está sonriendo y tiene los ojos muy grandes. Es la primera imagen que ve de ella sin el sufrimiento de la tortura. No se puede decir que sea una chica guapa, pero tiene la belleza de la juventud y sonríe. El informe describe el lado conflictivo de la joven, las fugas del centro, alguna pelea con otra interna y con una monitora.

El segundo informe, el de Aurora, la hija de Mar Sepúlveda, contiene una descripción muy parecida de su paso por el centro. Pero no llega a leerla, porque al ver la fotografía sufre una sacudida que la deja sin respiración. El rostro de Aurora, sus ojos color miel. La conexión en su memoria es inmediata, un fogonazo que la lleva hasta el vídeo que le mandó su hijo Lucas, las imágenes que se han colado en sus pesadillas: su hijo con un cuchillo en la mano, pidiendo a su madre que deje de buscarle porque no le gustaría saber en qué se ha convertido. Elena no puede olvidar el brillo febril de esa mirada, ni la sonrisa de sádico. Tampoco ha olvidado la expresión de terror de la joven del vídeo. En la foto que ahora mira encuentra una expresión muy distinta, entre desvalida y desafiante, pero no hay ninguna duda. Aurora es la chica a la que torturó su hijo Lucas.

Segunda parte
NADIE

Te lo juro, nadie,
ni siquiera el destino,
nos puede separar.

Pasan horas jugando a las cartas. A la mujer le sorprende que el niño no se aburra nunca. A veces, Lucas echa en el mazo dos cartas superpuestas para que parezca que está poniendo solo una. Ella descubre la trampa y se lo recrimina con una tanda de cosquillas. Le gusta ese niño. Es cariñoso, juguetón. También reflexivo. A menudo se tumba en el catre y se queda mirando al techo pensando en sus cosas. La mujer aprovecha esos momentos para salir a fumar o para dar un paseo y respirar un poco.

El niño apenas se queja del encierro. Es como si hubiera comprendido de golpe cuál es su destino. Al principio quería salir al exterior, preguntaba si podían ir a los columpios o a correr por un parque. Ya no lo hace. Nunca ha preguntado dónde está su mamá. La mujer sabe que esa pregunta le arde por dentro, no es posible que no se la formule cada minuto del día. Pero una especie de orgullo salvaje le impide hacerla en voz alta. No quiere mostrar debilidad, prefiere disimular su sufrimiento.

La mujer también disimula. Le da pena el niño, pero no debe flaquear. Es arriesgado permitirse esa clase de sentimientos. Así que lo trata bien, con cariño y con paciencia, aunque sin llegar a convertirse en una madre suplente. Es difícil marcar los límites en esa primera fase de la convivencia, cuando el niño está asustado y todavía ignora lo que se le viene encima. Ella puede anticipar el camino entero y por eso se entrega a la dulzura de las primeras semanas.

Entra el hombre y se lleva a Lucas. La mujer le reprocha las prisas y le suplica que no lo haga todavía, que lo deje unas semanas más. Es muy pronto, le dice, aún es muy pequeño. De nada sirven sus quejas. Lucas se va con el hombre. Está asustado, pero tampoco mucho, en el fondo le anima la perspectiva de salir de la habitación y cambiar de aires. A los niños les gustan las novedades. Esa ignorancia termina con la escasa resistencia de la mujer, que llora conmovida durante varias horas. El paraíso se ha terminado. El niño ya no volverá a ser quien era, si es que sobrevive.

La noche ha caído hace mucho cuando Lucas regresa de la mano del hombre. Pero ya no parece Lucas. La ropa está ensangrentada y hecha jirones, los nudillos en carne viva. La mirada muerta. Los labios le tiemblan y refulgen en ellos varios puntitos rojos, marrones, violáceos. Un hematoma en la sien derecha le da al rostro un aspecto deforme y aterrador. La mujer se acerca al niño para abrazarlo. Él la aparta con la mano, sin mirarla. Se tumba en el catre y se gira hacia un lado, dándoles la espalda.

—Este niño es la hostia —dice el hombre—. No sabes lo que ha sido.

Unos golpes sordos, regulares, resuenan en la habitación. El niño se está dando cabezazos contra la pared. La mujer intenta acercarse a él, confortarlo, conseguir al menos que deje de hacerse daño, pero el niño la aparta de una patada. Deja a la mujer tirada en el suelo. El hombre se marcha, no le importa lo que suceda a continuación. Horrorizada, ella no puede dejar de mirar a Lucas que, ahora, se golpea la cabeza contra la barra de hierro de la cama.

Capítulo 23

Elena Blanco ha vuelto a Pan Bendito, al lugar donde aparcó su coche la otra vez que estuvo allí, en la plaza del Cazador, que más que una plaza es un callejón sin salida, rodeado de edificios de mala construcción, un lugar deprimente. Busca con la mirada a los dos chicos que le cuidaron el Lada, los que se quedaron con la mitad del billete de veinte que les ofreció Zárate. Tiene la suerte de verlos, se fía de ellos.

—¿Me cuidáis el coche?

—Vale, pero ahórrate la gilipollez de romper el billete —le dice uno de ellos—. Después nos lo das.

—Cincuenta pavos —negocia el otro—, que es domingo y los precios suben.

—De acuerdo, cincuenta.

Respira hondo antes de entrar en el edificio. No sabe lo que le va a decir a Mar. ¿Que su hija está muerta y que la ha asesinado su propio hijo? Tampoco está segura, vio las torturas, pero el vídeo acababa antes de que la mataran, quizá Lucas y el hombre de la cara picada tuvieron compasión y no llegaron al final. Tal vez Aurora siga viva, hasta que no aparezca el cadáver hay que tener esperanzas.

Habría preferido hablar con Mar en la comisaría de Carabanchel, pero ha llamado y le han dicho que la soltaron, que Manuel Romero, el abogado, había conseguido que la pusieran en libertad con una fianza ridícula de seis mil euros.

—¿Y los tenía?

—El mismo abogado se hizo cargo.

Al ser domingo no ha logrado ponerse en contacto con el bufete de Romero, no le ha quedado más remedio que volver a Pan Bendito a buscarla. A ese edificio que le provoca de todo menos serenidad. A ese barrio, que refleja como ninguno la plomiza opresión de los domingos.

El otro día funcionaba el ascensor. Hoy no. Son cinco pisos a pie que Elena afronta con una pereza inmensa. Como siempre que su trabajo la somete a un esfuerzo físico, se dice que quizá deba volver a hacer algo de ejercicio. A la altura del tercero se cruza con un latino, gorra ladeada y cadena de oro encima de una camiseta de baloncesto de la NBA, que baja corriendo y que casi se la lleva por delante, sin pararse ni a pedirle disculpas.

En el siguiente descansillo está su madre gritando. Es muy gruesa y lleva una camiseta igual que la del hijo y un pantalón corto tan apretado que no le extrañaría que estallase por las costuras.

—Que tú no te puedes marchar a la calle sin hacer la tarea, Wilson —grita a su hijo sin pudor, sin importarle que allí esté ella.

La mujer, que sabe que su hijo Wilson ya no la escucha, mira a la inspectora sin saber qué hace esa mujer bien vestida en su edificio y, frustrada por Wilson, se mete otra vez en su piso.

Llama al timbre. El otro día Mar tardó mucho en abrir, así que se arma de paciencia. Toca dos o tres veces más sin que nadie responda. Por fin se asoma una señora mayor en la puerta de al lado.

—Mar no está.

—¿Sabe cuándo vuelve?

—Yo no sé nada. Ayer vinieron a por ella y se la llevaron.

—¿Cómo que se la llevaron?

—Ay, Dios, con lo bien que iba —se lamenta la anciana—, pero ayer estaba como antiguamente, como cuando se pinchaba. Pobre mujer. Y pobres sus padres, lo que sufrieron por ella.

La anciana cierra sin más. Antes de subir al coche, Elena llama a Zárate.

—Mar ha desaparecido. Llama a Chesca y poneos a buscarla.

—Elena, es domingo y son las siete de la tarde —se atreve a protestar Zárate.

—Me da igual que sea domingo. Si quieres librar un día a la semana, vuélvete a la comisaría de Carabanchel —contesta con un tono del que sabe que se arrepentirá.

Los chicos han cumplido su palabra y el coche está en perfecto estado. Les da dos billetes de cincuenta, uno a cada uno.

—Para botijos. No os los toméis todos de golpe.

Elena no conoce San Lorenzo de El Escorial tan bien como Chesca y da un par de vueltas inútiles antes de encontrar el centro de menores. Aunque los días siguen siendo calurosos, ha empezado a caer la tarde cuando entra por la puerta; comienza el otoño.

—Buenas tardes, estoy buscando a la directora.

—Hoy no está. ¿Puedo ayudarla en algo?

La mujer con la que se ha encontrado la inspectora se llama Nieves y lleva más de quince años trabajando en el centro.

—¿Conoció usted a Aisha Bassir y a Aurora López Sepúlveda? —pregunta, mostrando su identificación de policía.

—Claro que las conocí. ¿Es que les ha pasado algo?

Diez minutos después están las dos sentadas en la terraza del Croché Cafetín, en la plaza de San Lorenzo, delante de dos tazas de café con leche y un plato con pastas.

—¿Muerta Aisha? Qué pena. ¿Y Aurora?

—No lo sabemos, la estamos buscando —la inspectora Blanco no miente, pero sí oculta parte de la verdad.

—Eran dos chicas rebeldes, todas las que están en sitios como este lo son, es su forma de protestar contra la vida que les ha tocado en gracia. Pero yo creo que no tenían mal fondo, no eran más que dos pobres crías asustadas.

—Me han dicho que se escaparon antes de llegar a la mayoría de edad.

La mujer le cuenta a Elena que se escaparon muchas veces, la última cuando solo les faltaban unas semanas para cumplir los dieciocho, que ella insistió en que lo denunciaran, pero que el director de entonces, Ignacio Villacampa, decidió que no valía la pena.

—La madre de Aurora me dice que Villacampa la tenía tomada con su hija.

Nieves mira a uno y otro lados y le hace prometer a Elena que lo que le diga será confidencial, antes de confesar que a ella no le gusta nada ese hombre.

—Siempre hablan de él maravillas, hasta en la tele he visto que lo ponían como referente a la hora de tratar a los menores con problemas; pero ese hombre a mí no me gusta. Yo creo que no es bueno. Y con ellas dos era especialmente estricto.

—¿A qué se refiere?

—Una vez encontré a Aurora en su cuarto, atada al pie de la cama. Fue el mismo director quien la castigó.

—¿Es un hombre violento?

—A veces hay que tener mano dura con los chicos para que esto funcione. Por ejemplo, la directora que tenemos ahora, doña Julia. Ella es dura, pero yo creo que quiere a los chicos. Don Ignacio no los quería, solo le gustaban los que no le creaban problemas, por no hablar de los medicamentos que mandaba que les suministraran. Los tenía siempre abotargados. No sé si era violento, yo nunca le vi pegar a ninguno, pero he escuchado cosas... No, no es buena gente, inspectora.

Capítulo 24

La heroína ha vuelto a las calles de las grandes ciudades. Tanto Madrid como Barcelona han recuperado la triste imagen de los muertos vivientes que buscan su dosis, que miran al mundo como si solo ellos tuvieran la clave, aunque estén al borde del fin.

—Los nuevos adictos creen que, al no pinchársela, solo fumarla, están a salvo de lo que pasó en los ochenta y los noventa. Es verdad que tienen menos contagios y es más lento, pero al final el resultado es el mismo —les explica Costa, el antiguo compañero de Zárate en la comisaría de Carabanchel—. Además, ha bajado mucho de precio, por ocho o diez euros un yonqui puede meterse su dosis diaria.

En algunos barrios de toda España —la Cañada Real en Madrid, la Mina en Barcelona, las Tres Mil Viviendas en Sevilla, el Puche en Almería, el Príncipe en Ceuta o las Mil Viviendas en Alicante—, la ley la marcan los narcos, la policía solo entra si no le queda más remedio y pertrechada como si fuera a la guerra.

—Hace unos años se decidió que, cuando se desmantelara un punto de venta de drogas en la Cañada Real, se derribaría la casa con excavadoras. En principio era una buena idea —sigue instruyéndolos Costa—, el problema es que los grandes clanes quieren minimizar riesgos y se están expandiendo hacia otros lugares. Barrios que teníamos medio controlados están cayendo en sus manos.

Los grandes clanes de la Cañada —los Gordos, las Niñas, los Emilios o los Fernández-Fernández— están sacando sus intereses de la zona. Compran terrenos en Morata de Tajuña para construir sus viviendas, aprovechan los pisos vacíos de los bancos y los fondos de inversión para darles una patada en la puerta y alquilarlos de manera ilegal a okupas, familias que fueron desahuciadas de pisos muy similares a esos. Son inquilinos que no podrán quejarse a sus caseros si en el piso de al lado, en el mismo descansillo, se pone en funcionamiento un narcopiso.

—En Carabanchel son los Gordos los que se han quedado con el negocio. Siendo grave la situación, no es tan mala como en San Diego, en Vallecas; allí tienen censados treinta y cinco narcopisos en unas pocas manzanas.

En algunas calles del barrio quedan casas bajas con patio. Allí, además de drogas y okupas, hay cría de gallos y de perros de pelea para apuestas. También hay zonas en las que las prostitutas atienden en pisos por unos pocos euros, servicios de quince minutos, sin higiene; expuestas —ellas y sus clientes— a todo tipo de contagios. A muy poca distancia, en Villaverde, se ha hecho famoso el polígono Marconi, donde mujeres y travestis se ofrecen, a veces completamente desnudas, a los automovilistas.

—Y una cosa más, la droga ha copiado la forma de trabajar de las empresas que te llevan la comida a casa. La gente de otros barrios ya no tiene que ir a los supermercados de la droga para comprar, hay servicio a domicilio, con reparto en moto, para que llegue cuanto antes. Así que, suerte —concluye Costa—; la mujer esa que buscáis puede estar en cualquier zona de Madrid, hasta en un chalet de La Moraleja. La droga mueve en España miles de millones de euros al año, tienen dinero para vivir allí si quieren.

Chesca y Zárate están de mal humor. Y esta vez no es porque no se aguanten el uno al otro, es porque van a tener que comenzar a dar vueltas y vueltas un domingo por la noche por Carabanchel, sin saber muy bien qué buscan.

—Por lo poco que me ha dicho Elena, Mar Sepúlveda ha podido recaer en la heroína, aunque llevaba semanas sin meterse.

—Ya nos podían echar un cable tus antiguos compañeros de la comisaría —sugiere Chesca—. Se supone que lo saben todo.

—Si empiezan a dar vueltas los coches patrulla, los Gordos van a saber que estamos buscando algo. En menos de media hora tendríamos a más gente de lo que te imaginas impidiendo que lo encontráramos y recibiéndonos a pedradas. Mejor que sigamos tú y yo solos, sin llamar demasiado la atención.

El primer lugar de los que les ha indicado Costa es lo que los consumidores del barrio llaman «la Ventana». La desmantelaron el año pasado, pero dicen que está en funcionamiento otra vez. Se encuentra en la avenida de Abrantes y la policía localizó allí dos pisos en portales contiguos, uno para atender a los compradores y otro como almacén y zona de administración y descanso. Tenían puertas blindadas y cámaras de seguridad instaladas para trabajar en las mejores condiciones. Una ventana daba a la calle, por allí se atendía durante las veinticuatro horas del día a todo el que se acercaba a comprar. Chesca y Zárate aparcan a pocos metros su coche, el Citroën C3 de Chesca que han decidido llevar para que no llame tanto la atención como los Volvo de la brigada.

—¿Y ahora?

—Solo hay una manera de saber si aquí se vende. Comprando.

Zárate se acerca a la Ventana con la idea de comprar lo mínimo, solo una micra de heroína. Toca el cristal con los nudillos, pero nadie sale a abrir. Espera un minuto antes de que alguien le hable desde las sombras.

—Está cerrado, por lo menos una semana. Los maderos están tocando los cojones.

—¿Adónde puedo ir? —Zárate intenta conseguir información—. Mar me recomendó que viniera aquí.

—¿Mar la Comistraja?

Zárate no tiene ni idea, no sabía que Mar tuviera un apodo y no sabe si *comistraja* significa algo que le pueda ayudar a identificarla. Decide jugársela.

—Sí, ella.

—Mar lleva tiempo sin meterse, ya volverá.

—¿La has visto?

—No, hace dos o tres meses que no la veo. Si eres su amigo, ve a la calle de la Guayaba. Ya sabes, donde las casas bajas.

En la calle de la Guayaba es Chesca la que se apea del coche y se acerca a un grupo de hombres que se ha sentado en la acera a fumarse un cigarro.

—¿Mar? Hace mucho que no la veo por aquí. Alguien me dijo que estaba con la metadona. ¿Para qué la quieres?

—Soy su amiga. Bueno, lo fui hace años.

—Ella intentaba no comprar por el barrio, iba en cunda a la Cañada. A lo mejor te pueden decir algo de ella en la Comilla. Allí venden los Gordos, seguro que la conocen.

El resto de la noche lo pasan dando vueltas, por el barrio de la Comilla, por Caño Roto, por la Colonia de los Olivos, por el Alto de San Isidro… En todas partes conocen a Mar la Comistraja, pero en ninguna han sabido de ella desde hace semanas o meses. El proceso de búsqueda no es tan pesado como Zárate pensó al principio. Al lado de Chesca, se ríe, disfruta de estar recorriendo la ciudad y metiéndose en los peores rincones. No ha vuelto a pensar en Elena ni en esa distancia que ella le ha impuesto y que, desde hace tiempo, le hace verla como a una extraña. Como si ya no quedara nada de la mujer con la que, un día, creyó que podría tener una relación.

Vuelven a Pan Bendito, Chesca quiere entrar en una de las casas bajas de la calle de la Guayaba, pero el ambiente alrededor les indica que no debe hacerlo. Están aparcados allí cuando un hombre se acerca a la ventanilla.

—Lleváis toda la puta noche dando vueltas. No os quiero ver más.

—¿Ahora te tengo que pedir permiso para ir donde me salga de los ovarios? —salta Chesca, poco acostumbrada a advertencias como esa.

—Más te valdría —responde el hombre sin alterarse—. Es un consejo de los Gordos. Nadie en este barrio os va a decir nada porque aquí, para vosotros, todo el mundo es mudo, ciego y sordo, ¿estamos? Y si insistís y a alguien se le calienta la boca y habla con vosotros, también estará muerto.

Chesca arranca antes de que Zárate salga del coche a discutir con el mensajero. Aparcan en una zona apartada, junto al cementerio.

—Parece que ha llegado el fin de nuestra aventura carabanchelera.

—Eso parece. ¿Sabes a qué me recuerda este sitio? A uno que había cerca de la Ciudad Universitaria. Tenía un novio que me llevaba allí.

—Todos hemos estado en sitios así de jóvenes —Zárate sonríe al recordarlo.

—¿Hace mucho que dejaste de ir?

—Tanto que no me acordaría de cómo ponerme para no hacerme daño con el freno de mano y la caja de cambios.

—Vamos —dice Chesca a la vez que se quita la camiseta.

—Pensé que me odiabas.

—¿Sabes una cosa que me pone mucho? Tirarme a tíos a los que odio... Espero que no aparezcan los Gordos a cortarnos el rollo.

Más tarde, deciden hacer un último intento de encontrar a Mar. Vuelven a su casa de la plaza del Cazador. El ascensor sigue averiado y tienen que subir andando la escalera. La encuentran tirada en el suelo, entre el segundo y el tercero.

—Llama a una ambulancia —grita Chesca.

Mientras él llama, Mar habla con ella, quizá con las últimas fuerzas que le quedan.

—Aurora está viva, díselo a la inspectora.

Capítulo 25

La ambulancia conduce a Mar al Hospital Clínico San Carlos. Al ser policía, los sanitarios han permitido que Chesca la acompañase, pero una vez allí, los médicos se la han llevado adentro. A los pocos minutos, en el C3 de la agente, ha llegado Zárate.

—¿Has hablado con Elena?

—Sí, está de camino.

No tarda en llegar, viene con la cara desencajada.

—¿Y Mar?

—La han pasado dentro, no saben si va a salir. Una sobredosis.

Elena cabecea, se niega a aceptar esa versión.

—No puede ser, estaba bien.

Zárate trata de confortarla. Él sabe que todos los yonquis pueden recaer, que estar bien es un paréntesis muy precario en la vida de un adicto.

—Siéntate, han dicho que vendrían a avisarnos.

Elena se sienta con aire de derrota. No tiene fuerzas ni para preguntar por los detalles: ¿cómo la han encontrado?, ¿han dado con alguna pista?

—Ha llegado a decirme algo —le anuncia Chesca—. Que Aurora está viva.

Ahora sí, Elena da un respingo.

—¿Qué? ¿Por qué cree eso?

—No lo sé. No le dio tiempo a decirme nada más.

—¿No le preguntaste? ¿Qué clase de investigación has hecho?

—He pasado la tarde del domingo dando vueltas detrás de una yonqui que no sé qué pinta en lo que estamos investigando porque tú no me lo has explicado —dice Chesca, enfadada—. Esa es la mierda de investigación que he hecho.

—Estaba muy mal, Elena —media Zárate—. La encontramos por casualidad, tirada en las escaleras de su casa.

—A lo mejor la llamó por teléfono —aventura ansiosa Elena—. ¿Habéis traído su móvil?

—No, lo estuvimos buscando mientras llegaba la ambulancia, pero no lo vimos. Tal vez lo vendió para comprar su dosis.

—No, no tiene sentido. ¿Por qué iba a recaer? Menos todavía si había recibido una llamada de su hija. Estaba limpia solo para demostrarle a Aurora que la quería.

—Es una yonqui, nada de lo que hace tiene sentido —se desentiende Zárate de las dudas de su jefa, enfadado porque se niega a valorar el trabajo que han hecho.

—Podemos hablar con las compañías de teléfono —propone Chesca, ya más calmada—. Seguro que queda un registro de llamadas en algún sitio. Si vemos las últimas que recibió Mar, puede que encontremos el número desde el que llamó su hija. Si es que la llamó al móvil.

—No es fácil, pero podemos intentarlo. Hay que intentarlo todo —acepta Elena—. Yo se lo pido a Rentero; si la solicitud llega de arriba, será todo más rápido.

Se quedan en silencio, agotados.

Por fin sale un médico a informar. Les cuenta que Mar ha sufrido, como ya sabían, una sobredosis de heroína.

—Una heroína de calidad ínfima. Espero que no sea lo que están vendiendo ahora en la calle; si es así, vamos a tener muchos ingresos más. Normalmente se meten matarratas, pero esto era todavía peor, como si su camello la quisiera matar.

Por un momento Elena piensa en las sospechas de Mar. ¿La han intentado asesinar? Después recuerda el supuesto atentado de Al Qaeda contra ella. Contarles aquello no fue lo mejor para ganarse la credibilidad.

—¿Se va a salvar?

—Cuesta saberlo. Vamos a ver cómo evoluciona. Lo raro es que llegara con vida. Tuvo mucha suerte de que la encontraran.

—¿Podemos verla?

—La tenemos intubada, está en coma. Y ni siquiera sabemos si saldrá.

Elena lamenta su mala suerte. Necesita a esa mujer despierta, siente de pronto que toda la investigación pasa por explorar en esa mente dispersa hasta descubrir un cabo sólido del que tirar. Pero está condenada a la espera. Se consuela pensando en la posibilidad de que Aurora esté viva. Puede que no sea verdad, que fuera solo una fantasía de Mar en medio de su viaje, tal vez, su último viaje. Pero necesita aferrarse a ella como a un clavo ardiendo. Si Aurora está viva, es que su hijo no la mató al final de aquel vídeo. Y si no lo hizo, puede ser que quede algo de humanidad en él, que no sea un asesino. Ha pensado mucho en Lucas los últimos días, sobre todo viendo a los padres de Daniel, la ira de Alberto, el amor desmedido de Soledad, que aparta a un lado la maldad de los actos por los que ellos entraron en la casa de Rivas. Le gustaría ser como esa madre, pero teme no conseguirlo. Si algún día aparece Lucas, no cree que pueda evitar mirarlo como se mira a un ser sin alma.

Capítulo 26

Elena Blanco ya no se pregunta si alguien se fija en sus ojeras o en las huellas de la fatiga en su forma de moverse. Entra en las oficinas de la BAC y nadie nota su cansancio extremo después de una noche en vela. Horas de insomnio que ella encaja como un justo castigo. Su búsqueda desesperada por alcanzar un buen final genera víctimas colaterales. Es consciente del daño que está haciendo a su equipo, a Chesca, a Zárate. En esas noches eternas, su convicción flaquea, como si tuviese la tarea de armar un puzle a sabiendas de que faltan piezas, de que el cuadro resultante será una imagen amorfa, monstruosa. Pero se ha acostumbrado a vivir con ese miedo. El trabajo y la obsesión de encontrar a su hijo la sostienen. Le dan la esperanza de que, cuando llegue al final, el viaje habrá merecido la pena.

—¿Alguna novedad con las cuentas de Yarum?

—Ninguna —asegura Mariajo—. No ha recibido mensajes en ninguna de ellas, aunque parezca raro. Ni de clientes ni de proveedores. Hay que tener paciencia, nadie sabe que está detenido. Si necesitaran sus servicios, contactarían con él. Pero creo que tengo algo.

Mueve el monitor para que Elena pueda verlo.

—¿Te acuerdas de cuando estábamos en aquella casa en Rivas? Comentamos que a veces parecía que iban a hacer algo y después se arrepentían.

—Sí, recuerdo que lo hablamos.

—Creo que he encontrado la causa. Os he editado algunos momentos del vídeo para que lo veáis.

Es verdad que hay muchas veces en las que parece que reciben instrucciones de alguien: van a saltar el ojo de Aisha con un punzón, retiran la herramienta, un torturador aparece con un martillo y le atraviesan la mejilla; van a dispararle a la cabeza, bajan el arma, colocan la pistola en su corazón; van a violarla con un bate de béisbol, apartan el bate, y lo cambian por un rodillo de cocina...

—Sí, es lo que vimos. Pero seguimos sin entender el motivo —Elena asiente.

—Hay otras veces que van a hacer cosas, esperan un poco y no lo abandonan, las cumplen. Creo que hay un criterio.

Todos miran a Mariajo intrigados hasta que ella revela lo que cree haber descubierto.

—Están recibiendo órdenes de fuera. En algún lugar, probablemente un foro en internet, se dan ideas para torturar a esta pobre chica. Ellos se disponen a hacer lo que les piden y están atentos a cualquier sugerencia nueva.

—Joder, cada vez me cae mejor esta gente —explota Chesca.

—Eso explicaría la extravagancia de alguna de las torturas, como la del pájaro en la vagina —admite Buendía—. Si os fijáis, no todas son sexuales, no todas son ultraviolentas, no llevan un orden ascendente de dolor.

—¿Cómo lo interpretas? —se interesa Elena.

—No las ha ideado la misma persona. Atravesar la mejilla con el punzón o cortarle un párpado pueden obedecer al mismo criterio; pero darle una muerte compasiva, con el disparo, o meterle un pájaro en la vagina, no responde a las mismas motivaciones. Son personas distintas con intereses distintos, aunque todo lo hagan los dos torturadores que vemos, ellos solo cumplen órdenes.

—Tiene lógica. Vamos a investigar. Yo hablaré con Casto Weyler. A lo mejor él también vendía la opción de dar instrucciones en la tortura.

Elena ha colocado sobre la mesa de la sala de interrogatorios dos fotografías, de Aisha y de Aurora. Casto Weyler, Yarum, mira los retratos con curiosidad.

—¿Se supone que debo conocerlas?

—La de la izquierda, Aisha, es la chica que asesinaron en el vídeo que te ha traído aquí.

—Supuestamente, no se le olvide decir «supuestamente», inspectora. Sabe que no me creo que las maten de verdad, es todo una especie de representación.

—Tenemos su cadáver dentro de una nevera en el depósito. Un cadáver de verdad, no de atrezo.

—Sería una muerte casual —rechaza, despectivo, Casto—. Detrás de todo esto debe de haber hombres de negocios, no salvajes.

—Casual... Con quemaduras, violada, un ojo sin párpado, decenas de heridas y fracturas y un disparo en el pecho. ¿Casual? No, no creo.

Cualquiera que viera la cara de Casto Weyler supondría que lo que oye le desagrada y le hace sufrir, que de verdad es nuevo para él.

—Le repito que no soy responsable. Yo solo vendo servicios en internet. ¿Quiere ver películas que todavía no se han estrenado en los cines? Hable conmigo. ¿Quiere ver el vídeo sexual de una artista de Hollywood que nadie ha visto? Hable conmigo. También puedo facilitarle visionados de polvos de estrellas españolas, incluyendo alguna actriz con un Goya. Es solo dinero. Ah, y si quiere usted tener sexo con personas famosas de verdad, hombres o mujeres, puedo conseguirle un descuento. Se sorprendería si viera el catálogo.

—No estoy interesada en sus servicios, solo en desmantelar la Red Púrpura.

—No va a poder. Olvídelo. Si estas dos chicas están muertas y han sido ellos, lo siento mucho, pero no puedo hacer nada por devolverles la vida. Lo que sí puedo es ayudarla a usted.

—La única forma de ayudarme es darme datos de la Red. ¿Cómo contactan con usted? ¿Cómo les hace llegar el dinero?

—¿Ha oído hablar de los bitcoins y del *blockchain*? El dinero no deja rastro, pero eso son nimiedades, yo quiero que usted y yo tratemos temas más importantes, inspectora.

Yarum mira con fijeza a Elena, casi la atraviesa con la mirada.

—¿Por qué no me cuenta qué le ocurre? No crea que no lo puedo averiguar solo, por muchas puertas que ponga usted para que sus sentimientos no salgan a la luz, no serán suficientes. Hay algo que le preocupa por encima de cualquier cosa en el mundo. ¿Un hijo? ¿Un amante? ¿Es cierto? ¿He acertado?

—¡Cállese! —grita Elena, y se arrepiente de inmediato de haber perdido el control—. Quiero que me diga cómo contacta con usted la Red Púrpura.

—Su hijo o el amor de su vida, por un lado, esa es su inquietud personal, la luz; la Red Púrpura, por otro, esa es su inquietud profesional, la sombra. Son las dos únicas cuestiones que ocupan su mente. Pero su asunto personal es tan potente que no entiendo cómo deja sitio para un asunto profesional. A no ser... Claro, a no ser que su hijo, o su amante, y la Red Púrpura sean lo mismo. La luz y la sombra están íntimamente conectadas. ¿Su marido está enganchado a las *snuff movies*? No, no es eso, es su hijo.

Elena se ha quedado callada, cualquier cosa que diga servirá para que Casto sepa que ha acertado y para perder toda autoridad sobre él.

—¿No es maravillosa la vida? —se burla Yarum—. Cuando parece que no tienes nada a lo que agarrarte, descubres un asa en una de las paredes del pozo. Usted me ayuda y yo la ayudo. Vamos, inspectora, pregúnteme todo lo que quiera saber y negociaremos el precio de las respuestas una a una. Se lo dije desde el primer día, solo soy un ejecutivo que cambia su trabajo por dinero.

—No quiero que me diga nada, solo si estoy en lo cierto en lo que pienso —reacciona Elena—. Tengo claro que la gente le compra los enlaces para ver los eventos de la Red Púrpura.

—Nunca lo he negado —concede Casto.

—Pero hay dos tipos de suscripción: unos son meros espectadores, hay otros que además deciden.

—Como todo en la vida, inspectora. Hay gente que viaja en Turista y gente que viaja en Business. Se parece a lo que usted dice, pero no es exactamente así. No basta con pagar para que se haga tu voluntad. Hay que ganar.

—¿Ganar una subasta? ¿Es eso? ¿Se subastan las torturas?

—Es usted inteligente, inspectora, es agradable hablar con usted. Pero ahora no me deje con la duda. ¿Qué une a la luz y a la sombra? La Red Púrpura, su hijo... Porque se trata de su hijo, ¿verdad?

—Sé que se ponen en marcha subastas con esas torturas.

—¿No es ingeniosa esa línea de negocio?

—Es monstruosa.

—Y poco rentable, si quiere que le diga la verdad. Hay una línea de negocio mucho mejor.

—Dígame cuál.

—Dígame quién le hace sufrir de esa manera.

Elena lo mira con furia. Casto logra dibujar una expresión de empatía, como si fuera un psicólogo o algo más que eso, como si fuera un espejo en el que Elena pueda verse reflejada, una figura que ofrece toda la comprensión del mundo.

—Es mi hijo. Lo secuestraron hace ocho años.

Yarum, porque ahora no es Casto Weyler, se ha transmutado en el líder de la secta, asiente con ternura y casi parece al borde del llanto.

—Lo siento mucho —dice.

—Usted no siente nada. Usted no tiene humanidad.

—Son apuestas.

—¿Qué?

—La gran línea de negocio. Las subastas existen, pero lo que más dinero da son las apuestas.

—¿A qué apuestan? ¿Tanto dinero a que la chica se queda sin ojos?

—Algo así. Y algo mucho más grande.

—¿Qué puede ser más atroz que esto?

—Le estoy dando una pista muy buena; si se le pasa el enfado, la sabrá ver. ¿Quién es el rey de las apuestas? ¿Quién necesita siempre más para saciar su adrenalina?

Elena piensa. No se le ocurre nada.

—Piense.

—Un ludópata.

—No me insulte, esa palabra no describe con precisión la figura de la que estamos hablando.

—Un psicópata.

—Un ludópata es Andoni, ¿sabe de quién hablo? No sé su apellido, pero le llaman Kortabarría. Y tiene algo de psicópata, a lo mejor encaja en el perfil.

—¿Por qué me da ese nombre?

—Porque usted me ha dicho que el gran trauma de su vida es su hijo, y yo la creo. Los hijos no son como soñamos. Yo tuve uno, ¿sabe? Digo que tuve, y no que tengo, porque nunca lo he conocido. Su madre me apartó de él. Vive con ella, en Alicante. A veces provoca mi ira no haberlo podido abrazar, pero, en el fondo, creo que su madre ha hecho bien alejándolo de mí.

—¿Me está diciendo que ese hombre, Andoni o Kortabarría, tiene algo que ver con la Red Púrpura?

—No debería haber hablado de mi hijo, siempre que lo hago me pongo triste. Quiero volver al calabozo. No voy a decirle ni una palabra más.

Elena sale a la calle Barquillo y camina hacia las Salesas. Allí, en un pequeño parque, se sienta en un banco. No es la primera vez que oye ese apodo. Kortabarría era un tipo al que estaban investigando cuando Lucas desapareció. Recuerda que tuvieron un soplo de apuestas ilegales que jugaban absolutamente con todo, y al parecer uno de los principales organizadores era ese hombre, apodado Kortabarría. Su nombre real es Andoni Arístegui. Recuerda que Orduño se infiltró en ese ambiente. Pero toda la investigación se vino abajo cuando secuestraron a Lucas. Ella se quedó sin fuerzas. Se marchó de la BAC. Meses de paranoia y locura, la ruptura con su marido..., hasta que regresó a su puesto. Para entonces, esa investigación ya se había abandonado. Y ahora encaja las piezas. Ha visto cuál es el tipo de víctimas a las que acude la Red: Aisha, Aurora, dos chicas sin familia, que nadie reclamaría..., pero Lucas no era así. Lucas, en realidad, desapareció para destruir a Elena. Lo secuestraron para apartarla del caso Kortabarría porque, aunque ella aún lo ignoraba, esa investigación tenía que ver con la Red Púrpura. Tomar conciencia de que su hijo fue secuestrado por su culpa hunde por completo a Elena. Recuerda el vídeo que le mandaron en el que Lucas se había convertido en un torturador. De alguna forma, ella es responsable de que acabara así...

Un mendigo, al verla llorar, se le acerca.

—Señora, ¿puedo ayudarla en algo?

—No, gracias. Tenga.

Saca un billete de cincuenta de la cartera y se lo da.

—Coma bien por un día, un buen filete.

Se aleja. Aunque a veces sea insoportable, la vida sigue: tiene que encontrar a Kortabarría y ha quedado en verse esta tarde con Rentero.

Capítulo 27

Dry Martini by Javier de las Muelas, así se llama el último sitio al que le gusta ir a Rentero por las tardes, a tomar una copa antes de volver a casa. Está en el hotel Gran Meliá Fénix, en la calle Hermosilla, junto a la Castellana, al lado de la plaza de Colón. Antes de llegar a la coctelería, Elena ha tenido que entrar en el baño y retocarse el maquillaje para que el comisario no notara sus lágrimas de hace unos minutos a pocos pasos de allí. No le va a hablar de Kortabarría, aún no.

—¿Me permites por una vez recomendarte algo en vez de uno de esos aguardientes que te gustan? Por mucho que le pongan un nombre italiano, es una cazalla, como las que toman los peones camineros.

—Prefiero mi grappa, Rentero.

—Qué difícil es enseñar al que no quiere aprender...

Él se ha decidido por un cóctel, un Noche Jerezana: Pedro Ximénez viejo, Mahou negra helada, un *twist* de naranja, pimienta de Sichuán, pimienta rosa y nuez moscada. A Elena le sirven una copa de Elisi, una grappa de la destilería Berta, del Piamonte, de color ámbar, afrutada.

—Me cuentan que has mandado a tu gente a San Lorenzo, a hacer preguntas sobre Villacampa —abre el fuego el comisario.

—Qué rápido circulan las noticias. Todavía no he decidido si Villacampa es buena o mala persona cuando tú ya estás al cabo de la calle de todo.

—Villacampa es, a todos los efectos, una buena persona.

—¿Es una orden?

—Como si lo fuera. Villacampa está ahora mismo metido en un proceso judicial y nosotros no vamos a intervenir, ni a favor ni en contra. Por si fuera poco, en cualquier momento le nombran ministro y nos conviene llevarnos bien con él. No es que sea una buena persona, es que es una bellísima persona. Cuéntame cómo está el caso. También me han dicho que habéis encontrado un cadáver en Gran Canaria y os lo habéis traído.

—¿Qué fue de aquellos tiempos en los que se podía mantener una investigación reservada? —protesta Elena.

—Murieron cuando se inventó internet. Los que los conocimos somos unos viejos al borde del asilo, adáptate a los nuevos tiempos. Ahora todo se sabe y todo tiene consecuencias. Debo saber qué ha pasado por si algún periodista viene a preguntarme.

Un hombre atractivo, bien trajeado, de unos cuarenta años, con semblante simpático y agradable, se acerca a ellos. Elena lo reconoce de inmediato de la televisión. Rentero ni siquiera procura hacerlo pasar por un encuentro casual, es una encerrona que él mismo ha preparado.

—¿Inspectora Blanco? Soy Ignacio Villacampa. Supongo que los dos teníamos ganas de conocernos.

—Y yo sobro aquí —Rentero se levanta y se despide—. Llamadme cuando acabéis. Estaré junto a la barra, terminándome mi cóctel y leyendo el periódico. No sé cuánto hace que no podía leer el *Marca* con tranquilidad.

El recién llegado es un hombre de mundo, muy acostumbrado a agradar y a desenvolverse en cualquier ámbito.

—¿Está tomando una Elisi? Creo que yo tomaré lo mismo.

Elena no es tan inocente como para creer que ha identificado su bebida. Está segura de que le ha preguntado al camarero antes de acercarse.

—Bien, inspectora, aquí me tiene, para que me pregunte todo lo que quiera. No sé si sabe que se habla de mí para el Ministerio de Sanidad, prefiero contestarle en persona a que aparezca la noticia de que me está investigando en cualquier panfleto de esos que circulan por la red.

A Elena le cuesta recomponerse, pero enseguida va a lo que de verdad le importa.

—¿Recuerda a Aisha y a Aurora?

—Perfectamente. Dos adolescentes de esas que nos llevan a pensar que ningún trabajo que hagamos tendrá recompensa. Las dos se comportaban en el centro de manera agresiva, conflictiva. Por no hablar de Mar, la madre de Aurora. No sé si sabe que el otro día me atacó a la salida del juzgado. Me dio con un huevo en la frente.

—Según ella, se lo tenía bien merecido.

—¿Ha conocido a muchos yonquis, inspectora? Yo creo que solo hay algo que los caracteriza a todos: son unos mentirosos, mienten cuando aseguran a los suyos que los quieren, cuando prometen que van a dejar la droga, cuando juran que están limpios. Mienten, mienten, mienten... Mar le mentía a su hija Aurora y ella, mientras era niña, la creía. Después, en algún momento, dejó de creer en ella y la perdimos. Estaba llena de rabia, de rencor. Una vez hubo que atarla a la cama porque amenazó con prender fuego al centro.

—Supongo que alguien que ocupa el puesto que usted tenía debe estar preparado para que los adolescentes den problemas.

—Aisha y Aurora se iban a veces de fiesta —Villacampa ignora el comentario de Elena—, tardaban varios días en volver. Le aseguro que sus compañeros no las echaban de menos. La vida era mucho mejor para todos cuando ellas no estaban cerca.

—Entonces usted se alegró cuando se marcharon definitivamente.

—No le voy a decir que fuera un disgusto para mí. Tampoco para el resto de los habitantes de esa casa. A enemigo que huye, puente de plata. ¿No es así el refrán? No se crea las historias de Mar, no son más que patrañas de una mujer que debería estar recibiendo tratamiento psiquiátrico. ¿Le ha contado lo del atentado de Al Qaeda? Si no fuera patético, tendría gracia.

—¿No sabe adónde fueron las dos tras salir del centro?

—No lo sé con seguridad, aunque me temo que, si está usted preguntándome por ellas, no han tenido un destino grato.

—Aisha está muerta. No sé si Aurora también.

—Lo siento, no soy un monstruo y me afecta tener noticia de la muerte de esas pobres chicas. Pero no puedo decirle que me extrañe lo que me dice.

—Aisha ha sido salvajemente torturada por una organización que se llama la Red Púrpura. Su muerte ha servido de espectáculo para unos canallas.

La cara de pesar de Ignacio parece sincera.

—Qué horror. ¿Cómo llegaron a eso?

—Pensé que usted podría indicarme sus pasos fuera del centro.

—¿Ha leído algo sobre los adolescentes desaparecidos en España? Son más de los que se piensa.

—¿Adónde van a parar?

—Si yo lo supiera, no los consideraría desaparecidos. No hay nada más ingrato que tratar con esos chicos. Se lo digo yo que he dedicado parte de mi vida a intentar sacarlos del pozo.

—¿Lo ha conseguido alguna vez?

—No siempre, pero con una sola vez que se logre, merece la pena. Hay chicos que aprovechan las oportunidades y otros que no lo hacen. No le voy a mentir, no suele ser una sorpresa cuáles están en un grupo y cuáles en otro. Aisha y Aurora tenían el destino marcado desde años antes de abandonar el centro. No se puede culpar a nadie. Así es la vida.

Cuando Villacampa se despide de Rentero y de Elena, el comisario se queda todavía unos minutos hablando con ella.

—¿Y?

—Todo lo que dice parece sensato, lo que no quiere decir que sea verdad.

—Olvídate de él, Elena. No levantes una alfombra cuando no te interesa ver lo que hay debajo...

Capítulo 28

Esta mañana, Orduño se habría levantado a las seis para hacer una hora de ejercicio, ducharse, desayunar y estar a las ocho en punto en las oficinas de Barquillo. En lugar de eso, se ha quedado remoloneando en la cama con Marina, le ha llevado el desayuno y los dos lo han comido entre las sábanas, se ha tenido que dar una ducha rápida y ha llegado a la BAC con un cuarto de hora de retraso respecto al horario habitual. Cuando ha entrado, ya estaban los demás reunidos en la sala.

—Buenos días, Orduño, llegas a tiempo —le recibe Elena—. Pasa, nos viene bien tu presencia.

Sus compañeros han leído en diagonal el informe de sus pesquisas con Marrero. Ya sabían que no habían llegado a nada concreto. Ninguno le ha preguntado qué tal le ha ido en Canarias. Por qué retrasó un día su vuelo de regreso.

Elena les está contando las sospechas —que parecen confirmadas— de Mariajo al ver el vídeo de la muerte de Aisha. Las órdenes desde fuera para dar instrucciones de lo que se le debía hacer a la chica, las torturas iniciadas y no terminadas...

—Yarum, Casto Weyler, me ha confirmado que hay clientes que pueden decidir lo que se le hace a la chica, pujando en una especie de subasta siniestra. Pero además me dijo que lo que más dinero da son las apuestas.

—¿Apuestas de qué tipo? —pregunta Orduño.

—No lo sabemos. Pero nos ha dado un nombre que conocemos desde hace tiempo: Andoni Arístegui, Kortabarría.

Orduño no siente nada, pero esperaba que un escalofrío le recorriera la espalda: Kortabarría es la única persona a la que él tiene verdadero pánico.

Entre Buendía y Elena cuentan a los nuevos el caso en el que tuvieron relación con Kortabarría. Fue hace años y estaba relacionado con una red de apuestas ilegales: carreras de coches en dirección prohibida por la carretera de La Coruña, amaños de encuentros deportivos, ruletas, timbas que terminaban de vez en cuando con un deudor muerto...

—Hubo un actor famoso que les debía dinero al que sacaron de la carretera de Burgos con el coche. Un aviso de lo que podría ocurrir si no pagaba.

El organizador de la red era Andoni Arístegui, apodado Kortabarría. Le llamaban así porque había llegado a jugar al fútbol en segunda división y, al parecer, recordaba a un famoso jugador de la Real Sociedad con ese nombre. A Andoni lo retiró del deporte una cardiopatía, desde entonces se dedicaba a las apuestas.

—La cardiopatía era muy severa. Hace años, cuando tratamos con él, ya era raro que estuviera vivo. Por lo visto, es verdad eso de que bicho malo nunca muere: ahí anda, dando guerra todavía.

—Orduño es el único de nosotros que llegó a conocerlo en persona —dice Elena.

—Si lo que pretendes es que me infiltre en el mundo de las timbas clandestinas, mi respuesta es no —dice Orduño.

A todos les extraña que se muestre tan tajante.

—Si es necesario, lo harás —responde Elena.

—No. No voy a volver a hacerlo. Sabes muy bien los problemas que me trajo esa investigación.

—Tú te habías ganado la confianza de Kortabarría, eres el más indicado para llegar a él.

—No pienso hacerlo. Lo siento, Elena, pero tengo que pensar en mí.

—¿Te estás negando a seguir una orden?

—Así es. Si tengo que dejar la brigada, lo haré.

—Si esa es tu posición, quiero hoy mismo tu renuncia sobre mi mesa —zanja Elena, para sorpresa de los demás—. Y esto es un aviso para todos, en la brigada hay que estar al cien por cien; el que quiera estar a medio gas no tiene sitio.

No es hasta más tarde, a solas con Buendía, cuando Zárate se entera de lo ocurrido años atrás. Orduño se infiltró en las timbas clandestinas en Madrid, conoció a Andoni Arístegui, hizo un buen trabajo, pero lo pagó personalmente: acabó enganchado al juego que trataban de combatir, se gastó sus ahorros y dinero que pidió prestado, durante meses solo pensaba en apostar, hasta que el mismo Buendía se dio cuenta y lo ayudó a salir de ese mundo.

—Tuve que llevarlo a psicólogos, hasta lo alojé en mi casa para tenerlo controlado. Desde entonces, Orduño no juega, no ha echado ni una moneda en una tragaperras.

—Si yo fuera él, tampoco me arriesgaría. No sé cómo Elena no lo entiende.

—Puede que no sepa hasta dónde llegó su adicción. Fue cuando... —duda si debe seguir, pero lo hace—. Fue cuando lo de su hijo.

Un silencio se hace entre los dos, como siempre que surge el fantasma del hijo de Elena. Zárate recuerda la cicatriz de la cesárea que le llevó a indagar. Esa ausencia pesa como una condena sobre la inspectora. Un trauma que, poco a poco, la está alejando de la gente que la rodea, que la empuja a la soledad, a la autodestrucción. Y aun así...

—Sé que aquello la dejó marcada —se decide a afirmar—, pero eso no le da barra libre para olvidarse de que los demás también somos personas.

—Elena, quiero hablar contigo.

Zárate no va a buscar a Elena en el karaoke, no va a posponer esta conversación; necesita avisarla de que está cometiendo un error.

—No puedes tratar así a la gente.

—Este es un equipo de élite, muchos policías ahí fuera se pelearían por pertenecer a la Brigada de Análisis de Casos. No hay sitio ni para los que no cumplen órdenes ni para los que no están a gusto aquí. Ya ha pasado antes, ha habido otros compañeros que se han marchado, tú mismo conociste a Marrero en Canarias. No es nada grave, la BAC sigue funcionando.

—¿Estás usando la brigada para algo personal?

La pregunta de Zárate deja a Elena paralizada unos segundos. Le cuesta dar con la respuesta adecuada porque, tal vez sin pretenderlo, Ángel ha hurgado en la herida. Apenas escucha lo que le dice después. Nombra a su hijo. ¿Es posible que su desaparición tenga algo que ver con el comportamiento de Elena en los últimos meses? Un ruido que ella decide cortar enérgica.

—Sal de mi despacho, Zárate. Ahora mismo.

Capítulo 29

Chesca y Orduño toman unas cervezas en el Café de Belén. Está cerca de la oficina, es discreto y pueden hablar tranquilos. Chesca no sabe cómo convencer a Orduño para que no abandone la BAC.

—Ya sabes que Elena funciona a base de calentones. No se lo tengas en cuenta.

—No, Chesca, es peor que eso. Elena nos trata como si fuéramos piezas de un engranaje. Para ella no somos personas. Ha perdido por completo la capacidad de empatizar.

—Está nerviosa por la investigación, entiéndelo.

—En la vida hay cosas más importantes que una investigación. Tú no sabes lo mal que lo pasé, todavía no estabas en la BAC. Pero Elena sí que lo sabe. Y no le importa ponerme en riesgo con tal de que averigüe cualquier gilipollez.

—Eso fue hace mucho tiempo.

—No juego. Pero un ludópata nunca está curado.

—Es verdad que Elena ha sido muy dura —concede Chesca.

Orduño desgrana sus recaídas, las peores vivencias del infierno que vivió. Siente el deseo de contarle su romance con Marina, que empezó en un hotel de Las Palmas y continúa en Madrid, con esa luz extraña y mágica que tiñe los comienzos amorosos. Quiere compensar todo lo que le ha contado, la pesadilla de su adicción al juego, con un relato más cálido. Le gustaría decir con una sonrisa que Marina, en ese momento, le está esperando en su piso, que decidió retrasar su vuelo para volver con ella porque estaba harto de dejar pasar la vida, porque ha vuelto a ser feliz como no lo era desde no se acuerda cuándo. Pero ve entrar a Zárate y lamenta la interrupción que se va a producir, la ruptura de ese espacio sagrado que forman dos amigos intercambiando confidencias.

—Menos mal que os encuentro. Buendía me ha dicho que podíais estar aquí.

—¿No te ha dicho que nos gusta estar solos? —le recibe, agresiva, Chesca.

—Vengo en son de paz.

Está seguro de que puede conseguir que Elena se piense lo de la renuncia de Orduño, ha hablado con ella y la ha notado enfadada, sí, pero también un poco arrepentida.

—No voy a infiltrarme otra vez en la red de Kortabarría, no voy a volver a pasar por lo mismo —Orduño se mantiene firme.

—Me infiltraré yo —dice Zárate.

Orduño lo mira con escepticismo.

—Tú no conoces a Kortabarría. ¿Te has movido alguna vez por esos ambientes?

—He perdido kilos y kilos de garbanzos jugando con mi primo los veranos en Comillas —Zárate intenta sonreír.

—¿Sabes jugar al póker?

—Sí, sé jugar tanto Texas Hold'em como Omaha.

—No es lo mismo jugar cara a cara que en internet.

—Quiero ayudarte, Orduño. Y a Elena le ha parecido bien.

—¿De verdad?

Zárate asiente. Chesca le da un codazo amistoso a su compañero.

—Tiene sentimientos. ¿Qué dices ahora?

Orduño se queda mirando a Zárate.

—Te lo advierto: no es lo mismo jugar con garbanzos que con dinero.

Zárate recorre Madrid en compañía de Chesca y Orduño. Esta vez no es Carabanchel, se mueven más por el centro y la zona norte. Orduño lleva años sin meterse en ambientes de juego y algunos han desaparecido, pero otros siguen allí: un chalet al lado de Alberto Alcocer en el que suelen jugar futbolistas profesionales, actores, empresarios...

—Este es el más sofisticado. Aquí no hay cosas raras y es difícil acceder. La gente viene, juega y paga sus deudas. Es muy extraño que haya movidas: alguna cazafortunas que intenta venir a asuntos que no tienen que ver con el juego y poco más.

El sitio donde más le gustaba jugar a Orduño está cerrado, era un local de la calle Menéndez Pelayo, muy cerca del Retiro, que se ocultaba como escuela de póker.

—Partidas de gente que sabe, de profesionales que se presentan a torneos. De vez en cuando despluman a un pringado, pero suelen ser buenas partidas.

En Bravo Murillo, pasado Cuatro Caminos, por el barrio de Tetuán, están las timbas más peligrosas: pisos a los que van los más enviciados, con prestamistas que embaucan a los jugadores para seguir jugando cuando han terminado con sus fondos.

—Estoy seguro de que habéis oído historias de gente que se ha jugado el piso, la empresa o hasta a la esposa. Yo nunca lo he visto, pero si ocurre en algún lugar, es aquí.

—¿Y Kortabarría?

—Andoni no tiene un lugar fijo, organiza partidas una vez al mes más o menos. No va cualquiera, te tienen que invitar y hay que hacer un ingreso muy alto, por encima de los cien mil euros, en una cuenta corriente. Además, se quedan una parte solo por organizar la partida.

—¿Cómo podemos enterarnos de cuándo es la próxima?

—Haré un par de llamadas. Ahora me voy a casa, me están esperando.

—¿Quién te está esperando?

Orduño se siente cogido en falta. Marina ha ocupado un lugar tan importante en su vida que le cuesta comprender que no lo note todo el mundo, que no se transparenten en su piel las emociones o incluso los momentos que comparte con ella. La curiosidad de Chesca es imparable. Él empieza a desgranar su enamoramiento con timidez, le cuesta hablar ante Zárate de temas personales, pero acaba contándolo todo.

—No sé si fue Marina o la conversación con Marrero, allí, en mitad de la isla... Pero todo esto me ha abierto los ojos. Pasamos tanto tiempo rodeados de lo peor del ser humano que nos olvidamos de que no todo el mundo es así. ¿Qué le está ocurriendo a Elena? Cada día cuesta más reconocer en ella a la persona que era. Y, un día, nos sucederá lo mismo a nosotros.

Capítulo 30

En los días difíciles, Elena solo encuentra paz en el Cheer's. Hoy están allí algunos de los mejores cantantes y ella prefiere quedarse en uno de los sillones, escuchándolos, tomándose su grappa y pensando. Tiene la sensación de que su equipo se le va de las manos, justo cuando más los necesita: Chesca está respondona, Orduño parece dispuesto a abandonar la BAC, Zárate le exige explicaciones que, aunque él merezca, no está dispuesta a dar. Solo Mariajo y Buendía siguen a su lado con los ojos cerrados. Este es el caso que más le interesa de todos los que ha llevado en su carrera y está bloqueada, sin saber hacia dónde tirar, en lugar de apoyarse en los suyos, los ahuyenta.

Ve entrar en el karaoke a Zárate, no le apetece nada hablar con él —con nadie, en realidad—, pero se obliga a poner buena cara.

—¿Has decidido cantar? Te pega que te guste Camilo Sesto.

—Vengo a hablarte de Orduño. No puedes permitir que se vaya.

—Yo no obligo a nadie a quedarse en la brigada. Si él no quiere estar, tiene la puerta abierta.

—¿Cómo una persona tan inteligente como tú puede estar tan ciega? La brigada son ellos. Eres tú, es Buendía, es Mariajo y son ellos, no te desprendas de la gente así como así, cometerás uno de los mayores errores de tu vida.

—¿Para eso has venido? ¿Para decirme eso? Supongo que ya puedes irte.

—No, hay algo más: mañana en la reunión vamos a proponer que sea yo el que se infiltre en las partidas de Kortabarría, con la ayuda de Orduño. Te lo digo para que no te pille por sorpresa y para darte la oportunidad de proponerlo tú, como idea tuya. Así todos pensarán que los tienes en cuenta y los aprecias.

—¿Y si no estoy de acuerdo?

—Eres la jefa y se hará lo que digas. Pero perderás a un buen efectivo y tal vez el respeto de los demás.

—Gracias por los consejos. Espero que sean gratis, ¿o tengo que pagar?

Las palabras las pronuncia con amargura. Antes de irse, Zárate remata su maniobra.

—Te dejo sola, que es como te gusta estar. Ah, ya les he dicho a Orduño y Chesca que me habías anticipado todo esto. Ahora no me dejes con el culo al aire.

Esta noche le pesa la casa vacía. Las ausencias se hacen casi palpables: Lucas, su exmarido, incluso su madre, a la que hace casi un año que no ve. Huecos que, en otro tiempo, estaban ocupados y en los que ahora no hay nada. No suele encontrar valor para hacerlo, pero se adentra por el pasillo hasta el cuarto que perteneció a su hijo. Abre la puerta y enciende la luz: lo ha conservado tal y como él lo dejó. Le provoca un escalofrío ver sus juguetes infantiles, su ropa. La sensación de vacío se hace aún más poderosa. Piensa en sus compañeros, los que fueran también sus amigos o incluso algo más, como Zárate, y, al hacerlo, le parecen fantasmas que se desintegran. Un día llegará a las oficinas de la calle Barquillo y tampoco allí habrá nadie. Saldrá a las calles de Madrid y las encontrará desiertas, sin el tumulto, sin el caos de voces y ruidos que le hace sentir en casa. Decide mitigar el vértigo de ese abismo con grappa hasta que se queda dormida en el sofá del salón. Completamente sola.

A la mañana siguiente, Juanito está de mal humor. Es fácil notarlo: hace mucho ruido colocando los platos y las tazas, pone a funcionar el molinillo del café con su barullo estridente y desagradable, se aleja tras dejar la tostada con tomate sobre la barra, le da un vaso de agua sin hielo.

—Venga, Juanito, que el hielo es gratis.

—No hay nada gratis, todo cuesta dinero.

—Eso será en Rumanía, aquí el hielo del vaso de agua es gratis. ¿Qué te pasa? Eres el único que no se había enfadado conmigo esta semana.

—No es contigo, es con mi jefe, que es un capullo.

Juan, el jefe de Juanito, no es el hostelero más simpático de España, hay días que saluda y días que no, lo mismo trata a los camareros a gritos que va a Rumanía a asistir a sus bodas o apadrina a sus hijos y los ayuda a sacar los papeles para que no tengan problemas. Elena le tiene por un hombre brusco, pero buena persona.

—¿Qué te ha hecho?

—Todo tiene que ser como él diga. Aunque no tenga razón. El que está todas las mañanas en la barra soy yo. ¿No sabré yo lo que quieren los clientes? Pues nada, él, erre que erre.

A Elena le apasiona el conocimiento de las expresiones más antiguas de Juanito: erre que erre.

—Ahora, que le digo una cosa, inspectora: me han hecho una oferta para coger en traspaso mi propio bar en Pueblo Nuevo. Como me siga tocando las narices, me voy. Ya verá cómo me echa de menos.

Elena piensa, mientras saca el Lada del garaje y va hacia Barquillo, en Juan, en Juanito y en el bar de Pueblo Nuevo. En lo que van a echar de menos Juan y ella misma a Juanito. Espera que el jefe no meta la pata y le deje marchar. Se alegraría de que a su camarero favorito le fuera bien, pero se quedaría sin lugar para desayunar. Un hueco más en su vida. Sabe que no es muy distinto de lo que está haciendo ella con sus agentes.

—Anoche vino a verme Zárate y me propuso ser él quien se infiltrara. Me dijo que tú le habías ayudado, Orduño. No era mi idea, pero me convenció, así que vamos a trabajar para conseguirlo. He metido tu renuncia en la trituradora de papel.

Nadie dice nada, como si fuera normal ver cambiar de opinión a la inspectora Blanco, pero hay en sus rostros un alivio evidente.

—Hemos tenido suerte —anuncia Orduño, soslayando el tema—. Kortabarría organiza una partida mañana jueves.

—¿Podemos conseguir que me invite? —se interesa Zárate de inmediato.

—Que te invite es fácil, es una partida de tanto dinero que no van a poner muchas trabas a nadie que lo tenga. Son ciento cincuenta mil euros. Hay que ingresarlos y esperar a que digan el lugar de la timba.

—¿De dónde sacamos ciento cincuenta mil euros? —Elena plantea la gran pregunta.

—Infiltrarse en la mayor red de timbas ilegales de Madrid no es fácil, o pones dinero o no consigues plaza ni de camarero.

—Bien, supongamos que conseguimos el dinero. ¿Qué hacemos?

—No lo sé, tenemos que pensarlo —reconoce Zárate—. El póker no nos interesa, pero necesitamos meternos ahí para que nos inviten a otro tipo de apuestas.

No es seguro, ¿hasta qué punto puede fiarse de Casto Weyler? Ha sido él quien le ha insinuado que hay que llegar a Andoni Arístegui para acceder a la Red Púrpura, pero no deja de ser la palabra de un detenido, de un hombre que se gana la vida vendiendo entradas para ver muertes y torturas de adolescentes. Solo hay algo que le obliga a tomar riesgos sin tenerlo todo controlado: si es verdad que Kortabarría la puede llevar a lo más recóndito de la Red Púrpura, también puede conducirla hasta su hijo Lucas, y tal vez pueda impedir que más chicas como Aisha mueran. Que todavía no sea tarde para Aurora.

—Pensad en el operativo —acepta—, yo me encargo del dinero.

Capítulo 31

No es fácil reunirse con Rentero si no es él quien concierta la cita, Elena tiene que esperar casi media hora hasta que su secretaria le permite entrar en su despacho. No recuerda haber ido al edificio de la calle Miguel Ángel dos semanas seguidas desde que él ocupa ese despacho.

—¿Ciento cincuenta mil euros para jugar al póker? Debes de haberte vuelto loca —se escandaliza Rentero.

—No es para jugar al póker, es para infiltrarse en una banda que organiza timbas clandestinas y que creemos que también participa en las torturas de la Red Púrpura; a través de ellos se decide lo que se les va a hacer a las chicas.

—Sí, muy bonito, pero con esos ciento cincuenta mil euros lo que se va a hacer es jugar al póker.

—Tienes fondos reservados.

—Tú has visto mucho la tele. No, no hay fondos de los que sacar ese dinero para apuestas. La respuesta es no. Y no insistas.

—No puedes pedirme resultados si no me das medios.

—Si no fuera absurdo, te pediría que fueras al despacho del ministro y se lo contaras. Estoy seguro de que te daría el dinero de su bolsillo —Rentero desprecia la propuesta.

En la familia de Elena ser policía no es una tradición, nunca había habido una antes de que ella, para escándalo generalizado, decidiera serlo. Lo que sí es tradición es tener dinero y Elena es la única heredera de dos familias que disponen de todo lo que quieren desde hace siglos. La familia de su padre, los Blanco, tiene participaciones en un gran banco —su padre fue miembro del consejo hasta su muerte— y en grandes empresas, de las del IBEX 35; su madre pertenece a una familia de terratenientes que en las últimas décadas cambió muchas de sus fincas por pisos en el centro de las ciudades más importantes. La única de las herencias que ha aprovechado Elena, que siempre ha presumido de vivir de su sueldo, es el piso de su abuela en la plaza Mayor. Con el dinero que le va llegando de las inversiones, Elena no hace nada: va al banco y allí se encargan de moverlo en acciones, carteras de valores, inmobiliarias o lo que sea. Ella nunca saca ni un euro.

—¿Ciento cincuenta mil euros? Sí, claro que dispone de ellos, señora Blanco. Puede llevárselos ahora mismo en efectivo, pero tardaríamos al menos una hora.

En una banca privada, la suya está en Serrano, sin letreros en la puerta, todo son facilidades para los clientes. Cuando entró, se cruzó con un chico joven cuya cara le resultaba muy familiar; ahora, mientras habla con el director, se ha dado cuenta de que era un jugador muy importante de la selección española de fútbol, uno que juega en el Barcelona pero que, al parecer, las inversiones las hace en Madrid.

—No, no me los quiero llevar en efectivo, quiero que se transfieran a una cuenta que todavía no le puedo indicar. Probablemente en bitcoins. ¿Es posible?

—Todo es posible.

Las criptomonedas son una realidad y los bancos no quieren dar la espalda a ese nuevo negocio. Como siempre, las primeras fueron las entidades suizas, como el banco Maerki Baumann, pero el ejemplo cundió rápido. El director pide que pase al despacho su experto en bitcoins. Él será el encargado de explicarle a Elena cómo se llevará a cabo la transacción. Ella apenas atiende a los datos técnicos y guarda silencio cuando le recuerdan que, una vez se realice el cambio de moneda, se perderá el rastro del dinero. Es la primera vez que Elena usa su dinero personal para una operación, espera que sea útil.

Orduño y Zárate están encerrados en una de las salas de la BAC. Nadie que los viera con las barajas de cartas y las fichas delante pensaría que se trata de trabajo, que están preparándose para una operación en la que se jugarán una fortuna en una timba ilegal.

—Supongo que ya has oído lo que siempre se dice, que si a los diez minutos de estar jugando no has identificado al pringado de la partida, preocúpate, eso es que el pringado eres tú.

—Tiene gracia —se ríe Zarate.

—Pues no te vale para nada. En la partida de mañana, el pringado serás tú y todos se darán cuenta enseguida. Solo vamos a intentar que no te desplumen demasiado deprisa. A ver, el póker es un juego de estrategia, no de suerte.

—Y de que te salgan buenas cartas.

—Eso es lo de menos. Tú tienes que hacer la mejor jugada posible con las cartas que te salgan. Ganar o perder depende de lo que hagan los demás; jugar bien o mal, no. Cuando te den las cartas tienes que calcular tus posibilidades, reconocer cómo apuestan los demás, cuándo se echan faroles... Y, sobre todo, que nadie note si estás contento con tus cartas o no, hay que esconder las emociones.

—Cara de póker. Venga, ¿barajamos?

—Solo una cosa antes. No te enfades, nunca. Si te enfadas, lo mejor que puedes hacer es levantarte de la mesa y servirte una copa. Jugar enfadado es la mejor manera de perder hasta la camisa.

Durante las siguientes horas, mientras los demás compañeros se ocupan de ingresar el dinero en la cuenta que les han indicado, esperar a que les informen del lugar de la partida y preparar el operativo con el que podrán hacer seguimiento de todo lo que ocurra, Orduño y Zárate juegan una mano tras otra.

—¡Elena! Tengo la dirección de la timba —anuncia Mariajo.

Se reúnen alrededor de la mesa de la hacker. En la pantalla de su ordenador, fotografías de un viejo chalet en El Plantío, cerca de la avenida de la Victoria, por detrás de las vías, a la altura de la carretera del Monte del Pilar.

—La zona es buena para nosotros, podremos instalarnos cerca sin llamar la atención.

—Ve a decírselo a los tahúres. Estamos en marcha.

Capítulo 32

Cómo cambia la vida en apenas unos días: Orduño está deseando llegar a casa. El viernes pasado, el día que viajó a Las Palmas, todavía pensaba que lo más importante del mundo era la BAC, disfrutaba si Chesca le proponía tomarse una caña al salir de las oficinas, iba al gimnasio, muchas veces se llevaba algún expediente para leerlo con atención y tenerlo anotado y aprendido por la mañana. Su única distracción, los días que no decidía quedar con alguna mujer a través de una app, era ver la tele, a ser posible una serie policíaca. Intentaba hacer oídos sordos a ese dolor que crecía dentro de él, a la creciente necesidad de escapar del círculo vicioso del trabajo. Pero ahora está deseando entrar en su apartamento y que Marina salga a recibirle con un beso.

Se mandan varios wasaps a lo largo del día, hablan un par de veces; aunque la ha llamado al salir de la oficina y ella no le ha contestado, tal vez estaba dando alguna clase de boxeo, pilates o algo así, tiene que aprenderse sus horarios para no resultarle molesto o inoportuno... Hoy ella ha estado en su antiguo apartamento para coger algo de ropa, cosas de aseo... Cuando aterrizaron en Madrid, fueron directos a la casa de Orduño, y desde entonces, sin hacer demasiados planes ni preguntas, ella ha dormido allí todas las noches.

Sería un inconsciente si no tuviera dudas con Marina. Ella siempre lleva pulseras en las muñecas, muchas pulseras, de cuero, de tela, de colores; nunca se las quita... Anoche, mientras dormían, se le echaron hacia atrás y él pudo ver que no las usa solo porque le gusten: sirven para tapar cicatrices inequívocas en sus muñecas. Entonces, pensó en aquella primera intuición que tuvo en el avión; la sensación de que estaba huyendo. No le ha preguntado y no le va a preguntar, algún día se lo contará ella si quiere. Él tampoco le ha dicho todo, no le ha hablado de su antigua adicción al juego. Lo hará, pero no todavía, cuando llegue el momento.

Ayer tuvo que acompañar a Chesca y a Zárate para que vieran dónde estaban los locales en los que se organizaban timbas, esos que conoció tan bien en otros tiempos, y se retrasó, por eso hoy tiene tantas ganas de ver a Marina. No lo hizo por la brigada, lo hizo para ayudar a dos compañeros. Antes de volver a casa, dejó sobre la mesa de la inspectora Blanco su carta de renuncia, hoy ella la ha roto. Se ha alegrado, pero sabe que es algo temporal, él no va a seguir mucho tiempo allí, sin horarios, sin días libres... Cuando acaben con el caso, redactará otra vez la carta de renuncia y no se echará atrás, será irrevocable.

Mientras va en el metro a casa —él prefiere no llevar su propio coche—, se nota inquieto: ha pasado toda la tarde jugando al póker con Zárate. Aunque no hayan apostado dinero, ha vuelto a sentir la emoción de intentar engañarle o pillar sus faroles, de esperar con ansiedad un descarte, de levantar las cartas para ver si su jugada era mejor o peor que la de su contrincante. A pesar de lo mucho que ha sufrido por el mundo del juego, reconoce que le apasiona. No hay nada más emocionante que ese instante previo a que la bolita caiga en el número de la ruleta o al de levantar la carta. No puede ni imaginarse lo que tiene que ser apretar el gatillo sin saber si la bala está en la recámara, como en aquella película que vio, la del grupo de amigos norteamericanos en la guerra de Vietnam. Le intriga, pero está seguro de que nunca lo probará.

Tiene que reorganizar su vida, sus horarios de deporte, sus ratos de ocio con Marina, conseguir que el trabajo ocupe un espacio razonable y que no lo llene todo.

—Hola, estoy en casa —anuncia.

Nadie sale a recibirle. No ocurre lo que él esperaba, lo mismo que sucedió ayer, que Marina llegue corriendo desde el salón y salte, rodeándole con las piernas, para que él la coja en vilo, la bese, la abrace, le permita ver esa sonrisa y esos ojos que son, ahora mismo, lo que más le gusta en el mundo. Lo que en otro tiempo fue la brigada. Ha dejado una nota pegada con un imán en la nevera: «No he podido llamarte porque he perdido el móvil y no me sabía tu número. Me he tenido que quedar en mi apartamento para recibir a una amiga que viene de fuera de Madrid. Mañana hablamos. Te quiero, te quiero, te quiero...».

Por lo menos le dice que le quiere y eso compensa la frustración de no haberla encontrado en casa y, según parece, de no verla esta noche. Marca de nuevo su número de móvil, por si tuviera suerte y lo hubiera encontrado, pero le salta el buzón. Ahora entiende por qué no se lo cogió cuando antes de salir de la oficina le iba a avisar de que llegaría pronto.

Mira en la nevera, no tiene nada. No lo tenía antes de ir a Las Palmas y ni él ni Marina han encontrado el momento para ir a la compra. Tendrá que bajar al bar de la esquina para cenar algo.

Mientras se come un pincho de tortilla —es lo mejor que tienen allí—, escucha la música de las máquinas recreativas. Las ignora, como se ha acostumbrado a hacer los últimos años. Pide la cuenta, en las vueltas vienen un par de monedas de un euro, no pasa nada por echarlas a la máquina, así se quita el gusanillo de haber estado jugando al póker sin dinero toda la tarde...

Capítulo 33

Elena llama a Chesca a su despacho. La joven agente sabe lo que le va a preguntar: por Orduño. Esta mañana no ha aparecido, le han llamado y no ha cogido el teléfono. No es normal, es jueves, el día de la partida de Andoni Kortabarría, y tienen una operación importante en marcha, si alguien puede ayudar a Zárate, darle consejos y hablarle del vasco es Orduño.

—No sé dónde está —asegura Chesca, preocupada—. Yo también le he llamado media docena de veces. Le he dejado varios mensajes en el contestador, pero no me contesta.

—¿Le pasa algo?

Chesca no quiere traicionar la confianza de su compañero, pero sabe que algo va mal, que debe decirle a Elena lo poco que sabe.

—Orduño conoció a una mujer en el viaje a Las Palmas.

—¿Y?

—Pues que creo que se está replanteando su vida entera —añade con una mueca, como si fuera una tontería.

—El viaje a Las Palmas fue este fin de semana. ¿No es muy pronto para replantearse nada? Bueno, cada uno tiene sus ritmos. Intenta localizarlo.

La partida se ha convocado a las diez de la noche. Seis horas antes, a las cuatro de la tarde, se reúne toda la Brigada de Análisis de Casos, excepto Orduño, que no ha aparecido, para cerrar la operación.

—Tenemos dos furgonetas blancas, sin ningún tipo de distintivo, con todos los sistemas de escucha dentro, aparcadas cerca de la casa. Ya están situadas allí: una está en la misma avenida de la Victoria; la otra, en el aparcamiento del restaurante El Descanso. Las dos furgonetas están preparadas para recibir la señal de Zárate y así podremos actuar según lo que escuchemos.

—¿Voy a llevar un micro? —el agente se asusta—. Pueden pillarme.

—Llevas uno que no van a ser capaces de detectar, ni aunque te pasaran un detector de dispositivos electrónicos —explica Buendía—. Son diminutos y están fabricados en Israel; oficialmente no los tenemos, solo los tienen el Mosad y la CIA.

—Pero, aunque no los tengamos, los tenemos —Mariajo sonríe.

—Estamos bien relacionados. El micro va oculto en un botón de la camisa y podemos recibir su señal hasta a quinientos metros.

—Espero que tengáis razón y sea indetectable —Zárate suspira.

—Si quieres ir armado...

—No, no quiero ir armado, yo voy solo a jugar al póker y a intentar ganarme la confianza de Kortabarría. No pienso meterme en ningún lío, ni enfrentarme con nadie, nada... Jugar al póker e intentar ganar, solo eso.

—Bien —aprueba Elena—. ¿Te han elaborado una tapadera?

—Sí. —Mariajo pone una carpeta sobre la mesa—. Le hemos mantenido el nombre, para que no haya errores, Ángel Zárate. Empresario, se dedica a organizar viajes para la tercera edad, excursiones al Monasterio de Piedra, a la catedral de Santiago, a Benidorm y sitios así.

—¿Eso da dinero para jugárselo así como así?

—Ni te lo imaginas. Jugarse ciento cincuenta mil euros es una nimiedad para él.

—Para darle opciones de hacerse amigo del objetivo, Zárate también fue jugador de fútbol, aunque no llegó tan lejos como él. Su máximo nivel fueron los juveniles del Moscardó, un equipo de fútbol de la Colonia Moscardó, en el barrio de Usera, aquí en Madrid. Van vestidos como el Atlético de Madrid, solo que con medias azules.

—Me lo he estudiado todo, me sé hasta el himno del club —sonríe Zárate.

Le enseñan a Elena una fotografía de Zárate con el uniforme del Mosca.

—Parece real —aprueba ella.

—Es casi real, en realidad soy yo, lo que han cambiado es el color del uniforme. Fui jugador en el equipo de la policía cuando estaba en la Academia. Pero era muy malo.

—Ni sabía que teníamos equipo. Una cosa que me preocupa —prosigue Elena—: si tienes tanto dinero y te gusta el póker lo suficiente para jugarte ciento cincuenta mil euros en una sola noche, ¿cómo es que ninguno de los aficionados al juego te conoce?

—Ahí tenemos que confiar en mi capacidad de persuasión y en que se crean mi historia. No jugaba porque le prometí a mi esposa no hacerlo cuando nos casamos. Y ahora nos hemos divorciado. Cumplí mientras ella siguió a mi lado, ahora estoy liberado.

—Yo no me lo creería.

—Tú eres mujer, policía, inteligente... Esperamos que Andoni Arístegui no sea tan perspicaz.

—Si ha llegado a jefe de lo suyo, tonto no puede ser, sea lo que sea lo suyo.

—Yo me creo mi historia, estoy convencido de que puedo conseguir que se la crea cualquiera.

—Está bien, dejemos de lado esto. Ahora pongámonos en lo peor, que las cosas salgan mal.

Mariajo saca una carpeta más, llena de planos de la zona y de la casa donde va a tener lugar la timba.

—Si fuera necesario intervenir, tendremos apoyo de los Geos, estarán estacionados y convenientemente camuflados a una distancia de poco más de un kilómetro de la casa, en el Club Internacional de Tenis. Desde que los llamemos hasta que puedan estar en el lugar de la timba pegando tiros no pasarán más de cuatro minutos.

—Bien —aprueba la inspectora Blanco—. ¿Han estudiado los planos de la casa?

—Los tienen desde ayer; antes de la reunión nos han dicho que no nos preocupemos, que podrían entrar sin problemas aunque los accesos a la vivienda estuvieran protegidos por una compañía entera de los Marines.

—Cómo les gusta exagerar. Parece que está todo bien, vamos a prepararnos todos. Zárate, ven a mi despacho, hablaremos a solas.

Zárate tiene claro que no debe convertirse en un héroe; que si esta noche surge algún contratiempo, no debe intervenir.

—Descuida, no tengo madera de mártir.

—Eso espero. No son las partidas de póker lo que nos interesa, son las otras apuestas, las que tienen que ver con la Red Púrpura, que te inviten a jugar el dinero en eventos que para ellos merezcan de verdad la pena.

—Te lo dije antes: lo único que pretendo esta noche es jugar a las cartas y ganar. ¿Es verdad que el dinero es tuyo?

—Eso da igual.

—Intentaré no hacerte perder demasiado...

Elena se queda sola, no quiere precipitarse y le dará la oportunidad de que se explique, pero el día de la operación más importante de los últimos tiempos, uno de sus agentes, Orduño, no se ha presentado en las oficinas de la BAC.

Capítulo 34

No pueden desearle suerte en persona antes de entrar en la casa donde se celebra la partida porque los miembros de la brigada están metidos en las furgonetas desde dos horas antes de que Zárate llegue al lugar. Lleva vaqueros, camisa blanca a la que se ha cambiado uno de los botones por el micro de los israelíes y una americana azul. Se ha probado y el micrófono funciona a la perfección. Él mismo se detiene a saludar tras bajar del coche, a pocos metros de entrar en la casa.

«Buenas noches, vamos allá. Deseadme suerte».

Todos escuchan cómo le abren la puerta y una mujer le da la bienvenida.

«¿Su nombre?».

«Ángel Zárate».

«Perdónenos, señor Zárate, tenemos que comprobar que se trata de usted».

Suponen que Zárate está enseñando el DNI para que comprueben que está en la lista de invitados. Aunque hayan conservado su nombre, el DNI no es el verdadero, pero lo ha hecho la misma policía: imposible descubrir que se trata de una falsificación.

«Aquí está. Gracias —vuelve a decir la voz femenina—. Tenemos que comprobar que no lleva armas, ni dispositivos de escucha. Por favor...».

Todos contienen durante unos segundos la respiración. Ha llegado la hora de saber si los miles de euros que pagaron a la empresa israelí que vendía los micros estuvieron bien invertidos.

«Muchas gracias, señor Zárate, puede entrar —respiran todos tranquilos en la furgoneta—. Espero que las cartas le sean propicias y que usted lo pase bien».

La chica que le ha atendido en la entrada era una verdadera belleza, con nivel para participar en algún concurso de Miss España, y también lo es la siguiente que se le acerca.

—Señor Zárate, vengo a entregarle sus fichas. Puede cambiarlas en las mismas mesas de juego.

Le entrega doce fichas cuadradas de color rojo, cada una con un valor de diez mil euros: ciento veinte mil euros; lo que falta hasta los ciento cincuenta mil que ingresaron en la cuenta que les dieron es la comisión de los organizadores, tres fichas más, treinta mil euros. Por ese dinero tiene derecho a todo lo que ve: la partida, las copas, el bufé que hay en una mesa y quién sabe si hasta los servicios de las bellísimas chicas y chicos que lo atienden todo. Uno de ellos se acerca a él.

—¿Le puedo ofrecer una copa de champán, señor Zárate?

—Gracias.

—Es un Louis Roederer Cristal, espero que esté a su gusto.

—¿Louis Roederer Cristal? Los hay con suerte —se ríe Mariajo en la furgoneta—. Seguro que me toca infiltrarme a mí y me ponen uno de tetrabrik.

Todos secundan su broma con risas. Han pasado un día difícil: los nervios de la operación, los últimos preparativos, la ausencia de Orduño...

—Me encantaría ver lo que Ángel está viendo —suspira ansiosa Elena—. Me muero de nervios oyéndolo sin ver nada. ¿Por qué los israelíes no inventan otro botón que sea cámara?

—Seguro que lo han inventado. Otra cosa es que seamos capaces de pagarlo —se escucha la voz de Buendía, que está en la otra furgoneta.

Zárate ve una sala lujosa, muy grande, con dos mesas de juego. Ya hay algunos hombres sentados en cada una de ellas —reconoce a algunos de haberlos visto en la tele: actores, cantantes, deportistas—, charlando tranquilos con los crupieres, pero las partidas todavía no han empezado. En varias zonas del salón hay butacas, una barra a la que puede acercarse a pedir lo que quiera y una mesa con un variado surtido de comida: canapés, quesos, jamón... En cada una de las cuatro puertas que se ven en la sala hay dos hombres grandes como armarios. Son ocho en total y es de suponer que van armados. Fuera habrá otros tantos, no sabe Zárate si la afirmación de los Geos de que no tendrían problemas para entrar no es más que una chulería. Mejor que no haya líos y no le toque comprobarlo.

—¿Señor Zárate? Es usted al único de los asistentes al que no conozco. Me llamo Andoni Arístegui. Todo el mundo me conoce como Kortabarría.

—¿Como el jugador de la Real?

—Dicen que me parecía y que jugaba como él, pero lo tuve que dejar muy pronto. ¿Es usted futbolero?

—Mucho, pero solo llegué a jugar en juveniles, en el Mosca. —Zárate disimula su interés en la conversación con Kortabarría: gordo, tanto que cuesta pensar que algún día vistió de corto en un campo de fútbol, el organizador de la timba respira ruidosamente y se sonríe al oír el nombre del Moscardó.

—Un clásico del fútbol madrileño, me alegro de conocerle. Seguro que a lo largo de la noche tenemos ocasión de charlar un rato.

—Me encantará.

—Y mucha suerte en la mesa, que disfrute.

Zárate casi puede sentir cómo un suspiro de alivio rompe el silencio de la furgoneta, el primer contacto con el hombre que les interesa se ha producido y él se ha desenvuelto muy bien. Ya queda menos para cumplir con sus objetivos de la noche.

—¿Se va a sentar usted a jugar? —se dirige a él otro de los jugadores. No lo reconoce, tal vez sea un empresario, lleva un Rolex de oro espectacular.

—Es mi primera vez en una partida así, prefiero mirar un poco. No quiero que me desplumen antes de tiempo.

—Eso está bien, hay que ser prudente. Pero no se olvide de que ha venido a divertirse, no se lo piense mucho. Se puede empezar despacio, al tran tran. A mí, si le soy sincero, me da igual ganar que perder, como decían en el *Un, dos, tres,* he venido a jugar...

Después de dos horas de escuchar a los crupieres, las exclamaciones de los jugadores y los comentarios sin poder ver las cartas y sin saber si Zárate gana o pierde, la vigilancia en las furgonetas se vuelve monótona. De buena gana saldrían a estirar las piernas, algo que no pueden hacer porque no quieren que nadie vea que los vehículos están ocupados y se pregunte por el motivo de que esa gente esté allí.

—Me muero de ganas de mear —protesta Chesca.

—Pues ya sabes, hemos traído orinal. Lo más que puedo hacer por ti es mirar para otro lado —ofrece Buendía.

Zárate también se levanta de la mesa y le dice a una camarera que quiere ir al servicio. Ella avisa a uno de los hombres que cuidan las puertas y él le acompaña; se queda en la puerta esperando a que salga. Una vez dentro, Zárate le habla al micro.

«Os diré que es bastante aburrido esto del juego, pero que voy ganando siete mil euros».

—¡Idiota! —exclama Elena—. ¿Y si ellos también tienen un micro en el baño?

Tiene razón la inspectora, pero no pueden advertir a Zárate de su error, solo desear que no lo repita y que los de Kortabarría no hayan puesto micros en la casa.

Cuando Zárate vuelve a la sala, sin dejar de ser vigilado por el guardaespaldas, le aborda el anfitrión, Kortabarría.

—Me dicen que está usted ganando.

—Muy poco, siete mil euros.

—Hay gente que no lo gana en un mes —se ríe el vasco.

—Tiene razón... ¿Usted no juega?

—No hoy; hoy me toca estar atento a todo. ¿Le apetece una copa? Julio, el barman, hace los mejores gin-tonics de España, como los del Dickens, en Donosti.

—Eso no me lo pierdo.

Los dos se acercan a la barra, es el momento que esperaban en la furgoneta, el momento en el que Zárate tiene que ganarse su confianza y conseguir toda la información posible.

—Julio, ponle un gin-tonic a don Ángel. Y a mí ponme un medio gin-tonic, que no me quiero emborrachar. Si va a seguir jugando de inmediato, se lo llevan a la mesa —ofrece al policía.

—No, prefiero tomarme un respiro —Zárate aprovecha la ocasión de charlar con él—. Me gusta la moda de los medios gin-tonics.

—Para el aperitivo son lo mejor. Y cuénteme, ¿a qué se dedica usted?

—Tengo una agencia de viajes.

—No parece que le vaya mal, pensaba que ahora todo el mundo se sacaba los billetes de avión en internet.

—Me dedico a las excursiones de la tercera edad: una mina de oro, amigo...

—Me alegra oír que hay negocios que siguen funcionando bien.

—No se puede quejar usted del suyo. Aquí estamos unos doce jugadores, a treinta mil de comisión por cada uno, si no me equivoco, salen trescientos sesenta mil en una noche. Ni con las excursiones de los viejos se gana tanto.

—Hay muchos gastos: camareros, seguridad, crupieres, champán a discreción...

—No me llore. Además, seguro que tiene negocios que dan más dinero... Las cartas están bien, pero no es lo único por lo que se puede apostar.

Andoni Arístegui mira a Zárate, sin decir nada. El policía piensa que tal vez se ha precipitado y ha destapado sus intereses demasiado pronto. Pero Arístegui vuelve a sonreír.

—Lo único con lo que no juego es con los partidos de la Real Sociedad, esos son sagrados. Lo demás es planteárselo, pero vaya a jugar un rato más, que para eso estamos aquí. Más tarde seguimos charlando...

—Bien, bien, por ahí vas bien, Zárate —murmura Elena en la furgoneta—. Me parece que esta noche sacamos más de lo que esperábamos.

Capítulo 35

Más horas de juego, interrumpidas por momentos de charla con Kortabarría. Parece que Zárate le ha caído en gracia y se va abriendo con él, hasta han pasado a tutearse. Ya han hablado de sus respectivas y frustradas carreras de futbolistas, de negocios, de apuestas deportivas...

—Y gustándote tanto el juego, ¿cómo es que nunca te había visto en ninguna partida por Madrid?

Elena se espabila, ahora es cuando van a ver si la coartada que se ha buscado Zárate funciona.

—Por mi esposa, le prometí que nunca jugaría.

—¿Y qué ha pasado?

—La muy cabrona se lio con el monitor de spinning de su gimnasio, ¿te lo puedes creer? Me he separado de ella y pronto me divorciaré. Se va a cagar, lo tengo todo preparado para que no se lleve nada, ni un puto euro. Y ya no hay promesas que valgan, voy a jugar todo lo que me apetezca, que para eso me gano el dinero llenando autobuses de viejecitos. Además, no se me da mal, ¿sabes cuánto llevo ganado hoy?

—Unos veinticinco mil, sé lo que ha ganado y perdido cada uno de los que han venido a jugar.

—Pensaba que esta noche podría perder ciento cincuenta mil, otros ciento cincuenta la próxima semana y así hasta que me cansara, y a este paso me voy con más de lo que traía...

—Es una suerte que lo tengas tan claro. Y me decías que te gustaba apostar, no solo a las cartas.

—A todo, hasta a los chinos. Y me voy a la mesa, que queda solo una hora hasta el cierre.

Todos están contentos, Zárate le ha puesto el caramelo en la boca al vasco. Va a querer quedarse con ese dinero que dice que está dispuesto a perder cada semana, le va a ofrecer nuevas modalidades de juego... Pero son las cuatro de la mañana, están cansados, incómodos dentro de las furgonetas, acalorados...

La siguiente hora pasa monótona, como las anteriores, son ya nueve las que llevan en sus puestos en la furgoneta, dos más de las que lleva Zárate ahí dentro. Escuchan el aviso de que se van a cerrar las mesas. Kortabarría se dirige entonces a su compañero.

«Si te apetece, quédate un rato y charlamos —oyen por el micro—. Seguro que encontramos eventos en los que te vas a divertir más que en una timba de póker».

Todos se ponen de nuevo en tensión.

—¿Le va a invitar a algo de la Red Púrpura? —se pregunta Chesca.

—O le ha descubierto. No me fío —teme Elena.

Los jugadores y los empleados van saliendo del chalet, pasan junto a las furgonetas. Muchas matrículas han sido fotografiadas para identificar a sus propietarios. Escuchan entonces a Zárate dirigirse a ellos a través del micro.

«Se está marchando absolutamente todo el mundo. No me creo que me vaya a quedar solo con este tío».

A Elena le gustaría pedirle que se fuera, pero no tiene posibilidad de ponerse en contacto con él, depende de lo que Zárate decida.

—Que estén preparados los Geos, por si acaso —advierte.

Zárate se preocupa cuando ve salir a los de seguridad con las maletas en las que están las fichas que se han usado y el dinero recaudado. Muchos de los que han perdido los ciento cincuenta mil que habían ingresado en la cuenta han sacado más en efectivo y lo han cambiado para seguir jugando. Zárate ha podido escuchar las conversaciones de alguno que se dirigía al anfitrión para recibir préstamos y la exagerada y usurera tasa de intereses que debían pagar. Se imagina a Orduño pasando por eso mismo en su época de adicción al juego y siente una tremenda pena por su compañero.

Él ha cambiado sus fichas, ciento sesenta mil euros al final de la noche —ha compensado los treinta mil de la comisión y ha ganado diez mil más—, ciento cincuenta mil seguirán el mismo camino por el que llegaron: le han entregado un pagaré con el que se comprometen a ingresar el dinero por la mañana en la cuenta a través de la que él hizo el pago.

—No mires con escepticismo nuestro pagaré, te aseguro que aquí todo se basa en la confianza —dice Kortabarría—. Aunque no nos puedas denunciar con él, vas a cobrar. Más me vale... Si la confianza se rompe, todo se va a la mierda.

Otros diez mil se los han dado en efectivo y en la mano, en billetes de cincuenta cogidos con simples gomas.

—Si los quieres contar.

—No hace falta —responde guardando el fajo en el bolsillo interior de la chaqueta.

Un empleado, el que parece el jefe de los de seguridad, se acerca.

—¿Quiere que se quede alguien?

—No, José Luis. Podéis marcharos, Ángel Zárate es mi amigo.

Se sirven dos gin-tonics más, comen unos sándwiches que han sacado a última hora, se sientan en los sofás...

—¿Qué tal ha ido la noche?

—Muy bien, he ganado casi tanto como si llevara ancianos a conocer la catedral de Burgos...

—No lo creo —se ríe Zárate—. Eso son palabras mayores.

—Hay que celebrarlo.

Los de la furgoneta no lo ven, pero Andoni se ha acercado a la barra y ha sacado de debajo una bandeja con varias rayas de coca perfectamente alineadas.

—¿Gustas?

—Es de los pocos vicios que no tengo.

—¿Promesa a tu esposa? —se ríe el vasco.

—No, recuerdo de mi vida de deportista.

Siguen charlando mientras Andoni va esnifando las rayas una tras otra. Zárate se acuerda de los informes: ese hombre está mal del corazón, tuvo que dejar el fútbol, creen que ha sido operado varias veces, no para de comer, beber y meterse coca, a pesar de su sobrepeso y las dificultades respiratorias. Si está vivo, es porque es una fuerza de la naturaleza.

—Me dijiste que me podías invitar a apostar en otros eventos. ¿Partidas de más dinero?

—No, me refería a otras cosas.

—¿Por ejemplo?

—De todo, carreras, peleas ilegales...

—Me interesa. ¿Nada más?

—Hay algo más, pero para llegar hasta allí debemos conocernos mejor. Tendrás que pasar por todo lo anterior.

—Estoy dispuesto.

—Muy bien. Poco a poco.

Andoni se rasca en el pecho y se le forma una arruga fea en la camisa. Se queda mirando a Zárate con una sonrisa deformada, casi grotesca, como la de un padre borrachín a punto de darle un beso a su hijo. Y de pronto se desploma.

En la furgoneta solo les falta abrir una botella de cava y brindar. En una sola noche han llegado al cogollo de lo que buscaban. Pero se escucha entonces la voz preocupada de Zárate.

«¡Andoni! Andoni, ¿qué te pasa?».

Todos se quedan escuchando tensos hasta que se le vuelve a oír. Esta vez habla al micro, a ellos.

«¡Creo que este tío se ha muerto!».

Capítulo 36

Elena tiene que tomar una decisión de inmediato. ¿Entran? ¿Se limitan a sacar a Zárate? No quiere que la Red Púrpura sepa que han estado tan cerca, significaría arruinar todo lo logrado, no puede meter a los geos en el chalet...

—Todo el mundo a casa, se suspende la operación.

—¿Y qué hacemos con Zárate?

—Entro yo a por él.

Cuesta convencer a los geos, que han estado toda la noche esperando.

—Yo entro contigo —dice Mariajo—. No vamos a perder la información que haya dentro. Seguro que hay un ordenador.

Cinco minutos después, Zárate sigue esperando en la sala del chalet. El dueño de todo aquello está tirado en el suelo, muerto, ha sufrido un infarto. Las maniobras de reanimación que le ha practicado el policía no han servido de nada.

—Por fin. No sabía qué hacer.

A Elena le ha costado decidirse y todavía no sabe si ha hecho bien en entrar en la casa. Le ha tomado su tiempo convencer a los geos de que se vayan sin intervenir. A su lado está Mariajo.

—Seguro que hay cámaras. Hay que buscarlas y borrar las imágenes; también deberíamos hacer copia de los ordenadores —organiza la hacker.

Ha entrado con una gran bolsa en la que está todo lo necesario para clonar la información de los discos duros que encuentre.

—Vamos a llevarnos todo el contenido, sin tocar nada.

Recorren la casa hasta localizar un despacho donde hay varios portátiles y discos de almacenamiento. Mientras Mariajo trabaja, Zárate y Elena lavan todo lo que Zárate ha tocado. No quieren que al día siguiente, cuando se descubra la muerte de Andoni, la policía saque huellas y llegue hasta él. Recorren la casa una y otra vez buscando alguna caja fuerte, armas, lo que sea...

—¿Te falta mucho?

—Cinco minutos, en cinco minutos nos marchamos —Mariajo sigue trabajando.

En el último recorrido por la casa, Elena entra en una habitación. Allí hay algo que no había visto hasta ahora, parece un disco multimedia. No sabe por qué decide hacerlo; es una intuición, la sensación de que no todo lo que encuentren en la casa de Kortabarría debería estar al alcance de sus compañeros. Por eso, coge el disco y lo guarda en su bolso. Zárate está a punto de descubrirla cuando entra a buscarla, pero Elena logra componer una imagen de normalidad.

—Dice Mariajo que ya está, que podemos marcharnos.

Los tres salen del chalet, se vuelven a Madrid en el coche de Zárate, un Audi que sacaron del almacén de la policía para la operación. Está amaneciendo cuando dejan a Mariajo en su casa de la Dehesa de la Villa. Descansará un rato y se encontrará con ellos en las oficinas de la calle Barquillo para analizar todo lo que ha sacado de los ordenadores. Siguen camino hacia la casa de Elena.

—Cuando todos se marchaban y ese tío me dijo que me quedara, pensé que habían descubierto el micro y me iban a matar —confiesa Zárate.

—También nosotros lo temimos —reconoce la inspectora.

—Creo que me he ganado saber qué estamos buscando de verdad en la Red Púrpura.

Elena duda, pero, por fin, decide que él tiene razón, se lo ha ganado. El coche se ha detenido en un semáforo en rojo. La ciudad, a su alrededor, reanuda la vida con el amanecer, como un corazón que recupera su latido.

—Hace ocho años, mi hijo fue secuestrado —Elena rompe el silencio—. Fueron ellos los que se llevaron a Lucas. Sé que sigue vivo. Que está atrapado en la Red.

El semáforo se pone en verde, pero Zárate no se decide a retomar la marcha. No sabe cómo encajar la revelación. Le parece que Elena está esperando un abrazo, y él se siente culpable por no dárselo. ¿Desde cuándo lo sabe? ¿Cuánto tiempo ha estado ocultándoselo al equipo? Aunque trata de evitarlo, el rencor se desliza entre sus palabras.

—¿Cómo lo sabes?

—Hace un par de meses, cuando estábamos analizando los vídeos del caso de las novias gitanas, me llegó un mensaje con un vídeo. Era mi hijo, torturando a una chica joven y advirtiéndome de que debía dejar de buscarlo. No pude guardar el vídeo ni recuperarlo. Tan pronto lo vi, se borró de mi móvil. —Elena prefiere no contar toda la verdad, callar que en su teléfono guarda una captura de pantalla en la que solo se ve a Lucas—. Cuando se lo llevaron era un niño, ahora es uno más de ellos.

Un claxon los sobresalta. El coche que tienen detrás les urge volver a la circulación y Zárate lo hace en silencio. Las farolas de la ciudad se apagan. La claridad se va imponiendo. Piensa en el dolor de la inspectora, pero también en las incógnitas que quedan tras la confesión.

—¿Quién era la chica a la que torturaba? ¿Aisha? —necesita saber Zárate.

—Aurora, la hija de Mar Sepúlveda. Por eso es tan importante que su madre dijera que estaba viva, por lo menos mi hijo no la mató.

Elena apoya la cabeza en la ventanilla. De repente, tiene la sensación de que sus esperanzas son infantiles. De que está empeñada en buscar animales fantásticos cuando es consciente de que no existen. La experiencia le grita que nada de eso sucederá. Que la realidad es cruel y no deja espacio a los milagros. De Aurora, solo encontrarán un cadáver. De Lucas..., no se atreve ni a pensarlo.

—Vamos a desmantelar la Red Púrpura, Elena —le promete Zárate cuando aparca junto a su casa—. La vamos a desmantelar y vamos a sacar a tu hijo de allí.

—No sé si ya es tarde para ayudarle, pero hay que impedir que otros niños pasen por el mismo infierno.

Cuando sube a casa, Elena está derrotada. Le habría gustado reconfortarse en un abrazo de Zárate, sabe que él no la habría rechazado, pero sigue convencida de que lo mejor para Ángel es estar lejos de ella. No quiere romper el dique que los separa. Le gustaría cerrar los ojos, dormir y olvidar, pero se siente incapaz. Abre el bolso, saca el disco multimedia que se llevó a escondidas de la casa de Kortabarría y lo conecta a su ordenador. Se abre una pantalla con una carpeta que contiene decenas de archivos. Reproduce el primero e inicia el visionado de una larga lista de vídeos que contienen torturas, asesinatos, violaciones. No sabe el tiempo que ha pasado cuando llega a uno que la deja helada.

Un hangar, una especie de nave industrial. Salen dos niños de unos trece años, semidesnudos. Suena una campana y empieza una pelea entre ellos, una pelea salvaje. Pese a ser dos niños, no tienen compasión el uno por el otro: hay patadas, puñetazos, mordiscos, dedos que intentan arrancar los ojos del contrincante.

Uno de los niños es africano. El otro es Lucas.

Pese a que el africano es más alto y en apariencia más fuerte, Lucas es más decidido, más salvaje.

Elena ve cómo su hijo gana la pelea. El vídeo termina.

Tercera parte

NADA DE NADA

No digo que ya no parezcas tú,
o que hayas cambiado.
Eso no,
tú eres el que siempre has sido.

Lo han emparejado con Pável, una mole de Uzbekistán que le saca una cabeza y que no ha perdido nunca un combate. Su primer oponente le duró apenas unos segundos, lo que tardó en conectar una patada directa a la nuca. Le partió el cuello. Al segundo lo mató con un puñetazo en la oreja. Le dijeron que debía ser menos agresivo, que las peleas no tenían gracia si duraban tan poco. Desde entonces, Pável disfruta haciendo bailar a su oponente, como un púgil bien adiestrado. Ahora sabe espaciar los golpes dañinos durante media hora para que el espectáculo dé más de sí.

La mujer lo ha visto en acción. El uzbeko es una bestia mortífera, un luchador invencible. En cualquier momento entrará el hombre para llevarse a Lucas, que ya está listo. Lo mira en silencio. Es bajito y compacto, no ha dado el estirón que le correspondería por la edad y no ha adquirido la pinta de garza, de junco, de chaval larguirucho y enfermizo que ella sospechaba que tendría. Sabe que no tiene ninguna posibilidad contra Pável. Espía sus gestos. Está sentado en el catre, mirando un punto fijo del suelo. Con una mano se va estirando los dedos de la otra, uno por uno, como para desentumecerlos. A su manera indolente, tímida, insegura, se está preparando para el combate.

Ella quiere despedirse. Quiere decirle que le ha alegrado la vida estos años, que ha sido una bendición cuidarle, hacerle reír, verlo crecer. Pero teme caer en una efusión patética, justo cuando Lucas tiene que pelear por seguir vivo. Dimas no necesita entrar en la habitación ni decir una sola palabra. Abre la puerta y Lucas se levanta y sale sin mirar a la mujer. Ni siquiera una señal de gratitud por si no se vuelven a ver.

La mujer aprovecha para preparar el botiquín. Alcohol de noventa y seis grados, agua oxigenada, yodo, hilo de sutura. Esteriliza las agujas y las tijeras, dispone las gasas y los algodones, se prueba los guantes quirúrgicos. Repasa la maleta de traumatología: férulas, corsés, rodilleras. Abre el estuche de odontología: tornos, tenazas, anestesia local. Sonríe al sentirse ilusa, una madre ingenua que confía ciegamente en su hijo. Lo normal es que Lucas muera en el combate y que Pável salga de él con uno o dos rasguños.

Pasa una hora. Dos esbirros de Dimas entran con apremio y llevan en brazos a Lucas, ahogado, azul, casi sin respiración. La mujer aplaca un acceso absurdo de orgullo al comprobar que su niño ha resistido más que el resto. Está cianótico, no le llega el oxígeno; ella manda que lo tumben en el catre y antes de lanzarse en busca de la mascarilla se da cuenta de que tiene algo en la tráquea. Le mete el índice hasta la úvula y con un barrido digital saca el objeto. Son dos dedos pegados entre sí por una plasta de sangre que gotea. Pendiente como está de la respiración de Lucas, que empieza a mejorar a base de espasmos, no advierte que Dimas ha entrado en la habitación. Se queda mirando al chaval fijamente y menea la cabeza en señal de incredulidad. La mujer se gira ahora hacia él.

—Está vivo de milagro —le dice—. ¿Es esto lo que querías?

Dimas sonríe de manera siniestra.

—Pável está en la enfermería, desangrándose por tres heridas distintas. No sabemos si pasará de esta noche.

La mujer lo mira con asombro. Lucas empieza a toser. El color de su piel se está recuperando.

Más tarde, mientras el uzbeko lucha por su vida, Lucas relata con euforia la pelea. Los dedos arrancados de cuajo, las patadas, los cabezazos, la forma de hurgar en las heridas para desgarrar la piel lo máximo posible. Cuenta los detalles con una excitación llamativa, mientras la mujer le pasa un poco de yodo por las brechas que va encontrando, en la ceja izquierda, en el pómulo, en la barbilla, y le mantiene las manos en una solución salina con alcohol y tomillo, una hierba que, según ha leído en alguna parte, ayuda a regenerar el tejido de las manos dañadas.

Capítulo 37

Zárate sabe que no va a pegar ojo: ha pasado la noche jugando al póker y conteniendo los nervios, ha visto morir al anfitrión de la partida, ha habido momentos en los que pensaba que no saldría vivo de esa casa, pero no es eso lo que realmente le pesa. La confesión de Elena sobre su hijo Lucas es una losa en su conciencia. Sabe que no alcanzará la relajación suficiente para meterse en la cama y descansar. Al llegar a casa se ha dado una ducha y se ha sentado en un sofá, ha puesto la tele para atontarse, tertulias políticas a la hora del desayuno. Tal vez no debió dejar sola a Elena. A una parte de él le habría gustado acompañarla, darle cobijo, pero por otro lado ahora toma conciencia de las dimensiones de las mentiras de la inspectora. El tiempo que ha engañado, no solo a él, a toda la BAC. Pero el teléfono suena y Zárate espera que sea ella, quizá que le pida su compañía, sabe que no podría negársela, pero es un número desconocido.

—Dígame.

—Zárate, soy yo, Orduño. Necesito que me ayudes. ¿Puedes conseguir seis mil euros? —ante el silencio de su compañero, él insiste—: No es broma, los necesito.

Alguien le quita el teléfono a Orduño en cuanto acaba la frase y le dice a Zárate dónde tiene que ir —un local comercial en la calle Goiri, cerca de Cuatro Caminos— a hacer la entrega.

—Date prisa, cada hora que tardes le vamos a cortar algo a tu amigo: una oreja, un dedo, no sé... Lo que se nos ocurra.

—Tranquilos, tengo el dinero, no le hagáis nada. Ya estoy en camino.

Zárate tarda unos segundos en procesar la información. ¿En qué clase de lío se ha metido Orduño? No le resulta difícil imaginarlo y se siente culpable por haberle pedido un adiestramiento con las cartas. Se pregunta qué debe hacer a continuación, si llamar a alguien de la brigada o acudir solo al rescate. La respuesta le viene en dos segundos, no debe poner en peligro a su compañero con un operativo organizado a toda prisa. No se puede creer que su noche de aventuras no se haya terminado. Lo único que agradece es no haberse tomado un somnífero para coger el sueño, eso habría complicado mucho las cosas.

Como es lógico, no están allí, en la calle Goiri. Zárate sale del coche, se planta en la acera y curiosea aquí y allá. Está calibrando los pasos que debe seguir cuando le aborda un hombre.

—¿Has venido solo?

—Sí.

—Dame el dinero.

—¿Cómo sé que vais a dejar libre a mi amigo?

—No lo sabes. Lo que sí sabes es que si no me das la pasta, no lo vuelves a ver.

Zárate entrega un sobre con los seis mil euros que le han pedido. Es parte del que ganó en la timba de póker. Si lo de Orduño hubiera ocurrido otro día, no habría tenido modo de reunir esa cantidad.

—Espera dentro de diez minutos en la boca de metro de Estrecho.

El hombre se va, Zárate camina hacia donde le ha dicho, no le queda más remedio.

Quince minutos después, mezclándose con otros viajeros madrugadores, Orduño sube tambaleante las escaleras del acceso al metro. Zárate se acerca a él con apremio, casi con ansiedad. Su primer instinto es recorrer con la mirada sus manos, sus orejas, el rostro apenas iluminado, como en un claroscuro de Zurbarán. Busca heridas, señales del maltrato de unos matones, pero no hay nada.

—Estoy bien.

—¿Vamos a mi casa o te llevo a la tuya?

—Mejor a la tuya.

Un rato después, Orduño se ha duchado y se ha cambiado de ropa, se ha puesto un pantalón de deporte y una camiseta de Zárate. Tiene un dolor de cabeza espantoso y está convencido de haberse jodido la vida.

—Te debo seis mil euros, te los voy a pagar, te lo juro.

—No te preocupes por eso. Pero cuéntame qué ha pasado.

—Los he perdido jugando, eso y todo lo que tenía en la cuenta. Han sido veinticuatro horas sin parar, desde que ayer le eché una moneda de un euro a una máquina tragaperras en un bar, debajo de mi casa.

Orduño no oculta nada, jugó la primera moneda y ganó, se jugó las que salieron de la máquina buscando el premio gordo, perdió; después cambió un billete de veinte. Cuando se quedó sin nada, ya tenía al diablo dentro. Fue a un cajero y sacó doscientos euros, solo iba a jugarse eso... Se presentó en un piso en La Guindalera que conocía de sus tiempos. La noche de póker empezó muy bien; un par de horas más tarde sus doscientos euros se habían convertido en mil.

—Entonces me invitaron a otra partida, un poco más fuerte. Me sentía invencible. No sé exactamente dónde era porque me llevaron en coche y había bebido bastante, creo que por Pueblo Nuevo o Quintana. Ya era de día.

Allí también empezó bien; tenía cerca de dos mil euros cuando perdió una mano que creía que tenía ganada.

—Yo tenía un *full* de reyes, caballos... Pero perdí. Te dije que lo peor era jugar enfadado; no, lo peor es jugar con angustia, con el bicho dentro, que es como juegan los que no pueden parar.

En pocas horas perdió todo su dinero y empezó a pedir prestado.

—Después, ya volvía a ser de noche, me llevaron a otra partida, cerca de Cuatro Caminos.

—Allí te he recogido.

—Dejé de saber cómo me estaba yendo. De pronto no sabía ni qué hora era ni dónde me encontraba. Hasta que me pusieron una navaja en el cuello y me dijeron que, o pagaba lo que debía, o ahí se acababa todo.

—¿Por qué me llamaste a mí?

—Me daba vergüenza llamar a Elena o a Chesca. Y Marina... No sé, supongo que a Marina la he perdido.

Marina no ha podido dormir en toda la noche, ha llamado cien veces al teléfono de Orduño, sin éxito. No sabe si está en una operación de la brigada o si le ha ocurrido algo. Está arrepentida de no haberse presentado en el apartamento a dormir la noche anterior, pero tenía asuntos que atender.

Le sorprende estar tan preocupada por un hombre al que conoce desde hace solo una semana, un hombre que debería darle lo mismo, no importarle nada. Pero han sido días muy felices con él. Al margen de sus intenciones cuando se sentó junto a él en el avión, le ha cogido cariño; es un hombre honesto, que se ha enamorado de verdad de ella, no como todos los anteriores a los que ha conocido y la han usado. Para Marina es una sensación distinta, está a gusto con él, siente que nunca le haría daño, que puede dormir a su lado sin estar alerta.

No sabe qué hacer, si seguir esperando o marcharse a su casa, olvidarse de todo y dejar que la memoria vaya diluyendo poco a poco el recuerdo de Canarias.

El cansancio puede antes con Orduño —que se duerme en un sofá— que con Zárate. Son las siete y media de la mañana. No sabe si ir a Barquillo, si llamar a Elena y contarle lo sucedido. Si tuviera seis mil euros, los pondría de su bolsillo y callaría para siempre los incidentes de esta mañana. Por muchos errores que haya cometido, Orduño es un compañero y a los compañeros se les cubre hasta con la propia vida. Si por lo menos pudiera encontrar a Marina para que se quedara con él... Pero ni siquiera sabe quién es esa mujer de la que hablaba con tanto entusiasmo. Su única solución es Chesca.

Capítulo 38

Elena lleva horas viendo barbaridades que Kortabarría guardaba en su disco duro. Las pasa deprisa, pero algunas, las más atroces, se quedan grabadas en su mente y ella sabe que estarán ahí para siempre. Hay varias peleas en las que ha participado su hijo, todas con idéntico resultado: luchas a muerte en las que ha salido victorioso. Es probable que esa sea la causa de que siga con vida: ha ido imponiéndose a sus contrincantes, uno a uno, quién sabe cuándo empezó esa rueda cruel. Todos los vídeos que tenía Kortabarría son de los últimos meses, no ha podido ver si Lucas ha evolucionado, solo que es muy bueno en lo que hace, no duda, no tiene remordimientos cuando llega el momento de ser cruel, ha aprendido todo lo necesario para sobrevivir. Quien sí duda es ella: ¿de verdad quiere encontrarlo? ¿Será capaz de mirarlo a los ojos? Se intenta convencer de que su hijo hace lo que hace solo por salvar la vida, que desde muy pequeño se ha visto envuelto en una encrucijada terrible. Le abruma pensar en él con siete u ocho años entrando en ese círculo mortal. Se conmueve hasta un límite insoportable al imaginarlo en el trance de asimilar las normas, con la curiosidad que ponen los niños a la hora de aprender un juego.

Está harta, no puede ver un segundo más de torturas, de mutilaciones, de agonía de los que están a punto de morir. Aun así, necesita encontrar algo que le dé un hilo del que tirar. Por eso sigue abriendo vídeos.

En ese disco duro habría pruebas suficientes para implicar a Andoni Arístegui, alias Kortabarría, en la Red Púrpura, pero ¿de qué serviría? Andoni está muerto y todas esas pruebas las ha obtenido de forma ilegal. Tiene que seguir buscando y hallar la forma de llegar al núcleo de la organización. Al corazón de este monstruo. Es consciente de las consecuencias que eso le traerá: no solo Zárate sabrá la deriva que tomó su hijo, también el resto de compañeros, intervendrán los jueces..., pero Lucas no es la única víctima. Debe pensar también en las demás. En Aisha. En Aurora, que tal vez siga con vida.

Son las ocho de la mañana, es la hora de regresar a la BAC. De repente siente todo el cansancio de una noche entera en tensión. Lo que de verdad le gustaría es meterse en la cama y dormir, olvidarlo todo, sentir las sábanas limpias y dejarse ir. En lugar de eso, se ducha, se viste y parte hacia la calle

Barquillo. Hoy no habrá parada donde Juanito, aunque sabe que necesita ese momento en que se siente normal, en que no todo el peso del mundo recae sobre sus hombros.

Cuando llega, encuentra a Mariajo sola, repasando las grabaciones de las cámaras de seguridad del chalet de El Plantío.

—¿Has dormido algo, Mariajo?

—Desde el día de la muerte de esa chica no puedo dormir —confiesa la hacker.

—Si te sirve de consuelo, yo tampoco. ¿Has encontrado algo en las grabaciones de las cámaras de seguridad?

—Muchas cosas, pero ninguna que nos sirva por ahora.

Mariajo ha señalado momentos en las imágenes que sus compañeros deben ver: personajes famosos que fueron a la timba —desde un presentador de televisión hasta dos deportistas—, ha sacado primeros planos de los miembros de seguridad para tratar de identificarlos, cuando se llevaron a un jugador que protestaba al crupier por una jugada... Pero lo que llama la atención de Elena es lo que Mariajo está viendo en ese instante: un hombre se acerca a Kortabarría y le entrega un sobre. El vasco lo mira, asiente y lo guarda en el bolsillo interior de su chaqueta.

—Ese tío... Busca un plano de su cara.

Mariajo va pinchando distintas cámaras en la pantalla del ordenador. Por fin encuentra un escorzo en la entrada del chalet.

—¿Es este?

No se le ve bien la cara, como si se hubiera esforzado por mantenerla oculta. Elena tiene un presentimiento que no puede decir en voz alta. Si se viera bien su rostro se distinguirían las marcas de la viruela: ese hombre de americana clara es Dimas. Su manera de moverse le recuerda al torturador de la máscara mexicana. Lo que busca, sea lo que sea, está en el sobre que hay guardado en el bolsillo interior de la chaqueta del cadáver que dejaron ayer en el chalet de El Plantío.

La inspectora Blanco va a hacer algo ilegal, lo que siempre se prometió evitar. Enfila hacia la carretera de La Coruña y la abandona en el desvío de La Florida. El chalet está igual que la noche anterior, no da la impresión de que nadie haya entrado desde que Zárate, Mariajo y ella lo abandonaron. Aparca a unos cincuenta metros, por si quedara alguna cámara en funcionamiento, y se pone un pañuelo en la cabeza para que no puedan identificarla. Ayer dejaron las alarmas desconectadas, así que no teme que empiecen a sonar. Conoce la distribución del chalet y sus entradas, va a la parte trasera y salta la valla, entra por una ventana que da al sótano. Sube la escalera; en la sala, el cadáver sigue en la misma posición que lo dejaron, aunque ahora esté rígido, con la piel violácea.

En el bolsillo interior de la chaqueta de Kortabarría está el sobre. Elena se lo guarda sin mirar su contenido. Entonces escucha ruido, se esconde. Ve entrar a una mujer mayor, probablemente la limpiadora, que grita al ver el cadáver. Elena aprovecha su confusión para deshacer el camino por el que entró, sale otra vez por la ventana del sótano y salta la valla.

Una vez en el coche, abre el sobre. Solo hay un papel con una dirección:

Cañada Real. Sector 6, 20 posterior. Viernes 11.00.

Elena Blanco mira su reloj, es viernes y son las diez y cuarto de la mañana, si se da prisa, llegará a tiempo. Quizá la nota hable de otro viernes, quizá se refiera a las once de la noche, pero no puede dejar pasar la oportunidad de encontrarse con Dimas.

Arranca el motor mientras escucha a lo lejos el eco de las sirenas aproximándose al vecindario de Kortabarría.

Capítulo 39

Las Cañadas Reales eran vías de unos setenta y cinco metros de anchura, de propiedad pública, en las que estaba prohibido construir ningún tipo de edificación. Se establecieron en la Edad Media para canalizar la trashumancia de las ovejas merinas, de norte a sur en otoño y de sur a norte en primavera. La Cañada Real Galiana era la más importante de todas: partía de La Rioja para llegar a Ciudad Real. Bordeaba Madrid, una de sus ramas pasaba a solo doce kilómetros de la Puerta del Sol... A finales de los años setenta, algunos vecinos empezaron a ocuparla ante la pasividad de las autoridades. Casi cincuenta años después, la Cañada Real a su paso por Madrid es el asentamiento irregular más grande de España, quizá de los más grandes de Europa: dieciséis kilómetros pertenecientes a Madrid, Coslada y Rivas en los que se alternan chalets de lujo, chabolas, infraviviendas, talleres mecánicos ilegales, cuadras de caballos, vertederos y el mercado de venta de droga más concurrido del país.

La peor zona de la Cañada Real es la que se conoce como Valdemingómez, el Sector 6, pegado al vertedero donde se vacían los desperdicios de una gran ciudad como Madrid. Se trata de un par de kilómetros —alrededor de la parroquia de Santo Domingo de la Calzada— en los que habitan los más pobres entre los pobres: colonias de gitanos rumanos, yonquis que ya no van a la ciudad y sobreviven allí en tiendas de campaña, esclavos de los clanes de la droga... Allí resisten cuarenta puntos de venta de droga de los más de ciento veinte que llegó a haber hace media docena de años; es donde llegan las cundas desde Vallecas o Embajadores y donde los muertos vivientes vagan arrastrando los pies en busca de su dosis diaria. Pocos madrileños se atreven a entrar con su coche, como ha hecho esta mañana Elena Blanco; pocos saben que las fogatas que se ven a los lados del camino señalan los lugares donde encontrar la droga.

El 20 posterior es una parcela situada en la parte de atrás del 20, en la que viven unas treinta o cuarenta familias de gitanos rumanos. Allí es donde Elena se baja de su coche, cuando están a punto de dar las once, dispuesta a esperar lo que tenga que ocurrir. Está nerviosa, asustada, no sabe si se va a ver cara a cara con Dimas y, si eso sucede, cómo va a reaccionar.

Suena su teléfono y mira la pantalla. Es Zárate, y decide darse una oportunidad de sobrevivir si este viaje acaba mal.

—¿Zárate?

—Elena, ¿dónde estás? Han llamado, ha aparecido el cadáver de Kortabarría.

—Zárate, creo que he encontrado algo.

—¿Qué?

—No lo sé, no te lo puedo decir. Solo que estoy en la Cañada Real, en el Sector 6.

—No hagas locuras, vuelve.

—Deséame suerte. Tengo que encontrar a mi hijo. Ni se te ocurra aparecer por aquí.

Elena desconecta el móvil, no quiere más contactos con los suyos. No quiere que la convenzan de que lo que debe hacer es regresar y no ponerse en peligro. Piensa en aquello que oyó una vez en una película: «Soldado que huye sirve para otra batalla»; hasta ahora lo ha creído a pies juntillas, pero hoy no va a hacerle caso.

Otra vez entra en el coche y esconde allí el móvil, en un descosido de la funda del asiento del acompañante, por debajo. También su pistola reglamentaria y su documentación. No descarta que desmantelen el coche entero en cuanto lo pierda de vista y se quede hasta sin asientos y ella, en consecuencia, sin móvil, sin arma y sin acreditación de la policía. Tiene miedo y piensa en el que debió de sentir su hijo Lucas cuando se enfrentó a la primera de sus peleas. Se impone la obligación de plantarle cara al miedo, por él, para sacarle de allí.

La llamada de Elena ha dejado a Zárate muy preocupado. Su primer impulso ha sido llamar a Chesca para contarle lo que ocurre con Orduño. No sabe si ha hecho bien o si está traicionando a su compañero, pero no puede quedarse de niñera mientras Elena está en peligro. Sabe que Orduño no debe estar solo, lo imagina levantándose como si nada, olvidado de las promesas de no volver a apostar que se hizo antes de dormir. Pero él no puede ocuparse de ese asunto. Inesperadamente, Chesca le da la solución.

—Marina, la chica de la que nos habló, ha llamado a la brigada. Dice que no sabe nada de Orduño, que está en un sinvivir. Ha dejado su teléfono, voy a llamarla.

Dicho y hecho. Marina se ofrece a cuidar del enfermo y ellos pueden centrarse en el trabajo. Llevan a su compañero a su casa. En el portal los espera Marina. Les llama la atención su belleza, sus ojos azules, su gesto compasivo.

—¿Puedes ocuparte de Orduño? —le pregunta Zárate sin contarle cómo lo encontró a primera hora de la mañana. Cree que eso es algo que su amigo debe tener la oportunidad de elegir cuándo y cómo contar.

—Llamadle Rodrigo, por favor, es una persona, no un agente sin más —le responde—. Yo me encargo de él.

Resuelto el problema de Orduño, Chesca y Zárate vuelan hasta el chalet de El Plantío. El cadáver ha sido descubierto y la BAC quiere asumir la investigación. Los policías que no están bajo las órdenes de la brigada, los de Moncloa-Aravaca, los primeros que llegaron cuando avisaron del hallazgo del cadáver, se han marchado sin discutir demasiado. El caso es de la BAC y pueden borrar todas las huellas que no les interese que se vean. Otro paso más allá de la frontera de la legalidad.

Zárate le cuenta a Chesca la extraña llamada de Elena, aunque prefiere ocultar la sospecha de la inspectora de que su hijo está en la Red Púrpura.

—Hay que ir a por ella.

—Me lo ha prohibido.

—Quédate, voy yo —propone Chesca.

Él se lo piensa, no puede dejar que sea ella quien se ponga en peligro.

—No, no. Voy yo, te llamo con lo que sea. Tú encárgate de esto.

La brigada ha desplegado el operativo habitual en el chalet de El Plantío. Aunque sepan cómo murió Andoni, van a seguir todos los pasos reglamentarios. Buendía se llevará el cadáver y le practicará la autopsia, Mariajo confiscará los ordenadores y los examinará, Chesca mandará que se recojan las huellas y se hable con los posibles testigos... Al menos, seguir los trámites les permitirá legalizar la información que ya obtuvo Mariajo de los ordenadores.

—Ha llegado un hermano del muerto.

—Voy yo —se ofrece Chesca.

Joseba Arístegui se parece mucho a Kortabarría, aunque pese unos veinte kilos menos y aparente ser diez años más joven.

—Le acompaño en el sentimiento.

—¿Qué le ha pasado?

—Un infarto.

—Era de esperar —se lamenta por un momento el hombre.

Pero no le dura mucho la pena, mira alrededor. Hay varios policías de la Científica tomando huellas, otros empaquetando objetos para su traslado, varios cuidan el exterior del chalet.

—¿Todo esto por un infarto?

Chesca se encoge de hombros.

—Voy a tener que hacerle unas preguntas.

—Me acaban de decir que mi hermano ha muerto de un paro cardíaco. Si alguien tiene que hacer preguntas, soy yo. ¿Qué hace aquí tanta gente? ¿Dónde está su permiso para llevarse el ordenador?

—Creemos que anoche este fue el escenario de una timba ilegal de póker.

—¿En qué quedamos? ¿Infarto o timba ilegal?

—Ambos.

—O me enseñan la orden judicial o se van ahora mismo de aquí.

—No podemos dejar el cadáver. Hasta que no se realice la autopsia, no podemos certificar que se trate de una muerte natural.

—El cadáver es lo único que se van a llevar. O dejan de inmediato todo lo demás o no les va a servir de nada. Voy a llamar a un abogado...

A falta de Elena, Chesca consulta con Mariajo y Buendía.

—Tiene razón, no nos queda más remedio que salir de la casa. Recogemos. Ya habrá tiempo de confiscar los ordenadores.

Capítulo 40

Elena sigue esperando, apoyada en su coche. Hace muchos años que dejó de fumar, aprovechó el embarazo de Lucas y no retomó el vicio tras dar a luz, pero ahora mataría por encenderse un cigarrillo.

Han pasado por su lado varios hombres, casi todos con el torso desnudo, algunos mostrando tatuajes mal hechos, y pantalones vaqueros que les llegan por media pantorrilla. Caminan hacia algún lugar sin fijarse en ella, sin decirle nada. Una mujer se acerca, despacio. Lleva unos pantalones de chándal de un escandaloso color amarillo. Al ver su silueta escuálida, la inspectora no puede evitar pensar en Mar Sepúlveda. Las huellas que la droga cinceló en su cuerpo, la dentadura podrida, las marcas en la piel. Un demonio que acabó con ella en el hospital, donde aún sigue en coma, quién sabe si algún día despertará.

—¿Te manda Kortabarría?

—Sí.

La mujer se recoge el pelo en una improvisada coleta. Aunque su ropa le hizo creer a Elena que era una yonqui, su rostro le dice otra cosa. No ve en ella la mirada errante de los adictos; la piel, delicada, tiene el brillo de quien se la cuida con celo. En la mano izquierda luce un anillo que un drogadicto habría vendido años atrás para conseguir su dosis. Durante unos segundos, la mujer le mantiene la mirada en silencio. Elena cae en la cuenta y rebusca en su bolsillo el papel que halló en la ropa de Kortabarría. La hoja donde se especificaba la hora y el lugar de la cita. Se lo entrega a la mujer que, después de echarle un rápido vistazo, se lo devuelve.

—Ven conmigo, cariño.

No le dice nada más, ni adónde van ni nada. Elena, casi temblando de miedo, la sigue.

Zárate va lo más deprisa que puede. Sin embargo, al coger la salida de la M-203, la carretera que lleva a la Cañada Real, el tráfico está detenido. Decenas de vehículos se acumulan en una fila que parece interminable. Zárate se baja de su moto y le pregunta a un conductor que ha decidido armarse de paciencia y fuma un cigarrillo apoyado en el capó de su coche.

—Un camión se ha llevado por delante a una cunda. Lo raro es que no pase más a menudo; cogen el coche colocados para ir a pillar a la Cañada...

Se resiste a perder la posibilidad de llegar a tiempo. Intenta avanzar con la moto por el arcén. Sin embargo, no es fácil. Algunos conductores, hartos del atasco, le increpan por lo que está haciendo. Una señora rubicunda se planta en mitad de su camino y la emprende a gritos con él.

—¿Adónde te crees que vas? Te esperas, como todo hijo de vecino...

—Señora, soy policía —le dice mostrándole la identificación. «Vístete despacio, que tenemos prisa», se repite Zárate como un mantra, lo que su madre le solía decir cuando veía que la ansiedad le podía.

Elena sigue a la mujer del pantalón de chándal amarillo hasta una de las chabolas del 20 posterior de la Cañada. La vivienda está prácticamente vacía. Una mesa de plástico y un par de sillas, de esas que ponen en las terrazas, seguramente robadas. En una esquina, sentada en el suelo, hay otra mujer que, como un perro asustado, sale corriendo tan pronto ve aparecer a Elena y a su guía. Pasan a una especie de distribuidor del que nace un pasillo que se adentra en la casa, pero la mujer se detiene allí. Aparta unos cartones que hay en el suelo y descubre una trampilla. La abre. Unas escaleras descienden a un sótano del que brota una fuerte luz blanca.

—Son las normas —se disculpa indicándole que baje.

Elena siente un temblor que lucha por disimular. No tendría sentido huir, así que baja las escaleras. La mujer la acompaña y cierra la trampilla cuando está dentro.

Zárate ha logrado llegar a la glorieta donde se ha producido el accidente. Un camión embistió a la cunda cuando esta se salió de su carril. Un agente de tráfico le explica los detalles de la colisión. Los médicos del SAMUR están intentando recuperar las constantes vitales de uno de los pasajeros del coche. Zárate puede verlos trabajar de manera fugaz en la ambulancia. Hay abundante sangre en el asfalto. Sin dar más explicaciones al compañero de la policía, Zárate supera el cuello de botella que han creado los servicios sanitarios, las grúas que están retirando los vehículos, y sigue por la carretera. Ha vuelto a llamar varias veces a Elena, pero su móvil continúa apagado o fuera de cobertura.

El sótano al que ha accedido está bañado de luz blanca. Unos focos de leds se encargan de hacerles olvidar que están bajo tierra. Suelos de mármol blanco, paredes de idéntico color, lisas, sin decoración alguna. Un sofá de cuero, una mesa de cristal y, junto a esta, una barra de bar en cuya estantería brillan los líquidos de las diferentes botellas. Una mezcla del lujo de una de las mejores habitaciones de hotel de Madrid y la asepsia de un quirófano. Un hombre vestido de traje tras la barra pregunta a Elena si le apetece tomar algún cóctel. Es alto, debe estar cerca de los dos metros, y corpulento. Le sonríe cuando ella rechaza la bebida. Está recién afeitado, el pelo peinado hacia atrás con gomina.

—¿Seguro que no le apetece tomar nada? —insiste amable la mujer.

Elena vuelve a rechazar la oferta; aunque no sabe si sería mejor entumecer los sentidos, tal vez eche de menos el alcohol más adelante. La mujer se acerca a una puerta que hasta ese momento había pasado desapercibida para la inspectora. Al otro lado hay un cuarto de baño y, sobre un banco de madera, una toalla.

—Ahora debe darse una ducha. Cuando haya terminado, avíseme. Mi nombre es Pina.

Las dimensiones del sótano no parecen corresponderse con la chabola que había arriba. La sala, el baño, todo es más grande que el piso superior, pero eso es algo que tampoco extraña a Elena. Sabe que las viviendas de la Cañada han crecido como un tumor, informes, extendiéndose de manera irregular, colonizando el territorio. Es el lujo lo que más le llama la atención: grifería Gunni & Trentino acabada en oro rosa, la misma marca de las piezas de baño, de la cabina de ducha. Se desnuda despacio, deja su ropa junto a la toalla. Antes de abrir el agua, se da cuenta de que se escucha un suave hilo musical. Pega el oído a la puerta, por si puede escuchar alguna conversación entre Pina y el hombre de traje, pero no hay nada más que esa suave música clásica. Se da una rápida ducha; en una repisa de cristal puede encontrar gel y champú. Huele a miel. Después, se cubre con la toalla y avisa a Pina.

—Perdone, pero es mi obligación. ¿Le importa quitarse la toalla?

Elena no sabe qué pretende, pero obedece. Se queda desnuda ante Pina, que ha entrado en el baño y ha cerrado la puerta a su espalda.

—Tengo que asegurarme de que no lleva nada.

—No sé dónde lo podría llevar.

Pina le sonríe. Se acerca a ella y le mete los dedos entre las piernas.

—Le pido perdón, pero tenía que hacerlo.

Luego, la mujer abre un pequeño armario que hay en el baño. Saca un mono gris y unas zapatillas. Recoge la ropa que se ha quitado Elena y, antes de salir, le pide que se ponga la ropa que le ha dado.

—En cuanto se haya vestido, nos marcharemos.

Elena se pone el mono, las zapatillas. Antes de salir del baño, piensa en Zárate. Está metiéndose en la boca del lobo, es consciente de su imprudencia, pero se aferra a la esperanza de que Ángel, como ya hizo una vez, sepa dar con ella antes de que sea demasiado tarde. Cuando regresa a la sala, el hombre del traje ya no está allí. Pina le entrega un antifaz.

—¿Es necesario? —Elena intenta evitarlo.

—Confíe en nosotros. Vamos a cuidar de usted y le aseguro que no se arrepentirá.

Después de colocarle el antifaz, Pina también le pone una capucha. Elena está en completa oscuridad. Ni siquiera puede notar alguna alteración de la luz, si es que la hay. Pina la coge del brazo y la hace caminar en una dirección. Oye el sonido metálico de un cerrojo al abrirse.

—Ahora viene un escalón. Eso es, muy bien —la felicita Pina cuando lo han superado.

Puede reconocer el ruido de una puerta de coche al abrirse. Ella tiene la impresión, por la altura cuando la ayudan a subir, de que es una furgoneta y de que, aparte del conductor, está sola. Le ponen el cinturón de seguridad, cierran su puerta y arranca.

Ignora adónde va, cuánto va a tardar o lo que se va a encontrar cuando llegue a su destino. Sabe que debería mantenerse despierta para no perder la orientación y ser capaz de reconstruir este viaje, algo que pronto da por imposible. En el coche suena suavemente la misma música clásica que sonaba en el sótano. El cansancio de la noche en vela hace mella en Elena, que se entrega al sueño.

Capítulo 41

Orduño se siente avergonzado delante de Marina. Entiende que sus compañeros le hayan llevado a su casa con ella, sabe que es la única persona que puede evitar que él salga y se ponga a jugar de nuevo.

—Perdóname, entenderé que te vayas y que no quieras saber más de mí.

—¿Es lo que harías tú si yo tuviera un problema?

—No, claro.

—Entonces no me insultes pensando que es lo que voy a hacer yo —le habla seca, pero con cariño, Marina.

Se conocen desde hace tan poco tiempo que prácticamente todo lo hacen por primera vez. Orduño nunca la había visto seria y no puede dejar de pensar que sus ojos azules son aún más bellos que cuando sonríe. La casa parece más agradable de lo que ha sido nunca, él está feliz de que ella esté allí, de ver sus cosas, de escucharla preparar café en la cocina. No quiere que se vaya, daría lo que fuera para no volver a separarse de ella.

—Solo te pido una cosa, que me digas la verdad —le dice Marina sentándose frente a él.

Orduño decide no dejarse nada, ni un detalle, desde lo que ocurrió ayer —de lo poco que se acuerda— hasta las primeras veces que se dio cuenta de que tenía un problema con el juego.

—Todo el mundo piensa que me enganché cuando tuve que infiltrarme en las partidas de Kortabarría, pero es mentira, fue mucho antes.

Orduño le habla de su padre, un hombre autoritario que mantenía la paz familiar a gritos; de su madre, que prefería vivir sometida antes que discutir con su esposo; de su infancia de hijo único al que nadie prestaba mucha atención, ni siquiera para felicitarle por ser buen estudiante, buen deportista, educado, respetuoso, amable…

—Quizá ellos sabían que todo era mentira, que lo único que me gustaba de verdad era apostar los cromos, apostar por quién hacía los trabajos del colegio, apostar que era capaz de esto o de lo otro…

—Eso es una tontería, Rodrigo.

—Puede ser, pero era lo que yo hacía.

Las apuestas con dinero no llegaron hasta la Academia de Policía, después de su etapa como deportista, lo que pasa es que no parecían apuestas, sino competiciones: quién era capaz de subir más veces la soga, de hacer en menos tiempo la pista americana, de escalar una pared casi lisa.

—Ganaba porque apostaba por cosas que controlaba, que no dependían de unas cartas o de una bolita. Solo tenía que estar más preparado que nadie. Pero luego descubrí el póker. Me enseñó un compañero de promoción. Para entonces, mi padre ya había muerto, de un cáncer. Mi madre, como si no supiera vivir sin que le gritaran y le dieran órdenes, solo le sobrevivió un año. De repente me encontré con que había heredado un piso y una cantidad de dinero que no estaba mal.

—Y te lo jugaste todo.

—Sin que nadie se enterara. Cuando apenas me quedaban unos miles de euros, fui a una psicóloga. En eso me los gasté. Hizo bien su trabajo, logró que durante tres años no me acercara a una mesa con cartas. En esa época fue cuando entré en la Brigada de Análisis de Casos.

Fue una etapa buena y tranquila para Orduño, pensó que no volvería a haber apuestas, pero empezaron a investigar la organización de Kortabarría...

—Y yo me infiltré en los ambientes del juego, convencido de que podía controlar mis impulsos. Entonces, recaí con más fuerza que nunca. Unos meses más tarde volví a la misma psicóloga que me ayudó la vez anterior, mi novia me abandonó, pero seguí trabajando... Sin apuestas, sin cartas, sin ruleta...

—Hasta ayer.

—Sí, hasta ayer. Sé que no es fácil estar al lado de alguien como yo. No puedo culpar a aquella novia de hacer las maletas y largarse. Como no te culparé a ti si decides hacerlo.

—Lo haré si sigues jugando; seguiré contigo si me dices la verdad.

—¿Me vas a decir la verdad tú a mí?

Orduño coge las manos de Marina, aparta las pulseras que tapan las cicatrices de las muñecas.

—Algún día te la diré —promete Marina—. Pero aún no y no es lo que piensas...

Abraza a Orduño, que se deja caer en su regazo. Le acaricia el pelo. Ha puesto el disco de los Kinks en el equipo de música. Se quedan en silencio escuchándolo y, por primera vez en las últimas horas, él tiene la sensación de que la vorágine en la que había caído se esfuma. Que recupera el control.

Capítulo 42

Zárate tiene que parar a la entrada de la Cañada para dejar pasar a una furgoneta negra, de las que llevan vidrio solo en la parte de delante y chapa negra atrás y en los laterales. Le llama la atención que esté tan cuidada y sea tan nueva. Algo le hace pensar que es buena idea aprenderse la matrícula; no llega a ver los números, pero sí las letras KFK.

Más adelante, ve el Lada Riva rojo de la inspectora y le da la impresión de que en ese sitio y con esa sensación de abandono está menos fuera de lugar que circulando por Madrid. Parece increíble, pero todavía nadie se ha acercado a él, sigue teniendo todo en su sitio. Zárate ha llegado en moto y no sabe cómo se lo va a llevar; si lo deja ahí no van a tardar ni media hora en desvalijarlo y llevarse hasta las ruedas.

Antes de ocuparse de eso, mira las chabolas que hay cerca. Una yonqui con unos pantalones amarillos sale de una de ellas.

—Oye, ¿sabes dónde está la dueña de este coche?

—¿Qué pasa, se lo quieres comprar?

—¿Lo sabes o no?

—Que te den por culo.

La yonqui se va. Zárate saca su teléfono, intenta llamar a la inspectora, pero nadie le contesta. Después marca el teléfono de Chesca.

—¿Seguís en el chalet de El Plantío?

—No, vino un hermano del muerto y nos tuvimos que marchar. ¿Has encontrado a la jefa?

—No, he encontrado su coche, pero ella no está.

—Dime dónde estás y voy.

—Tranquila, ve mirando una matrícula. No sé los números, pero es KFK, una furgoneta Mercedes negra, una de las grandes, no sé cómo se llama el modelo.

—¿Para qué?

—No tengo ni idea. Luego te llamo.

Zárate mira alrededor, unas mujeres han salido de sus chabolas y le miden a lo lejos, sin acercarse. Cuando él va hacia ellas, vuelven a meterse en sus casas de ladrillos, tablones y techo de uralita. No hay ni gasolinera, ni comercios ni nada. Ninguna cámara de vigilancia en varios kilómetros a la redonda. El lugar ha sido bien escogido: nadie que viva allí hablará nunca con la policía. Pase lo que pase, no quedarán testigos que lo cuenten.

Camina por delante de las chabolas, solo hay una que está abierta: esa de la que salió la mujer de los pantalones amarillos. Se acerca, dentro solo hay una silla y una mesa de plástico con publicidad de una marca de cerveza. Pasa a un distribuidor del que surge un pasillo que lleva a unas habitaciones igualmente deshabitadas. Pisa unos cartones mugrientos y sale de la chabola. Deben usarla para meterse lejos de miradas indiscretas.

De vuelta a la calle, Zárate se cruza con un hombre que está mirando el Lada, probablemente valorando la posibilidad de empezar a desmontarlo pieza a pieza.

—Ni se te ocurra tocarlo.

—¿Es tuyo? —contesta en un castellano casi perfecto, pero que deja ver que no es nativo.

Zárate no va a discutir, le deja ver la culata de la pistola colocada en la sobaquera y repite la advertencia.

—Ni se te ocurra tocarlo. ¿Sabes montar en moto?

—Mejor que Valentino Rossi.

—¿Quieres ganarte cincuenta euros?

—¿A quién hay que matar?

—Solo tienes que llevarla hasta el aparcamiento del Carrefour de La Gavia, yo voy detrás con el coche.

—Hecho.

Es muy fácil abrir el Lada y hacerle el puente para arrancarlo. Zárate se sorprende de que nadie se lo haya robado a la inspectora, probablemente nadie quiere una tartana soviética.

Cuando arrancan, pasan junto a la mujer con los pantalones amarillos. Ella saca un móvil, un aparato de última generación. Marca un número.

Zárate conduce detrás del rumano, que va en su moto. Llegan a La Gavia sin incidentes. El rumano es un tipo legal que solo quiere sus cincuenta euros, sin intentar engañarle.

—¿Tú sabes por qué habían convocado a mi amiga, a la dueña del coche, en la Cañada?

—Yo no sé nada, amigo.

—¿Ni por otros cincuenta?

—Por otros cincuenta, puedo decirte que a veces va gente y que los meten en una furgoneta. Antes era una Berlingo y hace poco la cambiaron por una Mercedes, se ve que les va bien, y se los llevan. Lo que no sé es adónde. Y tampoco lo sabría aunque me dieras mil.

—Gracias. ¿Cómo te llamas? Igual necesito que me lleves la moto otro día.

—Constantin, ya sabes dónde encontrarme.

Cuando se queda solo, Zárate busca en el Lada hasta que descubre el teléfono, la pistola de Elena, sus documentos, su identificación de policía y las llaves de su casa. Esté donde esté su jefa, va completamente desarmada e indocumentada. Se pregunta si ha hecho bien moviendo el coche. Imagina a Elena huyendo y descubriendo cómo alguien se ha llevado su coche y su pistola y la ha dejado sin posibilidad de defenderse. Se consuela pensando que, si los hubiera dejado allí, alguien los habría robado y la pistola oficial de una inspectora habría ido a parar a manos de algún narcotraficante de la Cañada.

—Chesca, ¿sabes algo de la matrícula que te di?

—Algo sé, pero no te va a servir de nada. Hay por lo menos ocho furgonetas Mercedes negras con las letras KFK, ninguna en Madrid. ¿Me das más datos para que busque?

—No, no hay más datos. Ni siquiera sé si tiene algo que ver con nosotros. Voy para allá.

Capítulo 43

Cuando Elena se despierta, la furgoneta sigue en marcha. No sabe cuánto tiempo ha dormido. Tiene la sensación de que avanzan a gran velocidad por una buena carretera, sin baches, quizá sea una autovía.

—¿Falta mucho? Tengo hambre.

—En la guantera, si palpa a su lado, tiene unas chocolatinas y agua.

Reconoce la voz, es la del hombre trajeado del sótano. Sigue sus indicaciones y encuentra la bebida. Se levanta la capucha para poder beber.

—No debería hacer eso.

—De cualquier forma, no veo nada.

Elena no miente. El antifaz le impide ubicarse y tiene la tentación de quitárselo. Podría inmovilizar al conductor y hacerse con el control del vehículo, pero ¿no sería un error?, ¿no es mejor esperar al final del trayecto para saber adónde la llevan?

La furgoneta reduce la velocidad. Tiene miedo de que el hombre del traje haya podido notar algo extraño, de que haya descubierto la mascarada, pero no es así. El firme de la carretera ha cambiado, es más inestable y pisan algún bache. Están llegando.

Chesca y Zárate se han encerrado en uno de los despachos de la BAC, sin avisar a los demás.

—Si Elena te llamó para decirte dónde estaba, no fue para que te llevaras su coche, fue porque se sentía en peligro.

—Perdóname, pero las llamadas de Elena no vienen con libro de instrucciones. Me llamó, fui a la Cañada Real, vi su coche y lo saqué de allí antes de que lo desvalijaran.

—Bien, no vamos a discutir por lo que ya está hecho. ¿Ahora qué hacemos?

—Intentar pensar lo mismo que ha pensado ella para ir a la Cañada. Tenemos que ponernos en su cabeza y averiguar qué buscaba allí.

Zárate sabe que le está esquilmando una información fundamental a Chesca: el hijo de Elena, ese es el motor de todos sus movimientos, pero no tiene tiempo de confesárselo. Mariajo entra en el despacho sin llamar.

—Mirad lo que he descubierto. Nuestro amigo Yarum, es decir, Casto Weyler, le debía doscientos sesenta mil euros a Andoni Arístegui.

—¿En serio? —dice Chesca—. Eso explica muchas cosas.

—Odio parecer idiota, pero no sé a qué te refieres.

—Zárate, despierta. Yarum no soltó ese nombre para ayudarnos. Quería que mordiéramos el hueso y le quitáramos de encima a un acreedor.

—Un acreedor muy concienzudo en sus cuentas. Mirad el concepto por el que lo tenía contabilizado el vasco: «260.000 € apuestas finca».

—¿Apuestas finca? —dice Chesca—. ¿Qué coño es eso?

Mariajo se encoge de hombros.

—Habrá que hablar con él —dice Zárate—. ¿Está en el edificio?

—Se lo llevaron esta mañana, no podíamos retenerlo más tiempo.

—Hay que pedir que lo vuelvan a traer —decide Chesca—. Yo me encargo.

Por fin, para la furgoneta. Alguien abre la puerta de Elena.

—Por aquí —le dice una voz de mujer.

Nadie vuelve a hablar con ella hasta que entran en una casa. La conducen escaleras arriba hasta una habitación. Elena escucha cómo cierran la puerta con llave.

—Puede quitarse la capucha. Sentimos las molestias, son por su propia seguridad. Me llamo Carla y estoy a su servicio.

Elena está en una habitación amueblada al estilo de una casa de campo. Los postigos de las ventanas están cerrados y sellados por fuera, no puede ver dónde se encuentra. La mujer que le ha quitado las esposas y la ha acompañado hasta allí tiene unos veinte años, va vestida como una camarera, con pantalón negro y camisa blanca. Sería bella si no llevase uno de los ojos cubierto con un parche.

—¿Desea champán? —le pregunta mientras se lo sirve—. Ahora le traerán algo de comer, supongo que tendrá hambre. El viaje ha sido largo e incómodo.

—¿Dónde estamos?

—Lo siento, no se lo puedo decir. Todavía faltan algo más de tres horas para que empiece el espectáculo. Si quiere, puede comer o descansar un rato.

Carla sale de la habitación, la ha cerrado con llave. Elena mira alrededor. Hay una puerta que da a un baño que tiene todo lo necesario para asearse, hasta mullidos albornoces. Hay cepillos y pasta de dientes, gel, perfume... Sobre una cómoda, una bandeja con comida. Tiene mucha hambre, ni siquiera desayunó esta mañana en el bar de Juanito. Da buena cuenta del sándwich de rosbif con rúcula y parmesano y de la tarta de fresa y nata que componen el menú. Hay vino, lo prefiere al champán que le dejó Carla servido. Le encantaría pedir grappa, pero parece mejor conformarse con lo que le ponen.

La puerta vuelve a abrirse, es Carla de nuevo.

—¿Estaba todo a su gusto? ¿Quiere algo más?

—No, todo estaba bien. ¿Me van a dar otra ropa?

—No me lo han indicado. Me han dicho que en cuanto el espectáculo termine, volverá a Madrid. Ni siquiera pasará aquí la noche.

—¿Qué te ha pasado en el ojo?

—Lo perdí —contesta la criada sin emoción.

Elena se muere de ganas de preguntar en qué consiste el espectáculo, pero supone que no debe hacerlo.

—Lo mejor es que descanse, esta noche va a ser larga, divertida y muy emocionante —le dice la joven antes de volver a dejarla sola.

Capítulo 44

A través de un monitor, Chesca y Zárate observan a Yarum, que está en la sala de interrogatorios, esposado y con aire ausente.

—Es un tipo peculiar —instruye Zárate a Chesca—. He visto cómo sacaba de sus casillas a la inspectora. Empezará a decirte que ve dentro de tu mente, que conoce tus problemas. No caigas en la trampa, no te excites. No te cabrees, porque lo que nos interesa es lo que nos cuente, no entrar en un duelo de inteligencias.

—¿Crees que soy estúpida? Además, ya he estado con él.

Cuando entran en la sala, Yarum los recibe como si se tratara de grandes amigos.

—Menos mal que son ustedes. Me inquieta encontrarme con la inspectora.

—¿Y eso?

—Está tan angustiada por lo de su hijo. Esa mujer está siempre al borde de estallar, hay que cuidarse de ella. ¿Me van a quitar las esposas? Ya saben que no soy un hombre violento y es muy incómodo estar con ellas puestas.

Chesca se acerca a él para quitárselas. Yarum se frota las muñecas, como si el dolor que le hubieran causado fuese insoportable.

—¿No es muy antiguo esto de las esposas? En una película vi que ahora ponían unas bridas. Aunque seguro que cortan la circulación de la sangre. No sé qué es peor.

Ninguno de los dos policías le contesta, miran papeles, hacen como que no tienen prisa, pero el hombre no se calla, se ríe de ellos.

—Me encanta cómo les enseñan que hay que llevar los interrogatorios. Primero me ponen nervioso con su silencio, después uno de ustedes hace de bueno y otro de malo. Si quieren, seguimos jugando, pero su jefa les debería haber dicho que me van a dejar en libertad porque no tienen nada contra mí. Bueno, sí, cobrar en negro y sin IVA. Una multa y a casa.

—¿Por qué dice que la inspectora está a punto de estallar?

—¿No saben ustedes nada de su hijo?

—¿Qué tenemos que saber?

La pregunta de Chesca incomoda a Zárate. No esperaba que el interrogatorio pudiera circular por esta vía.

—Si ella no se lo ha contado, no seré yo quien lo haga. Pero tienen motivos para preocuparse. ¿No han notado su ansiedad? Yo tengo poderes, pero no es que hagan falta para verlo. Es una mujer atormentada. Si ustedes, que se supone que son sus amigos, no la ayudan, no sé quién la va a ayudar a la pobre.

—¿Dónde está su hijo? —se atreve a preguntar Chesca.

—Dónde está, yo no lo sé. Dónde cree ella que está, sí. Con la Red Púrpura, ya saben ustedes. Pero no tengo nada que ver con eso.

—Vendía usted enlaces para sus eventos, algo tenía que ver —interviene Zárate, que no deja de mirar a Chesca, es la primera vez que su compañera oye hablar de la posibilidad de este vínculo entre la Red y Lucas.

Pero Yarum hace oídos sordos a Zárate y se centra en Chesca, la mira a los ojos, como si la acabara de descubrir.

—¿No hay nadie normal en esta brigada? —se pregunta el detenido como si realmente estuviera sorprendido—. La jefa está angustiada y ansiosa por su hijo, y usted, Paquita, porque no es capaz de llevar una vida normal. Está deseando tener un marido que la quiera, unos hijos, un adosado y un monovolumen blanco y lo único que tiene es un carné de gimnasio y un polvo en un coche de vez en cuando... Lo que no sé es si se lo echa un compañero o una compañera.

—¡Silencio! —Chesca no logra contenerse.

—Calma —la tranquiliza Zárate, temeroso de que su compañera golpee al detenido.

Yarum sonríe, ya la tiene a ella alterada, pensando más en el odio que siente por él que en sus preguntas o en la información que quiera conseguir. En cuanto le sea posible, será el turno del hombre.

—No se pregunte cómo lo sé, eso da igual —concluye el detenido—. Solo piense en que si no se ayuda usted a sí misma, no podrá ayudar a los demás. Le aconsejo que salga de esta sala, lo digo por su bien. No quiero cargar sobre mi conciencia el peso de haber destruido a una agente de policía que podía haber sido útil para España. Yo respeto mucho a la policía, no crean que no.

Chesca trata de respirar, de relajarse. Yarum sigue hablando, sin dejarla pensar, es probable que sea una de sus tácticas, no dejar que el adversario recapacite.

—Usted decide, pero si sigue aquí, descubriré más detalles de su vida. Quizá no quiera oírlos, quizá prefiera que su compañero no los conozca.

—Queremos ayudar a la inspectora Blanco, pero no sabemos dónde está. —Zárate decide destapar las cartas.

—¿Y quieren que yo los ayude?

—Igual que nosotros le hemos ayudado a usted.

—Vaya, esto es nuevo para mí. Dígame cómo me han ayudado.

Zárate ha visto que está delante de alguien que no se va a quebrar, que tiene que ser sincero para que colabore. Le cuenta que después de que él mencionara el nombre de Kortabarría ante la inspectora, lo localizaron y se infiltraron en una de sus timbas de póker, que investigaron en sus posibles relaciones con la Red Púrpura y, lo más importante, que está muerto.

—Vaya, qué buena noticia. ¿Lo mataron ustedes?

—Un infarto.

Yarum compone una cara de pena que es más cómica que otra cosa.

—Lo raro es que haya durado tanto. No lo siento por él.

—Hemos descubierto que usted le debía doscientos sesenta mil euros. ¿Fue ese el motivo por el que le dio su nombre a la inspectora?

—A veces los planes salen bien. Es una deuda que queda saldada con su muerte. Soy doscientos sesenta mil euros más rico.

—Como ve, le hemos ayudado. Le pido que nos devuelva el favor. Ya no tiene nada que temer de Kortabarría.

—Bien, me gusta que tengan la humildad de pedir ayuda. ¿Qué fue lo último que supieron de la inspectora Blanco?

—Desapareció en la Cañada Real.

—¿En el Sector 6?

—Sí.

—Es algo en lo que yo nunca he entrado, solo he oído rumores en la Deep Web. Me parecía repugnante y, me crean o no, tengo mis límites. Dicen que desde allí salen a una finca, no sé dónde..., para ver peleas entre niños.

—¿Qué más sabe de esas peleas? ¿Va a haber alguna? —Zárate apenas puede disimular su ansiedad. Intuye que está muy cerca de la verdad.

—Le repito que nunca he estado en una.

—La deuda con Kortabarría —le recuerda Zárate—. Tenía apuntado que era por unas apuestas en una finca. ¿Eran de esas peleas?

—Una vez estuve a punto de ir, pero no lo hice. El cabrón de Kortabarría quería cobrármelo de todas formas. —Yarum sabe sonar convincente.

—Estás mintiendo.

—No les puedo decir más, pero pregunten por una mujer. Se llama Pina y suele andar por esa zona. Ahora, llévenme a mi celda; he cumplido con mi palabra. Los he ayudado.

Capítulo 45

A Elena nunca le gustó cazar, pero su padre era muy aficionado y, a falta de un hijo varón, la llevaba a ella a alguna montería. Elena sabía que para él era la forma de demostrarle cariño y simulaba entusiasmo esos tres o cuatro fines de semana al año en los que él le pedía que le acompañara, los dos solos, sin la presencia de su madre. Sí que le gustaba la comida de después de las jornadas de caza y las fiestas, muchas veces amenizadas por guitarristas, cantaores y bailaoras. Fue en un fin de semana de aquellos cuando descubrió su pasión por los todoterrenos, de la mano de un montero portugués al que los perros obedecían como si fuera su dios.

Elena disfrutaba de las monterías, excepto cuando llegaba el momento de cazar, entonces erraba los disparos como si su puntería delante de una simple lata desapareciera cuando tenía un ser vivo delante. Solo una vez mató a un animal. Fue suficiente para descubrir que era algo que no quería volver a hacer.

Esas jornadas de caza, a las que asistían otros hombres como su padre, acompañados también por sus hijos y, con escasa frecuencia, por una hija, se celebraban cerca de la frontera con Portugal, alguna vez la traspasaban, como cuando iban a una impresionante finca en el Alentejo en la que era casi imposible no tirar sobre algún jabalí.

Desde que la bajaron de la furgoneta y la dejaron en esa habitación, Elena huele lo mismo que entonces. Le asalta la sensación de estar en una de esas fincas, aunque no tenga ningún dato que se lo confirme: no ha conseguido escuchar a nadie, aparte de Carla, que no tiene ningún acento peculiar; no ha logrado abrir la puerta ni los postigos de las ventanas; tampoco hay nada en la habitación que le indique dónde está. Solo puede fiarse de sus sensaciones, de sus presentimientos, del olor de aquellas jornadas de caza. Solo cabe esperar a que Carla o cualquier otra persona venga a por ella y la lleve donde se desarrolle el espectáculo.

Se sienta intentando imaginar qué está pasando y únicamente se le ocurren dos opciones. La primera de ellas es aterradora: ha sido descubierta y se va a encontrar cara a cara con Dimas. Pero no para desenmascararle y enfrentarse a él, no para descubrir el destino de su hijo Lucas, sino para convertirse en la nueva víctima de la Red Púrpura, va a sufrir lo mismo que sufrió Aisha

Bassir, la chica marroquí, lo que tal vez padeció Aurora. El hombre de la máscara de lucha libre mexicana y el de la prótesis metálica en la mano se van a ocupar de ella mientras un centenar de espectadores disfrutan del espectáculo, hacen subastas para que se lleven a cabo sus torturas y apuestan a quiénes darán las órdenes.

La segunda opción se le antoja más probable: el sobre que cogió del bolsillo de la chaqueta de Kortabarría era la convocatoria para este evento. Alguien habría pagado para asistir, imagina que una gran cantidad de dinero, pero la muerte del vasco impidió que le llegara la noticia y en su lugar ha venido ella. Todo está sucediendo con normalidad, incluso esta espera, nadie sabe quién es ella en realidad.

Debe tranquilizarse y dejar de darle vueltas en círculo a lo que vaya a ocurrir, simplemente no lo sabe y no puede averiguarlo. Solo conoce una forma de dejar de pensar, cantar. Así que tararea en voz baja las mismas canciones que tantas veces ha cantado en el Cheer's: *Gira, il mondo gira, nello spazio senza fine, con gli amori appena nati, con gli amori già finiti, con la gioia e col dolore, della gente come me...* Detiene el canturreo de golpe; le ha parecido oír algo, unos pasos apresurados, el golpe de una puerta al cerrarse con fuerza. Aguza el oído, pero el silencio vuelve a imponerse. Con esfuerzo cree escuchar unas voces tensas en la distancia, el ruido de un motor. Pero la calma se extiende y ya le resulta difícil saber si está pasando algo fuera de su cuarto o solo son imaginaciones suyas. Se tumba en la cama, resignada a dejar pasar el tiempo.

Cuando por fin se abre la puerta, ha pasado más de una hora, y no solo entra su camarera, Carla, la del parche, sino también dos hombres que llevan la cara cubierta.

—Ha llegado la hora. Le tenemos que tapar los ojos —le dicen con educación, mostrándole el antifaz y la capucha.

Elena siente miedo, pese a la posibilidad de estar a punto de ver a su hijo. Siempre pensó que si este momento llegaba, un extraño coraje la poseería y le darían igual los obstáculos que se encontrara en su camino. Pero tiene miedo, tanto que lo único que le apetece es llorar, dejarse caer al suelo y esperar por lo que tenga que ocurrir. Hace unas horas, seis, siete, ocho, en realidad no sabe cuántas, le taparon los ojos en una chabola de la Cañada y ella resistió valerosa. Ahora vuelve a suceder y no está segura de ser capaz de mantener la entereza.

Una vez con la capucha puesta, la sacan de la habitación y la conducen al exterior de la casa; nota el viento cálido en la cara. Allí la suben en un vehículo, no es la misma furgoneta en la que llegó, ahora se trata de un todoterreno. El trayecto es corto, unos seis o siete minutos, los saltos que nota Elena hacen pensar que van a campo través. Es incapaz de adivinar qué camino llevan, si es una espectadora o la protagonista.

—Puede bajarse. Tenga cuidado, que vamos a subir unas escaleras.

Elena sube los peldaños uno a uno de la mano del hombre que la conduce. Llegan por fin a una especie de salita. Allí le retiran la capucha y el antifaz.

—El espectáculo solo tardará unos minutos en empezar. No sabemos cuánto durará. Al terminar, volveremos a buscarla. Recuerde que ha apostado cincuenta mil euros por el luchador verde. Mucha suerte.

No sabe dónde está, solo que hay una especie de balconcillo. Se asoma. Da a una pequeña plaza de toros cubierta. Intuye que hay más balconcillos, pero la oscuridad del perímetro es total y no puede ver quién ocupa los demás, ni siquiera si están vacíos o llenos.

Carla vuelve a entrar con una bandeja en la que hay una botella de champán, una copa y unos bombones.

—Disfrute del espectáculo.

Vuelve a salir al palco. En otro de ellos distingue la brasa de un cigarrillo, así que no está sola. Aunque intenta adaptar la mirada a la oscuridad, no logra ver nada más. De repente se enciende una luz, un foco que ilumina el centro del coso. Allí hay una gran jaula octogonal. Un hombre entra, es Dimas, con una máscara de lucha libre mexicana similar a la que llevaba el día del asesinato de Aisha.

—Bienvenidos —dice con correcto acento español, tal vez con un deje ligeramente extremeño o andaluz—. Ya han hecho ustedes sus apuestas. Algunos son veteranos, otros es la primera vez que vienen. Confío en que todos disfruten como esperan y volvamos a tenerles con nosotros pronto. Como siempre, les pedimos disculpas por las incomodidades del viaje. Ustedes saben que se trata de su seguridad. Damos comienzo al combate: los dos luchadores más salvajes de la Red Púrpura. Con calzón verde, desde Santa Cruz de Tenerife, Jonay. Con calzón rojo, desde Madrid, Caín. La pelea es, como siempre, a muerte.

Elena no logra reaccionar. Han dicho Caín, el asesino bíblico de Abel. ¿Es posible que Lucas haya escogido ese apodo con intención, por recordar a su padre de algún modo? No lo sabe, pero un estremecimiento la previene. Si ocurre lo que ella cree, está a punto de ver a su hijo en persona, después de tantos años.

Capítulo 46

Chesca y Zárate se bajan de la moto en el mismo sitio en el que él encontró por la mañana el coche de Elena. Todavía hay luz, pero ya imaginan cómo será aquello en un par de horas, cuando no se vean los charcos y no se puedan esquivar. Allí no hay farolas del ayuntamiento, solo la escasa luminosidad de las hogueras que marcan los lugares de venta de droga.

—Pensé que nos pondrían problemas para entrar hasta aquí —comenta Chesca mientras se quita el casco.

—Si pusieran problemas para entrar, no conseguirían vender drogas. En todo caso nos los pondrán para salir.

—No me tranquiliza lo que dices.

Ninguno de los dos tiene experiencia en ese poblado chabolista. Es un laberinto informe por el que no es fácil moverse.

—¿Hacia dónde vamos?

Saben lo que buscan: a Pina, la mujer que les señaló Yarum; lo que no saben es cómo encontrarla. Sospechan que si preguntan por ella a la gente de la calle, se van a ver metidos en problemas.

—De momento vamos a dar un paseo, a ver qué vemos.

El paso de coches es constante, algunos paran y de ellos se bajan varios hombres y mujeres. Son las cundas, los taxis de la droga que hacen el recorrido entre Madrid y el poblado, como el que esta misma mañana se había estrellado contra un camión. Es de suponer que los conductores de las cundas habrán quedado en recoger a sus pasajeros dentro de media hora en algún lugar. Ellos comprarán una micra o dos de heroína, se la fumarán allí mismo o la guardarán para más tarde, y volverán a subirse en la cunda. Dedicarán el día a conseguir más dinero para hacer el mismo recorrido mañana. También hay coches que parecen normales, con tipos dentro con aspecto de oficinistas; suponen que son los que están enganchados pero logran llevar una vida corriente, algunos lo hacen durante muchos años.

Otros, los que están en peor estado, se quedan allí, en chabolas o en tiendas de campaña. Hacen recados para los traficantes a cambio de su dosis diaria: reparten, venden, captan clientes o roban a sus propios compañeros de infortunio cuando estos se acaban de meter y no son capaces de defenderse. Son los que se ocupan de mantener vivas las hogueras, casi todos hombres, aunque también hay alguna mujer. Chesca las mira, quizá una de ellas sea Pina, la que ellos buscan.

—¿Estáis buscando comprar? —le pregunta una al notar su mirada.

—Después, ahora estamos echando un vistazo.

—Pues aquí se viene a comprar, a mirar vete a tu puto barrio, que tiene escaparates —le contesta la yonqui enfadada.

Los dos policías siguen caminando, de vez en cuando alguien los mira, pero los dejan seguir sin meterse con ellos.

—Yo creo que Pina es una que salió de aquellas casas, una que llevaba un pantalón de chándal amarillo, a la que pregunté si había visto a la dueña del coche. Me mandó a tomar por culo —recuerda Zárate.

—Me parece que aquí hay mucha afición a mandar a tomar por culo —comenta Chesca—. ¿Vamos para allá?

Cuando se acercan al grupo de chabolas, un hombre que estaba junto a una hoguera hablando con otros se levanta.

—¿Otra vez tú?

Es Constantin, el rumano que condujo su moto hasta el aparcamiento de La Gavia.

—Me dijiste que si lo necesitaba podía encontrarte aquí.

—Eso era antes de saber que hay gente muy peligrosa preguntando por ti.

—¿Preguntan por mí?

—Por el que se llevó el coche viejo aquel, pero no saben quién eres.

—¿Les has dicho dónde lo dejamos?

—Yo nunca digo nada.

—Estoy buscando a una mujer que se llama Pina.

Constantin suelta un silbido.

—Mala gente esa Pina. Te diría que lo mejor que te puede pasar es que no la encuentres.

—A veces uno no escoge.

—¿Qué gano yo con esto?

—¿Qué quieres?

—Deja que me lo piense, quédate por aquí y te digo lo que sepa.

El rumano se aleja de ellos, vuelve a sentarse con sus compatriotas junto a la hoguera. Chesca y Zárate no saben qué hacer, si alejarse unos pasos, si marcharse, si seguir allí quietos. Otro de los hombres se levanta.

—Por allí detrás, a unos doscientos metros, hay una chabola con un cartel que dice «kiosco». Esperad, ahora va Constantin.

En la chabola, que tiene el letrero de «kiosco» pintado con una brocha y pintura negra, hay una ventana por donde se atiende al público. Fuera han puesto algunas mesas y sillas de plástico, robadas en alguna terraza de Madrid, todas distintas: de Coca-Cola, de Mahou, de San Miguel, de Aperol... Hay algunos yonquis sentados, comiendo bocadillos, pero se ve que no es la hora punta.

—¿Te fías del rumano? —pregunta, inquieta, Chesca.

—Aquí no me fío ni de mi madre. Voy a pedir unas cervezas.

Zárate vuelve del kiosco con dos tercios de Mahou, bien fríos. Un hombre se les acerca.

—Si queréis coca buena, sé dónde tienen.

—Ya tenemos quien nos pase. Gracias.

—No tan buena como la mía.

—Seguro que no. Quizá otro día.

El hombre se aleja, Chesca lo ve ir con prevención.

—No sé cómo permitimos que esto exista. Deberíamos entrar con excavadoras y tirarlo todo.

—Ya lo hacen.

—Todo, no solo algunas casas.

—¿Y qué conseguiríamos, que la droga en lugar de venderse aquí se vendiera en la Gran Vía? Esto es como una herida que supura, no siempre es malo, quiere decir que las defensas hacen su trabajo.

—Medicina parda —se burla Chesca y le da un trago a su Mahou.

No hablan mucho, se fijan en los hombres y mujeres que se van acercando al kiosco en la siguiente media hora. La mayoría lo hace para comer bocadillos, pero también hay algunos que se sientan con un plato de lo que parecen unas patatas a la riojana que no tienen mal aspecto. Por fin, se les acerca un chaval de diez u once años.

—Que dice Constantin que vengáis.

Se levantan y le siguen, el rumano los espera a pocos metros.

—A Pina ya no la veis por aquí. Preguntad por ella en una narcosala que está en la calle de Palomeras, en Puente de Vallecas.

—Por allí hay muchas narcosalas.

—Es una que dirigen unos nigerianos, el jefe se llama Adisa. Pina está limpia, pero hace tratos con el tal Adisa.

—No me has dicho qué quieres a cambio.

—Me debes un favor y algún día me lo cobraré.

Constantin se aleja de ellos, siguen teniendo que encontrar a Pina, ya saben dónde hacerlo.

—Tengo un compañero de promoción destinado en Puente de Vallecas —recuerda Chesca.

—Llámalo, nos va a hacer falta.

Capítulo 47

Elena se siente en una pesadilla. El foco de luz cenital ilumina la jaula octogonal. Incluso ha dejado de entender la arenga que hace Dimas cuando los dos luchadores salen a la arena. Su voz se ha transformado en un ruido, como si sus sentidos estuvieran saturados. Ha visto a un muchacho fibroso de pantalón verde, ha recordado que el hombre que la acompañó al palco le dijo que había apostado por él. Intentaba fijarse en los detalles: en la plaza donde se celebra el espectáculo, en el tipo de construcción, quizá sea una de las que en las fincas se usan para probar la bravura de las reses, quizá la hayan construido solo para estas peleas. Eso pensaba cuando lo ha visto aparecer y, desde ese momento, ha sido incapaz de centrar la atención en otra cosa que no sea él.

Su hijo, Lucas.

Lleva un pantalón rojo y alza los brazos mientras pasea alrededor de la jaula, como si fuera un campeón. Tal vez los espectadores le estén aplaudiendo. No lo sabe, no puede escucharlos. Ella está concentrada en desenterrar los rasgos del niño inocente que perdió en la plaza Mayor. ¿Dónde está su hijo? Quiere pensar que sigue ahí, bajo la piel de un adolescente fibroso, no demasiado alto, pero compacto. Un adolescente que ríe y hace muecas a la gente que se oculta en la oscuridad de los palcos. Se sabe un héroe. Tiene algunas cicatrices, no demasiadas, en el cuerpo, en la cara. Le falta el lóbulo de la oreja izquierda. Lucas detiene el paseo ante su palco. Es algo que ha hecho varias veces, pero Elena nota un vuelco al corazón: ¿puede verla?, ¿la ha reconocido?, ¿existe ese hilo invisible que une a una madre con un hijo?, ¿es posible que él lo esté sintiendo? Lucas clava los ojos en la sombra donde está Elena y vuelve a sonreír. Durante una fracción de segundo, ella recuerda esos mismos ojos, llenos de vida, de ingenuidad, cuando guardaba los sellos que había comprado con su padre en la plaza, cuando se sentaba ante una taza de chocolate, cuando despertaba tras una siesta y descubría a su madre sentada en el borde de la cama, mirándole con amor. Son los mismos ojos que ahora están en mitad de la plaza y, al mismo tiempo, son unos ojos completamente diferentes. Como si ya no tuvieran vida.

Caín grita eufórico a la vez que retoma su paseo. Ahora, Elena puede escuchar el bullicio del resto de espectadores, que celebra con más gritos y aplausos la presentación del luchador. Ella no puede contener una lágrima: es evidente que, para su hijo, la inminencia de la pelea no es motivo de miedo, sino de excitación y orgullo.

Cuando termina el paseo, se va hacia el centro de la plaza, junto a la puerta de la jaula. Allí le espera su adversario, el chico del calzón verde. Es un poco más alto que Lucas, pero menos musculado. Elena se sorprende viéndole como un buen chico, parece tímido, educado, sin el aire chulesco de su hijo. Si ella fuera completamente imparcial, querría que Jonay ganara la pelea. Pero Lucas es su hijo y lo único que quiere es que esto no se produzca, que no haya vencedores ni vencidos.

—La pelea va a empezar, los dos luchadores han estado antes en este ruedo y han ganado. Hoy solo uno de los dos saldrá con vida. Ya sabéis —se dirige a los luchadores—, vale todo: puñetazos, patadas, mordiscos, golpes bajos... ¡Adelante!

Elena siente que no será capaz de soportarlo cuando el hombre sale de la jaula, del espacio acotado por el haz de luz que sigue a los luchadores. Jonay y Lucas pasan unos largos segundos, quizá más de medio minuto, observándose, dando vueltas el uno alrededor del otro, sin agredirse. Jonay mira con temor, de la cara de Lucas no se borra la sonrisa.

Pese a que parece que va a ser al contrario, el primero que se abalanza sobre su adversario es Jonay. Es un ataque contundente que Lucas esquiva con cierta elegancia. Pese a lo aparatoso de los movimientos, no se han llegado a golpear. Regresan al tanteo, a avanzar y retroceder, a dar vueltas. Hasta que Lucas lanza una patada que golpea en el muslo del canario y le hace gritar y retroceder. Elena escucha su voz por primera vez.

—Te voy a matar.

Lucas avanza hacia él, ahora con decisión, pero Jonay se defiende con un golpe directo a la cabeza que lo lleva al suelo. Elena ve cómo su hijo escapa rodando sobre sí mismo.

La pelea retorna a un momento de calma. Será mucho más larga y dolorosa de lo que Elena preveía; durante los minutos siguientes alternan golpes crueles con pequeños descansos que se permiten los luchadores. Hasta que se desata la tormenta.

Vuelve a ser Jonay el que toma la iniciativa, pero esta vez alcanza a Lucas con una patada en el costado de la que este se resiente. A continuación le empieza a dar puñetazos y rodillazos, los dos se agarran y se golpean, ruedan por el suelo y, Elena no sabe cómo, su hijo acaba encima, descargando fuertes puñetazos en el rostro de su oponente; pero Jonay no ha dicho la última palabra y agarra a Lucas del cuello con los pies, tira con tanta fuerza que le hace perder el equilibrio y que se golpee la cabeza contra el suelo.

Los dos se levantan, pero da la impresión de que Lucas está aturdido y a merced de su contrincante, que se prepara para rematarlo. Jonay lo agarra, va a golpear su cabeza contra el suelo otra vez. Elena grita, pero no es la única persona que lo hace, se escuchan otros gritos, todos de excitación, el de ella es el único de desesperación. Tantos años buscándolo y está a punto de ver morir a su hijo sin poder hacer nada para impedirlo. Se asoma al balcón desde el que lo ve todo. Hay unos cinco metros de caída. Si saltara...

Pero, cuando está pensando en la caída, se escucha un nuevo rumor generalizado. Elena vuelve a mirar hacia la jaula y ve que la sonrisa de Lucas ha regresado a su rostro, estaba actuando para que Jonay se confiara y ahora es él quien está estrangulándolo.

Si el dolor por ver morir a su hijo era insoportable, peor es el de verlo sonriendo mientras Jonay va perdiendo la fuerza y sus músculos se van relajando. Va a morir y nada impedirá que Lucas complete su tarea. El grito de Elena se escucha en toda la plaza, en el silencio de los demás espectadores que están a punto de ver una muerte, lo que han venido buscando.

—¡No, hijo! ¡Para, Lucas!

Hasta Lucas mira alrededor sorprendido y suelta el cuello de Jonay, que cae al suelo como un fardo. Entonces Elena grita de nuevo.

—¡No lo mates!

Dimas regresa a la plaza y mira alrededor. Es Lucas quien, con la mano, señala hacia el lugar del que ha salido la voz, señala hacia su madre. Dimas echa a correr hacia alguna salida. Lucas continúa allí. Ayuda a levantarse a Jonay, como si entre ambos no hubiera ninguna animadversión, pese a que hayan intentado matarse.

Elena sabe que están a punto de entrar en su palco. Ahora sí que está obligada a saltar. Lo hace, cae y rueda por la arena; después corre hacia una salida que ve en el extremo opuesto. Lucas, desde dentro de la jaula, la ve pasar a su lado, Elena no sabe si va a correr tras ella, pero no lo hace, solo sigue sonriendo, como cuando peleaba... Un hombre sale a su paso, pero Elena consigue esquivarlo. Está por fin fuera, en medio de una noche oscura como boca de lobo. Corre, no puede parar ahora.

Capítulo 48

La calle de Palomeras es una de las principales del distrito de Puente de Vallecas, la que da nombre al barrio. Está a pocos pasos de la avenida de la Albufera, donde está el campo de fútbol del Rayo Vallecano —el orgullo de los vecinos—, la calle que ocupa el trazado que antiguamente pertenecía a la carretera de Valencia. También está muy cerca de la Asamblea de la Comunidad de Madrid. Las autoridades intentaron elevar el nivel de vida de la zona situando allí uno de sus centros de poder, pero la estrategia no funcionó del todo, solo han conseguido una pequeña isla de prosperidad en medio del caos.

—Ya estamos aquí, ahora a buscar el narcopiso de Adisa. A ver si tu amigo nos ayuda —dice Zárate.

Muchos de los llamados narcopisos de Puente de Vallecas no son pisos en realidad, sino locales comerciales o casas bajas del barrio que estaban abandonados y los han ocupado los traficantes que venden al menudeo. La zona preferida de los yonquis del barrio está en la misma calle de Palomeras, en las inmediaciones del parque de Amós Acero, un parque bonito, con una fuente redonda ante la que muchas veces se sientan los vecinos, aunque muy deteriorado por la falta de cuidado y por la presencia de pequeños camellos que se congregan allí.

En medio del parque hay un auditorio, hoy sin uso, con graderíos. Allí hay sentados grupos de chicos y chicas con litronas metidas en bolsas de plástico. Chesca y Zárate están seguros de que esos chicos no los van a ayudar, no porque tengan ningún interés en proteger a los narcos, sino porque en ese barrio se aprende muy pronto que meterse en los asuntos de los demás es uno de los peores negocios que se pueden hacer.

Por fin ven a la persona que están buscando, Paco, un antiguo compañero de Chesca destinado en Puente de Vallecas. Va vestido de paisano, pero Zárate no tiene dudas, antes de que se presente, de que es él. Canta a varias manzanas que es policía.

—¿Adisa? —repite Paco tras saludarlos—. Ni idea, en estas calles hay más de treinta narcopisos, muchos de ellos regentados por nigerianos. Tendremos que preguntar por ahí. No me vais a meter en un lío, ¿no?

—No —responde Chesca sin mucha seguridad—. Solo queremos encontrar a una mujer que se llama Pina.

Paco les hace un recorrido por el barrio, les señala algunas ventanas cegadas con ladrillos.

—Los mismos vecinos tapian los pisos que se han quedado vacíos por desahucios o lo que sea, así tratan de evitar que los okupen. En el edificio de mis padres hay uno así; tuvieron que pagar doce euros cada familia. Y aquí no sobra el dinero.

En una de las calles que bordean el parque ven a un yonqui entrar en un portal.

—Ahí hay un punto de venta.

—Si lo sabéis, ¿por qué no se cierra? —se escandaliza Chesca.

—¿Para qué? ¿Para que se cambie al edificio de al lado? Por lo menos, sabemos dónde está. En esta calle yo conozco tres, en la de al lado dos más, en la siguiente cinco... ¿Sabéis cuántos vecinos del barrio están presos en cárceles de Perú, de Bolivia, de Colombia o de Brasil por haber hecho viajes para volver cargados de coca? No sé el número exacto, pero más de media docena. Vamos a entrar en ese bar.

Es uno de los de toda la vida, de los que hace años hubieran tenido el suelo lleno de serrín. Piden tres botellines y el camarero se los sirve, al lado les pone un platito metálico ovalado con unos cacahuetes sin pelar.

—Llama al Milpicos —ordena Paco al camarero.

El hombre se mete dentro del almacén.

—Ya podéis suponer por qué le llaman así. Aunque el nombre se lo pusieron de joven, ahora lleva cerca de diez mil.

—Perdón, tenemos prisa —se atreve a decir Zárate, impaciente—. De que encontremos a Pina puede depender la vida de la inspectora Blanco.

—Lo sé, pero no se me ocurre una forma más rápida de encontrarla que tomarnos unos botellines en este bar —le responde Paco con calma.

Ni Chesca, ni Zárate lo entienden hasta que de detrás de la barra sale un hombre mayor, muy delgado, con el pelo casi blanco.

—¿Qué quieres, Paco? Un día me vas a buscar la ruina viniendo por aquí.

—Tú te has buscado la ruina solo, Milpicos. Estoy intentando encontrar a Adisa, un nigeriano que tiene un narcopiso.

—Todos los nombres africanos me suenan a lo mismo. Y ellos también son todos iguales, le ves la cara a un negro y se la has visto a todos.

—Haz memoria.

—¿Crees que me llamarían Milpicos si me quedara memoria? Hasta los quinientos, aguanté bien. Pero después se me ha hecho puré la cabeza. Menos mal que mis viejos me dejaron este bar. Si no, estaría en una tienda de campaña en la Cañada. De esas de Decathlon que se montan en dos segundos si las tiras al aire.

—¿Y Pina? ¿Sabes quién es Pina? —se atreve a intervenir Chesca.

—¿Para qué quieres ver a esa chunga? —El hombre la mira—. Mejor olvídala.

—Me encantaría, pero necesito hablar con ella.

—Pina no tiene nada que ver con la droga. —Ante el silencio de los policías, el Milpicos baja el tono a un murmullo para explicarse—: Hace tratos con los africanos, pero para conseguir mujeres. Es una proxeneta y, por lo que dicen, mejor no acabar dependiendo de ella.

—¿Dónde la podemos encontrar?

—En Entrevías, en la casa de su madre. Doña Carmen antes venía mucho por aquí, pero se quedó en silla de ruedas y ya no sale. Pina se pasa todas las noches a cenar por allí. Ya veis, aunque sea una hija de puta, tiene sentimientos y va a visitar a su madre a diario. ¿Cuánto hace que vosotros no vais a ver a las vuestras? Vive enfrente del Centro de Educación para Adultos, en una casa baja con una puerta de garaje pintada de blanco.

—Ahí es.

La casa de la madre de Pina no está mal cuidada, es una vivienda baja en la calle de la Serena, cerca de la Ronda del Sur. Se entra a través de una puerta de garaje, tal como les dijo Milpicos.

—¿Qué hacemos?

—Mira.

Es Chesca la que se ha dado cuenta de que en la acera de enfrente hay aparcada una furgoneta Mercedes negra.

—¿Es esa la que viste en la Cañada?

—Joder, esa es.

En la matrícula, las letras KFK. Las mismas que Zárate le dijo cuando desapareció Elena.

Capítulo 49

Elena corre, escucha a su espalda ladridos y se acuerda del montero portugués que llevaba las rehalas, sabe lo que le pueden hacer los animales si la cogen y sabe también que es imposible huir de ellos. Va completamente a oscuras y tiene miedo de tropezar, de torcerse un tobillo, de caer al suelo y ser atacada por los perros, a los que deben de haber soltado. Pueden destrozarla y, tal vez, lo mejor sea desistir de la huida; si los cuidadores están cerca cuando la alcancen, pueden impedir que la maten a dentelladas. Entonces piensa que quizá obligaran a Lucas a hacerlo y de una manera más cruel aún, así que decide seguir corriendo.

Empieza a bajar por una cuesta que no sabe dónde llegará, hasta que ocurre lo que más miedo le daba: pierde pie y se va al suelo. Su mano toca una corriente de agua. Puede que eso sea una suerte, puede que los perros no sigan su olor ahí dentro. Todo son suposiciones, todo lo que se le ocurre para salvar la vida es porque antes lo ha visto en alguna película.

Se mete unos metros en el río, el agua le cubre por encima de la rodilla, le cuesta avanzar, pero sigue haciéndolo, sin parar.

—Por aquí —escucha entonces.

Sabe que esa voz femenina se dirige a ella. Puede que sea el final de su huida, pero también es posible que sea su única oportunidad de lograr escapar, así que sigue a la voz. La mujer, o la chica —cree que es alguien muy joven—, la agarra de un brazo, la lleva más hacia el centro del río. ¿Va a ahogarla? Pero no se queda quieta, sigue tras ella hasta que el agua las cubre a la altura del pecho.

—Cien metros —le dice la voz—. Dentro de cien metros hay un lugar donde los perros no nos pueden oler.

Son cien metros, pero tardan una eternidad en recorrerlos, siempre con miedo a que las bestias aparezcan, a que los faros de los coches iluminen el cauce del río y los hombres que las persiguen —pueden escuchar sus voces— las descubran y disparen sobre ellas. O a que esa joven la esté engañando y la entregue.

—Hay que cruzar al otro lado.

La chica tira de ella hasta que salen del agua. Abre entonces una tapa de metal en el suelo y le llega un olor nauseabundo.

—Vamos, baja.

—No pienso entrar ahí.

—Pues quédate fuera, verás qué poco tardan los perros en olerte. Pero aléjate, que no quiero que me pillen a mí.

La chica entra, Elena se decide y va tras ella. Cierra la tapa. La oscuridad, que a Elena le parecía absoluta fuera, es ahora peor todavía.

—¿Dónde estamos?

—Creo que se llama fosa séptica. Nunca has estado tan metida en la mierda como ahora —la chica se ríe—. Ponte cómoda e intenta olvidarte del olor. Yo llevo aquí más de dos horas y se soporta. No es tan grave.

—Mañana los perros seguirán aquí.

—Mañana será otro día. Ya nos preocuparemos cuando toque. Y vas a oler tan mal que ni los perros querrán acercarse.

A la oscuridad se suma el silencio. Elena aguanta poco tiempo sin hablar, sin intentar saber dónde está y cómo puede escapar.

—¿Cómo te llamas?

—Aurora.

Preferiría no haberlo preguntado, ¿le ha salvado la vida la adolescente a la que su hijo torturó en el vídeo? Sería mucha casualidad que coincidiera el nombre y no fuera ella. Por lo menos, Lucas no la mató. A ella no, eso hace dos días habría sido un gran alivio. Ahora no, sabe que ha habido muchos otros muertos en las peleas, lo ha visto grabado y ha estado a punto de verlo esta misma noche.

—¿Tu madre se llama Mar?

—¿La conoces?

—Te está buscando.

—Entonces no es ella. Mi madre solo busca dinero para meterse un pico, es lo único que le importa en la vida.

—Me dijo que la habías llamado, que estabas viva.

—Solo pude hacer una llamada y se la hice a ella.

—¿Quién está detrás de todo esto?

—No lo sé.

—Intenté rastrear esa llamada y me topé con un muro. Tiene que haber alguien muy poderoso metido en esto.

—Yo solo sé que no debería haber llamado a mi madre. Pensé que me podía ayudar, soy idiota. Tenía que haber llamado a cualquier otro sitio.

Vuelve el silencio, Elena no se considera capaz de convencer a Aurora de que Mar lo intenta, de que ha dejado la heroína, pese a que ahora esté ingresada en un hospital por una sobredosis.

Aunque parezca mentira, hay momentos en que se le olvida el olor, en que no piensa en dónde está y de qué está rodeada, sino solo en salir de allí y escapar.

—¿Conoces a Caín?

—¿El que peleaba esta noche? Es un loco. Los demás hacen lo que pueden por sobrevivir, Caín pelea porque le gusta.

—Te torturó.

—¿Cómo lo sabes?

—Vi el vídeo.

—Lo hizo para su madre. ¿Eres tú?

—Sí.

—Nunca debiste parir a esa bestia.

¿Qué va a hacer si lo encuentra? No duda de que Aurora tiene razón y su hijo Lucas se ha convertido en una bestia. Tampoco de que lo secuestraron solo porque era su hijo, por alejarla de la investigación de las apuestas de Kortabarría. Aún no habían llegado muy lejos en aquella investigación, pero los de la Red Púrpura sabían que era solo cuestión de tiempo, mejor evitarlo. Por eso secuestraron a Lucas. Y ahora, como le dice Aurora, su hijo es uno de ellos.

No puede evitar pensar en que ha tenido que haber muchos chicos secuestrados que han luchado, algunos han muerto, otros han sobrevivido, seguro. ¿Hay muchos que se han integrado en la Red o solo lo han hecho los que llevaban dentro el gen de la violencia? Ni ella ni Abel, su exmarido, son así, eran gente normal, que disfrutaba de la vida, de la lectura, de la música, de pasear por el campo. ¿O eran así porque nunca se habían enfrentado al abismo al que se ha tenido que enfrentar Lucas?

Era un niño normal, como ella, como Abel. Aunque era muy pequeño cuando se lo llevaron, tenía aficiones: el fútbol, los sellos, los coches en miniatura... Era cariñoso con ellos y con sus dos abuelas, le gustaba ir al colegio y que su padre se sentara en su cama por las noches para leerle un cuento.

Y, sin embargo, Aurora tiene razón: no debió parir a esa bestia.

Capítulo 50

Chesca y Zárate siguen esperando dentro del coche en la calle de la Serena. Mariajo les ha informado sobre el propietario de la furgoneta: Ramón Rodríguez Potrero, cuarenta y cinco años, con antecedentes penales por tráfico de drogas y robo con violencia. Fue miembro de uno de los grupos de aluniceros más importantes de la capital.

—El tío robó con dieciséis años un autobús de la EMT y se dedicó a dar bandazos por Madrid con los municipales detrás; no lograron pararlo hasta que se estrelló contra la fachada de un Mercadona. Pero parece que se ha reformado, lleva casi diez años sin meterse en líos.

—Ya te digo yo que no se ha reformado, Mariajo —le contesta Zárate—. ¿Algo más?

—No reside en Madrid, vive en un pueblo de Cádiz: Coto Serrano, ahí es donde está dada de alta la furgoneta.

—¿Y has encontrado algo de la tal Pina? A lo mejor tienen alguna relación.

—Que yo sepa, ninguna. Estuvo detenida hace tres años después de una redada por tráfico de personas. Había quince mujeres malviviendo en un piso patera en la calle Buenavista. Dieron su nombre, pero no se pudo demostrar ningún vínculo y la pusieron en libertad. ¿Necesitáis que intente dar con su dirección?

—Estamos en la puerta de su casa. Busca lo que puedas sobre la finca del pueblo ese de Cádiz, a ver de dónde saca el dinero para comprarse esta furgoneta el tal Ramón.

—¿Entramos o esperamos a que salgan? —le puede la ansiedad a Chesca tan pronto como Zárate cuelga el teléfono.

—No tenemos ningún motivo para entrar. La casa está a nombre de la madre y ella no ha hecho nada. Imposible conseguir una orden. Paciencia.

Son las once y media de la noche, calculan que Elena desapareció hace unas doce horas o quizá algo más. No saben si seguirá con vida. Chesca tiene una idea.

—«Apuestas finca» —recuerda que estaba anotado en la documentación de Kortabarría—. ¿Y si han llevado a Elena a una finca en ese pueblo, en Coto Serrano? Una vez estuve de vacaciones por los pueblos de la sierra de Cádiz, por Grazalema y todo eso. Había fincas impresionantes. Si yo fuera un delincuente y quisiera hacer algo ilegal, me compraría una finca de mil hectáreas por allí.

—El asesinato de Aisha Bassir fue en Gran Canaria. ¿Crees que si tuvieran una finca de mil hectáreas se irían de turismo?

—No sé, no tengo ni idea. Pero prefiero que vayamos a mirar y quedemos en ridículo a tener razón y que no hagamos nada.

No pueden tomar una decisión porque en ese momento se abre la puerta de garaje de la casa y salen dos personas. Suponen que Pina y Ramón.

—Antes de que se suban a la furgoneta, ¿no?

—Antes.

Como si lo hubieran ensayado antes, cada uno va a por uno de ellos con la pistola en mano. Chesca a por Pina y Zárate a por Ramón.

—Silencio. Sed obedientes y no os pasará nada.

En menos de diez segundos los tienen dentro de la furgoneta, encañonados por Chesca y con Zárate conduciendo para alejarse de allí.

—¿Quiénes son? No tienen derecho a hacernos esto.

—¿Te digo por dónde me paso tus derechos? —Chesca suena contundente—. Te vas a callar hasta que yo empiece a hacer preguntas.

Zárate los lleva a una zona de descampado, no demasiado lejos. Se une a Chesca en la parte de atrás, apuntando también con su arma a la cabeza de los dos. Ramón, trajeado, peinado con gomina, parece más nervioso que Pina, a la que se diría que todo esto no le afecta lo más mínimo.

—Ahora vamos a hablar. Todo el mundo nos advierte contra ti, Pina. Dicen que eres una hija de puta —rompe el fuego Chesca.

—Las malas lenguas. En realidad, soy una santa.

—¿Sabes las ganas que tengo de que haya una hija de puta menos en el mundo? —amenaza y da la impresión de que lo que dice es cierto.

—Queremos que nos contéis lo que sepáis de la Red Púrpura —dice Zárate.

—La de cosas de las que podemos hablar y esa es de la que menos ganas tengo —contesta altiva Pina.

—Ya ves, hay veces que te tienes que joder hasta en una charla entre amigos. Creo que esta mañana has llevado a una amiga nuestra a una finca en Cádiz. Has tenido que correr para ir y volver en el día —dice Zárate centrándose en Ramón.

—¿Te crees que soy idiota y te lo voy a contar? —se jacta él.

—Eso es casi lo mismo que decir que «sí».

Ramón se calla, tenso. Es consciente de su error y ha decidido no volver a abrir la boca para que no le pillen en otro renuncio. Chesca y Zárate temen que les esperan horas de interrogatorio hasta que logren romper a uno de los dos.

—Yo no tengo nada que ver con lo que hacen allí. Solo preparo a los clientes —la confesión de Pina los sorprende. La mujer se sonríe al notar la estupefacción de los policías.

Ramón se gira hacia ella y deja ver un gesto de reproche.

—¿A qué viene esto, Pina?

—Te llamé para decirte que andaban preguntando por la mujer. ¿Y tú qué has hecho? Nada. Pues ahora te jodes. No voy a cargar con la mierda de otros. A lo mejor, por eso todo el mundo dice que soy una hija de puta.

Diez minutos después, Chesca puede llamar a Mariajo.

—Hay que mandar a la Guardia Civil a la finca del pueblo ese, de Coto Serrano, se llama La Travesera. Han llevado a Elena esta mañana para allá y creemos que se celebran peleas entre niños.

—¿Peleas?

—A muerte, con apuestas. Hay que organizarlo todo y salir para allá cagando leches. Llama a Rentero o a quien haya que llamar.

En menos de media hora está todo organizado. Poco después de las doce de la noche, el comisario ya ha avisado a la Guardia Civil, Pina y Ramón están en un calabozo y Zárate y Chesca se dirigen hacia Cuatro Vientos, por segunda vez en muy poco tiempo, para salir camino de Coto Serrano, hacia una finca llamada La Travesera. Aunque ninguno de los dos lo menciona, echan de menos a Orduño. Les gustaría tener al lado a su compañero.

Capítulo 51

Han pasado horas allí dentro, o por lo menos eso es lo que le ha parecido a Elena. Ni siquiera nota el olor a mierda.

—¿Seguirán buscándonos?

—No lo sé —le contesta Aurora.

—Tenemos que salir.

Aurora está aterrada, le cuenta a Elena lo que le hicieron a Casimiro, un niño que intentó escapar poco después de que ella llegara a la finca.

—Lo decapitaron. ¿Has visto alguna vez cómo se decapita a alguien? Hicieron pases del vídeo, no te haces una idea del éxito que tuvo. Casimiro era de Huelva y contaba los mejores chistes del mundo. A mí me gustaba.

—¿Cómo lo trajeron? ¿Por qué?

—A todos nos traen igual. Él también se había escapado; yo del centro de San Lorenzo, Casimiro de un reformatorio en Sevilla, no sé por qué estaba allí. Después de fugarse, estuvo haciendo recados para unos que pasaban drogas en las Tres Mil Viviendas, llevaba los paquetes a algunas fiestas en los barrios buenos de Sevilla. Pero un día le atracaron y se quedó sin droga y sin dinero. Entonces, vino a la finca...

—¿Y a ti?

—A Aisha y a mí nos pillaron en Las Palmas. Nos pareció divertido ir a las islas, cogimos un avión con un dinero que robamos a un tío que quería que se la chupáramos en su coche... A mí me metieron en un barco y me trajeron a la península. De Aisha no sé qué ha sido.

—Está muerta.

Aurora se queda callada un par de segundos.

—Casi mejor, así deja de sufrir —murmura con más alivio que tristeza.

—¿Quién le cortó la cabeza a Casimiro? —pregunta Elena con miedo—. ¿Fue mi hijo?

—No, fue Dimas.

Es otro momento de respiro para la inspectora Blanco. Desea que Lucas no haya matado nunca a nadie fuera de las peleas. Solo así podrá justificarlo: lo hace por salvar la vida, el mantra que lleva horas repitiéndose.

—¿Le has visto alguna vez la cara a Dimas?

—Muchas veces. No sé cuántas me ha violado, él y todos, entonces no se pone máscara.

—¿La tiene picada por la viruela?

—Sí, llena de cicatrices, no tiene ni un centímetro libre.

Siguen calladas un buen rato, hasta que Elena cree que ha llegado la hora. Saldrá mientras todavía le queden fuerzas.

—¿Desde dónde llamaste a tu madre?

—Hay un teléfono en la casa grande.

—Voy a buscarlo.

—Te van a matar.

—Dime dónde está el teléfono.

—Si entras por la puerta principal, tienes que atravesar un recibidor, al fondo hay una sala, con dos puertas. Una de ellas da al despacho de Dimas. Allí está.

—¿Y la casa dónde está?

—Tienes que volver a cruzar el río. Es grande, la verás.

Elena abre la tapa de metal de la fosa.

—Volveré a por ti.

Le viene bien cruzar de nuevo el río para quitarse el olor de la fosa séptica. Oliendo así no necesita que usen a los perros, está segura de que cualquier persona lo haría a pocos metros. Se desnuda y frota como puede el mono que viste. Lo escurre todo —aunque no conseguirá que se seque, por lo menos no chorreará— y después se lava ella. Es noche cerrada y la temperatura ha bajado mucho, pasa frío y sabe que luego tiene que volver a vestirse con ropa mojada. Si sale con vida, será con un soberano catarro.

Una vez que está en el otro lado del río, se viste y echa a andar, atenta a todo lo que escucha y a lo poco que ve. No intuye la casa hasta que se enciende una luz un par de centenares de metros por delante. Camina hacia ella, con más cuidado si cabe, atenta a perros, a personas y a todo lo que se encuentre; pero todo parece tranquilo, como si la búsqueda hubiera terminado y estuvieran esperando a reanudarla el día siguiente.

Donde sí ve a alguien es en la puerta de la casa grande, es un hombre armado, vestido de negro. La idea de entrar en la casa para llamar por teléfono era absurda, ahora se da cuenta. Es más fácil, dentro de la dificultad que entraña, huir de la finca y llamar desde otro sitio, aunque no tiene ni idea de a qué distancia están del siguiente lugar habitado.

Elena sigue merodeando, a la espera de encontrar una oportunidad, y entonces aparece. Hay una especie de explanada con algunos coches. Si alguno estuviera abierto...

Llega casi reptando hasta allí, se mete entre los coches, va mirando si alguna puerta se abre. Por fin una cede. Y no solo eso: la llave está en el contacto. Sube, lo pone en marcha, pero entonces...

—¿Adónde vas?

Tiene una pistola apoyada en la nuca. La fuga ha llegado a su fin. El hombre que la apunta no es español, tiene acento de algún país del este.

—Dimas me dijo que no, pero yo le contesté: ¿qué te apuestas a que si dejamos las llaves en un coche, lo encuentra?

A través de un *walkie* llama a sus compañeros.

—La tengo, donde los coches.

Mientras espera a que llegue, la hace salir del coche. Es entonces cuando Elena puede ver su mano, con una prótesis metálica que sustituye dos de sus dedos.

Escucha pasos que se acercan. Elena está, por fin, a punto de ver a Dimas, el hombre de la cara picada de viruela, de mirarle a los ojos...

Pero lo que aparece no es lo que ellos dos esperaban.

—¡Alto a la Guardia Civil! Tire el arma.

Capítulo 52

Elena no vio en ningún momento a Aurora con luz. Lo primero que hace cuando uno de los guardias civiles esposa a Pável, ese es el nombre del joven —no tiene más de dieciocho años— de la prótesis en la mano, es ir a la fosa séptica para poder sacarla de ahí.

—Te dije que volvería a por ti —le dice mientras la abraza y vuelve a sentir el olor que las ha envuelto toda la noche. Se separa de ella unos centímetros, identifica su rostro, sus ojos de color miel—. ¿Qué te ha pasado en la cara?

—Por esto me escapé, no podía seguir aguantándolo; prefería que me cortaran la cabeza, como a Casimiro.

Aurora tiene la cara deforme por los golpes, destaca uno que le ha abierto el pómulo.

—Esas heridas hay que limpiarlas de inmediato, más habiendo pasado horas ahí dentro —dice el guardia civil que la acompaña.

Solo lleva puesta una camisa de hombre de la que apenas se podría distinguir el color después de haber pasado la noche dentro de la fosa. Hay que cuidar a esa chica, conseguirle ropa, curarle las heridas, darle algo de comer... Vuelven a la casa. Todo está tomado por la Guardia Civil y han llegado los miembros de la BAC.

—¿Cómo estás? —la abraza Mariajo nada más verla.

—Bien, después hablamos de todo. Ahora hay que registrar la finca, impedir que nadie se escape.

—Antes tienes que ducharte y cambiarte de ropa. —Chesca le entrega un uniforme para que pueda quitarse el mono sucio y mojado.

Diez minutos después, puede ver a las veintitrés personas a las que se ha detenido. Allí están Pável y Carla con su parche en el ojo. Elena comprueba con un estremecimiento de horror que no es la única, hay cinco chicas más con el parche en el ojo igual que ella.

—No están ni Dimas ni Lucas —le dice a Zárate, apartándose del resto para que no puedan escucharle—. Mucha gente se marchó antes de que llegáramos. En el pueblo nos han dicho que hace tres o cuatro horas salieron más de diez coches de la finca.

—Los espectadores de las peleas...
—Si hubiéramos conseguido llegar antes —se lamenta él.
—¿Has visto los parches de los ojos?
—Me temo que no será la única cosa que nos sorprenderá de este lugar.

Mientras todos llevan a cabo su trabajo, Elena va interrogando a los detenidos. Unos, aparentemente los que pertenecen a la organización, se resisten a decir nada; los chicos que estaban esperando para pelear en futuras veladas son peores, se comportan como si la Red Púrpura fuera su familia, la que les ha dado todo lo que tienen, la que les ha facilitado ser lo que son.

—¿Dónde está Caín? —les pregunta Elena uno a uno.

—Caín siempre está con Dimas, él no se mezcla con nosotros, solo cuando pelea. Caín es el mejor —le contestan con admiración y miedo.

Carla está frente a Elena. Se han sentado en el despacho que debió de ser de Dimas.

—Sabía que no eras de fiar —le dice con rabia la chica, como si no hubiera sido liberada—. Se lo tenía que haber dicho a Dimas.

—¿Por qué lo sabías?

—Preguntabas demasiado y no parecías impaciente por ver la pelea. Todo el mundo lo está.

—¿Y por qué no se lo dijiste?

—No sé. Te crees que nos has salvado, pero nosotras no necesitamos que nadie nos salve.

—¿Qué te pasó en el ojo?

—Un accidente.

—¿Las seis habéis tenido un accidente?

—Las seis hemos tenido el mismo accidente.

Las chicas que atienden a los clientes que acuden a las veladas son lo más parecido a una secta que Elena ha visto: la secta de Dimas.

—¿Os arrancó él el ojo?

—Nos permitió quedarnos a su servicio sin sufrir más daños.

Zárate, que está con ella, observándolo todo en silencio, se atreve a preguntarle a Carla.

—¿Sabes quién es Yarum?

—Gracias a él conocí a Pina. Ella me trajo con Dimas.

El círculo está cerca de cerrarse una vez más: la secta de Yarum y Nahín, Pina, la Red Púrpura de Dimas y quién sabe quién más.

—¿Pina y Yarum vienen por la finca?

—Yo nunca los he visto aquí. Hacen negocios con Dimas, pero no son amigos.

Continúan dando palos de ciego. Cuando parece que avanzan, el siguiente testigo los hace retroceder y ver que lo que pensaban, quizá, estaba equivocado.

Buendía ha examinado a Aurora y le muestra a Elena una pequeña esquirla de algo que parece piedra.

—Estaba dentro de la herida del pómulo.

—¿Tal vez de la fosa séptica?

—No, es más que posible que le dieran un puñetazo con un anillo y se astillara. ¿Quién sabe si nos ayudará a encontrar a algún cliente de la Red?

—¿Al mismo Dimas?

—No, a esa chica la han violado docenas de veces, pero lo de hoy fue distinto: debía de ser un cliente especialmente salvaje, por eso se escapó.

—He pasado toda la noche con ella y no me lo ha contado —se extraña la inspectora.

—Déjala descansar, mañana en Madrid te lo contará todo.

—¿Cómo va Mariajo?

—Está en su salsa, se lleva para la BAC una furgoneta llena de ordenadores, discos duros y hasta disquetes de esos antiguos —se ríe Buendía, una gota de luz en la oscuridad.

Capítulo 53

Antes de interrogarla en la BAC, Elena ha querido que llevaran a Aurora a ver a su madre. Sigue en el hospital, ingresada en la Unidad de Cuidados Intensivos, los médicos todavía no saben si recobrará el conocimiento, si superará la sobredosis que la dejó allí.

—Cuando me dijiste que me buscaba, por un momento pensé que era verdad, que había dejado la heroína.

—Hace una semana estaba ilusionada, no se metía, estuve en su casa y me sorprendió lo limpio y lo arreglado que estaba todo. Me habló de ti y de Aisha, quería cambiar de vida, devolverte todo lo que no te había sabido dar.

—¿Sabes cuántas veces me ha dicho que se iba a reformar, que iba a dejar la droga, que íbamos a vivir las dos juntas?

—Yo creo que esta vez lo decía de verdad, Aurora.

—Siempre lo dice de verdad, pero siempre es mentira. O a lo mejor no, pero nunca lo consigue. Si sale de esta, lo volverá a hacer.

—Se portó bien con Aisha. Me contó que fue ella quien la llevó al hospital...

—Y luego volvió a desaparecer. Se iría a meterse un viaje, qué sé yo... Yo no me fío de ella. Tengo mis motivos, te lo aseguro. Me da vergüenza decirlo, pero si no sale es mejor para todos. Hasta para ella.

A la inspectora Blanco le sorprende la madurez de las palabras de Aurora, aunque sabe que, a sus dieciocho años, ha vivido y ha sufrido mucho más que la mayoría de adultos. Le gustaría salir con la chica a dar un paseo, acompañarla a comprar ropa o solo a comerse un helado, charlar con ella sentada en una terraza, sin las cámaras y los micrófonos de la sala de interrogatorios de la BAC, darle la oportunidad de volver a ser una niña, pero sería una irresponsabilidad. Se va a sentar con ella allí y, si le habla de su hijo y sus compañeros adivinan quién es ese Caín al que menciona, no lo ocultará. Ya no tiene sentido hacerlo.

Han dejado en Cádiz a todos los detenidos menos a Aurora y Pável. La Guardia Civil se encargará de los interrogatorios de las criadas y la gente de seguridad. Zárate y Buendía permanecen allí con el objetivo de investigar todo lo que se sepa en Coto Serrano sobre la finca La Travesera.

Elena se queda sola en la sala con Aurora, aunque las cámaras y los micros están encendidos. Quizá sus compañeras —solo están Chesca y Mariajo— estén sentadas delante de los monitores asistiendo a todo. Elena prefiere no saberlo.

Necesita que Aurora confíe en ella; no olvida que ayer, en la finca, le contó a Buendía —un hombre— que se había escapado porque no había soportado la violación, una entre decenas, del cliente que le ha abierto el pómulo de un puñetazo. A ella, aunque sea una mujer, no se lo dijo. Quizá porque ella es la madre de Lucas.

—Cuéntame tu infancia, de lo que te acuerdes.

Aurora no quiere extenderse mucho y, además, es una historia tantas veces contada que no tiene grandes sorpresas: padres enganchados a la heroína, infancia en el piso de la plaza del Cazador con los abuelos y con una madre que aparecía y desaparecía —su padre normalmente ni eso—, que llegaba diciendo que se había desenganchado y se iba llevándose las pocas cosas de valor que hubiera en la casa.

—Hasta que mi abuelo murió, entonces fue peor. Mi abuelo no lograba imponerse, pero por lo menos se enfrentaba a mi madre.

El padre de Aurora murió pronto, ella no tenía más de ocho años, ni siquiera se acuerda bien de cuándo fue.

—No me importó mucho, apenas lo conocía. Y cuando lo veía me daba miedo. Un día me quitó unos pendientes que me había regalado mi abuela, supongo que para comprar heroína. Yo nunca la he probado, no quiero convertirme en lo mismo que ellos.

—¿Cuándo te llevaron al centro de menores?

—Cuando murió mi abuela. Al principio estuve en varias familias de acogida, pero siempre me devolvían. Solo una vez quisieron que me quedara, pero mi madre no lo permitió, dijo que se había desenganchado y que era mi madre, que las dos viviríamos en casa de mis abuelos... El mismo cuento de siempre, como el que te dijo a ti.

—En el centro estaba Ignacio Villacampa...

—No quiero hablar de ese hombre.

Elena intenta presionarle, con suavidad, pero la joven se enrosca en su silencio. De sus labios solo salen insultos contra el que fuera director del centro.

Tienen que hablar de la Red Púrpura, lo que más les va a costar a las dos. Elena le pide antes que le cuente su salida del centro de San Lorenzo.

—Aisha y yo nos escapábamos siempre que había fiestas en algún pueblo. El año pasado, en Halloween, nos enteramos de que iba a haber una fiesta de disfraces en un chalet de Hoyo de Manzanares. Nos fuimos con un disfraz muy cutre, de momias. Allí conocimos a dos chicos mayores, con coche, que nos llevaron a una casa en Pozuelo. Esa noche estuvimos con ellos y todo fue bien. El chalet tenía hasta piscina cubierta. Al día siguiente nos invitaron a comer en Guadarrama y, por la tarde, volvimos a Pozuelo, pero ellos llamaron a unos amigos... Yo no quería, pero nos obligaron a estar con todos. Por la noche nos dejaron en San Lorenzo y nos dieron trescientos euros a cada una. Se nos pasaron las penas y nos cogimos el tren de cercanías a Madrid, para ir por la mañana a comprarnos ropa. Fuimos a casa de mi madre, a Pan Bendito, y no había nadie. Así que entramos en un bar, un tío nos ofreció cincuenta euros a cada una por chupársela en el coche. Aceptamos, pero vimos que tenía mucho dinero en la cartera y se lo robamos. Entonces, se nos ocurrió lo de irnos a Canarias. Yo nunca había visto el mar, ¿sabes?

—Erais menores. ¿No os pusieron problemas para subir en el avión?

—Aisha acababa de cumplir los dieciocho años y a mí no me dijeron nada.

—¿Y en Las Palmas?

—En Las Palmas nada nos salió bien... ¿Puedo ir al baño?

—Claro.

Mientras Aurora va al baño, Chesca entra en la sala para avisar a Elena de que Orduño está allí. Pese a que le habían apartado de la investigación del juego, ha decidido presentar la renuncia. No quiere seguir en la BAC.

—Pensé que todo estaba bien.

—¿No vas a hablar con él?

—Luego lo hago. Ahora estoy centrada en Aurora.

La inspectora crispa el gesto. No le gusta ser tan dura, tan profesional, tan poco empática. Pero no puede evitarlo.

—Ha recaído en el juego, Elena —dice Chesca.

—¿Y tú piensas que eso es culpa mía?

—Solo te informo.

—Si ha recaído en el juego, no puede estar aquí.

—Ha venido con su novia. Marina, la mujer que conoció en Las Palmas.

—¿Cómo es? —Elena no puede contener la curiosidad.

—Guapa. Parece muy enamorada de él. Y él de ella.

Aurora vuelve entonces a la sala. Su semblante tranquilo de hace unos minutos ha cambiado, ahora está aterrorizada. Elena se da cuenta enseguida.

—¿Qué te pasa, Aurora?

—¿Qué hace aquí?

—¿Quién?

—Esa mujer.

Elena y Chesca se miran con extrañeza.

—Aquí no hay nadie.

—La he visto en el pasillo, la he visto, es ella.

—En el pasillo no hay nadie. Solo está Orduño con su novia —explica Chesca.

—Era Marina. Que no me vea, por favor —solloza Aurora—. Esa es la mujer que me secuestró.

Cuarta parte

SOLO A TI

Hay gente que ha tenido mil cosas,
todo lo bueno, todo lo malo del mundo.
Yo solo te he tenido a ti.

La mujer, Marina, está preocupada por Lucas. Lo ve cada vez más callado, más en su mundo, menos cariñoso. Puede que todo responda a una erupción adolescente, a la edad del pavo que, confinada en una habitación, se manifiesta con más fuerza. Pero ella no se consuela con ese pensamiento. Ve negrura en el alma del chaval, busca un brillo risueño en sus ojos y solo encuentra la mirada vacía de un tiburón. Están acabando con un niño que estaba lleno de vida.

Ya no juegan a las cartas. A Lucas le dio durante unos meses por los solitarios. Se concentraba en cada partida con una fijeza de loco, como si una distracción o un naipe inoportuno pudiera provocar la muerte de alguien. A Marina le daba miedo verlo así, actuando como si ella no estuviera en la habitación. ¿Quién le iba a decir que echaría de menos esos momentos? Aunque lo hacía de forma obsesiva, por lo menos Lucas jugaba. Ahora solo duerme. Duerme y pasea por la habitación contando los pasos de una pared a la contraria. Limpia el suelo, frota la madera, se lustra el calzado con determinación militar. Y duerme. Muchas más horas de las necesarias.

Marina tiene un plan. Sabe que va a traspasar una línea roja y que su vida corre peligro, incluso si todo sale bien. Pero no puede más. No hay ya mucho margen para Lucas. Está ingresando en la adolescencia, si se escapa podría tener margen de recuperación. Podría disfrutar de una vida normal. Le ha costado decidirse y ahora, en los instantes previos, está tan segura de lo que va a hacer que no entiende sus dudas anteriores. El plan es sencillo. Justo en el cambio de turno no hay vigilancia, para un chaval atlético no hay problema en salir por la ventana, descolgarse hasta el patio interior y allí abrir la puerta que conduce a la libertad.

Aprovecha que Lucas se acaba de incorporar de una de sus siestas y está sentado en la cama, todavía inactivo, como un animal somnoliento. Marina se sienta a su lado, le coge la mano. Lucas la mira sin entender qué pasa, pero intuye que hay algo anormal. Ella le explica el plan. El cambio de turno, el salto por la ventana, el patio interior, la puerta. Y después la libertad. Le revela que su madre no ha parado de buscarlo, que lo espera con los brazos abiertos. Le da unas llaves con las que podrá abrir la cerradura. Lucas coge las llaves, juguetea con ellas un instante, con la arandela a la que están prendidas. Sonriendo, murmura que él no se quiere escapar. Lo dice al tiempo que abre la arandela sin dificultad.

Con un movimiento rápido, clava la punta de la arandela en el antebrazo de la mujer y, cuando la ha hundido en la carne, la arrastra abriéndole un surco en la piel.

—Estoy muy bien aquí —dice una y otra vez.

Marina, con el brazo ensangrentado, comprende que ya es tarde para Lucas.

Capítulo 54

Aurora se ha tomado un tranquilizante y descansa en una habitación. En la BAC tiene lugar un conciliábulo tenso, de palabras susurradas, de ideas que surgen como fogonazos y se apagan al instante.

—¿Sabemos si Marina ha visto a Aurora? —pregunta Elena.

—Se ha ido tan tranquila como llegó, no creo que la haya visto, sabría que la hemos descubierto. Nadie puede tener tanto autocontrol —supone Mariajo.

—¿Y si es un error? ¿Y si esa mujer no es de la Red Púrpura? A lo mejor solo se le parece —se resiste a creer Chesca—. No puede haber engañado así a Orduño, él no es idiota. Esa chica, Aurora, está muy alterada, puede haberse confundido.

—Tú misma has visto la cara de terror que tenía al entrar en la sala. Como poco debemos tomar precauciones —dice Elena.

Aurora no ha sido capaz de explicarse bien; estaba tan nerviosa tras el encuentro con esa mujer que sus palabras apenas tenían coherencia, pero han sido suficientes para que todos entendieran lo que quería decir: Marina, la novia de Orduño, forma parte de la Red Púrpura. No solo eso, es un miembro importante, una de las personas de confianza de Dimas. Allí muchos creen que es su mujer.

—Hay que detenerla —propone Mariajo—. Orduño lo va a entender en cuanto le expliquemos nuestras sospechas. Con ella encerrada, podremos hacer todas las comprobaciones que hagan falta.

—No —se niega Elena—. Hay que aprovechar que la tenemos cerca y que sabemos quién es para llegar hasta Dimas. Que ella no sepa que sospechamos.

—¿Y poner en peligro a Orduño? —protesta Chesca.

—Creo que es él quien lleva poniéndonos en peligro desde que conoce a esa mujer.

—Si esa mujer pertenece a la Red Púrpura, es una loca capaz de cualquier cosa. ¿Vas a permitir que comparta almohada con un compañero?

—No voy a consentir que cuestiones mis órdenes.

—Ni yo que nos pongas en peligro a todos. Si quieres jugarte la vida tú, adelante, pero no nos puedes exigir lo mismo.

—Sal de esta habitación, presenta la renuncia tú también.

—No pienso darte ese gusto.

—Chicas, por favor —media Mariajo—. Nos hemos sentado aquí para trazar un plan, no para arrancarnos los ojos.

Elena se inclina hacia delante y se cubre la cara con las manos. Está intentando relajarse, pero no le resulta fácil. Algo en su interior le insinúa que está perdiendo el norte, que la obsesión ha aplastado su capacidad de empatizar con sus compañeros de fatigas. Siempre ha sido una líder con autoridad y carisma, y ahora no es más que una tirana enfebrecida por la misión de encontrar a su hijo.

—Dejadme pensar, no hagáis nada, no os pongáis en contacto con Orduño hasta que tomemos una decisión. ¿De acuerdo?

Chesca asiente, todavía rumiando el enfrentamiento que ha tenido con su jefa. Mariajo se limita a asentir sin convicción. Elena se levanta de un impulso.

—Voy a volver con Aurora, no podemos rendirnos ahora.

Cuando abandona la sala, Mariajo se queda mirando a Chesca, como abriéndole la puerta al desahogo, si es que lo necesita. Pero Chesca es reservada, dura, amarga. Se siente molesta porque la sensación de que Elena les oculta información es cada vez más intensa, eso es nuevo en la BAC. Allí había reuniones continuas con cada caso, en las que se ponía todo en común para aprovechar los conocimientos y la imaginación de todos sus miembros. Parece que esos tiempos han terminado y que la brigada está dejando de ser ese departamento donde todos los agentes querían estar y se les exigía lo mejor de sí mismos, pero a la vez se les daba todo lo necesario para que fueran los mejores. Nunca lo había hecho, pero ahora entiende a los que se marcharon, a Marrero, a Amalia... Con Orduño fuera, después del error de su polvo con Zárate, tras haber conocido la emoción de entrar en lugares como los narcopisos o la Cañada Real, está cada día más convencida de que debe pedir pronto un traslado. En cuanto logren desmantelar la Red Púrpura.

Elena tantea con cuidado a Aurora. El miedo puede hacer que una persona cuente todo lo que sabe para protegerse, pero también puede hacer que se cierre y no esté dispuesta a decir nada que pueda hacerla peligrar aún más.

—¿Cómo sé que no es de los vuestros? ¿Cómo sé que tú no estás a las órdenes de Dimas?

—Te doy mi palabra, Aurora. Nadie tiene más deseos que yo de acabar con la Red Púrpura. Tienen a Caín.

¿Por qué le llama Caín y no Lucas? Ella misma se da cuenta de que es para mantener esta especie de pasión por el secreto en la que lleva días instalada.

—A Caín no lo tienen prisionero, él no huiría aunque pudiera. No sería capaz de vivir sin hacer daño a los demás. La Red Púrpura es el mejor sitio para él.

A la inspectora le cuesta mantener la frialdad. Las palabras de Aurora se le clavan como puñales, pero debe seguir sacándole toda la información que pueda, conocer lo mejor posible a Dimas para cuando tenga, por fin, que enfrentarse a él.

—Me has dicho que has visto muchas veces a Dimas.

—Sí. Primero en Las Palmas, cuando Aisha y yo lo conocimos. Después, cuando me llevaron a la finca.

—¿Nunca fue nadie del pueblo por allí?

—No sé, la comida llegaba en una camioneta negra. Pero no sé desde dónde la traían.

¿Es posible que nadie en Coto Serrano supiera lo que estaba ocurriendo a pocos kilómetros? Zárate y Buendía se han quedado allí para comprobarlo. Lo duda. Pero debe seguir con la historia de Aurora.

—Me dijo Buendía que te escapaste porque te violaron.

—Me violaron muchas veces, me escapé porque lo del día de las peleas fue mucho peor que violarme. Tuve miedo, mucho miedo. Tuve más miedo que el día del vídeo.

Desde por la mañana supo que el día era especial, que se preparaba algo, las chicas que hacían de camareras —«las tuertas», como las llama ella— estuvieron todo el día trabajando, limpiando y arreglándolo todo. Ella ya se había curado de las heridas del día de la tortura en el vídeo, el que Elena vio, y le dieron un vestido nuevo. También le dijeron que se maquillara bien.

—Me llamó Dimas, me dijo que esa noche habría pelea, pero que yo tenía que atender antes a un invitado muy especial, que tenía que acabar muy contento, que era el jefe de todo aquello y que de él dependía si vivíamos o moríamos. Que si él salía satisfecho, tendría un premio.

Cuando llegó el hombre al que ella tenía que atender, estaban en la puerta de la casa solo Dimas y ella. Apareció en un vehículo deportivo, amarillo, que él mismo conducía. Tras él venía una camioneta de la que se bajaron dos perros, dos impresionantes dóberman. El hombre la miró y esbozó una sonrisa de aprobación, le dijo algo a Dimas y a ella le pidieron que esperara en una sala. Al cabo de un rato, la avisaron. Él aguardaba en un dormitorio, sentado en una butaca; en el suelo, junto a él, estaban acostados los dos perros.

«Te llamas Aurora, ¿no?».

«Sí, señor».

«Vi tu vídeo, me gustó cómo aguantabas los golpes sin quejarte. Por eso he pedido que te prepararan para mí. ¿Te gustan los perros?».

«Nunca he tenido uno».

«Son mejores que las personas. Quítate el vestido».

Aurora obedeció, se quedó solo con la ropa interior que le habían dado, blanca, como de niña...

«Acércate».

Ella lo hizo y el hombre, cuidadoso y amable, terminó de desnudarla; después la sentó en sus rodillas.

—Pensé que se iba a portar bien conmigo, era muy educado, muy tranquilo... —le sigue contando a Elena.

—¿Español?

—Sí. Parecía amable y que iba a ser fácil tratar con él, que solo tendría que dejar que me follara y que no me haría daño. Me acariciaba, jugaba con mi pelo... Pero entonces, sin que yo hubiera hecho nada, me pegó un puñetazo.

Aurora no sabía por qué, no era la primera vez que le pegaban desde que llegó a esa casa, pero no lo esperaba. Los perros se levantaron y empezaron a gruñirle...

«Buda y Pest se están enfadando —se rio el hombre—. Creen que me quieres hacer daño. Qué inocentes, ¿no? No saben que soy yo quien te va a hacer daño a ti».

A Aurora hasta le cuesta respirar mientras recuerda.

—¿Te echó a los perros encima? —se sorprende la inspectora.

—No, me amenazó muchas veces con azuzarlos, pero no llegó a hacerlo. Me dijo que sus perros solo terminaban el trabajo... Me di cuenta de que no iba a salir con vida de allí, de que al final los perros iban a matarme.

—¿Cómo te hizo la herida del pómulo? ¿Llevaba un anillo?

—Sí.

—Qué hijo de puta.

—Yo creo que no me quería follar, solo hacerme daño.

—¿No sabes quién era?

—Era el jefe. Le llaman el Padre.

Elena le acaricia la mano, tranquilizadora.

—Ahora te voy a pedir que hagas memoria y me cuentes cómo era ese hombre. Todos los detalles que recuerdes, es muy importante.

Aurora aprieta los labios, como si ese esfuerzo le resultara demasiado doloroso.

—¿Qué edad tenía? —la intenta guiar Elena.

—Era mayor.

—¿Cuarenta años? ¿Cincuenta?

—Cincuenta. O puede que más, no lo sé. Tenía el pelo corto, moreno... Las patillas blancas, bueno, como con canas.

—¿Complexión?

Aurora la mira sin entender. Es evidente que no conoce esa palabra.

—¿Era fuerte? ¿O gordo?

—Era normal. Alto, eso sí.

—¿Ojos?

—No lo sé. Igual marrones. No me fijé, me daba miedo mirarle, me parecía un loco.

—Lo estás haciendo muy bien.

—No me fijé mucho en él. Lo siento.

Elena asiente, comprensiva.

—¿Cómo te escapaste?

—Aproveché un momento en que fue a prepararse una raya de coca, cogí su camisa y salté por la ventana.

—¿La camisa que llevabas cuando te sacamos de la fosa era suya?

—Sí.

Aurora cuenta cómo salió corriendo de la casa. Al principio, algunos hombres de Dimas intentaron dar con ella, pero no tardaron en desistir. Elena recuerda las carreras lejanas, los ruidos que escuchó en la habitación mientras esperaba asistir al espectáculo. Tal vez por ese motivo no insistieron en la búsqueda de Aurora; la pelea estaba a punto de empezar, los clientes se encontraban en las habitaciones, no podían dejarlo todo, y, al fin y al cabo, Aurora no era más que una niña malherida que no iría muy lejos. Ya habría tiempo de dar con ella.

La chica le cuenta cómo se adentró en el bosque y vio, oculta tras un árbol, el coche amarillo del Padre saliendo de la finca. Después encontró la fosa séptica y le pareció un buen escondite. Tenía miedo, pero tampoco demasiado: aunque sabía que no dejarían de buscarla, estaba feliz porque había escapado de una muerte segura. Solo salió de allí al oír los jadeos de Elena. Comprendió que alguien más se había escapado y que estaba en apuros.

Elena levanta el teléfono tan pronto como Aurora termina su relato.

—Mariajo, llama a Buendía. Hay que recuperar la camisa que le quitaron a Aurora al rescatarla. Es del máximo responsable de la Red Púrpura.

Capítulo 55

Eulogio Morales es un hombre joven, todavía no tiene cuarenta años, pero lleva cuatro siendo alcalde de Coto Serrano. Y solo dos antes había llegado a vivir al pueblo, cuando montó la empresa de aceitunas aliñadas. Recorre La Travesera con Buendía y Zárate, con la cara desencajada.

—Le aseguro que en el pueblo no sabíamos que esto ocurría.

—Pues me dirá cómo puede pasar inadvertido —ataca Zárate sin piedad—. O me da una explicación que me parezca razonable o vamos a incluir a su ayuntamiento y a usted mismo en las investigaciones. Estoy seguro de que tenían mucho dinero para repartir.

—Nunca he recibido ni un céntimo de nadie —se defiende orgulloso el alcalde—. Ya le he dicho que no tenía ni idea.

—Eso decían las autoridades de los pueblos que estaban al lado de los campos de concentración en la Alemania nazi. ¿Sabe una cosa? Era mentira.

Coto Serrano es un pueblo pequeño, trescientos veinticinco habitantes censados que ascienden algo en verano, pero no mucho. Aunque está cerca de la ruta de los pueblos blancos de la sierra de Cádiz, no es uno de ellos. No tiene la belleza de los demás y los turistas no paran en él. Allí solo se puede vivir de la agricultura, de la ganadería, de las ayudas de la Junta y de la fábrica de aceitunas aliñadas.

—Ustedes se creen que esto es el Ayuntamiento de Madrid y yo soy Manuela Carmena... El alcalde de un pueblo como este no cobra ni sueldo, ni dinero para gastos: nada. Si quiero ir a una reunión en Cádiz o en Sevilla, me pago yo la gasolina.

—¿Y por qué lo hace?

—Porque algunos, aunque no lo crea, queremos ayudar a los demás a vivir mejor. Cuando llegué a este pueblo me di cuenta de que alguien tenía que hacer algo por la gente.

Han entrado en la pequeña plaza del cortijo donde se hacían las peleas, allí está la jaula octogonal y, a poco que se hurgue con el zapato en el albero, se encuentran zonas manchadas de sangre.

—Aquí peleaban los chicos, a muerte.

—Le juro que no sabía... Habría llamado a la Guardia Civil, habría hecho algo. Esto es una salvajada.

El alcalde reconoce que siempre supo que había algo raro, que, de vez en cuando, atravesaban el pueblo muchos coches de lujo y que se marchaban esa misma noche o la mañana siguiente, pero que él se conformaba con que se pagaran los impuestos; con ellos se sufragaban los gastos del ayuntamiento y todavía quedaba dinero para ayudar a los vecinos que más lo necesitaban.

—Aquí la cosa está jodida, ¿se cree que los jóvenes se van por gusto? Pues igual que cuando la gente se iba a Alemania o a Francia, a hacer la vendimia... Ahora los chavales se van a Madrid, a Sevilla, a Cataluña... Y no vuelven ni por Navidad, el pueblo es cada día más viejo.

—Me dice que pensaba que había algo raro. ¿No se le ocurrió preguntar?

—Si la Guardia Civil no preguntaba, no iba a hacerlo yo. Joder, que no soy más que un alcalde de pueblo que aliña aceitunas.

Esta misma mañana, el teniente de la Guardia Civil ha informado a Zárate y a Buendía de que dos miembros del cuerpo han sido apartados del servicio hasta que se esclarezca el asunto. Era imposible que no supieran lo que pasaba allí y su nivel de vida no era el que correspondía al sueldo de la Benemérita.

—Dicen que les tocó la lotería, que por eso tenían coches buenos. Ya veremos.

No se ha hecho pública la noticia, no quieren que el desmantelamiento de la Red Púrpura salga en los periódicos, por lo menos mientras quede gente sin detener.

—Yo pensaba que era un burdel —el alcalde se ampara en la ignorancia—. Que en los coches venían chicas y gente de posibles. Nunca pensé que se asesinara a niños. Sé que estaba mal y que no tenía que haberme hecho el loco, pero nunca pensé que fuera este infierno.

El alcalde les ha facilitado todos los papeles sobre la propiedad de la finca. Pertenece, como era de imaginar, a una empresa con domicilio en un paraíso fiscal; seguro que hay decenas de empresas interpuestas hasta que se llegue a su propietario real, en el improbable supuesto de que alguna vez se consiga.

En ese momento, varios equipos de investigadores examinan cada centímetro de la finca. También hay excavadoras que se mantienen a la espera. Han pensado que si allí morían chicos en las peleas, tal vez sus cuerpos estén enterrados en algún lugar.

—La finca tiene mil ochenta y siete hectáreas, casi diez veces El Retiro —duda Buendía—. Van a tardar meses en analizarla entera. Si los tiraban en una zanja, pueden estar en cualquier sitio. ¿Sabes lo que tenemos que hacer? Hablar con los viejos del pueblo. Enterarnos de quién era el dueño de esta finca en otros tiempos y todo eso. Igual alguno vio a los que la compraron la primera vez que vinieron al pueblo.

Hay dos bares en Coto Serrano; el más importante, donde se juega la partida, está en la plaza. La noticia del día —la presencia de la Guardia Civil en La Travesera— no ha alterado las costumbres. Cuatro hombres, el más joven de ellos no cumple los setenta y cinco, juegan al dominó y beben anís. Los dos agentes de la BAC esperan a que acabe la partida. Buendía lleva la voz cantante, está más acostumbrado a tratar con gente de esa edad.

—Ustedes son del pueblo, ¿no?

—Todos, bueno, todos menos este.

El señalado, un tal Matías, se defiende como si fuera un deshonor ser forastero.

—Llegué con once años y tengo ochenta y ocho, soy tan del pueblo como cualquiera.

—¿Saben lo que pasó anoche en La Travesera?

—Dicen que había peleas, como antiguamente.

Zárate y Buendía se miran con extrañeza, ha vuelto a ser Matías el que ha contestado. Pese a que va vestido como los demás, pantalón de pana y camisa de cuadros, su ropa es de marca y está bastante nueva.

—¿Como antiguamente?

—Después de la guerra, en los años cuarenta. Se hacían peleas a muerte en esa misma finca.

Los demás asienten, se ve que no es una noticia que pille de nuevas a los mayores del pueblo.

—El alcalde no nos ha dicho nada de eso —se extraña Buendía.

—¿Qué va a saber ese, que llegó a Coto Serrano hace cuatro días? Eulogio no es del pueblo, no sé por qué le votaron para alcalde.

—Porque fue el único que se presentó —se ríe otro.

Buendía logra que se centren de nuevo y, entre todos, cuentan la historia de las peleas. O más bien la cuenta Matías mientras los demás puntualizan y le siguen.

—La finca era de un señorito de Jerez, el Marquesito le llamaban por aquí. El principio de la guerra le pilló en su casa de Jerez y se enroló en las tropas de Franco.

—Su mujer y sus dos hijos estaban en Madrid. Ella era una belleza, según dicen, y el Marquesito bebía los vientos por su mujer. Hizo todo lo que pudo por sacarla de allí.

—Más le habría valido. Cuando los nacionales tomaron Madrid, la mujer tenía dos hijos más, se había arrejuntado con un miliciano. El Marquesito se volvió loco.

—A ella y al miliciano se los cargó. A los cuatro niños los entregó para que los metieran en hospicios y no se supo más de ellos —completa la historia otro de los jugadores.

—El Marquesito se volvió al pueblo. De entonces es el rumor de las peleas.

—Rumor no, real como que estamos aquí —se enfada Matías—. Que yo vi una, no me lo contaron. La vi con estos ojos que se van a comer los gusanos. Nunca se me va a olvidar cómo lloraba el niño que ganó la pelea después de matar al otro. No quería, pero si no mataba, lo mataban a él.

—Dicen que venía gente de toda España a ver cómo se peleaban los chicos que sacaban de inclusas y que se apostaban fortunas. Muchos eran hijos de presos republicanos; otros, chicos a los que les prometían sacar a sus familias de la pobreza si ganaban. También contaban que traían mujeres para los que querían divertirse.

—¿Nadie del pueblo?

—No, que se sepa.

—Duró poco, unos años, hasta que el marqués se mató, se pegó un tiro con una escopeta de caza. No se volvió a saber de las peleas y la finca estuvo vacía hasta hace pocos años.

—Sí se supo de las peleas, cuando el libro —vuelve a puntualizar Matías—. Hace veinte años, o más, vino un periodista que quería escribir un libro sobre esto. Hasta le dimos fotos de la finca y nuestras.

—¿Llegó a escribir el libro?

—Si lo hizo, nunca nos lo mandó. Yo, por lo menos, no lo he visto. Y eso que tiene que haber una foto mía de cuando era un zagal y alguna otra de cuando vino el periodista al pueblo. Venga, vamos a echar otra partida.

Buendía deja de atender porque recibe una llamada de teléfono. No es muy expresivo, hasta que cuelga no le desvela la conversación a Zárate.

—Nos piden que recuperemos la camisa que llevaba puesta Aurora cuando la rescataron. Al parecer era del jefe de la Red Púrpura.

—¿Dónde estará?

—En la basura, supongo.

Capítulo 56

Orduño ha cambiado varias veces de piso en los últimos tiempos: primero vivió con Ana, su novia más duradera, cerca de la plaza de Castilla; cuando se separó, se mudó a un estudio por la zona de Moratalaz. Ahora, hace solo dos meses, se ha ido a la zona de Madrid Río, donde está el sitio que más le gusta para hacer deporte en la ciudad.

Esta mañana, después de ir a las oficinas de la BAC a presentar su renuncia definitiva, ha salido a correr. Marina no ha querido acompañarle, ha ido al gimnasio para pedir unos días libres, quiere estar a su lado en estos momentos tan difíciles. Él se lo agradece, no sabe lo que sería de su precaria estabilidad sin su apoyo.

Le duele que la inspectora Blanco, su jefa de todos estos años, no haya salido a despedirle, aunque lo entiende. Él no ha estado a la altura en los últimos tiempos. Cuando apuesta deja de lado las cosas que le parecen importantes. No puede volver a hacerlo, nunca más. Es como los alcohólicos, que saben que recaerán en cuanto prueben un sorbo de vino. A él le pasa lo mismo con el juego. La mala suerte de los alcohólicos y de los ludópatas es que viven en un país que no les ahorra tentaciones, cuando no es un cumpleaños en el que se brinda con cava, es una máquina tragaperras que te llama con su música, una participación de lotería o un anuncio en la tele para que apuestes por quién marcará más goles antes del descanso...

El calor aprieta todavía aunque se acerque el mes de octubre. Orduño ha corrido bajo un fuerte sol y va sudado, no hay nada que desee más que una buena ducha y una cerveza bien fría. Mañana empezará a organizar su vida, pedirá nuevo destino —le gustaría Homicidios, pero si lo único que le dan es servicio de escoltas, o algo así, también lo aceptará—, quizá gaste unos días de vacaciones en hacer un viaje con Marina —ninguno de los dos conoce Lisboa y le parece el momento perfecto para visitar la ciudad—, tal vez incluso le plantee que vaya a vivir con él, algo más que esta convivencia temporal en la que están instalados... Le costará acostumbrarse a no formar parte de la Brigada de Análisis de Casos, la élite de los policías españoles, pero también está ansioso por empezar a disfrutar la vida de otra forma.

Cuando llega a su calle se sorprende, conoce el coche rojo que hay aparcado ante su portal: es el Lada de la inspectora Blanco. Sentada dentro, esperándole, está ella.

—Inspectora...

—Orduño, necesito hablar contigo.

—¿Subimos a casa?

—Prefiero que demos un paseo. Y tomar una grappa, no es fácil lo que tengo que decirte.

Van caminando hasta el Café del Río y se sientan en la terraza. Hay desde allí unas vistas maravillosas al Palacio Real, a la Torre de Madrid, al Edificio España...

—Me encanta el Edificio España —comenta Elena—. Más que la Torre de Madrid, aunque sea más alta. El Edificio España me recuerda a Nueva York. ¿Has estado?

—Sí, hace dos años fui de vacaciones. No te creas que me gustó mucho: demasiado grande, demasiada gente.

—A mí me encanta, me hace feliz sentir que no soy nadie.

—Quizá es que yo aquí tampoco soy nadie.

Los interrumpe una camarera para ver qué desean. No tienen grappa y la inspectora se conforma, por una vez, con un orujo gallego.

—No digo que esté malo —dice al probarlo—. Pero no es grappa, no sé por qué la gente se empeña en compararlos.

Orduño está muerto de sed después del ejercicio y pega un buen trago a su cerveza antes de hablar.

—Supongo que no has venido hasta aquí para que charlemos de Nueva York o de las diferencias entre la grappa y el orujo...

—Marina no es quien crees que es —le suelta Elena de sopetón—. Es un miembro de la Red Púrpura.

—¿Qué?

Orduño busca argumentos para rebatirlo, está dispuesto a negarlo hasta el final, pero debe reconocer que un resquicio de duda se ha abierto de inmediato en su cabeza: esa revelación explica tantas cosas...

Explica la forma tan casual de conocerse; explica la rapidez con la que congeniaron; explica el interés de Marina por las investigaciones, interés que se iba destilando con sutileza, gota a gota; explica su oposición a que él dejara la brigada; explica la facilidad con la que pasó a vivir con él; explica su comprensión cuando descubrió sus problemas con el juego. Explica, explica, explica... Demasiadas cosas para ser falso.

—¿Cómo lo habéis sabido?

—Una víctima de la Red la ha reconocido al verla hoy en la brigada.

—¿Estás segura?

—¿Crees que vendría a hablar contigo si no lo estuviera?

Orduño se echaría a llorar si no le diera tanta vergüenza. En pocos días ha vuelto al juego, ha perdido su lugar en la BAC y la confianza de sus compañeros y ha descubierto que Marina le ha engañado. No ha hecho nada bien.

—¿Vais a detenerla?

—No, todavía no. Queremos que nos ayudes a encontrar a la cúpula de la Red Púrpura. Vamos a utilizarla. Sabes que si te lo digo es porque sigo confiando en ti, sigues siendo uno de los nuestros.

No va a decir que no, él es el primero que quiere que detengan al famoso Dimas, que quiere evitar que haya más chicas que mueran como Aisha Bassir y que quiere vengar su muerte. Además, igual que para la inspectora, el caso acaba de convertirse en algo personal.

—Contad conmigo.

—Lo sabía, bienvenido de vuelta a la BAC.

Orduño se sobrepone a todo el pesar que siente al escuchar el plan que Elena va desgranando. Lo fundamental es que ella no sospeche nada hasta que llegue el momento.

—Hay algo importante. No sabemos si Marina vio a la testigo. No se lo puedes preguntar directamente porque nos dejaría en evidencia, pero ten los ojos abiertos. Si sospechas algo, avísanos.

—¿Crees que intentaría eliminarla?

—Estoy convencida. Lo siento, Orduño, no vas a poder tener piedad por ella, sientas lo que sientas.

—Ahora mismo, cualquier cosa menos piedad.

—No se lo digas a los demás. Hasta que llegue la hora de actuar, esto solo lo vamos a saber tú y yo.

Orduño está de acuerdo, volverá a casa, tomará la ducha que necesita y esperará el regreso de Marina. Ella no se va a dar cuenta de nada.

Capítulo 57

Dimas tiene claro que es en los lugares en los que se mueven los delincuentes donde la policía busca a los malos: los bajos fondos, los barrios marginales, lo más tirado de la ciudad. Nunca se presentan de improviso en un edificio en el que viven familias respetables: jueces, abogados, empresarios, políticos. Si te quieres librar de los policías, te tienes que esconder entre los poderosos. Por eso quiere que sus entrevistas se hagan en los lugares más lujosos de la ciudad.

Además, aunque su ocupación sea tan poco honorable, a él le gustan el lujo y la buena vida, no está dispuesto a sentarse a tomar un whisky en la Cañada Real o en cualquiera de los barrios cutres a los que a veces tiene que acudir por cuestiones de negocios. Él es uno de los mejores en lo suyo y vive como deben vivir los mejores de cada profesión. Pese a todo, debe mantenerse discreto, así que su casa no está ni en La Finca, ni en la Moraleja, ni en Puerta de Hierro, como a él le gustaría. Cuando está en Madrid, vive en un amplio piso en la calle San Francisco de Sales, muy cerca de la plaza de Cristo Rey. Dicen que en el edificio de al lado vivían Julio Iglesias e Isabel Preysler cuando se casaron, no sabe si es verdad, él no estaba allí para verlo, pero lo cuenta siempre que alguien visita su casa, como si hubiese sido íntimo del cantante.

Muy pocas personas saben dónde está su refugio madrileño, ni siquiera Marina, la mujer que más años ha permanecido a su lado. La cita con ella es en el bar del hotel Urso, cerca de Alonso Martínez, uno de los hoteles más recientes y más lujosos de Madrid.

—Guau —se asombra Marina—. ¿Estás alojado aquí?

—Claro que no. Solo he entrado a tomar un whisky. ¿Tú qué quieres?

—Lo mismo que tomes tú.

Una vez que les han servido, pueden conversar con calma.

—Cuando supe que habían llegado a la finca y habían detenido a tanta gente, temí por ti —le confiesa ella.

—Me puse a resguardo en cuanto me olí lo que estaba a punto de ocurrir. La noche anterior le di las coordenadas para asistir a la pelea a Kortabarría, alguien se las robó.

—¿Qué dice él?

—Nada. Lo mataron. O se murió, a saber. Lo raro es que durara tanto.

Dimas parece tranquilo, Marina está mucho más inquieta.

—¿Lo hemos perdido todo?

—Todo es mucho. Estamos vivos, ¿no? Eso quiere decir que no hemos perdido nada importante —filosofa Dimas.

—Han detenido a Pável.

—A Pável no le van a sacar una palabra. Ya lo sabes, aunque lo torturaran como solo nosotros sabemos, él seguiría callado. Y la policía no tortura, o eso dicen.

—¿Por qué lo dejaste allí a él y te trajiste a Lucas?

—Lucas es nuestro salvoconducto. Está en un lugar seguro, mejor que siga allí, ya sabes lo nervioso que se pone. Ese chico no tiene sangre, por las venas le corre algo a punto de explotar, nitroglicerina o algo así.

—Es su madre la que está detrás de todo. Empiezo a pensar que no fue una buena idea llevárselo aquellas Navidades.

—Hemos ganado varios años con su secuestro, siete u ocho, no lo recuerdo bien. Si no hubiéramos sacado a la inspectora Blanco de aquella investigación, nos habrían encontrado entonces. Ahora tenemos dinero para desaparecer si es lo que queremos. ¿Te imaginas vivir toda la vida como reyes en Brasil?

—Nos faltaría algo.

Dimas se ríe.

—¿Con la cantidad de niños de la calle que hay en Brasil? Montaríamos una red impresionante: la Red Dorada.

—Lucas debería estar muerto, era el plan —insiste ella.

—Lo sé, pero tenemos un pacto: debe morir en la jaula, luchando. ¿Quién nos iba a decir que iba a ganar pelea tras pelea, que iba a aprender hasta convertirse en invencible? No pienses más en eso, vamos a dedicarnos a los problemas que tenemos, que son muchos.

—Pueden haberme descubierto —reconoce Marina— y quizá ya no tenga acceso a la BAC para enterarme de todo lo que ocurre. Quería consultar contigo, fue idea tuya que me juntara con ese agente de la brigada.

—¿Qué tal es?

—Buena persona.

Marina le cuenta a Dimas que entrar dentro de las mismas oficinas de la brigada le pareció perfecto para seguir con su labor y averiguar todo lo que tiene relación con el caso, todo lo que sabe la inspectora Blanco.

—Pero entonces la vi.

—¿A quién viste?

—A Aurora. Andaba sola por las oficinas, libre.

Dimas baja el vaso de whisky y mira a su compañera con gravedad.

—¿Te reconoció?

—No sé, no dio muestras de hacerlo. Yo creo que no, pero quería contártelo.

—Esa chica es perfectamente capaz de verte y no mostrar ninguna reacción.

—¿Qué hacemos? —pregunta Marina.

Dimas se queda pensando, contrariado.

—Aurora estuvo en la finca con el Padre y con sus perros.

—¿Y sigue viva? ¿Es que esos perros ahora comen pienso?

—Ya ves, hasta el Padre comete errores.

—¿Le vio la cara? Ni yo la he visto nunca.

—Claro que se la vio, no nos preocupamos por ocultarla. Pensábamos matarla cuando el Padre terminara, si es que él y sus perros no se ocupaban de hacerlo. Pero se escapó.

—Entonces podría reconocerlo.

—Es difícil —valora Dimas—. La policía no tiene al Padre en sus archivos, dudo que le hayan puesto nunca una multa de tráfico. Tendría que encontrárselo de frente. Es complicado, pero no imposible.

—Entonces hay que impedirlo —dice Marina.

—Encárgate tú, mátala. Y no falles. Lo de Orduño... Si no nos sirve, no pierdas tiempo con él. Abandónalo o elimínalo, lo que quieras. Si esa chica te ha delatado y te han descubierto, puede que te sigan, así que mucho cuidado. Ya sabes cómo tienes que ponerte en contacto con nosotros para que te demos instrucciones.

—Como mandes.

Marina debe volver con Orduño, pero antes tiene que tomar precauciones, comprobar que no la han seguido, y ahora no está pensando en la BAC, sino en sus propios compañeros de la Red Púrpura. Dimas suele ser un hombre colérico y hoy ha estado extrañamente tranquilo. Ella le conoce, solo está así cuando ha tomado todas las decisiones. Quizá una de ellas sea quitarla de en medio.

Tras cambiar varias veces de línea de metro y asegurarse de que no hay nadie tras ella, llega a casa de Orduño. Él la recibe cariñoso, como siempre. La está esperando para que los dos se vayan al cine. Marina no sabe cuántos años hace que no se sienta en una sala a oscuras, que no disfruta de una película como una mera ficción, fuera de la realidad.

—Vale, vamos al cine, pero escojo yo. Quiero ver una película de amor.

—Vaya rollo —protesta él.

—Que se quieran mucho y acaben juntos. Y, si es con boda, mejor. Nada de finales tristes —y tan pronto lo dice recuerda la película que vio en el avión. Las lágrimas falsas con las que captó la atención de Orduño.

Después del cine se van a cenar un kebab cerca de la sala. A un sitio que se llama Ebla, que presume de ser donde cenan el rey Felipe y la reina Leticia cuando van a ver una película.

—No me lo creo, es muy cutre.

—Después buscamos en internet, verás como dice que cenan aquí y hasta salen fotos.

—¿Cuando me dices que me vas a tratar como a una reina te refieres a llevarme a cenar kebabs?

Los dos se ríen. Orduño piensa que es una pena que no sea de verdad. Lo que no sabe es que Marina también lo lamenta, se encuentra muy a gusto con él, pero mañana tendrá que empezar a trabajar para la Red Púrpura otra vez. Ha recibido una orden muy concreta y debe cumplirla: eliminar a Aurora López Sepúlveda. Si no la cumple, tiene los días contados, lo ha visto tantas veces con tanta gente...

Por la noche, en la cama, después de hacer el amor, no consigue dormir. Orduño tampoco, se mueve inquieto.

—Rodrigo, solo hay una cosa que quiero que sepas: no estoy orgullosa de muchas cosas que he hecho en mi vida.

—¿Qué me quieres decir?

—Nada, que tú has estado enganchado al juego, pero todos tenemos cosas de las que arrepentirnos. Y, a veces, no es fácil dejarlas atrás.

Capítulo 58

Zárate y Buendía han regresado de Coto Serrano por la tarde, después de volver a presionar sin éxito al alcalde del pueblo. Los miembros de la brigada se reúnen antes de marcharse a sus casas para ponerse al día de las novedades. Buendía ha dejado sobre la mesa una bolsa de pruebas que contiene lo que parece un trapo sucio.

—Aquí está la camisa que llevaba Aurora cuando la rescataron. No sé si va a ser útil para algo: está asquerosa, ha perdido cualquier rastro de ADN que pudiera tener, no lleva iniciales...

—Es la camisa del mandamás de la Red Púrpura. Le llaman el Padre —les informa Elena.

—Lo único que no es tan normal es que está hecha a medida, pero hay un montón de camiserías que las hacen y la tela es muy habitual: algodón Oxford azul celeste.

—Por llevarla a unas cuantas camiserías y preguntar no se pierde nada.

—Habrá que lavarla antes. Con este pingajo no nos dejan entrar en ningún sitio.

—Inténtalo —zanja la inspectora—. ¿Qué más habéis encontrado en el pueblo?

—Alguien ha tenido que hacer la vista gorda, eso está claro —contesta Zárate—. Una organización como esa no puede pasar desapercibida. La Guardia Civil sospecha de sus propios hombres del puesto.

—¿Y el alcalde?

—Parece inocente, pero no termino de fiarme. Igual es un actor cojonudo, pero la verdad es que da la sensación de sentir en el alma cada cosa que le contamos.

Lo más importante, o lo que más ganas tienen de compartir, es su conversación con los ancianos, lo que les desveló Matías.

—Ese hombre cuenta que se hacían peleas a principios de los años cuarenta, cuando acabó la Guerra Civil, que él vio una en persona. Ya sabes, los vencedores se vengan de los perdedores, hacen luchar a los hijos de los republicanos para salvar su vida, para conseguir comida para su familia... El que lo organizaba todo, un marqués, se arrepiente años después y se suicida.

—Puede ser verdad o pueden ser leyendas del pueblo —puntualiza Buendía—, los demás le seguían la historia, pero ninguno había visto las peleas, en teoría solo él.

—¿Os fiais?

—No mucho, la verdad —se sincera Zárate—. Pero quién sabe, tampoco me creería lo que encontramos en esa finca si no lo hubiera visto yo mismo.

—Si encontramos el libro del que hablan los vecinos, podremos enterarnos. Dicen que, hace unos veinte años, un periodista estuvo preguntando en el pueblo por las peleas para escribir un libro. Pero no saben si al final se escribió y nadie recordaba el nombre del tipo. Ahora llamaré a un amigo que tiene una librería de viejo, a ver si me dice cómo encontrarlo.

—Perfecto —dice Elena.

—¿Habéis interrogado al chico de la mano de hierro?

—Lo hemos intentado, pero no ha dicho ni una sola palabra. Ni siquiera para permitirnos ver qué acento tiene. Lo dejaremos unos días encerrado a ver si se ablanda, pero no confío nada.

—No he visto a nadie que no acabe hablando por los codos —opina Buendía.

—Ojalá tengas razón —concluye Elena—. Nada más entonces, lo mejor es que nos vayamos todos a descansar.

—Recuerda que el hermano de Kortabarría nos quiere demandar.

—Que lo haga —a la inspectora no le preocupa en absoluto.

—¿Dónde va a pasar la noche Aurora? —se interesa Chesca.

—En mi casa —anuncia Elena y ninguno de sus compañeros se atreve a replicar.

Nadie ha pronunciado el nombre de Orduño durante la reunión, solo Elena sabe que él está otra vez en el equipo.

—¿No te vas? —se acerca Zárate a Chesca cuando solo quedan ellos dos en la brigada.

—Estaba esperando a que nos quedáramos solos.

—Te advierto que esto está lleno de cámaras y micros —se ríe él.

—No es para eso, gilipollas. Vamos a la sala de interrogatorios, allí se puede apagar todo.

Los dos se meten en la sala y se ocupan de desconectar cualquier sistema de grabación que pudiera estar funcionando.

—¿Qué pasa?

—Es por Orduño. Elena no quiere que lo sepa nadie que no estuviera aquí, pero te lo tengo que contar.

—¿Ha ocurrido algo?
—Vino con Marina, presentó la dimisión.
—Lo siento, la verdad es que lo esperaba.
—Pero eso no es todo: la chica que se ha ido con la inspectora, Aurora, vio a Marina. Le cambió la cara. Dice que Marina es miembro de la Red Púrpura.

Chesca se queda a la espera de la cara de sorpresa de su compañero, pero Zárate está más preocupado que sorprendido, se da cuenta enseguida de lo que eso supone. Entiende muchas cosas, lo mismo que le ocurrió a Orduño cuando la inspectora se lo desveló.

—Joder, pobre Orduño. ¿La habéis detenido?
—No, Marina no sabe que la hemos descubierto. La inspectora ha dicho que no la vamos a detener todavía, que la vamos a usar de cebo para meternos dentro.

Zárate solo necesita pensar unos segundos:

—Es una buena idea.
—¿Y Orduño?
—Lo pasará mal cuando lo sepa, pero lo entenderá. Él haría lo mismo.
—No estoy segura, Orduño es mejor que todos nosotros.
—Entonces quizá no sea una mala idea que abandone la brigada, esto no está hecho para buenas personas.

Chesca asiente.

—Quizá. Yo creo que también lo voy a dejar, en cuanto acabe el caso. Antes era distinto, éramos un equipo. Ahora la inspectora hace la guerra por su cuenta, nosotros no nos enteramos de nada, todo son secretos...
—¿Y qué vas a hacer? —se interesa Zárate—. Te aviso de que la vida en una comisaría puede ser un coñazo. A mí me tuvieron una temporada renovando pasaportes.
—Antes de la brigada, estuve en Homicidios. Tal vez pueda volver.
—No está mal, ya veremos qué pensamos todos cuando acabe el caso. ¿Nos vamos?
—¿Tienes dos cascos en la moto? No he traído el coche, podrías acercarme a casa.
—Solo tengo uno.

Chesca no había pensado en que el día acabara así, ni siquiera sabe qué fue lo que lo provocó, aunque sí que fue ella la que tomó la iniciativa. No van a poder olvidarlo cuando vuelvan a interrogar a algún sospechoso en esa sala. Saben que a muy pocos metros hay otros agentes que trabajan como apoyo a la brigada, que en cualquier momento alguien puede descubrirlos y que no tendrían manera de explicarlo, pero ninguno de los dos tiene ganas de evitarlo. Chesca se tiende desnuda sobre esa mesa en la que ha asistido a tantas reuniones. Zárate no se desnuda, solo se abre el pantalón y se tiende sobre ella.

Es un polvo rápido, no mucho más cómodo que el del coche de hace unos días. Sin cariño, sin besos, pero placentero.

—Un día tenemos que hacerlo en un lugar más cómodo —dice él cuando terminan.

—El día que traigas dos cascos nos vamos a mi casa o a la tuya.

Capítulo 59

La ropa de la inspectora le queda un poco grande a Aurora, aunque ella está encantada con el pantalón de pijama y el jersey que le ha dejado.

—Creo que nunca había usado un jersey tan fino y tan suave —se ríe la chica.

—Te lo puedes quedar.

—No, que es tuyo.

Aurora había estado muy pocas veces en la plaza Mayor, nunca desde que murió su abuelo, que era el que la traía todos los años en Navidades y la invitaba a un bocadillo de calamares.

—¿Quieres que nos comamos uno?

—No, no me gustan los calamares. Lo que me gustaba era venir con él, sin que estuvieran mi abuela llorando y mi madre jodiéndolo todo. Mi abuelo era el único que me trataba como una persona. No tenía que haberse muerto.

Elena no puede hacer nada contra eso, es la vida. Es mucho peor echar de menos a alguien que se ha ido y sigue vivo, en algún lugar que no sabes si no es peor que la muerte.

—¿Qué te apetece cenar?

—¿Qué hay?

—Haber no hay nada, pero tengo una aplicación en el móvil con la que nos traen en menos de media hora lo que queramos: hamburguesas, pizzas, sushi... Hasta un cocido, si es lo que te apetece.

—Nunca he probado el sushi.

—Pues ya está, pedimos cena japonesa.

—No, no sea que no me vaya a gustar. Mejor hamburguesa, que tengo hambre y no me la quiero jugar.

Mirando a Aurora cenar y reírse, Elena tiene esperanzas. Es una chica que ha sufrido violaciones, torturas, secuestros, agresiones, que ha crecido con sus abuelos porque sus padres eran adictos, a la que han acogido y rechazado varias familias y, pese a todo, se comporta como una niña ilusionada cuando se le da algo de cariño. Satisfecha tras la cena, Aurora se queda mirando la plaza Mayor, como si nada pudiera preocuparla. Juguetea con su pelo, se lleva un mechón a la boca, lo mordisquea, un gesto que quizá arrastre desde la infancia. Tal vez Lucas sea también así y, si algún día regresa a este mismo piso, quizá vuelva a mirar sus álbumes de sellos, a darle y pedirle el beso de buenas noches, a intentar quedarse un cuarto de hora más viendo la tele antes de irse a dormir, a reclamarle un vaso de agua cuando ella ya se haya acostado...

—A Aisha le gustaba mucho que fuéramos al Burger King; en cuanto pillábamos pasta, teníamos que ir. Le encantaba pedir un menú Whopper gigante, aunque después se dejaba la mitad de las patatas.

—¿Por qué se quedó ella en Las Palmas y a ti te trajeron a la península?

—Yo creo que porque ella estaba todo el día protestando. Se enfrentaba a todos y, en una de esas, le arañó la cara a Dimas.

—¿Cómo le conocisteis?

—Las dos primeras semanas en Las Palmas fueron muy buenas. Teníamos dinero y era mi cumpleaños, por fin las dos éramos mayores de edad. Íbamos a la playa todos los días y después de fiesta, a conocer chicos. Hasta que se nos acabó el dinero. Entonces una rusa que iba a la playa y se ponía donde nosotras nos habló de un club en la calle del Molino de Viento.

—¿Le conocisteis en el club?

Elena está alerta, quizá encuentre una clave, un lugar donde la Red Púrpura consigue chicas. En Gran Canaria las hay de todas partes del mundo.

—No, ni llegamos a entrar al club. Nos vestimos muy espectaculares y fuimos para allá, ellos pararon a nuestro lado en el coche.

—¿Quiénes eran?

—Dimas y Marina. Ella conducía, fue la que nos invitó a subir al coche. Era tan dulce y tan guapa que nos fiamos. Dimas se sentó en el asiento de atrás con Aisha y a mí me cedió el del copiloto.

—¿Qué pasó en el coche? ¿Os llevaron a ese club?

—Estuvimos dando vueltas por ahí. No sé qué pasó, solo que Aisha empezó a mosquearse y él se enfadó. Yo estaba a lo mío, dando conversación a Marina. Pero escuché un grito de Dimas, miré y Aisha le había hecho una herida en la cara. Se puso a pegarle. Yo intenté defenderla y Marina me pegó a mí. Nos separaron a las dos, a mí me llevaron a la finca. De Aisha no he vuelto a saber hasta que... hasta que tú me hablaste de ella, aunque sospechaba que la habían matado.

—¿La echas de menos?

—Era mi mejor amiga. —Aurora calla; la madurez que ya vio en ella vuelve a la superficie—. Como mi abuelo y mi abuela. Tengo que acostumbrarme a que ya no esté. La verdad es que era un follón vivir con Aisha, le encantaba estar metida en líos —dice con una sonrisa melancólica—. Yo sabía que iba a acabar mal. Si estoy viva es porque nos separaron.

Elena recoge los restos de la cena: hamburguesas, patatas fritas y Coca-Cola. Todo le recuerda a su hijo, a él también le encantaban las hamburguesas y, aunque ella no quería que las comiera, Abel y él se iban los sábados por la noche a comprarlas y las subían en grandes bolsas de papel. En esa misma mesa las comieron muchas veces. Lucas se negaba a que compraran para él el menú infantil, quería comer las mismas que los mayores.

—Estoy cansada. ¿Puedo ir a dormir?

Elena había pensado dejarla dormir en la habitación de Lucas, pero después se ha arrepentido y le ha preparado el cuarto de invitados. Aurora sonríe al ver la cama, de dos por dos metros.

—Creo que es la cama más grande que he visto en mi vida. Me voy a perder...

Una vez sola, Elena se sirve una copa de grappa —todavía le queda de la que le regaló Rentero y le gusta cada día más— y se sienta en el sofá del salón. Pese a todo, ha sido agradable tener compañía una noche en casa y cenar las dos juntas. Piensa que tal vez sea posible devolver la vida a esa casa, reconquistar los vacíos que tanto daño le hacen. Todavía no se ha dormido cuando se abre la puerta de su habitación. Es Aurora.

—Me da miedo quedarme sola. ¿Puedo dormir aquí contigo?

La cama es muy grande, del mismo tamaño que la del cuarto de invitados. Aurora se acuesta a su lado. Intenta no moverse, no molestar.

De madrugada, Elena se despierta alarmada, ha escuchado un ruido. Aurora duerme tranquila. Elena se queda escuchando, le parece que el ruido viene de la puerta de entrada, se levanta, coge su pistola y va al vestíbulo. Al llegar todavía escucha ruidos, como si alguien manipulara la cerradura.

Con la pistola en la mano derecha, apuntando hacia la entrada, abre la puerta repentinamente, dispuesta a disparar. Pero no hay nadie. Se asoma, escucha las pisadas de alguien que baja corriendo por las escaleras. Va al balcón por si viera a alguien salir, pero el portal no se abre. A su memoria viene el día en que Mar se plantó en la puerta de su casa: no es difícil dar con ella. Nunca ha extremado las precauciones en ese sentido.

No puede dormir en lo que resta de noche. La pasa en el sofá del salón, con la pistola a mano. Tiene que esconder a Aurora, llevarla donde nadie la encuentre, protegerla como no supo hacer con su hijo.

Capítulo 60

Por tercer día consecutivo, Elena se salta su tostada con tomate en el bar de Juanito. Espera que el camarero no haya cumplido su amenaza de coger el traspaso de un bar de Pueblo Nuevo. Si es así, recorrerá el barrio entero hasta encontrarlo, para despedirse de él y agradecerle el cariño con el que la ha atendido todos estos años, los peores de su vida.

Ha llevado a Aurora a desayunar a San Ginés, como le gustaba a Lucas los domingos, por lo mucho que le agrada verla disfrutar. Aunque más que el chocolate y los churros, lo que le ha llamado la atención a la chica son las fotos de los famosos que han pasado por el local; pensar que está sentada donde antes se han sentado muchos de ellos la hace sonreír feliz.

—Mi culo nunca ha estado más cerca de la fama —bromea, divertida.

Después han ido al garaje a sacar su coche. No quiere llamar la atención, así que no van en su Lada, sino en el otro que tiene, el Mercedes 250 Berlina gris perla que compró para cuando tenía que viajar, pero que nunca usa.

—¿Adónde vamos?

—A un pueblo de Valladolid que se llama Urueña. Allí vive mi exmarido con su nueva esposa. Te va a gustar.

—¿Tu exmarido es el padre de Caín?

—Sí, pero él no sabe que está vivo.

—¿Se lo tengo que decir?

—Al revés, es mejor que no se lo digas. Ya hablaré yo con él.

La última vez que Elena fue a Urueña estaba metida en el caso del asesinato de Susana Macaya, aquella gitana a la que mataron poco antes de casarse de la misma manera que habían matado a su hermana Lara unos años atrás. Estaba perdida, necesitaba una sonrisa amiga, un abrazo, y, como de costumbre, pensó en su exmarido. Pero siempre que va, acaba reprochándole a Abel que rehiciera su vida; aunque no lo haga con las palabras, lo hace con los silencios, con las miradas y con la actitud.

En esta ocasión está convencida de que no lo va a hacer, esta vez no quiere hablarle de Lucas, sino de Aurora. Dejarla con él, pedirle que la proteja.

—¿Por qué me llevas a ese pueblo?

—Lo primero, porque es muy bonito. Y además, porque tengo miedo de que Marina también te viera en las oficinas de la BAC.

—¿Puede estar buscándome?

—Conoces a los de la Red Púrpura mejor que yo. Es preferible adelantarse a lo que puedan hacer.

El camino a Urueña es de unas dos horas y media en las que da tiempo a hablar de muchas cosas: de la vida en la finca, del resto de los chicos y chicas que Aurora ha conocido allí, de Marina...

—No es la peor, pero dicen que lleva con Dimas desde hace más de diez años. Unos piensan que es su mujer, otros que solo es una más.

—Pero lleva mucho tiempo fuera de la finca y lejos de Dimas, ¿no?

—No, dos o tres semanas nada más. Un día desapareció y no la volví a ver hasta ayer.

—¿Participaba en las torturas?

—Nunca la vi, yo creo que ella se dedicaba a otras cosas. Ni siquiera iba a las peleas, se quedaba en la casa. Era rara.

Van pasando los kilómetros, hasta ponen música. Aurora sorprende a Elena, canta bastante bien. Sus canciones favoritas no le pegan nada a una chica de su edad, son las de Rocío Jurado, la Pantoja y otras así.

—Las que cantaba mi abuela cuando limpiaba.

También da tiempo a que Aurora pregunte por Lucas. ¿Cómo se lo llevaron a la Red Púrpura?

—A Lucas lo secuestraron hace muchos años. Para hacerme daño. Llevo buscándolo desde entonces y todo el mundo me decía que estaba muerto. Pero vi el vídeo.

—Si no hubieras seguido buscándolo, a mí no me habrían hecho eso. A lo mejor me habrían dejado quedarme de camarera.

—¿Con un ojo menos?

—Eran las que mejor vivían en la finca. Lo del ojo no es tan grave al lado del resto de las cosas que te podían pasar.

Aurora se queda callada en cuanto ve las murallas del pueblo de Urueña a lo lejos.

—Qué bonito. Me gustaría vivir en un sitio así para siempre.

—Es un pueblo muy especial. Tiene más de quince librerías. Y museos, también tiene muchos museos.

—¿Tu marido tiene una librería?

—No, pero su novia trabaja en una. Es brasileña. Muy guapa y muy joven, ya verás.

—¿Qué hace él?

—Vino, un vino horrible. Si te invita a probarlo, mejor dile que no. Espero que aprenda pronto, si no va a ser insoportable, me manda botellas todos los años —se ríe Elena.

Después de aparcar tienen que caminar hasta la casa, por las calles estrechas, bordeadas de casas tan bonitas que todas parecen pequeños palacios. Elena tiene que reconocer que Abel ha escogido el pueblo perfecto para retirarse.

—¿Querrá tu marido que me quede aquí?

—Mi exmarido. Claro que querrá, es un poco cascarrabias, pero después te ríes con él.

Gabriella, la novia de Abel, es una mujer muy discreta —Elena supone que de eso se trata cuando se habla de inteligencia emocional— y sabe cuándo debe marcharse y dejar a Elena y Abel a solas.

—¿No conoces Urueña? Eso es imperdonable —le ha dicho a Aurora, sin hacer ninguna mención a las heridas del rostro—. Te voy a enseñar la librería donde trabajo y vamos a comprar una camiseta, que llevas un jersey de vieja.

Seguro que no ha querido ofender a Elena, la propietaria del jersey, o quizá sí. Gabriella es tan joven, tiene un cuerpo tan perfecto, una piel tan morena y una melena rizada tan frondosa, que, al verla alejarse de la casa junto con Aurora, dan la sensación de ser hermanas.

—¿Quieres que se quede esa chica en casa? —se sorprende Abel, una vez a solas.

—Solo unos días, hasta que sea seguro llevarla de vuelta a Madrid.

—¿No estaría más segura protegida por la policía?

No está nada segura. La Red Púrpura llega a cualquier lado. Para protegerla habría que meterla en una cárcel, en un calabozo incomunicado. Y Elena cree que esa chica ha estado encerrada demasiado tiempo. Está dispuesta a tratarla como trataría a Lucas.

—Te lo pido porque eres la persona en la que más confío en todo el mundo y porque sé que aquí va a estar mejor que en ningún sitio.

—Está bien, pero dime de dónde sale.

Elena le tiene que contar a Abel de dónde ha rescatado a Aurora. Y para eso le tiene que hablar de los vídeos, de las torturas, de las peleas a muerte. Teme que él le pregunte si ha visto a Lucas en alguno de los vídeos, pero no lo hace. No hay motivos para hacerlo, Abel vive desde hace años con la convicción de que su hijo está muerto. Tristemente, Elena piensa que tal vez tenga razón. Lucas murió el día que se lo llevaron en la plaza Mayor.

En el fondo envidia la inocencia de su ex, su incapacidad para sospechar que todo el operativo policial contra la Red Púrpura responde al deseo de encontrar al niño.

—¿La herida que tiene en el pómulo se la hicieron en esa finca?

—Sí.

—La cuidaremos. Estoy seguro de que Gabriella conoce alguna crema para que no le quede mucha cicatriz.

Eso es lo que Abel y Gabriella pueden darle y ella no, cariño, alegría, atención y una pomada para evitar las cicatrices.

Elena no quiere quedarse a comer con ellos, no quiere interferir en la vida de Abel y su nueva esposa, que se ha hecho ya amiga de Aurora cuando ella se sube al coche.

—Volveré a por ti, Aurora.

—Lo mismo me dijiste cuando me quedé en la fosa séptica y volviste. Sé que lo harás.

Elena sonríe, no sabe por qué esa chica ha tenido que sufrir tanto, le ha cogido mucho cariño. Espera que su madre salga por fin del hospital, que no recaiga en las drogas y que las dos puedan vivir en un pueblo tan bonito como Urueña.

No lleva recorridos más de veinte kilómetros cuando recibe una llamada. En el Lada no habría podido contestarla, pero el Mercedes tiene todo tipo de dispositivos para seguir eternamente conectada.

—¿Daniel? ¿El chico de Rivas? En un par de horas estoy allí.

Daniel Robles, el adolescente que les puso en la pista de cómo acceder a los eventos de la Red Púrpura, se ha suicidado. Elena se siente culpable de no haberse acordado ni un segundo de él en la última semana.

Capítulo 61

Hay muy poca gente en el entierro de Daniel Robles. Sus padres y algunos familiares de Soledad. No hay vecinos ni amigos, Alberto no ha querido llamar a nadie de su familia y se ha negado a que estuvieran presentes sus profesores o los compañeros del colegio. Ni siquiera está Sandra, su hermana pequeña. En ese acto final se ha extendido un manto para ocultar la vergüenza.

Elena trata de componer una imagen convincente de tristeza, y al hacerlo advierte que la siente de verdad. Se acerca a Alberto como midiendo los pasos.

—Le acompaño en el sentimiento.

Alberto se gira hacia ella y se sorprende de verla allí, en una despedida tan clandestina. Pero no marca ninguna expresión de disgusto. Su rostro es oscuro y la boca parece encogida y reseca, como si llevara mucho tiempo sin sonreír.

—Es lo mejor que podía pasar —le responde con dureza.

Después se aleja, sin dejar la menor opción de prolongar el diálogo. Elena busca a Soledad con la mirada. Está rodeada por algunos familiares, llora y apoya la cabeza en el hombro de una mujer que podría ser su hermana. No es un buen momento para acercarse a transmitir las condolencias. «Es lo mejor que podía pasar». La frase de Alberto golpea a Elena en las entrañas y le provoca algo parecido a la náusea. ¿De verdad es lo mejor que podía pasar? ¿Un hijo se sale del carril, se desliza por una pendiente peligrosa y los padres le dan la espalda para siempre? ¿No debe ser incondicional el amor hacia un hijo? Elena entiende la decepción del padre, entiende también el enfado y el sufrimiento. Pero no el odio. Ella no quiere ser como él, su corazón jamás albergará odio hacia Lucas, por muchas atrocidades que haya cometido. Puede que sea más ingenua que ese hombre destrozado que ni siquiera puede llorar la muerte del hijo, pero ella va a mantener el amor a resguardo y todavía viva la llama de la esperanza.

Está a punto de dirigirse a la salida cuando Soledad la aborda como un toro.

—Todo esto es culpa suya —le echa en cara.

Elena sabe que no se puede hacer entrar en razón a una madre que acaba de enterrar a su hijo.

—Si usted no hubiera entrado en mi casa aquella noche...

—Solo cumplía con mi obligación.

Lo dice con sencillez, sin intentar imponer la obviedad. El sentido del tacto le aconseja marcharse sin más, sin dejar caer siquiera unas palabras de pésame que ahora no serían bien recibidas. Pero Soledad la coge del brazo para decir algo más.

—Su padre no fue nunca a verlo desde que lo detuvieron.

—Lo lamento.

—Yo sí fui. La última vez, hace solo dos días —sigue Soledad—. Me dijo que daría lo que fuera por no haber entrado en esa página...

—Es una pena que no podamos volver atrás en el tiempo.

—¿Y sabe qué más me dijo? —aprieta los labios y trata de controlar el llanto—. Estoy enfermo. Estoy enfermo y nadie puede ayudarme. Eso me dijo.

Camino del coche, Elena piensa en las palabras de Daniel y le parecen terribles en su verdad. El mundo está enfermo de violencia. Hay personas enganchadas a la violencia en cualquiera de sus formas. Y todavía nadie se ha preocupado de conseguir una cura.

Mariajo es la única de los miembros de la BAC que ha acompañado a Elena al entierro de Daniel. Fue quien localizó aquellos mensajes de Larry33 por los que lograron colarse dentro de la seguridad de la Red Púrpura, la que investigó hasta llegar a la IP del chalet de Rivas. No es culpable, pero sí es, de alguna manera, causante de que este chico se haya quitado la vida en el centro en el que estaba recluido.

—Hay veces que tienes la sensación de que no merece la pena —le confiesa a Elena cuando las dos paran a tomarse un café—. Que piensas en dejarlo todo, en marcharte a una casita al lado del mar...

—No, Mariajo. Tú no puedes dejarme también. Orduño, Chesca...

—¿Chesca también? —se sorprende la vieja hacker.

—Está descontenta, no me ha dicho nada, pero la veo venir.

—¿Eso es todo? ¿Has hablado con ella de esto?

Elena se encoge de hombros, impotente.

Mariajo niega con la cabeza. Elena ya no es joven, debería saber mejor lo que buscan los demás.

—Te conozco hace casi veinticinco años, eres una policía brillante, has mejorado en cada caso que has llevado. No entiendo cómo has podido aprender tan poco de las personas —le dice Mariajo con dureza—. Vas quedándote sola y no eres capaz de reaccionar.

Elena se sorprende, nunca le había dicho algo así ningún compañero.

—No sé si tienes derecho a hablarme de ese modo —se defiende.

—Lo tengo, tengo el derecho del que sabe que tiene la razón y no teme las consecuencias.

Elena baja el tono, no quiere que Mariajo también la abandone.

—¿Qué se supone que debo hacer?

—La gente muchas veces pide cariño, que le digas que es útil, que la necesitas cerca. Has dejado que Orduño se fuera marchando, ahora haces lo mismo con Chesca, Zárate nunca ha sido uno más... ¿Qué te queda? ¿Buendía y yo? ¿Es que crees que con dos viejos y tú, que ya no eres una cría, vas a hacer un equipo de élite?

—Se han marchado otros y se les ha sustituido.

—Tú sigue bebiendo grappa y yéndote al karaoke a cantar canciones de Mina o como se llame, que te voy a ser sincera por una vez, no la soporto, su música me aburre y ella me parece una triste. Tengo mucho trabajo, ¿volvemos a la BAC?

Cada una ha ido en su propio coche al cementerio de Rivas-Vaciamadrid: Mariajo en un Smart eléctrico que, como todo en ella, llama la atención en una mujer de su edad; Elena en su Lada. Aprovecha que está cerca de la Cañada para volver al lugar donde Pina contactó con ella y la subieron a la furgoneta que la llevó a la finca de Coto Serrano. Aparca en el mismo sitio donde lo hizo entonces. No hay nadie en la chabola a la que le hicieron pasar. En el suelo siguen los cartones, y bajo ellos, la trampilla por la que llegó al sótano. La abre, desciende las escaleras: todo lo que encuentra es un espacio desmantelado. Ni rastro del mármol, los muebles y el baño de lujo. Ahora, solo es un agujero en el suelo.

Sale fuera. El ambiente ha cambiado. Apenas hay yonquis arrastrando los pies. Pasea por la Cañada hasta llegar a algo parecido a una calle donde hay un par de coches de policía y varios agentes. Se acerca a ellos.

—¿Ha pasado algo?

—Han matado a un rumano.

—¿Se sabe algo?

—Tiene toda la pinta de ser un ajuste de cuentas por temas de drogas.

Elena no sabe qué papel desempeñó ese rumano en su propio rescate; cómo ayudó a localizarla y salvarle la vida en Coto Serrano. No imagina que la responsable de su muerte ha sido la Red Púrpura, tampoco lo sabrán Chesca y Zárate. La muerte de Constantin nunca será aclarada.

Elena regresa al coche, pero no se decide a arrancar. Ve pasar a los agentes, ve llegar a los funcionarios que retirarán el cadáver, al juez, a una mujer que llora... Ella piensa en lo que le ha dicho Mariajo y se da cuenta de que debe escucharla: todos tienen razón cuando dicen que se quieren marchar y cuando la critican. No está haciendo bien su trabajo, porque hace tiempo que dejó de ser una policía, solo es una madre que busca a su hijo.

El teléfono la saca de su ensimismamiento, es Zárate, que le pregunta si va a ir a la oficina. No ha querido volver a interrogar a Pável sin que ella estuviera presente y, además, tienen que hablar con Yarum. Elena le pide que se ocupe él, no tiene fuerzas para enfrentarse a la mirada de ese hombre, tampoco a que siga —no sabe cómo— averiguando cosas de su vida.

—Quiero que me cuente cuál era el sistema de subastas para las torturas y su relación con Pina —le adelanta el agente.

—Bien. Y las tuertas, no te olvides de ellas, todavía no hemos sabido nada de esas chicas. Pregúntale si él se las llevó a Dimas. Que te ayude Chesca.

A Elena le gustaría que todo cuadrara como un puzle al que no le falta ninguna pieza, pero son tantas las pistas que no llevan a ningún lado, tantos los detalles que no saben leer y tantos los flecos que se van dejando que, a cada avance, la sensación es que no han llegado ni a arañar la verdad.

—Otra cosa, antes de marcharnos a casa esta tarde tendremos una reunión: quiero poner al día a todo el equipo de cómo va el caso. No quiero que sigamos con cosas que unos saben y otros no.

—Es una buena idea, Elena —dice Zárate—. Una muy buena idea.

Capítulo 62

Yarum recibe con una sonrisa sarcástica a Zárate. Sigue tan atildado como el primer día, pese a que son muchos los que lleva detenido.

—Pensé que no les iba a volver a ver. ¿No me han puesto todavía a disposición del juez?

—Sabe que sí. Le habrán informado de que se presenta voluntario a hablar con nosotros, ¿verdad? —Zárate usa el mismo tono cínico que él—. No sé si sabe que localizamos la finca de Coto Serrano.

—Ya les dije que nunca he estado en esa finca, pero me alegro. Supongo que no han detenido a Dimas.

—No.

—¿Y quieren mi ayuda? Pues eso no va a salirles ni fácil, ni gratis. Ni siquiera barato.

—Díganos lo que queremos saber y le diremos qué podemos hacer por usted.

—Díganme qué pueden hacer por mí y yo veré qué les puedo contar de lo que quieran saber.

Chesca entra en la sala. Yarum le pone la misma mirada que a Zárate al principio.

—Usted siempre tan bien acompañado, Zárate. O con la inspectora, que se nota que ya no quiere verme, quizá por lo que dije de su hijo, o con su compañera... Es usted un donjuán, se ve que ha follado con las dos. Enhorabuena.

—Basta de tonterías —le corta Zárate—. Hay cosas que no entendemos.

—¿Muchas?

—Sí, muchas. ¿Cómo se hacen las apuestas en los eventos?

—Les repito que no sé nada de eso. Yo vendo los enlaces. No sé en qué consiste el resto. Además, sigo pensando que es un simple teatrillo.

—¿Maneja también las apuestas de las peleas?

—No, de todo eso se encarga la Red. Lo único que hacía era vender dos tipos de pase: los que podían y los que no podían apostar. Soy un mero intermediario.

—Pero usted no se equivocaba cuando nos dijo que había que buscar a Pina —argumenta Zárate—. Sabe mucho más de lo que dice.

—No se equivoca: sé que usted se siente despreciado por la persona a la que desea. Hay muchas cosas que se saben sin necesidad de que nadie te las diga. —Se ríe de él y tanto Zárate como Chesca están cada vez más convencidos de que lo de Yarum es más que simple palabrería.

—¿Qué relación tiene con Pina? —insiste Zárate, intentando evitar que se desvíe la conversación.

—Pina y yo somos viejos amigos. Solo la puse en contacto con Dimas como quien presenta a dos personas que pueden hacer negocios. Uno necesitaba chicas y la otra parte podía ofrecerlas.

—Las chicas que trabajaban en la finca —Zárate se da cuenta—. ¿Sabe que las seis estaban tuertas?

—Qué horror. ¿Tuvieron algún accidente trabajando allí?

—¿Cómo puso en contacto a Pina y a Dimas? ¿Dónde se encontraron?

—¿En qué mundo vive? ¿Quién necesita ver a nadie físicamente hoy? Internet. *Blockchain*. Navegadores con IP enmascaradas. Foros cifrados. Ya deberían sonarle todos esos términos...

—No debería estar tan tranquilo. Alguien va a tener que pagar por lo que encontramos en esa finca.

—¿Han dado mi nombre? —El silencio de los policías provoca una sonrisa en Yarum—. No me apunten cosas con las que yo no tengo nada que ver.

—Tal vez Pina lo haga —responde Zárate, más por rabia que por tener alguna certeza. Sabe que esa mujer no dirá nada que pueda crearle problemas y, tal vez, dar el nombre de Yarum se los cree.

—*Do ut des.* Es un viejo refrán, o proverbio, o lo que sea, latino: te doy, para que me des. Ya les he dicho que deben compensarme. Esto es un intercambio —responde Yarum en tono conciliador.

La puerta del despacho se abre y entra Elena.

—Adivino muchas cosas, pero ni siquiera había sospechado que usted fuera a venir —se sorprende Yarum—. Bienvenida, inspectora.

—Solo quiero hacerle una pregunta.

—Adelante.

—¿Salimos? —pregunta Chesca.

—En la brigada no hay secretos.

Elena tiene que soportar la carcajada de Yarum.

—Por favor, inspectora... Si aquí hay más secretos que en la actuación de un mago. Pero venga, hágame la pregunta.

—¿Conoce a Marina?

—¿La de la Red Púrpura? Sé que existe, pero no la he visto nunca en persona. La verdad es que sé poco de ella, una vez me dijeron que era la mujer de Dimas, pero no sé si es cierto. Con Dimas he hablado en un foro, tampoco lo he visto nunca. Les sorprendería saber que escribe sin faltas de ortografía.

—Que se lo vuelvan a llevar —pide Elena a sus compañeros—. Tenemos que hablar.

—¿Les va a contar lo de su hijo? Hace bien, inspectora —no para de burlarse Yarum.

—Vamos, que se lo lleven —es la única respuesta de ella.

Minutos después están todos los miembros de la BAC reunidos en esa misma sala. Elena toma la palabra.

—Os quiero pedir disculpas, tal vez no he estado todo lo bien que debería estas últimas semanas. Ha habido cosas que no os he contado y sé que no es justo: os exijo un esfuerzo sin daros razones —la inspectora tiene que tomar aire antes de decir lo que ha decidido desvelar—: Mi hijo, Lucas, fue secuestrado hace ocho años. Todos lo sabéis. Lo que no os había contado es que sé que está vivo. Que quienes se lo llevaron fueron los que están al mando de la Red Púrpura.

La revelación provoca un silencio en el despacho. Zárate, el único que estaba al tanto, mira a sus compañeros. La sorpresa de Buendía y Mariajo, la tentación de dar un abrazo a Elena que tienen sus compañeros, porque, aunque su hijo esté preso en la telaraña de la Red, es una buena noticia saber que está vivo, que hay esperanzas de rescatarlo. Chesca no se atreve a mirar a los ojos a la inspectora. Zárate supone que por su cabeza están pasando a toda velocidad los comportamientos extraños, desesperados a veces, de su jefa y, ahora, les está encontrando sentido y, al mismo tiempo, siente cierta culpa por haber sido tan dura con ella.

—Sé que tendréis un millón de preguntas. Cómo lo sé, por qué estoy tan segura... Os aseguro que, en este momento, no es importante. Nuestra prioridad es encontrar a Dimas. Os pido un voto de confianza.

—Sabes que lo tienes —le promete Buendía y el silencio del resto parece certificar sus palabras.

Elena sigue ocultando gran parte de la verdad. La vinculación de Lucas con la Red Púrpura no es la de una mera víctima. Es algo más. Es Caín, el chico del calzón rojo, el mismo que torturó a Aurora; pero Zárate sabe que pedirle a Elena que cuente también eso es demasiado. ¿Cómo exponer a su propio hijo al juicio de los demás? ¿Cómo convertirlo de víctima en asesino?

—También sabéis que Marina, la mujer que Orduño conoció en su viaje a Las Palmas, es miembro de la Red Púrpura. No tenemos claro su puesto exacto, pero parece que se trata de alguien muy importante. Lo que no sabéis es que ayer fui a hablar con él y le expuse la situación. Como os podéis imaginar, fue un duro golpe, pero es un hombre justo, honesto y responsable, está dispuesto a ayudarnos. Hace unos minutos he vuelto a hablar con él y esta misma noche le vamos a tender una trampa a Marina. Le va a decir dónde está Aurora, estamos seguros de que irá a buscarla.

—¿Y vamos a poner en riesgo a esa niña? —se escandaliza Mariajo.

—No. No vamos a darle la información real. Sería una irresponsabilidad —concuerda con ella Elena—. Solo yo sé dónde está Aurora y os garantizo que no puede estar mejor cuidada. Vamos a mandar a Marina en dirección contraria; cuando llegue hasta el lugar donde le tenderemos la trampa, estaremos esperándola. Y tanto Orduño como nosotros saldremos de dudas respecto a ella.

Todos respiran aliviados.

—Entonces Orduño vuelve a ser un miembro más de la brigada. Me sentía huérfana sin él... —bromea Chesca intentando aliviar la tensión que se ha creado. Aunque ninguno hable de él, todos piensan en Lucas. En el infierno de ese chico y en el sufrimiento de una mujer que, además de policía, es madre.

Capítulo 63

Orduño ha vuelto esta tarde a la misma psicóloga que le trató de su adicción al juego las otras dos veces en su consulta de la calle Arturo Soria. Ha ido solo, mientras Marina se ha quedado en casa. Tiene un ligero temor a que ella haya usado las dos horas que se ha quedado sola para desaparecer, pero cuando regresa, Marina está intentando preparar un pollo asado para la cena. Le saluda como siempre al llegar, con grandes muestras de cariño, con besos apasionados.

—Te he echado mucho de menos.

Si Orduño pudiera pedir un deseo, sería que las sospechas de Elena fueran falsas, que Marina nunca hubiera tenido nada que ver con la Red Púrpura, que todo sea un error de esa chica que dice que la ha reconocido.

—¿Qué te ha dicho la psicóloga?

—Me ha dado hora para la semana que viene, valorará si vuelvo al tratamiento y si es ella quien debe dirigirlo o se da por vencida después de dos intentos.

—Pero no has vuelto a tener ganas de jugar.

—No, afortunadamente, no.

—Eso es maravilloso. Ven, tienes que ayudarme. Esto del horno es más difícil de lo que yo esperaba.

—Antes debo decirte una cosa, me ha llamado la inspectora Blanco. Me ha pedido que vuelva, por lo menos unos días.

—Qué buena noticia.

—Quieren que cuide a una chica de las que estaban con la Red Púrpura. No sé por qué, piensan que puede estar en peligro.

Marina vuelve a abrazarle emocionada.

—Sabía que todo se iba a arreglar.

Le besa en los labios, le acaricia el rostro y luego se lo limpia con una servilleta porque ella tiene los dedos pringados de limón. Trastea por la cocina, torpe y sonriente. No ha preguntado nada más sobre esa chica. Orduño la mira con un brillo nuevo de optimismo y se siente casi feliz.

Entre los dos, consultando tutoriales en YouTube, logran preparar el pollo y meterlo en el horno. Mientras esperan, abren una botella de vino blanco y brindan.

—Por el mejor policía de España.

—Por la mujer más bella y que mejor cocina el pollo.

—Y mejor monitora de boxeo.

—También.

Sería una pena que todo se estropeara, que se confirmaran la acusación de esa chica y las sospechas de Elena. Orduño se agarra a la posibilidad de que Aurora esté equivocada, pero al mismo tiempo teme caer en la ceguera del enamorado. Ha hablado con la inspectora de los pasos que van a dar, está de acuerdo en que pronto saldrán de dudas: si Marina pertenece a la Red Púrpura, querrá eliminar a la testigo que sabe demasiado como para mandarlos a todos a la cárcel.

«Si fueras tú y creyeras que esa chica puede acabar con tu tapadera, ¿qué harías?», le ha preguntado Elena esa tarde.

«Desaparecer. Marina no ha desaparecido».

«Es posible. Te lo preguntaré de otra manera. Si esa chica pudiera acabar con tu tapadera y te enteraras de dónde se esconde, ¿qué harías?».

«Supongo que impedir que hablara».

«Vamos a comprobarlo. Vas a ser tan indiscreto como para desvelarle la ubicación de Aurora. Si va a por ella, es que quiere eliminar a la testigo capaz mandar a toda la Red Púrpura a la cárcel».

Orduño no puede dejar de preguntárselo. ¿Es posible que esa mujer que le ha devuelto la ilusión sea un monstruo? ¿Puede tener tanta sangre fría como para haber reconocido a Aurora y, en lugar de ponerse a salvo, compartir una cena con él?

—¿Cuándo empiezas con la protección de la chica? —la voz de Marina lo trae de vuelta a su salón.

—Todavía no le he contestado a la inspectora, he quedado en llamarla mañana a mediodía. No estoy seguro de decirle que sí.

—¿Por qué?

—Porque tendría que salir de Madrid y estar unos días fuera. Y no quiero estar separado de ti.

—¿Muy lejos?

—No, cerca. A la chica la han llevado esta tarde a una casa que pertenece al Estado, cerca de San Ildefonso, en un sitio que se llama Valsaín, alejada de todo. Hoy está con ella Chesca, mañana la tendría que sustituir yo.

—Pero habrá más policías...

—No, no quieren que nadie sepa que la chica está allí. Es lo que llamamos una «vigilancia de baja intensidad».

Marina piensa deprisa y lo hace como una profesional: no es posible distinguir un atisbo sombrío en su aire risueño. Si llegara a ese pueblo de

Segovia por la mañana, podría matar a esa chica. No cree que le resultara muy difícil eliminarlas a ella y a Chesca. Después podría volver y estar con Orduño cuando se conociese la noticia.

—Si yo fuera tú, aceptaría.

—Dicen que la casa es preciosa, en medio del Pinar, se llega por un camino de tierra. Va a ser un poco Robinson Crusoe. Qué pena que no puedas venir conmigo.

—Solo van a ser unos días. Después tenemos toda la vida para estar juntos.

Cenan el pollo, ven una serie en la tele, hacen el amor —como cada día— y Orduño está dejándose ganar dulcemente por el sueño cuando oye la voz de Marina.

—Mañana tengo que salir de casa temprano, por unas clases en el gimnasio que no he podido anular. Pero a mediodía estaré aquí, para despedirme de ti como debe ser antes de que te vayas a ese pueblo.

Orduño no se gira hacia ella, que le está acariciando la espalda. Se queda mirando las formas entintadas de la habitación y reprime las ganas de llorar.

No hace ningún comentario sobre el nerviosismo que parece aquejar a Marina el resto de la noche, no se da por enterado de que ella no ha dormido y no le propone acompañarla cuando sale por la mañana. Pero en cuanto está fuera, avisa a sus compañeros.

—Ha salido de casa, supongo que camino de Valsaín.

Marina va tan atropellada que no se fija en que una moto sigue al taxi que ha cogido al salir de casa.

—Acaba de entrar en una empresa de alquiler de coches. En cuanto salga os digo el modelo y la matrícula.

Tampoco se fija en que un Volvo XC90 comparte un tramo del trayecto con ella, que después es un Mercedes 250 y más tarde un Citroën C3. Tampoco puede imaginar que en el valle de Valsaín se encontrará con varios vecinos en un espectacular estado de forma: son agentes de intervención.

El pueblo está a ochenta kilómetros de Madrid, se tarda poco más de una hora. Se va por la carretera de La Coruña hasta Collado Villalba, allí hay que coger la CL-601 hasta llegar al pueblo.

Valsaín, en la provincia de Segovia, dentro del término de La Granja de San Ildefonso, no llega a los doscientos habitantes, pero tiene uno de los mayores tesoros de la zona: más de diez mil hectáreas de pinares. Allí es donde está la casa que debe buscar, que imagina que será poco más que una cabaña.

Marina va inquieta de camino a ese pueblo, no porque tenga que matar a esa chica —es una orden de Dimas y eso es algo que no se discute—, sino porque piensa en que esos días con Orduño ha sido feliz y que esa es una sensación muy extraña, nunca le había pasado. Si mata a esa chica, Dimas le ordenará desaparecer. Nunca más podrá ver a Orduño. Tampoco le valdría de nada volver, algún día la descubrirá, si es que Aurora no les ha dicho quién es. Le gustaría pensar que se halla ante una bifurcación, que puede elegir entre dos caminos, pero la realidad no es esa. La realidad es que para ella solo hay un camino posible. ¿Está dispuesta a seguir con esa vida?

Cuando está llegando a Valsaín, se fija por primera vez, gracias a una extensa recta, en un C3 que viaja a una distancia de unos quinientos metros. Y se acuerda de que lo vio en el desvío de Collado Villalba, parado en el arcén. Se ríe, toda la vida provocando que la gente mire atrás y hoy ha sido ella la que ha olvidado la precaución. No piensa enfrentarse a ellos. Toma una decisión, se acabó el miedo a Dimas, se acabó todo. Sí que hay una alternativa en su vida.

Para en un lado de la carretera, saca su pistola y espera a que el C3 vuelva a aparecer. Se mete el cañón en la boca. Está preparada para disparar y quitarse la vida, para lo que no está preparada es para que quien salga del coche sea Orduño.

—¡No lo hagas!

Marina duda, clava su mirada en la de él y le parece reconocer en su firmeza un matiz compasivo. Debería apretar el gatillo, desaparecer de una vez por todas. Sabe que es la única manera de escapar de la Red Púrpura. Pero le puede el miedo o, tal vez, una absurda esperanza de una vida de color de rosa. Baja la pistola, deja que él le ponga las esposas y luego la abrace.

—Lo siento, te quiero —es todo lo que se le ocurre decirle al oído.

Después, empiezan a llegar más agentes y los separan. Marina se da cuenta de que ha perdido su gran oportunidad. No para matar a Aurora. Ha perdido la gran oportunidad de su vida para redimirse.

Capítulo 64

—Quiero entrar yo a interrogarla.

—No me parece adecuado —responde Zárate—. Tú tienes que apartarte, ni perdonarla ni ensañarte con ella. Déjanos a nosotros.

Orduño mira a Chesca en busca de ayuda, pero ella le retira la mirada.

—Yo tampoco creo que sea bueno, ni para el caso ni para ti —dice por fin su compañera.

—Necesito saberlo todo —protesta él—. Si no fuera por mí, no estaría detenida.

—Orduño tiene razón —responde Elena.

Marina está pensativa y llorosa, apenas levanta la cara cuando entran la inspectora y Orduño.

—Tenemos datos suficientes para estar seguros de que perteneces a la Red Púrpura —Elena inicia el interrogatorio. Marina, sin embargo, parece más pendiente de las reacciones de Orduño que de la pregunta implícita de ella.

—No lo puedo negar. Tampoco quiero, no voy a mentir, voy a ayudaros en todo lo que pueda, hace tiempo que tenía que haberlo hecho, solo el miedo me lo impidió.

—Ibas camino de asesinar a Aurora.

—Fueron las órdenes que recibí de Dimas.

—¿Sabes dónde lo podemos encontrar?

—No pienso traicionarle.

Pliega los labios en un gesto terco. Evita la mirada de Orduño.

Durante las dos horas siguientes, Marina habla de la Red Púrpura. De cómo llegó hasta ella —era una de las chicas de buena familia que aparecían en los vídeos porno de Yarum y Nahín; de ahí, pasó a trabajar para Pina y, a través de ella, conoció a Dimas— y cuándo entró a formar parte de la organización —mucho antes de que la brigada empezara a investigar—.

—Entonces ¿conoces a Yarum?

—Estuve en la secta, caí como una idiota ahí dentro, pero no creo que me recuerde, éramos muchas las chicas a las que engañó.

—¿No lo has vuelto a ver?

Marina niega.

—¿Y a Pina?

Orduño se mantiene frío ante la mirada avergonzada de Marina.

—No, hasta unas dos semanas, hasta que Dimas me ordenó seducir a Rodrigo Orduño.

—¿Por qué a mí?

—Las órdenes de Dimas no se discuten. Él me dijo que te sedujera y yo cumplí. Si me hubiera dicho cualquier otro, habría cumplido también.

Elena no quiere que el interrogatorio se convierta en algo personal.

—¿Qué tuvo que ver Pina en todo eso?

—Me llevó a una casa, me dio ropa nueva para el vuelo a Canarias. Nada más. Lo más seguro es que ni siquiera supiese lo que me había encargado Dimas. Después de estar con Yarum, trabajé un tiempo para ella. Pina también había pasado por la secta, pero encontró una manera de sacarle dinero a las chicas que estuvimos dentro. Nos prostituía. Así llegué a conocer a Dimas, como un trabajo más, no sabía que pasaba a ser de su propiedad.

—¿Puedes darnos algún dato para encontrarle? Quizá su verdadero nombre.

—No pienso traicionarle —vuelve a decir.

Marina sigue contando lo que ocurría dentro de la finca de La Travesera, donde ella pasaba la mayor parte del año. Las peleas, los vídeos, las apuestas...

—¿Conoces a Lucas? —pregunta por fin la inspectora.

—En las peleas le llaman Caín —contesta ella y se decide a contar la verdad—: Yo conducía el coche el día que Dimas se lo llevó de la plaza Mayor. Era un niño dulce, frágil...

—Ya no es así —se duele Elena.

—No, ahora es un monstruo, un ser sin alma y sin sentimientos. Lamento haber ayudado a convertirlo en eso, pero Lucas no tiene solución, es irrecuperable.

Por un segundo, Elena está tentada de zarandear a esa mujer y decirle que todo el mundo puede cambiar, que igual que ellos cambiaron a su hijo, ella logrará que vuelva a ser normal. Pero, en el fondo, ni ella misma lo cree.

Siente la mano de Orduño sujetándole la muñeca: sus compañeros le han puesto al tanto de la relación de Lucas con la Red Púrpura. Ahora, él y todos los que están viendo el interrogatorio en la sala contigua han descubierto el grado de implicación del hijo de Elena. Lo que ella no se atrevió a desvelarles cara a cara. Ninguno puede culparla de omitir esa información.

Elena mira la mano de Orduño, dándole soporte, y le sonríe; agradece de verdad el gesto de cariño de su compañero, de su amigo. Recupera el control y sigue preguntándole a Marina:

—¿Cuántos niños ha habido así?

—Solo dos, Pável y Lucas. Son los que han sobrevivido a todas las peleas. Una vez Dimas los enfrentó, y Lucas le arrancó dos dedos a Pável de un bocado. Eso le salvó la vida, tuvieron que parar la pelea, por eso Lucas no lo mató, como a tantos otros.

—¿Dónde está Lucas?

—No pienso contestar a eso. No voy a traicionarle, ni tampoco a Dimas.

Orduño, que ha permanecido callado, rompe su silencio.

—Elena, necesito que me dejes solo cinco minutos con Marina.

—No puedo hacerlo.

Él calla, pero su mirada es tan implorante que Elena decide aceptar.

—Confío en ti.

Los dos se quedan solos y Orduño, para preocupación de los compañeros que siguen en la zona común, apaga las cámaras.

—Si me vas a hacer algo, me lo merezco —acepta Marina—. ¿Desde cuándo lo sabes?

—Desde el sábado, esa tarde vino a verme Elena y me lo contó. Y no, no te voy a hacer nada.

—No te lo noté. Tampoco cuando me pusiste la trampa para ir a Valsaín.

—Ni yo te lo noté a ti cuando creí que te habías enamorado. Estamos empatados.

—Es verdad que me acerqué a ti porque me lo ordenó Dimas, pero después todo cambió.

Orduño pone cara de desagrado.

—Me engañaste una vez, no pretenderás que vuelva a creer en ti —le dice con desprecio.

—No, no pretendo que me creas, pero necesito decirte la verdad. He vivido una vida de mierda, desde que me metí en aquella secta, desde que conocí a Pina y luego a Dimas. Mi destino era estar en uno de esos vídeos, pero le gusté y me dejó vivir. Durante mucho tiempo solo he hecho lo que él me mandaba, como esas pobres chicas a las que arrancan un ojo y pasan a servirle, pero a él le gustaban mis ojos azules y me los perdonó. Era la vida que tenía, hasta que me subí a ese avión camino de Las Palmas y te conocí.

—Qué entrañable —se burla Orduño, aunque él sufre más que ella.

—Te ríes, pero es muy triste. Era la primera vez en mi vida que conocía a un hombre bueno. He dudado a menudo desde entonces. Y, cuando paré el coche en esa carretera cerca de Valsaín, fue porque había decidido que no iba a seguir, que la Red Púrpura se había terminado para mí.

—Se supone que te debo creer.

—Si te soy sincera, no, no hace falta que me creas. Sé que voy a pasar en la cárcel lo que me queda de vida y es lo que me merezco. Pero lo que te digo es verdad.

—Demuéstralo.

—¿Cómo?

—Ayúdanos a encontrar a Dimas.

—Eso es como firmar mi sentencia de muerte, no habrá cárcel lo bastante segura como para protegerme de él.

—Él estará detenido.

—Aún quedará el Padre.

—¿Quién es?

—El verdadero jefe de la Red Púrpura. Nunca lo he visto y no sé cómo se llama, solo que es alguien muy poderoso.

—Te aseguro que lo detendremos.

Marina se lo piensa unos segundos.

—No, no lo detendréis. Y si lo hacéis, sabrá escabullirse y me matarán.

—Hace unas horas estabas decidida a suicidarte camino de Valsaín.

Ella siente el impacto de sus palabras. Lo piensa un instante. Es cierto. Ve aquí una segunda oportunidad de ser ella quien apriete el gatillo contra su propia cabeza. Asiente despacio.

—Voy a intentar ayudaros.

—Gracias.

—Llama a la inspectora. Pero antes quiero que sepas que nada de lo que te he dicho es mentira. Conocerte me cambió, siento que fuera tarde para nosotros.

Elena ha pasado a la sala común. Teme la reacción de sus compañeros: no fue honesta cuando les dijo que les iba a contar toda la verdad. Ahora, sin embargo, sí tienen la información. Le cuesta mirar a los ojos de Mariajo o de Buendía. No sabe si encontrará una mirada de reproche, juzgándola. De repente, siente el calor de Chesca. Es ella quien la abraza y quien le murmura que no pararán hasta dar con Lucas, hasta que lo saquen de ese infierno. A Elena le cuesta contener la emoción; esos vacíos que hallaba en su vida, en realidad, están ocupados. Son ellos: Chesca, Orduño, Zárate, Buendía y Mariajo. Ellos son su familia.

Orduño se asoma a la sala común.

—Elena, puedes entrar, Marina va a ayudarnos a encontrar a Dimas y a tu hijo.

Capítulo 65

—Aquí está el libro de aquel periodista —anuncia Buendía y lo deja sobre la mesa para quien quiera mirarlo—. Ha costado encontrarlo porque en el pueblo nos dijeron que era de hace unos veinte años, pero es de hace más, por lo menos treinta.

Es un libro muy mal editado, y las hojas amarillean por el tiempo transcurrido desde su publicación y los escasos cuidados. La portada está muy deteriorada, pero se puede leer bien su título: *La venganza del marqués*.

—Lo encontré anoche a través de un amigo que tiene una librería de viejo cerca de Ópera. Ya me lo he leído. Como obra literaria es pésima, os lo aviso, pero el periodista habló hace unos treinta años con la gente del pueblo y pudo reconstruir, más o menos, lo de las peleas de chicos en la finca La Travesera. Se parece a lo que nos contó ese viejo, Matías. Lo mejor es que trae fotos. Mirad.

Buendía va pasando por algunas fotografías incluidas en el libro, hasta que llega a la que busca: es un anillo que, pese a la mala calidad de la imagen, parece azul o púrpura.

—Un anillo púrpura —anuncia.

—La Red Púrpura —repite en voz baja la inspectora.

—Es una sortija con un zafiro engastado. Según cuenta el periodista, era el premio para los que ganaban las peleas. ¿Recordáis la esquirla que sacamos de la herida en el pómulo de Aurora?

—¿Zafiro? —deduce de inmediato Zárate.

—Así es. Ese al que llaman el Padre llevaba puesto un anillo como este cuando la golpeó.

Buendía sigue pasando páginas, hasta que llega a una fotografía de un hombre de unos cincuenta años con un hijo adolescente a su lado.

—Mira a este, Zárate, ¿sabes quién es?

—Se parece a Matías, al viejo del pueblo.

—Es él, con treinta años menos.

—¿Has localizado al autor del libro? —pregunta Elena.

—Murió hace diez años, he hablado con su viuda, pero no guarda los papeles de su marido. Los tiró cuando se fue a una residencia de ancianos, hace tres años.

—Mala suerte. Tendrás que volver a Coto Serrano para hablar con ese hombre, con Matías. Quiero que sigas la pista de los anillos. ¿Algo más?

—La camisa del famoso Padre, la que rescatamos de la basura. Imposible sacar ADN. La hemos llevado a algunas camiserías y en todas nos dicen lo mismo: las hechuras son normales, la tela es normal, las medidas son normales... Difícil sacar algo por ahí.

—Pues nada, vamos a ver cómo organizamos todo para detener a Dimas. Orduño...

Orduño, sobreponiéndose a la vergüenza de haber sido engañado por Marina, cuenta a los demás todo lo que ella le ha desvelado de la Red Púrpura.

—El líder es el Padre, y el único que conoce su identidad es Dimas, o eso nos aseguran. La Red es idea suya, él la financia y hasta diseña los eventos. No acostumbra a estar presente en ellos, y las pocas veces que asiste lo hace con máscara, para que nadie le vea. Las únicas que le ven la cara son las chicas que de vez en cuando seleccionan para él, pero nunca podrán identificarle: tiene dos perros que se ocupan de rematar a sus víctimas.

—Hijo de puta —exclama Chesca.

—Los perros se llaman Buda y Pest, Aurora es la primera que escapa de ellos. Ella es la única que le ha visto la cara, además de Dimas, por lo menos que sepamos —completa Elena—. Sigue, Orduño.

—Dimas tiene un piso en Madrid, pero nadie sabe dónde. Marina cree que cerca de la Ciudad Universitaria, nada más que eso. Cuando está en la ciudad se mueve en ambientes de lujo: hoteles, buenos restaurantes y demás.

—He interrogado a Pina. Tampoco nos puede contar nada más de Dimas. Dice que su contacto con él siempre ha sido a través de la red. Nunca lo ha visto en persona, aunque dice lo mismo que Marina, que era un tipo amable y puntual en el pago.

—Cuando llegaba a la finca de La Travesera, o a cualquier lugar donde fueran a actuar, cambiaba —continúa Orduño—. Del hombre elegante de Madrid pasaba a ser el hijo de puta que hemos visto en los vídeos.

—Fue él quien secuestró a mi hijo, el hombre de la cara picada por la viruela que llevo tantos años buscando —dice Elena, venciendo su pudor por hablar de sí misma—. Debemos suponer que Lucas sigue con él y que podrá usarlo para salvar el pellejo.

—¿Y si lo hace? —se atreve a preguntar Zárate.

—Mi obligación es salvar a mi hijo, la vuestra es detener a Dimas. Esperemos que podamos conseguir las dos.

—Dimas cuida al máximo su seguridad. Para hablar con él hay que contactar a través de la Deep Web, como dice Pina. Se dejan mensajes en algunos foros y se espera a que él llame.

—¿Mensajes en clave? —pregunta Mariajo.

—Sí.

—Entonces lo mismo pueden servir para que él se ponga en contacto que para avisarle de que está en peligro.

—Así es —se adelanta Elena—. Pero es lo único que tenemos y lo que vamos a intentar. Los mensajes están enviados. Solo nos queda esperar.

Capítulo 66

Hay un brillo de emoción en la mirada arrugada de Matías según va viendo las fotos del libro; en cada ojo, una lágrima que parece a punto de resbalar, pero que nunca lo hace. Buendía se ha presentado en el pueblo a primera hora y lo ha encontrado en el bar de la plaza, mojando picatostes en un café con leche.

—Ese soy yo con mi zagal —sonríe al reconocerse treinta años más joven. Su mano callosa, llena de lunares y manchas, acaricia la fotografía como si quisiera arreglar el pelo del adolescente despeinado que posa junto a él.

Un viejo que también está sentado a la mesa se asoma al libro y participa de la nostalgia.

—Ese es el Anselmo, ¿te acuerdas?

—Pues no me habré tomado vinos con él —dice Matías—. Hasta que se ennovió con una jerezana y se le puso la cabeza del revés.

Buendía va pasando hojas, atento a las reacciones de los lugareños.

—La jabonera —dice Matías al ver la imagen de un edificio descolorido—. Eso ya lo tiraron, pero fue un negocio bueno.

—Venía gente de todas partes a comprar jabones al pueblo —recuerda el otro con orgullo.

Ahora se detienen en la imagen del zafiro. Matías trata de pasar la página, pero Buendía la fija con el dedo.

—¿Les dice algo? ¿Saben qué es?

—Un diamante que debe de ser muy caro —dice el otro viejo—. Pero aquí no hemos tenido minas de diamantes, como bien se ve si se da una vuelta por la comarca. Aquí no hay nada, esto es un páramo.

Buendía se gira hacia Matías, que permanece en silencio mirando la imagen; un temblor en la mano que puede ser de la artrosis o de la emoción.

—A los que ganaban las peleas les regalaban un zafiro. ¿No le suena esa historia, Matías?

El viejo sorbe su café metiendo la boca dentro de la taza, como para zanjar la cuestión con una escena repugnante.

Nada más entrar en la pequeña plaza de toros de la finca La Travesera, donde se celebraban las peleas, queda claro que Matías necesita unos minutos de silencio y soledad. Recorre el lugar deteniéndose aquí y allá, levanta la mirada hacia un palco imaginario y a Buendía le parece por un instante que el hombre se dispone a dedicar una faena al público.

—Sí, era aquí, pero no había vuelto a entrar —dice saliendo del trance—. Entonces no estaba la jaula. Se peleaba fuera, en todo el recinto de la plaza. A los que se acercaban a las barreras para protegerse les pinchaban con una especie de puya, como la de los picadores, pero más pequeñas. Para que siguieran peleando.

—¿Quiénes venían de público?

—De todas partes. Ahí fuera se llenaba de coches buenos. Hacían fiesta en la casa, traían chicas de alterne, también un grupo de cantaores, bailaores y palmeros que venían de Jerez. Pero los espectadores venían de toda España, no solo andaluces, también del norte y algún portugués.

—¿Cómo sabe todo eso si solo estuvo una vez?

—Entonces se contaban historias, qué sé yo. Tampoco se fíe mucho de mi memoria.

Buendía asiente, mirándole a los ojos.

—Usted peleó, ¿verdad? Tuvo que matar a un niño con sus manos. Y al ganar la pelea salvó el pellejo.

Matías se queda en silencio. Su mirada se pierde por el horizonte como buscando ayuda. De nuevo parece que van a rodar las lágrimas que le dan a cada ojo un brillo cristalino. De nuevo resisten. Sus mandíbulas se mueven de una forma extraña, como si estuviera mascando tabaco.

—Sí, peleé. El otro chico era sevillano. No era hijo de preso político, solo de un hombre que necesitaba dinero y se lo vendió al marqués por cinco mil pesetas. Era muy flaco, yo era mucho más fuerte que él.

—O sea, que se lo pusieron fácil. ¿Por qué?

—¿Se acuerda de que le conté que la mujer del Marquesito tuvo dos hijos con él y otros dos con un miliciano?

—Sí.

—Ya oyeron que cuando el Marquesito los mató, dio a los niños a un hospicio, a los cuatro. Ni a sus propios hijos les perdonó la traición de la madre. Yo era el segundo, es decir, el más pequeño de los hijos del marqués.

Buendía está de piedra, pero no quiere que se le note, quiere que Matías siga hablando.

—¿El marqués sabía que usted era su hijo?

Matías camina unos pasos, sigue fijándose en todo, incluso se agacha para ver una señal en la parte inferior de un burladero.

—¿Ve esta eme? La hice yo. Eme de Matías.

—¿Sabía que usted era su hijo? —insiste Buendía.

—Todos peleamos aquí antes o después, los cuatro hermanos. Incluso mi hermanastra, la más pequeña. A la pobre la enfrentaron con un chaval de Jerez y no duró ni tres minutos. Solo yo sobreviví. Tenía trece años. Me dio el anillo y me mandó a vivir a casa de doña Lucía, una mujer del pueblo, la que para mí ha sido mi verdadera madre, la única persona que me ha cuidado en toda mi vida.

Matías sigue buscando algo que, al parecer, no encuentra. Recorre el perímetro de la plaza, alrededor de la jaula. Se para en un sitio que en otros tiempos debió de ser una tribuna.

—Aquí se ponía el marqués. Si no le gustaba lo que veía o le parecía que los chicos no eran bastante fieros, avisaba a su capataz y los pinchaban con las puyas. Decía que de aquí tenía que salir un luchador con los pies por delante, que si no eran capaces de matarse el uno al otro, saldrían muertos los dos.

—¿Se apostaba?

—Mucho dinero. Nos identificaban por el color de los calzones, siempre verde o rojo. A mí me tocó ir de rojo.

—El marqués se suicidó —sigue indagando Buendía.

—Sí, con una escopeta de caza. La gente dice que se arrepintió de sus pecados. Cualquiera sabe.

—Entonces usted quedó como único heredero.

—Nunca reclamé la herencia, no quiero saber nada de todo esto. Me dejó con el nombre de Matías Expósito y así me quedé para el resto de mi vida.

Vuelve el silencio, que Buendía no interrumpe hasta que Matías se acerca.

—¿Y el anillo? ¿Qué ha sido de él?

El viejo se encoge de hombros, no tiene ni idea.

—Lo guardé muchos años, era un buen pedrusco y todo el mundo decía que costaba una fortuna. Pero un día desapareció. Supongo que me lo robó Encarna, una chica que me venía a limpiar. Estas chicas tienen las manos muy largas.

—¿No denunció el robo?

—Qué va. Mire, el zafiro me traía malos recuerdos. Casi me pareció un alivio perderlo.

—¿Quién más tenía un zafiro en el pueblo?

—Todos los que ganaron una pelea. Pero ninguno está vivo, que yo sepa. ¿Podemos salir de aquí?

Buendía lleva al anciano de vuelta al bar del pueblo. Va a visitar al alcalde y después se acerca al cuartelillo de la Guardia Civil, en un pueblo cercano. Las grúas siguen trabajando en La Travesera, pero todavía no han encontrado ningún cadáver. A los detenidos se los han llevado a Cádiz y están recluidos en cárceles de allí.

—Eso era el infierno —le dice el encargado del puesto—. Espero que pille a esos cabrones.

Buendía inicia el camino de vuelta hacia Madrid, poco queda por hacer en ese pueblo maldito.

Capítulo 67

Marina les ha avisado de que tiene malas sensaciones, Dimas nunca ha quedado con ella en un sitio público, al aire libre, siempre lo hace en bares de hotel, en restaurantes o, incluso, en la sala de algún museo. Pero después de leer su mensaje en un foro de la Deep Web le ha contestado y la ha convocado en el Parque del Retiro, junto al lago, a las doce de la mañana.

—Dimas es muy listo —elucubra Marina—. Si me ha dicho un lugar así es porque teme que sea una trampa. Si ve algo raro, no se presentará. Y no volverá a responder a ninguno de mis mensajes.

—¿Nunca más sabrás de él?

—Sí, el día que me mate.

Tienen que tomar todas las precauciones para que Dimas no descubra que el parque está lleno de policías que vigilan a Marina. Elena recuerda el día de la estación de Atocha, cuando le tendieron la emboscada a Yarum. En aquella ocasión le pareció que los policías, por muy de incógnito que fuesen, llamaban la atención de cualquiera que se fijara; así que pierde una hora con Chesca diseñando una coreografía de agentes con cochecitos de bebé, otros en parejas de enamorados, algunos remando en el estanque, hay hasta dos mujeres policía simulando que echan las cartas a dos agentes más... Rentero ha sido generoso, ha asignado cincuenta hombres para la operación.

—Pero no me falles, Elena, ese hombre debe dormir esta noche en un calabozo —le ha rogado.

Marina llega en taxi —conducido por un policía— a la entrada del Retiro por la plaza de la Independencia, la de la Puerta de Alcalá. Entra en el parque y trata de caminar sin parecer nerviosa. Llega hasta el estanque sin que nadie la aborde, mientras lo rodea recibe un mensaje. Mariajo ha preparado su teléfono para que el mensaje llegue al mismo tiempo a otro móvil que está en su poder.

«Sal por la puerta que hay junto a la biblioteca. Parará un Uber delante de ti, súbete».

No pueden identificar el origen del mensaje, pero tampoco esperaban que fuera tan fácil. Todo está previsto, hay vehículos camuflados en todas las salidas y, en este momento, otros coches se dirigen a ese punto. Marina camina sin forzar el paso hacia el lugar que le marca el mensaje y sale del parque a la avenida de Menéndez Pelayo. Como le habían dicho, un Uber se detiene ante ella. Tiene los cristales tintados. Se sube atrás, el conductor es Dimas.

—¿Está muerta Aurora?

—No, no la encontré. Llegué donde se suponía que estaba y no había nadie.

—Eso es que te han descubierto.

—Lo sé.

Marina lleva el mismo micrófono que usó Zárate la noche de la timba de póker. Ella misma les ha avisado de que Dimas es muy maniático con la seguridad y de que le obsesiona que lo estén grabando. El botón parece un sistema ingenioso, pero han decidido, por si acaso, ponerle otro de seguimiento, un dispositivo que les enviará las coordenadas de su situación.

—Si sospecha, va a tirar el teléfono. Necesitamos algo que no parezca tecnológico —había dicho Mariajo esa misma mañana.

—¿Vale una pulsera? —preguntó Elena.

—Perfectamente.

—Espero que no la pierda, le tengo cariño.

Mariajo y Buendía han colocado el dispositivo en una pulsera barata que llevaba la inspectora. Ni siquiera Marina sabe que lo lleva.

A través del micrófono, Elena puede escuchar al hombre de la cara picada. Las otras veces que oyó su voz, en la finca, llevaba la máscara de lucha libre mexicana y no se escuchaba bien. Es la de un hombre educado.

—¿Pueden estar siguiéndote?

—No, seguro que no.

—Estoy dejando de confiar en ti, Marina... Después de tantos años y ahora creo que no te conozco, que no eres la misma.

El Uber ha pasado por delante del Hospital del Niño Jesús y sigue en dirección sur, camino de la plaza de Mariano de Cavia. En este momento el tráfico no es demasiado intenso. Hay tres vehículos vigilándolo y está a punto de salir otro de la avenida del Mediterráneo para situarse delante de él e impedir que salga quemando ruedas. Es una furgoneta de reparto con adhesivos de una empresa de catering. En la parte de atrás van escondidos dos agentes armados.

—Te aseguro que sigo contigo, Dimas. Fui a buscar a Aurora, pensé que estaba en una casa del Estado en Valsaín, pero allí no había nadie. No sé si me estaban tendiendo una trampa. Hui.

De repente, como guiado por un sexto sentido, Dimas empieza a mirar alrededor. Ha doblado en la rotonda hacia el paseo de la Reina Cristina. Se da cuenta de que le están cerrando, la camioneta delante, un taxi al lado, un coche particular detrás. No tiene escapatoria.

—¡Hija de puta! —murmura.

Dimas saca su pistola de debajo de un periódico en el asiento del copiloto. No intenta huir, solo se gira y dispara a Marina. Pero el conductor del taxi que estaba junto a él se ha dado cuenta y le ha embestido, lo suficiente para que su disparo no sea certero.

Elena ha dado un grito desde su puesto de observación.

—¡Lo quiero vivo!

Los agentes armados bloquean por completo el coche de Dimas, él intenta salir pegando un golpe al que tiene a su izquierda, a la vez dispara y obliga a los agentes a hacerlo. El tiroteo no dura ni medio minuto. Los peatones han salido en estampida, se oyen gritos, una mujer mayor ha caído al suelo. Es la primera a la que van a atender.

—¿Está herida?

—No, ha sido el miedo.

Chesca, que conducía un coche tras el taxi, se apea y corre para comprobar el estado de Dimas.

—Está muerto.

Tras ella llega Zárate.

Elena, desde su puesto de observación, tiene lágrimas en los ojos.

—No... Os dije que no podía morir.

—Lo siento, nos iba a matar. Los agentes han tenido que disparar —se excusa Zárate.

Mariajo abraza a Elena, se da cuenta de que coger a Dimas con vida era su única posibilidad de encontrar a Lucas.

Orduño no disimula su prioridad: busca a Marina en el coche y la ve consciente. El habitáculo está lleno de sangre.

—No es nada, solo me ha dado en la pierna, estoy bien —le tranquiliza ella.

Las sirenas de las ambulancias van ganando presencia, como la banda sonora del caos. Los primeros sanitarios en llegar se ocupan de Marina.

—Me voy con ella —le dice Orduño a Chesca, y sube a la ambulancia sin esperar respuesta.

Chesca se queda estupefacta, incapaz de reaccionar. No necesita girarse para saber que Zárate se acerca por detrás.

—Sigue sintiendo algo por ella —se lamenta—. Nunca os entenderé a los hombres.

Zárate, cariñoso, le pasa el brazo por los hombros. Ella se zafa de él.

—Vamos a ver si Dimas lleva algo encima. La hemos cagado matando a este, hay que encontrar al jefe, al Padre.

Capítulo 68

Elena para en el Cheer's de camino a casa. Necesita una copa de grappa y una canción, solo una. Sin hablar apenas con nadie, sin aceptar invitaciones de ningún desconocido, sin dejarse tentar por un hombre con todoterreno.

—*C'è gente che ha avuto mille cose, tutto il bene, tutto il male del mondo. Io ho avuto solo te, e non ti perderò, non ti lascerò, per cercare nuove avventure.*

Hay gente que ha tenido mil cosas, todo lo bueno, todo lo malo del mundo. Yo solo te he tenido a ti y no te voy a perder, no te voy a dejar para buscar nuevas aventuras. Canta Elena y, lo que debía ser una canción de amor desesperado, lo es de amor a su hijo Lucas. Al que —ahora más que nunca— cree haber perdido.

Va andando hacia su casa, sube por Huertas, evita la plaza de Santa Ana, siempre llena de gente que se divierte. Llega a la plaza del Ángel y pasa por delante del Café Central, en tiempos fue uno de los sitios favoritos de Abel, su exmarido. Esta tarde han hablado: Aurora está bien, se ha hecho muy amiga de Gabriella y los dos están felices de tenerla allí con ellos, no necesita darse ninguna prisa en llevársela, hasta dice ya algunas palabras en portugués...

Al llegar a la esquina de la calle de la Cruz con la plaza de Jacinto Benavente, se encuentra con una de las habituales. Se cruza a menudo con ella, cuando vuelve del karaoke, tanto que se saludan con un gesto de reconocimiento. Quizá esa mujer, una prostituta vieja, no lo haría si supiera que ella es inspectora de policía. Es una mujer muy mayor, sus clientes son igual de mayores, está segura de que cuando pierde uno es porque se ha muerto. Esta le parece una de las plazas más feas de Madrid, no sabe por qué, quizá por ese horrible edificio de oficinas que alberga la sede del Centro Gallego. Si ella fuera alcaldesa, su primera decisión sería tirarlo.

En la calle de la Bolsa hay siempre un grupo de mendigos, a veces beben litronas de cerveza, a veces hacen juegos malabares con una pelota que se les cae sin parar al suelo, a veces se limitan a pedir una moneda para comprar más cerveza.

—Hola, guapa, ¿no te sobrará un millón de euros por ahí para comprarme un chalet con piscina?

Le hace gracia y saca un billete de cinco euros para darle.

—Gracias, guapa, cuando consiga lo que me falta, vas a ser la primera a la que invite a bañarse. Trae biquini.

Sigue andando, atraviesa la plaza de la Provincia, con el Palacio de Santa Cruz, el que muchos dicen que fue la cárcel medieval de Madrid y ahora es la sede del Ministerio de Asuntos Exteriores. Por fin entra en la plaza Mayor, su casa. Mira a su ventana y ve que allí sigue la cámara que durante tanto tiempo fotografió la plaza con la esperanza de ver a un hombre con la cara picada de viruela, un hombre que ha muerto hoy. Si no fuera porque era el único que le podía decir el paradero de Lucas, se habría alegrado de su muerte.

Lo primero que hace Elena al subir a casa es salir al balcón con una caja de herramientas, una de las cosas que Abel nunca se llevó. Desmonta la cámara con gestos lentos, más consecuencia de la tristeza que de su escasa habilidad. Con la cámara en la mano, mira a través de su objetivo por última vez. Hay un chico, un adolescente en medio de la plaza, en el mismo sitio donde perdió de vista a su hijo hace ocho años. El corazón le empieza a latir con más fuerza cuando, sin cámara por medio, se fija en él. Reconoce su baja estatura, su cuerpo musculado. ¿Es Lucas?

Está inmóvil, como un mimo, como un niño desorientado que no encuentra a sus padres. Elena respira, cierra los ojos segura de que es una alucinación y al abrirlos habrá desaparecido.

Pero allí sigue. Es Lucas, que la mira y hace un gesto de saludo con la mano, el gesto que siempre hacía cuando llegaba andando con su padre y la veía a lo lejos.

Elena baja las escaleras corriendo. Cuando llega a la plaza, la imagen no se ha desvanecido. Echa a correr, se abraza a él.

—Hola, mamá —dice Lucas.

Quinta parte
LA INMENSIDAD

Yo estoy segura de que por cada gota,
por cada gota que caerá,
nuevas flores nacerán.

Hay una chica que le gusta. La primera vez que la vio estaba escondida en el establo, entre dos fardos de paja. Él siguió fregando el suelo como si nada, intentando que el agua del barreño no mojara el rincón donde ella se ocultaba.

Días después, la encontró de nuevo en el mismo lugar, comiéndose su pelo. Se quedó un rato mirando la extraña maniobra: primero jugaba un rato con un mechón, lo enredaba en su dedo, luego lo arrancaba tirando con firmeza y acto seguido se lo metía en la boca y se lo tragaba.

—¿Me das un poco? —le dijo.

Ella se asustó al verse descubierta y se refugió en su rincón, hosca. Eso fue todo.

Se llamaba Aurora. Lucas la vio alguna que otra vez, pero Dimas no permitía el contacto con otros internos más allá de algún encuentro casual. Era mejor así, esa chica podía ser una futura contrincante en una pelea o algo peor.

Un día la vio desnuda, junto a un barreño de agua, pasándose una esponja por el cuerpo. Sintió una descarga eléctrica incómoda, desconocida. Desde ese momento, se acostumbró a agachar la cabeza cuando se topaba con ella en un pasillo o saliendo del baño. Tiene razón Dimas, pensó, es mejor evitar los acercamientos personales.

Por eso le molesta la irrupción que Dimas hace en el comedor y lo que le dice a bocajarro, sin introducciones aclaratorias.

—Tu madre está investigando.

A Lucas no le gusta que le mencionen a su madre. Se ha acostumbrado a vivir sin ella, ha extirpado de su alma todo vestigio de humanidad. Es la única manera de sobrevivir al infierno.

—Un colaborador de la Red nos ha contactado, acaba de salir de la cárcel.

Lucas lo mira en silencio. Está habituado a no hacer preguntas, prefiere esperar a que Dimas vomite toda la información.

—Vamos a grabar un vídeo y te vas a dirigir a tu madre, que vea que estás con nosotros. No creo que quiera llegar hasta el final si sabe que entonces acaba contigo.

A Lucas no le gusta tener que fingir, dirigirse a su madre como si nada. Nota el deseo de pedir ayuda, un conato leve que entierra en un lodazal de rabia, de ira, de odio. Dimas prepara la cámara. Dos esbirros traen a la joven, que grita, llora y patalea. Es Aurora. Lucas no quiere torturarla. De nuevo nota una sacudida en su interior, un cosquilleo que le marea, que le da vértigo, un sentimiento que no consigue descifrar. Porque en su vida no hay sentimientos, no puede haberlos.

Aurora llora de forma suplicante y le mira a los ojos. Pero Lucas sabe que no se puede permitir la duda.

Elige el cuchillo más afilado.

Capítulo 69

Elena está asustada viendo comer a su hijo. Lo hace con las manos y mastica con la boca abierta, pero no es la falta de modales lo que le llama la atención, es su mirada, inexpresiva, como la de los tiburones que veían en los documentales que tanto le gustaban cuando era pequeño.

—¿Cómo has venido?

—Me escapé. Hace horas, pero no conozco Madrid lo bastante. No quería preguntar, pero sabía que de niño vivía en esta plaza. Me he acordado mucho estos años de la plaza.

Hasta ese momento, Elena había sentido emoción, pero no ternura. Ahora sí, imagina a ese niño que se fue, no a este adolescente que ha vuelto, recordando su casa, la plaza, los vendedores de sellos. Matando a otros como él en las peleas, pero rememorando su infancia, cuando su vida no era eso.

—¿Te costó escaparte?

—Siempre he podido hacerlo, pero me quedaba, esperando a que viniera Dimas. Hoy Dimas no ha llegado.

No contaba Elena con tener que ser ella quien le diera la noticia y lo hace con el miedo metido en el cuerpo, teme su reacción.

—Dimas está muerto.

Lucas no parece afectado —sigue comiendo como si nada— hasta unos segundos después.

—¿Lo has matado tú?

—No, no he sido yo. Quiso huir de la policía y le dispararon.

—¿Él no disparó?

—Sí.

Lucas asiente, satisfecho.

—Siempre lo decía: te pueden matar, pero tienes que defenderte, intentar llevarte a los que puedas por delante. Gracias a eso he podido vivir yo.

Sigue sin reaccionar, metiéndose la comida en la boca y tragando, a veces, sin masticar.

—¿No te importa que Dimas esté muerto? —se inquieta Elena.

—La gente se muere. Unos viven, otros se mueren. Tú y yo también vamos a morir. Da igual. Dame más agua.

—Hay otro jefe en la Red Púrpura.

—El Padre —confirma Lucas—. Sus perros me gustan: Pest y Buda.

En lo único que se fija Elena es en que ha dicho los nombres al revés, casi nadie lo haría.

—¿Sabes quién es? ¿Cómo se llama de verdad?

—No, solo que si él quiere, te matan sin luchar. ¿Pável está muerto también?

—No, está detenido.

—Es mi amigo.

—Le arrancaste los dedos.

Lucas se encoge de hombros. Ni siquiera contesta. Se levanta de la mesa.

—No quiero más.

Se sienta en el sofá y enciende la tele, busca hasta encontrar dibujos animados. Se ríe igual que se reía cuando era un niño que nunca había abandonado esa casa.

—No me has preguntado por tu padre —le sale, a su pesar, tono de reproche a Elena.

Él la mira inseguro, como buscando dentro de su cabeza la imagen paterna.

—No me había vuelto a acordar de él. ¿Vive?

Ella intuye que no está siendo sincero, que hay algo de teatro en su actitud: no es posible que haya enterrado todos sus sentimientos.

—Sí, vive. Ahora está casado con otra mujer. Ya no está en Madrid. ¿Quieres hablar con él?

—No —tampoco da más explicaciones.

—Él te quiere.

Lucas sigue viendo los dibujos animados, riéndose, ante la impotencia de su madre, que no sabe cómo hacer que le hable, que le cuente, que le diga lo que piensa. Hasta que Lucas se cansa y apaga la tele.

—Quiero dormir.

—Ven, tu habitación está como la dejaste.

Le lleva a la habitación de cuando era un niño. Él flota por el espacio sin la menor concesión a la ternura. Parece un profesional buscando un sitio adecuado para colocar un micro, o calibrando las posibles escapatorias de un recluso. Elena coge el conejo de peluche que está sobre la cama.

—Es Pipo, ¿te acuerdas?

Lucas ni siquiera se fija en el juguete. Su mirada dibuja una panorámica de la habitación, cargada de recuerdos infantiles.

—No quiero dormir aquí.

Elena le lleva al dormitorio de invitados, a la cama donde iba a dormir Aurora el otro día, aunque al final se fue a dormir con ella.

—Aquí estarás mejor.

Lucas se queda en el umbral, como si notara una presencia extraña en esa habitación. A Elena le parece que se mueven sus fosas nasales en un ritual de reconocimiento. Está olfateando. Es como si supiera que esa misma habitación se le ha ofrecido previamente a otra persona, a una cuyo olor identifica. Alguien que le despertó emociones que nadie más le ha despertado.

—Jonay está solo. Vamos a buscarle.

—¿Jonay? —a Elena le suena el nombre.

—Está en el piso del que me escapé. Si Dimas ha muerto, nadie irá a por él. Jonay no conoce Madrid y no tiene a nadie aquí, no quiero que le pase nada.

Elena cae en quién es Jonay: es el luchador canario al que Lucas estuvo a punto de matar. Se le agolpan tantas impresiones que casi es un milagro que se sostenga en pie, que conserve la presencia de ánimo, que no se derrumbe, que no rompa a llorar, que no la emprenda a bofetadas con el monstruo que tiene delante. Lucas se está preocupando por Jonay y ella recibe con gratitud la primera muestra de humanidad de su hijo.

—¿Sabes dónde está el piso?

—Claro que lo sé.

Pocos minutos después se suben en el Lada rojo. Hay algo simiesco en el modo en que Lucas se acomoda en el asiento del copiloto y se pone el cinturón.

—Tira este coche. Es viejo y feo.

Elena lo mira buscando ansiosa el indicio refrescante del buen humor, una sonrisa juguetona, un brillo de malicia. Pero Lucas se limita a dar las instrucciones necesarias para llegar a Lavapiés y le indica a su madre que pare frente a un portal en la calle de la Fe.

—Es ahí, en el primer piso.

Elena tiene miedo de lo que pueda encontrarse, tiene miedo de que su hijo se haya prestado a tenderle una trampa y no se atreve a entrar. Coge el teléfono y llama a Zárate, le da la dirección.

—Ven, pero no vengas tú solo, que venga una patrulla contigo. Quizá solo encuentres a un niño, pero ten cuidado.

—¿No subimos nosotros? —pregunta Lucas.

—Ahora viene una patrulla.

—No te fías de mí, haces bien.

—No, no me fío —reconoce Elena—. Vamos a esperar aquí.

Con el coche aparcado y sin hablar, ven llegar a la patrulla y a Zárate. Los ven entrar en el edificio y salir a los pocos minutos con Jonay.

—Me gustaría saludarle —dice Lucas.

Elena se gira hacia él.

—¿Y eso? Estuviste a punto de matarle.

—Es mi mejor amigo.

—¿Quieres hablar con él?

—No. Vamos a dormir —murmura Lucas en un repentino cambio de opinión.

Se van a casa. Antes de acostarse, Elena llama a Zárate.

—Quiero que mañana vengas a mi casa antes de ir a la brigada. No se lo digas a nadie. Y ordena que examinen el piso de la calle de la Fe palmo a palmo. Pertenece a la Red Púrpura.

Capítulo 70

Orduño ha pasado la noche sentado en una butaca junto a la cama que ocupa Marina en el hospital. En la puerta, para evitar que se fugue, se han ido relevando agentes; él no está allí como policía, está como acompañante de la herida. Marina, despierta, lo ve durmiendo en una posición forzada. No dice nada para no despertarle, hasta que él abre los ojos.

—Buenos días.

—Joder, qué incómodas son estas butacas —protesta él.

—Tenías que haberte ido a casa a dormir.

—Quería comprobar que estabas bien y que no necesitabas nada —dice, pero entonces se da cuenta de que aparenta ser cariñoso y no quiere—. Y para que no puedas escaparte.

—Sé que no tengo derecho a pedirlo, pero toda mi ropa y mis cosas de aseo están en tu casa. Si pudieras traerme algo en una bolsa... No sé si dejan.

—No te preocupes, a lo largo de la mañana te lo hago llegar.

Orduño mira en el reloj de su móvil.

—Solo son las cinco de la mañana, pensé que sería más tarde. Deberías estar dormida.

—Mataría por una botella de agua fría.

—No digas lo de matar.

—Era una forma de hablar.

Pese a todo, los dos se sonríen. Él se levanta y comprueba las esposas que unen una de las muñecas de Marina a una barra de la cama.

—No me voy a escapar, ayer me dispararon en la pierna. ¿Te imaginas si me fugo cojeando? Prefiero que me condenen antes que hacer el ridículo.

Orduño sale de la habitación, el agente que la custodia le indica dónde hay una máquina de bebidas y vuelve a los pocos minutos con agua, zumo y un paquete de galletas. Ella le recibe aparentemente feliz.

—Vaya banquete.

—En la máquina tenían también patatas fritas, pero no me pareció que fuera la hora apropiada.

—Mejor las galletas.

Los dos comen y beben en silencio. Tienen ganas de hablar, pero no se atreven, son conscientes de que cualquier frase será el inicio de una despedida. Ella decide acabar con la tensión.

—¿Me odias?

—No —contesta él, sincero—. Llevo días intentándolo, pero no lo consigo. Te pareceré un estúpido, pero me hice ilusiones. Me imaginé una vida a tu lado y éramos muy felices.

—Como en «Waterloo Sunset» —murmura ella recordando la canción de los Kinks que los acercó, pero el gesto de Orduño le hace ver que no está dispuesto a entregarse a la nostalgia—. Yo también te pareceré una estúpida, también lo imaginé. Hasta llegué a pensar que podríamos tener un hijo.

—Lo que me pareces es una hipócrita —le corta él con dureza.

—Tienes razón. No puedo parecer otra cosa.

Vuelve el silencio entre ambos, el comer una galleta más y dar otro sorbo a sus botellas de agua evitando mirarse.

—Probablemente te trasladen hoy a la enfermería de la prisión.

—Me da miedo que me hagan algo allí. La Red Púrpura llega a todos lados.

—Estarás protegida.

—¿Para siempre? Es imposible estar protegida toda la vida. Les llegará la noticia de mi intervención en la muerte de Dimas, la gente de la Red Púrpura actuará, me convertiré en una apestada en los foros de la Deep Web donde se habla de estas cosas. Un día vendrán a por mí, en las duchas, en el comedor... Nunca he estado en una cárcel, solo sé cómo son por las películas.

—No tienen nada que ver. Los presos están mejor que los chicos y las chicas a los que hacíais pelear.

—¿Vendrás a verme?

Orduño tarda en contestar, como si no lo hubiera pensado antes, como si tuviera que encontrar el valor para hacerlo.

—No. Dentro de un par de horas me marcharé a la brigada, haré todo lo posible por ayudar a mis compañeros a encontrar al jefe de la Red. Cuando lo consigamos, que puedes estar segura de que lo vamos a conseguir, decidiré si pido el traslado, si sigo con ellos o si dejo la policía y me dedico a dar la vuelta al mundo en bicicleta de montaña, no lo sé.

—Te acompañaría.

—Ya, pero estarás encerrada en una cárcel. Aunque algún día estarás libre.

—No, nunca seré libre, me matarán; además, si saliera de ahí viva, sería tan vieja que no querrías ni mirarme. Tendré que estar recordando toda la vida que una vez me enamoré en un vuelo a Canarias. Siempre que vueles, acuérdate de mí.

Marina sonríe y a Orduño no le queda más remedio que hacerlo también.

—No me gustan los aviones, prefiero el AVE.

Las galletas están terminadas, Orduño cree que ha llegado el momento de recogerlo todo y marcharse, despedirse de Marina para siempre. Pero busca excusas para quedarse más tiempo con ella.

—Háblame del Padre.

—No os he mentido, nunca lo vi sin máscara. Solo sé que es un hombre importante, que él está detrás de todo y que es un sádico, aunque prefiera ver las torturas y las peleas a través de una pantalla y no en persona.

—Cuando dices que es un hombre importante, ¿a qué te refieres, un político?

—Puede ser, pero no lo sé. Solo que cuando había un problema grave, Dimas lo llamaba y se resolvía.

—¿De qué se conocían Dimas y él?

—De siempre, yo creo que de toda la vida. Quizá desde que eran niños.

—¿Y de Dimas? ¿Qué más puedes decirme de él?

Marina está avergonzada, pero no quiere callar nada.

—Durante muchos años he creído que era el hombre más maravilloso del mundo, un dios.

—¿Y los asesinatos, las torturas?

—No lo puedes entender, ahora ni yo misma puedo hacerlo, pero me parecía normal. Lucas fue el único chico por el que sentí cariño, quizá porque yo estaba allí cuando Dimas lo secuestró y me encargué de cuidarlo. Hasta preparé todo para que se fugara.

—¿Y qué pasó?

—¿Te acuerdas de mis cicatrices en las muñecas? Tú pensaste que me había intentado suicidar, es normal que todo el mundo lo piense; pero fue él quien me las hizo.

Marina le cuenta el día que lo preparó todo para que Lucas escapara, el momento en que le dio las llaves y cómo él las usó contra ella por traicionar a Dimas.

—Pero después no le dijo nada a Dimas. He llegado a sentirme agradecida; si Dimas se hubiera enterado, me habría matado, quizá torturándome para que todo el mundo viera lo que ocurría a quienes le traicionaban.

La luz entra por la ventana de la habitación. Ahora sí que ha llegado la hora de marcharse.

—Tengo que ir a la brigada.

—Gracias por haber pasado la noche conmigo.

Orduño recoge los envoltorios de las galletas, los tetrabricks vacíos del zumo, las botellas de agua.

—¿Necesitas algo más?

—Nada —contesta ella—. Que te cuides.

Se acerca a ella, le da un beso casto en la mejilla.

—Tú también, cuídate mucho. Haré que te manden algo de ropa y, cuando sepa dónde vas a estar, te mandaré el resto.

—Gracias.

Al salir, Orduño se despide del agente de guardia. En el ascensor, rompe a llorar. Se para unos cuantos pisos más abajo y se sube una enfermera, no le dice nada, aparte de un «Lo siento» a media voz. Están en un hospital, decenas de personas bajarán hoy en un ascensor tras recibir la noticia de una muerte, de una enfermedad incurable...

Capítulo 71

Elena ha pasado la noche inquieta, asustada —tiene miedo, un pánico atroz a su propio hijo—, se ha encerrado en su cuarto con llave y ha dejado la pistola sobre la mesilla de noche, como si fuera a tener valor para defenderse de Lucas con ella. Varias veces se ha levantado y se ha acercado a la habitación en la que él duerme. Lo hace a pierna suelta, respirando tranquilo, como alguien que no tiene nada que temer de la vida. Lleva ocho años deseando que llegara este momento, tener de nuevo a su hijo entre las paredes de su casa. Nunca imaginó que esta extraña mezcla de miedo, ternura, amor y odio fuera el caldo de su corazón. No sabe cómo manejarlo, cómo definir lo que siente. O, tal vez, no se atreve a reconocer que el amor se ha convertido en algo residual.

Por la mañana temprano, tal como ella le pidió, llega Zárate.

—¿Qué ocurre? Tienes que explicarme lo del piso de Lavapiés de anoche.

—¿Cómo está el chico al que rescataste?

—Muy asustado.

—Es el chico que peleó con mi hijo en la finca, el que estuvo a punto de morir.

—No es más que un niño; salvaje, pero un niño.

Zárate ya lo ha identificado. Se llama Jonay Santos, tiene dieciséis años y es de Santa Cruz de Tenerife, se escapó de su casa hace seis meses.

—¿Familia desestructurada?

—No, normal y corriente. Su padre es mecánico y su madre cocinera en una residencia de ancianos. Tiene una hermana de diecinueve que va a la universidad. Una familia como cualquier otra. Ya los hemos avisado.

—¿Has hablado con el chico?

—No dice mucho: que se escapó de casa para ver mundo, pero que lo llevaron a la finca. La que viste era su tercera pelea.

—Eso quiere decir que había matado a otros dos chicos como él. Dios mío, no sé qué nos vamos a encontrar cuando lo descubramos todo. No entiendo cómo no hay cientos de denuncias por la desaparición de todos esos chicos.

—Muy pocos de ellos eran españoles. Casi todos eran marroquíes, subsaharianos de los que han llegado en patera, de Europa del Este, algunos, muy pocos, latinos...

—¿Cómo llegó a la finca?

—Dimas le ofreció dinero. No dice mucho más. No conoció al Padre y dice que no sabe por qué le trajeron a Madrid con Lucas. Elena, no me has dicho todavía ni para qué me has hecho venir ni cómo supiste que Jonay estaba en ese piso.

Elena dilata darle la información.

—¿Lo están examinando?

—Sí, Chesca y Orduño deben de estar en el piso hace por lo menos una hora. Nos llamarán si encuentran algo importante.

—Ven conmigo.

Elena lleva a Zárate hasta la habitación en la que duerme Lucas, entorna la puerta, allí sigue, durmiendo ajeno a todo, con un sueño pesado y plácido, el sueño del que tiene la conciencia tranquila.

—Es mi hijo.

Vuelven a la cocina y, mientras Zárate prepara café para los dos, Elena le cuenta la historia.

—Apareció anoche, se plantó en medio de la plaza y me saludó desde allí. Bajé corriendo. Es terrible, nunca he visto una mirada tan vacía, alguien con tan pocos sentimientos.

—No puede ser una sorpresa para ti, su vida ha sido cualquier cosa menos fácil. Sabías cómo estaría si llegabas a encontrarlo.

—Me dijo que no se había vuelto a acordar de su padre. ¿Te lo puedes creer?

—Tienes que acostumbrarte a que vas a recibir muchas noticias malas relacionadas con él.

Elena asiente, lleva recibiendo noticias malas desde que se abrazó a él en medio de la plaza.

—Fue él quien me dijo que Jonay se había quedado en el piso y me llevó hasta la calle de la Fe.

—¿Qué vas a hacer?

—No tengo ni idea, por eso te he llamado. Debería llevarlo a la brigada e internarlo en un centro de menores.

—Es lo más razonable.

—Pero soy su madre, lo he recuperado después de casi nueve años, bastante tiempo ha pasado encerrado.

—No te engañes, Elena, no has recuperado a tu hijo, has recuperado a alguien que se llama como él y que se le parece. Nada más. Todavía tardará mucho tiempo y muchos psicólogos, suponiendo que tenga suerte y lo logre, en volver a ser el hijo que perdiste. Y, si lo dejas aquí en tu casa mientras vas a la brigada, puede que no vuelvas a verlo.

—Estaba pensando en no ir a la brigada.

—¿Y quedarte aquí encerrada con él? ¿Y dejar que ese hombre, el Padre, vuelva a organizarlo todo y encontrarnos dentro de unos años una finca en la que otros chicos pasen por lo mismo que ha pasado Lucas?

—Tienes razón, pero no sé qué puedo hacer.

—Como no lo dejes aquí esposado, no sé.

—Eso sería peor que internarlo en un centro.

No se han dado cuenta de que Lucas se ha levantado y los escucha desde la puerta de la cocina.

—Puedes dejarme esposado, he estado así muchas veces. A veces he pasado semanas enteras esposado.

Lucas se sienta junto a su madre y, sin decir nada más, empieza a comer con las manos la media pizza que sobró de la cena.

—Serán solo dos o tres horas —asegura Elena.

—Delante de la tele, así podré ver los dibujos.

El mismo Zárate se encarga de esposar a Lucas al cabecero de la cama. Le dejan a su alcance todo lo que puede necesitar, aunque a él solo le preocupa que allí esté el mando de la tele. Antes de que salga, ha encontrado su canal favorito de cuando era un niño, el Disney Channel.

Zárate y Elena van a las oficinas de la brigada en el Lada de la inspectora.

—Te estás confundiendo, ese chico necesita ayuda.

—Lo sé. Y la tendrá. Solo necesito un día con él, como mucho dos... Quiero intentar que sea el mismo, ver al que era en sus ojos.

Cuando llegan a la oficina, Chesca y Orduño aún no han regresado del piso de la calle de la Fe, pero Mariajo los espera con noticias.

—He descubierto el verdadero nombre de Dimas. Se llama Antonio Castro Cervantes y nació, pásmate, en Coto Serrano, el mismo pueblo en el que estaba la finca.

Capítulo 72

Orduño y Chesca no tienen muchas esperanzas de encontrar nada importante en todo lo que han sacado del piso del barrio de Lavapiés.

—Lo único, las huellas. Había muchas, de gente distinta. Se ha hecho cargo de ellas Buendía, quizá saquemos algo.

—No creo que el jefe de la Red, si es de verdad un hombre tan poderoso, haya visitado mucho ese piso —descarta Chesca—. Era un estercolero.

No siguen hablando porque entra Mariajo con prisa y cara de traer una información importante.

—Acabo de descubrir algo que no esperaba. Antonio Castro Cervantes, Dimas, trabajó en el Centro de Menores de San Lorenzo de El Escorial.

—¿El mismo en el que estaban Aisha y Aurora?

—El mismo, fue celador allí. Pero antes de que ellas ingresaran. No coincidió con ellas, no las pudo conocer.

—¿Será casualidad? —se pregunta Orduño.

—No creo...

—Recordad a Ignacio Villacampa —señala Elena—. Por un momento sospechamos de él. Quizá los dos se conocieran.

—Sí, pero también coincidieron muy poco tiempo; Dimas abandonó el centro cuando Villacampa apenas llevaba dos meses de director —confirma Mariajo, tras consultar las fechas.

—Entonces, Ignacio Villacampa podría ser el Padre. Es un hombre poderoso y está cerca tanto de Dimas como de dos de las víctimas —aventura Zárate.

Elena lo valora un instante, pero enseguida se da cuenta de que no cuadra.

—Aurora vio la cara del Padre. Si hubiera sido Villacampa, nos lo habría dicho, ella le conoce.

—O no —puntualiza Buendía—. A veces el terror de las víctimas hace que no señalen a su verdugo.

Elena se queda pensativa.

—No perdemos nada por hablar con él —sugiere Orduño.

—No va a ser tan fácil —dice Buendía.

—¿Por qué? No hay tiempo que perder.

—Se nota que no veis los telediarios. Hoy salía la sentencia de la acusación de corrupción que hay contra Ignacio Villacampa. La puerta de su casa debe de ser un enjambre de periodistas y cámaras.

Buendía estaba en lo cierto, Elena y Zárate tienen que cruzar un nutrido grupo de periodistas que espera a que el político salga de casa tras saberse que la Audiencia Nacional ha decidido declararle inocente de todos los cargos que había contra él. Es un piso en pleno barrio de Chamberí, en la calle Zurbano, en uno de esos edificios señoriales de la zona. Elena lo conoce a la perfección; cuando era pequeña vivió a solo dos portales, en una vida que casi no recuerda. Cuando por fin logran acceder a la casa de Villacampa, lo encuentran brindando con su familia y sus colaboradores.

—Qué sorpresa verla, inspectora Blanco.

—Enhorabuena por la sentencia.

—Soy inocente, la Audiencia Nacional no tenía más remedio que absolverme. ¿Puedo saber qué desea?

—Será mejor que pasemos a su despacho.

Una vez allí, la inspectora le muestra una foto de Dimas.

—¿Le conoce?

Villacampa la mira con atención durante unos segundos.

—La verdad es que la cara me suena, pero no estoy muy seguro. Sí que le diría que alguna vez lo he visto, pero soy incapaz de decirle dónde.

—Es Antonio Castro Cervantes, aunque muchos lo conocían por Dimas. Fue celador en el Centro de Menores de San Lorenzo.

Villacampa vuelve a mirar la foto.

—Es posible, pero ya le digo, no estoy seguro. ¿Puede que fuera uno que se marchara muy poco después de llegar yo?

—Sí, a los dos meses.

—Entonces sí, le conocí. Pero no me acuerdo de él. ¿Por qué me lo preguntan?

—Fue el hombre que mató a Aisha Bassir.

Villacampa acusa la información con estupor.

—Si se marchó al poco de llegar yo, no conoció a Aisha en el centro. Pasaron por lo menos cinco o seis años entre una cosa y la otra. Quizá sea una simple casualidad.

—Es lo que queremos que nos explique.

Villacampa le devuelve la fotografía a la inspectora con desinterés.

—Soy completamente incapaz. No tengo ni la más remota idea de qué relación puede haber entre un celador que se marcha de un centro y la muerte, once años y pico después, de una chica que estuvo en ese mismo centro a la que no llegó a conocer.

—¿Qué estaba usted haciendo el pasado viernes?

Elena está preguntando por el día de la pelea, sabe que esa tarde el Padre estuvo en la finca. La cara de sorpresa de Villacampa es llamativa.

—¿Significa esto que me está acusando de algo, inspectora?

—Significa que quiero que me diga qué estaba haciendo el viernes.

—Hay gente con ganas de meterse en problemas, está claro —ironiza.

Villacampa coge, sin perder la sonrisa, la agenda de encima de la mesa. La abre, pasa unas páginas.

—Por la mañana tuve reunión con mis abogados para hablar de la sentencia que ha salido hoy. Comí a las dos en el restaurante Muñagorri, en la calle Padilla, con Francisco Salas, un diputado de mi grupo parlamentario, pueden llamar a su secretaria, seguro que se lo confirma. A las cuatro de la tarde, hubo reunión de la Ejecutiva del partido. Pensé que a las seis estaríamos libres, pero ese mismo día salió la acusación de que el Ministerio de Obras Públicas había dado trato de favor a una constructora relacionada con el ministro en un concurso para adjudicar unas obras y estuvimos reunidos hasta las nueve y media. ¿Algo más?

—No, ha sido usted muy amable.

—Quédese entonces con este recuerdo. Si vuelve a molestarme, dejaré de ser tan amable —amenaza Villacampa.

Antes de salir del edificio, cuando todavía van en el ascensor, Elena llama a Chesca y le dicta las actividades del político.

—Quiero que las confirmes una a una.

Capítulo 73

Antes de llegar a la plaza Mayor, al piso de la inspectora, Zárate y ella paran en un bar de la calle Postas, más para decidir qué pasos dar a continuación que para tomar algo.

—¿Qué vas a hacer con Lucas? No puedes tenerlo siempre esposado a la cama.

—¿Crees que no llevo toda la mañana pensando en eso? La única solución que se me ocurre es llevarlo con su padre, a Urueña, pero ni siquiera sé cómo reaccionará Abel cuando sepa que lo he encontrado. Además, allí está Aurora.

—Tampoco puede quedarse ella toda la vida.

Zárate sabe que Elena no quiere mover a la chica hasta que cacen al Padre. No sería seguro y tampoco quiere presionarla para que tome otra decisión. Es evidente que hay demasiados platillos en un equilibrio frágil, pero las soluciones no aparecerán de repente.

—No hemos hablado del dinero del día de la partida de Kortabarría —dice Zárate.

—Me dijo Mariajo que volvieron a ingresar los ciento cincuenta mil euros en la cuenta que creamos para eso. Recuperaste hasta la comisión.

—En efectivo me quedé diez mil más y están en mi piso. Bueno, casi, todo menos seis mil que tuve que gastar.

—¿En qué? —se sorprende Elena.

—En Orduño.

Zárate le cuenta lo que ocurrió aquella mañana en la que ella partió hacia la Cañada Real para que después la llevaran a Coto Serrano: la llamada que recibió exigiendo el dinero, el estado en que encontró a Orduño.

—Él no sabe que es dinero tuyo, cree que me lo debe a mí y me ha jurado varias veces que lo va a devolver.

—No le digas que es mío, prefiero que siga pensando que es tuyo. Cuando todo esto pase, lo arreglaremos. Y dile que no haga locuras, que no hay prisa para que lo devuelva.

El teléfono corta su conversación: es Chesca, que llama para contar que ha comprobado las coartadas de Villacampa.

—Hasta las cuatro de la tarde, todo concuerda; a partir de ahí, ha mentido. No acudió a la reunión de la ejecutiva del partido.

—¿Estás segura?

—Me lo ha confirmado una empleada del partido. No es el tío más popular entre las secretarias, por lo visto tiene la mano muy larga, es un sobón.

—Gracias, Chesca. Buen trabajo.

Después de colgar, Elena ya ha pensado en lo que va a hacer.

—Zárate, Villacampa nos ha mentido, se quedó libre tras la comida, pudo llegar a Coto Serrano. Necesito que te quedes con mi hijo. Yo voy a ir a ver a Rentero. Voy a pedirle que nos consiga una orden para hacer un registro en casa de Villacampa.

—¿Qué esperas encontrar?

—Cualquier cosa, desde indicios de quién es el Padre hasta el anillo púrpura.

—Ten cuidado, Elena, no hay que meterse con los poderosos si no se está seguro de ganar. Si te equivocas, podemos echar por tierra todo lo que hemos conseguido.

—Sé lo que hago.

Las carcajadas de Lucas viendo los dibujos animados en la tele se escuchan desde la entrada del piso. Zárate y Elena han comprado comida en el supermercado para que tenga toda la que quiera y también algo de ropa para que pueda cambiarse.

—¿Te has aburrido?

—No. Llevaba sin ver la tele desde que me fui de esta casa. Es muy divertida.

—Te vas a quedar un rato a solas con Zárate.

—¿Eres mi niñera? —pregunta Lucas.

—Solo me quedo si te duchas y te cambias de ropa. Hueles que apestas —trata de bromear él para ganarse al chico.

Mientras Lucas se ducha, Elena se despide de Zárate y le da las gracias.

—Ten cuidado con él, no te confíes. Le he visto matar a otro chico con sus propias manos.

—Lo tendré, no te preocupes.

—Volveré lo antes que pueda.

Cuando Elena llega al despacho de Rentero, el comisario la está esperando.

—¿Te has vuelto loca? ¿Has ido a casa de Villacampa? ¿Qué te dije sobre él? Que era la mejor persona que habías conocido en tu vida.

—Rentero, sé lo que hago.

—No, no tienes ni idea, has perdido el norte con este caso. Me vas a obligar a relevarte.

—Quiero pedir una orden para hacer un registro en casa de Ignacio Villacampa.

—Elena, necesitas unas vacaciones. Vete al Caribe. O a Italia, allí puedes beber toda la grappa que quieras, hasta que se te disuelva el cerebro, pero deja de hacer barbaridades.

—Rentero, creo que Villacampa forma parte de la Red Púrpura.

El comisario se echa las manos a la cabeza, mientras piensa que tenía que haber destituido a la inspectora Blanco hace mucho tiempo. Nunca debió dejar que regresara a la BAC tras el secuestro de su hijo.

—¿Por qué crees eso? —le pregunta como estrategia para que la propia Elena se dé cuenta del absurdo del que está tratando de convencerle.

—Dimas, el hombre que murió en el operativo de ayer, trabajó en el Centro de Menores de San Lorenzo. —Elena trata de ordenar sus ideas—. Fue él quien mató a la chica marroquí, Aisha Bassir.

—¿Y? ¿Te das cuenta de que eso no significa nada?

—Hay más coincidencias. La más importante es que nos mintió en su coartada del viernes, nos dijo que estuvo en la reunión de la Ejecutiva de su partido y es falso.

—¿Dónde crees que estuvo?

—En la finca La Travesera, en Coto Serrano, asistiendo a una pelea a muerte entre niños.

—Por Dios, Elena, estás perdiendo la cabeza.

—Estoy muy cerca de la verdad, Rentero. Confía en mí.

—No, no confío en ti. Olvídate de Ignacio Villacampa. Es la última vez que te lo digo.

Elena sale del despacho bufando de rabia. Lamenta ahora, tarde ya, la ingenuidad de pensar que Rentero se pondría de su lado. No le ha parecido suficiente la enorme casualidad de que Dimas trabajara en el centro de menores que dirigía Villacampa. Pero no va a soltar el hueso. Le va a presentar al comisario más pruebas. En una bandeja de plata, si hace falta.

Capítulo 74

Zárate observa a Lucas mientras este piensa su próxima jugada ante el tablero de ajedrez. Su madre tiene razón cuando dice que su mirada está vacía, que le recuerda a los tiburones de los documentales, que carece de alma. Para su sorpresa, es un buen jugador de ajedrez, agresivo cuando debe serlo, pausado y prudente cuando se defiende.

—¿Quién te enseñó a jugar?

—La mujer que me cuidaba cuando llegué a la finca, Marina.

—¿Se portaba bien contigo?

—Sí. ¿Está detenida o la habéis matado?

—Está detenida. ¿Te interesa?

—Me da igual. Jugué muy poco con ella. Después me quitaron el tablero y las piezas, hace años que no había vuelto a hacerlo.

—Juegas muy bien.

—Echo partidas dentro de la cabeza. A veces voy con blancas y a veces con negras.

Los dos siguen jugando, casi sin hablar. Hasta que Zárate le come a Lucas un alfil que él no esperaba, un descuido. Nota que se irrita, aunque intente disimular y siga jugando.

—¿Estás liado con mi madre?

Zárate se sorprende, no solo por la pregunta, también por la intención. La ha hecho para irritarle. Para Lucas, la partida de ajedrez es lo mismo que la lucha en la jaula octogonal de La Travesera. Hay que ganar porque, si no lo haces, serás eliminado.

—No estoy liado con tu madre, de cualquier forma eso no sería asunto tuyo.

—O sí, es mi madre.

Siguen jugando y Zárate comete un error a propósito. Le entrega su alfil, están otra vez en igualdad de condiciones. Una vez que ha logrado el equilibrio, Lucas se relaja y vuelve a concentrarse en la partida.

Elena lamenta no haber escuchado a Mar con la debida atención. Esa mujer supo desde el principio que Ignacio Villacampa no era trigo limpio y que estaba detrás de la desaparición de su hija. Pero cómo confiar en el discurso inconexo de una drogadicta que ha perdido la cabeza y conserva apenas algún rayo esporádico de lucidez. Sin embargo, debería haber hurgado más en ese testimonio; la inspectora sabe por experiencia que a los locos y a los niños se les puede sacar mucha información a base de paciencia. Si hubiera pasado una tarde con ella, si la hubiera llevado a dar un paseo, a comer un helado o a ver la puesta de sol, los recuerdos habrían ido cayendo como gotas por un poro y ella tendría ahora más munición contra el político. Ha llamado al hospital para preguntar cómo se encuentra la enferma. Sigue intubada, no ha despertado, no saben si lo hará. Ya es tarde para pasar unas horas con ella, puede que los recuerdos se hayan diluido con la sobredosis. Tal vez sea mejor, piensa Elena.

Se le ocurre otro modo de acceder al testimonio de Mar. Cuando lanzó un huevo a la cara a Villacampa fue detenida y pasó una noche en el calabozo, en la comisaría de Carabanchel. Allí deben de guardar una copia de la declaración que prestó entonces. En ese momento de nervios, de excitación por lo que acababa de hacer, Mar deliraba más de lo normal. Pero su mente estaba abierta de par en par y su discurso salía como un chorro. Seguro que Elena puede separar la paja de la acusación fundada, o de las sospechas, y encontrar en esa declaración una pista esencial.

Entra con prisa, muestra su placa con aire rutinario y se dirige directamente al oficial que está en la entrada. Quiere una transcripción del interrogatorio a Mar Sepúlveda. Escupe otros datos, la fecha de la detención, la asistencia letrada que recibió la detenida, el día que fue liberada... Pero el agente no necesita esa información.

—Esas transcripciones están intervenidas, inspectora —le dice el policía.

—¿Qué significa eso?

—Que no se pueden consultar.

—¿Por qué?

—Ignoro el motivo, pero hemos recibido una circular sobre este tema.

—¿Cuándo habéis recibido esa circular?

—Hace una hora.

Elena no se puede creer hasta dónde llega el celo de Rentero.

Se marcha enfadada. En la puerta se encuentra con Costa, el antiguo compañero de Zárate en la comisaría.

—Usted es Costa, ¿no? ¿Se acuerda de mí?

—Claro, inspectora Blanco. Es usted famosa.

—Me niegan el acceso a una declaración que se le tomó aquí a una detenida.

—¿Y eso? ¿Desde cuándo no nos ayudamos entre compañeros? Venga conmigo.

Costa la lleva hasta su pequeño despacho, un cubículo enano con un ordenador desfasado que tarda más de cinco minutos en ponerse en marcha. Su espíritu animoso se va ensombreciendo según lee la circular que ha llegado esta mañana y las advertencias referidas en mayúsculas.

—No puedo hacer nada, inspectora. La orden viene de muy arriba, de la jefatura.

—Sé de dónde viene la orden —murmura pensando en Rentero—, solo quiero saber lo que dijo ese día Mar Sepúlveda.

—Pues no puedo ayudarla. Lo siento.

—Qué buenos compañeros sois aquí, Costa. Estoy conmovida.

—Hay un modo de saber lo que dijo Mar...

Elena depone el mal humor y el sarcasmo y mira a Costa con interés. Agradece que el hombre no le haya cogido manía pese a sus modales agresivos.

—Que yo sepa, a la detenida la asistió un abogado.

A Elena se le ilumina la mirada.

—Los abogados guardan copia de la declaración en sede policial.

—Gracias, Costa —dice Elena mientras sale de la comisaría.

Antes de llegar a la calle ya tiene el móvil en la mano.

—Jaque mate.

Lucas juega bien casi todo el tiempo, pero de vez en cuando parece que sufre cortocircuitos que le impiden analizar con frialdad la posición de las piezas. Zárate se ha dado cuenta de que cada jugada mala de Lucas, en una de esas desconexiones, ha venido acompañada por un ataque personal. Ahora se queda esperando las consecuencias de haber terminado ganando la partida. Es consciente de que no debió hacerlo, quizá ha sido su manera de demostrarle que Elena no está sola, que no todos van a abrirle las puertas de par en par.

—Quiero la revancha —dice Lucas sin demostrar una ira que le debe de estar reconcomiendo por dentro.

—Juego yo con negras —concede Zárate.

Los dos jugadores colocan las piezas. Suena el teléfono de Zárate. Es Elena.

—¿Cómo vais?

—Bien, a tu hijo le apasiona el ajedrez, estamos jugando. Creo que no le gusta nada perder, me ha pedido una revancha con el cuchillo entre los dientes.

—Espero que estés hablando en sentido figurado. Yo estoy teniendo problemas con Rentero, le ha dado por proteger a Villacampa. Pero no pienso parar, en estos momentos voy camino de Torrelodones, a casa de Manuel Romero, el abogado de Mar.

—¿A su casa?

—Le he llamado al despacho, pero hoy trabaja desde allí. Tiene una copia de la declaración de Mar.

—Perfecto. No te preocupes por Lucas, que aquí está todo bien.

Zárate cuelga. Lucas mira el tablero, las piezas ya dispuestas. Sale con peón cuatro dama.

—Tu madre se va a retrasar.

—Ya lo he oído, va a casa de un abogado. ¿Es para hablar de mí?

—No, es por el caso que estamos investigando.

—Mueve.

Zárate sale también con peón cuatro dama. Lucas saca un caballo. No levanta la vista para hablar.

—No necesito un cuchillo entre los dientes. Te puedo matar a mordiscos.

Zárate lo mira con prevención. Lucas, concentrado en la partida, piensa en su próximo movimiento.

—Otra frase como esa y te esposo a la cama —dice Zárate con seriedad—. ¿Entendido?

Lucas se levanta de un impulso y la silla cae al suelo. Zárate se pone en guardia.

—Tranquilo —dice Lucas—. Voy a mear. ¿Puedo ir solo o quieres venir conmigo a sujetarme la colita?

Torrelodones está a unos treinta kilómetros de Madrid en dirección a la sierra, aunque no se puede asegurar que pertenezca a esta. Es uno de los lugares donde los madrileños de clases acomodadas compran segundas residencias donde pasar el verano. Elena, en su juventud, fue muchas veces a fiestas en casas de amigas en ese pueblo. Ha mirado en el teléfono y para llegar a la de Manuel Romero, debe desviarse en el kilómetro 29 de la carretera de La Coruña, en el mismo desvío que usaría para llegar al Palacio del Canto del Pico, una escalofriante mansión neogótica en la que murió el presidente Antonio Maura y que, durante la Guerra Civil, sirvió de cuartel general para Indalecio Prieto y el general Miaja en la defensa de Madrid; más tarde perteneció a la familia del dictador Francisco Franco. Antes de llegar hasta ella hay que coger una pequeña carretera —casi un camino— que desemboca en otro chalet, aunque más escondido que aquel. Desde el camino no se puede ver la construcción, que queda oculta tras una gran valla. Elena debe parar en una garita donde un hombre toma nota de su matrícula y le franquea el acceso. Le llama la atención que haya tantas medidas de seguridad, no sabía que un abogado tuviera que protegerse hasta ese punto. Antes de bajar del coche, recibe una llamada del comisario Rentero. Su saludo es una reprimenda, casi un insulto.

—¿Te has vuelto loca? Me han llamado de la comisaría de Carabanchel. ¿No te he dicho que te olvides de Ignacio Villacampa?

—Solo estaba completando la investigación, no te sulfures.

—No me tomes por gilipollas, que nos conocemos. Estás buscando una copia de la declaración de Mar Sepúlveda.

—¿Algo que objetar?

—Que te estás equivocando. Ignacio Villacampa tiene coartada para la tarde del viernes. Otra cosa es que no la pueda revelar.

—Hasta que no la revele, yo sigo investigándole. Es mi obligación, Rentero, parece mentira que te lo tenga que explicar.

—Estuvo jugando al golf en el Club de Campo —suelta Rentero con impaciencia, como si no le quedara más remedio que airear las vergüenzas.

—¿Y por qué no lo dice?

—Porque estaba jugando con el juez que lleva su caso. Con el que hoy mismo le ha absuelto. Quedaría un poco mal que se supiera, ¿no crees?

—Un poco mal —murmura Elena, asqueada—. ¿Y tú cómo sabes que no está mintiendo?

—Porque yo también jugué, cojones. Que hay que decírtelo todo.

—De acuerdo. Gracias por la información.

—¿Dónde estás?

—Llegando a casa. No te preocupes por mí. Luego hablamos.

Elena cuelga. En esos momentos odia al mundo, odia a Rentero, odia la connivencia entre políticos y jueces. Esas amistades sustentadas en el interés, en la ambición profesional. Rentero es su jefe, le tiene cariño y es un buen amigo de su madre. Pero pertenece a esa ralea de imbéciles que cifra su felicidad en un ascenso. No le cuesta nada imaginar una cadena febril de conversaciones desde que ella abandonó su despacho. Rentero llama a Villacampa, Villacampa al juez, el juez a Rentero y una secretaria al Club de Campo para extender bien la manta que lo cubre todo. Sí, estuvieron los tres aquí, pasaron la tarde del viernes enterita, el juez se fue furioso porque falló *putts* muy fáciles...

Elena recorre a buen paso el camino de grava hasta la impresionante casa del abogado. Está dispuesta a conseguir una copia de la declaración de Mar Sepúlveda.

Capítulo 75

Una criada recibe a Elena y la lleva hasta el despacho de Manuel Romero, imponente por su amplitud. Los muebles son piezas clásicas, las estanterías están llenas de libros encuadernados en cuero, hay una enorme bola del mundo, que aparenta ser una antigüedad junto a su mesa de madera labrada. Sobre ella hay una carpeta de escritorio con adornos dorados. Por lo demás, solo hay un juego de lupa, secador y abrecartas, una pluma Montblanc y tres teléfonos móviles iguales, perfectamente alineados.

El propietario de la casa, vestido con traje y corbata pese a estar en su domicilio, la saluda efusivo.

—Bienvenida, inspectora Blanco. Tuvimos la ocasión de conocernos en la comisaría de Carabanchel, pero por desgracia fue un encuentro fugaz.

—Precisamente vengo por ese motivo. Mar Sepúlveda, la persona a la que usted defendía, denunció varias veces a Ignacio Villacampa antes de agredirle ese día.

—Una pena que las drogas hayan llevado a esa pobre mujer a perder la cabeza.

—No he podido consultar la declaración que prestó en comisaría y he pensado que quizá usted tuviera una copia, como ya le dije por teléfono.

—La tengo, claro que sí. Lo que no entiendo es qué interés puede usted tener en esa mujer; por lo que sé, está ingresada por una sobredosis.

—Nada me cuadra —se sincera Elena—. Pocos días antes de aquello estuve hablando con Mar y parecía decidida a dejar la droga de una vez por todas.

—Hay tantos que lo deciden y después recaen. Muchas veces por una tontería, por una celebración. Yo consigo que ella pueda salir a la calle y ella decide que una vez es una vez y que hay que tirar la casa por la ventana. En ocasiones hasta me siento culpable de causarles esa felicidad. Pero dígame, ¿para qué quiere la transcripción?

—Simple trabajo policial.

En ese momento, suena uno de los tres teléfonos que hay sobre la mesa.

—Discúlpeme. Es el teléfono de los asuntos graves, el que tengo que contestar ineludiblemente.

—Por favor, don Manuel. ¿Quiere que salga?

—No es necesario.

Mientras contesta al teléfono, apenas dice monosílabos y Elena no sabe con quién habla. La inspectora recorre con la vista el despacho. Entonces lo ve: en una estantería hay varias fotografías del abogado con el rey, con presidentes del Gobierno, una con Obama... Pero no son esas las que le llaman la atención: en un pequeño marco de plata está un retrato que Elena ya ha visto. Es la misma foto que salía en el libro de las peleas de Coto Serrano, la del viejo Matías con su hijo adolescente. Elena se fija en las facciones del chaval, en su nariz aguileña... No necesita girarse para saber que Manuel Romero, mientras habla por teléfono, tiene la vista clavada en ella.

Zárate se siente incómodo en compañía de Lucas y se lamenta por la suerte de la inspectora. Por mucho que ella quiera, no va a poder mantenerlo en libertad: no es solo una víctima; en esos combates, aunque sea sin responsabilidad y obligado a ello, ha matado a otros como él. No se puede convivir con un chico que, como él mismo dice, podría matar a cualquiera a mordiscos; no se le puede mandar al colegio por la mañana o esperarle el sábado por la noche, cuando se vaya de botellón con sus compañeros. No, Lucas está marcado y Elena no será capaz de rehabilitarlo. Tiene que convencerla para que no se embarque en un imposible. Él está deseando que Elena vuelva, la presencia de Lucas hace que esa casa tenga un aire viciado, tóxico, irrespirable... De pronto se fija en que el teléfono inalámbrico no está en su soporte. Está seguro de que hace un segundo estaba. No sabe cómo lo ha hecho, pero Lucas se ha llevado el teléfono al cuarto de baño.

—Dame el teléfono —le exige cuando vuelve al salón.

Lucas se lo entrega sin discutir.

—¿A quién has llamado?

—A un amigo que corría peligro.

—Veamos quién es.

Zárate solo le pierde de vista un instante, mientras busca el botón de rellamada, pero Lucas es muy veloz y le golpea de manera brutal. Cuando el policía ya ha caído, vuelve a golpearle en la cabeza, con un gran cenicero de piedra. Zárate yace inconsciente en el suelo, la alfombra sobre la que ha caído se empieza a empapar de sangre.

—¿Es usted el niño de la foto? —pregunta Elena cuando Manuel Romero deja el móvil sobre la mesa.

Trata de afectar naturalidad, y por un momento cree haberlo conseguido. Pero la respuesta del abogado le pone los pies en la tierra.

—¿Por qué hace preguntas cuya respuesta conoce?

—Me ha parecido que podía ser usted, por la nariz, por la expresión del rostro. ¿Dónde está tomada esa foto?

Manuel sonríe y resopla, como si le ofendiera la tosquedad de la inspectora.

—Le voy a enseñar algo. Estoy seguro de que le gustará verlo.

De un cajón saca un anillo color púrpura.

—¿Es lo que andaba buscando?

El teléfono vuelve a sonar. El abogado descuelga y solo da una orden.

—Sí.

Luego vuelve a centrarse en Elena.

—Se lo robé a mi padre. Él no lo apreciaba y yo sí. No tanto por su valor como por lo que significa.

Elena Blanco asiente y piensa en el mejor modo de ganar algo de tiempo. Su instinto le aconseja salir de allí, escapar o pedir ayuda, pero en ningún caso quedarse a solas con ese hombre que va perdiendo poco a poco la compostura y abandonando el disimulo, como si estuviera quitándose la máscara a tirones. Se acuerda de su bolso. El bolso, con la pistola dentro, está en el Lada aparcado en la puerta de la casa.

—¿Es usted el Padre?

—Deje de hacer preguntas retóricas.

—Ustedes, los abogados, hacen eso todo el tiempo. Preguntas que llevan pegada la respuesta.

—Lo hacemos para que conste ante el tribunal o ante el jurado. Pero hay una pequeña diferencia: usted y yo ahora mismo estamos solos.

Manuel no reprime una sonrisa siniestra y Elena nota la amenaza.

—Vamos a estar solos muy poco tiempo. Mis compañeros saben que estoy aquí —trata de defenderse Elena.

—Sí, llegarán, les diremos que estuvo, que se llevó unos expedientes y se fue. Y pensarán que ha desaparecido después, en el camino de vuelta. De hecho, les entregaremos las imágenes de las cámaras de seguridad en las que se la ve a usted, bueno, a una mujer vestida como usted y que se le parece, subiéndose a ese coche tan llamativo que tiene. Lo abandonará en la Cañada Real, un lugar hacia el que usted ha tenido querencia en los últimos tiempos. Allí no hay cámaras. Su coche tardará poco en desaparecer, completamente desmantelado. Si es que alguien quiere una pieza de esa antigualla. Nosotros nos vamos ahora a otro sitio, le gustará conocerlo, supongo que han pasado mucho tiempo buscándolo.

Un hombre entra con dos dóberman atados con sendas correas que sujeta con firmeza. Manuel Romero sonríe con afabilidad.

—Son Buda y Pest, ¿los conoce? A lo mejor ha oído hablar de ellos. Le voy a contar una cosa que me hace mucha gracia. Lucas no los llama Buda y Pest, los llama Pest y Buda. Es original, ¿no? ¡Soltadlos!

Los perros se acercan a Elena, la huelen y gruñen, pero después van a sentarse junto a su amo.

—Están muy bien adiestrados, se portan como caballeros cuando deben serlo y como salvajes cuando llega el momento. ¿Sabe quién era así? Mi amigo Antonio. Usted le conoce como Dimas. Antonio es mi mejor amigo desde que éramos niños, somos del mismo pueblo, de Coto Serrano, y entre los dos lo hemos creado todo. No le perdonaré nunca que lo hayan matado.

Los hombres que trajeron a los perros se aproximan a Elena con unas esposas.

—Es mejor que no se resista, la vamos a llevar igual y puede perder unas fuerzas que luego le serán útiles. No olvide que yo siempre doy la oportunidad de vivir. Iremos en mi coche, así podremos charlar en el camino.

Capítulo 76

El piso de la calle de la Fe pertenece a la misma empresa que la finca La Travesera. Una empresa con sede en Panamá, propiedad a su vez de otra en las islas Caimán, que a su vez está intervenida por otra en Malta...

—Lo de siempre —resume Mariajo—. Le perderemos la pista en algún país del tercer mundo, aunque el propietario real puede vivir aquí, a dos calles de este edificio.

—¿No os extraña que pertenezcan las dos a la misma empresa? A lo mejor no podemos conocer a su propietario, pero sí podemos averiguar más inmuebles que pertenezcan a los mismos, y ya imaginamos que no los usan para nada bueno —sugiere Orduño.

—Es una idea, vamos a mirarlo —acepta Mariajo.

Buendía sigue dirigiendo la investigación de las huellas que han encontrado en el piso de Lavapiés; Mariajo tira del hilo de las propiedades; Elena y Zárate no han aparecido por las oficinas de la BAC en toda la mañana, no han dicho adónde iban y no han contestado a las llamadas de teléfono que se les han hecho... Chesca y Orduño se toman un café para intentar aplacar la ansiedad, ambos tienen la sensación de que algo se está preparando, pueden notarlo, como el olor metálico que antecede a la tormenta.

—¿Qué sabes de Marina?

—Está bien de la herida. La bala no le causó demasiados daños. Supongo que hoy la mandan a la enfermería de la prisión de Alcalá.

—¿La has visto?

—He pasado la noche en el hospital con ella.

Chesca no entiende a Orduño. Sí que se haya enamorado de Marina, nadie está libre de eso, ella es el mayor ejemplo: después de haber sido la novia de tipos impresentables, ahora no puede dejar de pensar en Zárate, por muy imbécil que le parezca. Lo que no comprende es que Orduño siga pendiente de esa mujer, que le ha traicionado, que le ha engañado, que ha demostrado ser una canalla y una asesina.

—¿Vas a volver a verla?

—No lo sé. No tengo ni idea de lo que voy a hacer con mi vida.

Buendía entra corriendo en la cocina.

—Me acaba de llegar una información que no sé cómo interpretar. Necesito hablar con la inspectora. ¿La habéis localizado ya?

—No. ¿Qué pasa?

—¿Os acordáis de la camisa del jefe de la Red Púrpura?

—Claro.

—Un ayudante la ha llevado por todas las camiserías de Madrid. En todas nos dijeron que tanto el tejido como las medidas eran muy comunes, pero hoy nos han llamado de una: coincide de manera exacta con una camisa que entregaron hace un mes y medio a un cliente suyo: Manuel Romero.

—¿El abogado?

—Eso no es todo. Manuel Romero es natural de Coto Serrano. El viejo que nos contó lo de las peleas se llama Matías Expósito, pero es su padre. El abogado debió de cambiarse el apellido.

—Joder, todo apunta a él.

—Deberíamos ir a detenerlo ya, pero no me atrevo a dar la orden sin que lo sepa la inspectora.

—Voy a casa de Elena —Chesca toma la decisión—. Igual está allí.

En el garaje de Manuel Romero no falta nada, hay coches deportivos, todoterrenos, berlinas de lujo, alguna furgoneta... Elena se fija en un descapotable amarillo, el vehículo que describió Aurora.

—Supongo que a usted le gustaría que fuéramos en todoterreno. Siempre me ha hecho gracia su pasión por esos coches —el abogado se ríe—. Sí, lo sabemos. Incluso una vez llevó usted al garaje de debajo de su casa a un hombre que le enviamos, un brasileño muy guapo que conducía un Audi Q7 blanco. ¿Se acuerda? Mire, ese es.

Allí está el coche. Elena supone que no le miente, que es el mismo de aquella noche. Pese a la gran cantidad de hombres con los que Elena ha estado en el garaje de Didí, se acuerda perfectamente del brasileño. Fue cuando se enteró de que Abel, su exmarido, se había emparejado con Gabriella. Le pareció que había algo de venganza simbólica en que ella sedujera a uno de la misma nacionalidad.

Conocen su vida casi tanto como ella: sus noches en el Cheer's cantando canciones de Mina, su gusto por la grappa, hasta han probado las tostadas con tomate que le sirve cada mañana Juanito.

—Si tan controlada me tenían, ¿por qué no me mandaron matar?

—¿Y quién le ha dicho que la quisiéramos muerta? Se mata lo que no tiene valor, se hace sufrir a lo que lo tiene. Hemos disfrutado mucho reteniendo a Lucas. ¿Qué le ha parecido? Ya no es el niño que recordaba, ¿verdad?

Se suben en la parte de atrás de un BMW Serie 7, un coche muy lujoso, pero moderadamente discreto. El chófer espera sentado dentro y Manuel Romero manipula unos botones de forma que una mampara se cierra y los separa de él. Los cristales se oscurecen lo suficiente para que Elena no pueda ver por dónde van. El coche arranca.

—No tardaremos mucho —le informa el abogado—. En unos quince o veinte minutos habremos llegado. Si quiere preguntarme algo, dispone de ese tiempo.

Chesca ha tenido que mostrarle la placa y casi amenazar al portero del edificio de la plaza Mayor en el que está el piso de Elena Blanco para que le abra la puerta. Al entrar en el salón, encuentra a Zárate en el suelo, todavía inconsciente. La alfombra —parece persa— está manchada con la sangre que le mana de una fea herida en la cabeza. Afortunadamente, no parece haber perdido mucha. Todavía respira.

—Llame a una ambulancia —apremia al portero. Pero se arrepiente al instante—. No, mejor lo hago yo.

Chesca llama a la BAC para que envíen de inmediato una ambulancia a casa de la inspectora. Está segura de que llegará antes si la llamada procede de la policía.

—Hay un médico en el segundo —dice asustado el portero—. Le vi llegar a casa hace unos diez minutos.

—Vaya corriendo a por él.

Mientras llegan el médico y la ambulancia, Chesca mira alrededor, buscando algo que le aclare lo que ha ocurrido. Tirado junto al cuerpo está el cenicero con el que han golpeado a Zárate. Es de piedra sin pulir, cree que de ahí no se pueden sacar huellas, pero lo llevará. ¿Habrá sido la inspectora quien le ha agredido? No, no puede ser. Elena no da señales de vida. Alguien ha atacado a Zárate y se la ha llevado a ella.

Elena está convencida de que no se lo va a poder contar a nadie, pero le pregunta al abogado por la organización de la Red Púrpura, cómo funcionan las apuestas, cuándo empezaron con todo, de dónde sacan a los chicos. Nota que a Romero le complace su curiosidad, aunque se muestra esquivo en algunas respuestas.

—Tenga en cuenta, inspectora, que yo no estoy en el día a día. De muchas cosas se ocupaba Dimas.

—¿Ignacio Villacampa tiene algo que ver con la Red Púrpura?

—Nada en absoluto. Ya sé que tanto Dimas como él coincidieron en el Centro de Menores de San Lorenzo, pero fue eso, una simple casualidad, lo crea o no.

El coche casi se detiene, Elena supone que está pasando por algún control, tal vez una garita de seguridad igual que la que había en el chalet del abogado, pronto lo sabrá.

—Estamos llegando, inspectora.

—Antes contésteme a una pregunta. ¿Fue usted quien le pidió a mi hijo que volviera conmigo a casa?

—Siento decírselo, pero sí, así fue. Él no tenía el menor interés en verla.

Capítulo 77

El médico vecino de la casa de la inspectora apenas ha podido hacer nada por Zárate, deberán llevárselo al hospital, pero antes de que los sanitarios lo bajen en la camilla recobra la consciencia por unos segundos, los suficientes para ver a Chesca.

—¿Dónde está Elena? —pregunta ella—. No lo sabemos.

—Ha ido a ver al abogado de Mar, a Manuel Romero. A su casa de Torrelodones.

Mientras se lo llevan, Chesca llama con urgencia a la BAC.

—La inspectora ha ido a casa de Manuel Romero en Torrelodones.

—Entonces no nos quedan más dudas. Hay que avisar a Rentero, debemos ir a buscarla.

Elena se baja del BMW en medio del campo, al lado de una vieja nave de ladrillo.

—Aquí empezó la Red Púrpura —le indica Romero—. Antes de la finca La Travesera, montábamos en esta nave los espectáculos. Ahora hace mucho que no se usa, pero a mí me gusta tenerlo todo en buenas condiciones.

—¿Qué va a hacer conmigo?

—Ya lo verá, no se precipite. Primero quiero enseñarle esto.

El chófer ha abierto la puerta de la nave y la luz que por allí entra perfila los contornos. Pero Elena no distingue nada en esa penumbra, parece un lugar diáfano.

—Espere.

Romero da al interruptor para que se enciendan las luces. Dentro solo hay una jaula octogonal, igual que la que vio en Coto Serrano.

—La primera vez que Lucas peleó fue en esta jaula. Todos pensamos que su adversario le iba a matar, pero su hijo ha nacido para esto, es un gladiador. Si usted viera la de sorpresas que nos ha dado... También nos ha hecho ganar mucho dinero. Tienen ustedes detenido a Pável, el chico de los dedos de metal. El combate entre ambos movió mucho más dinero del que se puede imaginar. Era la lucha entre el campeón uzbeko y el español, apostaron hasta en Las Vegas. ¿Sabe que Lucas ganó, pero estuvo a punto de morir? Si no hubiera sido por Marina, se habría muerto y habríamos tardado en encontrar la causa. Ah, Marina... Era la debilidad de Dimas, pero debió deshacerse de ella hace tiempo. ¿Qué tal está?

—Que yo sepa, bien. Herida, pero bien.

—Por poco tiempo, ya he pedido que se encarguen de ella. Supongo que tardarán algo en cumplir mis órdenes, pero lo harán. Esa mujer tiene los días contados. Pero no he terminado con lo de Pável y Lucas. ¿Sabe que, después de arrancarle los dedos, Lucas se los tragó? No podía respirar, claro. Si Marina no se los saca de la tráquea, se muere. Habría sido una gran pérdida.

El abogado abre la jaula y los dos entran.

—Cuando hacíamos aquí las peleas, la gente que venía a apostar estaba del otro lado de la jaula, gritando... Casi podían tocar a los chicos, aunque les recomendábamos no hacerlo. Más de una vez, alguno de los luchadores le rompió el dedo a un espectador. A mí me gustaba más aquello, pero era menos discreto que ahora, en La Travesera. Aquí los espectadores se reconocían unos a otros y era muy inapropiado. Además, en La Travesera ya estaba la infraestructura. ¿Sabe que al acabar la guerra se hicieron peleas?

—Sí, hemos hablado con su padre.

—Ya lo han visto más que yo en los últimos diez años. Aunque le mando dinero cada mes, me temo que a eso se limita todo nuestro contacto. ¿Les ha contado que es hijo del marqués que las organizaba? No creo, el pobre siempre se sintió avergonzado de sus orígenes. Ni siquiera quiso quitarse el apellido, Expósito, como si fuera un huérfano, cuando tuvo la oportunidad de recuperar el del marqués.

—Supongo que a usted le habría gustado llevarlo.

—No soy un mitómano, inspectora —le sonríe el abogado—. Romero es el apellido de mi madre. Pero sí me habría sentido orgulloso de pelear como lo hizo mi padre, como lo hicieron sus hermanos... porque incluso la derrota es un honor. Mi padre, además, ganó. Logró sobrevivir. Nunca he entendido por qué renegó de lo que hizo. Supongo que yo he salido más a mi abuelo, para qué engañarnos. Pero, dígame, ¿qué le parece estar dentro de la jaula? A Lucas le encanta.

—¿Por qué me cuenta todo esto? ¿A qué espera para matarme?

—Eso sería tosco e impropio de mí. Usted va a tener la misma oportunidad de salir con vida que cualquiera. Tenga paciencia, en unos minutos estará todo preparado.

La intervención de Rentero ha facilitado el operativo de emergencia. Antes de que se cumplan veinte minutos, los miembros de la BAC, acompañados por dos patrullas de la policía, están en la puerta del domicilio del abogado.

—Mira el nombre de la finca —señala Orduño.

En una columna de ladrillo, a la entrada del recinto, está el nombre de la finca en letras de forja: «Coto Serrano». Un letrero en el que la inspectora Blanco no se fijó al entrar.

Traspasan la garita de seguridad sin ninguna oposición del guardia que la ocupa. Una criada sale a recibirlos.

—Don Manuel no está en la casa. Esa mujer que dicen estuvo aquí, habló con él y se marchó. No pasó dentro ni cinco minutos, creo que venía a por unos papeles.

—Hay cámaras de seguridad. Quiero ver las imágenes —exige Orduño.

No les ponen ningún problema. Pueden ver el coche de la inspectora llegando y a ella bajándose, lleva una chaqueta roja. Seis minutos y quince segundos después, la inspectora sale de la casa, con la misma chaqueta roja y una carpeta en la mano, se sube al coche y se marcha.

Chesca y Orduño se miran, no saben qué hacer. No contaban con esto. Esperaban encontrar de inmediato señales de violencia, pero no un lugar apacible y unas imágenes que acallan todas las sospechas.

Solo una llamada de Mariajo los saca de su estupor.

—Finca La Herradura, en Moralzarzal. Id de inmediato para allá. Después os explico.

No preguntan, simplemente obedecen, seguros de que es lo que deben hacer.

Elena está encerrada, sola, en la jaula octogonal, empieza a sospechar que la oportunidad de salvar la vida que le ofrece Romero consistirá en luchar. No tarda en descubrir que tiene razón, pero ni en sus peores pesadillas habría imaginado quién va a ser su contrincante. La puerta de la jaula se abre y entra Lucas.

—Hola, mamá.

Capítulo 78

Lucas baila alrededor de su madre, como si fuera un boxeador tanteando a su adversario. Se acerca, se aleja, marca un golpe arriba con la izquierda, otro al hígado con la derecha. No llega a golpear, Elena trata de no hacer ningún movimiento.

—No voy a pelear contigo. Soy tu madre.

Lucas sigue igual, se acerca, ella piensa que va a volver a marcar el golpe, sin tocarla, pero Lucas amaga el golpe con el puño y después le pega una patada en la cadera —esta vez real— que la tira al suelo. Se aleja. Elena ha sentido el dolor, se levanta con trabajo, pero vuelve a encararse con él.

—Mátame si quieres, no me voy a defender. Jamás te pondré una mano encima.

Su hijo vuelve a acercarse y le da una patada más. Ahora en el pecho. Ella se vuelve a ir al suelo y, mientras se levanta, ve que hay cámaras grabándolo todo. Se pregunta si acabará en los ordenadores de los enfermos de medio mundo. Un hijo matando a golpes a su madre puede tener mucho público interesado.

—Defiéndete —le grita Lucas.

—No, mátame de una vez.

Buendía y Mariajo solo pueden esperar. Ni siquiera saben si la información que han dado a sus compañeros es útil. La luz parpadeante que ven en el ordenador, sobre un mapa, no les dice nada. Ni si Elena está viva o muerta, ni si se trata realmente de ella. Ha sido una simple casualidad dar con esa señal, pero Mariajo ha adivinado en seguida de qué se trata.

—Puede ser Elena.

Es la localización del dispositivo que instalaron en la pulsera de Elena el día que Marina se la puso para encontrarse con Dimas. Como tuvieron que llevarla al hospital, nadie se acordó de ella, ni de la pulsera ni del localizador.

—Elena dijo que le tenía cariño a esa pulsera, tal vez la recuperó antes de que se llevaran a Marina —confía Buendía.

—No sé, con el guirigay que había montado, en lo último que pensé fue en la pulsera.

—¿Y cómo se ha movido desde el hospital hasta Moralzarzal? Marina no ha podido ser.

—Quizá se la llevó alguien... A lo mejor Chesca y Orduño se encontraron con la novia de un celador a la que hicieron un regalo...

Ninguno de los ataques de Lucas le ha supuesto un dolor inaguantable, solo un poco la patada en la cadera. Pero cada golpe le ha provocado una humillación lacerante, un sentimiento de derrota y desesperanza que va más allá de la comprensión humana. Lucas sigue bailando en torno a ella, con una sonrisa que en otras circunstancias podría pasar por lúdica. O no quiere hacer daño a su madre o su mente extraviada ha diseñado un plan sádico y cruel, un plan que incluye una primera fase de tanteo para que la madre tenga tiempo de asimilar cuanto está sucediendo en la jaula. Un plan que quiere exprimir su sufrimiento hasta la última gota.

—¿Qué te pasa, Caín? —ruge la voz de Romero—. Me aburro.

Como si la mención a su apodo de luchador fuera un acicate para él, Lucas vuelve a acercarse a su madre y le pega un brutal puñetazo en la cara. Elena cae al suelo temiendo tener algún hueso roto. Después el chico se aproxima y le pega una patada en la tripa; ella se queda encogida. Elena lo comprende: no hay nada peor para su hijo que decepcionar al Padre.

Lucas se ríe al verla dolerse.

—¿De verdad no te vas a defender?

Se acerca de nuevo, preparado para darle otra patada. No está prevenido para que ella haga algo más que soportar el golpe, así que cuando su madre, incluso en contra de su voluntad, se aparta y le da una fuerte patada en la espinilla, cae al suelo. Se gira rápidamente para agarrarla, pero ella se ha puesto en pie.

—Por fin empieza la diversión. —Romero se entusiasma.

Las sirenas avanzan por la carretera que une Collado Villalba con Moralzarzal. La finca La Herradura, la que Mariajo les ha indicado, está pasado el pueblo, camino de Cerceda. No es una finca muy grande, tiene una casa y otra construcción; en las imágenes de satélite de Google no pueden distinguir bien de qué se trata.

—¿Qué nos vamos a encontrar?

—Ni puta idea.

—¿Y qué vamos a hacer?

—Disparar si hace falta. —Orduño está completamente seguro—. Sin dudar y sin piedad.

Elena estaba convencida de que se dejaría matar por su hijo sin oponer ninguna resistencia, pero hay algo que le impide hacerlo. Ahora está a la defensiva, intentando evitar sus ataques, pero sin lanzar ningún golpe. No es que no quiera hacerlo, es que Lucas sabe pelear bien. No le deja ninguna oportunidad. Además, el puñetazo en la cara le ha hecho algo en la nariz, quizá rompérsela, y no consigue respirar bien. Nota cómo la sangre gotea desde su barbilla.

Gana presencia el ladrido de unos perros. Imagina que son los de Romero, Lucas le saca de la duda.

—Son Pest y Buda, ¿los conoces? Yo he jugado muchas veces con ellos.

Lo que le ha querido decir es que, si les dejan entrar en la jaula, se ocuparán de ella en exclusiva.

Ahora no es solo Lucas quien se acerca y se aleja, Elena también se mueve y se ha quitado los zapatos. Los dos dan vueltas, midiéndose... Lucas se lanza contra ella, le intenta barrer los pies con una patada, pero Elena consigue saltar. Cae sobre la pierna de su hijo. Lucas da un grito de dolor. Sonríe.

—Me has hecho daño, has hecho daño a tu pobre hijito —y finge un mohín, como si llorara.

Todos se quedan mirando alrededor. Se escuchan sirenas.

—Lucas, acaba ya —grita Romero. Y le tira un cuchillo dentro de la jaula.

Elena corre a cogerlo, pero su hijo es más rápido y se hace con él. No lo usa, se lo mete en la cintura. Lucas la mira fijamente, se ha acabado el juego. Se tira contra ella, le da un puñetazo en la boca del estómago. Elena se dobla de dolor, pero, cuando él va a rematarla, saca fuerzas de flaqueza y le pega un bofetón; después un cabezazo en la nariz. Lucas ha empezado a sangrar y está fuera de sí. La pelea se vuelve bronca, las sirenas están cada segundo más cerca. Elena cae de nuevo al suelo, Lucas se tira sobre ella, se pone encima a horcajadas. Elena deja de resistirse, se ha rendido. Lucas saca el cuchillo de su cintura y Elena ve el filo brillando muy cerca de sus ojos, con destellos que son como chiribitas. La sangre le salpica la cara y le hace gracia ser consciente de eso cuando ya tiene el cuello rebanado. Tarda unos segundos en comprender que es el cuello de su hijo el que ya no vale para sostener la cabeza. En el último momento, Lucas ha vuelto el cuchillo contra su propio cuello y se lo ha cortado con la mirada igual de vacía que siempre, sin ninguna emoción.

Romero también tarda en darse cuenta del desenlace de la pelea. Permanece inmóvil unos segundos, dominado por el estupor.

Ya no se escuchan sirenas, ahora son disparos. Los hombres de la Red Púrpura se están enfrentando fuera a los policías de la brigada.

A Elena no le da tiempo a llorar a su hijo. El cuerpo sin vida de Lucas se vence sobre ella y no puede hacer más que abrazarlo. La puerta de la jaula se abre y entran Buda y Pest. No tiene fuerzas, está vacía, no entiende cómo es capaz de agarrar el cuchillo para defenderse de los animales. Dos disparos suenan casi simultáneos, uno lo ha dado Chesca y el otro Orduño. Los dos perros caen al suelo antes de llegar hasta ella.

Elena se arrodilla junto a Lucas. Su hijo se ha matado para salvarla y eso demuestra que había un resto de compasión en su alma, que había una grieta en la mole del monstruo y que por esa grieta se podría haber colado ella para rescatarle. No ha podido hacerlo. Pero lo ha intentado todo. Con el cuerpo lleno de heridas y moratones, y tal vez con algún hueso fuera de su sitio, en medio del dolor indecible de haber perdido a su hijo, Elena nota que su vida se mueve por primera vez en mucho tiempo.

Capítulo 79

Antes de salir de casa cada mañana, Aurora se mira en el espejo y se promete que va a ser buena, que no se va a meter en líos ni discusiones, aunque tenga que tragarse alguna humillación, que va a hacer todo lo posible para conservar su trabajo. Ha conseguido un puesto de reponedora en un supermercado de Carabanchel y puede darle gracias al cielo. Carece de estudios o experiencia, ha pasado media vida en una casa de acogida y los dos últimos años en un infierno. Tenía pocas posibilidades, por no decir ninguna, de entrar en el mercado laboral. Ella sabe que, más que al cielo, le tiene que dar las gracias a la inspectora Blanco. Ella le consiguió el primer trabajo, como camarera en el bar en el que desayuna cada mañana, sustituyendo a Juanito, un camarero rumano que ha cogido el traspaso de un local en Pueblo Nuevo para montar su propio bar. Duró hasta que Juan, el jefe, le dijo que lo sentía mucho pero que no podía seguir manteniendo a esa chica en nómina. Le perdonaba la vaguería, la torpeza y la desidia, pero no que discutiera a gritos con los clientes. Con Maruja, una señora que lleva años viniendo a por su café y su cruasán a las seis de la tarde, casi llega a las manos por un cortado servido demasiado frío.

En este segundo trabajo ha arrimado el hombro Zárate, que conoce al encargado de un súper de su barrio. Aurora no soporta a su jefe, casi todos los días se aguanta las ganas de darle un puñetazo, pero sabe que debe aprender a ser más paciente. Se porta bien, su única travesura ha sido robar una cajita de bombones glasé para llevárselos a Gabriella a Urueña. Le encantan y es una manera de agradecerles lo mucho que hicieron por ella. Si su madre no estuviera viva, tendría claro que se iría a vivir a Urueña con Abel y con ella. Le da vergüenza hasta pensarlo —mucho más decirlo—, pero a veces cree que su vida sería mucho mejor si su madre no se recuperara nunca.

A Elena también le mandaría algo —una botella de grappa, por ejemplo—, pero la inspectora le ha pedido que interrumpan el contacto. No quiere verla, ella forma parte de un pasado que necesita olvidar.

El sueldo es bajo, le llega para pagar una habitación y nada más, pero Elena le dio un móvil como regalo de despedida, y se entretiene jugando a las bolitas por las noches.

Todos los días va al hospital a ver a su madre. Está en cuidados intensivos, intubada; los médicos han perdido la esperanza de que se despierte, pero a Aurora le gusta sentarse junto a ella, acariciarle el pelo y contarle cómo le ha ido el día. Las broncas que le echa el jefe, los líos de su compañera Rebeca con su novio y cosas así. Rebeca también es reponedora y poco a poco se están haciendo amigas. Cuando se le acaban las historias que contar, se queda un rato jugando a las bolitas hasta que una enfermera le dice que el horario de visitas se ha terminado.

Una o dos veces al mes, en su día libre, Abel viene a Madrid a recogerla y se van a Urueña. Pasa el día con ellos, le cuenta a Gabriella todo lo que se le ocurre, las dos cocinan... Gabriella le está enseñando a hacer platos de su tierra: unos le gustan y otros no. Le han prometido que la van a llevar con ellos en vacaciones. Gabriella es de Salvador de Bahía y le ha regalado una cinta en la que pone Nosso Senhor de Bonfim de Bahía, es una costumbre de allí. Aurora tuvo que pedir un deseo cuando Gabriella se la ató a la muñeca. Se supone que cuando la cinta se rompa, se cumplirá el deseo, pero ella no puede hacer nada, se tiene que romper sola.

Algo raro pasa ese día y Aurora lo nota desde que se despierta. Un silencio extraño en la casa. Hay inquilinos rumanos que suelen hacer mucho ruido, hay tres colombianos en otro cuarto que cantan por las mañanas mientras se arreglan para ir a trabajar. El silencio de esa mañana es la primera señal.

Cuando va en el autobús se fija en su muñeca: no se ha dado cuenta de cuándo ha sido, pero la cinta se ha caído. Tal vez haya sido por la noche y la encuentre entre las sábanas de una cama que ha hecho deprisa y corriendo. Gabriella le tiene fe a la creencia de la cinta, pero Aurora no espera nada, se ha acostumbrado a que nunca se debe esperar nada.

En el supermercado se encuentra a Rebeca, su compañera, llorando porque lo ha dejado con su novio. Ella la consuela y nota por primera vez la corriente cálida de la amistad, que no sentía hacia alguien como ella desde la muerte de Aisha. Su jefe la trata con amabilidad y ella no entiende por qué. Hay una luz rara en el cielo, como de tormenta que viene pero no se decide a descargar. El aire huele a lluvia.

En el hospital, su madre tiene un color extraño en las mejillas, como si las enfermeras hubieran jugado a pintarrajearle la cara. Aurora le cuenta su día, lo bien que se ha sentido hoy, y nota una vibración en los párpados de la enferma. Por puro instinto, le coge la mano y nota que un dedo la cosquillea. Mira hacia el pasillo, en busca de ayuda, casi asustada, pero enseguida comprende que no necesita que venga nadie. Su madre abre los ojos. No puede hablar porque tiene un tubo en la garganta, pero sí puede sonreír con felicidad al ver a su hija, una felicidad sin preámbulos, nada más verla, como si llevara meses soñando con este momento y no le pillara por sorpresa. Aurora empieza a besar las manos de su madre y a llenárselas de lágrimas, le acaricia el pelo, la cara, los brazos, puede que incluso le esté haciendo un poco de daño. Pero Mar sonríe y una lágrima resbala también por su mejilla. Antes de ir a llamar a las enfermeras, Aurora le da un beso a su madre en la cara pintarrajeada.

Capítulo 80

El mercado navideño de la plaza Mayor está instalado. Como cada año, los villancicos suenan incansables de la mañana a la noche y los habituales de la plaza han desaparecido para dejar paso a los vendedores de árboles, de musgo, de figuras para el belén, de bolas de Navidad, de espumillón y de artículos de broma. Cada día, pero sobre todo los fines de semana, pasan por delante de su portal centenares de familias, grupos de amigos, parejas de novios. Muchos llevan las pelucas ridículas que se han puesto de moda en los últimos años, los gorros con los cuernos de los alces, los otros de Papá Noel; no sabe por qué, este año, el tradicional color rojo ha dado paso al verde.

A veces, Elena se sienta en su balcón, en el que tanto tiempo estuvo la cámara, para ver el movimiento de la plaza. Ya no le duele como antes. Ahora sabe que Lucas descansa, por fin, tranquilo. Que el hombre de la cara picada de viruela está muerto y que Manuel Romero, el abogado que lo organizaba todo, pasará muchos años en la cárcel. Como Yarum, como Marina.

Pero nada de eso es ya responsabilidad suya. Pese a los ruegos de Rentero y de su equipo, ha abandonado la policía. Lleva algo más de dos meses fuera, desde que salió del hospital tras ser atendida de las heridas y fracturas que le causó la pelea con su hijo, y todavía no ha conseguido organizarse una nueva vida, pero sabe que lo logrará. No ha vuelto a beber grappa, no ha vuelto a pisar el escenario del Cheer's y no ha visitado ni una sola vez el aparcamiento de Didí con ningún hombre en todoterreno. Tampoco se come su tostada con tomate por las mañanas con Juanito. No ha ido a verlo, aunque pronto lo hará, a principios de año piensa cumplir la promesa de ir a visitarle a su propio bar en Pueblo Nuevo. Tampoco ha ido ni una sola vez a Urueña desde que le dijo a Abel que Lucas había muerto, esta vez sí. Le parte el corazón advertir el sufrimiento que le ha causado al contarle toda la verdad. Les agradece a él y a Gabriella todo lo que están haciendo por Aurora, ella no habría sido capaz.

Hoy debe cumplir con algo que lleva evitando desde que abandonó la policía. Tras muchos intentos en los que fue rechazado, Zárate ha logrado que ella acepte verle. No quiere salir de la plaza, ha quedado con él para dar un paseo y cerrar el círculo. Allí secuestraron a su hijo y este paseo es algo más que una despedida sentimental. Es un acto de valentía.

Zárate saluda a Elena con cariño, lleva un par de meses sin verla. Le cuenta que la policía ha encontrado a los niños de Portugal, los últimos secuestrados de la Red Púrpura, y con eso dan la Red por desarticulada. Sabe que Elena le pidió que no le contara nada de trabajo, pero cree que con este tema bien se puede hacer una excepción.

—Sabes que no quiero saber nada de la Red Púrpura, Ángel.

—Está bien, hablaremos solo de los afectos. Te echamos de menos, Elena.

—Os acostumbraréis a estar sin mí.

—Yo te echo especialmente de menos.

Ella no contesta, se detiene en el punto exacto en el que perdió de vista a Lucas y tiene allí su último recuerdo. Cuenta que ha conseguido extirpar todo lo malo y aislar en su memoria al niño que tenía, al bebé de los cólicos, al crío de dos años que se daba trompazos y al de cuatro que hacía preguntas increíbles con su curiosidad infantil. A ese niño lo ha recuperado y respira mejor desde que lo tiene consigo. Nada se lo podrá quitar. Zárate propone un chocolate caliente, hace frío a esas horas en la calle. Mientras se dirigen a San Ginés, ella dice que tiene razón, que hay afectos que permanecen, aunque uno quiera soltarlos del todo. Zárate sonríe y reprime el deseo de pasarle el brazo por los hombros para caminar muy pegados.

La Nena

Primera parte
SOLO

¿Por qué me dejas y desapareces?
¿Y si yo me interesara por otra?
¿Y si ella de repente me conquista?

El vestido de novia le queda estrecho, huele a naftalina y, aunque hace tiempo debió de ser blanco, ahora es de un color indeterminado, entre crema y amarillo. La de hoy no era, desde luego, la boda con la que Valentina soñó a sus quince años. El vestido es de Ramona, la madre del hombre con el que se ha casado, un novio que ni le ha concedido un beso cuando el funcionario que oficiaba la boda les ha dicho que ya eran marido y mujer. Ramona, su suegra, es seca y antipática, más corpulenta que ella, pero a Valentina las costuras del vestido casi le revientan porque está embarazada de cuatro meses. No sabe por qué su esposo ha aceptado casarse con ella cuando está esperando el hijo de otro.

Valentina se quita el vestido. Su ropa interior es vulgar, de mercadillo. ¿Cuántas veces había pensado que para su noche de bodas se compraría lencería como la que las chicas del club usaban con los clientes? En lugar de eso, lleva unas bragas blancas y un sujetador que no hace juego, que a duras penas alcanza a sostener unos pechos que no paran de crecer con el embarazo. Su propia imagen le causa pena y rechazo.

A pesar de todo, sabe que es mucho más atractiva que Antón, su marido, un hombre pequeño, retraído, con poco pelo pese a su juventud, con mirada huidiza y olor agrio, como si pasara días y días sin ducharse y su sudor se contagiara de la peste a cerdo que no abandona la nariz de Valentina desde que ha llegado a la casa. Una casa que será la suya, supuestamente, para siempre.

Ella tiene veintitrés años, como mínimo cinco más que su ahora marido, y su cuerpo, si no se hubiera empezado a deformar por el embarazo, sería muy armonioso. Su rostro menos, no puede ocultar los rasgos indígenas de casi todas las bolivianas. Nunca había pensado que eso fuera feo, pero a los españoles no les gusta. Si supieran cuántas cosas no le gustan a ella de los hombres que ha conocido en este país.

No ha encontrado ni una mínima porción de suerte desde que llegó a España: quería abrir su pequeño negocio, pero tuvo que servir en una casa en la que el marido abusaba de ella cada vez que se quedaban a solas hasta que la señora, que algo se debía de oler, la despidió sin explicaciones. Después fue de trabajo en trabajo hasta llegar a su boda, y no sabe si su vida será feliz y tranquila o ha cometido su peor error. No pide tanto, se habría conformado con una casa que no oliera a porquerizas y un marido más guapo, más hombre y más agradable que Antón. Pero nada ha salido bien y lo único que ella creyó que era una buena noticia —la posibilidad de casarse— la ha traído hasta este pueblo, hasta esta casa, que no es mucho mejor que la que dejó en Cotoca, cerca de Santa Cruz de la Sierra, donde nació y donde su padre construyó un hogar con sus propias manos.

Las bodas en su tierra se preparan con tiempo, se bebe mucha cerveza y se come carne de res hasta hartarse; las invitadas llevan polleras y sombreros y ellos se atavían con sus mejores galas; se contrata a un grupo musical que interpretará el vals para que lo bailen los novios, es un día feliz... En la boda de Valentina no ha habido invitados, solo ella y Antón, y Ramona y Dámaso, los padres del novio, que oficiaron como testigos; tampoco sonó la música ni arrojó nadie arroz o pétalos de flores sobre los recién casados. El banquete ha consistido en unos refrescos en el bar de la plaza con un plato de frutos secos y una ración de calamares a la que ha invitado Aniceto, el dueño del bar, feliz de que una novia entrara en su local: es el único que le ha dado la enhorabuena a Valentina y ha gritado un tímido «¡Vivan los novios!».

Ahora está sola en la habitación, su marido no ha entrado con ella. Pensaba que querría consumar el matrimonio nada más llegar, pero, por lo visto, prefiere esperar a la noche. Aunque lo cierto es que Antón, en el breve noviazgo que han mantenido, o por decirlo mejor, en la mera pantomima que ha formado el preludio de la boda, no ha mostrado nunca el menor ademán de desearla.

—En media hora está la cena, no te retrases.

Ramona ha entrado sin llamar, la ha encontrado así, mirándose al espejo en bragas y sujetador. Aunque no ha hecho ningún comentario, la ha ignorado con desprecio. En la media hora que falta para cenar, a Valentina no le dará tiempo a ducharse y quitarse el olor a naftalina del vestido y la sensación de suciedad que la envuelve, pero no se atreve a contrariar a esa mujer.

A Antón no lo conoció hasta hace quince días. Quien fue a verla al club de carretera en el que trabajaba —no, ella no era una de las chicas de alterne, solo la que fregaba los suelos, los baños y las copas— fue su padre, Dámaso.

—Si te casas con mi hijo, te saco de aquí —le propuso—. No somos ricos, pero no te va a faltar de nada.

—Estoy embarazada.

—Le daremos nuestro apellido a tu hijo.

Nada más. Ella ni siquiera preguntó a qué se dedicaban, solo pensó en que el bebé que esperaba —todavía no sabe si será niño o niña— viviría en una casa normal, no en un club de carretera rodeado de prostitutas, y en que no pasaría las necesidades que ha pasado ella.

De cena hay albóndigas y Valentina debe reconocer que están exquisitas, las mejores que ha probado nunca. Apenas se habla en la mesa, tan solo Dámaso, su suegro, le explica que lo más importante allí son los cerdos, que de ellos viven todos; le detalla las horas a las que hay que darles de comer, las tareas de limpieza que le corresponden y los cuidados que necesitan los animales...

—Estas son las costumbres de la casa —concluye.

Para Valentina eso no son costumbres, son reglas. Y por el silencio de los demás cuando Dámaso las enumera, son reglas de obligado cumplimiento.

Ya en la alcoba, tras la cena, espera a su marido. Piensa que ahora sí querrá yacer con ella y se prepara, se pone un camisón que le regaló una de las chicas del club, uno que usaba con los clientes y que, según le dijo, encendía a los hombres.

—Haz que te desee, agárralo por los huevos; si lo consigues, da igual de dónde haya salido, te cuidará para siempre.

El verdadero padre de su hijo nunca la cuidó, es un viajante que pasó una noche por el club, no sabe su nombre ni por qué se acostó con él, ni siquiera está segura de que pudiera reconocerlo si lo volviera a ver. No necesita que nadie le explique la falta de delicadeza de los españoles, ya lo ha comprobado, es lo que espera esta noche de su marido. Pero Antón, al parecer, es diferente: entra en el cuarto —al olor a cerdo se le ha unido el olor a vino—, no se molesta en darle las buenas noches ni un beso, se acuesta y se duerme.

Valentina también intenta dormir, pero le resulta imposible, es su noche de bodas y se siente frustrada. Son las tres de la mañana cuando decide salir de la habitación. Recorre la casa a oscuras y se da cuenta de su temeridad. En apenas unos días se ha casado y se ha recluido en un lugar alejado de todo el mundo, con un hombre que le provoca repulsión y con unos suegros autoritarios. ¿Cómo ha sido tan ingenua para meterse en la boca del lobo de esa forma? Trata de quitarse de la cabeza esos miedos. Antón solo es un joven timorato, poco a poco lo irá suavizando, lo intuye. A cambio ha conseguido encontrar una estabilidad para dar a luz a su hijo. ¿Qué vida le iba a proporcionar ella si no tenía ni un céntimo?

Sale de la casa al enorme campo iluminado por la luz de la luna. Su paseo la lleva hasta las porquerizas. Quiere convencerse de que un día amará este lugar, lo considerará su casa. Se pasea por el pasillo frente a las jaulas donde duermen los cerdos. De repente un ruido la sobresalta. Un animal parece haberse lanzado contra la puerta de la jaula, que ha resonado metálica. Ella se asoma para mirar y, en las sombras de la noche, le parece ver que lo que hay dentro de esa jaula no son cerdos, son dos hombres desnudos y encadenados.

—Hola —le dice el que se ha lanzado contra la puerta.

Se está masturbando, un hilo de baba se le escapa de la boca; el otro está en cuclillas y se ríe. Apenas puede verlos bien, solo por su voz se ha convencido de que son personas, no animales. Pero oye otra voz a su espalda.

—¿Qué haces aquí?

Es Dámaso, su suegro.

—Si vuelves a faltar a las normas, acabarás también ahí, en la jaula.

Valentina se abraza instintivamente el vientre para proteger a su hijo.

Capítulo 1

El bar está lleno, los clientes son españoles en su mayoría, pero también hay grupos de chinos y algún turista distraído. La decoración, eso sí, es completamente asiática: lámparas y colgantes coloridos con exóticas letras chinas y un muñeco de esos que parecen un gato y mueven el brazo en señal de saludo. Por debajo de todo eso queda el bar de siempre, de los de barra de estaño y mesas de formica, de los que tendrían ceniceros de Cynar o de Martini si todavía se permitiese fumar. Los vecinos de Usera ya se han acostumbrado a vivir en un lugar al que en otras ciudades se llamaría Chinatown.

A Chesca no le importa que en este bar, que en tiempos llevaba Paco, un segoviano al que conocía desde que llegó al barrio, haya esos letreros en chino y hasta un Buda junto a la caja registradora. El camarero de ojos rasgados que atiende ahora le sirve los mismos cafés descafeinados manchados, las mismas cañas bien tiradas y unos callos a la madrileña que superan los de los mejores tiempos. Tiene un nombre impronunciable, así que, para los clientes españoles, ha heredado el del primer dueño del bar: Paco. Además, Paco, aunque sea chino, es del barrio, habla español como cualquiera.

—Paco, dame una lata de cerveza para llevar y dime qué te debo.

—Hoy estás invitada, ¿no te quedas? Todavía no empieza la fiesta.

—Me voy a casa, que tengo conjuntivitis y ni siquiera tenía que haber bajado. Solo he venido para desearte feliz año del cerdo.

—Gracias, pero yo he nacido en Madrid, en La Milagrosa. Para mí el fin de año es en Nochevieja... Esto son cosas de chinos —se ríe.

Chesca se quedaría más tiempo para disfrutar del ambiente, pero el bar está atestado y a ella le escuecen los ojos. Además, mañana se tiene que levantar temprano, está citada como testigo en los juzgados de la plaza de Castilla por el caso de una red de trata de blancas que ha desmantelado la Brigada de Análisis de Casos. Son las obligaciones que debe atender por ser la coordinadora de la BAC —solo coordinadora, no jefa, como le repite siempre Rentero—. La discusión que ha tenido hace un par de horas con Zárate tampoco le ha dejado cuerpo de fiesta. Pensaba que iban a cenar juntos, pero él se ha largado con sus amigos y le ha dado plantón. Ni la misma Chesca entiende por qué se ha enfadado tanto con él: son adultos, que cada uno haga lo que le dé la gana. Y sin embargo...

Antes de salir del bar, se aparta y cede el paso a un grupo de hombres disfrazados de dragón y que bailan al ritmo de la música que marcan los tambores y una especie de panderetas. No sabe cómo van a caber todos en el local, pero los de dentro les hacen sitio; ya le dijo Paco que cuanta más alegría y más alboroto, mejor suerte tendrían para el año que entra.

La calle también está abarrotada, pero encuentra un lugar tranquilo en el que se pone el colirio que le recomendó esta tarde Buendía para los ojos. Abre la lata de Mahou y le pega un largo trago mientras mira los disfraces y escucha la música, los aplausos y los petardos. Se le acerca entonces un hombre, es español, pero le habla en chino.

—*Zhuniáng Jíxiáng.*

—No he entendido ni una palabra —le contesta ella sonriente.

—Pues espera, que te lo repito —tiene que coger un papel que lleva en el bolsillo y volverlo a leer—. *Zhuniáng Jíxiáng.*

—¿Y qué quiere decir?

—Un chino me acaba de prometer que así se dice buena suerte para el año del cerdo. Pero vete tú a saber, lo mismo quiere decir rollitos de primavera o cerdo agridulce, estaría bien: feliz año del cerdo agridulce. Me llamo Julio.

—Yo Chesca.

Se dan dos besos, formales. Chesca se fija en Julio, es alto, fuerte y bien plantado, aunque va vestido de una manera un poco antigua, con una trenca verde con el forro naranja. Podría decirse que es un hombre guapo, además le ha parecido que tiene sentido del humor.

—¿Vives por aquí? —le pregunta ella, extrañada de no haberse cruzado nunca con él. Madrid es muy grande, pero en los barrios, los madrileños tienen la falsa sensación de que todo el mundo se conoce.

—No, soy nuevo en Madrid. Profesor de instituto, me han dado plaza en uno muy chungo en el barrio. —Julio se arrepiente enseguida de lo que ha dicho—. Perdón, ahora me dices que tú estudiaste en ese instituto y me da algo.

—No te preocupes. Yo llegué a este barrio ya de mayor. Y, además, fui a las monjas.

—No sé qué es peor.

—Las monjas —se ríe Chesca.

Le compran cuatro latas de cerveza y una bolsa de patatas fritas a un vendedor ambulante chino y se acercan a la plaza de Julián Marías. Allí, en el lado contrario a la calle de Marcelo Usera, donde hierve la fiesta del fin de año chino, hay unos bancos tranquilos en los que se pueden sentar.

—Lo que yo les digo a los chicos es que si están allí, en clase, es porque han elegido llevar una vida distinta a la de los que se quedan en la calle, a la de los que van al parque de Pradolongo a pasar el día entre cervezas, porros y pastillas.

Ella no está de acuerdo, pero teme empañar el principio de seducción con una discrepancia muy marcada. Así que opta por una protesta tibia.

—¿Tan malo es ese instituto? Yo soy casi del barrio y no lo veo tan chungo, es un sitio difícil, pero no es el peor de Madrid, ni mucho menos.

—Quizá haya cambiado desde que tú estudiaste... Yo les insisto en que deben tener la cabeza bien alta por seguir en clase, porque esa ha sido su elección.

A Chesca le sorprende lo que le cuenta Julio: está apropiándose de una escena de Michelle Pfeiffer en *Mentes peligrosas*. Hasta podría decir la frase exacta de la película: «No me esconderé de la muerte, cuando vaya a la tumba iré con la cabeza alta y el espíritu fuerte, siempre hay elección». Pero le hace gracia, quizá ese chico guapo y un poco redicho considere que repetir la frase de una película es una buena forma de ligar. A ella le viene bien un poco de distracción, necesita olvidarse por un rato del trabajo en la BAC, del juicio al que tiene que ir mañana y de su enfado con Zárate. Necesita vaciar la mente y el chico parece un buen candidato para un desahogo, de manera que detiene su parloteo con un beso.

—¿Vives lejos? —le pregunta.

—Un poco —contesta él, más aturdido que ansioso.

—¿Has traído coche?

—No, he venido en metro.

—Vamos en mi moto.

Sería más cómodo subirlo a su casa, pero no le apetece, no sea que al final Zárate suspenda su quedada con los amigos, se presente y la encuentre en la cama con un hombre al que acaba de conocer. Mejor no arriesgarse.

Llegan en su moto hasta la plaza de las Comendadoras, aparcan allí y suben a un apartamento muy pequeño. A Chesca le escuecen los ojos, así que entra en el baño y se pone el colirio. Le llama la atención que no haya objetos personales en el lavabo o en las repisas de cristal, pero no se para a pensar, solo quiere tener sexo, es la primera vez en mucho tiempo que lo va a hacer con alguien distinto a Zárate y siente un cosquilleo por la espalda.

Julio la espera con una botella de vino abierta y una copa servida. Se ha quitado la camisa y a Chesca le gusta lo que ve. Nada más brindar empiezan a besarse. Él es diestro con las primeras caricias, con las primeras maniobras para desnudarla. Parece que quiere imponer un ritmo lento, pero Chesca se desnuda de golpe porque prefiere un polvo rápido y volver a su casa. Lo empuja contra la cama y al sentarse sobre él nota un mareo muy fuerte. Se tumba, él la abraza, la besa y ella se deja llevar mientras su cabeza le dice que algo va mal... Él baja con la boca hacia su sexo y el mareo de Chesca se confunde con una oleada de placer. Entrecierra los ojos, pero los abre de nuevo porque una sombra ha cruzado por la habitación. Está segura de haberla visto. Sobre su consciencia debilitada se posa una sensación aterradora: no está sola con Julio en ese lugar. Unos gruñidos la alertan. No son los de Julio, vienen de otro punto del dormitorio. Abre los ojos y ve una silueta que recorta la luz de las farolas: hay un hombre apoyado en el quicio de la puerta, mirando la escena como si nada. Y, al pie de la cama, dos cabezas presencian cada movimiento con la fijeza de los hipnotizados.

Chesca quiere resistirse, huir, pero sus músculos y su voluntad ya no responden.

Capítulo 2

En la entrada, sentada en una silla, inmóvil, con la mirada fija en algún punto de la pared, hay una mujer con aspecto andrógino. Lleva un traje masculino, gris oscuro: americana, pantalón y chaleco, una camisa blanca, de la que asoman los puños con gemelos rojos, y una corbata a rayas, de las clásicas de las universidades inglesas, con nudo Windsor. Tiene el pelo corto, con los lados y la parte de atrás casi rasurada. Pese a todo, pese a sus aparentes esfuerzos por parecer un hombre, no logra ocultar que es una mujer muy bella.

—Está esperando a Chesca —informa Buendía a Orduño desde detrás de la puerta de vidrio, con cuidado para que ella no lo oiga—. Tendrás que hacerte cargo tú hasta que llegue. ¿Sabes quién es?

—Sí, es la nueva. Ayer Chesca me avisó de su llegada. Pero se suponía que la iba a recibir ella.

—¿La sobrina de...?

Orduño asiente sin necesidad de que Buendía diga el nombre. Tras la marcha de Elena, el comisario Rentero le ofreció a él coordinar la BAC. Fue él mismo quien rechazó el cargo y recomendó que este fuese para Chesca. Rentero insistió en todo momento en que era un puesto provisional, hasta encontrar a la persona correcta; nunca ocultó que su verdadero interés era la vuelta de la inspectora Elena Blanco. Hasta la fecha, Chesca ha hecho una gran labor, todos creen que antes o después superará la interinidad. Recibir a la nueva es solo uno de los inconvenientes del cargo, pero hoy le va a tocar a Orduño, el que se puso más en contra de que la aceptaran cuando supo quién era.

—Buenos días, ¿Reyes Rentero?

La mujer se pone en pie y se cuadra marcial.

—Soy yo.

El gesto es tan exagerado que Orduño se pregunta si no habrá algo de mofa en esa solemnidad.

—Tranquila, esta es una brigada especial. Las formas son más... relajadas.

No sabe si besarla o no, así que le tiende la mano. Ella se la estrecha, aprieta con fuerza, un apretón masculino.

—Esperaba encontrarme con la subinspectora Francisca Olmo.

Orduño sonríe; nadie llama Francisca a Chesca, supone que es el nombre que sale en los documentos del Ministerio, pero en la BAC ha desaparecido por completo. Hasta en su placa dice Chesca Olmo.

—Verás, hay un problema, Chesca está en los juzgados y no sabemos a qué hora va a llegar. Como supongo que no te quieres quedar ahí sentada todo el día, te atenderé yo. Soy también subinspector, me llamo Orduño.

—A sus órdenes.

—Ya te he dicho que no es necesario, aquí se trata a todo el mundo de tú y sin protocolo, tranquila. De momento, lo que vamos a hacer es tomar un café, te presento a la gente y charlamos, ¿te parece?

—Como usted mande.

—De tú. Y no mando nada. Aquí solo manda tu tío.

Pese a su hieratismo, Reyes no ha podido evitar una mueca de disgusto al oír nombrar al comisario Rentero. Orduño no lo siente, Reyes está en la BAC por enchufe, tendrá que ganarse la simpatía de todos.

En la sala común, Mariajo recorta una noticia entusiasmada, tiene varios periódicos de provincias sobre la mesa. No espera a que le presenten a la nueva, habla amistosa en cuanto entra.

—Mirad: «Un científico chino anuncia la creación de agujeros negros en laboratorio».

Ha leído el titular con un aire tan risueño que Reyes se siente invitada a contestar.

—¿En un laboratorio? Qué barbaridad.

—Ya ves, pues ya lo he recortado de seis periódicos y estoy segura de que mañana lo sacarán otros tantos. No sé de dónde habrá salido la noticia, de alguna oficina siniestra en Siberia, allí es donde se crean los bulos. Soy Mariajo, tú debes de ser la sobrina del comisario.

—Soy Reyes.

—Yo soy Buendía —se presenta el otro ocupante de la sala—. No hagas caso a Mariajo, no hay oficinas siniestras en Siberia, se inventa ella misma las noticias y las pone en circulación.

Buendía se acerca a darle dos besos y Reyes los acepta. Nadie ha hecho comentarios sobre su aspecto, aunque ninguno esté seguro de cómo comportarse. Si como lo haría con un hombre o como con una mujer. Para todos ha sido un alivio que ella parezca no darle importancia.

Mariajo la agarra del brazo con algo de brusquedad, pero ella consigue que esos gestos parezcan cordiales.

—Te enseño la máquina de café, parece sencilla, pero tiene truco.

—Gracias. ¿Es verdad que la noticia esa se la ha inventado usted?

—Claro. Agujeros negros en laboratorios, imagínate qué disparate. Pero yo no sé quién hace los periódicos, verdaderos analfabetos.

—¿Y qué gana con eso?

—Van todos los recortes al álbum, algún día sacaré a la luz todos mis bulos. Va a caer el prestigio de más de un medio y me estudiarán en las universidades de periodismo de todo el mundo —se ríe Mariajo y nadie sabe si lo dice en serio o en broma.

Entra Zárate, trae el semblante preocupado. No se quita la cazadora, se planta en medio de la sala y cuando habla no parece dirigirse a nadie en concreto.

—¿Ha venido Chesca?

—Hoy tenía la citación en los juzgados —contesta Orduño.

—No ha comparecido.

Orduño lo mira con un gesto de incredulidad.

—No es posible. Llevaba toda la semana preparando su declaración.

—Vengo de los juzgados, no ha ido, el fiscal está que trina. ¿No ha llamado? ¿Nadie ha tenido noticias de Chesca en toda la mañana?

Barre la sala con la mirada y ahora están todos incluidos en la pregunta. La respuesta que llega es un silencio teñido de estupor, de incomprensión y algún atisbo de alarma. Hasta Reyes comprende que no es momento de mostrar su desparpajo y saludar al recién llegado. En esos instantes se quiere hacer invisible o camuflarse en el archivador o con la máquina de café. Ya se presentará ante Zárate cuando se haya rebajado la tensión.

—No es propio de Chesca faltar a una citación judicial —dice Buendía.

—Y menos en un caso que ha llevado ella.

La apostilla es de Mariajo. Zárate asiente con gestos furiosos, como reprochando a sus compañeros que en lugar de espantar su preocupación le añadan varias paletadas. Chesca desarticuló una red de trata de blancas tras varios meses de investigación. Es la testigo principal en el juicio que empezaba hoy. Su incomparecencia le viene de perlas al abogado de la defensa.

—¿La has llamado al móvil?

Orduño sabe que es una pregunta retórica, es evidente que la ha llamado, pero quiere buscar a tientas algo que aplaste la aprensión que ya nota dentro de él.

—Más de veinte veces. No lo coge.

—¿Has ido a su casa? —Mariajo está inquieta.

—He llamado al timbre, he pegado la oreja a la puerta. Nada.

—¿No tienes llaves?

—No —responde molesto.

Reyes junta las piezas en tres segundos. La asunción general de que Zárate tiene un juego de llaves de la casa de Chesca le permite deducir que los dos mantenían o mantienen una relación sentimental. Pero Zárate no tiene llaves de esa casa, luego la relación es menos seria de lo que todos creían.

Se suceden las conjeturas, las alarmas, las cautelas, puede que algún vecino tenga llaves, no podemos entrar en su casa sin permiso, ¿y si anoche le dio un ataque de algo y está muerta en la cama?

—¿Y si está con un tío en la cama después de una noche de sexo? —dice Mariajo con brutalidad, como para zanjar la cuestión—. Para abrir la puerta por las buenas debe dar la autorización un juez. Y no nos la van a dar solo porque Chesca no responda al móvil.

—Y el plantón en el juzgado, no te olvides de eso.

—Aun así, es poco, Zárate.

Él asiente. Sabe que es imposible conseguir la orden. Pero se le ha metido la preocupación hasta lo más hondo, la angustia se está anudando en su estómago.

—Ayer era el año nuevo chino en Usera —dice Orduño—. Me dijo que pensaba darse una vuelta.

Antes de hablar, Buendía corrobora la información con un gesto.

—A mí también me lo dijo. Estaba con los ojos irritados, pero no era nada grave, le recomendé un colirio.

—Qué manía de automedicarse —Orduño niega con la cabeza.

—Soy médico. Aunque me haya especializado más en los muertos que en los vivos, soy capaz de recetar un colirio si hace falta.

Zárate se mete en el despacho de Chesca. Escruta cada rincón, como si en alguna mota de polvo pudiera hallar la clave de lo que está pasando.

Reyes nota cómo se espesa el ambiente según avanzan las horas. De momento, su llegada al cuerpo —después de lo mucho que le costó convencer a su tío, al que no le bastaba con que ella tuviera el mejor expediente de la Academia— no es como ella se imaginaba. Sabía que la mirarían con prevención por ser la sobrina de Rentero, el jefe de todas las unidades operativas, pero eso no le preocupa, está segura de que está plenamente preparada para trabajar allí y pronto lo demostrará. Lo que no esperaba era vivir en esta especie de estupor que ha causado a todos la desaparición de Chesca.

—Supongo que ya te han contado a qué nos dedicamos en la Brigada de Análisis de Casos. —Orduño no sabe de qué otra cosa hablar con la nueva.

—Me han contado, pero prefiero que seas tú quien me dé su versión. Si no te importa.

—Pues a ver cómo te lo explico. Somos un departamento que sirve un poco para todo, desde casos que se atascan, investigaciones mal hechas o inspectores que no están siendo muy profesionales con su trabajo, hasta archivos antiguos que se abren de nuevo por algún motivo. Es decir, aquí puedes investigar una red de trata de blancas en León un día y un asesinato de 1984 el día siguiente.

—¿Mucha acción?

—No tanta. Si querías acción tenías que haber pedido otros cuerpos.

—No, estoy bien aquí —responde Reyes enigmática—. Unos días necesito acción, pero otros prefiero la tranquilidad.

Zárate ha ido a dar una vuelta por Usera, a hacer preguntas aquí y allá. Paco, el dueño del bar que ella frecuenta, la vio por allí, tomando una cerveza. No notó nada raro. Pregunta a los vecinos, al dueño del bazar en el que compra bombillas, pilas y cosas así. Pero no obtiene ninguna pista.

Decide regresar a la BAC y coger el toro por los cuernos.

—Quiero entrar en casa de Chesca.

Suelta la frase sin introducciones ni saludos. Su gesto es firme, han transcurrido unas horas y siguen sin noticias. Esta vez no habrá debates éticos sobre si se puede allanar o no una morada.

—¿Preparo una petición para el juez? —se ofrece Orduño.

—No. Prefiero a Rentero. Nos vale con su permiso. Es un caso especial. Pero le he llamado y no está en su despacho, tampoco coge el móvil.

Los ojos de todos se vuelven hacia Reyes. Pero es Zárate quien avanza hacia ella.

—¿Sabes dónde está tu tío?

—¿Esa es tu forma de saludarme en mi primer día de trabajo?

Zárate la mira fijamente y trata de contener un brote de ira. ¿Quién es esa mocosa que le habla en ese tono cuando hay una compañera desaparecida? Reyes aguanta la mirada. Entiende que Zárate pueda estar nervioso, pero eso no le autoriza a ser maleducado con ella. Además, se tiene que defender, tiene que poner barreras o nunca dejará de ser la sobrina de Rentero.

—¿Dónde está tu tío? —insiste Zárate.

—Ni puta idea, soy policía, no la sobrina de nadie.

Mariajo disimula una media sonrisa y decide mediar antes de que la sangre llegue al río.

—Yo me entero de su agenda.

Después de un par de llamadas y de hablar con otras tantas secretarias del Ministerio, de su misma edad, como si hubiera una red de sexagenarias que se ayudaran unas a otras, Mariajo llega con la respuesta.

—Rentero está en el Casino de Madrid, el de la calle Alcalá. Hay un acto para conseguir fondos para escuelas en Myanmar.

—Voy al Casino a por ese permiso —dice Zárate—. Y tú te vienes conmigo.

Señala a Reyes.

—¿Yo?

—Sí. Quiero que me ayudes a ablandar a tu tío.

Capítulo 3

Chesca tiene un sueño extraño, un sueño en el que huele a estiércol. No consigue despertarse, pero sí recordar, en el duermevela, la noche anterior: el desfile de los chinos, las cervezas con Julio, el paseo en moto hasta las Comendadoras y, desgraciadamente, a los otros tres hombres a los que descubrió mirando mientras ella y su acompañante practicaban el sexo. Cree que la violaron, pero no consigue recordarlo. Por un instante, lo único real es el olor, ese olor a cerdo.

Por fin logra abrir los ojos, le arden, le duele la cabeza, la conjuntivitis ha ido a más, pero eso no es lo peor: está desnuda y esposada a la cama por las muñecas y los tobillos. Tira de los brazos y de las piernas, obscenamente abiertas, pero hasta el más mínimo esfuerzo le causa un dolor severo. La estructura de la cama es fuerte y apenas se mueve con el zarandeo que intenta provocar.

Cierra los ojos y, aunque parezca imposible, se vuelve a dormir. Cuando se despierta no sabe cuánto tiempo ha transcurrido, si unos segundos o unas horas. Sigue sin poder poner orden en todo lo que le pasó desde que ese chico guapo, pero vestido como lo haría un joven de los setenta, la abordó en la calle de Marcelo Usera. Al llegar al piso, después de que ella se metiera en el baño para ponerse el colirio, la esperaba con una copa de vino. Pensar en el vino le provoca arcadas, así que, aunque sea un método nada científico, supone que ahí estaba el sedante o lo que fuera que le dieran. El escozor de los ojos le resulta insoportable, pero sabe que en este momento la conjuntivitis es el menor de sus problemas.

Mira alrededor, incorporándose todo lo que le permiten las ataduras y sus músculos doloridos. Está en una especie de sótano, hay ventanas altas, pero están tapadas con cartones. Lo poco que se ve es gracias a la luz que entra por las rendijas que han quedado al cubrirlas. En la penumbra distingue algunos bultos, tal vez cajas y muebles viejos. A algunos metros de los pies de la cama hay una escalera que sube y una puerta arriba. Esa es la puerta que deberá alcanzar si quiere salir con vida.

Intenta concentrarse en la zona de la vagina. ¿Siente dolor, irritación? Tal vez así pueda saber definitivamente si la violaron o no, pero no nota nada especial. Quizá lo que le dieron le hizo abandonarse tanto que no tuvieron que forzarla en absoluto, quizá se conformaban con mirar cómo tenía sexo con Julio. No hay nada en su mente desde el momento de terror al ver a esos tres hombres rodeando la cama hasta que se ha despertado atada. Le viene como un alud una palabra: la «manada». Pero tal como huele allí —el olor no era parte del sueño— debería decir la piara.

A medida que se calma, aunque el dolor de cabeza no remita y los ojos le sigan escociendo, va pensando con más claridad. ¿Cómo pudo ser tan poco precavida, cómo pudo ignorar las señales de alerta? Julio se acercó a ella y le contó una escena de película haciéndola pasar por una ocurrencia suya, como si llevara un guion preparado; en el baño del piso al que la llevó no había objetos personales, ahora se da cuenta de que en el salón tampoco. Julio no la llevó a su casa sino a un apartamento alquilado, probablemente un apartamento turístico donde ya estaban esperando los otros tres. Inventa una teoría: son cuatro hombres que mandan al guapo a ligar con una mujer cualquiera, después la violan entre todos y desaparecen. Le ha tocado a ella como podía haberle tocado a otra. Y si ha caído en la trampa ha sido por la rabia: estaba tan obsesionada por olvidarse de que Zárate le había prometido acompañarla y le había dado plantón que olvidó las cautelas más elementales. La rabia, el odio, no dejan pensar, siempre lo ha sabido; todo lo que ha salido bien en su vida ha sido cuando ha hecho las cosas de manera consciente, hasta las más extremas.

La del guapo ligón y los feos violadores es una teoría que estaría bien, que tendría lógica. Cuando las cosas tienen lógica y se entienden son tranquilizadoras. Pero no es el caso. Si solo hubieran querido violar a Chesca, no la habrían trasladado a este lugar que huele a estiércol, no la habrían atado así, desnuda a la cama. ¿Qué es lo que pretenden hacerle?

No puede juntar a la rabia y el odio el miedo; si lo hace, no tendrá opciones de salir de allí.

Capítulo 4

Reyes ha estado muchas veces en el Casino de Madrid, siempre en fiestas y celebraciones. De hecho, su padre, el hermano de Rentero, es socio. Al que se le nota que no está acostumbrado a esos ambientes es a Zárate, que mira un poco impresionado la magnífica escalera de honor.

En cuanto el portero se le acerca le enseña su placa.

—Soy el subinspector Ángel Zárate, de la Brigada de Análisis de Casos de la Policía Nacional.

—Llamaré al director.

—No hace falta que le moleste, solo quiero hablar con el comisario Rentero, está en un acto para recaudar fondos.

—Lo siento, subinspector Zárate, no estoy autorizado a dejarle pasar. Si habla con el director no habrá ningún problema.

Reyes da un paso al frente.

—Basilio, tengo que hablar con mi tío. Es solo un momento.

—Sabes que no está bien entrar así, Reyes —protesta el portero.

—No te enfades, nos marchamos enseguida y no vamos a robar los ceniceros.

La disculpa viene acompañada de una encantadora sonrisa que desmiente la brusquedad de su traje masculino y su corte de pelo agresivo.

—Están en el Salón Real. No hagas que me arrepienta de dejarte entrar.

—No te preocupes.

El portero se aparta y ahora es Zárate el que sigue a Reyes, que le va indicando el camino hacia el lugar de la recepción.

—¿Por qué no has dicho que le conocías?

—No lo has preguntado.

Nada más entrar en el Salón Real —el mejor del Casino, de estilo neorrococó, con imponentes vidrieras, lámparas, un friso de mármol de Benlliure y valiosas pinturas, entre ellas una de Julio Romero de Torres—, Zárate localiza a Rentero hablando con una mujer mayor. Están en un cóctel de palabras murmuradas, con alguna risa que levanta el vuelo de cuando en cuando sin desbaratar el tono civilizado y un tanto irreal de las conversaciones. Reyes no entiende por qué no se acercan sin más dilación al comisario. Zárate se ha quedado en el umbral, paralizado, como si un acceso de miedo o de pudor le impidiera adentrarse en la sala. O como si hubiera visto un fantasma. Y en cierto modo es así: enmarcada entre una escultura griega de Palas Atenea y un hombre orondo de chaleco y leontina está Elena Blanco. Luce un elegante vestido largo en color crema y la sonrisa tensa y artificial que muestra a su interlocutor se relaja de pronto al ver a Zárate y se convierte en un gesto espontáneo de sorpresa, un gesto risueño, curioso y feliz, el de los reencuentros con los viejos amigos. Se aproxima a Zárate abriendo los brazos, una efusión que en ese ambiente de expresiones controladas y escuetas resulta casi obscena.

—¡Qué sorpresa!

—Eso digo yo. ¿No estabas viviendo en Italia?

—Pasando una temporada nada más —corrige—, ya tenía ganas de volver a Madrid y mi madre me ha liado para organizar un evento benéfico, conseguir dinero para unas escuelas en Myanmar.

Al decirlo ha señalado a la mujer que acompaña a Rentero, una dama de elegancia exquisita. Pese a su edad, es una mujer bella, con esa belleza altiva que solo tienen los ricos. Al comisario se le tuerce el gesto cuando ve al agente de la BAC y a su sobrina, que ha ganado posiciones con disimulo y se ha situado junto a Zárate. El olfato de Rentero le dice que hay problemas, lo último que le apetece cuando le acaban de servir un exquisito amontillado, un Versos 1891 de Barbadillo. Se acerca a ellos.

—No esperaba encontrarte aquí, Reyes —dice Rentero sin disimular el fastidio—. Tampoco a ti.

Zárate trata de sofocar un sentimiento desagradable. Ha venido con el apremio de abordar al comisario y de repente se siente molesto con él por haber interrumpido su conversación con Elena. Es solo un segundo de desconcierto, pero un segundo muy intenso en el que se produce un reajuste inmediato de las prioridades: hay que encontrar a Chesca cuanto antes. Le cuenta lo sucedido, el plantón en el juzgado, la falta de noticias, la preocupación general de que le ha podido pasar algo. Rentero escucha con impaciencia y puede que sea su mal humor el que hable por él cuando le quita importancia al asunto. Lo achaca a la presión del cargo —«aunque Chesca es la coordinadora, no la jefa», puntualiza, como dejando bien claro que ninguno de ellos está a la altura de la dirección de la brigada— y está convencido de que aparecerá en cualquier momento.

—No es normal que no se haya presentado en el juzgado. Ese caso lo llevó en persona y ahora los acusados podrían quedar en libertad —discrepa Zárate.

—No vamos a allanar un domicilio, a rastrear su móvil o a entrar en sus cuentas de correo electrónico solo porque haya conocido a un hombre y se esté corriendo una juerga —concluye Rentero sin la menor delicadeza.

Reyes nota que con esa frase pretende dar carpetazo al asunto, pues ya está amagando la retirada. Lo agarra del brazo.

—Tío, es solo entrar en su casa y comprobar que está todo bien. No vamos a poner el piso patas arriba.

Rentero la mira con las pupilas brillando de indignación. No hay asomo de parentesco en esos instantes, no es su tío, es un superior que no va a consentir el menor contacto físico con una becaria.

—Les ruego que nos dejen seguir con el acto. Me alegro de que mi sobrina Reyes esté en la brigada, seguro que se va a convertir en una excepcional policía.

Rentero se aleja.

—Qué hijo de puta —murmura Zárate. Nota que Reyes enarca una ceja—. Con perdón.

—No te preocupes por mí, yo tengo mi propia opinión de él.

—Así que tú eres sobrina de Rentero.

—Y tú la mítica Elena Blanco.

—No tengo nada de mítica, créeme.

—No sabes lo que se cuenta de ti en la Academia.

—Prefiero no saberlo.

Zárate carraspea. Está intranquilo.

—Elena, ayúdame. Sé que a Chesca le ha pasado algo grave.

—Ya no soy policía, Ángel.

—Pero eres su amiga. O por lo menos habéis sido compañeras durante años. ¿Eso no significa nada?

Elena ve a su madre llamándola con un gesto.

—Lo único que puedo hacer es darte mi opinión. Chesca jamás habría faltado a una obligación con el juzgado. Siempre ha sido muy responsable. Y tampoco es normal que no dé señales de vida durante un día entero.

—¿Me dices eso y te quedas tan tranquila?

—¿Qué quieres que haga?

—Ayúdame a encontrarla. Te necesito.

Elena esquiva una nueva mirada de su madre, fría como el acero, una mirada que envía un mensaje muy claro: deja de hablar con esos dos desharrapados y vuelve a tus obligaciones sociales.

—Entra en su casa —dice Elena con resolución—. No importa lo que diga Rentero. Ve ahora mismo a casa de Chesca y entra.

—¿Sin autorización?

—Sin perder un segundo.

—Esta no eres tú. Siempre has sido escrupulosa con las normas.

—Pero ya no soy policía. Y es Chesca, tú mismo lo has dicho. Es una compañera.

Zárate asiente.

—Y ahora me tienes que disculpar, me reclaman.

—Ven conmigo. Vamos a buscar a Chesca. Los dos juntos.

—No puedo.

Zárate la mira fijamente, como si así pudiera penetrar en esa resistencia que ella ha construido.

—Lo siento. Seguro que aparece pronto. Me alegro mucho de verte. —Elena se vuelve hacia Reyes—. Y a ti te deseo lo mejor. Para aprender, estás en el mejor sitio de toda la policía.

Reyes sonríe con gratitud. Elena se mezcla con el grupo de su madre, bajo cuya sonrisa se puede adivinar un reproche amargo que esperará su momento para ser pronunciado.

Zárate y Reyes cruzan la sala hacia la salida. Ella sonríe, por fin ha conocido a la famosa inspectora Elena Blanco y no la ha defraudado. Él camina enfurruñado, colocando como puede el impacto que le ha causado el reencuentro con la antigua jefa de la BAC.

Elena atrapa una copa de vino blanco y lamenta que en estos actos tan elegantes haya que beber a base de tragos cortos. Ella vaciaría la copa de una sola vez para intentar sofocar el incendio que le ha provocado la aparición de Zárate. Por su presencia rotunda, su olor, su voz. Por los problemas que le ha contado. Problemas que forman parte de su otra vida, la que ya había superado. Esa vida ha vuelto de repente con todos sus contornos. Ahora, solo alargando la mano, puede tocar con los dedos un pasado que ella consideraba muy remoto.

Capítulo 5

El primer trámite al llegar a Usera es inspeccionar el garaje. Ya lo ha hecho por la tarde: allí estaba el C3 de Chesca, pero no su moto, una Honda CBR 500R. Nada ha cambiado. En la plaza número dieciséis solo está aparcado el coche. Desde la BAC han cursado la orden de buscar la moto, pero de momento no hay noticias. La inspección del garaje obliga a reconstruir los pasos de Chesca con una luz que Zárate se resiste a encender. Ella quería pasear por el barrio y celebrar el año nuevo chino. Y es cierto que lo hizo, o al menos un testigo la vio por allí. Pero entonces, ¿por qué cogió la moto? ¿Qué imprevisto surgió de pronto para que ella cambiara sus planes? ¿Por qué se hizo necesaria la moto cuando el plan consistía en pasear por el barrio y disfrutar del ambiente?

El piso de Chesca podría albergar las respuestas. Es imprescindible allanar ese espacio privado, Zárate lo sabe. También sabe que debe entrar solo. Nota la excitación de Reyes por la aventura, el morbo de verse inmersa en un drama en su primer día de trabajo, pero no quiere meterla en problemas.

—Voy a entrar solo. No quiero que esto te salpique, vete a la BAC.

Reyes se lo queda mirando como si acabara de pronunciar una ristra de insultos.

—No me trates como si fuera una niña. Yo entro contigo.

—Hazme caso, un expediente no le viene bien a ningún currículum.

—Me arriesgaré. Bastante bueno es ya mi currículum.

Zárate suspira en un gesto de paciencia. No tiene tiempo de entretenerse con explicaciones, cada segundo puede ser importante.

—Te estoy dando una orden. Vuelve a la BAC y espera a que te llame.

Reyes se aleja con las manos en los bolsillos del pantalón, caminando a buen paso y abriendo ángulos a izquierda y derecha con cada zancada. Zárate tiene la impresión de que en cualquier momento va a patear una papelera o una señal de tráfico. Pero no lo hace.

Desde el garaje hay un acceso a la escalera que él ha usado varias veces. La puerta del piso no está blindada. Y además no hay un cerrojo que se interponga en la maniobra de Zárate con la ganzúa. Chesca debió de salir tan enfadada de casa que ni siquiera se detuvo a cerrar con llave.

Zárate pisa el recibidor y al instante comprende que ese lugar está vacío. Se lo dice el instinto, pero también el silencio y el recogimiento extraño, como expectante, de los objetos. Los cojines aplastados, la manta que cuelga del sofá, las dos latas de cerveza que se bebieron por la tarde.

Es un apartamento pequeño, con muebles de Ikea, con pocos adornos personales a la vista y apenas libros. Hay varios trofeos de carreras de motos y un saco de boxeo en un rincón. Zárate recorre ese lugar que ha visitado tantas veces y trata de contener la aparición de los recuerdos que pese a todos los esfuerzos se van agolpando en su cabeza. La alfombra en la que retozaron la primera tarde que él estuvo allí, la cocina en la que prepararon juntos unos pimientos rellenos que terminaron quemados en el horno, el cuarto de baño con la ducha que los acogió tantas veces a los dos cuando les daba por desafiar la estrechez del espacio. El dormitorio, la cama con las sábanas arrugadas, su lado de la cama —porque él ya tenía un lado de la cama— mucho más alisado, esa mitad de la cama esperando su regreso como la mujer anhelante que aguarda la vuelta del soldado. No quiere pensar en las muchas horas que ha pasado en ese lugar, en las ilusiones que empezaron a forjarse allí, en una conversación en la cama después de hacer el amor. Ahora solo importa encontrar alguna pista, algo que le señale el camino que lleva hasta Chesca. Hay una botella de vino francés en la mesa del comedor, con un lazo morado a modo de adorno. Una botella sin abrir para celebrar algo que nunca sucedió. En el armario de la entrada, detrás de las chaquetas, está la pistola de Chesca. No salió de casa para algo relacionado con su trabajo, piensa Zárate. Se la habría llevado.

No hay nada en el piso que haga pensar en una escena violenta. Ni el ojo más entrenado encontraría allí algo sospechoso. Solo podría llamar la atención la botella de vino francés para alguien que conociera bien a Chesca, que no era aficionada al vino y apenas bebía alcohol más allá de alguna que otra cerveza. Pero esa botella de vino francés no contiene la respuesta a un posible acto criminal, contiene las lágrimas de un desengaño amoroso.

Suena el timbre y Zárate imagina a Reyes alejándose por la calle, caminando como un ánade y dándose la vuelta de repente para volver a la misión de la que había sido injustamente relegada. Le da la impresión de que no le va a molestar esa desobediencia. El piso está lleno de recuerdos y de fantasmas, casi agradece algo de compañía. Pero no es Reyes quien ha llamado a la puerta. Quien entra es Elena Blanco.

—¿Algo sospechoso?

Zárate sonríe y la deja pasar.

—Me alegro de verte.

—No te la has encontrado muerta en el váter con un infarto, eso es una buena noticia.

—Estoy muy preocupado, Elena.

Ella entra y se fija en los detalles decorativos, en las fotografías que adornan la pared del salón, recuerdos de algún viaje exótico y también de alguna quedada de moteros. En una de las fotos sale abrazada a Zárate, en un paisaje de cerezos en flor.

—Eso fue en el Jerte —dice Zárate.

Elena no dice nada. Sigue inspeccionando el salón. Se fija en las dos latas de cerveza vacías y las señala con una interrogación.

—Ayer estuvimos juntos un rato por la tarde.

Se fija ahora en la botella de vino. Zárate menea la cabeza, no sabe por qué hay una botella tan cara en la mesa del comedor. Elena continúa con la inspección del piso. Los detalles, los hallazgos y las conjeturas van formando un magma en su interior. Ya se solidificará, no tiene prisa para armar sus deducciones. En el cuarto de baño hay un vaso con dos cepillos de dientes.

—¿Uno de esos cepillos es tuyo?

—Elena...

Zárate se siente incómodo con la situación, quiere deslizar alguna explicación que no sabe si le va a quedar como una frase de disculpa o como una petición de respeto a su parcela privada.

—No me interesa cotillear en tu intimidad —le interrumpe Elena—. Solo quiero saber si podría haber entrado alguien más aquí. Es importante.

—Ese cepillo es mío —dice Zárate.

—¿El azul o el verde?

—Elena...

—Déjalo.

Ya no se conforma con la inspección visual. Elena abre armarios, levanta cojines, aparta muebles. En el cajón de una cómoda encuentra una tablet sin contraseña.

—Déjamela —Zárate le quita la tablet.

Con un clic abre la galería de fotos y empieza a borrar imágenes.

—¿Qué estás haciendo? —pregunta Elena.

Zárate no responde. Continúa con la mirada fija en la pantalla. Elena le quita la tablet.

—Dámela, no quiero que veas el contenido —protesta él—. Es privado.

—Chesca desapareció anoche y tú estuviste con ella bebiendo cerveza a las ocho de la tarde. Si quieres que te ayude, tengo que saberlo todo.

Zárate se resigna a que ella vea las fotografías. Elena no comenta las imágenes que va pasando. Zárate desnudo en una pose grotesca, Zárate en la cama con una planta cubriendo sus partes íntimas, Zárate desnudo con una botella de zumo de naranja en la mano y la puerta de la nevera abierta.

Una llamada rompe el momento de incomodidad y él se apresura a sacar el móvil de su chaqueta. Es Mariajo. La moto de Chesca ha aparecido tirada cerca de la M-30, en un descampado junto al Ruedo.

—Que vaya Orduño y se entere de cómo ha llegado hasta allí. Y que se lleve a la nueva.

Cuelga. Elena sigue mirando fotos, actúa como si no le interesara el hallazgo en la investigación.

—Ha aparecido la moto de Chesca en un descampado —dice Zárate.

—Lo he oído. Esto no me gusta nada.

—¿Te refieres a las fotos?

Elena le mira con asombro. Le tiende la tablet.

—Escúchame bien, Ángel. No me interesa si pensabais casaros y tener hijos o solo echabais un polvo de vez en cuando, lo único que quiero es averiguar dónde está Chesca. Cuéntame el último caso en el que habéis trabajado.

Zárate intenta hacerle un resumen rápido: hace catorce años apareció una mujer descuartizada en un vertedero de Valladolid. La investigación del caso no llegó a nada, pero, cuando la BAC lo retomó, revisaron las autopsias y los datos del expediente y dieron con un hilo del que tirar: la víctima estaba casada, pero tenía un *affaire* extramatrimonial; hasta consiguieron el nombre de su amante, Alejandro Cesa. Era dueño de un bar en aquella época, pero la adicción a las drogas le había hecho perder todos los negocios. Hasta hace unas semanas, estaba enredado en una red de trata de blancas dedicada a las mujeres del este. No era un mandamás en la organización, más bien un subalterno que se encargaba de vigilar a las mujeres para que no denunciaran nada. Chesca cerró así dos casos a la vez: la detención de Alejandro Cesa por el asesinato de aquella mujer y la desarticulación de la red. Dejaron en libertad a más de quince mujeres que estaban bajo su yugo.

—¿Crees que puede tener algo que ver con su desaparición? —pregunta Elena.

—No lo sé.

—De cualquier forma, pide todos los expedientes de los acusados y estúdialos uno a uno.

—No salió de casa por nada de trabajo. Se habría llevado el arma.

Le muestra la pistola de Chesca.

—¿Dónde?

Se dirigen al armario de la entrada, lleno de abrigos y chaquetas. Elena palpa las prendas, busca en los bolsillos. Saca un móvil de uno de ellos.

—Es su móvil —dice Zárate.

Elena intenta encenderlo, pero está bloqueado.

—¿Te sabes la contraseña?

—¿Por quién me tomas? No soy uno de esos celosos de mierda que espían el móvil de su pareja.

—Me lo llevo —dice guardándoselo en el bolsillo—. Me tengo que ir, si no vuelvo al Casino mi madre me va a matar.

—Espera, ¿en qué abrigo estaba ese móvil?

Elena saca una gabardina color hueso. Zárate hurga en los bolsillos. En uno interior hay algo. Un DNI. Lo estudia con interés y clava la mirada en su compañera. Ella comprende que pasa algo.

—Mira esto. Un DNI falso. La foto es de Chesca. Pero el nombre...

Elena coge el documento.

—Leonor Gutiérrez Mena. ¿Quién es esa mujer?

—Ni idea.

—¿Por qué tenía Chesca un DNI falsificado con otro nombre?

Zárate no es capaz de contestar a la pregunta de Elena.

—Llévatelo a la BAC y dáselo a Mariajo para que lo investigue.

Zárate asiente y se guarda el DNI.

—¿Hay algo que no me hayas contado, Ángel?

—No.

Elena prefiere callar que no le cree.

Capítulo 6

El Ruedo es un edificio famoso en Madrid, todo el mundo lo ha visto desde la M-30 y ha sentido respeto por ese muro de ladrillo con pequeñas ventanas que más parece una cárcel que un lugar donde vivir. Pero desde cerca, concretamente desde dentro de la espiral que forma, asusta menos. Ahí se ve colorido y ajardinado, con balcones y zonas de juegos infantiles, con jubilados sentados en bancos a la sombra y parejas de novios charlando de la mano. Cuando se construyó, a finales de los ochenta, sirvió para realojar a familias de ingresos bajos, aunque con los años ha ido perdiendo su fama de lugar prohibido y peligroso, de los que hay que evitar. Sigue sin ser el mejor lugar de Madrid para vivir, pero ya no supone marginación y tráfico de drogas, como en sus inicios.

La moto de Chesca ha aparecido en un descampado cercano, tirada en el suelo y con menos piezas de las que tenía cuando ella la sacó del garaje. Pero conserva la matrícula y eso ha hecho sonar las alarmas en cuanto un vecino del Ruedo llamó a la policía para denunciar su hallazgo.

Una pareja de la Policía Municipal custodia la moto hasta la llegada de los agentes de la BAC. Con ellos, el vecino que la encontró, un jubilado molesto con su actuación.

—Ya les he dicho a sus compañeros que la culpa la tienen los rumanos que han montado el campamento allí abajo. Pero nada, aquí la policía solo interviene si eres español; a los de fuera les ponen una alfombra roja. Todavía les darán una paga y pisos nuevos.

—No se enfade y cuénteme, que nosotros no tenemos nada que ver con lo del campamento —lo tranquiliza Orduño—. ¿Vio quién dejó aquí la moto?

—Ya le he dicho, un rumano de esos. Pero después nos echarán la culpa a los que vivimos en el Ruedo. Si es que los hay que cardan la lana y los hay que nos llevamos la fama. Aquí, en lugar de un descampado, lo que tenía que haber es un campo de fútbol.

—No te veo jugando al fútbol a tu edad, a ver si te va a dar un yuyu y estiras la pata, abuelo —le lanza, inopinadamente, Reyes.

Tanto el vecino como Orduño la miran extrañados, ¿a qué viene esa falta de respeto? Orduño no quiere hacer como que no lo ha oído.

—Perdone usted la mala educación de mi compañera. Me decía que había visto llegar a un vecino del asentamiento de chabolas...

—Porque te deseo y ayer no pudimos terminar lo que habíamos empezado. Y ahora, por favor, cállate, no tengo ganas de escucharte.

Chesca se intenta resistir, pero él le tapa la boca con cinta adhesiva.

Julio comienza a desnudarse; tiene, como Chesca ya apreció ayer, un cuerpo atractivo, musculoso. Su pene está en erección, se unta un gel.

—No digas que no soy delicado contigo. Desde ayer llevo pensando en esto y no quiero hacerte más daño del necesario.

Julio se coloca encima y la penetra. Chesca aguanta el dolor. La lubricación no sirve para mitigarlo. Intenta parecer entregada. Él se va dejando llevar, tiembla sobre ella, excitado. Chesca cree encontrar el momento adecuado cuando él se corre y se deja caer sobre ella, entonces, con un gesto brusco de cuello, le suelta un cabezazo.

Es un golpe contundente que le abre una brecha y lo aparta un instante. Lejos de enfadarse, Julio sonríe: la sangre le resbala por la mejilla. Saca la lengua y la lame. La sangre no aplaca sus deseos, se enciende más.

—Así, así me gusta más.

Vuelve a estar empalmado y la viola por segunda vez. Los intentos de Chesca por resistirse son inútiles: atada, no puede mover los brazos ni las piernas. La violación se prolonga en el tiempo, parece que no fuera a acabar nunca. Julio, casi animal, sigue sangrando, pero le da igual. Gime sobre ella. Al acabar, le quita la cinta. Chesca grita desesperada.

—Da igual que grites, no te va a oír nadie. Y si te oyen va a ser peor, porque los vas a excitar y van a venir. Ellos no serán tan delicados como yo.

Julio mancha un dedo en su propia sangre y empieza a escribir algo sobre el cuerpo de Chesca, algo que ella no consigue ver.

—¿Quieres saber qué dice? *Zhuniáng Jíxiáng*. Buena suerte para el año del cerdo.

Capítulo 9

Orduño levanta la vista sorprendido al ver entrar a Reyes. Ha abandonado el traje masculino de la víspera para aparecer con un vestido floreado, con poco escote. También ha cambiado el maquillaje, del agresivo y marcado del día anterior ha pasado a uno natural que dulcifica sus rasgos. Ayer ya lo pensó al verla, pero hoy todavía más: es una mujer bellísima.

—He pedido a Tráfico que me localicen todas las camionetas blancas con la matrícula M-HP —le informa—. En cuanto nos llegue el listado nos ponemos a buscarla. No puede haber demasiadas, la matrícula HP es de hace muchos años, casi todas estarán ya dadas de baja.

—¿Hay algo que pueda hacer yo? —se ofrece Reyes.

—Pensar en lo que vimos en el descampado. Cualquier detalle puede ser una tontería, pero también puede provocar la chispa en otro de los compañeros para entender algo.

En unos minutos hay convocada una reunión en la que todos deben aportar ideas y los datos que hayan podido averiguar. Es un caso personal para todos ellos, pero lo tratarán como si fuera uno más de la BAC, el primero para Reyes.

—Voy a contar lo que sé —toma la iniciativa Zárate—. Yo estuve con Chesca hasta las ocho y media de la noche. Habíamos quedado para ver el desfile de la comunidad china por su barrio, pero me surgió un imprevisto y me fui a cenar con unos amigos. Si alguien lo quiere comprobar, le puedo dar sus nombres y sus teléfonos y los lugares donde estuvimos.

Nadie ha pensado en que Zárate pueda ser el culpable de la desaparición de Chesca, así que ninguno le pide esos datos.

—¿Hablaste con ella a lo largo de la noche? —le pregunta Mariajo.

—No, si quieres te doy el móvil para que lo compruebes. Habíamos quedado en encontrarnos en los juzgados de la Plaza de Castilla por la mañana, para la declaración contra la red de trata de blancas. Cuando vi que no aparecía fue cuando me empecé a preocupar.

Entra entonces Elena en la sala y surge un alborozo de saludos y exclamaciones de sorpresa. Buendía, Mariajo y Orduño llevan más de un año sin verla. Pero no hay tiempo para ponerse al día, ella misma se hace cargo de lo inoportuna que es su aparición en la brigada. Hay que suspender toda

curiosidad sobre lo que ha hecho este último año, la vida de una compañera corre peligro. Con un gesto les indica que sigan con la reunión mientras se sienta a la mesa.

—Espero que no os importe que me incorpore. Los responsables de la brigada, en ausencia de Chesca, siguen siendo Zárate y Orduño. Yo me limitaré a observar y, si os parece bien, a sugerir alguna idea si lo veo oportuno.

—Sabes que siempre eres bienvenida —la recibe Orduño—. ¿Alguien más habló ayer con Chesca?

—Yo hablé con ella por la tarde, antes de que saliera de aquí. Lo único que le preocupaba era la declaración en los juzgados, pero la llevaba muy bien preparada —dice Mariajo.

Buendía carraspea antes de tomar la palabra, como hace casi siempre.

—Yo también la vi. Entró en mi despacho para decirme que tenía los ojos irritados, una conjuntivitis. Le recomendé un colirio. Le advertí de que no estamos en época de alergias, que podía tratarse de estrés, pero se rio, me dijo que el estrés era para ejecutivos, que ella solo era una policía que ponía la vida en juego día sí, día también.

Todos sonríen y Reyes deduce que era algo propio del sentido del humor de Chesca.

Orduño intenta aplacar las risas con un gesto. No quiere distracciones.

—Pues vamos a ver lo poco que tenemos concreto. La moto de Chesca apareció en un descampado en el barrio de la Media Legua. La tiró allí un hombre con un mono azul que iba en una camioneta blanca vieja, con matrícula M-HP. He pedido a Tráfico que rastreen la matrícula.

—Perfecto. Yo he sacado varias huellas de la moto —interviene Buendía.

Elena va tomando notas de todo en una libreta. Reyes se fija en ella, es por esa mujer por la que insistió tanto a su tío en entrar en la BAC, cree que es de quien más puede aprender.

—¿Qué sabemos del DNI falso que encontramos en su casa?

Elena abanica el aire con la libreta. Acaba de contradecir su intención de limitarse a escuchar.

—Lo he estado analizando, está a nombre de Leonor Gutiérrez Mena, que es alguien que parece no existir —responde Mariajo—. No es falso, es decir, sí que es falso porque tiene la foto de Chesca y está a otro nombre, pero no es una falsificación, sino un DNI oficial.

—No sería la primera vez que nosotros mismos pedimos un DNI para una tapadera —dice Orduño—. Es probable que eso mismo haya hecho Chesca. Habrá que preguntar.

Mariajo confirma esa suposición.

—Ya he hecho la consulta, ha sido así. Y también he estado mirando cuándo se ha podido usar el documento. Hasta ahora solo he encontrado una reserva en el parador de La Granja, fue el fin de semana del 11 al 13 de enero.

—¿Sabes algo de ese fin de semana, Zárate? —se interesa Buendía.

Elena agradece la intervención del forense; ella misma iba a lanzar la pregunta, pero en sus labios iba a quedar un tanto indiscreta.

—No... Bueno, sí sé, pero yo no estuve con ella.

Todas las miradas están pendientes de Zárate y él se da cuenta de que en esa investigación va a quedar expuesta su vida personal.

—¿Por qué fue Chesca al parador de La Granja con una identidad falsa? —pregunta Orduño.

—No lo sé.

—¿No te lo contó?

—¿Me estáis interrogando? —aquello no le hace ninguna gracia.

—Es importante, Zárate, a ninguno de nosotros nos interesan tus intimidades.

Elena trata de suavizar la situación. Pero es obvio que el recuerdo de aquel incidente le resulta doloroso. Toma aire y tarda unos segundos en armar el relato.

—No sé por qué estuvo Chesca en ese parador. Es la primera noticia que tengo. A mí me dijo que iba a participar en una carrera de motos en Huesca. No recuerdo qué pasó en la BAC, pero tuve que llamarla para hacerle una consulta; no lograba dar con ella en el móvil, así que me puse en contacto con la organización de la carrera. Me dijeron que Chesca no estaba inscrita.

—Te había mentido —dice Elena.

—Eso parece. Y os aseguro que mentía muy bien. El domingo, cuando volvió por la noche, me contó detalles de esa carrera y del circuito. Yo no le desvelé que sabía que era mentira.

—Parece que no conocíamos a Chesca tan bien como creíamos —concluye Elena Blanco.

—¿Por qué crees que te mintió? —pregunta Buendía.

—No lo sé.

—Alguna razón tiene que haber.

—La conjetura evidente es que tenía un amante.

De nuevo, Mariajo ha resumido la cuestión sin medias tintas.

—Eso mismo pensé yo.

Zárate se esfuerza en sonar natural, un hombre mundano al que no le afecta más de la cuenta una canita al aire de su pareja.

—No me cuadra lo de la identidad falsa —dice Elena—. Creo que me voy a dar un paseo por el parador.

Entra el comisario Rentero. Ni siquiera saluda a su sobrina, se limita a acusar la presencia de Elena con un gesto breve y se acerca a Zárate.

—¿Algo nuevo de Chesca?

—No.

—Creo que ayer me mostré insensible con este tema. Quiero que sepas que estoy preocupado y que tienes todos los medios a tu disposición. Es una compañera.

—Gracias.

—Me alegra que estés de vuelta, Elena. Voy a preparar los papeles de tu reingreso en el cuerpo.

—No te equivoques, Rentero. No he vuelto a la BAC. Solo estoy arrimando el hombro para encontrar a Chesca.

—Muy bien. Cuando tenga los papeles te los paso para que los firmes. Te quiero liderando este equipo.

Elena ni siquiera se molesta en discutir. Conoce muy bien la terquedad del comisario. También se conoce a sí misma. Aceptará trabajar con placa y con arma reglamentaria, que se pueden hacer necesarias. Pero no firmará esos papeles.

—Y cuida de mi sobrina, está aquí para aprender.

Reyes no disimula un resoplido de disgusto. No le va a ser fácil escapar del síndrome del enchufado. Orduño responde a una llamada telefónica. Hay noticias de la matrícula de la furgoneta blanca. Está a nombre de un delincuente habitual conocido como el Penas.

Capítulo 10

El taller mecánico de la calle de la Industria no tiene nombre en la puerta y el cierre metálico está medio bajado, a pesar de que los policías llegan en horario comercial. Algún trapicheo se debe de producir ahí dentro. El lugar parece sacado de otra época: calendarios de mujeres semidesnudas en las paredes, una radio encendida en la que se escucha un programa de deportes, un par de monos de trabajo viejos y sucios colgados de clavos, piezas de motor cochambrosas por todas partes y un Renault Laguna desvencijado en el que el Penas está trabajando cuando ellos entran. Mejor no pedir los papeles del coche, están seguros de que no los tiene.

La camioneta blanca, matrícula M-HP, está a la entrada de la nave, abierta. Dentro hay varias piezas. Orduño coge de dentro un tubo de escape. El Penas sale del fondo de la nave.

—Eh, ¿qué haces?

—Es de una Honda, ¿no? Una CBR 500R.

—Deja eso ahí —dice el Penas con chulería, mientras coge una llave inglesa y la esgrime con aire amenazador.

—Suelta esa llave, Penas, que todavía te haces daño.

Al oír su apodo, el hombre duda.

—¿Cómo sabes quién soy?

—¿Cómo sabía el Ratoncito Pérez que se te había caído un diente? Hay cosas que se saben y ya está.

Antes de salir de la BAC, Buendía les ha confirmado que las huellas de Guillermo López Morillas, alias el Penas, estaban en la moto. Han mirado su historial: condenado varias veces, ha pasado cortas temporadas en la cárcel, siempre por delitos contra la propiedad, nunca agravados por el uso de la fuerza. El mote le viene de su mala suerte porque, cuando se mete en algo empiezan los problemas, hasta límites que más tienen que ver con una comedia que con la realidad: robo de un coche de caudales de una empresa de seguridad que estaba completamente vacío, entrada mediante butrón en un banco equivocándose de pared e irrumpiendo en una pizzería, intento de estafa en el que abordaron a un guardia civil... Al Penas le faltan tres dedos en la mano izquierda, los perdió en un accidente laboral cuando trabajaba, hace más de veinte años, en la cadena de montaje de una fábrica de coches.

—Penas, soy el subinspector Orduño. Vengo a hablar contigo y más te vale hacerme caso.

—A mí no me jodas, que estoy limpio y no me meto en líos.

—¿Por qué todos decís siempre esa frase? Debe de ser de una película. ¿Estás seguro de que estás limpio? ¿Tienes los papeles de este taller?

—Venga, tío. ¿Me vas a empapelar porque les arreglo a los vecinos el coche sin factura? Que esto es un barrio obrero, aquí nos tenemos que echar una mano todos —se defiende el Penas.

—Déjame las fotos, Reyes.

La moto de Chesca, tirada en el descampado de al lado del Ruedo, aparece en todas ellas, desde todos los ángulos.

—¿Quieres la lista de las piezas que le faltan? —le pregunta, divertida, Reyes.

—No, aquí mi amigo Penas me las puede decir una a una, ¿a que sí? Hemos buscado huellas en la moto y las tuyas salían por todas partes. Y eso que te faltan dedos, si no, no sé qué habríamos encontrado. O nos dices lo que sabes o te comes un marrón de los buenos.

—¿Por una moto?

—Porque tú tienes muy mala sombra, Penas, que hasta si robas una moto por la calle te trae más problemas que a otro robar el Banco de España.

—Está bien, os digo todo lo que sé, pero no me busquéis líos, que estoy intentando portarme bien, que he tenido un hijo y quiero darle buena vida.

—Empieza. Y no te saltes ningún detalle.

—Pillé la Honda por casualidad. Ayer fui a la calle del Limón a ver una motillo que vendía un chaval, una mierda. Una Vespino, ¿hace cuánto tiempo no veis una Vespino? No se ven porque nadie quiere ya eso, pero el chaval me juró que estaba como nueva y pensé que a lo mejor se la colocaba a un coleccionista.

—Penas, no te vayas por las ramas. La Honda... —le aprieta Orduño.

—Estaba aparcada en la calle Amaniel, ahí, donde se cruza con la calle del Cristo. No tenía ni candado ni nada.

—No me mientas, Penas. Vas por la calle y por casualidad ves una moto, y por casualidad la miras, y por casualidad no lleva candado.

—Joder, que fue así.

—Reyes, ¿has traído las esposas? Creo que nuestro amigo va a dejar a su hijo crecer sin su padre cerca. Dime la verdad, coño.

—Vale, tío, pero que conste que yo no hice nada. Vi a una pareja llegar en la moto, un tío y una tía, ella era la que conducía. Cuando pararon empezaron a comerse la boca, parecía que iban a echar un polvo allí mismo, encima de la moto.

—¿Cómo era ella?

—Alta, morena, con vaqueros y una cazadora de cuero marrón.

Reyes mira a Orduño y no le hace falta que él conteste para saber que sí, que puede ser Chesca.

—¿Y él?

—Normal, alto también, con una trenca de esas verde por fuera y naranja por dentro. Hacía muchos años que no veía una, igual que las Vespinos. Pero estaba oscuro, no le vi la cara.

—Bien, sigue.

—Cuando acabaron de pegarse el lote se metieron en un portal y me fijé que no le ponían nada a la moto. No tardé ni un minuto en desbloquearla y llevármela.

—¿En qué portal se metieron?

—En el de al lado, no me fijé en el número. Yo esperé un poco, y cuando vi que no salían subí la moto a la furgo y me las piré.

—¿Qué hora era?

—No muy tarde, las doce y media, como mucho la una. No me fijé porque no llevo reloj. Después me vine aquí, al taller, y desmonté las piezas que podía vender fácil. Por la mañana, todavía era de madrugada, me quité la moto de encima, la tiré cerca de la M-30.

Orduño saca el móvil y marca un número.

—Zárate, creo que hemos localizado un sitio donde estuvo Chesca. Un piso en la plaza de las Comendadoras. Ve con Buendía, nosotros llevamos al testigo.

Cuelga. El Penas ha escuchado la conversación y ahora menea la cabeza.

—Yo no voy a ninguna parte, tengo mucho curro, mira cómo está el taller.

—Andando, Penas —se limita a decir Orduño.

Capítulo 11

En la plaza de las Comendadoras, un lugar recoleto con el convento que le da nombre, columpios en el centro y terrazas, ahora vacías por el frío, los esperan Zárate y Buendía.

—Este es el Penas, cuéntales lo que nos has contado a nosotros —dice Orduño.

El Penas se acerca al cruce de Amaniel con la calle del Cristo.

—La moto estaba aquí. Y se metieron en ese portal.

—¿Se metieron quiénes? —pregunta Zárate—. ¿Por qué habla en plural?

Esa es la pregunta que Reyes temía. La historia del Penas demuestra que Chesca estaba con otro hombre. Y los cuernos se llevan mejor si solo se sospechan. Zárate escucha el relato sin mover un músculo.

—¿Estás seguro de que se metieron ahí? —pregunta con decisión. Un modo de dejar fuera de las pesquisas los desengaños personales.

—Fue ahí, joder. ¿Me puedo ir ya?

Lo dejan ir.

Unas chicas con el uniforme de una empresa de limpiezas entran en el portal que les ha señalado. Los policías entran tras ellas. Más llevados por la intuición que por otra cosa, les preguntan a qué piso se dirigen. Trabajan limpiando varios pisos turísticos por la zona, en ese inmueble les toca limpiar el tercero B.

—Somos policías, estamos en una investigación importante —dice Zárate—. Abran la puerta del piso, por favor.

Una de las empleadas se apresura a hacerlo.

—Esperen fuera —dice Orduño.

El suelo de madera cruje bajo las pisadas de los cuatro policías. Es un apartamento pequeño. Un salón con cocina americana, un cuarto de baño de dimensiones reducidas y un dormitorio espartano, amueblado solo con una cama grande y una mesilla con una lamparita. Un revoltijo de sábanas sobre el colchón. Manchas de barro en el suelo. Una copa con restos de vino en la mesilla.

—No toquéis nada —pide Buendía.

Zárate pasea en silencio por la estancia. Se fija en las sábanas, en un resto de carmín en el cristal de la copa.

—Venid a ver esto.

Reyes ha entrado en el cuarto de baño y ha encontrado en el lavabo un frasquito de plástico. No se atreve a tocarlo.

—Joder, es el colirio que le receté. Chesca ha estado aquí.

Buendía guarda el frasquito en una bolsa de pruebas.

Zárate estudia el lugar. Una toalla arrugada colgada de un gancho junto al lavabo. Imagina a Chesca secándose con esa toalla unas gotas de colirio que bajaban por su rostro. Es mejor no pensar, detener el carrusel de imágenes que se le agolpan. Se queda mirando la cama, imagina a Chesca enredada en el ovillo de sábanas, cree ver su rostro dibujado en la almohada aplastada, como una máscara mortuoria.

Buendía está hablando por el móvil, pidiendo refuerzos de la Policía Científica. Orduño, también por el móvil, le está dando a Mariajo los datos del piso turístico para que averigüe quién es el dueño y a quién se lo ha alquilado. Conversaciones cruzadas que a Zárate se le clavan en el cerebro como alfilerazos.

Inspeccionan ahora el salón, la cocina americana.

—¿Y esto? —Orduño señala un blíster de medicamentos que ha encontrado en la cocina, junto al fregadero.

Buendía lo coge, lleva los guantes puestos para no contaminar ninguna prueba.

—¿Azaperonil? Parecen viales... No me suena de nada. Espera.

Consulta en su móvil y no tarda en obtener la respuesta, una respuesta que no entiende.

—Es un medicamento para cerdos —dice por fin.

Reyes, como si fuera un apache, está casi tumbada en el suelo olisqueando los granos de barro.

—Creo que es estiércol.

—¿Por qué lo sabes?

—Joder, Orduño, porque huele a mierda.

—Pronto lo sabremos —dice Buendía—. Buscad en el cubo de la basura y en los rincones, tiene que haber una cánula que contenía un reactivo.

—¿Un reactivo? —Orduño no entiende nada.

—Venid.

Los conduce al dormitorio y señala la copa.

—Fijaos en el vino, tiene un tono azulado —acerca la nariz a la copa—. No hay duda, le han echado un reactivo.

—Cuando dices un reactivo, ¿te refieres a...?

Es Zárate quien quiere comprender lo que insinúa su compañero.

—Un veneno. O un narcótico.

—¿Crees que a Chesca la han envenenado?

—¿Por qué solo hay una copa de vino? —pregunta Reyes—. Si estaban en plena seducción, lo normal es que haya dos copas.

—Compartieron una —dice Orduño.

—Yo estoy con Buendía, le han echado algo en el vino para dormirla —resuelve Reyes.

Zárate asiste al debate, pero no se pronuncia.

—No nos precipitemos. ¿Cuándo llega tu equipo, Buendía?

—Están de camino, tranquilo.

Unas voces en el rellano se hacen más y más audibles. Una vecina está hablando con las chicas de la limpieza, que se han sentado en un escalón a esperar tranquilamente.

—Debería estar prohibido lo de alquilar las casas como si fueran hoteles —se queja la vecina—. Los turistas siempre arman barullo, pero lo del otro día fue peor que nunca, yo creo que se juntó ahí más de media docena de personas.

Zárate ha salido al rellano y se acerca a la vecina.

—¿Vio usted a las personas que se alojaban aquí?

—Yo no las vi. Pero las oía.

—¿Qué es lo que oía? ¿Voces? ¿Ruidos?

—Jaleo, mucho jaleo. Golpes. Y sobre todo... Ay, madre, yo no sé la que montaron en este piso.

La mujer se santigua, como si le resultara insoportable el recuerdo de lo sucedido.

—Cuénteme lo que oyó, por favor.

—Había cerdos dentro del piso.

—¿Cómo que había cerdos?

Una de las chicas de la limpieza suelta una risita y Zárate la fulmina con la mirada.

—Se oían gruñidos —continúa la vecina.

—No puede ser, señora —razona Zárate—. ¿Es posible que hubiera una televisión encendida o que usted confundiera los ruidos con otra cosa?

—Llámeme loca, llámeme sorda y todo lo que usted quiera. Pero yo le digo que hace dos noches en ese piso había cerdos.

Zárate se gira hacia sus compañeros, que están igual de perplejos que él.

—¿Qué cojones ha pasado aquí? —pregunta.

Nadie sabe responderle.

Capítulo 12

Chesca tiene ganas de orinar. Está asquerosa, nota plastas de sangre coagulada por todo el cuerpo, los ojos le queman y los labios, después de que Julio le quitara la cinta adhesiva de un tirón, le escuecen. Pero lo único que conserva confortable es la colchoneta que hay en la cama a la que está sujeta con bridas, por suerte está seca; si se deja ir y orina, ni siquiera tendrá eso.

Prueba a moverse rítmicamente, como hacía de niña, pero así solo aguantará unos minutos más. Entonces decide dejar de resistirse y se relaja, empieza a notar la humedad, también el alivio de vaciar la vejiga. No va a oler peor de lo que ya huele, ese olor a cerdo que está tan presente que ya casi no lo nota.

Oye que la puerta vuelve a abrirse. ¿Será otra vez Julio? ¿Volverá a violarla? Tiene la sensación de que hace muy poco tiempo que se marchó y, que ella sepa, la violó dos veces: no puede haberse recuperado con tanta velocidad. Pero si no es él, serán los otros... Chesca siempre ha presumido de fuerza y de valentía, pero ahora está muerta de miedo, siente verdadero pánico.

Intenta incorporarse para mirar quién viene, pero no logra subir mucho la cabeza y no ve a nadie. Entonces, de repente, siente que la tocan y oye un maullido, es un gato que ha empezado a andar sobre la cama. Se acerca a su cuerpo, nota los lamidos, la lengua áspera. Supone que la sangre de Julio, con la que le escribió sobre la tripa, ha llamado su atención y le gusta. Pero no se hace ilusiones: intuye que la novedad del gato es alguna clase de juego macabro. Alguien ha abierto la puerta para que el animal acceda al sótano, y ese alguien está también en la habitación, Chesca nota su presencia. No se mueve, no quiere mostrarse temerosa y prefiere esperar a que el visitante dé la cara.

—Gata, baja de ahí.

Es la voz de una niña. Chesca se pregunta si no estará delirando. ¿Qué hace una niña en esa casa, dondequiera que esté? ¿Por qué habla con esa naturalidad cuando ella está secuestrada?

—¿Quién eres? —pregunta débilmente.

La niña se pone al alcance de su mirada. Es rubia, de pelo largo y menuda, puede tener siete u ocho años. Lleva un vestido de nido de abeja y ha cogido a la gata en brazos.

—Soy la Nena.

—¿Qué estás haciendo en este sitio?

—Vivo aquí.

No hay asomo de incomodidad en la mirada de la niña.

—Vete, por favor.

—Te has hecho pis encima.

Chesca esboza una sonrisa nerviosa.

—A mí me castigan cuando me hago pis en la cama. Hace ya mucho que no me lo hago. Tengo un truco: lo último que hago, antes de ir a dormir, es hacer pis. Me siento en el baño y no me levanto hasta que lo he hecho, tenga ganas o no.

—Anda, vete, no estés aquí. Déjame sola.

—¿No quieres que te haga un poco de compañía?

Chesca reprime las ganas de llorar. En su universo moral, una niña no puede presenciar ciertas cosas. Ha discutido muchas veces con amigas muy relajadas a la hora de imponer límites a sus hijos, sobre todo con ciertos programas de televisión que les permiten ver. No puede soportar que una niña tan pequeña sea testigo de su cautiverio, de su degradación, de las torturas que está sufriendo.

—Es que me aburro —dice la Nena.

—No creo que sea muy divertido verme así.

—No, no es divertido.

La cara de pena que pone la niña parece real. Y entonces Chesca comprende que debe dejar a un lado sus remilgos, que no debe expulsarla de su lado. No sabe por qué la Nena vive en esa casa, pero de pronto vislumbra una oportunidad de salir con vida. Esa niña podría ayudarla a escapar.

—¿Vives aquí con tus padres? ¿Te han secuestrado?

La niña se encoge de hombros.

—¿Cómo te llamas de verdad? La Nena no es un nombre.

La niña no responde.

—¿No me lo dices? ¿Quieres saber cómo me llamo yo? —insiste Chesca para ganarse su confianza.

—Prefiero que no me lo digas.

—Me llamo Chesca.

—Noooo, no me lo digas, tonta.

La Nena cruza los brazos en señal de protesta.

—¿Quieres saber de dónde viene Chesca?

—No.

—¿Por qué no? ¿Es que no quieres ser mi amiga?

—No.

—¿Por qué?

—Porque si nos hacemos amigas, me va a dar mucha pena cuando te maten.

Capítulo 13

El dueño del apartamento turístico de la calle Amaniel ha llegado a las oficinas de la BAC acompañado por su abogada. Él es un hombre mayor, más de sesenta y cinco, bien vestido, elegante; ella es una joven de no más de veinticinco o veintiséis, rubia, muy guapa. En cuanto Zárate entra en la sala de interrogatorios, antes incluso de que se haya presentado, empiezan las quejas.

—Mi defendido no sabe por qué le han hecho venir.

—¿Su defendido? No lo entiendo —tira de ironía Zárate—. Nadie le acusa de nada. Y no le hemos hecho venir, le hemos pedido amablemente que acudiera a nuestras oficinas para hacerle unas preguntas, pero no tenía obligación, también podíamos haber ido nosotros a las suyas. No me ha dicho cómo se llama.

—Lola Rojas.

—Encantado —el policía le tiende la mano—, soy el subinspector Ángel Zárate. Ella es la agente Reyes Rentero.

El propietario del apartamento, Ernesto Agudo, no ha dejado de consultar el móvil, sin prestar atención a los policías.

—Señor Agudo...

—Un momento, es importante.

Durante unos segundos, todos los presentes en la sala están pendientes de él y de su teléfono. Hasta que levanta la vista y lo deja sobre la mesa.

—Ya, era un asunto urgente.

—Queremos interrogarle por el apartamento turístico que alquila en la calle Amaniel.

—Lola, ¿tenemos algún apartamento en la calle Amaniel? Comprenderán ustedes que no puedo acordarme de cada uno de los apartamentos que tengo. Son sesenta o setenta en todo Madrid.

Los policías miran a Lola, a la espera de que conteste.

—Tenemos dos, don Ernesto.

Ernesto los mira desafiante.

—Ya lo han oído, tenemos dos. ¿Van a empezar a pedirme licencias? Está todo en orden, pero para eso es mejor que hablen con mi abogada y que yo me pueda marchar.

—No nos interesan los papeles, sino quién alquiló uno de ellos. Le ruego que se quede unos minutos.

El móvil del propietario de los pisos empieza a sonar, lo mira. Está claro que lo va a contestar, sea lo que sea es más importante que lo que los policías puedan querer de él, pero Reyes se le adelanta.

—Se lo dejo fuera de la sala.

—Eh, espere.

Ella no le hace ningún caso. Sale y vuelve a entrar sin el móvil.

—No se preocupe, aquí nadie se lo va a robar y así podemos hablar más tranquilos. Esto de los móviles es una pesadez.

El hombre la mira sorprendido, no sabe cómo actuar. La abogada también, parece esperar a que su jefe reaccione. Se siente obligada a decir algo.

—Vamos a ponerle una denuncia.

Pero su jefe la desautoriza.

—Déjate de denuncias y de tonterías, Lola. Vamos a acabar con esto, ¿qué es lo que quieren saber de los pisos?

—Solo queremos saber quién lo tuvo alquilado el 5 de febrero, si era la primera vez que lo alquilaba, y cómo lo pagó —interroga Zárate antes de que el hombre se arrepienta.

—Lola, dale los datos a estos dos agentes de la ley y nos vamos, que no tengo todo el día.

La abogada saca de su cartera una carpeta.

—El que ustedes han estado registrando estuvo alquilado por una mujer.

—¿La vio usted?

—No, alquiló a través de una plataforma, con un nick, Serena23. El apartamento tiene una cerradura con una clave numérica que se entrega al cliente cuando ha hecho el pago. No necesitamos estar allí para abrir la puerta.

—¿No piden ninguna documentación?

—Un escáner del DNI, pero no somos estrictos. No nos lo envió, solo la tarjeta de crédito, a nombre de Yolanda Zambrano García. Alquiló el apartamento una noche, la del martes 5, pagó ciento veinte euros. Aquí tienen una fotocopia del pago.

—¿Era la primera vez que usaba sus servicios?

—Sí, nunca le habíamos alquilado nada a esa mujer. Y, teniendo en cuenta las quejas recibidas, no le volveremos a alquilar.

—¿Qué tipo de quejas?

—Una vecina dice que han entrado cerdos en el apartamento.

Ernesto Agudo considera que es suficiente la atención que les han prestado y se levanta.

—Si no necesitan nada más, haga el favor de devolverme el teléfono, señorita.

Zárate le hace un gesto de asentimiento y Reyes sale a buscar el móvil.

—Me ha gustado esa muestra de carácter —le dice el hombre—. Si algún día busca trabajo, aquí tiene mi tarjeta. Estoy harto de lameculos que solo atienden órdenes.

Sin volverse a saludar a Zárate, sale de la sala. Ni siquiera espera a su abogada, que guarda los papeles a toda prisa para salir corriendo tras él.

En cuanto se va, Reyes se ríe.

—Me ha salido un trabajo, seguro que pagan mejor que en la policía.

—También podía haberte denunciado, ten cuidado. Hay que darle a Mariajo los datos de la tarjeta de esa mujer, de Yolanda Zambrano, para que nos diga lo que se sepa sobre ella.

Antes de cinco minutos tienen resultados: Yolanda Zambrano García, de origen ecuatoriano, nacionalizada española hace cuatro años. Vive en Cuenca. Tienen su dirección y su número de teléfono, un móvil al que no contesta. Entra en la sala también Buendía.

—Acabo de recibir respuesta de la Agencia Española del Medicamento. Los viales de Azaperonil que encontramos en el apartamento de Amaniel son de una partida que se vendió en una farmacia de Cuenca.

—Todo nos lleva a Cuenca. ¿Cuánto se tarda en llegar?

—No llega a dos horas.

—Vamos.

Capítulo 14

El Real Sitio de La Granja de San Ildefonso está muy cerca de Segovia, a poco más de diez kilómetros. Apenas una hora y cuarto desde Madrid —algo más, una hora y media, si se viaja en un viejo coche de fabricación soviética, como el Lada de la inspectora Blanco—. Elena ha ido escuchando, y cantando, un disco con canciones famosas de Caetano Veloso, le recuerdan a Chesca: *«para desentristecer, leãozinho, o meu coração tão só, basta eu encontrar você no caminho»...*

Hacía muchos años que Elena no venía a La Granja, está casi segura de que la última vez fue en una excursión del colegio, aunque no se lo puede creer, tiene que haber alguna otra ocasión que ahora no recuerda. Se arrepiente cuando llega, es un lugar muy bonito, se hace el propósito de volver en cuanto pueda.

Al lado del Palacio Real, en lo que antiguamente fue la Casa de los Infantes, mandada construir por Carlos III para que albergara a la servidumbre de los infantes Gabriel y Antonio de Borbón y Sajonia y el Cuartel General de la Guardia de Corps, está el Parador Nacional del Real Sitio de La Granja de San Ildefonso.

El edificio es impresionante pese a su sobria fachada. Desde que sale del coche y se acerca, la inspectora Blanco no deja de preguntarse qué llevó a Chesca a alojarse allí un fin de semana a espaldas de todo el mundo, si fue sola o acompañada... No le parece un lugar que su compañera escogería para un fin de semana de pasión sexual, quizá sí para uno de introspección. Ha leído que hay un buen circuito de spa en el parador, quizá Chesca solo quisiera pasar un fin de semana tranquila.

Elena entra en el hotel y se deja envolver por la suntuosidad un tanto decadente de los paradores. Se acerca al mostrador de recepción, se presenta como inspectora de policía y pregunta acerca de un huésped que se alojó allí un fin de semana del mes de enero.

—No puedo darle esa información que me pide —se defiende la recepcionista.

—Lo entiendo y hace bien en cumplir con su obligación. Haga el favor de pedirle a su director que me reciba.

Elena agradece la discreción, a ella no le gustaría que se airearan datos sobre ella en un parador, pero, no sin antes dar explicaciones y mostrar varias veces su placa, consigue que el director acceda a hablar con ella. Se sientan a una mesa baja del vestíbulo, iluminada por una lámpara con una gran campana. Frente a Elena hay un tapiz que representa una cacería en una escena medieval.

—Leonor Gutiérrez Mena se alojó aquí dos noches, el 11 y el 12 de enero. Poco más le puedo decir.

El director suelta la información entre carraspeos, como para marcar lo mucho que le cuesta destapar las intimidades de sus huéspedes.

—¿Sabe usted si vino acompañada?

—Vino sola.

—¿Está usted seguro?

—Solo se registró ella y no se la vio acompañada. Cenaba y comía aquí.

Elena se obliga a repasar sus conjeturas. Estaba casi convencida de que Chesca se había pegado un fin de semana romántico con algún amante, a espaldas de Zárate. Se sorprende lamentando que no sucediera así, como si una infidelidad comprobada pudiera desmontar de un plumazo la farsa de que Chesca y Zárate se querían.

—¿Cómo pagó la cuenta?

—En efectivo. Me pareció raro, casi nadie lo hace ya. Pero no le di mayor importancia.

—¿Podría ver la cuenta de sus comidas y cenas? Quiero verificar que estaba sola.

—Se las busco. Pero estaba sola, estoy seguro.

—De acuerdo. Entonces no le molesto más. Si se acuerda de algún detalle, no deje de llamarme.

Le tiende su tarjeta y el director se la guarda en la cartera.

—Gracias por todo.

Se dirige a la salida con una sensación familiar de impotencia, la de volver de una investigación sin un solo avance. Cuando está entrando en el Lada ve al director cruzando el parking a grandes pasos, acercándose a ella.

—He recordado algo. No sé si es importante, pero usted ha dicho que cualquier detalle le puede interesar.

—¿De qué se trata?

—Pidió los servicios de una masajista. Lo hizo cuatro veces el fin de semana.

—Quería relajarse. No veo nada raro en ello.

—Insistía en que los masajes se los diera la misma persona.

—¿Siempre la misma masajista?

—Sí, siempre la misma.

—¿Puedo hablar con ella?

—Lo siento, esa chica había empezado a trabajar con nosotros hacía menos de un mes. Dejó de hacerlo el lunes siguiente.

—¿El lunes 14 de enero?

—Eso es.

—¿Dio alguna explicación de por qué dejaba el trabajo?

—No, pero a todos nos extrañó mucho. Parecía muy integrada en la plantilla.

Elena asiente, hirviendo de sospechas.

—¿Cómo puedo contactar con esa masajista?

—Se llamaba Rebeca Campos, no era de aquí, creo que vivía en Segovia capital. Si se espera un momento, le doy su dirección y su teléfono.

Nadie atiende al teléfono que le ha dado el director, Elena solo consigue hablar con un contestador que le pide que deje el mensaje. La dirección en la que se alojaba Rebeca está en el centro de Segovia, en la calle Juan Bravo, llegando a la plaza del Platero Oquendo, no muy lejos del Acueducto, en un precioso rincón en el que está el palacio del conde Alpuente.

—¿Rebeca? Estuvo muy poco tiempo en el piso, ni siquiera llegó a un mes. Vino al acabar las vacaciones de Navidad y se marchó a principios de febrero.

El piso donde vivía Rebeca lo comparten ahora varias estudiantes. La que atiende a Elena apenas la conocía, pero le asegura que otra de las compañeras, Alicia, se llevaba bien con ella y seguro que sabe dónde puede encontrarla.

—Ahora está en clases, pero a las dos de la tarde sale, puede hablar con ella.

A Elena le queda una hora que aprovecha paseando por la calle de la Alhóndiga, pero está nerviosa y pronto regresa al edificio donde vivía Rebeca, quiere hablar lo antes posible con Alicia. No quiere llamar a sus compañeros en la BAC, no quiere estar encima de ellos. Por mucho que esté colaborando, los tiempos de la brigada se han terminado para ella, ahora los que mandan son otros.

—Pues no sé qué quiere que le diga de Rebeca, que era una chica normal. ¿Es que le ha pasado algo? —se inquieta su amiga, cuando al fin llega.

El teléfono que tiene Alicia es el mismo que le dio a Elena el director del parador y al que ha llamado varias veces sin éxito.

—¿Sabes qué le pasó en el parador de La Granja? Es raro que lo dejara tan de repente, ¿no?

—Sé que tuvo mal rollo con una clienta, pero no me contó nada más. Me dijo que estaba harta, que había estudiado Fisioterapia para poder marcharse a vivir a Madrid y que era lo que iba a hacer.

—¿Y no sabes dónde vive en Madrid?

—Ha alquilado un estudio en el centro. Ayer colgó fotos en Facebook.

Elena no tarda en dar con el perfil de Rebeca Campos. El primer paso es solicitar su amistad. Después le mandará un mensaje para explicarle la situación y reunirse con ella esa misma tarde.

Capítulo 15

La calle de Tiradores Bajos, en Cuenca, es de esas que son un laberinto para los que vienen de fuera y no conocen bien la ciudad. En el mismo barrio se juntan Tiradores Bajos A, Tiradores Bajos B, C, D, y al lado Tiradores Altos, también con varias letras. No hay navegador que valga, no se llega a una dirección sin preguntar a algún vecino. Es una zona deprimida, de calles estrechas y muchas cuestas y escaleras, un barrio de casas bajas y mal asfaltado, lleno de grietas y socavones. Una mancha en el lienzo de una ciudad coqueta y cuidada como Cuenca.

La casa de Yolanda Zambrano García es una más del barrio, de una sola planta, con una cierta prestancia ya entregada al deterioro de los años. El buzón, situado junto a la puerta, está lleno. Un mensaje inequívoco para ladrones, vecinos y cualquiera que tenga capacidad de observación: el habitante de la casa lleva un buen tiempo sin pasar por allí.

Orduño mira a través de los cristales, pero apenas se ve nada. Lo único que llama la atención es el ladrido de unos perros.

—¿Están dentro de la casa?

—No, parece que por detrás.

Dan la vuelta a la parcela. Allí hay un terreno que recuerda más a un vertedero que un jardín. La mirada de Reyes es fotográfica y va retratando lo que ve en distintos flashes: una lavadora vieja y destartalada, una bañera, una carretilla de obra a la que le falta la rueda, un balón de fútbol desinflado. Un paisaje en ruinas que puede inducir a la nostalgia, o al menos a Reyes le parece que flota en el lugar un halo romántico que rasgan con sus ladridos tres perros callejeros, flacos y pulgosos.

—Cuidado —avisa Orduño.

Ella se ríe.

—No me digas que te dan miedo.

Pero tampoco se acerca, los perros parecen cada vez más agresivos. Se oye a un vecino desde la ventana.

—Un día voy a coger la escopeta y le voy a meter un cartucho a cada uno de esos putos perros. Todo el día jodiendo con los ladridos. Y la culpa es de la Yola, que es la que los acostumbró a que vinieran a comer.

Unos minutos después, están hablando con el vecino y su esposa en su salón, humilde, con una vieja televisión de las de tubo encendida sin sonido.

Son vecinos de Yolanda. Los dos pasan de los cincuenta, ella tiene un aspecto normal, pero él no puede ocultar que es un exdrogadicto que supo escapar a tiempo de la muerte.

—¿Policías? A mí no me vengan a tocar los cojones que yo estoy limpio. Desde que salí del trullo no me he metido en ningún lío. ¿Verdad, Caro?

Carolina, su esposa, asiente sin convicción, como si no estuviese segura, como si considerara imposible que su marido no se hubiera metido en líos.

—No se preocupe que no nos concierne lo que haya hecho usted —le tranquiliza Orduño—. Solo queremos saber algo de su vecina, de Yolanda Zambrano.

—Amiga de esta es, que mía no.

Como si hubiera dejado de interesarle, el hombre se levanta y los deja con su esposa. Antes les demuestra su hospitalidad.

—¿Quieren un botellín?

—No, gracias. Estamos de servicio —contesta Reyes sin ver la sonrisa de Orduño.

—Usted es novata, ¿no? No había oído esa frase nunca fuera del cine. Pues anda que no he visto a maderos de servicio con unos pedales que no se tenían en pie.

Carolina no tiene tanta costumbre de tratar con policías como su esposo y está tensa, sentada muy tiesa.

—Yo de Yolanda no sé mucho, teníamos el trato típico de los vecinos, que te saludas y si a una se le acaba algo, le presta la otra. ¿Ha hecho algo malo?

—No, esperamos que no, pero necesitamos hablar con ella.

—Hace como un mes que no viene por la casa.

—¿Le dijo si se iba de viaje o algo?

—A mí no me dijo nada. Lo mismo se fue a su país, ella lleva muchos años en España, pero es de Ecuador.

—¿Sabe si tenía familia?

—En España no, por lo menos nadie venía a verla a su casa. En Ecuador supongo que tendría, aparte de su madre, que murió. ¿Es que se ha metido en algún lío? Lo digo porque llevaba meses sin trabajar, desde que cerró la fábrica de muebles que había en Palomera, como ahora todo se lo llevan a hacer en la China...

—¿Sabe si tenía problemas de dinero?

—Nunca hemos hablado de eso, pero supongo que estaba cobrando el paro. Llevaba muchos años trabajando y vivía sola, sin lujos, aunque las mujeres de estos países, ya se sabe... Lo mismo mantenía a toda la familia en Ecuador. Además, le darían indemnización al echarla, vamos, digo yo.

—Sabemos que hace un par de días Yolanda alquiló un apartamento en Madrid, ¿viajaba a menudo?

—No creo... Pero vamos, que cada uno en su casa sabe lo que hace. A mí nunca me habló de que hubiera estado en Madrid. Desde que vive aquí, que yo sepa, solo se fue una vez a Ecuador y fue porque murió su madre. Hace por lo menos cuatro años de eso.

—No tendrá usted llave de su casa, ¿no?

—No, pero mi marido se la abre en un periquete, lleva haciéndolo toda la vida para robar, con más razón lo hará si se lo pide la policía.

Orduño rechaza la oferta. Más tarde, cuando van hacia el coche, Reyes plantea una duda que le está rondando desde hace un rato.

—¿Por qué no hemos entrado en esa casa?

Orduño se detiene, la mira como si se hubiera vuelto loca.

—No se puede sin una orden judicial.

—Pero el vecino se ofrecía a hacerlo.

—Un exconvicto. Reyes, si quieres hacer carrera en la policía tienes que respetar las normas.

—Yolanda Zambrano alquiló el piso en el que estuvo Chesca antes de desaparecer. Puede que esa mujer la haya secuestrado. Es esencial entrar en su casa.

—Ahora mismo voy a hablar con Rentero para que pida una orden judicial. Haremos las cosas bien, ¿estamos de acuerdo?

Una llamada telefónica interrumpe la discusión: es Buendía.

—Tengo resultados de las pruebas que hemos recogido en el piso de Amaniel. Hay huellas de Chesca en el baño, tenemos claro que estuvo allí, ya no necesitamos fiarnos solo del bote de colirio.

—¿Algo más?

—Hemos recogido huellas dactilares de cuatro personas más, pero el cotejo con la base de datos es negativo. Ninguno de los que estuvieron en ese piso tiene antecedentes penales.

—¿Qué pasa con los cerdos?

—Eso es un misterio. Hemos recogido pelos, pero son humanos. También estiércol, lo que puede indicar que venían de algún sitio rural. Pero en mi opinión, no entraron cerdos en el piso.

—¿Y los gruñidos que oyó la vecina?

—No lo sé, no tengo todas las respuestas, Orduño.

—De acuerdo. Necesitamos una orden judicial para entrar en casa de Yolanda Zambrano. Es urgente.

—Yo hablo con Rentero.

Orduño cuelga y mira con suficiencia a su compañera, como dejando claro el modo correcto de hacer las cosas. Pero antes de entrar en el coche se queda observando la casa desvencijada. Se ha nublado y de pronto le parece que hay algo siniestro en el tejado con un alero roto, en las ventanas oscuras.

—¿Para qué se utiliza el Azaperonil?

El farmacéutico tiene en la mano el blíster del medicamento y juega con el plástico. Más bien lo retuerce en señal de nerviosismo. Es un joven alto, de nuez pronunciada y marcas de acné que motean su rostro. Parece recién salido de la facultad.

—Es un tranquilizante muy fuerte, se les da a los cerdos antes de trasladarlos, o en un parto. Cosas así.

La mente de Zárate trabaja deprisa. El Azaperonil tranquiliza a los cerdos antes de un traslado. Si un loco quería meter cerdos en el piso de Amaniel, necesitaba tener ese medicamento a mano. Todo encaja. Todo, menos las razones por las que alguien querría meter una piara de cerdos en un apartamento céntrico de Madrid.

—¿Quién se llevó este medicamento? ¿Lo recuerdas?

Zárate está convencido de que es mejor emplear el tuteo con algunos testigos. Es una forma de marcar la autoridad.

—Era un hombre muy gordo. Y un poco raro.

—¿Raro? Explícate.

—Iba muy sucio. Y me pareció que tenía un retraso. No habló. No dijo ni una palabra, ni siquiera contestó a mi saludo. Dejó la receta en el mostrador y cuando le di el medicamento, pagó y se fue.

—¿Lo conocías de otras veces?

—Sí, había venido antes. Siempre con esa receta. Pero ya no le voy a vender más.

—¿Por qué? ¿Por el retraso?

—No, por la receta. El veterinario que las expide tiene mala fama.

—¿Fama de qué?

—Mire, yo no quiero problemas. Esa información no se la puedo dar.

—Es al revés —se pone serio Zárate—. Si no me das la información es cuando vas a tener muchos problemas.

La nuez del boticario se mueve como una bola subiendo y bajando por una cuerda.

—Vive en un pueblo cercano.

—¿Cómo se llama el veterinario?

—Hay medicamentos para animales que se usan como drogas y él es aficionado a recetarlos.

—¿Es el caso del Azaperonil?

—No lo sé.

—El nombre.

—¿Qué?

—El nombre del veterinario, no tengo todo el día.

—Júreme que esto no va a salir de aquí. Ese hombre no es trigo limpio, no quiero problemas.

—¿Cómo se llama?

La voz del farmacéutico sale ahogada, como si una mano fuerte le estuviera apretando el cuello.

—Emilio Zuecos. No le diga que el dato ha salido de mí, se lo pido por favor.

Capítulo 16

Rebeca Campos no tiene más de veinte años. Una melena corta, morena, acaricia su cuello robusto, sombreado por una papada incipiente. Es una mujer con sobrepeso, atractiva. La mirada inquieta puede obedecer a los nervios del momento, a Elena Blanco no le cuesta imaginarla como una chica tranquila. Se han citado en el Café de Ruiz, en el barrio de Malasaña, después de un intercambio breve de mensajes.

—He venido porque me ha dicho usted que es urgente y que hay una vida en peligro —dice Rebeca—. No me apetece nada hablar de ese fin de semana.

—Te agradezco que estés aquí, te aseguro que es importante. La persona que se alojó en el parador de La Granja esos días es una compañera policía. Y ha desaparecido.

Rebeca asiente en un gesto mecánico. Ni siquiera se ha quitado la cazadora al sentarse a una mesa con Elena. Un modo de marcar su deseo de que la conversación sea lo más breve posible.

—Cuéntame lo que pasó ese fin de semana, por favor.

—Vale —deja escapar un suspiro—. Empiezo por el principio, supongo. Ella llegó el viernes y esa misma mañana pidió los servicios de una fisioterapeuta.

Habla con fatiga, como si le costara mucho desgranar el relato. Elena asiente, no quiere interrumpirla.

—A esas horas estábamos Roberto y yo. Pero ella pidió que el masaje se lo diera yo. Me puse contenta, claro, llevaba muy poco tiempo trabajando allí y eso quería decir que alguien a quien había atendido le había dado mi nombre, que me había recomendado. Esas cosas se tienen en cuenta, que la gente te pida, que haga una valoración buena... Al final tienes más trabajo.

—¿Le diste el masaje en su habitación?

—Sí, y fue normal. Estuvo callada todo el tiempo. Me dijo que tenía una contractura en la espalda y se dejó hacer. Yo la contractura no se la noté, lo que sí que tenía era la espalda cargada, las cervicales muy tensas, supuse que tenía un trabajo con mucho estrés. La gente que va a esos sitios caros suele trabajar mucho.

—¿La notaste rara en algún sentido?

—Al principio no. Pero el masaje de por la tarde fue distinto, no paraba de hablar. Me preguntó si me gustaba mi trabajo, si había sido buena estudiante, hasta si tenía novio.

—¿Es raro que un cliente te dé conversación?

—Me pareció un poco cotilla, aunque tampoco desagradable. Lo único que me mosqueaba era que, en cuanto tenía la oportunidad, se me quedaba mirando. Hasta pensé que quería rollo conmigo. Pero bueno, tampoco me hizo nada, no me tocó, no me dijo nada fuera de lugar...

—Vale. Sigue, por favor.

—El sábado por la mañana volvieron a llamarme para decirme que esa mujer quería que la atendiera, y ahí empecé a mosquearme. Dije que estaba ocupada, pero insistió y no me quedó más remedio que ir. Y ya por la tarde, cuando entré en la habitación, estaba claro que no quería masaje. En lugar de esperarme en bata estaba vestida. Tenía una botella de whisky abierta y creo que había bebido demasiado. Y... fue ahí...

A Rebeca se le quiebra la voz. Una lágrima rueda por su mejilla. Elena le agarra la mano con calidez.

—¿Qué pasó, Rebeca?

Rebeca sonríe y, al hacerlo, aun con las lágrimas, su rostro adquiere una luz mucho más favorable.

—Me dijo que era mi madre.

Capítulo 17

El dolor de Chesca por estar tanto tiempo atada en la misma posición empieza a ser insoportable. También tiene hambre, no ha comido nada desde la bolsa de patatas que le compraron al chino a la salida del bar de Paco. ¿Van a dejarla morir de hambre?

El cansancio y el dolor le impiden pensar, aunque sabe que pensar es la única forma de salir de allí. Debe concentrarse en encontrar un modo de huir. La Nena. Tiene que ganarse su confianza como sea. Por muy monstruoso que le parezca el hecho de que esa niña conozca lo que pasa en ese sótano, es su única posibilidad de escapar con vida. Lo siente así. Lo sabe. Es una verdad absoluta. Su vida está en manos de esa niña pequeña y extraña. Pero no ha vuelto a entrar en el sótano desde su primer encuentro. Trata de convocarla con la mente, en un juego infantil y absurdo, un juego que parece dar resultado cuando la puerta se abre muy despacio. ¿Es ella?

No. Son pasos de hombre. Es Julio. El hombre que la sedujo. O el hombre que ella eligió para un desahogo de una noche.

Sabe que es Julio, pero él no habla, solo se sienta en un escalón y se enciende un cigarrillo. Está así casi un minuto, ella tampoco dice nada.

—No fumas, ¿no? —rompe por fin el silencio.

—No.

—Haces bien, fumar es malo. Yo debería dejarlo.

—¿No me vas a dar de comer?

—En algún momento.

—¿Qué queréis de mí?

Julio no contesta.

—¿Por qué no me matáis de una vez?

—En la vida hay que tener paciencia.

—Hijo de puta, mátame. O fóllame. No te quedes ahí callado como un idiota. ¡Baja! Quiero verte.

Julio se mantiene en silencio. Ella nota cómo disfruta de su desesperación. Se enciende otro cigarrillo. Se lo fuma entero.

—Mira, tienes visita.

Chesca no ha oído el rechinar leve de la puerta. Tampoco oye los pasos en la escalera, debe de ser alguien muy sigiloso. ¿La Nena? No es la Nena. Es un hombre que roza los cincuenta años, de piel morena por el trabajo en el campo. Lleva unos pantalones de pana.

—¿Cómo está? —le oye decir al hombre.

—Tiene hambre —le contesta Julio.

—Nadie se ha muerto por estar un par de días sin comer.

El visitante, por fin, se sienta junto a Chesca.

—¿No te acuerdas de mí?

Solo entonces Chesca le mira a la cara. Le ha reconocido, pero la conmoción que siente al verlo es tal que se ha quedado sin palabras.

Segunda parte

ERES LINDA

Eres fuerte,
dientes y músculos,
pechos y labios.
Eres fuerte.

Valentina nunca pensó que pudiera echar de menos a Ramona. Pero lo hace, no solo porque ahora sea ella la que tiene que cargar con todas las tareas de la casa, también porque, a su manera, pese a su brutalidad, era el único ser humano, aparte de ella y de su hijo, que vivía en la granja. Con Ramona se sentaba todas las tardes después de comer, cuando los hombres se iban con los cerdos y el bebé dormía. A su suegra le gustaba la tele, solo para quejarse de todo lo que salía, pero le gustaba. Sobre todo las telenovelas sudamericanas: Huracán, Leonella, Luz María...

—Ellas también son de donde tú, pero no son tan feas.

—Le gustan mucho las historias de amor a usted, si al final va a ser una romántica —le contestaba Valentina ignorando su pulla, sabía que era su única forma de relacionarse con los demás.

—Claro, me gustan porque nada de eso existe.

Cuando por fin Valentina logró entenderse con ella y hasta sentía algo de afecto hacia su suegra, Ramona empezó a encontrarse mal. No la visitó ningún médico, ella tampoco lo pidió. Simplemente, se fue a la cama y se dejó morir sin que su marido o su hijo le prestaran ninguna atención en las tres semanas de agonía. Valentina se sentaba a su lado, trató de preguntarle por su vida, pero la vieja no hablaba. Solo le contó una vez por qué habían ido a buscarla, por qué Dámaso fue al club de alterne en la carretera y le ofreció casarla con su hijo Antón. La historia era tan terrible que Valentina no quiso creerla, prefirió pensar que eran desvaríos de una anciana a punto de morir. Valentina, en cambio, le contaba su infancia en Bolivia, lo que esperaba cuando llegó a España, lo que tuvo que hacer para ganarse la vida...

—Si lo sé, me quedo allí, de verdad se lo digo.

Cuando Ramona murió, Valentina fue corriendo a buscar a Dámaso y a Antón a los chiqueros.

—Luego, luego vamos, cuando hayamos repartido el pienso a los cerdos.

El día del entierro de Ramona, cuando volvieron a la casa, Valentina entró en su cuarto a amamantar a su hijo. Cuando levantó la vista, Antón la estaba mirando. Era la primera vez en el año y poco que llevaba en la casa que él la miraba, no separaba la mirada del pezón del que mamaba el pequeño. Valentina no era capaz de decir si su mirada era de asco o de deseo. Seguía sin tocarla. Para Valentina, su marido era un ser indescifrable.

Esa tarde, después de que lo descubriera mirándola mientras amamantaba, Antón se marchó de la habitación. Valentina no sabía dónde iba hasta que comenzó a oír los alaridos de dolor de un cerdo. Los gritos desesperados del animal, esos que a veces resonaban por la casa los días de matanza. Salió de la casa y vio a Antón delante de la era: había colgado al cerdo y lo había abierto de un tajo cuando todavía estaba vivo. La sangre se derramaba, pero no la estaba recogiendo. Parecía que simplemente disfrutaba matando al animal, que le gustaba que la sangre le salpicara y le llenara los brazos, el pecho, la cara. Avisado por los gritos del puerco, también llegó Dámaso.

—¿Qué haces?

Le soltó un bofetón a su hijo y lo tiró al suelo. Luego empezó a insultarlo: lo acusó de ser un medio hombre, de no cumplir como debía...

—¿Cómo debería cumplir? ¿Como tú lo hiciste? —le gritó Antón a Dámaso—. ¿Para traer a dos subnormales a este mundo?

—¡Valen más que tú!

Era la primera vez que Valentina los oía discutir, también la primera vez que hablaban de los hermanos de Antón, los dos que vivían en las porquerizas, encerrados en una jaula igual que las bestias. Valentina les llevaba la comida, pero nunca se había atrevido a mencionarlos delante de ellos.

En ese momento, con el cerdo todavía gritando conforme se desangraba y el cuchillo de matarife en las manos, Valentina volvió a ver la mirada extraviada de Antón, la misma con la que se quedó a ver cómo daba de mamar a su hijo, solo que ahora era a Dámaso a quien miraba. Fue rápido: Antón dio una zancada, se colocó frente a su padre y le clavó el cuchillo en el cuello. Dámaso se llevó las manos a él, en un gesto inútil, mientras la sangre salía borboteando. Cayó al suelo, al lado del cerdo, y sus sangres se mezclaron.

Antón no se descompuso en ningún instante. Se quedó mirando cómo su padre se retorcía en el suelo con sus últimos estertores. Luego, miró a Valentina.

—Ven aquí, cógelo de los pies.

Ella estaba aterrorizada. El olor a sangre, la del cerdo y la de Dámaso, se extendía por todos sitios. Hizo lo que Antón le ordenó: arrastraron a Dámaso hasta el obrador donde a veces hacían los embutidos. Tenía una máquina para cortar los huesos. Antón no dudó un segundo: colocó a su padre ante la máquina y le acercó la cabeza. Se la cortó por el mismo sitio donde le había clavado el cuchillo...

—Cuando vengan a recogerlo, les diremos que fue un accidente. Que estaba trabajando en el obrador y, cuando vinimos a verlo, estaba así. Que quizá se suicidó por la pena de haber enterrado a su esposa.

Valentina no pensó que nadie lo fuera a creer, pero lo hicieron, no se investigó la muerte de Dámaso. El hombre timorato con el que Valentina se casó había desaparecido del todo. Ahora era un monstruo. Valentina se dio cuenta de que lo que le había contado su madre era verdad, ya sabía por qué la casaron con él y debe cuidarse de cometer errores o ella sería la próxima víctima.

Antón le ordenó que fuera a las porquerizas y sacara de allí a Serafín y Casimiro. Que los acomodara en la casa. No quería que, si venían los de la funeraria o quienes tuvieran que venir, vieran que tenían a sus dos hermanos retrasados viviendo con los cerdos. Todavía conmocionada, Valentina se fue a la porqueriza. Allí, en su jaula, estaban Casimiro y Serafín. Los dos babeaban, sucios de estiércol, cuando Valentina les abrió la jaula.

Capítulo 18

¿Es posible que Chesca tuviera una hija y que ni la que fue su jefa en la BAC y se supone que tenía que saber todo sobre ella antes de admitirla en el cuerpo ni el hombre que fue su pareja en los últimos tiempos lo supieran? Quizá solo Orduño tuviera constancia de algo, se supone que él es su gran amigo. O nadie, puede ser que nadie conociera de verdad a Chesca. Esa evidencia flota de manera insidiosa entre Elena y Zárate. No conocen a Chesca y eso dificulta enormemente la tarea de encontrarla.

Él ha acudido a la llamada de Elena. «Ven enseguida, he descubierto algo importante». Eso es todo. Un simple mensaje que podría haber merecido una llamada de comprobación o un arrebato inicial de curiosidad. Pero Zárate confía plenamente en Elena. Ha dejado a Orduño y Reyes en Cuenca con una misión urgente: localizar a Emilio Zuecos, el veterinario, y apretarle hasta que cuente todo lo que sabe sobre el Azaperonil, sobre los cerdos y sobre el apartamento de Amaniel. Ha vuelto a Madrid y ha corrido al encuentro de Elena.

Al atravesar la plaza Mayor ha distinguido el balcón de Elena Blanco, el lugar donde, durante tantos años, estuvo situada la cámara que fotografiaba la plaza. Ahora no hay nada, es un balcón más del edificio. Parece mentira que ese simple balcón, ese inmueble, ese lugar, contengan tantos recuerdos: la primera vez que estuvo allí, cuando entró en la brigada, cuando aquella mujer, para su sorpresa, lo llevó a su piso el primer día que lo conoció para hacer el amor con él; el karaoke en el que estuvieron, en la calle Huertas, las canciones italianas que ella cantaba, la grappa que tomaba y que al parecer no ha vuelto a probar; la noche que pasó custodiando a su hijo Lucas y la investigación para desmantelar la Red Púrpura; el paseo de los dos por esa misma plaza, una Navidad, con los puestos del mercadillo instalados, cuando ella le dijo que abandonaba la brigada. Ha habido momentos buenos y malos, pero quizá hayan sido más los malos.

—Si Rebeca tiene veinte años, Chesca fue madre a los quince —Zárate hace las cuentas.

—Zárate, dime la verdad. ¿Tú no lo sabías?

—¡No!

—¿Es posible que tu pareja estuviera buscando a su hija secreta y tú no te enteraras de nada?

—Yo no sabía nada, Elena. No me lo podía ni imaginar. ¿Rebeca tampoco sabía nada?

—Sabía que era adoptada, sus padres se lo dijeron cuando cumplió los doce años. Y no quiere saber nada de Chesca.

—¿Le has dicho que está desaparecida?

—Sí, pero ni siquiera eso la ha ablandado. Se ha puesto una coraza. Me ha pedido que si la encontramos no le digamos dónde vive. No quiere verla.

—En cierto modo, la entiendo. Sus padres son los que la recogieron y le dieron todo lo que tiene en la vida, los que siempre estuvieron a su lado y no la abandonaron.

—La pregunta es qué le pasó a Chesca cuando tenía quince años. ¿Quién es el padre de esa hija y por qué la abandonó?

—Tenemos que hablar con alguien de su familia.

—Sus padres fallecieron hace años.

—Tiene una hermana —dice Zárate—. Pero nunca se han llevado muy bien.

—¿En El Escorial? Recuerdo haberla oído decir que pasaba allí los veranos.

—No, en El Escorial tenía una abuela o una tía abuela, ella era de un pueblo de Segovia.

—Ni siquiera sabía que no era de Madrid —reconoce Elena—. Todo el mundo dice que fui una buena jefa de la BAC, pero es falso, nunca me preocupé por los problemas de nadie que no fueran los míos. ¿Cuál es el pueblo?

—Turégano, en Segovia. ¿Lo conoces?

—No, pero lo vamos a conocer hoy mismo. Si salimos ahora, estaremos allí antes de que sea demasiado tarde, espero que la hermana de Chesca no sea de acostarse muy temprano.

Los dos bajan a la calle y atraviesan la plaza, Zárate ha venido andando, así que irán en el coche de Elena, en el bueno, el Mercedes, que está en el aparcamiento de debajo de su casa, el mismo al que ella en otros tiempos llevaba a sus amantes en sus todoterrenos. Van a bajar a por él, pero Elena piensa en algo antes.

—Ven conmigo.

Zárate la sigue sin saber a dónde van hasta que, a unos doscientos metros de la plaza Mayor, entran en un locutorio cutre. Detrás del mostrador hay un magrebí.

—Hola, Allou, ¿te acuerdas de mí?

—Buenas tardes, doña Elena. Cuánto tiempo sin venir.

Elena deja sobre la mesa el móvil de Chesca, el que se llevó de su casa en el registro.

—Quiero que lo desbloquees y saques lo que haya dentro.

—¿Es legal? —pregunta el magrebí.

—No, ya sé que la tarifa es más alta. Mañana por la mañana me paso a por él.

Elena ha dejado sobre el mostrador doscientos euros, que Allou recoge a la vez que el móvil.

—Mañana por la mañana estará.

Una vez dentro del coche y camino de Turégano, Zárate se decide a preguntar.

—¿Por qué no se lo has dado a Mariajo?

—No me gusta tener que abrir el móvil de Chesca, por lo menos que su intimidad no quede expuesta ante más gente de la necesaria. Sé que ella habría hecho lo mismo por mí.

Capítulo 19

Es de noche fuera y no entra ni un resquicio de luz por las rendijas de las ventanas altas. El silencio es casi absoluto. Solo se oye, a lo lejos, un rumor que no desaparece. Cree que ha identificado lo que es, gruñidos de cerdo, pero quizá sea otra cosa, puede que solo esté sugestionada por el olor. Desnuda como está, le extraña no sentir frío. En algún lugar debe de haber una estufa.

En ese momento de calma irreal se deja mecer por el sueño. La puerta se abre. Es otra vez Julio y trae un cuenco con comida. Chesca tiene tanta hambre que huele su contenido antes de que termine de bajar la escalera. Sea lo que sea, lleva carne.

—Has tenido suerte, vas a comer.

Julio le suelta las muñecas y le da una cuchara de plástico. También le enseña una especie de pistola.

—Es para cerdos, los deja aturdidos. No sé qué haría contigo, lo mismo te mataría, será mejor que no lo pruebes.

Chesca no pensaría en atacarle ni aunque la cuchara fuera de metal. Solo piensa en comer el caldo con trozos de carne y de patatas que hay en el cuenco.

—Agua, dame agua.

Julio le da agua en un vaso de plástico. Cuando termina de comer, le pone primero unas esposas en las manos, después le suelta los pies. La ayuda a levantarse, pero a Chesca le fallan las piernas.

—Estás como para escaparte —se ríe él—. Anda, ve a cagar.

—¿Dónde?

—No querrás que te lleve al baño. En cualquier rincón, por ahí hay un desagüe.

No la pierde de vista mientras ella busca su letrina. Pese a la vergüenza que siente, Chesca obedece las órdenes de su amo. Él decide cuándo se come y cuándo se caga. Las piernas le duelen mucho en cuclillas, para no caerse apoya la espalda en la pared. En esa posición, le parece dudoso que vaya a conseguir levantarse. Mira alrededor, es una sala grande y oscura, llena de trastos y muebles viejos. Hay, como ella había notado, una estufa encendida. Cuando acaba, ve que Julio la apunta con una manguera. Un chorro de agua golpea el cuerpo de Chesca y ella pierde el equilibrio.

—Estás asquerosa. No me pareciste tan guarra en la fiesta de los chinos.

El agua sale con mucha presión y araña su piel entumecida. Pero la sensación es vivificante. No dura mucho. Julio apaga la manguera y eso significa que la hora del aseo ha terminado.

Después vuelve a esposarla a la cama, desnuda, mojada, en la misma posición en la que estaba, muñecas y tobillos abiertos en aspa. Coge el cuenco, la cuchara y el vaso de plástico y se lo lleva todo en una bandeja, como un buen enfermero. Sube la escalera sin despedirse. Chesca sabe que en algún momento volverá a soltarla. Si logra hacer acopio de fuerzas, tal vez pueda atacarle entonces y escapar.

Ha sido humillante, pero ha comido, ha evacuado el intestino, la han lavado y se siente más limpia. Se duerme y no se despierta hasta que oye ruidos junto a ella.

—Mirad, ya se ha despertado. Chesca, te presento a Casimiro y a Serafín, mis tíos.

Es otra vez Julio, acompañado por dos hombres de edad imprecisa. Su aspecto sucio y las evidentes marcas de un retraso mental en sus rasgos y su fisonomía dificultan el cálculo de su edad. Tal vez unos cincuenta años. Uno de ellos está medio calvo y es especialmente gordo, el que Julio ha presentado como Casimiro; el otro, más bajo, también gordo, con ojos pequeños y dientes protuberantes, es Serafín. Antes de que se acerquen a ella, Chesca detecta un olor a sudor agrio y estiércol. En la oscuridad, las pupilas de los dos hermanos brillan como si fueran de cristal. Están encendidas de deseo, de ansiedad. De pronto, se ponen a gruñir como si fueran cerdos. Dan vueltas alrededor de Chesca, hozando la cama, su pelo, sus pies. Ella trata de convencerse de que esta danza macabra es parte de una pesadilla, pero no es así.

—Gruñen cuando están cachondos —explica Julio—. ¿No me digas que no te despiertan ternura?

Los gruñidos crecen en intensidad. Chesca está aterrada. Cada vez se acercan más a ella con sus olisqueos, no van a poder contenerse mucho más tiempo. El restallar de una correa que Julio usa a modo de látigo interrumpe el acoso.

—Ya está bien, solo os he traído para que Chesca os conozca y vea lo mucho que va a disfrutar con vosotros. Pero hoy todavía la quiero para mí.

Capítulo 20

Cuando llegan a Turégano ya es de noche, una noche oscura, sin luna. Van directos a la dirección que Mariajo les ha conseguido mientras estaban de camino: la calle Real.

La casa de Juana Olmo, la hermana de Chesca, es la misma en la que la familia vivió siempre. Allí nacieron las dos hermanas. Zárate y Elena la miran a la luz de una farola: una casa baja de pueblo, bien conservada, recubierta de piedra y con dos bonitos balcones. Antes de llegar al pueblo han hablado por teléfono con Juana para que los espere despierta. Los recibe en la entrada, el típico zaguán de las casas castellanas que impide que salga el calor y entre el frío.

—¿Qué le ha pasado a mi hermana? ¿Qué es eso de que ha desaparecido?

—Si nos deja entrar, se lo explicamos.

Juana Olmo tiene un ligero parecido familiar con Chesca; los ojos son los mismos, pero los años —Juana anda muy cerca de los cincuenta mientras Chesca solo mediaba los treinta— han pasado por ellos y están rodeados de arrugas. Además, no tiene el cuerpo trabajado de la policía de la BAC, es una mujer rellena, con mirada triste y con las canas blanqueando su pelo. El salón está apenas iluminado por una lamparita colocada sobre una mesilla en un rincón. Se sientan a hablar en una mesa de madera envejecida. La estancia es fresca, austera. Una tabla con la imagen de una virgen es el único cuadro que decora las paredes. Antes de recibir los detalles de lo que ha sucedido, Juana lanza sus conclusiones.

—Sabía que acabaría mal, que la policía no era para ella. Pobre Francisca.

Francisca… A Chesca en el pueblo la llamaban así. Probablemente ella quisiera olvidarlo todo cuando se marchó, hasta el nombre por el que la conocían.

—¿Cuándo fue la última vez que vio a su hermana? —quiere entrar deprisa en materia Zárate.

—Estuve muchos años sin verla, pero hace unos meses volvió al pueblo y últimamente pasaba algún fin de semana aquí, a veces hasta venía una tarde entre semana. Antes, desde que se marchó, solo había venido para el entierro de nuestra madre. Al de nuestro padre ni siquiera se presentó —da la impresión de que a ella misma le sorprenda, después de tanto tiempo—. Francisca nunca se llevó bien con papá. Desde niña fue muy revoltosa, se veía que el pueblo no era para ella.

—Dice que desde hace unos meses regresaba de vez en cuando.

—Sí. Pero apenas hablábamos. Venía un día, se encerraba en su habitación y se marchaba el siguiente. Como mucho, daba un paseo por el pueblo. Lo habrá hecho tres o cuatro veces.

—¿Sabe a qué venía?

—Mi hermana era muy reservada. Decía que echaba de menos el pueblo, pero yo no me lo creo. Este sitio nunca le gustó.

Tanto Elena como Zárate se dan cuenta de que Juana habla de Chesca en pasado, como si nunca fuera a aparecer.

—¿Sabía que Chesca tiene una hija? —pregunta de sopetón Elena.

Juana se queda helada, incluso hace un gesto con los brazos de ponerse una toquilla, como si la sola mención de ese episodio le provocara escalofríos. Habla entre balbuceos.

—Eso fue hace mucho tiempo, ya casi ni me acordaba. La niña fue dada en adopción y ya no he vuelto a saber nada.

—Hace un mes, Chesca la buscó y se reencontró con ella. ¿No lo sabía?

—Yo no quería que la dieran en adopción. —Juana habla en voz baja, como si quisiera proteger la información de algún testigo—. Ni mi madre, ella tampoco, pero mi padre tomó la decisión y se hizo lo que él mandó.

—¿Y Chesca?

—Mi hermana estaba como ausente, catatónica. Yo creo que ni sabía lo que ocurría. No volvió a ser la misma después de aquello; en cuanto pudo, se marchó a Madrid para hacerse policía.

Menea la cabeza. Ni Elena ni Zárate saben si lo que más desaprueba es el embarazo de su hermana o el hecho de que se hiciera policía.

—¿Qué pasó, Juana? —pregunta Elena—. ¿Cómo es que Chesca se quedó embarazada?

Ahora Juana asiente, como si estuviera esperando el momento de esa pregunta. Se emociona al recordar, los ojos se le llenan de lágrimas que quedan como embalsadas. No llegan a rodar por su rostro.

—Fue en las fiestas del pueblo, el primer fin de semana de septiembre. Fiestas en honor al Dulce Nombre de María —sonríe con sarcasmo—. Chesca tenía catorce años. Mis padres eran estrictos, muy religiosos y no la dejaban salir hasta tarde. Pero Chesca se escapaba. Esa noche fue a la verbena y, cuando volvía a casa, unos hombres la asaltaron. Cuando llegó, Chesca no podía ni recordar bien qué había pasado.

—¿Qué quiere decir con que la asaltaron? —pregunta Zárate.

Juana lo mira, le hace daño recordar. Le están pidiendo que pronuncie una palabra que ella prefiere mantener velada. Elena busca un atajo, quiere un relato completo, sin eufemismos, sin expresiones delicadas. Quiere entender lo que pasó aquella noche.

—Juana, ¿está segura de lo que nos está contando? ¿A Chesca la violaron cuando tenía catorce años?

Habla con firmeza, casi con ira, indignada con la revelación, con la pesadilla que tuvo que vivir Chesca, con el silencio que mantuvo en la ignorancia a todos los que la rodeaban.

Juana asiente apretando los labios. Abre y cierra las manos en un tic nervioso, o como si echara de menos jugar con las cuentas de un rosario.

—¿Contó quiénes eran?

—Solo dijo que eran tres hombres. Tuvo que ser horrible. Lo contó al llegar a casa y luego se esforzó por olvidar todo y seguir con su vida como si aquello no hubiera pasado.

—Es imposible olvidar una experiencia tan traumática —Elena niega con la cabeza.

—Sobre todo porque tuvo consecuencias. Unas semanas después mis padres descubrieron que se había quedado embarazada. Imagínense el impacto. La niña embarazada. En mi familia no pasaba por la cabeza de nadie la posibilidad de abortar, por eso tuvo que parir a su hija y, en cuanto nació, la dieron en adopción.

—¿Chesca estaba de acuerdo con esa medida? —pregunta Zárate.

—Francisca estaba destrozada, metida en su mundo. Dejó que mis padres decidieran por ella.

Un crujido de la madera, seco, bestial, sobresalta a los dos policías. Es como si la casa estuviera reaccionando a las revelaciones de esa noche. Juana, en cambio, no se inmuta. Parece acostumbrada a los ruidos.

—Chesca quería encontrar a su hija —dice Elena—. No solo eso, quería conocerla. ¿Por qué?

—No lo sé.

—¿Nunca le habló de ese deseo?

—Jamás. Les aseguro que nunca, en todos estos años, mi hermana Francisca se ha referido a aquello, nunca hizo el menor comentario. Yo hasta pensaba que lo habría olvidado.

—Pues no, no la había olvidado, una hija es imposible de olvidar. Hasta ha encontrado la manera de localizarla.

Juana se echa las manos al rostro y sofoca así el llanto que la gana de pronto. Las lágrimas bañan los recuerdos que han emergido como un géiser.

—¿Podríamos ver la habitación de su hermana?

A Elena le sorprende ese capricho de Zárate, no sabe si inscribirlo en el lado profesional o en el de las emociones. Todavía se lo pregunta mientras suben la escalera de madera que conduce al primer piso. Pero al entrar en la habitación, que mantiene la decoración infantil de hace muchos años, comprende que Zárate necesita conectar con la adolescente que aquella noche infausta se tumbó en esa cama a llorar de rabia, de dolor y de impotencia después de haber sido violada. Tal vez, los dos perros de peluche que hay sobre la almohada fueron entonces su único consuelo. Todo está en orden, preservado, como si fuera la estancia de un museo. Los enseres, los libros, los muebles, la cama, la mesa, la silla y la alfombra forman parte de un espacio sagrado. Hasta el polvo parece suspendido en el tiempo. Es un lugar muy triste.

Es casi la una cuando salen de la casa de la hermana de Chesca. Muy tarde para meterse otra vez en la carretera, pero también para buscar un hotel en el que alojarse.

—No me apetece nada, pero es mejor que volvamos a Madrid.

Mientras Zárate conduce, Elena se hace la dormida. Durante la conversación con Juana le han venido ramalazos de su hijo Lucas, secuestrado cuando era un niño. Ocho años desaparecido. No, no se puede olvidar a un hijo. Ni siquiera cuando se ha convertido en un monstruo, como el suyo. El hijo perdido, el hijo encontrado, el hijo muerto. Quiere cortar el flujo de sus pensamientos, poner una barrera, un cortafuegos que le permita pensar solo en Chesca, recordarla, preguntarse cómo pudieron conocerla tan poco. Si consiguen encontrarla, tratará de ponerle remedio. En su mente, sin mover los labios, tararea una de sus canciones favoritas de Caetano, una que Chesca conocía seguro: *«meu coração vagabundo, quer guardar o mundo em mim»...*

Capítulo 21

Diez minutos antes de las ocho, la hora a la que Allou abre el locutorio, Elena está junto a la puerta para recoger el móvil de Chesca. Muy cerca —a apenas treinta o cuarenta metros— está el bar donde ha pasado años desayunando, el bar donde charlaba todas las mañanas con Juanito. Desde que decidió cambiar de vida no ha vuelto. Además, su camarero favorito se marchó. Pero cuando entra, lo encuentra allí, tras la barra.

—¡Inspectora! —exclama el rumano, contento de verdad.

—¿Qué haces aquí? ¿No te habías ido a un bar de Pueblo Nuevo?

—Un desastre, el local era malo, no entraba nadie. Había días que hacía solo una tortilla de patatas y me llevaba la mitad a casa. Aquí estoy bien. Barrita con tomate como siempre, ¿no?

—Como siempre, Juanito. Pero sin grappa, que los años no pasan en balde.

—Sigue usted igual de bonita, pero nos hacemos viejos, inspectora. Ya ni siquiera Messi es el mismo. A lo mejor me hago del Atleti.

—Me decepcionarías, Juanito.

Allou abre su local con diez minutos de retraso, pero ha cumplido su promesa y le entrega el móvil de Chesca desbloqueado.

—Pago doble, inspectora. El móvil tenía doble tarjeta y la segunda era casi imposible de abrir.

—¿Lo has conseguido?

—Me ha costado un buen rato.

Elena paga el extra que le pide el magrebí, cien euros más. Antes de salir le pregunta si ha visto algo raro.

—Soy un profesional, inspectora. Lo he desbloqueado, pero no he fisgado nada. Quiero que usted me encargue más trabajo.

—Así me gusta, Allou, así me gusta.

En la portería de la calle Barquillo, donde están las oficinas de la Brigada de Análisis de Casos, se encuentra con Zárate.

—¿Has dormido?

—Casi nada. No podía dejar de pensar en Chesca.

—Vamos a encontrarla —le promete Elena.

—¿A tiempo?

No puede contestar a eso, porque al salir del ascensor se tropiezan con Rentero.

—Qué alegría verte, Elena. Tus papeles ya están listos, solo tienes que firmarlos y vuelves a ser la jefa de la BAC.

—No voy a volver a la policía, Rentero.

—¿Vas a seguir consiguiendo escuelas para los rohinyás o como se llamen? Deja eso para tu madre, Elena. Eso no es lo tuyo, tu sitio está aquí.

—No voy a cambiar de opinión.

—Entonces no podrás acceder a la BAC, no me obligues.

La amenaza de Rentero termina de impacientar a Zárate.

—¿Por qué no resuelven esto cuando aparezca Chesca? Ahora mismo es lo único que importa.

—Piénsate lo de los papeles —son las últimas palabras de Rentero al entrar en el ascensor.

Las caras en la reunión no pueden denotar más sorpresa cuando Elena y Zárate informan de lo descubierto la noche anterior, la hija y la violación de Chesca a los catorce años. Ni Orduño, el más cercano a ella de todos, estaba al tanto.

—¿Puede estar relacionado con su desaparición?

—No tenemos ni idea, es una de las cosas que debemos averiguar —reconoce Elena.

Zárate se acerca a Orduño.

—¿Novedades con el veterinario?

—Sabemos que trabaja en un matadero en un polígono cerca de Cuenca. Si no hay nada más urgente, esta misma mañana hablamos con él.

—Llévate a Reyes contigo. Y aprieta bien a Zuecos.

A Reyes le brilla la mirada, le apetece entrar en acción. Hoy se ha puesto un vestido negro, de cuero, muy corto y bastante escotado, que muestra sus piernas y su pecho más allá de lo decoroso.

—Ya tenemos el análisis de tóxicos —dice Buendía—. En la copa de vino había restos de barbitúricos.

Ahora sí, el debate está zanjado: a Chesca la durmieron. Elena se gira hacia la hacker de la BAC.

—Mariajo, ¿has sabido algo más del DNI falso?

—Sí, se usó para una inscripción en la Feria Ganadera de Zafra. Fue a mediados de septiembre del año pasado.

—¿Zafra? —Orduño no esconde la sorpresa—. ¿Qué pinta Chesca en una feria ganadera? Era muy urbanita, huyó de su pueblo, se avergonzaba de su origen rural.

—Seguiré investigando. Ya sé que lo que os doy parece un rompecabezas, pero es lo que tengo. He sacado toda la información que he podido de la tarjeta de Yolanda Zambrano, la mujer ecuatoriana que pagó el apartamento de Amaniel, aunque ya sabes que no es fácil que los bancos colaboren. Es raro, hay bastantes operaciones, todas de escaso valor, hasta hace unas semanas. Después solo una, el pago del apartamento. Lo único que se me ocurre es que se la hayan robado.

—¿Y ella dónde está que no la ha anulado?

—Ni idea.

—¿Tenemos la orden judicial para entrar en esa casa? —pregunta Zárate.

Orduño busca a Buendía con la mirada. Prometió ocuparse de ese asunto.

—De momento no. Nos ha tocado el juez Oncina, el más conservador. Dice que no está motivada la entrada en esa casa.

—Esa mujer está desaparecida y resulta que alquila un apartamento para secuestrar a Chesca. ¿No está motivado? ¿Qué más quiere, joder? —salta Elena.

—Voy a añadir al escrito la prueba de tóxicos de la copa de vino. Puede que sirva para el empujón final.

—Hazlo. Hoy mismo, Buendía. Vamos, todos a trabajar.

Elena se levanta y llama a Zárate con un gesto. Entran en el despacho que siempre fue de la inspectora hasta que Chesca la reemplazó, aunque fuera de forma provisional, como jefa de la BAC.

—Tengo el móvil de Chesca, ahora mismo es un libro abierto. Solo he mirado sus mensajes del día que desapareció.

Zárate asiente, serio.

—¿No tienes nada que decir? —pregunta Elena.

—Dispara, ya que lo sabes todo.

—Escucha, Zárate, he tenido la delicadeza de no sacar este tema en la reunión delante de todo el mundo. Ahora quiero que me cuentes qué había entre Chesca y tú.

—Eso es privado y lo sabes.

—Era privado antes de ver que el último mensaje de Chesca te lo escribió a ti —consulta el móvil para leerlo con exactitud—. Nueve y cuarenta y tres: «¿No vas a venir? Eres un cabrón». La dejaste plantada, Zárate.

—No la dejé plantada.

Elena vuelve al móvil, busca otro mensaje.

—Nueve y dos: «Quiero que vengas a casa y brindemos por el inicio de nuestra vida juntos». Nueve y dieciocho: «¿No me respondes?». Nueve y treinta y uno: «¿Dónde estás?».

—Yo había quedado con unos amigos y ella estaba empeñada en que cancelara mi plan para pasar la noche con ella —Zárate se desespera—. No sé qué coño hago hablando de esto. Es privado, Elena, no tiene nada que ver con la investigación.

—¿Habíais hablado de vivir juntos?

—Ella quería, yo no.

—Ofrece un brindis por vuestra nueva vida. O Chesca estaba loca o no lo entiendo.

—Pues a lo mejor estaba un poco loca.

—Eso no te lo acepto. Ella te estuvo esperando y como no venías ni respondías a sus mensajes, se fue a dar una vuelta y a desahogarse un poco. Y desde entonces no sabemos nada de ella. Algo de responsabilidad tienes, ¿no te parece?

—¡¿Es culpa mía que la hayan secuestrado?! Vete a la mierda.

Zárate sale del despacho dando un portazo. Elena respira profundamente. Está irritada, pero sabe que enseguida llegará el arrepentimiento. No debería haber llegado tan lejos con sus suposiciones. Buendía llama a la puerta y se asoma un instante.

—¿Todo bien, Elena?

—Sí, todo bien, gracias.

Buendía asiente, no muy convencido, y se va. Está claro que el portazo de Zárate se ha oído en toda la brigada. Elena tiene la sensación de que ha sido injusta con su compañero. Suena su móvil. Es su madre, que es como un tiburón que huele la sangre. La llama justo cuando ella se siente más vulnerable.

—Sí, mamá, dime... Sí, perdona, no te volveré a llamar mamá, no te pongas pesada con eso, por favor.

Su madre le dice que la semana que viene hay una cena benéfica en Berlín, que la preside Jens Weimar y que debería ir.

—¿Qué día es?

—El 14. Habría que viajar el 13.

Elena se queda en silencio. Ha dormido mal esa noche, el agotamiento le golpea en las sienes. El móvil de Chesca está sobre la mesa, con los mensajes sin contestar que le mandó a Zárate.

—¿Estás ahí, hija?

—Sí, estoy aquí. Iré contigo, ¿de acuerdo? Y cenaré con ese alemán. ¿Puedes pedirle a la secretaria de la asociación que me gestione el billete y la reserva de hotel? Sí, el mismo al que tú vayas...

Cuelga y toma aire. No sabe si ha hecho bien en dejarse engatusar por su madre, no sabe si ha sido demasiado dura con Zárate. No sabe nada. Se siente perdida. Pero tiene trabajo por delante. Allou le ha hablado de una doble tarjeta SIM en el teléfono de Chesca. Es raro. Decide inspeccionar el contenido de esa tarjeta. Algo le dice que va a acceder a un mundo secreto y oscuro, que el contenido la va a sacudir con fuerza. Anticipa escenas de sexo con Zárate, imágenes pornográficas que se van a alojar en su memoria para siempre. Pero lo que encuentra desborda todas sus previsiones. Sale del despacho y va al encuentro de Zárate, que la recibe con enorme seriedad.

—Ven conmigo, tienes que ver esto.

Hay tanta determinación en Elena que Zárate ni siquiera discute la orden. La acompaña al despacho y ella, sin preámbulos, conecta el móvil de Chesca al ordenador. En la pantalla se puede ver lo que parece una habitación de hotel. La grabación está tomada desde una esquina con una cámara angular. Es como si fuera una cámara de seguridad o algo así. No hay sonido. Un hombre de unos cincuenta y tantos años entra en el cuarto, bien vestido. Parece algo borracho, pero feliz. Se sienta en la cama con una cerveza en la mano. Está sonriendo y habla con alguien que está fuera del plano. ¿Quién es ese tipo? ¿Por qué tiene ese vídeo Chesca? De repente, un disparo impacta en la cabeza del hombre, que cae muerto sobre la cama. Las sábanas se empapan de sangre. El vídeo se corta.

Capítulo 22

En el coche, camino de Cuenca, Orduño se decide, por fin, a hablar con Reyes para preguntarle lo que quizá todos quieren saber.

—¿Te puedo hacer una pregunta?

—Solo si a cambio yo te puedo hacer a ti otra —contesta Reyes, sin cortarse. Parece como si el descaro de su vestuario se contagiase a su personalidad.

—Es justo. Soy el más veterano de los dos, así que decido el orden, empieza tú —exige Orduño.

—¿Por qué vamos a todas partes en vez de llamar por teléfono?

—La gente tiene que notar que habla con la policía, eso todavía impone respeto. Además, así les miramos a los ojos mientras hablan.

—¿Crees que en los ojos de la gente se ve si dicen la verdad o no?

—Esa es la segunda pregunta y te la contestaré cuando te llegue tu turno, ahora me toca a mí. ¿Por qué te vistes así? No me parece mal, que conste, cada uno se viste como quiere, pero no entiendo tanto cambio.

—¿Has oído hablar del *gender fluid*, el género fluido?

—No. ¿Qué es?

—Segunda pregunta. Cuando volvamos a Madrid, lo buscas en internet. Y, cuando lo sepas, te resuelvo todas las dudas.

El destino es un matadero. Ninguno de los dos había estado nunca en uno, pero en poco se diferencia de otra nave de un polígono industrial dedicada a cualquier actividad. Este se llama Polígono La Montonera, y la empresa, Incacuesa.

—Buscamos a Emilio Zuecos, el veterinario.

Aparentemente, no hay ningún control de acceso, la persona con la que se han encontrado en la entrada les señala un pasillo.

—Segunda.

Los dos llaman a la puerta y nadie contesta. Reyes se decide a abrirla, sin más. Emilio está medio dormido en su silla de oficina y da un respingo al verlos entrar. Es un tipo de algo más de cincuenta años, calvo, ojeroso, con pinta de haber pasado muchas noches muy duras, la de ayer una de ellas.

—¿Quiénes son? ¿Qué quieren?

—Policía.

El anuncio y la placa sobresaltan tanto al veterinario que está a punto de caerse de la silla.

—¿Podemos pasar?

—Claro, claro, por favor, siéntense.

—Venimos por una receta de Azaperonil que firmó hace poco.

El veterinario está como aturdido, como si todavía no estuviera despierto o no entendiera la importancia de la pregunta. Tal vez esperase ser interrogado por cualquier otra cosa.

—Es un medicamento normal, para cerdos. Sirve para controlar su libido y para relajarlos. Hago muchas recetas de Azaperonil a los ganaderos que traen a sus puercos al matadero.

—¿No lleva control?

El hombre resopla, se sube los pantalones hasta la barriga y señala el ordenador con un gesto desdeñoso.

—Pues sí, pero tuve un accidente. Se borró mi archivo. Seguro que fue culpa mía, que soy un inútil con las máquinas.

—Qué casualidad —exclama Orduño—. El cliente era muy gordo, no olía bien y tenía un retraso. Es lo que nos ha dicho el farmacéutico.

—No recuerdo a todos los ganaderos, hay muchos por esta zona. Y no son gente guapa, casi ninguno.

—¿Por qué me está dando la sensación de que no quiere colaborar?

Orduño ha decidido pasar al ataque, pero tampoco así descompone la resistencia de Zuecos.

—A esa pregunta no le puedo contestar. Yo le cuento lo que sé, ni más ni menos.

—Ya.

Poco más le sacan al veterinario. Salen del despacho con aire de derrota, pero Reyes ha cogido un calendario de encima de su mesa sin que ni Orduño ni el veterinario se dieran cuenta.

—El Shangay River, me encantan los nombres de los puticlubs, ¿de dónde habrán sacado que en Shanghái hay un río? —Se lo muestra a Orduño—. Aunque en todas las ciudades lo hay, ¿no? Parece que nuestro amigo es parroquiano del sitio. ¿Y si vamos? Está en este mismo polígono, La Montonera.

—No puedes coger cosas de las mesas de la gente a la que vamos a ver.

—¿No? No lo sabía —se mofa Reyes—. No se pueden abrir puertas a patadas, no se pueden robar calendarios... Es un poco coñazo esto de ser policía.

El Shangay River está a solo un par de calles del matadero. Por detrás y en línea recta no debe de haber más de cincuenta metros entre una nave y otra.

De hecho, al entrar por la carretera, si hubieran estado pendientes, lo habrían visto. Cuando llegan todavía es la hora de comer y el club está cerrado, pero hay un bar justo al lado, el Juanfer. Un bar de carretera en un sitio donde la carretera principal dejó de pasar hace años. El bar está vacío, menos por el dueño y un hombre que echa monedas a una máquina tragaperras.

—A Emilio Zuecos, sí, le conozco, trabaja ahí en el matadero. Pero si quieren saber más de él donde tienen que preguntar es en el Shangay. Va todas las tardes y hay veces que sale a la hora de entrar a trabajar.

Regresan al aparcamiento y se quedan mirando el club.

—¿Has estado en alguno de estos sitios? —pregunta Reyes.

—¿En un puticlub? Nunca en mi vida.

—Qué aburrido, yo una vez fui a uno por la carretera de Burgos.

—¿Vestida como hoy?

—No, ese día iba muy sosa. Una pena que esté cerrado, me gustaría entrar vestida así, a ver qué pasa.

—Que te confundirían con una de las chicas —se atreve Orduño a burlarse de ella.

No sigue hablando porque se acerca a ellos el hombre que jugaba dentro del Juanfer en la máquina tragaperras.

—Buscaban a Emilio Zuecos, ¿no? Un hijo de puta.

El tipo ha bebido en exceso, pero eso no implica que lo que tenga para decirles no sea interesante.

—¿Le conoce? —pregunta Orduño.

—¿Ese es su coche? Vamos, que les voy a llevar a un sitio que lo dice todo.

El borracho los va guiando por una carretera rural, a la vez que murmura cosas ininteligibles para ellos.

—Ese cabrón es un vendido. Si tienes dinero se calla lo que tendría que denunciar. Gente como ese hijo de puta es la que hace que el mundo sea la mierda que es.

Llegan a una valla y les manda bajar del coche, es la parte de atrás de una nave. Huele a estiércol. En el lateral de la nave pueden leer el nombre de la empresa: Aljibe S. A. Se oyen gruñidos de cerdos.

—No creo que haya nadie, pero vamos a entrar por la puerta de atrás.

—¿Es legal?

—Claro que no, nada es legal, esto es una puta pesadilla. Si han desayunado, van a echar la pota. Les voy a enseñar lo que comen por culpa del hijo puta del veterinario.

El hombre busca una parte donde la valla está rota, se ve que ya ha estado allí otras veces y sabe por dónde acceder. Los tres entran en la parcela de la empresa. A pocos metros hay una puerta pequeña que no tiene candado. Los gruñidos de los cerdos son ensordecedores.

Al empujar la cancela, lo que ven deja a Orduño y Reyes paralizados. Es un espectáculo espeluznante: cerdos deformes, jorobados, algunos sin patas, los hay que se muerden los unos a los otros, ojos inflamados a punto de explotar y un penetrante olor a mierda... Reyes resiste más o menos bien, pero Orduño tiene que aguantarse las arcadas.

—Asqueroso, ¿no? Pues estos cerdos pasan el examen del veterinario. Del cabrón de Zuecos. Claro que a él le basta con tener pasta para copas, para coca y para las fulanas del Shangay River. A ver si consiguen que cierren la pocilga y le quiten el título a ese hijo de la gran puta.

Capítulo 23

«Si quieres ver la segunda parte del vídeo, deja veinticinco mil euros en la consigna de la estación de Burguillos del Cerro. El día 1 lo difundo».

Elena lee el mensaje que ha encontrado en el teléfono de Chesca. Un mensaje tosco, un procedimiento de película antigua. No hay pago en bitcoins ni cuentas encriptadas. El dinero en metálico en una bolsa de deportes, una consigna de una estación, todo huele a delincuente aficionado. Mariajo y Buendía están al tanto de la existencia del vídeo. Al verlo, no han podido disimular la impresión. La inspectora Blanco no quiere conjeturas, solo quiere datos.

—El chantajista es de párvulos, quiero saber de dónde viene este mensaje.

Mariajo coge el teléfono y se pone manos a la obra.

—Burguillos del Cerro está a veinte kilómetros de Zafra. —Buendía ha hecho una pesquisa rápida en el Maps.

—Chesca se registró en la Feria Ganadera de Zafra con el nombre falso —recuerda Zárate.

—Voy a tirar de ese hilo.

Buendía abandona también el despacho. Se quedan Elena y Zárate frente a frente. El silencio se puede palpar.

—Le han tendido una trampa, Elena.

—Puede ser.

—No concibo otra posibilidad.

Ella se mantiene en silencio durante unos segundos.

—¿No crees? —insiste Zárate.

—¿Por qué no contestó?

—¿Cómo?

—El chantaje es muy impreciso. No dice cuándo debe dejar el dinero, no dice en qué consigna.

—Se sobreentiende que Chesca debía dejar el dinero en una consigna y después informar con los detalles.

—¿Tú imaginas a Chesca recibiendo ese mensaje y tragándoselo sin más?

—No.

—Una policía experta como ella habría contestado, habría tratado de obtener información del chantajista. Ese silencio no es nada natural.

—Y por lo que parece, no pagó el dinero. Tenía hasta el 1 de octubre, han pasado varios meses.

Mariajo entra en el despacho con datos.

—El mensaje se envió desde un teléfono libre con tarjeta prepago. Es obligatorio pedir el DNI a todo el que compra una tarjeta, pero no se hizo. Hay vendedores muy laxos con la ley.

—Así que el chantajista es un aficionado, pero no tanto —resume Elena—. Quiero que investigues la cuenta de Chesca. A ver si hay un movimiento raro de dinero.

Entra Buendía.

—Esto se pone interesante.

Todos le miran. Lleva el portátil en la mano y lo pone sobre la mesa. Hay una noticia abierta del periódico extremeño *Hoy*, del 16 de septiembre: «Un hombre asesinado en un hotel de Zafra», y debajo: «Según fuentes policiales, la víctima recibió un disparo en la cabeza».

—El muerto se llamaba Fernando Garrido, era vecino de Seseña, donde vivía con su madre, y se dedicaba al negocio de los cerdos, por eso había ido a la feria —lee Buendía—. La Guardia Civil de esa localidad extremeña está totalmente perdida. El tratante no se metió en ningún lío los días que pasó allí, era un negociante conocido entre los demás ganaderos, con fama de serio y cumplidor.

—Habla con la Guardia Civil de Zafra y que te pasen el expediente.

A Buendía no le cuesta mucho cumplir con el encargo de Elena.

—Había hecho un buen negocio y lo celebró con otros asistentes a la feria. Se fueron a cenar a un restaurante en el pueblo, el Acebuche —le informa por teléfono el sargento de la Guardia Civil que llevó el caso—. Interrogamos a todos los que cenaron con él y todos dijeron lo mismo: que estaba feliz y que le apetecía tomar unas copas antes de irse a dormir. En el hotel nadie lo vio llegar. Encontraron su cadáver por la mañana, cuando la limpiadora entró en la habitación.

—¿Nadie oyó el disparo?

—Nadie. Hemos hablado con todos los huéspedes. Probablemente el asesino usara silenciador, aunque son solo suposiciones: no tenemos ni arma, ni casquillo, ni nada.

A petición de Buendía, el guardia civil les manda un listado de los huéspedes del hotel aquella noche. Sus presagios se confirman: uno de los nombres es Leonor Gutiérrez Mena. El nombre del DNI falso que encontraron en casa de Chesca.

—Mariajo, quiero que destripes este teléfono, llámanos con cualquier novedad —dice Elena mientras se levanta y coge su chaqueta.

—¿Adónde vais?

—A Seseña.

Elena conduce su Mercedes y Zárate viaja a su lado, incapaz de digerir la nueva línea de la investigación.

—¿Tú entiendes algo? —pregunta.

—Entiendo poco. Está claro que Chesca estaba investigando algo. Y lo hacía en secreto. Una investigación que la llevó a una feria ganadera.

—También sabemos que estaba buscando a su hija y que la encontró. ¿Cómo encajan esas piezas?

—Y sabemos que fue víctima de un chantaje.

—Insisto, Elena. Le tendieron una trampa. Ningún hotel tiene cámaras de seguridad en las habitaciones, ¿dónde se ha visto eso? La cámara la colocó alguien con la intención de hacer un chantaje.

—¿Alguien que sabía que se iba a producir un asesinato?

—No lo sé.

—Yo tampoco, ¿te importa que vayamos en silencio? Necesito pensar.

Elena intenta encajar las piezas, pero no lo consigue. Recuerda a Chesca, fue ella quien la seleccionó para la brigada, estaba en Homicidios y un inspector se la recomendó encarecidamente: inteligente, preparada, trabajadora, con buen talante. Nunca se arrepintió. Sonríe al pensar en el afecto sincero que ella le profesaba. La pérdida de su hijo le hizo romper con toda su vida y eso implicaba romper con sus amistades, con la familia que había creado en la BAC, incluida Chesca. Por doloroso que fuera.

Zárate, por su parte, piensa en la noche que desapareció su amiga. Todavía no sabe que ese pensamiento se está adhiriendo a sus órganos internos, al esófago, a la tráquea, a las meninges. Al corazón. «Si hubiera contestado a sus mensajes, me habría convencido de que volviera a casa. Si no me hubiera ido, Chesca estaría a salvo. Si hubiera sido un hombre atento y sensible, esa noche habríamos compartido una botella de vino y tal vez ella me habría contado por qué estaba tan rara últimamente».

Ensaya trucos para salir del bucle, pensar en las cuitas de alguno de sus amigos, tararear en silencio una canción pegadiza, convocar en su memoria la última carcajada sana que soltó. Ningún truco revela su eficacia, todos son engullidos por el bucle. «Si yo hubiera sido mejor persona, Chesca estaría aquí ahora mismo. La culpa es mía. La culpa es mía. La culpa es mía».

Capítulo 24

Cuando Orduño y Reyes regresan al matadero, Emilio Zuecos ya se ha marchado.

—¿Estará en el Shangay River?

—Al final voy a tener la suerte de entrar a conocerlo. No descarto quedarme trabajando dentro —bromea Reyes.

El Shangay River acaba de abrir y no ha recibido a muchos clientes. Es todavía más cutre de lo que parecía desde fuera: espejos con manchas en el azogue, sofás rojos, anaqueles con botellas de alcohol adulterado, un par de clientes de charla con otras tantas chicas mientras beben, ellos en vasos de tubo y ellas de cóctel. Ninguna de las chicas va vestida como Reyes, no llevan vestidos, solo tangas, ligueros, medias, sujetadores... Una mujer de algo más de cuarenta, que está sentada junto a la barra, ve entrar a Reyes con curiosidad. Orduño se acerca a ella. No le da tiempo a hablar antes de que la mujer proteste.

—¿Te llevas comida a los restaurantes? Pues no te traigas a tu puta a un club de alterne.

Orduño saca la placa.

—Soy policía, igual que mi compañera, así que voy a hacer como que no lo he oído.

—No te enfades, Orduño. Me encanta que me confunda con una compañera.

—Con esa cara tan guapa que tienes, no estarías en un cuchitril como este —le dice la que debe de ser la madama del sitio—. Y, además, española, lo que más se cotiza.

—¿Dónde estaría?

Reyes formula la pregunta con aire rumboso. Está disfrutando de la charla.

—En Madrid o en Barcelona, pero no te puedo decir mucho más. Hace tantos años que ando dando tumbos por provincias que ni sé por dónde se mueve el negocio ahora. Me llamo Osiris y soy la encargada.

Reyes, pese a la impaciencia de Orduño, se acerca a darle dos besos como presentación.

—Yo, Reyes. Un día que tenga más tiempo, me vengo, que me gusta saber cómo funciona todo.

Orduño decide cortar de raíz el comadreo.

—Busco a Emilio Zuecos.

—Aquí nadie dice su nombre. ¿Te crees que yo me llamo Osiris de verdad?

—El veterinario —explica Reyes.

—¿Ah, ese? En una de las habitaciones, ha sido llegar y subirse con Valkiria, que es nueva. A ver si paga o hace lo de siempre, montar el pollo.

Cuando abren la puerta de la habitación, en el piso superior del Shangay River, sorprenden al veterinario sentado en la cama con una mujer arrodillada ante él, practicándole una felación. Para su sorpresa, la mujer es negra.

—Fuera. —Orduño muestra su placa.

Reyes no tiene tiempo de explicarle a la negra que las valkirias son rubias, porque antes de poder abrir la boca la chica se ha largado. Emilio Zuecos se sube los pantalones y mira a los policías, asustado.

—Te voy a enseñar un vídeo, a ver si sigues tan callado como esta mañana. Le va a caer un paquete a la empresa, habrá una inspección sanitaria y, probablemente, salgas perjudicado.

Se sienta en la cama junto a Zuecos y le pasa la mano por el hombro, como si fuera su mejor amigo. Es un modo de dirigir su vista al vídeo que ya se empieza a reproducir en su teléfono móvil. Los cerdos lastimosos, las jorobas, la porqueriza inhabitable.

—Yo hago lo que me mandan —musita el veterinario Zuecos.

—Estás en un lío y yo no te voy a sacar de él. Eso sí, si me dices a quién le diste la receta para el Azaperonil, puede que hable bien de ti y te caigan menos años de los que te mereces.

—Era un tipo muy gordo. Calvo, con los dientes para fuera. Pero no sé cómo se llama.

Orduño se levanta.

—Tú mismo.

—Espere. No sé cómo se llama, solo que a veces viene, me da cien euros y le firmo la receta. Él nunca habla, no sé si es mudo o retrasado.

—¿La matrícula?

—¿Se creen que voy mirando la matrícula de los coches?

—Nos estás dando muy poco —habla Reyes, de pronto—. Y me estoy cabreando.

Saca el arma y juega a pasársela de una mano a otra. Orduño se queda estupefacto con la salida de tono de su compañera, pero ahora no hay tiempo para reprimendas.

—Les juro que no sé el nombre de ese tipo. No es de aquí. A lo mejor de la provincia sí, pero no son de Cuenca capital. Debe de tener una granja, pero no es de las que yo atiendo.

—¿Cada cuánto tiempo viene?

—Una vez al mes, a veces dos. La última vez fue hace quince días.

—¿Va al matadero a por la receta?

—No, aquí. Me espera en el aparcamiento y me aborda cuando voy a entrar. En la explanada no hay ni cámaras ni nada.

—La próxima vez que venga el retrasado a por la receta, le vas a retener con cualquier cuento y nos vas a avisar. Si todo sale bien, yo borro este vídeo y corremos un tupido velo. ¿Qué te parece el trato, Zuecos?

Le tiende su tarjeta. El otro la coge.

Ya en el aparcamiento, Orduño se gira hacia Reyes.

—¿Lo de sacar la pistola a qué venía?

—Ha estado bien, se ha acojonado. ¿No has visto cómo temblaba? Se me da guay hacer de loca.

—Vamos a comer algo y me vas a explicar de una vez qué te pasa; no quiero trabajar con una demente, seas sobrina de Rentero o de su puta madre.

Capítulo 25

Todo el mundo ha oído hablar de El Quiñón, en Seseña, la urbanización del Pocero, de ese monstruo crecido en medio del campo que se ha tomado como ejemplo de la desmesurada fiebre del ladrillo, a principios del milenio. Pero pocos de los que no han ido a comprar un piso allí han paseado por sus anchas avenidas impersonales o por ese parque en el que han colocado hasta un lago. Hace años se decía que era una ciudad fantasma, vacía; ahora da la impresión de tener vida y de que la existencia de sus vecinos es mucho mejor que la que llevarían en algunos barrios de Madrid, a donde han tenido que acudir muchas veces como policías: los barrios de los más pobres de la sociedad.

—Me lo esperaba peor —comenta Elena—, ¿tú no?

—Yo no. Uno de mis compañeros de la comisaría de Carabanchel se vino a vivir aquí y nos invitó una vez a comer un domingo, ya lo conocía. ¿Qué quieres que te diga? Yo no me vendría porque en cuanto sales de aquí es todo campo, pero en peores sitios he estado.

El edificio en el que vive Felisa Álvarez, la madre de Fernando Garrido, el hombre asesinado en Zafra, está en la calle del Greco. Es igual a todas las demás calles del barrio.

—Creo que si viviera aquí, me perdería y no sería capaz de encontrar mi casa.

—¿Es que no has visto los adosados de Las Rozas? Eso sí daría para un cuento de terror: un hombre saca a pasear a su perro y muere de inanición antes de localizar cuál era su chalé. Nadie se da cuenta porque es el único que anda a pie por las calles, todos los demás se mueven en coche.

Si no estuviera tan preocupado, Zárate sonreiría.

El salón de la casa de doña Felisa está en penumbra. En un rincón, a modo de altar, hay una foto del hijo rodeada de estampas religiosas y dos velas apagadas.

—Era un buen hombre, muy religioso, muy cumplidor...

Se ha alegrado de que la visiten los policías, cree que eso significa que han avanzado en el caso, que pronto se descubrirá al culpable del asesinato de su hijo.

—Sé que la venganza no es cristiana, pero no lo puedo evitar. Cuando me voy a la cama solo pienso en que encuentren a ese desgraciado que lo mató y que su familia lo pase tan mal como lo he pasado yo. Después me arrepiento y voy a la iglesia y pido perdón, pero por la noche vuelvo a pensar lo mismo. No solo me quitaron a mi hijo, me han quitado también la compasión.

La mujer se empeña en servirles café antes de empezar a hablar. Tanto Zárate como Elena se sienten como dos impostores: están allí, con la madre del muerto, se hacen pasar por policías interesados en resolver el caso de su hijo, cuando ellos dos solo quieren información para localizar a Chesca.

—Yo me quedé viuda hace más de veinte años. Desde entonces, solo Fernando me hacía compañía. Era un hijo maravilloso, siempre a mi lado, siempre pendiente de que no me faltara nada. Yo no sé qué voy a hacer ahora. Era él quien me llevaba al médico, quien se acordaba de que me tomara las medicinas. Últimamente le había dado por cocinar y me preparaba los domingos una paella, no sabe lo ricas que las hacía. Creo que ya no voy a ser capaz de comer paella nunca más.

Doña Felisa cuenta que su Fernando siempre había trabajado en el campo y que, de un tiempo a esta parte, se embarcó en su propio negocio. Criaba y comerciaba con cerdos. Por eso fue a la semana porcina de Zafra. Él nunca se metía en jaleos. No sabe qué pudo pasar allí, la policía dice que a lo mejor fue para robarle, pero ya no volvió más a casa.

—Alguien lo mató, y solo de imaginarlo al pobre muerto, en la habitación del hotel... —doña Felisa, que hasta ahora lo había evitado, rompe a llorar.

—¿Sabe si su hijo tenía algún enemigo?

—¿Enemigos? Imposible, Fernando era un bendito.

—¿Algún competidor que le quisiera mal?

—Nadie. Fernando no tenía la ambición de engañar a nadie, solo de sacar adelante su negocio para que pudiéramos vivir los dos. Siempre me lo decía: no he tenido hijos, ¿para qué voy a ganar más dinero del que necesitamos, para ser los más ricos del cementerio?

—¿Nunca se casó?

—Nunca. Tuvo una novia, pero de eso hace más de veinte años. Desde entonces, no le he conocido ninguna.

Elena saca del bolso una foto de Chesca, se la muestra a Felisa.

—¿Le suena esta mujer?

Ella la coge, la mira con atención, se la devuelve.

—Me suena su cara, pero no sé de qué. ¿Por qué me enseñan su retrato?

No pueden darle ninguna explicación coherente, solo evasivas.

Cuando ya se marchan, mientras se ponen los chaquetones en el descansillo, Elena deja caer un último comentario.

—Estos pisos son bastante nuevos, tienen muy buena pinta.

—Son los famosos del Pocero. Están muy bien hechos, pero tuvieron tan mala fama al principio que tardó en llenarse el barrio.

—Sí, eso he oído decir. ¿Dónde vivían usted y su hijo antes, aquí en Seseña?

—No, en Turégano, en Segovia. Aunque somos de Madrid, a mi esposo lo destinaron allí cuando Fernando era pequeño, allí murió —entonces cae—. Claro, de allí me suena la mujer de la foto. Es la hermana de Juana, no me acuerdo de cómo se llamaba.

Con un ruido intolerable que rompe la calma de la oficina, el fax escupe un papel que Buendía está esperando. Lo coge y se acerca a Mariajo.

—Por fin. El juez Oncina nos autoriza a entrar en la casa de Yolanda Zambrano.

Mariajo no responde. Está concentrada en el vídeo de Zafra. Las imágenes están ampliadas en la pantalla de su ordenador.

—¿Me oyes? Hay que avisar a Elena.

Mariajo se frota los ojos y mira a Buendía con un temor que él identifica de inmediato. Es el preludio de las malas noticias.

—He encontrado un reflejo en un cuadro de la pared. Le he quitado el brillo con un programa de tratamiento de imágenes. Ya tengo el resultado.

Buendía se fija en la pantalla.

—Es una mano.

—Fíjate en el reloj de la muñeca —pide Mariajo.

Su voz suena estragada, como si llevara días sin hablar.

—Es un Swatch normal y corriente. Hay miles así.

—Es el reloj de Chesca. Se lo regalamos en su último cumpleaños entre todos, fui a comprarlo yo.

Buendía se queda mirando la imagen. No encuentra cómo refutar la seguridad de su compañera. La orden judicial tiembla en su mano.

Capítulo 26

Chesca ha soñado con su padre. Un sueño raro en el que los dos discutían, su padre la acusaba de no haber ido nunca a verle cuando estaba enfermo, pero después se convertía en su madre y le decía que no le hiciera caso, que nunca hablaban de ella y no la echaban de menos, que a su padre le daba igual que fuera a verle o no. Iban en un coche, su padre era el que conducía, pero, cuando se convertía en su madre, aparecía en el asiento de atrás.

Ya despierta, en la cama del sótano, en la misma posición en la que lleva por lo menos dos días, recuerda cuando su madre la llamó y le dijo que le habían detectado a su padre un cáncer con metástasis y que, aunque no podían hacer nada por él, le darían radioterapia y quimioterapia. Chesca estaba en las oficinas de la BAC, investigaban entonces un aburrido caso de estafa. Colgó el teléfono y a su lado estaba Orduño, que le preguntó si pasaba algo. Ella le dijo que no, que nada, que por qué no se iban a tomar una caña. Luego, por la noche, en su apartamento, reparó en que no había sentido la menor lástima por su padre ni por su madre. Para ella estaban muertos hacía mucho tiempo, murieron cuando la obligaron a dar en adopción a su hija, aunque entonces no se diera cuenta. Desde que su madre le habló de la enfermedad de su padre hasta que llamó su hermana para decirle que había muerto y comunicarle la hora del entierro, por si quería ir a Turégano, no volvió a saber de ellos ni tuvo tentación de llamarlos.

—¿Tienes sed?

Chesca parpadea y sonríe, fatigada, al ver que la Nena está en el sótano con la gatita en el regazo. Se ha colocado en su ángulo de visión para que ella no tenga que torcer el cuello para verla.

La Nena le acerca agua y se la echa sobre la boca. Después se tumba a su lado. Es como si tuviera cariño por Chesca pero, cuando esta menos lo espera, le muerde un brazo.

—¡Ay! ¿Por qué me haces eso?

La Nena se ríe como si le hubiera gastado una broma. A Chesca le ha dolido el mordisco, pero le gusta que la niña se haya tumbado junto a ella. Piensa en Rebeca, en la hija abandonada, en lo mucho que le hubiera gustado que se echara en sus brazos cuando le dijo quién era. «Qué ingenua he sido», piensa. Esas escenas solo ocurren en las telenovelas baratas. Lo normal es lo que hizo Rebeca, preguntarle si estaba loca y marcharse de la habitación.

—¿Quiénes son los dos hombres que bajaron antes?

—Serafín y Casimiro. Son hermanos de Antón. A veces son un poco brutos, pero yo los quiero mucho.

—Pero no son normales, ¿no?

—Son muy buenos. Serafín me trae chuches sin que Antón se entere.

A Chesca le sorprende la información. Le han parecido dos personas con un retraso severo, no se los puede imaginar yendo de compras ni en ningún acto de tipo social.

—Entonces salen a la calle...

—Muy poco. Solo a la farmacia, para comprar medicinas.

—¿Y tú nunca has estado fuera de aquí?

—No.

—¿No te aburres?

—Un poco.

—¿Quieres que juguemos a algo?

—¡Sííí! —contesta la Nena, de pronto feliz—. ¿A qué podemos jugar? Tú estás atada.

—Hay muchos juegos. Podemos decir palabras que empiecen por... por a, por be, por ce... ¿Te sabes el alfabeto?

—Sé leer, he leído cuentos. Me los trajo Julio.

—Vale, pues entonces podemos jugar. El que pierda paga una prenda.

—¿Eso qué es?

—Que tiene que hacer lo que el otro le diga. Por ejemplo, si ganas tú, puedo dejar que me muerdas.

—Vale. Empiezo yo. ¿Puedo decir la palabra que quiera?

—Algo que veas y que empiece por a.

—Agua —dice la Nena sonriendo.

—Muy bien. Ahora yo por be. Botón.

Lo dice señalando con la cabeza un botón lateral en el vestido de la niña.

—¿Ahora yo por qué letra?

—Por ce.

—Por ce... Casa. Esto es una casa.

—Muy bien, yo por de. Dedo. Tú por e.

—Escalera.

La Nena se ríe, eufórica, al haber dado tan pronto con una palabra adecuada.

—¡Perfecto! Oye, tú juegas muy bien. Yo por efe... Fuego. El fuego de la estufa.

—¡Estufa era otra palabra por e!

—Sí, pero ahora te toca por ge.

—Por ge...

La niña no da con ninguna palabra. Se levanta, pasea por el sótano, nada.

—Es que no sé...

—Oh, oh —anuncia Chesca con voz infantil—. Me parece que has perdido. Tienes que pagar una prenda.

—¿Qué tengo que hacer?

—Una fácil, por ser la primera prenda. Tienes que meter un papel en el bolsillo de Serafín la próxima vez que vaya a la farmacia.

—Eso está chupao.

—Pero sin que se dé cuenta. Y tiene que ser un papel con un dibujo mío.

—Pero aquí no hay pinturas.

—¿No hay pinturas? En alguna parte habrá un lápiz o un bolígrafo o un rotulador.

La Nena menea la cabeza.

—Bueno, no importa. Tú tráeme una hoja de papel y yo intento hacer un dibujo. ¿Vale? Y otro día echamos la revancha y seguro que me toca pagar una prenda a mí.

—¡Vamos a jugar a otra cosa!

—Luego. Primero tráeme un papel.

—Vale.

La Nena sale dando saltitos. De pronto se para, se echa la mano a la boca. Vuelve junto a Chesca.

—Gata empieza por ge, ¿no?

—Sí.

—Qué tonta. Pierdo con la ge y resulta que gata empieza por ge.

Sube las escaleras lamentando su olvido. A Chesca le enternece la niña, pero no quiere perder tiempo con esas emociones. Necesita mandar un mensaje al exterior y agarrarse a la esperanza remota de que sus compañeros lo encuentren. A un primer conato de entusiasmo sucede un acceso de tristeza: es casi imposible que lo reciban. Es como tirar una botella al mar.

Capítulo 27

Juana Olmo rompe a llorar cuando ve el retrato de Fernando Garrido y se entera de que está muerto.

—Asesinado, alguien le voló la cabeza en Zafra, hace unos meses —le espeta con crudeza Elena.

—Hace muchos años que no sabía nada de Fernando. Desde que él y su madre se marcharon de Turégano.

Elena contiene un brote de impaciencia. Quiere remover la lentitud proverbial de esa mujer, encontrar atajos en la conversación. No tiene tiempo para efusiones sentimentales.

—Juana, esto es muy importante. Necesitamos saber qué relación tenía Chesca con ese hombre.

—Mi hermana no tenía relación con él —dice con una extraña languidez—. Pero yo sí.

Elena y Zárate cruzan una mirada rápida. La narración de Juana es serena, fluida, como si la hubiera ensayado docenas de veces a lo largo de los últimos veinte años.

—Fernando fue mi novio. Si es que se le puede llamar así. Yo era muy católica y nunca nos quedamos a solas para evitar la tentación. Pese a que nunca me tocó, fue el único hombre de mi vida. Después de él no ha habido otro. ¿Él se casó?

—No, seguía viviendo con su madre —dice Zárate.

—A lo mejor seguía pensando en mí. Como yo en él. ¿Puede ser?

—No lo sabemos, Juana, solo queremos que nos cuente lo que está tratando de no decir —aprieta Elena, ahora sí, con impaciencia.

—Es difícil contarlo, es de aquel verano de hace veintiún años, de cuando mi hermana Francisca tenía catorce.

Aunque en la casa nunca entraba la música de la radio o las revistas, mucho menos internet, Chesca se apañaba para estar al día de todo. La canción del verano era «Salomé», de Chayanne, y su autor estaría en el pueblo en fiestas, no se lo podía perder, la dejara su padre o no. Siempre hacía lo mismo, esperaba a que Juana y sus padres se fueran a la cama, algo que hacían muy temprano, y se escapaba por la ventana de la habitación, que daba al patio. Juana la escuchaba, pero no decía nada, solo rezaba por ella, para que algún día fuera obediente y cumpliera con las órdenes de su padre y con lo que se esperaba de ella.

—Ya saben, aquella noche fue la de la violación. Siempre pensé que, de alguna manera, Dios la había castigado.

—No sabemos qué tiene que ver todo esto con Fernando Garrido, le agradecería que no se fuera por las ramas, Juana —dice Zárate.

—Francisca nunca acusó a nadie de la violación, siempre dijo que estaba todo a oscuras, que no los reconoció, que apenas recordaba lo ocurrido. Pero yo siempre sospeché que había sido Fernando, mi novio. Solo que fui egoísta, no quería perderlo, soñaba con casarme con él, con darle hijos, por eso no dije nada.

—¿Por qué sospechó de él?

—Mi hermana empezó a evitar a Fernando, dejó de hablar con él. Me decía que era mala persona, que no me amaba, que nunca me casaría con él y que, si lo hacía, sería muy infeliz.

—Al final no se casó.

—No, él me dejó y se marchó del pueblo. Y un día Francisca me confesó que había sido él.

—¿Por qué nunca lo denunció?

—Me sentía muy culpable. Tal vez si yo le hubiera dado lo que él deseaba, no lo habría tomado de mi hermana.

—¿Quiénes eran los otros violadores? —pregunta Elena.

—No sé quiénes eran los otros dos. Había fiestas en el pueblo, mucha gente de fuera. Quizá feriantes, quizá visitantes de otros pueblos.

—¿Nunca le preguntó a Fernando?

—Jamás hablé de esto con él. Yo quería que siguiera conmigo. Estaba dispuesta a perdonar, a darle lo que hasta entonces le había negado. Pero me dejó. No quería verme más. Supongo que necesitaba poner distancia con lo que había sucedido.

—Y culpó a su hermana de eso. —Zárate no pregunta, afirma.

—Simplemente, me quedé en el pueblo, en esta casa, a cuidar de mis padres mientras mi hermana se marchó a Madrid y no volvió.

Hay una nota de resentimiento en las palabras de Juana. Las relaciones entre hermanos son a veces indescifrables, hay complicidades absurdas y agravios que nunca se olvidan. Sentada en una mecedora, Juana parece tener en el regazo una madeja de rencor que no logran desovillar ni la caridad ni la fe cristianas.

De vuelta a Madrid, en el coche, Zárate no deja de arremeter contra Juana. ¿Cómo puede callar alguien una violación? ¿Cómo puede anteponer su relación seca de virgen a la dignidad de su hermana? Si las cosas se hubieran hecho de otro modo hace veinte años... Tanteos estériles por cambiar el tiempo, el curso de los días. La nostalgia de un mundo más feliz en el que no existe la crueldad. Elena le permite el desahogo. Luego posa la mano sobre la de su compañero, que descansa sobre la palanca de cambios. Él ha pedido que le dejara conducir, como si necesitara una distracción. El teléfono móvil de Elena suena, es Mariajo, que les informa de su terrible descubrimiento. Los dos escuchan con el corazón encogido.

—¿Estás segura? —se limita a preguntar Elena.

—Cuando lleguéis os enseño la prueba.

Ya no hay dudas, lo que llevan sospechando desde que vieron el vídeo, lo que ninguno de los dos quería verbalizar, ahora se confirma. Chesca ha asesinado a un hombre que, con casi toda probabilidad, era uno de sus violadores.

—Tenemos localizada a Rebeca, la hija de Chesca. Por su ADN podremos saber si Fernando Garrido era el padre o fue uno de los otros dos —dice Elena.

Quiere meter a Zárate en la conversación, quiere que salga del mutismo en el que ha caído. Pero él no dice nada.

—Lo siento por ella —sigue entonces—. Estaba muy esquiva, no quería colaborar. Pero va a tener que hacerlo.

Elena mira a su compañero. Tiene la vista fija en la carretera, conduce como un autómata.

—¿Te has planteado la posibilidad de que a Chesca no la hayan secuestrado? Puede que sea una fugitiva, se ha cargado a uno de sus violadores y ahora va a por los otros dos.

—Sabes que no es así.

Elena le mira sorprendida. No le parece que su conjetura deba desecharse tan a la ligera.

—Sabes que si la encontramos, tenemos que detenerla, ¿verdad?

—¿Nos vamos a Zafra? —dice Zárate—. Necesito saber qué pasó en esa habitación de hotel.

Capítulo 28

Dos gatos aúllan de forma lastimosa al otro lado de la puerta. Orduño y Reyes esperan a que el cerrajero de la policía abra la cerradura. Les suenan las tripas, al final no han tenido tiempo de comer nada. Buendía les ha informado de las novedades, la orden que el juez Oncina ha dictado al fin, las prisas por verificar si Yolanda Zambrano está detrás del secuestro de Chesca o su desaparición la convierte en una víctima.

La casa huele a pis y está llena de pelusas. Los gatos están delgados y nerviosos. Han tenido la suerte de que un grifo ha quedado medio abierto, soltando un hilo mínimo de agua, suficiente para mantenerlos con vida. En la cocina hay un saco rajado con restos de pienso.

En las paredes hay retratos de Yolanda, una mujer de unos cuarenta años. La cama del dormitorio está sin hacer, una almohada retorcida tras una noche de desvelo, quizá. Las sábanas arrugadas, la punta del edredón rozando el suelo. Los armarios están llenos de ropa. El cuarto de baño es el de una persona que contaba con volver a su casa: útiles de aseo por todas partes, una crema facial con la tapa abierta. Reyes reprime el impulso de coger un poco con un dedo, de oler la crema, extendérsela por la piel de la cara, que se le está resecando con el frío y con la falta de sueño.

—Si el juez quiere saber si esta mujer es una secuestradora o una víctima, creo que la respuesta es evidente —dice Reyes.

—¿Por qué lo tienes tan claro?

—No se ha llevado su ropa, no se ha llevado el aseo, hay una nota pegada con un imán en la nevera que es un recordatorio de una cita médica. ¿Sigo?

—No olvides que alquiló un apartamento en el que Chesca estuvo la noche que desapareció.

—Alguien pudo alquilarlo con su tarjeta. Su secuestrador.

—Puede ser. Pero también pudo hacerlo ella. Secuestró a Chesca y ahora la tiene cautiva en algún lugar, por eso no ha vuelto a casa. O mejor dicho, sí ha vuelto.

Orduño consigue intrigar a Reyes.

—¿Ha vuelto?

—Al menos una vez. Para alimentar a los gatos. Les ha traído pienso para varios días y ha dejado un grifo abierto, solo un poco, lo justo para que beban y para que no se inunde la casa.

—Eso puede haberlo hecho el secuestrador.

—¿Qué es más lógico: un secuestrador con conciencia gatuna o que la dueña de los gatos se preocupe por ellos?

Reyes gruñe en una muestra de contrariedad.

—Puede que tengas razón, Reyes, pero no lances hipótesis tan a la ligera. Solo sabemos que el apartamento de Amaniel se pagó con la tarjeta de Yolanda. Y que está desaparecida. Puede ser una prófuga de la justicia o una víctima. Las dos opciones están abiertas.

Inspeccionan el resto de la casa, pero nada arroja una luz reveladora del tipo de persona que era Yolanda. Según Mariajo, en su perfil de Facebook ha llegado al límite de los cinco mil amigos. Y, sin embargo, nadie parece echarla de menos. Nadie ha denunciado su desaparición. Las fotografías de la pared, en las que nadie la acompaña, la decoración impersonal, la despensa mal surtida, todo apunta al perfil de una mujer solitaria.

—Como Chesca —resume Reyes.

A Orduño le sorprende, no tiene a Chesca por una mujer solitaria.

—Vivía sola, en un apartamento impersonal, su vida era la brigada y estaba liada con un compañero al que ni siquiera había dado las llaves de casa. Tú eras su gran amigo y no sabías que tenía una hija fruto de una violación cuando tenía catorce años. Apenas se relacionaba con su hermana y a sus padres no los visitó ni en el velatorio. Si quieres sigo contándote por qué digo que era solitaria.

—No, no, tal vez tengas razón. Pero a mí siempre me ha parecido una mujer con una vida muy rica.

Ahora, la sensación de Orduño es extraña: ha estado al lado de Chesca muchos años, han compartido momentos muy difíciles y, de la misma forma que él sí ha confiado en ella para hablar cuestiones íntimas, ella jamás ha enseñado nada de su vida personal. Era un búnker. Su actitud, su carácter, daban la sensación de una extrema fortaleza y hacía impensable creer que, por debajo, había otra cosa.

—Todos nos ponemos máscaras, inventamos personajes con los que protegernos —dice Reyes—. Yo decidí hace tiempo liberarme y por eso ya no dudo en mostrarme tal como soy: a veces femenina, a veces masculina.

—¿Ese es el género fluido del que me hablabas?

—Sí, pero no es solo la ropa o el maquillaje. También mi actitud cambia. A veces me siento mujer y a veces hombre. No tengo definida mi identidad sexual.

Orduño la mira sin entender nada.

—Eres la compañera de trabajo más rara que he tenido nunca.

Llama a la BAC para contar el resultado de la inspección de la casa: no hay señales de violencia ni de una fuga precipitada de Yolanda Zambrano. Hay dos gatos en mal estado, pero alguien se ha preocupado de alimentarlos.

—¿Dos? Debería haber tres —es Mariajo quien está al otro lado del teléfono—. En las fotos de Facebook salen tres gatos. Y son fotos recientes.

Orduño y Reyes buscan al tercer gatito. Podría estar escondido debajo del sofá o de la cama. Pero no. En la casa solo hay dos gatos. Un misterio que no se ven capaces de resolver.

La preocupación en la BAC por la vida de Chesca ha subido un grado. Hay que buscarla sin desmayo. No debería ser tan difícil dar con un hombre muy gordo, casi calvo, de dientes saltones y mal olor. Dan la descripción de ese hombre a algunos vecinos, pero a ninguno parece sonarle. Desanimados, Orduño y Reyes vuelven al Juanfer y piden unas raciones.

—Género fluido —dice Orduño.

—Sí.

—O sea, que no puedo saber si estoy con una mujer o con un hombre.

—Exacto.

—¿De qué depende? ¿De cómo te levantes?

—No es tan fácil —dice Reyes—. A veces cambio de un minuto a otro.

—Venga ya, ahora me estás tomando el pelo. ¿Puedes empezar a tomarte el morteruelo que hemos pedido como una mujer y al terminarlo ser un hombre?

—Es aún peor —pone con una mueca divertida—. Imagínate que follamos. Podrías estar follando con una mujer y antes de que te corras estar follando con un hombre.

Orduño la mira, muy serio.

—Prefiero el ejemplo del morteruelo.

Capítulo 29

El caso de la muerte de Fernando Garrido, que todavía está abierto, lo lleva en Zafra el sargento Mariano Pérez, un hombre que parece competente y dispuesto a colaborar.

—Aunque no tengamos los mismos medios que ustedes en Madrid, hicimos la investigación según el protocolo, no creo que haya habido errores.

—No venimos a enmendarle la plana a nadie, sargento, solo a ayudar. —Elena sonríe, acostumbrada a la reticencia de los compañeros siempre que la BAC llega a hacerse con un caso, pero el sargento demuestra su carácter.

—Ustedes hagan lo que tengan que hacer, lo importante es que el culpable acabe en la cárcel, no que yo esté más contento o menos.

Ni Elena ni Zárate le dicen que ellos ya saben quién es el culpable y que disponen de una grabación de vídeo que lo demuestra, que lo que quieren es entender qué llevó a Chesca a matar a ese hombre. Algo les dice que solo si entienden eso serán capaces de encontrarla.

—¿Estuvo usted en el levantamiento del cadáver?

—Sí, ¿han leído el informe?

—Lo hemos leído, pero nos gustaría que usted mismo nos mostrara el lugar del crimen.

La habitación 223 del hotel Guadalupe, en la calle de la Virgen de Guadalupe de Zafra, está ocupada cuando llegan los policías y deben esperar a que el director del hotel consiga desalojar a su inquilino.

—Le he tenido que dar una suite para que no me presentara una reclamación —protesta.

—Se lo agradecemos, este año le mandamos una postal de Navidad de la Guardia Civil —le dice con sorna el sargento Pérez.

Ha sido preciso enmoquetar la habitación de nuevo y se han cambiado los colchones y algunos muebles más que se mancharon con la sangre, pero el director del hotel asegura que son idénticos a los que había entonces y que la distribución es la misma. Enseguida localizan con la mirada el lugar desde donde se hizo el disparo, algo que les confirma el sargento y, sobre todo, donde podía estar la cámara con la que se grabó.

Pérez va atendiendo eficaz y solícito a todas sus preguntas y peticiones.

—En la autopsia del muerto no apareció nada fuera de lo normal. Había bebido vino en la cena y no había consumido drogas. Y la muerte fue, ya lo saben, de un tiro en la cabeza. Hay orificio de entrada y de salida. Por la herida hemos deducido que era de un calibre de nueve milímetros.

—¿Quién encontró el cadáver?

—La camarera de piso. El cartel de no molestar estaba en el pomo, así que fue una de las últimas habitaciones que abrió. Ya eran casi las tres de la tarde cuando entró. La muerte se produjo entre las doce de la noche y la una de la mañana.

—¿Cámaras de seguridad en el hotel?

—No, no había ninguna instalada. Tampoco en las calles próximas, mala suerte.

—Me decía que había interrogado a clientes del hotel. ¿Recuerda si habló con esta mujer?

Elena le muestra en su móvil una fotografía de Chesca. Zárate aprieta las mandíbulas, no le gusta que la inspectora sea tan exhaustiva.

—Sí. Hablé con ella. Me dijo que esa noche había llegado tarde a la habitación, no oyó ni vio nada raro. Le dejé mi tarjeta por si recordaba algún detalle.

—¿Quién estaba esa noche en la recepción?

El guardia civil consulta otra vez sus notas.

—Sebastián Horrillos. Fue despedido poco después.

—¿Por qué?

—No lo sé. Eso tendrán que hablarlo con el director del hotel.

El director del hotel Guadalupe, Luis Díaz, no trabajó aquellos días, estaba de baja por una operación de una hernia.

—Imagínense, la semana de más trabajo del año en Zafra, la de la Feria Ganadera, y me tienen que operar de urgencia. Y, encima, lo del asesinato de ese pobre hombre. Un desastre. Menos mal que la empresa no me despidió, me veía en la calle.

—Me han dicho que usted sí despidió a Sebastián Horrillos.

—Sebastián era un buen hombre, hasta que su mujer se divorció de él. ¿Saben eso de las películas antiguas de que la mujer se va con un viajante? Pues parecido, la mujer se fue con un ganadero... Desde entonces, Sebastián iba de mal en peor: borracheras, drogas... Yo intenté ayudarle, pero lo último no tenía defensa posible: intentó chantajear a un cliente con una grabación en la que se le veía con una mujer que no era su esposa. Le pusimos de patitas en la calle.

—¿Una grabación?

—Había instalado una cámara oculta en la habitación. Tuvo la suerte de que el cliente prefirió no denunciarlo para que no hubiera más lío y no se vio envuelta la policía. Pero en nuestro hotel no podía seguir.

—¿En qué habitación estaba montada esa cámara? —pregunta Elena.

La pregunta parece caer como una losa sobre el director del hotel. Primero se tensa, luego resopla, mueve las manos sin concierto.

—Oiga, esto es un negocio modesto. Cuesta mucho remontar después de un suceso como aquel.

—¿Esa cámara estaba en la habitación del crimen?

El hombre detiene el movimiento de las manos, su expresión se vuelve resignada. Asiente.

Capítulo 30

Ha intentado por todos los medios soltarse de las bridas que la retienen, pero es imposible y, tirando con fuerza, lo único que consigue es hacerse heridas en las muñecas. No sabe si la Nena va a pagar la prenda y le va a traer un papel, y, en caso de que lo haga, se pregunta si ese mensaje llegará a alguna parte. No sabe si Julio volverá a desatarla ni si tendría fuerzas para dejarlo fuera de combate de un par de patadas. Piensa, piensa mucho y no consigue imaginar una forma de salir de allí.

La puerta del final de la escalera se abre. Una cadena de jadeos y gruñidos anuncia la presencia de Serafín y Casimiro, que bajan como dos bisontes. Esta vez no vienen a olfatear a la presa, Chesca no se engaña ni por un instante. Cierra los ojos y trata de refugiarse en sus pensamientos.

Rememora aquella noche de septiembre de 1998, una noche que todavía olía a verano. Recuerda lo bien que se lo pasó con su amiga Sandra en los coches de choque, recuerda el mareo y las risas en el pulpo gigante, una de las atracciones de la feria. El chasco cuando Sandra le dijo que tenía que llegar pronto a casa, que tenía movida con sus padres y no quería problemas, y la decisión de ella de quedarse más tiempo, de ver el concierto un rato y contagiarse de la alegría de la gente.

Siente un estacazo muy agudo en la entrepierna, como si la estuvieran partiendo en dos; nota un voltaje subiendo por su cuerpo y concentrándose en su cerebro, tiene la impresión de que se va a morir de dolor. Es difícil evocar los recuerdos de aquella noche cuando Serafín le está arañando la espalda, los brazos, el cuello, con unas uñas renegridas que parecen garras.

Solo había que caminar diez minutos hasta su casa, dejar atrás la feria, los generadores eléctricos, los camiones aparcados, alejarse de la música, las bocinas y las risas, coger la carretera solo un trecho y después entrar por la calle de la fuente y subir hasta el estanco. ¿De dónde salieron? ¿Estaban escondidos esperándola o fue casualidad?

Al primero lo tuvo siempre localizado y nunca lo delató. Durante mucho tiempo pensó que su silencio era esclavo de un sentimiento de culpa y de humillación. Pero, con el paso de los años, comprendió que no era así: no quería que lo metieran en la cárcel porque quería matarlo ella con sus propias manos. Fernando Garrido, el novio de su hermana, un hombre que comía en su casa con sus padres los domingos. Él se le acercó un día y le pidió perdón, le dijo que estaba borracho y lleno de rabia, que lo sentía, pero Chesca no estaba dispuesta a perdonar. Ahora está muerto, como debe ser. Lo que más le llamó la atención cuando entró en la habitación del hotel en Zafra y le apuntó con su pistola fue que no pidió clemencia, solo sonrió y esperó, como si supiera que en algún momento tenía que llegar ella y vengarse, como si simplemente el día fuera ese. Le dijo que en el fondo se sentía aliviado, se acababan sus remordimientos. Hasta le dijo que la perdonaba antes de que disparara.

Durante muchos años sus sentimientos sobre la noche de la violación estuvieron aletargados. Era consciente de que debía cumplir la promesa de vengarse, pero era más cómodo seguir con su vida, dejarlo para más adelante. ¿Qué fue lo que la hizo reaccionar? Lo tiene claro: la experiencia de Elena con su hijo Lucas en la Red Púrpura. Vio a Elena luchar por recuperarlo y recordó que ella también tenía una hija a la que nunca había llegado a conocer.

Fue cuando empezó todo de nuevo, cuando usó los medios de la BAC para encontrar a Rebeca, cuando volvió a sentir los deseos de hacer pagar a esos tres hombres por su violación. Los jadeos de Serafín suenan muy amplificados y Chesca comprende que la boca de él está justo en su oreja y que el hombre está alcanzando el orgasmo. Los gritos son feroces, insoportables. Casi agradece que Casimiro lo aparte de un empellón, aunque eso signifique que se debe preparar para una nueva pesadilla. Enseguida tiene al otro hombre encima.

Chesca piensa en Zárate, en el rechazo que le despertaba al principio, cuando entró en la BAC, en lo mucho que se divertía riéndose de él y provocándole. Todavía no logra entender en qué momento le empezó a gustar de verdad. ¿Cómo pudo bajar ella la guardia para que eso sucediera, ella que tanto presumía de saber estar sola y de no necesitar a nadie?

Casimiro ha comenzado a morderle los pezones. Ella vacía su mente de todo lo que no sea el recuerdo de Zárate, su sonrisa por las mañanas, el modo natural que tenía de despertarse, de pasar del sueño a la actividad sin interludios de pereza, como hacen los animales. ¿En qué instante se enamoró de él? Casimiro gruñe, grita, mueve la cabeza arriba y abajo de forma espasmódica y, al hacerlo, golpea a Chesca en la nariz una vez, dos veces, tres. Se está corriendo.

Se oye la voz de Julio llamando desde arriba. Casimiro y Serafín suben a toda prisa la escalera. Chesca no quiere abrir los ojos todavía, quiere preservar un ratito más el recuerdo de Zárate, aislarlo de la estampida final y de los gritos que se oyen provenientes de la casa. Saca la lengua y recibe el sabor acre de la sangre que mana de su nariz. Cuando abre los ojos, la Nena está sentada en el suelo, sonriente.

—¿Te han hecho daño?

Chesca asiente.

—A esta hora no puedo bajar aquí —dice la Nena—, pero quiero pagar mi prenda.

—¿Has traído papel?

La Nena saca del bolsillo un pedazo de papel de estraza.

—Date prisa, que mañana van a por medicinas. Les he oído hablar.

Chesca se siente agotada, pero el instinto de supervivencia se agita dentro de ella.

—Necesito que me ayudes. No puedo escribir.

—Es que no hay rotuladores.

—Con mi sangre —dice Chesca—. Coge sangre de mi nariz y mánchame este dedo con ella.

La Nena la mira con expresión divertida. Casi le parece un juego mancharse su dedito con la sangre y usarlo a modo de pincel para embadurnar el índice de Chesca.

—Ahora acerca el papel a mi dedo.

—¿Dónde lo pongo?

Chesca la va guiando. Y con el dedo logra pintar dos rombos unidos.

—Enséñame el dibujo —dice al terminar.

La Nena se lo enseña. No es el mejor dibujo que ha hecho en su vida, pero puede valer.

—¿Qué es? —quiere saber la niña.

—Un dibujo muy bonito que tienes que guardar en el bolsillo de Serafín. Dile que es un regalo de tu parte para el farmacéutico.

—Vale.

—Pero que no te oigan los demás.

Se oye la voz de Julio.

—Nena, ¿estás abajo? Sube.

La Nena se guarda el papel y sube corriendo la escalera.

Capítulo 31

Elena y Zárate se aburren dentro del coche, aparcado en una calle de casas bajas. Se mantiene el silencio entre los dos. Ella sabe que las vigilias policiales propician las confidencias. También sabe que él está deseando decir algo, quizá algo que debió decir desde el primer día.

—El último día discutimos. Cuando le dije que me iba con mis amigos, Chesca se enfadó mucho.

Elena se gira hacia él. Intenta poner en su mirada más calidez que impaciencia. Desde el principio ha intuido que Zárate está callando información que puede ser importante.

—¿Por lo de la fiesta del fin de año chino?

—Esa era la excusa. Ella llevaba tiempo insistiendo en que me fuera a vivir con ella. Pero yo no quería.

—¿Por qué no querías?

—No sé. El caso es que no quería. Yo con Chesca me lo paso bien, ya está. No me hace falta más.

Zárate sonríe con nerviosismo, como pidiendo perdón por ser un hombre común, el cliché del fóbico al compromiso.

—Así que nunca tuviste llaves de su casa.

—Llegué a tener un juego de llaves. Duré una semana con él.

—¿Por qué?

—Porque se puso paranoica. Un día me acusó de entrar en su piso durante el día, hurgar en sus cosas, espiarla, como si fuera un celoso de mierda.

—¿Chesca te acusó de eso? No me cuadra.

—No estaba bien, Elena. Lo pienso ahora y es evidente que había algo que la tenía muy rayada. Se comportaba de una forma extraña, a veces parecía quererme en su vida a todas horas y otras veces protegía su soledad y me trataba como si fuera un intruso.

—Pero quería que el intruso conviviera con ella.

—Sí, ese era el tema estrella de las últimas semanas. Esa tarde...

A Zárate le cuesta continuar. Elena busca su mirada. Sabe lo mucho que les cuesta a los hombres sincerarse, desgranar sus sentimientos, y no quiere que se le escape la presa. Zárate está muy afectado por los últimos descubrimientos sobre Chesca y es ahora, en este momento vulnerable, cuando ella le puede arrancar un relato completo. ¿Por el bien de la investigación o por curiosidad personal? No lo sabe. A estas alturas le da igual. Todo está mezclado, la desaparición de su amiga, el reencuentro con Zárate después de un año entero, la rabia de que nunca la haya llamado, la evidencia de que ella ha sido reemplazada sin problemas por la mujer que él tenía más a mano, la certeza de que él jamás la habría vuelto a llamar, una mujer de cincuenta años con heridas muy profundas en el alma...

—¿Qué pasó el último día?

Zárate toma aire. El recuerdo le resulta doloroso.

—Fui un cobarde.

Menea la cabeza, como negando ese instante, como si fuera intolerable saber que esa actitud abocó a Chesca a la perdición.

—Dábamos vueltas y vueltas siempre sobre lo mismo. Ella quería que me fuera a vivir a su casa, yo daba excusas, evitaba la respuesta. Ese día, explotó: me dijo que no la quería, que solo estaba jugando con ella. Que lo que pasaba en realidad era que estaba enamorado de otra y no me importaba una mierda nuestra relación.

—¿Y era verdad?

Zárate deja escapar una mirada furtiva a Elena. Todavía no está preparado para responder a esa pregunta. Prefiere continuar con el relato.

—Luego me pidió perdón. Me dijo que fuera a cenar a su casa, que se había puesto hecha una energúmena sin sentido. Le dije que había quedado con unos amigos para salir, pero ella me suplicó que no la dejara sola esa noche. «Ven y lo arreglaremos todo. Te lo prometo». Solo le contesté que lo intentaría. Pero, en cuanto me di la vuelta, supe que no iría esa noche a cenar con ella. Iba a ser mi manera de hacerle ver que lo nuestro se había terminado. Por eso no respondí a ninguno de los mensajes que me puso. Por eso tenía una botella de vino cara en la mesa; para brindar por nosotros.

No caen lágrimas por sus mejillas porque las está conteniendo, piensa Elena. No tanto porque quiera aparentar dureza sino porque no se permite ser la víctima de esta historia.

—Te conozco, Ángel. No eres un cobarde. ¿Por qué no te atrevías a decirle la verdad?

—Porque no quería asumirla, Elena.

Las pupilas de Zárate tienen un brillo especial, titilan como dos gotas de mercurio. ¿Hay una declaración de amor hacia ella en esas palabras? Elena se queda en silencio, debe decir algo y no sabe qué. O quizá sí lo sabe.

—¿No crees que ya es hora de decir las cosas a la cara?

—No puedes pedirme esto ahora.

—¿Por qué?

—Porque tú misma me dejaste claro hace mucho que no podía esperar nada de ti. ¿Te acuerdas de la última noche en el hotel sobre la bahía de Las Canteras?

—Claro.

—Te estuve esperando hasta casi el amanecer.

—Te voy a contar la verdad. Esa noche me fui a la playa, me desnudé y me bañé en el mar. Después volví y me puse un albornoz. Fui hasta la puerta de tu habitación. Estuve a punto de llamar, pero decidí regresar a la mía.

—Tenías que haber llamado.

—No quería que esperaras nada de mí. Solo podía pensar en encontrar a Lucas, en que estaba cerca y era lo único que daba sentido a mi vida, y en dejar la brigada cuando lo encontrara.

—Ahora estás otra vez aquí.

—Por poco tiempo —sonríe con tristeza.

La llegada de un coche viejo, un Seat Ibiza, los interrumpe. Es el coche de Sebastián.

—Ahí está. Vamos.

Zárate sale tras él, pone el pie para impedirle cerrar la puerta y saca a la vez la placa.

—Sebastián Horrillos, queremos hablar contigo.

El hombre viene visiblemente colocado, parece imposible que haya llegado conduciendo su coche. Es muy fácil sentarlo y que lo cuente todo. El día que sucedió aquello tenía la cabeza más despejada que esta tarde. En efecto, instaló una cámara en una habitación del hotel, picadero habitual de hombres de negocios de Zafra y de otros pueblos de la comarca. Sacaba un buen dinero a base de extorsiones, ningún adúltero quiere arruinar su vida conyugal por una canita al aire. Pero esa noche, al visionar la grabación, se quedó estupefacto: las imágenes recogían un asesinato. Y lo mejor de todo es que él podía identificar a la asesina. Se trataba de Leonor Gutiérrez Mena, una huésped del hotel al que él mismo había tomado los datos. La reserva la había hecho telefónicamente, y al rastrear la llamada encontró un número de móvil. Era muy sencillo enviar una parte del vídeo a ese número y pedir un primer pago por su silencio.

—¿Dónde está el resto de la grabación?

—La tengo aquí, en mi móvil.

Elena lo coge y se lo guarda.

—¿Te pagó los veinticinco mil euros?

—No, nunca me pagó, la muy zorra. Yo no sabía qué hacer con la grabación. Una cosa es un adulterio, que se lo mandas a la esposa, pero un asesinato... No iba a presentarme en el cuartelillo con el móvil y a decirles: miren lo que tengo... Además, yo no ganaba nada haciendo eso.

Al visionar las imágenes se asustó y desmanteló la cámara oculta. Pero no le sirvió de nada. Uno de los huéspedes a los que estaba extorsionando se hartó de pagar y le denunció ante la dirección del hotel. Por eso lo despidieron.

—Estás detenido —le dice Elena mientras saca las esposas.

Zárate hace un aparte con ella en cuanto se las ha puesto.

—Elena, si le detienes, tendrás que enseñar el vídeo. Si lo enseñas, nos cargamos a Chesca.

—Chesca ha asesinado a un hombre y nosotros somos policías. No lo olvides —contesta Elena con dureza y sin dejar otra opción.

Capítulo 32

Chesca se acerca a Garrido con el arma humeante en la mano. No necesita comprobar el pulso para saber que está muerto. Las imágenes no son nítidas, pero se aprecia la masa encefálica derramada sobre la sábana blanca de la cama. Impresiona advertir su frialdad, el gesto seguro, casi mecánico, al limpiar el cañón de la pistola con un pañuelo. Lleva guantes para evitar restos de parafina en la mano y para no dejar huellas dactilares. Se comporta como una profesional, como un sicario que lleva varios asesinatos en su carrera y no se precipita después del disparo, en los segundos cruciales para no dejar pruebas. El pañuelo le sirve también para repasar la cómoda, la mesa de madera y las superficies que haya podido tocar en su breve estancia allí. Hace una incursión al cuarto de baño que la cámara no recoge, seguramente para limpiar huellas y para una inspección final. Sale de la habitación sin dedicarle al muerto una mirada de despedida. La grabación se interrumpe a los pocos segundos, pero los integrantes de la BAC siguen mirando la pantalla, como si fuera imposible volver a la rutina después de haber visto el vídeo. Dos minutos y trece segundos de emociones vertiginosas.

—Qué barbaridad. No hay ninguna duda de que es Chesca —casi resopla Rentero—. ¿De dónde ha salido este vídeo?

No es habitual que Rentero asista a una reunión de trabajo de la Brigada de Análisis de Casos, pero la ocasión lo hace imprescindible. La propia Elena le ha pedido que esté presente en el visionado. Las implicaciones de esas imágenes no se le escapan a nadie.

Elena le pone al tanto de todo lo que han descubierto: la violación de Chesca veinte años atrás, su hija secreta, el chantaje al que la quiso someter el portero de noche del hotel…

—Sabemos que los violadores fueron tres, pero solo tenemos la identidad de este, del muerto —completa la información Zárate.

—¿Es posible que Chesca haya emprendido una cacería a modo de venganza?

Nadie quiere contestar a esa pregunta, que flota unos segundos por la sala. Es Elena quien toma la palabra.

—Por algún motivo que desconocemos, Chesca decidió recuperar en los últimos tiempos aquel momento de su vida: encontrar a su hija, que había sido entregada en adopción, y al menos a uno de sus violadores. Lo tenía muy cerca: era el novio de su hermana mayor en aquella época. Es el hombre al que hemos visto morir en la grabación.

—Necesito una prueba de ADN de la hija de Chesca para compararla con la del muerto. Podría ser su padre —indica Buendía.

—Rebeca no quiere saber nada de su madre. No sé si va a ayudar de buena gana.

Elena dibuja el obstáculo sabiendo lo que va a pasar a continuación. Conoce bien a Rentero y anticipa su enfado, la resolución que siempre esgrime en estos casos. El comisario es un hombre muy previsible.

—Pues no le va a quedar más remedio. Si no colabora, tendremos una orden del juez esta misma mañana. ¿Puede haber desaparecido voluntariamente Chesca tras consumar la venganza?

—Está secuestrada, comisario —dice Zárate—. Estoy seguro.

—¿Por qué estás tan seguro?

Elena contiene un brote de irritación. No le gusta que Zárate defienda a ultranza a Chesca, sobre todo después de haber presenciado unas imágenes tan claras.

—Hay razones personales que me permiten pensar así.

—No quiero razones personales, quiero hechos comprobados —exclama Rentero—. ¿Qué tenemos hasta el momento?

Clava la mirada en Elena para que sea ella la que le haga el resumen.

—Sí, comisario. Por lo que sabemos, Chesca fue a la fiesta del fin de año chino, en un plan improvisado, pues lo que de verdad le apetecía hacer esa noche era cenar con Ángel Zárate y beberse una botella de vino francés. Si no lo hizo fue porque Zárate la dejó plantada.

Todos miran a Zárate, incluido Rentero, como si no tuviera noticia anterior de la relación entre ellos. El agente se limita a bajar la mirada, sin decir nada, aunque seguramente le gustaría estrangular a Elena por ponerle a los pies de los caballos. ¿Era necesario dar tantos detalles?

—Por algún motivo que ignoramos —continúa la inspectora Blanco—, Chesca se trasladó a un apartamento en la calle Amaniel. Era un apartamento turístico alquilado a través de internet con la tarjeta de crédito de una mujer llamada Yolanda Zambrano García. Orduño, tú has ido a buscarla.

—Mariajo investigó la tarjeta de crédito, en el último mes solo fue usada para alquilar el apartamento. Ayer obtuvimos un permiso para entrar en la casa, que está en las afueras de Cuenca. No había señales de violencia, pero sí dos gatos que habrían muerto si no entramos. Yolanda era una mujer muy amante de los animales, según hemos visto en sus redes sociales y nos han confirmado sus vecinos. Hay algo anormal, los gatos tenían agua y un saco de pienso esparcido por el suelo de la cocina. Y falta un gato, el más pequeño de los tres que tenía. Nuestra teoría es que ella dejó la casa, probablemente en contra de su voluntad, y alguien fue después a dejar comida a los gatos y a llevarse al cachorro. Quizá su secuestrador, si es que fue secuestrada.

—Extraño, pero aceptémoslo. Eso nos da la posibilidad de que haya otra mujer desaparecida, la tal Yolanda —deduce Rentero.

—En el apartamento turístico encontramos un blíster de viales de un medicamento para cerdos llamado Azaperonil —dice Buendía—. Sirve para tranquilizarlos y rebajarles la libido, se usa mucho cuando hay que trasladarlos. No tendría importancia si los vecinos no hubieran declarado que esa noche daba la sensación de que había animales en el apartamento. Una vecina mencionó expresamente a los cerdos.

—¿Cerdos en un apartamento turístico en Madrid? Lo que digo siempre, el mundo se va a la mierda. ¿Se sabe algo de ese medicamento?

Zárate toma el relevo en el relato.

—Según la Agencia del Medicamento Española, se había vendido en una farmacia de Cuenca. Nos llamó la atención la coincidencia con el domicilio de la mujer de la tarjeta, la de los gatos, así que también fuimos. El farmacéutico se acordaba del comprador, un hombre con un fuerte retraso y dientes prominentes.

—Fuimos a ver al veterinario que había firmado la receta —sigue Orduño—, un individuo muy turbio que parece muy laxo en las inspecciones de las granjas porcinas. No le sacamos mucho, pero nos dijo que el comprador de las recetas de Azaperonil le visitaba una o dos veces al mes, siempre por sorpresa y siempre en el aparcamiento de un club de carretera. El veterinario está bajo vigilancia, por si vuelve a aparecer el comprador.

Orduño mira a Reyes, quizá quiera añadir algo. Pero la joven se limita a asentir. Viste unos vaqueros, una camiseta blanca y una chaqueta de lana. Un atuendo modoso, según la evaluación que hace Orduño. ¿El género fluido la habrá hecho levantarse esta mañana como una niña tímida?

—Eso es todo lo que sabemos de la noche de Chesca —Elena ha vuelto a coger las riendas—. Tras salir de ese apartamento lo ignoramos todo. Solo sospechamos que puede estar en algún lugar de Cuenca y pensamos que algo tiene que ver con los cerdos, quizá una granja.

—Respecto al chantaje de Horrillos, sabemos que Chesca no se lo tomó en serio —dice Mariajo—. No hay movimientos extraños de dinero en su cuenta.

Rentero pasea por la sala, con las manos entrelazadas detrás de la espalda. Lo conocen bien, no cabe esperar nada bueno de esa pose de hombre meditabundo. Está buscando las palabras antes de soltar el bombazo.

—Por lo que me habéis contado y por lo que hemos visto, debemos tratar a Chesca como una asesina y no como una víctima.

—Es una compañera. ¿No merece que la apoyemos? ¿Ni siquiera le damos el beneficio de la duda?

—La grabación no deja lugar a la duda. Y no te voy a consentir que me interrumpas, Zárate, ni que me hables en ese tono. —Rentero deja caer una pausa antes de seguir hablando—. Elena, te comunico que voy a poner este vídeo a disposición del juez. Es posible que dicte una orden de busca y captura contra Chesca.

Capítulo 33

—¿Por qué no has dicho nada? —Zárate sale detrás de Elena después de la reunión. La agarra del brazo y la obliga a encararle—. No podemos tratar a Chesca como la asesina, es la víctima.

Elena intenta comprender la posición de su compañero. De hecho, cree que ha demostrado mucho autocontrol delante de Rentero. Temía una explosión por su parte que le costara el despido.

—Tú mismo has visto el vídeo, Ángel. No hay dudas.

—No te niego que Chesca matara a ese hombre, pero tenía sus motivos, la violó a los catorce años.

—No voy a seguir oyendo disparates. Un asesinato es un asesinato. Y nada lo justifica. Si no estás de acuerdo, quizá sea mejor que cojas unos días libres mientras se cierra el caso.

—No me hagas eso, Elena. No puedes apartarme.

—Eres tú quien decide, pero si te quedas, te quiero buscando a Chesca y, cuando la encontremos, esposándola tú mismo.

Zárate se aleja, enfadado. Todos oyen el portazo con el que abandona la BAC. Pero Elena no tiene tiempo para distracciones. Se acerca a la mesa de Mariajo.

—Quiero que averigües si ha habido más muertes en cualquier parte de España mientras se celebraban ferias ganaderas. Sé que es difícil, Mariajo.

—Difícil no, imposible —protesta la especialista en informática—. A veces me da la sensación de que creéis que pongo las preguntas en Google y me sale la respuesta.

—¿No es así? —Elena le sonríe.

—Lo voy a intentar, pero no te aseguro nada.

Entra Buendía con un problema más.

—Elena, ha llegado Rebeca, la hija de Chesca. Se niega a dejarnos una muestra de ADN.

—Voy.

Rebeca se ha presentado acompañada por su padre adoptivo. Es un hombre educado, bien vestido, que no hace el menor esfuerzo por ocultar su incomodidad.

—Mi hija tiene a sus padres, que somos mi esposa y yo. No le interesa esa mujer que la acosó en el parador de La Granja.

Elena sabe que hay que manejar con cuidado la resistencia de ese hombre.

—En el caso de que su hija se sintiera acosada, le pido disculpas. Le aseguro que no queremos crearle inconvenientes, solo que nos ayude a encontrar a Chesca Olmo.

—¿Y para qué quieren su ADN?

—Para comprobar si coincide con el de un hombre fallecido.

—¡Mi padre es él! —estalla la joven—. No quiero saber quién es mi padre biológico y habría preferido no conocer a esa mujer que dice que es mi madre. ¿No lo entienden? Ella me abandonó una vez y ahora la abandono yo.

—Rebeca, siento que estemos en esta situación, pero te aseguro que podemos pedirle a un juez una orden para conseguir tu muestra de ADN. Te obligaríamos y perderíamos todos el tiempo, te lo aseguro.

Rebeca busca la aprobación de su padre con la mirada. Debe de haber algún código secreto entre ellos, porque no hace falta un gesto específico por parte de él para que ella deponga su resistencia.

—Acompáñame, por favor —dice Buendía.

Su padre la ve marchar y le dedica una mirada de ternura, de apoyo incondicional. Elena se acerca a él.

—¿Conoció a la madre biológica?

—No, todo se hizo legalmente, nos dijeron que la madre de Rebeca estaba soltera y era apenas una adolescente.

—Quince años.

—Mire, yo lo siento. Espero que la encuentren y que esté bien. Pero mi esposa y yo hemos hecho todo por nuestra hija, por Rebeca. Le hemos dado educación y estudios, hemos pasado las noches a su lado cuando ha estado enferma. Eso es ser padre. Esa mujer no puede venir ahora y decirle que es su madre, y pedirle que la abrace, que la ayude a recuperar el tiempo perdido.

—Les entiendo, aunque también entiendo a su madre. Una mujer violada a esa edad ha pasado por momentos muy difíciles.

—No se equivoque, su madre es mi esposa. La otra mujer la abandonó y ahora solo quiere aprovechar el trabajo que hemos hecho con ella. Ni nosotros ni mi hija la necesitamos. Y no queremos saber nada más de este asunto.

—Intentaremos no volver a molestarlos.

Elena se refugia en su despacho para tratar de pensar y aclarar sus ideas. En su mail está la confirmación del vuelo y el hotel a Berlín. Fue un impulso lo que la llevó a aceptar las presiones de su madre, y sin embargo siente que ha acertado con la decisión. Quiere olvidarse de la BAC y viajar a Berlín, conocer al alemán y convencerle de que financie la construcción de unas escuelas en Myanmar. Añora esa vida tranquila de problemas amortiguados, la que ha llevado estos últimos meses, y dejar que Zárate y los demás busquen a Chesca.

Orduño entra en su despacho. Debe de ser algo urgente, no es habitual que no llame primero.

—Acabo de hablar con Emilio Zuecos, el veterinario. El retrasado ha ido en busca de una receta de Azaperonil. Le ha dicho que no tenía a mano el recetario y le ha emplazado esta tarde en la explanada del burdel.

—Ve con Reyes, ahora. Organiza el operativo con la policía de Cuenca. No se nos puede escapar, Orduño.

Capítulo 34

Chesca está sin fuerzas. La falta de alimento, la tortura física y la imposibilidad de escapar han hecho mella en su ánimo. Ha caído en un duermevela febril del que solo a ratos se recupera.

Tras uno de sus periodos de sueño, al despertarse intuye la presencia de alguien. No logra verlo.

—¿Quién está ahí?

Sea quien sea, prefiere mantenerse en silencio. Deja que Chesca pregunte varias veces, que se esfuerce en levantar la cabeza, que le cruja el cuello, que se vuelva a hacer daño en las muñecas, en los tobillos, que sienta una vez más sus músculos doloridos.

—Soy yo, Julio. ¿Te hicieron daño mis tíos? Lo siento, les cuesta controlarse.

—Eres un hijo de puta.

—No insultes a mi pobre madre. ¿Te imaginas lo que sufrió en esta casa? No quiero ni imaginarme lo que pensó cuando llegó y vio dónde se había metido. No debió de ser fácil para ella, no.

—¿Por qué tenéis a una niña viviendo aquí? ¿Quién es?

—No quiero hablar de la Nena, ahora estamos hablando de mi madre. Tenéis mucho en común, ¿sabes? Tú abandonaste a tu hija y mi madre me abandonó a mí. Dos desalmadas, eso es lo que sois. Porque una madre que abandona a su hijo es una desalmada.

Chesca aprieta los dientes en un gesto de rabia. Nada le gustaría más que poder soltar las bridas de un tirón y arremeter a patadas contra ese hombre. Está exhausta.

—¿Por qué no me matas? —le suplica.

—Porque es pronto. Antes, mi padre tiene que disfrutar contigo.

—No puede —dice Chesca con odio—. A tu padre no se le levanta. Ya estuve con él.

Chesca no ha visto llegar el golpe, un puñetazo que le hace recordar que tiene la nariz rota.

—¿No lo sabías? Tu padre me intentó violar cuando era una niña. Ese es tu padre: un violador de niñas.

—¿Te crees que no lo sé? ¿Por qué dirías que estás aquí? Cuando te conocí en la fiesta de los chinos llevaba varios días siguiéndote. Incluso entré en tu casa una vez. Quería saber si era cierto lo que me dijo mi padre, que te habías vuelto loca con lo que pasó hace veintiún años.

—¿Cómo entraste en mi casa?

—Eso es fácil, no me subestimes. Simplemente entré. Me di una vuelta, tienes un piso muy bonito. Muy bien puesto. Cotilleé un poco por aquí y por allá. Encontré tu DNI falso, la prueba que nos faltaba para saber que eras tú, que te habías registrado en la Feria Ganadera de Zafra para matar al pobre Garrido. Y pensé: qué mala leche tiene esta chica, que se quiere cargar a tres hombres solo por una noche de borrachera.

—¿Te parece bien que tu padre sea un violador?

—A mí me parece bien todo lo que haga mi padre. Es la persona que me ha criado, que me ha dado una educación, el hombre que me sacó adelante cuando mi madre me abandonó.

—Así que es eso, ya entiendo —dice Chesca—. Te tiene dominado. Te ha lavado el cerebro y tú haces todo lo que te manda.

—Lo de traerte aquí fue idea mía. Pero a él le pareció bien. Es mi forma de protegerle, de devolverle lo mucho que me ha dado. Porque tú pretendías matarlo.

—Eres un mierda, no piensas por ti mismo. Tu padre te da miedo.

—¿Tú no admirabas a tu padre?

—Yo ni siquiera fui a su entierro.

—Yo tampoco lo haría. Si mi padre se muere, yo me quito la vida acto seguido. ¿Eso significa que me tiene dominado? No: significa que ese hombre es lo único que tengo en el mundo.

A Chesca le hace daño escuchar a Julio. Lo ve como un iluminado, un loco peligroso al que habría que retirar de la circulación cuanto antes. ¿Cómo es posible que se dejara seducir por ese hombre? ¿Cómo pudo ser tan tonta? Si pudiera, guardaría una bala en su recámara para Julio. Cuando se ha traspasado una línea roja ya resulta fácil funcionar fuera de la ley. Tristemente, comprende que sus compañeros de la BAC ya deben de saber lo que ha hecho, cómo se ha tomado la justicia por su mano. Ya nada será como antes. La vida que ha conocido se ha terminado. Y, sin embargo, puede sentir el instinto de supervivencia latiendo en su interior, una pulsión que le dice «Huye ahora o ya no podrás hacerlo», una pulsión que poco a poco se va apagando.

Capítulo 35

Cuando Reyes y Orduño llegan a la explanada del Shangay River, los policías que forman parte del operativo ya están apostados. Uno de ellos saluda con aire marcial.

—Tenemos localizado a un sospechoso que responde a la descripción. Alto, corpulento, desaliñado, con un retraso llamativo.

—¿Dónde está? —pregunta Orduño.

—Está allí, detrás de esa nave. Lleva toda la mañana rondando el matadero.

—¿No se puede escapar?

—Solo puede salir por aquí o por detrás, y en ese lado tenemos otra patrulla.

Orduño valora la situación, ha sido una suerte que ese hombre haya tardado tan poco tiempo en aparecer.

—Lo queremos vivo. Si tienen que disparar, que se cuiden de hacerlo donde su vida no corra peligro. De hablar con él depende que podamos salvar la vida a una compañera.

Reyes y Orduño discuten sobre si deben ir ya a por él o esperar a que aparezca el veterinario y el sospechoso le aborde, pero la discusión deja de tener validez cuando Emilio Zuecos aparca su coche y se baja para ir camino del Shangay River.

—Ahí está.

Todo sucede muy rápido, Serafín sale de su escondite y camina hacia el veterinario. Pero entonces ve a uno de los policías y se queda paralizado.

—¡Alto, policía!

El grito y el arma en alto provocan el efecto contrario al deseado. Serafín echa a correr como un loco. Parece mentira que con su volumen pueda hacerlo a esa velocidad. Todos los policías salen tras él. Reyes demuestra que su fragilidad es solo aparente, es la única a la que Serafín no saca distancia.

—¡Cuidado! No dispares —le advierte Orduño.

Serafín ha llegado a la nave del matadero de Incacuesa y se ha metido dentro. La primera en llegar es Reyes, detrás de ella Orduño. Un empleado con cara de susto les señala.

—Ha entrado por allí.

La sala es enorme y está refrigerada. No tiene nada que ver con el lugar al que los llevó el tipo de las tragaperras, esa nave en la que los cerdos estaban en condiciones lamentables. Aquí todo parece limpio, aséptico. Hay decenas de cerdos abiertos en canal, colgados de ganchos, suspendidos a su vez de unos rieles que permiten moverlos como si fuera una correa. No ven a Serafín por ningún lado.

—¿Hay más salidas? —le preguntan al empleado.

—No, ninguna más, solo por aquí.

Orduño da la orden a los dos agentes que han estado vigilando de que no se muevan de la puerta. Pistola en mano, Reyes y él se adentran en la nave.

—No vas a poder escaparte —grita Orduño al vacío—. Será mejor que te entregues. Solo queremos hablar contigo.

Van avanzando por la nave, junto a los enormes cerdos muertos. Los lavaron antes del sacrificio, el olor es penetrante, pero no desagradable, es el mismo que habría en la cámara de una carnicería.

De repente, de algún lugar entre los cerdos, sale volando un gancho en dirección a Orduño. Reyes le empuja para que lo esquive, pero no puede impedir que le dé en un brazo y la pistola caiga al suelo.

—¿Te ha hecho daño?

—Es solo el golpe.

Orduño recoge su arma. Apuntan con las pistolas hacia el lugar del que les han arrojado el gancho, pero oyen los pasos del hombre corriendo.

—Va hacia allá —señala Reyes.

Avanzan con cuidado, entre vísceras, pezuñas, hocicos. Van tropezando con los cerdos abiertos en canal.

—Si te entregas, no va a pasarte nada malo.

Todos los cerdos empiezan a moverse. De alguna forma se ha puesto en marcha el mecanismo de la instalación.

—¡Cuidado!

Reyes se agacha para esquivar el golpe de un cerdo que se le venía encima. Con el movimiento de los cuerpos, Orduño ve a Serafín en una secuencia intermitente, como detrás de un carrusel o como la figurita de un diorama.

—¡Alto!

Serafín echa a correr. Orduño apunta a la pierna y dispara. El grito de Serafín resuena en la nave, reverbera por cada rincón hasta diluirse en un eco final. Pero el disparo no le impide correr, aunque sea cojeando.

—Está sangrando, va hacia allá —dice Reyes.

Un reguero de sangre, dibujado gota a gota, les indica el camino que ha tomado por las inmaculadas instalaciones del matadero. Pero el rastro se pierde junto a una pila de piedra con una cubeta para lavar vísceras. ¿Dónde está Serafín? Los cerdos siguen moviéndose en la correa de ganchos. Orduño y Reyes baten la nave, los policías han peinado los pasillos, una patrulla guarda la única puerta de acceso al lugar. Es imposible que se haya escapado. Orduño se acerca a buen paso a uno de los policías.

—¿Estás seguro de que solo hay una salida?

—Solo hay una.

—Tiene que estar aquí. Se ha escondido.

Entonces lo ven. El cuerpo de Serafín viene colgado de uno de los ganchos, que le atraviesa la boca desde la barbilla. De la cara desencajada se desprenden pingajos de sangre. Justo cuando está ante ellos, se detiene el mecanismo.

Lo bajan del gancho. Serafín está muerto.

—Mierda, mierda, mierda —se lamenta Orduño.

—Procedo a mirar en los bolsillos, para ver si lleva algún documento —anuncia un policía con tono protocolario.

Saca dos billetes de veinte euros, uno de cinco y un trozo de papel marrón, de estraza, doblado en dos, con dos rombos dibujados en rojo.

—Este dibujo está hecho con sangre —asegura Reyes.

—¿De cerdo?

—Ni idea.

Orduño se acerca a mirar el dibujo.

—Guárdalo, lo mandaremos analizar.

Reyes saca una bolsita de plástico, la sacude para que adquiera volumen y guarda la prueba con mimo.

—No lleva identificación —informa el policía al dar por terminado el registro.

Orduño asiente con tristeza. Se queda mirando el cadáver. La boca abierta, destrozada, los dientes grandes y descuidados, la ropa rústica, de aldeano, el olor pestilente. «¿Tú de dónde sales?», dice para sí.

Capítulo 36

Chesca abre los ojos y trata de acostumbrarse a la penumbra del sótano. En una silla de tijera hay una camisa y un pantalón. Y algo más. Afina la vista para distinguir unos calzoncillos.

—Es increíble que puedas dormir así.

Levanta la cabeza hacia la voz. Antón está acuclillado al pie de la cama, como un jugador de golf midiendo las ondulaciones del *green* antes de patear. Se yergue y Chesca ve que está desnudo.

—No servirías para trabajar en la granja. Aquí se duerme poco, madrugamos mucho. Tú eres una dormilona.

Hay algo siniestro en la entonación cariñosa que emplea Antón.

—¿Qué quieres de mí?

Chesca se asusta de su propia voz. Suena ronca, sin alma. Se pregunta si la voz será lo primero que se muere dentro de uno.

—Eres tú la que quería algo de mí. Me estabas persiguiendo.

Le acaricia la mejilla con un dedo. Chesca nota los callos, las asperezas de ese dedo. Las manos de Antón no parecen estar recubiertas de piel. Están hechas de cráteres y arena, de estiércol y pienso.

—¿Dónde estoy?

—En mi casa. Eres mi visita de honor.

Sonríe y deja ver una fila de dientes podridos.

—Me han follado todos en esta casa. Todos menos tú. ¿Tú no puedes? —dice Chesca. Quiere provocarle, acelerar la explosión de esa violencia contenida que se esconde en frases amables y cháchara insustancial. Quiere que salga el monstruo de una vez por todas.

—¿Quieres que te folle? No sabes lo que dices.

Chesca no dice nada, está muy asustada, quería provocarle y ahora se abre un abismo a sus pies. La mirada de Antón tiene un brillo arrogante y juguetón que deja todas las posibilidades abiertas. ¿Qué se dispone a hacer con ella?

Le acaricia un pecho con su mano callosa.

—No me excitan tus pechos, ni tu cuerpo desnudo, pero no es porque no seas una mujer atractiva. ¿Sabes por qué es?

Agacha la cabeza para situarla junto a la de Chesca. Deposita en su oreja la respuesta.

—Porque yo no soy como los demás hombres. Soy distinto.

Empieza a lamerle la cara, pero no es un acto de lascivia. Son los preparativos asépticos de una enfermera que unta la piel con alcohol antes de clavar la jeringuilla.

Chesca no ve venir el mordisco. Al principio oye un ronroneo, como si estuviera disfrutando por adelantado, después nota un lametazo muy breve, con la punta de la lengua, que es la que marca el lugar de la incisión, y por fin los dientes clavándose en su piel y desgajando un trozo de carne. Chesca grita ante el dolor inesperado, y vuelve a gritar al ver que de la boca de Antón cuelga un trozo de su moflete, un manjar que él sorbe y paladea entre exclamaciones de placer.

Tercera parte
CORAZÓN VAGABUNDO

Mi corazón no se cansa
de tener esperanza,
de un día ser todo lo que quiere.

Valentina quiere que su hijo crezca como un niño normal, aunque sepa que es imposible. ¿Cómo va a ser normal un niño que ha nacido en una casa en la que viven dos hombres que son como animales, que tienen que estar siempre atados, recluidos y hasta arriba de pastillas para que no salten el uno sobre el otro, para que no se arranquen la ropa y se pasen las horas masturbándose, para que no intenten aparearse con ella? ¿Cómo va a ser normal un niño cuando el hombre que se hace pasar por su padre mató al suyo con un cuchillo y le decapitó en una máquina para cortar huesos de cerdo?

Aun así, cuando baja al pueblo, Valentina le compra a su hijo cuentos infantiles de los Teletubbies, unos muñecos de colores que se han puesto de moda. También juguetes para niños: cochecitos, puzles y hasta un triciclo. Si ella puede impedirlo, Julio no va a vivir siempre rodeado de cerdos, como Antón y como ella, como Serafín y Casimiro.

A Valentina le da pena la vida que les ha tocado en suerte a los dos hermanos de su marido, siempre drogados y medio zombis. Se mean y se cagan encima y después tiene que ir ella a limpiar, con asco y con miedo. Nadie de fuera de la granja sabe de ellos, es como si no existieran, tienen nombre, pero no tienen ni documentos ni posibilidad de ir a un médico, nada. A veces descubre a Antón mirándolos y sabe que piensa en matarlos y librarse de ellos. Sería tan fácil... A ella no le importaría que se decidiera y los matara. Si siguen vivos es porque son fuertes, solo así han logrado resistir, sin vacunas, sin médicos, sin higiene... Se han convertido en dos bestias con una fuerza formidable, Valentina tiene pánico a que le hagan daño, sobre todo Serafín, con ese pene enorme que muestra siempre que puede. Con Julio son distintos, no suponen ningún peligro, está segura de que los dos lo protegerían hasta la muerte.

Ha pensado muchas veces en escapar con su hijo. Pero a dónde ir... Antón la encontraría allí donde fuera y se las apañaría para quitarle a Julio y matarla. Cree que si se fuera sola se lo permitiría, siempre que dejara a su hijo atrás. Lo necesita, él nunca va a tener un hijo propio y nadie puede hacerse cargo de esa granja, es aterrador todo lo que ocurre allí dentro.

Cuando hay ferias ganaderas en algún pueblo, él pasa varios días fuera de casa. A su vuelta suele estar más irritable de lo habitual, haya hecho buenos negocios o no. Algo pasa en esas ferias que nunca le cuenta a ella y que le altera. Ella supone qué es, pero prefiere no pensar en ello.

Una noche, tras volver de uno de esos mercados, entró en la casa y se sentó sin siquiera saludarlos, a ella o al niño. Valentina se dio cuenta de que lo mejor que podía hacer era pasar desapercibida, hasta que él se tranquilizara y volviera a su comportamiento habitual, frío y preocupado solo por los cerdos. Pero esa noche, cuando Valentina ya estaba en la cama, él entró en la alcoba y, en lugar de ponerse a dormir en silencio, como siempre, se desnudó y la desnudó a ella con violencia. Era la primera vez, en los más de tres años que llevaba en la casa, que su marido la demandaba sexualmente. Intentó hacerle el amor, pero no consiguió que su pene se pusiera duro. Ella procuró ayudarle, le hizo una felación, le acarició, pero nada fue eficaz. Él terminó soltándole un bofetón que le abrió una herida en el labio... Solo entonces, chupándole la sangre que manaba del corte, logró alcanzar la erección necesaria para penetrarla.

Mientras lo hacía, Valentina se acordó de aquello que su suegra, Ramona, le contó poco antes de morir. Algo que en aquel momento no supo si creer, pensó que no eran nada más que los desvaríos de una mujer tan enferma como los hombres que la rodeaban. Según le dijo, una tarde, antes de que Valentina llegara a la granja, salió de paseo y se encontró con Antón. Tenía diecisiete años, le faltaban pocas semanas para ser mayor de edad. Estaba con una muchacha del pueblo, encima de ella, haciéndole el amor tirados en un bancal, cerca de los chiqueros. Ramona pensó en dejarlo estar, pero vio que había sangre en la tierra. Se acercó y se dio cuenta de que la chica estaba muerta y de que él estaba fuera de sí, penetrándola... Los separó a tirones, a gritos. Se lo llevó a casa sin saber muy bien cómo actuar, era un monstruo, pero era su hijo. Antón juró que él no había tenido la culpa. Que esa chica —una vecina del pueblo— se había reído de él, se había burlado diciéndole que era impotente. No quería hacerle daño, pero le dio un empujón. La chica se cayó al suelo y se golpeó con una piedra en la cabeza. Empezó a manarle sangre y, no sabe por qué, esa sangre le excitó. Fue como si algo le poseyera...

Ramona se lo contó a su marido, que se encerró con el joven en el sótano de la casa. Le dio una paliza, pero nada más, no iba a entregar a su hijo a la policía. Era el único que valía para sacar adelante la granja; sus hermanos —Serafín y Casimiro— eran poco más que animales. Cuando encontraron a la chica muerta, nadie pudo relacionarla con Antón. Por eso su padre se dio prisa en casarlo y Valentina, una pobre chica que fregaba en un burdel, fue la oportunidad perfecta. Confiaba en que esa mujer calmaría sus apetitos y lo apartaría de la violencia.

Pero Ramona no compartía esa confianza. Estaba segura de que lo que había pasado se repetiría. Su hijo necesitaba la sangre, la carne, para ser un hombre... y un día, tarde o temprano, iba a necesitar que Valentina se la diera. El día llegó entonces, con la sangre de su labio, pero se repite muy rara vez. Por algún motivo, Antón respeta a Valentina. Ella está segura de que no respeta igual a las mujeres con las que se encuentra en esos viajes, sospecha que se trata de eso.

Capítulo 37

—La causa de la muerte es la que cabía esperar: perforación de la tráquea y de la arteria carótida izquierda con el gancho del matadero.

Buendía presenta los resultados de la autopsia ante sus compañeros de la BAC. El ambiente es tenso, un manto de consternación los envuelve a todos.

—Se os ha escapado, joder, era la única pista para llegar hasta Chesca —dice Zárate.

Elena le pone la mano en el brazo, la forma más rápida que encuentra de pedirle calma. Pero las palabras ya han sido pronunciadas y la llama prende.

—El operativo estaba bien montado, se ha respetado el protocolo —se defiende Orduño.

—Tres unidades, cojones. Tres unidades para vigilar a un retrasado y se os escapa.

—Zárate, ya está bien —un nuevo intento de Elena por detener la discusión. También cae en saco roto.

—El retrasado tenía piernas, ¿sabes? —dice Reyes—. Corría como un puto gamo.

—¿Por qué no fuimos nosotros? —le espeta Zárate a Elena.

—A vosotros también se os podría haber escapado.

—Reyes, déjalo —media Orduño—. No sirve de nada lamentarse. Lo hemos perdido, ya está.

Buendía hace sonar uno de sus carraspeos.

—¿Puedo continuar?

Zárate se cubre el rostro con las manos. Su respiración pesada llena el silencio de la BAC. Con un gesto breve, Elena le pide a Buendía que continúe.

—El cadáver presenta un desgarro en el fémur por herida de bala.

—Le di el alto y tuve que disparar —se justifica Orduño—. Espero que ese balazo no fuera mortal.

—Tu disparo no tuvo nada que ver con su muerte —el forense ha sido tajante—. El tipo sabía lo que tenía que hacer para morir en cuestión de segundos, no es de esos ahorcados torpes que patalean y se pelean por conseguir oxígeno hasta que los salvan. Era alguien dispuesto a suicidarse antes de contestar a ninguna pregunta.

Nadie lo dice en voz alta, pero todos piensan en qué quería ocultar ese hombre, qué secretos se lleva a la tumba, qué podía ser tan grave para preferir la muerte a un interrogatorio policial. Mariajo interviene:

—¿Sabemos quién es el muerto?

—Me temo que no —dice Buendía—. No hay documentación, no hay teléfono móvil, no hay ningún tatuaje que nos diga nada sobre él. Las necrorreseñas, las huellas dactilares del muerto, se corresponden con algunas de las encontradas en el apartamento de la calle Amaniel. Pero no constan en ningún archivo.

—Al menos sabemos que es uno de los secuestradores de Chesca.

—En efecto —Buendía coincide con Orduño—. Y hay otro dato que apunta en esa dirección. La analítica muestra azaperona en sangre. La azaperona, como el mismo nombre indica, es el principal compuesto del Azaperonil.

—¿Ese hombre tomaba un medicamento para cerdos? —Reyes nunca ha oído algo semejante.

—Eso parece. Y no tiene señales de inyecciones, luego se bebía los viales. Es un medicamento muy fuerte, si lo tomaba es porque necesitaba relajarse, o alguien necesitaba relajarlo, de forma muy imperiosa.

—¿Estás diciendo que el retrasado era una bestia salvaje? —pregunta Zárate.

—Yo solo os comunico los resultados de la autopsia. Hay otro dato que permite sacar conjeturas. El pene presenta una irritación considerable, con marcas de balanitis, una inflamación del prepucio y del glande. Es consecuencia de la escasa higiene y de una actividad sexual excesiva.

—Le daban Azaperonil para reducir su libido —aventura Mariajo, y Buendía asiente.

—Esa es mi impresión.

En el silencio que sigue, casi se puede sentir el aleteo de la imaginación de cada uno de los presentes, las horribles imágenes de Chesca en manos de un hombre que toma medicamentos para cerdos con el objetivo de controlar sus impulsos sexuales.

La vecina del apartamento de Amaniel aseguraba haber oído gruñidos de cerdos aquella noche. ¿Era ese hombre el que los profería? ¿Eran su forma de expresar deseo sexual ante la visión de la carne fresca? A Zárate le resulta insoportable ese baile de fantasías. Es él quien rompe el silencio.

—Esa bestia tenía secuestrada a Chesca. No me creo que no podamos averiguar quién es y dónde vive.

—Hay algunas pistas —dice Buendía—. Había estiércol en las uñas, los zapatos y la ropa, tiene manos fuertes, de estar acostumbrado al trabajo duro, señales de mordiscos por todo el cuerpo... Todo me lleva a pensar que vivía en una granja de cerdos.

—Pues vamos a peinar la zona y visitamos las granjas una por una, ¿a qué estamos esperando? Tenemos la foto del tipo, ¿no? La enseñamos de casa en casa, alguien le conocerá.

—No tienen por qué conocerle —discrepa Buendía.

—¿No le ha visto nadie? —Zárate no está de acuerdo— ¿Vive encerrado en su casa?

—Si te tranquilizas un poco, te explico mis conclusiones.

Zárate hace un esfuerzo por serenarse. Asiente y el forense de la brigada aprovecha para aclararse la garganta.

—No he encontrado señales de vacunas en su cuerpo, aunque por su edad debería tener la cicatriz de la tuberculosis en el brazo o en el muslo. Tampoco he encontrado señales de operaciones o empastes en la dentadura. Le faltan algunas piezas, pero hay laceraciones en las encías, lo que indica que se las han arrancado a lo bestia, con unas tenazas y tirando fuerte.

—¿Estás queriendo decirnos que este hombre nunca ha estado en un médico? —pregunta Elena.

—Creo que el primer médico que lo ha tratado he sido yo.

Todos le miran, esperando que siga con sus conjeturas.

—Os voy a contar lo que he recordado mientras examinaba todos los datos de la autopsia. En el pueblo de mi mujer había un matrimonio que vivía en una casa apartada del casco urbano. Eran una pareja ejemplar, que no dio nunca problemas: buenas personas y buenos vecinos. Hasta que murieron en un accidente de coche; entonces descubrieron que tenían un hijo del que nadie sabía nada, lo que en esos tiempos se llamaba un retrasado. Tenía más de veinte años y estaba perfectamente cuidado, pero siempre lo habían ocultado de todos. Vivía en la casa y nunca había salido de allí, les avergonzaba. Me temo que eso ha sido común en el campo en algunas épocas.

—Es cierto, yo también he conocido algún caso. —Mariajo asiente con la cabeza.

Elena la mira, estupefacta. Se pregunta por qué ella no conocía esa costumbre.

—¿Crees que puede tratarse de lo mismo?

—Podría ser. Aunque sabemos que este hombre al menos salía para conseguir recetas de Azaperonil.

—Puede que alguien sepa dónde vivía —insiste Zárate—. Hay que ir puerta por puerta. Ahora tenemos una fotografía que enseñar a los vecinos.

Coge la fotografía del cadáver. Orduño enarca una ceja, no es el mejor retrato para ir preguntando por las casas. El rostro amoratado, deforme, la mandíbula desencajada. Resulta difícil encontrar la boca, seguir el rastro de los labios. Pero algo es algo.

—¿Pretendes que alguien identifique a este hombre con esa fotografía? —pregunta Reyes.

—Pretendo que mováis el culo y traigáis una puta pista, que por vuestra culpa estamos en un callejón sin salida.

Orduño se levanta echando la silla hacia atrás en un gesto ruidoso. Lo hace temiendo una reacción agresiva de Reyes, que hoy viste de nuevo con cuero y, a pesar de que lleva el pelo corto, se ha fabricado un pequeño tupé con gomina. Quiere adelantarse a ella y ser él quien muestre su indignación a Zárate.

—Vuelve a echarnos la culpa y te coso la cara.

Zárate se lanza contra él. Ni siquiera ha necesitado ponerse de pie, el salto lo ha hecho desde la silla.

—¡Ángel! —grita Elena.

—Quietos los dos, coño, que parecéis niños. —Buendía intenta separarlos.

Mariajo se limita a sonreír con sorna y a asistir al espectáculo de los dos machos cabríos.

Reyes consigue deshacer el abrazo de luchadores en el que ya estaban los dos enzarzados. Lo hace con una fuerza inesperada que llama la atención de Elena.

—Ya está, cada uno a un rincón —dice. También este ramalazo de humor resulta sorprendente. Rentero tiene una sobrina muy rara.

Zárate y Orduño se miran con furia, pero ya es mitad real y mitad fingida, una coda en su arrebato masculino.

—No voy a tolerar ni una pelea más —dice Elena—. Si no nos mantenemos unidos, no vamos a encontrar a Chesca.

Una de las ayudantes de Buendía entra en la sala. Discreta, como siempre, se dirige a él y le entrega un papel que él mira. Le hace una consulta a la chica en voz baja antes de anunciar su contenido.

—El papel que llevaba el muerto en el bolsillo, el de los dos rombos entrelazados, estaba hecho, efectivamente, con sangre humana.

—¿De Chesca? —pregunta Mariajo.

—No lo sabemos. Hay que hacer el cotejo.

Elena coge el dibujo de los dos rombos. Se levanta de un impulso.

—Zárate, nos vamos a casa de Chesca. Vamos a traer una muestra de ADN ahora mismo.

—¿De dónde? —Zárate tiene la impresión de que ella solo quiere castigarlo, sacarle de la reunión con cualquier excusa.

—Me da igual, nos vale el cepillo de dientes o un pelo que haya en un peine. Pero esto hay que hacerlo ya. Si esta sangre es de Chesca, significa que está viva y que nos está enviando un mensaje.

—¿Nosotros qué hacemos? —pregunta Orduño.

Elena coge la fotografía del muerto. Se la tiende a su compañero.

—Lo que ha dicho Zárate. Os vais a Cuenca y encontráis a alguien que sepa quién es este tío. Empezando por el veterinario, puede que sepa más de lo que os ha contado.

—Andando —le dice Orduño a Reyes.

Antes de salir se gira hacia Zárate.

—La vamos a encontrar, compañero. Te lo aseguro.

Capítulo 38

Le duele todo el cuerpo. El simple acto de respirar le provoca sacudidas y ataques de tos. Tiene la garganta llena de flema, de polvo y de humedad. Se entretiene deshaciendo coágulos de sangre con la lengua. Necesitaría un espejo para mirarse la cara. Cree que le falta la mitad. Nota un hormigueo en lo que antes era su mejilla izquierda. No sabe si son insectos o si es una infección avanzando a paso firme y destruyendo fibras y mucosas. Se abre la puerta y entra aire frío, una corriente que se le mete hasta los huesos de la nariz. Llegan gritos del piso de arriba, como si alguien estuviera sacrificando un cerdo el día de la matanza.

La Nena está llorando. Se sienta en la cama y vierte un mar de lágrimas. A Chesca le gustaría tener fuerzas para consolarla, pero no puede. Se limita a mirar el llanto de la niña.

—Dice Julio que Serafín está muerto —la Nena hipa—. Él estaba en el coche, esperándole, y ha tenido que irse porque ha venido la policía.

—¿Qué pasa arriba? —susurra Chesca. No es capaz de hablar en voz alta.

—Es Casimiro. Se ha puesto como loco a dar cabezazos contra la pared. Es que estaban siempre juntos y le da mucha pena.

—¿Y mi dibujo?

—No le dio tiempo a ir a la farmacia. Mala suerte.

Chesca no se ve capaz de hablar más. Debe ahorrar fuerzas si quiere salir viva de allí. Ahora su enemigo no es Antón, ni Julio. Es el agotamiento. Le haría más preguntas a la Nena para obtener toda la información, pero cree que no le hace falta. Se ve capaz de construir el relato de lo sucedido, y las conclusiones son buenas. Su plan consistía en poner un dibujo en manos del farmacéutico, con la esperanza insensata de que advirtiera que estaba hecho con sangre y llamara a la policía. La Nena ha cumplido su parte, lo metió en el bolsillo de Serafín. No lamenta no haber conseguido hacer eso, lamenta que no llegara a la farmacia. Pero si Serafín ha muerto en un encuentro con la policía, el dibujo estará ya en manos de la BAC. Solo falta que descifren el mensaje.

—Dice Julio que nos tenemos que ir.

—¿Ahora?

—No sé —la niña hace un puchero—. Yo no me quiero ir, yo he vivido siempre aquí, me da miedo salir a la calle.

Chesca valora esta novedad como muy negativa. Si se escapan por el temor de ser descubiertos, ella tiene las horas contadas. No van a cargar con ella, eso es evidente.

Arrecia el llanto de la niña. Un minuto llorando como en plena rabieta. Dos minutos. Tres. Chesca toma aire. El llanto se aloja en sus tímpanos, se mezcla con los alaridos de arriba y la mezcla es demoledora para su débil resistencia. De pronto, cesa el llanto. Ahora solo queda una respiración agitada. Se oyen portazos, pasos, gritos, persecuciones. La Nena mira hacia la escalera, asustada. La gata baja corriendo, casi deslizándose por los peldaños. Se acerca a la niña, que tiembla como una hoja.

—Gata.

La gata se acerca a olfatear la herida de Chesca.

—El otro día perdí por la ge. Pero ahora es un juego nuevo. Gata.

Chesca tarda en comprender que la niña quiere jugar. Ojalá pudiera sumarse al juego con alegría, pero está embotada y la simple elección de una palabra le parece una tarea que va más allá de su capacidad.

—¡Te toca! —le apremia la Nena.

—Hueso.

Le gustaría señalarse el hueso del pómulo, que asoma por el boquete de la cara. Pero no hace falta, la niña da por buena la palabra.

—¿Por qué letra me toca?

—Por la i.

—Por la i...

La niña mira aquí y allá, se levanta, recorre la habitación. No se le ocurre nada. De pronto, se agacha y coge una hebra del suelo.

—¡Hilo!

Lo dice con tanto entusiasmo que Chesca, que estaba cerrando los ojos, da un respingo.

—Hilo, esa vale —dice la niña.

—Hilo es con hache.

—Ah, qué mala pata. Entonces he perdido.

Chesca solo quiere dormir. No puede sumarse a la actividad de la niña, quiere abandonarse a un sueño largo y profundo. Y no despertar más.

—Me tienes que poner una prenda.

La Nena ve que Chesca ha cerrado los ojos. Se acerca a ella dando saltos y la zarandea.

—Que he perdido, ¿cuál es mi prenda?

—Que me ayudes a escapar —murmura Chesca.

—Vale.

Chesca vuelve a cerrar los ojos. En el umbral del sueño suena la voz de la Nena como un cascabeleo.

—Vale, te ayudo a escapar. ¿Cómo lo hacemos?

Una pesadez y una oscuridad que parecen venir de otro mundo aplastan a Chesca y no la permiten ni siquiera contestar.

Capítulo 39

—La sangre es de Chesca.

El mensaje de Buendía es claro, conciso y previsible.

—Gracias, Buendía. Vete a descansar —dice Elena.

Buendía se ha quedado hasta tarde en la oficina solo para esperar el resultado de la prueba. Su voz suena cansada. En realidad, están todos agotados.

Hace frío y amenaza lluvia cuando Elena se asoma al balcón. La plaza Mayor se ha quedado desierta. Durante el día es raro verla sin turistas, pero por la noche apenas tiene vida. En los soportales sí, allí siempre hay una especie de campamento de indigentes que marca su territorio con cajas de cartón, edredones viejos y colchones mugrientos que no se sabe de dónde salen y dónde se guardan durante el día; algunos de los vagabundos que duermen allí cargarán con sus escasas posesiones en carritos robados en algún súper cuando amanezca. Seguro que pasarán voluntarios por la noche llevando a los mendigos un termo con café caliente, un paquete de galletas, un rato de charla. Elena a veces piensa que ella también debería hacerlo, solo tendría que bajar un par de pisos para ayudarlos, pero nunca se decide, le pueden el egoísmo y esa sensación de que ellos han escogido su vida y deben cargar con ella. Probablemente sea falso, ninguno de los que duermen al raso ha escogido, solo han sido incapaces de huir de su destino.

Tiene varias llamadas perdidas de su madre, pero no piensa contestarlas hasta mañana. No se arrepiente de haberle confirmado que iría con ella a Berlín. En la reunión de la brigada han surgido las primeras grietas en el equipo. Peleas, acusaciones, desconfianza, impotencia. Es muy duro el trabajo policial. Es frustrante. Ya no es trabajo para ella.

Vuelve al salón cuando se cansa de mirar la plaza, piensa que debería encender la tele un rato y buscar un programa que hiciera descansar su mente, uno de esos que hablan de famosos pasando hambre en una isla o cualquiera de ese estilo; pero, en lugar de hacer eso, abre su iPad y mira la fotografía del dibujo que Chesca les ha hecho llegar. Dos rombos entrelazados.

¿Qué significa eso? Aunque está agotada, trata de pensar con lógica. Si Chesca tiene la oportunidad de escribir un mensaje y no pone un nombre o una dirección, es porque no sabe quién es su secuestrador ni dónde la tienen encerrada. Pero ¿por qué dos rombos? Esa era la clasificación antigua de las películas para adultos en la televisión española. Un rombo, visión con precaución. Dos rombos, mayores de dieciocho años. Pero Chesca es de otra generación, jamás habría recurrido a un código que ni siquiera llegó a conocer. Además, ¿qué clase de información daría eso? ¿Mayores de dieciocho años? ¿Intenta señalar un burdel, o algún territorio vedado a los menores de edad?

No le cuadra. Está muerta de cansancio, no es fácil resolver jeroglíficos como este. Por primera vez en mucho tiempo tiene ganas de salir de casa, de entrar al karaoke de la calle Huertas, de saludar a sus conocidos, pedir una canción, dejarse llevar por la música, tal vez conocer a un hombre y preguntarle si tiene un coche grande para volver con él al aparcamiento de debajo de la plaza... Pero no puede, tiene que estar alerta, se lo debe a su compañera. Vuelve a la imagen, dos rombos entrelazados.

No cree que Chesca quisiera mandarles un mensaje filosófico, sino una llamada de socorro, así que descarta todos los significados religiosos, geométricos o metafísicos del símbolo del rombo. Tiene que ser algo más real, una pista, algo que los llevará hasta ella.

Le sobresalta el sonido del timbre. Va al telefonillo y responde Zárate.

—Siento molestarte, ¿puedo subir?

Zárate ha pasado por todos los estados que se le ocurren: ira, miedo, incomprensión, resquemor..., pero en ese momento solo está angustiado.

—No puedo dejar de pensar en Chesca, en lo que habrá sufrido, en si estará viva, en si la habrá violado ese monstruo de los dientes podridos...

—Tienes que alejarte de esos pensamientos. Ahora solo importa encontrarla.

—Llevo un buen rato pensando en los dos rombos. No se me ocurre qué puede significar eso.

—¿En qué has pensado? Dilo en voz alta, a ver si sacamos algo en claro.

—Un símbolo masónico. Formas geométricas puras.

—Muy elaborado.

—Un tatuaje. ¿Alguien que tenga tatuados dos rombos en el cuerpo?

—Podría ser. Pero es una pista difícil de seguir. Yo creo que Chesca ha querido ser más clara.

—¿Tú tienes alguna idea?

—No podemos divagar. Vamos a intentar ponernos en la mente de Chesca. Estás atado y sangrando, de alguna manera consigues un papel y puedes mandar un mensaje. Tienes que hacerlo con tu propia sangre y no dispones de mucho tiempo —empieza Elena.

—Puede ser que debas ocultar el significado del mensaje. Es decir, no puedes poner algo que se entienda porque el bruto ese no permitiría que llegara a ningún sitio —sigue Zárate.

—Hay que pensar en por qué llevaba ese papel en el bolsillo cuando murió.

—¿Crees que ese hombre tenía idea de lo que llevaba, que no era solo un papel más?

—Iba a un veterinario a por una receta.

—Pero eso no significa que supiera leer lo que decía —se impacienta—. Acuérdate de lo que dijo Buendía: puede que haya vivido encerrado casi toda su vida. Creo que Chesca se las apañó para metérselo en el bolsillo. Pero volvamos al mensaje. ¿Qué querría escribir?

—Nos está señalando un camino. ¿En la investigación de la trata de blancas os encontrasteis con ese símbolo?

—No. Si fuera así, ya habría caído.

—¿En ninguna otra investigación?

Zárate se concede unos segundos antes de contestar.

—No. Me acordaría, Elena.

—Tiene que ser un símbolo fácil de interpretar. Chesca no es tonta, no pretende despistarnos. Creo que tenemos la solución delante de nuestras narices, pero no la vemos.

Pasan casi una hora dándole vueltas al símbolo. Sin éxito.

—¿Tú has cenado? —pregunta Zárate.

—Yo estoy hambrienta.

Cenan una lasaña congelada.

—No sé cuánto tiempo lleva aquí, pero esto no se estropea, ¿no?

—Mañana lo sabremos; si seguimos vivos, es que no se estropea.

La acompañan con una botella de vino italiano, un Canaletto Montepulciano d'Abruzzo.

—Supongo que es muy bueno porque me lo envió mi madre en Navidades. Ya sabes que yo no soy de beber vino. Antes bebía siempre grappa, ahora me encanta el agua del grifo.

—Vaya, yo que soñaba con beber grappa contigo.

Por unos momentos cenan, charlan, se acaban el vino y se olvidan de Chesca. Elena se levanta y va a la cocina. Vuelve con una botella de grappa y dos vasos de chupito en las manos.

—Guardaba esta botella en la nevera para una emergencia.

Sirve los dos chupitos de una Libarna Gambarotta, envejecida durante un año en barrica de roble. Le habla a Zárate de su aroma, de su color, pero a él le sabe igual que todas las demás. Con el alcohol se le ha ido dibujando en el rostro la tristeza.

—Me siento culpable por haberme marchado esa noche. Y por decirle que no la quería. A veces pienso que ha desaparecido para castigarme.

—No te fustigues, compañero. Tú le dijiste lo que sentías. Lo que pasó después no es culpa tuya. No puede serlo.

—A veces pienso que es culpa tuya.

—¿Mía?

—Claro. Yo no quería estar con Chesca porque pensaba en ti todo el rato. Así que tienes tu cuota de responsabilidad.

—¿Esperas que me crea que después de un año sin verme todavía pensabas en mí? —dice Elena mientras mueve el licor en su copa.

—No hace falta que te lo creas, pero es la verdad.

—¿No lo dices porque te apetece echarme un polvo esta noche?

—No quiero echarte un polvo. No me sentiría bien.

—Yo tampoco. —Elena vacía el vaso de un trago—. ¿Te vas a quedar a dormir?

Acostados en sus respectivas camas, separados por apenas una pared, los dos piensan en recorrer la distancia hasta el otro. Los dos deciden que es una mala idea e intentan dormir. Pero no es fácil. Elena piensa en Zárate, en lo mucho que le gusta ese hombre, en la distancia que va a poner de nuevo entre los dos. ¿Se ha convertido en una mujer que huye del amor? ¿Integra ya el pelotón de amargados que defiende una vida libre de las pasiones y los conflictos amorosos?

Se levanta y se sirve otro vaso de grappa. Desea con todas sus fuerzas que Zárate no haya oído sus pasos, que no aparezca en el salón y la sorprenda en esa situación tan poco decorosa. En bragas, con una camiseta vieja que utiliza como pijama y agarrada a la botella como una borracha. Se tumba en el sofá y piensa en Zárate, en las cosas que le gustan de él. Sonríe al pensar que está durmiendo al otro lado del tabique, en la habitación de su hijo Lucas. Todavía conserva la decoración infantil. Igual que Chesca en la casa del pueblo. Su cuarto se ha congelado en el tiempo, es el santuario de la niña que fue.

Elena se incorpora de pronto, pasea por el salón y trata de descifrar los nervios que se le han agarrado al estómago. No es que le haya sentado mal el alcohol. Es que acaba de descubrir qué significan los dos rombos entrelazados.

Capítulo 40

Ya avistan la ciudad de Cuenca. En los últimos días, Orduño y Reyes han pasado tiempo allí, ya no es para ellos un nombre que asociar al de las Casas Colgadas, aunque la visión del voladizo que sobresale sobre la cornisa de la hoz del río Huécar les impresione.

Pasan la mañana de un lado para otro, mostrando a todo el mundo la fotografía del muerto que les ha facilitado Buendía tras reconstruirle un poco la cara después de la autopsia. Cuenca no es una ciudad grande, es imposible que nunca nadie le haya visto, pero no tienen suerte. También tratan de averiguar algo sobre Yolanda Zambrano, nadie ha denunciado su desaparición, ¿estará con Chesca, encerradas las dos en el mismo lugar?

Han hablado con el director de su banco, con el encargado de la fábrica de muebles en la que trabajó hasta que hubo un ERE, con las dependientas del mercado en el que compraba a diario. No han logrado que nadie se salga de la opinión unánime: era una mujer discreta, solitaria, siempre correcta. Nadie la ha echado de menos hasta que los policías preguntan por ella, es entonces cuando caen en que llevan bastante tiempo sin verla.

—Y en Facebook había llegado al límite de amigos, a cinco mil —comenta Orduño—. Si por eso a mí no me gusta nada eso de las redes sociales, tienes cinco mil amigos para darle al me gusta en la última foto que han visto de tu gato y ninguno para tomar una copa.

—Eres muy antiguo, Orduño, Facebook es de viejos. La gente que tiene Facebook no toma copas, bebe cafés —se ríe de él Reyes.

Mientras pasean por la calle Carreterías, mostrando la foto a camareros, dependientas de tiendas, simples viandantes, Orduño recibe una llamada en el móvil.

—Espera, voy a contestar, es el veterinario.

Emilio Zuecos pasea de un lado para otro, nervioso. Orduño mira la nota que le han dejado en el parabrisas del coche, una amenaza de muerte por haber delatado el estado de los cerdos de la nave de Aljibe S. A.

—Me van a matar, vienen a por mí.

—Te está bien empleado. Eres el responsable del estado de esos cerdos. ¿Te vuelvo a enseñar el vídeo que grabamos?

El hombre acusa la dureza de Reyes, pero no quiere defenderse, está asustado con la amenaza y el peligro viene de los que le han dejado la nota.

—¿Cómo llegaron hasta la nave?

—Nos llevó un hombre al que encontramos en un bar y te conocía.

—¿En el Juanfer? ¿Pinto? Seguro que fue el gilipollas de Pinto. Borracho de mierda... ¿Saben dónde está Pinto? En el Virgen de la Luz. Y de la paliza que le han dado no se sabe si se va a despertar... Joder, y el próximo soy yo.

El Virgen de la Luz es el hospital más grande de Cuenca. Pinto ingresó la noche anterior después de que lo encontraran casi sin vida en una acequia cercana al Polígono La Montonera.

—Si tardan una hora más en verle ahí tirado, no lo traen aquí, lo llevan al depósito —les resume el doctor Caudete—. Tiene varios huesos rotos, pero lo peor es un traumatismo craneoencefálico severo, con fractura craneal. Por explicárselo con palabras sencillas, ha perdido masa encefálica y, aunque sobreviviera, no volvería a recobrar el conocimiento. Así que, y perdonen que sea tan cruel, mejor morir sin sufrir demasiado. Ya hemos llamado a un hermano suyo, fraile en un pueblo de Burgos, pero nadie ha venido a visitarlo.

—¿Se sabe cómo se lo hizo?

—Yo creo que fue una paliza, pero eso lo tendrán que confirmar ustedes. Los médicos curamos, los policías investigan lo ocurrido. Hasta ahora el reparto de funciones ha dado unos resultados moderadamente satisfactorios.

Un hombre medio muerto de una paliza por desvelar unas irregularidades en una nave de cerdos es algo que no van a poder dejar pasar, por mucho que estén buscando a una compañera. Al menos es lo que piensa Reyes.

—No tenemos que ocuparnos nosotros personalmente, pero hay que pararlo. Podemos avisar a otros policías para encargarse de eso. Tú viste cómo estaban esos animales; si no te da pena por ellos, por lo menos intenta que no nos pongan eso en la mesa. Creo que me voy a hacer vegana, que voy a dejar de comer carne para siempre.

Orduño sabe que Reyes tiene razón, solo duda del momento. Han bajado a la cafetería del hospital y han pedido un café mientras deciden qué hacer a continuación. ¿Es mejor visitar granjas de la zona o seguir buscando a algún vecino que identifique la fotografía?

—¿Puedo sentarme con ustedes?

Un hombre de unos sesenta años, con traje algo anticuado y abrigo se ha acercado a ellos.

—Haga el favor, siéntese —contesta Orduño.

—Me llamo Victoriano, Victoriano Alguacil. Soy abogado, pero no he venido a hablar con ustedes como abogado, sino para echarle una mano a un amigo. Y ustedes son Rodrigo Orduño y Reyes Rentero, si no me han informado mal.

—Perfectamente, le han informado perfectamente. Pues muy bien, ahora ya sabemos todos cómo nos llamamos. ¿Por qué no nos cuenta qué quiere?

—Ustedes son de ciudad, no sé si me van a entender porque las cosas en la ciudad y en el campo son distintas, así que les adelanto que pueden ganar quince mil euros para repartirse como quieran, a medias o como tengan por costumbre.

—No tenemos costumbre de repartirnos dinero —dice Orduño.

—Pero quince mil euros es una buena cantidad, seguro que escuchar lo que tienen que hacer para ganarlos no les importará.

Reyes ve que Orduño está a punto de sacar la pistola y las esposas y detener a Victoriano por intento de soborno, por menosprecio a la autoridad o por cualquier cosa que se le ocurra, sin darle tiempo a explicarse, así que interviene.

—¡Quince mil euros! Por esa cantidad yo escucho lo que haga falta, hasta cantar a Perales, ya que estamos en Cuenca. Además, Perales me encanta. Pero ya ve que mi compañero está nervioso, así que vaya deprisa.

El hombre va directo al grano; según él, es un buen amigo del administrador de Aljibe S. A., la empresa propietaria de la nave en la que estuvieron con Pinto.

—Mi amigo sabe que ha cometido algunas irregularidades en su empresa, que los cerdos no han estado todo lo cuidados que debían, que no han pasado todos los controles de sanidad que la ley indica...

—Su amigo no ha cometido irregularidades, su amigo es un hijo de puta —estalla Orduño—. El estado de esos cerdos era inhumano.

Victoriano mantiene la calma.

—No olvidemos que no eran humanos, que eran eso, cerdos. Pero por eso está mi amigo dispuesto a pagar quince mil euros: si solo fueran pequeñas irregularidades, esperaría a que le llegara la multa y santas pascuas.

Reyes se muerde el labio, pensativa.

—¿Y qué se supone que debemos hacer para ganar ese dinero?

—Eso es lo mejor, no tienen que hacer nada. Absolutamente nada, solo olvidar que alguna vez estuvieron en esa nave. No denunciar. Mi amigo me ha prometido, y le creo, que eso va a cambiar, que nunca más tendrá a los animales en ese estado.

—Qué amable es su amigo, me enternece —se mofa Orduño—. ¿Y Pinto? Le recuerdo que en este hospital hay un hombre al borde de la muerte. Y mucho me temo que la causa ha sido habernos dicho dónde estaba la nave.

—Eso es falso, mi amigo no tiene nada que ver. Pinto bebía mucho, debió de caerse y se dio un mal golpe. Desgraciadamente, ya no podemos hacer nada por él.

Para Orduño se ha acabado la cháchara.

—Dígale a su amigo que le llegará una inspección. También que será detenido por posible homicidio.

Da la impresión de que Victoriano se lleva un gran disgusto ante la terquedad de los dos policías.

—Señorita, usted parece más razonable que su compañero. ¿Por qué no habla con él y le hace cambiar de opinión? Puedo convencer a mi amigo de que suba su oferta hasta los veinticinco mil euros. Menuda alegría, ganar veinticinco mil euros a cambio de nada.

—Mi compañero ya le ha dicho lo que vamos a hacer. Yo no esperaría, pero ha tenido usted suerte porque el que manda es él —contesta Reyes—. Si por mí fuera le detendríamos a usted y después iríamos a por su amigo. Y no nos olvidaríamos de Zuecos.

—Lo lamento, era mucho mejor ganar un buen dinero que buscar otra alternativa.

—¿Nos está amenazando?

—No, por Dios, soy abogado, yo nunca amenazo a nadie. Si vieran la cantidad de veces que tengo que parar los pies a mis clientes. Sin abogados habría mucha más violencia de la que hay.

Victoriano se aleja, seguro de su elegancia. Reyes lo mira con asco.

—¿Qué hacemos?

—Buscar a Chesca, que es a lo que hemos venido —responde Orduño.

—¿Vas a dejar que se salgan con la suya?

—Cuando encontremos a Chesca lo denunciamos, ahora no podemos meternos en esto, dejemos que la policía que se encargue de estos asuntos haga su trabajo. Nosotros vamos a seguir preguntando por el Dientes, no me creo que nadie lo conozca.

Quieren ponerse en marcha cuanto antes. Pero, cuando llegan al aparcamiento, se encuentran las cuatro ruedas del Volvo rajadas.

—No me digas que no era mejor ganar quince mil euros que esto —se ríe Reyes.

—Veinticinco, la última oferta fue de veinticinco mil, no lo olvides.

Capítulo 41

Elena aparca frente a la casa de Juana Olmo. Zárate es el primero en llegar a la puerta. Llama con impaciencia, pero nadie abre. Una vecina les informa de que Juana a esas horas siempre está en misa.

La iglesia no está a más de cincuenta o sesenta metros de la casa de Juana, uno de sus lados da a la calle Real. Elena piensa en lo distintas que son las vidas de Juana y Chesca. La una en Madrid, en la policía; la otra en un pueblo, moviéndose entre su casa, la misma en la que nació, y la iglesia, quizá comprando en la tahona, la carnicería de Avelino o la pescadería de Carlos, que están a muy poca distancia. No se imagina así a su compañera; de alguna forma tenía que huir de allí y lo habría conseguido sin necesidad del drama de aquellos días, aunque quién sabe si no fue lo que le dio fuerzas para hacerlo.

La iglesia de Santiago, del siglo XIII, es un buen ejemplo del románico de la época en la zona. No tuvo nada peculiar hasta que en los años noventa del siglo pasado, en unos trabajos de restauración, se encontró, tras el retablo barroco del siglo XVIII que estaba a la vista, un ábside románico en piedra del siglo de la construcción de la iglesia. Ahora, una vez restaurado, es uno de los lugares de visita obligada de la provincia para ver sus figuras pétreas policromadas. En él se representa, según los estudios, la visita que realizaron el rey de Castilla Fernando III el Santo, su esposa Beatriz de Suabia y el obispo de Segovia a la catedral de Santiago para postrarse a los pies del sepulcro del apóstol.

Juana está arrodillada en uno de los últimos bancos, cerca de la puerta. No parece dirigir sus rezos a ninguna de las figuras que adornan la nave de la iglesia. Se asusta al ver a Elena.

—¿Vienen por Francisca? ¿Le ha pasado algo, la han encontrado?

Juana está ojerosa, desmejorada, como si la desaparición de Chesca la hubiera devuelto a esos días de pesadilla que quería olvidar.

—No sabemos si le ha pasado algo y todavía no la hemos encontrado. Hemos venido para que nos ayude. Necesitamos entrar en su casa. Es urgente.

La habitación de Chesca en la casa del pueblo no tiene nada que ver con su apartamento de Usera en Madrid. Aquí los muebles son antiguos y pesados, fabricados a medida por carpinteros y herreros, o por el padre, que era mañoso y se atrevía con trabajos sencillos. Las dos estanterías de la pared, llenas de libros de colecciones juveniles, las hizo él. Y el tablero de la mesa lo lijó y lo desbastó en una tarde. En esa mesa también hay objetos infantiles: una jarra con forma de elefante para meter lápices de colores, una pelota antiestrés, de goma, que es un erizo de mar. Dos tortugas que mueven las cabezas al compás al menor impulso de una corriente de aire. Debajo de la mesa, una mochila con un dibujo de Oliver y Benji.

La cama es estrecha, debe de tener ochenta centímetros, y está guarnecida por una colcha antigua, hecha de ganchillo, y un cabecero de hierro, primoroso, que tapa a medias un póster de Héroes del Silencio. Dos perros de peluche se apoyan en la almohada. En la mesilla solo encuentran una figura de la Virgen de Fátima, un recuerdo de una visita al santuario portugués. Una cruz desnuda resalta sobriamente en una de las paredes. Se parece a las de cualquier celda de convento, que es lo que sería el cuarto sin la decoración infantil.

Elena barre la habitación de un vistazo y se dirige a una pequeña alfombra que descansa al pie de la cama. Es más bien una jarapa y lleva un estampado que no llamó la atención de la inspectora cuando entró allí hace un par de días: dos rombos entrelazados. Bajo la alfombra está el suelo de baldosas. Si la intuición de Elena es correcta, una de esas baldosas tiene que estar suelta y servir como escondite de algo. Primero la pisa con el pie para detectar un posible bamboleo, que no se produce. Se agacha para poder palparla a conciencia. No parece estar suelta. Zárate saca un cúter y perfila los cuatro lados. Y, ahora sí, la baldosa salta.

—¿Qué es eso? —dice Juana al tiempo que se santigua, como si el mero hecho de tener algo escondido fuera un pecado venial.

Elena sostiene una carpeta pequeña, azul, con cierres elásticos, que ha sacado del escondite. Dentro hay un recorte de periódico. Es una noticia de *El Adelantado de Segovia*, fechada hace veintiún años. «La Feria Ganadera de Sepúlveda cierra con récord de participación». El texto informa de la gran afluencia que ha tenido el evento, de los acuerdos que se han cerrado, de la buena relación entre organizadores y autoridades municipales, de las reivindicaciones del sector y de un público cada vez más entregado. Nada que rascar en una noticia tediosa hasta decir basta.

—¿Qué es esto, Zárate? ¿Por qué guarda Chesca este recorte? —pregunta Elena.

—No lo sé. Pero la fecha coincide con su violación.

Elena se queda mirando una foto al pie de la página, pequeña, dentro de un recuadro de publicidad de una marca de fiambres. Tres hombres sonrientes sostienen una pata de jamón. El pie de foto reza: «Los ganadores de la rifa de la pata de jamón, exultantes de felicidad».

—La foto, Zárate. ¿Quién es este hombre? —Elena señala al tipo que sale en el medio.

—Puede que sea Garrido, el muerto del hotel de Zafra. Pero no se ve bien, y es una foto de hace años.

—¡Juana! —llama Elena.

Juana, que había salido al pasillo para dejarles intimidad, regresa a la habitación.

—Juana, necesito que me diga quién es este hombre.

Juana coge el recorte. Esboza una media sonrisa.

—Es Fernando. Mi novio.

—¿Conoce a los otros?

Juana vuelve a mirar la foto. Menea la cabeza.

—Haga memoria, Juana. ¿No le suenan de nada?

—No los conozco. No son del pueblo.

Elena se desespera. Esperaba una pista directa y solo encuentra una fotografía vieja. ¿Son esos tres hombres los violadores de Chesca? Además del recorte, en la carpeta hay una relación de ferias ganaderas en España y un mapa de los alrededores de Turégano, con cruces marcadas con rotulador.

—Si me necesitan para algo, estaré en la cocina.

—Espere, Juana. —Elena sostiene el mapa con las cruces—. ¿Está segura de que estos hombres no son del pueblo?

—A mí no me suenan de nada.

—¿Y de los alrededores?

—¿Adónde quieres ir a parar, Elena? —Zárate está intrigado.

—Mira este mapa. Chesca estaba buscando por pueblos y granjas cerca de aquí. Por eso venía al pueblo de vez en cuando, Juana.

—La verdad es que a mí mucho caso no me hacía.

No hay nada más en la carpeta. Elena señala un armario enorme de madera frente a la cama. Está cerrado con un candado.

—¿Tiene la llave de este armario?

—Nunca tuvo llave, ha sido mi hermana la que lo ha puesto, quizá en una de sus últimas visitas.

—Deja —resuelve Zárate.

Saca su pistola de la cartuchera. Juana se asusta, pensando que va a disparar al candado. Tampoco Elena descarta que lo vaya a hacer. Pero solo pretende usarla como martillo. El candado apenas aguanta dos golpes hasta caer destrozado al suelo. Dentro del armario hay poca ropa: un par de chaquetas de punto, unos pantalones y una cazadora preparada para el frío invernal de Segovia.

—¿Es ropa de Chesca?

—Sí, solía usarla cuando estaba aquí.

—Gracias, Juana. ¿Nos deja inspeccionar todo esto?

Juana asiente y se va. Elena y Zárate revisan el armario. Si Chesca puso un candado, tiene que guardar algún secreto.

En los cajones encuentran ropa interior, camisetas viejas, unos calcetines... Parece que el registro va a ser infructuoso, hasta que Elena intenta sacar uno de los cajones.

—Aquí hay algo —anuncia.

Con más esfuerzo del esperado, logran sacar el cajón. En el fondo hay un compartimento y en él descubren un paquete envuelto en plástico negro. Es una pistola pequeña, una Glock 26 de cuarta generación de nueve milímetros parabellum.

—¿La pistola con la que mató a Fernando Garrido?

—Es posible —reconoce Zárate—, nos la llevamos para que la analice el equipo de Buendía.

Elena fotografía el recorte del periódico, la imagen de los tres hombres sonrientes con la pata de jamón. Llama a Mariajo.

—Te acabo de enviar una fotografía. Uno de los que salen es Fernando Garrido, el hombre del vídeo. Ya sé que te pido imposibles, pero quiero que me digas quiénes son los otros dos. Esta misma mañana, Mariajo, ¿de acuerdo?

Capítulo 42

En las dos horas que tardan en ponerle las cuatro ruedas al coche de la brigada, Reyes y Orduño hacen lo mismo que el resto del día: enseñar la fotografía del Dientes a unos y otros.

Por fin, cuando vuelven a Carretería, una calle peatonal llena de comercios, hay una chica, la dependienta de una tienda de ropa, que asegura haber visto a un hombre parecido al de la foto que le muestran.

—Pero no era uno, eran dos. Y no fue en Cuenca.

—¿Dónde fue?

—En una gasolinera en la autovía, cerca de Tarancón, al lado de Santa Leonor. Yo iba con mi novio y paramos; mientras él echaba gasolina, fui a la tienda. Ellos dos estaban dentro de una furgoneta. Cuando pasé, me fijé en ellos, uno se estaba haciendo una paja y me miraba. Así que me fui corriendo, antes de que se enterara mi novio. La podía haber liado, es muy celoso.

—¿Podrías decirnos algo más? Algo de la furgoneta, de ellos.

—Nada, ya os digo que salí casi corriendo. No me acuerdo ni del color de la furgoneta. De lo único que me acuerdo... Bueno, da igual.

—No, dinos.

—El tamaño de su... de su pene. Era enorme. Cualquiera que lo hubiese visto se acordaría. Pero de nada más. Ellos estaban en la parte de atrás, ni siquiera me fijé en quien conducía, supongo que estaba pagando dentro.

—¿Cuándo fue?

—No sé, un poco antes de Navidad. Un sábado por la mañana, porque suelo ir con mi novio a una casa que tiene en Tribaldos. Fue uno de esos sábados, lo que no os puedo decir es cuál. No quiero que dé la impresión de que les insulto, pero no me parecieron personas normales.

—¿Con alguna discapacidad?

—No, no es eso, es que tenían algo animal, no puedo explicarlo.

Tienen que meter prisa al mecánico que cambia las ruedas para que les entregue el Volvo y salir hacia la gasolinera que les ha dicho esa chica.

—¿Crees que guardarán tanto tiempo las grabaciones de las cámaras? Dice que los vio antes de Navidad —pregunta Reyes.

—No tengo ni idea, pero es la primera pista fiable que encontramos.

El taller está en un polígono llamado La Cerrajera. Después de recoger el coche, se pierden al tratar de llegar a la autovía.

—Es esa calle, Camino de las Viñas.

—Ya, pero esa es de sentido contrario. Habrá que seguir adelante y ver dónde podemos dar la vuelta.

—Nos hemos perdido, hay que ser inútil, con navegador y nos perdemos —se ríe Reyes—. A ver, coge por ahí.

A pocos metros, se desvían por otra calle a la izquierda, se supone que los acercará a la autovía. Un coche se atraviesa en el camino delante de ellos y sienten el golpe de otro por detrás. La fuerza ha sido suficiente para que los airbags estallen y les hagan perder los segundos que necesitaban para tomar conciencia de la situación. Orduño, que es quien conduce, intenta maniobrar, pero está acorralado por los coches de sus atacantes. Cuando está echando mano a la pistola, dos hombres aparecen por los lados.

—Ni se os ocurra.

Los están apuntando con sus pistolas y tienen toda la pinta de cumplir sus amenazas.

—Venga, fuera —les dice uno de ellos.

Salen más hombres, que les quitan las armas. Solo cuando han sido desarmados, se baja de un Mercedes antiguo un viejo calvo, trajeado, muy bajito.

—Buenas tardes.

—¿Qué es esto? Le aviso de que somos agentes de la policía —dice Orduño.

—Sé perfectamente quiénes son. Hoy mismo han estado hablando con mi abogado y han rechazado una oferta que les he hecho llegar a través de él. Una mala decisión, si quieren que les sea sincero.

—Díganos qué quiere.

—Ya nada. Se lo dijo mi abogado esta tarde. Ya no hay más ofertas, han perdido veinticinco mil euros. Y eso no es lo más valioso que van a perder. Tengo un negocio y una familia a la que mantener y los voy a proteger.

—A nosotros sus cerdos no nos importan una mierda —trata de ganar tiempo Orduño.

Todas las miradas están pendientes de él, que es el que habla. Nadie mira a la mujer de vestido rojo, zapatillas New Balance y abrigo corto de piel que le acompaña. Nadie la ha visto acercarse poco a poco a uno de los hombres y soltar un golpe brutal en su garganta. Cuando se dan cuenta, ella ha cogido la pistola que ha caído de sus manos y ha disparado sobre otro. Orduño, al mismo tiempo, se ha lanzado sobre el jefe, el viejo, y lo tiene agarrado del cuello. Quedan dos hombres armados, indecisos.

—O soltáis las pistolas o le rompo el cuello.

Los dos hacen lo que les mandan. Reyes, sin dejar de apuntarles, le da una patada a sus armas para apartarlas.

—¿Qué haces? Cógelas —le grita Orduño.

—No puedo, creo que me he roto la mano —se excusa Reyes doliéndose de la mano derecha mientras continúa apuntando con la izquierda.

Orduño sigue con el viejo agarrado mientras va a por ella. Pese a los gestos de dolor, Reyes parece estar disfrutando.

—Pues las cosas han cambiado, señor como se llame —se ríe la novata.

El del golpe en el cuello sigue tirado en el suelo, aunque respira; otro tiene una rodilla destrozada por un disparo y grita de dolor y traga polvo al mismo tiempo; otros dos han sido desarmados y ya los está esposando Orduño. Reyes apunta al viejo.

—Vamos a negociar. Cincuenta mil euros —hace un último intento el hombre.

—¿No nos había dicho que se habían acabado las ofertas? —se mofa de él Reyes.

—No sea ridícula, señorita.

—Antes le mentí —dice Orduño—. Sus cerdos sí que nos importan.

Capítulo 43

A los sesenta años, Mariajo ha dejado atrás remilgos y deferencias. Es una persona que no tiene pelos en la lengua y que odia el lenguaje políticamente correcto. Mientras trabaja en el ordenador, cumpliendo el encargo de Elena, no para de maldecir. Buendía ya está acostumbrado a sus modales y no se deja impresionar.

—Quiero resultados esta misma mañana, no te jode... Esta se cree que yo hago magia. Tócate los cojones, Mariloles.

—¿Decir tacos te ayuda a concentrarte? —pregunta el forense.

—¿Tú has visto la puta foto que me ha mandado? Es enana, de hace veinte años, llena de grano. ¿Qué hago yo con esto, Buendía?

—Seguro que puedes hacer algo.

—Qué ganas tengo de jubilarme.

Mariajo trata de mejorar la calidad de la foto. La introduce en un programa de envejecimiento facial. Le pone veinte años más a cada uno de los hombres. Hace una prueba con Fernando Garrido. Su fotografía actual salió en el diario *Hoy*, de Badajoz, cuando fue asesinado en Zafra. La foto virtual y la real se parecen como un huevo a una castaña. Una cadena de exabruptos precede a la conclusión de Mariajo: no va a ser posible encontrar a los otros dos hombres. Para eso deberían haber aparecido en medios o en algún archivo oficial con una fotografía. ¿Qué posibilidades hay de que un ganadero salga en un periódico?

En esa tarea está ayudando Buendía. Lleva toda la mañana consultando ediciones de *La Tribuna de Cuenca*, en busca de alguna noticia de sucesos que les ponga sobre el rastro de Chesca. Mató a uno de los violadores, puede que matara a los otros. Y como las pistas de las que disponen señalan a Cuenca, le ha parecido bien empezar por un periódico de allí. Pero no encuentra nada. Ha repasado los últimos cinco meses. Conoce las protestas de los grupos ecologistas por las obras que se quieren emprender en zonas con especies protegidas. Su vista ha pasado por líos vecinales y por escándalos de corrupción municipal. En la sección de sucesos ha tropezado con un muerto por una riña en un bar, dos mujeres asesinadas por sus exparejas, un ahogado en un pantano y poco más. La policía de Cuenca se tiene que aburrir mucho, piensa.

Inicia ahora la revisión de *El Adelantado de Segovia*. Chesca visitaba mucho a su hermana últimamente, puede que estuviera buscando a sus violadores por esa comarca. Mientras tanto, Mariajo se pelea con sus programas de tratamiento de imágenes, con sus filtros, con sus cotejos faciales. Hackear el programa del Centro Nacional de Inteligencia le puede llevar varias horas, pero tal vez merezca la pena. El CNI dispone de la tecnología más avanzada, son capaces de desenmascarar a un terrorista que lleva gafas oscuras, gorra y bufanda, pero al que delata la forma puntiaguda de una oreja o la geometría singular de la nariz. Salvo que ¿con qué imagen puede cotejar las dudosas caras envejecidas veinte años que tiene delante de ella?

Buendía le da un cabo al que agarrarse.

—Atención a esta noticia. Es de hace tres semanas. Un hombre muere atropellado al salir de la Feria Ganadera de Sepúlveda.

Mariajo se levanta de inmediato y se abalanza sobre la mesa de Buendía. Tiene abierta una página de *El Adelantado de Segovia*. Hay una fotografía del muerto, Manuel Sánchez. Mariajo la compara con las imágenes ampliadas de la foto que tenía Chesca. No guardan un gran parecido. Aun así, la escanea.

Dos horas después, ha conseguido entrar en el programa de reconocimiento facial del CNI. Introduce las dos fotografías, la de Manuel Sánchez y la del único de los dos hombres del jamón que se le puede asemejar. La ausencia de insultos o de barbaridades que suele proferir Mariajo le hace ver a Buendía que ha encontrado algo.

—Es él. Me cago en mi puta madre, Buendía. Es él. Manuel Sánchez, el atropellado de Sepúlveda, es uno de los que ganaron el jamón hace veintiún años.

Elena y Zárate están al borde de la desesperación. Se han desplazado a Segovia para pedir un listado de las granjas porcinas de la comarca. Se han enfrentado a la vieja burocracia de provincias, a las trabas para conseguir cualquier papel sin importancia que sin embargo un funcionario protege como si fuera un secreto de Estado. Zárate está a punto de sacar el arma y liarse a pegar tiros en esa triste oficina cuando reciben la llamada de Mariajo. Ha identificado al hombre de la derecha de la fotografía. Se llama Manuel Sánchez, murió atropellado hace tres semanas al salir de la Feria Ganadera de Sepúlveda, les envía la foto actual del tipo.

—Necesitamos algo más, Mariajo —dice Elena—. Su dirección. Puede que la viuda sepa quién es el tercero de la foto.

—Por eso os he llamado corriendo. Estáis cerca, a unos cincuenta kilómetros. El muerto vivía en Riaza, allí en Segovia.

—Pues vamos para allá. Mándame la dirección por WhatsApp.

—Dice Buendía que necesita una muestra de ADN del muerto, que el cadáver fue incinerado. Ya sabéis, le vale un pelo de un peine o cualquier otra cosa, así sabrá si es el padre de Rebeca, la hija de Chesca.

—Que no se preocupe, que algo le llevaremos.

—Del que no os puedo decir nada es del tercero de la foto, no tengo ningún resultado, no se le ve bien la cara, está medio tapada por la gorra, además hay una sombra que la oscurece. Si la fotografía fuera actual, podría hacer algo, pero es de hace muchos años, llena de grano... Voy a llamar al periódico, a ver si la tuvieran archivada y pudiera trabajar con el negativo, pero no lo creo. Es una foto muy poco importante de hace mucho tiempo.

—Haz lo que puedas, Mariajo, pero al tercer hombre no le vas a encontrar en la sección de sucesos. Es el que tiene a Chesca.

Riaza los recibe con el inicio de una nevada. A la entrada del pueblo, después de la rotonda donde señalan las direcciones al camping y a la piscina municipal, hay un gran parque que empieza a estar cubierto de nieve. Todavía está limpia y le da al pueblo una preciosa imagen. Al fondo se ven los tejados blancos.

—Así se ve bonito; en Madrid la nieve es una guarrada, se ensucia enseguida. ¿Habías estado aquí?

—Muchas veces. De paso y de compras. En los buenos tiempos, Salvador, mi mentor, tenía una casa en un pueblo de cerca, en Madriguera. Pasábamos muchos fines de semana y, a veces, hasta las fiestas de San Pantaleón, a finales de julio.

La avenida de Madrid está llena de chalés con grandes jardines, cada vez más cubiertos de nieve.

—Todavía nos quedamos aquí incomunicados —se preocupa Elena.

—Tranquila, las carreteras son buenas y no hemos traído tu coche, hemos traído uno de verdad. —Zárate se ríe, pese a la situación.

—¿Qué mejor para salir de la nieve que un viejo coche ruso?

Aparcan frente al chalet de Manuel Sánchez. La puerta está abierta, una mujer que debe de rozar los cuarenta empuña una pala y está retirando nieve del acceso a su propiedad. Es una mujer de rasgos bonitos, con una media melena rojiza que emerge de un gorro de lana. Viste un plumas que engrosa su figura. Hace un descanso en su tarea al ver venir a los policías.

—¿Es usted Ana Mencía? —pregunta Elena.

—Sí, ¿pasa algo?

—Somos policías, queremos hablar con usted sobre su marido, Manuel Sánchez.

Ana retira un montículo de nieve con una paletada firme, como si quisiera dejar constancia de que la están interrumpiendo. Pero enseguida deja la pala en el jardín, apoyada en el muro, y franquea el paso a los visitantes.

En el jardín hay dos niños de unos siete años haciendo un muñeco de nieve.

—Miguel, ponte el abrigo ahora mismo —grita Ana a uno de sus hijos—. ¿Te quieres coger una pulmonía?

—Es que tengo calor —protesta el niño.

—Que te lo pongas. Y en cinco minutos los dos a la chimenea, a calentaros un poco.

Ana empuja la puerta de la casa y el olor a leña quemada embriaga a Zárate y Elena.

—¡Manuel! —llama Ana al tiempo que se sacude las botas de nieve en el zaguán.

Un hombre hace su aparición en el vestíbulo. Viste un jersey de invierno y lleva en brazos a una niña de un año.

—Son policías, quieren hablar contigo.

Manuel no esconde un gesto de sorpresa. Pero es mucho mayor la sorpresa, casi el pasmo, de Elena y Zárate. Porque el hombre que tienen ante ellos es Manuel Sánchez, el muerto por atropello de la Feria Ganadera de Sepúlveda.

Capítulo 44

Manuel los lleva hasta un pequeño despacho. Antes de que empiecen a hablar, asoma Ana Mencía.

—¿Quieren tomar algo?

—No se preocupe —contesta Elena—. Solo vamos a hablar un rato con su marido.

Ella asiente y todavía tarda unos segundos en marcharse. Primero, coloca bien los visillos para que no entre la luz de la tarde directamente. Da la impresión de que le gustaría participar en la charla. Hasta que no se ha ido, nadie abre la boca. Es Manuel el que rompe el hielo.

—¿En qué les puedo ayudar?

—Se lo voy a decir de una manera directa, para no andarnos con rodeos —toma la iniciativa Ángel Zárate—. Según nuestras informaciones, usted está muerto.

El hombre enarca una ceja.

—Supongo que me están hablando del atropello de Sepúlveda, ¿verdad?

—El periódico publicó su muerte.

—Es un error, está claro. Me reiría si no fuera porque es un drama, el muerto es mi hermano Antonio.

—¿Cómo es posible un error como ese? —pregunta Elena.

Manuel les explica el asunto con total tranquilidad: estaba acreditado para asistir a la feria, pero el día antes de salir sufrió un ataque de apendicitis y tuvo que ser ingresado para que lo operaran.

—Decidimos entonces que fuera mi hermano, que me ayuda a veces en la fábrica de pienso, pero no podíamos cambiar las reservas de hotel, el pago de la acreditación para la feria y todos esos líos. Así que, como se parecía bastante a mí, se llevó mi DNI, mis tarjetas de crédito y hasta mis tarjetas de visita. Cuando le atropellaron encontraron todos mis documentos en su bolsillo, así que me dieron por muerto. Pero vamos, estoy vivo, como pueden ver.

—¿La foto del periódico es de usted o de su hermano?

—Es mía, cogieron la de la acreditación.

—¿Tanto se parecen para no haber notado la diferencia en el periódico?

—Siempre nos han confundido. No es que fuéramos gemelos, pero por edad y complexión sí, nos parecíamos.

Elena pone sobre la mesa la foto de hace veintiún años, los tres ganadores de la pata de jamón.

—¿Y este hombre de la fotografía es usted o su hermano?

Manuel coge el recorte de prensa. Lo estudia con interés.

—Esta foto es de hace un siglo. Me cuesta reconocerme.

—Pero recordará que les tocó un jamón en una rifa —le aprieta Elena.

—Sí, lo recuerdo.

—Luego es usted y no su hermano.

Manuel deja la fotografía en la mesa. Su mirada se ha vuelto sombría, y sus gestos, nerviosos.

—¿Se puede saber qué quieren de mí? No entiendo por qué me hacen estas preguntas.

—Señor Sánchez, estamos investigando un crimen de hace unos veintiún años, una violación.

—¿Una violación?

—Sí.

Elena es lacónica y lo mira fijamente. Es el mejor modo de percibir algún atisbo de remordimiento o de culpabilidad en el sospechoso.

—¿Y yo qué tengo que ver con eso?

Zárate se mantiene en silencio. Está dejando que sea Elena la que lleve el ritmo del interrogatorio, porque sabe que lo hace muy bien. Además, no deja de pensar en el último hallazgo sobre Chesca. En su cruzada vengativa, mató a un inocente. Se pregunta cómo será la relación con ella si la encuentran. La justicia tendría que actuar, eso está claro. Pero ¿él sería capaz de perdonar una conducta tan extraviada?

—Sucedió a principios de septiembre —empieza a relatar Elena—. Un grupo de tres amigos estaba en la Feria de Sepúlveda. No solo habían hecho buenos negocios, también ganaron un jamón en una rifa. Hasta lo sacó el periódico local.

Elena muestra de nuevo el recorte con la foto.

—Ganamos un jamón, ya le he dicho que lo recuerdo, pero no violamos a nadie.

—No he terminado. Para celebrarlo se fueron a Turégano, el pueblo de uno de ellos, que estaba en fiestas. Y allí bebieron, celebraron, soltaron tensión... En fin, se lo estaban pasando bien. Y de pronto vieron a una chica de unos quince años, muy guapa, que estaba sola, un poco perdida en la verbena. La niña emprendió el camino de vuelta a su casa y los tres hombres la siguieron, la abordaron en la oscuridad, la violaron y la dejaron tirada en un solar a la salida del pueblo.

Elena descubre que, al repasar los hechos en voz alta, siente un acceso muy agudo de ira. Trata de conservar la calma, es el momento de esperar la reacción de Manuel, que finge sorpresa, o tal vez la sienta de verdad. Llegan del jardín las voces de sus hijos, que se deben de estar lanzando bolas de nieve. Oye la voz de su mujer pidiéndole a Miguel que se ponga el abrigo. Y, afinando el oído, se puede detectar el llanto del bebé, que debe de estar en una cuna en algún lugar cercano de la casa. Toda su vida familiar resumida en esas voces y en ese llanto infantil. Todo lo que ha conseguido a lo largo de los años, y quizá lo que más ama, amenazado de repente por una acusación del pasado.

—Me habla usted de una noche que no recuerdo. Sé que bebimos mucho. Y le aseguro que yo no he violado a nadie... En todo caso habría prescrito, ¿no?

—Siento decirle que se ha cambiado la ley: las violaciones a menores no prescriben hasta que la víctima ha cumplido cuarenta años. Y esta tiene treinta y cinco.

—Pero esto es una locura. ¿Qué pruebas puede haber después de tantos años? ¿Esa mujer dice que yo...?

—¿Quién es este hombre?

Elena señala al personaje más embozado de todos en la fotografía, el menos exultante, el del rostro cubierto por una sombra.

—No lo sé. No me acuerdo.

—¿Quién es?

—No me acuerdo.

—Haga memoria. ¿Quién es?

—Oiga, esta conversación debería ser delante de un abogado, si es que me están acusando de algo. Y si no es así, márchense. Es muy tarde y quiero ocuparme de mi familia. Porque tengo una familia, por si no se han dado cuenta. No sé quién era a los veintitantos, pero les aseguro que ahora soy un empresario respetable y un padre de familia ejemplar.

El eco de su discurso flota por el despacho durante unos segundos. Un hombre respetable. Un padre ejemplar. Una vida construida ladrillo a ladrillo. Y, en la otra balanza, una noche remota de borrachera. ¿Qué pesa más a la hora de marcar el destino de ese hombre, de esa familia? En vista de que Elena está mirando a Manuel Sánchez, esperando un desmoronamiento que no llega, Zárate decide intervenir.

—¿Nos podría facilitar una muestra de ADN?

—¿Qué?

—Nos ayudaría mucho. La violación de aquella noche dio fruto, la menor se quedó embarazada y tuvo una hija; hemos de comparar su ADN con el de ella para saber si es usted el padre.

—Yo nunca he violado a nadie.

—Si está tranquilo, no debería negarse a facilitarnos una muestra de ADN. Basta con un pelo.

Manuel se levanta airado.

—No voy a soportar más insultos. Les ruego que se marchen.

—Espere —dice Elena.

El hombre, que ya estaba a punto de abrir la puerta, se detiene.

—Si me dice quién es el hombre de la foto, nos olvidamos del ADN y esta conversación no sale de este despacho.

Manuel parece considerar la oferta. O, al menos, tarda unos segundos en contestar.

—¿Cómo sé que no me está engañando?

—No tiene más remedio que fiarse de mí.

—No sé quién es el hombre de la foto. No lo conocía. No sé quién es.

—Está mintiendo.

—Usted también. No puede hacer ese tipo de ofertas, no son legales.

—Le doy una última oportunidad, Manuel. Y lo hago porque la vida de una compañera está en juego. Creemos que el hombre de la foto la tiene secuestrada y le quiere hacer daño. O me dice quién es o le saco esposado delante de su mujer y sus hijos.

Zárate da un respingo. Inclina la cabeza hacia Elena, la nota fuera de sí.

—Elena...

Quiere susurrarle que es una falta muy grave detener a alguien que no está en el trance de cometer un delito. Hace falta una orden de detención, y ni siquiera sabe si disponen de suficiente carga de prueba para desconfiar de ese hombre.

Manuel la mira con chulería.

—¿Me enseña la orden de detención?

Elena se levanta y lo voltea con sorprendente agilidad. En un segundo lo tiene con la nariz pegada a la puerta y con sus dos brazos detrás de la espalda. Saca las esposas y se las pone.

—Se está metiendo en un lío muy gordo —amenaza Manuel.

—Andando.

Le hace un gesto a Zárate de que le abra la puerta. Cruzan el salón hasta el vestíbulo, salen al jardín. Los niños están jugando a derribar unos soldaditos con una pelota de goma. Ana sale corriendo desde la casa. Se resbala con la nieve derretida y tiene que improvisar un paso de baile para mantener el equilibrio.

—¡Manuel! ¿Qué pasa? ¿Adónde se lo llevan?

Elena lo mete en el coche. Después le tiende una tarjeta a la mujer, que no entiende nada.

—Está detenido. Llame dentro de un rato y le daremos detalles.

—Pero ¿qué ha hecho?

El coche de Zárate arranca y sale quemando ruedas.

Capítulo 45

Los médicos que atienden en urgencias son perfectamente capaces de distinguir cuando una mano se ha lesionado en una caída o dando un puñetazo. El doctor Caudete, en el hospital Virgen de la Luz, lo tiene claro en cuanto ve la radiografía de la mano de Reyes.

—Fractura del quinto metacarpiano de la mano derecha. Fractura de boxeador o de frustración. ¿Cuál ha sido el caso?

—De boxeador —responde orgullosa Reyes—. El otro quedó peor.

—Ya lo he visto, está en otro de los boxes, con un policía que no se separa de él. ¿Sabe cómo le llaman en inglés a esta fractura? Fractura de taberna, es típica de las peleas entre borrachos en los bares los fines de semana.

—Yo no me he peleado en un bar, ni estoy borracha. Soy policía. No sé dónde le di, mitad en la mandíbula, mitad en el cuello.

—Un buen golpe. ¿Le duele la muñeca?

—No, solo la mano. ¿Me va a escayolar?

—No quiero que la fractura suelde mal; imagínese que se la dejo torcida y no es capaz de volver a abrocharse un botón nunca en su vida. Me odiaría.

—Usaría ropa con cremalleras.

—De momento se la voy a inmovilizar y, cuando la vea el especialista, decidirá qué tratamiento le pone. Aunque, si quiere mi opinión, creo que ha tenido suerte y no va a necesitar cirugía. La dejo descansar un minuto, trate de no mover la mano.

Reyes se queda sentada en el box. Orduño está enfangado con la policía, poniendo las denuncias, haciendo todo el papeleo, declarando lo sucedido. Es la primera vez que se ve sola desde su llegada a la BAC. No sabe qué tiene que hacer, si llamar a la central en Madrid y avisar de lo ocurrido o si esperar. Le preocupa que la tengan que operar de la mano y quedarse fuera del caso. Quiere ayudar a sus compañeros a encontrar a Chesca.

Por fin vuelve Orduño.

—¿No te han atendido todavía?

—Sí, pero han dicho que hay que esperar a que me vea el especialista. ¿Cómo ha ido?

—En este mismo instante, varias unidades están precintando tres granjas y entrando en dos empresas cárnicas. Lo último que me han dicho es que ya van quince detenidos.

—¿Zuecos?

—Sí, el veterinario también. Creo que la red está desmantelada, no vas a tener que hacerte vegana.

—Menos mal. Qué eficacia.

—Yo no quería que perdiéramos tiempo con este asunto de los cerdos, solo que nos ocupáramos de encontrar a Chesca, pero Victoriano y su defendido se han empeñado en cruzarse en nuestro camino.

—Hay que ir a la gasolinera de Tarancón.

—A ver si te dan el alta.

—¿Crees que guardarán las grabaciones de antes de Navidad?

—Lo dudo. Pero hay que ir, es la única pista que tenemos. Además, son órdenes de Elena.

—¿Has hablado con ella?

—Sí. He llamado a la BAC y les he contado lo que ha pasado. Creen que están a punto de conseguir algo. Han localizado al segundo de los violadores, vivo.

—¿Vivo?

—De casualidad, luego te lo cuento.

—¿Por qué no buscas al doctor? Me estoy aburriendo de estar aquí.

—Paciencia. Antes, cuando nos atacaron, estuviste muy bien. Menos mal que hoy te sentías hombre.

—¿Por qué dices eso?

—Por el puñetazo.

—Ah, no, en esos momentos me sentía mujer. Pero es que si no le doy el puñetazo, acaban con nosotros. Y al otro le disparé a la rodilla, pero estuve a punto de apuntar más arriba.

El doctor Caudete los interrumpe con la noticia de que el hueso está bien alineado y no hará falta operación, solo un vendaje.

—Aunque la semana que viene tendrá que ir a la consulta.

—Eso será la semana que viene, ahora véndeme la mano, que tenemos prisa.

La gasolinera que les indicó la chica de la tienda está cerca de Tarancón, pero pertenece a otro pueblo, a Santa Leonor. El gerente asegura que nunca ha visto al hombre de la foto, el Dientes; también, que las grabaciones de seguridad no se guardan tanto tiempo.

—Si no ha habido ninguna incidencia, se vuelven a usar los discos duros. Tenemos un disco de un terabyte y el sistema está en modo de registro continuo. Guarda prácticamente un mes. Es lo que establece la ley de protección de datos.

Es una pista más que se cierra en falso, pero, antes de marcharse, a Reyes se le ocurre hacerle una pregunta al empleado de la caja.

—¿No parará por aquí a repostar un hombre que viste una trenca verde? De esas con el forro naranja, ¿sabe?

—¿Un hombre con trenca verde? Sí... Para por aquí. Lo que no sé es cómo se llama. Paga siempre en efectivo. Tiene una furgoneta roja, una Renault o una Citroën. Lo único que sé es que vive cerca de Santa Leonor, una vez le vi en un bar de la plaza, uno que se llama Zarco que pone unas albóndigas muy ricas.

Capítulo 46

Manuel Sánchez está en la sala de interrogatorios, solo. Elena le quiere dejar así un rato para que se ponga nervioso. Le han arrancado un pelo del que Buendía sacará una muestra de ADN para el cotejo con el de Rebeca. Un resultado positivo en esa prueba allanaría la conversación, Manuel no tendría más remedio que admitir la violación y entonces podrían centrarse en el único dato que le interesa a Elena: la identidad del tercer hombre de la fotografía. El problema es que la prueba de ADN lleva su tiempo, y eso es precisamente lo que no tienen.

Elena entra en la sala y se sienta frente a Manuel.

—He estado investigando y todo el mundo habla maravillas de usted. Creo que es un buen hombre.

Manuel no dice nada. Se mantiene serio, quizá un poco asustado, pero lo trata de disimular bajo una capa de orgullo.

—No quiero destrozarle la vida. Solo quiero que me diga quién es este individuo.

Vuelve a poner en la mesa la imagen de los ganadores de la rifa.

—No le conozco.

—¿Y a este otro lo conoce? Se llama Fernando Garrido, ¿le suena? Murió hace cinco meses de un tiro en la cabeza. ¿Y sabe quién lo mató? La joven a la que violaron hace años. Esa joven intentó matarle a usted, pero se equivocó de hombre y se llevó por delante a un inocente.

Manuel baja la cabeza. Da la impresión de que le pesa ser el culpable indirecto de la muerte de su hermano.

—¿No le da miedo que lo vuelva a intentar con usted? Su vida corre peligro, Manuel, es mejor que colabore.

—Ya le he dicho que yo no tengo nada que ver con eso. Todo esto es absurdo, no tengo antecedentes; por no tener, no tengo ni multas de tráfico. Soy un ciudadano ejemplar y honrado.

—Y si nos ayuda, la primera interesada en que siga con su vida ejemplar soy yo. ¿Quién es el hombre de la gorra, el que tiene la cara medio tapada?

Durante el traslado a las oficinas de la BAC y en el tiempo de soledad dentro de esa sala desangelada, Manuel ha pensado en sus opciones y ha diseñado una estrategia desesperada. No puede admitir que él violó a una adolescente hace veintiún años. Eso destrozaría su vida. Perdería todo aquello que ama y le hace feliz y que le ha costado tanto obtener. Y, con toda probabilidad, terminaría en la cárcel, por mucho que esa inspectora rabiosa le tiente con ofertas imposibles de cumplir. Lo tiene muy claro: debe mantener su inocencia a toda costa.

Le han arrancado un pelo y están analizando su ADN. Sabe que se la juega con esa prueba, pero tiene un cincuenta por ciento de posibilidades de salir airoso, pues fueron dos los que penetraron a aquella joven y eyacularon dentro de ella. E, incluso si la prueba le señala con el dedo, puede aducir que el de la vieja foto del jamón es su hermano. Total, ya no puede revolverse en la tumba. Ignora si el ADN de dos hermanos es exactamente igual, pero tampoco le importa en esos momentos.

Hay una segunda forma de escurrir el bulto si resulta ser el padre de esa niña, que consiste en contratar a un buen abogado que invalide la investigación entera por las muchas irregularidades que se han cometido. Ni siquiera le han ofrecido asistencia letrada, y él no la reclama porque prefiere que el atropello a sus derechos quede más evidente. No se le escapa que la solución del abogado le podría permitir esquivar la cárcel, pero no las represalias personales. Su mujer, ante una prueba de ADN, no le creería y su armonía familiar saltaría por los aires. Cruza los dedos, contiene la respiración, reza por dentro y se agarra a su estrategia: no admitir que violó a esa joven.

Sabe perfectamente con quién estaba esa noche. Sabe que Fernando Garrido, viejo compañero de ferias ganaderas, fue asesinado hace unos meses. Antón, el tercer hombre al que busca la policía con ahínco, no frecuenta las ferias desde hace años, pero él sabe dónde vive. Y también sabe que no puede decirlo. Antón era muy raro, a veces le parecía que sufría un pequeño retraso mental. Hosco, serio, maniático, tímido, apenas hablaba y de vez en cuando su mirada se encendía de un modo que daba miedo. Ese hombre no tardaría ni un minuto en delatarle, diría que él no hizo nada, que fue el único que no penetró a la joven. Y acusaría a los que sí lo hicieron. Habría que estar loco para facilitarle a la policía los datos del único testigo que le puede relacionar con la violación. El otro está muerto y eso, en el trance angustioso por el que está pasando, es una bendición.

—Yo nunca he violado a nadie. Soy un hombre honrado, tengo una familia, una casa bonita, unos hijos maravillosos.

Buendía entra en la sala.

—Elena...

Ella mira a Manuel con una sonrisa que tiene algo de sádico.

—Creo que ya está la prueba de ADN.

Sale con Buendía y Manuel se queda rumiando sus penas. En la espera de una prueba que va a marcar su destino, se siente abatido y triste. Reconoce que aquella noche, hace veinte años, se comportó como un vándalo. La recuerda porque esas son cosas imposibles de olvidar, él no es un hombre acostumbrado a actuar de esa manera, él siempre fue buena persona, respetuoso con los demás —en especial con las mujeres—, educado... Solo una noche de su vida perdió el control. Ganaron el jamón, bebieron, Fernando les dijo que había fiestas en su pueblo, que estaba cerca, y decidieron ir. Estuvieron en el recinto ferial, intentaron ganar más premios en los puestos de tiro, en las rifas... Ganó una botella de ginebra barata y se la bebieron entera, en un par de tragos cada uno. Después siguieron bebiendo en la zona de las parrillas: un pincho moruno, un mini de cubalibre, un montado de panceta, un mini de cubalibre. Y así varios. Se metieron en una discusión con unos mozos del pueblo y tuvieron el sentido común de irse, pero no encontraron el coche en el aparcamiento, así que se pusieron a andar por el arcén de la carretera. Hasta que vieron a aquella chica, joven, muy guapa, y entraron en combustión. No sabe ni quién empezó, solo que la violaron Fernando y él. El tercero solo la sujetaba y le tocaba los pechos. No pudo violarla porque no se le levantó. Se estuvieron riendo de él un buen rato. Volvieron al aparcamiento, ahora sí encontraron el coche. Entraron en él y se durmieron. Cuando se despertaron por la mañana, casi no quedaba ningún coche allí, regresaron a Sepúlveda, y se separaron. Él se fue a su pensión, se duchó, desayunó y salió hacia su pueblo. Nunca ha hablado de aquello con nadie. Es injusto que una noche desgraciada de hace veinte años le persiga.

Elena vuelve a la sala. Trae una carpeta con unos resultados.

—Hemos cotejado su ADN con el de la hija que nació de aquella violación. El resultado es positivo, Manuel. Usted es el padre.

Manuel habla mecánicamente, como si fuera un robot con la respuesta programada.

—A lo mejor fue mi hermano. Él me reemplazó también aquella noche. El de la foto es él.

Elena sonríe ante lo grotesco de la excusa. Pone las dos manos sobre la mesa y se inclina hacia delante.

—¿Sabe cómo funcionan los programas de identificación facial? Yo no sé mucho de estas cosas, pero tenemos en el equipo a una persona que está completamente al día. Ya los tienen hasta los cajeros en algunos bancos, imagínese lo sofisticados que son, esos no sueltan el dinero si no están seguros de que funciona bien. Y mi compañera ha usado los mejores, ha examinado esta foto del periódico y las que le hemos hecho a usted, también las que hemos encontrado de su hermano, que es verdad que se le parece. Los programas analizan algunos rasgos del investigado, forma de la cara, de los ojos, milímetros de separación entre las cuencas oculares, entre las orejas... No le voy a aburrir porque no soy una especialista, en cuanto oigo la palabra «algoritmo» me bloqueo. ¿Sabe lo que nos dicen todos esos programas? Que el de la foto es usted, no su hermano.

—Nunca he violado a nadie, se lo he dicho y se lo repito. Y no sé quién es ese hombre, el de la foto es mi hermano.

Elena comprende que está hablando con un androide, ya no es un detenido con el que pueda razonar.

—No quería que me obligara a hacer esto. Ahora vuelvo.

Zárate y Buendía, que están siguiendo el interrogatorio desde el otro lado del cristal, se asombran, no saben adónde va Elena. Zárate sale a encontrarse con ella, la intercepta cuando se dirige a la habitación en la que está la esposa de Sánchez, que lleva dos horas en la BAC esperando noticias.

—¿Qué vas a hacer?

—Ese tío va a hablar.

Entra en el cuarto donde espera Ana Mencía, nerviosa, mordiéndose las uñas, y cierra la puerta.

—¿Qué es lo que pasa? ¿Cuándo me van a decir algo? He dejado a mis hijos con una vecina.

—Tengo que contarte algo —dice Elena—. Algo horrible que hizo tu marido hace veintiún años.

Manuel no ha podido evitar consultar los resultados de la prueba de ADN, que Elena ha olvidado a conciencia sobre la mesa. En efecto, él es el padre de una joven llamada Rebeca. Está en el peor de los escenarios previstos, la suerte no se ha puesto de su lado. Pero tiene que mantenerse fiel a sus planes.

Levanta la cabeza al ver que se abre la puerta de la sala. Trata de poner firmeza en su mirada para no dar ventaja a esa policía. Pero quien ha abierto la puerta y le mira con odio desde el umbral es su mujer.

—Hijo de puta, dime que no es verdad, dime que no violaste a una niña hace años.

—Ana, por favor, no sé qué te han dicho...

—Dime que no es verdad.

—Ana...

—Dime que no es verdad.

Manuel se resquebraja, se echa las manos al rostro y solloza. Ana se lanza sobre él.

—¡Hijo de puta! ¡Cabrón, pervertido de mierda! ¿Cómo has podido?

Zárate entra en la sala y sujeta a la mujer, que sigue golpeando a su marido como si fuera un saco.

Desde el otro lado del cristal, Elena no se inmuta.

Capítulo 47

La Nena sostiene un cuchillo de matanza que es casi más grande que ella. Introduce la punta entre el tobillo y la brida y lo usa como si fuera un serrucho. Al hacerlo, pincha varias veces el pie de Chesca, que se va moteando de sangre. Pero ella no se queja. ¿Está dormida? Salta la brida del pie derecho y la Nena ve el estropicio que ha provocado en el pie. Mira a la prisionera como para disculparse y ve a una mujer derrengada, inmóvil, el pelo de estropajo, los párpados caídos. Ni siquiera ha movido la pierna al sentir el miembro liberado. Un par de moscas hurgan en la herida de la cara.

Llegan ruidos del segundo piso, pasos y golpes contra el suelo. Antón y Julio deben de estar allí. Vio cómo subían a rastras a Casimiro. La Nena sabe que hay poco tiempo, es ahora o nunca, quiere pagar la prenda y jugar otra partida con Chesca. Se concentra en romper la brida del pie izquierdo. No quiere hacerle sangre y por eso se concentra más de lo debido, mucho más de lo que exige la situación límite. Consigue un movimiento con el filo del cuchillo en un ángulo que deja la piel a salvo. Chesca tampoco se mueve cuando se abre la segunda brida.

Además de los pasos, puede oír los gritos de Casimiro. Prefiere no entender qué está diciendo. Suena un golpe seco y, luego, un resuello como de búfalo. Está segura de que esa es la respiración de Antón.

Las bridas de las muñecas están algo más sueltas, seguramente por los intentos que ha hecho Chesca por aflojárselas. No le cuesta nada cortarlas con tres empujones del filo hacia arriba, siempre hacia arriba para no seccionarle las venas a la pobre desventurada que ya no tiene ni aliento. ¿Está dormida?

Ha llegado el momento de comprobarlo. La Nena se acerca a su rostro, las moscas revolotean por la llaga de la cara, se alejan y se acercan, les asustan los manotazos de la niña, pero no quieren perderse el festín.

—Despierta —le murmura la Nena.

No hay respuesta, ni siquiera un movimiento reflejo o la indolencia de los que se aferran al sueño y no quieren ser molestados. Nada.

—¡Despierta!

Lo dice en voz alta y acto seguido mira hacia la escalera, asustada de que puedan haber oído el grito. Chesca no se mueve. La Nena no sabe qué hacer.

Pone la punta del cuchillo en el brazo de Chesca y aprieta. Un punto de sangre surge como una gota promisoria, pero al dolor del pinchazo no acude el grito ni el espasmo ni ninguna clase de reacción. Se queda mirando el cuerpo desmadejado, exhausto.

—Despierta, que nos tenemos que ir —implora con su voz infantil.

Nada. La Nena empieza a llorar suavemente. Llora de pena, de rabia, de impaciencia. Se sube a la cama y se tumba junto a Chesca. Quiere sentir su calor humano, si es que ese cuerpo todavía lo desprende. Agarra su mano y se resigna. Se quedará dormida allí, en esa cama sucia del sótano, hasta que Antón termine con el nuevo ataque de histeria de Casimiro y baje a buscarla. Algo pasa, de pronto. Ha notado una presión en un dedo. No sabe si son figuraciones suyas, si ha habido una reacción humana o el anhelo inmenso de resucitar a esa mujer le está haciendo delirar. Aprieta la mano para establecer una correspondencia, yo te aprieto y tú me aprietas, y nota de nuevo una presión muy leve, como de recién nacido. Pega la oreja al pecho de Chesca. Oye un murmullo débil, un latido distante. Está viva.

La Nena se sienta encima del abdomen de la moribunda, la zarandea, le da bofetadas suaves al principio, después más fuertes.

—Estás libre, te he soltado. Te tienes que levantar.

Chesca abre los ojos y ve a la niña desgreñada encima de ella, sus ojos brillando de miedo y de esperanza.

—No hay tiempo. Antón y Julio están con Casimiro, pero después van a bajar a por ti. Te tienes que levantar.

Las instrucciones bailan en la mente de Chesca como en una nebulosa. Una galaxia de constelaciones que viajan a la velocidad de la luz y se rozan siempre a punto de la colisión. Ella necesita un big bang, una explosión que le permita levantarse, poner los pies en el suelo y comprobar si es capaz de caminar.

—Vamos, yo te ayudo.

Le pasa los brazos por detrás del cuello y consigue que se incorpore. Chesca tose con la maniobra, su cuerpo no está habituado al plano vertical. Se siente mareada, le arde la cara, sus piernas son dos alambres o así las siente ella. Cuando baja de la cama, se doblan como dos muelles y aterriza en el suelo. Allí se queda. No entiende qué está pasando. No sabe por qué está libre. No ha procesado la información que la Nena ha soltado con esa premura. Pero recuerda a la niña. Recuerda la prenda, el juego, recuerda que «hilo» se escribe con hache. Las manos de la niña están haciéndole cosquillas en los sobacos. Esa es la sensación que tiene antes de advertir que la está intentando levantar. Quiere poner de su parte y no sabe cómo hacerlo. Pero, aunque no sea consciente de sus esfuerzos, algo ha debido de colaborar porque lo cierto es que está en pie, y ahora sus músculos sí la mantienen erguida, igual que un cervatillo recién nacido se levanta al segundo intento.

—Hay un escondite. Es mi sitio preferido. Está en el obrador. Allí me meto cuando quiero estar sola.

Chesca camina hasta el pie de la escalera. Mira hacia arriba. Siete peldaños de piedra que se le presentan como una escalada imposible.

—Apóyate en mi espalda y vas subiendo. Yo te ayudo.

La Nena levanta una pierna de Chesca con las dos manos y después la otra. Ya están en el primer escalón. Soporta el peso que la moribunda descarga sobre su espalda en cada maniobra. Es dura, lleva toda la vida afanándose en tareas físicas de la granja. Con tres años acarreaba cubos llenos de agua, balas de heno y sacos de pienso. Con cinco años agarraba a un cerdo para que le pudieran poner una inyección. Es una niña fuerte.

Están en el segundo peldaño. Son siete. Los gritos de Casimiro han vuelto. Perdió la poca razón que tenía al saber que Serafín había muerto. Pobres cerdos. Los golpes, los intentos por contener a Casimiro han regresado.

Tercer peldaño.

Y, de repente, el estallido de un disparo. Un silencio espeso. La respiración trabajosa de Antón a la que sigue su voz áspera.

—¡Nena! ¿Dónde estás?

—Ya voy —responde la Nena.

No va a ser posible, no van a llegar a tiempo, Antón viene a por ella. Las encontrará y le hará lo que le ha hecho a Casimiro. Está segura de que ese disparo ha sido para silenciar para siempre al pobre Casimiro. Han alcanzado el cuarto peldaño y algo sucede de pronto. Como si el disparo hubiera insuflado energía en los músculos de Chesca, empieza a ascender por sí sola, sin ayuda, y en cuestión de segundos coronan la escalera.

—Espera —ordena la niña.

Chesca se apoya en la pared de piedra. Sus dedos se manchan de arenilla y ese simple tacto desagradable potencia la sensación de mareo. No tiene fuerzas ni ánimo para valorar la situación en la que se encuentra. Ella, una policía aguerrida, obedeciendo sin rechistar a una niña de siete años. La Nena vuelve haciendo gestos con la mano, la conmina a moverse deprisa.

—Ha bajado a la cocina, está cogiendo comida. Vamos, corre. Julio debe de estar arriba todavía.

Salen a un pasillo oscuro, cogidas de la mano. La Nena respira con miedo. Chesca concentra sus escasas fuerzas en no soltarse de esa mano pequeña y dura como un trozo de pizarra. Es una ciega conducida por un lazarillo. Pero ¿adónde? ¿Merece la pena fantasear con la libertad?

La Nena empuja una puerta y de pronto están en el salón de una casa de campo. Chesca aspira el frescor conocido de los inviernos de Turégano en la casa de sus padres. Los ruidos que hace Antón suenan aterradoramente cerca. La Nena pega un dedo a los labios de Chesca para pedirle silencio. Tira de una puerta de madera enorme, que chirría delatora. Chesca achina los ojos, cegada por la luz de la tarde.

—¡Corre! —ordena la Nena.

Ella quiere seguir agarrada a esa mano. No puede abrir los ojos, le molesta la claridad, está tan ciega como cuando recorría el pasillo oscuro. Pero la Nena da por hecho que ahora sí puede ver y la ha soltado para llegar antes al obrador. Desde allí se gira hacia Chesca y la ve parada en medio de la era, desorientada. Se acerca al rescate.

—Ven, dame la mano.

Chesca se aferra a esa mano como si fuera su única tabla de salvación en un naufragio. Entran en el obrador y la niña abre un armario con un hueco reducido, pero suficiente para las dos. La puerta del obrador se ha quedado entornada, pero consigue cerrar bien la del armario tirando de un listón de madera. Es una vieja alacena arrumbada, y la sección superior está decorada con una trama de celosía. Ese es el respiradero para ellas.

—¿Dónde está? ¡Nena! ¿Dónde está esa puta?

Las voces, proferidas desde el sótano, llegan con nitidez al obrador. También se oyen pasos brutales en la escalera, el patadón que tal vez ha descargado en la puerta que conduce al vestíbulo y unos zapatones aplastando la grava.

La Nena agarra con fuerza la mano de Chesca. La puerta del obrador se abre de un embate. Antón está dentro.

—¡Nena! ¡Sal!

Le oyen husmear por los rincones y proferir un grito de dolor. Ha debido de tropezar con la maquinaria. Sobreviene después un lapso de silencio que resulta mucho más aterrador que los gritos. Ahora no saben dónde está Antón, si ya ha intuido el escondite y está a punto de abrir el armario por sorpresa. La Nena sabe que ese es el mejor escondrijo de la casa. Cuando quiere estar sola se refugia ahí. Muchas veces la han buscado, como ahora, y nunca la han encontrado. La gata sí, debe de tener un olfato muy bueno, porque siempre se acerca remoloneando y se queda maullando junto a la puerta hasta que ella abre, la mete dentro y la coloca en su regazo. Entonces los maullidos se convierten en ronroneos y la Nena comprende que también ella necesita esconderse de su familia aunque solo sea un rato.

Chesca cree que Antón está todavía en el obrador, nota su respiración, ruidosa, y su presencia rotunda y vigilante. Le llega un olor fétido a sudor agrio y estiércol, pero se pregunta si no será ella quien lo emana. Ahora oyen pasos en el suelo de tablas, pasos que se alejan. Bate la puerta, Antón está fuera.

Suena un maullido. La gata acaba de entrar en el obrador.

¿Dónde está Antón? ¿Se ha alejado ya lo suficiente? La gata se acerca a la vieja alacena y se para delante de la puerta. Maúlla. Ni la Nena ni Chesca están preparadas para tomar la decisión más importante de sus vidas. Abrir la puerta y coger al animal para cambiar ese maullido por un suave ronroneo o no hacer nada, mantenerse ocultas y cruzar los dedos para que Antón no relacione los maullidos con su escondite. La única que tiene claro lo que hay que hacer en esos momentos es la gata, que sigue maullando junto al armario.

Capítulo 48

Santa Leonor es un pueblo pequeño, situado en un páramo de esos que parecen pensados para que su medio millar de habitantes pasen frío en invierno y calor en verano. Nadie cogería el desvío del kilómetro 110 de la A-3, unos setenta antes de llegar a Cuenca, si no fuera porque allí cerca hay un yacimiento arqueológico celta y romano. Los pocos visitantes que paran en el pueblo aprovechan para comer albóndigas en el bar de la plaza. Si se entra en internet y se pregunta dónde comer en Santa Leonor, el consejo es unánime: el Zarco.

Pese a su éxito, es un bar de los típicos de pueblo, con botellas de alcoholes ya desconocidos en los estantes, barra de madera repleta de cicatrices, máquinas tragaperras y expositores llenos de tapas, entre ellas las albóndigas que le dan fama.

Cuando Reyes y Orduño entran, solo hay tres clientes.

—¿Qué desean tomar?

—Dos cocacolas y una ración de esas albóndigas de las que todo el mundo habla —pide Orduño a la mujer que los atiende tras la barra.

—Les van a gustar. Se las caliento.

La camarera, una señora rubicunda de unos sesenta años, se mueve desde la vitrina de tapas al microondas como una bola de *pinball.* Piel rosácea y brillante. Parece untada en aceite, piensa Reyes mientras pierde la mirada por el local. Junto a un polvoriento expositor de casetes, una mujer de unos cincuenta años y rasgos indígenas, tal vez sea boliviana o peruana, está abducida por un concurso que hay en la televisión. Desde que llegaron tiene el café con leche a medio camino de la boca, como si fuera un robot que se ha quedado sin batería. En el otro extremo de la barra, dos hombres que parece que vienen de trabajar en el campo apuran unos vasos de vino y un pincho de tortilla. Aunque fingen estar concentrados en una conversación, no les han quitado ojo desde que pisaron el Zarco. Uno de ellos, calvo y con un melanoma que ocupa buena parte de su cuello, escruta a Reyes con poco disimulo, tratando de adivinar bajo su vestido rojo. Por un momento, ella siente un escalofrío al imaginar cómo habría sido su vida si se hubiera criado en un pueblo como Santa Leonor.

Cuando la camarera regresa con el pedido, Reyes saca una de las pastillas que le ha dado el doctor Caudete por si le dolía la mano.

—¿Cómo va?

—Me duele, pero es lo que dijo el doctor que iba a pasar, nada grave.

Una nube de humo se eleva sobre las albóndigas, el primero en probarlas es Orduño.

—¿Queman?

—No, puedes comerlas.

Reyes se lleva una a la boca y le caen las lágrimas.

—Joder, dijiste que no quemaban y están ardiendo.

—No iba a quemarme yo solo. —Orduño deja escapar una carcajada—. Menos mal que no te has hecho vegana, están cojonudas.

—A saber con qué las hacen... En algún sitio venderán esos pobres cerdos de la nave.

—No aquí, están tan ricas que solo pueden ser albóndigas de cerdo feliz.

El humor como válvula de escape. Reyes todavía se siente algo culpable por estos instantes de ligereza en mitad de una investigación. Pronto se dará cuenta de lo necesarios que son. Vuelven a avisar a la camarera. Cuando Juliana —así les ha dicho que se llama— se acerca, le enseñan la fotografía del Dientes.

—Nos han dicho que este hombre podría ser de la zona. ¿Lo conoce?

Juliana inclina la cabeza como si estuviera ante un retrato cubista y buscara la perspectiva correcta.

—¿Puede ser el Serafín? Manchao, ven y echa un ojo a esto —con un ademán, pide la colaboración del parroquiano con el melanoma en el cuello—. ¿Es el Serafín? Yo es que hace lo menos cinco años que no lo veo.

El Manchao se toma su tiempo con la fotografía. Resopla y deja escapar algún gruñido. Reyes cree que solo aprovecha la situación para pegarse un poco más a ella y, luego, poder decirle a su amigo que le rozó el culo. Como no empiece a hablar pronto, el Manchao se va a ir a casa con un moretón nuevo.

—Lo mismo sí. Tenía así los piños, como de conejo.

La falta de definición del Manchao exaspera a Reyes, que piensa en preguntarle a la sudamericana que está en la mesa. Sin embargo, cuando la busca con la mirada, la mujer ya no está en el bar. Su sitio está vacío, como la taza de café, junto a unas monedas.

—¿Y a un hombre con una trenca verde? Nos han dicho que a veces viene por aquí. Es posible que tenga relación con el de la fotografía —insiste Orduño.

—¿Julio? —el Manchao se ríe y busca la complicidad de la camarera—. No hay otro en el pueblo que ande con esas pintas; todo el día entre gorrinos, pero tiene planta de señorito. O eso se cree él.

Un temblor de excitación recorre a Reyes y Orduño. Están en la pista correcta.

—¿Sabe dónde podemos encontrarlos?

—¿Por qué lo andan buscando? ¿Son guardias? —la voz ronca del amigo del Manchao los interrumpe desde el otro extremo de la barra con desconfianza.

El teléfono de Orduño empieza a sonar. Es Zárate, puede verlo en la pantalla. Le pide a Reyes que responda por él mientras intenta que alguno de los habitantes del Zarco le dé la dirección de esos hombres a los que, por fin, puede ponerles nombre: Julio, Serafín.

—Sí, Zárate, dime... Estamos en Santa Leonor... ¿Qué?... Claro. Mándame la ubicación. ¿Cuánto tardáis en llegar?... Veinte minutos. Nos encontramos en la entrada.

Cuando cuelga, Orduño ya ha conseguido lo que buscaban, no hará falta ninguna ubicación: la granja Collado. A unos diez kilómetros del pueblo, allí es donde viven.

—Están viniendo a Santa Leonor, también tienen la dirección de la granja —le informa Reyes—. Vamos.

Junto a Zárate y Elena viajan tres coches con agentes de operaciones especiales dispuestos a tomar la granja por la fuerza si es necesario. Manuel Sánchez habló al final; no sabía el apellido del tercero en la foto, pero sí su nombre, Antón, y el pueblo en el que tiene la granja, Santa Leonor. Con la ayuda de Mariajo dieron con un propietario con ese nombre y la dirección de la granja.

—¿Dónde están Reyes y Orduño? —Elena tiene el pedal del acelerador hundido bajo su pie. No puede ir más rápido.

—En Santa Leonor, han llegado al mismo sitio por otro camino.

Los coches avanzan por la comarcal 310. Dejan a los lados algún olivar. El resto del paisaje es una planicie que se extiende hasta el horizonte. Repetitivo, vulgar, aplastado bajo un cielo apagado en el que la luz no es ya más que un tenue resplandor. Abandonan la carretera asfaltada para entrar en un camino de tierra. Saben que están muy cerca. Ni Zárate ni Elena son capaces de hablar. Imaginan el mismo silencio en el coche de Orduño y Reyes. Como un mantra, en sus cerebros se repite una única palabra: «Chesca». Se agarran a su nombre como si al nombrarla pudieran comunicarse con ella. Quieren decirle que siga luchando. Que resista. Que todo lo que pueda venir después lo superarán juntos. Que no la dejarán sola.

Capítulo 49

La granja Collado se compone de tres construcciones desperdigadas en un terreno ondulado que se extiende en las cuatro direcciones, vacío, desamparado. Un desierto de campos que podrían ser fértiles. La vivienda tiene dos plantas, con paredes encaladas llenas de grietas, como si estuviera a punto de iniciar su periodo de ruina. Una caseta de aperos o, tal vez, un obrador, y, al lado, unas porquerizas: una nave rectangular de techos de uralita y muros sucios que dan la impresión de estar hundiéndose en el barro que la rodea.

Orduño y Reyes están esperándolos cuando llegan. Lo primero que golpea a Elena al bajar del coche es el olor: un penetrante olor a excrementos y sangre. Denso, tan pesado que está aferrado a los terrenos de la granja y ni siquiera el viento puede despegarlo.

—No hemos querido acercarnos, pero no hay movimiento. La granja parece vacía. —Orduño es el primero en aproximarse a la inspectora.

Zárate, a unos metros de sus compañeros, está paralizado. Sus ojos, vidriosos, atados a esa granja y, seguro, piensa Elena, un torbellino de remordimientos en su interior. Es el pánico lo que lo retiene, lo que ha congelado cada uno de sus músculos. Elena creyó que tendría que contenerlo, obligarlo a esperar a que el grupo de operaciones especiales asegurara la zona, pero no ha sido necesario. Zárate está a punto de hacerse añicos, como si estuviera hecho de cristal. El temor a que hayan llegado tarde recorre a cada uno de los miembros de la BAC, pero en el caso de él, si ese miedo se confirma puede que sea demasiado. ¿Hasta dónde somos capaces de soportar? ¿Cuál es el límite de nuestro dolor? Elena pensaba que había rebasado todo umbral en la búsqueda de su hijo Lucas. Le gustaría pensar que es así, que sus sentidos están dormidos y que lo que esa granja pueda esconder no le va a afectar. Sabe que no es cierto y que, a pesar de todo, deberá contenerse porque alguien tendrá que recoger los trozos de Zárate para recomponerlo, si es que todo sale mal.

—No vamos a quedarnos fuera —la voz de Zárate sorprende al resto. Solo ha logrado salir de su aislamiento cuando ha oído al jefe del grupo de operaciones decirle a Elena que entrarían ellos primero y luego, cuando estuvieran seguros de que todo estaba limpio, podrían pasar ellos.

—Iremos detrás. Yo me hago responsable. —Elena no admite que rebatan su decisión. Tampoco ella quiere convertirse en una espectadora.

Mira al cielo. Ya es noche cerrada.

Los cerdos están abiertos en canal. En sus jaulas, tumbados sobre una plasta de sangre y estiércol. Un leve quejido hace que los agentes giren sus linternas hacia una de las porquerizas. Un lechón agoniza mientras expele borbotones de sangre por la boca. Su dolor apenas es audible. El aire de los chiqueros es tan espeso que casi no se puede respirar. Los haces de las linternas son la única iluminación que tienen los agentes en el interior de la nave. Ha caído la noche y dibujan cañones de luz que, al detenerse en cada una de las jaulas, desvelan, una tras otra, la matanza de animales.

—¿Puede alguien hacer algo por ese animal? —se atreve a murmurar Reyes cuando ve al cerdo que todavía se debate por su vida.

Un disparo con silenciador rasga el aire. Alguien, no saben quién, ha tenido compasión por él. Elena mira atrás; entre las sombras quiere ver a Zárate, cerciorarse de cuál es su estado. Los ojos de su compañero no se detienen en los cerdos: está buscando otra cosa. No quiere preguntarse por qué han sido sacrificados todos esos animales, más de treinta.

Elena, en cambio, no puede evitarlo: ¿por qué sacrificar a los cerdos? En esa granja vivían de ellos. Matarlos solo puede significar una cosa: que no piensan volver atrás. Que el modo de vida que tenían ha terminado. Y la respuesta le da miedo. Si todas sus suposiciones son ciertas y Chesca ha estado encerrada en esta granja, ¿no habrá sufrido la misma condena? Pero, entonces, una esperanza se desliza en su interior: ¿y si lo que ha pasado es que ha logrado escapar? Los dueños de la granja, sabiéndose atrapados más pronto que tarde, tal vez habrían decidido huir. Tal vez habrían decidido convertir el que fue su hogar en tierra quemada, y eso puede incluir matar a los cerdos.

—La zona está asegurada. Salimos fuera.

Todavía con las imágenes de los animales muertos en su retina, como espectros, Reyes abandona las porquerizas siguiendo al jefe de operaciones especiales. ¿Está preparada para esto? Debe estarlo, se dice. Por duro que sea lo que puedan encontrar, será más llevadero para ella, que no llegó a conocer a Chesca. Ha sentido cómo Orduño iba deslizándose por una pendiente desde que salieron del Zarco. Cuando descubrieron dónde estaba esta granja, la emoción por saberse tan cerca se enturbió por el temor de que fuera demasiado tarde. Solo lleva unos días en la BAC, pero ya se ha dado cuenta de que las cosas a las que se enfrentan hacen que los lazos entre ellos se anuden con mucha más fuerza. Posiblemente, sea esa cuerda lo que les da seguridad. Lo que saben que los salvará si un día uno comete un error. Allí estarán

Buendía o Mariajo, Zárate, Orduño y Elena para sujetar la cuerda y salvarte la vida. Eso es lo que están haciendo ahora con Chesca, y Reyes desea con toda su alma que logren rescatar a su compañera del infierno en el que parece que cayó.

La caseta que hay junto a los chiqueros apenas tiene cuarenta metros cuadrados y un pequeño ventanuco en la pared del fondo; es un obrador para charcutería. Entre otros trastos, una vieja alacena, unas sillas de anea rotas; una mesa de acero inoxidable ocupa buena parte del espacio. Aún tiene encima la carne que estaban preparando. La maquinaria —una embutidora, una picadora industrial, las sierras y los cuchillos que están colgados en la pared— está sucia, las cuchillas con restos de óxido. Pasan junto a una cubeta donde se acumula carne picada y sobre la que, al iluminarla con las linternas, se ve una nube de insectos. Dejaron el trabajo a medias. Huyeron con prisa, piensa Elena.

Dos agentes del grupo de operaciones especiales se apostan en la puerta de la casa. Otros, en las tres ventanas que hay en el primer piso: otean el interior y, como suponían, no ven a nadie. Las pisadas en el barro de los policías son el único sonido de una noche sin luna, cada vez más oscura.

No hace falta derribar la entrada, está abierta. Los agentes irrumpen iluminando todo con las linternas que llevan apoyadas sobre sus armas. Los avisos que lanzan a gritos, «¡¡policía!!», no tienen respuesta.

Elena y Zárate los siguen. La puerta da acceso a un recibidor: a la derecha, al final de un pasillo, está el salón. Al fondo, una cocina y un cuarto no muy grande. Elena indica a Orduño y Reyes que sigan a los agentes que registran el salón mientras ella, junto a Zárate, se adentra en la casa. Antes de llegar a la cocina, hay unas escaleras que llevan al segundo piso. Oyen las voces de los compañeros de operaciones especiales: no hay nadie en el salón. El cuarto y la cocina también parecen vacíos. Los peldaños de la escalera resbalan ligeramente. La luz de una linterna los ilumina y descubre la causa: están manchados de sangre. Ya saben lo que van a encontrar. Lo llevan sabiendo desde que llegaron a la granja. Más muerte.

Zárate percibe cómo le laten las sienes. Empieza a sentirse mareado y tiene que apoyarse en la barandilla mientras sigue a los agentes escaleras arriba. ¿De quién es esa sangre? ¿De Chesca? Como un relámpago, le asalta su imagen: enfadada, los ojos húmedos de rabia, la última vez que la vio. Le gritaba que si no quería saber nada de ella, que no fuera a buscarla a su casa. Quería sonar orgullosa, pero solo sonó triste. Debajo de esas palabras, lo que de verdad le estaba diciendo a Zárate era «Dame un beso», «Te necesito», «No me dejes sola». Se lo rogaba y Zárate cierra ahora un instante los ojos; solo quiere tener la oportunidad de poder abrazar a Chesca y murmurarle

«Lo siento». Otro peldaño más; un par de agentes han llegado al segundo piso. Ve cómo sus linternas se mueven de un lado a otro nerviosas, parecen serpientes.

Zárate nota una mano en el hombro. No necesita mirar atrás para saber que es la mano de Elena, que quiere infundirle la fuerza necesaria para terminar de subir la escalera. Aprieta la mandíbula y sube los últimos peldaños. Entre los compañeros de operaciones especiales, puede ver un bulto en el suelo. Una persona desmadejada. Unos pasos después, siente un extraño alivio. Es un hombre, aunque resulta difícil identificarlo: un disparo le ha volado parte del rostro, que se ha convertido en una masa informe. Sin embargo, por su ropa, por los rasgos que aún son reconocibles de su cara, Zárate piensa que tiene algún parecido con el Dientes, con Serafín, como Orduño y Reyes descubrieron que se llamaba.

—¡¡Aquí abajo!! ¡¡Tenéis que bajar!!

Elena y Zárate deshacen el camino a la carrera guiados por los gritos de Orduño. Zárate corre al salón, mientras Elena se queda detenida en la puerta de la cocina: ¿le ha parecido oír algo allí dentro?

—Hay un sótano. Chesca tuvo que estar aquí —Orduño va informando a Zárate.

Elena está convencida de que hay algo en la cocina. ¿Puede ser un gato atrapado? Sin hacer ningún ruido, cierra la puerta y se queda dentro. Quiere hacer creer a quien esté allí que no hay nadie más. Que puede salir. Pasados unos segundos, oye cómo una respiración se hace más presente. Alguien ha estado aguantándose y, ahora, recupera el resuello. Saca su arma y, cautelosa, se acerca al lugar del que cree que proviene esa respiración. Bajo el fregadero, en un pequeño armario con la madera abierta por la humedad. En un movimiento rápido, Elena abre y apunta al interior al tiempo que enciende su linterna. Un pequeño rostro de pánico aparece enmarcado en la luz. Es solo una niña de pelo rubio. Tiene un gato en su regazo. Elena guarda su arma y se acuclilla frente a ella.

—Tranquila, no vamos a hacerte daño.

La niña, encogida bajo el fregadero, se abraza con más fuerza a su gato. Sus ojos buscan alguna escapatoria. Está aterrorizada.

—Somos de la policía. Hemos venido para ayudaros. Vamos a cuidar de ti. ¿Me entiendes? —El silencio de la niña es la respuesta—. Buscamos a una mujer. Se llama Chesca, morena, de pelo corto... ¿La has visto?

Unos agentes entran en la cocina cuando Elena ayuda a la niña a salir.

—Inspectora Blanco, será mejor que baje al sótano.

Elena deja a la niña a cargo de los agentes y se marcha al salón. Es la habitación más grande de la casa. Al fondo hay una puerta y unas escaleras de bajada. Cuando llega al sótano, los compañeros de operaciones especiales han colocado unos focos que iluminan el espacio: un suelo de tierra, al igual que las paredes, como si nunca hubieran terminado de construir ese lugar y, en un extremo, una cama.

—Hay unas bridas cortadas y el colchón está manchado de sangre. Pero ven aquí, tienes que ver esto primero.

Orduño le señala un pequeño cuarto del que ahora sale Reyes. Elena entra en la habitación, una especie de almacén contiguo al sótano. Zárate se gira al oírla llegar.

—Esto ha tenido que ser un infierno —acierta a decir. Luego, con su linterna, ilumina una pared del cuarto.

Clavadas a la pared hay una serie de fotografías. Veintitrés en total. Veintitrés mujeres. Algunas son polaroids hechas en ese mismo sótano. Una mujer con surcos de lágrimas en el rostro, atada a la cama que Elena vio antes. Otras son fotografías hechas fuera de la granja. Una mujer sentada en la parada de un autobús. Otra detrás de la cristalera de un bar, tomándose un café. No sabían que estaban siendo fotografiadas. Entonces, la linterna de Zárate se detiene en una fotografía concreta. Es la más reciente, la última, no tiene el color lavado como otras. En ella, aparece Chesca, en la puerta de su casa en Madrid.

—Dime que todas estas mujeres no han pasado por aquí. Dime que no es verdad —le ruega Zárate a Elena, pero ella no encuentra fuerzas para responderle.

Cuarta parte
NO ME ENSEÑASTE A OLVIDARTE

Ahora, ¿qué hago de mi vida sin ti?
Tú no me enseñaste a olvidarte,
solo me enseñaste a quererte.

Valentina ha estado enferma. Una gripe que le ha provocado fiebre y la ha dejado postrada en la cama sin que nadie se ocupe de ella, igual que ocurrió con Ramona cuando murió. Sabe que, si sigue en esta casa, cuando enferme de gravedad morirá sin tener ni siquiera la oportunidad de que un médico la visite. Y lo mismo le puede ocurrir a su hijo Julio.

Ha pasado en un duermevela extraño estos días, preocupada por él: Julio solo tiene seis años y le divierte jugar con sus «titos». Así los llama. Los tiene por dos cachorros inocentes, siempre fáciles de engañar y de enfadar. A Valentina no le gusta que pase tanto tiempo con ellos. No teme que le vayan a hacer daño, pero quiere que Julio tenga una vida normal, que vaya al colegio, que haga amigos y amigas lejos de esa granja apartada de todo.

A veces, Valentina se fustiga llamándose a sí misma estúpida, miedosa, inútil, pero el pánico que le infunde Antón es tan intenso que jamás se ha atrevido a llevarle la contraria. Ni siquiera cuando se ha enfadado con Julio y le ha soltado un bofetón. «Lo que pasa en esta casa se queda en esta casa», le ha advertido Antón más de una vez al niño y, a la más mínima señal de que esa regla se ha podido quebrantar, ha actuado con dureza. ¿Por qué a pesar de ese trato Julio persigue a Antón como un perrillo faldero? Puede ver en los ojos de su hijo la devoción con la que observa a su padre, quizá sea lo normal, quizá sea ley de vida. Julio llama «padre» a Antón y ella no ha querido decirle que no lo es; que Antón no es su padre, y que ni siquiera sabe el nombre del verdadero.

¿Cómo ha llegado hasta esa situación? ¿Se acordará alguien de ella en Bolivia o la habrán dado por perdida?

Se hace esas preguntas en el estado febril en que se encuentra. Le ha parecido oír vociferar a Antón. A veces le pasa: grita cosas sin sentido, igual que sus hermanos, Serafín y Casimiro. Como si necesitara descargar la rabia que acumula en su interior. Ella ha aprendido a mantenerse lejos en esos momentos. Pero esta noche, unos minutos después de los gritos, la casa está en silencio. Con esfuerzo, consigue ponerse en pie, tiene un presentimiento, una intranquilidad que le hace sobreponerse a su debilidad.

Mira por la ventana de la habitación: es de noche, pero aparcado fuera puede ver un coche azul que nunca ha visto. ¿Tienen visita? Nunca la han tenido, como si fueran náufragos en una isla.

Sale de su habitación. El silencio de la casa la pone aún más nerviosa. No oye los gruñidos que suelen hacer Serafín y Casimiro. Tampoco las carreras de Julio. Algo horrible ha sucedido, piensa. Cuando llega a la planta baja, ve a su hijo; está sentado en la escalera que da acceso al sótano. Antón acumula cacharros allí abajo, es una especie de basurero que todavía tiene las paredes y el suelo de barro. Pero ¿qué está mirando el niño? Un sutil sollozo llega a sus oídos. ¿Proviene del sótano? Valentina se acerca a la puerta.

—¿Qué pasa?

Julio, sonriente y feliz, le hace un gesto para que se calle, para que no haga ruido, como si se tratara de un juego en el que no pueden ser descubiertos. Lo que está viendo le fascina, mucho más que los dibujos animados que a veces, muy pocas, ve en televisión.

Valentina llega hasta las escaleras y ve lo mismo que su hijo. Le cuesta encajar las piezas, como si fuera un puzle desarmado. Tras unos segundos de confusión, entre las sombras, reconoce a Antón. Tiene las manos manchadas de sangre y, en el suelo, una mujer se está desangrando. Es incapaz de adivinar dónde puede tener la herida, todo su cuerpo está empapado de sangre. Le provoca un escalofrío la expresión de la mujer, más allá del dolor, como el de las vírgenes que ha visto en las iglesias. La mujer deja escapar de nuevo ese sollozo, poco más que su respiración agónica que, para Valentina, es un ruego a Dios para que acabe con su sufrimiento.

Coge a Julio de la mano, tira de él para que deje de ser testigo de ese horror, pero el niño se resiste a hacerlo.

—¡Déjame! —grita, y la golpea para que se aparte.

Antón se gira al oírlo y su mirada se encuentra con la de Valentina. Ella sabe que su vida depende de su silencio.

Después de aquella primera vez, hubo otras. Más mujeres llegaron a la granja para no salir. Más «visitas». Antón jamás le habló de lo que ella había descubierto en el sótano. Ella nunca preguntó qué había hecho con el cuerpo de la mujer. Alguna vez, Valentina intentó hablar con Julio; sabía que tenía que explicarle que lo que hacía su padre no estaba bien, pero el niño idolatraba a Antón como si fuera el dios de la granja perdida, y todos los demás, sus siervos. Quizá no se equivocaba.

Hubo una chica morena de pelo rizado y pantalones de pana, parecía drogada cuando la vio entrar en la casa. Hubo una mujer de cuarenta años o más, de tez gris y ropas severas. Hubo una portuguesa dulce y sonriente. Oyó a veces conversaciones en la planta baja. Antón había traído a alguien, pero ella no tenía fuerzas para ver la cara de la siguiente mujer que iba a morir.

Al principio, pasaban meses, incluso un año, entre una mujer y otra. Luego, Antón fue trayéndolas con más frecuencia. Como si ya no pudieran saciarle. Y, tras cada visita, Julio se alejaba más de Valentina.

Una noche en que no podía dormir, ella bajó a la cocina para tomarse un caldo. Miró la puerta del sótano; estaba entreabierta. Desde la primera vez, Antón la dejaba siempre con candado. ¿Qué habría dentro? La curiosidad tiró de Valentina hasta ese lugar prohibido. Al abrir la puerta y encender la luz, vio las escaleras que descendían. Quedaban manchas de sangre en el suelo, pero no fue eso lo que la asustó. En un cuarto contiguo había una pared con una serie de fotografías: la chica morena, la portuguesa risueña, la cuarentona triste, incluso la primera mujer que atrapó en el sótano, estaban allí retratadas. Algunas fotos eran robadas, tomadas sin que ellas se dieran cuenta, tal vez su marido las hacía mientras las rondaba, esperando el momento propicio para llevarlas a la granja. Otras estaban tomadas en el sótano. Un panóptico del horror. Y en mitad de ese mural, Valentina pudo verse a sí misma. Una fotografía tomada cuando estaba en la era, sin que ella se diese cuenta.

Un escalofrío le sacudió la espina dorsal. Se imaginó a sí misma en ese suelo, desbordada de sangre como aquella primera mujer. Tomó conciencia de algo que debería haber sido evidente: tarde o temprano, ella también sería una víctima.

El miedo le infundió valor para salir esa misma noche de la granja. No cogió nada. Simplemente, abrió la puerta y huyó por los campos vacíos de Cuenca. Sin rumbo. Sin objetivo.

Temió que Antón la persiguiera, pero no lo hizo. Encontró refugio en un pueblo cercano, en una casa abandonada. Pasados unos días, se atrevió a salir de nuevo a la calle. Pensó en llamar a la Guardia Civil, pero ¿eso no sería también condenarse a sí misma?, ¿no había sido partícipe de todo ese infierno?, ¿no lo era también su propio hijo? Un agricultor de la zona le dio trabajo limpiando la casa. Valentina aceptó el empleo, no le pedían explicaciones de quién era o de dónde venía. Pensó reunir dinero para irse muy lejos, pero el día de marcharse nunca llegaba.

Un día entendió por qué no lo hacía. Un día en que un aparente paseo la condujo hasta el colegio de Julio. Vio a su hijo a través de las rejas del patio, lo vio jugar a la pelota con otros niños y le pareció completamente normal. Sonrió como no lo había hecho en muchísimo tiempo. Valentina quiso soñar con que Julio sería más fuerte que Antón, que sería capaz de salir de esa granja indemne.

Con lo que conseguía ahorrar limpiando casas, se alquiló una casa modesta en el barrio del Río. Empezó a llevar una vida tímida, sin amistades, una vida que parecía un lujo al lado de lo que había sufrido. Siempre que podía, se escapaba a la hora del recreo para ver a Julio. Cómo crecía fuerte y guapo, año tras año...

Una tarde, al regresar del trabajo, descubrió la puerta de su casa abierta. Ya sabía a quién iba a encontrar dentro. Antón fumaba en el sofá uno de sus cigarrillos negros.

—Cierra la puerta —ni siquiera la miró al pedírselo.

Valentina hizo lo que le ordenaba. Creyó que la mataría en ese mismo momento, pero no era eso lo que Antón había planeado.

—Tu hijo quiere verte y a mí me parece bien, Julio vendrá de vez en cuando para estar contigo un rato. ¿Estás de acuerdo?

—Claro, es mi hijo, es lo que más deseo.

—Es tu hijo, pero es como yo. Mejor que no lo olvides. No le temblará la mano si tiene que escoger.

Valentina asintió, lo sabía.

—Julio sabe tan bien como yo que lo que pasa en la casa se queda en la casa y a nadie de fuera le importa. Y tú, ¿lo sabes?

Valentina sabía cuál sería su condena si contravenía esa orden: la muerte. Aceptó. Pudo hacerlo por miedo o porque es idiota, porque no fue al colegio más allá de lo que la obligaron de niña, porque tenía pánico a denunciar a su marido, porque, aunque hubiera escapado de la granja, se sentía igual de presa que cuando estaba dentro. Daba igual. No eran más que excusas para justificar su silencio. No bastaban para hacerle olvidar la verdad; ella tampoco era inocente.

Capítulo 50

Han cursado una orden de busca y captura contra Antón Collado. Han movilizado a todos los puestos de la Guardia Civil de la provincia para que hagan controles en las carreteras. No puede estar lejos, no le ha dado tiempo. El cerdo que agonizaba en las porquerizas es la prueba de que no ha pasado más de una hora desde que abandonaron la granja. Ahora saben que, probablemente, junto a Antón también esté Julio. El hombre de la trenca verde. Orduño y Reyes obtuvieron su nombre en el bar de Santa Leonor. «El hijo de Antón», les dijeron los parroquianos. Ellos fueron también los que le hablaron de los hermanos de Antón: Serafín, al que habían apodado el Dientes, y Casimiro. Él debe de ser el cadáver que han encontrado en el segundo piso de la casa. Un disparo en la cara.

La Policía Científica ha tomado la granja y la inspecciona palmo a palmo. Han empezado por el sótano. Recogen colillas de Bullbrand, una marca de tabaco negro, vasos con bebidas a medio consumir: whisky, ginebra, ron... Meten pelos en pequeños sobres de plástico, empapan torundas en la sangre, en una mancha de orina de la pared, en sustancias que ni siquiera saben qué son...

Elena se acerca a Buendía.

—¿Encuentran algo que nos interese?

—Aquí hay restos y huellas como para que el laboratorio se pase meses trabajando sin parar; no había visto nunca nada así, hay manchas que parecen tener años. Pero hasta mañana no te voy a poder dar nada.

En el centro del sótano, la cama con las bridas cortadas. No hace falta que Buendía ni Elena digan en voz alta lo que ya saben. Cuando analicen el ADN comprobarán que la sangre pertenece a Chesca.

—Alguien cortó las bridas. Si estaba atada, no pudo hacerlo sola. Tuvo que tener ayuda.

Buendía intenta transmitir esperanza con esa teoría y Elena quiere creerle. La huida precipitada de Antón y Julio tal vez se deba a que Chesca logró escapar.

Un policía científico, vestido con ropa y gafas protectoras, se acerca a ellos.

—Tienes que ver esto, Buendía.

Le enseña una caja metálica de caramelos llena de dientes y juegos de llaves. Trofeos.

—Dientes humanos, de adulto, no de una madre que los guarde de sus niños. Hay como diez bocas ahí dentro...

—¿Podremos hacer algo con ellos? —pregunta Elena—. ¿Identificar a sus propietarios?

—Algunos sí, algunos no. Ya veremos lo que conseguimos. No te puedo aclarar mucho, ahora mismo estoy saturado de todo lo que veo —reconoce Buendía, mientras echa un vistazo a las llaves que había mezcladas con los dientes—. Les gustaba guardar recuerdos. Debían de abrir esta caja para volver a vivir lo que les hicieron a esas mujeres.

Elena sale del sótano. Un policía baja del segundo piso con unos cartuchos metidos en una bolsa de plástico. Son los que acabaron con la vida de Casimiro, no han encontrado todavía la escopeta que los disparó.

¿Qué sucedió en la granja? ¿Por qué sacrificaron a los cerdos? ¿Por qué mataron a Casimiro? ¿Dónde está Chesca? Un galimatías al que solo esa niña que encontró escondida bajo el fregadero puede dar respuesta. Una psicóloga se ha desplazado a la granja y ha intentado sin éxito ganarse la confianza de la pequeña. Sigue muda, abrazada a su gato. Zárate no deja de mirarla; sabe tan bien como la inspectora que deben romper su resistencia.

—¿Cómo estás? —la preocupación de Elena es sincera.

Zárate esboza un gesto de difícil lectura. No sabe si ha querido decirle que está bien o le ha pedido que le deje en paz.

—¿Podéis salir un momento? —pide en voz alta Elena a todos los policías del salón. Diligentes, siguen sus órdenes, salvo la psicóloga—. Usted también. Quiero hablar con la niña.

La psicóloga está a punto de rebatir la orden de Elena, pero Zárate se adelanta.

—Haga lo que dice la inspectora. —Con un gesto firme, Zárate la coge del brazo y la acompaña fuera—. Suerte —le murmura a Elena antes de marcharse y cerrar la puerta para dejar solas a Elena y a la niña.

Suelo de barro cocido, algunas baldosas rotas, agrietadas. Cicatrices que también suben por las paredes del salón y cruzan el techo. El polvo del campo acumulado sobre una vieja mesa de madera de pino, un televisor antiguo que ya no puede recibir ninguna señal. Sillas de anea. No hay fotografías, no hay más decoración que una vieja lámina del pueblo de Santa Leonor, descolorida. Este es el hogar de esa niña que se abraza a su gato. Elena coge una silla y se sienta frente a la cría, que está hundida en el centro de un sofá de escay. El gato ronronea a sus caricias. Unas manos de uñas mordidas, sucias, como su pelo y el vestido de nido de abeja, acartonado en la falda. ¿Qué clase de hogar puede ser este? Supone que la pequeña oyó gritar a los cerdos cuando fueron sacrificados. ¿También vio cómo disparaban a Casimiro?

—Me gustaría ser amable contigo, cariño —le anuncia Elena—, pero no puedo serlo. No soy esa mujer que ha estado antes hablando contigo, la psicóloga. ¿Sabes qué es una psicóloga? No, ¿verdad? No importa, tendrás tiempo de descubrirlo. Sé que no quieres hablar, pero yo tengo que conseguir que lo hagas y si dejo que lleguen los servicios sociales y empiecen a tratarte entre algodones, no lo harás. O si lo haces, será demasiado tarde para mi amiga. Porque Chesca es mi amiga. La mujer que estaba atada en ese sótano es una de las personas que más quiero. ¿Tú sabes lo que es querer a alguien?

Los pequeños ojos de la niña se hunden en el suelo. Elena ve cómo pega el gato a su pecho. Le gustaría no hacer lo que tiene que hacer.

—¿Oíste gritar a los cerdos? Supongo que fue Antón, en realidad me da igual... Alguien los rajó desde el cuello hasta la tripa y dejó que se desangraran.

Elena se levanta y pone la mano sobre el gato, que se encoge un poco más. La niña intenta apartarlo, pero la inspectora lo sujeta con fuerza de la piel del cuello. Sabe que la niña no es tonta, sabe que entiende con qué la está amenazando.

Zárate levanta la mirada al cielo. No hay luna y tampoco estrellas. Una noche pesada que ha caído sobre ellos como el plomo.

—Mariajo está de camino, a ver si ella puede identificar a las mujeres de las fotografías —le dice Orduño.

Los dos temen que ninguna esté con vida, pero la incertidumbre sobre qué le ha podido pasar a Chesca invade todo, no deja espacio para preocuparse por el resto de las cosas que han descubierto en la granja. La Científica ha recorrido cada centímetro de la casa y no han encontrado su cuerpo, eso debería darles esperanzas. Orduño ha llegado a pensar que Julio y Antón han podido llevársela como rehén en su huida. Cuando comparte su teoría con Zárate, este solo asiente. Le duele la cabeza, nota que le va a explotar y es incapaz de pensar. Dentro de él se repite sin cesar ese instante en que la vio marcharse, cuando la miró por última vez y decidió que no iría a su casa por la noche. Esa sería su forma de decirle que todo había terminado. Cobarde y egoísta.

La puerta de la casa se abre. Es la niña quien aparece en el umbral, seguida de Elena. No necesitan preguntar qué está sucediendo. Bastan unas miradas para entender que la pequeña ha decidido guiarlos hasta Chesca. Como si fuera una actriz que sube al escenario bajo la mirada del público, la niña pisa la era abrazada a su gato. Unos pasos por detrás, Elena. Los agentes de operaciones especiales y de la BAC aguantan la respiración. Desean que camine muy lejos. Que los lleve a un lugar apartado de esa granja de horror, pero la niña se detiene a la altura de las porquerizas. Tal vez solo se haya parado para mirar a los cerdos muertos. «Sigue andando», le dice Zárate en su cabeza. Tiene que contener las ganas de empujar a la niña para que retome el camino. Sin embargo, ella gira hacia su izquierda. Todos creen que va a entrar en la nave donde estaban los animales, pero deja atrás la porqueriza y llega hasta la caseta, el obrador de charcutería. Un agente apostado en la puerta se aparta cuando llega la niña. Abre la puerta. Detrás de ella, Elena, Zárate y el resto de los miembros de la BAC mantienen una distancia para no incomodarla. El interior está iluminado por un foco. El ruido del generador al que está conectada toda la iluminación zumba en la noche. La niña se gira a Elena antes de levantar el brazo derecho y, con el índice, señalar la cubeta de carne que vieron en el registro del obrador. Está desbordada. Los ojos inocentes de la pequeña se posan en Elena. El gato salta de sus brazos y deja escapar un maullido al llegar al suelo. Las primeras palabras de la niña son un susurro:

—Ahí está. Chesca.

Capítulo 51

La granja, el campo que la rodea, todo negro como el cielo de la noche sin luna. Las caras de los policías, los coches y los focos. Todo ha perdido su sentido, incluso las palabras. Zárate se tambalea y no sabe si, al tocar el suelo, está derrumbándose o si flota, ingrávido. Una punzada en el pecho, como una estaca clavada, le impide respirar. Su sistema nervioso está colapsado y es incapaz de entender los impulsos que le estremecen como latigazos. ¿Está llorando? ¿Está gritando? ¿Quién hay a su alrededor?

—¡¡Lleváosla a la casa!! —grita alguien.

¿Cuánto tiempo puede soportar este dolor? ¿Cuándo dejará de respirar? Alguien le coge de un brazo y tira de él. Intenta que se levante o que vuelva a poner los pies en el suelo. Ya no lo sabe bien. Delante de sus ojos solo puede ver esa enorme cubeta de carne picada y sangre. Los insectos que revoloteaban a su alrededor.

Alguien vomita.

Alguien llora.

—¡¡Se está riendo de nosotros!! ¡¡Esa puta cría se está riendo de nosotros!!

El cielo sigue tan oscuro como antes. Como si estuvieran dentro de una boca que los va a engullir.

Chesca.

En la cabeza de Elena suena una y otra vez la canción de Caetano Veloso, «Sozinho». Suena con la voz de Chesca. Está paralizada en el obrador, no ha sido capaz de moverse. Solo ha encontrado fuerzas para cerrar los ojos y perderse en esa canción: *«Às vezes no silêncio da noite, eu fico imaginando nós dois»*. Huele a carne y sangre. La carne y la sangre de Chesca. Los insectos: *«Eu fico ali sonhando acordado, juntando o antes, o agora e o depois»*...

—¡Es una locura, no puede ser verdad!

Más lágrimas. Las de Orduño. Camina sin rumbo por la era como un herido tras el estallido de una bomba. Desorientado. Un pitido en la cabeza. Esperaban lo peor, pero jamás habrían podido imaginar algo así.

—¿Estaba viva cuando lo hicieron?

—No sabemos si esa niña se lo está inventando.

Reyes se ha sentado en el suelo frente al obrador. Tiene las zapatillas sucias de vómito y le da igual. Dentro de la caseta, como una esfinge, Elena. A unos metros, atendido por unos compañeros, Zárate es presa de un ataque de pánico. La silueta de Orduño se pierde cada vez más lejos, como si quisiera marcharse para no volver. La niña ha entrado en la casa acompañada por la psicóloga. ¿Cuánto tiempo ha pasado? Como en una de esas proyecciones de cine antiguas, la película ha saltado y las imágenes se han sucedido sin control.

—Hay que hacer una prueba de preciptina para saber si la sangre es humana o animal. Y solo se puede hacer en laboratorio y con ayuda de una cobaya animal.

Buendía es quien le está dando explicaciones a Elena. ¿Cuándo ha llegado toda esa gente a la granja? Reyes ha perdido la noción del tiempo. Mira al cielo y la noche persiste: ¿es una noche eterna? Han levantado una carpa a unos cien metros del obrador. Un centro de operaciones. Allí trabajará ya Mariajo. ¿Dónde está Orduño? ¿Dónde está Zárate?

—Todos sabemos cuál va a ser el resultado —el murmullo fúnebre de la inspectora le llega como un viento.

A Reyes le gustaría encontrar fuerzas para ponerse en pie. Para ayudar a sus compañeros, darles un abrazo y, después, lanzarse a buscar a Antón, el rey de este infierno. Sin embargo, las piernas todavía le tiemblan y, por primera vez desde que llegó a la BAC, siente que no está preparada para este trabajo. Unos gritos la sacan de su ensimismamiento: Zárate, en la puerta de la casa, forcejea con unos compañeros.

—¡¡Tengo que hablar con ella!!

No entiende qué le contestan. La impotencia de Zárate es evidente, aunque la maquille de rabia.

—¿Dónde está? —pregunta Elena.

Alguien le responde que la niña está en su habitación, con la psicóloga. Han avisado a los servicios sociales para que se hagan cargo de ella. La inspectora entra en la casa. Zárate la sigue hasta las escaleras. Suben en silencio, dejan a un lado el lugar donde encontraron muerto a Casimiro. El juez de guardia debe de andar por allí, porque ya han levantado el cadáver y solo quedan unas señales de la Científica en el suelo, aparte del rastro de sangre. Al fondo, hay un cuarto. Antes de entrar, Elena echa una mirada atrás, a los ojos de Zárate. Quiere saber si sabrá contener su dolor, si puede permitirle entrar con ella. Sabe que lo necesita y, también, que va buscando una confesión imposible en la niña. Que esa carne no es Chesca. Que su compañera, su pareja, su amiga, pudo huir. Es consciente de que no debería dejar que pasara, pero tampoco se siente con fuerzas para impedírselo.

—¿Cómo te llamas? —Elena se sienta frente a la niña. Al no responderle, busca explicación en la psicóloga que ha estado acompañándola.

—No quiere hablar.

—Vas a tener que hacerlo. Vas a tener que hablar —aunque lo intenta, Zárate no puede ocultar su tensión—. ¿Quién le hizo eso a...? ¿Fue Antón?

—Sabemos que tienes miedo, pero seguro que si vuelve Antón será peor. Tienes que contarnos lo que ha pasado aquí.

—Lo que pasa en la casa se queda en la casa —murmura la niña una letanía repetida mil veces.

—Antón no va a volver. Ni Julio. Ya no son los que mandan. Los que mandamos somos nosotros y nos tienes que hacer caso. Dime cómo te llamas.

—Nena.

—¿Nena? —Y la pequeña asiente con un gesto.

—Ella es Gata —dice mientras la acaricia—. No me gustan los nombres. Se lo dije a ella. Le dije que no quería saber su nombre.

—¿Eso le dijiste a Chesca? —Elena nota la turbación en la pequeña. Un temblor de manos que intenta aplacar en el lomo del gato. La vida en mitad de ese horror no ha cauterizado del todo su capacidad de sentir, hay una conexión entre la niña y el animal. Elena advierte que le duele la pérdida de Chesca y esa es la vía que decide usar para lograr que la pequeña, poco a poco, desgrane qué ha sucedido en la granja.

—Es que bajan todos. Julio y Casimiro y Serafín... todos... El último siempre es Antón. Es el último porque, después, ya no están vivas. Por eso le dije que no quería saber su nombre. Siempre se mueren y yo tengo que llorar. Antón dice que llorar por las «visitas» es como llorar por los cerdos.

Elena intenta sobreponerse a lo que significa la confesión de la Nena. El infierno, las repetidas violaciones de las que fue víctima Chesca. De repente, aquel papel manchado de sangre con el dibujo de la alfombra de su cuarto se le antoja el mensaje en una botella que lanza un náufrago, consciente de que es casi imposible que nadie lo encuentre.

La descripción de los horrores que hace la Nena es deslavazada, como si no estuviera acostumbrada a usar las palabras, pero suficiente para hacerse una idea de cómo eran las cosas allí dentro. La vida, si es que se le podía llamar vida, en la granja Collado. Elena no se gira a buscar la mirada de Zárate en ningún momento, teme que su dolor le haga llorar. Cuando oye su voz, le sorprende que suene con entereza.

—¿Qué pasó con Chesca?

—La solté. Era la prenda que me tocaba.

La Nena se encoge de hombros y muestra el respeto sagrado de los niños por las reglas de un juego que ellos desconocen. A su manera, reconstruye el intento frustrado de escapar de allí. Con un cuchillo, cortó las bridas que ataban a Chesca a la cama. No sabe bien dónde estaba Julio. Quizá con Antón, intentando calmar a Casimiro. Estaba fuera de sí desde que supo que Serafín había muerto. Antón discutía con él, se oyó un disparo. Era el momento de escapar, pero Chesca estaba muy débil porque llevaba días sin comer. Consiguieron llegar hasta el obrador y se escondieron en un armario. Pero Antón las descubrió. Se enfadó mucho, empezó a pegar a Chesca y ella aprovechó para coger a Gata y ocultarse en la cocina, debajo del fregadero.

No se atrevió a abrir el armario en el que estaba escondida cuando Antón volvió a la casa y le oyó decir que tenían que irse.

—¿Dijo dónde tenían que irse? —pregunta Elena.

—Tenían que irse de la granja. Eso dijo.

—¿Cómo sabes que esa carne que hay en el obrador es de Chesca? —Zárate se agarra desesperado a que haya un error en el relato.

—Siempre es así.

—¿Es lo que le hacían a las mujeres que traían? Sabemos que Chesca no es la primera. Hemos visto las fotografías —continúa Elena.

—Antón las llevaba al obrador. Las partía, unas iban al arcón y, otras, en la picadora... La carne. Les echaba vino blanco... y la masa...

—¿De qué estás hablando? ¿Qué masa? ¿Se la echaba a los cerdos? —quiere saber Zárate.

La Nena mira por primera vez al policía. Aunque no sabe por qué, la niña se da cuenta de que hay algo que no está bien. No es solo que Antón se enfadara tanto porque mataran a Casimiro. Ni siquiera que todas esas mujeres, como Chesca, ya no estén. Hay algo que no está bien. Lo nota en las miradas de Elena y Zárate.

—¿Qué hacían con la carne, Nena? —le pregunta ahora Elena.

—Nos la comíamos.

Capítulo 52

Las veintitrés fotografías que había en el cuartucho anexo a la mazmorra donde estuvo Chesca están en el ordenador de Mariajo. Ha instalado un proyector y, ahora, se puede ver la pantalla de la hacker en la pared blanca de la carpa que han levantado junto a la granja. Polaroids en el sótano, fotos robadas en la calle. Orduño no ha tardado en reconocer a la mujer que precede a Chesca en ese orden macabro que las fotografías tenían en la pared del cuarto.

—Yolanda Zambrano. La ecuatoriana desaparecida. A su nombre alquilaron el piso en Madrid.

—Probablemente, todas estas mujeres han muerto igual que Chesca —murmura Reyes.

La luz del amanecer se filtra en la carpa cuando entra Elena. Ninguno ha dormido ni lo va a hacer hasta que encuentren a Antón y Julio. Incluso después de entonces, preferirían no hacerlo. Todos saben qué va a habitar sus futuras pesadillas.

—Estoy usando programas de identificación facial y comprobando las denuncias de mujeres desaparecidas en los últimos años, concretamente en las dos últimas décadas, es de cuando creemos que son las más antiguas —explica Mariajo a la inspectora.

—De la misma época que la violación de Chesca. Quizá se salvó entonces de acabar en la granja y Antón Collado estuviera buscándola desde entonces. —Orduño busca un sentido a todo lo que ha pasado.

—No. Chesca fue la que provocó que Antón Collado la buscara después de matar a Fernando Garrido y al hermano de Manuel Sánchez. Antón se sintió acorralado y fue a por ella.

Elena no deja lugar a dudas. No es fácil asumir que fue Chesca quien se metió en la boca del lobo. De cualquier forma, no están en condiciones de plantearse los detalles morales de todo lo que ha sucedido. Es posible que se hubiera convertido en una asesina, pero eso no puede borrar de un plumazo que también era su amiga. Que nadie se merece un final como el que ha encontrado.

—¿Crees que la Nena dice la verdad?

—No tiene razones para mentir. No en algo así.

Nadie se ha atrevido todavía a decir en voz alta la palabra: caníbales.

—De momento tenemos el nombre de seis de ellas: Chesca, Yolanda Zambrano y cuatro más. Los tenéis en vuestros correos y las denuncias de desaparición que se hicieron en su día.

La hacker detalla que hay ciertos rasgos que comparten las veintitrés mujeres: son atractivas —sin poder decir que sean guapas— y están entre los treinta y los cuarenta años. Las que han sido retratadas allí mismo, en la mazmorra, tienen cara de terror: sabían lo que les iba a ocurrir.

—En todas las denuncias hay un nexo, excepto en el caso de Chesca: mujeres solitarias, a las que nadie echó de menos hasta varios días después de que desaparecieran, en paro o sin trabajos que les obligaran a salir de casa a encontrarse con otras personas, también turistas de paso por España. Una turista mexicana en Madrid, tres mujeres en paro (dos de ellas de Valencia y la tercera, Yolanda, de Cuenca), una presidiaria recién salida de la cárcel que dejó una bolsa con sus escasas posesiones en una pensión de Castellón...

Es fácil situar en un mapa el área de procedencia de las mujeres: está entre Madrid, Cuenca y el norte de la Comunidad Valenciana, los lugares más cercanos a la granja. Allí será donde busquen con más insistencia denuncias de desapariciones. Pero eso puede esperar.

—¿Alguna noticia de Antón? —pregunta sin esperanza Elena.

—Tenemos las carreteras cortadas y un helicóptero ha salido de Madrid para hacer batidas por aire. Buscamos una furgoneta roja, una Renault Kangoo. Nos ha dado los datos Tráfico.

La luz de la mañana, lechosa, baña la granja. Buendía sigue trabajando en la recopilación de pruebas de la casa. Una tarea que le llevará días procesar. Los agentes de la Policía y la Guardia Civil que se han desplazado a la granja deambulan con la mirada hundida en el suelo; intentan olvidar lo que han visto y que su imaginación no se dispare suponiendo cómo era el día a día de ese infierno. Se centran en las tareas que les han encomendado, metódicos. Tienen que agarrarse a lo más inmediato para que los fantasmas no se adueñen de ellos.

Caníbales. Veintitrés víctimas. La granja del horror.

La cubeta donde se acumulaba la carne.

Chesca.

—¿Por qué no vuelves a Madrid?

Zárate se ha sentado en una de las piedras que delimitan la era y tiene la mirada extraviada en ese campo infinito que se pierde en el horizonte. Ni siquiera mira a Elena cuando ella le pregunta.

—Siento lo de antes —se disculpa por su ataque de pánico, avergonzado.

—No tienes que hacerlo.

—¿Cuánto podemos soportar, Elena? —y cuando levanta la mirada, ella se da cuenta de que tiene los ojos humedecidos—. Cada caso... es como si nos arrancaran un trozo de alma. Llegará un día en que no nos quede nada.

A Elena le gustaría encontrar las palabras que confortaran a Zárate, pero no es capaz. Ella piensa lo mismo. Se hunden cada día un poco más. Tal vez ya no quede nada por debajo de eso. Tal vez, como dice Zárate, ya no les quede alma. Capacidad de sufrimiento. Sin embargo, recuerda que pensó lo mismo al perder a Lucas: ¿no había terminado la muerte de su hijo con lo poco de humanidad que había en ella? La respuesta es no. Ahora, enfrentada a la muerte de Chesca, el dolor es tan intenso como entonces. Ojalá hubiera perdido la capacidad de sufrir. Sin duda, sería más feliz. No es así: le cuesta pensar en la muerte de su amiga, en el abismo en el que ahora están cayendo todos. Orduño, Mariajo, Buendía, incluso Reyes, que acaba de llegar. Pero, sobre todo, Zárate. Nota que él se está dejando caer en un pozo del que nadie podrá salvarlo. Un pozo anegado de rencor, de culpa y de ira. Debería insistir en apartar a Zárate de la investigación, pero ¿cómo hacerlo? ¿Cómo decirle que no quiere que esté cuando den con Antón? ¿Cómo confesarle que tiene miedo de que su reacción le arruine la vida?

Buendía quiere poner ese tono de normalidad que siempre usa cuando describe a sus compañeros el resultado de sus análisis. Hoy, bajo la carpa, su voz suena forzada. Habla de que en la casa vivían cinco personas: Antón, Julio, Casimiro, Serafín y la Nena. A falta de análisis de ADN, por el testimonio de la niña, supone que Antón era hermano carnal de los dos hombres con retraso mental, Casimiro y Serafín. Es probable que Julio fuera su hijo. No está seguro de si existe algún parentesco entre la Nena y el resto de los miembros de la casa. La descripción de los habitantes la completa Mariajo.

—En el registro civil, aparece que Antón Collado contrajo matrimonio con una mujer de origen boliviano; Valentina Quispe, hace veintiséis años. Está domiciliada en la granja.

—Aquí no vivía ninguna mujer. —Buendía está seguro de eso.

—¿Has podido confirmar a qué pertenecen los restos que encontramos en el obrador?

Elena ha hecho la pregunta que todos pensaban y nadie se atrevía a formular.

—Hay un arcón congelador en el que he encontrado más piezas de carne. Piezas completas, tal vez las mejores para el consumo. Son indudablemente humanas. Además, había cuarenta y ocho kilos de carne picada.

—En el registro de la cuenta bancaria de Antón aparecen pagos de varias carnicerías de la zona y algún que otro restaurante.

Reyes despierta del estado de letargo en el que estaba sumida. La posibilidad que apuntan Mariajo y Buendía le revuelve el estómago. ¿Podían vender esa carne humana a los negocios de la zona? Las albóndigas que Orduño y ella se tomaron en el Zarco de Santa Leonor parecen volver desde algún lugar de su vientre. Puede sentir su sabor en el paladar. Se pone en pie tambaleante para no vomitar sobre la mesa, pero no llega a salir de la carpa. Se apoya en Orduño, que se ha levantado tras ella, para no caer al suelo.

—El bar del pueblo, Orduño —un sudor frío le moja la piel.

—Es imposible, Reyes...

Elena retoma la reunión: deben poner todos sus esfuerzos en localizar la furgoneta de Antón. Esa es la prioridad y no pueden dejarse abrumar por todo lo que van descubriendo. Antón escapó una hora antes de que llegaran y cortaron las carreteras inmediatamente. Está convencida de que no ha podido salir de la comarca. Estas primeras horas son vitales para dar con él.

Reyes siente que está estorbando. No es capaz de controlar su estómago ni su imaginación: ¿qué tenían aquellas albóndigas? Recuerda el bar; la mujer que los atendió y los dos paisanos. El Manchao, que se acercó a ella para tocarle el culo. Sabe que debe dejar de darle vueltas, ser útil para sus compañeros. La mujer sudamericana que había en una mesa viendo un concurso. Su rostro regresa a la memoria de Reyes y, al mirar a la proyección del ordenador de Mariajo en la pared, las veintitrés fotos, cae en la cuenta.

—Yo he visto a esa mujer.

Segura, señala a una de las fotografiadas. Es la quinta en esa sucesión de víctimas. Ha pasado el tiempo desde que le hicieron la fotografía, en mitad del campo. Pero sus facciones no han cambiado tanto. Es la mujer que se marchó del Zarco mientras ellos hablaban con la camarera y los dos parroquianos.

—Está viva.

Capítulo 53

Un perro ladra a las sirenas de los coches de policía que recorren Santa Leonor hasta detenerse en la plaza del Zarco. El pueblo se ha despertado con ese escándalo. Los rumores que corren entre los vecinos, ¿por qué hay tanta policía en el pueblo?, ¿por qué buscan a Antón?, todavía están muy lejos de imaginar el horror que han descubierto a solo unos kilómetros de allí.

Elena y Zárate son los primeros en entrar en un bar que, a esa hora, poco más de las siete, está levantando la persiana. Orduño y Reyes los siguen; la camarera es la misma que había el día anterior, pero el local está vacío.

—¿Dónde podemos encontrar a esta mujer? —Elena pone sobre la barra la fotografía que obtuvieron en el sótano.

—Ayer estaba ahí mismo sentada —dice Reyes ante un ademán de duda de la camarera y señala la mesa junto al expositor de casetes.

—¿Valentina?

—¿Valentina Quispe? —pregunta Elena. ¿Es posible que esa mujer sea la esposa de Antón?

—No me sé su apellido —se justifica la camarera—. Viene de vez en cuando por aquí. ¡¡Ramón!! —aúlla la mujer a la cocina—. Él la conoce mejor.

El olor del bar, mezcla de fritanga y lejía, penetra en Reyes, que tiene que salir fuera para contener las arcadas. Se han arremolinado unos cuantos curiosos en la plaza. No saben qué les espera, piensa Reyes. Acostumbrados a no ser centro de atención de nada, durante unos meses serán el tema principal de todos los informativos. La familia caníbal que vivía en Santa Leonor. La casa de los horrores. Respira profundamente para apartar la idea de que aquellas albóndigas que probaron en el bar, en realidad, pudieran estar hechas de carne humana.

—¡El barrio del Río!

Sus compañeros han salido a la carrera del bar y ya se están subiendo en sus coches. Reyes hace un esfuerzo para subir al coche de Orduño cuando maniobra para abandonar la plaza. El de Elena y Zárate ya ha salido derrapando y dejando atrás el eco de su sirena.

La zona que en Santa Leonor llaman el barrio del Río, a orillas del río Cigüela, está compuesta por casas bajas, humildes, en calles estrechas que hacen pensar en una planificación inexistente o muy antigua, tal vez fue allí donde nació el pueblo. La casa de Valentina Quispe, de una planta, está bien cuidada, aunque empieza a necesitar una mano de pintura; tiene macetas con algunas flores de invierno que ninguno de ellos sería capaz de identificar, en el alféizar de las ventanas.

—Esta es la casa —avisa Elena a las dos patrullas de la Guardia Civil que se unen a ellos en el domicilio.

—Pues nada, entremos. No creo que Valentina ponga objeción —acepta el sargento de la Guardia Civil, después de comprobar que nadie responde al timbre y que la orden de registro que le muestra Elena está en regla.

La inspectora ha llamado a Rentero en el camino del Zarco a la casa de Valentina. No ha necesitado insistir. Está al corriente de los descubrimientos que han hecho en la granja Collado y la orden estaba lista en apenas cinco minutos.

—¿Procedemos?

Un cerrajero se acerca y abre la puerta sin problemas. Los agentes de la BAC siguen a la inspectora en el registro. Metódicos, armas en mano, van comprobando habitación por habitación que la casa es segura. Un pequeño salón decorado con lo que parecen muebles de segunda mano, pero puesto con cariño. Un dormitorio con la cama deshecha. Zárate da el aviso al abrir la puerta de un patio trasero. El cadáver de Valentina está tendido en el suelo. Un disparo en una pierna y otro en el pecho. La sangre mezclada con el barro del patio. Un viento suave mece la ropa de cama que había colgada, manchada de salpicaduras de sangre. Han llegado tarde una vez más.

—Han encontrado la furgoneta de Antón Collado —le informa uno de los guardias—. Estaba en un camino, cerca de la nacional. No había nadie.

—Que desplacen a una unidad de la Científica...

Después de dar la orden, Elena recorre el camino inverso que hizo al llegar a la casa: la cocina, el dormitorio, el salón. Intenta imaginar qué vida pudo llevar Valentina. ¿Quién es realmente esa mujer que yace sin vida en el patio trasero? Una casa humilde, pero limpia, llena de recuerdos de Bolivia, aunque duda que la mujer haya salido de España desde que llegó.

Hay una fotografía suya en una cómoda del salón. Sonríe, feliz. A su lado, un joven de unos dieciocho años, apuesto. Viste una trenca verde. Julio, su hijo. ¿Qué parte tiene Julio en todo lo que han descubierto? ¿Es un chico normal subyugado por el poder de su padre, Antón, o es el mismo demonio? Un olor intenso le llama la atención. En una mesa baja, junto al sofá, hay un cenicero con varias colillas. Una todavía despide un fino humo.

El cigarro se ha consumido sin que nadie se lo fumara. Junto a la boquilla puede leer una marca: Bullbrand. Los mismos cigarrillos que encontraron en la granja. Antón ha estado aquí hace muy poco.

Elena sale de la casa, nerviosa. Mira a su alrededor, intentando imaginar por dónde puede haber huido. Como en la granja, le pisan los talones.

Algunos vecinos han salido de sus casas. Los agentes de la Guardia Civil que cooperan en el operativo les insisten en que se queden dentro. «¿Qué ha pasado con Valentina?», oye que dice una anciana apoyada en un andador.

Tal vez sea el cansancio de una noche en vela, pero a Elena le cuesta pensar. Sabe que la respuesta está delante de ella y solo necesita verla. Unas rodadas dibujan una ese en la calle de la casa de Valentina; el ayuntamiento debió de quedarse sin presupuesto al asfaltar el barrio, o les dio igual dejarlo a medias. La calle se transforma en un camino de tierra solo unos metros más adelante. Una tierra en la que también están dibujados los neumáticos de un coche. El viento levanta polvo del campo, polvo que borra las rodadas. Puede verlas porque son recientes, se da cuenta Elena.

—¿Qué coche tiene Valentina? —ha ido a interrogar rápidamente a la anciana del andador. Es la única a la que ha oído referirse con un poco de afecto a la que fuera esposa de Antón.

—Yo, de coches, sé poco —se excusa la mujer.

—Un Ibiza blanco. Lo menos treinta años debe de tener —oye que dice un hombre en calzoncillos apoyado en el quicio de la puerta de otra casa. Unos niños intentan salir a la calle tras él, pero sus piernas se lo impiden.

—¿Adónde lleva? —Elena señala la carretera que se transforma en camino.

Zárate conduce aferrado al volante. Cruzan campos de labranza. Rectángulos verdes y marrones se repiten a ambos lados del camino de tierra que avanza paralelo a lo que, tal vez, era el cauce del río Cigüela y que ahora es poco más que una zanja plagada de juncos.

—Los sospechosos pueden estar armados —oyen en la radio del coche. Avisos que se cruzan entre los diferentes coches de la Policía y la Guardia Civil que se han lanzado a la carrera para dar con Antón y Julio. Todo indica que buscaron refugio en la casa de Valentina y, después de matarla, usaron su coche para huir.

Hace muchas horas que iniciaron esta persecución. La adrenalina les ha mantenido despiertos, pero Elena intuye que el final está cerca. No pueden escapar. El camino que nacía en el barrio del Río se pierde entre las diferentes parcelas de cultivos, pero no tiene más salida que la carretera comarcal 2102. El helicóptero ha empezado a sobrevolar la zona. El ruido estático de la radio pronto se romperá para decirles que lo han localizado. ¿Y después?, solo la pregunta le provoca vértigo a Elena. Como le dijo Zárate, esta noche han perdido un trozo de alma y, en el caso de Ángel, esa pérdida le ha transformado. Hay algo extraño en él, sentado al volante, su mirada clavada en la tierra que van engullendo bajo el coche. Algo que no sabe definir pero que no había visto antes en él. Tal vez, la palabra para definirlo sea «rabia».

—¡¡Lo tenemos!! —la voz de Orduño es la que ha roto el silencio—. Iba a entrar en la comarcal por el kilómetro 15. Nos ha visto y se ha metido campo a través.

—Estamos cerca. —Elena no necesita hacerle ninguna indicación a Zárate para que abandone el camino y vaya en perpendicular hacia la carretera.

Orduño va ganando terreno al Ibiza. Sabe que ese utilitario no está preparado para avanzar a campo traviesa. La amortiguación apenas resiste y no le extrañaría que en cualquier momento rompiera el eje. Ve cómo la rueda delantera entra en un socavón, el coche se levanta por el culo y luego cae, reventando las ruedas traseras. Orduño detiene el coche. Reyes y él salen apuntando con sus armas.

—Salga con las manos en la cabeza —oye Elena que grita Reyes.

Ellos también han llegado al lugar donde el Ibiza se ha quedado parado. Bajan del coche cuando la puerta del piloto se abre y, un instante después, con las manos sobre la cabeza, sale Antón.

—¡¡Salgan todos del coche!! —grita Orduño.

El helicóptero ha empezado a batir por encima de sus cabezas. Las sirenas de los todoterrenos de la Guardia Civil se están acercando.

—¡¡Estoy solo!! ¡¡Me ha dejado solo!! —Antón se queja como si fuera una víctima.

Orduño se aproxima al coche por la izquierda mientras Reyes lo rodea por el otro lado. Miran a través de los cristales.

—¿Dónde está Julio? —Orduño obliga a Antón a ponerse de rodillas con un leve empujón.

—¡Me ha dejado solo! Es un bastardo. Un puto bastardo. ¡Como su madre!

Elena está a unos cincuenta metros de Antón. Arrodillado en mitad del campo, la ropa sucia de polvo y de sangre —sangre de Valentina, de Chesca, de Casimiro, de los cerdos y de la veintena de víctimas que pasaron por su granja—, le parece un pobre diablo. Un hombre ridículo que se lamenta de que le hayan abandonado, como si fuera un profeta sin creyentes. ¿O es todo un teatro? Se ha lanzado al suelo y llora contra la tierra, golpea el suelo como un niño en una rabieta.

—¡Estoy solo!

Es una fracción de segundo. Elena nota cómo una sombra pasa por su derecha, tapándole el sol un instante. Se gira cuando Zárate ya la ha superado.

Camina rápido hacia Antón y ha sacado su pistola. La levanta y apunta con decisión a la cabeza del hombre. No va a perdonar ni va a escuchar los lamentos de ese hijo de puta. Pero su venganza será también su condena. Elena reacciona y llega a ponerle la mano en el hombro a Zárate antes de que accione el gatillo.

—Ángel, no lo hagas.

El arma tiembla en la mano de Zárate, pero aun así sabe que no fallará. Cuando Elena se pone a su altura, se da cuenta de que está llorando. El dolor se ha desbordado. Pone la mano izquierda sobre la muñeca de Zárate y, sin hacer fuerza, logra que baje el arma.

—¡El coche está vacío! —Reyes ha hecho el primer registro.

Los todoterrenos de la Guardia Civil llegan al lugar. Orduño pone en pie a Antón para esposarle. Elena abraza a Zárate. Pega su pecho al de él para que no se venga abajo, para evitar que se hunda en el abismo que sabía que se abriría a sus pies cuando dieran con Antón.

Capítulo 54

Todo es nuevo para la Nena. Nunca ha cruzado el horizonte de campos, no ha pisado más allá, o no lo recuerda, y la más pequeña alteración del paisaje, unas montañas que se levantan junto a la carretera camino a Madrid, la asusta. Tampoco ha viajado a tanta velocidad como a la que recorren la A-3. Le han puesto un cinturón cruzándole el pecho y se agarra con fuerza al pasamanos del asiento trasero. Algunas veces, Julio la subía a la furgoneta roja y conducían en círculos frente a la casa. Esa ha sido su vida: un círculo. Antón, Julio, Casimiro, Serafín y ella. Los cerdos. Gata. Y, a veces, las mujeres que había en el sótano. Las visitas. Su muerte y su transformación en comida para empezar de nuevo el círculo. Ahora se ha roto, es como un cable de alta tensión que se sacude sin control. A la Nena le cuesta procesar todas esas novedades.

Las personas.

La velocidad del coche.

Los edificios que se levantan como castillos imposibles al adentrarse en la ciudad.

Las palabras. Tantas palabras que le cuesta entender.

Las miradas. Nunca había visto esas expresiones en su familia. Porque eso eran en la granja: una familia. ¿Qué quieren decirle con los ojos caídos, esa mueca extraña en los labios?

La comida. La carne.

Siempre que habla de eso siente cómo evitan mirarla a los ojos. Ella hacía lo mismo cuando Antón se enfadaba. Cuando gritaba, loco como Serafín y Casimiro. Miraba para otro lado porque le daba miedo.

¿Les da miedo?

Gata está tan nerviosa como ella en el coche. El ruido de la ciudad le eriza el pelo. Millones de coches, luces y personas.

Ha visto en televisión ciudades, como ha visto el mar. Como ha visto niños y aviones y colegios y hospitales, pero nunca ha estado en ningún lugar así.

Antes de que vuelva a hacerse de noche, vive todas esas experiencias: los hombres de bata blanca que la lavan y le pinchan una aguja en el brazo para sacarle sangre. La ciudad sin fin que la rodea como antes la rodeaba el campo. El edificio que parece un colegio donde una mujer le sonríe sin parar. Hay niños en otras salas. Niños y niñas que juegan, gritan, ríen y lloran.

Parecen locos. Una habitación blanca con una cama y una mesa. Nunca había estado en un colchón tan blando, tan limpio.

Le han lavado el pelo, le han cortado las uñas, le han regalado ropa nueva. Un pantalón y una camiseta. Huelen como las flores, pero echa de menos su vestido de nido de abeja. Era más bonito.

Gata está tan cansada como ella y, al llegar a la habitación, se ovilla junto a la almohada y se queda dormida.

Preguntas. Cientos de preguntas a las que no sabe responder. ¿Dónde ha podido ir Julio? ¿Te hicieron daño? ¿Antón es tu padre? ¿Quién es tu madre? ¿Por qué ayudaste a Chesca a escapar? ¿Ayudaste a más mujeres?

Lo que antes estaba bien ahora parece estar mal.

—Son unas putas —le dice a una mujer que anota cosas en un papel y, tan pronto lo dice, la mujer levanta la mirada de esas hojas, escandalizada. Antón le habría aplaudido—. Los cerdos son más listos que ellos —comenta sobre Casimiro y Serafín, y cuenta cómo Julio habría añadido que Casimiro y Serafín no sabían ni cagar dentro del váter. Ellos se habrían enfadado, no por lo que la Nena y Julio decían, sino porque se daban cuenta de que se reían de ellos. Habrían empezado las carreras, los intentos de Serafín y Casimiro de pegarles hasta que se quedaran sin aliento. Estaban tan gordos que apenas podían correr. La mujer que hay junto a ella le pregunta si les pegaban—. Una vez Antón me dejó darles con la correa. Se habían comido el pienso de Gata.

Más anotaciones en esas hojas. Está cansada. Quiere dormir. En la habitación, apartada del estruendo de la ciudad, se siente segura. Pero las preguntas no cesan.

—Le dije a Chesca que no quería saber cómo se llamaba. No me gustan las cosas con nombre.

—Pero con ella fue diferente, ¿por qué?

Ha vuelto la mujer que la amenazó con hacer daño a Gata en la granja. La que la asustó tanto que tuvo que enseñarles dónde estaba Chesca. Decía que era su amiga. ¿Está enfadada con ella porque ahora Chesca está muerta?

—Las cosas de la casa se quedan en la casa —el mantra de la Nena.

—La casa ya no existe, ¿entiendes lo que quiero decir? No vas a volver allí jamás, ni verás a Antón ni a ninguno de los demás.

La Nena imagina a todos muertos, como los cerdos los días de matanza. Como cuando Antón bajaba al sótano para estar con una mujer. Era la última vez que las veía.

—¿Qué hacía Antón en el sótano?

—No me dejaba mirar. A Casimiro y a Serafín, les daba igual. Sí me dejaban.

—¿Y nunca lo hiciste, aunque fuera a escondidas?

La Nena evita la mirada de Elena, culpable. La inspectora vuelve a recordarle que ya nadie podrá castigarla.

—Una vez, con la que vino antes que Chesca. Lloraba todo el rato.

Elena no puede evitar hundir la mirada en la grabadora que ha llevado. Los segundos se suceden en la pantalla, ajenos al horror que está quedando registrado. Con un vocabulario infantil en el que a veces se deslizan palabras que debió de oír en boca de Antón o de Julio —«follar», «coño», «polla», «empalmado»— la Nena cuenta qué hizo Antón con aquella mujer. Elena sí puede ponerle nombre: Yolanda Zambrano. Como debió de suceder con Chesca, Yolanda pasó unos días encerrada en el sótano. Julio y, después, Serafín y Casimiro abusaron de ella. Violaciones múltiples que la Nena sobrevuela como si fueran algo cotidiano. Como el gato que se divierte torturando a un pájaro antes de matarlo. Solo al final llegaba el turno de Antón. Julio estaba con los cerdos y Casimiro y Serafín, dormidos. Según puede deducir Elena, los hermanos con discapacidad alternaban momentos de euforia con otros en los que parecían dos vegetales, tal vez producto del Azaperonil que les suministraban. La Nena estaba jugando con Gata cuando vio que la puerta del sótano estaba entreabierta. Oyó los gritos de la mujer y pensó que sería Julio. Se asomó a las escaleras. Abajo, desnudo, estaba Antón.

—Tenía su cosa muy pequeña... No era como la de Serafín o Casimiro, tampoco como la de Julio. Se la puso delante a la mujer, se la enseñaba y le gritaba: ríete ahora, ríete. Después la mordió en la cama.

La niña no llora, pero pone un gesto de desagrado.

—Le arrancó un pedazo, qué asco. Entonces la cosa le creció y le hizo lo mismo que hacían los demás —la Nena lo describe con la misma naturalidad con la que hablaría de algo simplemente curioso.

Con un estremecimiento, Elena se pregunta por qué el espanto invade una infancia que debería ser sagrada. El horror transformó a su hijo Lucas, ¿qué le hará a esta niña? Detiene la grabación cuando la pequeña termina de describir lo que presenció en ese sótano. La Nena se ha recostado en su cama y Gata se ha acomodado junto a su cuello. Elena puede oírla ronronear. No es consciente del infierno que ha vivido y, sin embargo, el trabajo de los psicólogos será abrirle los ojos. Hacerla consciente de que el mundo que tenía a su alrededor estaba enfermo. Todo para que se pueda adaptar a la sociedad. Para que sea normal, si es que algún día eso es posible.

Capítulo 55

Son demasiadas horas sin dormir. En el viaje de regreso a Madrid, Reyes ha echado una cabezada, pero el resto de los compañeros no ha pegado ojo. Deambulan por las oficinas de Barquillo como muertos vivientes, pálidos y desorientados. Solo Mariajo y Buendía parecen saber a qué dedicar su tiempo, ya sea ante el ordenador o en el laboratorio. Orduño no se queda demasiado en el mismo sitio, como si tuviera miedo de que, al detenerse, pudiera perder el control de sus pensamientos. Zárate, en cambio, no se ha movido de su mesa desde que llegó. Reyes ha visto cómo su tío Rentero se acercaba a él y le ponía una mano en el hombro, pero no le dijo nada. Nunca se le han dado bien las muestras de afecto, piensa; aun así en este caso ella lo entiende: ¿qué palabras pueden consolarlos?

Elena regresa a la oficina. Tan pronto como llegaron a la ciudad, ella se fue al centro de menores donde han instalado a la Nena. Todavía la llaman así. ¿Cuál es su verdadero nombre? Hay demasiadas preguntas en el aire.

Se reúnen en la sala y, durante un instante, Reyes recuerda la primera vez que la pisó. Hace tan pocos días y, sin embargo, parece tan lejano... Como si hubieran pasado años, como si ni siquiera la Reyes que llegó ese primer día preguntando por Chesca, que se encontró con la incomodidad de Orduño al tener que encargarse de ella, fuera la misma que ahora escucha lo que ha podido averiguar Mariajo desde que regresaron a las oficinas.

—Acabo de hablar con la familia de Margarida Nunes para comunicarles su muerte. La hemos identificado como una de las mujeres de las fotografías: portuguesa, treinta y ocho años. Desapareció en Madrid hace once. Había venido haciendo turismo. Repite el mismo perfil: una turista solitaria debía de ser una pieza fácil para estos canallas.

—¿Qué les has dicho de su cuerpo? —Elena parece pedir disculpas a la hacker más que buscar una respuesta.

—Que no sabemos si podremos recuperarlo.

Hay un vacío pesado en la sala de reuniones. Nunca es agradable ser portadores de malas noticias, pero ¿cómo contarles a unos padres, a una esposa, a unos hijos, que su familiar ha sido devorado?

Mariajo pone una nueva fotografía en la pantalla de la sala. Es rubia, debía de estar en mitad de la treintena. Se adivina que podía ser una mujer orgullosa, pero en el sótano, el lugar donde está tomada la instantánea, su rostro solo expresa miedo.

—Luciana Petreanu, rumana, desapareció hace siete años. Salió de casa con su bebé para ir al pediatra y nunca volvió. Su esposo, camionero, también rumano, denunció su desaparición una semana después, cuando volvió de un viaje de trabajo. Se sospechó que era un caso de violencia de género y que él era el culpable, pero no se llegó a juicio. No había nada contra el marido. Nunca se supo nada más de ella ni de su hija. Estoy intentando localizar al hombre, se llama Grigore Nicolescu. Volvió a Rumanía.

—Es su madre —algo en la mirada de Luciana ha hecho que Elena piense en ella—. La madre de la Nena. No había ninguna relación de parentesco con Antón.

—Antón Collado, de cuarenta y cuatro años, es el dueño de la granja, la heredó de sus padres, Ramona y Dámaso. Ambos fallecidos. —Buendía revisa los informes para confirmar la sospecha de Elena—. Casimiro y Serafín no están registrados en ningún sitio. Ni siquiera tienen partida de nacimiento, pero parece que son hermanos de Antón. Les calculo alrededor de los cincuenta. Necesito un poco de tiempo para procesar todas las muestras que hemos recogido. De momento, solo tengo el resultado de las primeras analíticas. Con eso, lo único que puedo asegurar es que las huellas que encontramos en el apartamento de Amaniel son, como ya suponíamos, de ellos cuatro: Antón, Julio y los dos hermanos. El Azaperonil lo consumían los dos discapacitados, Casimiro también tenía restos de azaperona.

—¿Qué nos puedes decir de Julio? —Zárate rompe su silencio para preguntar por el joven de la trenca verde. ¿Fue él quien ejerció de gancho con Chesca?

—Nada todavía. Mañana estarán las pruebas de ADN.

—Vivía en la granja, no como su madre —apunta Orduño—. A lo mejor Antón lo usaba para asegurarse el silencio de Valentina.

—Julio no es una víctima —es evidente que Zárate no va a permitirse la más mínima clemencia.

—Es hora de hablar con Antón.

Elena cierra de esta forma la reunión. Todos se levantan y abandonan la sala. Ha llegado el momento de enfrentarse al monstruo. Reyes permanece sentada; se siente desconectada de la realidad, incapaz de seguir en la investigación. Solo piensa en darse una ducha, arrancarse de la piel el olor a muerte de la granja y llorar.

—He pedido que analicen muestras de las albóndigas del Zarco. —Buendía le sonríe desde la puerta—. Pero te apuesto cincuenta euros a que solo vamos a encontrar cebolla, zanahoria, pimiento, tomate, comino, una pizca de sal, pimienta, harina y un huevo por cada medio kilo de carne. Mezcla de ternera y cerdo. La de cerdo es más grasa y las hace más jugosas.

—¿Te ha dado la receta la mujer del bar?

—El cocinero. Dice que compran la carne en el Mercadona.

—Gracias, Buendía, pero creo que voy a hacerme vegana de todas formas.

Antón está esposado, la cabeza reposa sobre la mesa. Se ha dormido. Elena cierra de un portazo la sala de interrogatorios, pero el ruido solo hace que Antón entreabra un ojo. Rezonga, como si fuera una molestia que la inspectora interrumpa su sueño. Ella prefiere obviar su juego y se sienta frente a él sin llamarle la atención. Ha impregnado la habitación de un olor agrio. Un agente le ha dicho que se ha orinado encima, no les ha pedido que lo llevaran al baño.

—¿Cómo se llama de verdad la Nena?

Elena ha decidido iniciar el interrogatorio de manera tangencial. No le urge tanto averiguar quién es esa niña que naufragó en la granja, lo único que quiere es que Antón empiece a hablar y la lleve hasta Julio. Por ahora solo consigue que se encoja de hombros y vuelva a cerrar los ojos.

—¿No me lo quieres decir o no lo sabes?

—No lo sé.

—Me ha dicho que tu pene es especialmente pequeño. Que todos se reían de eso —le ha pillado por sorpresa. Antón se ha erguido, no oculta que se siente ofendido—. Cuando no estabas, hacían bromas. Casimiro, Serafín, tu hijo Julio... Todos.

Antón aprieta los dientes. Durante un segundo, Elena cree que va a empezar a insultarla, pero no es así. Ahora es ella la que se siente en fuera de juego: Antón ha empezado a llorar. Gimotea como un niño, esconde la mirada. No puede ser solo teatro, piensa Elena.

—Todo el mundo se reía de ti, ¿verdad, Antón?

Él se levanta con brusquedad de la silla. Elena oculta su nerviosismo. Sabe que está segura. Al otro lado del espejo, sus compañeros asisten al interrogatorio. Intervendrán si se pone violento. Sin embargo, no es eso lo que hace. Antón se baja los pantalones, los calzoncillos, y muestra su pene.

—¡¿Lo ves?! ¡Ríete tú también! ¡¿A que es gracioso?! —grita, fuera de sí, al espejo. Sabe que tiene más público—. Polla de chino. ¿Os lo han dicho en el pueblo? Era lo que me decían en el colegio. ¡Pollachino! Es un colgajo de mierda. Es una puta mierda.

Antón se coge el miembro y tira de él, como si quisiera arrancárselo. Unos agentes entran en la sala para impedirle que se haga daño. Lo esposan a la espalda esta vez, por detrás de la silla, para que no pueda moverse. Le suben los pantalones. Cuando vuelven a dejarlo a solas con Elena, Antón está sudando. Como si esta exhibición de su ridiculez le hubiera excitado.

—Había una forma de hacer que eso creciera y se pusiera firme, ¿verdad?

—La culpa no es mía.

—¿Le enseñaste a hacer lo mismo a Julio?

—Es un desagradecido. Se fue. Me dejó solo.

—Ha estado a tu lado mucho tiempo, ¿dónde puede haberse ido ahora?

—Con su mamá.

Antón se ríe de su respuesta. Elena sabe que está disfrutando de ser el centro de atención. Está deseando contar todo lo que ha sido capaz de hacer. El país de terror en el que había transformado la granja y del que era el rey supremo. No le va a dar ese gusto.

—Julio no fue a ver a Valentina. Piensa más, Antón. ¿A dónde ha podido ir?

—Me da igual.

—Si te importaba tan poco, ¿por qué no le pegaste un tiro como a Casimiro? Como habrías hecho con la Nena si no se llega a esconder.

—Yo no quería hacerle daño a mi hermano. Se volvió loco. A veces se ponían así. Las pastillas y unas hostias los calmaban, pero no tenía tiempo. El cabrón de Julio me había robado la furgoneta. Es el hijo de una sudaca. La lleva en la sangre por mucho que yo le enseñara.

—Con esa cosa que te cuelga entre las piernas no eras capaz de tener hijos —se da cuenta Elena.

—El padre de Julio será un rumano o un moro, vete tú a saber. La madre era una puta.

—A la que tú no podías darle nada.

—Le di una casa.

—Digo en la cama.

—Era fea.

Antón esboza una sonrisa. Quiere contarle los detalles a Elena. Cómo elegía a sus víctimas. Cómo les daba placer. Por qué rechazó a Valentina.

—¿Quieres contarme cómo fue la primera vez? —Antón se echa atrás en la silla. Es lo que estaba esperando—. Me importa una mierda. Si no sabes dónde está Julio, cualquier cosa que me digas me importa una mierda.

Elena se pone en pie dando por terminado el interrogatorio. Está proponiéndole un intercambio, sabe que él lo entiende. Bajo esa imagen animal, no cree que sea estúpido.

—Su amiga la policía no era fea. Tenía unas buenas tetas.

Debe mantenerse fría, inalterable. Antón intenta romper la ventaja que ella ha obtenido.

—Si fueras capaz, podrías hacerte una paja recordándola. Pero ni siquiera vales para eso. —Elena abre la puerta de la sala—. Avísame cuando te acuerdes de dónde ha podido ir Julio.

Zárate empuja a Elena y entra fuera de sí en la sala. Coge a Antón de la pechera y, sin mediar palabra, lo lanza al suelo. Levanta el brazo y descarga un puñetazo en la cara de Antón. El crujido del tabique nasal suena seco. Sangra abundantemente y, esposado, no puede contener la hemorragia. Orduño y Elena corren a separar a Zárate mientras otro agente se encarga de Antón.

—¡¡No va a reírse de nosotros!! —grita Zárate—. ¡¡No voy a dejar que hable así de Chesca!!

—¿Es que no te das cuenta de lo que has hecho? —le espeta Elena—. ¿Te crees que eres el único que está hecho polvo? Todos aquí queríamos a Chesca, pero tenemos que hacer un trabajo. Tenemos que encontrar a Julio.

—¡¡Ya te ha dicho que no tiene ni puta idea!! No sigas dándole la oportunidad de regodearse.

—Encontramos a Antón en la comarcal. Sin embargo, la furgoneta en la que huyó Julio estaba justo en la dirección contraria, cerca de la nacional. ¿No lo ves? ¿Y si fue una maniobra de distracción? Antón nos hizo perseguirle para que Julio tuviera una oportunidad de huir y saltarse el cerco.

Zárate se ha quedado mudo. La rabia le ha cegado. Sabe que Elena tiene razón y, cuando mira a su alrededor, a los compañeros que asisten a la discusión, se siente profundamente estúpido.

—No sé si es buen momento —interrumpe tímida Carmen, la mujer de la recepción—. Ha venido una chica preguntando por la inspectora Blanco y el subinspector Zárate.

Al echar un vistazo a la entrada de las oficinas, Zárate ve a la hija de Chesca. Origen y fin de una espiral en la que ojalá nunca hubiera entrado su... ¿compañera?, ¿su novia?, ¿su amiga? ¿Cómo debería llamar a Chesca al recordarla?

Capítulo 56

Rentero le ha prometido a la inspectora Blanco que puede contar con todos los recursos. Detener a Julio es una prioridad. Cada día que pase, aumenta las posibilidades de que se convierta en uno de esos criminales odiados que ocupan portadas, que ponen en tela de juicio la labor policial si siguen sueltos. En este país hay sobrados ejemplos de grandes delincuentes huidos que le han costado el puesto a más de un jefe de policía. A Elena le molesta que Rentero se preocupe por su carrera, pero no tiene fuerzas para enfrentarse a él. Tampoco está segura de qué papel desempeñaba Julio en la granja. ¿Es como Antón o se parece más a la Nena? No desprecia el ofrecimiento de Rentero: le vendrán bien los medios que le brinda. Solo le pide que no haga público todavía lo de los crímenes en los que estaba involucrada Chesca.

—Bonito eufemismo para decir que era una asesina. «Involucrada». Me lo apunto.

—¿Lo harás? Cuando tengamos a Julio, puedes contarlo todo.

—Cuando tengamos a Julio y tú estés levantando escuelas para los rohinyás.

—Exacto.

—Elena —ella ha notado el cambio en el tono de su superior. Ha dejado a un lado el discurso que estaba escribiendo para leer a los medios de comunicación al día siguiente—, es la hora de las pesadillas. Sé de lo que hablo. Esta noche será la primera de muchas noches hasta que dejéis de soñar con Chesca. Tened cuidado. Todos.

Rentero no se equivoca. Antes de ser un político al que solo le preocupa su subsistencia, fue policía. Sabe que uno no regresa indemne del infierno. Ese en el que ahora mismo debe de estar Zárate. Insistió en ser él quien le contara a Rebeca cuál había sido el final de Chesca.

Rebeca pasea su mirada por el despacho que, durante el último año, ocupó Chesca, inquieta. No lo convirtió en un espacio personal, piensa Zárate. Prácticamente, está igual que cuando Elena hacía uso de él. Sin fotografías, sin objetos sentimentales. Pura decoración funcional.

—Me habría gustado pasar página, pero es que no soy capaz. ¿Quién era realmente mi madre? No dejo de pensar en ella. Y en la televisión dicen que han detenido a alguien en un pueblo de Cuenca. No explican mucho en los telediarios, pero... mató a varias mujeres.

Mañana, a primera hora, Rentero dará una rueda de prensa y difundirá la foto de Julio. La que encontraron en casa de Valentina. Es la única de la que disponen, aunque ya han pasado unos años desde que fue tomada. Después, los periodistas buscarán detalles del caso. Algunos se desplazarán a Santa Leonor. Habrá fotografías de la granja Collado. Algún guardia civil de la zona se tomará unos vinos de más y acabará contando lo que hallaron dentro. Es una época sin secretos. Se reseñará todo: desde la marca de tabaco que fumaba Antón hasta los platos que cocinaban. Sin embargo, todos esos detalles no servirán para que Zárate se responda a la pregunta que le obsesiona tanto como a Rebeca: ¿quién era Chesca?

—Era una de las víctimas —lanza con miedo la chica—. Mi madre.

Zárate balbucea la confirmación. Fue secuestrada, torturada y, después, asesinada. Le habría gustado ser cálido, pero la descripción que hace de los hechos resulta técnica, policial.

—¿Ha sido culpa mía? —Rebeca sabe que no facilitó la investigación cuando dieron con ella.

—Solo hay unos culpables: los que secuestraron a Chesca —pero ni el propio Zárate se cree sus palabras—. Hemos localizado a tu padre biológico. Solo te lo digo por si quieres saber su nombre, pero no es obligatorio. Es una decisión tuya.

Rebeca duda por un momento, pero al final contesta.

—¿Tengo hermanos?

—Un bebé y dos niños, gemelos. Tendrán unos siete u ocho años. Parecen buenos chicos. Jugaban con muñecos de nieve, no con una consola.

Rebeca sonríe por primera vez.

—Debe de ser cosa de familia, yo soy fatal con las máquinas. No me apaño ni con el móvil.

—¿Quieres conocerlos? Podemos arreglarlo.

Rebeca niega con un cabeceo y pasea la mirada por el despacho. No ha llorado cuando Zárate le ha hablado de la muerte de Chesca. Tal vez piensa que no tiene derecho, tal vez está conteniendo ese dolor en su corazón. Busca como buscó antes Zárate en ese despacho algo que le diga quién era su madre. Un disco con su música favorita, un libro que le hable de sus gustos, una prenda de ropa que describa cómo vestía. Para Rebeca, Chesca es poco más que un nombre. Y ya jamás podrá darle identidad.

—Cuando estuvo en el parador y pidió esos masajes... me dijo que le gustaban las motos. No sé si intentaba impresionarme.

—Le gustaban las motos y tirarse en paracaídas. Conducir coches de carreras, bucear, hacer salto base... Se comía la vida a bocados. —Zárate se sorprende sonriendo al hablar de Chesca. Por primera vez desde que todo empezó, las palabras para hablar de ella le surgen con facilidad—. Odiaba la pereza, le fastidiaba acostarse porque decía que dormir era como dejar de vivir, un paréntesis molesto de la vida. Se metía con la gente resignada a vivir esclavizada, como borregos. Le gustaban la calle, las cañas en los bares de siempre de Madrid, la adrenalina, un punto de riesgo, no agarrarse a la rutina, a lo predecible. No saber qué caso iba a entrar en la brigada o dónde te iban a llevar tus pasos cada día. Valoraba eso por encima de todo. Tu madre era una mujer maravillosa, pero cantaba fatal. Le encantaba la música brasileña, destrozaba cada canción de Caetano Veloso. Amaba Brasil, no sé bien por qué. Nunca llegó a ir, aunque hizo planes un millón de veces. Si algún día vas, acuérdate de ella y date un baño en la playa en su honor, quería hacerlo con el biquini más pequeño que encontrara.

Ahora sí, Rebeca está llorando. Le habría gustado conocer a esa mujer que describe Zárate.

—¿Por qué me abandonó?

—Cuando tenía catorce años, al volver a casa después de las fiestas de su pueblo, tres hombres la violaron. Se quedó embarazada...

—¿Mi padre es uno de los violadores?

—Sí. Le hemos pasado sus datos al juez; al estar ella muerta, no sé si el delito ha prescrito o no. Después de la violación, Chesca descubrió que se había quedado embarazada. Imagínate, catorce años, violada y embarazada. Sus padres y su hermana eran muy religiosos y no admitían ninguna otra solución. Su padre la obligó a dar al bebé, a ti, en adopción.

—¿Por qué me buscó después de tanto tiempo?

—Hay tantas preguntas que a mí también me gustaría hacerle... No lo sé, Rebeca.

—¿Eras su novio?

La pregunta sorprende a Zárate. Se toma un tiempo para encontrar una respuesta.

—La quería, de lo que no estoy seguro es de haberla querido como se merecía.

La puerta del despacho de Chesca sigue cerrada. En las oficinas de Barquillo hay un ambiente de conversaciones a media voz, gestos fúnebres de velatorio. A Elena le pesan las piernas; el cansancio de las horas sin dormir empieza a apoderarse de su cuerpo, pero necesita ver a Zárate antes de irse. Orduño se acerca a ella para despedirse.

—Me voy a casa. No podemos hacer más por esta noche.

—Mañana, a las ocho, nos vemos aquí —le da permiso Elena—. ¿Y los demás?

—No sé. Creo que Buendía se fue hace una media hora. Mariajo y Reyes deben de estar recogiendo también.

Elena encuentra a las dos mujeres charlando en la zona de cafetería.

—¿No estás cansada? —le pregunta Reyes a Mariajo.

—Las ancianas siempre estamos cansadas, pero tampoco podemos dormir. Eso sí, necesitamos una cabezadita cada dos o tres horas.

La hiperactividad que Mariajo ha mostrado a lo largo del día desmiente sus palabras. Es solo que le gusta bromear con su edad, Elena lo sabe. Como sabe que consideraba a Chesca casi una hija. Jamás se dedicaron palabras de afecto, preferían demostrarse su cariño en discusiones que no acababan nunca.

—Quiero que estemos pendientes de los demás. Los días que vienen a continuación no van a ser fáciles —le pide Elena.

—Tendré un ojo en Orduño. Buendía no tiene corazón, podemos olvidarnos de él.

—¿Orduño tiene pareja?

—¿Surge el amor en la BAC, Reyes? —Mariajo finge un gesto adolescente.

—No seas boba. Es que me parece que era muy amigo de Chesca y... por saber si está solo.

—Haremos que no esté solo. Y tú tampoco, Reyes. Ningún caso es fácil, pero no has entrado en la brigada en el mejor momento...

—Hay una chica, Marina. Pero no será una rival muy dura, está en Soto del Real y le quedan bastantes años dentro. Eso sí, si quieres conocer su historia se la preguntas a él —deja caer Mariajo mientras recoge sus cosas.

Elena ve cómo Zárate acompaña a Rebeca a la salida. En la puerta, se despiden con un abrazo. Cuando la chica se ha ido, Ángel se desploma en una silla. Está agotado, pero no quiere marcharse. Por eso le pregunta a Elena cuáles son los siguientes pasos: ¿no deberían regresar a Santa Leonor para reconstruir la huida de Julio e intentar dar con él?

—Necesitamos dormir. Todos.

—No le he contado a Rebeca qué hizo Chesca, no me he atrevido. ¿Acabará saliendo en los medios? Que estaba matando a los que la violaron...

—No creo que podamos evitarlo.

Zárate se levanta, coge su abrigo.

—¿Por qué no vienes a casa? —se atreve a ofrecerle Elena. Sabe que Zárate necesita tanta compañía como ella misma. La noche, abrazados en la cama, quizá sea más liviana. Sin embargo, Zárate le sonríe y se marcha. Quiere enfrentarse solo a sus propios demonios.

Capítulo 57

A Julio le apasiona Madrid. Si no se hubiera visto obligado a quedarse en la granja con su padre y con sus dos tíos, le habría encantado vivir en la ciudad, llevar una vida normal, estudiar, tener un apartamento cerca del Retiro para salir a correr por el parque... Siempre que logra escaparse unos días y olvidarse de su familia y de los cerdos, se viene, pasea por la Gran Vía, va al cine, a veces al teatro —cuando consigue entradas para un musical—, sube a alguna de las terrazas que hay en los hoteles desde las que se ve la ciudad entera o va a remar al estanque del Retiro. No se pierde ningún año la Navidad para hacerse fotos al lado de los grandes árboles de luces que se ponen por todas partes. Le habría encantado traer a Casimiro y a Serafín, pero eso no pudo ser. A veces piensa en lo que sus tíos habrían disfrutado en la Cabalgata de Reyes, con la música, los disfraces y los caramelos...

Hoy no ha ido a la Gran Vía. Abandonó la Renault Kangoo cerca de la nacional. Fue atravesando campos, en una caminata de más de diez horas para evitar a la Guardia Civil que rodeaba Santa Leonor, hasta Tarancón. Allí se subió en un autobús. Durmió la hora y diez minutos que duró el viaje y, cuando salió de la Estación Sur de Madrid, eran las seis de la tarde. Luego, ha ido paseando hasta Legazpi. No tiene prisa y tampoco se siente cansado. Pasa junto al viejo Matadero y decide entrar. Se imagina la maravilla que tuvo que ser ese lugar en los buenos tiempos, cuando matar a los puercos no era tan aséptico como ahora, cuando se hacía como toda la vida, sin veterinarios, sin aturdidores eléctricos para que el animal no sufra, sin brazos de carga, desolladoras, sierras eléctricas, peladoras... Solo un hombre —o varios, para que no se pierda la sangre— y un cuchillo muy afilado, tanto como el que él lleva en el bolsillo. Ahora el Matadero es un centro cultural... Protestan porque el interior de España se queda vacío, pero transforman su cultura en centros en los que, en lugar de matarse animales para comer, se hacen obras de teatro ridículas y sesiones de danza más ridículas todavía. Lo que para todo el mundo es un signo de la evolución de los tiempos, para él es un rejonazo más en la desaparición paulatina de su forma de vida. El trabajo rural, la ganadería, la vida primitiva de siempre.

Antes de salir de Santa Leonor estuvo buscando entre las llaves de las mujeres que habían pasado por la granja las de las casas en Madrid. Escogió varias y, de momento, se va a instalar en casa de Delfina Baños, a pocos metros de allí, en el paseo de las Delicias. Delfina fue un hueso duro de roer, la sedujo en la primavera del año pasado, se acerca ahora el aniversario de su muerte. Llevaba siguiéndola unos meses para verificar que estaba sola en el mundo. Era profesora interina de baja por depresión y salía a dar un paseo por las tardes, siempre sola. Él la abordó en uno de esos paseos para preguntarle una dirección o el horario de un museo, no recuerda. Entablaron conversación, terminaron tomando un café, la sedujo al tercer encuentro y, tras dos visitas al apartamento de ella —no era virgen, pero casi—, la llevó a la granja de Santa Leonor. Fue divertido verla con sus tíos. Delfina no gritaba, como otras, solo rezaba, con la voz queda.

Camino del apartamento de Delfina se detiene en un supermercado, compra pan de molde, unas latas de atún, un par de tabletas de chocolate, un tetrabrick de vino y espuma y maquinillas de afeitar.

El apartamento de Delfina es pequeño, de una sola habitación y con un baño de azulejos rosas. La primera vez que estuvo allí, con ella, estaba muy limpio y ordenado, ahora se nota el abandono. Su gran virtud es que antes de acondicionarse para vivienda fue un local comercial y se entra directamente desde la calle, sin pasar por el portal. Hay menos posibilidades de encontrarse con vecinos.

Come lo que ha comprado y se va al baño. Se afeita la cabeza, solo le han visto en fotografías y así será más difícil reconocerlo. Después, pasa unas horas en un locutorio cercano a la casa. El magrebí que lo lleva le imprime un par de folios: son las direcciones de los centros de acogida de la Comunidad de Madrid. En uno de ellos tiene que estar la Nena. Supone que será uno de primera acogida, es allí donde llevan a los niños a instancias de las fuerzas de seguridad. De esos hay cuatro, uno en la zona de la Casa de Campo, dos por Hortaleza y el cuarto cerca del cementerio de la Almudena.

Empieza por el de la Casa de Campo, se pasea por los alrededores, observa con cuidado para que nadie repare en él. Unos chicos juegan al fútbol. Se acerca a ellos y les pregunta si ha llegado una chica nueva. Le dicen que no. Repite lo mismo en los dos del barrio de Hortaleza y llega por fin al que está cerca del cementerio.

El lugar se llama La Flor del Sauce y es un chalet grande en la calle de Portugalete. No hay señales exteriores, más allá de una discreta chapa metálica en la puerta con el nombre del centro, pero hay algo —algo indeterminado— que hace que se sepa que no es un chalet familiar. Podría pasar por una modesta clínica privada, con un jardín cuidado pero impersonal, las persianas bajadas, las dos plantas que flanquean el acceso. Es tarde y teme que vayan a cerrar las puertas antes de que él encuentre a alguien que le informe, pero se topa con unos chicos fumando en un parquecillo de la avenida de Daroca.

—¿Sois de La Flor del Sauce?

—¿Y a ti qué te importa? —dice el que parece más espabilado de los tres.

—Busco a una niña. Quiero saber si está en el centro. La tienen que haber traído hoy mismo.

—Problema tuyo.

—¿Veinte euros?

Los chavales cogen el billete que les ofrece.

—Es rubia, tendrá unos ocho años.

—¿La del gato?

No necesita más para saber que hablan de la Nena.

Capítulo 58

Isabel Mayorga, la madre de Elena, fue siempre fiel al Embassy. Si estaba en Madrid —últimamente pasa poco tiempo en la ciudad—, todos los días se la podía encontrar allí, tomando el té y los pasteles de limón con merengue o los sándwiches de pan superfino con pepino y mahonesa. Tenía un grupo de amigas con las que siempre se reunía en las mesas de manteles perfectamente planchados del piso superior. Allí se sentían libres, siempre se dijo que el Embassy era el único lugar de Madrid donde una mujer podía entrar sola, e incluso beber alcohol —cuántos cócteles de champán se ha tomado cuando tenía algo para celebrar—, sin que nadie la mirara mal. Allí la llamaban por su nombre y siempre le daban una de las mejores mesas, pero el Embassy, como casi todos los sitios en los que ella se encontraba como en casa, ha cerrado.

—Madrid nunca fue gran cosa, pero es que ahora... En lugar de querer parecerse a Europa, quiere parecerse a los americanos, ¿has visto que todo el mundo masca chicle?

Los chicles son una de las obsesiones de su madre. Elena no probó uno hasta bien mayor. No le gustó nada, una de las pocas cosas en las que están de acuerdo. Se ha encontrado con ella en el hotel Ritz, delante de una lujosa vajilla y un plato de carpaccio de carabineros. No tiene la tradición del Embassy, pero es incluso más lujoso.

—¿Vas a anular el viaje a Berlín?

—No llega en un buen momento para mí.

—Las cosas llegan cuando llegan, no cuando a una le convienen. De joven te rebelas, pero con los años aprendes que hay que cumplir los compromisos. Y tú hace tiempo que dejaste de ser joven.

Se arrepiente de haber llamado a su madre. Debería haber regresado a casa, haberse dado una ducha y metido en la cama. No era tan urgente quedar con Isabel, como ella insiste en que la llame. Solo está evitando la soledad y, para eso, su madre nunca fue la mejor aliada. Elena sabe que no le servirá de consuelo: no se mostrará comprensiva ni le ofrecerá su hombro para llorar la pérdida de Chesca. Siempre ha racaneado los afectos. Isabel solo quiere terminar su cita cuanto antes y hacerlo sabiendo cuáles son los planes de su hija.

—No sé qué hago aquí —murmura Elena mirando a su alrededor, el lujo absurdo del Ritz.

—Entre un buen vino y ese matarratas que pides...

—Se llama grappa.

—... siempre eliges el matarratas —sigue hablando Isabel como si no la hubiera oído—. Cariño, hay gente que no sabe disfrutar.

—Y, según tú, ir a Berlín a adular a, ¿cómo se llamaba?, Jens Weimar para que afloje la cartera es disfrutar.

—No he venido a convencerte de nada, Elena. A lo mejor me has llamado para eso: para que te convenza y te saque de Madrid, de ese trabajo en la policía, pero no lo voy a hacer. Hay pocas cosas inevitables en la vida. Ya sabes, la muerte, que los taxistas intenten cobrarte de más... pero una puede elegir en el resto. Vino o matarratas. Solo te pido que, hagas lo que hagas, no vengas a lamentarte después, porque habrá sido tu decisión.

Elena se ha agarrado a que todavía no han terminado la investigación. Debe encontrar a Julio antes de marcharse, aunque le ha prometido que cuando todo acabe, volverá al trabajo en la Fundación con su madre. Pero ¿quiere irse? Tan pronto como ha vuelto a su casa de la plaza Mayor, al cerrar la puerta, ha sentido la opresión de un millar de preguntas que no quiere plantearse.

Ha salido de casa. Ha hecho un recorrido que en otros tiempos era habitual: caminar por la calle de la Bolsa hasta Jacinto Benavente, donde sigue el horrible edificio del Centro Gallego, seguir por la calle del Ángel y pasar por delante del Café Central, el que era el favorito de su marido, de Abel, después dejar a la izquierda la plaza de Santa Ana y bajar por Huertas, pasar por la plaza de Matute, una plaza que le gusta mucho sin saber por qué, y entonces llega al lugar que buscaba, que lleva meses sin pisar, el Cheer's.

Cuando entra, lo ve con otros ojos —¿cómo puede gustarle tanto un lugar tan feo y desangelado?—, pero no le da tiempo a arrepentirse de haber traspasado su puerta, de inmediato se le acerca Luis, que canta a Nino Bravo mejor que Nino Bravo; Carmina, que borda las canciones de Jeanette; Edu, que trata sin mucho éxito de entonar igual que Frank Sinatra...

—Elena, qué alegría verte, cuánto tiempo sin venir. Dime que nos vas a cantar algo, que te ponemos la primera.

—Te tengo guardada una botella de grappa de las tuyas. ¿Te pongo un chupito? —la recibe Joaquín, el camarero.

—Sí. Y deja la botella cerca...

Elena no pide una canción italiana. Ha venido a rendir homenaje a Chesca y va a cantar una brasileña, pero no de Caetano Veloso sino de Vinicius de Moraes y Jobim: «A felicidade»...

Está borracha. Hace mucho que no sentía esta sensación. Las caras y las luces del Cheer's se entremezclan a su alrededor, como las canciones que suenan. Se hunde en esta realidad difuminada, quiere alejarse de sus sentimientos. Una huida que ya no sabe a cuándo se remonta. Tal vez, en el fondo, su madre tenga razón. Tal vez prefiere aferrarse al dolor en lugar de elegir las cosas que la podrían hacer feliz. Un nombre viene a su cabeza: Zárate. ¿Por qué se ha negado el derecho a amar? ¿Por qué ha sido tan estúpida como para darse cuenta cuando ya es demasiado tarde? Entonces, recuerda algo que le oyó decir a un reportero de guerra en un documental, una frase que cree que es de Viktor Frankl, un neurólogo y psiquiatra austríaco: «El sufrimiento humano es como un gas en una cámara vacía: se expande hasta ocupar todo el espacio disponible».

Capítulo 59

Zárate no quería beber, siempre le ha parecido patética la gente que se emborracha cuando tiene un problema, algo que cree que pasa en las películas, pero no en la vida real. Además, él siempre ha sido de tercios de Mahou, ni siquiera le gusta mucho beber vino durante la cena, solo cerveza. Al salir de la BAC se va a casa, a pensar en Chesca, hasta intenta escribir algo para su funeral. Supone que no habrá entierro, han sido tan incapaces que ni siquiera tienen nada que puedan enterrar, pero sí habrá funeral y él quiere hablar, quiere que todo el mundo la vea como ha conseguido que la viera Rebeca. Quiere hablar del sueño de Chesca de conocer el carnaval de Río, de salir disfrazada en una de las *escolas* de samba que desfilaban en el Sambódromo.

—Si quieres, te vienes conmigo. Vamos a vivir el carnaval a tope. Hasta vamos a desfilar con una fantasía.

—Yo no pienso ponerme un disfraz con plumas.

—Tú te pones lo que yo te mande, que es mi sueño; en el tuyo decides tú cómo me visto.

Pero cuando está escribiendo su discurso para el funeral, en el que tiene que reflejar lo mucho que la conocía y lo apasionante que era compartir su vida con ella, se da cuenta de que no puede poner en negro sobre blanco lo que piensa. Chesca hizo bien al buscar y asesinar a esos tres hombres que la violaron cuando era solo una niña. ¿Quién puede juzgarla? Bastaría con que alguien se pusiera en su lugar: una preadolescente que ha salido a divertirse y, en el camino de regreso a casa, se encuentra con el novio de su hermana. Le da confianza. No imagina lo que ese hombre y sus dos amigos van a hacerle. Violarla repetidas veces, quebrar para siempre una vida. Embarazo, ruptura familiar, entrega en adopción de su bebé, culpabilización. Y mientras la herida horadaba más y más a Chesca, los tres monstruos que la asaltaron aquella noche siguen con sus vidas. Son buenos hijos, forman una familia, eran felices. O, en el caso de Antón, se pierden en una espiral de perversión. ¿No tiene derecho la víctima a recuperar lo que se le robó? ¿No le robaron una vida?

Quiere escribir que Chesca era una heroína. Una mujer que hizo lo que a todos nos habría gustado hacer. Olvidaos de la puta corrección política, no seáis hipócritas, piensa que gritará a los asistentes a su funeral. Todos queremos venganza, porque hay delitos para los que no existe más justicia que la muerte.

Es irónico que, en esta rueda de violencia, Chesca haya encontrado la muerte. Es triste que, después de tanto sufrimiento, quien esté en una celda climatizada, con la comida asegurada y atención médica constante, sea Antón.

¿Dónde estabas tú?, piensa Zárate que alguien podrá decirle en el funeral. ¿Dónde estabas cuando Chesca te pedía ayuda? ¿Por qué le hiciste creer que la amabas cuando solo la estabas utilizando? En este baile de víctimas y culpables, ¿no deberías estar tú en el bando de los segundos? ¿Por qué fuiste tan egoísta?

—¿Qué sientes por Elena? —le había preguntado muchas veces Chesca.

—Está olvidada. —Zárate jamás la miraba a los ojos cuando respondía.

Habría sido mucho más fácil decir la verdad:

—La quiero. Si tuviera valor, iría a buscarla donde sea que esté. Necesito tenerla a mi lado. Estoy contigo, Chesca, porque no soy capaz de estar solo. Porque intento engañarme y decirme que Elena quedó atrás, pero no es verdad. Perdona por haberte hecho creer otra cosa. Perdóname, te prometo que seré mejor amigo que novio.

—Demasiado tarde, Zárate. ¿Ves mi estómago? Me ha mordido. Me ha arrancado la carne. ¿Por qué no lo dijiste antes? Te habría contado todo. Te habría hablado de Rebeca. Pero, en lugar de eso, me dejaste sola.

No sabe cómo, Chesca se ha materializado en mitad del salón: su estómago está mordido, sangrante. Cae al suelo y, como una manada de carroñeros hambrientos, Antón, Julio, Serafín y Casimiro se arremolinan a su alrededor. A dentelladas, van descubriendo sus huesos.

Zárate despierta sudando; ¿o son lágrimas? En la mesa, el folio en blanco del discurso de funeral. Se levanta y sale de casa, huye de la pesadilla que sabe que le asaltará de nuevo en cuanto cierre los ojos. Busca un bar y pide un tercio de Mahou, después otro, y otro, y otro... En algún momento empieza a beber gin-tonics. Ahora no sabe cuántos lleva, ya es muy tarde, tanto que los bares normales han cerrado. Está en uno al lado de Antón Martín, en la calle Magdalena, que se llama Las Horas.

—Ponme otro gin-tonic.

La camarera, que en su opinión se parece a Chesca, aunque sea más bajita, no tiene pinta de preocuparse por esas cosas, solo por poner la mayor cantidad de copas posible, pero por alguna razón se compadece de él.

—Creo que ya has bebido bastante.

—No es asunto tuyo.

—Como quieras, no es asunto mío.

La camarera le sirve la bebida, trata de ponérselo corto, pero él le agarra la mano para que siga echando ginebra. El sitio es oscuro, Zárate ha visto que tiene dos plantas, pero no le interesa en absoluto alejarse de su posición.

Una chica se acerca a la barra para pedir. Se la queda mirando, se inventa que se parece a Chesca, aunque la chica no tiene nada que ver, ni siquiera es morena, como su compañera.

—¿Te apetece tomarte algo conmigo?

La chica le mira con cierto desprecio.

—He oído mejores maneras de entrarle a una tía. ¿Y si te piensas algo más original y otro día, menos borracho, lo intentas?

Le ponen la copa y la chica se va. Él se bebe la suya de un par de tragos y llama otra vez a la camarera.

—No te voy a poner más, mañana me lo agradecerás.

—Hasta ahora me caías bien. ¿Me vas a obligar a saltar la barra y ponérmela yo solo?

No se ha dado cuenta de que la camarera hacía un gesto, o tocaba algún botón, o lo que fuera, el caso es que dos hombres de más de un metro noventa, con trajes oscuros y acento del este, se le acercan.

—Amigo, creemos que ha llegado la hora de que te largues a casa.

Zárate se vuelve, violento, un hombre le golpea con la mano abierta el pecho, sin fuerza, pero con autoridad.

—Ten cuidado, no te vayas a caer y te hagas daño.

—Si quieres te pedimos un taxi.

Se lo llevan hacia la puerta cogido del brazo, tratando de no llamar demasiado la atención. Llegan a la calle, el frío le da en la cara.

—¿Te paro un taxi?

—Vete a tomar por culo —contesta Zárate.

Se va caminando en dirección a la plaza de Tirso de Molina y se sienta en uno de los bancos de piedra. Se está quedando dormido, a pesar del frío, cuando oye a una chica gritar.

—¡Hijo de puta!

Abre los ojos. Es una chica que lleva el pelo teñido de morado, una minifalda negra, unas medias llenas de carreras y unas botas del ejército —por alguna razón, también le recuerda a Chesca— y discute con su novio.

—Tía, estás histérica.

El chico la empuja y eso es más de lo que él puede soportar. Zárate se levanta, no consiente que insulten a una mujer en su presencia. No habría dejado que nadie insultara a Chesca.

Nota que las palabras no le salen como él querría cuando le recrimina al chico de qué forma trata a su novia.

—Insúltame a mí, si tienes cojones.

Zárate, aunque no sea dado a las peleas, sabe pelear —ha aprendido técnicas de defensa personal y ha recibido clases de boxeo—, pero solo cuando está sobrio. Con la borrachera que tiene es lento, previsible y con poca estabilidad sobre las piernas. Se lanza contra el novio de la chica y este no tiene ningún problema para recibirlo con varios puñetazos al cuerpo y un par de ellos a la cara. Lo mejor que le puede pasar es irse al suelo, lo que no tarda en suceder.

Cuando se levanta, nota la sangre en el labio, los novios ya se han ido y él regresa a su banco. Se cierra bien el chaquetón, se arropa y vuelve a cerrar los ojos.

Bienvenida, pesadilla.

—¿Está bien? Váyase a casa o mañana lo recogen muerto. Vaya golpe le han dado. ¿Quiere que llame a la policía?

Alguien le despierta. Es un hombre con un mono, un trabajador de la recogida de basura. Ahora sí permite que le metan en un taxi para marcharse a casa.

Capítulo 60

Orduño nunca tuvo buena relación con su padre, muerto hace ya muchos años, la única enseñanza que le dejó es que hay que tener amigos en todas partes y no pedirles un favor si no es completamente necesario: hacerlos sí, pedirlos no. En los últimos meses, se ha hecho amigo de varios funcionarios de la cárcel de Soto del Real y, siguiendo las enseñanzas paternas, ha hecho bastantes favores sin pedir ninguno. Gracias a eso se desviven por complacerlo cuando, al llegar a casa desde la BAC, pide que le den permiso para visitar a Marina a primera hora del día siguiente; está presa desde que se desmanteló la Red Púrpura.

Aunque parezca imposible, Marina nunca ha sido tan libre como dentro de la cárcel. Ahora, aunque deba cumplir los horarios y no pueda salir a la calle, está tranquila. Hasta ha empezado a estudiar una carrera, Psicología.

Orduño espera en la sala de visitas con los cascos puestos. Escucha «Death of a Clown», de The Kinks: «Mi maquillaje se ha secado y se resquebraja en mi mejilla, ahogo mis penas en whisky y ginebra, el látigo del domador de leones no se agitará más, los leones no lucharán y los tigres no rugirán. Bebamos por la muerte del payaso», dice el estribillo. Ha estado reproduciendo esa canción en bucle toda la noche. Apenas ha podido dormir unas horas. La muerte de Chesca es como un animal extraño en su vida. Como si caminara sabiendo que, a su espalda, le sigue una bestia imposible, uno de esos pulpos de mil tentáculos de los cuentos de Lovecraft. Sabe que está detrás de él, que algún día tendrá que girarse y enfrentarse a él, pero, de momento, sigue caminando hacia delante con la esperanza de que ese animal no pose uno de esos tentáculos en su hombro.

—¿Cómo es que vienes hoy? No había visita programada, ¿no?

—No, pero ¿te viene mal?

—Tengo una agenda tan difícil aquí dentro —bromea Marina y, luego, cariñosa, le coge las manos—. Sabes que me encanta, Rodrigo.

Sigue siendo la única persona para la que él no es Orduño sino Rodrigo. Fue así desde el día que se conocieron, en el avión rumbo a Las Palmas.

—Te he traído una bolsa con cosas de aseo y con algunos caprichos. Ah, y un chándal nuevo.

—Más te vale que no sea de marca, que ya sabes que aquí hay que andar con cuidado. Si destacas te dan un martillazo para ponerte al mismo nivel que las demás.

—No te preocupes, es un chándal cutre, el más cutre que he encontrado. Los de los mercadillos lo despreciarían. —Orduño se lo asegura con tanta seriedad que parece cierto.

Marina esboza una sonrisa radiante, esa tan atractiva que ha hecho que Orduño esté enamorado de ella, aunque sea tan poco conveniente una relación entre un policía y una presa a la que él ayudó a meter en la cárcel.

Orduño y Marina no tienen, por decisión del agente de la BAC, encuentros íntimos en prisión, pero él ocupa el lugar de una inexistente familia en las visitas y se encarga de que no le falte de nada: ropa, objetos de aseo, dinero para el economato... A veces, en las visitas, hasta hacen planes para el futuro, para el día lejano en que Marina abandone la cárcel.

—¿Está todo bien aquí dentro?

—¿Te acuerdas de Lucía, esa presa de la que te hablé, la que vino desde una cárcel en Perú?

Orduño se acuerda perfectamente. Lucía es una chica de poco más de veinte años que trató de traer dos kilos de cocaína desde Perú, escondidos en un doble fondo de la maleta. La descubrieron en el aeropuerto en Lima y entró en el penal de Santa Mónica, en el distrito de Chorrillos. Sobrevivió a duras penas durante tres años en un lugar saturado de gente, con graves problemas de violencia y tráfico de drogas, hasta que logró que la repatriaran a España. Marina intentó ayudarla desde que se la pusieron de compañera de celda, hasta se hicieron amigas.

—Se intentó suicidar. Está en el hospital. Quiso cortarse las venas.

—¿La encontraste tú?

—Por casualidad, tenía que estar trabajando en la lavandería, pero volví a la celda a por la tarjeta del economato, que me la había dejado. No sé si hice bien en llamar a las funcionarias. Si se quería suicidar, a lo mejor tenía que haberla dejado.

—Hiciste bien, Marina. Quizá algún día sea feliz y te agradecerá que le salvaras la vida.

—O no, pero gracias igualmente. Y tú, cuéntame, ¿por qué has venido hoy?

Marina sabe que Chesca es la mejor amiga —quizá después de ella— de Orduño. Por eso es consciente de su sufrimiento cuando le habla de su muerte. Y mucho más al saber las circunstancias en que se produjo. Rodrigo describe todo de una manera sintética. Quiere evitar que ese nudo que se le está formando en la garganta acabe por cortarle la respiración. Marina lo conoce. Sabe cuánto le cuesta mostrar sus sentimientos, desnudarse. Un día, tendrá que hacerlo: se verá obligado a afrontar el dolor porque, Marina lo sabe bien, la única forma de curarse es esa. Mirar cara a cara la herida que está sangrando. Sin embargo, también sabe que Rodrigo no ha ido a verla para que ella le obligue a romper la coraza, como si fuera una sesión de terapia. Llegará el día y, si puede ser, Marina estará a su lado, como él ha estado siempre al lado de ella. Hoy, prefiere dejar atrás ese tema y no hacerle ver a Orduño que lo está esquivando cuando, de repente, se pone a hablar de su nueva compañera de la brigada.

—¿Sabes lo que es el *gender fluid*?

—Lo que nunca pensé es que lo supieras tú.

—No te creas que me he enterado muy bien. Pero es que la nueva, una sobrina del jefe, es eso. *Gender fluid.* Sabes que no me meto a juzgar a nadie, que cada uno es libre de hacer lo que quiera...

—¿Pero?

—Pero creo que lo que tiene es un lío que no se aclara.

—Típica opinión de varón blanco heterosexual.

—Hombre, es que si tuviera opinión de mujer negra lesbiana, yo mismo me preocuparía —bromea él.

Hablan un rato más de Reyes Rentero, Marina intenta meterle en la cabeza, sin éxito, lo que es el género fluido. Le habla de que no es una cuestión sexual, sino de identidad. De la misma manera que uno se puede sentir hombre o mujer, al margen del género con el que haya nacido, ese sentimiento puede fluctuar. Sentirse unas veces mujer y, otras, hombre. También hay quienes no se sienten ninguna de las dos cosas, que no entran en esa clasificación binaria del género.

—Con lo del *gender fluid,* tengo bastante. —Orduño la detiene antes de que siga hablándole de más tipologías de identidad—. No lo entiendo, pero lo respeto. ¿No es bastante?

—Es mejor que nada, desde luego.

Antes de separarse, mientras se abrazan, Marina habla en su oído, cariñosa.

—Rodrigo, ¿puedo pedirte algo?

—Claro.

—Cuando te acuestes con Reyes no te olvides de mí. Si sigo aquí y no hago lo que Lucía es porque tú vienes a verme. Estos días son los únicos que me interesan de mi vida.

Capítulo 61

—Se llamaba Araceli. La muy guarra siempre me estaba buscando. Ella fue la primera. Yo ya no iba a la escuela, pero rondaba por el matadero o, a veces, venía a la granja. —Antón ha debido de descansar bien. Presenta buen aspecto a pesar de que tiene amoratado el tabique nasal por el puñetazo que le dio Zárate. Sonríe—. Dejaba que se la metiese cualquiera. Hasta el conserje del colegio, Leandro, los mozos decían que se la había beneficiado en el cuarto de los cubos. ¿Me podéis traer un poco de azúcar? Está muy fuerte este café.

Elena hace un gesto a la cámara del circuito cerrado para que un agente traiga lo que pide Antón. Ha decidido permitirle contar su historia. Antón es un ególatra y, mientras se vanagloria, puede cometer un error. Desvelar algo que les permita ubicar a Julio.

Antón no espera a que le traigan el azúcar para continuar su relato.

—Araceli fue la que empezó a decir que tenía la polla como la de los chinos. Se reía de mí. Pollachino. Lo que de verdad quería era comérmela. Por aquel entonces, yo tenía la cabeza en los cerdos, en trabajar. Mi padre me llevaba recto como una estaca. Araceli vino a la granja, nos fuimos donde el cauce del río y me bajó los pantalones. Se reía de mi polla, decía que no había visto una cosa más pequeña, que parecía una verruga... pero se la metió en la boca. Se creía que me iba a gustar. Ahí abajo, señorita, no pasa nada. ¿Qué culpa tengo yo? Después de un buen rato, la cosa no funcionaba. La muy guarra se volvió a reír de mí. Decía que era maricón. Se lo iba a contar a todo el pueblo. El pollachino es un maricón. Le di un empujón y, al caerse, se dio con algo en la cabeza. Visto y no visto. Se rompió la crisma. Entonces, al ver la sangre... no sé qué me pasó... Se me puso dura como una piedra. No era yo. No era el Antón del que todos se reían, al que sacan de la escuela por tonto... ¿Cómo se puede condenar a alguien que no controla lo que le pasa? Me agarré a su cuello con los dientes y... No sé cómo explicárselo, señorita. Ni con todo el vino del mundo se pone uno como yo me puse ese día. Era... Era el Antón que quería ser.

Ahora sí hace una pausa. El agente ha traído el azúcar y Antón lo disuelve en el café mientras recuerda cómo lo descubrió su madre. Ramona se lo contó a su padre y le cayó una paliza, pero su padre no iba a denunciarlo. Prefirió buscarle una esposa.

—Me casó con la Valentina, que estaba preñada, vete tú a saber de quién. Mi padre pensaría que con una mujer en casa no iba a buscar fuera lo que ya tenía en la cama.

La muerte de Araceli pasó por un accidente. Los bocados que tenía en la cara los achacaron a animales salvajes.

—Le juro que yo lo intenté. Que hice lo que pude por reformarme. Pero es que no ha estado en mi pellejo. No ha vivido a la sombra del hijo de puta de mi padre. De la zorra de mi madre, que no me dio un abrazo en su vida. Si me hubieran llevado al médico, las cosas habrían sido diferentes.

Elena sabe que Zárate y los demás están al otro lado del cristal de la sala de interrogatorios. Es repulsivo concederle a este monstruo la oportunidad de subir al púlpito y soltar esta ristra de salvajadas y justificaciones. Orduño debe de estar reteniendo a Zárate para que no vuelva a invadir la sala como hizo ayer. Al llegar a las oficinas de Barquillo, Elena ha visto que tenía un golpe fuerte en el pómulo y una herida en el labio. Era imposible disimular su resaca.

«Un golpe de noche con la puerta de la nevera. Por no encender la luz de la cocina», le ha dicho Zárate cuando le ha preguntado qué le había pasado, sin mayor interés en ser creído.

Hace un esfuerzo por concentrarse en la declaración de Antón. Desgrana cómo Valentina le daba asco, siempre buscándole para que tuvieran sexo. No se deshizo de ella antes porque se encargaba de la casa y de cuidar a Julio, a Casimiro y a Serafín.

—No soy una mala persona. Mi padre tuvo toda la vida a Casimiro y Serafín metidos con los cerdos. Le daban vergüenza. No entendía cómo mi madre había parido a esos dos subnormales. Pero ellos eran fuertes, sobrevivieron. Mi madre murió primero de una enfermedad, es lo mejor que hizo en su vida. Quitarse de en medio. Valentina y yo nos encargamos de mi padre. A lo mejor piensa que le jodí la vida a mi esposa, pero a ella lo único que de verdad le cabreaba era que no tuviéramos nada en la cama. Después de matar a mi padre, se quedó en la granja. Después de que empezara a traer visitas, también se quedó. No era una santa. Podía haberme llevado al cuartel de la Guardia Civil y yo se lo habría agradecido. Como ahora, que sé que esto se ha terminado —Antón rumia algo para sus adentros. ¿Realmente se siente una víctima?—. El único que cuidó de Casimiro y Serafín fui yo.

—Les dabas medicamentos para los cerdos.

—El Azaperonil los tranquilizaba. Si por ellos fuera, se habrían pasado todo el día jodiendo. Unos tanto y otros tan poco. —Antón se ríe, extemporáneo.

Ha pasado por encima de la llegada de Julio a la familia. Elena pregunta por los primeros años de vida del niño en la granja, por las razones que hicieron que se quedara a vivir con él, en lugar de irse con su madre.

—Julio no es tonto. Su madre, Valentina, esa sí que era tonta del copón. Estaba conforme en la granja. A él también le gustaban las visitas.

—¿Crees que te quiere o que te tiene miedo?

—Ese no le tiene miedo ni al demonio.

Hay orgullo en el tono de Antón. Elena no cree, como le dijo ayer, que Julio huyera por su cuenta. Bajo esa fachada de animal, de idiota que siente pena por sí mismo, oculta algún juego. ¿Cuál es el resorte que le servirá para sacarlo a la luz?

—La mujer esa..., la que trabajaba con ustedes, señorita.

No es ingenuo al referirse así a Chesca. Es cruel.

—Cuando la conocí en la feria de Turégano... Me hice amigo de un par de paisanos de la zona. Ganamos un jamón, ¿sabe? Y nos tomamos unos cuantos vinos. Por la noche, nos la encontramos. ¿Cómo se llamaba?

—Lo sabes perfectamente.

—¿Francisca?

—Ella prefería que la llamaran Chesca.

—Será después. Cuando era moza, la llamaban Francisca. Uno la conocía. Y le tenía ganas. Fue el primero, luego el otro y, cuando me tocó el turno, a mí no se me ponía. Les dije que era por los vinos, pero se reían, decían que lo que pasaba era que era maricón, que si prefería un culo lleno de pelos... —de repente, Antón está llorando—. Cuando volví a casa, me acordé de Araceli. De lo que me había hecho sentir. Fue entonces cuando salí de ronda la primera vez. A ver a quién encontraba...

—¿Estás culpando a Chesca?

—Lo tenía controlado. En la granja, con mis cosas... Si Francisca no hubiera estado ahí... No habría vuelto.

La rabia es difícil de contener. Antón se esfuerza en dar la vuelta a la realidad y pasar de ser ejecutor a víctima. Un juego doloroso cuando usa a Chesca. Elena aprieta los puños y hace un esfuerzo por tranquilizarse. Al respirar hondo, se da cuenta. Antón ha pasado a describir la sucesión de «visitas», como él las llama, a acumular violaciones, sangre y canibalismo como si se tratara de un alud perverso para llegar lo antes posible de nuevo a Chesca. El final del círculo, según él. ¿Por qué está contándole con detalle cómo supo que sus dos compañeros de aquella violación habían sido asesinados? ¿Por qué le describe cómo Julio se mudó a Madrid para vigilar los pasos de Chesca y darle caza?

—Era ella o yo —se defiende Antón.

Se ha dado cuenta. Antón ha percibido que Elena había notado que estaba escondiéndole algo y su forma de taparlo ha sido centrarse en los detalles escabrosos de todo lo que pasó con Chesca. Antes, cuando era una adolescente y, ahora, cuando estuvo presa en la granja Collado. Y ha funcionado. Elena ha tenido que contener sus emociones y, al hacerlo, ha dejado de prestar la atención debida a las palabras de Antón.

—«Lo que pasa en la casa se queda en la casa» —murmura Elena—. Supongo que eso fue lo que le enseñaste a Julio y, después, a la Nena.

—Yo les he enseñado a tratar a los cerdos, nada más. El resto, lo aprenden solos.

—No me creo que Julio se haya pasado una vida a tu lado, protegiéndote, participando en la caza de esas víctimas y, ahora, te haya dado la espalda.

—Le corre sangre de boliviana por las venas. No es de fiar.

—¿Y la Nena? ¿Es de fiar?

—No es mala guacha.

—¿Le regalaste tú la gata?

—Se la trajo Julio. Los gatos son traicioneros, no me gustan. A la que te descuidas, se meten en el obrador y se comen los embutidos.

Elena abre una carpeta, saca una foto y la pone ante Antón.

—Luciana Petreanu. Es la madre de la Nena. Su verdadero nombre es Mihaela. Así la registró su madre. Hemos localizado a su padre, estaba viviendo en Rumanía. Está de camino y se hará cargo de ella.

Antón guarda silencio unos segundos mientras mira la foto de Luciana.

—Metí a su madre en el maletero y conduje su coche hasta la granja. Lo menos dos horas de carretera. Hasta que llegué no me di cuenta de que había un bebé en el asiento de atrás, en un capazo. Fue durmiendo todo el rato.

—Y te la quedaste.

—Así Julio, Casimiro y Serafín tenían con qué entretenerse.

—Y una mierda, Antón. Te la quedaste porque la querías. Porque viste a esa niña y pensaste que podrías tener una hija. Que esa granja de mierda pareciera una familia de verdad.

—Yo no pienso tanto, señorita.

Zárate tiene los ojos húmedos. Está en el despacho de Elena cuando ella sale de la sala de interrogatorios. No ha sido capaz de escuchar todo el testimonio de Antón. Elena cree que ha estado llorando, pero ahora, al mirarlo, se da cuenta de que no ha sido así. Tiene los ojos húmedos de rabia. Orduño, Reyes, Mariajo y Buendía se unen a la inspectora. No entienden por qué ha terminado el interrogatorio de esa manera tan abrupta.

—La Nena no es un accidente. Es importante para Antón. Lo habéis oído; quiere parecer idiota, pero no lo es. Sabía que un día la policía llegaría hasta él. Tenía que tener planificada una huida. Y esa huida incluía a Julio y a la Nena. No iba a poder tirar de Casimiro y Serafín, pero sí de sus dos hijos «sanos». Hemos de hablar con la Nena: estoy segura de que sabe en qué consistía ese plan. Debe de saber dónde se ha escondido Julio.

Capítulo 62

Unos chavales los insultan, chulos, cuando detienen el coche en la puerta del centro de menores La Flor del Sauce. Elena y Zárate se bajan corriendo. No tienen tiempo para callar a esos adolescentes que se creen muy duros al gritarles «puta pasma» por llegar con la sirena encendida y hacerles correr para no ser atropellados.

El gesto de Alberto Quiñones no presagia nada bueno. El director del centro tiene la cara desencajada. Cuando salía del despacho, Elena ha podido ver que había un vigilante de seguridad sentado en una silla con la mirada hundida en el suelo, como un escolar que ha sido enviado a dirección después de una trastada.

—No está. —Alberto no disimula la vergüenza—. Al ir a buscarla para el desayuno, hemos encontrado la habitación vacía.

—¡¿Cómo puede ser?! —Zárate apenas contiene su furia—. ¿Qué clase de seguridad de mierda tienen aquí?

—Yo tampoco entiendo cómo ha podido pasar.

Elena prefiere no discutir algo que no tiene solución: la Nena ha desaparecido del centro. No ha podido escapar sola: sin ser una cárcel, La Flor del Sauce tiene sus medidas de seguridad. Una niña que no ha salido en su vida de una granja perdida en el campo no tiene la habilidad necesaria para saltarse todos esos controles.

—¿Y las cámaras de seguridad? —exige Zárate—. Necesitamos verlas.

—Ya las hemos revisado. El ochenta por ciento del centro está cubierto por esas cámaras...

—Pero la niña no aparece en ninguna grabación.

«Julio», piensa Elena. Ha tenido que ser él.

—¿Me puede explicar cómo una niña recién llegada es capaz de salir del centro justo por los ángulos ciegos de las cámaras?

—¿Se cree que estoy contento con lo que ha pasado? Todos los trabajadores, yo el primero, llevamos meses reclamando a la empresa de seguridad que pusiera al día el sistema de vídeo y que destinara más personal para la vigilancia. Esta noche solo había uno en todo el centro. ¡Eso es lo que estaba hablando con él! —se defiende el director señalando al despacho.

Suena el teléfono de Elena.

—Ahora mismo no tengo tiempo, Mariajo, a no ser que sea importante. La Nena ha desaparecido del centro.

—Es mejor que volváis a Barquillo.

Elena y Zárate siguen a Reyes por el pasillo hacia la sala de reuniones.

—Lo ha traído un mensajero de Glovo. Dijo que se lo entregó un hombre calvo muy cerca de aquí, en la plaza del Rey. Le ha pagado cien euros por traerlo. En cuanto lo hemos visto, Orduño ha ordenado que unas patrullas recorran la zona, pero no han encontrado a nadie.

—¿Estás segura de que es él?

—Se ha afeitado la cabeza —confirma Reyes antes de abrir la puerta.

Dentro, Mariajo ha preparado una pantalla para el visionado. Empieza a reproducir la grabación cuando se sientan Zárate y Elena.

Se ve una pared blanca con una ventana con cortinas. Un flexo ilumina el lugar en el que, a los pocos segundos, aparece Julio. Como les dijo Reyes, tiene la cabeza afeitada.

—Hola, supongo que tenían ganas de encontrarse conmigo. Yo también tenía ganas de enviarles mi mensaje. En el momento que ven este vídeo son más o menos las doce del mediodía... Las horas son importantes.

Todos miran al reloj, son las doce y media. Es el segundo visionado.

—Les voy a dar ventaja. Digamos que es la una. Les voy a dar seis horas y media, hasta las siete y media de esta tarde. Lo que tienen que hacer es fácil: soltar a mi padre. Soltarlo sin que nadie le siga, en el metro de la estación de Sol, al bajar las escaleras mecánicas de la entrada del tren de Cercanías. Déjenle con un billete de metro y veinte euros, no necesita más. Mi padre sabe lo que tiene que hacer. Si nota que lo siguen en algún momento, sabrá cómo avisarme. Y si recibo ese aviso, pasará algo que ustedes no quieren que pase. Ahora mismo vuelvo.

La habitación se queda vacía. El viento mece ligeramente la cortina de la ventana del fondo. Se oyen unos pasos.

—Está loco. —Buendía rompe su habitual frialdad.

En la penumbra de la sala, Elena busca la mirada de Zárate. Sus ojos están clavados en la pantalla. Juguetea con un bolígrafo entre los dedos, en cualquier instante podría partirlo.

Julio vuelve a la imagen. No lo hace solo. De la mano trae a la Nena. No es una sorpresa para ninguno, pero por esperado no lo hace menos frustrante. En la BAC, todos creían que Julio intentaría salir de España, nunca imaginaron que su estrategia sería un ataque.

—Sé cómo funciona una negociación. Ustedes me dan algo, la libertad de mi padre, yo les doy algo a ustedes, a la Nena. Saluda a estos señores.

—Hola.

Está limpia y bien peinada, con la misma ropa que le dieron en el centro de acogida. Es difícil definir su actitud: ¿tiene miedo o se siente segura al lado de Julio? Su gesto, inexpresivo, no les permite decantarse por una u otra opción. «Demasiados cambios», piensa Elena. La Nena, Mihaela, como ahora saben que fue registrada, ha vivido en un mundo diminuto. Sin extraños, los límites de la granja eran también los límites de su universo. Ha salido de allí. Ha ido a una gran ciudad, a un centro con otros chavales. Ahora, Julio la ha sacado en mitad de la noche. ¿Cómo va a procesar esa batería de estímulos? No le extrañaría que prefiriera regresar a lo conocido, al entorno donde se ha criado, como el secuestrado que siente pánico a abandonar el zulo en el que ha estado retenido.

—Es mi hermana pequeña. —Julio la abraza—. No sé si me creerán, pero, en realidad, me da igual. Nosotros sabemos que somos una familia. No quiero hacerlo, pero no tengo otra alternativa. Si no atienden a mi petición, la Nena... Lo siento, pequeña.

Julio coge el brazo de la Nena y muerde con furia su antebrazo. La niña grita de dolor, grita tan fuerte que el sonido de la grabación se satura y, durante un segundo, queda en silencio. Julio arranca un trozo de carne. El grito de la niña se ha transformado en llanto y, después, simplemente se desploma en el suelo, inconsciente, superada por el dolor. Con la carne entre los dientes, la sangre chorreando por su barbilla, Julio mira a cámara y sonríe como un payaso siniestro.

Luego acerca la mano al objetivo y la grabación termina. Silencio.

Buendía enciende las luces de la sala. Orduño se levanta, da una patada a una silla. Nadie le reprocha su reacción. Reyes está bloqueada: estaba convencida de que era imposible que las cosas empeoraran, pero lo han hecho. Zárate busca a Elena: si ella no toma el mando, lo hará él. ¿Por qué no responder con la misma moneda a Julio? ¿Cree que tienen la exclusividad de la crueldad? Él sabría cómo hacer sufrir a Antón; ¿no es lo que merece? Han entrado en una batalla y uno no puede defenderse con piedras contra fusiles.

Elena está llorando. Buendía se ha acercado a ella. Le da un abrazo. De nuevo, la vida de un menor, una niña, se emplea como amenaza, como si fuera un objeto que se disputan los policías y Julio. Imposible no recordar a su hijo Lucas.

Mariajo ha vuelto a poner el vídeo. Ha avanzado hasta el momento en que Julio salía de plano para buscar a la Nena. Se puede ver el espacio donde se ha realizado la grabación, vacío. La ventana del fondo. El viento que mece la cortina.

—¿Qué es eso que se ve por la ventana? —Mariajo ha parado la grabación y, al otro lado de la ventana, se intuyen unas rayas paralelas de metal.

—El anuncio de Schweppes de Callao. Como está apagado, no se ven los colores, pero es eso. Estoy seguro —dice Orduño.

—Por el ángulo, podemos situar el edificio donde han hecho la grabación, hasta el piso.

Todos están entusiasmados, todos menos Elena y Zárate.

—Podéis ir, pero no vamos a encontrar allí a la Nena. ¿De verdad creéis que se ha dejado la cortina abierta sin querer? Hasta ahora no ha metido la pata y no creo que sea tan torpe de repente.

—¿Qué otra cosa podemos hacer? —Elena tiene la sensación de que jamás se ha sentido tan superada.

—Antón —responde firme Zárate.

Capítulo 63

—¿Vas a permitir que Julio mate a la Nena?

Elena cierra el ordenador en el que ha enseñado a Antón el vídeo de Julio.

—Lo mismo le podría preguntar yo.

Una mueca de orgullo se dibuja en el rostro de Antón, el padre engreído porque su hijo ha alcanzado el éxito. A Elena le duele la cabeza. Se siente cansada, no tanto por la noche en vela que pasó, sino porque, como un oscuro presagio, tiene la sensación de que han llegado a un callejón sin salida. Reyes y Orduño se han desplazado a Callao. Con la ayuda de Mariajo han logrado situar el piso desde el que se hizo la grabación, han irrumpido en él acompañados por un grupo de fuerzas especiales. En la cama, inconsciente, desangrándose por varias cuchilladas, han encontrado a Maribel Rúa, la propietaria del apartamento. *Zhuniáng Jíxiáng,* había escrito Julio con su sangre en una de las paredes: buena suerte para el año del cerdo. Los sanitarios han logrado estabilizarla. A duras penas, Maribel ha contado cómo fue asaltada cuando terminó su turno en La Flor del Sauce, donde trabaja de educadora. Julio la obligó a llevarle a su casa, allí la torturó hasta que le contó cómo entrar y salir del centro de menores sin ser descubierto. Ha tenido suerte de que la BAC diera con la casa. Unas horas más y estaría muerta.

Orduño y Reyes no han encontrado nada en el piso que les diga dónde han podido ir Julio y la Nena. Debieron de abandonarlo después de hacer la grabación.

—Creía que te importaba la Nena —insiste Elena con Antón.

—¿Y qué quiere que haga? —Antón se encoge de hombros—. Julio es el que ha decidido hacer esto.

—Si fuera verdad que lo ha hecho sin tu consentimiento, me dirías dónde se ha escondido. Es tu hijo. Lo conoces bien. ¿Dónde se quedaba cuando venía a Madrid? Dímelo y, por lo menos, le salvaremos la vida a la Nena.

Durante unos segundos, Antón masculla algo para sí mismo, como si diera vueltas en la boca a la posibilidad de colaborar con la policía.

—De mocarra se me perdía por la granja y no había Dios que lo encontrara. El muy hijo de puta siempre se escondía donde más rabia te daba. No solo se escondía, también te daba por saco... —Antón se ríe al recordar—. Julio tiene sangre boliviana, por eso es tan cabrón.

—¿Es esto lo que quieres? Tú no vas a salir de la cárcel. La Nena acabará muerta y, un día, cogeremos a Julio. Él también se pasará la vida en prisión. ¿Quieres que terminen así las cosas?

—Yo qué cojones quiere que haga.

—¡Deja de hacerte el inocente! ¡¿Te has creído que soy idiota?! Julio lo está diciendo: «Mi padre sabe lo que tiene que hacer». ¡¿Qué es lo que tienes que hacer?!

—Lo que estoy haciendo.

Elena cierra de un portazo a su espalda la sala de interrogatorios. Antón es un muro: no tiene nada que perder, así que, ¿por qué no jugárselo todo a esta carta, aunque sea una locura?

—Déjame pasar —le pide Zárate—. Le puedo sacar dónde están a hostias si hace falta. Que me echen del cuerpo, qué más da.

—Puedes partirle la cara y seguirá sin hablar.

El reloj de la oficina marca las dos. Ya ha pasado una hora y media desde que vieron el vídeo de Julio. El móvil de Elena suena en su bolsillo. Es su madre. Rechaza la llamada: ¿qué puede querer ahora Isabel?

Rentero entra en la sala de reuniones. Orduño y Reyes han regresado de Callao.

—La Científica está en la casa, pero no creo que encuentren nada que nos ayude a localizar dónde están Julio y la Nena ahora —informa Orduño—. O, por lo menos, no lo harán antes de que se cumpla la hora.

Son las dos y veintitrés.

—¿Qué vamos a hacer? —Zárate busca una respuesta entre todos los presentes—. ¿Quedarnos de brazos cruzados y ver cómo ese bestia mata a mordiscos a una niña?

—¿Qué otra cosa podemos hacer, Zárate? —Buendía parece más viejo que nunca.

—Aceptar el trato. Ponemos en la calle a Antón bajo vigilancia. Recuperamos a la Nena y, cuando la tengamos, vamos a por ellos.

—No podemos aceptar un chantaje —Rentero cierra la discusión.

—¿Por qué no? —De repente, a Elena no le parece tan descabellado—. Es la única alternativa. Montamos un dispositivo de seguimiento. ¿De cuántos agentes podemos disponer? Estamos hablando de uno de los mayores asesinos en serie que hemos tenido, no seas ahora rácano, Rentero. Cien. Doscientos. Un par de helicópteros. Le metemos un dispositivo de localización en la ropa a Antón sin que se dé cuenta. Aparentamos mantenernos al margen y, en cuanto veamos dónde está la Nena, intervenimos.

—¿Te estás escuchando, Elena? —niega incrédulo Rentero—. No sé si has perdido el juicio, pero ¿desde cuándo la policía acepta tratos con asesinos? No lo hicimos con ETA, no lo vamos a hacer ahora. No vamos a poner en la calle a ese hombre.

—A ese monstruo. —A Zárate no le importa que Rentero sea su superior, no se va a callar—. El tío al que usted está protegiendo es un caníbal. Ha matado y comido a veintitrés mujeres. Una de ellas hace solo unos días estaba sentada aquí con nosotros. ¿Ha leído los informes? ¡La violaron durante varios días, le arrancaron trozos de carne y la metieron en una puta picadora!

—Sé que estáis cabreados. Yo también lo estoy, pero no podemos correr ese riesgo.

—Ponga un francotirador cada cien metros. Si vemos que lo vamos a perder, que le peguen un tiro.

—Estás fuera de control, Zárate. Lo mejor será que pase el caso a otra brigada. Os afecta demasiado.

—No estamos fuera de control. —Reyes levanta la mirada de la mesa y la clava en su tío—. Queremos hacer justicia. Una niña va a morir si no hacemos nada y Julio... está en la calle... Volverá a hacer lo que le hizo a Chesca.

—La labor de la policía será buscarlo y detenerle. —Rentero no oculta un gesto de advertencia a su sobrina. No quiere que ella también se rebele.

—Y darle un juicio justo. ¿No vas a decir nada? ¡Esto es ridículo!

Zárate ha clavado la mirada en Elena. Esperaba más de la inspectora, que luchara de alguna forma con el comisario para conseguir llevar a cabo la trampa a Antón.

—Rentero tiene razón. No podemos aceptar el trato de Julio. Es una puerta que no podemos abrir.

—Por fin alguien dice algo sensato. Olvidaos del tema. Si queréis hacer algo, salid a la calle. Buscad a Julio y a esa niña.

Elena se pone en pie y, en silencio, abre la puerta.

—¿Adónde vas? —le pregunta Mariajo, aunque la vieja hacker no necesita que la inspectora le responda. La conoce bien.

—Yo había dejado la policía —deja escapar Elena en un murmullo avergonzado—. He hecho lo que he podido. Por Chesca y... por cazarlos, pero... no ha sido suficiente. Lo siento.

—¿Vas a irte? —más que una pregunta, las palabras de Orduño suenan como una súplica.

—No tengo fuerzas para quedarme. Todos sabemos cómo va a terminar y... no soy capaz de ver más cadáveres. Yo...

La voz de Elena se queda suspendida en el aire. Le gustaría decirles que está convencida de que lograrán detener a Julio, que ese hombre no podrá desaparecer sin más, la BAC dará con él, pero el nudo de la garganta se lo impide. Se marcha de la sala de reuniones.

El reloj marca las dos y cuarenta y siete minutos.

Capítulo 64

Hora de comer. Muchos trabajadores salen de las oficinas que hay en Barquillo para tomar un menú en alguno de los restaurantes de la zona. A la mayoría ya no les queda mesa libre. Una taladradora hace un ruido infernal junto a la plaza del Rey, están arreglando una acera. Elena prefiere bajar hasta el Instituto Cervantes y seguir paseando por Alcalá. Un grupo de turistas la adelanta en monopatín. Una señora los increpa por la velocidad a la que van. Cinco o seis adolescentes con uniformes del colegio y mochilas a sus espaldas salen del metro Sevilla. Se ríen. Tal vez repasan alguna anécdota de clase. Más turistas, coreanos esta vez, fotografiándose junto al Oso y el Madroño. No puede evitar pensar que, al final de la calle Preciados, está Callao y el anuncio de Schweppes. Recuerda lo que se divirtió en el cine cuando estrenaron *El día de la bestia*. Tenía una escena mítica en ese cartel publicitario que ya forma parte de la historia de esta ciudad. Una ciudad que no se detiene y sigue avanzando como el engranaje de un reloj. Ajena —¿o quizá no le importa?— a que, en alguno de sus barrios, en algún piso del enjambre que es Madrid, están Julio y la Nena. Que una niña está a punto de morir.

Al llegar a la altura de la plaza Mayor decide seguir caminando. Le da tiempo a tomarse algo en el bar de siempre. A lo mejor está allí Juanito, su camarero preferido, y puede charlar un rato con él.

—Trae mala cara, inspectora.

—Ya no soy inspectora, llámame Elena.

—Hay trabajos que duran para siempre. ¿O se cree que yo voy a dejar de ser camarero? Yo he nacido para camarero y usted para inspectora. Eso es así. Si me toca el Euromillón, que esta semana hay bote, seré el camarero millonario, el camarero millonario que no sirve cafés.

—Entonces no serás camarero.

—Por dentro sí, aunque por fuera esté tumbado en una playa del Caribe. ¿Qué quiere tomar? ¿Una grappa?

—No, agua mineral y algo de comer. Un montado de salmón con queso.

—Marchando.

Mientras le llega lo que ha pedido, no deja de darle vueltas a unas frases de Antón: «siempre se escondía donde más rabia te daba. No solo se escondía, también te daba por saco».

—Aquí tiene, inspectora, montado de salmón ahumado con queso fresco y agua mineral. ¿No quiere ni siquiera una cervecita?

—No, Juanito, gracias.

—Y dígame, ¿qué la tiene tan preocupada?

—Imagínate que buscas algo y te dicen que está en el último sitio en el que se te ocurriría. ¿Por dónde empezarías?

—Eso sí que es difícil. Depende de lo que fuera. Por decir algo, empezaría por donde más coraje me diera encontrarlo. Así me llevaría una alegría al saber que no está allí.

—Eres un filósofo, Juanito. Pero esta vez no me has ayudado nada...

Recuerda que su madre le hizo una llamada. Le ha dejado un mensaje en el buzón de voz. «Tienes tu billete en el correo». Isabel le hablaba desde un taxi rumbo al aeropuerto. Aunque le prometió no intervenir, lo ha hecho: «¿Por qué no sigues con el trabajo en la Fundación? Lo estabas haciendo tan bien...». El vuelo a Berlín sale a las siete de la tarde y, de repente, a Elena no le parece tan mala idea que la hora límite que puso Julio la encuentre sobrevolando Europa. Huyendo.

Elena abre su vestidor. En los últimos meses, desde que dejó la brigada, ha ido acumulando ropa adecuada para esas galas benéficas. Escoge varios conjuntos para acompañar a su madre en los tres días que pasarán en la ciudad. Para la ceremonia de recaudación de fondos necesita un vestido largo, tiene uno color azul, de Iván Campaña, que aunque deje un hombro al aire hasta su madre lo aprobará. Busca con más atención el vestido que usará para cenar con Jens Weimar, algo discreto, no quiere enamorarlo, solo que colabore económicamente. Coge un vestido sencillo, negro de seda plisada, que ya usó una vez en Milán y causó muy buena impresión.

Son las tres y media. El móvil suena: es Rentero. El comisario intentará retenerla en la brigada. La invitará a tomar algo en uno de sus restaurantes lujosos y, después, fingirá que comprende por lo que ha pasado la BAC, el sufrimiento de perder a una compañera sumado a la impotencia por no haber podido salvar a la Nena.

¿Le habrá curado Julio la herida que le hizo al morderla?

Elena decide no responder a Rentero. No va a volver a su vida anterior. Será al menos, como dice Juanito, la policía de la ONG.

Con la maleta hecha, se sirve un zumo. Ha caído ya dos veces en la grappa en los últimos días, pero eso se acabó. No piensa volver a beber. No piensa volver a cantar. Todo eso queda atrás.

Llaman a la puerta. Tiene la tentación de permanecer en silencio y no abrir. Vuelve a sonar el timbre. Son las cuatro y diez. Ha llamado a un taxi, vendrá a recogerla a las cinco y media. Se levanta, abre la puerta. Zárate está al otro lado.

—¿Lo de las escuelas en Myanmar? —pregunta Zárate al ver su maleta.

—Se trata de ayudar a la gente, no es una mala vida.

—Siempre vas a echar de menos a la brigada.

«Lo único que voy a echar de menos es a ti», piensa Elena, pero no se atreve a responder así a Zárate. Ángel está muy lejos de ella. Dentro de él imagina un torbellino de soluciones, todas desesperadas, para evitar que Julio cumpla su amenaza.

—Tienes que quedarte. Por Chesca. No puedes desaparecer dejando las cosas a medias.

—Acabarán deteniendo a Julio. Quizá tú también deberías apartarte.

—No puedo —y Zárate suena como un adicto incapaz de abandonar la sustancia que le está matando.

Se sientan en el salón. Los balcones abiertos a la plaza Mayor. Corre un viento frío.

—Se lo debo, Elena. No estuve a su lado cuando estaba viva, cuando me necesitaba. No voy a dejar que los que le hicieron pasar ese infierno se vayan de rositas.

—Deja de culparte. Antón irá a la cárcel y también llegará el día para Julio.

—Tienen que saber que esto les pasa por Chesca.

—Les pasa por Chesca y por todas las mujeres a las que mataron. —Elena sabe qué deseo se oculta bajo las palabras de Zárate, como sabe que sería inútil rebatírselo ahora. Solo el tiempo le hará darse cuenta de que todo lo que sintió en estos días estaba contaminado por el odio—. Tú no la llevaste a esa granja, Ángel.

—Una noche, me quedé a dormir en su apartamento. —Zárate necesita tomar aire antes de continuar—. No sé qué hora sería..., las dos de la madrugada. Me desperté y ella no estaba en la cama. Me asomé a la habitación y la vi sentada en el salón. Estaba llorando, pero no salí del cuarto. Habíamos discutido. Ella siempre quería lo mismo, que me comprometiera de verdad, pero yo solo le daba excusas para no hacerlo. Pensé que, si salía, volveríamos a tener una pelea. Que ella me diría que no estaba siendo honesto o algo así. No le faltaba razón. Nunca le dije qué sentía de verdad. Nunca le dije que seguía enamorado de ti.

Elena se sienta junto a Zárate. Le seca las lágrimas que han empezado a recorrerle las mejillas. Acerca sus labios y le besa. Siente el calor de sus labios. Le gustaría detener el reloj, quedarse así para siempre, fuera del tiempo y del espacio.

—¿Y si no lloraba por eso? —se pregunta Zárate cuando se han separado—. ¿Y si se había despertado con una pesadilla por lo que había hecho? A lo mejor, si hubiera salido del cuarto, si le hubiera dado un abrazo y no hubiera pensado tanto en mí, me lo habría contado. Todo sería diferente ahora. Estaría viva.

—Esto será así mucho tiempo, Ángel. Repasarás esos pequeños instantes, cada decisión que tomaste... y no servirá de nada. Ni te hará sentir mejor, ni te devolverá a Chesca.

—No, no me hará sentir mejor. —Zárate arrastra las palabras, turbio. ¿Qué idea da vueltas en su cabeza?

—¿Y si vienes conmigo? Aléjate de Madrid.

—Tengo que quedarme aquí. —Se levanta, seguro de su elección—. No sé si hemos perdido nuestra oportunidad, Elena. No te dije lo que sentía cuando era el momento.

—Yo tampoco, pero ¿por qué no podemos tener otra oportunidad?

—¿Te acuerdas de lo que te dije en la granja? Es como si cada caso nos robara un trozo de alma. A lo mejor, yo ya la he perdido toda... No soy capaz de... Lo siento.

Elena abraza a Zárate. Entiende su miedo: ¿puede uno volver a amar? ¿Este trabajo no nos convierte en seres egoístas que solo están pendientes de sus propias heridas?

Ángel no vuelve la mirada atrás cuando sale de la casa. Suena el móvil de Elena. El taxi ya ha llegado.

Son las cinco y media.

No sabe si volverá a ver algún día a Zárate.

Capítulo 65

Reyes lleva toda una vida tratando de encontrar las palabras que definan su identidad. ¿Qué eres?, una pregunta que resulta sencilla para cualquiera, suponía un acertijo para ella. «David Bowie», le dijo una vez a la profesora de Conocimiento del Medio cuando le preguntó qué casilla marcaba en la lista de clase, ¿hombre o mujer? «¿No puedo poner David Bowie?». Tenía siete años. No había oído una sola canción de Bowie, o no la recordaba. Lo que se le había quedado grabado era su imagen. Katherine, una canguro inglesa, era una fan devota. Fue ella quien le enseñó fotografías de Bowie en el ordenador. Era un extraño viaje por múltiples identidades: Ziggy Stardust, Aladdin Sane, Major Tom, el Duque Blanco. Bisexual, dandi, *glam*. Todos y ninguno eran David Bowie. Había momentos que parecía una mujer, otros en los que le recordaba a esos soldados nazis de los documentales.

Fue como si, de pronto, alguien hubiera encendido una luz en una habitación a oscuras.

No se trataba de interpretar personajes. Se trataba de que, todos esos personajes, todas esas identidades, eran ella.

Cuando tenía trece años sus padres empezaron a preocuparse. Les costaba entender los cambios que detectaban en Reyes. Tan femenina unas veces y tan masculina otras. De ahí, pasaron a los terapeutas y los psiquiatras. ¿Tenía su hija un trastorno de la personalidad? Algunos se empeñaron en convencerla de que era lesbiana y que solo debía aceptarlo. Otros le recetaron ansiolíticos. Estaban tan perdidos como sus propios padres.

Reyes aprendió hace tiempo a no culparlos. Todos daban palos de ciego, también su tío Rentero; se exasperaba tanto con Reyes que terminó por evitar cualquier conversación personal. «Es más rara que un perro verde», oyó que le decía una vez a sus padres.

En el instituto, esos comentarios le dolían. Se repetían entre sus compañeros de clase. ¿De qué va Reyes? ¿Por qué viene como una choni un día y, al siguiente, aparece vestida de chico? ¿Es transexual? ¿Es una especie de *drag king*? ¿Es bollera? Palabras y más palabras para definir algo tan sencillo como una identidad. «Soy Reyes», le gustaba decir entonces. «Nada más». Pero a esa edad el sentimiento de exclusión puede hacer mucho daño. Tanto que podía haberla llevado a ocultar su manera de ser. Algo que se reflejaba en el vestuario, pero también en sus actitudes. Sin embargo, Reyes no cayó en ese miedo. Nunca se escondió, solo buscaba la definición que resumiera de una vez por todas cómo se sentía, porque no encajaba en ninguna de las que conocía.

«En el principio existía la Palabra, y la Palabra estaba junto a Dios; además, la Palabra era Dios». Reyes recuerda esta cita de la Biblia de su tía Verónica. Era de misa diaria y también pasó por sus manos en aquellos múltiples intentos por encontrar una solución para la chiquilla. La religión solo sirvió para echarse unas siestas en los sermones.

Pero la Palabra es todo. Si algo no tiene nombre, no existe.

Fue una amiga que hizo por internet quien se la dijo por primera vez: *gender fluid.* De repente, Reyes se sintió parte de una definición, de un grupo. «Esta soy yo». Una identidad que fluctuaba entre los géneros masculino y femenino. Antes, le enfadaba la gente que se burlaba del término. Le habría gustado que se vieran en su piel. Una adolescente que no se siente parte de ningún colectivo, una extraterrestre. Como si tuviera una enfermedad que nadie ha sabido diagnosticar. Ahora, ha aprendido a soportarlos. A darles su tiempo para entenderla. Sabe que Orduño es uno de ellos. Si lo hubiera conocido hace unos años, tal vez le habría partido la nariz de un puñetazo.

«¿Qué eres?», se pregunta Reyes. Desde que supo definir su identidad, no había vuelto a padecer esa incertidumbre ante la pregunta. Fue una buena estudiante, tuvo claro desde el principio que quería trabajar en la policía, hizo Filosofía y Criminología. Entró en el cuerpo por méritos propios, aunque todos pensaran que Rentero la había enchufado.

Un camino de años para estar donde está ahora. En el baño de la BAC, con la puerta cerrada y la cabeza entre las manos, preguntándose qué es. ¿Una policía? ¿Realmente está capacitada para serlo? En tan solo unos días ha vivido un alud de situaciones que la han llevado al límite, que han terminado por quebrarla. Por hacerle desear que existiera un túnel secreto desde ese baño hasta su casa para huir de las oficinas de Barquillo sin cruzar una mirada con nadie.

Quizá estaba equivocada. Quizá no sea una policía.

Unos golpes en la puerta la sacan de su ensimismamiento.

—¿Vas a quedarte a vivir ahí dentro?

Es Orduño quien ha ido a buscarla. Reyes balbucea una excusa.

—Te invito a una cerveza. —Él ha preferido obviar las tonterías con las que Reyes ha intentado justificar que lleve casi una hora en el baño.

Son las seis y diez cuando el camarero pone un par de cañas en la barra y una tapa de chorizo y queso con unos picos.

—Chesca habría quemado las oficinas si llega a estar hoy aquí. —Orduño dibuja una sonrisa triste—. No habría soportado el juego de Antón y Julio.

—Creo que me habría caído bien.

—Yo creo que a ella le habrías caído fatal.

—Gracias.

—No era fácil. Tampoco soportaba a mi amiga Marina. Decía que era un gilipollas por seguir yendo a verla a la cárcel. —Orduño da un trago a su cerveza, juguetea con el vaso sobre la barra—. Pero si le hubiera pedido cualquier cosa, sé que Chesca se habría desvivido por hacerla. Por ti también; aunque fueras nueva y no entendiera tu rollo de hombre y mujer, habría dado la vida por ti.

En la televisión del bar hay un programa de cotilleo. El murmullo insolente de los tertulianos resulta insoportable. Orduño deja unas monedas en la barra y salen.

—La voy a echar de menos —confiesa con los ojos húmedos.

Rentero ha encargado a otros policías que continúen con la búsqueda de Julio. Solo tienen que volver a casa y esperar que les digan que ha aparecido el cadáver de una niña.

—Sé que esto es una mierda. Ojalá tu entrada en la brigada hubiera sido diferente. Pero la vida es así: a veces, perdemos. Habrá otras en las que ganes. La mayoría, seguro. Eres una buena policía.

Reyes sonríe tímida. Unos coches están pitando en el semáforo a un transeúnte que ha cruzado en rojo. Impulsiva, se abraza a Orduño y le murmura un gracias al oído. Cree que su gesto ha sido imprudente y va a separarse cuando Orduño la retiene. Sabe que es una mala idea besarle, pero tampoco puede evitarlo. No hay bromas después. No hay preguntas de si ha besado a un hombre o a una mujer. Le ha pasado tantas veces que ha dejado de hacerle gracia.

—¿Volvemos a las oficinas?

Son las seis y cuarenta y dos.

Capítulo 66

Hay un televisor en la sala VIP del aeropuerto. No tiene volumen. Un reportero ante el Bernabéu da la última hora del partido que jugará esta noche el Real Madrid. Elena pone toda la atención en él, no porque le interese, sino por ahuyentar las imágenes que, en cuanto deja de ofrecer resistencia, la invaden: una cubeta a rebosar de carne picada, la nube de insectos, la desesperanza impregnada en la granja Collado como el polvo, los dientes de Julio clavados en el brazo de la Nena. La mirada de una niña desamparada.

—No tardaremos en embarcar. —Su madre ha tenido la elegancia de no preguntarle por qué ha cambiado de opinión y ha decidido volar a Berlín.

—¿Llevas pastillas?

—A tu edad, ¿has empezado a tener miedo a volar?

Elena no va a confesarle que a lo único que aspira es a apagar su cerebro, aunque solo sea durante las tres horas del vuelo. Quiere borrar el gesto de autosuficiencia de Antón, el orgullo fatuo de su sonrisa al saber lo que había hecho su hijo Julio, al verle morder a la Nena.

Son las siete y cinco de la tarde.

Isabel le ha dado un ansiolítico. Elena va en busca de un botellín de agua para tomárselo.

Los cerdos sacrificados del chiquero. Los trofeos siniestros que encontraron en aquel cuarto de fotografías: dientes y llaves. Todo lo que queda de veintitrés víctimas.

Las pantallas anuncian que se ha abierto el embarque del vuelo a Berlín. Isabel no espera a su hija y, tirando de una pequeña maleta de Vuitton, se pone en la fila de embarque prioritario.

Chesca. ¿Quién se encargará de sus pertenencias? ¿Quién organizará su entierro? ¿Su hermana o Zárate? No hay nada más triste que vaciar los armarios de alguien que ya no está entre nosotros. Su olor sigue en las ropas, como si se resistiera a desaparecer, a dejarse arrastrar por la muerte. Empaquetar sus objetos, sus fotografías. Enviar algunas a la beneficencia. Elegir qué vas a conservar como recuerdo. ¿Se quedará Orduño alguno de sus trofeos de motos? ¿Guardará Zárate la botella de vino que Chesca nunca abrió?

Elena no quiere ningún recuerdo, pero sabe que eso es imposible. No puede formatear su memoria como si fuera un disco duro. No es nuevo: de la misma manera que Lucas o la muerte de aquellas hermanas gitanas forman parte de sus sueños, ahora también aparecerá Chesca.

—¿A qué esperas? —Isabel le pregunta mientras enseña su tarjeta de embarque y su DNI a la azafata.

¿Por qué Elena no se decide a subir al avión?

Se arrepiente de no haber dejado que Zárate siguiera golpeando a Antón en la sala de interrogatorios. Nunca le habría dicho dónde se escondía Julio, «el muy hijo de puta siempre se escondía donde más rabia te daba», le dijo en el interrogatorio, como el padre que narra la anécdota de un niño revoltoso. Debería haber dejado que Zárate le golpeara hasta romperle cada hueso.

Abre la mochila. Busca la cartera con la documentación para subir al avión. En el televisor puede ver que son las siete y doce minutos.

No estará en el aire cuando Julio mate a la Nena. ¿También conservará un trofeo de ella? ¿Le arrancará los dientes?

Sin previo aviso, Elena nota una corriente eléctrica. La sacude por dentro, como si de pronto pudiera recordar algo importante que había olvidado.

Trofeos.

Llaves.

«El muy hijo de puta siempre se escondía donde más rabia te daba».

Isabel ve cómo su hija le da la espalda y sale corriendo de la sala de embarque. No le extraña. En realidad, nunca pensó que fuera a hacer ese viaje con ella. Ha intentado que se acostumbre al buen vino, pero Elena es una adicta. Jamás dejará el matarratas. Se aleja por el *finger.* La llamará cuando llegue a Berlín. Aunque no suele decírselo, quiere a su hija.

Capítulo 67

Beltrán es un presuntuoso. Engominado, de traje, imita los ademanes de los agentes del FBI como si estuviera en una película americana. A pesar de todo, no es un mal policía, tiene que reconocer Mariajo. Dentro de las opciones que había, se alegra de que Rentero lo haya elegido a él para continuar el caso e intentar dar con Julio. Han protestado, pero la realidad es que ninguno está en condiciones de seguir trabajando. No saben dónde se ha metido Zárate después de que fuera a hablar con Elena. Les dijo que iba a intentar convencerla de que siguiera en la investigación hasta el final. Orduño y Reyes apenas pueden desprenderse de la telaraña de tristeza que llevan arrastrando desde que Rentero les dijo que no había negociación posible con Julio. A Buendía le han caído de golpe diez o veinte años. Encorvado sobre sus informes, hace un resumen de los principales hallazgos a Beltrán.

Son las siete y media, pero ninguno hace mención a que, en este momento, Julio puede estar matando a la Nena.

—¿Por qué iba a quedarse en Madrid? Lo más lógico es que regresara al entorno donde se siente seguro. A lo que conoce mejor.

—No creo que haya vuelto a Cuenca —Orduño rebate desganado la teoría de Beltrán.

—¿Sabéis algo que no me habéis contado? Porque, si es así, estaré encantado de escucharlo.

Mariajo sabe que Orduño no le contestará. Puede que esté pensando en lo que dijo Elena: que Antón y Julio tenían planificada su huida, que nada de lo que está sucediendo es improvisado, pero no tiene fuerzas para discutir con Beltrán. El muy capullo entiende como una victoria el silencio de la BAC. Mariajo disimula una leve sonrisa: nunca ha soportado a Beltrán. Hace un par de años, manipuló una fotografía suya y lo metió en un disfraz de koala gigante, como un *furry,* esa gente a la que le gusta hacerse disfraces antropomórficos de animales. Luego, se registró a nombre de Beltrán en un foro de Yiff, el porno de los *furries,* en el que gente disfrazada de animales de peluche mantienen relaciones sexuales. Mariajo espera que, algún día, una investigación destape que al impoluto Beltrán le va disfrazarse de koala para tener sexo.

—Quiero hablar con el detenido —dice Beltrán después de recopilar toda la información del caso—. Orduño, ¿lo subes a la sala?

Reyes decide acompañar a Orduño a la habitación de seguridad que hay en Barquillo. Luisa los saluda al llegar allí.

—Tenemos que llevar a Antón Collado a un interrogatorio —anuncia Reyes. En cuanto lo dejen en manos de Beltrán, se marcharán. No sabe qué harán: ¿se irán juntos o ese beso que se dieron ha sido solo una equivocación y cada uno tirará por su lado?

—Hace una hora que lo trasladaron a los juzgados.

—¿A los juzgados? ¿Quién se lo ha llevado?

—El subinspector Ángel Zárate.

Orduño y Reyes no necesitan preguntar más para saber que Zárate ha rebasado todos los límites. Ha sacado a Antón de las instalaciones de la policía. Deberían dar la alerta, pero es su compañero. Reyes lo ha entendido en la mirada de Orduño. Antes de poner en conocimiento de todos lo que creen que está pasando, intentarán solucionarlo sin que esto suponga el final de la carrera de Zárate.

Capítulo 68

Son las siete y cuarenta y dos. La estación del metro de Sol está inmersa en la caverna artificial más grande jamás horadada en nuestro país: veintiocho metros de profundidad, doscientos siete de longitud, veinte de anchura... El vestíbulo tiene siete mil quinientos metros cuadrados de superficie. Dentro hay pasillos, escaleras mecánicas, ascensores, comercios, salidas a varias calles y hasta una comisaría de policía que atiende a las decenas de miles de viajeros que pasan por allí cada día.

Zárate acompaña a Antón hasta la boca de la horrible estructura de vidrio y metal que sirve de entrada. Allí debe dejarlo en libertad.

—Supongo que te quedas con las ganas de pegarme un tiro. —Antón disfruta con su mofa.

—Solo hago lo que me han ordenado. Queremos a la Nena con vida.

—Si no me siguen, así será. Soy hombre de palabra.

A Zárate le asquea la supuesta dignidad de Antón. Lo ha sacado de Barquillo con un permiso falso de traslado a los juzgados. Le ha dicho que el comisario aceptaba las condiciones de Julio e iba a ser puesto en libertad. No está seguro de si le ha creído o no. Ha tenido suerte en las oficinas: Beltrán había reunido a toda la BAC y ha podido salir sin llamar la atención. Muchos pensarán que se ha vuelto loco, pero él está convencido de lo que va a hacer. No hay nada que perder cuando todo está perdido.

Antón desaparece por las escaleras, rodeado de gente con camisetas blancas del Real Madrid. Le ha dado una tarjeta de transportes cargada con diez viajes, así que no tiene que parar en las máquinas expendedoras. También lleva veinte euros, como pidió Julio. Con la excusa de que hace frío, Zárate le ha dado su chaqueta, una de piel marrón. Antón se la ha puesto sin sospechar. Cree que no imagina que, en el forro, el subinspector ha colocado un dispositivo de seguimiento que está enlazado a su móvil. Comprueba que funciona correctamente, que en el mapa de su móvil aparece marcada la posición de Antón y, entonces, Zárate baja por las mismas escaleras.

La estación está atestada de aficionados al Madrid. En algunos puestos, se vende *merchandising* del equipo de fútbol. Zárate, que ya ha localizado de nuevo a Antón, se detiene para comprarse una bufanda y un gorro. Se mezclará con los seguidores del Madrid para pasar desapercibido.

Antón se deja llevar por el río de aficionados en dirección a un andén de metro. El móvil de Zárate vibra en su bolsillo: es Orduño quien le está llamando. Ya deben de haber descubierto lo que está pasando. Rechaza la llamada y se monta en el vagón siguiente al que ha subido Antón.

Se lleva la mano a la espalda; en el cinturón, bajo el jersey, está su arma. Está dispuesto a arriesgarse hasta un límite. No permitirá que Antón huya. Tan pronto tema que puede perderlo o que está haciendo algo inesperado, sacará la pistola y no dudará en matarle.

No se ha planteado ninguna de las consecuencias de lo que está haciendo. Solo piensa en la Nena. En intentar salvar a esa niña. Y, si es imposible, en Chesca. En que lo que le hizo Antón tenga su justo castigo.

Viaja apoyado en la puerta del vagón. Antón se baja en la estación de Tribunal. Parece confiado. Sus ojos no se han cruzado en ningún momento con los del policía. Sigue a los aficionados hasta la línea 10, Zárate va tras él. Se bajan en la estación de Santiago Bernabéu. Ha debido de perder la cobertura en algún momento del viaje; al recorrer el vestíbulo de la estación, mira su móvil. Tiene dos llamadas de Elena, aparte de otras muchas de Orduño.

Cuando salen a la calle, Zárate comprueba que hay miles de personas alrededor del estadio. Seguir en solitario con esta tarea de vigilancia empieza a parecer imposible. Empuña su arma bajo el jersey. Tal vez haya llegado la hora. Si Antón se confunde con esa multitud que hormiguea alrededor del estadio, le será fácil perderlo. El localizador de la chaqueta sigue enviando su señal. Hay segundos en los que lo pierde de vista, pero dejándose guiar por el móvil, vuelve a situarlo. Reconoce su propia chaqueta entre la gente.

Hay un importante despliegue policial en la zona. Varios controles impiden que los aficionados entren en el estadio con objetos peligrosos: bengalas, cuchillos. Los perímetros de seguridad van separando a la gente que va a ver el partido de la que no tiene entrada. Es el caso de Antón, aunque él se haya situado en una de las filas y esté acercándose a un control, no podrá acceder más allá de esos policías que cachean a los aficionados.

Orduño se ha bajado del coche y mira a su alrededor. Una marea blanca rodea el estadio.

—Me cago en el puto fútbol.

Reyes confirma a Mariajo por teléfono que han llegado al Bernabéu, pero que, de momento, son incapaces de localizar a Zárate. La hacker pudo situar el móvil del policía y, así, saber dónde estaba. Todos los teléfonos de los agentes de la BAC pueden ser monitorizados por cuestiones de seguridad.

—¿Sigue sin coger el teléfono? —pregunta Reyes después de colgar a Mariajo.

—¿Cómo ha podido ser tan idiota? Le ha traído hasta aquí... Lo va a perder.

Orduño aguza la vista. ¿Cómo diferenciar a Zárate de esta masa homogénea?

—No lo va a perder. Lo matará antes.

Orduño sabe que su compañera tiene razón. Hace días que Zárate ha dejado de diferenciar los límites entre el bien y el mal, quizá desde que supieron que la propia Chesca los había perdido. ¿En esto se han convertido? ¿En asesinos? ¿Qué los diferencia de Antón o de Julio? No devoran a sus víctimas, pero sabe que Zárate sentirá el mismo placer cuando le meta una bala en la cabeza a ese tío.

—¡Ahí está! —grita Reyes.

Empuña el arma a la espalda. Le ha quitado el seguro. Antón sigue avanzando hacia el control. En dos zancadas, Zárate lo alcanza, justo un segundo antes de que llegue al policía del control. Lo coge del hombro y le obliga a girarse.

—¡¿Qué está haciendo...?! —grita el hombre, entre desconcertado e indignado.

No es Antón.

—¿Algún problema? Mira que no entráis ninguno de los dos —advierte el agente.

Zárate suelta al hombre. Lleva la chaqueta que le dio a Antón. Se parece a él.

—¿Quién le ha dado esta ropa?

—Un tío me dio veinte euros por ponérmela. Me dijo que era para gastar una broma a un amigo suyo.

—¡¡Zárate!!

Ángel mira a su espalda. Orduño y Reyes llegan corriendo y enseñando su identificación policial. ¿Cómo decirles que ha perdido a Antón?

Cerca del metro, en la calle Marqués de Viana, hay una especie de club de alterne. Antón cree que ya no le siguen. Se acomoda en la barra, con un ojo puesto en la puerta para ver a todos los que entran. Si ve algo que le haga sospechar, intentará huir de nuevo. Ha localizado la salida de emergencia, pero no sabe si podrá llegar a ella en caso de que entre la policía.

Una mujer de las que trabajan en el club se le acerca y le saluda melosa. Es morena, muy guapa y tiene un acento muy dulce. A Antón le suena familiar.

—Hola, ¿me invitas a una copa?

—Claro, ¿cómo te llamas?

—Alicia.

—¿De dónde eres?

—Boliviana. ¿Conoces Bolivia?

Antón sonríe.

—¿Quieres tomar algo?

—Estoy esperando a un amigo, pero me he quedado sin batería en el móvil. ¿Me dejas el tuyo para que le llame? En cuanto venga, te prometo que nos lo vamos a pasar muy bien.

Nunca ha probado la carne boliviana y Alicia no es tan fea como lo era su mujer. Está seguro de que a Julio y a él les va a encantar.

Capítulo 69

Elena es consciente de que se ha dejado llevar por una corazonada. No hay ninguna prueba fehaciente de que Julio pueda estar donde ella cree. A pesar de eso, en el taxi que ha cogido al salir del aeropuerto, ha llamado varias veces a Zárate para contarle su teoría. Es posible que esté enfadado con ella por haberle abandonado a su suerte. Ha tenido que dejarle un mensaje en el buzón.

—Ángel, ¿te acuerdas de lo que encontramos en la granja? Las cajas de dientes y llaves. ¿Cuántas llaves había? Once. Es posible que se quedaran con algunas para usar los pisos de las víctimas. Eran gente solitaria. ¿Quién iba a ocupar esas viviendas? Creo que Julio ha estado usando esas casas en Madrid. Nadie le iba a buscar ahí. Y, de todas ellas, ¿dónde no irías nunca a buscarlo? ¿Dónde te puede dar más rabia que esté? En el piso de Chesca. Disfrutan con estos juegos... Antón y Julio, los dos. No sé por qué no me coges el teléfono, pero... estoy yendo allí...

Elena se queda muda antes de terminar la llamada. ¿Escuchará Zárate su mensaje? El taxista le ha dicho que la M-30 está atascada por culpa de un accidente y ha decidido llevarla por la E-5 y entrar en Usera por la A-4, la antigua Autovía de Andalucía. Acaban de llegar a la calle Marcelo Usera. Han tardado un poco menos de media hora.

La Nena está atada en la cama, en aspa, igual que ha visto a tantas mujeres en la granja. La herida del brazo se le debe de haber infectado y suda, tiene fiebre, no tiene fuerzas para nada. Julio llega con una bandeja llena de cosas.

—Te voy a tener que limpiar esa herida.

—¿No me vas a matar?

—Nena, eres mi hermana... El mordisco te lo he tenido que dar porque no quedaba más remedio. Pero sabes que no te quería hacer daño.

—Me ha dolido.

—Ya lo sé. ¿No me perdonas?

La Nena no contesta, enfadada, pero no parece que eso le importe a Julio, que saca algodón y lo moja con algo.

—Solo es agua, no te va a doler.

Con cuidado y cariño, va limpiando la herida de la niña. Pero en medio del proceso, suena el teléfono.

—¿Sí?... ¿Te has deshecho de ellos?... Perfecto. ¿Dónde estás?... Espérame allí, voy a por ti —tras hablar por el móvil, se vuelve a la Nena, está feliz—. Tengo que irme, pero dentro de muy poco, vamos a estar todos juntos otra vez.

Hay un sitio para parar junto al portal de Chesca. Elena sale del taxi, se lleva la mano de forma instintiva al cinturón, pero no lleva ningún arma. Tuvo que facturarla en el aeropuerto. Mira hacia arriba. Sabe que Chesca vivía en la cuarta planta, pero no recuerda cuál de los pisos era. De los cuatro balcones que dan a la calle, hay luz en dos. Tendrá que entrar para comprobar que sus sospechas eran ciertas. Un vecino sale del portal. Elena contiene la ansiedad por lanzarse contra esa puerta abierta. Lo hace, pero con cierto disimulo, sin asustar al que sale. Empieza a subir las escaleras hasta el rellano del tercero. Pero ahí oye un portazo y se detiene. Quien sea que haya salido empieza a bajar y, entonces, los dos, Elena y Julio, se encuentran cara a cara. Quizá Julio no sepa quién es Elena, pero al verla, no duda y se arroja contra ella. Lleva escrito en la cara que es policía. Los dos bajan todo un tramo de escaleras rodando y golpeándose por los peldaños. Elena estrella su cabeza contra la barandilla, de hierro. Siente el calor de la sangre brotando entre el pelo.

Julio le lanza un puñetazo, que ella logra esquivar a medias, no le da en la cara, como él pretendía, sino en un brazo. El dolor es tal que Elena cree que puede habérselo roto. Ella contraataca con una patada a la altura de la cadera, él se duele, el ruido hace que una anciana abra la puerta de su domicilio para asomarse a ver qué sucede.

—¡Vuelva a su casa! —grita Elena—. ¡¡Llame a la policía!!

La anciana hace lo que le ordena y cierra con un portazo antes de que Julio pueda alcanzarla. Por primera vez, parece perdido: ¿debe seguir peleando con Elena o huir? La incertidumbre dura solo unos segundos. Mientras Elena se incorpora, Julio saca del bolsillo de su chaqueta un cuchillo. Se abalanza sobre ella y, aunque Elena intenta retener sus brazos, no evita que Julio le hunda el cuchillo en el abdomen. El dolor le arranca también el aire. Elena apenas puede exhalar un suspiro mientras Julio sigue apretando el cuchillo hasta el mango. Luego, lo saca, dejando una estela de sangre en el aire. Mareada, Elena se derrumba en el suelo.

Mientras Orduño y Reyes coordinaban la búsqueda de Antón, Zárate escuchó el mensaje que Elena le había dejado en el buzón de voz. ¿Es posible que tuviera razón? Esconderse en la casa de Chesca encaja con el juego de perversión en el que están instalados Julio y Antón. Sin decirle nada a sus compañeros, ha pedido un coche patrulla y ha salido en dirección a la casa de Usera. Mientras recorría la M-30 ha deseado con todas sus fuerzas que Elena tuviera razón. Solo necesita una ocasión para enmendar su error. Lleva el arma cargada en el cinturón y está decidido a descargarla tan pronto vea a cualquiera de los dos. Un accidente en la principal carretera de circunvalación de Madrid le obliga a encender la sirena para abrirse paso. Pisa el acelerador. Sabe que están en una contrarreloj y unos minutos de retraso pueden suponer perder para siempre a esos monstruos.

Detiene el coche delante del edificio en el que vivía Chesca, pero, tan pronto se baja, nota el filo de un cuchillo en el cuello. Está manchado de sangre, que ahora resbala por su propia piel.

—Vuelve a subirte al coche. Si haces el gilipollas te voy a matar. Eres Zárate, ¿no? Vaya casualidad, venías a por mí y vas a ser el que me ayude a huir. Y en un coche de la policía. No podía ser mejor.

Julio cachea rápido a Zárate. Encuentra su pistola en el cinturón y se la quita. Lanza el cuchillo al suelo.

—Esto ya no me va a hacer falta.

Elena está tirada en el descansillo. La anciana ha visto todo y, además de llamar a la policía, ha avisado a una vecina médica, que le ha hecho una cura de urgencia mientras esperan que llegue una ambulancia. La herida en el abdomen es profunda y ha sido difícil conseguir que dejara de sangrar.

—Tengo que subir al cuarto.

—Lo mejor será que no se mueva.

—Puede que haya una niña herida... en el piso de Chesca Olmo. ¿Sabe cuál es?

Le gustaría mantenerse entera, pero quizá la herida le ha hecho que le suba la fiebre. Pierde la noción del tiempo: ¿alguien ha atendido su demanda? ¿Alguien ha ido a buscar a la Nena? Oye sirenas, debe ser la ambulancia. ¿Por qué no oye a nadie hablar de la niña? Un agente uniformado está acuclillado a su lado y le intenta transmitir calma. Una voz conocida la rescata de la confusión.

—¿Qué ha pasado, Elena?

Borroso, como si lo viera a través de un cristal empañado, reconoce a Orduño.

—Ha sido Julio. Arriba. La Nena...

Nuevas sirenas. Carreras en la escalera.

—¡Hay que trasladarla a un hospital!

Es lo último que oye antes de perder la consciencia.

Zárate sube por la Castellana. Pasa por delante del Santiago Bernabéu, donde ya no queda nadie, en muy poco tiempo se han dispersado las decenas de miles de personas que han ido al partido, los vendedores de recuerdos, de latas de bebida, los autobuses de las peñas... Todos deben de estar dentro. Julio no ha apartado la pistola de su nuca ni un solo segundo. No puede hacer nada y sabe que, si no tiene suerte y acierta con lo que va a intentar, no saldrá vivo del coche. El historial de Julio no hace pensar que vaya a tener ninguna piedad.

—¿Sigo para arriba?

—Hasta que yo te diga.

Un semáforo se cierra unos metros más allá. Hay un coche de policía parado ante él. Julio se pone tenso.

—Ni un movimiento o disparo. Me da igual que me cojan, pero te llevo por delante.

Zárate valora la situación, el coche es de la Policía Municipal. Podría parar a su lado, abrir la puerta y tirarse a la calzada. Quizá Julio no reaccionara a tiempo, o sí. Pero no va a hacer nada por escapar. Julio no se lo ha dicho, pero está convencido de que van a recoger a Antón. Julio puede matarle, de hecho está seguro de que va a matarle, pero la posibilidad de tener juntos al padre y al hijo e intentar algo le tienta.

Será su última oportunidad.

Por Chesca.

La unidad de la Policía Municipal arranca antes de que el semáforo vuelva a ponerse en verde. Se aleja de ellos.

—Muy bien. Coge la rotonda y dobla por Sor Ángela de la Cruz.

—No sabía que conocieras tan bien Madrid.

—Cállate.

Zárate hace lo que Julio le pide. Le crea más inseguridad no saber adónde va que la pistola apuntándole a la nuca.

—Ahora métete por el túnel.

No es una zona que Zárate domine, cree que el túnel les va a hacer dejar a la derecha el parque de Agustín Rodríguez Sahagún y que pasarán por debajo de Sinesio Delgado, pero no está muy seguro. Al salir del túnel, en una rotonda, un hombre espera. Zárate lo reconoce antes de llegar: es Antón.

—Para ahí.

Zárate valora la situación. Ha llegado el momento.

Antón los ha reconocido. Julio le ha hecho un gesto desde el interior, avisándole. Ahora, camina hacia el coche de la policía que conduce Zárate. Detrás de él, hay unos coches aparcados.

Zárate pisa a fondo el acelerador, piensa que en cualquier instante sonará un disparo, pero Julio ha caído hacia atrás llevado por la inercia. El coche arrolla a Antón, que sale lanzado por encima del capó, se estrella contra el parabrisas y, luego, rebota por el techo hasta caer. Zárate espera que, no solo haya muerto, sino que, además, haya tenido tiempo de sentir el dolor de sus huesos fracturándose en mil pedazos. Pero, después, Zárate no aminora la velocidad. Se lanza contra los coches aparcados. Sabe que Julio no lleva cinturón. El impacto es seco, muy violento.

El airbag explota y el tirón del cinturón de seguridad deja a Zárate aturdido un segundo, no más. A su derecha está Julio. La fuerza del choque lo ha propulsado por encima de los asientos y ha atravesado el parabrisas. Aún tiene fuerzas para girarse y mirarle. Tiene la boca ensangrentada, la mirada perdida. Da la sensación de que perderá el conocimiento en cualquier momento.

Zárate se suelta el cinturón.

Coge un trozo del parabrisas que ha caído en su regazo.

Afilado como un cuchillo.

Capítulo 70

Toda la planta sabe cuándo entra el doctor Ugarte. Saluda a gritos, le hace una broma a cada paciente, hace juegos de manos a los niños... Elena está segura de que la mayor parte de los éxitos en la rehabilitación se deben al buen humor del doctor.

—Esto va muy bien, inspectora...

—No me diga que me va a mandar a casa, doctor —ironiza Elena.

—¿Es que no estás a gusto con nosotros?

—No había estado mejor en mi vida, lo peor es la comida.

—Pero eso tiene solución. Toma.

El doctor Ugarte se ha llevado la mano al bolsillo de la bata y ha sacado una chocolatina.

—No le digas a la enfermera que te la he dado. Están buscando al que mete chocolatinas de contrabando en el hospital.

—Gracias, doctor...

—Dos días, yo creo que en dos días te mando a casa y nos libramos de ti, que eres la peor paciente que hemos tenido, la lata que nos has dado por una cuchillada de nada. Como si yo no me cortara a diario. ¿Me has oído quejarme? No, pues tú lo mismo. Mañana vengo a verte.

El doctor Ugarte se marcha, se oyen sus saludos a unos y a otros, la corriente de simpatía que genera a su alrededor. A Elena no le importaría encontrárselo algún día fuera del hospital.

Enciende la tele, con cuidado de no toparse con noticias sobre la Casa de los Horrores de Santa Leonor, aunque ya va desapareciendo de los programas. Lo mejor es poner deportes, así no hay riesgo. Sintoniza un canal que retransmite un torneo de billar.

—¿Te gusta el billar? Yo de joven era un virtuoso —dice Rentero a modo de saludo.

—Me encanta el billar, cuando salga del hospital voy a aprender a jugar.

—Lo mismo te viene bien. Tendrás que hacer rehabilitación. Además de la herida, tenías una fractura en el brazo y no querrás quedarte manca.

—No seas burro, Rentero; se dice quedarse con movilidad reducida, no manca.

—No me adapto al mundo, entre esto y lo del género fluido de mi sobrina…

—Esta mañana estuvo aquí, con Orduño. Me trajeron flores, como si hubiera parido. Yo lo que quiero son bombones.

—Mañana te mando una caja.

Rentero da por terminada la charla cordial y se sienta a su lado.

—Tenemos que hablar. Ya tengo las autopsias de Antón y de Julio.

—¿Y bien?

—Antón murió atropellado, ya lo sabíamos. No hay nada raro. Pero Julio…

—¿Algo anormal?

—Con el impacto salió despedido contra el parabrisas. El cuerpo quedó sobre el capó del coche y se clavó un cristal en el cuello.

—¿Qué tiene de extraño? Es un accidente de tráfico. Hay veces que se tiene suerte y veces que no.

—Ese cristal clavado en el cuello resulta un tanto sospechoso. Es como si alguien lo hubiera hundido hasta dentro, para asegurarse el máximo daño posible. —Rentero clava sus ojos en los de Elena.

Es evidente qué insinúa.

—¿Qué dice el forense?

—Que por la trayectoria le parece raro que el cristal seccionara la carótida.

Los dos se quedan callados unos segundos.

—¿Sospechas de Zárate?

—Es llamativo que un cristal seccione la carótida del asesino de tantas mujeres, entre ellas la pareja del policía que viaja con él en el coche en el momento del accidente.

—Y, sin embargo, son cosas que pasan.

—Zárate va a tener que dar muchas explicaciones: la primera, de dónde salió ese permiso para trasladar a Antón a los juzgados. A lo mejor, todo eso queda en una suspensión de un par de meses. Lo de la muerte de Julio es diferente. Creo que quizá haya que abrir una investigación. Pero es algo que debe decidir el responsable de la BAC. Si tú no lo crees oportuno…

—¿Me estás chantajeando para que siga en la BAC?

—Eres la persona perfecta para que todo vuelva a estar bajo control. Incluyendo a Zárate. Mañana te mando bombones. Ah, y prométeme que vas a llamar a tu madre; aunque no lo aparente, está preocupada por ti.

Rentero se levanta, le da un beso y se marcha. Sabe que Elena necesita soledad para pensar.

Como todos los días, a última hora de la tarde, Zárate llega a visitar a Elena.

—¿Ha pasado a verte el doctor?

—Sí, dice que pasado mañana me da el alta.

—Qué bien. ¿Y te ha dicho algo de la rehabilitación?

—No, mañana le preguntaré. ¿Qué tal tú?

—He estado con lo de la Nena, con Mihaela Nicolescu. Su padre ha llegado esta mañana a Madrid. Los psicólogos están preparando el encuentro.

—¿Se va a hacer cargo de ella?

—No quieren que la niña deje el tratamiento. No lo sé. El juez decidirá.

Permanecen unos segundos en silencio. Zárate comenta algo de lo que están poniendo en televisión y Elena bromea con que haya que pagar en los hospitales por ver esa programación. Empieza a anochecer y Ángel se tumba a su lado.

—¿Te hago daño?

—Un poco. Aquí.

Elena se señala el abdomen y Zárate posa su mano sobre el vendaje que cubre la herida. Las caricias ascienden hasta encontrar la piel de Elena. Luego, Zárate la besa y se queda a solo unos centímetros de sus ojos.

—Esta tarde ha estado aquí Rentero... Me ha dicho que el análisis forense de Julio está tardando más de lo normal... ¿Sabes por qué puede ser?

—Ni idea. ¿Y quieres que te diga otra cosa? Me da igual. No voy a dedicar ni un segundo de mi vida a recordar a esos dos bestias.

Zárate vuelve a besarla. Elena busca una respuesta en sus ojos. Hay poca luz en la habitación y le da la sensación de que han perdido el color, que han pasado del marrón al gris. Recuerda aquella conversación que tuvieron en la granja Collado: «En cada caso, perdemos un trozo de alma». ¿Y si él ha perdido la suya? ¿Y si esa es la razón por la que de sus palabras no se desprende un atisbo de culpa o remordimientos? Nadie regresa indemne del infierno.

Las madres

Primera parte

He cometido el peor de los pecados
que un hombre puede cometer.
No he sido feliz.

Jorge Luis Borges

Ella tuvo suerte, nada más que eso. El día en que desaparecieron sus tres amigas, habían quedado para ir a las rebajas en Las Misiones Mall, pero Violeta les puso un mensaje excusándose: tenía algo de fiebre, no se veía con fuerzas para salir de casa. Encogida bajo una manta en su sofá, las imaginó eufóricas por los pasillos del mall, *cacareando de alegría. Nunca más las volvió a ver. Lloró su ausencia, pero no con sorpresa, tan habituada estaba a las desapariciones de mujeres en Ciudad Juárez. Pensaba en la suerte, en ese factor caprichoso que marca las vidas de todas y cada una por encima de cualquier afán humano, cuando, semanas más tarde, una compañera le susurró algo al oído en la cadena de la maquiladora.*

—Las encontraron...

No se planteó preguntar si estaban vivas.

—En el cerro del Cristo Negro. Muertas y vacías por dentro...

Las Lomas de Poleo, en Lote Bravo, el cerro del Cristo Negro, terrenos baldíos convertidos en cementerios.

Hace solo tres años, Violeta se mudó a un departamento en la colonia Parajes del Sur y, con su maleta, trajo a Ciudad Juárez el sueño de cruzar la frontera. Dejaba atrás un pasado de sobresaltos y un novio delincuente que la introdujo en las mañas del hurto al descuido en terrazas y mercados, del allanamiento de las casitas desvencijadas de Ecatepec y del robo de coches con cualquier alambre que sirviera de ganzúa. No era vida para ella. Con veintiún años, flaca y rubia, güerita, ojos color miel que tantas veces han sido objeto de los piropos de los hombres, se sentía llamada a un futuro mejor. Pero su aspecto cumple a la perfección con las características habituales de las víctimas. Hay decenas como ella en la manifestación que organiza el grupo Voces sin Eco para exigir que la policía federal ponga freno a los asesinatos, aunque ella confía más en el azar que la alejó de ir al mall *con sus amigas que en los agentes.*

—No sé qué demonio pudo hacerles eso —escucha a unos pasos—. Hasta el corazón les faltaba.

—Mi flaco leyó que a una le abrieron la cabeza y se llevaron el cerebro.

Violeta prefiere ahorrarse los detalles. No quiere recordar a sus amigas como aparecen descritas en algunas notas de prensa. Después de la manifestación, se disculpa con las compañeras de la maquila que se habían reunido a tomar algo en la avenida Vicente Guerrero. Descansa en un banco del parque frente a la catedral de Nuestra Señora de Guadalupe e intenta dirigir sus pensamientos al curso de la academia de computación, a la vida que le espera en Estados Unidos en algún momento propicio. Él se sienta a su lado y le sonríe.

—Traes mala cara.

El hombre bromea con que una cara tan bonita nunca debería estar triste y, sin apenas darse cuenta, Violeta se siente a gusto en la conversación. A él sí le habla de sus amigas aparecidas muertas en el cerro del Cristo Negro, de la pena que la infecta como un virus cuando imagina cuánto debieron sufrir.

—No puedo evitar lo que ya ha pasado, pero sí conseguir que, durante unas horas, no pienses en eso.

Se llama Néstor. Ronda los treinta años, guapo, educado, con una sonrisa cálida. Pasean por la avenida, entran a cenar algo rápido en un restaurante, él la invita, luego la acompaña a casa y se despide en la puerta, pero volverán a verse otros días, y entonces Violeta se dará cuenta de que Néstor tiene plata. Se le nota en la forma de vestir, siempre de marca, con dinero en apariencia sin fin en el bolsillo, una pick up *Ford Ranger Roush, que no es de las más grandes que existen, pero que llena de envidia a todas las que ven a Violeta subirse con él.*

Algunas compañeras de la maquila la avisan de que puede ser un padrote, que es como llaman a los hombres que enamoran a las mujeres jóvenes y bellas —su cuerpo y esos ojos vuelven a ser más una desgracia que una dádiva— para después entregarlas a los capos de los cárteles de drogas. No es el caso de Néstor, se dice ella, no es cierto que sea un padrote; es solo que otra vez ha tenido la estrella que les faltó a sus amigas y ha interesado a un hombre bueno y guapo. Se porta bien, le ha hablado de ayudarla a dejar la maquiladora y dedicarse nomás que a estudiar computación y así cambiar de vida, incluso le ha propuesto ir unos días a Acapulco... Al pensar en alojarse en un hotel junto al mar, comer en buenos restaurantes y pasear abrazada a él, Violeta desprecia todas las advertencias de terceras voces. La suerte está de su lado.

—¿Voy guapa?

—Tú siempre vas guapa, flaca.

Néstor conduce la Ford Ranger por la carretera Panamericana y Violeta está nerviosa. Van a cenar y dormir en el rancho de Santa Casilda, propiedad de Albertito Céspedes, el «padrino» de Néstor, como él lo llama. Su jefe. Habrá gente importante, quizá algún actor, grupos de música para acompañar la fiesta. Una de esas reuniones que Violeta solo ha visto en las revistas.

—Nunca me has dicho en qué trabajan.

—El padrino ayuda a la gente a alcanzar lo que le falta. Hasta los más poderosos de este país necesitan que don Albertito intervenga para conseguir al-

gunas cosas, que en esta vida no todo te lo dan a cambio de plata. Él me tiene afecto, me hizo su ahijado, y quiere conocerte. Tú solo sonríe y confía en mí.

El rancho de Santa Casilda es enorme. Algunos invitados han llegado en helicóptero y en avionetas privadas. Violeta ha oído a unas mujeres en el baño comentar que a lo mejor asiste a la fiesta Ismael «el Mayo» Zambada, el líder del cártel de Sinaloa tras la detención del Chapo Guzmán, también que habrá miembros de la familia Treviño, la de los Zetas... Violeta no sabe mucho del narco, le da miedo que Néstor esté relacionado con ese mundo, pero también ha creído reconocer entre los corrillos al secretario de Seguridad Pública, así que probablemente las mujeres del baño solo fantaseaban.

Don Albertito se mezcla con sus invitados, cercano y sonriente. Apenas alcanza el metro sesenta, pero la estatura no es impedimento para que su figura imponga un extraño respeto. Los grandes hombres parecen tímidos escolares que rodean con admiración al maestro mientras cruza la fiesta. Don Albertito es un cubano afincado en México hace unos diez años, según le contó Néstor. Viste un traje blanco que acentúa el contraste con su tez morena, varios collares de cuentas rojas y blancas cuelgan de su cuello. Violeta observa cómo esos collares embelesan a los invitados cual diamantes.

Cuando se reencuentra con Néstor, quiere preguntarle por los collares de don Albertito, pero atruena el grupo musical que ha empezado a tocar rancheras y, para cuando se deja llevar por su enamorado hasta el lienzo charro —ese cercado parecido a una plaza de toros—, la pregunta de Violeta ya ha muerto en sus labios. Dan una vuelta por el lienzo, Néstor es un buen jinete y la lleva detrás, sentada a la grupa de una yegua negra preciosa. Se siente admirada por todas, hasta envidiada cuando don Albertito se acerca a saludar a su ahijado.

—Qué linda güerita, Néstor... Ya tenía ganas de conocerte. Le tengo un eleke, no se crea que me olvido de usted.

La mirada de don Albertito parece hundirse en Violeta, ver cosas que nadie más puede ver. Néstor y su padrino se alejan de ella charlando mientras cae la noche y la mayoría de invitados comienza a dejar la fiesta. Solo unos pocos escogidos pueden dormir en Santa Casilda.

—¿Qué es un eleke? —pregunta ella cuando el más joven regresa.

La multitud que antes bullía en el rancho ha quedado reducida a una veintena de personas, los ahijados, como le explica Néstor. Allí siguen el secretario de Seguridad Pública y un grupo en el que está el Mayo Zambada.

—Pronto lo sabrás. Don Albertito ha dicho que esta noche te rayará.

Extiende él la mano derecha y muestra el espacio entre el pulgar y el índice; unas tenues cicatrices dibujan algo parecido a dos flechas y una cruz. Violeta se había fijado otras veces en ellas, pero nunca se había atrevido a preguntarle cuál era su significado.

—¿Estás reglando? —Una mujer morena, de casi metro ochenta, se ha aproximado a ellos y Violeta se extraña ante la pregunta—. No puedes entrar en la casita si estás en los días.

Violeta niega con la cabeza y camina del brazo de Néstor hasta una pequeña construcción apartada de la casa principal donde ya se adentra el resto de invitados.

—¿Qué va a pasar ahí dentro, Néstor?

—Don Albertito es un babalawo. Te dije que él puede conseguir lo que la plata no consigue. Habla con Orunmila y ve el pasado, el presente y el futuro. Nadie te puede dar más protección que él, por eso todos vienen a buscarlo. Para que los protejan los orishas. Y a ti también te protegerán cuando te raye.

Violeta cruza el umbral de la casita. Eleke, babalawo, rayado, Orunmila, orishas... Son palabras desconocidas para ella, no alcanza a descifrar su significado, pero todas parecen formar parte de la parafernalia que envuelve la santería. Venida de Cuba, de Haití o de Brasil, sabe que la religión yoruba ha acabado mezclándose con las creencias cristianas o la devoción a la Santa Muerte mexicana. Ha oído hablar del poder de los santeros, de los ritos que predisponen a tu favor a las entidades de ese panteón de origen africano, los orishas. Ahora entiende la veneración que todo el mundo rinde a don Albertito: el destino de quienes se han encerrado en esa casita iluminada solo por velas está en sus manos.

Unos tambores resuenan con ritmo acelerado, tribal. En el centro, un caldero de cobre herrumbroso borbotea como un volcán en erupción. Debe de contener hierbas aromáticas que impregnan el aire, aunque por debajo Violeta intuye algún otro aroma; dulzón y pútrido, le recuerda a los días de matanza en su hogar, cuando su padre degollaba a un cerdo.

La entrada de don Albertito, desvaído entre el humo y el vapor de la olla, tiene algo de aparición mágica. Ahora solo viste el pantalón blanco del traje, sobre su pecho desnudo destacan los collares, y chupa con fruición un puro cuyo humo exhala. Lo acompaña la mujer que antes le preguntó a Violeta si tenía la regla. Es una yubona, le explica Néstor, la madrina de los elegidos que van a recibir la protección de los orishas.

—Moyugba Olodumare Logué Ikú embelece...

La oración que profiere don Albertito con voz ronca se mezcla con la síncopa de los tambores. El humo de las velas y el vapor del caldero espesan el ambiente, y Violeta se siente cada vez más incómoda, casi enferma. Néstor ha debido de notar su debilidad porque la sujeta con fuerza del brazo.

—Cierra los ojos y trata de respirar hondo. —El consejo de su pareja no está vestido con el cariño, al contrario; por primera vez Violeta adivina un temblor de miedo en su voz, que es casi una amenaza—. Dentro de la olla están los elekes. Son collares de protección, llevan una semana hirviendo con veintiuna yerbas.

La yubona va sacando los collares con un palo y los dispone con cuidado en una estera. Don Albertito continúa su rezo en ese idioma que Violeta no puede entender, pero cuya sonoridad, unida al ritmo infinito de los tambores, la hace pensar en algo primigenio, ancestral, algo que ha cruzado el tiempo desde los orígenes del mundo. Iyami Oshoronga es el nombre que ahora invoca don Albertito. Habla de la sangre, del equilibrio que la deidad mantiene entre la noche y el día, la vida y la muerte.

Un hombre de unos sesenta años se arrodilla ante la estera y extiende la mano derecha. Con la punta de un machete, don Albertito dibuja algo entre sus dedos. La sangre mana y gotea sobre uno de los collares que, acto seguido, el santero pone alrededor del cuello del iniciado. Es el rayado; Violeta sabe que también se lo hará a ella para convertirla en una de sus ahijadas, para que, como don Albertito dice mientras sigue adelante con el rito, Iyami Oshoronga le entregue su poder.

Los tambores no cesan y Violeta tiene la sensación de que flota en el interior de la casita. ¿Han podido administrarle algún tipo de alucinógeno durante la fiesta? Las sombras que la luz de las velas dibuja en las paredes se transforman en criaturas gigantescas. Ha creído ver a una enorme mujer con alas de pájaro en la pared que hay al otro lado del caldero.

La yubona que ayuda a oficiar el rito ha traído una segunda olla. Con un palo, ha sacado algo de ella. Es una masa gelatinosa, blanquecina, que don Albertito toma entre las manos y acerca al hombre que sigue arrodillado ante él.

—La siguiente serás tú —le murmura Néstor.

El hombre coge la ofrenda y, sin dudarlo, la muerde. Le cuesta desgajar un trozo de esa extraña masa que, ahora, Violeta puede ver mejor. Los surcos caracoleados, las protuberancias, la semejanza a una nuez aunque de mayor tamaño, le revelan que se trata de un cerebro.

Retrocede un paso, mareada. La yubona está sacando otras ofrendas de la segunda olla: dos corazones, un órgano rosáceo que podría ser un hígado. El hombre que ha mordido el cerebro mastica con dificultad el trozo hasta que logra tragarlo.

—No te muevas.

La voz de Néstor se pierde entre los tambores y las oraciones de don Albertito.

—Ana ibá, ibá mi ibá eyé, ibá mi cachecho...

Como si descendieran a toda velocidad por una pendiente, le vienen las imágenes de sus amigas correteando por los pasillos de Las Misiones Mall. Sus cuerpos vaciados en el cerro del Cristo Negro. «Le abrieron la cabeza; se llevaron el cerebro». La yubona está mirando a Violeta. También lo hace don Albertito. Va a ser rayada. Los órganos de sus amigas le darán la bendición de Iyami Oshoronga. El poder de la madre. Pero siente una arcada y, al contenerla, trastabilla y cae al suelo. Quiere salir de esa casita. Quiere desaparecer, mas los tambores no cesan.

La mano de Néstor se clava en su muñeca como una garra y, de un tirón, la pone en pie. Violeta está congelada y está sudando.

—¿Son ellas?

—Son una ofrenda. ¿No quieres tener a Iyami Oshoronga de tu parte?

Violeta rompe a llorar. Todos los asistentes se han transformado en sombras que la rodean como animales hambrientos. Los tambores repiquetean sin tregua. Antes de desvanecerse, cree ver de nuevo a la mujer con alas de pájaro levantándose por encima de todos los asistentes.

—Te buscaré —piensa que le dice la sombra de Iyami Oshoronga.

El Ford Ranger recorre a toda velocidad una carretera que ella no reconoce al entreabrir los ojos y mirar por la ventanilla. Todavía es de noche.

—¿Ya estás despierta?

Violeta se incorpora; tiene el vestido sucio, seguramente se manchó al vomitar. Quiere saber qué ha pasado, cómo salió del rancho de Santa Casilda, refugiarse en el pecho de Néstor, pero pronto se da cuenta de que su novio ya no es la persona que conocía.

—Pendeja hijaeputa. Te abro la casa de don Albertito, te doy la chance de ser su ahijada y ¿qué se te ocurre hacer?

Las lágrimas le queman al salir.

—Eran ellas. Las que encontraron en el cerro del Cristo Negro...

Néstor no le da la oportunidad de completar la frase. De un guantazo, le parte un labio.

—Déjame ir. ¡Para el coche! ¡Me quiero bajar!

No volverá a la colonia de Parajes del Sur, tampoco cruzará la frontera con Estados Unidos, no acabará su curso de computación... Néstor conduce hacia el aeropuerto.

—«A la flaca la quiero muerta. Ha estado en la ofrenda a Iyami Oshoronga y... va a hablar, Néstor. La güerita va a ir a los federales o los periodistas y no quiero que eso pase». Eso es lo que me ha dicho don Albertito, pero yo te quiero, ¿sabes? Y pensaba que nos iba a ir bien, que tú darías la talla, pero... Te he conseguido una manera para desaparecer, me lo vas a tener que agradecer lo que vivas, porque otro te habría llevado al Cristo Negro...

Tres horas después, sin equipaje, con el vestido manchado de vómito y los cien dólares que Néstor le ha dado en el bolsillo, Violeta está subida en un avión rumbo a Madrid. Allí, en el aeropuerto Adolfo Suárez, la estarán esperando unos socios de Néstor que le darán un empleo de camarera y un pasaporte falso para poder quedarse a vivir en España. No debe preocuparse de nada, ellos mismos la reconocerán y la abordarán en el vestíbulo.

—Te estoy salvando la vida, flaca.

Néstor la ha besado antes de partir, con amor, como antes. No le cuenta que rechazar un eleke es una condena. Que la sombra vengativa de Iyami Oshoronga la perseguirá toda su vida. Que ahora la está salvando de una ejecución, pero que, tal vez si le diera la oportunidad de elegir, preferiría un disparo certero entre los ojos.

«¿Dónde está mi suerte?», se pregunta Violeta mientras el avión sobrevuela el Atlántico.

Capítulo 1

Ahí está la Nena. Ha cogido el lápiz amarillo y sujeta el folio arrugando una punta con la mano izquierda. Surca la hoja con trazos muy bastos, diagonales nerviosas que vuelven sobre sí mismas, un poco en trance, como la médium guiada por un fantasma. Elena Blanco sabe que no debe interrumpirla. Desde que comenzó a visitar a la niña en el centro de acogida, hace ya más de seis meses, la ha visto muy pocas veces enfrascada en un pasatiempo. Casi siempre la encuentra dormida en la cama, o tumbada en el suelo de la sala común, en posición fetal, o sentada en una silla con la vista perdida en algún punto de la pared, incapaz de reaccionar a la presencia de los demás.

Esta estampa es inusual y revela una mejoría, que, en realidad, poco a poco, se está produciendo. Los pájaros se posan en los árboles del jardín y ella no intenta atraerlos para comérselos como el felino salvaje que era cuando ingresó, ha empezado a digerir alimentos cocinados y no se revuelve con violencia cuando las cuidadoras tienen que tocarla; no les muerde, ni a ellas ni a los otros menores del centro. A Elena le gustaría enseñarle a dar besos para mostrar cariño, pero todavía es reacia al contacto físico, ni siquiera acepta las caricias; una excepción que solo hace con Gata, siempre enroscada en su regazo. Una mirada cálida, una sonrisa extraviada, es todo lo que la inspectora ha conseguido hasta el momento como signo de empatía. Aun así, la Nena, Mihaela —prefiere llamarla por su verdadero nombre, no con ese apelativo con el que la conocían en la granja—, pasa la mayor parte del tiempo encerrada en su mundo, algo que asusta a Elena, porque su mundo conocido era un infierno.

La Casa de los Horrores de Santa Leonor, como la bautizó la prensa. Antón, aquellos habitantes enfermos que la trataron como a un animal... La barbarie que fue su paisaje cotidiano.

La luz de una mañana de octubre le baña el rostro y revela sus impurezas: la pelusilla en el filo de la mandíbula, algún grano, alguna herida mal curada de los golpes que al principio se daba contra la cama. Pero es un rostro hermoso. Elena la observa con dulzura. El folio está arañado de rayas amarillas. Pronto va a necesitar otro, pero no va a dárselo hasta que ella lo pida. Le da la impresión de que coge el lápiz como lo hacía su hijo, de la misma forma desmañada. Aunque roza los nueve años, la niña parece más pequeña, se le podrían calcular los cinco que tenía Lucas cuando desapareció.

Cada vez que el nombre de su hijo ronda sus pensamientos es como si se abriera un pozo a sus pies, un enorme vacío negro que amenaza con absorberla. Ha cumplido cincuenta y un años, y tal vez sea eso, la edad, el hartazgo de la lucha por mantenerse a flote, pero siente que las fuerzas ya no son las de antes, que le gustaría dejar de oponer resistencia y caer en ese pozo.

Mihaela levanta la mirada hacia Elena. ¿Es su modo de pedir otra hoja de papel para seguir dibujando? Le tiende un folio con suavidad, como le han dicho que hay que hacer las cosas con ella para que no se asuste. Y entonces la niña reacciona de forma inesperada: apoya la mejilla sobre la mano que ya deslizaba el folio, y la deja allí como si quisiera usarla de almohada. La inspectora reprime el deseo de acariciarle el pelo. Que la niña salvaje duerma sobre su mano es una novedad. El vacío y la abulia, que a menudo atenazan a Elena, se dispersan como una nube rota por el viento siempre que percibe uno de esos mínimos avances de Mihaela.

Si vivieran juntas, los progresos de la niña podrían ser más rápidos, le ha dicho a la psicóloga del centro. «¿Te das cuenta de la responsabilidad que estás adquiriendo?», la misma advertencia cada vez que cumplimenta alguno de los impresos necesarios para acoger a Mihaela y, si todo va bien, iniciar un proceso de adopción. ¿Cómo explicarle que ella puede darle tanto a la niña como la niña a ella? Son dos porcelanas rotas que podrían complementarse. Las secuelas de Mihaela son más evidentes, tanto que la consideran un caso perdido. La pesadilla que ha vivido impide el desarrollo social y afectivo de ese ser humano. Un diagnóstico terrible, sin fisuras, que habría ahuyentado a cualquier candidato a acoger a la niña. Pero no a Elena. Ella entiende mejor que nadie el sufrimiento de Mihaela. Tal vez fue ese convencimiento, esa intuición anudada en el estómago, lo que, con el paso de los meses, se convirtió primero en un proyecto posible y después en algo así como un mandato. Esa promesa de un futuro juntas es lo que, como un puente de plata, las mantiene unidas desde el día que tomó la decisión, de una forma misteriosa y dulce.

Pero el proceso de acogida es lento. Además de los avisos de los especialistas, debe luchar contra la burocracia. Sería más fácil si Zárate la acompañara en esa aventura, pero él no quiere saber nada de Mihaela. Nunca ha venido a visitarla. Una ausencia que al principio excusaba de manera torpe y, más tarde, ni siquiera eso. Si Elena habla de ella, Zárate se refugia en un silencio denso, hosco. Sabe que la Nena le recuerda todo lo que no pudo hacer por Chesca y entiende que es algo doloroso. También lo es para ella, pero ¿qué derecho tienen a culpar a Mihaela de lo que pasó? ¿No fue otra víctima? Hay algo más, Elena está segura. Una herida más profunda en Zárate que él se resiste a mostrar y que no solo lo aleja de la niña, sino también de ella.

Tres o cuatro noches por semana, Zárate duerme en su casa de la plaza Mayor. Cenan, escuchan música, se acuestan juntos. Y, cada día, el silencio va ocupando un espacio más grande entre los dos. Demasiados temas prohibidos, demasiados terrenos resbaladizos en los que no deben adentrarse. No hay entre ellos escenas teatrales con objetos volando por el salón ni palabras fuera de lugar. Sus desencuentros suelen tomar la forma del disimulo, de las miradas esquivas.

No le ha contado nada de Grigore Nicolescu, el padre biológico de Mihaela. Pudieron localizarlo y estuvo en Madrid semanas después de que internaran a la niña en el centro. Su disposición inicial a hacerse cargo de su hija se desvaneció cuando pasó unas horas con esa criatura que todavía era más un animal que una persona. Los informes psicológicos lo advirtieron de lo difícil que sería vivir con ella y de que era obligado un tiempo en el centro para monitorizar su evolución. Grigore aprovechó la excusa que le brindaban, se montó en un autobús de regreso a Rumanía y prometió que se mantendría al tanto de la situación. Elena supuso que el padre no volvería a aparecer en la vida de Mihaela, que nunca se producirían esas llamadas prometidas, pero meses después, Alicia, la trabajadora social, le contó que se había puesto en contacto con el centro para saber cómo se encontraba su hija.

—¿De verdad crees que va a venir a recogerla?

Alicia compartió la incredulidad con Elena; ¿quién quiere hipotecar su vida al cuidado de una niña marcada?

Ahí está la Nena, frotándose la mejilla en el dorso de la mano de Elena. Solo ella puede rescatarla.

Al salir del centro, hace frío. Octubre ha llegado con un viento helado y tiene que arrebujarse en su abrigo antes de subir al Lada. Enciende la calefacción para entrar en calor y pone la radio. Las noticias le suenan siempre iguales y, como el ratón en la rueda, ella también siente que está moviéndose en círculos, posponiendo lo que parece inevitable para avanzar al fin. El trabajo en la Brigada de Análisis de Casos, su relación con Zárate, el piso de la plaza Mayor plagado de fantasmas.

El móvil suena con insistencia. En la pantalla, el nombre de Buendía y la foto del forense de la BAC, sonriente y con la cara sonrosada, una fotografía que le hizo una noche que celebraron la resolución de un caso en un bar de la calle Barquillo.

Mientras Buendía desgrana los primeros datos, Elena siente que algo la empuja, algo está sacándola por fin de la rueda.

Capítulo 2

Antes de que el mercado de la droga se trasladara a la Cañada Real, el mayor centro de menudeo de Madrid estaba en el poblado de Las Barranquillas, en la Villa de Vallecas, al lado de la base de la Grúa Municipal Mediodía II. En los tiempos de Las Barranquillas, el acceso al depósito de la grúa se conocía como la carretera del miedo, trescientos metros que atravesaban el poblado en los que los conductores rezaban para que el coche no se les calara y dejar atrás a los más de cinco mil yonquis que rondaban la zona. Ya no es así, el antiguo poblado de infraviviendas fue desmantelado y han empezado las obras para urbanizar la zona en un nuevo barrio que se llamará Valdecarros. Se levantarán más de cincuenta mil viviendas con garajes, pistas de pádel y piscinas para alojar a los vecinos que ya no caben dentro de Madrid. Algún día se llevarán también de allí la Base de Mediodía II, donde se agolpan más de siete mil vehículos, algunos desde hace más de dos décadas —dicen que dentro de uno de los coches ha crecido un árbol—, para seguir haciendo casas, piscinas y pistas de pádel.

Zárate ve cómo un mastín blanco hunde la lengua en un táper lleno de agua que Romeo, el guardia que hacía turno en Mediodía II, le ha puesto en la puerta de la oficina del depósito. Salpica al beber con escándalo, como si viniera de atravesar un desierto.

—Fue el primero en darse cuenta. Se echó a la parte de atrás de la furgoneta a ladrar como un loco. Cásper no es de los que ladran por nada, me asustó.

—¿Y el dueño? ¿Qué dijo al abrir la caja de la Citroën?

Desde donde se encuentra, Zárate puede ver la ambulancia donde atienden a Silverio Tenazas, pálido como ceniza. Los primeros agentes que llegaron al depósito le dijeron que no dejaba de vomitar, hasta que se desmayó, por eso avisaron al SAMUR.

—Si dijo algo, la verdad, no lo escuché. —El guardia jurado echa repetidas miradas a la enorme extensión del depósito por la que ahora circulan coches de la policía y furgonetas de la Científica, como si unos extraños hubieran invadido su casa.

—¿Cuánto tiempo llevaba la furgoneta aquí?

—Doce días; le he entregado a un compañero suyo el registro. La trajeron de un descampado cerca de la Cañada Real. No es la primera vez que recogemos una furgoneta abandonada por esos andurriales. Esta, por lo menos, no la habían quemado. Es lo que suelen hacer con los vehículos robados, si los han usado para algún golpe. Pero le juro que cuando la trajeron no olía así. Me habría dado cuenta. O Cásper.

El Lada rojo de Elena cruza el control que han levantado en la puerta del depósito.

—No te bajes.

Zárate se sienta junto a ella y le indica el camino que debe seguir. A los lados, van dejando atrás hileras de utilitarios, caravanas desvencijadas, camiones y autobuses que todavía tienen serigrafiada en el lateral alguna frase publicitaria: Madrid BusVisión reza uno con una segunda planta descubierta que debió de usarse como autobús turístico.

—Silverio Tenazas, natural de Sauquillo de Cabezas, Segovia. Dio parte de que le habían robado su furgoneta hace diecisiete días. Una C15 blanca que ya no se fabrica, a otro le habrían hecho un favor robándosela. La grúa la recogió cinco días después en un descampado cerca de la Cañada Real y la trajeron aquí. Esta mañana, Silverio se ha pegado el viaje desde su pueblo para recuperarla, pero... bueno... Buendía te ha puesto al día, ¿verdad? No contaba con lo que hay en la caja.

Una furgoneta de los Tédax se cruza en el camino con el Lada de Elena, que los ve alejarse por el retrovisor.

—Al principio, pensaron que podía haber explosivos, pero, después de una primera inspección, lo descartaron. El jefe del grupo conoce a Buendía y... se le ocurrió llamarlo.

Elena detiene el coche junto al vehículo de la Científica. La protección del muro alambrado del depósito ha hecho innecesario desplegar una carpa alrededor de la Citroën. La furgoneta tiene las puertas traseras abiertas de par en par, como si fuera una enorme boca. Los técnicos y el fotógrafo se arremolinan en la entrada como abejas en el panal. Una chica de apenas treinta años camina con prisa hacia Elena.

—No se puede aparcar aquí. ¿De dónde vienes? ¿Del juzgado? Venga, te ayudo a maniobrar y sacas ese cochecito, que tenemos que dejar vía libre. ¿Me estás oyendo? Vamos, que va a subir el pan.

Habla tan rápido que Elena no ha tenido tiempo de deslizar una sola palabra. Solo ha sacado su identificación. El rubor tiñe los pómulos de la chica, que, tras ajustarse unas gafas de alambre redondas al puente, ha leído el nombre y cargo de Elena. Despliega una inmensa sonrisa. La melena ensortijada y castaña le da un aspecto de niña traviesa.

—Inspectora, encantada. Soy Manuela Conte. El doctor Buendía me ha... bueno, trabajo con él, creo que lo sabe. Soy algo así como la viceforense. Ahora ¿le importa subirse al coche y quitarlo del camino? Está molestando.

De nuevo, la sonrisa abierta, de oreja a oreja. Zárate también se ha bajado del coche y ya las deja atrás camino de la furgoneta.

—De verdad, Buendía, ¿qué tipo de prueba ha pasado esta chica para trabajar contigo?

—Manuela, que mueva el coche otro. Necesito a Elena aquí.

Elena le deja las llaves a la chica, no sin antes murmurarle al oído con una ternura que parece una amenaza:

—Le tengo mucho cariño a ese coche.

—Tiene el reglamento grabado a fuego en la cabeza. —Buendía coge del brazo a Elena y la guía hasta la caja mientras se disculpa por su ayudante.

—Me cae bien, parece lista. ¿Es la que me dijiste que te va a retirar?

—Si no me mudo pronto a la playa, me va a tocar encargarme de mis nietos, y te juro que es lo último que quiero en el mundo. Prefiero Benidorm y comer cada día fish and chips que aguantar a esos mocosos.

Una vaharada de aire fétido detiene a Elena en seco. Buendía le da una mascarilla para protegerse del olor mientras el equipo de la Científica se aparta para que la inspectora pueda acercarse a la caja de la furgoneta.

—La jueza debe de estar al llegar para hacer el levantamiento del cadáver, pero he pensado que te gustaría verlo.

¿Quién eres?, es la primera pregunta que la asalta a ella. Su rostro, pese a la muerte, está como congelado en un último instante de vida y de dolor. La barba descuidada, sucia de sangre como barro, la boca entreabierta en ese rictus que trae a la memoria de Elena el cuadro de Bacon, como si su última exhalación hubiera sido un grito. Los ojos tienen el velo grisáceo de la muerte, pero siguen abiertos, mirando ¿qué? Quizá a quien le hizo esto. Debe de rondar los treinta años, puede que alguno más, está desnudo y atado a una silla. Una metálica, como la de cualquier terraza de bar, ríos de sangre seca ensucian las patas. Su sexo cuelga débil entre las piernas abiertas. Justo encima de él, empieza la cicatriz que asciende hasta el esternón. Mal cosida, la rigidez del cadáver ha destensado los puntos y, por debajo de la carne inflamada, se atisba su interior. Esta fue la razón por la que se avisó a los expertos en explosivos. ¿Qué hay dentro de ese cuerpo?

El forense adivina la pregunta en su mirada:

—Por lo visto, lo han vaciado. Quizá mientras aún vivía y...

Buendía se ajusta los guantes. Sube a la caja de la furgoneta para palpar la cicatriz que atraviesa de arriba abajo el abdomen. Con cuidado, la abre ligeramente e ilumina el interior con una linterna. Elena apenas distingue un amasijo informe de carne. Quizá órganos amontonados. Pero, entonces, el haz de luz enfoca una forma que le resulta identificable. Como si en mitad de un cuadro abstracto uno encontrara un elemento realista que ayuda a dar sentido al resto del conjunto.

—¿Lo ves?

Elena no se atreve a responder, pero sí. Lo ve. Ahí dentro hay un pequeño ojo, entrecerrado. Puede reconocer los párpados hinchados y, bajo ellos, la blancura del globo ocular.

—Creo que lo que tiene dentro es un feto.

Capítulo 3

Se arrepiente de la elección que hizo esta mañana. Un vestido verde estampado con pequeñas calaveras, una chaqueta vaquera y las botas Dr. Martens. Todo el día se ha sentido incómoda, como si estuviera encerrada en un disfraz; le habría gustado ir a su casa y cambiarse, pero no ha habido ocasión. Reyes llegó con Orduño al depósito de vehículos cuando ya habían levantado el cadáver. Elena les pidió que acompañaran a Silverio Tenazas, el dueño de la Citroën, hasta su pueblo. Necesitaba descartar cualquier implicación de este en lo sucedido.

—Si lo sé, no vengo a recogerla. Yo denuncié el robo, lo hice todo como se debe hacer...

Reyes decidió sentarse en el asiento trasero del coche, junto a Silverio: poco a poco había ido recuperando un color natural en la piel, pero seguía inquieto. El hombre muerto en la caja de su furgoneta habitaría durante mucho tiempo en sus sueños. Le dio conversación durante gran parte del trayecto, quería ganarse su complicidad, que se sintiera seguro.

—Sé que no es agradable, pero debe mirar la foto. ¿Reconoce a este hombre?

Silverio dedicó un vistazo fugaz a una instantánea del muerto; un retrato de su cara, los ojos abiertos, como la boca, la piel macilenta iluminada por un flash que endurecía sus facciones. Se ajustó de nuevo el cinturón e intentó fijar la mirada en el horizonte.

—Si va a vomitar, avise. Podemos parar.

Orduño los vigilaba a través del retrovisor.

—No había visto a ese hombre en mi vida —negó tajante Silverio.

—¿Dónde le robaron la furgoneta? Necesitamos saber el lugar exacto.

—¿Se lo van a decir a mi mujer?

Veinte minutos más tarde, Orduño detenía el coche en la puerta de un club de carretera. Sobre la puerta del local, que parecía un chalet ruinoso, colgaba un viejo neón rojo en el que se leía PARADÍS. La noche en la que perdió su querida furgoneta, Silverio había ido de putas.

—No hay ninguna cámara de seguridad. Hemos preguntado a las prostitutas y al personal del club, pero lo que era de esperar: nadie vio a nadie extraño ni merodeando por los coches. He pedido que una unidad de la Científica vaya a procesar el sitio.

Elena encaja en silencio el informe de Orduño. La pared de cristal de la sala de reuniones está plagada de fotografías, tanto de la furgoneta como retratos parciales del muerto: la cicatriz que lo atraviesa de arriba abajo, detalles de sus dedos crispados, agarrados a la silla metálica, y, en el centro, su rostro. Elena ha pegado un pósit en blanco junto a él. Un pósit que es la pregunta a la que deben dar respuesta: ¿quién es ese hombre?

—La Científica tomó huellas en el volante y en las paredes de la caja. Las de la puerta estaban contaminadas. También han recogido muestras de sangre, pelos y fibras. Están procesando todo, pero de momento, los primeros cotejos han sido negativos. Ni la víctima ni su asesino estaban fichados.

Zárate desgrana con desidia el informe preliminar de la Científica. Las miradas del equipo, reunido en la sala, convergen en Manuela, la nueva ayudante de Buendía. Esta da un leve respingo al sentirse observada y, en un gesto que Reyes le ha visto repetir varias veces a lo largo de esta tarde en la BAC, se ajusta las gafas al puente de la nariz.

—¿Me toca?

Mariajo deja escapar un leve bufido. Lleva tratando con cierto desdén a Manuela desde que la joven empezó a deambular por la sede de Barquillo. Reyes cree conocer a la hacker y no es habitual en ella esta tensión. Tal vez, más que tener algo en contra de la forense, a lo que se esté resistiendo es a que Buendía se jubile. Es su manera de mostrar cuánto lo echará de menos.

—Te toca si tienes algo que añadir, cariño. Si no, podemos irnos a casa y darnos una ducha, que esto promete ser largo.

—El doctor Buendía está terminando la autopsia, pero hemos podido adelantar algunos análisis. —Como la colegiala que se dispone a exponer un tema, Manuela se pone en pie y ocupa el espacio delante de las fotografías—. Varón. Treinta y cinco años aproximadamente. La exploración inicial indica que estaba vivo cuando se le hizo la incisión y la extracción de órganos. Ya sabéis, fue eviscerado. En concreto, le quitaron el hígado, la vesícula y casi todo el intestino grueso, también partes del delgado. Es curioso, porque la limpieza del corte hace pensar en un instrumento quirúrgico; de hecho, el hilo con el que se cosió la cicatriz también era hilo quirúrgico. Sin embargo, es una escabechina: el corte no tiene ningún sentido, le arrancaron los órganos tal vez a tirones, y la sutura, bueno, ya lo pudisteis ver: un desastre. Se abría. Desde luego, no fue obra de un cirujano.

Manuela levanta la mirada de los papeles que agarraba con tensión y enseña su sonrisa, orgullosa de haber cumplido con la tarea.

—¿Ha confirmado Buendía que lo que tenía dentro era un feto?

La joven deja caer sus papeles sobre la mesa, nerviosa por la pregunta de Elena. Registrando entre las hojas, en un aparente desorden, encuentra al fin lo que busca. Unas fotografías de la sala de autopsia después de que Buendía extrajera lo que había dentro de la tripa. Las pega en el cristal, junto al resto de fotos.

—Un feto de veintiocho semanas. Femenino. Estuvo un tiempo congelado antes de que se lo metieran dentro a la víctima. No sabemos cuánto, pero seguro que el doctor Buendía logra estimar una horquilla de tiempo. El cordón umbilical está desgajado, fue arrancado de la tripa de su madre, probablemente de un tirón.

El cansancio de los miembros de la BAC se ha transformado en pesar. Se abre un silencio espeso; no hace falta que nadie diga en voz alta qué significan los últimos datos que ha dado Manuela.

—¿Por qué no está aquí Buendía?

La queja de Mariajo no es tanto un ataque a la nueva como una petición de auxilio. La magnitud de lo que han descubierto en esa furgoneta se multiplica. Necesitan que Buendía los ayude a desenredar esta madeja.

—Me ha pedido que sea yo quien os adelante estos datos, él quería terminar unos últimos análisis.

—Sabemos que seguramente haya una segunda víctima. —La voz de Elena se impone en la sala, serena y segura—. La madre de ese feto. Por cómo has descrito que se le practicó el aborto, lo más probable es que muriera. Mariajo, ¿puedes centrarte en eso? Llama a todos los hospitales para obtener un registro de interrupciones de embarazo recientes, aunque no creo que se lo practicaran en ningún hospital.

—Y tampoco es tan reciente. —Zárate, de pie frente a las fotografías del cristal, tiene los ojos clavados en el retrato de ese chico de mirada grisácea—. Manuela ha dicho que el feto estuvo congelado.

—Pongamos un año. Habla también con las comisarías de distrito. Y quiero un registro de cadáveres no reclamados.

—Además de hablar con los hospitales, puedo hacer un barrido de consultas ginecológicas interrumpidas a los siete meses. Era la edad del feto cuando lo arrancaron del vientre de la madre.

Zárate despega la foto del chico del cristal y la deja caer sobre la mesa.

—¿Qué sabemos de él? Además de varón y treinta y cinco años, Manuela. Algo que nos ayude a ponerle nombre y apellidos. Es lo primero; tal vez, cuando tengamos eso, también podamos conseguir el nombre de la madre.

—El análisis toxicológico de la víctima muestra, por un lado, trazas de escopolamina; seguro que estáis familiarizados. Causa confusión, y lo más seguro es que se la dieran a la víctima para manipularla a su antojo. Por otro lado, hay una cantidad apreciable de hidrocloruro de metadona en sangre.

—¿Metadona? ¿Era yonqui? —De manera instintiva, Orduño desvía la mirada a las fotos del chico; la barba descuidada, rala en algunas partes, el pelo moreno ensortijado, le habría ido bien un corte. Sin embargo, esa dejadez no le encaja con los rasgos de un yonqui.

—O un enfermo. La metadona también se prescribe para el dolor crónico —apunta Mariajo.

Manuela carraspea como la profesora que se dispone a iniciar la clase.

—Es poco probable, Mariajo. Para el dolor crónico en pacientes oncológicos o necesitados de analgesia se prefieren la morfina o el fentanilo. Si aparecen restos de metadona en sangre, lo más normal es pensar en un drogadicto. Sin embargo, no hay marcas recientes de pinchazos en el cuerpo ni dilatación de las fosas nasales, que sería lo normal en el caso de que la esnifara. Todo esto nos hace pensar, al doctor Buendía y a mí también, que era un drogadicto en proceso de rehabilitación.

Manuela es consciente de que, quizá, acaba de ganarse la animadversión de Mariajo para el resto de su vida, pero no lo ha podido evitar: la tentación de dejar a cualquiera sin argumentos gracias a todo lo que revela un cadáver es demasiado grande como para aparcarla por el bien de un ambiente armónico en el trabajo.

—¿Has pensado que tal vez se la fumaba? Te has quedado en las películas de los noventa, corazón. Hoy en día, la mayoría de yonquis prefieren fumar antes que metérsela en vena. Se murieron demasiados por culpa de las agujas. —Mariajo no espera la respuesta de Manuela, saca el móvil, busca en la agenda un número—. Sería más útil si fueras al Anatómico Forense y trajeras de los pocos pelos que le quedan a tu doctor Buendía. No es un caso para dejar en manos de una novata.

Elena encuentra la mirada indecisa de Manuela: ¿debe hacer caso de la orden de Mariajo? Es posible que fuera de las mejores en la universidad, pero la BAC es otra cosa. Ya lo irá aprendiendo. Con un gesto amable, la inspectora le indica que vuelva a su silla. En el otro extremo de la sala, Mariajo se queja porque Buendía tiene el teléfono apagado.

—Por ahora no nos queda otra que considerar a la víctima un yonqui en rehabilitación. Todos sabemos que la teoría tiene lagunas: además de lo que apuntaba Mariajo, el cotejo de sus huellas ha sido negativo en el sistema. Lo normal, en un adicto, es que la necrorreseña sea positiva. Que en algún momento cometiera un delito y lo ficharan. Sin embargo, este chico no tiene antecedentes penales. Orduño, Reyes: id a los centros de metadona de la Consejería de Sanidad, preguntad a los trabajadores por si alguno lo identifica.

Elena se fija en cómo Zárate mira más allá del cristal que separa la sala del resto de la oficina de la BAC. Al girarse, ve a Buendía arrastrar sus pasos entre las mesas. No responde al saludo de una de las funcionarias y a la inspectora la asalta la certeza de que no trae buenas noticias. Su gesto hundido y cansado disuade a Mariajo de hacer ningún comentario cáustico sobre su nueva ayudante. La mirada empañada del forense recorre a sus compañeros de la BAC hasta fijarse en Elena, a la que entrega un exiguo informe.

—No he venido hasta ahora porque me parecía importante hacer una prueba de ADN urgente. —Buendía se sienta en la mesa y roba el café a Reyes, le da un sorbo a pesar de que está helado mientras la inspectora hojea el informe.

—¿Qué fiabilidad tiene el test?

—Un 99 por ciento. Ese chico... —Buendía ha encontrado sobre la mesa la foto que antes dejó Zárate—. Ese chico es el padre biológico del feto.

Capítulo 4

—Un ajuste de cuentas. La víctima podría tener relación con el narcotráfico, era un drogadicto. De alguna manera, la puesta en escena, el hombre con su propio hijo dentro, es un mensaje.

Zárate aventura una respuesta a la duda que planea sobre los dos: ¿por qué?, ¿qué razones hay para llegar a cometer un crimen así? Sus pasos se unen a los de Elena y retumban en el garaje de Barquillo mientras caminan hacia el Lada. Hay que viajar a la mente enferma del asesino para entender sus motivos: cada criminal construye su relato y encuentra lógica a sus actos. Son muchos los casos a los que se han enfrentado desde la BAC y sabe que esa racionalización de la violencia extrema, ese discurso alucinado del homicida, es lo que les permite dar sentido a pesadillas como la tortura o el canibalismo. Sin embargo, todavía están lejos de poder hacer eso; ni siquiera conocen la identidad del chico de mirada grisácea. Mucho menos, quién es la madre ausente a la que se le arrancó el feto. Cualquier hipótesis es inútil en estos momentos y la ansiedad de Zárate por dar una resolución al problema solo consigue subrayar la urgencia, la ansiedad que, desde que dejaron atrás el caso de Santa Leonor, lo ha estado atenazando.

—¿Dónde están las llaves?

—Creo que las metí en el bolsillo pequeño.

Zárate rebusca en la mochila de Elena mientras ella habla por teléfono con Rentero. Quiere reunirse con él para mantener todo el secreto posible alrededor del cadáver hallado en el depósito Mediodía II. Los detalles escabrosos de esa muerte serían gasolina para la crónica de sucesos, los programas matinales de televisión, y eso entorpecería el trabajo policial. Cuanto más discretos sean, más fácil será ir cercando al asesino.

—Me da igual que tengas una reunión con el director general de la Policía... Dile a Gálvez que te ha surgido algo importante. Tenemos que hablar.

Mientras Elena batalla con Rentero y sus mil compromisos políticos, Zárate apoya la mochila en el capó del Lada. Le llama la atención la cantidad de cosas inútiles que Elena carga cada día; además del arma, unas esposas y una selección de medicamentos, desde digestivos a relajantes musculares, hay tabaco, cosméticos que nunca usa... Zárate saca un folio doblado; está rayado con un lápiz amarillo. No hay ningún dibujo reconocible, solo líneas sin sentido, amontonadas unas sobre otras. No necesita preguntar para saber quién lo ha hecho y por qué está en la mochila de Elena. Ella regresa quejándose de la actitud de Rentero cuando ve a Zárate con el dibujo en una mano. En la otra, las llaves del coche.

—Ha costado encontrarlas.

Zárate le lanza las llaves, que Elena coge al vuelo.

—Has ido a verla, ¿verdad? Has estado con la Nena. —Zárate blande en el aire el folio pintarrajeado—. Es precioso.

—Se llama Mihaela, nunca la llamas por su nombre. Y, aunque a ti te parezca ridículo, para ella es un gran avance. Si fueras a...

—No, Elena, por favor: no vas a reprocharme que no te acompañe a visitarla. Esa niña no es asunto nuestro.

Ella hunde la mirada en el suelo: ¿cómo contarle que ha empezado los trámites para la acogida? Ese momento se dibuja en el futuro como una espada de Damocles.

—Su padre ha vuelto a llamar al centro. Grigore Nicolescu, ¿te acuerdas? Un camionero rumano... Ha dicho que, si su hija está mejor, vendrá a buscarla. Para hacerse cargo.

—Eso es una buena noticia. Es su padre. Esa niña debe estar con él.

—¿De verdad crees que se la va a llevar? Mihaela está mejorando, pero sigue siendo una niña destrozada. No se deja atrás en unos meses todo lo que vivió en esa granja. Y, no sé... La genética será muy poderosa, pero no tanto como para cargar con un problema como ella. Si un día viene, pondrá cualquier excusa para no llevársela.

—¿Es eso lo que piensas que va a pasar, Elena, o lo que quieres que pase?

—Quiero que Mihaela tenga un poco de suerte. Después de lo que pasó, es lo mínimo que se merece.

Zárate deja escapar un bufido. Le resulta hasta ridícula la manera en que Elena está manejando este asunto, pero prefiere no enfrentarse a ella. Le devuelve la mochila y se aleja del Lada.

—¿Adónde vas? Tenemos que hablar con Rentero.

—Tú tienes que hablar con Rentero, eres la jefa. Yo prefiero darme una vuelta por la Cañada Real. Encontraron allí la furgoneta. No está de más preguntar si alguien vio al conductor...

Ni siquiera se ha girado para mirarla. Ella duda que vaya a hacer lo que ha dicho. Saben de sobra que es inútil buscar colaboración entre los vecinos de la Cañada. Todo será una monserga inútil de «no lo sé», «no vi a nadie», «yo no estaba aquí»... Simplemente, Zárate no quiere estar con ella. En eso se están convirtiendo; en una pareja a la que cada vez le tensa más la intimidad, hablar de lo que realmente sienten.

Elena pone la radio cuando atraviesa la calle Fernando VI, deja a un lado el pomposo palacio de la SGAE. Suena una canción de Mina Mazzini, «Il cielo in una stanza», hacía mucho tiempo que no la escuchaba. Pronto, la voz de Mina, la melodía, la llevan a aquella Elena que se perdía cada noche en el karaoke del Cheer's. En los encuentros fugaces en el parking de Didí. El retrovisor le devuelve ahora el reflejo de una Elena diferente; con más arrugas en los párpados, pero sin esa oscuridad en las pupilas. Sabe que parte del milagro de la transformación es responsabilidad de Mihaela. Recuerda la mejilla de la niña sobre su mano, el calor que irradiaba su piel. La mirada final de despedida, una mirada vacilante, temerosa, en la que Elena ve, desde hace semanas, una señal de auxilio. Sin apenas darse cuenta, la niña se ha convertido en el centro de su vida. Y le gusta que así sea. No quiere reencontrarse en el espejo con la Elena que una vez fue.

En el salón de la casa de la Colonia de los Carteros, Nino Bravo canta «Noelia» y su voz invade cada esquina. Con una Mahou en la mano, Zárate observa en silencio a Salvador Santos. Ascensión, su esposa, no ha dejado de ponerle canciones; esa de Nino fue la primera que bailaron juntos, le ha dicho. Mantiene la esperanza de que la melodía aún signifique algo para su marido. Es una esperanza absurda, pero Zárate no va a decírselo. En la silla de ruedas queda el cuerpo de un hombre consumido por el alzhéimer. Hace tiempo que no camina, tampoco habla y pronto dejará de digerir alimentos. A pesar de todo, a Zárate le infunde cierta paz visitar al que fuera su mentor en la policía, un segundo padre. En la pared cuelgan fotografías de un pasado en el que Salvador Santos fue un flotador al que agarrarse cada vez que tenía problemas. En esas instantáneas de un color desvaído posa robusto y feliz, en algunas al lado de su compañero Eugenio Zárate. Resulta descorazonador pasear la mirada desde esas fotos al Salvador que ahora existe.

Zárate no ha ido a la Cañada Real. Sabe tan bien como Elena que sería inútil. Solo necesitaba encerrarse junto a Santos, guardar silencio. Beber un poco. Calmar el fuego que arde dentro de él y que amenaza con rebosarle en tantos momentos. La rabia, la ira, la violencia con la que en estos últimos meses tanto ha fantaseado. No quiere golpear, sino todo lo contrario, ser golpeado. En una pelea de bar, en una redada, en una discusión que al fin estalle de verdad con Elena. Una pulsión que va ganando espacio en sus pensamientos. Sabe que es peligroso, sabe que debe detenerla. Por eso visita a Salvador Santos.

A él sí le ha contado cómo terminó con Antón y Julio, los asesinos de Chesca. Le ha descrito de qué manera atropelló al padre de esa familia enferma y, después, tras el accidente, se hizo con un trozo de cristal para segar la vida de Julio. Salvador Santos no puede ofrecerle más que silencio por respuesta; ni una felicitación por matar a dos hombres que no se merecían vivir ni una recriminación por haberse saltado todas las fronteras.

Desvía la mirada a la pared, a la fotografía en la que posan Salvador y Eugenio, su padre. ¿Qué le diría él? Tal vez se avergonzaría de su hijo. Tal vez le cruzaría la cara de un guantazo y lo entregaría a la policía para que cumpliera condena por lo que hizo.

Zárate se despide con un beso de Ascensión. No va a ir a la Cañada ni va a volver a la BAC. Conduce de manera automática hasta Carabanchel, el barrio donde se formó. Entra en el bar La Reja, enfrente de la comisaría, y pide otra cerveza. Saluda a algunos antiguos compañeros. Costa sigue allí, algo más gordo y con un poco menos de pelo. Ha terminado su turno y, en una esquina de la barra, dan cuenta de varios tercios entre risas, recordando aquellos primeros casos que compartieron.

Ojalá pudiera volver atrás en el tiempo. Ojalá pudiera volver a ser ese policía idealista y ambicioso. Tras las botellas de la barra de La Reja, un cristal sucio y moteado le devuelve una imagen deformada de su rostro. Quizá esa sea su verdadera cara ahora. Quizá, al acabar con esos monstruos, se convirtió en uno de ellos. Quizá lo más honesto sería dejar la policía, dejar a Elena. Dejar de hacer daño.

Capítulo 5

—Qué aburrido eres, Orduño.

Él la llama frívola y ella a él aburrido. Se han pasado por la casa de Reyes —uno de los chalets más pequeños y antiguos de El Viso, pero aun así fuera del alcance de ningún poli— para que ella se cambiara de ropa antes de empezar la ronda por los Centros de Atención a las Adicciones. Mientras él curioseaba por el salón —¿por qué cojones una chica con tanto dinero se mete en la policía?—, ella se ha quitado el vestido verde de las calaveras y baja las escaleras abotonándose una camisa de seda que ha combinado con una falda larga.

—Pensé que te ibas a poner unos vaqueros y una camiseta.

—Muy, muy aburrido, cada día más.

Al pasar por su lado, le ha cogido la cara con la mano y, durante un segundo, él ha tenido la impresión de que iba a besarlo. En su estela, ha dejado un olor a un perfume dulce. Orduño ha aprendido a reconocerlo; dan igual las mutaciones que haya en Reyes, si se ha levantado más hombre o mujer, su aroma es siempre el mismo.

De los diez Centros de Atención a las Adicciones que hay en Madrid, comienzan por el de Puente de Vallecas, el más cercano al depósito de vehículos donde apareció el cadáver. Ambos son conscientes de que ese criterio geográfico es una línea poco fiable; el asesino pudo alejarse del lugar en el que secuestró a su víctima, pero por alguna parte hay que empezar.

En la recepción del centro, Orduño todavía no ha conseguido sacarse de la cabeza el perfume de Reyes. Es ella quien muestra la fotografía de la víctima, su rostro en la sala de autopsias. No es fácil identificarlo en esa imagen. La muerte deforma inevitablemente los rasgos y cuesta reconocer al chico que habitaba esa piel. Sus gestos, su manera de mirar o sonreír, han desaparecido. No tienen suerte en el primer centro, tampoco en el de Canillejas, ni en el de Arganzuela. Ya se han acostumbrado al respingo de los trabajadores sociales cuando muestran la fotografía. El rostro desencajado de dolor del hombre, esos ojos abiertos y grises después de atravesar un sufrimiento inimaginable.

El mismo protocolo en cada visita: preguntar quién recibe a los usuarios, quién rellena la ficha. En Villaverde los conducen hasta el despacho de

Silvia; apenas lleva cinco meses trabajando allí. Es difícil creer que sea mayor de edad, aparenta poco más de quince o dieciséis años. Le enseñan la foto.

—Joder...

Han dado con lo que buscaban. Silvia se disculpa con un gesto, se le ha hecho un nudo en la garganta y necesita unos segundos para liberar la voz.

—¿Cómo se llamaba? —pregunta Orduño.

—Gerardo... ¿Qué le ha pasado? ¿Una sobredosis?

—¿Por qué sospechas de una sobredosis? Si venía a este centro es porque estaba saliendo de las drogas.

Silvia se muerde el labio, como dudando si revelar o no lo que sabe.

—Salir de las drogas no es fácil para nadie. Gerardo iba mucho a ver a Byram.

—¿Quién es Byram?

—¿No sois policías? Todo el mundo sabe quién es Byram en Villaverde. Hasta el más nuevo. Es un senegalés enorme, el que mueve la droga por aquí. Tiene una barbería que es una tapadera. Es su oficina y ahí nadie se acerca. ¿Qué le ha pasado a Gerardo?

Reyes se adelanta a Orduño; no ve necesario desvelarle todavía las circunstancias de su muerte y es parca en detalles. Apareció sin vida y desnudo en una furgoneta, no llevaba ninguna identificación. Sospechan que se trata de un homicidio.

—Tengo su ficha... —Silvia rebusca en un cajón mientras se enreda en la negación—. ¿Quién iba a matarlo? Gerardo estaba encarrilando su vida.

—¿Hablabas mucho con él?

—Era de los pocos con los que se podía tener una conversación. No se parecía a los demás. Bandas de jazz de Nueva Orleans, ¿te lo puedes creer? Era un experto en eso. Te juro que no es habitual entre los que vienen por aquí... Se notaba que Gerardo... no sé. Había tenido una buena formación, por cómo hablaba, era educado... Aquí está.

Silvia entrega la ficha a Reyes. Incluye una fotocopia de su DNI.

—¿Qué más nos puedes decir de él?

—Era muy reservado. A algunos les encanta hablar de la familia que tenían o de lo bien que les iban las cosas hasta que se metieron en la heroína, pero Gerardo... no es que fuera callado, pero nunca decía nada de su vida. Las veces que coincidimos hablamos de jazz y de novela negra. Le encantaba Patricia Highsmith. Un día me trajo un libro... No me acuerdo del título. A mí no me gusta mucho leer.

—No lo parece.

Silvia sonríe tímida ante el comentario de Reyes. Orduño no sabe si está presenciando un flirteo entre las dos, pero se decide a intervenir.

—¿Siempre venía solo? ¿O había otros usuarios del centro que lo conocieran? Alguien que nos pueda dar algún dato más sobre él, aparte de que era un lector de primera.

Silvia se recoge en su asiento, incómoda por el tono sarcástico que adivina en el policía. Les cuenta que Gerardo no tenía relación con nadie más. Tomaba sus dosis de metadona, charlaban un poco y se marchaba. No quería asistir a las sesiones con el psicólogo.

—«Yo estoy bien. Por fin estoy bien, mejor que nunca, Silvia», eso me dijo. A lo mejor son imaginaciones mías, pero a mí me da la impresión de que tenía a alguien. Una pareja. Al principio, venía mucho más sucio y, las últimas veces, se veía que llevaba ropa más limpia, que había intentado arreglarse un poco, a su manera, claro...

—Pero nunca te habló de ninguna chica. —Reyes quiere recuperar la cordialidad que había entre ellas antes de que Orduño interviniera.

—Nunca. Son cosas que una ve... Tengo buen ojo para eso.

—¿Te comentó alguna vez que tuviera un hijo? ¿O que estuviera esperándolo?

—¿Gerardo, un hijo? —La chica frunce el ceño—. No, pero... Un día le vi hojeando un libro en la biblioteca. *Nueve meses en el paraíso*. ¿Lo conocéis? Es un clásico sobre el embarazo.

Los dos policías cruzan una mirada. Algunas piezas van encajando, pero lo urgente ahora es meter en el sistema el DNI de Gerardo Valero Planas. Orduño se queda mirando la foto, en la que se dibuja una tenue sonrisa, una mirada joven. Es la primera imagen que ven de la víctima cuando aún estaba viva. Cuando, seguramente, todavía no se había convertido en un drogadicto.

Capítulo 6

—¿Cómo vas con la búsqueda de la madre?

Elena cierra la puerta de su despacho cuando entra Mariajo.

—Estoy peinando hospitales y consultas de ginecología, pero es un trabajo lento. Tampoco hay ninguna denuncia de personas desaparecidas que encaje con el perfil de Gerardo o el de la madre... es decir, embarazada de siete meses.

Elena se deja caer en su silla. La hastían estas horas de espera, hasta que los caminos de la investigación empiezan a perfilarse. Zárate se ha presentado en las oficinas de Barquillo un par de horas antes; la ha informado con desgana de que no ha conseguido nada de la Cañada Real, no han hablado más. Es obvio que no ha estado en el lugar donde apareció la furgoneta, Elena no necesita pruebas que lo confirmen. Pero ¿dónde ha estado? ¿Y adónde fue anoche? ¿Adónde va cuando se aleja de ella, cuando siente la necesidad de poner distancia entre los dos? Le ha encargado un perfil exhaustivo de Gerardo Valero Planas, partiendo de los datos suministrados por Reyes y Orduño.

—¿Has ido a ver a la Nena?

Elena levanta la mirada hacia Mariajo; la hacker está de pie ante el dibujo de rayas amarillas, lo ha pegado en la pared de su despacho. Al ponerlo, se decía que lo hacía como reconocimiento al esfuerzo de la niña, a los avances que estaba logrando. Se mentía. Sabe que exponer así el dibujo de la pequeña es una provocación para Zárate.

—Se llama Mihaela... Me lo ha regalado. Yo siempre le pido que me dibuje un sol, y esto es lo que le sale.

—No se va a ganar la vida como pintora, eso lo tengo claro.

—Hace un año vivía entre cerdos y creía que las personas de fuera de su familia se comían. —Elena se encoge de hombros—. Creo que no va mal.

—Eso es verdad. Se merece estar colgado en tu despacho. Se echaba de menos ese toque de decoración...

No sabe si Mariajo está bromeando o, a su manera, está recordando los dibujos de Lucas que hace años decoraban las paredes. Torpes representaciones de Elena, de su marido Abel o del propio Lucas. Sonrientes, en campos de césped, bajo soles radiantes. Una felicidad que se esfumó y que ahora

Elena parece querer recuperar a través de ese sol irreconocible que Mihaela ha dibujado.

Mariajo se sienta frente a ella. La conoce desde hace años, sabe que, a pesar de que protege su intimidad con un muro casi infranqueable, la inspectora necesita un poco de comprensión.

—¿Cómo la has visto?

—Bien, las educadoras están haciendo un buen trabajo. Les da miedo que su padre se la lleve a Rumanía, un país del que desconoce hasta el idioma.

—Tampoco se expresa muy bien en español.

—Habla muy poco, sí, pero eso no significa que no lo hable.

—La niña no va a estar en ningún sitio mejor que en Rumanía, Elena: allí tendrá abuelas, tías, primos y hermanos. Mejor que ningún centro de ninguna comunidad.

—Me gustaría tener la misma confianza en la familia que tienes tú.

—Eso es gracias a que no tengo familia —ríe la hacker—, no he tenido oportunidad de perder la confianza en ellos. Solo en los compañeros de trabajo. ¿Ha ido Ángel contigo a verla?

Elena guarda silencio. Tiene la sensación de estar abriendo demasiadas puertas a Mariajo. No es fácil expresar su confusión de sentimientos respecto a Zárate; está al mando de la BAC por él, por quedarse a su lado y protegerlo. Rentero tampoco le dejó muchas más opciones. Sin embargo, ahora la balanza de sus sentimientos se ha alterado: en ella también pesa Mihaela.

—A mí me parece muy bonito lo que estás intentando hacer por esa niña —dice Mariajo adivinando sus pensamientos—. Y al mismo tiempo, puede que Zárate tenga parte de razón. No creo que le traiga los mejores recuerdos.

Unos golpes en la puerta de su despacho interrumpen la charla de las dos amigas. Elena agradece la irrupción de Zárate.

—Esto no tiene ningún sentido —dice él sin más preámbulos.

Por un momento, ella piensa que se refiere a su obsesión por la Nena, que ha pegado la oreja a la puerta y lo ha escuchado todo. Pero no es así. El desconcierto de Zárate obedece a las novedades sobre la identidad del muerto.

—La copia del DNI que han traído Reyes y Orduño. El rastreo no deja lugar a la duda. Gerardo Valero Planas murió hace seis años.

Capítulo 7

—Gerardo Valero Planas. Murió hace seis años en un accidente de tráfico durante una persecución policial tras un alunizaje.

En la fotografía que Zárate ha pegado en el cristal se ve a un varón de piel cetrina bien rasurada, pelo cortado a tazón, ojos diminutos y ligeramente bizcos como dos tildes. Un tatuaje de serpiente asoma por el lado izquierdo del cuello.

—Tenía decenas de antecedentes por robos, algunos con violencia —sigue explicando Zárate—. Sus huellas están registradas en los archivos y tampoco se corresponden con las de nuestro Gerardo. Lo he comprobado por si a alguno se le ocurría decir que se había hecho una operación de estética.

—¿Estás segura de que murió? —Buendía lo ha preguntado más por inercia que por convicción.

—Está bien muerto e incinerado. Los bomberos lo sacaron del coche, hay informes de un montón de departamentos diferentes. Estaba algo desfigurado por el accidente, pero le tomaron las huellas. Era él.

—Entonces nuestra víctima funcionaba con una identidad falsa, ni siquiera se llamaba Gerardo. Debió de costarle un dinero, la falsificación del DNI es muy buena...

Elena se levanta y se acerca al cristal donde han ido colocando todas las fotografías mientras el resto del equipo intenta buscar una respuesta a su pregunta muda: ¿quién era la víctima? Gerardo, aunque ya saben que no se llama así, está en el centro de ese panóptico de evidencias. Apenas tiene treinta y cinco años. Estuvo enganchado a la heroína, intentaba superar su adicción, pero el tratamiento de metadona le funcionaba solo a medias. Aun así, había encontrado algo por lo que luchar. Un objetivo que le estaba sacando del pozo; ese en el que no se entiende cómo cayó. Era un tipo culto —lector, aficionado al jazz, seguramente con buena formación—, pero algo en su vida lo hizo resbalar y perderse hasta acabar en las garras de Byram, el rey de la heroína en Villaverde. Esa ilusión de la que les habló la trabajadora social a Orduño y Reyes lo había hecho recomponerse. Una mujer. Un futuro hijo que él sabía que vendría, por eso hojeaba ese libro sobre el embarazo. Pero algo se cruzó en su camino y lo mató; algo que quizá también mató a su mayor ilusión, su hijo.

—Es evidente que estaba huyendo. —Orduño ha roto el silencio de la sala—. Debió de cometer alguna cagada muy grande hace tiempo, con tipos con los que sabía que se jugaba la vida. Por eso cambió de identidad. Hasta que tuvo un desliz, se fue volviendo descuidado. Lo descubrieron y se lo hicieron pagar. A él, a su chica y al hijo que esperaban.

—¿Por qué de esa forma? Con pegarles un tiro en la nuca habría bastado. —Reyes no acaba de comprar la teoría de Orduño.

—Los narcos hacen esto y cosas peores. Es como si no tuvieran límite a su violencia. La manera de matar también es una manera de enviar un mensaje a todos los que se enfrentan a ellos.

—¿Cuál debería ser nuestro siguiente paso?

La pregunta de Elena sorprende a Zárate; ella no suele ceder el mando de una investigación a ninguno de sus agentes. Tal vez lo esté haciendo para suavizar la aspereza con la que se han tratado últimamente. En realidad, sabe que ella no necesita que él marque el próximo movimiento.

La barbería africana de Villaverde está en la calle de San Jenaro. Consta de seis butacas de barbero y está decorada con grandes fotografías en las que se exponen modelos de peinado. Cortes afro, audaces, enrevesados: formas geométricas, diseños, palabras como «África» o «Love»...

Solo dos de las butacas están ocupadas cuando llegan Elena y Zárate. Hay dos peluqueros. Uno de ellos levanta la mirada al verlos entrar y, de inmediato, su expresión se ensombrece, como si hubiera olfateado el aroma de los policías. El otro continúa con su tarea como si nada, pasándole a un cliente una maquinilla. Elena intenta adoptar un tono intrascendente:

—Queríamos hablar con Byram.

Han consultado los archivos, donde aparece descrito como el presunto líder de una banda senegalesa de tráfico de heroína. Sin embargo, no hay nada firme contra él. Nunca ha tenido juicios. No saben qué podría unir a un yonqui con alguien así, uno de esos «elegidos» que operan ajenos a la presión policial contra la droga.

—¿Quién lo busca?

Elena muestra su placa. El hombre, el que los ha mirado con gesto sombrío, contesta con un chasquido de las tijeras y se pone a recortar el cabello de su cliente. Está muy pasado de peso, es sorprendente que sus dedos rollizos quepan en las tijeras que maneja. Zárate se ha sentado en una de las butacas, quiere dejar claro que no van a marcharse hasta que consigan lo que han ido a buscar.

—El chaval ya está muy guapo con ese corte, no hace falta que sigas.

El peluquero se da cuenta de que un policía como Zárate les puede traer problemas, así que prefiere cambiar de actitud. Es el único que interviene en la conversación; el otro empleado, más joven, finge que no le incumbe la situación mientras continúa con su trabajo.

—Byram no está.

—¿Y dónde podemos encontrarlo?

—Yo sé dónde está.

Elena y Zárate se vuelven hacia un niño de unos diez años que está sentado en una silla, jugando con un móvil.

—¿Tú sabes dónde está Byram?

Elena se acerca al niño, se sienta a su lado.

—Mamadou. Vete a dar una vuelta, anda. Que llevas todo el día ahí sentado.

Zárate se levanta para detener al peluquero antes de que se lleve al niño. Los clientes de la barbería empiezan a estar incómodos; el ambiente se ha tensado y puede explotar en cualquier momento. El cliente al que atendía el peluquero gordo se disculpa, deja un billete junto a la caja y se marcha.

—El niño nos iba a decir dónde está Byram, ya que usted no lo sabe.

—Su padre está de vacaciones fuera de Madrid. Si quieren, déjenme sus teléfonos y, cuando vuelva, le diré que les llame.

—Está en el Ndut.

El niño, Mamadou, no se ha conformado con el silencio. Le da igual que el peluquero lo amenace con que su padre le arrancará la lengua por hablar demasiado. Les cuenta que el Ndut es un rito tradicional, un rito del que lo han apartado. Les asegura que les dirá dónde está si lo llevan.

—El niño no sale de la barbería. Se lo prometí a su padre.

—Entonces, alguien nos va a tener que decir qué es el Ndut y dónde está Byram. Entiéndalo, nuestro deber como policías es llevar al niño al lado de su padre, ¿o es que es usted su tutor legal?

Zárate sonríe al peluquero, que todavía tiene las tijeras en la mano. Las deja caer en un carro de utensilios con un estruendo metálico.

—¿Nos dejáis solos? —pregunta al cliente y al ayudante que aún seguían en la barbería.

Capítulo 8

Pueden ver una fina columna de humo en el cielo. Han dejado atrás Campo Real, como les ha indicado el peluquero, y han tomado un camino a mano derecha. En el horizonte se empieza a dibujar la finca de Byram: un edificio de una sola planta de aire rústico. Un vallado les corta el paso. No saben cómo continuar hasta que un todoterreno llega desde las tierras de la finca levantando polvo. Dos senegaleses se bajan del vehículo; visten ropa blanca y un gorro rojo con forma de macetita. Huelen a leña quemada. Altos y corpulentos, se acercan a preguntarles qué están haciendo allí. Elena cree adivinar que el humo que se dispersa en el cielo proviene de una pequeña edificación situada a unos cien metros de la casa principal, aunque a tanta distancia es imposible asegurarlo.

—Byram nos está esperando.

Zárate ha sonado firme, pero, a su alrededor, todo es un páramo despoblado. Mal sitio para pedir refuerzos si la cosa se pone fea. Uno de los guardianes, pues eso es lo que parecen los recién llegados en el todoterreno, se aleja unos pasos para hablar por teléfono. En un gesto descuidado, Zárate deja ver la culata de su pistola bajo la chaqueta. Un aviso de lo que están dispuestos a hacer. El senegalés que sigue al otro lado de la valla ha visto el arma, pero no lo impresiona. Cuando el que se alejó cuelga el móvil, hace un gesto a su compañero para que abra la cerca. Elena y Zárate regresan al Lada y siguen al todoterreno hacia el interior de la finca.

—Avisa a Orduño de dónde estamos. —Elena no puede evitar cierta desazón mientras sigue a los senegaleses por el sendero de tierra.

—No van a hacernos nada. Byram ha sabido mantenerse a salvo de problemas con la policía y, si lo ha hecho, es porque no se enfrenta a ellos.

La seguridad de Zárate no termina de convencerla. Le da la sensación de que a él no le importaría que todo se saliera de control y tuvieran que usar las armas. A la derecha del camino, la inspectora confirma que lo que está siendo pasto de las llamas es una exigua choza levantada con maderas y paja. Una construcción circular que parece traída de África. Arde lentamente y el fuego se transforma en un hilo negro que se disuelve en el cielo. Ante el fuego, una silueta, de espaldas a ellos.

El todoterreno se detiene y Elena lo imita, pero deja el motor encendido. No sabe si bajarse del Lada. Zárate se adelanta a ella y, tan pronto como sale del coche, le señala un punto más adelante.

—Hijo de puta.

Junto a la casa principal hay una mesa de madera. Encima, una mujer tumbada, parece una adolescente, vestida con una túnica roja. Tiene las piernas abiertas y, a su lado, una anciana de trenzas blanquísimas le está haciendo algo. La adolescente se resiste, pero la anciana le sujeta los brazos para que no se mueva. Zárate no espera a que Elena le siga para lanzarse a por esa chica, pero uno de los guardianes lo detiene en seco.

—Esperad aquí.

—¿Qué le estáis haciendo a esa niña?

Elena se baja del coche cuando Zárate empieza a forcejear con el guardián. Mira a su alrededor, midiendo sus posibilidades. Están los dos solos; además de los del todoterreno, se adivina más personal en la casa. Está convencida de que tienen las de perder si optan por usar la fuerza.

—Podéis elegir —se decide a amenazarlos—. O nos dejáis comprobar que esa chica está bien o en cinco minutos tenéis montada una redada aquí.

A su derecha sigue ardiendo la choza, pero ya no hay rastro de esa silueta que antes había delante.

—Es mi hija. ¿De verdad piensan que podría hacerle algún daño? Solo les pido unos minutos. La ceremonia njam no se puede interrumpir.

Byram lleva una túnica de vivos colores, no han advertido cuándo se ha acercado a ellos. Su mirada amarillenta los escruta con parsimonia. Elena se da cuenta de que Zárate tenía razón: no quiere problemas con policías. Con un gesto, les pide que lo acompañen y, lentamente, se van aproximando a la mesa desbastada que, de alguna forma, con esa chica tumbada encima con las piernas abiertas, recuerda a un paritorio.

Cuando están más cerca comprueban que nada es lo que pensaban, que nadie hace nada en sus genitales, que solo se trata de una anciana tatuando las encías de la joven. Al notar su presencia, los mira y sonríe. También ella tiene las encías tatuadas. Levanta los brazos como hacia un dios invisible y pronuncia una letanía en un dialecto desconocido. La joven se incorpora entonces, feliz.

—El Ndut es una tradición serer, mi pueblo. —Byram habla con voz pausada—. El rito del paso de la infancia a la edad madura de una mujer. Mi hija ha estado viviendo en esa choza durante los últimos tres meses y ha recibido toda la educación que necesitaba... Ha dejado atrás la niñez, por eso arde el Ndut. No pido que lo entiendan, pero sí que respeten nuestras costumbres. Les parecerán raras, pero les prometo que, cuando llegué a este país, también me pareció raro lo que hacen con las vírgenes y los santos...

La casa principal de la finca de Byram es amplia, bien decorada, nada que ver con la choza envuelta en llamas. Un proyector de televisión y una pantalla ocupan toda una pared, frente a la que hay un sofá. Se sientan en él. El senegalés se confiesa un fan absoluto del Real Madrid. En esa pantalla gigante ve cada uno de sus partidos. Un criado se asoma y Byram le da instrucciones en su dialecto serer.

—¿Podemos ser rápidos? La ceremonia continúa ahora con un baile y no me gustaría hacerlos esperar...

Elena saca el móvil y le muestra la foto de Gerardo en la sala de autopsias.

—¿Conoce a este hombre?

Byram observa la imagen unos instantes y su mirada adopta una expresión de tristeza.

—¿Está muerto?

—¿Lo conoce o no?

—Una persona simpática.

—Una persona simpática a la que usted vendía drogas. —Tenso, Zárate se levanta del sofá, le molesta la cordialidad de Byram.

El senegalés lo mira unos segundos. El criado regresa con tres tazas humeantes en una bandeja, pero su jefe pronuncia una frase y el criado se va por donde ha venido. Es como si la intervención de Zárate lo hubiera ofendido y las deferencias estuvieran por tanto fuera de lugar.

—¿Ustedes quieren buscarme problemas o quieren que los ayude?

—Queremos saber quién era este hombre. Eso es todo. —Elena prefiere mediar: su primer objetivo es identificar al fin a Gerardo.

—Mejor así. Yo los ayudo, ustedes me dejan en paz y se marchan. ¿Sí?

Elena asiente. Zárate vuelve a sentarse en el sofá.

—Me ofreció un negocio. No me pregunten de qué era y yo los ayudo. Era un negocio muy grande, demasiado, y un yonqui que no tiene donde vivir no ofrece negocios tan suculentos.

—Si no nos dice en qué consistía el negocio, no nos podemos entender —dice Zárate, que nota al instante la mirada recriminatoria de Elena.

—Sin embargo, el negocio me interesaba. —Byram prefiere obviar el comentario de Zárate—. Uno aprende a andarse con cuidado, así que antes quería asegurarme de quién era Gerardo en realidad, además de un hombre simpático. Le pedí a uno de mis amigos que lo siguiera. Gerardo tenía un coche viejo, un Seat Panda. Y ahora hacemos un trato. Yo les digo adónde nos llevó y ustedes se van y no me vuelven a molestar nunca más.

Elena cruza una mirada con Zárate. Sabe que él no está de acuerdo, que no soporta que alguien como Byram se salga con la suya, pero la inspectora prefiere sellar el trato que el senegalés le ofrece.

—Le seguimos hasta Zaragoza —les dice Byram cuando Elena le asegura que se marcharán en cuanto les dé esa información—. Aparcó en la puerta de un chalet, en las afueras. Abdou puede darles la dirección exacta. Salió a recibirlo una mujer muy guapa. Se dieron un beso y pasaron dentro. ¿Se dan cuenta de lo que les digo? ¿Quién vive en la calle teniendo a una mujer como esa en un chalet? Gerardo era un mentiroso.

Elena intenta cuadrar sin éxito las piezas del puzle que es la víctima. Mira al tal Abdou, que sigue de pie en la entrada.

—Esa mujer con la que se vio... ¿estaba embarazada?

Capítulo 9

La urbanización de Torres de San Lamberto, en la carretera de Logroño, la zona que en tiempos se llamó «el poblado americano», es una de las mejores de los alrededores de Zaragoza. Hubo un tiempo en que alguien que cayera en esas calles sin previo aviso habría pensado que estaba en Texas, no en un barrio español de los años cincuenta: coches enormes, hamburgueserías, boleras, cine, tiendas, supermercados con exquisiteces inimaginables en un país al que todavía le costaba despegar. Los norteamericanos se marcharon a finales del siglo pasado y la base aérea pasó a depender del ejército español. Los negocios de los estadounidenses cerraron y nuevos vecinos llegaron al barrio. Ya no es Texas, pero sigue siendo un lugar especial en el que el nivel de vida es alto.

El chalet que buscan no es distinto a los demás de la zona. La paz de la urbanización, los setos perfectamente podados, les induce a preguntarse qué se cruzó en la vida de Gerardo para pasar de ese entorno ideal a la vida del yonqui y, después, a la furgoneta abandonada en la Cañada Real. A la carnicería que fue su muerte.

Elena, Reyes, Orduño y Zárate observan la casa con atención. El jardín está bien cuidado, las ventanas cerradas, no se observan luces desde fuera. El chalet pertenece a una mujer, Cecilia Preciado, de treinta y tres años, odontóloga, casada, natural de Huesca y vecina de Zaragoza desde hace siete. Elena no ha logrado confirmar el dato fundamental. ¿Estaba embarazada? ¿Alguna consulta ginecológica reciente? Abdou tampoco pudo darle una respuesta: estaban demasiado lejos y la mujer llevaba una bata que ocultaba sus formas. Mariajo sigue hurgando en las redes sociales, por si logra encontrar alguna fotografía reciente de Cecilia que les permita averiguar cuál era su estado, pero el equipo de la BAC decidió no esperar más y, con el amanecer, se trasladaron a Zaragoza, a esa urbanización.

Llaman al timbre y aguardan con inquietud creciente. No hay respuesta. El jardín lo defiende un muro bajo y unos setos de boj fácilmente franqueables. No parece que haya un perro guardián al otro lado, ya se habría hecho notar con sus ladridos.

—¿Entramos?

Zárate no tiene paciencia. Elena considera los impedimentos legales. Es evidente que no se puede allanar una propiedad privada sin una orden judicial, pero la ley contempla una excepción que en este caso podría aplicarse. Si se sospecha de la comisión de un delito o de que alguien corre peligro dentro del lugar en cuestión, la policía puede actuar sin miramientos. Gerardo era quizá un estafador, pero nadie asegura que su mujer fuera partícipe de sus negocios. Elena recuerda las fotografías de la autopsia de Buendía; el cordón umbilical desgarrado, el feto encogido, con un ojo entreabierto, muerto. Tal vez encuentren a la madre muerta allí dentro.

—Vamos a entrar. Salta la tapia y nos abres.

De dos saltos ágiles, Zárate pasa al otro lado y enseguida da acceso al chalet a Elena, Reyes y Orduño. Un sendero de piedras llega hasta la puerta de la casa, una piscina bien cuidada y un garaje en el que está aparcado un Volkswagen Golf rojo. Zárate se acerca y pone la mano en el capó. Aguanta así un rato, como un padre tomándole la temperatura a un niño.

—Está frío, nadie lo ha usado en las últimas horas.

Elena se planta ante la puerta principal y llama de nuevo. Reyes y Orduño bordean la edificación; por el plano que les ha enviado Mariajo saben que la cocina tiene una puerta a un patio trasero.

Sigue sin haber respuesta. La inspectora busca una vía de acceso y encuentra una ventana sin cerrar, la del salón. Le hace un gesto a Zárate y él asiente. Entran los dos en la vivienda.

El silencio lo envuelve todo, hay un desorden estático, como de tiempo detenido. Un cojín en el suelo, polvo en los muebles; una lámpara de mesa de gran diámetro, con la campana torcida, a punto de caerse. Junto a ella, una fotografía enmarcada en la que aparece un hombre con una mujer joven, atractiva, sonrientes los dos, posando como una pareja feliz. Le cuesta reconocer en ese hombre a Gerardo; la fotografía debió de tomarse antes de que la víctima iniciara su descenso en el mundo de las drogas. No lleva barba, el pelo corto y viste una camiseta negra con un lema: GREETINGS FROM NEW ORLEANS. Están en una calle de una ciudad americana; edificios de dos plantas de vivos colores, multitud de carteles de neón, una bandera estadounidense colgando de un balcón de madera que parece el decorado de una película del Oeste.

Reyes y Orduño han accedido por la parte de atrás. En la cocina hay una cafetera en la vitrocerámica, una taza en el fregadero. En la nevera, sujetas con imanes, más fotografías de Gerardo y Cecilia en lo que parece el viaje de su vida por Nueva Orleans.

Salvo un aseo de cortesía, no hay más habitaciones en la planta baja. Reyes y Orduño registran en silencio el salón —una consola donde, metódicamente ordenados junto a un tocadiscos, hay una gran colección de vinilos—, mientras Elena y Zárate suben las escaleras, tapizadas por una alfombra que se arruga en algunos tramos. No crujen los peldaños, es un ascenso sigiloso que los sitúa en la segunda planta. Allí, un pequeño distribuidor a tres habitaciones.

En la primera, una mesa de trabajo, un sillón orejero, una estantería repleta de libros. En la segunda, una tabla de planchar, una bicicleta estática, una cama individual. Empujan la tercera puerta y ven un brazo colgando de una cama de matrimonio. Una mujer tumbada. La habitación en penumbra. La melena rubia de la mujer se derrama sobre la almohada. Elena y Zárate miran el cuerpo desde el umbral, sin moverse, sin pestañear, como el que se queda paralizado ante una aparición. Y, de pronto, la mujer se gira y pueden ver el rostro tapado por un antifaz. En la mesilla, un frasco de somníferos y una cajita de tapones para los oídos. La mujer ronronea y se quita el antifaz. Y entonces los ve. Ve las dos figuras recortadas en el umbral.

Da un grito y se incorpora de un salto, torpe. Se esconde detrás de la cama, con el corazón a cien.

—Tranquila. Soy Elena Blanco, inspectora de policía. —Enarbola su placa como si fuera una bandera blanca—. Hemos estado llamando a la puerta, pero no contestaba. ¿Es usted Cecilia Preciado? Teníamos razones para pensar que estaba en peligro.

—¿Yo, en peligro? ¿Por qué?

—Se trata de su marido.

—¿Qué le ha pasado a Guille?

Unos minutos después, Cecilia enreda sus manos nerviosa en el sofá del salón; no ha dejado de llorar desde que le han dicho que su marido apareció muerto dos días atrás. La máscara de Gerardo ha caído; ahora saben que en realidad se llama Guillermo Escartín. Es lo único que, entre sollozos, han logrado arrancarle a Cecilia. Reyes y Orduño están fuera, han avisado a la Científica y pretenden procesar la casa por si en ella pudieran localizar alguna pista.

—¿Por qué no había denunciado su desaparición, Cecilia? Guille... ¿estaba metido en algún problema?

La mirada acuosa de la mujer encuentra los ojos de la inspectora y una sonrisa triste se dibuja en su rostro. Cabecea, como si toda la situación empezara a parecerle surrealista.

—¿Cómo murió?

—Se trata de un homicidio.

No parece que la respuesta de Zárate haya sorprendido a Cecilia. Poco a poco, ha ido conteniendo las lágrimas y, con una respiración profunda, levanta la barbilla. Mira a su alrededor; ese salón en el que pasaron tantas noches juntos Guille y ella, la colección de vinilos que él cuidaba con una dedicación casi enfermiza.

—Cecilia, creemos que Guillermo se había metido en algún negocio de drogas. Es importante que nos diga si sabía algo.

—Vosotros sois los que deberíais saber algo... Conmigo nunca hablaba de su trabajo. Decía que, si lo hacía, me pondría en peligro. Que no le agobiara con preguntas.

—¿A qué se dedicaba su marido?

—Guillermo es... era... policía.

Capítulo 10

Desde las puertas de sus jardines, los vecinos otean curiosos el despliegue policial que rodea la casa de Cecilia. Cruzan miradas nerviosas, preguntas calladas a las que ninguno puede dar respuesta. Orduño ha hecho una ronda para averiguar qué sabían de Guillermo —aún le cuesta usar ese nombre y no Gerardo, como lo han conocido hasta ahora—. Los vecinos tenían poca relación con el matrimonio y hacía mucho tiempo que no veían al marido por la urbanización. Una anciana recuerda haberlo visto salir de la casa en un coche viejo hará un mes. Debía de ser ese Seat Panda del que habló Byram a Zárate y Elena. A la mujer le extrañó, porque creía que estaban divorciados. Reyes apenas presta atención a Orduño cuando le cuenta lo que le ha dicho la anciana, está enfrascada en el móvil.

—¿Sabes si Cecilia le ha contado a Elena que estaban separados? Reyes, ¿me estás escuchando?

Ella contesta sin despegar los ojos de la pantalla:

—La pobre ha tenido que tomarse unos ansiolíticos. Creo que todavía no ha hablado con la inspectora.

—¿No puedes dejar el móvil un momento?

—Hablas como un vejestorio, Orduño, ¿te lo han dicho alguna vez? —Reyes guarda el móvil en el bolsillo, como si quisiera olvidarse de una mala noticia, pero al advertir la mirada inquisitorial de su compañero no le queda más remedio que explicarse—: La cena de jubilación del comisario Asensio. Es esta noche y le prometí a mi tío que iría. La mitad de mi familia va a estar allí. Es como una boda; bueno, más bien como un entierro.

—Dile a Rentero que estamos ocupados.

—Nosotros casi hemos terminado aquí. Volveremos a Madrid en unas horas. Me pillaría. —La mirada de Reyes se ilumina con una idea; sonriente, se acerca a Orduño—. Vamos a estar en tu ambiente, rodeados de dinosaurios, ¿por qué no me acompañas?

—No me gustan los entierros.

—Es una jubilación, y en el hotel Wellington. Te prometo que la compañía va a merecer la pena. Y los canapés.

Reyes juguetea con la chaqueta de Orduño, lo mira rogándole un sí. De nuevo, el perfume de su compañera se clava dentro de él. Sabe que, por mucho que proteste, terminará yendo a esa fiesta aburrida.

Cecilia tiene un disco de Jelly Roll Morton entre las manos. La cubierta es una fotografía en tonos sepia de un grupo de hombres trajeados que rodean a otro sentado en una silla. Elena no quiere presionarla. Con paciencia, la historia de Cecilia y Guillermo irá saliendo a la superficie.

—Lo compró en una tienda que hay en Bywater. Una casa de madera pintada de rosa y con las ventanas amarillas. Se llamaba Euclid, creo. —Una sonrisa triste se dibuja en su rostro, la histeria tras la noticia ha dado paso a una profunda melancolía—. Pasamos la luna de miel en Nueva Orleans. Hace tanto tiempo que parece otra vida.

—¿Cuánto tiempo llevaban casados?

—Siete años, pero... los últimos tres apenas nos veíamos.

Zárate baja las escaleras; ha estado registrando el despacho. No ha encontrado prácticamente nada que pudiera asociar a Guillermo, como si fuera un viejo fantasma de esa casa cuya presencia solo permanece en las fotografías antiguas.

—Cecilia, el ordenador del despacho, ¿lo usaba usted? El disco duro está vacío.

—Yo tengo un portátil. Ese era el ordenador de Guille.

—¿Qué pasó en estos últimos tres años? ¿Se estaban separando? —Elena quiere que Cecilia regrese al relato de su relación con la víctima.

—No lo sé. —La mirada de la viuda adquiere un velo acuoso—. En realidad, creo que tampoco sé muy bien quién era Guille, o en qué se había convertido por culpa del trabajo. A veces venía a verme y... era como si fuéramos dos desconocidos. No sabíamos de qué hablar. Él se sentaba aquí a escuchar sus discos, a leer... y al día siguiente se marchaba, ni siquiera esperaba a que me levantara.

—¿Cuál era su trabajo en la policía?

—Nunca me lo contó, pero supongo que ahora sí lo sabré, ¿no? Le pidieron que hiciera una investigación de infiltrado. Solo sé que vivía en Madrid y que era peligroso. Que la gente con la que estaba podía tomar represalias si descubrían su identidad. Al principio sí le preguntaba, intentaba sacarle algo, pero después... con el paso de los años, dejé de intentarlo.

Las miradas de Elena y Zárate se cruzan en silencio. Por fin, las piezas del rompecabezas que es Guillermo Escartín empiezan a encajar: un compañero, un policía como ellos, que renunció a su vida por uno de los trabajos más difíciles: infiltrarse en un ambiente delictivo para conseguir pruebas contra alguien.

—Haga un esfuerzo —presiona Elena, con voz suave—. Seguro que Guille dijo alguna vez algo sobre el trabajo que hacía.

—Le juro que no. Era una cosa que iba a durar poco. Seis meses, me dijo, pero esos meses se convirtieron en un año y, después, en dos. El tercer año dejó de pasarse una vez al mes, como hacía al principio. Me dijo que la situación era complicada y no era seguro venir a Zaragoza, pero no era solo eso. Yo lo sé. Él había cambiado, era otra persona. Lo que pasaba era que ya no quería verme.

—¿Cree que podía estar tomando drogas?

—Adelgazó mucho y... estaba descuidado, pero... me contó que era para pasar desapercibido.

No sería la primera vez que el entorno de un policía encubierto acaba devorando a la persona. Se ven obligados a consumir para ser uno más, creen poder controlarlo, como lo cree cualquier adicto, y sin ser conscientes de cómo se ha producido, terminan convertidos en yonquis.

—Yo también me alejé de él —confiesa de repente Cecilia—. No todo fue culpa suya. No podía esperar eternamente a que volviera y retomáramos la vida que teníamos. Yo necesitaba vivir. Tuve un par de aventuras, nada serio... A veces creo que los dos queríamos lo mismo, el divorcio, pero ninguno se atrevía a decirlo en voz alta.

—¿Cuándo fue la última vez que estuvo aquí?

—A finales de julio. Solo pasó una noche en casa.

—Una vecina ha dicho que lo vio hará cosa de un mes —dice Elena consultando las notas que le ha hecho llegar Orduño.

—¿Hace un mes? Como no viniera el fin de semana que estuve en Huesca... Fui a ver a mi familia, era el cumpleaños de mi padre. ¿Cómo murió?

Elena preferiría evitar esa explicación, pero sabe que es imposible. Intenta retrasar el momento, consciente de que cuando le describa las circunstancias de la muerte de Guillermo, su viuda ya no será capaz de seguir pensando con claridad.

—¿Ha estado embarazada hace poco? Sé que es una pregunta extraña...

Cecilia niega en silencio. Luego les confiesa que se estaban planteando tener un hijo cuando Guillermo se convirtió en un infiltrado.

—... pero no tenía sentido que él no estuviera aquí para verlo crecer, así que decidimos esperar. —Cecilia vuelve a perder la mirada por los objetos de la casa, por aquellas cosas compartidas con Guille—. Hace poco más de un año, estuvo dos días aquí. Fue especial... como al principio, cuando nos conocimos... Y él sacó el tema, lo de tener un hijo. No sé, a lo mejor pensaba que su misión estaba a punto de terminar... Le dije que no. Que si realmente quería ese hijo, que renunciara al trabajo... La policía no podía obligarle a perder toda su vida de esa forma. Fue la última vez que estuvimos bien. A lo mejor, si le hubiera dicho que sí...

Los remordimientos serán inevitables, Elena lo sabe. Una larga lista de «y si hubiera hecho esto y no lo otro» se desplegará convirtiendo los próximos días de Cecilia en un infierno. Intenta ser tan aséptica como es posible cuando pasa a describirle la muerte de Guillermo Escartín: la sospecha de que lo drogaron para secuestrarlo y, después, practicarle una incisión en el vientre, extraerle parte de los órganos con el objetivo de dejar hueco a un feto y, como remate, coser la cicatriz torpemente. Un feto del que Guillermo era el padre biológico.

Tras escuchar en silencio el relato frío y monstruoso, Cecilia se queda paralizada. Como si se hubiera despegado de repente de la realidad y fuera una espectadora neutral de esa escabechina. Cualquier rencor que pudiera guardarle a Guillermo por anteponer el trabajo policial a su vida familiar se desvanece. Ni siquiera el hecho de que su marido fuera a tener un hijo con otra mujer enturbia el sentimiento de pena por el final que ha sufrido.

Elena trata de recuperar su atención, con voz suave:

—¿En algún momento le dio la sensación de que Guillermo podía tener otra relación sentimental? ¿Le habló de alguna otra mujer?

Cecilia, sin fuerzas para hablar, se limita a negar con un movimiento ausente de cabeza. ¿Quién era Guillermo? ¿Quién era el chico del que se había enamorado una noche de copas en el Tubo de Zaragoza, con el que había sido tan feliz en Nueva Orleans que casi dolía recordarlo? ¿En qué había convertido el trabajo a Guille? ¿Por qué lo habían matado de esa manera tan cruel?

Cuando cae la tarde, Elena conduce de regreso a Madrid. Zárate viaja a su lado. Ha enviado todos los datos de Guillermo Escartín a Rentero para que averigüe cuál era la misión encubierta que estaba llevando a cabo el policía. Está segura de que el comisario pondrá todo su empeño: han asesinado a un compañero.

Al llegar a Madrid, Zárate le pide que le deje en Barquillo. Quiere pasarse por las oficinas para ver qué avances han logrado Mariajo y Buendía. Está convencido de que el trabajo de Guillermo Escartín en Madrid guarda relación con Byram, ese senegalés con el que Elena ha sido tan amable como para prometerle que lo dejarían en paz. Elena sabe que quizá tenga razón, pero la prudencia aconseja esperar noticias de Rentero para no dar palos de ciego. Zárate, hosco, prefiere no discutir.

Se despiden con un beso frío. Tras dejar el coche en el garaje de Didí, Elena entra en el Refra, donde Juanito está contando una historia que desata la risa de unos clientes. Habla de su hijo, de que si España juega contra Rumanía, el niño va a ir con España.

—Ha sido una puñalada en el corazón, por mucho que haya nacido en Madrid.

Los clientes vuelven a reír ante la exagerada indignación de Juanito. Elena espera que termine para pedir algo de cena, no tiene ganas de cocinar. Se sorprende cuando descubre que, entre las botellas del bar, sigue estando su grappa.

—¿No quiere una copa? Invitación de la casa. —Juanito ha adivinado sus pensamientos—. Se va a estropear y voy a tener que hacer carajillos con ella, que aquí no la pide nadie más que usted.

—La pedía, sabes que ya no bebo. Pero no hagas carajillos, que no se estropea. Guárdala, quizá un día alguien la necesite. Tú mismo, el día que tu hijo te pida que le compres la camiseta de España.

Elena trata de sonreír a Juanito, pero le sale una mueca. No es capaz de ocultar la tristeza que se ha instalado bajo su piel.

Capítulo 11

Orduño y Reyes se encuentran en la puerta del hotel Wellington, en la calle Velázquez. Solo se han separado una hora al volver de Zaragoza, el tiempo de darse una ducha y cambiarse para la fiesta de jubilación del comisario Asensio. Mientras sacaba el traje —no lo usaba desde la boda de un compañero de la Academia y temía que se le hubiera quedado estrecho— Orduño se preguntaba cómo lo ha embaucado Reyes para ir a ese evento que tan poco le apetece. Ella se ha puesto un esmoquin ajustado, no parece llevar nada bajo la chaqueta, su escote desnudo brilla con unas motas de purpurina.

A él no le da tiempo a disfrutar del suntuoso salón cuando Reyes coge dos copas de vino blanco de la bandeja de uno de los camareros que serpentean entre los corrillos de hombres mayores, trajeados con cansada dignidad, algunos, como el propio Asensio, con uniforme de gala.

—Ven, que te presento a mi tía Verónica.

La mujer, de unos setenta años, lleva con orgullo una combinación negra adornada con pedrería de los años veinte que podría haber formado parte de la guardarropía del musical *Chicago*. Se está despidiendo de un anciano locuaz que la abrumaba con mil batallitas.

—Es mi tía Verónica. Prima segunda del comisario Rentero —Reyes hace las presentaciones—. Él es Rodrigo, pero en la brigada todos le llamamos Orduño. Ha echado tripilla, pero antes estaba en los geos.

—Todavía está para hacerle un favor. —Verónica pellizca el moflete de Orduño, pícara, y le arrebata la copa de vino de las manos—. No te importa, ¿no? Es que los camareros parece que evitan a las ancianas. Me habéis rescatado de un plomo. Miguélez ya era un coñazo a los treinta años, no te cuento a los setenta. ¿Conocíais a Asensio?

—Yo solo de oídas —reconoce Orduño.

—Vieja escuela; fue mi jefe unos años, a finales de los ochenta. Anda que no tuve que escucharle veces eso de «le estás quitando el puesto a un hombre». Pero aun así le cogí cariño. Era de los pocos que no se saltaba ni una regla... que ya sabéis de dónde veníamos.

—Verónica es de las primeras mujeres que entraron en la policía. ¿Dónde coincidiste con Asensio, tía?

—Me mandaron a lo que hoy es delitos informáticos. Yo creo que no sabían dónde meterme. No había internet, pero sí chorizos que hacían estafas con tarjetas de crédito. Allí conocí a Mariajo; era una jovencita. Ahora, trabaja contigo. En la BAC...

—Verónica, que se supone que nadie sabe quiénes son los miembros de la BAC —Reyes la reconviene cariñosa en un susurro.

—¡Qué más da! En esta fiesta todos son policías y viejos. Con tanto vino, lo más seguro es que mañana no se acuerden ni de dónde han estado.

«Tampoco tú», piensa Reyes. Su tía, que tanto ha rezado por ella para que abandone el género fluido, se transforma en una mujer desenvuelta cuando bebe unos tragos. Pero su energía se apaga como se encendió, de repente. En cuanto deja la copa vacía en una mesa, se sienta derrengada en una silla y, si no fuera porque sigue con los ojos abiertos, Orduño pensaría que se ha dormido. Reyes levanta su copa de vino.

—Por Guillermo Escartín. Porque vamos a conseguir coger al cabrón que le hizo eso.

Orduño brinda con Reyes cuando Rentero, tan atildado como siempre, se acerca a ellos. La persona que lo acompaña no necesita presentación, es el director general de la Policía, pero como si ellos no lo hubieran visto un millón de veces en televisión, el comisario lo introduce:

—Os presento a mi amigo Aurelio Gálvez.

Es un hombre alto, cargado de espaldas, de nariz ganchuda y ojos pequeños. Estrecha la mano de Orduño y sonríe con afecto a Reyes.

—Así que tú eres la famosa sobrina policía.

—Sí, no sabía qué hacer para darle un disgusto a la familia.

—Ser policía es un honor, niña. Hacen falta mujeres, todavía los hombres somos una mayoría aplastante y eso tiene que cambiar.

—La realidad es que la estadística de casos resueltos está mejorando —apunta Orduño—. A lo mejor es porque hay más mujeres inspectoras.

—Eso es una teoría interesante, sí, señor. ¿Cómo ha dicho que se llamaba? ¿Orduño? Interesante —repite Gálvez—, ¿no te parece, Rentero?

Orduño no sabe si lo está elogiando o si está burlándose de él, no tiene tiempo de resolver la duda.

—Encantado de conocerte, Reyes. —El director general asiente hacia ella en un gesto afectuoso—. Y cualquier cosa que necesites, pídemela. Te la solucionaré mucho mejor que tu tío.

Le da una palmada a Orduño en la espalda y se ríe de su propia broma. Acto seguido, atrapa una copa de vino blanco y, junto a Rentero, se pierde entre la gente.

—¿Tú crees que se reía de lo que he dicho?

—Lo has impresionado; tu profundidad de análisis de la evolución de casos resueltos es para enmarcar. —Arquea una ceja y, ahora sí, Orduño toma conciencia de que ha dicho una tontería—. Grábate esto en la cabeza: las mujeres no necesitamos que los hombres nos digan lo buenas que somos, porque, como vosotros, a lo mejor no somos tan buenas. Tenemos derecho a ser igual de inútiles que los hombres que estáis trabajando.

Llega la hora de los discursos y los brindis, Gálvez y Rentero suben a un escenario para decir unas palabras sobre el homenajeado. Mientras sueltan chistes sobre el peligro que corren los peces que Asensio va a pescar a partir de ahora —«Dicen que de jubilado comienzan a picar», asegura Gálvez entre risas—, Orduño mira de soslayo a Reyes. Parece que nunca acierta con ella, que siempre va no solo unos pasos por detrás, sino kilómetros. Desde el principio, cuando ella llegó a la BAC y se vio inmersa en uno de los peores casos que han llevado, la desaparición de Chesca, Reyes mostró una fuerza y una manera de entender el mundo que a él todavía le cuesta procesar. No puede negarse que por un lado lo atrae, pero por otro le da miedo. Cree que nunca sería capaz de estar a su altura.

—¿Os acordáis de cuando empezamos en la comisaría de Centro? —Asensio ha subido a dar su discurso y con esa frase de introducción deja claro que no va a ser breve—. Os voy a decir el año: fue en el 81 del siglo pasado. El año del golpe de Estado, un año antes del Mundial de Fútbol... Qué buena promoción la nuestra. Acordaos: Manolo Gaspar, Benito Lorente, Eugenio Zárate...

Reyes se gira de inmediato a Orduño y lo descubre mirándola: ¿Eugenio Zárate? ¿Puede ser el padre de Ángel?

—Ya se había muerto Franco, pero la policía aún no había cambiado mucho. Lo único, que ya no nos dedicábamos a perseguir opositores al régimen, como los veteranos, entonces teníamos otros problemas: ETA, la heroína, los atracos a bancos, los furgones blindados... ¿Os acordáis de lo del Dioni? Fue años después y me lo comí yo, que estaba aquel día de servicio. ¿Cuántas veces hablábamos de hacer algo así? Un furgón blindado con trescientos kilos y a Brasil, a vivir la vida... No lo hicimos, me arrepiento a diario.

Las anécdotas de Asensio se van encadenando en una retahíla sin fin. Bromas privadas con viejos compañeros que algunos ríen. Reyes acerca la boca al oído de Orduño.

—¿Te apetece follar?

Un aliento cálido y, de nuevo, el perfume clavándose dentro de Orduño. Un nudo en la garganta. No sabe qué responder a la pregunta de Reyes. Las risas explotan entre el público por algún chiste de Asensio que él no ha oído.

—Ven.

Reyes lo coge de la mano y lo guía hasta los baños. Entran en el de hombres. Todos están escuchando a Asensio y está vacío. Ella abre la puerta de uno de los reservados. Como un zombi, Orduño se ha dejado llevar. Reyes lo sienta sobre la taza del váter y, acto seguido, se quita la chaqueta del esmoquin. Orduño estaba en lo cierto, no lleva nada debajo.

—¿Qué haces?

—Si sigo ahí fuera escuchando a ese carcamal, me muero. No me digas que no te da morbo.

Empieza a desabrocharle el pantalón. Orduño la coge de las manos, la detiene.

—Yo estoy con Marina.

—Tampoco te estoy pidiendo matrimonio, Orduño.

—No quiero serle infiel.

—Pero si está en la cárcel, ¿cómo se va a enterar? —La mirada de ella desciende con una sonrisa—. Además, creo que no todo tu cuerpo está de acuerdo con lo que dices.

La erección de Orduño es evidente. El deseo se mezcla con la vergüenza, con la sensación de que no sabe cómo defenderse de Reyes.

—Me gustas y yo te gusto. Ha sido un día muy largo, ¿qué tiene de malo acabarlo así?

Ella ha acercado sus labios a los de él. Orduño ya no es capaz de contenerse; la coge de la nuca y la besa con fuerza mientras Reyes se quita los pantalones. Rápida, se deshace también de las bragas y se sienta sobre él. Es ella quien lleva el control, se mueve primero despacio y, luego, con furia. Ninguno de los dos es capaz de contener los gemidos cuando alcanzan el orgasmo.

Una gota de sudor resbala por la frente de Reyes cuando se deshace del abrazo en el que han terminado y le mira con una sonrisa.

—¿Tú crees que Asensio habrá acabado o seguirá hablando?

Orduño ríe. Se visten rápido y Reyes es la primera en salir. Orduño se arregla el traje y la sigue un instante después. Cuando va a lavarse las manos, ve a través del espejo que hay alguien usando un urinario. Se sube la cremallera y se coloca en el lavamanos junto a él. Es Gálvez. Orduño no sabe qué cara poner.

—Joder... —se murmura a sí mismo cuando regresa al salón en busca de Reyes.

Está dispuesto a echarle la bronca por no avisarle de que el director general de la Policía estaba en el baño, cuando ella, al verlo llegar, levanta una mano en señal de alto.

—¿Qué pasa? —pregunta él.

—¿Ves a Elena? No tengo ni idea de qué ocurre, pero no es bueno.

En una esquina de la fiesta, la inspectora Blanco está discutiendo con vehemencia con Rentero. Este la coge del brazo, intentando calmarla, pero ella se suelta, molesta. Después de echar una mirada a su alrededor por si la discusión ha llamado la atención de los invitados, Rentero la guía a la salida del hotel.

—Me da igual que sea la puta jubilación de Asensio. ¡Te estoy hablando de un compañero! ¡¿Te crees que me voy a conformar con ese mensaje que me has puesto?! —La inspectora Blanco está dando gritos en mitad de la calle Velázquez.

—Es la verdad, joder, Elena. ¿No puedes contenerte un poco? Pareces una colegiala.

—Vete a la mierda.

Elena pasea de un lado a otro bajo la mirada de circunstancias del comisario. Él trata de rebajar la tensión entre los dos.

—Intentaré averiguar algo, pero de momento eso es todo lo que te puedo decir de Guillermo Escartín.

—No me has dicho nada, Rentero. Que se graduó en el 2007 con honores. Que tenía la carrera de Criminología. ¿Te crees que te llamé para eso?

—La investigación en la que estaba metido es materia reservada. Ni siquiera yo tengo acceso a esos informes.

—¿Te recuerdo cómo lo mataron? Lo rajaron de arriba abajo, le metieron a su propio hijo dentro. ¿Eso no basta para levantar la clasificación de cualquier informe? Necesito saber qué estaba investigando.

—Lo siento, Elena, de verdad.

—Es increíble... —La inspectora se detiene en seco, lo mira y deja escapar un bufido de impotencia—. Era un policía como tú y como yo. Un hombre que sacrificó su vida por el trabajo. ¿No vamos a hacer nada por encontrar a su asesino?

—Yo no te he dicho que detengas la investigación.

—Solo que me dejas a ciegas.

El silencio de Rentero indica a Elena que de nada le servirá seguir insistiendo. Las cartas de esta partida son las que son, y tendrá que jugar con ellas.

Capítulo 12

—Estuvo vigilando hasta que encontró el momento oportuno para llevárselo.

La meticulosidad incansable de Mariajo ha dado sus frutos mientras el resto del grupo estaba en Zaragoza. En las imágenes de la cámara de una tienda de electrónica, se ve una Citroën C15 blanca, la misma en la que se encontró a Escartín, aparcada al final de la calle San Jenaro, donde está la barbería de Byram.

—¿No hay imágenes del conductor? —pregunta Zárate.

—No, es lo único que tenemos. Pero nos permite acotar la fecha del asesinato. Aquí lo estaba cercando. Pero no lo atacó. El asesino es paciente.

También Buendía ha desperdigado sobre la mesa las conclusiones de sus informes. Se confirman los datos avanzados que les dio Manuela. Los restos de escopolamina para aturdir a Escartín, el material quirúrgico y su uso burdo en el homicidio. El resultado negativo de las huellas tomadas en el interior de la furgoneta.

—¿Has podido calcular el tiempo que llevaba congelado el feto?

—Es imposible precisarlo.

¿Sabía Guillermo Escartín que la chica con la que iba a tener un hijo ya había muerto? A Zárate no le queda ninguna duda de que esa futura madre no pudo sobrevivir al aborto salvaje que le provocaron.

—Estamos perdiendo el tiempo. Deberíamos estar tirando abajo la puerta de Byram. Guillermo estaba investigándolo; es uno de los mayores capos del narcotráfico de Madrid. El puto senegalés lo descubrió, ¡si hasta él mismo tuvo la desfachatez de decírnoslo a la cara! Lo siguió hasta Zaragoza y lo mató.

—¿Hacía falta tanta parafernalia para eliminar a un policía? —Desde una esquina, tímida, Manuela ha aventurado esa duda—. Lo más lógico habría sido hacerlo desaparecer sin llamar la atención.

—Tú no estuviste en la finca de Byram. Quién sabe si esa manera de matar no es otro de los ritos de su pueblo...

A Zárate le da igual que Buendía le haga ver que está siendo prejuicioso. Lo que Elena y él mismo presenciaron no era más que una tradición. No había ablación de la adolescente ni ningún tipo de daño. En el fondo, es bastante parecido a las puestas de largo de las mozas que no hace tanto eran frecuentes en Madrid.

—Voy a tomarme algo al Cisne Azul mientras Elena da señales de vida. ¿Os apuntáis?

Buendía rechaza la invitación, está cansado y prefiere irse a dormir un poco. Por su parte, Mariajo niega con un gesto.

—La Científica me ha enviado el ordenador de Guillermo. Ya sé que tenía el disco duro vacío, pero por fisgar un poco ahí dentro, tampoco se pierde nada. A lo mejor puedo rescatar algunos archivos.

Zárate no insiste. Al salir, la noche lo recibe con un viento frío. Camina hasta la calle Gravina y se acomoda en una esquina de la taberna del Cisne Azul, famosa por sus setas, uno de los pocos locales de toda la vida que sobreviven en un barrio en el que cada día hay más restaurantes y tiendas de diseño. Cuando va por el segundo tercio, Manuela entra en el bar.

—El doctor Buendía me ha dicho que pida la trompeta de los muertos. ¿Te importa si te acompaño? Me muero de hambre.

Zárate coge el tercio y la invita a sentarse en una mesa bajo la televisión. Un programa de jóvenes talentos que se desgañitan es el único sonido de un bar en el que, además de ellos, solo hay una pareja de jóvenes en otra mesa.

—¿Tú quieres comer algo? —pregunta Manuela mientras echa un vistazo a la carta.

—No tengo hambre.

En apenas unos tragos, ha vaciado el segundo tercio. Ella pide la variedad que le ha recomendado Buendía, y además unos boletus con foie y un Aquarius.

—Sé que la combinación es un crimen —confiesa con una sonrisa abierta. Tiene unos dientes pequeños, perfectamente alineados. Sus ojos, oscuros y grandes como de Betty Boop, desprenden también ese aroma melancólico del dibujo animado. Se inclina sobre su plato con los ademanes de una niña que prefiere pasar desapercibida, los brazos bien pegados al cuerpo mientras se disculpa de nuevo por la bebida que ha pedido. Su melena, cortada a la altura de la mandíbula, rizada y castaña, se enreda sobre su cara, tapándola. A veces tiene que dejar el tenedor a un lado para retirarse el pelo y colocarse bien las gafas. Nunca se había fijado mucho en ella, pero ahora que Zárate observa sus rasgos, la boca y los ojos tan grandes, la piel nacarada, le parece guapa y se sorprende como si hubiera descubierto una joya en un cajón abandonado.

No necesita darle conversación, Zárate lo agradece, no tiene ganas de hablar y tampoco sabría de qué hacerlo. Es Manuela quien habla por los codos mientras él deja de pedir cervezas para pasarse a los gin-tonics. Le cuenta que su madre es italiana, nacida en Patú, un pueblo en el tacón de la bota de Italia. Se enamoró de su padre cuando este fue unas vacaciones allí y vino a España persiguiéndolo. Por amor y porque la había dejado embarazada, pero sobre todo por amor. Sin embargo, nunca lo encontró. «¿No es triste?», durante un segundo Manuela deja de comer y la melancolía de sus grandes ojos se hace más evidente. Su madre nunca volvió a enamorarse, pero tampoco logró dar con su padre. Todo lo que tenía era un nombre, Juan, y una vaga descripción de un pueblo de interior español en el que había una iglesia derruida.

—Todos los pueblos españoles tienen una iglesia derruida, ¿no?

Su madre y la propia Manuela, de bebé, de niña y de adolescente, pasaban cada fin de semana que podían en uno de estos pueblos, con la esperanza de que, en alguno de esos viajes, su madre pudiera encontrarse con Juan. Le daba igual suponer que ese hombre ya debía de estar casado, con hijos.

—Sé que sigue haciéndolo. Tiene un mapa de España con todos los pueblos con iglesia en ruinas a los que ha ido. Algunos, hasta dos y tres veces. El fin de semana pasado estaba en Trigueros, en Valladolid. «¿Has visto a Juan, mamá?». «No he visto a tu padre» (ella siempre me habla de él así: tu padre). «Y si lo vieras, no lo vas a reconocer, le digo, han pasado treinta y cuatro años. Debe de ser un señor barrigón y calvo que no se parece en nada al españolito que conociste». «Si lo veo, sabré que es él, me dice ella».

Pasa la medianoche. Zárate consulta su móvil, no ha recibido ningún mensaje de Elena. Pide otro gin-tonic y la cuenta. Él invita. Después, recalan en un bar de Chueca. Manuela pide un Aquarius y él una copa más. Es miércoles y la mayoría de locales están cerrados cuando lo abandonan a las dos y media.

—Yo no vivo lejos y creo que mi compañera de piso tiene algo para beber. Ginebra, seguro.

Un taxi los lleva hasta la calle Dos Hermanas, por debajo de la plaza de Tirso de Molina. Entran de puntillas en el piso, la compañera de Manuela trabaja en un hospital y se levanta muy temprano. No quieren despertarla. Zárate la espera en el dormitorio, sentado en un futón con una colcha estampada de mariposas mientras oye a Manuela trastear en la cocina. Aparece enseguida con la botella y un vaso con hielo.

—No encuentro la tónica.

Hablan un poco más, aunque a Zárate le cuesta seguir la conversación. La habitación es amplia, tiene una ventana a un patio de vecinos, un baño propio. Sobre una mesa de trabajo, una estantería donde, perfectamente ordenados, se acumulan libros de medicina. Manuela está sentada en una silla frente a él cuando Zárate la coge de la mano y, suavemente, hace que se siente a su lado. La besa sin pensarlo. Es lo que lleva haciendo toda la noche, no pensar. Beber y entumecer el cerebro. Manuela no esconde un escalofrío cuando él da el primer paso, un instante de duda, pero luego se deja llevar. Zárate se sumerge en su piel, en su aliento y en su sexo. Hacen el amor y, en silencio, se quedan dormidos.

Se despierta antes del alba. Sigiloso, se viste, sale de la habitación y de la casa. Si Manuela ha sido consciente de su huida, ha preferido fingir que dormía. Al salir a la calle, Zárate mira su móvil; son las siete de la mañana y tiene un mensaje de Elena. «He hablado con Rentero. No puede ayudarnos con Guillermo Escartín. Nos vemos a las nueve en la oficina. Te quiero». La culpa le hace sentirse enfermo. Está a menos de un kilómetro de la plaza Mayor y tiene la tentación de ir a buscar a Elena y contarle lo que ha pasado esta noche. Vomita todas las copas hasta sentir el estómago vacío y una cierta sensación de liviandad, como si hubiera soltado un lastre, se apodera de él.

Para un taxi en la calle Magdalena y se dirige a Villaverde. Quince minutos después, paga al conductor y se baja en la puerta de la barbería de Byram, todavía con la persiana echada. Se dice que está allí para hacer justicia por un compañero muerto, Guillermo Escartín. Mientras pasa el tiempo, se lo repite, pero no llega a creérselo.

La persiana se levanta con estruendo metálico. Zárate, apostado en una bocacalle, espera unos minutos antes de entrar en la peluquería. Lo recibe la mirada suspicaz del peluquero de los dedos gordos, que está barriendo.

—Todavía no hemos abierto.

—Ni loco dejaba mi cabeza en tus manos. Tengo que hablar con Byram. Ahórrate las mentiras. Lo he visto pasar.

Zárate se ve reflejado en los espejos de la peluquería; ojeroso, amarillento, parece un enfermo hepático. Aprieta los puños en los bolsillos de su chaqueta.

—Creo que no me ha entendido. El negocio está cerrado. No abrimos hasta las nueve.

En dos zancadas, Zárate se planta ante el peluquero y le sacude un puñetazo en la mandíbula. El gordo retrocede un par de pasos, mareado como una peonza, pero no se vence. Se arma con el palo de la escoba y, sin dudarlo, lo rompe en el brazo con el que Zárate se protege. Más rápido de lo que cabría imaginar por su peso, acto seguido le descarga un gancho en el estómago. Zárate siente una arcada, pero ya no queda nada que vomitar. Sin aire, nota cómo dos manos lo aferran por los hombros y una cabeza lo golpea en la frente. No es capaz de mantener el equilibrio y cae al suelo. Con la cara pegada al linóleo, borrosa, ve la puerta de una habitación abrirse y escucha la voz de Byram.

—Déjalo, Léopold...

La trastienda es un pequeño almacén abarrotado. Entre cajas de champús, muebles archivadores y una butaca de barbero desvencijada, además de otros cachivaches, han logrado encajar una mesita de despacho con un viejo ordenador encima. Byram lo observa desde allí con una sonrisa traviesa. Le resulta divertido ver cómo ha dejado Léopold al policía, que exhibe una brecha de un par de centímetros en la frente.

—¿Prefiere que le acerquemos al centro de salud?

—El hombre al que seguisteis se llamaba en realidad Guillermo Escartín. Quiero saber qué relación teníais y en qué consistía el negocio que te ofreció.

—Pensaba que habíamos llegado a un acuerdo. En eso quedé con su jefa. Les decía lo que sabía y no volvían a molestarme.

—Tu amigo puede partirme la crisma, los dos lo sabemos. Pero lo que tú no sabes es que no estás jugando con un policía de barrio. Si me pasa algo, puedes estar seguro de que mañana habrá una redada. Aquí, en tu finca, en las casas de tus empleados. Y, pasado, haremos otra. Quizá no encontremos más que champús y tijeras, pero, además de no cumplir con nuestra palabra, somos muy pesados. Seguiremos hasta que te hartes. Todos los días. Todo el año, si hace falta.

Byram chasquea los labios y niega con un gesto.

—¿De verdad crees que soy tan importante? —lo tutea también.

—Te lo voy a preguntar una vez más; ¿qué relación tenías con Guillermo?

—Gerardo... bueno, *Guillermo*... vino a cortarse el pelo hará un año. Lo atendió Léopold. Parecía lo que era, un yonqui, pero enseñó su dinero antes de sentarse y se fue con el pelo más corto de lo que entró.

—¿Crees que estás en posición de hacerte el gracioso?

—La segunda vez que vino entró con una pistola y atracó el local. Le dio igual hacerlo a cara descubierta y que ya lo conociéramos. Nos vació la caja.

—¿Y no hiciste nada? No te creo, Byram; este barrio es tuyo, nadie se atrevería a venir a atracar tu peluquería, por muy puesto de caballo que estuviera.

Byram cabecea sonriendo para sí. Rebusca en su escritorio y saca una caja de puros. Le ofrece uno a Zárate que él rechaza. Cuando se lo ha encendido y una nube de humo flota delante de su cara, retoma la conversación.

—Te has equivocado en una cosa conmigo. Este barrio no es mío. Este barrio es de la Sección. Una semana antes del atraco de nuestro yonqui, me había negado a pagar una mordida. Los mandé al infierno, y eso, en Villaverde, pasa factura. Si *Guillermo*... entró a cara descubierta y se fue tan tranquilo calle abajo era porque tenía su protección.

—¿Qué es la Sección?

—Los policías importantes. —Byram no disimula su sarcasmo—. No tenéis ni idea de lo que pasa en los barrios.

—¿Por qué no me lo cuentas?

—Una brigada de la comisaría de Villaverde. Ellos son la Sección; cobran una comisión por cada negocio. Lo que les da la gana y, si te niegas, empiezan con un aviso, como me hicieron a mí: ese atraco. Hay vecinos a los que les han quemado el local, otros... bueno, otros, simplemente, han desaparecido... Nadie los ha vuelto a ver por Villaverde.

—¿Pretendes que me crea que un grupo de polis actúa como si fuera una mafia? —El desprecio asoma a la voz de Zárate; quema como la herida abierta en la frente.

—Se pide que «creas» en lo que no se puede ver. Date una vuelta por el barrio. Pregunta a la gente, si es que se atreve a hablar. Quizá algunos lo hagan, aunque, al final, todos hacen como yo: pagar y callar.

—¿Qué tenía que ver Guillermo con esa «Sección»?

—Hace unos seis meses, volvió a la peluquería. Se sentó en un sillón como si no pasara nada y pidió que le arregláramos el pelo. Me acerqué para echarlo y, entonces, me dijo que al día siguiente habría una redada en toda la calle San Jenaro, en busca de droga. No se equivocaba, pusieron patas arriba todos los locales. Yo me libré porque cerré. Y porque había pagado, claro. Ese Guillermo era un mensajero de la Sección...

Zárate trata de encajar las piezas: si Escartín era un policía infiltrado, ¿qué hacía actuando de recadero de esos policías corruptos? ¿Qué quería conseguir de Byram?

—Nos dijiste que lo que te hizo seguirle hasta Zaragoza fue un negocio. ¿Qué negocio?

—Uno muy grande —repitió el senegalés—. Demasiado para un yonqui, ya os lo dije. Había que estar ciego para no ver lo que estaba pasando; querían cogerme en mitad de algo ilegal. No para llevarme a la cárcel, no es su estilo, sino para seguir exprimiéndome. Cuando descubrimos la vida que tenía en Zaragoza, nos dimos cuenta de que, en realidad, Guillermo era otro más de la Sección, pero disfrazado de yonqui.

Zárate se lleva los dedos a las sienes; le duele la cabeza. Le molesta asumir que Byram está siendo honesto.

—Escartín no estaba investigando a Byram. Se hizo pasar por yonqui estos tres años para acercarse a un grupo de policías que hay en Villaverde. Se hacen llamar la Sección y, según parece, son algo así como la puta camorra.

Zárate ha irrumpido en la sala de reuniones de Barquillo donde está el resto de sus compañeros. No ha dado oportunidad a Elena ni a nadie de que le pregunten por la brecha que adorna su frente. Se ha lanzado a contar todo lo que ha sacado de Byram. Guillermo estaba investigando a otros policías, quizá por eso sus informes son tan reservados que ni Rentero tiene acceso a ellos.

Elena ha escuchado en silencio y le hace un gesto para que la siga a su despacho.

Zárate cierra la puerta y la encara directamente.

—No tenemos acceso a los informes de Guillermo Escartín. Sabes que solo hay una manera de averiguar si Byram tiene o no tiene razón. Hay que meter a alguien en esa brigada.

—Ya me he dado cuenta.

—Quiero hacerlo, Elena. Quiero entrar en esa comisaría. Puedes organizarlo con Rentero para enviarme como si fuera un poli más. Hace poco estaba en una comisaría como la de Villaverde.

Ella le mira a los ojos por primera vez. Hay una bruma de tristeza en su mirada que disipa de inmediato. Su autoridad se abre espacio.

—Tú no eres la persona adecuada.

Elena no ha dejado espacio para la réplica.

Capítulo 13

El uniforme impide que Reyes escoja qué vestir esta mañana. La única decisión que tiene que tomar es si se recoge el pelo en una coleta alta o en una baja, el resto será tal y como mandan las ordenanzas. Opta por la cola alta.

Está nerviosa, su experiencia en la policía ha sido muy corta, menos de un año en la BAC, un cuerpo de élite cuyo funcionamiento poco tiene que ver con el del resto de brigadas. Nunca ha estado en una comisaría y sabe que la que le espera hoy es de las más duras que le podían tocar, la de Villaverde. Pero no quiere pensarlo demasiado, así que toma aire, se da ánimos frente al espejo y sale de casa con tiempo suficiente para no llegar tarde en su primer día. En el camino, recuerda su llegada a la BAC, el recibimiento de Orduño —no han podido hablar después de lo que sucedió dos días atrás en la jubilación de Asensio, quizá sea lo mejor, dejar pasar ese encuentro en el baño como si fuera una anécdota que no merece ser ni comentada—, la amabilidad de Buendía y Mariajo —ojalá en su ausencia deje de estar tan arisca con Manuela—, y el pánico que circuló entre todos cuando se confirmó la desaparición de Chesca. Se baja del taxi a un par de manzanas de la comisaría. Tendrá que acostumbrarse a usar el transporte público para no llamar la atención. Mientras camina hacia la comisaría, cruza los dedos para que su llegada a Villaverde no sea tan agitada.

—¡Fabián! Ya está aquí la enchufada —brama un agente de unos sesenta años, canoso, cuando se presenta.

Villaverde, con casi ciento cincuenta mil habitantes, es uno de esos pueblos que se fueron añadiendo al municipio de Madrid para convertirse en un barrio. Está en la zona sur de la ciudad y es uno de los que menor renta por habitante tiene, un lugar donde pocos viven por elección propia, y muchos porque no les queda más remedio. Pero como le dijo ayer Elena cuando le comunicó que debería incorporarse al destino, eso quiere decir que en el barrio viven los pobres, no los malos; los malos están repartidos por toda la ciudad.

Reyes ha estado buscando datos sobre el barrio para no sentirse muy perdida, pero nada le vale para hacerse una idea. Su mundo, el que ha conocido desde que nació, no tiene nada que ver con lo que va a encontrarse: más del treinta por ciento de inmigración, rentas bajas, zonas con el metro cuadrado más barato de Madrid, polígonos que se han convertido en centros de prostitución, abundantes pisos ocupados, bandas... También ha leído que hay una zona nueva, de urbanizaciones con buen nivel de vida, pero mucho se teme que es la que menos va a pisar mientras esté ahí.

—Reyes Rentero. Un honor tener a la sobrina del director adjunto operativo, don Manuel Rentero.

Fabián no disimula la sorna, una mirada de ojos azules, casi transparentes, que le hacen pensar en un husky. Mide más de uno noventa, tiene un cuerpo musculado que destacaría en un gimnasio y el pelo rapado casi al cero, pero lo que más le llama la atención es que le falta media oreja derecha. Reyes tiene la tentación de preguntarle qué le pasó, pero prefiere ser discreta. Ya se enterará más tarde.

—Dentro de un par de semanas es el aniversario de bodas de mi tío y va a hacer una fiesta. Si quieres, te invito. Te lo digo porque parece que tienes mucho interés en conocer a mi familia.

Reyes sabe que, si se deja pisotear el primer día, el siguiente será aún peor. Cualquier sombra de sonrisa ha desaparecido del rostro de Fabián.

—Me da por culo que nos hagan cargar con una enchufada.

—¿Te crees que para conseguir un destino en un barrio como este hace falta enchufe? Vamos, no me jodas, esto es un castigo.

El gesto de hielo que se había instalado en Fabián se deshace en una sonrisa honesta, casi infantil. Reyes sabe que ha superado la primera prueba. Sigue a Fabián hacia el interior de la comisaría.

—¿Y qué has hecho para que Rentero te quiera tan mal?

—Mi tío es de esos que se creen que la policía es la legión, que no hay que esperar favores del superior y una tiene que curtirse desde abajo.

—Aquí te vas a curtir, de eso me encargo yo. Esta es tu mesa. —Le señala un pupitre situado junto a la puerta del baño de la comisaría, el peor lugar posible—. No pongas esa cara. Tampoco vas a estar mucho aquí. Venga, vamos al Curro a tomar un café.

—¿No debería presentarme al jefe?

—Cristo no está, tiene a la madre en el hospital y no se mueve de su lado. Es un buen hijo.

Reyes sigue a Fabián hasta un bar que está a unos cien metros de la comisaría. Es un local bastante cutre, con una barra metálica llena de tapas cubiertas con film transparente, pósteres del Atlético de Madrid en las paredes, dos máquinas tragaperras y cajas de botellas vacías de cerveza y refrescos adosadas a la pared.

—Curro, un par de sol y sombra.

El tabernero, un hombre calvo como un huevo, pone sobre la mesa dos copas no muy grandes y descascarilladas. Las rellena con anís y brandy a partes iguales. Son las ocho y diez de la mañana, Reyes no está muy segura de cómo le va a sentar la mezcla.

—De un trago, nos vamos a beber uno cada mañana. ¿Sabes por qué?

—¿Por qué?

—Porque el día que no nos lo bebamos, nos pegan un tiro. ¡Salud!

Fabián cumple con lo que propone y se lo bebe de un trago. Reyes lo imita, está bastante más rico de lo que pensaba. Después de golpear con los nudillos en la barra, Fabián avisa a Curro.

—Vamos dentro, díselo a los demás cuando lleguen.

Enfilan el pasillo que da a los baños. Al lado de la puerta de los urinarios hay otra de la que cuelga un cartel grasiento en el que se lee Solo personal. Fabián entra. Es una pequeña sala sin ventanas que huele a lejía. En el centro, bajo un tubo fluorescente, hay una mesa con cuatro sillas alrededor. En un lateral, un sofá que parece rescatado de un contenedor y, en una esquina, una nevera que emite un zumbido constante.

—Siéntate.

En la mesa hay una baraja de cartas y un montón de piezas de metal, amarracos para jugar al mus. Fabián levanta una carta.

—Sota, te va a costar ganarme. Si no sacas una carta más alta, no vuelves a entrar en este cuarto.

Reyes alza la suya.

—Caballo. Te he ganado.

De nuevo, ve cómo la expresión de Fabián viaja de una seriedad glacial a la sonrisa juguetona.

—Bienvenida a la Sección.

Capítulo 14

Cuando Elena entra en la sala de reuniones de Barquillo, siente el silencio cargado de ecos que sigue a una discusión agitada. Zárate recupera la compostura en su silla, también Orduño debe hacer un esfuerzo para fingir que anota algo en su libreta. Ni Mariajo ni Buendía se atreven a mirarla a los ojos.

—¿Has podido sacar algo del ordenador de Guillermo Escartín?

Mariajo solo asiente mientras teclea en su ordenador para presentar el hallazgo. Elena decide enfrentar la situación antes de que el ambiente en la BAC se enturbie:

—Reyes es la persona perfecta para integrarse en la brigada de Villaverde. Si tenéis alguna queja, es el momento.

La mirada huidiza de Zárate le adelanta que él no dirá nada. Ya se enfrentó a ella cuando le dijo que no sería el escogido. Esgrimió su experiencia en Carabanchel, su habilidad para relacionarse con policías de barrio, el hecho de que había sido él quien le había sacado a Byram cuál era el objeto de la investigación de Escartín. Elena respondió con un escueto «la decisión está tomada».

—La has metido en la boca del lobo. —Orduño es el único que se atreve a romper el silencio—. No tiene experiencia y la mandas a ese grupo... Parece que soy el único que se acuerda de cómo mataron a Escartín.

—No tenemos indicios de que el asesino esté en esa brigada.

—¿Por qué no le has dado otra identidad? Es la sobrina de Rentero, ¿cómo van a confiar en ella?

—Orduño, lo hemos valorado. En esa brigada son muy suspicaces, la van a investigar por el mero hecho de ser nueva. Y si descubren que es la sobrina del comisario no dura ni dos minutos. Creemos que es más prudente ir de cara, que cuente su destino como un castigo de su tío, o como una forma de que se curta en una comisaría de barrio.

—Jamás van a confiar en ella —dice Zárate.

—Puede que no. Pero está dentro, ya tendrá la oportunidad de averiguar algo. ¿Alguna protesta más? —La contundencia de Elena vuelve a instalar el silencio en la sala, todos saben que no volverán a discutir este tema—. Mariajo, ¿qué has sacado del ordenador?

—No esperéis nada glorioso, algunos datos del historial de navegación y poco más. Pasó un programa para borrar todos los archivos, y son irrecuperables. En septiembre, como dijo aquella vecina, debió de estar en la casa. Entró en el ordenador y buscó información sobre el Puregon, un medicamento usado para inducir la ovulación.

—Suele emplearse en embarazos con reproducción asistida —matiza Buendía.

—También investigó sobre la progesterona, la hormona del embarazo, que ayuda a la implantación del embrión.

—Sabemos que dejó embarazada a una mujer —razona Elena—. Y si se interesó por el Puregon y la progesterona, probablemente el embarazo fuera con reproducción asistida. ¿Has buscado su nombre en clínicas de reproducción asistida?

—No he encontrado en ninguna el nombre de Gerardo Valero ni el de Guillermo Escartín. ¿Os cuento otra búsqueda curiosa?

—No te guardes nada, Mariajo —la anima Buendía.

—Buscó a Santa Serena.

—¿Quién es esa? —Zárate no disimula su impaciencia. Tiene la sensación de que todo lo que están haciendo es inútil.

—Santa Serena fue la esposa del emperador Diocleciano. Se enfrentó con él en el siglo III, por las persecuciones a los cristianos, y a raíz de esa lucha su nombre se hizo popular en nuestra cultura.

Mariajo no disimula una leve sonrisa cuando escucha a Buendía desplegar esos conocimientos que lo hacen prácticamente un experto en cualquier tema. Orduño se está contagiando de la impotencia de Zárate.

—Perfecto —se burla—. Además de las novelas y el jazz, Escartín se pirraba por la historia romana.

—Y la mexicana —añade la informática—. También hay varias búsquedas sobre México. Son búsquedas de lo más tontas; mi impresión es que quería informarse sobre ese país, como cuando uno va a hacer un viaje. Hasta entró en una página de letras de rancheras populares.

El desaliento es general en la sala. El ordenador de Escartín no arroja ninguna luz sobre su trabajo. Si alguna vez redactó un informe de su investigación en ese terminal, había sabido borrar las huellas.

—Me podéis llamar sentimental o decir que chocheo —arranca Buendía—. Pero para mí que Escartín se había enamorado de una mexicana y quería sorprenderla con una ranchera, y averiguar cosas de su cultura y de su país. Y si me tiráis de la lengua, me apuesto una cena en el Cisne Azul a que a nuestro policía infiltrado le daba bastante igual la historia romana. Simplemente quería investigar el origen del nombre de su chica.

—¿Serena? —pregunta Elena.

—Exacto. Para mí, Guillermo Escartín estaba enamorado de una mexicana llamada Serena.

—Pero ¿cómo te vas a jubilar? —protesta realmente enfadada Mariajo—. ¿De verdad crees que la ratita que nos quieres dejar tiene tu cabeza?

—Manuela es una excelente forense. —Buendía se gira hacia la inspectora—: A partir de ahora, si no te parece mal, me gustaría que estuviera presente en estas reuniones.

Zárate registra cómo Elena asiente. Su móvil está vibrando y, con un gesto, se disculpa y sale de la sala. Regresa solo un minuto después.

—Era Cecilia. Acaba de recibir un vídeo de Guillermo Escartín en su correo.

Todos esperan a que Mariajo conecte su portátil, entre en el correo de Cecilia con las contraseñas que les ha dado y localice la grabación que, mediante una página para programar envíos, le ha llegado hoy a su destinataria. Lo reproduce.

En el vídeo solo hay un primer plano de Guillermo, es imposible adivinar dónde se encuentra, solo que es un lugar exterior, tal vez una calle. Se oye el ruido del tráfico. Es la primera vez que pueden observarle con vida y es extraño descubrir en la víctima, cuya foto cuelga de los cristales de la sala, los gestos de un hombre ligeramente tímido, suave en sus inflexiones de voz, también cansado, tal vez consecuencia del proceso de rehabilitación que llevaba. Organiza bien su discurso, con un vocabulario rico, a pesar de que las palabras de esta confesión parecen dolerle. Como si surgiera de una niebla espesa, emerge la personalidad del Guillermo amante del jazz, lector voraz, el policía que, en esta grabación, no tiene la necesidad de fingir su identidad.

«Cecilia..., si estás viendo este vídeo, yo... Bueno..., no intentes localizarme, es lo mejor para los dos, de verdad. Lo que te tengo que contar no es fácil y lo más seguro es que me odies. Cuando empecé con este trabajo, jamás pensé que podría terminar así. No te mentía cuando te decía que serían seis o siete meses, que cuando regresara tal vez podríamos volver a Nueva Orleans. Estaba deseando hacer realidad todos esos planes que teníamos. Ya sabes de qué te hablo: tener hijos, dos o tres. No lo sé. Establecerme en un puesto tranquilo en Zaragoza... Pero nada ha sido como habíamos pensado. Los meses se fueron convirtiendo en años y... ha sido duro sentir cómo, según pasaba el tiempo, nos íbamos alejando. De alguna manera, nos estábamos transformando en personas distintas. No pienses que te cargo con alguna responsabilidad. Tú siempre has sido la Cecilia de la que me enamoré, pero... he sido yo el que ha cambiado. En este trabajo, uno tiene la sensación de perder el rumbo, de que ya no se reconoce en el espejo... Llega un momento en el que te olvidas de quién eras... Cuando volvía a casa, tú lo sabes, estaba deseando marcharme... porque, no sé cómo sucedió, mi vida real comenzó a ser esta y no la que tenía en Zaragoza, contigo. Es algo que ha pasado así y ya no hay marcha atrás. En la investigación... he... he conocido a una chica. Estoy enamorado de ella, Cecilia. Es difícil explicar cómo empezó todo, y lo más seguro es que no quieras escucharlo. Está embarazada y... quiero estar con ella. Quiero tener esa hija a su lado. Falta muy poco, solo unas semanas. Podría haber desaparecido sin más, pero sentía que, al menos, te debía esta explicación. Darte la oportunidad de odiarme y ponerte las cosas más sencillas para pasar página. Siento que la vida haya sido así. Te he querido mucho, Cecilia. Ojalá seas muy feliz».

El vídeo se queda congelado en un fotograma en el que Escartín se acerca a la cámara para detener la grabación.

—No está mal: rompes con tu mujer en un vídeo y, de paso, le sueltas que vas a tener un hijo con otra. Casi se merece lo que le ha pasado.

—No seas bruta, Mariajo —la amonesta Zárate.

—Esperaba tener a ese hijo en pocas semanas. Sabemos que el feto estaba casi a punto de llegar a término —piensa en voz alta Buendía—. ¿Puedes darme el dato de cuándo se hizo esta grabación, Mariajo? Quiero intentar acercarme más a la fecha en la que le fue extraído a la madre.

—Pero ¿dónde está la madre? —Orduño se pasea nervioso por la sala. No es un hombre de oficina, le gustaría estar pateándose la calle—. No hicieron ningún esfuerzo por esconder el cuerpo de Guillermo, lo dejaron en una furgoneta en la Cañada Real. ¿Por qué seguimos sin encontrar el de la madre?

—La conoció en el curso de su investigación. —La voz de Zárate suena grave, casi como una reprimenda a Elena—. La única manera de identificarla es que Reyes saque esa información a la brigada de Villaverde.

—Es posible, pero mientras tanto, no podemos quedarnos cruzados de brazos. Mariajo, amplía tu búsqueda a mujeres mexicanas que abandonaran el seguimiento ginecológico.

—Y que se llamen Serena —añade Buendía.

Elena ve cómo cruza Rentero las oficinas de la BAC. Sin entrar a la sala, con un gesto tenso, el comisario le señala su despacho.

—¿Cómo se te ocurre mandar a mi sobrina a esa comisaría?

Rentero no ha dado tiempo a Elena ni a cerrar la puerta del despacho y amortiguar sus gritos de indignación.

—Tu sobrina trabaja para mí. Necesito más datos de la investigación que estaba llevando a cabo Guillermo Escartín. Como tú no me los das, no me quedó alternativa.

—¿Crees que te lo he ocultado a propósito? No pongo en duda la decisión de infiltrar a alguien en la comisaría, pero podías haber elegido mejor: Orduño, hasta Zárate...

—Reyes era la mejor opción y asumió encantada el encargo.

—Zárate no está en condiciones, ¿verdad? Es eso. Te da miedo que vuelva a perder el control.

—Pensaba que estábamos hablando de Reyes.

Rentero prefiere no hurgar más en esa herida. Logra rebajar su enfado, se arregla la corbata y se sienta en la butaca de Elena.

—¿Qué pasa con esa brigada? ¿Estás segura de que Guillermo los estaba investigando?

—Son algo así como un grupo de matones. Por lo visto tienen atemorizados a todos en el barrio. A los que hacen negocios legales, pero más a los que hacen negocios ilegales. Les sacan todo lo que pueden. Hasta se han puesto un nombre: «la Sección».

De repente, el gesto de Rentero se crispa. Se levanta y le da la espalda a Elena. Desde la ventana, puede ver el trasiego de transeúntes en la calle Barquillo. Llega el ruido de alguna obra cercana.

—¿Qué pasa, Rentero? ¿Has oído hablar antes de ellos?

—No, nunca. —Cuando se gira, ha hecho desaparecer toda tensión de su rostro. Le sonríe—. Supongo que me hago mayor y me da miedo que le pase algo a Reyes.

Capítulo 15

Fabián no ha aceptado que Reyes condujera el coche patrulla en su primer recorrido por el barrio.

—Otra norma, conduzco yo. Siempre. Además, te has bebido un sol y sombra; a ver si te va a parar la poli y te hace un control.

—Ya veo que hay muchas normas.

—Muchas, y todas de obligado cumplimiento. Aunque también se podrían resumir en solo una: yo mando y tú obedeces. ¿Algún problema con eso?

—De momento no, ninguno.

—Pues sigue así. Te voy a llevar a conocer Villaverde, que tienes cara de no haber estado aquí en la puta vida. Seguro que no has salido del barrio de Salamanca. ¿Dónde vives, en El Viso?

Una corriente eléctrica recorre la espalda de Reyes, aunque hace un esfuerzo por esconderla y disimular su miedo bajo una sonrisa. Puede haber sido una casualidad que lo adivinara, pero también puede que la hayan investigado.

Ella se ha aprendido los nombres oficiales de los cinco barrios del distrito: Los Ángeles, Los Rosales, San Andrés, Butarque y San Cristóbal, pero Fabián no usa ninguno de esos; él habla de Villaverde Alto y Villaverde Bajo, de Oroquieta, del Espinillo, del barrio de la Plata, de la Colonia Marconi...

—Ya los irás conociendo todos —asegura Fabián mientras el frío se cuela por la ventanilla a medio bajar—. Hay zonas que están bien, pero hay otras en las que más te vale tener ojos hasta en la nuca. Sobre todo en los parques. Ten cuidado con las bandas latinas; andan por todo Madrid, pero aquí tenemos a los Trinitarios y a los Dominican Don't Play instalados. Cuando se enfrentan entre ellos, lo mejor es mantenerse al margen. Latin Kings hay pocos, y los Ñetas son más fuertes en la zona del Puente de Vallecas, aquí no mucho. Tendrás que distinguirlos, luego te digo cómo.

—¿Se dedican al tráfico de drogas?

—Se dedican a todo lo que pueden, pero no lo hacen a gran escala. En Lavapiés, en Vallecas, ya sabes, la droga es cosa de turcos, africanos, los antiguos clanes de la Cañada... Aquí, el que manda es un negro cabrón del Senegal, pero eso es un tema para otro día. Vamos a la Colonia Marconi, que de ella sí habrás oído algo. Vas a pasar más tiempo allí que en tu casa.

Toma un desvío en la carretera de Andalucía y enfilan la calle de la Resina. A naves industriales y a algunos edificios abandonados a mitad de construcción por la crisis económica, los siguen otras viviendas de protección oficial. Todo el barrio se levantó donde estaban antes las casas bajas que daban alojamiento a los trabajadores de la fábrica Marconi, que facturaba productos electrónicos de consumo e industriales.

—Ahí vivo yo. —Fabián le señala un enorme bloque de ladrillo rojo y gris que ocupa toda una manzana—. Es un barrio normal, no te vayas a pensar, buena gente, gente trabajadora. Raúl, el del Madrid, se crio aquí, jugaba en el San Cristóbal de los Ángeles cuando lo fichó el Atleti, antes de irse al Madrid. Hay una asociación de vecinos que hace lo que puede para que esto no sea un vertedero...

Fabián no está siendo metafórico; entre el final del barrio y la M-45 se extiende un inmenso descampado en el que se desperdiga basura, muebles abandonados.

—A partir de esa calle están las putas. A veces hay problemas, pero intentamos no cruzarnos mucho y que cada uno viva en paz.

Es una zona industrial: naves, solares vacíos, casetas de obra, pero, sobre todo, mujeres medio desnudas incluso en estos días fríos de octubre, esperando a los clientes. Y muchos coches, furgonetas, algún taxi y algún camión pequeño paseando entre ellas, escogiendo con cuál quedarse. Algunos aceleran la marcha al ver una patrulla de la policía por las calles, pero son más los que no se inmutan.

—¿Esto es legal? —pregunta Reyes.

—No, pero tampoco del todo ilegal. De cualquier forma, nosotros no nos metemos, se ocupan los municipales.

—Entonces ¿por qué vamos a venir tanto?

—Los policías y los delincuentes siempre andamos cerca. Todo lo que pasa en la zona se sabe aquí. Y a veces hay peleas, guerras entre los chulos. Ahí sí que intervenimos. Además, les damos palique a las chicas, que esas lo saben todo.

—¿Hablan con la policía? —se extraña ella.

—Unas sí, otras no. Aquí están las rumanas, hay otra zona de búlgaras, otra de latinas y otra de africanas. Mientras no se mezclen, no hay problemas.

—¿Y españolas?

—Pocas, hay pocas. Se ponen donde les dejan. ¿Has oído hablar de Clamparu, alias Cabeza de Cerdo? Era el que mandaba aquí. Está en la cárcel desde que lo detuvieron en 2011, pero llevaba huido como diez años, ya te hablaré de él. Lo sustituyó otro rumano, Dorel, que murió en México en 2014, después de un bautizo en Alcalá de Henares que acabó en un atentado con explosivos en una calle de Parla contra el líder rival, al que llaman Baku, que le cogió el relevo... Ahora andan peleándose entre varios... Pero al final, el que sigue mandando es Cabeza de Cerdo, por mucho que esté en la cárcel.

Fabián detiene el coche delante de una de las chicas, rubia, delgada, guapa, lleva un tanga y el pecho desnudo.

—Vas a coger frío, Ileana.

—En mi país sí que hace frío, esto parece el Caribe.

—¿Cómo va el día?

—Bah, una mierda, llevo tres clientes desde las ocho.

—No te quejes, que ya has ganado más que yo. Cuídate.

Fabián vuelve a arrancar. Reyes observa el gesto relajado de su compañero; es evidente que se siente en casa.

—Ileana es buena chica. —Habla con la mirada al frente, una mano al volante y un codo apoyado en la ventanilla; no la ha subido tras despedirse de la chica—. Dicen que en Rumanía era enfermera y, alguna vez, ha tenido que demostrarlo con sus compañeras. Vamos a la zona de las travestis.

Hay pocos metros de separación entre las calles donde ejercen las mujeres biológicas y las que ocupan las transexuales, más cerca de Getafe, en la zona más antigua del polígono.

—Se ponen en la calle de los bomberos, pero hay más de noche que de día. Casi todas son brasileñas, colombianas, últimamente también alguna venezolana. Mira, aquella es Roberta.

Detiene el coche a su lado.

—¡Roberta!

—Me vas a espantar los clientes, Fabián.

Roberta tiene acento brasileño y voz masculina, que contrasta con sus enormes pechos morenos. Reyes la mira con curiosidad; es guapa, una mujer muy guapa.

—¿Está todo bien?

—Creo que hay lío en la zona de las búlgaras. Por aquí, todo tranquilo. Ya sabes que nosotras vamos a lo nuestro.

—¿Qué pasa donde las búlgaras?

—Dos chulos se dieron palos anoche. Uno de tus compañeros estaba por la Colonia, pero no quiso meterse, dijo que dos chulos pelándose era un win-win.

—Qué jodío... Cuídate, Roberta.

Vuelve a arrancar y conduce hacia el parque de San Jenaro.

—Win-win. Da igual cuál de los dos chulos gane; si uno quita al otro de en medio, nosotros salimos ganando —adivina Reyes.

—Ya veo que vas pillando el sistema...

Fabián sonríe a Reyes, divertido. En el recorrido por la colonia, la opinión que ella se había formado de su nuevo compañero ha cambiado. El prepotente que la recibió en la comisaría y le hizo esa prueba absurda que parecía sacada de una película mala de gánsteres en el bar del barrio se ha revelado ahora como un hombre cercano, sin prejuicio alguno a la hora de hablar con las prostitutas, hasta cariñoso con ellas.

En la trastienda del Curro hay ahora cuatro policías: dos con uniforme y dos vestidos de calle. La atmósfera está cargada de humo y se percibe un aroma agrio, mezcla de colillas y botellines de cerveza vacíos. Uno de ellos rebusca en la nevera hasta sacar un tercio; en vaqueros y con una camisa de cuadros, no es mucho más alto que Reyes, delgado y de rostro aniñado, parece un chaval cualquiera sacado de un botellón.

—El Gregor... Esta es Reyes, la nueva —la presenta Fabián.

—¿La enchufada? —la recibe seco mientras abre la botella con el canto de la mesa.

—¿Es verdad que eres la sobrina de Rentero?

La pregunta proviene del agente uniformado que conoció en la recepción de la comisaría. El pelo cano y los ojos grandes hacen pensar en un búho. Le dice que se llama Nombela y le pregunta si es verdad que su tío tiene un viñedo.

—El viñedo es de una prima suya, una que también fue policía: Verónica.

—¿Hay alguien que no sea policía en tu familia?

—Una tía segunda. Ella se dedica a atracar bancos.

No sabe cómo reaccionar al extraño silencio que se ha formado en la trastienda.

—Es una broma —aclara Reyes.

Junto a Nombela hay un chico de unos treinta años, también de uniforme, aunque eso no impide que se marquen sus músculos. La mira en silencio y es el propio Nombela quien lo presenta: Richi. Tiene los ojos tan vacíos como los de un concursante de un reality de televisión.

—¿Soy la única mujer del grupo?

En la mesa, el otro hombre vestido de paisano baraja las cartas. Debe de rondar los sesenta años y, aunque está algo entrado en peso, se nota que mantiene buena forma física. Las mangas arremangadas de la camisa dejan ver una cicatriz que, como una serpiente, nace por encima del codo y termina en la muñeca. Sin dejar de mirar las cartas, le pregunta a Reyes:

—¿Qué grupo? —Su voz tiene una autoridad natural, no necesita levantarla para crear un silencio a su alrededor.

—¿Cómo me has dicho que se llamaba, Fabián? La Sección.

—Escúchame bien, niña: tú no eres parte de ningún grupo. Para pertenecer a la Sección hay que ganárselo y no sabremos si te lo mereces hasta que veamos cómo funcionas. Y no, no eres la única mujer, hay dos que sí son del grupo. De momento, ve a buscar al Curro y dile que nos ponga algo de picar, que ya hay hambre.

—Soy policía, no una criada.

Nota el típico resoplido de una clase cuando alguien falta el respeto al profesor, pero prefiere no apartar la mirada del hombre de la mesa, que ahora deja el taco de cartas, se pone en pie y se acerca a ella. No hay nada amenazante en él; ni sus gestos son bruscos ni su expresión tensa.

—¿Qué me has dicho?

—Que no soy una criada.

—Está bien, Reyes. Iré yo a decírselo al Curro. ¿Te gustan los caracoles? Los cocina como nadie. Ah, me llamo Ángel Cristo, como el domador. Soy tu jefe.

Al volver a casa, Reyes no sabe si ha sido un buen día o uno malo. Como policía, supone que ha sido malo: ha llegado a su destino y no ha tenido que actuar en ningún momento, en realidad no sabe en qué consiste su trabajo. Se ha paseado por la Colonia Marconi y ha charlado con las chicas. De cualquier forma, no ha ido a resolver casos a Villaverde, sino a enterarse de qué conexión tienen esos polis con Guillermo Escartín. Intentar averiguar con qué mujer iba a tener un hijo. Le ha parecido todo un poco irreal, casi absurdo, como si esos policías estuvieran jugando a ser «los malos» y repitieran clichés que han visto en televisión. Una impresión de la que solo se escapa Cristo. En su manera de actuar no había atisbo de juego.

Se mete en la ducha. Cuando está debajo del agua suena el timbre de la puerta. Se pone a toda prisa un albornoz para ir a abrir; va dejando huellas mojadas en la tarima.

—Tío, ¿qué estás haciendo aquí? Pasa.

Las visitas de Rentero a la casa de su sobrina no son habituales. No recuerda haberlo visto por el chalet de El Viso después de que muriera su madre. Eso da una idea de lo mucho que le preocupa su nuevo trabajo en la brigada de Villaverde, Elena lo ha puesto al tanto. Mientras ella va al cuarto a vestirse, él se sirve un whisky.

—Podrías tener un whisky en condiciones, o un coñac. Para beber esto, no sé si prefiero un vaso de agua.

—Es escocés.

—Es escocés malo, de supermercado, barato. Parece mentira que te hayamos educado en casa y no sepas diferenciar el matarratas del whisky, por muy escocés que sea. Bueno, quiero saber todo lo que has visto hoy en Villaverde.

A pesar de sus quejas, Rentero se ha servido un vaso y da un buen tiento.

—No sé... Putas, travestis, me he tomado un sol y sombra y he visto jugar a las cartas, al mus.

—¿Qué tal los de la Sección? ¿Con quién has estado?

—Me han asignado de compañero a uno que se llama Fabián. Es el que me ha enseñado el barrio. ¿Lo conoces?

—No me suena. ¿Has conocido a Cristo?

—Sí. ¿Sabías que se llama Ángel Cristo? Como el del circo...

—Te lo digo una sola vez: Cristo es el mayor hijo de puta que existe. No te fíes de él nunca. ¿Está claro?

—¿De qué le conoces?

—¿Está claro o no está claro?

—Está claro.

Aunque ponga cara de asco, Rentero vacía lo que queda del vaso de whisky de un trago.

—Hablaré con Elena. No quiero que pases mucho tiempo ahí.

—No necesito que seas mi niñera, tío. Alguien tiene que meterse en esa brigada y saber qué tenían con Escartín. Y estoy encantada de hacerlo yo.

Rentero deja el vaso sobre un aparador. Su mirada no se detiene en ningún punto fijo. Es evidente que está incómodo en ese salón, en la casa de Reyes. Quiere marcharse lo antes posible.

—Cualquier cosa que averigües de esa Sección... me la cuentas a mí antes que a nadie.

—Pero tengo que reportar a Elena...

—Me lo cuentas a mí. Ya decidiré yo cuándo le das la información a la inspectora Blanco —insiste firme Rentero, que nota un gesto de desaprobación en su sobrina—. No te lo estoy diciendo como tío carnal, Reyes. Te lo digo como DAO de la policía. Y tu deber es obedecer las órdenes.

No sabe bien por qué, pero, cuando se queda sola y recoge la copa que ha dejado su tío, siente un nudo en la boca del estómago; como si acabara de entrar en una de esas casas del terror de los parques de atracciones y tuviera la certeza de que, en cualquier momento, algo va a pasar.

Capítulo 16

Las jornadas transcurren lentas, a la espera de que haya novedades, alguna pista que los ayude a descubrir qué sucedió con Escartín, son días que cada uno llena como puede.

El cierre de las puertas a su espalda al entrar en la prisión siempre pone nervioso a Orduño y, cuando se lo confiesa a Marina, ella se ríe.

—No aguantarías aquí dentro ni tres días... Cada dos por tres se te cierra una puerta.

Ya ha cumplido cerca de dos años en la cárcel, desde que fue detenida por su relación con la Red Púrpura, y ambos esperan que en uno y medio empiece a tener permisos para pasar fines de semana completos fuera. De momento deben contentarse con los encuentros íntimos mensuales que se le conceden a cada presa. Orduño los esperaba ansioso los primeros meses —aunque al principio no los usaban para disfrutar del sexo—, pero se le han ido haciendo más incómodos, sobre todo desde que Reyes llegó a la BAC. Como una obligación funcionarial que no es capaz de evitar, consciente de que sus visitas son la única forma que Marina tiene de evadirse del día a día de la cárcel.

—No esperaba verte hoy.

—Estamos en mitad de un caso y anda un poco parado, no sé si tendré oportunidad en las próximas semanas. ¿Tenías otros planes?

Marina ríe la broma. ¿Quién tiene planes en la cárcel?

—¿Has traído las sábanas?

Las sábanas que el penitenciario pone a disposición de las presas en las salas de encuentros están limpias, pero a ella no le gustan. Orduño compró un juego del tamaño requerido y, después de cada visita, las deja en la lavandería, que se las devuelve planchadas, perfumadas y en bolsas de plástico. Son sábanas de flores, tal como ella le pidió.

Marina prepara la cama, otra tradición que ha arraigado en estos encuentros. No permite que él ayude, alisa las sábanas para que coincidan las marcas de la plancha con los lados del colchón. Ninguna empleada de un hotel de cinco estrellas sería tan meticulosa. Solo cuando está satisfecha, invita a Orduño a desnudarse y acostarse a su lado.

—Hoy no quiero nada, solo que me abraces. Me he sentido muy sola. —Ella se acurruca en el pecho de Orduño.

—¿Has tenido algún problema?

—Aquí dentro todo son problemas, pero no te preocupes, que soy ya una veterana y sé apañármelas. Con lo que no puedo hacer nada es con lo que pasa fuera.

La mirada tímida de Marina busca los ojos de Orduño. Él finge no sentirla, no se atreve a medirse con ella, teme no ser capaz de sostener su engaño. Desde la fiesta de la jubilación de Asensio, no ha habido noche en la que, al apagar la luz, no le volviera a la memoria el cuerpo de Reyes desnudo, sentada a horcajadas sobre él, su perfume y el calor de su aliento.

—Cada vez que vienes, estás un poco más frío... No quiero quedarme sin ti.

—No te preocupes, Marina. Es el trabajo... A veces cuesta dejarlo fuera.

Pasan el resto de la hora charlando, tumbados sobre la cama, sin más actividad amatoria que algunos besos. Ella le habla de sus compañeras, de una venezolana que está dentro por un homicidio, Dely, a la espera de juicio. Marina no deja de fantasear con qué hará en su primer día fuera de esos muros. Quiere bañarse en el mar, quiere comer jamón y beber cerveza en alguna playa, quiere acampar en un bosque, quiere hacer tantas cosas que Orduño duda que quepan en veinticuatro horas. Él promete preparar cada detalle de ese día y acaba dándole algunas pinceladas del caso en el que están trabajando, la terrible muerte de Escartín; sabe que puede confiar en Marina, que no se lo contará a ninguna presa.

Orduño regresa a Madrid con la sensación amarga de que ya no ama a Marina. Sin embargo, se siente unido a ella y pretende cumplir todas las promesas que le ha hecho cuando ella logre salir de la prisión de Soto del Real, hasta que Reyes vuelve a cruzarse en su pensamiento. Sabe que, si no fuera una temeridad, se presentaría en su casa, tan fuerte es el deseo de volver a estar con ella.

Zárate apenas pisa las oficinas de Barquillo. Mariajo y Buendía no son capaces de aportar nuevos hilos de los que tirar en el caso de Guillermo Escartín —ni en su misión como policía encubierto ni al respecto de esa madre desaparecida—, y la frustración al encontrarse cada día frente a un muro le aviva la rabia. Unas veces se refugia en la barra del Cisne Azul; otras, en la Colonia de los Carteros, junto al silencio de Salvador Santos. Aunque sabe que no puede entenderle, Zárate le cuenta el caso del policía asesinado. Le habla de esa chica de la que se enamoró y a quien le arrancaron el feto de su vientre. La impotencia al verse con las puertas cerradas de la propia policía, que se niega a dar ningún dato del trabajo que realizaba Escartín. Incluso se atreve a describir a Reyes como una mala elección, demasiado inexperta para conseguir lo que necesitan de la Sección.

Ha evitado a Manuela cuando la ha visto, o tal vez ha sido ella quien ha preferido evitarlo a él. Sabe que está atareada reordenando todo el archivo de casos de Buendía, años de trabajo forense. Algunos días come en el Cisne Azul, otros pasea por Villaverde, incluso ha vuelto a visitar la barbería de Byram. De toda la gente con la que ha hablado, nadie recuerda ver a Guillermo en compañía de ninguna chica.

—¿Te importa si como contigo?

Ha pasado más de una semana desde que Reyes se marchó, cuando Manuela lo sorprende en la misma mesa bajo la televisión donde aquella noche empezaron a conocerse. Con idéntica sonrisa, la ayudante de Buendía se sienta frente a él. Pide de nuevo los boletus con foie.

—Me he convertido en una adicta —le confiesa.

—Debería haber hablado contigo antes... —balbucea Zárate.

—¿Por qué? —No hay sombra de preocupación en Manuela, que, de pronto, abre de par en par los ojos como si se hubiera dado cuenta de una tremenda metedura de pata—. Lo siento, yo... Pensaba que había sido una noche de sexo y nada más. ¿Te has quedado pillado?

Zárate no habría imaginado mejor respuesta de Manuela.

—No, no... Solo quería saber que los dos lo teníamos claro. Que había sido una noche de sexo y nada más.

Manuela da un trago a su Aquarius y, de inmediato, abandona el tema. Le habla de un viejo caso que ha descubierto en el archivo de Buendía. Hace doce años, encontraron el cuerpo sin vida de un perro en una obra. Nadie le dio mucha importancia, pero, al hacerle la autopsia, descubrieron que llevaba dentro una bolsa de un kilo de cocaína. A raíz de ese hallazgo, tirando del hilo, apresaron a una red de narcotráfico que usaba animales abandonados y, haciéndose pasar por una ONG que decía llevarlos a un refugio, movían la mercancía dentro de los pobres animales.

Zárate la escucha en silencio. Le gusta su entusiasmo, tan cristalino, su claridad moral. Su compañía es, de repente, un bálsamo que le hace añorar al Zárate que fue. ¿Puede un hombre superar sus errores para volver al punto del camino donde empezó a desviarse? Casi sin darse cuenta, se descubre pensando en Elena. En lo feliz que fue a su lado y cuánto le dolió su separación al cerrar el caso de la Red Púrpura. ¿Por qué algunas personas prefieren revolcarse en la insatisfacción? Sabe que ella está ahí. Sabe que lo quiere, que podría apoyarse en ella para recomponerse. Lo que no sabe es por qué no se decide.

Elena ha hablado un par de veces con Reyes; la chica le ha asegurado que todo va bien. Está consiguiendo integrarse en la Sección, pero todavía no ha encontrado la ocasión para hablar de Guillermo Escartín.

Ha ido a ver a Mihaela al centro. Las horas que pasa allí hacen que todo cobre un poco de sentido, que los minutos no caigan lentos y vacíos. Alicia, la trabajadora social, le ha dicho que el padre biológico no ha vuelto a dar señales de vida. Tras la llamada que hizo, se suponía que habría de presentarse en Madrid a mitad de esta semana; sin embargo, no ha aparecido. Lo han llamado, pero el teléfono de Grigore Nicolescu no da señal. En vista del plantón, se ha reactivado el protocolo de acogida, algo que ilusiona mucho a Elena. Aun así, no se atreve a contarle a nadie las novedades. Se las guarda, egoísta o temerosa de notar el escepticismo en el rostro de los demás. No quiere la censura de Mariajo, ni la condescendencia de su madre, tan dada a juzgar sus decisiones desde su atalaya. Y no se atreve a decírselo a Zárate, le da miedo que este paso, este proyecto de vida, sea su final como pareja.

Ha decidido caminar hasta su casa desde Barquillo. Cruza el barrio de Huertas y pasa por delante de la puerta del Cheer's: el karaoke está cerrado todavía. Son solo las cuatro de la tarde. Alguna vez lo ha visto abierto y no ha sentido la tentación de entrar. Recuerda las noches que ha pasado allí interpretando los viejos temas italianos de Mina Mazzini, pero no lo echa de menos. Se da cuenta de que entre los asiduos del lugar no tenía a nadie que pudiera considerar realmente un amigo y se asombra al reconocer que hay muy poca gente a la que haya sentido de veras como tal a lo largo de su vida. ¿Su compañera Raquel en la época del colegio? No cree que lo fuera cuando lleva más de cinco años sin saber de ella, sin que ninguna de las dos se haya preocupado de felicitar a la otra ni las Navidades. ¿Abel, su exmarido? Sí, hubo un momento en que sintió que la unía una verdadera amistad con el padre de Lucas, sigue teniendo confianza con él y lo visita de vez en cuando en su casa de Urueña, la que comparte con Gabriella, su esposa brasileña, pero la distancia y el dolor que le causa el recuerdo del hijo que tuvieron en común los ha separado.

Cuando llega a la plaza Mayor, piensa de nuevo en Mihaela. En la familia que podrían formar, en la madre que volvería a ser. No se engaña; sabe que será un proceso duro, no un paraíso de besos y caricias, porque a la niña todavía le queda mucho trabajo para, si no liberarse, al menos aprender a convivir con todo el horror que fue su infancia. Sin embargo, se siente fuerte para intentarlo. Para no dejarse vencer, porque ¿acaso no es eso la maternidad? ¿Asumir la responsabilidad de alguien más indefenso que tú, amarlo, cuidarlo y guiarlo hasta que sea capaz de manejarse en este mundo? Intentar superar a su lado cada uno de los obstáculos que surjan.

—Te estaba esperando.

Elena se sorprende al encontrarse a Zárate en su portal.

—Tienes llaves, podías haber entrado.

Ella se siente de repente incómoda. Teme que la conversación que tanto han evitado esté a punto de empezar. Suben en silencio en el ascensor. Él sigue sus pasos en la casa, hace más de dos semanas que no la pisaba.

—¿Quieres hablar? —se atreve a preguntarle Elena.

—¿Tenemos que hacerlo? —Una sonrisa tenue se dibuja en Zárate. Una ligereza en su expresión como hacía meses que no veía en él, siempre tan tenso—. Preferiría desnudarte y que hiciéramos el amor.

El deseo que había quedado olvidado entre tanto desencuentro vuelve a hacerse presente como si nunca se hubiera ido. Zárate la besa, ella se deja llevar pronto por sus caricias y, con urgencia, llegan hasta el dormitorio. Caen en la cama, enredándose, teniendo la sensación de que vuelven a ser uno, que no esconden nada al otro en habitaciones secretas.

Capítulo 17

Con el paso de los días, Reyes ha ido ganándose la confianza de Fabián y del resto de sus compañeros. Todavía no se ha enterado bien de en qué consiste el trabajo, parece que nunca tienen ninguna investigación pendiente. Cuando no están en la trastienda del Curro, pasean en el coche patrulla, intervienen en alguna llamada que les llega desde la comisaría, una reyerta menor, una mujer que quiere denunciar a su esposo por maltrato, un robo en una tienda...

Al menos, le gusta la compañía de Fabián; además de que vive en los modestos pisos de la Colonia Marconi, ha descubierto que está casado y que tiene un hijo de algo más de cuatro años. Habla del pequeño Raulito —le puso el nombre por el futbolista— con verdadero afecto. Casi sorprendido de que un hijo pudiera traerle tanta felicidad. Si no es de su familia, Fabián suele contarle historias del barrio: como la del Champiñón, un butronero que, en una huida por el alcantarillado, se perdió y tuvo que llamar a los bomberos para que lo rescataran. Se ríen de buena gana y terminan cada turno en el Curro, bebiendo cervezas, viendo algún partido en la tele que Nombela, el policía búho, se ha traído. Cristo, el jefe, ha aparecido poco: su madre ha tenido una complicación en la operación de cadera y no se separa de su lado.

Hoy, en el Curro, solo está Richi con Fabián y ella. Cree que nunca lo ha oído hablar, como tampoco ha visto a esas dos supuestas mujeres que al parecer forman parte de la Sección. Ni siquiera le han dicho sus nombres.

—Esta noche tenemos vigilancia. —Fabián lo ha dicho sin mirarla, antes de darle un tiento a su botellín.

—¿A quién vamos a vigilar?

—Ya te enterarás. Vístete de paisano, que vamos en coche civil, ropa cómoda y zapatillas, ya sabes lo que dice Pedro Navaja, por si hay problemas salir volao...

—¿Va a haber problemas? —Reyes se tensa.

—Esperemos que no, pero los problemas no avisan, solo aparecen. ¡Mira que eres preguntona! —bromea Fabián.

—¿Algo más que deba saber?

—Si traes un termo con café con leche y un par de bocadillos, te coronas.

Va a llevarlo todo, hasta los bocadillos. No sabe si esta será la primera oportunidad de enterarse de algo relacionado con los negocios de la Sección. No se ha atrevido a preguntarle sobre estos a Fabián, ni a sacar el nombre de Guillermo Escartín: confía en que surja de ellos en algún momento para poder tirar del hilo. Sabe que, en la BAC, todos están esperando que les dé algo con lo que trabajar.

—Ah, sí, una cosa más: no traigas el arma. No hace falta.

Fabián lo ha deslizado sin darle importancia, pero Reyes cree entender qué significa; van a hacer un trabajo fuera del «horario de policía». Es mejor no dejar huellas de su presencia. Es el primer detalle extraño que vive. Hasta ahora, el comportamiento de sus compañeros ha sido de lo más normal, más allá de la pasión y el respeto absoluto que todos sienten por Cristo y sus horas muertas en un barrio que se supone problemático. Es evidente que no son limpios: Reyes ha visto que disponen de bastante dinero en efectivo. Todos sacan fajos de billetes del bolsillo y gastan sin pensarlo mucho. Cuando paran a comer, no lo hacen en restaurantes de menú del día en cualquier polígono, van a algunos un poco mejores, aunque no demasiado caros; si no usan uniforme, visten ropa deportiva nueva y de marca; también llevan relojes caros, aunque discretos, como si tuvieran un cuidado extremo en no destacar.

A las once menos diez de la noche, Reyes ya está esperando en la salida del metro de Príncipe de Vergara, donde Fabián le ha dicho que la recogería. Se ha puesto unos vaqueros, las zapatillas de deporte más viejas que ha encontrado en su armario, una camiseta negra y una cazadora vaquera; también ha cogido una mochila pequeña para el termo del café y los bocadillos. Se nota algo nerviosa, no imagina siquiera qué tipo de vigilancia tendrán que hacer. Se arrepiente de no haber avisado a Elena para disponer de una salida si la cosa se pone fea.

—Con esa cazadora vas a pasar frío, que luego, de madrugada, baja la temperatura. Atrás hay un jersey, por si te hace falta.

Nada más subirse en el coche —un Ford Fiesta blanco con muchos años encima y sin ningún distintivo—, Fabián le da una pistola muy discreta, una Glock G43, la misma que usa el ejército en España. La culata cubierta por esparadrapo, el cargador lleno, seis proyectiles más uno en la recámara.

—¿Voy a tener que usarla?

—Somos policías, la mayor parte de nosotros nos jubilamos sin haberla usado nunca. Solo ten cuidado y no le quites el seguro, no se te vaya a disparar. Es únicamente por precaución.

Reyes no necesita que se lo recuerden, es buena con las armas y está bastante familiarizada con el modelo, es el mismo que usa en la BAC. La G43 es una pistola pequeña, fácil de ocultar, pero muy potente, una semiautomática que precisa balas de 9 milímetros y a la que se puede acoplar un módulo compacto con láser.

No hablan hasta que Fabián detiene el coche en la calle de San Jenaro, frente a la barbería de Byram. Reyes sigue jugando el juego de la ingenuidad.

—¿Qué se supone que tenemos que vigilar?

—La peluquería. Es una tapadera, el dueño mueve heroína por toda esta zona. Un senegalés cabrón al que tenemos enfilado. Byram.

—¿Y se supone que esta noche habrá una entrega?

—Se supone. Estuvimos a punto de pillarlo una vez. Teníamos a un confidente muy bueno, casi pillamos a Byram en una muy gorda.

—¿Y qué ha sido de ese confidente? —Reyes mide la asepsia de sus palabras, no quiere que Fabián note la urgencia que siente por saber más de Escartín.

—Eso nos gustaría saber a nosotros. Se ha esfumado. Hay quien dice que se lo han follado. Una pena, nos podía ayudar a trincar a este cabrón.

—¿Cómo lo conocisteis?

—¿A quién?

—Al confidente.

—Lo de siempre: una redada en el barrio, lo detienes y luego lo sacas a cambio de que te cuente lo que pasa en las calles. Un soplón de toda la vida, no me jodas que te tengo que explicar lo que es.

—Sé lo que es, pero me sorprende que os fieis de un yonqui.

Fabián la mira, intrigado.

—¿He dicho yo que fuera un yonqui?

Reyes titubea. ¿Ha metido la pata? Ahora toca inyectar convicción en sus palabras, quitarle hierro al asunto. Es un desliz pequeño, muy pequeño.

—Has dicho que lo pillasteis en una redada... He supuesto que sería de drogas.

Un sudor frío le recorre la frente. Ese matiz glacial que hacía mucho que no veía ha regresado a los ojos de su compañero.

—¿O es que no era un yonqui? Coño, Fabián, que llevaré poco en la policía, pero sé que es de los que más se tira.

—Al final no vas a ser tan pardilla como pensaba.

Fabián se ríe y Reyes supone que ha logrado esquivar el problema con habilidad. Él ha cogido el móvil y ha empezado a teclear algo.

—Tonterías de la parienta, que si no le respondo, luego me la monta, —se explica.

—¿Puedo hacerte una pregunta? —Reyes no quiere que se instale un ambiente tenso en el coche y elige cambiar de tema, seguir hablando como si no hubiera sucedido nada importante—. Es sobre tu oreja, ¿qué te pasó?

—Un mordisco. Un quinqui me arrancó el pedazo que falta y el muy cabrón se lo tragó.

—¿En serio?

—Te lo juro. Pero no te creas, no dolió tanto como se puede pensar. ¿Qué te parece? ¿Me da un punto de morbo?

Él se gira a mirarla. Reyes le sonríe, vuelve a ser el Fabián cercano, el frío ha desaparecido de sus ojos.

—La verdad es que dan ganas de seguir comiéndotela.

Lo ha sorprendido, no se esperaba esa respuesta. Reyes puede darse cuenta de que su compañero tiene que hacer un esfuerzo para no abalanzarse sobre ella. Sabe que le gustaría echar un polvo ahí mismo, en el coche. Quizá a ella tampoco le importaría, pero en ese momento suena el móvil de Fabián.

—Sí, Cristo, vamos para allá.

Cuelga y arranca.

—¿Adónde vamos?

—Ahora lo verás —contesta serio.

Abandonan Villaverde, toman la M30 y después la carretera de Andalucía. Ninguno de los dos habla. El silencio se vuelve más y más espeso. Reyes cree que Fabián está dándole vueltas a la oportunidad perdida de liarse con ella. Por una vez, la llamada de su jefe no parece haberle sentado bien. Antes de Valdemoro, toman un desvío, pasan una estación de servicio y al llegar a una rotonda cogen una carretera mal asfaltada.

El coche se detiene delante de una casa casi en ruinas, plagada de grafitis, palés abandonados y escombros que se acumulan en su entrada...

—Dame la pistola.

—¿Por qué?

—Aquí no hace falta. Era por si Byram se nos ponía farruco.

Reyes duda, pero no le queda más remedio que obedecer, no puede enfrentarse a Fabián. Le entrega la Glock que recibió al principio de la noche. Él se baja y camina hacia la casa. Ella le sigue.

—Nos esperan dentro. —Habla sin darse la vuelta.

—¿Quiénes?

Fabián finge no haber escuchado su pregunta. Rodean la casa, en la parte de atrás hay dos coches. Se parecen al Fiesta en el que han hecho la vigilancia: viejos, discretos... Hay una puerta forzada en el edificio, Fabián pasa primero. Dentro, un olor a excrementos, puede que la usen algunos mendigos para dormir. Apenas se ve nada, hasta que una linterna aparece en mitad de ese espacio diáfano de vigas desnudas y hierros colgando del techo. Es Cristo quien se acerca a ellos y, a su lado, los habituales del Curro: Nombela, el Gregor y Richi.

—Quiero hablar con ella a solas —dice sin más rodeos el jefe de la brigada.

Reyes advierte que Fabián, antes de salir, evita su mirada. El último de los hombres cierra la puerta.

Cristo tiene la linterna en una mano y un termo en la otra.

—Es café, sin azúcar. Siempre he dicho que el azúcar tapa el sabor del café.

Reyes rechaza el termo sin decir nada. Mira a su alrededor, valorando sus posibilidades de escapatoria.. Se arrepiente de haber hecho caso y no llevar su arma escondida. Un fallo de principiante. Sobre una mesa mugrienta hay dos tazas. Cristo sirve café en una de ellas y lo degusta a tragos cortos, sin prisa, como si disfrutara de la espera y de la incertidumbre de la joven policía. No vuelve a hablar hasta que se termina la taza.

—Me dice Fabián que has preguntado por el confidente.

Así que era eso. El desliz no ha pasado desapercibido. Su curiosidad ha alertado al policía y no ha tardado ni un segundo en transmitirle al jefe sus sospechas. Eso es lo que tecleaba en el coche, el muy cabrón. No había ningún mensaje para su esposa.

—¿Lo conoces? —pregunta Cristo.

—No.

—Pero sabías que era un yonqui.

—No tenía ni idea. Fabián ha dicho que lo cazasteis en una redada y yo he saltado al yonqui. —A Reyes le cuesta fingir la calma. Nota el cuerpo agarrotado, le parece que sería incapaz de ponerlo en movimiento y echar a correr.

Cristo pasea por la estancia derruida, entre escombros y suciedad. Sus botas pisan tierra, aplastan cascotes.

—Yo todavía no sé si debo confiar en ti. ¿Qué hace una chica como tú en la brigada de Villaverde?

—Aprender. No me hice policía para estar en una oficina.

—¿Querías acción?

—Sí, quiero calle.

—¿Sabes que este barrio es duro, muy duro, y que a veces hay que tomar atajos para mantenerlo en orden?

Ella lo mira sin saber qué decir. Cristo se sienta sobre un montón de sacos de cemento y deja la linterna a un lado. El haz apunta directamente a Reyes, que guiña los ojos, cegada.

—Eso no siempre se entiende. Molestamos a mucha gente en la policía. Y nos quieren pillar en una cagada para quitarnos de en medio. Así que tenemos que extremar las precauciones. Todo el que entra en la brigada está bajo sospecha, porque podría ser un topo de nuestros enemigos. Desde que te vi aparecer con esa carita de adolescente, me pregunté si tú serías un topo.

—¿Crees que meterían a la sobrina del DAO para espiaros? ¿No es un poco estúpido?

Cristo enarca una ceja y sopesa las palabras de ella.

—Sí, es estúpido. Tienes toda la razón.

—Si mi tío me ha destinado a vuestra brigada es para que me curta. —Trata de imprimir seguridad a la frase.

—Puede que yo sea un paranoico. Pero también puede que el comisario Rentero sea muy listo. Que nos mande a su sobrina porque piensa que no nos vamos a atrever con ella, que es intocable.

—¿Yo soy intocable? —Reyes nota la boca seca, le cuesta liberar las palabras—. Yo solo quiero que me enseñes a ser una buena policía.

Él asiente, halagado.

—Yo no tengo que enseñarte nada, pero si eres de mi equipo, te voy a cuidar como a una hija. Porque yo cuido de mi gente, y también de su familia. Fabián tiene un niño, ¿te lo ha contado?

—Sí.

—Para mí, Fabián es como un hermano. Daría la vida por él y él la daría por mí.

—Eso es muy generoso.

—La confianza es esencial en esta brigada. Y no sé si puedo confiar en ti.

—Ponme a prueba.

Cristo le sonríe.

—Esa es una buena respuesta.

Aparta el haz de la linterna del rostro de ella y saca una pistola. Se la muestra.

—Esta se confiscó en una redada a unos narcos, pero nunca llegó al almacén. Hemos tenido cuidado para que no pierda las huellas de su propietario, Wilson Cabello, un colombiano al que busca hasta el FBI y está en paradero desconocido.

—¿Por qué retenéis su pistola?

—¿Tú qué crees, Reyes? Si esta pistola mata a alguien, le echarán la culpa a él y seguirán buscándole... Si a ti, por ejemplo, te asesinaran con ella, todos pensarían que lo hizo Wilson Cabello. —Cristo levanta el arma, apunta a Reyes—. Ahí fuera hay cuatro compañeros que testificarán bajo juramento que te mató ese hombre. Una redada, una trampa de los narcos, un tiroteo y Cabello le pegó un tiro a la nueva.

—¿Por qué me ibais a matar? —razona Reyes a la desesperada—. ¿Para que se os eche encima mi tío? ¿Para que desmantelen la brigada? ¿No es más práctico dejarse de paranoias y confiar en mí? Yo estoy con vosotros, cojones, soy de vuestro equipo.

—Tienes razón, pero ¿sabes qué pasa? Que yo soy zorro viejo y las tripas me dicen que mientes. Ya nos las apañaremos con los problemas que nos dé tu muerte. No será la primera vez. —Cristo amartilla el arma, un clic que resuena en la nave abandonada—. ¿Has entrado en la brigada para espiarnos?

Reyes no está segura de si una lágrima se está formando en cada ojo.

—Si tienes alguna duda, dispara —provoca.

—La tengo —dice él.

Y dispara.

Capítulo 18

Esa noche han dormido abrazados y, en el modo que tenía él de aferrarse a su cintura, Elena ha querido ver el inicio de un tiempo nuevo, una fase de entrega y confianza, sin dudas, sin la vida con sus traumas y sus complejidades interponiéndose en medio de los dos, colándose en la fiesta como un convidado de piedra.

El sonido del móvil la despierta. Apenas puede soportar el resplandor azulado de la pantalla y, a tientas, descuelga. Como si fuera la voz de un sueño, Zárate cree oír la voz ronca de Elena. Se incorpora y, desconcertado, la ve sentada en el borde de la cama. Se gira hacia él, la tensión de su gesto no presagia nada bueno, pero ella guarda silencio. Se levanta y sale de la habitación. Zárate la ve cruzar el umbral, desnuda, su silueta en negro como una sombra chinesca. Va tras ella. No la encuentra en el salón, continúa hasta la cocina. Elena está peleándose con la máquina de café, intentando meter una cápsula. Ya ha colgado el teléfono.

—Puta máquina, ¿qué le pasa ahora?

Tras un vistazo rápido al reloj del horno, que marca las cinco y diez de la mañana, Zárate pide con un gesto a Elena que le deje probar a él. Ella se apoya contra la encimera, se frota las sienes.

—¿Qué ha pasado? —pregunta él, mientras trastea la cafetera; simplemente tiene demasiadas cápsulas gastadas dentro.

—Reyes. Le han disparado.

—¿Qué dices? —Se detiene en seco y la mira—. ¿Cómo está?

—Parece que no es grave, pero todavía es un poco confuso. La han llevado al Doce de Octubre.

—¿Has hablado con ella?

—No, no... Me ha llamado Rentero. Acababa de llegar al hospital.

—Vamos.

—No podemos, Ángel. No sabemos qué ha pasado y, si nos presentamos allí, todo el trabajo de Reyes se irá a la mierda. Rentero me volverá a llamar cuando hable con ella. Estará bien, saldrá de esta...

Elena sabe que no ha logrado tranquilizar a Zárate.

—Voy a llamar a Orduño —dice él antes de salir de la cocina. Solo entonces Elena toma conciencia de que está desnuda.

Rentero encuentra a su sobrina en una habitación, con unas profundas ojeras de cansancio, el miedo todavía enturbiando su mirada y un vendaje compresivo en el lado derecho de la cintura. Una enfermera le ajusta el suero y le toma la temperatura. De pie, apoyado en la pared, como un junco, la acompaña su compañero de la brigada, Fabián. Así se presenta ante el comisario, que le dirige una mirada fugaz antes de sentarse junto a su sobrina.

—Menudo susto, Reyes. ¿Cómo estás?

—Bien... No ha sido para tanto. Solo me ha rozado, pero de todas formas se han empeñado en hacerme un millón de pruebas por si había afectado a algún órgano.

Rentero mira con preocupación el vendaje; sabe que, por unos centímetros, la bala no le ha atravesado el hígado. Abraza a Reyes con suavidad y le murmura al oído:

—¿Qué ha pasado?

Reyes toma aire. Mira a Fabián un instante, pero él parece distraído, ajeno a la conversación.

—Un tiroteo con unos narcos.

—¿Has ido a una redada sin chaleco antibalas?

Fabián carraspea antes de hablar:

—Tuvimos un chivatazo y fuimos a ver qué pasaba. Era en una nave industrial abandonada de Valdemoro. No sabíamos lo que nos íbamos a encontrar...

—Que yo sepa, Valdemoro no compete a la policía de Villaverde —señala Rentero.

—Es cierto, señor, pero estamos detrás de un narco que nos lleva dando problemas años: un colombiano, Wilson Cabello, puede mirar su historial... No queríamos que se nos escapara.

—¿Lo han cogido?

—No, por desgracia no. Algo salió mal, se montó un tiroteo... Siento lo de Reyes, pero creo que ha tenido suerte.

—Fue culpa mía —dice ella con un hilo de voz—. No estuve atenta a lo que debía estar... y me comí el balazo.

—Voy a poner en marcha una orden contra ese colombiano. Esto no va a quedar así. —Se levanta y clava una mirada tensa en Fabián. Le gustaría partirle la cara a ese fantoche de ojos azules.

—Eso sería de mucha ayuda, comisario. Si me perdonan, me gustaría informar a mis compañeros del estado de Reyes, están muy preocupados.

Aguardan unos segundos a que Fabián se aleje lo suficiente. Entonces, Rentero se gira hacia su sobrina, la coge de las manos y la obliga a mirarlo.

—Dime la verdad, ¿fue como has dicho?

—Te lo juro, un narco... Estuve muy patosa, menos mal que Fabián me sacó de allí antes de que la cosa fuera a peor.

—Vas a volver a la BAC.

—Tío, ya vale —zanja ella—. Soy policía: estas cosas pueden pasarme en Villaverde o donde sea que vaya. Deja de tratarme como a una cría.

Mariajo cuelga y le da el parte médico a Elena.

—La bala le ha rozado la cintura. Nada grave. Muchos puntos y una cicatriz un poco fea, eso es todo lo que le va a quedar. Le dan hoy mismo el alta.

—Gracias, Mariajo. Luego iré a verla, que me cuente qué coño pasó.

—La han descubierto. Eso es lo que ha pasado, ¿es que no lo ves? Hay que sacarla de ahí. —Orduño está muy nervioso desde que llegó a las oficinas de la BAC. Incapaz de sentarse, pasea de una punta a otra de la sala de reuniones.

—Si son tan peligrosos esos tipos de la Sección —la voz cristalina de Manuela sorprende a todos—, ¿no es más arriesgado sacarla de repente de la brigada? Se darán cuenta de que había entrado para espiarlos y... no sé... entonces sí que irán a por ella, aunque ya no esté en Villaverde.

—Podemos protegerla.

Ni el propio Orduño ha conseguido sonar firme. Son conscientes de que Manuela tiene razón; por mucho que formen parte de una brigada como la BAC, ¿pueden protegerse de todo el mundo? ¿Acaso Chesca no se convirtió en una víctima?

—Tenemos que encontrar otra vía para avanzar en el caso de Guillermo Escartín —interviene Zárate, y a Elena le sorprende que no la acuse, como Orduño, de enviar a Reyes a Villaverde—. Manuela está en lo cierto. Reyes está ahora mismo atrapada ahí dentro, pero no podemos seguir sentados esperando que ocurra un milagro.

—¿Dónde está Buendía? —la pregunta de Mariajo busca a Manuela—. ¿O es que ahora tú te has quedado a cargo del caso?

—El doctor Buendía ha tenido un aviso y está fuera de Madrid... ¿Quiere que le llame?

—Yo lo llamaré. No sé qué puede ser tan importante como para irse ahora. —Elena saca su móvil y marca el teléfono del forense mientras sale de la sala.

Las oficinas de Barquillo todavía están desiertas. Un solitario agente ultima el turno de noche en la entrada. Tras varios tonos de llamada, el forense responde al teléfono.

En la sala, Zárate, Mariajo y Manuela se han quedado en silencio mientras Orduño deja escapar de vez en cuando leves quejas, más de impotencia que de otra cosa, un «no podemos dejar esto así», «estamos abandonándola como abandonaron a Escartín»... Ninguno le da respuesta. Entienden la preocupación de Orduño y permiten que se desahogue. Elena regresa a la sala de juntas.

—Zárate, Orduño, hay un avión esperándonos en Cuatro Vientos. Tenemos que salir. Ya.

—¿Qué ha pasado?

La pregunta de Zárate queda flotando en el aire. Elena ni siquiera ha esperado a que terminara de hacerla antes de marcharse.

El avión aterriza en A Coruña. Allí los recibe Buendía que, en un coche de la policía local, los conduce hasta los astilleros de la ciudad. Se ha levantado un control policial y una carpa alrededor de una caseta de obra, junto a un barco en dique seco. Dentro hay un cadáver. En el camino desde el aeropuerto, Buendía les ha adelantado a Elena y Zárate los pormenores, pero hasta que no se encuentran de frente con el cadáver no son capaces de creérselo.

Cuando las primeras informaciones eran todavía imprecisas, imaginaron que habían dado con una mujer, la chica de Guillermo Escartín. Pero el cadáver que ahora examina Elena en la caseta del astillero de A Coruña es el de un hombre de más de sesenta años. Un costurón vertical lo recorre desde el esternón hasta la parte superior del pubis. Mal cosido, entre los puntos asoma la mano de un feto, diminuta, sanguinolenta, como intentando abrirse paso a través de la piel.

Segunda parte

Duerme.
La noche es larga, pero ya ha pasado.

VICENTE ALEIXANDRE

Está demasiado asustada como para prestar atención a todo lo que la rodea; el finger *que la conduce hasta el aeropuerto, el control de pasaportes, la sala de recogida de equipajes que Violeta cruza sin prestar atención a las cintas —no lleva ninguna maleta— hasta la puerta de salida. No ha sido capaz de comer nada en las últimas dieciséis horas, ni siquiera cuando tuvo que hacer escala en el aeropuerto de Ciudad de México, sentada en unos bancos junto a una cafetería: los nervios le anudaron el estómago, y ahí seguía el nudo. En su cabeza se acumulan las preguntas sobre a quién encontrará al otro lado de la puerta en Madrid, quién es el amigo de Néstor que la va a recibir, cómo su vida pudo tomar este desvío hacia no sabe bien dónde.*

—¿Violeta? Soy Rigoberto, amigo de Néstor.

El acento mexicano de Rigoberto es un bálsamo, la hace sentirse en casa, como una melodía familiar. Es un hombre alto, guapo, engominado, con pantalones de pinzas beige, camisa azul y unos tirantes rojos que le dan aspecto distinguido. Lleva una chaqueta colgada del hombro a modo casual. *Después de las preguntas de rigor sobre cómo ha sido el viaje que Violeta responde con monosílabos, comenta algo de lo antigua que se ha quedado la Terminal 1 del aeropuerto, nada que ver con la Terminal 4, pero ella apenas lo escucha. Lo sigue como si atravesara un sueño en el que es imposible fijar la atención en ningún detalle, todos cambiantes, borrosos, hasta que llegan al aparcamiento. Él le abre la puerta de un Porsche negro de dos plazas, deportivo.*

—Suerte que no traes equipaje. Este coche es precioso, pero de maletero anda muy justo.

—Tendré que comprar algo de ropa, esto es todo lo que tengo. —Abre los brazos enseñando el vestido que llevó a la fiesta del rancho de Santa Casilda; eso y una rebeca son todas sus prendas—. Aunque casi no tengo dinero.

—Ahora no te preocupes por eso. Néstor me pidió el favor y es casi familia. Todo va a ir bien. ¿Has estado alguna vez en España?

—Es mi primera vez fuera de México.

Él le va dando los nombres de los lugares que recorren en coche: avenida de América, la Castellana... Le ha prometido un pequeño tour turístico para que Violeta borre esa expresión de miedo que lleva cincelada en el rostro y se dé cuenta de que no ha aterrizado en el infierno, sino en una bonita ciudad en la que tendrá muchas oportunidades para ser feliz. Al entrar en la Gran Vía, con esos enormes edificios señoriales y las estatuas en los tejados que Rigoberto le señala, Violeta repara en que tiene hambre; de buena gana se comería unos tacos o lo que fuera. A la altura de la plaza de Callao, sonríe por primera vez.

—En el Callao hubo una batalla —cuenta él cuando se detienen en un semáforo; a un lado y al otro, restaurantes, cines, teatros—. Los peruanos creen que la ganaron ellos y los españoles dicen que fue al revés...

—¿Y quién la ganó de verdad?

—¿Quién sabe? En las guerras todos pierden, ¿no? ¿Tienes hambre? Pararía a tomar algo, pero se hace tarde, mejor vamos al hotel, ¿te parece? Estarás cansada y querrás echarte un poco. Vas a necesitar un par de días para recuperarte del jet lag. Ya tendrás todo el tiempo del mundo para pasearte por Madrid y enterarte de qué pasó en Callao.

Violeta se reclina en el asiento; todas las horas que no ha podido dormir en el avión regresan con la misma fuerza que el hambre inundándola de una somnolencia que le hace entrecerrar los ojos. A través de la ventanilla, observa el deambular acelerado de los madrileños, las luces de los comercios y las pantallas publicitarias que tiñen de colores las primeras sombras de la noche. Se imagina mezclándose con toda esa gente, yendo con prisa a su trabajo, sea este el que sea, hablándole maravillas de España a su madre en México. No pudo cruzar la frontera con Estados Unidos, pero ha conseguido dar el salto al otro lado del charco. Quizá el destino no sea tan cruel como imaginó en el asiento del avión. Quizá pronto se alegre de estar lejos de Ciudad Juárez y de la violencia que allí campa a sus anchas.

Rigoberto toma un desvío que los aleja del centro. Los envuelve una arboleda y, después, ya de noche, el Porsche se desliza por una autovía de varios carriles. Las luces de los coches y el ruido de las ruedas sobre el asfalto la adormecen. No está segura de cuánto tiempo ha pasado cuando, amable, él la despierta.

—Ya hemos llegado.

Violeta se incorpora algo avergonzada en el asiento, se recoge el pelo y, por primera vez en mucho tiempo, piensa que debe de estar horrible después de casi un día completo de viaje. Le apetece darse una ducha, comer y dormir. El resplandor de un neón se refleja en el capó del coche. Aunque una de las letras ha dejado de funcionar, puede leer Hotel Torrebuena en la fachada del edificio de ladrillo, una modesta nave en cuyos bajos hay un bar que bulle de animación. Otros coches y camiones están aparcados en la explanada que lo rodea.

—Yo me tengo que marchar, pero no te preocupes, que Hugo se quedará contigo. Es un españolito, no se lo tengas en cuenta —bromea Rigoberto—. Él te ayudará a encontrar trabajo; ¿quieres ser modelo? Con esa carita tan linda te va a sobrar empleo. ¿Quieres dejarme el pasaporte? Yo voy haciéndote el registro, tú

sube a la habitación, que estarás agotada: es la 207. En unos días me acerco a visitarte, me cuentas cómo te van las cosas y arreglamos los papeles para que no tengas problemas de inmigración. Ahora mismito sube Hugo y te devuelve el pasaporte. A él le puedes pedir todo lo que te haga falta.

Violeta se ha dejado llevar hasta la recepción, poco más que una mesa de madera junto a las escaleras, y tras darle el pasaporte, sonríe y se despide de Rigoberto no sin antes agradecerle el recibimiento en Madrid. Es verdad que apenas se tiene en pie. Sube las escaleras hasta la segunda planta. Un pasillo tapizado con una alfombra de dibujos arabescos se extiende a ambos lados. Encuentra su habitación, la 207, abre la puerta y, nada más pasar, se desploma sobre el colchón. Es un cuarto pequeño, con un lavabo, un armario empotrado y la cama. En la ventana, las pesadas cortinas, amarillentas por el paso del tiempo, se tiñen con el rojo del neón del hotel.

No puede pensar, el cansancio la vence y se deja llevar por la fantasía de ser modelo en España. En sus labios siente de nuevo el calor del último beso de Néstor en el aeropuerto. Sí que la amaba, se dice. Néstor quería mantenerme a salvo de aquel infierno del rancho de Santa Casilda, de los ritos de santería y de don Albertito.

—Desnúdate.

Violeta no sabe si la voz ha venido de su sueño. Nota las manos de alguien agarrándola de las muñecas, incorporándola de un tirón. Frente a ella hay un hombre de unos cincuenta años, huele a fritanga y sudor, sonríe de forma untuosa.

—¿Hugo?

Él no responde. Le quita la rebeca, le desabrocha el vestido. En ropa interior, se encoge sobre sí misma, tapándose, reaccionando al fin a lo que está pasando y, de un empellón, aparta al hombre de encima.

—¿Qué te crees que estás haciendo, pendejo?

La respuesta es un bofetón que vuelve a tumbarla en la cama. El sabor metálico de la sangre le recuerda el hambre que tiene.

—Te voy a dejar una cosa clara. No me vuelvas a tocar o te va a caer un camión de hostias. Desnúdate, que tengo que probar la mercancía. Fuera el sujetador y las bragas. ¡Vamos!

No espera que ella obedezca. Le arranca la ropa y, con la amenaza de un nuevo bofetón, la obliga a ponerse de pie. Da un paso atrás, mirándola de arriba abajo. Luego, pasea a su alrededor mientras se quita el cinturón, se mete la mano en los calzoncillos y se masajea la polla.

—Nos debes un dinero; el del viaje y el pasaporte falso que te vamos a hacer, porque con el tuyo te mandarían de vuelta a México en un santiamén. Eso aparte de la comida y esta cama. Vas a trabajar hasta que me lo pagues, que no sé en tu país, pero aquí no hay nada gratis.

—Rigoberto me dijo que ibas a buscarme trabajo…

—Este es tu trabajo.

A su espalda, Hugo la empuja contra la cama. Violeta cae de rodillas ante ella y, antes de que tenga tiempo de incorporarse, siente sus manos encallecidas apretándole la cintura y, después, la penetración. La golpea con furia. Le duele y grita, pero el hombre acaba pronto. Violeta se encoge en el suelo cuando él sale de la habitación. Nota los muslos pegajosos y no puede evitar las lágrimas. Le da rabia romperse de esa manera y aprieta los ojos con tanta fuerza como es capaz, no quiere ceder al llanto, aunque le ardan. No va a consentir que la conviertan en una puta.

Es una ingenua.

Las violaciones se repiten. Han venido otros junto a Hugo. No la dejan ducharse ni le han dado nada de comer en el siguiente día, que pasa encerrada en la habitación del Hotel Torrebuena. Al principio araña, grita, intenta apartar a esos hombres de ella. Le repiten que no comerá, que no saldrá de ese cuarto hasta que empiece a devolverles la deuda. Luego, ya no le quedan fuerzas.

Se pierde en una semiinconsciencia en la que no sabe qué hacen con su cuerpo. Tampoco lo siente. Piensa en sus amigas muertas en el cerro del Cristo Negro, en Néstor, en el beso que le dio antes de entrar en el aeropuerto. En la amabilidad de Rigoberto al recibirla en Madrid. En aquella extraña sombra que se levantó en el rancho de Santa Casilda: la mujer con alas que ahora imagina es su destino, riéndose de ella a mandíbula batiente. Iyami Oshoronga, ¿adónde me llevas? Y se hunde en una oscuridad que supone que debe de ser la muerte.

Despierta en la caja de una furgoneta. Trata de levantarse. A través de un ventanuco, ve una carretera plagada de baches que le impide mantenerse en pie. No sabe cuántos días han pasado. Puede que incluso semanas. El hambre y el dolor le hicieron perder la noción del tiempo. Recuerda gritos de «¡Come!», «Puta de los cojones, aquí no te vas a morir». Recuerda agua en sus labios y una voluntad ciega que la animaba a perderse en la oscuridad de la que intentaban arrancarla. Le habría gustado hundirse hasta que su corazón dejara de latir.

—Follar con ella es como hacerlo con una muerta.

—Me la van a desgraciar y ¿para qué me he gastado yo el dinero?

La segunda voz tiene acento mexicano, llega filtrada a través de la pared de la caja de la furgoneta. Cree identificar a Rigoberto, el otro debe de ser Hugo. No tiene tiempo de escuchar más. La furgoneta se detiene y, cuando se asoma por el ventanuco, solo ve un campo eterno y vacío que se pierde plano hasta el horizonte.

Se abre la puerta de la caja y la luz la ciega. Hugo la obliga a bajar y la arrastra hacia una casa en mitad de la nada. Unas gallinas corren a su paso, libres. La deja caer en un sofá y luego, sin más, él se marcha. A través de un ventanal, como dos sombras chinescas, lo ve hablar con otro hombre.

Una chica de unos veinte años como ella se le acerca. Le retira el pelo de la cara y le sonríe.

—Te vamos a cuidar. Me llamo Serena y ella es Mariya. ¿Tienes hambre, güerita? Rosaura ha hecho pan.

La chica que le ha hablado tiene acento mexicano, pero ¿quiénes son esas otras mujeres que la rodean ahora en el salón? Hay cuatro o cinco más. Tienen buen aspecto, huelen a jabón, y se sientan a su alrededor; la tratan curiosas y delicadas, como si fuera la niña nueva que llega a un colegio. Una de ellas está embarazada; su barriga, abultada, hace pensar que pronto dará a luz.

Capítulo 19

No ha sido difícil identificar a la víctima. Aunque no había objetos personales, sí se había hecho una llamada denunciando su desaparición: una esposa preocupada porque su marido no había pasado la noche en casa.

—Ramiro Beiro Martínez, de sesenta y cuatro años, natural de Beiga, a pocos kilómetros de aquí —les informa Miguel Castiñeira, comisario de A Coruña—. Era asesor fiscal.

—¿Grandes negocios?

—Para nada: negocios de toda la vida, pequeños: bares, ferreterías, algún particular. Un hombre modesto, sin antecedentes. Casado y con un hijo de veintitrés. Vive por la playa de Orzán.

—¿Alguna relación con los astilleros?

—Creemos que no. Beiro era una persona normal; hemos hablado con vecinos de su edificio, con algunos clientes... Era de esa gente que uno sabe que no se va a enredar en nada malo.

Están junto a la playa de Riazor, cerca del Instituto de Medicina Legal donde Buendía ha iniciado la autopsia.

—¿Drogas, alguna deuda, una amante? —Aunque Zárate acribilla a preguntas al comisario, su atención está más centrada en Elena. La inspectora se ha alejado de ellos unos pasos, tiene la mirada perdida en el Atlántico.

—Que nosotros sepamos, está completamente limpio. Si podía tener algún lío amoroso, eso ya se me escapa... Pero no lo creo, la verdad.

Zárate agradece al comisario su colaboración y se despide, tras pedirle que facilite a Orduño todo lo que necesite para inspeccionar la zona donde hallaron el cadáver. Elena está inmóvil, detenida en el paseo de la playa. Es un día ventoso y su pelo castaño ondea como una bandera. Han decidido esperar a que Buendía tenga unos primeros resultados de la autopsia antes de visitar a la familia. Por una vez, no han sido ellos, sino los psicólogos de la policía los que han dado la mala noticia a su viuda. Las olas rompen en la orilla con estruendo. Unos chavales juegan al fútbol en la arena: pueden verlos, pero, cuando un equipo marca, el rugido del océano enmudece sus gritos de euforia.

—Tiene que haber un punto de conexión entre Beiro y Escartín...

Elena asiente mecánica a las palabras de Zárate. Un anciano apoyado en un bastón lucha contra el viento mientras camina por el paseo. Un grupo de chicas en un banco ríen felices mientras una de ellas trata de encenderse un cigarro. Dos de ellas, abrazadas, se besan. De repente, no sabe por qué, Elena siente un deseo incontrolable de llorar. Se avergüenza. Sabe que es como si se estuviera rompiendo ante una escena de una película vulgar diseñada para emocionar, pero esa vida normal que la rodea, ajena a la tragedia que sabe que ahora se debe estar viviendo en la casa familiar de Beiro, le ata un nudo en el pecho. Esa conciencia de cómo se escapa la vida sin ser conscientes hasta que es demasiado tarde. Hasta que no hay oportunidad para las risas ni los besos.

—¿Estás bien?

Elena se arrebuja en Zárate, que la rodea con un brazo.

—¿Te gusta la playa? Creo que nunca te lo he preguntado.

—Vivo en Madrid —sonríe él—. ¿A qué madrileño no le gusta la playa?

—Cuando esto acabe, podríamos hacer una escapada. ¿Has estado alguna vez en la costa Amalfitana?

—No sé ni dónde está.

—En el sur de Italia.

—Debería haberlo supuesto: canciones italianas, lasaña, grappa...

Zárate se siente incómodo en esta proximidad. Un estafador. En su memoria, quizá por el vínculo con Italia, ha saltado el recuerdo de Manuela. Sabe que es absurdo portarse como un adolescente que engaña a su pareja. Debe encontrar el momento para confesarse ante Elena. No cree que ese engaño sea un obstáculo insalvable para la pareja; sin embargo, el secreto sí que puede derrumbar esta frágil construcción que vuelven a levantar.

—Por una vez en la vida, podrás comer lasaña en condiciones, y no las congeladas que te preparo en casa —promete ella.

No va a hacerlo ahora. No va a romper el momento, frente a las olas que se levantan furiosas en el mar. Elena en sus brazos, juntos, como si nada más alrededor importara, como si no existiera un pasado o un futuro que pudiera separarlos.

—Le han extraído los mismos órganos que a Guillermo Escartín: el hígado, la vesícula, casi todo el intestino grueso, un trozo del intestino delgado... Está claro que el asesino ha encontrado su método. La misma forma de cortar y de coser, muy chapucera pero con material quirúrgico.

Se han reunido con Buendía en la puerta del Instituto de Medicina Legal. El forense busca un asiento en un banco, está cansado; unas ojeras violáceas ensombrecen esa mirada que siempre ha sido curiosa. Elena deja que Zárate haga las preguntas, ella ya supone todas las respuestas, su pensamiento se ha desviado hacia otro laberinto.

—¿El mismo hilo para suturar?

—Lo sabremos cuando lo analicemos, pero todo parece indicar que sí, que es hasta de la misma partida.

—¿La víctima se defendió?

—No hay señales de resistencia ni en uñas ni nudillos. Tampoco laceraciones en la piel de las extremidades. No necesitó atarlo. —Buendía pinza el puente de la nariz y cierra unos segundos los ojos, sin dejar de hablar—: La conjetura más lógica es que lo durmió. Estoy esperando el resultado del análisis toxicológico, pero supongo que veremos trazas de escopolamina como en Escartín.

—En tu opinión, es el mismo asesino.

—De eso no tengo ninguna duda.

—¿Y el feto?

—El desarrollo corresponde con un varón de veinte semanas. Necesito un poco más de tiempo, pero seguro que te lo imaginas: fue congelado y el cordón umbilical está desgarrado. La madre también puede estar muerta.

Un coche pita ansioso. Se acaba de abrir un semáforo y el vehículo de delante sigue clavado en el sitio.

—Beiro tenía sesenta y cuatro años: ¿el hijo puede ser suyo?

—Eso nos lo dirá el análisis de ADN, pero no hay nada que lo impida. Ya sabes el refrán: el hombre pierde antes el diente que la simiente.

Orduño se ha quedado en el astillero; preguntará a los empleados, requisará todas las grabaciones de las cámaras de seguridad e intentará encontrar huellas, pero ya suponen que nada de eso arrojará resultado alguno.

—No tenemos una mierda. —Elena se ha decidido a romper el silencio, a exponer a sus compañeros ese laberinto en el que está perdida—. Escartín: un policía que hace un trabajo encubierto, en teoría para desmantelar a una brigada corrupta, la de Villaverde. Todo apuntaba a que hubiera alguna implicación de narcotraficantes, tal vez Byram, que la manera de matar tuviera relación con sus tradiciones o que los policías de la Sección las hubieran imitado. Y de repente, Beiro: a seiscientos kilómetros de Escartín. Por lo que nos dicen, un hombre que jamás ha tenido problemas legales ni mucho menos relación con la policía. ¿Por qué él? ¿Qué conexión hay entre los dos? ¿Dónde están las madres de esos fetos? Vamos dando tumbos sin sentido y, mientras tanto, ese asesino sigue adelante con su lista, porque lo sabemos, ¿verdad? Después de Beiro, habrá más. Y nosotros somos incapaces de hacer nada porque no tenemos ni idea de qué está pasando. Lo único que hacemos es recoger cadáveres como una puta funeraria.

Zárate y Buendía han hundido la mirada, conscientes de que a Elena no le falta razón. A estas alturas no están más cerca de coger al asesino que cuando encontraron el cuerpo de Escartín. Han lanzado cebos al río, como Reyes infiltrada en Villaverde, esperando que ocurra el milagro, que algo pique y les revele el camino correcto. No es propio de la BAC avanzar con esa ausencia de resultados, con esa falta de método.

Desde las ventanas del salón de la casa de Ramiro Beiro se puede ver la playa de Orzán. A pesar de que la casa es modesta, apenas cien metros cuadrados, las vistas son magníficas y a Elena le resultan hipnóticas las acrobacias de los surfistas sobre las olas. Espera de pie, junto a un tresillo tapizado en un color pardo y un par de cuadros sin valor en las paredes (uno de ellos es una marina); una gran televisión preside la estancia. Un hogar cualquiera de un barrio cualquiera de España. Le llama la atención la ausencia de puertas: parece que fueron descolgadas del marco, tanto en el acceso al salón como a la cocina, dejando vacíos los vanos, que son más anchos de lo normal. Natalia Figueira se apoya en Zárate cuando llega al salón. Está algo mareada, fruto de los ansiolíticos que le administraron para contener el ataque de histeria que sufrió al recibir la noticia de la muerte de su marido.

—No me encuentro del todo bien... —se disculpa sentándose con dificultades en el sofá como si, de repente, se hubiera convertido en una anciana. Al igual que su marido, supera los sesenta años.

—Lo entendemos y sentimos importunarla en un momento así, pero tenemos que hacerle algunas preguntas.

Natalia toma aire y se lleva la mano al pecho. Es un gesto un tanto exagerado, pero parece servirle para controlar los nervios. Las arrugas le cercan el cuello, y seguramente ganarán terreno durante el luto, pero por ahora apenas matizan un rostro atractivo y, en este instante, descompuesto. Elena se sienta a su lado. Sabe que los psicólogos no le han descrito las circunstancias de la muerte; ha preferido reservarse esa información para juzgar si las reacciones de ella le daban alguna respuesta al crimen.

—Necesitamos saber si su marido tenía alguna relación con el narcotráfico, o si había tenido problemas con alguno de sus clientes... Tal vez deudas...

La viuda divaga insegura de un tema a otro: la afición de Ramiro a la pesca, los más de cuarenta años de profesión y el aprecio que sus clientes le tenían, familias de A Coruña y comerciantes que, sin duda, le hablarán bien de su esposo. Nunca nadaron en la abundancia, pero tampoco les faltó el dinero para llevar una vida decente y, cuando ha sido necesario, darle a su hijo todo lo que le hacía falta.

—No somos gente de grandes ambiciones. Nos conformamos con poder atender a los nuestros, sobre todo a Anxo, mi hijo, que nos necesita tanto.

—¿Le sucede algo a su hijo?

—Aplasia medular. Está en tratamiento, pero ya nos han dicho que necesita un trasplante de médula. Hoy está muy débil. Y lo de su padre... Yo no sé cómo va a encajar algo así...

Un temblor en la voz la enmudece; la perspectiva de un futuro que jamás había previsto se abre incierta. Elena le deja su tiempo para que logre recomponerse.

—Nos hicimos novios a los dieciséis años, imagínese, siempre juntos. Yo no sé qué vida es esta sin él...

—Piense en su hijo. Tendrá que hacerse fuerte. Por él, para estar a su lado hasta que le hagan el trasplante.

—No aparece ninguna médula compatible, su padre tenía hierro en la sangre y no podía donar; yo tuve un cáncer y tampoco... La única solución sería que tuviera un hermano. Y yo, a mi edad, no se lo puedo dar.

Elena y Ángel cruzan una mirada; no necesitan hablarse para saber en qué piensa el otro, pero la inspectora prefiere avanzar con precaución, como si atravesara un campo de minas. Tras preguntarle por la enfermedad de la sangre de Beiro e interesarse por el cáncer de Natalia, del que se ha recuperado, plantea la pregunta que ha querido hacer desde que la viuda habló de un donante para Anxo.

—¿Y si su marido hubiera tenido un hijo él solo? Con otra mujer...

—Estuvimos valorando la posibilidad de recurrir a un vientre de alquiler, en California... pero, bueno..., no hubo suerte.

—¿En qué sentido?

Natalia les explica que unos años atrás se gastaron parte de los ahorros que tenían en el proceso, pero no salió bien. La agencia que contrataron les pedía más dinero para hacer un nuevo intento y decidieron dejarlo. Tenían miedo de arruinarse, de perder la casa para lanzarse a buscar un hermano que tampoco era una garantía absoluta de curación para Anxo. ¿Y si no resultaba compatible? Sin dinero, ¿cómo iban a cuidar de su hijo? ¿Qué le iban a dejar cuando ellos faltaran?

—Después de mi cáncer, teníamos muy presente que... que la vida se puede terminar de la noche a la mañana. Fue muy duro aceptar que no le podíamos dar a Anxo un hermano salvador, que es como los llaman. En España es ilegal, nadie nos lo cubriría, nos habíamos resignado...

—Papá no se había resignado.

Elena y Zárate ven entrar en el salón a Anxo. En una silla de ruedas, los mira con la cabeza ligeramente inclinada, la mirada envuelta en una telaraña húmeda. Está demasiado delgado, pálido, la bata de cuadros que lleva le queda grande, apenas resiste en su cuerpo una gota de la energía juvenil que debería tener a los veintitrés años.

—Papá seguía intentándolo. Me prometió que me daría un hermano.

Capítulo 20

El armario está abierto y su ropa aguarda inmóvil en las perchas. Vestidos y pantalones, camisas, trajes, tops y chalecos, chupas de cuero y rebecas, blazers... Reyes se sonríe al imaginar qué pensaría un policía si abriera ese armario para indagar en el propietario de la casa. Supondría que en este chalet viven dos personas, un hombre y una mujer. Incluso más; una mujer de la alta sociedad, conservadora, y otra chica más joven, tal vez una universitaria con gustos estrafalarios. Ropa de firma que convive con otra de mercadillo. Vaqueros masculinos y camisetas publicitarias baratas, vestidos largos de noche, elegantes trajes azules, negros y grises de corte clásico.

Lleva toda la mañana desnuda, observando esas ropas sin decidirse a elegir ninguna. Aunque la herida no reviste gravedad, le han ofrecido unos días de baja. Ella los ha rechazado: descansará hoy y gracias; mañana piensa estar de vuelta en Villaverde. Se acaricia la línea de puntos en el costado, aún le escuecen un poco. Cada veinte o treinta minutos, como si se hubiera puesto una alarma para recordarlo, suena un mensaje de Orduño. A veces los envía excusándose en temas relativos a la investigación: le ha contado que ha aparecido un segundo cadáver en A Coruña; otras, deja de lado todo disimulo y le pregunta cómo se encuentra. Sabe que está preocupado por ella, que quiere que salga de la brigada de Villaverde, como su tío. Ninguno de los dos ha acabado de creerse esa historia de una redada contra un narco que, tras apretar el gatillo, se ha desvanecido como un fantasma.

No va a contarles la verdad. Ni siquiera Elena la entendería. Se ha ganado la confianza de la Sección, no solo por encajar el disparo de Cristo, sino por mantener la mascarada. Si hay algo de lo que se arrepiente, es de haber sido tan torpe como para dar información de Guillermo Escartín que ella no debería saber. No volverá a cometer un error como ese. Pero, al mismo tiempo, la reacción de Fabián y Cristo, la prueba a la que la sometieron, demuestra que Escartín es un tema delicado para la brigada.

Llaman al timbre y Reyes coge una camiseta vieja con el logo de un taller de reparación de coches. Le cubre hasta los muslos y, descalza, está bajando las escaleras cuando el timbre vuelve a sonar. Espera encontrarse con la chica que viene a hacer la lectura de la luz o el agua, con un cartero, pero quien está al otro lado de la puerta es Fabián. Muestra una pequeña bandeja envuelta en papel.

—Milhojas del Horno de Conchi, son un pecado.

—¿Siempre les traéis milhojas a los compañeros después de pegarles un tiro?

—No seas exagerada. Si solo te rozó...

—Podía haberme atravesado el hígado.

—Cristo tiene buena puntería. Si hubiera querido atravesarte el hígado, lo habría hecho. ¿Vas a dejarme plantado en la puerta o puedo entrar en el palacio? Hace frío y se me están congelando las manos. Dile al mayordomo que nos sirva los pasteles en platos de porcelana y que vaya preparando un té... Es lo que se supone que toma la gente bien, ¿no? Té, pastas y cocaína rosa.

El gesto tenso de Reyes se derrumba en una sonrisa. Coge la bandeja y hace pasar a Fabián con un «venga, entra, imbécil». El policía lanza un silbido mientras estudia el enorme salón que da la bienvenida a la casa. Su mirada recorre los muebles de diseño y las piezas de porcelana antigua que a la madre de Reyes le gustaba coleccionar.

—Ya sé dónde dar el palo para sacarme unos euros para la jubilación.

Ha cogido una porcelana japonesa de un tigre y mete un dedo dentro de la boca de la figura, como un niño que explora un juguete que no sabe cómo funciona.

—Es del siglo XIX, Fabián. Mejor déjala donde estaba, no me la vayas a romper, que debe de valer unos treinta mil euros.

Él silba entre dientes y pasea la mirada de ella al tigre y vuelta.

—Me estás vacilando. ¿Qué cojones haces levantándote a las seis de la mañana cada día para ir a trabajar?

—Me gusta ser policía, ¿tanto cuesta entenderlo? Voy a preparar café.

En el espejo del recibidor, Reyes ve cómo Fabián le mira las piernas cuando ella le da la espalda para ir a la cocina. Podría subir un momento a la habitación, ponerse unos vaqueros para que la camiseta larga que lleva no permita vislumbrar el inicio de su culo, pero, mientras coge la cafetera, se da cuenta de que no le apetece hacerlo.

—Cristo quiere que te pases esta noche por el Curro.

Se han comido dos milhojas, Reyes le ha pedido la dirección del Horno de Conchi y le ha dicho que son las mejores milhojas que ha tomado nunca, aunque no sea verdad. Fabián se la ha enviado en un mensaje sin disimular su orgullo de barrio, como esos vecinos de la Colonia Marconi que sintieron como suyo cada éxito en el fútbol de Raúl.

—¿Qué quiere ahora el jefe? ¿Pegarme otro tiro, a ver si esta vez acierta?

—Quiere invitarte a tomar algo, para celebrar que estás bien.

Reyes no puede contener un bufido cínico.

—Tenemos que andarnos con ojo, Reyes. No es más que eso.

—Sois unos paranoicos de la hostia. Solo te dije que el soplón ese era un yonqui. ¿Es que no lo era?

—Tienes olfato. Parece mentira, para haberte criado en un sitio tan pijo... Vas a ser una buena policía.

—¿Eso es lo que tú piensas o te lo ha dicho Cristo?

—Me lo ha dicho el jefe. Si yo tuviera que decir algo de ti, diría que cada día, después de hacer patrulla, termino con dolor de huevos.

Reyes estalla en una carcajada.

—Eres un poeta, Fabián.

—Lo que soy es honesto, qué cojones. Eso sí, a mi mujer la tengo más contenta que nunca.

—Entonces ¿de qué va esto? ¿Has venido a mi casa a ver cómo estaba o a echarme un polvo?

—He venido a ver cómo estabas. Pero me has abierto la puerta con esa camiseta y, desde entonces, ya no he podido pensar en otra cosa. Somos compañeros, Reyes: que no me lleve un tiro en la calle depende de ti. Tenemos que confiar el uno en el otro. Y confiar significa no tener secretos. Si me pones burro, te lo digo.

—Y si tú también me pones a mí, ¿qué hacemos?

—Yo creo que es fácil arreglarlo.

Reyes se sienta a horcajadas sobre Fabián. Siente la erección bajo sus pantalones. Acerca la boca a su oreja mordida y le murmura:

—Ten cuidado, acaban de ponerme unos puntos.

Le sorprende la suavidad con que la trata Fabián. Su manera de hacer el amor, besándola, acariciándola, despacio, sin la torpeza del deseo urgente, alargando el sexo en el tiempo hasta olvidar cuándo empezaron.

Capítulo 21

La charla con Anxo se hace penosa. Después de cada frase necesita tomar aire; no saben si esa falta de oxígeno es a causa de la enfermedad o una reacción natural por la muerte de su padre. Elena ha puesto la grabadora del móvil en funcionamiento. Ve pasar los segundos, paciente, ni ella ni Zárate quieren meterle prisa. Anxo ha acercado la silla de ruedas hasta el sofá donde está su madre, que le tiene cogida la mano. Entre toses y frases entrecortadas, el chico les describe el viaje que hizo con su padre a Madrid hace nueve meses.

—Tenía que hacerme unas pruebas. Los daños...

—Era una prueba para ver los daños que la falta de oxígeno producía en la sangre —completa Natalia el relato de su hijo mientras aprieta ahora con más fuerza su mano—. Fue solo con Ramiro, con mi marido, a mí esas pruebas me ponen muy nerviosa y... en fin... los resultados no fueron buenos. Nos dijeron que no teníamos mucho plazo, que había que encontrar un donante... Estábamos muy tristes.

—Papá no estaba tan triste, no sé... Estaba nervioso... Me dijo que, en lugar de dormir en Madrid, íbamos a hacer noche en un pueblo de Soria.

—De Madrid a La Coruña no se pasa por Soria. —Zárate no duda en mostrar la extrañeza que provoca el dato en todos, incluida Natalia.

—Mi padre iba a ver a alguien allí. Me pidió que no te contáramos nada, mamá.

Poco a poco sigue desgranando sus recuerdos. Los dos se alojaron en un pequeño hostal del pueblo. Era ya de noche cuando llegaron y Ramiro se encontró en el aparcamiento del hotel con un hombre.

—Bajó él solo, pero yo los vi desde la ventana de la habitación. No sé qué decían, estaban demasiado lejos. Papá le dio un dinero. No hablo de cincuenta o cien euros. Hablo de mucho más, un fajo de billetes.

Ramiro no quiso contarle a su hijo quién era ese hombre o el motivo por el que le pagaba. Solo le dijo que era un asunto de negocios, pero la cara le había cambiado, había desaparecido el nerviosismo, parecía hasta feliz.

—Pidió postre después de cenar. Una tarta al whisky, ya sabes cuánto le gustaba, había que comprarla en su cumpleaños...

—¿Qué pueblo era? —ataja ese recuerdo Elena.

—No sé, tenía un castillo, aunque estaba un poco apartado, había que cruzar el río y no fuimos a verlo. Solo recuerdo al hombre, un tipo bastante gordo y pelirrojo. Y a la mujer del hostal que nos sirvió la cena. Dorita. Me acuerdo de su nombre porque me hizo gracia: Dorita, como los Doritos...

Natalia ha soltado la mano de su hijo. Tiene la mirada perdida en el dibujo geométrico de las baldosas, como si de repente estuviera en mitad de uno de esos pasatiempos que es una maraña de líneas y una debe encontrar el camino correcto. ¿Qué hacía Ramiro Beiro en ese pueblo de Soria?, ¿quién era el hombre al que le entregó el dinero?, ¿desde cuándo había secretos entre ellos?

—En ese viaje, ¿tu padre te dijo algo más? ¿Algo... no sé... extraño...? —interviene de nuevo la inspectora.

—Cuando subimos a la habitación y me acostó, se sentó a mi lado. «Te prometo que te vas a curar». Eso me dijo. Era algo que tenía que quedar entre los dos, que no se lo podíamos decir a mi madre...

—¿Te contó por qué estaba tan seguro de que te ibas a curar?

—Solo hay una manera —murmura Natalia desde su ausencia.

Las piezas del rompecabezas empiezan a encajar. Elena pide a Zárate que acompañe a Anxo a su habitación: no quiere contar lo que debe en presencia del chico. Sabe que Zárate aprovechará para hacerle más preguntas sobre ese pueblo de Soria, cualquier detalle que los ayude a localizarlo. Cuando el sonido de las ruedas de la silla de Anxo se apaga, Elena considera que ha llegado la hora. Se sienta junto a Natalia en el sofá. La viuda ha iniciado un soliloquio de incredulidad: no entiende el comportamiento de su marido en ese viaje, la insistencia en mantenerla al margen. Entonces, la inspectora le describe cómo fue asesinado Ramiro Beiro. La caseta del astillero donde fue hallado, la sutura vertical que dividía su estómago en dos, la extracción de parte de sus órganos para meterle dentro un feto que, probablemente, ya llevaba muerto varias semanas.

La realidad para Natalia se convierte en un cristal hecho añicos, trozos de vidrio por todas partes que reflejan momentos del pasado, instantáneas del cuerpo del hombre al que amaba brutalmente torturado, el rostro que no ha visto jamás pero supone del feto, hundido en sus entrañas, tan muerto como él. No es capaz de contener la arcada y vomita entre sus piernas. Un hilo de baba queda pendiendo en el aire, las lágrimas le mojan las comisuras de los labios. Elena la rodea con un brazo, en silencio. Busca un pañuelo para ayudarla a limpiarse.

—Su marido intentó tener a ese hermano salvador.

La expresión, ahora, resulta irónica. El niño que iba a traer la vida para Anxo trajo la muerte de Ramiro Beiro.

Elena encuentra a Zárate en la playa. Ha anochecido y las luces de los edificios se reflejan en el agua. El viento no descansa, el ruido del mar embravecido es un telón de fondo al que se han acostumbrado.

—He hablado con Buendía. —Su compañero dibuja una mueca al verla llegar—. Cree que se puede usar la médula del feto, en concreto la sangre del cordón umbilical, aunque dice que no es un experto en trasplantes de médula. El feto estuvo congelado, pero no sabe en qué condiciones ni cuánto tiempo ha pasado desde que lo descongelaron y lo metieron dentro de Ramiro Beiro. Iba a consultar con un especialista.

—¿Has sabido algo de Orduño?

—Se ha pateado el astillero, pero nada. Las cámaras no muestran nada llamativo y tampoco aparecen los objetos personales de la víctima. Ha pedido un duplicado de su móvil para intentar reconstruir sus movimientos, pero ya sabes: eso tardará.

El estallido continuo de olas ocupa todo. Hace muy poco, estaban perdidos. Ahora han encontrado el camino, la posible conexión entre Beiro y Guillermo Escartín, pero el rumbo que les marca anticipa un paisaje horrible, como si no les quedara más remedio que coger un barco y adentrarse en ese Atlántico violento que rompe en la bahía de A Coruña.

—¿Vas a sacar a Reyes de Villaverde? —Zárate rompe el hechizo del oleaje.

—No lo sé. Necesitamos asegurarnos de que estamos en lo cierto antes de cambiar de dirección.

Elena busca su móvil en el abrigo y marca el número de Mariajo. La voz resquebrajada de la hacker le contesta al otro lado.

—Acaba de llegarme la grabación de la conversación. Estoy buscando ese pueblo con castillo en Soria...

—No es lo único que quiero que busques. Haz un repaso de los expedientes policiales, rastrea en la Deep Web si hace falta...

—¿Para qué tengo que meterme otra vez en esa cloaca? ¿Qué es lo que estamos buscando?

—Mercado negro de vientres de alquiler.

Salvo Buendía, nadie de la brigada hará noche en A Coruña. Orduño ya ha cogido un vuelo de regreso a Madrid, y Zárate y ella viajarán hacia la provincia de Soria para ganar tiempo y estar cerca cuando Mariajo logre localizar el pueblo donde pararon Anxo y su padre. Sabe que apenas hablarán a lo largo del viaje. Que, aunque no lo compartan, ambos estarán pensando en esas madres que siguen desaparecidas.

Capítulo 22

Cristo abre una botella de cava y llena los vasos. Un cava malo, dulzón. En la mesa donde juegan al mus, hay platos con ganchitos de queso y patatas fritas. Richi, el policía mudo con el que Reyes todavía no ha cruzado ni una palabra, come con ansia mientras los demás gastan bromas que llenan de algarabía el almacén del Curro.

—Teníais que haber visto al tito Rentero. —Fabián imposta la voz del comisario rememorando su conversación en el hospital—. «Que yo sepa, Valdemoro no compete a la policía de Villaverde».

El grupo estalla en una sonora carcajada. Gregor y Nombela prácticamente lloran de la risa. Cristo rellena los vasos para proponer otro brindis.

—Por Wilson Cabello, que tanto nos ayuda sin tener ni puta idea.

«¡Por Wilson Cabello!», responden los demás, incluida Reyes. ¿Son unos policías corruptos o una panda de chavales gamberros jugando a juegos de mayores? No le extrañaría que el cava fuera, en realidad, Champín —el espumoso sin alcohol que dan a los niños— y que, de repente, alguien empezara a inflar globos como si celebraran una fiesta de cumpleaños. Estos hombres no pudieron matar a Guillermo Escartín, es algo de lo que cada vez está más convencida. O al menos no de esa manera alambicada en la que murió el policía. Cogen mordidas, amedrentan a unos cuantos comerciantes y dejan que los camellos hagan su trabajo bajo comisión, pero, aunque de forma poco ortodoxa, cuidan de su barrio. Ha vivido al lado de Fabián el afecto que sienten por las gentes de Villaverde. Toda la parafernalia que los rodea, el nombre del grupo —la Sección—, el rito de iniciación al que la sometieron, no deja de ser una pose peliculera de chicos malos.

—¿Cómo está tu madre? —Reyes se ha sentado con Cristo, que observa a los demás como si su deber fuera proporcionarle diversión.

—Jodida. Después de la operación de cadera, ha tenido una infección... La pobre tiene ya ochenta y dos años. A ver si la aguanta. Eso me pasa por llevarla a un puto hospital público, en lugar de a un especialista que tenía fichado en Barcelona. Pero ella, nada, que no quería salir de Madrid.

—¿Vas a pasar la noche con ella en el hospital?

Para su sorpresa, en lugar de responder, Cristo se levanta, llama la atención de los demás y pone fin a la celebración.

—¿Me dejáis un momento con la nueva?

Acto seguido vuelve a sentarse, aunque no habla hasta que todos se han ido.

—Esta noche no puedo ir al hospital, tenemos trabajo. ¿Crees que estás en condiciones?

—Claro, ¿qué tengo que hacer?

—¿Podrías vestirte de puta?

Reyes duda, pero hasta ahora no ha escuchado bromear a Cristo, supone que habla en serio.

—¿De puta de la Colonia Marconi o de puta del Flowers?

—Mejor del Flowers. No es necesario que vayas con las tetas al aire. Fabián te recogerá y te llevará a un burdel. Entras, te tomas una copa y tonteas con algún cliente. No hace falta que te lo folles, a no ser que te apetezca, claro.

—Algo más tendré que hacer.

—Te daremos un paquete: un kilo de heroína. Solo tienes que dejarlo detrás de un bafle que hay al lado del pasillo de los baños.

—Y os llamo cuando lo tenga hecho para que entréis a hacer una redada —deduce ella al vuelo—. ¿Tenéis ya el permiso del juez?

Cristo le sonríe. Le gusta que la chica sea rápida y no exija explicaciones.

—El dueño del burdel es un gilipollas que no quiere entender cómo funcionan las cosas en Villaverde. Tenemos que cerrarle el local. Tú lo tienes claro, ¿verdad?

—Cristalino.

Fabián recoge a Reyes a la salida del metro de Príncipe de Vergara, con el mismo Ford Fiesta blanco viejo de la noche anterior.

—¿Qué hago cuando entréis?

—Nada. Te detendrán como al resto de la gente, pero te metemos en el coche patrulla de Richi y él te llevará a casa. —Los ojos de Fabián caen en el pronunciado escote de Reyes—. Te va a costar mantener a raya a los clientes.

—¿Estás seguro? Aunque no lo parezca, el top vale seiscientos euros. Espero que no se note…

Mientras conduce, Fabián bromea con el precio de ese pedazo de tela que apenas le tapa los pezones. A ella le duele la cabeza; se ha tomado un ibuprofeno después de cambiarse. Aunque la herida sea leve, se siente agotada.

—Le tuvimos el bar precintado una semana y no se lo tomó nada bien —le cuenta Fabián camino del Lady's.

—¿No pagaba lo que le tocaba?

—Sí que lo pagaba, pero a veces no nos quedan más cojones que intervenir. Un periodista apareció muerto en una habitación y, claro, tuvimos que cerrarlo. Ahora dice que no suelta el dinero.

—¿Quién se cargó al periodista?

—La puta que estaba con él le pegó un tiro.

—¿Las putas van armadas en el Lady's? Es un poco raro, Fabián.

—Al juez no se lo pareció. La mandó a Soto del Real de cabeza, está a la espera de juicio. Y si tú conocieras a Dely, tampoco te lo parecería. Es una bestia salvaje.

—¿Dely? ¿Tú la conoces?

—Es venezolana; empezó en la Colonia, pero como está buena y nos hicimos amigos, pudo prosperar. En el Lady's no se pasa tanto frío.

—¿Y el periodista? ¿Por qué se lo cargó?

—El periodista era un imbécil al que nadie va a echar de menos, Reyes.

Le gustaría seguir preguntando, pero sabe que la curiosidad no es bien recibida en la Sección. ¿Hasta dónde llega el juego de estos policías? No puede evitar la sensación de que la muerte de ese periodista era algo tan útil para los intereses de Cristo y sus hombres como el trabajo que va a hacer esta noche. Sin embargo, no es lo mismo colocar un paquete de droga que un homicidio. Quizá se ha precipitado juzgando a sus compañeros como unos policías que solo han puesto un pie al otro lado de la legalidad.

El coche toma una vía de servicio a la entrada de Villaverde. Allí, en la puerta de la gasolinera, los espera Marlene, la joven dominicana que dará acceso a Reyes al Lady's. Guarda el kilo de heroína en el bolso y se despide de Fabián. Caminan juntas por el arcén de la vía de servicio. Marlene —que va abrigada con un chaquetón de pieles falso, masca chicle y habla con desparpajo, como si se conocieran de toda la vida— se ha quitado los zapatos, pero Reyes no se decide a caminar descalza, aunque los tacones la estén matando.

—Le he dicho al encargado que voy con una amiga. No suele poner problemas, pero si te haces la estrecha con los clientes se va a mosquear. Por lo menos, alterna con ellos, que te inviten a copas. Muchos lo único que quieren es darte palique y creerse que han ligado. ¿Cómo te vas a llamar? Tu nombre de guerra, que nadie usa el suyo de verdad.

Reyes ve una oportunidad para probar a la chica.

—No sé, ¿Dely? ¿Te suena bien? Como «delicia»...

—Búscate otro —responde Marlene seca—. Dely lo único que nos trae a todas son malos recuerdos.

—¿Por qué?

—¿Es que no te ha dicho nada Fabián? Da igual, mejor nos olvidamos de Dely. Te vas a llamar Lupe, ¿te parece?

Reyes prefiere no insistir, teme que Marlene le vaya con el cuento a Fabián.

El Lady's es un edificio viejo de dos plantas pintado de morado y con un letrero rojo que no esconde la actividad que encierra. Un portero que podría haber jugado al rugby en cualquier equipo del torneo de las Seis Naciones custodia la puerta. Se llama Dimitri y, como el nombre apunta, es de algún país del este de Europa. Parece agradable cuando habla, pese a su amenazador aspecto. Su castellano es muy bueno, solo afinando mucho el oído se detecta el acento extranjero.

—Ya hay algunos clientes dentro. Hoy la noche va a ser buena.

—Ojalá, Dimitri —responde Marlene.

El local es más grande de lo que la entrada hacía sospechar. Hay mucha moqueta, muchos dorados, sofás tapizados en terciopelo y una barra muy bien surtida. Unas quince chicas ya están tomando copas con los clientes. A Reyes se le va la mirada hacia el letrero que marca el camino a los servicios. Junto a la entrada del pasillo hay un bafle de música; allí tendrá que dejar el paquete de heroína que le ha dado Fabián.

—Ven, que te presento al encargado.

Marlene le señala a un hombre bajito, enjuto, con grandes entradas, camisa blanca sin corbata y traje azul que parece de segunda mano. Está sentado delante de la barra y toma un café con leche en el que moja una magdalena.

—No te fíes de su cara de bobalicón, tiene una mala leche que no te imaginas —le murmura Marlene mientras se acercan a la barra—. Olmo, esta es la amiga de la que te hablé, Lupe.

—Hola, Lupe. —Él la escanea de arriba abajo, y lo que ve parece gustarle—. ¿Tienes experiencia?

—¿En follar? Sí, claro.

Olmo se ríe con ganas.

—Eso ya me lo imagino, en alternar con clientes. Aquí lo que nos da dinero es que los clientes se tomen unas cuantas copas.

—No tengo, pero aprendo rápido.

—Pues al lío. Vale que te pongan una mano en el culo, pero si van a más, hay que pagar. Nada de enseñar las tetas gratis.

—Comprendido, solo necesito cinco minutos para ir al baño.

—Hay uno dentro para nosotras —dice Marlene—. Aquí fuera están hechos un asco, solo los usan los tíos.

—Podré soportarlo.

Reyes enfila el camino a los baños y, al pasar junto al bafle, deja el paquete con discreción; mira alrededor, nadie la ha visto. Después entra en el baño. Como le ha dicho Marlene, es una pocilga. La encimera del lavabo está llena de rastros de cocaína, las tazas rebosan papel y parece que a más de uno le falla la puntería. Bebe un poco de agua, el pulso se le ha acelerado. Hace la llamada que sus compañeros están esperando: una perdida a Cristo. Aguarda unos minutos antes de salir. Cuando lo hace, Marlene, junto a la barra, entretiene a dos hombres con aspecto de ejecutivos. Al verla, le pide con un gesto que se acerque.

—¿Veis como os decía la verdad? Guapísima.

—Sí que lo es, me la pido —se adelanta uno de ellos.

—Pues tú y yo nos vamos y los dejamos solos —le dice Marlene al otro.

Reyes mira al que le ha tocado, su primer cliente. Tiene unos cuarenta años y lleva traje gris, camisa azul celeste y corbata verde con lunares blancos.

—Me gusta tu corbata.

—A mí me gustas tú. ¿Cava?

—¿No valgo champán?

—Lo vales, pero prefiero gastar el dinero en otras cosas. En un par de horas en mi hotel, por ejemplo.

—Cuéntame, ¿eres de Madrid?

Reyes charla con el hombre mientras echa continuas miradas a la puerta. Confía en que Cristo y los suyos no se retrasen mucho, porque va a ser difícil mantener a raya a Javier, que es como le ha dicho que se llama, aunque ya le avisó Marlene de que allí nadie dice su verdadero nombre.

—Así que de Bilbao. ¿Y a qué has venido a Madrid?

—A cerrar un contrato. Voy a venderle un contenedor lleno de camisetas importadas de China al que se ha ido con tu amiga.

—Eso es un montón de camisetas.

—Luego, en el hotel, te regalo una...

—Espero que sean de marca, que una tiene un nivel.

—Son de marca, pero ful, que vienen de Taiwán.

Aunque ella apenas moja los labios, Javier bebe deprisa y la botella baja de nivel a toda velocidad, pero sus compañeros de la comisaría no llegan. Cada vez es más atrevido con las manos y a Reyes ya no se le ocurren más excusas para estirar el tiempo. Empieza a pensar que esto es otra encerrona. Quizá no se ha ganado la confianza de la brigada como pensaba y haya una prueba más.

—Ya nos conocemos bastante; a lo mejor no como para casarnos, pero sí para echar un polvo. ¿Qué te parece si vamos al hotel?

—¿Está cerca?

—Cinco minutos en mi coche. Allí podemos pedir otra botella de cava, aunque tú apenas has bebido. Supongo que tendré que hablar con el encargado.

—Claro.

Reyes no deja de mirar a la puerta. Trata de pensar en algo, porque no puede irse con ese hombre al hotel. Lo ve hablar con Olmo, todo son sonrisas. Paga con una tarjeta de crédito y le tira un beso a ella desde la distancia mientras sale el resguardo del datáfono.

De pronto se oye un estruendo y un montón de golpes en la entrada. Allí están Cristo, Fabián y los demás.

—¡Policía! —grita su compañero—. Disculpen las molestias, quédense sentados en sus sitios y nadie tendrá problemas. Vayan sacando su documentación.

Capítulo 23

Son las seis de la mañana cuando el Mercedes que han alquilado en A Coruña entra en la provincia de Soria. La inspectora y Zárate se han turnado al volante durante la noche: conducir, dormitar, guardar silencio... El teléfono suena y Elena pone el manos libres.

—Ucero, cerca del cañón del río Lobos —dispara Mariajo antes de saludar—. Ese es el nombre del pueblo. Con un castillo primoroso.

—Impresionante, pero hay muchos pueblos con castillo. ¿Estás segura?

—Completamente —responde Mariajo—. Acabamos de hablar con la dueña de uno de los hostales del pueblo y se acordaba de Ramiro Beiro y de su hijo Anxo porque no suelen recibir clientes en sillas de ruedas y tuvieron que subirlo a la habitación a pulso. El hostal se llama El Balcón del Cañón, y ella, Dorita. Cuando la veas, pídele perdón por haberla despertado a estas horas...

—Para allá vamos. Ya que la has despertado...

Según el navegador, están a poco más de una hora. Antes de que amanezca habrán llegado.

Ucero es un pueblo muy pequeño, de poco más de cien habitantes, en el partido judicial de El Burgo de Osma, a unos setenta kilómetros de Soria capital. Pese a su tamaño, tiene bastante vida por tratarse de la entrada al Parque Natural del Cañón del Río Lobos. El castillo al que hacía referencia Anxo Beiro está en una loma desde la que se atisba el cauce del río. Perteneció a los templarios, igual que la ermita de San Bartolomé, de la que solo queda en pie la capilla, pero que fue monasterio para los caballeros del Temple.

—Ramiro Beiro se reunió con un pelirrojo gordo en este pueblo. Le pagó, suponemos que para inseminar a alguna madre de alquiler. —Zárate piensa en voz alta mientras serpentean por la carretera—. Pero ¿y Guillermo Escartín? Le dijo a su mujer que estaba enamorado e iba a tener una hija, no que hubiera decidido comprar a una madre de alquiler.

—No podemos responder a todas las preguntas a la vez, Ángel —recuerda Elena. Ahora tienen un camino, deben seguirlo hasta ver adónde los lleva, sin que otras interrogantes les hagan perder la dirección.

Como les había adelantado Mariajo, el nombre del hostal hace referencia, igual que el de tantos negocios de la zona, al accidente geográfico que da vida al pueblo: el cañón del río Lobos. Está a la orilla de la carretera por la que se accede a Ucero. En su planta baja, es un bar normal, de los que en tiempos habrían tenido un expositor con casetes de chistes de Arévalo y de Eugenio. Una escalera hacia la segunda planta hace suponer que allí están las habitaciones.

La sala está vacía cuando entran los policías, solo hay un niño sentado en una de las mesas, delante de una tele con dibujos animados.

—Hola. Ahora sale mi madre, está preparando el desayuno —les dice sin girarse ni darles oportunidad a dar los buenos días, como si hubiera intuido su presencia.

—No te preocupes, no tenemos prisa. ¿Te gustan los dibujos?

—Me gusta cómo suenan.

Solo entonces advierten que están delante de un niño ciego.

—Buenos días.

Una mujer saluda desde la puerta de la cocina. Oronda, debe de rondar los sesenta años, con una melena corta y rizada, lleva un delantal con el nombre del establecimiento, se seca las manos en un trapo. Bajita, apenas si sobresale por encima de la barra. Son las siete de la mañana, pero parece que lleva horas despierta preparando los desayunos y limpiando el bar, quizá no fuera Mariajo quien la despertara. Huele a tostadas y a desinfectante.

—¿Qué quieren tomar?

—No vamos a comer nada. Somos policías. Usted debe de ser Dorita, ¿verdad? Hace algo más de una hora ha estado hablando con una de nuestras compañeras. Le ha preguntado por este hombre y su hijo. —Elena pone sobre la barra el móvil con una foto de Ramiro Beiro—. Se alojaron aquí hará unos nueve meses, en febrero.

—Creo que sí, pero del que me acuerdo de verdad es del chico. Iba en silla de ruedas.

Elena desplaza la foto de Beiro en el móvil y le muestra ahora una de Guillermo Escartín.

—Voy a pedirle que mire la fotografía de este hombre. ¿Lo ha visto alguna vez por el pueblo?

Dorita se toma su tiempo para estudiarla en detalle. Elena ha elegido una captura del vídeo que Escartín le envió a su viuda: es el hombre castigado de sus últimos meses de vida. La dueña del hostal niega rotunda.

—A mí no me suena, pero esto se llena de senderistas de paso. Lo mismo estuvo aquí y no me acuerdo.

—¿Y un hombre grueso, pelirrojo? Es posible que sea del pueblo —interviene Zárate.

—¿Gordo y pelirrojo? Ese es Lucio, el Panocho.

Un hombre que carga una caja de refrescos en la puerta es quien les ha dado la respuesta. Dorita lo presenta: es Benigno, su marido, un hombre de piel cuarteada y con una sonrisa jovial que no encaja en su edad, debe frisar los setenta años. Le pide a su esposa que prepare unos cafés para los recién llegados y se acoda en la barra al lado de Elena y Zárate. Dorita muele el café con escándalo.

Un par de paisanos entran en el bar para desayunar y no disimulan sus miradas de extrañeza ante la presencia de Elena y Zárate.

—Al Panocho hace mucho que no se le ve por el pueblo —dice Benigno.

—¿Cuánto tiempo hace que no le ven?

—Lo menos dos meses. Dios sabe en qué andará Lucio.

—¿Por qué lo están buscando? —pregunta un parroquiano, pero suena el teléfono de la inspectora y esa pregunta queda sin respuesta.

Es Buendía: los análisis de ADN confirman lo que ya suponían. El feto que había dentro de Ramiro Beiro era hijo suyo. Elena murmura a Zárate las novedades. El parroquiano se acerca a los policías, como si quisiera cazar retazos de la conversación. Pero en realidad pretende contar lo que sabe.

—Si andan detrás del Panocho, acérquense a Las Suertes Viejas. Es una finca cerca de Cubillos.

Cubillos es un pueblo abandonado desde los años setenta. Nunca tuvo gran pujanza, ni en sus mejores tiempos superó una veintena de casas en las que habitaron un máximo de ochenta personas, dedicadas al cultivo del cereal, a la recogida de setas y a la ganadería de subsistencia. Ahora es un decorado fantasmal de viviendas que han perdido su techumbre y solo mantienen los muros de piedra. No hay rastro de lo que fue la escuela o la plaza donde se bailaba la jota en las fiestas de San Lucas. La vegetación invade la iglesia parroquial, dedicada a la Asunción de Nuestra Señora, solo resiste intacta la espadaña, huérfana de campanas.

A pocos kilómetros del pueblo, un desvencijado letrero de madera en el que, pintado a mano, se puede leer Las Suertes Viejas marca el acceso a un camino de tierra. Toman ese desvío. El sendero por el que bajan muere en una verja con alambradas a ambos lados. Elena toca el claxon y aguarda. No parece haber nadie en la finca. Zárate abre la verja, que no cierra ningún candado, y vuelve a subir al coche.

Avanzan por el camino unos seiscientos metros antes de divisar una casa de dos plantas hecha de piedra que permanecía oculta desde la entrada por una elevación del terreno. El exterior es modesto; no parece abandonada, pero tampoco ha sido remozada en mucho tiempo. Nada más poner el pie en el suelo, los golpea un olor pestilente. No ven que haya granjas de animales alrededor, aunque el aire esté cargado de algo parecido a purines.

Caminan hacia la casa, cuando, a mano derecha en una explanada, ven el cadáver de una gallina. Lleva tiempo pudriéndose a la intemperie. Más allá, una nube de moscas les llama la atención. Dudan qué hacer, si dirigir sus pasos hacia la casa o hacia un agujero que hay junto a la construcción. Zárate es quien opta por ese cráter. Al lado de la boca del agujero, una tapa metálica hace suponer a Elena que se trata de un pozo ciego. Puede que el lugar fuera abandonado y los residuos del pozo hayan convocado a los insectos. Conforme llegan al borde, que dibuja una circunferencia de ladrillos, ven una legión de gusanos.

Zárate saca una linterna, ilumina el interior del pozo, estrecho, no debe de medir más de metro y medio de diámetro. En el haz de luz se dibujan las moscas y, al asomarse, pueden ver en el fondo un informe amasijo de cuerpos, brazos, piernas y cabezas de mujeres, algunas más deformes que otras, todas horadadas por los gusanos en un proceso de descomposición que convierte el aire en una sustancia viscosa. Zárate se aparta del pozo como si hubiera respirado la muerte.

—Las madres —murmura Elena incapaz de apartar la mirada de ese pozo ciego.

Capítulo 24

—Todas han sido ejecutadas.

Cinco mujeres alineadas en el suelo sobre un plástico. Los ojos entreabiertos dejan ver las cuencas ya vacías. Las caras, deformes como máscaras de una comedia esperpéntica. El pelo, largo en algunos casos, pegado a la escasa piel recubierta aquí y allá por una especie de grasa de un amarillo oscuro, casi naranja. Huele a amoniaco.

Alrededor de los cadáveres se despliega la Científica. Buendía todavía está en A Coruña, pero Orduño y Manuela acaban de llegar. La ayudante del forense se acuclilla junto a los cuerpos, no parece afectarle el olor que emanan, tan intenso que se diría sólido. Se acomoda las gafas en el puente e inclina la cabeza mirando a la mujer que tiene más cerca. Morena, la nariz aplastada, casi en el hueso, la boca desencajada en una extraña mueca. La piel parece de cera amarillenta y bajo ella se dejan ver ríos negros y encarnados, como profundos hematomas. Tiene los pechos inflamados. Un orificio en la frente, allí donde la piel es más negra, delata la causa de su muerte.

Manuela se pone en pie y camina junto a la hilera de cadáveres. El siguiente está algo inflamado, amarillento y manchado de hemorragias subcutáneas rojas y negras que dibujan una suerte de grandes relámpagos bajo la piel. Unas larvas brotan de su boca abierta y de lo que le queda de nariz. Tiene el pelo corto, de un imposible color azul, pegado a la frente. En su caso, el disparo que recibió impactó cerca de su ojo derecho. Tiene el vientre abierto; los órganos internos que se atisban en el interior están aplastados, casi deshechos. El dibujo de la cicatriz es torpe, zigzagueante.

—Seguramente, las demás estarán igual: las abrieron y les arrancaron los fetos.

Elena se aparta de las cinco mujeres. Le llega el eco de los flashes de la Científica fotografiando el interior. Ejecutadas y, después, mutiladas para arrancarles a sus hijos. Abandonadas en un pozo ciego. Zárate y Orduño también pasean de un lado a otro, se cruzan con el trasiego de los agentes, pero no parecen advertir su presencia. Son como sonámbulos atrapados en sus propias pesadillas.

Elena recibe la llamada de Mariajo, con las primeras informaciones sobre la finca.

—Voy a necesitar tiempo, mucho tiempo, y ni siquiera así puedo asegurarte que vaya a averiguar quién es el propietario. La titularidad está a nombre de una empresa que se llama Blue Investments, que, a su vez, está participada por cuatro sociedades más, todas radicadas en paraísos fiscales: Fiyi, Panamá, Trinidad y Tobago... Un laberinto de pantallas societarias y ni un solo nombre.

—Es una red organizada —dice Zárate cuando ella le cuenta lo que ha descubierto Mariajo—. Esto no puede ser solo obra del tal Lucio. Detrás de esto no hay un psicópata, sino un negocio internacional, bien armado.

—Detrás de esto solo puede haber un psicópata —le replica Elena, clavada todavía ante el pozo ciego donde se amontonan las madres.

—En el fondo, es casi más tranquilizador que esto sea obra de un loco, no que aquí hubiera un negocio y se deshicieran de estas mujeres como quien se deshace de un ganado enfermo.

—¿De verdad crees que detrás de todo esto solo hay dinero?

Ella no pone en duda la idea de Zárate. Más bien, debajo de su pregunta, solo se agazapa una pena enorme.

El cansancio de Elena es infinito. No porque lleve más de treinta horas sin dormir, sino porque su resistencia se resquebraja. Demasiado horror, tanto que siente que el vaso se ha desbordado, que ya no es capaz de guardar en la memoria más imágenes como las de esas cinco mujeres, cerúleas y amarillentas bajo el sol otoñal de Soria, cada una con un disparo en la cabeza, los vientres abiertos.

Regresa junto a Manuela, que le confirma que las cinco fueron ejecutadas de un tiro a bocajarro. Tres de ellos, frontales; los otros dos, por la nuca.

—¿Cuánto tiempo hace que las mataron?

—No puedo asegurártelo todavía, Elena. —La mirada de la inspectora deja claro que esa no es la respuesta que busca, así que añade—: Es un poco confuso: hay cierta saponificación de los cadáveres, tienen adipocira en algunas partes, pero es un proceso que no debería iniciarse hasta... los tres meses, más o menos... Aunque al estar en el pozo, por la humedad y por que no haya habido mucha presencia de depredadores, puede haber comenzado algo antes.

—Necesito una fecha, Manuela.

—¿Dos meses? —tantea ella.

—¿Por qué no ha llegado todavía el juez? —se queja Zárate—. Necesitamos empezar con los análisis de ADN lo antes posible.

—Además de confirmar que son las madres de los fetos, quiero que intentéis averiguar sus nacionalidades.

Orduño les hace aspavientos desde la entrada de la casa. Ha estado recorriéndola junto a la Científica y ahora quiere enseñarles algo.

—No vamos a encontrar huellas —informa cuando llegan a su altura—. Según me dicen, la casa ha sido rociada con algún compuesto químico para borrar todo. Hicieron bien su trabajo para no dejar rastro.

Elena y Zárate siguen a Orduño por las escaleras que bajan al sótano. La Científica ha instalado unos focos conectados a un generador eléctrico para iluminarlo. La blancura de suelo, paredes y techo, como un ciclorama infinito, está completamente descontextualizada en esa casa de piedra castellana. Tienen la impresión, al descender peldaño a peldaño, de haber sido transportados a otro lugar. Orduño atrae su atención hacia determinados detalles de las dos estancias que hay abajo: unas válvulas en el muro interior, unos anclajes en el techo en una de ellas y, en la otra, de nuevo esas válvulas repetidas en una de las paredes del cuarto. Según les explica, son canalizaciones: unas de calefacción, otras de gases medicinales.

—¿Os dais cuenta de qué era esto? Hay conductos para administrar oxígeno, anestésicos... En la sala de antes, los anclajes del techo seguramente eran para focos y, ¿os habéis fijado en que también había marcas en el suelo? La Científica lo ha comprobado: se corresponden con algunos modelos de silla de paritorio.

Zárate y Elena miran a su alrededor. Esas dos habitaciones tan blancas ahora revelan su verdadera función. Orduño dice en voz alta lo que ambos están pensando:

—Una de las salas podría ser un paritorio y, esta en la que estamos ahora, un nido. Es como si cada una de esas válvulas estuviera colocada para una cuna.

—Esto era una granja de vientres de alquiler y aquí abajo tenían su hospital. —Elena mira a su alrededor, vacío, pero en el que imagina los fantasmas de esas madres dando a luz, esos niños recién nacidos en sus cunas, llorando, esperando a que los padres vinieran a recogerlos.

Fuera, las cinco madres tumbadas en el plástico, boca arriba, mudas, mirando a un cielo que empieza a oscurecerse. Al fin ha llegado el juez y levantará los cadáveres antes de que anochezca. Manuela les ha dicho que Buendía prefiere reunirse con ellos en Madrid. Estudiará los cuerpos en el Instituto de Medicina Legal.

Ramiro Beiro y Guillermo Escartín eran dos de los padres, pero saben que la lista no termina ahí. Hay cinco madres muertas.

—Tenías razón cuando dijiste que esto no se acababa en Beiro. —Zárate conduce el Mercedes en el que llegaron a Soria. Van camino de El Balcón del Cañón, el mesón de Ucero donde hicieron noche Anxo y Ramiro—. Hay tres padres más y, quien sea el que los está matando, va a ir a por ellos.

Elena no tiene fuerzas para hablar. Harta de tanta muerte, le gustaría pasar página. Cambiar de vida como intentó hacerlo después del desmantelamiento de la Red Púrpura. Antes de que Chesca desapareciera. Sin embargo, se quedó al frente de la BAC por Zárate, para cuidar de él. Ha hecho un sacrificio y no se arrepiente, pero necesita mirar al futuro de otra manera. Tener una esperanza. Y esa esperanza es Mihaela, la Nena, como insiste en llamarla Zárate. No va a ocultarle más que quiere adoptarla, ser su madre. Protegerla. Amarla. Está convencida de que su vida en la BAC terminará cuando cacen al asesino de estas cinco mujeres, de Beiro y Escartín. Una lista que sabe que aumentará si no logran dar con él pronto.

Capítulo 25

—No, hay algo que se nos escapa. No tenemos los cabos bien atados y Elena lo sabe...

Buendía desayuna con Orduño en la cafetería del «dónut», que es como han bautizado el nuevo edificio que alberga el Instituto de Medicina Legal en Valdebebas: cafés con leche, tostadas con jamón, aceite y tomate, zumos de naranja...

—La historia de Ramiro Beiro sí encaja —sigue con su razonamiento el forense—. Necesita un hermano salvador para su hijo, recurre al tal Lucio para pagar un vientre de alquiler, pero ¿Guillermo Escartín? Un policía que lleva tres años trabajándose la confianza de la brigada de Villaverde, ¿por qué iba a meterse en ese jardín?

—¿Por amor? Conoció a una chica mexicana que se llama Serena... Esa es tu teoría, ¿no?

—Puede ser —admite Buendía—. Pero me temo que esa Serena es una de las chicas que me esperan ahí dentro para que les haga la autopsia. Así que ella no nos lo va a poder contar. Para saber cómo entró en contacto Escartín con las madres de alquiler, hay que esperar a que Reyes descubra algo.

—No tiene sentido que Reyes siga infiltrada —protesta Orduño.

—Más que nunca. Aunque no te guste, solo ella nos podrá responder. No sé si el vínculo estará en la brigada o en el entorno donde vivía Escartín.

Orduño está inquieto por su compañera. La inspectora cree que la investigación ha tomado un desvío que hace irrelevante el trabajo de Reyes en Villaverde. La necesitan fuera, eso le dijo Elena cuando se marchó de la finca de Las Suertes Viejas con Zárate y le prometió que hablaría con Rentero para sacarla de la Sección. Orduño no disimuló cuánto le tranquilizaba esa orden: desde que Reyes recibió el disparo ha estado temiendo una nueva llamada, en cualquier momento, con una noticia luctuosa. Está convencido de que, aunque ya no tenga relación con el caso, esa mafia policial es capaz de todo para proteger su pequeño reino. Dentro de un rato se encontrará con ella. Reyes le ha escrito un mensaje citándole a las diez en el aparcamiento de la Fundación Jiménez Díaz. «Es urgente», añadía al final.

—¿Qué tal está funcionando Manuela? —le pregunta Buendía cuando se pone en pie. Le esperan horas indagando en el cuerpo de esas cinco mujeres en busca de respuestas.

—Se está ganando el puesto. Supongo que ganarse a Mariajo ya será otra cosa.

—Dale tiempo; debajo de su carita de ardilla, Manuela es de las que no paran hasta que consiguen lo que quieren. Y sabe que, para quedarse en la BAC, tiene que poner a esa cascarrabias de su parte.

Orduño mira su taza de café, ya frío. Se alegra de que Buendía se haya levantado y se haya acercado a pagar a la barra, no quiere seguir disimulando su nerviosismo.

—Orduño, estoy detrás de ti en un Corsa rojo. Te voy a adelantar. Sígueme.

—¿Qué pasa?

—Haz lo que te pido. Y fíjate por si nos va siguiendo alguien. En ese caso, vete.

Orduño ve pasar a su lado un Opel Corsa rojo, no alcanza a ver si es Reyes la que lo conduce, pero lo sigue sin dudar. Va controlando el espejo retrovisor, como ella le ha pedido, pero no ve a ningún coche que repita el mismo zigzagueo que ellos en el aparcamiento de la Fundación Jiménez Díaz.

Salen a la glorieta de Cristo Rey y toman la dirección hacia la carretera de La Coruña. El Corsa rojo de Reyes se queda en el lateral para entrar en la Ciudad Universitaria. Orduño la sigue a dos coches de distancia, hasta detenerse detrás de la Facultad de Medicina.

—¿Qué pasa? —le pregunta él sin rodeos en cuanto se bajan del coche.

—¿No te alegras de verme?

—Me estás asustando, no sé a qué vienen tantas precauciones.

Reyes viste más discreta de lo que él la ha visto nunca: vaqueros, zapatillas de deporte y una sudadera negra. Intenta sonreír, pero su inquietud se lo impide. Lanza miradas a su alrededor, vigilando el escaso tráfico de la zona.

—Mejor hablamos dentro.

Los dos se sientan en el coche de Orduño. Tan pronto cierran las puertas, el perfume de Reyes inunda el interior. Él tiene que hacer un esfuerzo para que sus pensamientos no deriven hacia la noche del homenaje a Asensio, a los baños del hotel Wellington.

—Reyes, esto se tiene que acabar. Elena va a sacarte de esa comisaría.

—¿Ahora que empiezo a enterarme de lo que pasa? Ni loca. —Reyes intenta adoptar un gesto de intrascendencia, una sonrisa juguetona—. Además, tampoco me lo paso tan mal con ellos. Creo que, a su manera, son buena gente.

—¿Por eso nos tenemos que ver como si fueras un topo en un grupo yihadista?

La mascarada le dura poco a Reyes. Pronto, la ansiedad ocupa el espacio que merece.

—Me da miedo que escuchen mi teléfono...

—¿Por qué no me cuentas de una vez lo que te está pasando en esa comisaría?

—Me he ganado su confianza. Creo. O, por lo menos, ya no se andan con tanto secreto conmigo. Hace dos noches me hicieron colocar un kilo de heroína en un bar de putas, el Lady's, para presionar al dueño.

—¿Le cobran una mordida?

—Se la cobran a la mayoría de negocios de Villaverde, pero eso ya lo sabíamos. Cristo, el jefe, se mueve por el barrio como si fuera su casa.

—Unos polis corruptos de mierda. Le pasaremos a Asuntos Internos lo que tengas y listo.

Orduño le cuenta lo que encontraron ayer en esa casa de Cubillos, en Soria: una granja de vientres de alquiler. Los cinco cadáveres de las madres, ejecutadas de un disparo en la cabeza.

—Elena y Zárate se han quedado en la zona para buscar a Lucio; ahora mismo, ese tío es nuestro principal sospechoso y no tiene nada que ver con los policías de Villaverde. Como no tenía nada que ver el hombre que apareció muerto en A Coruña.

Reyes no disimula su decepción. El caso se aleja de la Sección y su presencia en la comisaría, como le insiste Orduño, no tiene sentido.

—¿Y quién va a acabar el trabajo de Escartín? —la pregunta de la joven es casi súplica—. Invirtió años de su vida en destapar a la Sección. A lo mejor su muerte no tiene nada que ver con ellos, pero, joder..., no vamos a dejar que todo lo que hizo se pierda. Se lo debemos. Era un compañero.

—Todo lo que me cuentas de esa gente es que son unos matones de tres al cuarto.

—Son algo más.

Un grupo de estudiantes pasa junto a ellos. Sus risas se cuelan en el interior del coche. Reyes permanece en silencio hasta que se han alejado.

—Fabián me contó algo que pasó en el Lady's. De dónde venían los problemas con el dueño...

—¿Quién es Fabián?

—El compañero que me han asignado; un armario de dos metros. Buena gente, divertido... Me contó cómo un yonqui le mordió una oreja y se la tragó... —Se sonríe al recordar la anécdota—. Sé que le caigo bien y, a veces, me cuenta cosas.

Un repentino y fugaz pinchazo en el pecho sorprende a Orduño. Respira hondo, el dolor desaparece, pero no la turbación: ¿qué acaba de sentir al escucharla hablar de ese tío? ¿Celos? Deja que Reyes continúe con el relato.

—Según parece, hace unos meses hubo un homicidio en una de las habitaciones. Una prostituta, una tal Dely, mató a un cliente. No era un cliente cualquiera, era un periodista. He buscado un poco en internet, se llamaba Amancio Ruiz. Detuvieron a la prostituta y la metieron en la cárcel, en Soto del Real. Está a la espera de juicio.

—¿Qué tienen que ver los policías de Villaverde en todo eso?

—Por cómo me lo contó Fabián, es como si se alegrara de que hubieran matado a ese periodista, ¿sabes lo que te quiero decir?

—Piensas que ellos pueden estar detrás del asesinato.

—Yo no puedo ir a la cárcel, pero tú sí. Ve a Soto del Real, habla con Dely, a ver qué te cuenta...

Orduño tamborilea con los dedos en el volante, pensativo. Reyes no tiene paciencia para esperar su respuesta.

—Marina está en esa cárcel. Habla con ella —propone—, quizá la conozca. Puede ayudar a que Dely confíe en ti...

—No quiero meter a Marina en esto.

Sabe que ha sonado cortante. Recuerda la conversación que tuvo con Marina cuando la visitó. Le habló de Dely, una venezolana. Probablemente sea la misma mujer de la que le habla Reyes.

—¿Le dirás a Elena que me dé unas semanas más? No quiero dejarlo ahora, Orduño.

—¿Has oído algo de Escartín desde que estás ahí?

Ella niega con la cabeza.

—Es un tema que no les gusta, es todo lo que te puedo decir. No sé si sabían que era policía, me da la impresión de que lo tenían por un yonqui al que encargaban recados.

—Como atracar la peluquería de Byram.

—Eso es, un recadero. Para ellos, Escartín ha desaparecido sin dejar rastro.

—¿Qué más recados podía hacerles?

Orduño le expone la suposición de Buendía: el policía encubierto entró en relación con una de las madres muertas que han encontrado en Las Suertes Viejas.

—¿Cómo llegó hasta ellas? ¿Fue un encargo de tu «Sección»?

—No lo sé. Intentaré sacarle algo a Fabián... ¿Tú me ayudarás con Dely?

—Te llamaré si saco algo.

Reyes le sonríe y le estampa un beso en la mejilla antes de salir del coche. La ve alejarse hacia el Opel Corsa rojo, decidida. Ya queda poco de aquella chica que llegó a la BAC cuando Chesca desapareció. Se está transformando, otra vez, aunque Orduño no sabe bien en qué. Las semanas que lleva infiltrada en Villaverde, lejos de él, la han cambiado de manera sutil; la transparencia que antes había en ella se está opacando. Le cuesta adivinar si es tan franca con él como lo era antes, si hay algo que le está ocultando. Un misterio que, lejos de repelerle, lo atrae aún más.

Coge el móvil y marca el teléfono de Soto del Real. Le pedirá a Marina que le prepare el terreno con la venezolana.

Capítulo 26

El Panocho se llama en realidad Lucio Morales Ballano. Se ha emitido una orden de busca y captura contra él. No tiene antecedentes, más allá de una denuncia de un vecino de Ucero por una pelea. El denunciante, Alberto Solano, al que en el pueblo llaman el Mollo, dice que se pelearon por un problema de lindes y Lucio le partió la nariz. Según otros, si no llega la Guardia Civil a tiempo, se matan. Desde entonces no se hablan; si el Mollo entra en el mesón, el Lucio se sale.

—¿Dónde creen que puede haber ido Lucio? —pregunta Elena a un vecino—. ¿Tiene familia en la provincia? ¿Algún lugar adonde le gustara ir? ¿Amigos cercanos?

—Los padres de Lucio murieron hace tiempo y la hermana se fue a vivir a Barcelona hará unos diez años. Ni se llamaban por teléfono.

—¿En qué consistía el trabajo de Lucio en la granja?

—Supongo que cuidar de las cabras, las ovejas... Lo normal por aquí. También haría arreglos para que no se avejentara. Las casas vacías se estropean muy rápido...

—¿Está usted seguro de que esa casa estaba vacía?

El vecino se encoge de hombros.

—¿Alguna vez vio mujeres embarazadas por aquí? —pregunta Zárate.

—Alguna. No sé de dónde salían. Solo que andaban por ahí de vez en cuando... Una mañana vi a dos de ellas en la terraza del mesón tomando el café. Pregunten a Benigno y Dorita, son los dueños, lo mismo ellos sí hablaron con alguna de esas preñadas.

En El Balcón del Cañón, unos parroquianos toman café, juegan al dominó. En una mesa algo apartada, bajo el televisor, el niño ciego compone un puzle de formas geométricas. Elena se lo queda mirando un instante, embebido en su tarea, y por unos segundos se deja acariciar por las ventajas de su condición de invidente, cerrar los ojos a los horrores del mundo. Dorita sale de la cocina y pone un sándwich en la mesa, junto al niño.

—El almuerzo, Chemita. Cómetelo todo.

Pone los brazos en jarras al mirar a Elena y Zárate, sentados en la barra.

—¿Y ustedes qué? Ya han preguntado a todo el pueblo, ¿qué más quieren?

—Estamos esperando a su marido —responde seco Zárate.

—A saber a qué hora llega ese. Yo ya le he dicho a un guardia que alguna embarazada sí he visto, pero nada raro. A ver si es que las preñadas no pueden hacerse una ruta de senderismo por el cañón.

—¿Habló con alguna de ellas? ¿Tenían acento español?

—¿Cómo quiere que me acuerde?

—Claro, ¿quién se va a acordar de unas embarazadas que andan dando paseos alrededor del pueblo? —Elena no disimula su cinismo, mezcla de hartazgo por la reserva de los vecinos y la falta de avances—. Igual que nadie sabía que esas mujeres vivían en Las Suertes Viejas, que estará ¿a cuánto?, ¿veinte minutos de aquí? Tienen tanto que hacer que es normal que no se den ni cuenta...

—He oído que los guardias están en esa finca. Lleva abandonada una eternidad. Ni sabía que tenía techo... Pero ¿a qué viene tanto jaleo? ¿Qué había ahí? ¿Droga?

—Yo tenía entendido que en un pueblo pequeño, como este, se sabía todo.

—Pues ya ve. Siempre hay algo que le sorprende a una. ¡Chemita, cómete el sándwich!

El niño palpa el plato, agarra el sándwich y le da un buen mordisco. Lo deja de nuevo en el plato y continúa con el puzle. Zárate reprime el impulso de ayudarlo al ver que se está equivocando con una pieza que no encaja de ninguna de las maneras.

El móvil de Elena resuena en el bar, ni siquiera está encendida la televisión, y el timbre suena como un plato roto en mitad del silencio. Es Manuela quien llama; ha pasado la noche en la finca, junto a la Científica, organizando el traslado de los cuerpos a Madrid y documentando el pozo ciego donde fueron halladas.

—Nos vamos, Zárate. Manuela ha encontrado algo.

Zárate y ella salen del mesón. Cruzan el control de acceso y un guardia les indica dónde los espera su compañera. Manuela los saluda desde la parte trasera de la finca. Han excavado en una zona próxima a unos álamos.

—Los perros de la Científica fueron los que localizaron el rastro. No se nos habría ocurrido ponernos a cavar si no es por ellos.

La joven avanza hasta el borde de lo que parece una fosa de unos tres metros de profundidad. Dentro, Elena y Zárate pueden ver los cuerpos sin vida de dos varones. Uno de ellos es Lucio: su pelo rojo refulge bajo el sol helado de Soria.

Capítulo 27

—No sé si has tenido tiempo de buscar lo que te dije.

El despacho de Mariajo es un caos de cables y periféricos conectados al ordenador desde el que trabaja. Orduño apenas puede reconocer algún disco duro y una impresora; el resto son componentes informáticos sin carcasa, con los chips a la vista, que no tiene ni idea de qué función desempeñan, cables que van de unos a otros conformando esa especie de monstruo tecnológico abierto en canal que la hacker ha ido construyendo a lo largo de los años. Mariajo le señala la impresora. No espera a que Orduño coja los papeles para empezar a explicarse:

—El periodista que asesinaron en febrero en el Lady's se llamaba Amancio Ruiz, cuarenta y siete años, trabajaba por su cuenta. No solía decirle a nadie en qué andaba metido, así que no sabemos si su muerte tuvo que ver con su trabajo o, como dice el informe de la brigada que llevó el caso, con una discusión con una prostituta venezolana, María Delicada Chaves, conocida como Dely. Si nos fiamos del juez, la culpa fue de Dely: la mandó a Soto del Real hasta la celebración del juicio.

Orduño vacía una silla de cables para sentarse y hojear la documentación que Mariajo le ha impreso. Tiene tiempo hasta que lleguen Zárate y Elena, que ya están en camino tras el descubrimiento de los últimos cuerpos. Buendía está encerrado en su despacho y, vía telemática, trabaja con Manuela en la exhumación de los dos últimos cadáveres aparecidos. No hay duda de que uno de ellos es Lucio, a quien tenían por el autor material del asesinato de las cinco madres y principal sospechoso de las víctimas que han aparecido con un feto dentro. Del otro, un hombre de unos treinta años, todavía no tienen información. Por lo que les ha adelantado Elena, nadie en Ucero lo conocía. Un forastero. Otro actor desconocido más en lo que sea que pasó en Las Suertes Viejas.

En los papeles que le ha dado Mariajo está el sumario del caso: fotos de Amancio Ruiz, un hombre poco agraciado que intentaba mejorar su aspecto con una pintoresca perilla como de mosquetero; también una imagen de Dely: mulata, ojos almendrados y media melena teñida de rojo. Hermosa y muy joven, solo veinticuatro años.

—¿Qué brigada se ocupó de investigar el homicidio?

—La de Villaverde. Nuestros amigos de la Sección. En los interrogatorios figura que Dely se declaró culpable, que el periodista se puso agresivo y ella se defendió.

—Metiéndole un tiro en la cabeza con una pistola que casualmente tenía debajo de la almohada —lee Orduño en el informe.

—No es una reacción muy típica en una prostituta, pero es lo que dice el informe. —Se encoge de hombros Mariajo—. Si necesitas algo más, me lo pides. Yo tengo que volver al caso de las madres. Quien sea que montó el entramado societario de Las Suertes Viejas es un genio. O, a lo mejor, lo que pasa es que soy yo quien se hace vieja...

—Viejas son las ropas.

—Y las personas, Orduño, y las personas.

—¿Y qué vas a hacer? ¿Seguir los pasos de Buendía? No me digas que tú también estás pensando en jubilarte.

—Pienso en vosotros sin mí y me asusto —se ríe Mariajo—. Además, ¿a quién os iba a dejar? ¿Otro cerebrito como Manuela?

—La chica se está ganando el puesto: ha hecho un buen trabajo en la finca de Cubillos. Vas a tener que enterrar el hacha de guerra con ella...

—Hace más de treinta años que conozco a Buendía, desde el principio sabía que no nos iba a dejar a una incompetente. No es eso lo que me jode. —Mariajo da un sorbo a su té y sonríe triste—. Lo que me jode es que Buendía se vaya a vivir a Benidorm. Pasamos más tiempo juntos que con nuestras familias o nuestros amigos, si es que nos queda alguno y, de repente, zas, desaparece. No puede hacer eso. Solo espero que, al día siguiente de coger la jubilación, le dé un infarto.

Mariajo vuelve a teclear furiosa su ordenador, ahuyentando cualquier atisbo de melodrama. Orduño piensa, como ella, que la BAC es algo más que un trabajo. Juntos han sobrevivido a la pérdida de Chesca, el duelo compartido les ha permitido seguir adelante; juntos vivieron como una época irreal el tiempo que Elena estuvo alejada tras el caso de la Red Púrpura. Él tampoco quiere que Buendía se marche, que Mariajo siga sus pasos. No está preparado para que la familia que son deje de existir o, como un presentimiento siniestro que a veces le recorre el cuerpo, verse forzado a lamentar una muerte más: la de Reyes.

Se sumerge en el sumario del caso del periodista y lo primero que le llama la atención es que la investigación del asesinato no fue muy exhaustiva. Apenas hay un relato vago de los hechos y del lugar en el que se encontró el cadáver, una habitación del Lady's. La mención a la causa de la muerte —un disparo en la cabeza, así, sin más— es negligente y roza lo escandaloso, y la transcripción del interrogatorio de la mujer —María Delicada Chaves,

Dely— es demasiado escueta para ser real. Fue detenida, pasó a disposición judicial, de ahí a la prisión provisional y no se ha investigado más.

A Orduño le resulta todo muy extraño: un homicidio se investiga de forma concienzuda, y este probablemente sea el expediente más exiguo de la historia. Embebido en el informe, no se ha dado cuenta de que Mariajo ha impreso más documentos.

—Te he conseguido los reportajes publicados por Amancio Ruiz en los dos últimos años. A lo mejor te interesan.

Eso es lo bueno de Mariajo, piensa Orduño: siempre te consigue más de lo que pides. Le agradece el esfuerzo y se zambulle directamente en esos artículos. Amancio Ruiz no era un periodista importante. Publicaba en revistas online y blogs, y sus reportajes mezclan la investigación con la querencia a detectar conspiraciones por todas partes. Informaciones sobre redes de blanqueo protegidas por peces gordos de la banca, de la judicatura y hasta del Gobierno, complots a gran escala, escándalos financieros silenciados para no desestabilizar los mercados, mafias policiales que operan con impunidad. En las noticias aparecen reuniones secretas, historias de espionaje, *Illuminati,* sobornos... Una papilla indigesta para alimentar la deriva sensacionalista del periodismo. Una colección delirante de escritos; la obra de un lunático que persigue sombras. Pero hay algo inquietante en esos folios: a Amancio Ruiz no le granjearon el éxito ni el prestigio, seguramente nadie creyó en sus teorías y ningún redactor jefe de un periódico nacional llamó a su puerta. ¿Quién iba a hacerlo?

Sin embargo, lo mataron.

Publicó esos artículos increíbles y apareció asesinado en la habitación de un burdel. Así que él está dispuesto a darle crédito, aunque sea a título póstumo.

Unos golpes en la puerta le arrancan de las historias de Amancio Ruiz. Elena está apoyada en el umbral.

—En una hora nos vemos en la sala de reuniones. Buendía ya tiene los primeros datos. Orduño, ven conmigo.

Cargado con los papeles que le entregó Mariajo, sigue a la inspectora hasta su despacho.

—Estoy preocupada por Reyes. No me coge el teléfono —le anuncia mientras se derrumba en la silla—. Quiero que vayas a su casa y le digas que no vuelva a la comisaría. Que diga que está enferma, que al final sí que necesita unos días para recuperarse de la herida, lo que sea, hasta que arregle todo con Rentero.

—Ya he estado con ella. Nos hemos visto esta mañana a la espalda de la Facultad de Medicina, quería pasarme una información... —Orduño blande en el aire los papeles que le ha dado Mariajo.

—¿Qué es eso?

—Un caso ridículo: hay una prostituta en prisión provisional por el asesinato de un periodista en un burdel ocurrido en febrero. Un tal Amancio Ruiz. Reyes cree que la Sección puede estar detrás de esto.

Elena se lleva los dedos a las sienes y cierra los ojos. Se da cinco segundos antes de contestar.

—Sabes lo que hemos encontrado en esa finca: cinco mujeres y dos hombres muertos. Esto no tiene nada que ver con la brigada de Villaverde. Reyes tiene que salir de ahí.

—Yo pensaba lo mismo que tú, pero después de hablar con ella... No puede hacerlo de golpe. Tiene miedo. Se reunió conmigo a escondidas, no sabe si la siguen...

—Con más razón —insiste Elena—. Si de verdad está en peligro, ¿no será mejor que lo deje? Su investigación en la comisaría no nos sirve para nada y la necesitamos aquí.

—Dale algo más de tiempo.

La inspectora resopla y niega con la cabeza.

—No te entiendo, Orduño: ¿no eras tú el que se oponía a que se infiltrara con esos policías?

—Está haciendo un buen trabajo y, en realidad, no sabemos a dónde nos puede llevar esto. Por un lado, está el tema del periodista muerto, pero, por otro, sabemos que usaban a los yonquis, gente como Escartín, para que les hicieran recados: ¿y si alguno de esos recados tiene relación con la granja de vientres de alquiler de Cubillos?

Elena extiende la mano para que le entregue la documentación que ha conseguido Mariajo. Su mirada pasea por los artículos de conspiraciones de Amancio, las medidas cautelares del juez, el sumario del homicidio...

—Habla con ella, Orduño. Dile que quiero un informe diario de lo que hace. Si en una semana no hay avances, se acabó.

Capítulo 28

—Me gustaría contaros muchas más cosas, pero esto es lo que he logrado averiguar. Creo que hay asuntos interesantes que nos pueden servir para avanzar o, por lo menos, para arrojar un poco de luz a este galimatías.

Buendía ha preparado el tradicional informe para los compañeros, tanto en las tablets como en las fotografías pegadas en la pared de cristal de la sala de reuniones. Esta vez es él y no Manuela —aún en Cubillos— quien expone el caso:

—Empezamos por lo que más llama la atención: las cinco mujeres. No sabemos quiénes son, los programas de identificación facial no han dado resultado y sus huellas no están registradas. Lo único que puedo certificar es que murieron hace nueve semanas y que dos de ellas eran las madres de los fetos encontrados en los cuerpos de Guillermo Escartín y de Ramiro Beiro.

—¿Mexicanas?

—La madre del hijo de Escartín sí, mexicana o de algún país de la zona, puede que fuera guatemalteca o del sur de Estados Unidos. La de Beiro era de Europa del Este. De las otras tres víctimas, dos eran también mexicanas y la tercera del este, quizá rumana.

—Si la madre del hijo de Escartín era mexicana, tal vez también acertaste en el nombre: Serena —apunta Zárate.

—No es un nombre muy común —toma nota Mariajo—. Buscaré mujeres que hayan entrado en el país que se llamen así. Si es que no era un apodo, claro.

Buendía retoma el discurso:

—Ni rastro de los otros tres fetos. No aparecieron en la finca ni estaban en el pozo en el que tiraron a las madres. Los extrajeron de sus cuerpos y se los llevaron, como a los dos que hemos encontrado. Deben de estar conservados en una nevera.

—Y quien los tenga también tiene una lista de los padres —interviene Elena—. De momento, ha localizado a dos, lo peor es que hay tres hombres más. Y si no somos capaces de encontrarlos antes que quien los esté buscando, volverá a hacer lo mismo. Pero ¿cómo los identificamos? En Las Suertes Viejas no había ningún tipo de documentación y somos incapaces de dar con los dueños de esa finca, ¿verdad, Mariajo?

La hacker solo asiente, frustrada al ser incapaz de aportar nada.

—¿Has intentado identificar a las madres en el registro de personas desaparecidas? —insiste la inspectora.

—No hay nada. Es como si esas mujeres no existieran oficialmente.

—Todas murieron de un disparo. Tres de ellas, en la cara. Quizá no se lo esperaban —explica el forense—. Las otras dos intentaron huir y fueron ejecutadas por la espalda. Dos tiros en la nuca. Después les sacaron los fetos. Los cortes no coinciden con los que hallamos en Escartín o en Beiro, pero el procedimiento fue igual de salvaje. Hemos hallado restos de sangre delante de la casa; posiblemente, es allí donde sucedió todo. Luego las llevaron al pozo ciego. Las condiciones de humedad del pozo, como os dijo Manuela, propiciaron la saponificación parcial de los cuerpos.

—¿Por qué esta matanza? —Orduño ha dejado escapar la pregunta que ronda a todos, como si el horror pudiera tener lógica.

—Es demencial. Además, ¿por qué iba a matarlas primero a ellas y luego a los padres? —interviene Zárate—. ¿A qué nos enfrentamos, a algún tipo de fanático religioso?

—Es una granja de vientres de alquiler. Las mujeres que estaban allí, mujeres completamente fuera del sistema, estaban obligadas a parir. —Elena piensa en voz alta tratando de dar cierto orden a cuanto saben.

—Y ¿por qué se deshacen de ellas? Una mujer fértil puede gestar muchos hijos, ese es el activo de la empresa siniestra que han montado en esa finca —dice Mariajo, que no entiende por qué Elena se queda mirándola con tanta fijeza.

—Hay dos asesinos —dice la inspectora, nerviosa en su convicción—. Fueron ejecutadas y alguien las está vengando. Está matando a los causantes últimos de lo que sucedió en Las Suertes Viejas: los padres.

A la conjetura de Elena sigue un silencio que dura unos segundos.

—Eso puede tener sentido. —Buendía pone ahora sobre la mesa las fotografías de los dos hombres hallados en la fosa enviadas por Manuela—. Es hora de fijarse en ellos.

El forense señala a Lucio, el Panocho. Murió de un disparo en la cabeza, como las madres, y han comprobado que el arma homicida es la misma: una Star de 9 milímetros Parabellum. Una pistola muy común.

—Es posible que quisiera defenderlas —señala Zárate—. Se supone que era el encargado de vigilarlas.

—Puede ser. Y eso le llevó a la muerte.

—¿Antes o después que las mujeres?

—Es una hipótesis, pero quizá el asesino se presentó en la finca, Lucio trató de evitar lo que iba a hacer y fue el primero en morir, después les llegó el turno a las mujeres. Hemos hallado la sangre de Lucio en el camino de acceso, a varios cientos de metros de donde están los restos de las mujeres.

—¿Y por qué aparecen los cadáveres de los dos hombres juntos? —se extraña Mariajo.

—Es evidente que se cavó una fosa y alguien los enterró.

—¿Cómo murió el otro?

—Apuñalado. Tiene un corte en la garganta y siete heridas punzantes por todo el cuerpo. Hemos buscado el arma homicida en los alrededores, pero no hemos encontrado nada. De todas formas, por cómo son las heridas, Manuela cree que se tuvo que hacer con un cuchillo no demasiado afilado...

—Como el que usaron para abrirles el vientre a las madres —entiende Elena.

—Exacto, quizá el mismo. Por otro lado, ese segundo hombre es el asesino de las mujeres y de Lucio. La Policía Científica ha detectado restos de parafina en su mano derecha. Disparó él.

—¿Quién lo mató? —Elena mira a su alrededor esperando que uno de sus hombres pueda iluminar de alguna forma el acertijo al que se enfrentan—. ¿Alguna conjetura?

—Yo solo sirvo los datos, Elena. De este, del ejecutor, tenemos una buena noticia: sabemos quién es. Mariajo...

La hacker abre una ficha en su ordenador. En ella se ven las fotos policiales del hombre: moreno, pelo rizado, ojos diminutos de roedor, nariz y mentón afilados.

—Blas Guerini, treinta y ocho años, madrileño. Dos estancias en la cárcel. La primera, por matar a dos personas por encargo, un sicario profesional. La segunda, por narcotráfico. Tenemos la última dirección conocida.

Zárate levanta la vista de la foto y mira de frente a Elena, los ojos como un fuego helado:

—¿A qué esperamos?

Capítulo 29

No hace tantos años, nombres como el Alto del Arenal, donde los vecinos todavía vivían en cuevas, el Pozo del Huevo, La Celsa, el Rancho del Cordobés, Santa Petronila o Las Mimbreras eran conocidos, y temidos, por los madrileños. Eran los barrios chabolistas más degradados de la capital, los que salían en las páginas de sucesos de los periódicos a diario. Poco a poco fueron desapareciendo, el último de ellos fue el Ventorro de la Puñalá, entre Madrid y Getafe. Los vecinos más famosos del barrio fueron el Piojo y su hermano, el Negro, especialistas en robos de vehículos y en atracos a joyerías, gasolineras, tiendas de electrodomésticos y de artículos de lujo. Los dos hermanos y la novia del Piojo, Jezabel la Tata, una conocida alunicera, entraban y salían de prisión cada poco tiempo y llegaron a protagonizar una huida importante de la cárcel de Valdemoro. Sin embargo, todos estos barrios fueron desapareciendo; sus familias, realojadas en otros puntos de la ciudad.

El turno de pasar a la historia del Ventorro de la Puñalá llegó en 2015, cuando solo quedaban allí quince familias de las cerca de cuatrocientas de diez años antes. Entre esas quince familias estaban los Guerini: Antonia la Castañera y sus dos hijos, Yolanda y Blas. Blas siempre vivió en el Ventorro y alguna vez participó en los golpes del Piojo y su hermano, pero pronto quiso volar solo y se dedicó a un negocio que le parecía más rentable: las palizas y los ajustes de cuentas.

Cuando los Guerini fueron realojados en Aluche, Blas estaba cumpliendo condena en la cárcel de Estremera. Fueron tiempos tranquilos para su madre, pero duraron poco. Él obtuvo una reducción de condena y salió en libertad mucho antes de lo que auguraba su delito: homicidio en primer grado. Como era de prever, después hubo otro paso por prisión, entonces por tráfico de drogas.

—Nosotras no tenemos nada que ver con mi hijo, bastante lo hemos sufrido ya. No queremos ni saber qué le ha pasado... Yo pido perdón cada noche por haberlo parido, más no puedo hacer... Usted no sabe lo que es que un hijo te salga torcido.

Elena no contesta, aunque piensa para sí: «Claro que lo sé...».

Antonia la Castañera, la madre del sicario, es una mujer de unos sesenta años que aparenta muchos más, castigada por la vida, por la miseria, por la dureza de los lugares en los que ha tenido que vivir y por los derroteros que han tomado sus hijos. No solo es Blas Guerini, que ha muerto asesinado a puñaladas en Las Suertes Viejas después de matar a cinco mujeres y a un hombre, es que su hija Yolanda, que vive con ella, es una yonqui rehabilitada que camina en el filo de la recaída. Elena y Zárate solo la han visto de pasada: en cuanto han enseñado la placa que los identifica como policías, la chica se ha quitado de en medio con la excusa de ir a por un café al bar de la esquina.

—¿Un café? Malo será que no se meta un pico para encajar la muerte de su hermano. Así una y otra vez. La que quiere siempre encuentra una razón —se lamenta su madre.

Antonia ya no vende castañas, como hacía de niña junto a su madre, de la que heredó el apodo. Era una de las muchas mujeres que las asaban y vendían en cucuruchos de papel de periódico o fabricados con las hojas de las guías de las páginas amarillas.

—Mi madre se ponía en la calle Atocha, cerca de Antón Martín, hasta que la echaba la policía. Pasábamos más hambre que el perro de un ciego —le explica a Elena—. Por eso no seguí. Era mejor colocarse de lo que fuera, hasta de chacha.

Ahora lleva, junto con su hija Yolanda, un negocio de manicura en el bajo de un edificio de ladrillo rojo en Aluche, en la calle de Valle-Inclán. Es un local pequeño, recién reformado, aunque con un gusto dudoso. Un enorme espejo en una pared refleja el color violeta chillón del resto del interior y los pósteres de uñas de fantasía. Antonia, sentada ante una de las mesas de manicura, mira a su alrededor con desánimo.

—Todo el día pintando uñas y no es negocio; las que se forran son las chinas, que son capaces de pintar cualquier cosa las jodías: una flor, una figura, lo que sea... O las letras chinas, que yo estoy segura de que se las inventan, hacen un adefesio y dicen que significa «felicidad», pero seguro que significa «y una mierda pa ti». Mi hija tiene más mano que yo, cuando no le tiembla el cuerpo entero porque está con el mono, que yo ya no sé qué hacer para tenerla lejos de la heroína. Una vez pedí ayuda y el asistente social me dijo que era culpa mía, que no había sabido educar bien a mis hijos. ¿Usted se cree? Me dieron ganas de saltarle las gafas al imbécil ese.

Elena y Zárate han comprendido que es imposible centrar la conversación con esa mujer, hay que aguantar sus lamentos y esperar la oportunidad para sacar algo en claro.

—Blas iba a acabar mal, lo sé desde que tenía seis o siete años... Quemó vivo a un gato. ¡Un pobre gato romano que andaba por las chabolas! Pobrecito, hasta le habíamos puesto nombre: don Julián. Y cuando le pregunté por qué lo había hecho, me dijo que para divertirse. Si hubiera podido echarles de casa, a él y a mi hija, a los dos, no habría dudado. Pero una madre no puede hacer eso. La de veces que he tenido que visitarlos en la cárcel, no se lo imagina. —Se dirige solo a Elena, como si Zárate ni estuviese delante.

—¿Y el padre?

—A saber dónde andará... Lo único que nos dejó fue ese apellido ridículo, Guerini. Dicen que es italiano, pero a saber... El padre de mis hijos no era italiano, era un sinvergüenza. Yo lo conocí en Carabanchel, como si se pudiera conocer a un italiano en Carabanchel. Era de una banda de la época: los Ojos Negros, se llamaba. Yo caí como una pipiola.

—¿Qué hacía ahora su hijo?

—La última vez que salió de la cárcel se puso a trabajar de portero en una discoteca. Decía que se había reformado, pero ya ve, ni reformado ni nada, haciendo locuras como siempre... ¿Quién lo ha matado?

—No lo sabemos.

—Pues no busque mucho, que se lo tenía bien merecido. Se lo digo como lo siento.

—¿Sabe cuál era la discoteca?

—Una aquí cerca, en Maqueda. Del nombre no tengo ni idea, para mí son todas lo mismo.

—¿Su hija no va a volver?

—¿La Yoli? Ya le digo que no. Me dejará toda la clientela a mí, aunque pa lo que entra en el negocio, más me vale cerrar.

—Pues tendremos que venir otra vez. Nos interesa mucho hablar con ella. Dígaselo.

La discoteca Black Cat debió de vivir mejores tiempos; lo que será difícil es que los tenga peores. Su encargado, un hombre con estrabismo, no quiere que Elena y Zárate husmeen mucho y niega que Blas Guerini trabajara allí. La mentira se desmorona en el primer minuto de conversación, porque ellos ya han preguntado en una taberna irlandesa cercana y el camarero ha reconocido a Guerini como portero del Black Cat.

—Supongo que no le dio de alta, pero nos da lo mismo. No somos del Ayuntamiento. Además, Guerini fue asesinado y no le va a denunciar, solo queremos saber quién lo hizo.

—¿A ese? Cualquiera —replica el encargado sin inmutarse lo más mínimo—. Y a su hermana lo mismo. Si tienen ustedes sentido común, aléjense de los Guerini. Mala gente; se lo digo yo, que los conozco.

Cuenta que no había noche en la que Guerini no empezara una pelea con algún cliente. Se empeñó en meter a su hermana en el guardarropa y más de una vez la acusaron de robar de los abrigos y los bolsos. Además de eso, trapicheaba con pastillas.

—¿Y por qué no lo echaba?

La sonrisa del encargado es bastante respuesta: no lo echaba porque no podía.

—Cuando quise hacerlo, Guerini me dijo que tendría una visita de sus amigos.

—¿Quiénes eran sus amigos? —Zárate quiere nombres, un hilo del que tirar.

—Ni puta idea. Porteros, son una mafia. Hay varios grupos: rumanos, españoles, búlgaros, latinos... Estás con unos que te extorsionan para que no te extorsionen los demás. Menos mal que se fue.

—¿Hace mucho?

—Un par de meses, de un día para otro. Se fue y no volvió por aquí, ni él ni su hermana.

—¿No volvió a verle?

—A los dos o tres días, por casualidad. Paré en un semáforo y él estaba en el coche de al lado, un Fiesta blanco.

—¿Se fijó en la matrícula?

—Claro que no. —El tipo frunce el ceño, como si le pregunta de la inspectora le hubiese ofendido—. ¿Quién anda fijándose en matrículas? Eso solo pasa en las películas. Era un Fiesta blanco y él iba en el asiento de atrás. Delante iban dos tíos muy cachas; a lo mejor eran porteros, como él.

Zárate le deja una tarjeta al encargado, por si se acuerda de algo más.

—¿Qué te ha parecido? —le pregunta Elena ya en la calle.

—Un figura. Es raro, porque Guerini parece un libro abierto, un macarra de manual, y sin embargo hay una cosa que no entiendo.

—¿Cuál es? A ver si coincidimos.

—Lo sacan de la cárcel y encuentra un trabajo en una discoteca. Se gana el respeto o el temor del encargado y consigue colocar a su hermana, que es como ayudarla a salir de la droga. Y de pronto, desaparece. ¿Por qué?

—Está claro que encontró un trabajo mejor.

—¿Matar a esas mujeres?

—¿Por qué no? No olvides que era un sicario. Alguien pudo contratarlo para hacer el trabajo.

—Puede ser. ¿Esa es la misma duda que tenías tú?

Elena le sonríe y niega con un vaivén de cabeza.

—Guerini arrastra una pila de antecedentes penales y una sentencia firme por asesinato. ¿Cómo es posible que un pájaro como este obtenga una reducción de condena después de haber estado en la cárcel por homicidio? Tenemos que hablar con el juez de vigilancia penitenciaria que lo puso en la calle. Esa decisión ha costado al menos seis vidas.

Capítulo 30

Un peregrinar intermitente de sombras, hombres y mujeres enclenques, la mayoría encogidos dentro de sudaderas con capucha para que no se les vea la cara, entra en el edificio abandonado de la calle de la Resina, en la Colonia Marconi; se cuelan por una de sus puertas como si fuera un sumidero. Orduño ha aparcado a unos cien metros de ese edificio, que antaño fue una nave de logística y, ahora, después del paso de los «termitas» —esas personas que se llevan todo aquello que pueda ser revendido y dejan la construcción en su esqueleto—, se ha convertido en una narconave. Las quejas de los vecinos, que piden su desmantelamiento, han caído en saco roto: nadie hace nada por acabar con el tráfico que allí se practica.

Unos golpes en la ventanilla lo sobresaltan. Una africana con los pechos desnudos le sonríe al otro lado del cristal. Le ofrece una mamada por veinte euros.

—Te doy cincuenta si me dices dónde puedo encontrar a esta chica.

Orduño pega al cristal la foto de Dely que figura en su expediente. Baja un dedo la ventanilla y desliza el billete de cincuenta euros. La africana lo mira, tentada, y luego, sus ojos como perlas se desplazan hacia el edificio abandonado.

—Solo quiero hablar con ella, puedes estar tranquila.

—Ahí dentro hay de todo —le dice y, rápida, caza el billete y se lo guarda en las bragas. Se aleja taconeando por la calle de la Resina.

No necesita más confirmación. Habló con Marina a primera hora de la tarde. Había cumplido con el favor que le había pedido Reyes: llamó a Marina para que su chica se acercase a Dely en prisión, que iniciara una conversación con ella, que la preparara para que recibiera de buen grado a Orduño. Sin embargo, esa cita no llegaría a producirse; a pesar de estar en preventiva y a la espera de un juicio por homicidio en primer grado, a Dely le han concedido un permiso y había abandonado Soto del Real esa misma mañana.

«Sé dónde la puedes encontrar —le dijo Marina al teléfono—. Dely está enganchada. Aquí dentro no siempre es fácil pillar, pero, en cuanto ponga el pie en la calle, va a ir directa a una narconave que hay en Villaverde, en la Marconi. Una vez me dijo que un africano le fía».

Antes de colgar, Orduño le prometió que iría a verla en cuanto tuviera un día libre. Si era necesario, tiraría de contactos para conseguir un vis a vis. No estaba siendo hipócrita: realmente le apetecía encontrarse con ella y hacerle el amor entre esas sábanas de flores. Prefería no preguntarse cuál era el origen de esa excitación, porque la respuesta tal vez no lo llevara a Marina, sino a Reyes y los baños del Wellington.

Una montaña de basura y escombro bloquea una de las puertas del edificio. Algo más adelante hay otra entrada, semioculta entre una vegetación que crece salvaje engullendo parte de la acera. Por ahí se deslizaban las sombras que ha visto desde el coche. Orduño se mete las manos en los bolsillos de la chaqueta, gana seguridad al agarrar la empuñadura de su pistola y sigue ese camino.

El olor a excrementos, a comida podrida, lo recibe en lo que probablemente fue en su día el vestíbulo de entrada. El techo, alto, está vencido y, como no queda ni un rastro de cristal en los ventanales, la luz del atardecer da un tono cobrizo al interior. Unas escaleras sin pasamanos ascienden a un segundo piso. Abajo, aparte de una mujer dormida en posición fetal en una esquina, sobre unos cartones, no hay nadie.

Los termitas se llevaron incluso las vigas que sujetaban la estructura del edificio para vender el hierro. Escalón a escalón, Orduño tiene la sensación de estar ascendiendo por un castillo de papel que se puede desmoronar en cualquier momento. Los restos de un incendio ennegrecen la pared de la escalera, un rastro que se extiende al segundo piso, donde seguramente se produjo. Es un espacio diáfano; más escombros y basura. Aquí sí se desperdigan yonquis como cadáveres, algunos fumándose un chino, otros durmiendo sobre sus propias heces. Hay un murmullo soterrado, el del anciano al que ya no le quedan fuerzas para quejarse de su dolor. Un grupo de africanos, junto a un bidón en el que se levantan unas llamas, está bebiendo y trasteando sus móviles. Uno de ellos ha detectado la presencia del policía y, arrastrando una barra de acero por el suelo, se acerca a él.

—¿Qué cojones haces aquí? —le espeta con un acento duro.

—Estoy buscando a una persona, pero no quiero problemas. Sé que está durmiendo en el edificio y quiero sacarla... al menos un par de noches a un hotel. Somos amigos.

Orduño vuelve a mostrar la fotografía de Dely. El africano le enseña una sonrisa de marfil.

—Qué suerte tiene la muy puta. Está en esa habitación, pero lo sabes, ¿verdad? En cuanto te descuides, va a volver.

Orduño sigue la dirección que le indica el africano: al fondo de la nave, una pared agujereada marca la división con otro espacio. Mientras los yonquis continúan en su sueño de morfina, se da cuenta de que hay cierto movimiento a su alrededor. Los africanos que había en torno al bidón con fuego ya no están ahí. Le parece oír una carrera por las escaleras a un piso superior. Es consciente de que no tiene mucho tiempo; aunque haya prometido venir para llevarse a una prostituta que no importa a nadie, es un policía, no hace falta uniforme para que se den cuenta. Y nadie quiere a un policía entre esos muros.

No tarda en localizar a Dely; encogida en una esquina de la habitación, que por los tubos que asoman en sus paredes fue en algún momento un baño, la mirada perdida de la venezolana se ilumina sobre el mechero con el que calienta un chino. Toda su belleza está enterrada bajo el velo de la droga, como un sudario. Lleva una vieja camiseta, puede que la misma con la que abandonó la prisión, pero está desnuda de cintura para abajo. Orduño mira a su alrededor, a otros yonquis que dormitan en la sala, a un tipo desdentado que registra en una cartera, seguramente robada. A alguno de estos o, quizá, a los africanos de fuera, Dely les ha ofrecido su cuerpo en pago por la heroína.

—Dely, soy Orduño. El novio de Marina, la conociste en Soto.

Después de aspirar la heroína, los ojos acuosos de Dely no parecen capaces de enfocar el rostro del policía.

—Déjame en paz —balbucea.

—No voy a quitarte nada, pero ¿no quieres estar en un sitio mejor? Tengo fuera el coche. Puedo llevarte a un hotel, yo pago la habitación.

—¿Te crees que soy gilipollas, güevón? Nadie da nada gratis...

—A mí me vale con que hablemos. Dely, sé que tú no mataste a ese periodista. Ahora estás en la calle, pero te acabarás comiendo veinte años y no es justo.

Orduño se agacha y coge de los brazos a la mujer; trata de que la droga no la arrastre al sueño, intenta levantarla, pero ella se revuelve con estruendo. Como si el ruido ahuyentara a los demás, los yonquis abandonan la sala. Solo queda el desdentado que no deja de mirarlo.

—Confía en mí.

—Ya sé quién eres. Marina me habló de ti. Decía que eras guapo. Es verdad. La muy tonta se cree que vas a estar cuando salga...

Orduño coge bajo las axilas a Dely, la incorpora con esfuerzo; ella apenas ayuda. No quiere que sus pensamientos se desvíen hacia Marina, hacia el compromiso que cerró con ella y que ahora le resulta tan difícil de sostener.

—Soy una puta, pero yo no quería ser una yonqui, no me gusta ser una yonqui. —La venezolana ha empezado a llorar—. Me hacían vender caballo y coca a los clientes, algunos me invitaban y... no hace frío cuando estás colocada, ¿lo sabes? Ni frío ni hambre... Te sonríen, te dicen bonita, te dicen... te vas a sacar unos billetes, que la vida en la calle es muy dura... Yo no tenía papeles. Si hubiera tenido papeles...

Orduño intenta descifrar el discurso caótico de Dely mientras tira de ella hasta la otra sala. Tuvo que prostituirse al no tener papeles y algún proxeneta, además de llevarse un porcentaje, le hacía vender droga. Varios pares de ojos vigilan estáticos sus pasos. Tiene la impresión de que la casa cruje, como si se preparara para ponerse en movimiento. Continúa hablándole a Dely, más por mantenerla despierta que porque espere respuestas.

—¿Quién te metió en la droga?

—Los policías. Me trataban bien, pero ¿quién le deja a una yonqui medio kilo? Fue su culpa. Lo perdí o me lo robaron o... no lo sé... me lo metí. —La risa de Dely es más un alarido de pena que de alegría.

—Apártate —le dice Orduño a un africano entrado en peso que se ha interpuesto en el acceso a las escaleras. No estaba antes en esa sala; han debido de ir a avisarlo.

—No te puedes llevar a esa puta. Es mía.

—Me la voy a llevar.

—He dicho que no se va.

Otras siluetas se despliegan alrededor de Orduño. En el bolsillo de la chaqueta tiene agarrada la pistola. Podría intentar abrirse paso amenazándolos con ella.

—Tenía que pagar la deuda, solo tenía que ir al Lady's...

—¡Cállate! —En una zancada, el africano cruza la cara de Dely de un bofetón.

Quizá sea una decisión equivocada, pero de manera instintiva Orduño saca el arma y se la coloca en la frente a ese hombre.

—No vuelvas a tocarla.

—Pégame un tiro. ¿Te crees que vas a salir de aquí? No eres el único que tiene una pipa.

—Déjame. No quiero irme —murmura Dely mientras intenta, débil, zafarse de Orduño—. Me van a cuidar.

—Eso es verdad. Nosotros cuidamos de Dely. Siempre lo hemos hecho, ¿a que sí, bonita?

Orduño mira a su alrededor midiendo sus opciones. Entre los yonquis, se han ido desplegando varios hombres. Uno lo observa desde las escaleras, sentado; tiene algo entre las manos que deja escapar un destello metálico. Una pistola. Sabe que no podrá llevarse a Dely, no ahora. Con cuidado, se acuclilla para sentarla en el suelo. El aliento cálido de la venezolana le acaricia el oído cuando ella le susurra:

—Me obligaron a cargar con lo del periodista para pagar la deuda... pero me van a sacar...

—¿Quién mató al periodista?

—El policía sin oreja...

No tiene tiempo de hablar más con Dely. El africano lo coge de un brazo y lo aparta de un empellón. Orduño levanta el arma, apuntando a su alrededor.

—Si no queréis a los putos Geos aquí, más vale que os apartéis. Dely, ven comigo.

—No. —La mujer ya ha buscado refugio en el africano—. Me van a cuidar.

La escalera está despejada. Orduño sabe que sería un error iniciar un tiroteo. Mira a Dely, como una gata abandonada que ansía las caricias de cualquiera, pegada al africano. Siente un nudo en el estómago; no sabe si la ha puesto de alguna forma en peligro, aunque la mayor parte de su conversación se haya desarrollado lejos de los oídos de los habitantes de la nave. Se convence de que mañana volverá a por ella, conseguirá un permiso judicial, lo acompañará el grupo especializado en asaltos.

No tiene problemas para abandonar el edificio. Cuando abre la puerta de su coche, ya ha anochecido. Se sienta, arranca. Conduce con rabia por la Colonia Marconi hasta coger la salida de la carretera de Andalucía. En su cabeza, resuenan los fragmentos de historia que le ha entregado Dely. Cómo la convirtieron en chivo expiatorio del asesinato del periodista. Amancio Ruiz, el autor de toda esa basura sensacionalista que leyó, debió de acercarse a la verdad en alguna de sus investigaciones. Tanto que un policía al que le falta una oreja decidió matarlo, el mismo hombre que, cada día, patrulla el barrio de Villaverde al lado de Reyes.

Capítulo 31

Junto a la plaza de Ópera está el restaurante de Bruno, un actor italiano que tiene fama de cocinar la mejor pasta en Madrid. Además, de vez en cuando, por las noches coge la guitarra e interpreta canciones de los años cincuenta, coreadas por el público. Elena no puede evitar recordar sus tiempos en el karaoke y acompañarle en una de ellas...

—*Tu vuo' fa' l'americano, 'mericano, 'mericano. Ma si' nato in Italy. Sient' a mme, nun ce sta niente 'a fa'. Ok, napulitan...*

Zárate ha pedido vino y ella ha reprimido el deseo de beber una copa de grappa. Decidieron cenar en el restaurante al volver de Aluche, en lugar de comer una de las famosas lasañas congeladas de Elena.

—Cantas muy bien. Podíamos dejar la policía: tú de cantante y yo de representante de la artista.

—O haciéndome los coros.

—Créeme que es mejor que sea tu representante. O tu guardaespaldas, para quitarte a los fans de encima.

Ríen relajados como ya no recordaban reír. De manera tácita, han evitado hablar del caso. La conversación ha viajado de Salvador Santos y las canciones de Nino Bravo que su mujer le pone, a la madre de Elena; de un meme absurdo que provoca la carcajada de Zárate al vino pésimo que elabora Abel, el exmarido de ella. Una burbuja de felicidad en la que también el silencio, mientras cenaban, era placentero.

Le ha sonado un mensaje en el móvil cuando Zárate ha ido al baño. Elena ha dudado unos segundos si mirarlo o dejarlo para luego, como si supiera de la fragilidad del momento.

Al salir, han caminado abrazados, se han besado en la plaza Mayor y, al descubrirse reflejados en uno de los escaparates, él la ha cogido orgulloso de la cintura.

—Hacemos buena pareja. Somos guapos.

Pero, ya entonces, a Elena le ha costado forzar una sonrisa. No podía quitarse el mensaje de la cabeza. Tampoco le parecía justo seguir eludiendo el tema.

Han subido a su piso. Él se ha descalzado y ha ido a beber un vaso de agua. Ella se ha sentado en el sofá. El cansancio de los últimos días ha vuelto a hacerse presente; la pesadez de las piernas, de los párpados. Le ha pedido a Zárate que viniera al salón, aunque él ya soñaba con derrumbarse en la cama, también agotado.

—He recibido un mensaje del centro de menores —empieza Elena, sin atreverse a levantar la mirada del suelo—. Mihaela está mejorando y... bueno, han pensado que le vendría bien intentar pasar algún día fuera.

Un nudo en la garganta le impide seguir hablando. Es consciente de cuáles son las consecuencias de lo que va a decirle.

—Sabes que prefiero no hablar de la Nena... Y menos, esta noche.

Reconoce el tono de Zárate; está conteniendo su rabia para no estropear las cosas.

—Mihaela —le corrige—. Tenemos que hablar de ella, Ángel.

—¿Por qué? Esa niña solo me recuerda a Chesca, lo sabes. A esos putos locos que la mataron...

—Quiero que venga esos días a casa.

La paciencia de Zárate alcanza su límite. Se levanta y pasea nervioso de un lado a otro.

—¿Qué es lo que pasa, Elena? ¿Es que eres incapaz de disfrutar de las cosas aunque solo sea por una noche? Tienes que estropearlo todo, como si estuviera prohibido ser feliz. Hemos pasado un infierno y tú te empeñas en volver a él. Y lo único que vas a conseguir es arrastrarme contigo... ¡No quiero saber nada de esa puta niña!

—Solo intento ser honesta. Te quiero, Ángel. Y quiero que estemos juntos, y por eso mismo no voy a ocultarte nada.

—¿A qué te refieres?

—A Mihaela.

—¿Qué pasa con ella? ¿Vas a traerla a vivir contigo?

—He iniciado los trámites para acogerla.

El tiempo se detiene. Elena, clavada en el sofá, siente que no tendría fuerzas para levantarse, aunque quisiera. Él deambula con los brazos vencidos hasta sentarse en una silla, alejado de ella.

—Sabes que eso me deja fuera de tu vida.

—No tiene por qué.

—¿Qué estás haciendo, Elena? ¿Te has enamorado de esa niña o es que te hace falta volver a ser madre? ¿Tanto necesitas tener la oportunidad de salvar a alguien? ¿De hacerlo bien?

—Estás siendo cruel.

—¿Yo estoy siendo cruel? ¿Y tú qué estás siendo? ¿Egoísta? O, mejor dicho, ¿una hija de puta? —La rabia se filtra en cada sílaba y él no intenta ocultarla—. Prefieres encargarte de esa niña loca antes que estar conmigo. ¿Cómo puedes ser tan cínica como para decirme que me quieres?

—Porque es la verdad. Porque te quiero. Y te lo he demostrado, Ángel. También he hecho sacrificios por ti.

—¿Qué sacrificios? Porque yo no te he pedido nada...

Elena contiene sus palabras; le diría que sigue al frente de la BAC solo por él, por evitar que saliera a la luz el informe del forense que señalaba la posibilidad de que Zárate hubiera acabado con los asesinos de Chesca a sangre fría; que ella había decidido cambiar de vida y que ha vuelto al horror del trabajo policial, un horror que cada vez le cuesta más soportar, por no dejarle solo en ese infierno. Pero prefiere tomar aire, no alimentar el fuego.

—Necesito que mi vida tenga algún sentido... Salir de la BAC, de toda esta mierda que nos rodea siempre. Y tener algo por lo que pelear.

—Ya has escogido esa pelea, y no soy yo.

—Me gustaría que estuvieras a mi lado.

—No te mientas, Elena. Estás soltando peso para seguir adelante sin mala conciencia.

—¿Por qué no lo intentas? Aunque solo sea un día. Cuando venga a casa Mihaela. Podríamos comer juntos, pasar la tarde con ella... Sé que cambiarías de opinión.

Zárate recoge sus zapatos con un gesto brusco. Ni siquiera se los pone antes de salir de la casa y cerrar de un portazo que retumba y se clava en el cerebro de Elena. Una vez sola, libera el nudo que había estado aprisionándole la garganta y rompe a llorar. La cena en el restaurante de Bruno, cuando eran felices, parece un recuerdo de otra vida.

Capítulo 32

—La operación encubierta de Guillermo Escartín, clasificada. La excarcelación de Guerini también —enumera Mariajo—. ¿Por qué hay tanto secretismo en este caso?

El juez de vigilancia penitenciaria no facilita información sobre Blas Guerini porque se trata de materia reservada, una frustración más. A duras penas se esconde la sensación de fracaso.

Orduño juguetea ausente con un bolígrafo. No responde a la hacker, pero comparte su impotencia; conforme encuentran un camino, surge un muro infranqueable que les niega el paso. Por muchos esfuerzos que haga Buendía, siguen sin identificar a las cinco madres de Las Suertes Viejas; los que podían contar qué sucedió en esa finca —Lucio el Panocho y el sicario Blas Guerini— están muertos. Mientras tanto, saben que alguien está preparando un nuevo asesinato: tras Escartín y Beiro, otros padres morirán.

—¿Alguien sabe qué le pasa a Elena? —pregunta Buendía cuando se une a sus compañeros.

Mariajo se inclina para entrever la puerta cerrada del despacho de la inspectora. No ha salido desde que llegó.

—Yo he estado hace un rato con ella. —Orduño coge su móvil y comprueba que sigue sin recibir esa llamada que lleva toda la mañana esperando—. Le he contado lo de anoche en la narconave de Villaverde y me ha dicho que hablará con el juez para hacer un registro y sacar a Dely.

—¿Sabes algo de Reyes? Debería despedirse de la Sección y volver a la BAC. Manuela sigue a vueltas con los informes de Cubillos y le vendría bien un poco de apoyo.

—¿De verdad crees que va a salir algo más de ese sitio? Rociaron la casa con un producto químico, no hay huellas, y la gente de esos pueblos no tenía ni idea de que esa granja de madres estaba ahí.

—Blas Guerini era un sicario —no se han dado cuenta de la irrupción de Zárate, que se mueve pesado hasta sentarse con ellos, como si arrastrara cadenas—; alguien le encargó ir a esa finca y matar a las madres. Ese es el hilo del que hay que tirar, no sé a qué estamos esperando.

El despacho de Elena se abre y la inspectora avanza hasta ellos mientras se pone un abrigo. Aunque no lo mira directamente, se dirige a Zárate:

—Tenemos que volver a Aluche y hablar con la hermana de Blas Guerini. ¿Estás listo?

Zárate se pone en pie. La tensión entre los dos es tan obvia que sus compañeros prefieren fingir que están inmersos en otras tareas, sus móviles o remover un café, guardar silencio y no ver cómo, uno detrás del otro, salen de las oficinas.

En Uñas Bonitas, el salón de manicura de Antonia la Castañera, solo hay una clienta, una señora con sobrepeso de unos setenta años. La madre de Blas Guerini está haciéndole los pies y, concentrada en la tarea, intenta despedirlos. No tiene tiempo para atenderlos.

—No venimos a hablar con usted, sino con su hija.

—Yoli está dentro, y no sé qué demonios hace porque llevo un rato esperándola, que a las once viene doña Herminia. Espere, que la voy a traer de los pelos.

—No se moleste. Iré yo mismo a buscarla.

Zárate pasa al almacén, un cuartucho oscuro en el que se amontonan cajas de material y papeles. Hay un cartel apoyado en la pared, Medias Seda, que tal vez fuera la actividad anterior del local. En una esquina, junto a un ventanuco por el que se filtra la luz mortecina de la escalera del edificio, Yolanda está derrengada en un sillón que parece rescatado de la basura: la blusa arremangada, una goma ciñéndole el brazo y la jeringuilla en la mano.

—Eso va a tener que esperar.

—No me lo quites, déjame en paz...

Elena asoma ahora y se encuentra con la escena dantesca: el temblor de la joven, su rostro demacrado, revolviéndose para que Zárate no le quite la jeringuilla.

—Es muy difícil salir del todo, joder. Me he dejado una pasta, por favor... —le ruega a Zárate, que ha conseguido inmovilizarla.

—No te lo vamos a quitar, pero te lo metes cuando nos hayamos marchado.

Con delicadeza, le quita la jeringuilla y, después, la cinta de goma del brazo. Amable, Elena intenta ganársela al anunciarle que quieren atrapar al asesino de su hermano. Yolanda deja escapar un sollozo al recordarlo.

—Blas no era mal tío.

—Tu hermano era un cabrón con pintas y un asesino. —Zárate no va a permitir que la conversación sea complaciente, no le gusta por dónde está conduciendo la situación Elena.

—Mi hermano se crio en el Ventorro de la Puñalá, como yo. Si hubieras crecido allí, sabrías que, para salir adelante, solo se podía ser como era Blas. De joven hizo locuras, por eso estuvo en la cárcel, pero después se reformó. Se consiguió un trabajo decente.

—Portero del Black Cat. Su jefe no estaba muy contento con él ni contigo.

—Ese tío es un hijo de la gran puta. Lo que pasa es que Blas le tuvo que parar los pies porque no pensaba en otra cosa que en metérmela. Mi hermano nos cuidaba, ¿sabes? A mí me tenía lejos del caballo y se ocupó de que mi madre pudiera vivir tranquila. ¿De dónde te crees que ha salido la pasta para montar este negocio? De mi hermano. Y no fue barato, que hasta el local es nuestro.

Elena ha preferido dar un paso atrás, dejar que Zárate lleve el interrogatorio; contradecirle sería, en cierto modo, darle una excusa para enfrentarse, que es lo que está buscando.

—¿De dónde sacó el dinero?

—De sus cosas, tenía sus bisnes...

—Yolanda... ¿Te dijo si esos bisnes tenían algo que ver con un pueblo de Soria?

—¿Qué cojones iba a hacer mi hermano en Soria? —Ella levanta la barbilla y frunce el ceño, pero le cambia el gesto al ver cómo Zárate juguetea con la jeringuilla, amenazando con vaciarla—. Eh, quieto.

—Entonces, ¿de dónde sacó el dinero?

—Joder, la segunda vez que estuvo en la cárcel no había hecho nada, solo fue porque hizo un trato con el juez.

—¿Qué clase de trato?

—Lo de siempre con la madera y con los jueces. Que cantes, que delates a la peña y a ti te sueltan. Lo trincaron moviendo droga.

—Vale. Lo detienen en una redada y le ofrecen un trato de favor si delata a los narcotraficantes. ¿Es eso?

—Es eso. Pero un chivato tiene los días contados. Por eso lo metieron en la cárcel, para que no se supiera que había sido él.

—¿Quién es el juez que le ofreció ese trato? —Elena irrumpe por primera vez en la conversación.

—Uno que sale mucho por la tele, Bernal o algo así...

—¿Ignacio Beltrán, el de la Audiencia Nacional? —descifra Elena.

—Yo qué sé. Es calvo, gafotas... Dame mi pico.

Zárate le devuelve la jeringuilla. En cuestión de segundos, Yolanda ya tiene preparados los avíos para inyectarse la heroína.

—Solo los atiendo así, sin cita previa, porque me ha llamado el comisario Rentero y me lo ha pedido.

Uno espera que el despacho de un juez de la Audiencia Nacional sea un lugar elegante, lleno de maderas nobles y de muebles de anticuario, pero el del juez Ignacio Beltrán no es así: apenas hay una mesa llena de papeles, con un ordenador bastante viejo, un sillón para él y sillas para los invitados y una mesa de reuniones, también cargada de legajos, informes y portafolios, en un rincón. En el desorden destaca solemne el retrato de Felipe VI ataviado con toga y puñetas, con el Gran Collar de la Justicia, el escudo de magistrado del Tribunal Supremo y el Toisón de Oro. Junto a él una gran bandera de España en su mástil.

—¿Blas Guerini? No sé si lo pongo en peligro al informar sobre él.

—Blas Guerini ha muerto, señoría. Encontramos su cuerpo en una finca en Soria.

—¿Asesinado?

—Sí, pero creemos que fue después de causar la muerte de otras seis personas: cinco mujeres y un hombre.

Beltrán toma aire, se acaricia la nuca, niega y se quita las gafas de pronto, como para acusar debidamente el impacto de la noticia. Una sombra de culpabilidad oscurece su rostro.

—¿Blas Guerini mató a seis personas? Me cuesta mucho creerlo.

—No entiendo por qué. Estuvo doce años en la cárcel por doble homicidio en primer grado.

—Pero se había reformado.

—No del todo, se dedicaba a mover droga —replica la inspectora.

—En algunos barrios, ese es el único medio de vida, por desgracia. Convendrán conmigo en que el menudeo y el homicidio son delitos de muy distinta gravedad.

—¿Se fiaba de Guerini tanto como para convertirlo en su testigo protegido?

El juez toma aire y lo suelta despacio, como si estuviese valorando si decir o no algo. Al final, parece que el sí pesa más en la balanza:

—¿Han oído hablar de la operación Mofeta? Son meses de investigación exhaustiva para desarticular una de las redes de narcotráfico más importantes de este país. Y cuando por fin lo tienes todo bien atado y puedes practicar las detenciones, más vale que tengas la prueba de cargo preparada. Esta gente gasta dinero en abogados, y es muy frecuente que salgan en libertad con cargos menores. ¿Entienden por dónde voy?

—Que necesitaba que alguien los delatara —comprende Elena.

—Eso es. Guerini los conocía a todos y estaba dispuesto a testificar contra ellos. Detrás de un biombo, claro está, y con la voz distorsionada.

Para no correr ningún riesgo, era esencial que también él fuera condenado. El pacto consistía en sacarlo de la cárcel al cabo de un año y medio.

—¿Se le recompensó con dinero?

—Eso sería soborno, inspectora Blanco. Es un delito. No podemos remunerar económicamente a un testigo.

—Pero, más allá de la ley, todos sabemos cómo funcionan las cosas. Para algo están los fondos reservados. Y Blas Guerini le compró un local de manicura a su madre. Me pregunto de dónde sacó el dinero para hacerlo.

—Yo también me lo preguntaría —admite el juez—. Pero si dice que ha matado a seis personas, es probable que recibiera un encargo bien pagado.

—Está asumiendo que puso en la calle a un sicario. —Zárate no es capaz de seguir más tiempo en silencio. No sabe por qué, le molesta la afección del juez al hablar de Guerini.

—Les prometo que ya no lo era. Antes de que colaborara conmigo, como ustedes mismos han recordado, había cumplido doce años por un doble homicidio. Los informes psicológicos eran favorables, y ¿para qué sirve la cárcel? Yo creo en la función rehabilitadora de la justicia. De otro modo, sería un cínico.

—El cinismo está en fingir que este sistema funciona.

—No digo que sea perfecto, inspector Zárate, pero es el mejor que tenemos. Creo que, si Guerini participó, como dicen, en un homicidio, algo tuvo que sucederle. Algo se cruzó en su vida que lo llevó a tomar esa decisión.

Al salir a la calle, descubren un cielo nublado que amenaza lluvia.

—Ese juez es un gilipollas —sentencia Zárate.

—Podía haberse encerrado en que era materia reservada y no lo ha hecho. En este caso, eso ya es una novedad.

—¿De verdad crees que sirve de algo lo que nos ha contado?

—Hablaré con Mariajo para que saque el expediente de esa investigación, la operación Mofeta. ¿Por qué les pondrán nombres tan ridículos siempre a estos operativos?

Elena trata de sonreír a Zárate, acortar el abismo que los separa, pero él no esboza ningún gesto en respuesta. Ha vuelto a su rostro esa mirada sombría, aquellos ojos que parecían mirar a un pozo cuando despertó en el hospital después de matar a Antón y a Julio. ¿Ha sido una egoísta, como él la acusó, al planear un nuevo inicio con Mihaela? ¿Le ha dado un empujón hacia el infierno cuando Ángel parecía estar abandonándolo? Se niega a asumir que ella necesite vivir en el sufrimiento, no hay una gota de dolor en su esperanza de cuidar de la pequeña; al contrario, soñar con esa nueva maternidad es su mayor ilusión.

Al llegar al Lada que habían aparcado a unas calles del juzgado, Zárate se despide.

—Prefiero ir caminando a la oficina —es todo lo que le dice.

Capítulo 33

Reyes ronronea, tumbada junto a Fabián. Los dos están desnudos, acaban de hacer el amor; algo le atrae irremisiblemente hacia su oreja mordida, la coge con los labios, le pasa la lengua. En los cristales del dormitorio, repiquetea la lluvia que ha empezado a caer hace solo unos minutos.

—A mi mujer le da asco.

—¿En serio? ¿Vas a hablarme de tu mujer en la cama?

—¿Eres celosa? Puedes estar tranquila; lo único que nos une es mi hijo.

—Si vas a decirme que vas a dejarla por mí, puedes ahorrártelo.

—No, no te lo voy a decir. Mientras mi hijo viva, no la voy a dejar.

Reyes pierde la mirada en el techo del chalet de El Viso, donde la última luz del día dibuja aguas.

—¿Quieres comer? —pregunta él—. Follar me da hambre.

—Echa un vistazo al frigorífico, aunque no sé si encontrarás algo.

Fabián, desnudo, se levanta y sale del dormitorio. Oye sus pies descalzos bajar la escalera. Anoche, Orduño insistió en ir a su casa. Era cerca de la una cuando su compañero llegó. Se tomaron una copa de vino mientras le contaba su paso por la narconave de Villaverde, la historia que entresacó de Dely.

—Dijo que al policía que mató al periodista le faltaba una oreja. Tú me contaste que tu compañero de patrulla...

—Fabián. No le falta una oreja, la tiene mordida.

—Es él, Reyes; quizá deberíamos hacer caso a Elena y sacarte de la Sección. Con lo que sabemos tenemos suficiente para que Asuntos Internos investigue.

—¿Y qué van a encontrar? El testimonio de una yonqui que antes asumió el crimen en sede judicial. Sabes que su palabra ya no sirve de nada. Y no hay pruebas físicas.

—¿Eres consciente de que te la estás jugando con esta gente?

—Confían en mí, Orduño. Lo que me pone en peligro es que vengas a verme.

Él se terminó la copa de vino de un trago. Guardó silencio unos segundos; Reyes sabe leer en esos silencios de los hombres, casi podía escuchar la batalla que se libraba en la cabeza de Orduño, las ganas de confesarle que estaba realmente asustado por su seguridad, que había empezado a sentir cosas por ella a las que todavía no era capaz de ponerles nombre, que no se la había podido quitar de la cabeza desde su encuentro en el Wellington.

—Es mejor que te vayas —le pidió Reyes antes de que él se decidiera a decir nada. Tenía miedo de que la conversación acabara con los dos en la cama.

Orduño no puso obstáculos, solo le pidió que al día siguiente lo llamara para saber que todo iba bien, y se marchó.

Apenas pudo dormir. El clásico binomio de sexo y amor nunca había significado gran cosa para ella; sin embargo, en mitad de su insomnio se dio cuenta de que, ahora, ambas cosas estaban más comunicadas de lo que le gustaría. No se quitaba de la cabeza a Orduño, tan prudente, tan reservado, con ese miedo a exponerse en exceso, la enternecía. Pero también Fabián: de repente, la posibilidad de que hubiera cometido el homicidio del periodista le resultaba dolorosa. Le había parecido un buen hombre, sencillo y divertido.

Llamó a la comisaría al amanecer, dijo que tenía algo de fiebre. Aunque había fingido entereza ante Orduño, no estaba segura de ser capaz de mantener la mascarada al lado de sus compañeros de la Sección. Se tomó un somnífero, intentó dormir por la mañana. No llamó a Orduño. Poco después de comer, Fabián se presentó en su casa. Debería haberlo previsto, pero le sorprendió la visita.

—Ya me encuentro mejor, me ha bajado la fiebre.

Reyes le mintió y tomaron un café en el salón. Él le contó que la había echado de menos en la patrulla por la Colonia Marconi. Raluca, una prostituta rumana, había tenido una bronca con su chulo porque no había sacado suficiente dinero la última noche.

—La pobre ya es mayor y no se le paran tantos clientes como antes.

Fabián le dio cincuenta euros para que no le cayera una paliza por otro día sin cumplir el objetivo de dinero, porque amenazaba lluvia y, como en todos los negocios, el agua ahuyenta a la clientela.

—Qué puta mierda de vida.

—Raluca se las apañará —le dijo Fabián al notar la impotencia de Reyes—. Peor lo tienen las africanas. A ellas no solo les caen palizas si no sacan dinero, a ellas las aterrorizan con ritos, con vudú o como coño se llame. Algunas están convencidas de que, con clavar un alfiler en un muñeco, sus familias en África se morirán. Y la putada es que es cierto, pero no por una maldición, sino porque tienen hombres allí para asesinarlos sin pestañear.

—¿No se puede hacer nada?

—¿Sabes quiénes tienen la culpa de verdad? Los clientes. Si no fueran de putas, no se movería tanto dinero y nadie haría esas barbaridades. Por eso yo nunca he ido con una. No sé cómo pueden tener el estómago de follarse a una de esas pobres chicas sabiendo lo que tienen detrás...

La conversación se extendió perezosa como una siesta durante toda la tarde. Reyes enterró las advertencias de Orduño, convencida de que estaban equivocadas: Fabián podía ser muchas cosas, pero no un asesino. Logró apartar de sus pensamientos cualquier sospecha mientras hacían el amor en su dormitorio.

—¡El frigorífico es una pena, Reyes! —le escucha gritar desde el piso de abajo—. Ponte algo y vamos a comernos una hamburguesa. ¿Hay algún Burger King en tu barrio?

Comen en un Burger King frente al Bernabéu. Ella, una hamburguesa normal, él se toma dos dobles mientras bromea con que hasta la sucursal de la cadena en Concha Espina es mejor que la de Villaverde. Cuando están acabando, suena el móvil de Fabián.

—¿Sí? ¿En Soto de las Juntas?... Vamos para allá. —Cuelga. Ya se está levantando—: Reyes, conduce tú mientras yo me acabo el Whopper. Ha aparecido un cadáver en la laguna del Soto de las Juntas. Está entre Rivas y Arganda, yo te indico.

Tardan cerca de cuarenta minutos en llegar a las inmediaciones de la laguna. La lluvia, como siempre, embotella el tráfico de la ciudad. Poco después de salir de la carretera de Valencia, el Gregor los está esperando junto a una valla que impide el paso de vehículos y les da acceso.

—Cristo está en la orilla, donde las casetas de los pájaros.

En el borde de la laguna hay varias casetas de madera con miradores desde los que se puede observar el anidamiento de gran variedad de aves. Ya ha caído la noche e, iluminándose con una linterna y embutido en un chubasquero, Cristo se acerca al coche en el que vienen Fabián y Reyes.

—Es una putada: Dely. Tenemos que deshacernos del cuerpo.

Reyes no pregunta, sabe que no debe, que las preguntas no son bienvenidas. Además, bastante tiene con disimular el impacto de lo que está viendo en la orilla. Junto al agua hay un fardo, como un capullo enorme, sucio del barro que la lluvia ha levantado en los alrededores de la laguna.

—Habrá sido una sobredosis —aventura Cristo—. Dicen que no salió de la narconave de Marconi desde que puso el pie en la calle.

El pesar un tanto resignado del jefe no se corresponde con el vértigo que siente Reyes en su estómago. La mujer que acusa a Fabián de matar al periodista, la testigo de la que querían tirar Orduño y ella hace tan solo unas horas, ocupa una tela de saco oscurecida por una sombra roja, quizá sangre. Sin embargo, no tiene tiempo de comprobar si el cuerpo de Dely tiene alguna herida. Apenas logra ver su cara sin vida, sus grandes ojos abiertos al cielo que derrama la lluvia con estruendo sobre la superficie de la laguna. Fabián cierra el fardo y pide con un gesto a Reyes que lo ayude a trasladarlo hasta el coche.

—Enterradlo donde el colombiano —les ordena Cristo.

Mientras arrastran su cuerpo hasta el maletero, Reyes se pregunta si el colombiano no será William Cabello, el supuesto prófugo de la justicia. La silueta negra de Cristo se aleja bajo la lluvia. Los faros de un vehículo que viene a recogerlo brillan en la oscuridad. No se atreve a hablar con Fabián hasta que están en el coche, empapados, conduciendo por un camino cercano a la laguna.

—¿Cómo ha terminado esa mujer aquí? Cristo dijo que estaba en Villaverde... Ningún yonqui viene a meterse aquí.

—Estás haciendo demasiadas preguntas, Reyes.

—¿Demasiadas? Llevamos un cadáver en el maletero: ¿no te das cuenta de que estamos cruzando todas las líneas rojas?

—Es mejor que desaparezca su cuerpo. No tiene familia en España; nadie la va a echar de menos.

—¿Y por qué es mejor?

—Por el bien del barrio —contesta él, rápido—. Cristo no quiere que haya líos y... esto es lo que aceptaste al entrar en la Sección. Nos cuidamos los unos a los otros.

—¿No ves venir el desastre? Nos van a meter en la cárcel.

Reyes respira con agitación. Está nerviosa, su mente llena de presagios, su brújula moral descabalada. Con una mano aprieta con fuerza la otra, como para detener el temblor que ha tomado cuenta de ella. Fabián lo advierte y detiene el vehículo en el arcén. La coge de la barbilla para atrapar su mirada.

—Hey, nena, tienes que estar tranquila. ¿Me oyes? Nadie nos va a meter en la cárcel.

—Si ahora mismo nos para la Guardia Civil, terminamos en la cárcel esta misma noche.

—Nosotros no. Tenemos protección; somos intocables.

—No hay nadie tan poderoso como para dejar pasar esto.

Fabián la mira con suficiencia, como enternecido por su ingenuidad.

—¿Has oído hablar de Aurelio Gálvez? Él es poderoso, ¿no crees? Tu tío a su lado es un botones.

Reyes comprueba que el temblor ha cesado, tal vez por la sorpresa. ¿Quién no conoce a Gálvez, el director general de la Policía? Rentero se lo presentó a Reyes en la noche de la despedida del comisario Asensio. Recuerda cómo se ofreció a ayudarla si tenía algún problema. ¿Es él quien realmente controla la Sección?

Capítulo 34

—¡Ángel!

Manuela saluda a Zárate desde la mesa bajo la televisión y lo invita a sentarse con ella. Se está terminando un plato de setas con foie.

—Te has hecho adicta al Cisne Azul.

Pide una cerveza y no tarda en notar que la conversación de Manuela es como un bálsamo para él.

Ella le cuenta que su trabajo en la finca ha terminado, por eso está de vuelta. Ha tenido tiempo de husmear en el expediente de la operación Mofeta, esa en la que Blas Guerini había sido un soplón. Los capos gallegos enjuiciados con su testimonio siguen entre rejas. Nada hace sospechar que aún hubiera algún vínculo entre ellos y el sicario. Están convencidos de que ninguno de los capos encargó a Blas ir hasta Las Suertes Viejas para matar a las madres, para arrancarles sus hijos.

—Sé que los que están muriendo ahora son ellos, los padres —la jovialidad habitual de Manuela se ha disipado, el cansancio ha abierto la puerta a la auténtica tristeza que anoche se trajo pegada de Soria—, pero ¿has pensado en esas pobres chicas? Esclavizadas en esa finca, pariendo como si fueran gallinas... hasta que un bestia llega y convierte eso en un matadero. Según la autopsia que les hizo Buendía, dos de ellas podían estar vivas cuando les abrieron el vientre...

—Todavía estás a tiempo, Manuela: esto es la BAC. Pregúntate si tienes fuerzas para soportar cosas así... Si te merece la pena...

—¿A ti te la merece?

Zárate da un trago a su cerveza antes de responder. Es tarde y en el bar solo quedan ellos. El camarero limpia la barra con desgana, está deseando que paguen y se marchen.

—Hay una cosa. Ángel...

Se ha puesto seria de repente y él la mira intrigado, pero ella no quiere decírselo en el bar. Pagan la cuenta y salen a la calle. Se resguardan de la lluvia bajo el alero de un edificio. Ella se enreda en un circunloquio de excusas, tal vez lo que va a decirle está fuera de lugar, tal vez se equivoca y en realidad, más que ayudar, que es lo que quiere, esté complicando aún más las cosas. La reja del Cisne Azul suena como un relámpago. El camarero no ha tardado en echar el cierre.

—Por Dios, Manuela, ¿qué estás intentando contarme?

Ella toma aire antes de decidirse a hablar.

—Te dije que Buendía me había puesto a ordenar su archivo, ¿verdad? Es interminable... pero... empecé desde los últimos. El caso de la granja de Santa Leonor. Sé que allí murió una de vuestras compañeras...

—Chesca. —Como cada vez que dice su nombre en voz alta, Ángel siente que algo le desgarra por dentro.

—Me volví un poco loca porque había un informe duplicado de la muerte de Julio y Antón. Eran casi iguales... solo que, en uno de ellos, el forense ponía en cuestión las circunstancias de la muerte de Julio. Me jode recordarte todo esto, pero... tengo que hacerlo: Julio murió por los cortes que se hizo con el cristal del coche... En uno de los informes, bueno... se dice que por el tipo de heridas que tenía no había sido un accidente. Alguien tuvo que clavarle ese cristal. Y, en ese coche, solo estabas tú.

—¿Qué estás intentando decirme?

Zárate, tenso, se ha puesto a la defensiva: era lo último que esperaba de Manuela. ¿Está atacándole de alguna forma? Ella levanta las manos en el aire, en señal de paz.

—Te he dicho que me caes bien, Ángel. Solo quería avisarte: alguien enterró ese informe. Lo duplicaron y el que salió a la luz fue el otro, en el que no se te menciona por ningún sitio, pero... en fin... un día alguien puede rescatarlo...

—Yo no hice nada malo. Fue un accidente —miente Zárate.

—No te estoy acusando de nada. Solo... mierda... pensaba que tenía que avisarte. ¿Y si lo enterraron porque estás en la BAC? No sé si, al salir... si dejas esto... pueden venderte...

—¿Quién, Manuela? Esto es una gilipollez.

—Lo siento, a lo mejor no debería haberte dicho nada.

—No, desde luego. Te has montado una película...

Ella asiente en silencio. Ni siquiera se despide de él. Se marcha bajo la lluvia en dirección al metro de Chueca. Él no se mueve de la calle de Gravina. Tiene la mirada perdida en los charcos que reflejan los fluorescentes de los negocios cerrados.

«Me he sacrificado por ti», le dijo Elena la noche pasada, cuando discutieron en su piso de la plaza Mayor. ¿Esa fue la razón por la que ella volvió a la BAC? ¿Ese fue el pago que hizo a alguien, quizá a Rentero, por no sacar a la luz que uno de sus hombres había cometido un homicidio? No necesita hablar con ella para tener la seguridad de que Elena lo sabe. Que lo ha sabido siempre. Y, tal vez, esta sea también la razón por la que ha decidido encargarse de la Nena. Para redimir la culpa de Zárate.

Capítulo 35

El comisario Rentero vive junto al Retiro, en la esquina de la calle Ibiza con Menéndez Pelayo. Es un piso señorial con cinco balcones al parque, seguro que está sometido a vigilancia —por lo menos mientras el director operativo adjunto de la Policía está en casa—, pero Reyes no ve a nadie en los alrededores del edificio. Tampoco le importa que algún escolta anote su visita a la casa de su tío a deshoras. Es casi la una de la madrugada.

—Hola, tía.

—¡Reyes! Qué sorpresa... ¿Ha pasado algo?

—Siento las horas, pero... ¿está el tío?

—Llegó hace solo diez minutos y me ha dicho que iba a ducharse. ¿Le esperas?

Su tía Luisa, la esposa de Rentero, la acompaña a uno de los salones de la casa. En pijama y bata, probablemente la ha sacado de la cama, ha preferido no insistir en lo intempestivo de la visita. A través de una puerta corredera puede verse el despacho del comisario: un lugar muy elegante, con todas las paredes cubiertas por estanterías, una mesa inglesa de madera oscura y sillones de cuero.

—¿Sigue gustándote la Fanta?

—No la tomo hace mucho, pero sí, me gusta.

Su tía va a toda prisa a buscarla; se esmera en mantener la normalidad ante la presencia de Reyes, no quiere hacerla sentir incómoda. En todas las familias hay historias que se mantienen ocultas como un río subterráneo. Reyes está convencida de que la de Luisa es una de ellas, que por eso no es bien recibida en la familia. Sin embargo, los Rentero son tan educados que nunca lo demostrarían. Hay que tener el ojo entrenado y pasar décadas con ellos para notar el rechazo. Una vez le preguntó a su madre y ella le contestó que no dijese tonterías, que Luisa era una más, como una hermana para el resto, pero Reyes sabe que no es cierto. Seguro que se trata de alguna historia antigua de la que algún día se enterará, una historia de mucho antes de que ella naciera, quizá de la época del noviazgo de su tío y Luisa.

—Aquí tienes, le he puesto hielo y una rodaja de naranja, pero si no los quieres se los quito.

—Así está perfecto, tía.

—Voy a avisar a tu tío de que estás aquí, que si no se eterniza.

Cuando se queda sola, Reyes se asoma a uno de los balcones que dan al Retiro, a la altura del Florida Park; a la izquierda está la Casa de Fieras, lo que hoy es una biblioteca. Ella no la conoció como zoológico de Madrid, pero su tío la llevaba a pasear por allí y le contaba la historia de la elefanta Julia, que con la trompa les robaba las chucherías a los niños...

—Hola.

Cuando entra su tío, ella sigue mirando embelesada el Retiro.

—Hola, tío. Me estaba acordando de la elefanta Julia.

—Ahora eres policía, habrías tenido que detenerla por ladrona... —La sonrisa da paso al instante a una expresión más seria—: ¿Qué haces por aquí? ¿Te has dado cuenta de la hora que es?

—Necesito hablar contigo. No estoy segura de si me siguen, por eso he preferido venir a tu casa... tan tarde... Muy buenos tienen que ser para que no me dé cuenta.

—Me parece que va a ser una charla intensa, deja que me sirva un coñac. —Señala su vaso—. ¿Tú qué estás bebiendo?

—Una Fanta que me ha traído la tía Luisa.

—Debe de pensar que todavía tienes ocho años...

Rentero escoge una botella en forma de lágrima —aunque a Reyes le parece más el tirador de una vieja cortina—, con una etiqueta en la que pone Courvoisier XO y se sirve tres dedos en una enorme copa de balón. Después se sienta en una butaca junto a Reyes.

—Y ahora me vas a contar qué ha pasado.

—Me pediste que, si averiguaba algo en la Sección, te lo contara a ti antes que a la inspectora Blanco. La verdad es que no pensaba obedecerte, pero creo que esto tienes que saberlo tú primero.

—Adelante.

—En la comisaría de Villaverde actúan como caciques, cobran comisiones de negocios ilegales a cambio de hacer la vista gorda. También por proteger a ciertos locales y a delincuentes relacionados con la prostitución y el narcotráfico...

—Ya —contesta Rentero, pensativo.

—Pero eso no es todo. Creo que asesinaron a un periodista que estaba metiendo la nariz en sus asuntos. Y han hecho desaparecer el cadáver de una prostituta que estaba acusada del asesinato.

—¿Estás segura de eso?

—Completamente. Yo misma he ayudado a enterrar el cuerpo. No voy a decirte dónde, todavía no. Sería como pegarme un tiro en el pie y descubrirme delante de ellos.

Rentero niega despacio con la cabeza y chasquea los labios. Aún no ha tocado el licor de su copa.

—No me ha gustado esto desde que empezó, se lo dije a Elena. Vamos a sacarte de ahí.

—¿Alguien sabe lo que estoy haciendo? Aparte de mis compañeros de la BAC y tú...

—Nadie.

—¿Estás seguro? ¿No has informado a nadie por encima de ti?

—¿A qué viene esa pregunta?

Reyes se decide a soltar la bomba.

—Desde el principio, me ha llamado la atención el poco cuidado con el que actúan en la Sección. No disimulan demasiado sus chanchullos, como si estuvieran seguros de que son intocables... y es que... a lo mejor lo son, tío. Tienen la mejor protección posible: la del director general de la Policía.

La incredulidad se asoma al rostro de Rentero.

—¿Gálvez corrupto? ¿De dónde te sacas eso?

—Me lo han dicho ellos.

—No, no me lo creo. Nos conocemos desde hace cuarenta años... Por el amor de Dios, eso es un disparate, Reyes. Fue testigo de mi boda y yo de la suya, soy el padrino de su hijo mayor. Gálvez... En la Academia compartíamos litera...

—Es verdad, tío: por eso no me puedes sacar, por eso tengo que seguir allí, como si de verdad fuera uno de ellos, y por eso necesito que nadie más sepa qué hago en Villaverde. Todavía no sé hasta dónde llega la implicación de Gálvez, pero estoy segura de que es una pieza de esa policía corrupta. Y te conseguiré pruebas.

Rentero se queda pensativo unos segundos. Da un trago largo de coñac y lo saborea en la boca antes de tragárselo. Nota la abrasión en el esófago.

—Escúchame bien —dice al fin, sin levantar la voz—. Lo que me cuentas es muy grave. Hay rumores de que Aurelio podría tener un cargo político en el Ministerio en la próxima remodelación del Gobierno.

—¿Qué quieres decir con eso? ¿Que hay que taparlo? —se indigna Reyes.

—Nadie está hablando de taparlo.

—Tú me lo has dicho muchas veces: hay que investigar y descubrir la verdad caiga quien caiga.

El comisario se levanta, pasea por el salón, taciturno. Se detiene de pronto y clava la mirada en su sobrina.

—No le has contado nada de esto a Elena, ¿verdad?

—No.

—Júramelo. Ni a Elena ni a nadie.

—A nadie. Pero creo que la inspectora debería saberlo.

—Ni se te ocurra, Reyes. No se le puede echar mierda al director general si no estás muy seguro de lo que haces. Y Elena no esperaría ni un minuto, lo haría saltar todo por los aires.

—Ella es mi superior.

—Y yo soy tu familia —zanja el comisario.

—¿Ahora somos familia? Siempre me dices que cuando estoy trabajando tú eres el comisario Rentero.

—Soy tu familia —insiste firme—. Sangre de tu sangre. Y te pido que eso que has oído de Gálvez te lo lleves a la tumba. Gálvez es problema mío, no tuyo. ¿Entendido?

Reyes se levanta brusca del sillón. No era la reacción que esperaba de su tío, pero sabe que no servirá de nada discutir con él.

Rentero, a solas en el salón, se sirve otra copa de coñac, esta más generosa que la anterior.

Capítulo 36

Desperdigadas por el salón, en la mesa, en el suelo, las fotografías que Manuela tomó en la finca de Las Suertes Viejas. También los informes de las autopsias. Solo los hombres están identificados: Lucio Morales y Blas Guerini. Las mujeres figuran como NN (ningún nombre) junto a un número.

Elena revisa las pruebas de balística que señalan al asesino, pero no hay respuesta para la pregunta de quién se llevó los fetos de esas mujeres. Quién tiene la lista de los padres que contrataron los servicios de esa granja de vientres de alquiler y que, uno a uno, han ido cayendo: Escartín, Beiro. ¿Cuál será el siguiente? Sabe que esa respuesta no tardará en llegar. De hecho, deja caer continuas miradas al móvil, como si en cualquier momento fuera a sonar para dar aviso del hallazgo de una nueva víctima.

Apenas repara en ello cuando la puerta de la casa se abre. Los pasos en la entrada le dan un vuelco al corazón. Busca su pistola, no la guardó en la caja fuerte al llegar a casa, cuando él entra en el salón.

—He visto luz desde la calle, pero no sabía si estarías despierta.

Ángel Zárate mira a su alrededor, como si estuviera despidiéndose de esa casa para siempre.

—Voy a volver a Carabanchel. Dejo la BAC —suelta sin más rodeos.

Ha estado paseando desde que Manuela le habló de ese informe duplicado de la muerte de Julio. Poco a poco, ha ido recomponiendo lo que cree que ha sucedido a sus espaldas desde aquel día. Rentero y Elena decidiendo enterrar todo, el uno por evitar un escándalo, la otra por puro corporativismo o tal vez por amor, qué más da. Ha intentado sentirse culpable por haber matado a Julio, pero se ha dado cuenta de que era absurdo. No hay una gota de arrepentimiento en lo que hizo.

—Te necesitamos, Ángel. No te puedes marchar.

—No quiero tener que volver a verte cada día.

Elena no estaba preparada para encajar una respuesta tan agria. Se queda sin palabras, desarmada. Ahora que Ángel va a marcharse para siempre, comprende cuánto lo necesita. Le gustaría encontrar un camino que conservara a su lado a las dos personas que más le importan ahora, Zárate y Mihaela, pero sabe que ese camino no existe, que algo se ha roto entre ellos, algo que ya no tiene arreglo.

El timbre del portero automático quiebra el silencio. Ella supone que alguien debe de haberse equivocado, pero se levanta a responder; la acción le da una excusa para saber qué hacer con su cuerpo, con su voz.

—¿Rentero? Sí, claro... sube.

Luego, sorprendida, se gira hacia Zárate. No sabe qué está haciendo el director adjunto en su casa a esas horas.

—No quiero cruzarme con él —murmura Ángel mientras se va hacia el dormitorio.

El silencio hostil entre ellos lo matizan las pisadas en la vieja escalera por la que asciende el comisario. Elena intenta recuperar el control de sí misma; aparentar que no pasa nada cuando le abre la puerta a Rentero.

—Un poco tarde, ¿no te parece?

Él se adentra en el salón y habla sin introducciones, disculpas ni saludos.

—Quiero a mi sobrina fuera de la brigada de Villaverde. La quiero fuera ya. Es una orden y tu obligación es acatarla.

—¿Por alguna razón en especial?

—Porque creo que corre peligro. No me gusta cómo se están poniendo las cosas.

Toma aire, se sienta en el sillón, se queda mirando el caos de folios e informes que tapizan la mesa y parte del suelo, pero no hace ningún comentario al respecto. Ella permanece en pie frente a él, el gesto serio, los brazos en jarras.

—¿Qué es lo que sabes, Rentero? Yo no te he contado nada. ¿Despachas directamente con Reyes? ¿O con los policías de la Sección?

—¿Qué estás insinuando?

—Nada, solo me pregunto cómo sabes que las cosas se están poniendo feas. ¿Te has enterado de que vamos detrás de una prostituta llamada Dely? Es posible que ella tenga pruebas que demuestran que alguien en esa brigada mató a un periodista.

—¿Y qué crees que harán con mi sobrina si descubren que os ha estado pasando información?

—Reyes es una buena policía, debe de llevarlo en la sangre. —La lisonja de Elena no parece suficiente para Rentero—. Tenemos a un periodista muerto, una prostituta acusada de su homicidio a la que dejan salir de la cárcel en un permiso... por no volver a Escartín y esa finca que hemos encontrado. Hay demasiados caminos abiertos como para pedirle a Reyes que lo deje todo a medias. Si no hubiera tanto secretismo alrededor del trabajo que hizo Escartín en la brigada de Villaverde, a lo mejor las cosas serían distintas. Tuvo que hacer informes y entregárselos a alguien...

—Tropezamos mil veces con obstáculos así —se excusa el comisario.

—¿Quién puede enterrar todos los informes de un policía infiltrado? ¿Quién consigue que una prostituta salga a la calle cuando está acusada de homicidio? Quien sea que está moviendo los hilos debe estar muy arriba, Rentero. No eres idiota; puedes verlo como yo.

La mirada de Rentero se ha vuelto gris, casi la de un anciano. Se estira la pernera del pantalón para borrar una arruga.

—No quiero que maten a Reyes. —Su voz suena más como un ruego que como una orden—. Ya hemos perdido a mucha gente. Está muy bien el valor y asumir ciertos riesgos, pero también hay que saber cuándo ese valor se convierte en irresponsabilidad. He visto cómo algunos caen por no salir a tiempo: Guillermo Escartín o... joder, el padre de Zárate... se lo llevaron por delante...

—¿A qué viene eso?

—Lo viví en mis carnes, Elena, sé de lo que hablo.

Rentero se calla al ver a Zárate en el umbral. Está pálido, como desamparado, y su mirada centellea de preguntas.

—¿Qué has dicho de mi padre?

—¿Qué está haciendo él aquí?

Zárate avanza hacia el director adjunto como un animal cegado.

—Zárate, no sabía que estabas aquí, de haberlo sabido no habría mencionado a tu padre.

—Pero ahora me vas a contar qué coño pasó para que lo mataran. ¿Quién lo infiltró y en qué operativo? ¿Cómo lo mataron?

—No voy a seguir con esta conversación...

Zárate da un puñetazo en la mesa que suena como un trueno.

—¡Me lo vas a contar, hijo de puta!

—¡Ángel, ya está bien! —grita Elena.

—¿Qué pasó con mi padre?

Rentero se levanta y clava en el policía una mirada glacial.

—¿Quién te has creído que eres? No puedes insultar a un superior.

—¡Basta ya! —exige Elena—. Está nervioso, coño. ¿Cómo quieres que esté después de lo que ha oído? Es mejor que te vayas, Rentero.

Rentero se estira el puño de la camisa y, tras dos segundos en los que le mantiene la mirada a Elena, sale sin dirigirle una ojeada a Zárate. Al oír el portazo, ella reacciona con alivio. Sin saber qué decir o cómo encarar a su amigo, se derrumba en el sofá. Zárate abre un balcón; quiere ver cómo el comisario atraviesa la plaza Mayor. La rabia le asciende en oleadas, siente que los músculos se le tensan, que quiere arrasar con todo a su alrededor; romper la figurita de la fertilidad que le regaló a Elena su madre, una escultura africana de alabastro, muy cara. Un jarrón, un candelabro, provocar una lluvia de libros.

—¿Has oído lo que ha dicho de mi padre? ¿Tú también lo sabías? ¿Lo sabíais todos y os habéis estado callando? —Habla sin darse la vuelta, con los puños apretados—. ¡¿Qué más mierda no me habéis contado?! ¡Elena! Por lo menos me debes eso: un poco de honestidad.

Al no escuchar respuesta de la inspectora, Zárate se gira hacia ella. Elena no lo está mirando. En sus manos tiene una hoja de una fotografía; la inspectora solo ha reparado en ella cuando Rentero se ha ido.

—¿Has visto esto?

Le tiende la hoja a Ángel. Es una fotografía de un viejo balón azul en la finca de Las Suertes Viejas, olvidado entre los matorrales, sucio de barro.

—¿Qué quiere decir esto? Elena, no vas a evitar la conversación...

—Lee la descripción, joder.

La inspectora no espera que Zárate lo haga. Se levanta y, rápida, va a su dormitorio para coger su ropa.

—Balón azul de tela con cascabeles en su interior. ¿Para qué tenían una pelota así?

—Dímelo tú, Ángel. ¿Quién puede necesitarla? Estuviste con él, igual que yo...

—El niño ciego del mesón de Ucero.

—Ese niño ha estado en la finca de Las Suertes Viejas.

Capítulo 37

Bajo el aguacero, el Lada de Elena avanza por la carretera de Burgos siguiendo la estela que deja el coche en el que viajan Orduño y Zárate. La nube es una cúpula gris que los envuelve durante todo el camino hasta Ucero.

—La salida 103 está solo a un kilómetro —la avisa Orduño a través del manos libres.

Elena sabe que, al otro lado, Zárate la escucha, pero permanece en silencio. Cuando avisaron a Orduño, él prefirió subir al coche con su compañero; no estaba dispuesto a hacer las dos horas y media de trayecto hasta ese pueblo de Soria al lado de ella. Se ha abierto tal herida entre los dos que parece incurable, pero ahora su dolor no es lo más urgente. Al fin tienen una pista. Alguien que les pueda contar cómo era la vida en esa finca de Las Suertes Viejas.

Un relámpago rasga la noche y crea en la carretera, casi desierta a esas horas, una ilusión de decorado. A los pocos segundos estalla un trueno.

Elena reduce la velocidad; el agua convierte la carretera en una pista deslizante y también Orduño maniobra con precaución. Una tristeza indecible acompaña cada uno de los movimientos de la inspectora, cada una de sus percepciones. El limpiaparabrisas funciona a la máxima velocidad, pero la lluvia es intensa y apenas se ve. Son las ocho de la mañana y amanece, pero el sol no es más que un resplandor apagado tras la tormenta.

La entrada de Ucero está peor que el resto del camino; a la lluvia y el ocasional granizo, se une un corte de luz que afecta a todo el pueblo. Elena sigue el coche de Zárate y Orduño hasta el Centro de Interpretación del Parque Natural. La oscuridad es densa. Cuesta distinguir las sombras de la antigua fábrica donde se halla el centro. Enfrente, como una casita de cuento engullida por el temporal, El Balcón del Cañón. Dentro del bar se distingue una luz. Alguien ha encendido una vela. Aparcan y, encogidos bajo el chaparrón, cruzan el espacio hasta la puerta.

Nada más entrar, la llama vacilante les permite ver al niño ciego con un gorrión muerto en las manos, como un personaje de Zurbarán.

—Hola —saluda Zárate.

El niño levanta la mirada hacia esa voz. Orduño se acerca a él.

—¿Cómo te llamas? —pregunta queriendo sonar cariñoso.

—Chemita.

—Hola, Chemita. Yo me llamo Orduño. ¿Qué haces aquí solo?

El niño se encoge de hombros, indiferente al apagón que debe tener a sus padres y a todo el pueblo en jaque.

—¿Dónde está Dorita? O tu madre... no deberían dejarte así —interviene Elena.

—Ella es mi mamá. Ha ido a arreglar la luz...

—No, Dorita no puede ser tu madre. Es muy mayor, a lo mejor es tu abuela.

—Ella es mi mamá.

Un olor pestilente flota en el aire. Zárate es el primero en percibirlo.

—Huele mal. Como a podrido.

—Supongo que por culpa del apagón —razona Orduño—. Si se han tirado sin luz toda la noche, se estará estropeando el género.

—Son los niños.

Los policías miran con asombro a Chemita, que sigue acariciando el pájaro muerto.

—¿Qué niños?

El pequeño deja el gorrión en la mesa, se levanta de un salto y se dirige a la escalera que baja al sótano. Lo hace con soltura, palpando bordes y paredes; conoce a la perfección un espacio que debe de tener reconstruido en su cabeza. Orduño enciende una linterna y alumbra el empinado descenso para guiar a Zárate y Elena.

En el sótano hay un arcón congelador. El niño lo señala. Zárate abre la tapa y Orduño le tiende la linterna a Elena para que dirija el haz al interior. La luz enmarca los cuerpos de dos fetos encogidos en el fondo del arcón. Un chisporroteo devuelve la luz en el sótano, el congelador se reactiva con un zumbido. Al girarse, Elena da un respingo. Dorita está en el umbral, pero no es una aparición amenazadora. Al contrario, la mujer extiende los brazos para que le pongan las esposas.

Tercera parte

Vivir sin tus caricias
es mucho desamparo.

Amado Nervo

La hora de la siesta es sagrada en Las Suertes Viejas. Todas las mujeres se acuestan, bajan las persianas y la finca queda envuelta en una modorra silenciosa, matizada a veces por un cascabeleo. Es Chemita jugando con su balón.

A Violeta la conmueve ese niño. Nació ciego y el padre que lo había encargado se negó a quedarse con él. Dorita se apiadó y se lo llevó a su casa, lo educa como si fuera su propio hijo. Cuando Dorita acude a la granja para hacerles una revisión, Chemita la acompaña y juega con su pelota entre las gallinas. A las mujeres les gusta que esté por allí, aunque su presencia sea un recordatorio de todos esos hijos que han traído al mundo y a los que nunca verán. Alguno, como el primero que tuvo Serena, que es la que más tiempo lleva en la finca, tendrá la misma edad que el niño ciego. Cinco años.

La desidia de la siesta es la cadencia habitual en Las Suertes Viejas. Las horas avanzan perezosas hasta que el sol se pone, mientras ellas dormitan o ven la televisión. Viven instaladas en una rutina somnolienta que solo altera un parto o las escasas visitas que reciben. O la llegada de Violeta. Durante unos días, las chicas la rodearon, la acosaron a preguntas, ¿de dónde vienes?, ¿cómo has llegado hasta aquí?, y a explicaciones sobre lo que le esperaba. Esas advertencias no tardaron en cumplirse: a la semana siguiente de que Rigoberto y el españolito la dejaran en la finca, apareció un médico, don Ramón se llamaba, y la llevaron al sótano. En el paritorio, la sentaron en la silla, le abrieron las piernas para auscultarla, le hicieron análisis e iniciaron el tratamiento de fertilidad. Apenas un mes después, tras el segundo intento, ya estaba embarazada. La inseminación fue dolorosa y tuvo que guardar cama durante dos días. A su lado, Rosaura, una cubana blanca, le hizo compañía y le contó historias de Las Suertes Viejas. Historias como la de Chemita, el niño ciego rechazado, hijo de una rumana que ya no estaba allí, sin duda expulsada por haber parido a un niño defectuoso. Unas dicen que la mataron, otras que ahora está en un burdel, trabajando para Rigoberto. Poco a poco, pasó la novedad de Violeta, las conversaciones se fueron espaciando, el silencio recobró su dominio en Las Suertes Viejas, y la recién llegada entendió las reglas que regían el lugar.

No hacían falta muros para retenerlas. Lucio —el Panocho, como lo llamaban las demás— era una presencia diaria en la finca. A veces borracho, a veces simplemente cabreado, las disuadía de intentar la fuga. Le habían visto pegar hasta la extenuación a Olena, una rumana que intentó huir después de dar a luz. No era lo habitual; preñadas eran mercancía valiosa y Lucio se veía obligado a contenerse. Alguna vez lo descubrieron masturbándose mientras ellas dormían. Sin embargo, más allá de descargarse entre embarazos, no podía tocarlas. Tampoco hacía falta. El miedo a Rigoberto, cuyo nombre Lucio invocaba con frecuencia, era más útil que una paliza o cualquier cerrojo.

Tal y como la madre de Chemita había desaparecido, ellas también podían desaparecer si no respetaban las normas de la finca: comer y dormir bien, tomarse las medicinas que les proporcionaban, dar paseos sin alejarse demasiado de la casa por ese páramo que las rodeaba. Solo unas pocas escogidas —como Serena y Mariya, cuya lealtad estaba demostrada— podían llegar hasta el pueblo de vez en cuando.

En esa vida rutinaria, mientras los embarazos iban avanzando entre siestas y horas de televisión, las más mínimas alteraciones eran bienvenidas: la visita de Dorita y el pequeño Chema, cuando ella, que ejercía de matrona, les hacía las revisiones. Las ecografías que en determinados meses les hacía don Ramón. Las visitas de Gerardo en su Seat Panda para traer los medicamentos que necesitaban. Los partos.

Violeta solo ha vivido dos. El primero, el de Mariya. El segundo, el de Rosaura, en el que todo fue mal. Se complicó y su primera amiga en Las Suertes Viejas murió en el paritorio.

Los bebés lloran en el nido unos días. Muy pocos. Solo hasta que Rigoberto llega en su Porsche para llevárselos, para entregárselos a los padres. Y, entonces, el silencio regresa a la finca. La abulia de los días hasta el siguiente parto.

Alguna vez se han preguntado quiénes son esos hombres, quiénes son los padres. Odian a la pareja que se negó a hacerse cargo de Chemita. A la pareja, o a la madre soltera, o al padre cabrón que lo rechazó por ser ciego. No saben quién fue. No les dan esa información. Violeta no hace distinciones: todos los que pagan por tenerlas allí pariendo como esclavas son unos hijos de puta. Desde sus cómodas casas, desde sus cómodas vidas, dan un dinero a Rigoberto y, nueve meses más tarde, reciben el bebé que, después, pasean ufanos, le compran regalos, lo visten como a un muñeco, lo presentan a la familia. Ríen y lloran con sus logros, con sus primeros pasos y sus primeras palabras. Y, mientras todo eso sucede, ellas vuelven a ser inseminadas, vuelven a vivir un embarazo para entregar el hijo que alguien ha comprado.

Violeta se mira la barriga en el espejo, ya está de seis meses, y odia la vida que crece dentro de ella, la felicidad que esa criatura dará a los hombres y a las mujeres que las tienen como gallinas. Nunca imaginó que estos serían sus sentimientos la primera vez que fuera madre, pero son tantos los futuros que imaginó cuando vivía en Ciudad Juárez, cuando conoció a Néstor, que es ridículo pensar *en ellos. Iyami Oshoronga se cruzó en su camino en el rancho de Santa Casilda y, desde entonces, su destino está trazado por esa orisha con alas de pájaro.*

Hoy hace buen tiempo al sol, pero sabe que no durará; se acaba agosto y septiembre traerá de regreso el frío. El mismo que, durante el invierno, temió que pudiera matarla. Nacida en un clima cálido, no estaba preparada para esas temperaturas bajo cero. Serena le trajo del pueblo unos guantes de lana para que se abrigara las manos y, pegada al fuego de la chimenea, no se los quitó en todo el invierno. Después de que Rosaura muriera en el parto, Serena, mexicana y güerita como ella, se convirtió en su principal compañía. Se contaron los días en su país natal; Violeta le habló de Néstor, de Hugo, el padrote que la recogió en España, su paso durante un tiempo que no es capaz de definir por el Hotel Torrebuena, donde fue torturada y violada. Una historia que se repite en Serena; su pueblo de origen es otro, no hubo un Néstor, pero sí otro hombre que le prometió un futuro mejor; también recaló en el Hotel Torrebuena, donde sufrió el mismo martirio que Violeta, hasta que Rigoberto la llevó a Las Suertes Viejas. También pensó que prefería morir a seguir viviendo así, como ahora piensa Violeta.

Pero Serena ha cambiado, es feliz.

—Nunca pensé que pudiera volver a serlo. Aguanta, Violeta. Al final, la felicidad se abre paso. Hasta en el lugar más penoso del mundo aparece el amor.

Serena está embarazada de ocho meses, pero, a diferencia del resto, ella sí conoce al padre. Es un secreto que solo le ha confiado a Violeta. Es el hombre que les trae medicamentos en un viejo Seat Panda, Gerardo. Primero, fueron miradas furtivas y breves conversaciones. Con el tiempo lograron encontrar la manera de verse a espaldas de Lucio cuando Gerardo venía. Fue durante la cuarentena, después de que Serena hubiera dado a luz a una niña. Borracho, Lucio no se dio cuenta de que se alejaban juntos de la casa. Hicieron el amor. Supo de inmediato que se había quedado embarazada, pero se agenció uno de los tests que hacían a todas para asegurarse. Dio positivo. Pocos días más tarde, apenas rebasada la cuarentena, don Ramón se presentó en Las Suertes Viejas para inseminarla. Tenía miedo de que el médico notara que ya estaba en estado o pudiera provocarle un aborto, pero no fue así. Todos pensaron que el embarazo que empezaba a gestar Serena era fruto de esa inseminación. Desde entonces, Gerardo y Serena han estado planeando cómo escapar. Lo harán antes de que ella dé a luz. No le robarán a este bebé.

—¿Dónde te va a llevar? Rigoberto os encontrará.

—Te digo la verdad si me prometes callarla —le pidió Serena—. Gerardo es policía, me va a conseguir un pasaporte y nos vamos a mudar al extranjero.

—Si es policía, ¿por qué no nos libera a todas?

—Lo hará. Esto se va a acabar, Violeta, es solo que todavía no puede hacerlo. Está en mitad de la investigación y tiene que dejarlo todo bien atado para que Rigoberto y el Panocho y don Ramón... para que todos vayan a la cárcel. A mí me sacará antes porque no puedo parir y que se lleven a nuestro niño; lo entiendes, ¿verdad?

Violeta se traga ese sapo e incuba en silencio el odio hacia ese supuesto policía; no cree en las promesas que le hace a Serena. Está convencida de que esa historia de que es un policía encubierto no es más que un cuento con el que embaucó a Serena. Iyami Oshoronga rige el destino de todas las madres de Las Suertes Viejas; siente su sombra abrigando la finca en mitad del páramo. Sus alas negras extendidas sobre sus futuros: sus cuerpos nos son más que sacrificios para el ritual de los hombres. Carne a través de la cual logran lo que quieren.

El bebé se mueve en su tripa y da patadas, se siente incómoda, no puede dormir la siesta como las demás, necesita estirar las piernas. Abandona la habitación con sigilo y sale al patio. Allí está el niño ciego golpeando la pelota contra una pared, siempre con la misma fuerza. Hay algo monótono, casi hipnótico, en su juego, en el ruido del cascabel. Una gallina cloquea a la sombra del gallinero.

—¿Qué haces aquí, Violeta?

En el umbral está Dorita, los brazos en jarras, la expresión preocupada. Ella se acaricia la barriga.

—No se está quieto.

—¿Te ha visto Lucio?

—No, tranquila.

A estas horas, Lucio debe de estar dormitando pegado al aire acondicionado de su coche. Cada tarde, después de comer y beber demasiado, es así.

—Chemita, hijo, nos vamos... Y tú, Violeta, ten cuidado no te vea el Panocho. Mejor vuelve dentro con las demás, que sabes que no quiere que andéis fuera a pleno sol.

El niño se resiste y, antes de subir al coche, patea el balón con fuerza. Aterriza en un matorral. Violeta se queda mirando la nube de polvo que levanta el Fiat de Dorita. Busca una sombra donde corra algo de aire. Al pasar junto a la gallina, esta se eriza, cacarea. Teme que le arrebate los huevos. Sentada en una silla de anea, la joven cierra los ojos. Le molesta sentir cómo una vida se mueve dentro de ella y debe hacer un ejercicio de concentración para no pensar en ese hijo.

No sabe cuánto tiempo ha pasado cuando un coche azul baja por el camino. No es el rojo de Lucio, que está aparcado allí; tampoco el deportivo del médico, ni el Porsche de Rigoberto. Gerardo, el amor de Serena, se mueve en un Seat Panda. Debe de ser un nuevo visitante, piensa Violeta con cierta alegría: alguien que viene a alterar la cadencia repetitiva de Las Suertes Viejas.

Desde donde está, ve salir a Lucio de su coche. Estaba allí durmiendo, como pensaba. Sus aspavientos indican que el hombre que se baja del vehículo no es bienvenido. La discusión es breve, apenas han pasado unos segundos cuando se oye un disparo y Lucio cae al suelo como un fardo. Violeta se esconde aterrada tras el gallinero. El hombre camina rápido hacia la casa. Olena, que está embarazada de cuatro meses, sale de la casa, alertada por el disparo.

—¿Tú llevas al hijo de Sousa? —pregunta el hombre.

Acto seguido, sin esperar el tiempo necesario para una respuesta, le descerraja un tiro en la cara. El hombre entra en la casa y Violeta oye dos disparos más. Supone que han sido para Isabel, embarazada de cinco meses y para Mariya, de seis. Halyna, la última que ha llegado a la finca y que está de solo un mes, y Serena, de ocho meses, salen corriendo al páramo que rodea la casa. Gritan, aunque saben que nadie puede oírlas. No llegan a alejarse demasiado. El hombre las sigue con paso tranquilo y, con dos disparos certeros, acierta en sus nucas. Primero una y luego otra, ambas caen al suelo, dejando en el aire la estela de su sangre.

Escondida, jadeando de miedo, Violeta se lleva las manos a la tripa, por puro instinto. Todo el desapego que sentía por la vida que se estaba formando dentro de ella se transforma de repente en una determinación absoluta de protección. Quiere salvar a ese niño. Quiere darle la vida a su hijo. Reza para que el asesino no sepa cuántas mujeres había allí dentro. Pero entonces le ve rodear la casa y mirar hacia un lado y otro, y comprende que sí lo sabe, que las cuentas no salen, que falta una. El hombre camina decidido hacia el gallinero tras el que ella se esconde. En unos segundos de vértigo calibra sus posibilidades. Emprender una huida es inútil, está gorda y pesada, no llegaría muy lejos, aparte de que todo lo que hay a su alrededor es campo abierto. Decide salir de su escondite y suplicar clemencia.

—Por favor, yo no sé nada...

Al darse cuenta de que él no baja el arma, echa a correr. Antes de la tercera zancada, recibe un disparo en la espalda. Lo último que ve antes de que el dolor le nuble la vista es el balón de Chemita con el cascabel callado. Luego, una extraña oscuridad, cálida, como un susurro. ¿Son las alas de Iyami Oshoronga envolviéndola? Dos destellos, parecen los ojos de la orisha que ¿le habla? «Es la venganza», resuena en la cabeza de Violeta y, de repente, como si alguien hubiera levantado las persianas, la oscuridad desaparece. El sol cae a plomo sobre la finca, sobre ella y, cuando mira a su lado, no sabe a ciencia cierta si lo que ve es real o no.

El intruso, cubierto de sangre, sostiene una navaja afilada y la clava en la barriga de Serena. Le abre el estómago y a continuación mete la mano dentro de ella, hurga en su interior hasta que arranca algo. Es el hijo que albergaba su amiga. Tiene ocho meses y está llorando. Su grito de vida se esparce por los terrenos que rodean Las Suertes Viejas.

Lo que presencia Violeta va más allá del horror. No quiere mirar, pero mira y capta retazos, estampas en las que ese hombre va abriendo el vientre de cada una de las embarazadas y arrancándoles el feto que, luego, deja tirado en el suelo a los pies de la madre muerta. Ya no se oye el llanto del bebé de Serena, ahora gana presencia otro: el del hijo de Mariya, que se queja con un alarido desgarrador que cesa enseguida.

Violeta sabe que llegará su turno. Se toca la espalda y nota cómo se está desangrando por la herida del disparo. Dentro, su hijo se revuelve. Le da patadas. Le pide que cumpla con lo que Iyami Oshoronga le ha pedido. «Es la venganza». El intruso se arrodilla a su lado. La sangre de las mujeres muertas ya le empapa los dos brazos, tiene tiznada la cara de gotas, de coágulos que penden de su barbilla. Deja a un lado su cuchillo solo para desvestirla. Para dejar al aire su vulva y el vientre. Acto seguido, busca en el suelo el cuchillo, pero no lo encuentra. Y no lo hace porque Violeta se ha hecho con él. Rápida, se lo clava en el cuello, le abre un agujero bajo la nuez y la sangre del asesino se desborda como una fuente sobre ella.

El rojo le tiñe la mirada y las imágenes y los gritos de las madres y de los bebés se funden en su cabeza en un coro alucinado.

Capítulo 38

—Mi esposo no tiene nada que ver —les asegura Dorita—. Él me ha dicho muchas veces que llamara a la Guardia Civil, pero no he tenido valor... Ya sé que esas pobres mujeres no se merecían quedarse ahí, olvidadas... Soy una cobarde: tenía miedo, no tanto por mí, sino por mi hijo, por Chemita... «Hay que hacer justicia», dice siempre Violeta. Y a lo mejor tiene razón.

—¿Quién es Violeta?

La mujer no responde a Elena. Se cubre la cara con las manos y dos mechones, uno por cada lado, se desprenden hasta tocarse. Se han trasladado con los detenidos —Dorita y su marido Benigno—, al cuartel de San Leonardo de Yagüe. No hay una sala de interrogatorios propiamente dicha, se han instalado en un despacho donde una luz vacilante viene y va. También aquí el suministro eléctrico pende de un hilo. El viento azota las ventanas y la lluvia no amaina.

—Aquella tarde había terminado mi trabajo. Todo estaba en orden, las mujeres se echaban la siesta y yo podía volver a casa. A mitad de camino, Chemita se acordó de que se había dejado la pelota. No tiene muchos juguetes y me dio pena, así que decidí volver a Las Suertes Viejas. No esperaba encontrarme ese infierno.

Zárate y Elena escuchan en silencio el relato de Dorita. Orduño se ha hecho cargo del niño; a estas horas, ya deben de haber llegado los servicios sociales para ocuparse de él. Esta noche, dormirá en un centro de menores.

—Allí estaba Lucio, el Panocho, tirado en el suelo con la cara destrozada. Delante de la casa, en el porche, estaban las mujeres: Serena, Isabel, Mariya, Olena y Halyna, todas muertas. Les habían abierto la barriga y... estaban vacías... Un poco más allá, había otro hombre: no lo había visto en mi vida, pero también estaba muerto. Faltaba Violeta. Habíamos estado hablando hacía menos de diez minutos... Ella no era como las demás. Al llegar, se hizo muy amiga de Rosaura, una cubana... y las dos decían cosas de brujería y de no sé qué dioses de sus tierras. Eran nombres muy raros que yo no había escuchado en mi vida, pero ellas se entendían... Cuando Rosaura murió en el parto, Violeta se quedó muy sola. Andaba de vez en cuando con Serena, la otra mexicana, pero yo sabía que no estaba bien... Por eso intentaba hablar con ella siempre que iba. Porque me daba pena verla ahí, tan perdida...

—¿Las demás eran felices? Me cuesta creer que unas mujeres esclavizadas, obligadas a encadenar embarazos para vender a sus hijos, pudieran serlo.

Dorita no tiene fuerzas para rebatir a Elena, tampoco argumentos. Las lágrimas se derraman sobre sus mofletes, se sorbe la nariz.

—Quizá no, pero ¿quién es feliz? Lo eran, a su manera.

Elena y Zárate la observan con frialdad. No logran compadecerse de esa mujer que guardaba dos fetos en un arcón congelador.

—¿Encontró a Violeta?

—Al principio, pensé que todo eso lo podía haber hecho ella, pero lo que vi dentro de la casa... No me voy a quitar esa imagen de la cabeza nunca: los fetos estaban sucios de sangre y barro, colocados uno junto al otro, en fila, ordenados por tamaño, como si los hubieran sentado en el sofá para que tomaran la merienda... El más pequeño era poco más que un embrión. Debía de ser el bebé de Halyna, que llevaba unas cuatro semanas de embarazo... pero los demás... Sentados...

—¿Me está diciendo que alguien se puso a jugar a las muñecas con los fetos?

Dorita asiente.

—¿Quién hizo esa locura? —interviene Zárate. La imagen de los fetos sentados en el sofá se ha apoderado de su cerebro. Imagina a quien los colocara incluso fingiendo sus voces.

—Violeta. Ella estaba en el suelo, en medio de un charco de sangre...

—¿Viva?

—Al principio creí que no, que también estaba muerta, no se movía ni un poco. Pero después tuvo una especie de espasmo. Fui a verla y tenía una herida en la espalda que sangraba, aunque a ella no le habían sacado al bebé. Supongo que, lo que sea que había pasado, la había puesto de parto. El dolor de las contracciones fue lo que la despertó. No tuve tiempo ni de bajarla al paritorio; fue allí mismo, en el salón... He atendido muchos partos, más de cincuenta, pero en este no se podía hacer nada. El niño nació muerto.

Sin apenas necesidad de hacerle preguntas, Dorita sigue relatando lo que sucedió aquella tarde. Bajó al sótano para hacerse con material médico e hizo una cura de urgencia a Violeta, que, alucinada, no paraba de hablar de ese hombre que había llegado a la finca para matar y arrancar los hijos de las madres. Le extrajo una bala y contuvo la hemorragia. La chica tenía fiebre y deliraba; quería llevársela de la finca, volver a su casa para intentar pensar con claridad qué hacer a continuación, pero Violeta se negaba a marcharse sin los niños. Así los llamaba. Se puso violenta y, para tranquilizarla, Dorita aceptó regresar a Ucero con los cinco cadáveres de los bebés. Buscó hielo y los metió en una maleta. No sabe cómo logró conducir hasta casa sin estrellarse. Su cerebro era una olla a presión. Al llegar al mesón del río Lobos, vació el arcón congelador del sótano y los escondió dentro. Violeta no quiso separarse de ellos. Murmuraba frases inconexas, sin sentido aparente, pero con el tiempo Dorita se dio cuenta de que no eran tan extemporáneas, sino más bien un mantra que ha seguido repitiendo hasta hoy: «Es la venganza, Iyami Oshoronga quiere que restablezca el orden, el destino necesita que todo vuelva a su lugar...».

—Se quedó dormida junto al arcón. Mi marido y yo pasamos la noche en vela, le conté todo. Él quería ir a la Guardia Civil, hasta llamó al puesto, pero yo le hice colgar. No crean que me asustaba que me llevaran a juicio por haber estado trabajando en Las Suertes Viejas, no era eso lo que me daba miedo. Pensaba en mi hijo, porque me da igual de quién naciera... Chemita es mi hijo y sé que nadie puede cuidarlo como yo. Si hablábamos, se lo iban a llevar... ¿Y no es eso lo que ha pasado al final? Se lo han llevado.

Durante unos segundos se hace la oscuridad y solo se oyen los sollozos de la mujer. Cuando vuelve la luz en una sucesión de parpadeos, Elena se sorprende al descubrir a Zárate mirándola, no sabe si compartiendo el horror de lo que cuenta Dorita o acusándola de comportarse como esa mujer al querer hacerse cargo de Mihaela. Una punzada de tristeza la recorre de arriba abajo, la sensación de que no será fácil asumir que la mirada que ha recalado en ella con amor los últimos años pueda ahora hacerlo con odio. Con esfuerzo, retoma el interrogatorio:

—Podían haber intentado legalizar la situación de Chemita.

—¿De verdad se piensa que Rigoberto se habría quedado de brazos cruzados? A él le da igual la policía... Lucio me lo dijo más de una vez; que había que andarse con mucho cuidado con él. A la más mínima metedura de pata, si se nos ocurría decirle a alguien qué estábamos haciendo en Las Suertes Viejas... Era como una sentencia de muerte.

—¿Quién es Rigoberto?

—El dueño de todo. Solo sé que es mexicano y que tiene un Porsche negro, pero no lo conducía siempre. Cuando traía a una chica, venía en una furgoneta. A veces con alguien más, pero yo apenas hablé con él. El Panocho, Lucio, era el que lo trataba.

Elena se inclina sobre la mesa, hacia ella:

—Dorita, necesito que me cuente exactamente cómo funcionaba la casa. Aparte de Lucio y usted, ¿había alguien más trabajando allí?

—Don Ramón, el ginecólogo. No sé cómo se apellida. Venía cuando tocaba inseminar a alguna de las chicas, que era pasada la cuarentena desde que habían dado a luz. También hacía ecografías, aunque el seguimiento del embarazo lo llevaba yo, además de ayudarle en los partos. El que estaba todo el tiempo allí era Lucio; les llevaba la comida para que cocinaran, lo que les hiciera falta y controlaba que no se alejaran mucho de la finca, aunque alguna vez dejaba a las más antiguas dar un paseo hasta el pueblo.

—¿Nadie más?

—Había un chico, Gerardo creo que se llamaba. Yo solo lo vi un par de veces y ni crucé palabra con él. Nos traía los medicamentos... que necesitábamos para tratar los embarazos.

—Cuando estuvimos en el mesón le enseñamos su foto, ¿verdad? —interviene Zárate, suena enfadado—. Nos dijo que no lo había visto nunca, pero nos mintió. Ese era Gerardo.

Dorita esconde la mirada avergonzada. Los policías están en lo cierto. Acaban de encajar una pieza que no lograban situar en la investigación; la conexión de Gerardo, Guillermo Escartín, el policía infiltrado, en Las Suertes Viejas: les suministraba las medicinas que necesitaban y que debía obtener de manera ilegal. Una forma de no dejar rastro y conseguir que esa casa y esas mujeres siguieran ocupando el espacio de un fantasma.

—¿Sabe lo que ha provocado su decisión de no contar nada a las autoridades? Más muerte. Guillermo Escartín, Gerardo, como usted lo llama, fue asesinado. También Ramiro Beiro, el padre del chico en silla de ruedas, ya sabe de quién le hablo... ¿Y quiere que le digamos lo que encontramos dentro de ellos? Una carnicería; les habían arrancado sus órganos para meterles dentro un feto. Sus propios hijos. —Zárate ha dado dos zancadas para situarse frente a Dorita, prácticamente le ha gritado a la cara el detalle escabroso y, sin embargo, la mujer no acusa el horror en su expresión—. ¿No le sorprende lo que le acabo de decir?

—No es justo, ella no se merece ser la culpable —se murmura a sí misma Dorita.

—Escúcheme —Elena capta su atención—. Según ha contado, en la finca había seis mujeres y todas perdieron a sus hijos. Hemos encontrado dos fetos y, en el arcón del mesón, había otros dos. ¿Dónde están los dos que faltan? ¿Dónde está Violeta?

—Estaba destrozada, como en otro mundo. No se quería separar de los niños y yo tampoco podía dejarla tirada. Permitimos que se quedara en el sótano, le pusimos una cama; tuvimos mucho cuidado de que nadie la viera, sobre todo cuando Rigoberto vino a Ucero. Estuvo en el mesón y preguntó por lo que había pasado en la finca. Yo le dije que no sabía nada y... no sé... supongo que me creyó. Unas semanas después, volví allí: lo habían limpiado todo. No estaban los cuerpos ni había rastro de lo que había sido... Pensé que, a lo mejor, podríamos pasar página... Por Chemita, por Violeta: la pobre había estado a punto de morir, pero ella no quería hacerlo. Decía que no iba a pasar página. Su única obsesión era esa de hacer justicia, de volver a poner orden a las cosas...

—¿A qué se refería con «poner orden a las cosas»? —pregunta Elena, aunque, en realidad, intuye la respuesta.

Dorita guarda silencio. Ya no llora, solo mira al vacío como si se estuviera asomando a un pozo. Ha dejado de llover. El zumbido del cable eléctrico ocupa el despacho del cuartel, improvisada sala de interrogatorios.

—Hace un mes, Violeta se marchó. Pensamos que ya no volvería... Era difícil convivir con ella escondida en el sótano. Pero, al cabo de una semana, volvió. No nos dijo dónde había estado. Apenas decía palabra. Una noche, a la hora del cierre, bajé al sótano y me la encontré hablando con los cadáveres de los niños. No decía más que tonterías; que si iba a llevarlos de excursión... Benigno, mi marido, se enfadó: decía que teníamos que llamar a la Guardia Civil, nosotros no podíamos cuidarla... Pero, entonces, se volvió a ir. Otra vez estuvo como una semana fuera. Cuando regresó, me di cuenta: faltaban dos cuerpos del arcón. Le pregunté qué había hecho con ellos, me enfadé, pero Violeta solo me decía que «había puesto las cosas en orden, que el destino le había dicho que todo tenía que volver a su lugar...». Yo no entendía nada, pero... ahora...

—Hemos registrado el mesón, Dorita. Ella no está allí.

—Violeta se fue poco antes de que ustedes llegaran al pueblo haciendo preguntas. Se llevó dos bebés. Supongo que ya saben lo que va a hacer con ellos...

—Va a matar a los padres.

—Lo siento, yo... ¿cómo iba a imaginar que Violeta haría algo así? Después de todo lo que hice en la finca, me sentía en deuda con ella. Quería protegerla...

Los policías la miran en silencio. Una mujer destrozada. En esa noche de tormenta parece haber envejecido veinte años. Su relato es creíble, seguro que endulzó el cautiverio de esas mujeres, aunque tal vez para ellas Dorita constituía el único rayo de luz en el infierno. No eludirá la cárcel. Su complicidad en la trama es evidente, sea por negligencia o por cobardía. El bien y el mal dándose la mano, dos fuerzas opuestas peleándose dentro de ese cuerpo menudo. Tampoco volverá a abrazar a Chemita. No podrá cuidar de un niño al que considera su hijo.

—¿Cómo sabe Violeta quiénes son los padres? —pregunta Elena antes de marcharse.

—No lo sé. Nunca iban a la finca. Que yo sepa, Rigoberto era el único que tenía los nombres.

Capítulo 39

No sabe por qué, pero el sol y sombra de la mañana le sabe a demonios. Reyes hace un esfuerzo por contener la arcada y, tras una mueca que pretende ser una sonrisa ante Fabián, toma aire y vacía el vaso de un trago. Sabe que su compañero no perdona el ritual previo a cada turno, es la única superstición que le conoce. Sin embargo, su estómago es una montaña rusa. Reza para no vomitar en el coche mientras él conduce hacia la Colonia Marconi.

—¿Vas a estar así toda la mañana, tía? Bastante coñazo es dar vueltas por el barrio como para que no me des ni un poco de conversación.

—Creo que anoche cogí frío. A lo mejor tengo un poco de fiebre.

Fabián le pone la mano en la frente.

—Estás de puta madre. Ni frío ni hostias, Reyes. Es la Sección; ¿te crees que a mí no se me ponía un nudo en el estómago al principio? Pero aquí te terminas haciendo de piedra. O te haces o es que no vales...

—¿Hasta cuándo vais a seguir poniéndome en duda?

—Hasta que no te levantes blanca como la pared después de una noche con un poco de jarana.

Reyes evita la mirada de Fabián. Al otro lado de la ventanilla, desfilan los primeros edificios de la Colonia Marconi. La narconave de la calle de la Resina. Un yonqui encorvado atraviesa la puerta. Le dijeron que Dely había muerto de una sobredosis, pero recuerda la mancha de sangre en el saco que la envolvía. Fabián se equivoca cuando piensa que su malestar se debe a lo que hicieron: el encargo de transportar el cuerpo de la venezolana hasta un descampado y enterrarlo. No es eso lo que le ha impedido dormir un solo minuto de esta noche ni lo que se enreda en su estómago y su pecho. La ansiedad, porque cree que eso es lo que provoca su mal cuerpo, nació tras la visita a su tío Rentero, después de servirle en bandeja el nombre de Gálvez, su vinculación a la brigada corrupta de Villaverde. No tiene miedo a enfrentarse a las altas esferas, podría seguir indagando hasta entender en qué consiste ese vínculo y conseguir pruebas para llevar a juicio al director general de la Policía. Pero su tío cerró esa puerta y le hizo prometer que lo olvidaría. Los motivos que empujan a Rentero a actuar así es lo que no la ha dejado dormir, lo que la tiene enferma.

En la familia, él siempre ha sido su principal apoyo. Cuando las miradas censuraban sus cambios de identidad, ese vaivén entre masculino y femenino que nadie entendía, Rentero la protegió. Seguramente, tampoco entendió nada, pero no le importó para defenderla. Para anteponer su felicidad a la anticuada «normalidad» que hasta sus padres le exigían. De algún modo, y nunca se lo había planteado así hasta ahora, creció admirando la figura de su tío, por muy distinto que fuera a ella. No hubo otro ejemplo que la animara a entrar en la policía más que el de Rentero, al que veía como un hombre entregado a su trabajo y cuya carrera iba en continuo ascenso. Un hombre que, a pesar de sus ocupaciones, encontró el tiempo para estar a su lado cuando ella lo necesitó, para, a su manera distante, cuidar de ella y asegurarse de que no le faltaba nada. Ahora, ese mismo hombre al que quería le pide algo que no puede entender.

—Este fin de semana libramos los dos. ¿Te parece que nos cojamos una habitación en una casa rural? —Fabián ha parado el coche en la calle de las transexuales.

—No lo sé... ¿Dónde? —le sigue el rollo.

—Da igual, vamos a pasarnos los dos días follando sin parar, ni siquiera vamos a salir a ver si hace sol, como si está en Parla.

Ha conseguido arrancar una sonrisa de Reyes.

—Eres un romántico, Fabián, ¿nunca te lo han dicho?

Una prostituta se acerca al coche. Lleva unas gafas de sol muy grandes y una falda de tubo que podría pasar como de diva de los años cincuenta.

—Te invito a un café, Sofía. Anda, sube, que hace frío. —Una vez más la rudeza de Fabián se diluye en el trato cariñoso a los desfavorecidos.

—Venga, que me he ganado un descanso. Pero vamos a mi habitación, que con estas pintas no me dejan pasar a ninguna cafetería.

Se mete en la parte de atrás del coche y Fabián hace las presentaciones. Sofía se queja con acento brasileño de que la tormenta de la noche pasada ahuyentó a los clientes.

—Menos mal que hay madrugadores con ganas de follar —dice sin atisbo de sorna.

Son las once y media de la mañana, pero Sofía se ha agenciado ya dos servicios: un par de conductores de reparto con ganas de fiesta.

Fabián conduce hasta el aparcamiento de una nave industrial y se bajan del coche patrulla para entrar en el de la brasileña, una furgoneta nueva de color rojo. La parte de atrás está preparada para recibir allí clientes. Tiene cama —perfectamente hecha— y hasta tele.

—Mi motel... ¿Qué queréis tomar? *Um cafezinho?* ¿Una cerveza? —Sirve tres cafés de un termo—. Es café bueno, del que hago para mí, de mi país... Ahí tenéis azúcar.

Sofía conserva el acento, pero habla bien, sin necesidad de recurrir al portugués por falta de vocabulario. Fabián y ella charlan de fútbol un rato —ella es del Flamengo, los equipos españoles le dan igual—, de otra de las transexuales del barrio que está ingresada en el hospital por un problema con la silicona, de todo un poco. Como dos buenos amigos. Hasta que el policía pone fin a la cháchara.

—Vamos al grano, nena. ¿Qué tienes para mí?

—¿Qué tienes tú para mí?

Fabián saca una papelina del bolsillo y la balancea de forma incitadora. Ella la coge y se la mete en el escote.

—El Dubi vino preguntando por Gerardo.

—¿El Dubi? No me jodas que ese viejo sigue dando guerra.

—Eso mismo pensé yo.

Reyes remueve su café, que está muy amargo, y deja la taza encima de la caja que sirve de mesa. No quiere que el pulso delate su nerviosismo al oír el nombre que usaba Guillermo Escartín en labios de Sofía.

—¿Qué tripa se le ha roto a ese con Gerardo?

—Dice que le debe dinero. Por un trabajo que le encargó.

—No escarmienta el Dubi, me cago en su puta madre. ¿Te dijo qué trabajo era?

—No, supongo que lo de siempre.

—¿Quién es el Dubi? —pregunta Reyes.

—Un falsificador de documentos. El puto amo haciendo pasaportes, ni yo distingo el falso del original. Ha estado tres veces en la cárcel y ahí sigue, a sus casi ochenta años. ¿Y para qué coño quería Gerardo un pasaporte? A ver si es que se ha ido del país y por eso no hay quien dé con él.

—Eso háblalo con el Dubi. Solo te cuento lo que sé: vino a verme por si sabía algo de Gerardo; yo antes iba a pillar por donde Byram y supongo que nos vería juntos. Me caía bien; alguna vez me echó un cable para que los africanos me hicieran precio. Pero alucino con el viejo del Dubi, no ha perdido pulso para falsificar pasaportes, ni vista para cazar todo lo que se cuece por la calle.

En el coche, Fabián le explica a Reyes lo que va a suceder. Van a ir a un taller de encuadernación que regenta una mujer cincuentona con malas pulgas. Dirá que no sabe dónde está el Dubi, ellos se asomarán a la trastienda y allí encontrarán al viejo trabajando en una esquina a la luz del flexo. La duda es cuánto tendrán que amenazar a la cincuentona para que se quite de en medio. Fabián apuesta que, con veinte euros, les dará paso. Estacionan el coche en la avenida y caminan un minuto hasta el callejón donde está el taller. Las predicciones se cumplen como si las señalara un reloj suizo. La mujer es antipática y trata de impedir el acceso a la habitación anexa, pero toda su oposición se desvanece cuando Fabián le da veinte euros y pueden pasar a la trastienda, un cuartucho desordenado en el que un viejo se deja la vista a dos centímetros de un pasaporte. Al ver a Fabián guarda su labor en una gaveta.

—No te prives, Dubi, tú sigue a lo tuyo.

—Cada vez te ponen compañeras más guapas, Fabián... Cuidao que esa no te muerda la otra oreja.

—Eres muy gracioso. ¿Nos vamos a la comisaría o me cuentas qué cojones ha pasado con Gerardo?

—Eso quiero saber yo.

—Que largues, Dubi, que no tengo toda la mañana.

El viejo resopla, se acerca a una estantería y vuelve con una caja de galletas de dibujos modernistas. De allí saca un pasaporte que le tiende a Fabián. Está a nombre de Serena Garay Lizcano.

—Me pagó la mitad y nunca más se supo.

—¿Te encargó un pasaporte para esta mujer? —Fabián lo ha preguntado sin apartar los ojos del documento.

—Con unas prisas que no veas. Y luego para que coja polvo. Como si yo los cagara, no te jode con el puto yonqui.

—¿Te dijo para qué lo quería?

—Yo nunca pregunto, en este trabajo cuanto menos sepa uno, mejor. Pero me dejó a deber trescientos euros.

—Ya te puedes olvidar de ese dinero y del pasaporte; me lo quedo —dice Fabián guardándoselo—. Y te voy a dar un consejo: retírate y ponte a hacer crucigramas. O juega con tus nietos. O echa la partida en el bar, cojones.

En el coche, Fabián estudia el rostro de Serena en la fotografía del pasaporte.

—No me lo puedo creer. No me puedo creer que este hijo de puta quisiera sacar a una chica de allí.

—¿De qué estás hablando, Fabián?

—Problemas, Reyes: los putos yonquis siempre dan putos problemas.

Detenidos todavía en la calle, Fabián tamborilea sobre el volante, nervioso, pensando cuál debería ser su siguiente paso. Reyes nota su miedo. No le cuesta adivinar a quién.

—¿Te va a dar problemas con Cristo?

—Yo recomendé al cabrón de Gerardo y... mira cómo me lo devuelve... —Blande en el aire el pasaporte de Serena antes de tirarlo sobre el salpicadero.

—Para ayudarte, tienes que contarme de qué va todo esto.

Él se da unos segundos, no está del todo seguro, pero se acaba lanzando. Le cuenta que Gerardo era un soplón, que poco a poco se ganó su confianza y le encargaban trabajos. Hacer recados por aquí y por allá. Dar un susto a algún comercio que no tragaba con la comisión de la Sección. Incluso le echó huevos y robó a Byram, el narco más gordo de Villaverde. Fabián creyó que había que compensarle y le asignó un buen trabajo. Uno fácil en el que iba a sacarse un dinero. Convenció a Cristo para que Gerardo llevara unas cosas a un negocio que había en un pueblo de Soria.

—¿Un negocio de qué tipo?

—Vientres de alquiler. Nada chungo, las mujeres están en la gloria, viven en un puto paraíso. Pero aquí es ilegal. Lo lleva un mexicano cabrón que debe de tener buenos contactos, no sé. Solo hablaba con Cristo.

—¿Qué tenía que llevar Gerardo?

—Suministros. Medicinas, cosas de mujeres y de partos y de yo qué sé... Se robaban en hospitales y, luego, yo se lo daba a Gerardo para que lo llevara. El mexicano se lo curraba para no dejar ni una huella. Yo solo fui un par de veces, hace mucho. Eso era cosa de Gerardo.

—¿Y ese pasaporte?

—La chica de la foto era una de las mujeres que había en la granja. Me juego la oreja sana a que este cabrón se enamoró de ella y quería sacarla de allí. A mí me dijo un día que había que parar el negocio, que era horrible la situación de esas chicas... Se le ablandó el cerebro al puto yonqui... Y ahora entiendo por qué. —Fabián recupera el pasaporte, se lo guarda en un bolsillo.

—¿Y qué más te da a ti? ¿Por qué eso va a mosquear a Cristo?

—No sé bien qué cojones pasó, pero el negocio del mexicano cerró hace unos meses. Y ahora este pasaporte, y Gerardo está desaparecido. ¿Y si al puto yonqui le da por ir a la policía y denunciar todo? Si tiran del hilo, llegan hasta nosotros...

—Joder, Fabián; decís que la Sección es una familia y hay que entender que estas cosas pasan. No es culpa tuya.

—Explícaselo tú a Cristo luego en la barbacoa. No funcionamos así, Reyes: aquí, cuando uno hace algo, también tiene que asumirlo si sale mal. —Deja escapar un bufido como si se riera de sí mismo—. ¿Con qué cara vamos a estar comiendo chuletas en su jardín?

—No le digas nada todavía. —La determinación de Reyes sorprende a Fabián, es casi una orden—. Estás suponiendo que Gerardo puede haber ido a la policía, pero, en realidad, no tienes ni puta idea de dónde está.

Dame un poco de tiempo. Hablaré con mi tío. Si hay alguien que puede saberlo, es Rentero. Y si Gerardo simplemente se ha largado, no hay problema. No tienes que contarle nada a Cristo.

La sonrisa de Fabián es casi infantil, la del niño al que acaban de salvar de una trastada.

—Al final, voy a tener que dejar a mi esposa y casarme contigo.

Capítulo 40

El suboficial de Antropología Forense de la Guardia Civil trabaja bajo la guía de Dorita en el retrato robot de Violeta. En la pantalla del ordenador hay cientos de formas de caras, de ojos, de narices, de bocas, de orejas... Se van colocando en el retrato en un carrusel de superposiciones que termina componiendo el rostro. A un gesto de Zárate, el suboficial deja durante un instante su tarea para hablar con el inspector.

—¿Cómo vamos?

—Atrancados con el triángulo de ojos, nariz y boca. Cuando coloquemos eso, tendremos medio camino andado. Pero es una buena observadora; lo encajará como encajó los rasgos de Rigoberto.

—¿Tenemos ya su retrato robot?

—Se lo entregué a la inspectora Blanco.

Zárate se despide del suboficial y busca a Elena en el enjambre de policías y guardia civiles que puebla el cuartel de San Leonardo de Yagüe. Orduño, acompañado de Manuela, se ha hecho cargo del registro del Balcón del Cañón. Hace unas horas, el juez permitió el traslado de los cadáveres del arcón congelador al Instituto de Medicina Legal, aunque Zárate no cree que la autopsia de Buendía aporte nada nuevo, como tampoco lo ha aportado el registro de la casa. Al fin, encuentra a Elena. Está coordinando la recogida de testimonios entre los vecinos de Ucero con el jefe de la Comandancia de Soria, que acaba de aterrizar en el puesto.

—Enséñame a Rigoberto —le pide Zárate cuando la inspectora ha terminado.

—Se lo he enviado a Mariajo para que lo coteje en el programa, pero me parece difícil que dé algún resultado.

El retrato muestra a un hombre moreno, de tez afilada y grandes cejas. No tiene rasgos distintivos. En realidad, podría ser la cara de cualquiera. También intentarán que Dorita reconstruya las facciones de don Ramón, el ginecólogo que atendía los partos en Las Suertes Viejas, aunque ella ya lo describió como un hombre de cincuenta años, calvo, algo entrado en peso, como miles de españoles.

—Lo mejor será que volvamos a Madrid. Deberíamos reunir a todo el equipo lo antes posible y, con lo que tenemos sobre la mesa, ver por dónde tiramos.

El interrogatorio a Benigno no ha aportado ningún dato reseñable. Estaba al margen del trabajo de su esposa en la finca. Nunca fue allí ni vio a Rigoberto, Gerardo o don Ramón. Alguna vez, en el mesón, sirvió unos cafés a dos de las chicas que vivían allí. Serena y Mariya, le dijo Dorita que se llamaban. Intentó convencer a su mujer de que denunciara todo, pero, como a ella, el miedo a perder a Chemita le impidió dar el paso por sí mismo. El matrimonio no había tenido hijos, se habían dicho que tampoco los necesitaban, pero cuando el niño surgió en sus vidas, ya en el último tercio, los cambió tanto, les insufló tal alegría por vivir, que se extrañaron de no haber intentado antes con más ahínco ser padres. De repente, la rutina de los días cobraba sentido. El futuro, también. Y todo giraba alrededor de Chemita, de cuidarlo, de lograr que fuera un niño independiente y, algún día, encontrar la manera de regularizar la situación de su hijo. Porque, como Dorita, así siente Benigno al pequeño niño ciego. Su hijo.

Lenguas de agua descienden por las calles de San Lorenzo de Yagüe. Pasará un tiempo hasta que las alcantarillas absorban toda la lluvia que el cielo ha descargado. Elena y Zárate caminan hacia el coche. Son conscientes de la enorme desventaja que tienen con Violeta: ella está fuera, quizá rondando ya a su siguiente víctima, al padre de uno de los dos fetos que, según les ha contado Dorita, transporta en una nevera portátil. Pero ¿cómo saber quién es ese padre? La única manera de tener acceso a su identidad sería dar con Rigoberto, el mexicano al mando de todo. Algo que no parece tarea sencilla. Hablará con Rentero, piensa Elena, le planteará la posibilidad de hacer pública parte de la investigación para lanzar un aviso a través de los medios. Para darle a ese padre la oportunidad de ponerse a salvo.

—¿En qué clase de mundo estamos viviendo? —reflexiona en voz alta ella cuando arranca.

—A mí tampoco me gusta tener que detener a Violeta. Preferiría que nos centráramos en saber quién contrató a Blas Guerini. Alguien le pidió a ese sicario que llevara a cabo una matanza. Es un milagro que esa chica saliera con vida... pero... sabes que si lo hacemos, si damos prioridad a Guerini, alguien morirá.

—Un padre. —Al decirlo, Elena no disimula su desprecio.

—Un padre como Beiro. Llegó hasta aquí para salvar a su hijo, ¿no eres capaz de ponerte en su pellejo?

—Una no siempre puede conseguir todo lo que quiere. No sé de qué manera hemos llegado a este punto, te lo juro. Es como si cualquier cosa, hasta un hijo, pudiera comprarse en el supermercado. Nos da igual lo que eso signifique; que haya mujeres como las de Las Suertes Viejas, pariendo igual que gallinas, solo para que los estantes estén llenos. Para que Beiro, que tiene un hijo enfermo, o a cualquier otro que de repente se le antoje un hijo biológico, vaya y lo compre.

—Lo que ha pasado aquí es una barbaridad, pero en muchos países está regulado, Elena. Es legal.

—Estoy harta de ese mantra: «Como es legal en algunos sitios, está bien». También es legal la pena de muerte. Los hombres aprueban las leyes que les convienen, no las más justas.

—Pero mantenerlo en este limbo es darle alas al delito. Lo vemos cada día con las drogas.

—En el fondo, esta historia de los vientres de alquiler es una especie de mutación de la prostitución: el hombre se cree con derecho a follarse a una mujer cuando quiera. Basta con pagarlo. Los cuerpos de las mujeres están a la venta. Y, ahora, también lo están sus vientres. Todo se compra. Hasta la paternidad.

Zárate tiene que contenerse. No quiere convertir el viaje de regreso a Madrid en una discusión.

—¿Sigues pensando en dejar la BAC? —pregunta ella tras unos segundos de silencio tenso.

—Ya lo hablaremos cuando todo esto acabe.

—Respecto a lo que dijo Rentero de tu padre...

—Déjalo, Elena. ¿De qué va a servir darle vueltas? Conoces a Rentero mejor que yo: si pasó algo en esa operación en la que mi padre estaba infiltrado, no me lo va a contar nunca.

—¿Y estás seguro de que te conformas con eso?

—Tú lo has dicho antes. A veces, uno tiene que asumir que no puede tener todo lo que quiere.

Elena no responde. Sigue conduciendo. El timbre del teléfono acaba con el silencio; la inspectora responde a Mariajo con el manos libres.

—Dime que has identificado a Rigoberto con el retrato robot.

—Del mexicano todavía no hay nada, aunque me han traído el ordenador que tenía Dorita en su hostal. Acabo de empezar con él, pero creo que tengo algo. ¿Cuánto os queda?

—En un par de horas podemos estar en Barquillo.

—Daos prisa; creo que sé cómo localiza Violeta a los padres.

Capítulo 41

Cristo vive en Perales del Río, un antiguo municipio que ahora pertenece a Getafe, muy cerca de Villaverde. Su casa es un chalet pareado que puede tener treinta años, de ladrillo visto, con un pequeño jardín trasero ocupado casi en su totalidad por una piscina, cubierta ahora por una lona, a la espera del buen tiempo.

—En verano hacemos las barbacoas con baño de piscina incluido; en esta época nos tenemos que aguantar, pero ya verás en julio...

Belén, la mujer del jefe de brigada, veinte años más joven que él, ha recibido muy amable a la nueva, a Reyes. Nada más llegar le ha puesto un cóctel en la mano.

—Es cava con naranja, pero si prefieres una cerveza te la doy...

—No, mejor esto... Con la cerveza echo tripa.

—Tenía ganas de conocerte, mi marido me ha hablado mucho de ti. Dice que desde que te has incorporado, Fabián está más alegre...

—La suerte es mía, que patrullo cada día con él. Es muy divertido.

—Antes lo era más.

Reyes se queda intrigada con la conversación, que parece perfilar alguna desgracia en la vida de su compañero. Ya indagará. Da un sorbo a la mimosa, no está mal, pero su estómago sigue cerrado. Pasea la copa entre los invitados; allí está el resto de la Sección con sus parejas. Nombela, con su cara de búho. El Gregor, el policía que parece haberse escapado del recreo del instituto y cuya mujer, sin embargo, luce una enorme barriga: debe de estar a punto de salir de cuentas. Richi, normalmente tan silencioso, hoy exhibe una sonrisa despreocupada; hasta le ha oído comentar algo con la mujer de Nombela, una señora de sesenta años oronda que lo trata como si fuera su abuela. Una sensación de armonía familiar flota en el jardín, entre conversaciones ligeras. Es difícil no contagiarse por el cariño evidente con el que se tratan los miembros de la Sección, tan alejado de la frialdad formal de las reuniones familiares de los Rentero.

Cristo, con un delantal que imita un vestido de faralaes, se acerca a ellas. Lleva en las manos una bandeja con croquetas.

—Vas a probar mi especialidad, de jamón.

—Di que no, que las hace mi madre y nos las manda congeladas —se ríe Belén.

—No hagas caso a mi mujer, es una mentirosa profesional… Su madre, dice —se burla—, su madre no sabe ni hacer un bocadillo.

Cristo ríe de buena gana y, después, cuenta una anécdota donde su suegra ejerció de cocinera, el desastre de comida que los dejó a todos enfermos. Desprende un halo de encanto, de sencillez y cercanía. Parece imposible no ser su amiga, pero Reyes no olvida el miedo con el que Fabián se refería a él esta mañana. Ella ha conocido la otra cara de Cristo; la del hombre sin escrúpulos, capaz de pegarle un tiro, de deshacerse del cadáver de Dely sin pestañear.

—No me creo que sean congeladas, están riquísimas.

—Te lo he dicho: las he hecho con mis propias manos. ¿Qué tal se te da cocinar?

—Soy maravillosa abriendo latas —bromea Reyes.

—Pues ven, que hay que abrir los mejillones.

Reyes sigue a Cristo al interior de la vivienda. Es una casa de clase media, sin estridencias, sin una decoración destinada a epatar al visitante. Lo único que destaca es la enorme televisión con pantalla curva del salón. La cocina ha sido reformada hace poco, aunque sin mucho gusto: muebles que tratan de imitar un estilo rústico y dos neveras, una de ellas llena de cervezas.

—Si quieres, ahí tienes cerveza fría. No es obligatorio tomarse el cóctel que te ha dado mi mujer.

En la mano de Reyes, el cava con naranja se calienta. No se atreve a beber nada.

—Me gusta. Belén es un cielo.

—Lo es, es importante que tu pareja te apoye y te entienda. ¿Tú tienes novio?

—No, no tengo a nadie.

—O novia, que nosotros somos muy abiertos y nos parece bien que cada uno haga lo que quiera.

—Tampoco.

—Pues cuídate de Fabián, que es un pichabrava. Luego te presentamos a los niños. Mis dos críos andan arriba con los del Gregor, en la buhardilla, haciendo el indio. Ve abriendo esas latas.

—¿El Gregor tiene hijos? Pero si es un chaval…

—Tres y uno en camino. Parecen kikos, venga a parir… En cambio yo, padre tardío. La vida no deja de dar sorpresas.

Reyes se encarga de abrir latas de mejillones, de berberechos y de anchoas. Las reparte en unos platitos alargados. Cristo hace varias jarras de tinto de verano.

—¿Todo bien anoche? Es una jodienda que estuviera lloviendo, pero ¿os arreglasteis Fabián y tú?

El cambio de tono de Cristo la pilla con la guardia baja. No se esperaba que sacara ese tema.

—Sí, nos arreglamos.

—Una pena lo de Dely. Si no se hubiera perdido en las drogas, las cosas le podrían haber ido muy bien. Era guapa.

—¿Seguro que murió por una sobredosis? —Reyes hace un esfuerzo por contener los latidos de su corazón, no sabe si está yendo demasiado lejos; sigue colocando anchoas y berberechos en los platos, como si no diera ninguna importancia a la charla—. Vi que había sangre en el saco de la chica...

Sabe que Cristo ha dejado de preparar jarras de tinto de verano. Sabe que la está observando, tal vez midiendo sus intenciones.

—A mí me dijeron que había muerto de sobredosis y me lo creo. A veces, nos toca hacer cosas que no nos gustan, pero alguien tiene que hacerlas para que el barrio siga funcionando, ¿me entiendes? Nadie quiere ser basurero, pero por la mañana a todos nos toca los cojones encontrarnos las bolsas apestando la calle...

—Dely tuvo problemas con un periodista. Eso me dijo Fabián.

—Dely mató a un periodista. Ese fue su problema, Reyes. A nosotros, ni nos va ni nos viene, pero...

—A veces nos toca recoger la basura.

Reyes se decide a mirar a Cristo; él le está sonriendo. Cree que ha dado la respuesta correcta. Le gustaría atreverse a preguntarle quién está detrás de la muerte de Dely. Jugársela a ver qué mentira le cuenta, porque sabe que, en realidad, detrás de ese homicidio y el del periodista está la Sección. Está él. Pero suena el timbre de la calle. Cargado con las jarras de tinto de verano, Cristo va a abrir la puerta.

Los que llegan son Fabián y Maribel, su esposa, con su hijo Raúl, que nada más entrar echa a correr escaleras arriba para reunirse con los demás niños.

—¿Cómo está hoy mi ahijado? —se interesa Cristo.

—Bien, hoy tiene un buen día... A ver si le dura —contesta su madre.

—Ven, Reyes —la avisa Fabián mientras deja las chuletas que ha comprado en la cocina—, te presento a Maribel.

Maribel es rubia y joven, de unos treinta años, y debió de ser muy guapa antes de tener a su hijo; la más guapa de la discoteca, piensa Reyes, la que se ponía las minifaldas más cortas, la ropa más ajustada y se ligaba al chico que todas deseaban. Ahora está estropeada y ha engordado. Tiene los brazos completamente tatuados, un piercing en la nariz y se ha puesto unas mallas que le quedan demasiado ajustadas.

—Hola, ¿tú eres Reyes? Mi marido me ha hablado de ti.

Ha remarcado lo de «mi marido», como señalando su territorio.

—Y a mí de ti —contesta con una sonrisa.

En ese momento escuchan un estruendo que viene de la buhardilla, de donde juegan los niños. Fabián y Cristo echan a correr, Reyes sube tras ellos. Es Luisito, el hijo mayor de Cristo, el que se ha caído y sangra de una brecha en la cabeza...

—Estaba haciendo el burro, saltando de cama a cama —llora su hermana.

—Hay que llevarlo al hospital.

—¿Quieres que lo lleve yo? —se ofrece Fabián.

—Tú atiende a la gente. Esto no es nada. Estamos de vuelta antes de que se enfríen las chuletas.

Cristo coge a su hijo en brazos, que no deja de llorar, como los demás niños, asustados por el reguero de sangre que Luisito ha dejado. Fabián se hace cargo de la situación de inmediato.

—Luisito está bien; le van a coser la herida, ya veréis qué chulo. Yo digo que le ponen mil puntos.

—Hala... —se ríe uno de los niños del Gregor pasando del llanto a la risa en un instante.

—A mi padre le pusieron seis y la herida era más grande —informa otro.

—Yo creo que le ponen una tirita y ya está —asegura la hermana.

Reyes se sorprende, a Fabián no le ha hecho falta ni un minuto para hacerse con los niños, para tranquilizarlos y que olviden el susto. Les habla cariñoso y ellos se ríen encantados. Cinco minutos después los deja jugando tranquilos.

—No sabía que se te daban tan bien los críos.

—Tengo un don —alardea—. Habrá que hacer la barbacoa si no queremos que se nos muera de hambre la gente.

Los dos bajan juntos, pero al llegar al piso intermedio, Fabián abre una puerta, es la habitación de Cristo y su esposa. Mete a Reyes dentro y la besa.

—¿No te apetece follar en la cama del jefe?

—¡Fabián! Tu mujer está abajo. Y, además, ¿qué pasa? ¿Ya se te ha ido el mal rollo de tener que estar en esta barbacoa con Cristo?

—Al revés; me he acordado de lo que hablamos en el coche y me he puesto burro. ¿Qué quieres que le haga? Me pone mucho que me ayudes. ¿Cuándo vas a hablar con Rentero?

Reyes lo besa como respuesta. Fabián no quiere dejarla escapar, pero, suavemente, ella acaba por apartarlo.

—Anda, vete, yo espero un poco, que no nos vean bajar juntos. A ver si tu mujer nos va a montar un pollo.

Cuando Fabián sale, Reyes necesita unos segundos para tranquilizarse. No puede evitarlo; siente una atracción animal hacia su compañero. Se arrepiente de no haber echado un polvo rápido. Respira hondo y mira a su alrededor. Una puerta comunica el dormitorio con un despacho. Al pasar, ve que en la mesa hay varios retratos de Cristo con personalidades: el rey, el alcalde, la presidenta de la Comunidad de Madrid, algún ministro. También está allí Gálvez, el director general de la Policía. Abre cajones, curiosa, todos desordenados con material de oficina, papeles, hasta que se topa con uno cerrado con llave. Logra saltar la cerradura con un clip. Dentro, más papeles que no parecen importantes. Le llama la atención un móvil: ¿por qué lo guarda bajo llave?

Se concede unos segundos de duda. Si se lo lleva, Cristo lo echará de menos. Pero puede que no se le presente otra oportunidad como esta para fisgar en los trapicheos de la Sección. Un policía infiltrado debe asumir algún riesgo. Y la casa está llena de gente, cualquiera puede haber metido la mano en esa gaveta. Eso se dice Reyes para darse ánimos, porque ya ha tomado la decisión de robar el móvil. Está deseando destripar su contenido. Se recompone un poco delante del espejo. Le gusta su mirada traviesa y decidida, le gusta su audacia. El malestar que lleva sintiendo desde anoche ha desaparecido. Baja con el resto de los invitados.

Maribel la mira atravesada cuando llega al jardín, como si supiera lo que ha estado a punto de hacer con su esposo. Fabián y Nombela han empezado a poner las chuletas en la parrilla.

Capítulo 42

Orduño avanza taciturno por el corredor de Barquillo. Manuela, cargada con los informes que le ha enviado Buendía, se une al camino de su compañero hacia la sala de reuniones. Elena y Zárate ya están allí, Mariajo ha conectado su portátil a un proyector para explicarles lo que ha encontrado en el ordenador que Dorita tenía en el mesón.

—No he necesitado saltarme ninguna protección. Está ahí: en el historial del navegador. Hace unas semanas, alguien buscó información sobre varias empresas gallegas.

—¿Las que trabajaban con Ramiro Beiro? —se adelanta Zárate.

—Correcto. Y también su propio despacho. Y descargó un plano de los astilleros de A Coruña. Pero no he encontrado nada que pueda relacionar con Guillermo Escartín.

—Quizá no le hacía falta: si Serena y él tenían una relación, su amiga podía haberle dado información sobre él…

—Creo que Violeta tiene algunos datos sobre los padres, pero no todos. Por eso necesita buscarlos en internet. Para localizar su domicilio o su lugar de trabajo. Según las declaraciones de Dorita y Benigno, la última vez que estuvo en Ucero fue hace tres días; se marchó la misma mañana en que localizamos el pueblo. Pero, antes de hacerlo, metió una búsqueda más en el ordenador.

Mariajo señala la dirección de una página web en el historial. La abre en otra ventana.

—Troquel. Una empresa de decoración de interiores. Está aquí, en Madrid. En Malasaña. Su dueño es Daniel Mérida.

Troquel es un lugar exquisito, no muy grande pero lleno de objetos de cuidado diseño. Más que una tienda de decoración, es un estudio en el que se hacen proyectos de reforma para las casas que después salen en las revistas. Desde la calle de Ruiz, cerca de la plaza del Dos de Mayo, su local no resulta muy llamativo; solo se ve un escaparate presidido por una escultura en piedra maciza con forma de pirámide. Al traspasar la puerta, se oye el murmullo del agua de una pequeña fuente de inspiración japonesa que está a la izquierda de la entrada. Una secretaria se levanta para darles la bienvenida.

—¿En qué puedo ayudarlos?

—Policía, ¿está Daniel Mérida?

—Un momento.

La secretaria se mueve de inmediato, con cierta agitación. Descuelga un teléfono y habla con alguien.

—Víctor, está aquí la policía, preguntan por Daniel.

A los pocos segundos, un hombre baja de un altillo por una escalera de hierro situada al fondo del local. Espigado, bien vestido, con aspecto de ejecutivo, se acerca a estrechar la mano de Elena, Zárate y Orduño. Aunque pretende aparentar entereza, sus gestos son incómodos, notan la debilidad de su mano cuando los saluda.

—Buenos días, soy Víctor Aldehuela. Daniel Mérida es mi esposo, ¿hay algún problema?

—¿Podemos hablar en privado?

Víctor los conduce al altillo, un espacio diáfano de vigas vistas donde hay dos mesas de mármol con pantallas Apple. Un ventanal por el que se filtra la luz de la tarde ocupa toda una pared. Él los invita a sentarse en unos sillones de terciopelo verde, pero los policías prefieren permanecer de pie. Es el propio Víctor quien necesita sentarse, cuando relata que Daniel se marchó temprano de casa y que no sabe adónde ha ido.

—Anoche discutimos y no hemos cruzado palabra en el desayuno. Cada mañana, sale a correr. Yo vine al estudio a trabajar y... todavía no ha aparecido.

—¿Es habitual? —Como Víctor niega con un gesto, Elena sigue preguntando—: ¿Le ha llamado por teléfono?

—¿Le ha pasado algo? —El miedo asoma de manera inevitable en los ojos de Víctor.

—¿Por dónde sale a correr su marido?

—Vivimos por la zona de Rosales. Casi siempre va al parque del Oeste, aunque algunas veces prefiere la Ciudad Universitaria...

—Necesito que me diga cómo iba vestido.

—Pantalones cortos, con unas mallas grises y una sudadera de Yale, también gris.

Pocos minutos después de dar la orden, unos cincuenta policías peinan cada uno de los lugares: el parque del Oeste y la zona de las universidades, donde creen que puede estar Daniel Mérida. Han llamado varias veces a su teléfono sin obtener respuesta y cada minuto que pasa aumentan los malos presagios.

—Ha aparecido la sudadera gris en uno de los búnkeres de la Guerra Civil —informan a Elena.

Muy cerca de la avenida Séneca, a la altura del Colegio Mayor Nebrija, se encuentran tres de los veinte búnkeres que se levantaron en el parque del Oeste durante la Guerra Civil. Se trata de tres torreones de cemento bastante bien conservados que servían como nidos de ametralladoras y apuntaban hacia la Cárcel Modelo, situada donde hoy está el edificio del Ejército del Aire. Al pie de uno de ellos ha aparecido la sudadera. Los policías se trasladan hacia allí para examinar la zona en círculos concéntricos desde el búnker.

—Creemos que a Daniel Mérida ha podido secuestrarlo una mujer, hace poco, esta misma mañana —organiza Zárate la batida.

—¿Se lo puede haber llevado? Estamos a tiro de piedra de la carretera de La Coruña —pregunta uno de los policías.

—Si ha salido por la A6 será imposible pillarla —interviene Orduño—. Hablad con Tráfico, que comprueben las matrículas de todos los vehículos aparcados. Si hay alguno sospechoso, dad aviso.

La idea da resultado de inmediato. En la misma avenida Séneca hay aparcada una Ford Transit blanca denunciada como sustraída el día anterior. Los policías levantan un perímetro para mantener a raya a los curiosos. Elena, Zárate y Orduño se reencuentran delante de la furgoneta. Silenciosa, aparcada a la sombra de los pinos y los cedros, la puerta de la caja de la Ford Transit está entreabierta. Elena se acerca a ella. Repara en una mancha roja que gotea.

—¿Esperamos a la Científica?

—No podemos esperar...

Abre las puertas. No tiene fuerzas para gritar. Es Zárate quien lo hace.

—¡Rápido! ¡Una ambulancia!

Elena salta al interior de la furgoneta. Se arrodilla, olvidándose de que está contaminando la escena, manchándose los pantalones con la sangre que encharca el suelo metálico. Busca la vena del cuello, detecta un débil latido.

—¡¡Está vivo!! ¡¡¿Dónde está esa puta ambulancia?!!

Zárate acompaña a Elena en la caja. Impotentes, son incapaces de saber cómo ayudar a Daniel Mérida; tiene el estómago abierto en canal. Los órganos cuelgan hacia fuera, a sus pies, un feto ensangrentado, muerto. Una carnicería abandonada con prisas; ni siquiera ha habido tiempo para coser el cuerpo y recoger los utensilios quirúrgicos que hay desperdigados. Zárate baja de un salto.

—¡¡Tiene que estar aquí, cerca!! Buscamos a una mujer de unos veinticinco años, su aspecto puede parecerse a este... ¡¡Vamos!!

Los agentes, con el retrato robot de Violeta, se dispersan comandados por Orduño, que diseña el arco que debe dibujar la batida. Ya se oyen las sirenas de la ambulancia acercándose. En la furgoneta, Daniel abre los ojos y vomita sangre tan negra como el hierro. Elena lo coge de la cabeza, le acaricia la mejilla, le hace una promesa que sabe que no puede cumplir...

—Te vas a poner bien. Te van a curar, aguanta, Daniel.

Sus ojos parecen estar viendo otro mundo. O quizá, el estupor de su mirada se deba a que su cuerpo se ha transformado en un cráter de sangre.

Capítulo 43

Ha cambiado su aspecto físico: ya no es la chica rubia de pelo largo que buscan los policías, sino una joven de pelo moreno —aunque bajo el tinte todavía se adivinen reflejos de su color natural— y corto, trasquilado; se lo hizo todo ella sola, en los baños de la estación de autobuses de Méndez Álvaro. Allí también se puso unos vaqueros y una sudadera que, ahora, la confunde con las estudiantes que van y vienen de la cercana Ciudad Universitaria o de cualquiera de los colegios mayores de la zona. ¿Qué fue de la linda güerita que encandiló a Néstor? Ya no queda nada de aquella mujer, ni siquiera Violeta se reconoce en el espejo.

Quizá por eso el agente de policía que acaba de pasar a su lado no se ha fijado en ella ni en la nevera que lleva a la espalda: ha debido de pensar que es una mochila cargada de libros. Sentada en el césped embarrado del parque del Oeste, al otro lado del perímetro que ha levantado la policía alrededor de la furgoneta, Violeta ha visto cómo llegaba la ambulancia. Cómo, con prisas, los médicos atendían a Daniel Mérida y lo metían dentro para, luego, ululando la sirena, salir de allí a toda velocidad. No se puede creer que siga vivo. Se mira las zapatillas; el barro de los caminos del parque ha tapado las manchas de sangre. Tuvo que dejar la tarea a medias.

—Perdóname, Iyami Oshoronga...

Una disculpa susurrada que nadie escucha. Ha perdido parte del instrumental que se llevó del paritorio, el bisturí, un rollo de hilo quirúrgico, las tenazas con las que había empezado a arrancar los órganos de Daniel para hacer una camita en su interior donde pudiera descansar el bebé de Halyna. Era el más pequeño, apenas un mes. Un embrión en el que solo se comenzaban a adivinar las formas humanas, más cercano a un renacuajo que a un niño. Tuvo que dejarlo tirado a sus pies cuando, a través de la rendija de la furgoneta, adivinó los primeros movimientos de policías en el parque.

—¿Qué querías que hiciera, Zenón?

Se ha levantado, ha echado a caminar hacia la avenida Séneca, mientras habla con la única compañía que ha tenido desde que el horror acabó con todas sus amigas en Las Suertes Viejas: Zenón, su hijo, así lo ha bautizado. Silencioso y frío, lo siente pegado a su espalda, en la nevera. Aunque no hable, aunque no viva, puede oírlo, se queja de lo que está haciendo su madre y Violeta no duda en responderle.

—Tengo que terminar, volver a poner las cosas en orden. No soy yo, es Iyami quien me lo pide, ¿te crees que no me va a doler separarme de ti? Ya sé que tú tampoco quieres, pero cariño, Zenón, tienes que volver con tu padre. El destino me ha pedido que cumpla la venganza para volver a empezar. Iyami Oshoronga no quería que murieran ellas, pero es que vosotros nunca deberíais haber existido. Por eso todo debe volver al origen. Para hacer un destino nuevo... ¡No me hables así! ¿Te crees que no lo he pensado? Si los policías están aquí, pueden haber llegado también hasta Dorita. No me lo recuerdes. No quiero ni pensar que se hayan llevado a los bebés de Mariya y Olena.

Violeta avanza entre el enjambre de policías que alborota la zona. No puede evitar fruncir el ceño, enfadada por las recriminaciones de Zenón. Se acerca a un policía que hay junto a una valla.

—¿Me permite?

—Por aquí no se puede pasar, señorita.

—Voy al colegio mayor, el mío es ese.

El agente mira el colegio y la mira a ella. Aparta la valla.

—Vaya directa, no se entretenga.

Violeta obedece y enfila el camino hacia el edificio. Hay unas chicas sentadas en los escalones de la entrada que comentan lo que está sucediendo.

—Te juro que es verdad, que han encontrado un cadáver.

—¿Estás segura? ¿Y la ambulancia? Ha salido pitando...

—Dicen que estaba descuartizado, ¿cómo va a estar vivo?

—¿Era un hombre?

Pasa entre ellas sin detenerse. Una vez dentro del colegio mayor, encuentra la entrada a una biblioteca y se sienta ante un ordenador. Teclea algo y sonríe al hallar lo que busca.

—Carlos Sousa. Calle Galatea, 35. Madrid...

Busca después la calle en el mapa, tendrá que coger la línea 5 de metro, la verde, y bajarse en la estación de Canillejas.

Cuando sale del edificio, se topa con un hombre vestido de paisano, parece que es uno de los que manda en los policías. Lo ha visto dando órdenes en el despliegue policial y ha oído que se dirigían a él como «Orduño». Está hablando con las chicas de la entrada y les muestra un retrato robot. Logra verlo de refilón, se le parece bastante. O sería mejor decir que se le parecía. Esa Violeta del retrato no tiene nada que ver con la Violeta morena y de pelo corto que es ahora. Además, si hay algo en el dibujo que no termina de ser fiel a la realidad son sus ojos. En blanco y negro, uno no puede imaginar su color miel, el brillo febril que los ilumina desde que se supo la enviada de Iyami Oshoronga.

—A mí no me suena —dice una de las chicas.

—¿Con acento mexicano, dice? Aquí hay colombianas, Gladis es colombiana, ¿no? —pregunta una de las chicas a sus compañeras—. Pero mexicanas no hay.

—¿Quién es la del retrato? ¿Qué ha hecho?

Violeta pasa junto al inspector, que tampoco se fija en ella, y echa a andar hacia el metro de Moncloa.

Capítulo 44

El piso de Daniel Mérida y su marido, Víctor Aldehuela, está en la calle del Buen Suceso, casi en la esquina con Rosales. Desde el mirador del salón se divisa el parque del Oeste, muy cerca de donde encontraron a Daniel. Víctor está hundido en un sofá Cassini de piel blanca, aturdido. No ha sido capaz de llorar cuando Elena le ha contado que Daniel murió en la ambulancia, antes de llegar al hospital. Se ha quedado paralizado, como si ese sofá de diseño lo absorbiera, transformándolo en un niño pequeño alrededor del cual todos los objetos tienen proporciones desmesuradas. Elena guardaba la absurda esperanza de que los médicos lograran estabilizar a Daniel, que les pudiera contar algo de Violeta. Pero no ha sido posible, el milagro fue que le quedara un hálito de vida cuando abrieron la furgoneta.

Zárate pasea por el espacioso salón entre mesas de acero inoxidable de Padova, sillones Vitra, lámparas de Louis Poulsen, jarrones de porcelana esmaltados que tienen la forma de la cara de simios. Un inmenso cuadro ocupa una de las paredes: un hombre desnudo con un bebé en brazos. Parece una madona con niño, con la única diferencia de que se trata de un hombre con barba cerrada y pecho velludo. Está firmado por D. Mérida.

—¿Es de su esposo?

—Sí, un autorretrato con niño. Daniel era un buen pintor; si se hubiera dedicado más, habría llegado lejos...

—¿Estaban esperando un hijo?

Víctor aprieta los labios y achina los ojos, como para impedir que broten las lágrimas. Parece que la pregunta de Zárate puede lograr lo que la muerte de Daniel no ha conseguido.

—¿Cómo lo saben?

—Había un feto junto a él. Tendremos la certeza de que sea el suyo cuando hagamos el análisis de ADN. —Elena se sienta en el sofá junto a Víctor—. Es muy posible que lo sea. Es posible que la autora del crimen sea una de las mujeres que... que han estado sufriendo esa explotación. Está vengándose. Le hicieron tener unos hijos que no quería y está entregándoselos a los padres.

—No le entiendo... ¿Mujeres sufriendo una explotación? Yo daba por hecho que ellas actuaban de forma voluntaria.

—No sea ingenuo, por favor, los vientres de alquiler son ilegales en España. ¿Eso tampoco lo sabía?

No hay atisbo de empatía en Elena, no es capaz de sentirla. ¿Puede una estar de parte del asesino? Víctor deja asomar en su tristeza un matiz de miedo; las implicaciones legales de comprar un niño de forma clandestina se desparraman por su alma rota en pedazos.

—Sabía que esto podía traer problemas... Pero no hasta este punto.

—Necesito que me cuente todo de ese hijo: a quién le pagaron, cómo lo encargaron, todo... Y haga el favor de no callarse nada, puede que haya otros hombres en peligro.

Víctor trata de recordar cómo nació el plan de ser padres. Le cuesta mantener la compostura, no fija la mirada en ningún punto y el pulso le tiembla llamativamente.

—Queríamos un hijo. Era nuestro sueño, formar una familia. Dani decía que él sería la madre y yo el padre, porque yo soy más serio. Ya ves tú qué tontería, como si las madres fueran frívolas y permisivas y los padres severos y autoritarios. Discutíamos por esos roles, en broma, sin hacer sangre. Ninguno de los dos creía realmente que existieran esos papeles...

Acababan de comprar el piso de la calle del Buen Suceso, una zona muy cara, y se habían tenido que gastar hasta el último céntimo de sus ahorros en reformarlo y amueblarlo, así que un vientre de alquiler en Estados Unidos estaba fuera de su alcance en ese momento: más de ciento veinte mil euros, era demasiado caro...

—Le dije mil veces que esperáramos, que éramos jóvenes y tendríamos tiempo de tener a nuestro hijo, pero él no quería esperar. Cuando Dani quería una cosa, la quería ya. Han visto el cuadro, podría enseñarles otros tres parecidos en el estudio. Y hay más; hizo una exposición basada en eso mismo, obras famosas de la historia del arte de vírgenes con el niño en los que él cambiaba a la virgen por una figura masculina. Estuvimos mirando la posibilidad de adoptar un niño indio. Pero... nos hacía ilusión que fuera como nosotros.

—Un niño blanco. —Elena no disimula su desprecio.

—No es una cuestión de racismo: queríamos decir que era nuestro hijo, queríamos que llevara los genes de uno de nosotros. Muchos amigos lo estaban haciendo y Daniel...

—Daniel no quería ser menos...

—¿Cuestiona nuestro derecho a tener hijos? —se ofende Víctor, pero al instante regresa de golpe la tristeza—. Me da igual, no voy a discutirlo. No es momento para reivindicaciones: mi esposo ha muerto y lo único importante es encontrar a quien lo haya matado.

—No estamos aquí para hacer ningún juicio moral —interviene Zárate. Sabe que necesita la complicidad de Víctor; si deja que Elena siga presionándolo, acabará por cerrarse en banda—. ¿Cómo contactaron con la organización?

—Fue casualidad. Nos contrataron para hacer la reforma de una casa en La Florida, la casa de un mexicano.

—¿Recuerda su nombre?

—Rigoberto... Rigoberto algo, no recuerdo.

Las miradas que cruzan los policías alertan a Víctor.

—¿Ha tenido él algo que ver con lo que ha pasado?

—Con la muerte de Daniel, no, pero es importante que lo encontremos. Díganos dónde vive, todos los datos que tenga sobre él.

Zárate apunta la dirección: un chalet en la zona de La Florida, cerca del Plantío. Elena sale del salón para llamar a Orduño.

—Ve ahora mismo, pero no lo hagas solo. Pide ayuda a los Geos de Gómez. No se nos puede escapar.

Cuando regresa, Zárate ha acercado una silla frente a Víctor, que le está contando cómo fue todo el proceso para conseguir un vientre de alquiler.

—Nos reunimos varias veces con Rigoberto por el asunto de la reforma de la casa. Una de ellas fue aquí, vio el cuadro... Fue cuando Dani le habló de sus deseos de tener un hijo y él nos preguntó si habíamos intentado la maternidad subrogada... El primer día no nos dijo nada más, pero cuando volví a quedar con él para hablar del presupuesto de la obra, me lo propuso: un hijo y le rebajábamos treinta mil euros la factura... Dio la casualidad de que la semana siguiente era el cumpleaños de Daniel, fue mi regalo...

—¿Ni siquiera se interesó por quién sería la madre?

—Él nos dijo que tenía a la candidata perfecta.

—¿Nunca pensó en qué condiciones podía estar y si lo hacía de forma voluntaria?

Víctor prefiere callar, Elena no sabe si por vergüenza o si es que ha decidido no fingir una culpa que no siente. Se inclina más por la segunda opción. Está harta de la crueldad que arrambla en el mundo por egoísmo, por la incapacidad de ponerse en el lugar del otro, la indiferencia de los puteros, de los patrones explotadores, de todos aquellos que exigen sus mal llamados derechos, sin importar los medios necesarios para conseguirlos.

—¿Tuvisteis que viajar al lugar donde estaban las madres?

—No, vinieron aquí y recogieron el semen de mi marido. A las pocas semanas nos confirmaron que todo había salido bien. Nos llamaron para decirnos que el embarazo avanzaba conforme a lo previsto, que no había problemas...

—¿Cómo se legaliza después a ese hijo?

—Ellos lo arreglaban todo. Se hace a través de Georgia; en el consulado de Tiflis, nos darían la filiación de Daniel; luego, en España, con la renuncia de la madre, yo iniciaría el trámite de adopción del niño. Íbamos a llamarlo Dante, ya estábamos decorando su habitación.

—¿Tiene el contrato que firmaron con Rigoberto? Necesitamos todos sus datos.

—Se lo puedo dar, pero no firmamos con él directamente, sino a través de una empresa. No me acuerdo del nombre.

Después de fotografiar el contrato y enviárselo a Mariajo, salen en silencio de la casa. No han querido pasar al cuarto de ese niño que ya no existirá y que Violeta dejó a los pies de Daniel Mérida en la furgoneta. A Elena le gustaría hallar la complicidad de Zárate en la mirada, el desprecio compartido ante esos padres que son los últimos responsables de las mujeres de Las Suertes Viejas. Sin ellos, sin su dinero, nada de esto estaría pasando. Sin embargo, en los ojos de Ángel solo encuentra una expresión plana, como un muro que refleja la luz. Es imposible adivinar qué está pensando.

—¿Vacía? ¿No había nadie? —responde Elena a una llamada de Orduño.

—Vacía, pero no hace mucho que Rigoberto se marchó —le contesta desde el chalet de La Florida—. Hasta esta mañana ha estado en la casa, alguien le ha debido de advertir y se ha fugado a toda prisa.

—Tenemos que localizarlo. Necesitamos el listado de los padres. Quiero que la Científica ponga esa casa patas arriba, ya me las veré yo con el juez, a ver si por lo menos sale algo de documentación.

—Estamos en ello. Hay una caja fuerte, pero está abierta y vacía.

—Tomad huellas dactilares. Con suerte, Rigoberto está fichado.

Capítulo 45

Una pequeña tienda de reparación y venta de teléfonos en Usera. Ese es el lugar que ha elegido Reyes para desbloquear el móvil de Cristo que sacó ayer a escondidas de Perales del Río. Se lo podría haber llevado a Mariajo, pero las súplicas de Rentero le martillean la cabeza. *Lo que descubras, me lo cuentas a mí antes que a Elena. La familia es lo primero.*

Quien la atiende tras el mostrador es un joven chino que habla castellano con acento madrileño y que tarda solo unos minutos en devolverle el aparato sin barreras, completamente desprovisto de trabas para acceder a su contenido.

—Doscientos euros.

—¿Tanto?

—Pregunta antes. Si no pagas, lo bloqueo otra vez y tan amigos. En efectivo.

—Tengo que ir a un cajero.

—Espero.

Mientras va a sacar dinero, recibe una llamada de Orduño. No le responde. Su compañero ha estado llamándola desde ayer, además de ponerle varios mensajes. Aparte de contarle la evolución de la investigación, ha dejado caer su preocupación por Dely. Las náuseas vuelven a atacarla cuando el cajero escupe los billetes; le extrañan, no pueden seguir siendo la respuesta a la desaparición forzada del cadáver de Dely. Intenta mantener la cabeza fría y escribe un escueto mensaje a Orduño: «No me llames más. No es seguro». Luego borra toda su conversación de WhatsApp.

Solo cuando tiene el dinero en la mano, el dependiente chino le entrega el terminal y le muestra qué contraseña debe escribir para tener acceso a todas las aplicaciones, menos a una.

—No he conseguido desbloquear esta. Es una app que graba conversaciones, pero, de todas formas, creo que está vacía —le avisa el chino—. Lo habrán borrado todo...

—¿No se puede recuperar?

—No lo sé, nunca lo he intentado. Puedo estudiarlo y preguntar por ahí. Si te hace falta, vuelve. Pero serán quinientos.

—¿Cuánto vas a tardar en saber cómo se puede hacer?

—Dame por lo menos hasta media tarde. Quiero el dinero en efectivo, recuerda.

Reyes se mete en su coche y se lanza al examen del móvil. En el WhatsApp hay varias conversaciones, pero ninguna tiene el nombre del interlocutor de Cristo y es difícil deducir de quién se trata por los mensajes, casi todos muy escuetos: «A las cinco donde siempre», «A las siete espera llamada», «Restaurante la Mancheguita a las tres»... Pero, por fin, llega a uno que identifica y el corazón le pega un vuelco: son conversaciones entre Cristo y Gerardo, el nombre de yonqui que adoptó Guillermo Escartín. Hablan de fechas de entregas, de horas, de lugares. No dan datos concretos: «Donde siempre el lunes a las tres», «Confirmo recepción», «Faltan dos paquetes»... Lo más interesante es una conversación suelta entre los dos:

«Eso es muy chungo. Están encerradas, las tratan como si fueran gallinas».

«Tú lleva las medicinas que R. ha pedido y calla».

Es la confirmación de lo que le contó Fabián. Ahora, más allá de su testimonio, tiene una prueba documental: la Sección está pringada hasta las cejas en Las Suertes Viejas. Ahora sí, debe hablar con Orduño.

Se encuentran en una tienda de ropa barata en la Gran Vía, una enorme franquicia de varios pisos. No tratan de ocultarse, se comportan como si se hubieran topado el uno con la otra por casualidad, mientras miran con fingido interés ropa de cama.

—Tenías razón: entre los trabajitos que Guillermo hacía para la Sección, llevaba medicinas a la finca de Soria —murmura Reyes con un juego de sábanas en la mano.

—¿Sabían que Guillermo era policía?

—No, lo tenían por un yonqui. Pero no le gustaba nada en qué estado estaban las mujeres. Se lo dijo a Cristo.

—¿Y ese Cristo qué decía?

—Que se callara la puta boca. Que tenían que responder ante un tal R.

—Rigoberto, un mexicano, lo estamos buscando. Puede que fuera el dueño del negocio de la finca, pero de momento no tenemos más datos de él. Ayer fuimos a su casa, pero estaba vacía, y todo lo que hacía está a nombre de empresas pantalla, como las que había detrás de la propiedad de Las Suertes Viejas.

—La Sección mantenía tratos con ese Rigoberto. Y debe de ser un pez gordo: trataba directamente con Cristo. Fabián está acojonado por si el tema sale a la luz.

—¿Qué más has sacado?

—Guillermo encargó un pasaporte falsificado a nombre de una tal Serena.

—Vale, eso encaja. Parece que se enamoró de una de las chicas de la finca, se llamaba como dices, Serena; quizá planeaba fugarse con ella. Pero ahora lo que nos corre prisa es Rigoberto: ¿tú crees que podrías tirarle un poco más de la lengua?

—No es tan fácil, Orduño.

—Tú no saques el tema, pero si vuelven a hablar de él, abre bien los oídos.

—Es que nunca han hablado de él.

—Entonces, ¿cómo sabes lo de la R.? ¿Fabián no te ha contado todo esto?

Reyes se muerde el labio, indecisa. Coge un pijama de una percha y lo despliega, para disimular o para poner un parapeto entre ella y Orduño. Un grupo de adolescentes ruidosas pasa por su lado. Seguramente están intentando mangar alguna de esas camisetas a tres euros.

—Cristo tenía un móvil escondido en un cajón. Se lo he robado.

—¿Qué? —Orduño tiene que esforzarse para no alzar la voz, aunque la mira muy serio, incapaz de ocultar el temor que siente—. ¿Cómo se te ocurre hacer eso? Se van a dar cuenta.

Reyes baja el pijama y pide perdón con un gesto.

—No lo pude evitar.

—¿Cuándo se lo quitaste?

—Ayer, en una barbacoa en su casa. Estaba toda la Sección con sus mujeres; si lo echa en falta, puede desconfiar de cualquiera.

—¿Dónde tienes la cabeza? Me has dicho que la Sección es como una familia; ¿en quién va a pensar si se da cuenta? ¿En un tío que lleva veinte años a su lado o en ti? Tienes que salir inmediatamente de ahí.

—Ahora no puedo. Entonces sí que sabría que he sido yo.

—Tenemos suficiente, Reyes: ese teléfono no servirá en un juicio, pero podemos contar con el testimonio de Dely. Creo que si le damos seguridad, hablará.

—No lo hará.

—Estuve con ella en la narconave de la Colonia Marconi. Estaba asustada: si le ofrecemos legalizar sus papeles y un piso de protección oficial, esa chica va a contarnos todo lo que sabe. Puede implicar a Fabián en el homicidio del periodista. Eso hundiría a la Sección...

—Orduño —Reyes tiene que interrumpirlo, de nada sirve prolongar esa fantasía—, Dely está muerta. Yo misma enterré el cadáver.

Él retrocede un paso, como si el impacto de esas palabras fuese algo físico.

—¿Dely, muerta? ¿Cómo?

—Creo que fue una sobredosis —prefiere mentir Reyes—. Pero Cristo no quería que encontraran su cuerpo, no sé por qué.

Un éxito musical inunda a todo volumen la tienda. El vaivén de clientas aturde a Orduño, mudo. Reyes deja en un montón el pijama que tenía entre las manos. Supone las conjeturas que debe de estar haciendo su compañero: si destapan la muerte de Dely, Reyes también tendría que responder ante un juzgado al ser partícipe y haberlo ocultado; por otro lado, seguir con esos asesinos es arriesgarse mucho, más aún ahora que se ha puesto en peligro robando ese teléfono.

—Solo necesito unos días más —le ruega ella—. Unos días más y los tendré bien cogidos por los huevos.

No se cree la determinación que quiere aparentar Reyes. Sabe que está asustada.

—Tengo que contárselo a Elena.

—Hazlo, pero... Orduño... no se trata solo del asesinato de Dely. Creo que hay algo muy gordo en la Sección, aunque necesito tiempo para demostrarlo.

Como si fuera una compradora más, Reyes se aleja curioseando entre los percheros. Poco a poco, la multitud que abarrota la tienda va ocultándola. En apenas unos segundos, a Orduño le resulta imposible verla. Busca las escaleras de salida en ese laberinto. Como si avanzara por un sueño, tiene la sensación de ver entre esa muchedumbre la cara de Dely. La mirada empañada por la heroína de la venezolana que le pedía ayuda en la narconave carga su corazón con todo el peso de la culpa.

Capítulo 46

—¿Quién mató a mi padre, Salvador?

Tan pronto hace la pregunta, se siente ridículo en el salón de la Colonia de los Carteros. Es absurdo esperar una respuesta de Salvador Santos, tan silencioso en su demencia como siempre. Desde la repisa, lo observan las fotos antiguas, el gesto firme del que fuera su mentor, también la sonrisa limpia de Eugenio Zárate, su padre. Le da pena; como si todas esas caras de las fotografías, incluso la ausencia en la que ha sumido el alzhéimer a su mentor, se estuvieran burlando tanto de él como de su padre. Todos llevan años callando. Todos llevan años mintiéndoles. Salvador nunca le contó la verdad de la muerte de su padre y tuvo cientos de ocasiones. Jornadas de patrulla, días y noches de comidas y cenas en esa misma casa, acompañados por su esposa. Hubo muchos consejos de cómo ser un policía, de cómo no saltarse los límites. Honradez y honestidad eran las consignas que ahora le resultan fórmulas gastadas, ambas estaban erigidas sobre una gran mentira: las circunstancias de la muerte de Eugenio Zárate.

Está solo. No hay nadie a su lado, tampoco Elena, que, como su mentor, ha preferido ocultarle sus verdaderos motivos. Creyó que ella había decidido cambiar el rumbo de su vida para estar con él, tras el caso de la Nena. Sin embargo, ahora sabe que no fue el amor lo que alentó esa decisión, sino la obligación. No le cuesta imaginar el trato al que Rentero la sometió: debía quedarse en la BAC a cambio de que él enterrara el informe forense sobre las muertes de Julio y Antón.

Ahora puede ver con claridad. La decisión de adoptar a la Nena, que él pensaba errática, tiene más sentido. Elena se ha visto condenada a estar al lado de Zárate y ese paso le permitía volver a ser libre.

Tiene que controlar su rabia. Tiene que seguir fingiendo que ha encajado todos los varapalos con deportividad, que su único objetivo es cerrar el caso de Las Suertes Viejas y dar con Violeta. Le dijo a Elena que iba a supervisar el trabajo de la Científica en la casa de Rigoberto, pero necesitaba alejarse un poco. Respirar como si llevara horas bajo el agua. Por eso buscó un momento de paz en la casa de Salvador Santos. Sin embargo, ese lugar también ha dejado de ser un refugio.

Cuando se despide de Ascensión y le promete que se pasará a comer el próximo domingo, sabe que no será así. Le desagrada hasta lo físico la proximidad de Salvador, ahora que es tan consciente de sus mentiras.

Mientras busca un taxi, piensa que Violeta y él no son tan distintos. A ambos los han utilizado, los han engañado. Tienen derecho a la venganza. Esa conciencia le hace sentirse ligero, liberado de cualquier presión por primera vez en mucho tiempo. Mató a los asesinos de Chesca y volvería a hacerlo. Eso es lo justo. Y hará lo mismo cuando descubra quién acabó con la vida de su padre.

Un recuerdo lo acompaña en el trayecto desde el paseo del General Martínez Campos, donde lo ha dejado el taxi, hasta la calle Miguel Ángel, donde está el despacho de Rentero. Apenas tenía seis años cuando su padre lo llevó a merendar a una tasca por el barrio de Vallecas. Estaba de buen ánimo, quizá algo borracho, piensa ahora Zárate. Al llegar al bar, los acogieron los compañeros de la comisaría. Le pidió un colacao y, tímido, encogido en una mesita del local, Ángel recibió los pellizcos, las guasas, las manos agitándole el pelo, de todos esos adultos que no dejaban de bromear y alabar a su padre. El mejor policía de su promoción, decían. No puede recordar sus caras, pero supone que entre esos hombres estaba Salvador Santos, quizá también Rentero. Le impresionaron el afecto y la admiración que se había ganado su padre, cuando solo llevaba unos meses destinado en Madrid. Ahora sabe que todos esos amigos que le coreaban acabaron traicionándolo con su silencio.

Aunque Rentero no lo ha hecho esperar, lo recibe en su despacho con un punto de recelo en la expresión.

—La policía no airea las operaciones encubiertas de un agente, por eso nunca te han contado nada.

—Pero han pasado muchos años, Rentero. Y se trata de mi padre.

Zárate prefiere aparentar docilidad, vestir su rabia de una curiosidad puramente emocional. No le ha costado pedir perdón por cómo perdió los nervios en la casa de Elena; su disculpa ha sonado franca, o al menos eso cree.

—No busques cosas raras. Tu padre fue un gran profesional y murió en acto de servicio. No te hace falta saber más.

—¿En qué consistía su operación encubierta? Dígame al menos eso.

Rentero se frota el mentón y después estira el cuello, como para liberarse del yugo de la corbata.

—Hasta que no te lo cuente no vas a parar, ¿verdad?

Zárate se siente relajado, seguro de lo que quiere. La serenidad puede derribar los muros más deprisa que la vehemencia.

—Se le adscribió a la brigada de Vallecas. Había sospechas de que podía estar incurriendo en pecados de corrupción. Flecos de las mafias policiales de los años ochenta.

—Mi padre falleció en el 91, yo tenía siete años. ¿No se había terminado ya con las mafias policiales?

—Eran un cáncer y no fue fácil extirparlas. Todavía no lo hemos conseguido del todo, Zárate. Mira lo que pasó en la comisaría de Mérida hace un par de años. Todos los estupas a la cárcel. O la brigada de Villaverde.

—¿Qué pasó en la brigada que investigaba mi padre?

—Nada, no pasó nada. Tu padre murió de un disparo en un tiroteo.

—Un tiroteo como el que sufrió Reyes —Zárate no disimula su sarcasmo.

—Si tu padre descubrió algo, se lo llevó a la tumba. Es un caso cerrado.

Rentero se acomoda en su sillón, ha dado por concluida la visita. No debe insistirle, solo serviría para poner en riesgo su posición en la BAC, un lugar que le interesa conservar. Su móvil empieza a vibrar. Es Elena. Se retira unos metros para responder la llamada. Han localizado a Rigoberto. Está en la terminal ejecutiva del aeropuerto, intentando salir del país.

—Nos vemos allí… No, no tardo, ahora mismo salgo.

Capítulo 47

La terminal ejecutiva del aeropuerto de Madrid está situada en la zona sur de las instalaciones, en lo que antiguamente era el pabellón de Estado o edificio de autoridades, el lugar al que llegaban las grandes personalidades en visita oficial a España. En la actualidad se usa para los vuelos privados y los corporativos de las grandes compañías; por allí pasan artistas, deportistas y los altos ejecutivos de las mayores empresas del mundo. El lujo de sus cuatro salas VIP, pese a que los pasajeros que viajan en esos vuelos no sufren de esperas muy prolongadas, es muy superior al del resto de terminales del aeropuerto. El sobresalto al ver entrar a unos policías armados en las instalaciones es más que evidente. Por un momento se ve preocupación en rostros que suelen tener las emociones bajo control.

—¿Habías estado aquí antes? —se sorprende Zárate.

—Sí, a veces he viajado en aviones privados —le responde Elena sin dar más explicaciones.

El pasajero al que buscan, Rigoberto Velázquez, está retenido en una de esas salas por la Guardia Civil; hace solo unos minutos le hicieron bajar de un SJ30 que estaba a punto de despegar hacia Acapulco. No es la más lujosa de las naves que se mueven por las pistas de la terminal: el SyberJet solo tiene capacidad para siete pasajeros y su autonomía de vuelo es de poco más de 4.500 kilómetros, tendría que haber hecho al menos dos escalas antes de llegar a su destino. Rigoberto es un hombre alto, moreno, con un impecable traje gris y aspecto adinerado. En cuanto los ve, se levanta exigiendo responsabilidades por el trato recibido.

—No sé por qué me retienen. Voy a poner una denuncia contra ustedes. Van a dejarse de pendejadas.

—Nos parece muy bien. Cuando haya contestado a nuestras preguntas, nosotros mismos le facilitaremos el proceso. —Elena no se inmuta ante las amenazas.

—Tengo el avión esperando en la pista. Cada minuto que pasa me cuesta más que la nómina que les ponen en el banco cada mes.

—Colabore con nosotros y no se retrasará mucho.

Su cara es bastante parecida a la del retrato robot que obtuvieron a través de Dorita, pero no ha sido esa la pista que los ha llevado hasta él. Rigoberto Velázquez no está fichado en España y sus fotografías no constan en los archivos policiales. Ha sido una vez más Mariajo, en esta ocasión con ayuda de la casualidad (dos multas de tráfico).

—¿No os dijo la mujer que Rigoberto iba a Las Suertes Viejas en un Porsche negro? Pues he encontrado dos multas a un Porsche negro que son recientes, una en la carretera de Ucero y otra saliendo del Hotel Torrebuena.

Elena era escéptica al ver la foto de ese Porsche que salía de un club de carretera en el norte de la provincia de Madrid haciendo un giro prohibido.

—¿Estás segura de que es él?

—El Porsche negro, a diferencia de la casa o de la finca de Las Suertes Viejas, sí está a nombre de una persona: Rigoberto Velázquez.

En cuanto cursaron la orden de búsqueda y captura, saltó la alarma: era el único pasajero de un vuelo privado que estaba a punto de despegar de la terminal ejecutiva de Barajas.

—Sentimos que deba aplazar su viaje, va a tener que acompañarnos.

Elena ordena que lo trasladen esposado, una forma de hacerle ver que se trata de algo serio. Lo han paseado así por todas las instalaciones de la terminal. No pronuncian palabra hasta que llegan a las oficinas de Barquillo y se sientan frente a él en la sala de interrogatorios.

—Tenemos dos personas que pueden reconocerle e identificarle como el responsable de una finca en la provincia de Soria: la matrona que atendía a las embarazadas que retenía contra su voluntad en Las Suertes Viejas y uno de los clientes que contrató sus servicios —va directa al grano la inspectora.

—Esas personas se confunden. Soy un hombre de negocios mexicano. Ya les advierto de que no pienso volver a invertir en este país.

—No se puede imaginar cómo lo lamentamos.

Le ha dado igual la descripción pormenorizada que han hecho de lo que hallaron en la finca. Los cadáveres de las cinco mujeres salvajemente mutiladas, los de Lucio Morales y Blas Guerini, el sicario que inició la matanza. Rigoberto mantiene los nervios a raya, frío, como si nada de lo que lo acusan fuera con él.

—No tienen nada que me relacione con esos crímenes porque se han equivocado de persona y, como me sigan reteniendo aquí, ¿saben lo que sí van a tener? Un problema. En cuanto mis socios se enteren de este atropello, se van a quedar ustedes sin trabajo.

—En el fondo, estamos deseando dejar este oficio, nos haría un favor. —Elena tampoco se deja intimidar por el aplomo del mexicano—. Es inútil que lo niegue, tenemos pruebas más que sobradas de que usted estaba detrás de la explotación de madres de alquiler. Zárate, dile lo que hemos encontrado.

Zárate abre la carpeta que contiene la documentación que le ha entregado Mariajo.

—Rigoberto Velázquez, mexicano, natural de Acapulco, en el estado de Guerrero. Detenido en México en seis ocasiones por trata de personas...

—Hace muchos años de aquello, pecados de juventud.

—Dos por secuestro...

—Las dos veces fui absuelto. Yo me dedico a los negocios.

—Prostitución...

—Hoteles, lo mío son los hoteles. Lo que se haga dentro no es un asunto de mi incumbencia. Y me niego a seguir hablando con ustedes sin la presencia de mi abogado.

—¿Y si llamamos a Cristo? Ya sabe, el policía de la comisaría de Villaverde...

Elena ha soltado su nombre de farol, no sabe exactamente qué relación puede haber entre Cristo y el mexicano, más allá de lo que le dijo Reyes a Orduño, ese mensaje que iba dirigido a Guillermo Escartín y en el que aparecía la letra R. Por primera vez, Rigoberto duda antes de contestar:

—No sé de quién me habla...

—Claro que lo sabe... Lo que quizá no sepa es que ha decidido colaborar con nosotros y va a detallarnos todos los negocios que tienen juntos... Como puede ver, no necesitamos su confesión. Va a ir a la cárcel, muchos años.

—No voy a seguir hablando, quiero ver a mi abogado.

—Rigoberto, no sea estúpido —presiona ella—. Si le estamos dando esta oportunidad es porque hay algo que le podría suponer una rebaja en la petición de la fiscalía. La matanza no acabó en la finca. Una de las mujeres que estaban allí encerradas, Violeta, no sé si la recordará, pudo huir y ha iniciado una venganza; está matando a todos los padres que contrataron sus servicios...

El mexicano deja escapar un suspiro de hastío.

—Denos el listado de esos padres. Denos sus nombres para que podamos impedir que sigan muriendo.

—Ya le he dicho que no tengo ninguna relación con eso de lo que me habla. Y es mi última palabra. No volveré a decir nada hasta que pueda reunirme con mi abogado.

Elena opta por dejar a Rigoberto en el calabozo. Dorita y Víctor identificarán al mexicano y se quedará en prisión a la espera de juicio. Pero rehúsa colaborar y el tiempo se les echa encima. Después de Guillermo Escartín, Ramiro Beiro y Daniel Mérida, la inspectora sabe que habrá un cadáver más. El del padre del niño que Violeta transporta en su nevera.

Pronto, ese hombre también habrá muerto. Tienen que descubrir quién es antes de que ella lo encuentre.

Capítulo 48

Violeta ha decidido dejar pasar la mañana antes de ir a la calle Galatea. Anoche se alojó en una pensión barata en Canillejas y se encerró en la habitación con la nevera portátil y un par de bocadillos que compró en un bar cercano. No dispone de mucho dinero. La cartera del gallego rebosaba de billetes y eso le permitió sufragar los gastos de los siguientes días. Pero a Daniel, el tercer padre, lo abordó cuando estaba corriendo y solo llevaba encima una botella de agua, las llaves de su casa y el móvil. Mala suerte. Pero, al menos, tiene un teléfono. Le ha quitado la tarjeta SIM y ha comprado otra para que no la localicen.

En la tele han puesto imágenes del parque del Oeste y han hablado de la aparición de un cadáver, pero no han dado más datos. Solo un tertuliano especula con que no es el único caso, que la policía investiga si tiene relación con otras muertes en Madrid y A Coruña. El interés ha decaído casi de inmediato, en cuanto se han puesto a hablar de la petición de cárcel para un antiguo miembro del Gobierno por un caso de corrupción.

Ha asumido que ha fracasado en su objetivo: dejó dos fetos en el arcón congelador del mesón de Dorita, y la policía, sin duda, ya habrá estado allí, nunca podrá ir a recogerlos. Le habría gustado que el suyo, Zenón, fuera el último en volver a su origen, a su padre, que significara el colofón de su venganza. Pero ya no podrá ser, quedará para siempre incompleta, dos de los padres saldrán impunes. Espera que Iyami Oshoronga la perdone.

Tiene el nombre del padre de su hijo, el hombre con cuyo esperma la embarazaron: Carlos Sousa; y su dirección: calle Galatea, 35. Sale de la pensión a media mañana. Pasea por los alrededores hasta que, en una calle poco transitada, ve la oportunidad. Una señora de unos sesenta años aparca un Toyota Auris y, después, abre el maletero. Está cargando con la compra del supermercado y Violeta aprovecha la excusa para acercarse a ella. La ayuda a descargar e incluso le lleva una caja de leche hasta el portal donde vive. Deja pasar un tiempo, suficiente para que la señora haya entrado en el ascensor. Entonces, saca la llave que le ha robado en un descuido. Sube al coche y se marcha. Zenón, en su nevera portátil, viaja a su lado.

Conduce hasta el número 35 de la calle Galatea, no lejos del barrio modesto donde ha robado el coche. Es un chalet lujoso, no lo esperaba. Ya le sorprendió el nivel económico de Daniel Mérida y su marido: tenían un precioso piso en una de las mejores zonas de Madrid, un negocio de decoración y reformas que parecía funcionar a las mil maravillas... Elegirlas a ellas como madres no fue una cuestión de dinero, fue una cuestión de indiferencia.

Desde que empezó con la misión que le encomendó Iyami Oshoronga, Violeta ha seguido la misma rutina en tres ocasiones. Investigar quién es el padre, dónde vive y en qué trabaja, conocer sus costumbres. Un sistema que, inevitablemente, la ha llevado a entrever el motivo por el que encargaron a sus hijos... A Gerardo y a Ramiro los entendió y hasta sintió compasión por ellos, aunque eso no les salvara la vida. Gerardo no encargó a su hijo, dejó embarazada a Serena, fingiéndose o realmente sintiéndose enamorado; quizá no tendría que haber muerto, pero él sabía lo que ocurría en la finca, aseguraba que era policía y nunca hizo nada por detenerlo. Ramiro, el contable gallego, quería salvar la vida de su hijo, pero a costa de destrozar la de una mujer. ¿Con qué derecho? ¿Valía más la vida de su hijo que la de la mujer que portaría su semilla? De cualquier forma, no es ella quien juzga. Iyami Oshoronga extendió sus alas negras aquella tarde en Las Suertes Viejas, le dio la oportunidad de vivir a cambio de convertirse en su ejecutora: en sus crímenes, es la mano del destino quien actúa, recolocando las piezas en su lugar, volviendo al principio para que se despliegue un nuevo futuro.

La investigación de los hábitos de sus víctimas es esencial, porque Violeta no puede reducir a un hombre con sus manos. Ellos son más fuertes, ellos dominan el mundo. Tiene que encontrar el modo de adormecerlos con la escopolamina; era lo que Dorita les suministraba algunas veces para adormecerlas en el parto. Y lo más maravilloso de todo es que el momento propicio siempre se presenta. Todo el mundo entra en un bar en algún giro del día a tomar un café, o una cerveza, o una copa después de la dura jornada de trabajo. Es fácil aprovechar una distracción para diluir la droga en la bebida, seguir a la presa incauta cuando sale del bar, aguardar el instante precioso en el que debuta el malestar...

—No sé de dónde sale tanto niño y tanta niña. —Violeta habla con su hijo que está en la nevera. La calle está bloqueada por coches en doble fila, estudiantes vestidos de uniforme salen de un colegio cercano y, después de despedirse de sus amigos, corren al coche donde los esperan sus padres—. ¿Te habría gustado ir a un colegio así? Vestidito con pantalón gris y polo blanco, con ese escudo en el pecho. Ya sé que estos podrían haber sido tus amigos, Zenón, ¿es lo que te habría gustado? ¿Habrías preferido crecer con tu papá? Iba a ser una buena vida, debe ser rico tu papá, no como el mío... No, Zenón, tú no ibas a pasar hambre ni miedo... pero, cariño, ¿qué quieres que yo haga? A lo mejor, si volvemos a empezar, pueda volver a tenerte. Te pariré de nuevo y tendrás una vida todavía más bonita que la de esos chavitos de uniforme...

Absorta como está en la conversación con su hijo, casi no se da cuenta de que alguien ha salido de la casa que vigila, pero no puede ser su presa: se trata de una mujer exuberante, rubia y muy alta. Duda si seguirla o no, pero decide quedarse a esperar a que salga él, Carlos Sousa.

Dos horas después —la quietud ha reconquistado la calle—, la mujer regresa a la casa. No ha habido más movimientos. Violeta duda de nuevo, ¿estará dentro? Se acerca a la puerta y ve el buzón; allí está el nombre que busca: Sousa. Se decide y llama a la puerta. La mujer sale a abrir.

—¿La puedo ayudar en algo?

—Andaba buscando a Carlos Sousa.

La mujer exhibe una sonrisa abierta, como si le hubieran hecho gracia las palabras de Violeta.

—Carlos Sousa ya no existe. Soy Mónica.

Capítulo 49

—¿Se puede recuperar la información de la grabadora?

—¿Traes los quinientos euros?

Reyes ha vuelto a la pequeña tienda de informática de Usera en la que estuvo por la mañana. El encargado chino asiente con una media sonrisa, pero aclara que no hay garantías de que allí vayan a encontrar nada.

—Puede que el dueño de este móvil nunca haya usado la aplicación. Si recupero lo que había y no hay nada, me pagas igual.

—No te preocupes.

Reyes pone el dinero sobre el mostrador. Una vez contado y guardado, el dependiente saca una complicada chuleta llena de caracteres en chino.

—No ha sido fácil, es un programa complejo.

—¿Chino?

—Ruso. Pero creo que voy a ser capaz. He hablado con un amigo programador, de Hong Kong.

Reyes no puede más que esperar mientras el dependiente manipula el teléfono. Tarda por lo menos veinte minutos.

—Solo hay una grabación. Si quieres te presto unos cascos y la escuchas. Los cascos son regalo de la casa.

La conversación apenas dura unos segundos y quienes hablan son Cristo y otra persona cuya voz le resulta familiar, aunque no se dice su nombre en ningún momento. Lo que más le sorprende es que hablan de ella.

«Es la sobrina de Rentero, no es casualidad que la hayan mandado aquí».

«¿Crees que os está investigando?».

«No lo sé. Pero me preocupa. ¿Qué fue del caso Miramar? ¿Se destruyó el informe?».

«Olvídate de Miramar, ¿de acuerdo? Tú sigue a lo tuyo y no te preocupes por esa niña».

«No me preocupo, si tú me aseguras que el Clan va a estar ahí si las cosas se tuercen».

«Te tengo que dejar».

La voz del dependiente, apoyado en el mostrador y mirándola divertido, saca a Reyes de la ausencia en la que la ha dejado la conversación.

—¿Algo grave? ¿Cuernos?

—¿Perdón?

—Sí, siempre que viene alguien a pedir que destripe un móvil es para escuchar lo que dice su novio. O su novia. O las dos cosas. ¿Cuernos?

—Algo así.

—Eres guapa, encontrarás a otro. Y si no lo encuentras, llámame. Tengo quinientos euros, te puedo invitar a cenar...

Al salir de la tienda de móviles, el estómago le da un vuelco, como si se hubiera transformado en una montaña rusa. Apoyada en el tronco, vomita a los pies de un árbol. Un grupo de niños se ríen al pasar por su lado, bromean con que es una borracha. Ella está convencida de que es el miedo: «la niña», así la mencionaban. La grabación es de hace solo unos días, después de la «prueba» del disparo: ¿significa eso que el jefe de la Sección nunca se ha fiado de ella? No logra recuperar el control.

Se sienta en su coche, un sudor frío le perla la frente. Cierra los ojos, respira hondo: ¿es Cristo quien le da miedo o es esa otra voz? Intenta concentrarse, sabe que la ha escuchado en algún momento, pero ¿cuándo?

Bucea en su memoria tratando de encontrar esa voz cuando una frase resuena en su interior. «Encantado de conocerte, Reyes. Y cualquier cosa que necesites, pídemela. Te la solucionaré mucho mejor que tu tío». Gálvez, en la fiesta del Wellington. Gálvez, la red de seguridad que, según Fabián, tiene la Sección. Suya es la voz que habla con Cristo en esa llamada. ¿De qué están hablando exactamente? ¿Qué relación hay entre Cristo y Gálvez? ¿Qué es el Clan? ¿Qué es el caso Miramar? Reyes sabe que no va a parar ese ruido interior hasta que no descubra la verdad.

Una de las mejores amigas de Reyes en la Academia, Nieves, ha ido a parar al Archivo Central de la Dirección Nacional de Policía. Si el informe Miramar es de una operación de la policía, tiene que estar allí. Si hay alguien que se lo puede conseguir, por muy restringido que esté el acceso, es ella. Hace meses que no habla con Nieves, desde que celebraron su cumpleaños, pero las buenas amigas siguen siéndolo para siempre, sobre todo si han sido también amantes.

—Este informe no te lo puedo pasar. No está a disposición de nadie.

—¿Puedes acceder a él?

—Sí, pero ni siquiera está digitalizado. Y no voy a hacer copias, me la juego.

—Necesito verlo.

La terquedad de Reyes vence las reticencias de su amiga. Nieves se pierde en el almacén del Archivo y, luego, reaparece para conducirla hasta una pequeña habitación apartada. Una gruesa carpeta, llena de papeles amarillentos, descansa sobre la mesa del cubículo. Sobre ella hay otro informe que ha sacado para disimular por si alguien pregunta, un archivador bastante grande sobre un asesinato ocurrido en los años cincuenta.

—No quiero que me cuentes por qué te interesa el caso Miramar, prefiero no saber nada. Tú lee el archivo, pero ni me hables. Tienes una hora, dentro de una hora en punto lo devuelvo a su sitio y cierro.

No le va a dar tiempo a leerlo todo en solo una hora, así que empieza a pasar las hojas a toda velocidad mientras hace una lectura en diagonal y toma algunas notas. En el expediente se habla de una redada contra unos narcos en una casa en el barrio de Vallecas en la que murió un policía. Fue en el año 1991. Todo es bastante confuso y Reyes ni siquiera encuentra el nombre del policía muerto. Tras pasar varias páginas más, sale del cubículo en busca de Nieves.

—Tiene que faltar algo...

—Es lo que hay.

—Pero es un caso en el que murió un policía y no encuentro su nombre...

—Ya te he dicho que no quiero que me cuentes nada. Es lo que hay —repite su amiga—, no insistas, que bastante me la estoy jugando. Te queda un cuarto de hora; en un cuarto de hora te vas de aquí.

Nieves siempre fue la más sensata de todas, la que tenía claro que no sería una heroína y pidió un destino tranquilo: los archivos. En la cama, en cambio, era audaz. Reyes se pregunta si lo seguirá siendo. Ha notado algo sombrío en su mirada, en su actitud, como si llevara la vida a cuestas. Pero no hay tiempo para elucubraciones sobre una relación pasada. Vuelve a la sala y al expediente. Encuentra por fin un dato que le puede servir: el policía encargado de la investigación de aquel caso se llamaba Eduardo Vallés. Algo raro pasó, pero el relato y las conclusiones no están en la carpeta, quizá alguien se haya llevado todo lo que falta.

Cuando sale del archivo ya está anocheciendo. Se monta en el coche y siente que el malestar sigue ahí. Tal vez debería ir al médico, no entiende por qué no logra superar esas náuseas que llevan persiguiéndola dos días.

Capítulo 50

Irrumpe en el centro de menores sin detenerse a responder al saludo de unas chicas que, en corro, hablan en la recepción. La conocen de sus frecuentes visitas, pero Elena deja atrás sus voces, que apenas entiende, y avanza por el pasillo.

—¿Dónde está Alicia? —le pregunta a un trabajador que encuentra.

No es necesario que él se lo diga. Alicia aparece al fondo e, incapaz de mirarla a los ojos, le indica que la siga hasta un pequeño despacho. Siente que el corazón le va a estallar, le cuesta recordar exactamente la breve conversación telefónica que mantuvo con Alicia cuando estaba en la oficina de Barquillo, como el que recibe un diagnóstico terminal del médico y, desde ese momento, se despega de la realidad y en su cabeza ya solo resuena la certeza de la muerte.

—¿Dónde está Mihaela?

—Elena...

Alicia ha liberado una silla de los expedientes que se amontonaban sobre ella, le ofrece que se siente, pero Elena no quiere hacerlo. La trabajadora social repite los rituales de la inspectora cuando interroga a alguien que ha sufrido una pérdida, debería darse cuenta.

—Quiero verla.

Alicia compone una expresión piadosa.

—Te estuve llamando, pero no respondías al teléfono.

—Estaba trabajando, no han sido unos días fáciles, te lo aseguro. ¿No podíais haber esperado?

—Tenía los papeles en regla y el permiso del Ministerio, ¿qué querías que hiciera?

—¡Impedir que se la llevara! Joder, Alicia: hasta hace dos días, no sabíais dónde estaba, no daba señales de vida, ¿qué coño ha pasado? ¿Se ha acordado de pronto de que tiene una hija? Y tú, en lugar de retenerla, se la has dado. ¿Te das cuenta de lo que has hecho?

—Es el padre biológico de Mihaela; tiene derecho a llevársela y que continúe el tratamiento en Rumanía.

—¡Iba a venir un fin de semana a mi casa! Estaba empezando el proceso de adopción...

No hay respuesta de Alicia, ni falta que hace. ¿Qué palabras de consuelo se pueden pronunciar en un momento así? Elena se sienta ahora en la silla, mareada; tiene la sensación de que se puede derrumbar en cualquier momento. Se lleva las manos a la cara y respira hondo, intentando controlar la ansiedad. De nada sirve dar gritos a la trabajadora. Ha hecho lo que debía y, a pesar de la frustración, Elena es consciente de que, en este desenlace, inesperado, cruel, no hay culpables.

—¿Dónde están? —pregunta al fin en un susurro.

—Se la ha llevado esta misma mañana. Tenía un billete de tren a las doce...

—¿Ni siquiera han podido esperar a que me despidiera?

—Lo siento, Elena; te he estado llamando...

—Lo sé, lo sé... pero no respondía...

Las lágrimas le escuecen. Dentro de ella, se está abriendo un abismo que creía cerrado. Alicia se acerca a Elena y le pone una mano en el hombro. Un llamamiento a la calma.

—Creo que la quiere de verdad. Mihaela va a estar bien, Elena. Le he pedido que me deje sus señas, por si te apetece escribirle o llamarla...

Elena cabecea derrotada. No le quedan fuerzas para asentir o negar. Ni siquiera espera a que Alicia le dé el teléfono del padre de Mihaela o su dirección. Necesita apagar el vacío que crece dentro de ella como una enorme herida.

La grappa le quema el esófago y remueve sus entrañas con una sensación vivificante. Un hombre con traje de oficinista interpreta un tema de José Luis Perales sin el menor encanto. Acodada en la barra, Elena cae con tristeza en que Zárate no irá a buscarla. Antes sí lo hacía; cuando quería verla, se presentaba en el Cheer's y allí estaba ella como un clavo, apagando su culpa en alcohol. Hacía mucho tiempo que no visitaba el karaoke, pero esa no es la razón por la que Zárate no irá a buscarla. Apostó por Mihaela, consciente de que eso pondría en peligro su relación con Ángel. Ahora, también lo ha perdido a él. Más allá de los gritos y las discusiones, ha podido leer su mirada: sus ojos, que pretenden aparentar normalidad, en realidad son una máscara. Se han convertido en dos extraños. Pensaba que tenía fuerzas para luchar por recuperarlo, sin embargo, mientras paladea la grappa como el que alarga el reencuentro con un viejo amigo, toma conciencia de que ya no lo conseguirá. Está sola. No volverá a ser la madre que necesitaba ser, no podrá envolver en cariño y cuidados a Mihaela, que ya debe de haber llegado a Rumanía. Y ella, Elena, pasará a ser un recuerdo borroso cuando la niña crezca.

Nadie. Ni siquiera ha llegado a tener a Mihaela a su cargo para fracasar de nuevo como madre. Está agotada. De trabajar en la BAC, de lidiar con el horror, de ser Elena Blanco.

Había olvidado el sonido metálico de su nombre cuando el camarero la llama al escenario por la megafonía. El respingo, el giro de las piernas en el taburete para enfilar el camino hasta el micrófono. Mina Mazzini, claro, «Il cielo in una stanza». Pese al mareo que le ha provocado el alcohol, se esfuerza en cantar con sentimiento, afinando bien. Y, a juzgar por la reacción de la parroquia, lo está consiguiendo. Vuelve a su sitio entre vítores y no tarda en acercarse el oficinista fondón que antes cantaba a Perales.

—No te he visto mucho por aquí, ¿cómo te llamas?

Ella le hace un gesto al camarero para que le sirva otra copa.

—Me has puesto la piel de gallina, qué forma de cantar. ¿Has sido cantante profesional?

Ella se queda mirando cómo el chorro de grappa empapa el hielo. El color oscuro aclarándose tentadoramente. La mezcla perfecta, el humillo del hielo invitando al primer trago.

—Esa copa te la pago yo, si me lo permites —dice el hombre.

Entonces, por fin, ella gira en su taburete y encara a su admirador.

—Dime que tienes un todoterreno.

La voz pastosa, la mirada incitadora, con más desesperación que deseo.

Capítulo 51

Mónica, o Carlos Sousa, se despierta con un terrible dolor de cabeza, lo último que recuerda es la irrupción de esa mujer morena de pelo corto en su casa. Tenía acento mexicano, la engañó de alguna forma que ahora no recuerda bien y le permitió pasar. Una vez dentro, la atacó de una manera brutal, la golpeó en la cabeza con una lámpara. Perdió el equilibrio y la mujer volvió a atacarla. Mónica consiguió esquivar el segundo golpe, pero cayó de nuevo al suelo y se hizo daño en el hombro. Notó el dolor, como de hueso roto, pero todavía logró defenderse. Las dos rodaron por el suelo; sin embargo, apenas podía mover el brazo. La mujer sacó un cajón de la cómoda y, con el canto, volvió a acertarle en la cabeza. Perdió el sentido. No sabe cuánto tiempo ha pasado inconsciente.

Se da cuenta de que está desnuda cuando siente el frío. Trata de moverse, pero no lo logra, no solo por el intenso dolor del hombro —ya no tiene dudas, ahí hay algo roto—, también porque está sujeta a un catre sin colchón con una cinta americana a la que han dado decenas de vueltas. También le han puesto cinta por la boca para impedirle hablar. Puede mover poco la cabeza, pero lo suficiente para ver que está en un lugar sucio, que parece una chabola. Está sola, o por lo menos no ve a nadie. Trata de soltarse, pero cada intento se transforma en un pinchazo de dolor en el hombro.

Alguien entra: es la mujer menuda y morena que se presentó en su casa, la mexicana.

—Nadie te va a oír, pero si gritas lo vas a pasar mal.

La mexicana arranca la tira de cinta de su cara. Lo primero que hace Mónica es gritar.

—Te avisé.

Le clava los dedos en el hombro, el dolor es terrible.

—¿Te callas?

Aunque le cueste, se calla, solo llora.

—El hombro tiene mala pinta, todo amoratado. Si sales con vida, que no creo, no me parece que lo vayas a poder mover bien. O sí, los médicos descubren cosas a diario. Fíjate tú, que naciste hombre y ya no tienes genitales masculinos.

Mónica sigue en silencio, sollozando.

—Seguro que te ha costado mucho dinero operarte así. ¿Cuánto?

—No sé...

—¿Veinte mil dólares, cien mil? De todas formas, no has debido operarte hace mucho, ¿verdad?

Mónica se da cuenta de que no tiene sentido responder y calla. El castigo es inmediato: los dedos de la mexicana se clavan en su hombro, es como si un millón de agujas le atravesaran la carne.

—Tu nombre está en un registro... ¿Qué te pasó? ¿Querías ser mamá y papá?

La mexicana aparta la vista de ella y se inclina para buscar una mochila cuadrada; el aluminio hace pensar en una nevera portátil.

—Te voy a mostrar algo —le dice.

Saca de ella algo que al principio Mónica no identifica.

—Es Zenón. Nuestro hijo. Tuyo y mío. Me hicieron quedarme embarazada con tu semen.

—Yo soy una mujer, no puedo donar semen, no tengo espermatozoides... —balbucea aterrada—. Lo estás viendo.

La mexicana sigue como si no hubiera escuchado una sola palabra:

—Cuando naciera, me lo iban a quitar para que tú lo criaras. Para que fuera a ese colegio tan bonito con pantalones grises y polito blanco... ¿Tú crees que habría sido feliz?

—¿Está muerto?

—Claro que está muerto... ¿Se habría parecido más a ti o a mí?

—Ese niño no puede ser mío, ¿es que no me ves? ¡Mírame! —insiste.

—Entonces, ¿por qué está tu nombre en el registro? Es feo que no quieras reconocer que eres su papá.

Mónica ve cómo la mexicana acuna ligeramente al feto antes de volver a guardarlo en la nevera.

—No te enojes, Zenón, son todos así. Tú habrías sido un buen hombre, pero los demás... los demás son unos cobardes. Iyami Oshoronga va a venir... Levantará sus alas, ya verás, y todo volverá al punto donde tiene que estar. Al principio. Y las madres tendrán justicia...

El soliloquio de la mexicana con el niño la aterroriza. Y Mónica comprende que su única posibilidad de salir de allí con vida es contar lo que sabe.

—Le llevé un bote de esperma a Rigoberto. Yo lo contraté, pero no era para mí. Yo no era el padre.

—Puros cuentos. No te creo.

—¡Te lo juro!

—Iyami Oshoronga te ha señalado. Quiere que Zenón duerma en tu vientre.

Mónica reconoce el cuchillo que la mexicana saca del bolsillo. El mango de cristal naranja, la curvatura del pelador. Lo compró en una cuchillería del Pasaje Doré, hace años. Lo debió de coger de la cocina.

—El esperma era de otro hombre. Le querían chantajear. Te diré su nombre, hasta dónde puedes encontrarlo, pero por favor, no me hagas más daño...

Mónica piensa en la vida que ha tenido, en todo el sufrimiento que supuso nacer con el sexo equivocado. El rechazo social, el repudio de su padre, los demonios internos que la devoraban durante la terrible adolescencia. No es justo que después de tanto camino recorrido termine así, desnuda y maniatada por una loca que transporta un feto en una nevera.

Capítulo 52

Ha intentado acceder al expediente de su padre desde los ordenadores de Barquillo. A pesar de que la BAC posee un permiso especial que les abre la puerta a ciertas investigaciones clasificadas, todo ese caso tiene el marchamo de secreto o, simplemente, no hay referencia alguna, más allá de un breve informe que describe la muerte de su padre tal y como siempre se la contaron: Eugenio Zárate murió en un tiroteo con unos aluniceros. Nunca se encontró al responsable y, por lo tanto, nunca hubo un juicio. Sabe que debe haber algún expediente secreto que detalle en qué consistía el trabajo que estaba haciendo su padre. Un expediente que, como el que tiene que existir de Guillermo Escartín, jamás será desclasificado: en España no existe una ley que, como en otros países, obligue a sacar a la luz todas esas investigaciones pasado un determinado tiempo. Aquí, los secretos son eternos.

—¿Te puedo ayudar en algo? Buendía me tiene mano sobre mano y me aburro.

Manuela ha buscado una silla para sentarse a su lado, le sonríe mientras se recoloca las gafas. Zárate prefiere cerrar el programa.

—No es nada importante —le dice. Es consciente de que debe disculparse; pagó su rabia con Manuela cuando ella lo único que hizo fue avisarlo de la precariedad de su posición en la BAC. En los últimos días, la joven forense ha sido la única persona que le ha ofrecido su ayuda, también su compañía, sin dobleces.

—¿Te apetece cenar algo en el Cisne Azul?

—Si me prometes que vas a impedir que pida otra vez las setas con foie. Voy a tener un infarto agudo de miocardio con tanto colesterol.

Zárate recoge su chaqueta. Es tarde y, ante el mutismo de Rigoberto —su abogado ha recomendado al dueño de Las Suertes Viejas que guarde silencio hasta el juicio si es necesario—, no tienen ninguna línea por la que seguir investigando. Elena se marchó hace tiempo, la vio cruzar las oficinas a la carrera con el gesto descompuesto y no ha regresado. Se ha sorprendido al sentir una inquietud por ella que pensaba imposible. La tentación de llamarla varias veces a lo largo de la tarde para saber qué le había pasado le ha hecho darse cuenta de que le importa todavía más de lo que le gustaría. Esta noche cenará con Manuela, se dejará llevar por cualquiera de sus historias, le gusta que sea ella quien lleve el peso de la conversación, y después, quién sabe, tal vez les apetezca a los dos volver a dormir juntos en su piso de La Latina.

Orduño ha rechazado la oferta de Manuela de acompañarlos al Cisne Azul. Convencido de que el trabajo es la mejor medicina para curar su tristeza, se ha quedado en las oficinas cuando ya todos se han marchado. No es fácil apartar de sus pensamientos a Dely; su cuerpo se está pudriendo, enterrado en algún lugar que Reyes no le ha querido decir. Es complicado escapar de la culpa: puede que su irrupción en la narconave de la Colonia Marconi la situara en el punto de mira; le da igual que Reyes le haya dicho que murió de sobredosis, no es difícil matar a una adicta de esa manera. Era poco más que un zombi en manos de los africanos que poblaban la nave. La culpa se mezcla con la frustración por no ser capaz de darle, al menos, un entierro digno. Por no poder investigar si, como se teme, su muerte no fue accidental.

Apenas reconoce a esa Reyes con la que ha hablado por la mañana en la tienda de Gran Vía. Aunque intenta evitarlo, le asusta la sospecha de que ella esté protegiendo de alguna manera a sus compañeros de la Sección. Ha oído muchas historias de policías que perdían el norte en un trabajo encubierto. Acababan convirtiéndose en amigos de los delincuentes, comprendiéndolos e, incluso, justificándolos. Sabe que Reyes es una buena profesional, pero también muy joven y, por lo tanto, inexperta. El modo en que habla de Fabián, cuando él ya la ha avisado de que puede ser un asesino, no es normal. Bajo sus palabras se desliza la sensación de que lo considera un buen tipo. ¿Se habrá enamorado de ese hombre? Es pensarlo y notar al instante el hormigueo de los celos.

Las horas van cayendo y Orduño se dice a sí mismo que es absurdo perderse en esa espiral de sospechas y culpa. Ha entrado en una sala de visionado para revisar las grabaciones de las cámaras de seguridad del parque del Oeste y alrededores. Va a concentrarse en las imágenes de la zona donde se produjo el secuestro y la muerte de Daniel Mérida. Está convencido de que alguna de esas cámaras tuvo que captar a Violeta, aunque no sabe si será capaz de reconocerla.

La parte que da a Rosales y al paseo de Moret está bastante bien cubierta por las cámaras, pero la del parque del Oeste no tanto. Pasando casi fotograma a fotograma cree localizar al decorador muerto corriendo por las inmediaciones del Templo de Debod. No se le ve bien, pero lleva una sudadera gris con el logotipo de la Universidad de Yale, la que después encontraron a pie de un búnker. Lo pierde en un tramo, pero vuelve a localizarlo en una grabación: está sentado en un banco en el paseo de Moret, da un trago a una botella de agua y la deja en el banco. A su lado, también sentada, hay una chica a la que ha visto varias veces en las cámaras: es morena y de pelo corto, no rubia de pelo largo, como se supone que es Violeta, pero lleva una bolsa grande a la espalda, la calidad de la imagen no le permite confirmar que sea una nevera portátil. ¿Ha manipulado la botella de agua de Daniel? No está seguro, la vista no es lo bastante cercana. Daniel Mérida se levanta del banco y se marcha sin, aparentemente, tener ninguna conversación con la chica.

Sigue examinando las grabaciones. La siguiente vez que ve a la joven morena es en una grabación posterior al momento en que hallaron el cuerpo de Daniel, en la entrada de uno de los colegios mayores de la zona, el Miguel Antonio Caro. Para su sorpresa, aparece junto a un grupo de chicas que se ha reunido en torno a él mismo. Recuerda que les estaba enseñando el retrato robot de Violeta. En ese instante, no se fijó en esa chica morena.

¿Es una residente en el colegio? Ninguna de las otras chicas la incluye en el corrillo, no la han saludado ni nada. Rebobina y encuentra una imagen de la chica entrando en el colegio mayor con su bolsa a la espalda, siete minutos antes. Saca una imagen en papel de la chica, aquella en la que mejor se la ve, y se levanta. Ya sabe qué va a hacer a primera hora de la mañana.

Ninguna de las estudiantes con las que se cruza en el colegio mayor conoce a la chica morena; la recepcionista le asegura que no reside allí, pero es difícil saber si entró o no en el colegio en algún momento. Las estudiantes suelen traer muchas amigas y amigos. El acceso a la biblioteca y al bar, en la planta baja, es libre. Orduño pasa a la biblioteca, donde en unas mesas equipadas con ordenadores están las estudiantes más madrugadoras.

—Necesito que me ayudéis, soy policía.

Todas se vuelven hacia él, entre extrañadas y encantadas por la interrupción.

—Es posible que antes de ayer entrara una chica en esta sala, entre las cuatro y las cuatro y veinte. Quizá usó uno de los ordenadores para hacer una búsqueda, para entrar en su correo o lo que sea. Necesito que vayáis al historial y miréis si lo hizo desde el ordenador en el que estáis sentadas. Es urgente.

Algunas protestan, otras aseguran que no saben cómo se entra en el historial, pero la mayoría se pone en marcha.

—En este hubo alguien que entró a buscar una dirección en un mapa.

—¿Qué dirección?

—Calle Galatea, 35.

—Gracias, creo que eso es lo que estaba buscando...

Un cuarto de hora después, la policía entra en casa de Carlos Sousa. Orduño ha avisado a Elena y Zárate y se han encontrado directamente en esa calle del barrio de La Piovera. En el número 35 de la calle Galatea no hay nadie, pero sí señales de que se ha producido una violenta pelea en el interior. Una lámpara rota en el salón, una silla volcada, algunos cajones tirados en el suelo son testigos mudos de lo que pudiera suceder en esa casa.

Zárate recaba los testimonios de los vecinos: el propietario de la casa —o más bien deben decir propietaria, ya que ha cambiado de sexo y ahora se hace llamar Mónica— lleva años viviendo allí, sin dar que hablar, más allá de la sorpresa de sus cambios físicos.

Elena y Orduño comprueban que en el garaje no está su coche. Después de una llamada a Tráfico, consiguen la matrícula y dan orden a todas las unidades de que lo busquen. Tienen los datos del propietario: Carlos Sousa Mena. Aunque se hacía llamar Mónica, en los papeles oficiales conservaba su identidad masculina.

Zárate se acerca a ellos acompañado de una vecina que ha reconocido a Violeta cuando le han enseñado uno de los fotogramas de las cámaras de seguridad. Señala un Toyota Yaris blanco aparcado a unos cincuenta metros del chalet.

—El coche estuvo allí todo el día. Me preocupó porque una vez tuvimos a una mendiga que se quedó a vivir en uno a dos calles de aquí. Menos mal que se fue.

La Científica examina el vehículo —robado el día anterior a solo unas manzanas de la calle Galatea— y saca huellas: habrá una correspondencia con las huellas sin identificar que hallaron en los escenarios de los crímenes de Guillermo Escartín, de Ramiro Beiro, de Daniel Mérida, pero eso solo será la confirmación de algo que ya saben: que Violeta ha estado allí, que se ha llevado a Mónica, que probablemente, esa mujer que antes se llamaba Carlos Sousa aparecerá muerta en las próximas horas.

Elena se resiste a no presentar batalla en esta cuenta atrás. Sube al Lada, la siguen Zárate y Orduño. En Barquillo, ni siquiera traslada a Rigoberto a una sala de interrogatorios. Abre la puerta del calabozo y habla desde el umbral, sin acercarse al mexicano, que está sentado en el camastro alisándose los puños de la camisa, tratando de mantener la elegancia en ese cuchitril.

—Ha secuestrado a otro hombre. Si no nos ayuda, lo matará y ese crimen va a caer sobre su espalda. Le haremos responsable por encubrimiento. Puede seguir callado como le recomienda su abogado y acumular más delitos o puede empezar a colaborar para que cuando salga de la cárcel no necesite un andador para moverse. ¿Qué sabe de Violeta? ¿Cómo tiene acceso al nombre de los padres?

—No conozco a esa mujer.

—No va a tener más oportunidades, Rigoberto.

Por primera vez, el aplomo del mexicano se resquebraja. Se acomoda en su jergón, incómodo. Elena no va a permitirle pensárselo demasiado. Comienza a cerrar la puerta del calabozo, dispuesta a marcharse, cuando Rigoberto se decide a hablar.

—Quiero que eliminen cualquier vínculo entre Cristo y yo. No sé qué estarán investigando de ese policía, pero tiene que asegurarme que nadie me llamará a testificar... Mi nombre no aparecerá en ese sumario.

—Está pidiendo mucho: ¿qué me ofrece a cambio?

—No sé dónde estará Violeta... Pero sí sé que debió hacerse con el listado antes de escapar. Lucio tenía una copia por si surgía algún imprevisto. La otra copia la tengo yo. Puedo entregarle el nombre de todos los padres. ¿No quiere salvarles la vida?

Capítulo 53

En la radio del coche suena una canción de jazz antiguo, le recuerda a esos temas que abren las películas de Woody Allen, como el zumbido de un abejorro nervioso, acelerado. Quiere concentrarse, poner los pies en la tierra, pero no lo consigue. Sus pensamientos, igual que esa música, se enredan, tan veloces y chillones como las trompetas de la música jazz.

Reyes apaga la radio. Ha venido hasta esta casa en la parte alta de El Escorial para hablar con Eduardo Vallés, el policía retirado que investigó el caso Miramar, el único nombre que aparecía en el informe al que Nieves, su compañera de Academia, le dio acceso.

Pero sus pensamientos circulan en otra dirección, empujados por una corriente inesperada.

Eduardo Vallés es un hombre de unos setenta años, con buen aspecto, vestido de traje con chaleco y corbata a pesar de ser un simple jubilado que está paseando a un galgo alrededor de su casa. Lo observa desde dentro del coche, tratando de centrarse en él. Ha pensado presentarse como una joven policía en prácticas, hablarle de un trabajo que está preparando sobre los años ochenta y noventa en la policía, una milonga que halague los oídos del viejo dinosaurio.

Pero no es capaz de bajar del coche. Anoche, después de leer el informe Miramar, o lo poco que quedaba de él, regresó a casa. El malestar físico no la abandonaba. Estaba convencida de que estaba somatizando los nervios de la investigación: iba a traspasar un punto de no retorno, pensaba que los velos de la inocencia caerían de un manotazo cuando preguntara a Eduardo Vallés por el informe Miramar. Sin embargo, luego se dio cuenta de que esa no era la razón.

Ahí está Vallés, recogiendo una caca de su perro con una bolsita de plástico. Un ciudadano ejemplar. ¿Lo era también hace treinta años? Es el inspector que estaba al mando del caso que Cristo y Gálvez mencionaron y ambos preferían dejar enterrado. «Deja que el perro duerma», dicen los ingleses cuando aconsejan no remover el pasado. ¿Por qué? ¿Qué secretos esconde ese informe? El hombre atildado que ahora fuma un cigarrillo con aire indolente puede tener las respuestas.

Sale del coche y pasea hasta la acera donde Vallés acompaña a su galgo. En el camino, se recuerda sentada en la taza del váter. Había abierto el armario de las medicinas y revisado el blíster de anticonceptivos. En las últimas semanas, había olvidado tomarlas varios días. Pero borra esa imagen cuando acaricia al perro del policía retirado que, asustadizo, la evita.

—Es precioso.

—Galgo español... ¿Le gustan los perros? —responde el hombre, ufano.

—No entiendo mucho, pero me gustan.

—Se llama Raimundo. El galgo español es un perro maravilloso. Mezcla del árabe con el podenco. Veloz, fuerte, buen cazador... Y, aunque sea tímido, es muy cariñoso con los niños. Si alguna vez quiere un perro, se lo recomiendo. Hay muchos en acogida, los cazadores no los tratan muy bien cuando se hacen mayores.

—Eso he leído. Es usted Eduardo Vallés, ¿no?

El hombre la mira extrañado y por primera vez prevenido.

—¿Quién es usted?

—Soy policía, me llamo Reyes. He venido a pedirle ayuda.

Él adopta una expresión recelosa. Pero algo le dice a Reyes que su estrategia de abordarlo de frente, sin subterfugios, podría dar resultado. Ha decidido que es ridículo fingir que está haciendo ningún trabajo ni que es una policía en formación.

—¿Qué ayuda le voy a dar yo? Estoy jubilado hace años.

—He visto un informe sobre una investigación que llevó usted en la que estoy interesada, pero me temo que alguien ha hecho desaparecer una parte de ella.

—¿Qué investigación? Llevé cientos durante mi carrera, y le aseguro que las he olvidado casi todas. Solo unas pocas quedan en la memoria.

—Caso Miramar.

Vallés esboza una sonrisa y menea la cabeza.

—¿La recuerda?

—Sí. Una redada en una casa de Vallecas. Parecía algo simple y al final murió uno de los agentes que intervinieron.

—¿Qué pasó?

—Nunca lo tuve claro y no me dejaron indagar mucho. Yo estaba a las órdenes del comisario Asensio, él era el comisario de Vallecas, fue quien me puso al frente de esa investigación. Se ha jubilado hace poco, quizá él se acuerde mejor que yo.

—Estuve en su fiesta de jubilación. La celebraron en el Wellington, pero no me suena verle a usted por ahí.

—Llevo años viviendo en El Escorial y me cuesta bajar a Madrid.

—¿Esa es la razón por la que no fue al homenaje que le hacían a su antiguo jefe?

Vallés se sonríe con un punto de sarcasmo, es evidente que no guarda demasiado afecto hacia el que fuera su superior.

—¿Nos sentamos ahí?

El policía jubilado señala un banco del parque. Ella lo sigue y, de nuevo, sus pensamientos se despegan del momento que está viviendo. Regresan con una intensidad que la sorprende al baño de su casa, al test positivo de embarazo que sostenía en las manos, sentada en la taza del váter. ¿Cuándo pudo suceder? ¿En uno de sus encuentros con Fabián o, antes, en los baños del Wellington, con Orduño?

—¿Qué es lo que quieres saber?

Vallés le pregunta desde el banco. Se ha encendido otro cigarro y exhala una nube de humo. Su galgo corretea alrededor de un árbol cercano. Reyes retoma el control y se sienta a su lado.

—Todo.

—Nadie supo todo. Ni siquiera yo, que hablé con cada uno de los implicados. Se decía que, en alguna de nuestras brigadas de Vallecas, había manzanas podridas. Nada nuevo bajo el sol. Policías que se quedaban con parte de un alijo, connivencia con atracadores para repartirse el botín del robo a una joyería, esas lindezas… Hasta nos llegó el rumor de que nos habían colado a un topo para investigarlo.

—¿A quién investigaba este topo?

—Supongo que a mí, por ejemplo, que nunca me he llevado un duro de ningún operativo.

—Pero ¿es cierto que había policías corruptos que se llevaban parte de las incautaciones?

—A mí no me consta, señorita. Debo de ser un policía mediocre; míreme. Nunca llegué a ser comisario de ningún distrito. Me jubilé siendo inspector jefe, otros ascendieron por el escalafón año tras año…

—No creo que sea tan mediocre. Lo que creo es que quizá no quería tragar con lo que otros sí. ¿Me equivoco?

La sonrisa de Vallés la invita a seguir preguntando:

—¿Qué es el Clan?

—Eres muy joven —la tutea de pronto, al tiempo que la agarra del brazo—. Tienes toda la vida por delante. No vuelvas a preguntarle a nadie por el Clan.

—No le entiendo, ¿por qué lo dice?

—Escúchame bien. Jamás pronuncies esa palabra delante de nadie. ¿Estamos?

Ella escruta la mirada de él. Un azul acuoso, intenso, en el que se ha posado un matiz de terror. El galgo ha detenido sus correrías y los mira desde la distancia, como contagiado del miedo de su dueño o pendiente de lo que pueda suceder a continuación.

—Volvamos al informe. —Reyes toma aire—. ¿Recibieron un chivatazo de que iba a llegar un alijo a los edificios Miramar?

—Fue mucho más confuso que todo eso. Oficialmente era una operación antiterrorista, podía ser un piso franco de ETA, que se demostró que no era. De pronto, había narcotraficantes en otro rellano, varios agentes se desplazaron allí... Hubo un tiroteo y murió un agente.

—En el informe falta el nombre del agente muerto.

—Un policía joven, llevaba poco tiempo en la brigada de Vallecas. En mi opinión, era el policía infiltrado para investigar la corrupción policial.

—¿Cómo se llamaba?

—Eugenio Zárate. He oído que su hijo también es policía...

Reyes traga saliva. El nombre del padre de Zárate vuelve a sonar, como sonó de aquella manera descuidada en la jubilación de Asensio cuando el homenajeado se lanzó a recordar los viejos tiempos.

—¿Es posible que lo matara alguno de los policías que investigaba?

—En el informe consta que fue un tiroteo con narcotraficantes. Yo mismo lo escribí y lo firmé.

—Vamos a dejarnos de acertijos, Eduardo. He visto el informe del caso Miramar y alguien ha quitado las hojas en las que se desarrollaban las conclusiones. ¿Quién mató a Eugenio Zárate?

—Esa pregunta no tiene respuesta. Pero sí te puedo decir algo. Después de que me hicieran cerrar el caso, Asuntos Internos lo retomó e investigó a uno de los policías de la brigada como sospechoso de esa muerte.

—¿A qué policía?

—Su curiosidad le va a traer problemas, señorita. Me lo dicen las tripas.

—Dígame el nombre del policía al que investigaron.

Vallés se queda observando el horizonte unos segundos. Lanza el cigarro al suelo y lo apaga de un pisotón. Después la mira a los ojos, ajeno al terremoto que va a provocar en Reyes.

—Manuel Rentero.

Cuarta parte

No me abrazarás nunca
como esa noche
nunca.
No volveré a tocarte.
No te veré morir.

Idea Vilariño

¿Qué es la locura? Para Dorita, ella es la locura, lo podía leer en sus ojos cuando le bajaba la cena al sótano del mesón, cuando la escuchaba hablar con los fetos. Violeta sabía que era inútil contarle que había rasgado el telón de la realidad y que podía ver a los espíritus de los orishas; que no estaba loca, sino que los demás estaban ciegos a las alas negras de Iyami Oshoronga.

Rosaura era diferente. Al llegar a Las Suertes Viejas, convirtió a Violeta en su protegida. Cubana de piel blanca, hermosa y de una elegancia natural, Rosaura la instruyó en las rutinas de la finca: el carácter irascible y etílico de Lucio; la calidez de Dorita frente a la frialdad del ginecólogo, don Ramón, que las manipulaba en el potro como si fueran máquinas; las peculiaridades del carácter de cada una de sus compañeras, desde la fortaleza de Serena hasta la ingenuidad de Mariya. Un microcosmos en el que, silenciosa, ella fue instalándose de su mano. Cuando Violeta se quedó embarazada Rosaura le confesó por qué le había dedicado tantas atenciones: «Sé que puedes ver, ¿o me equivoco?», le dijo una noche, cuando las sombras invadían el dormitorio y Violeta creyó identificar en las paredes la silueta de Iyami Oshoronga.

Rosaura conocía la religión yoruba, había asistido a muchas ceremonias en La Habana antes de abandonar la isla, sabía los nombres de los orishas que habitan el panteón, cómo intervienen en el destino de los hombres, y era devota de Eleggua, el orisha que abre y cierra los caminos. En las noches frías de Las Suertes Viejas, encogidas bajo las mantas, se hicieron confidentes. Violeta le habló del rancho de Santa Casilda, del sacrificio —sus propias amigas—, que Albertito Céspedes llevó a cabo y de la enorme sombra de Iyami Oshoronga desplegándose por las paredes de la casa.

—Pensé que no la volvería a ver, Rosaura, pero... en la habitación del Hotel Torrebuena, cuando no sabía si estaba despierta o dormía, mientras esos bestias me forzaban, la vi otra vez. También aparece algunas noches aquí. Es como si me hubiera estado siguiendo desde Ciudad Juárez.

—Iyami Oshoronga es la madre ancestral. Mantiene la armonía y el orden de toda la creación. La llaman bruja, pero es la fuerza femenina encargada de conseguir el equilibrio. Y, para conseguirlo, tiene la muerte, la enfermedad, la venganza y la pérdida... Había un babalawo, uno de esos sacerdotes, que recuerdo que recitaba una oración.

Tras un leve silencio, Rosaura entonó en el idioma yoruba algo que era un poema y una revelación, «Aje ke lanaa, Orno ku lonii...», y después, le murmuró al oído la traducción: «El pájaro de la bruja chilló anoche; el niño muere hoy. ¿Quién sabe si fue la bruja chillona de la noche anterior la que dio muerte al niño?».

—No le tengas miedo a Iyami Oshoronga, Violeta. Te ha elegido, eres su osobu, *su medio para restaurar el equilibrio.*

Rosaura tuvo una infección en el parto. Murió al día siguiente de dar a luz a una niña que don Ramón se llevó para entregársela al padre, dondequiera que estuviera este. Una niña que nunca sabrá lo hermosa que era su madre.

Violeta no está loca. Violeta puede ver a Iyami Oshoronga, como la vio la tarde de la matanza en la finca. Con la visión tiznada de sangre, Iyami abrió sus alas y le insufló el hálito de vida necesario para acabar con el hombre que había asesinado a las madres. Rosaura tenía razón: Violeta era su osobu, *la enviada de Iyami para restaurar el equilibrio. Ha estado cuidando de los bebés y, aunque le da pena tener que separarse del pequeño Zenón, su hijo, sabe que es lo que debe hacer. Hay que volver al origen, es lo que Iyami le está diciendo: hay que restaurar la armonía.*

Carlos Sousa —se niega a llamarlo Mónica— no ha entendido nada. Violeta ha intentado explicarle su misión: ha dejado de ser una mujer, solo es la mano de Iyami Oshoronga en el mundo y su deber es obedecerla. Entre lágrimas, Sousa ha clamado por su inocencia; le ha contado que lleva años hormonándose, que es imposible que él sea el padre, y ha señalado a otro hombre. Violeta le ha clavado el cuchillo curvado que robó de su cocina. Después de hundírselo en la boca del estómago, ha tirado de él hacia abajo, abriéndole la carne. No está tan afilado como el escalpelo que perdió junto a Daniel Mérida, no ha sido fácil. La sangre ha brotado como una fuente dulce y, poco a poco, el llanto de Carlos Sousa se ha ido apagando.

¿Y si, además de ser el medio de Iyami Oshoronga, es una madre? No se ha podido abstraer de la culpabilidad de Sousa; él entregó el semen al dueño de Las Suertes Viejas, ese mexicano que la engañó al llegar a Madrid, Rigoberto. En sus actos está la causa del dolor de su pequeño Zenón, muerto en su vientre antes de tiempo por culpa de todo lo que pasó en la finca. Quizá, aunque quiera dejar de pensar y de sentir, Violeta arrastre el dolor de su maternidad truncada.

En el coche que le robó a Carlos Sousa, conduce de regreso a la ciudad. En una parada de taxis ha preguntado por la dirección: el número 23 de la calle Valle de Tobalina. Allí le dijo Sousa antes de morir que vivía el padre de Zenón. Siente que el círculo se está cerrando. Pronto, la armonía será restablecida e Iyami Oshoronga la liberará. Será el final de la venganza.

Capítulo 54

Gustavo Mejía, en Castellón, y Miguel Ángel Lugano, en Madrid, son los nombres de los dos padres que no llegarán a morir. Los datos ofrecidos por Rigoberto les han permitido localizarlos, al igual que a Ramón Calvo, el ginecólogo que asistía los partos de Las Suertes Viejas, y que está afincado en Aranda de Duero. Ninguno de ellos recibirá la visita de Violeta, aunque los han detenido y tendrán que enfrentarse a diferentes cargos cuando den por cerrada la investigación y sea el juez quien instruya el caso. Elena no ha querido indagar en los motivos de los padres para contratar los servicios de Rigoberto, Buendía le ha dejado caer que ambos estaban casados y las dos mujeres han sido también detenidas. Posiblemente, parejas con problemas de fertilidad, desesperadas por tener hijos a costa de lo que sea. Sin embargo, a la inspectora le importan poco ahora. Tampoco ha sentido ningún alivio al poner a salvo a esas personas: Violeta sigue en la calle y, probablemente, ya haya dado muerte a Carlos Sousa, el padre imposible de su hijo Zenón; por lo que ha podido averiguar Orduño, Sousa llevaba años de tratamiento hormonal y ya no producía espermatozoides, no podía ser el donante de Violeta. Ha vuelto a entrevistarse con Rigoberto y este ha negado que tuviera en sus archivos un nombre diferente al de Carlos Sousa: él es quien figura como padre. Que en realidad no pueda ser el padre no es asunto suyo, sino de la policía, ha remarcado. Y tiene razón, es un misterio que debe resolver la BAC.

—¿Quieres un café?

Mariajo mete una cápsula en la máquina tras la afirmación ausente de Elena. Le duele la cabeza como si llevara dentro un martillo neumático a pleno rendimiento. Buendía ha abierto un táper con una ensalada y el olor del vinagre le revuelve el estómago.

—No creo que haga daño a nadie más —aventura el forense al hablar de Violeta—. Con Sousa cree que ha terminado su venganza ritual.

—¿Tan seguro estás de que ha muerto?

Mariajo acerca el café humeante a Elena mientras se sienta en la cocina frente a ellos.

—No es idiota; sabe que le pisamos los talones. Estuvimos a punto de pillarla en el parque del Oeste. Si ha cogido a Sousa, no va a perder el tiempo.

—Una autopsia más, y Benidorm te espera con los brazos abiertos.

—Algún día tú también te querrás jubilar, Mariajo.

—¿Y qué voy a hacer? Es verdad que, con tanto curro, hace mucho que no cuelo una noticia falsa en un periódico, aunque ya hay tantas que ha perdido la gracia. En general, todo ha perdido su gracia.

Un chico de apenas treinta años los saluda al pasar a la cocina. Hace poco más de una semana que empezó a trabajar en las oficinas de Barquillo. Es guapo, moreno, de gesto tenso, probablemente uno de esos policías adictos al trabajo. Elena no sabe su nombre ni a qué sección está adscrito. Puede que esté en delitos tecnológicos bajo el mando de Mariajo. El silencio de ellos tres le impone; quizá pretendía prepararse un café, pero, incómodo, coge un vaso de agua y se marcha rápido.

—¿Es de los tuyos, Buendía? —pregunta la hacker.

—No. Y, por cómo lo ha mirado Elena, tampoco es de los suyos.

—O a lo mejor, sí, y me he olvidado de su cara.

—El pobre ha salido corriendo al ver a los tres dinosaurios en la cocina —bromea Mariajo, aunque, luego, no puede disimular la tristeza—. Ha llegado tanta gente nueva que, dentro de poco, los extraños seremos nosotros.

—Las cosas se acaban, pero eso no significa que lo que venga después tenga que ser peor.

—¿Eso es lo que te dicen los cadáveres que abres en canal?

—Voy a jubilarme, Mariajo, no a morirme. —Buendía cierra el táper con la ensalada. Se levanta—. Y os dejo a Manuela. Ya habéis visto que la chica es buena. Y tiene ambición, que de eso nosotros ya vamos escasos.

A Mariajo no le queda más remedio que callar. El forense tiene razón: están agotadas. La mirada vidriosa de Elena apenas se ha apartado del café que sigue intacto, prefiere esperar a que Buendía se marche para preguntarle:

—¿Has vuelto a la grappa?

Y al karaoke. Y al aparcamiento de Didí y los todoterrenos. Imágenes fugaces del Cheer's y del oficinista con el que folló se cruzan en la memoria de Elena, aunque no dice nada a su amiga. El vacío que siente en la boca del estómago y que le impide dar un trago al café quizá tenga mucho que ver con lo que decía el forense: la certeza de la proximidad de un final. Un final tras el que no hay nada.

—Se ha ido. Ha aparecido el padre y se ha llevado a Mihaela. No he podido ni despedirme, ni darle un abrazo siquiera.

Mariajo acerca su silla a la de ella, le coge la mano cerrada, la abre dedo por dedo y pone un beso en la palma.

—Aunque ahora no lo veas, es mejor así.

—Habría sido una buena madre.

—Ya lo sé.

—A lo mejor estaba siendo egoísta, pero... era mi proyecto de vida.

—Habrá otros proyectos. Te queda mucha vida por delante, Elena.

—No tengo quince años; esa época de equivocarse y volver a empezar ya se me ha pasado.

—¿Y qué vas a hacer? ¿Volver a beber como si no hubiera un mañana?

Elena se decide a tomar el café, está frío. ¿Quién es ahora que sabe que no volverá a ser madre? Una sensación de ingravidez la hace sentirse mareada cuando se pone en pie. No tiene nada real a lo que aferrarse: Mihaela ha desaparecido, ha perdido a Zárate, su madre es una figura tan distante que apenas forma parte de su vida. Quiere alejarse de la BAC y, sí, tal vez, como dice Mariajo, beber y cantar canciones de Mina para no tener que pensar en su soledad.

—Hasta que cerremos el caso, te prometo que estaré sobria.

—No creo que tardemos mucho en detener a Violeta.

—¿Y qué me dices de Blas Guerini? Seguimos sin saber quién pagó al sicario para que matara a todas las madres. A pesar de lo que ha hecho, Violeta no deja de ser una víctima. No habría hecho daño a nadie si algún hijo de puta no hubiera ordenado la matanza de Las Suertes Viejas.

La firmeza de Elena pretende disimular que camina sobre arenas movedizas. Se aferra a la caza del culpable, al trabajo, como estuvo haciendo tantos años, para no dejar de avanzar porque sabe que, si se detiene, podría hundirse para siempre.

Mariajo la acompaña a lo largo de toda la mañana; han dejado de lado los temas personales, la hacker ni siquiera ha señalado la ausencia de Zárate en las oficinas de Barquillo. Revisan junto a Orduño las declaraciones de la hermana y la madre de Blas Guerini en busca de alguna pista que les señale para quién pudo hacer el trabajo de Las Suertes Viejas. Poco antes del mediodía, la búsqueda de Violeta en la que están implicados todos los policías de la ciudad da resultado, aunque no el que les hubiera gustado. Un agricultor ha dado el aviso.

Elena y Orduño se desplazan a una caseta de aperos en un campo de ajos cerca de Morata de Tajuña. Dentro está el cuerpo de Carlos Sousa: atado con cinta adhesiva a un somier, con el estómago abierto, aunque conserva todos sus órganos. Tampoco hay dentro ni a sus pies ningún feto. Elena observa a la mujer en que se había transformado Carlos y asume que Violeta debió de darse cuenta de que ella no podía ser el padre de su hijo. Por eso no dejó en su vientre el bebé. Tal vez lo mató por frustración o simple venganza.

—¿Cómo puede ser que nadie sea capaz de localizar el coche de Carlos Sousa? Ella se está moviendo con ese Ibiza por Madrid. ¿Están todas las patrullas al tanto?

Orduño se marcha para insistir a Tráfico en la necesidad de encontrar el vehículo. La jueza ya ha levantado el cadáver, que va a ser trasladado al «dónut», el nuevo edificio del Instituto de Medicina Legal. Buendía hará la autopsia de Mónica, pero Elena no cree que su cuerpo les cuente algo que no sepan ya. Algo que, tal vez, Violeta sí haya descubierto. Pensó que la lista de homicidios había terminado, pero ¿y si su última víctima le dio el nombre del verdadero donante a Violeta?

Los padres de Mónica están clavados en el hall del Instituto, un espacio circular que hace pensar a Elena en el interior de una central nuclear. El rostro de dolor de la madre de Mónica contrasta con la dureza de su padre.

—No voy a entrar a reconocer el cadáver, aunque sea mi hijo, no voy a reconocerle después de las barbaridades que se ha hecho. No quiero verlo.

Don Carlos Sousa —se llama igual que su hijo antes de cambiarse de sexo— es un hombre tradicional, chapado a la antigua. La decisión de su hijo de iniciar el tratamiento hormonal fue el peor momento de su vida, no volvió a verlo nunca más y no se va a ablandar una vez que ha muerto.

—Para mí, mi hijo murió hace dos años. El cuerpo que quieren mostrarme es el de un desconocido.

Su esposa, Elvira Mena, sí está afectada por la noticia.

—Yo entraré a reconocerla.

—No hables de él en femenino.

—Es mi hija, te guste o no *era* nuestra hija...

Elena y Buendía acompañan a la mujer hasta el depósito. El cuerpo está completamente cubierto y solo se le puede ver la cara. Elvira rompe a llorar al verla.

—Es ella, está muy cambiada, pero es ella...

Elena espera unos segundos a que la mujer se recomponga. Una pausa que le hace pensar en sí misma cuando, en el centro de menores, Alicia le concedió un tiempo de silencio para que encajara el dolor.

—¿Llevaba mucho sin verla?

—Su padre no la dejaba entrar en casa. En estos años, desde que nos dijo que se iba a convertir en mujer, solo la he visto tres veces, la última hará seis meses. Pero hablaba con ella todas las semanas. ¿Quién le ha hecho esto?

—Tenemos una sospechosa, pero... ¿puede usted tomarse un café conmigo? Me gustaría que pudiéramos hablar de su hija.

—No sé si mi marido estará dispuesto a hablar...

—Solas usted y yo.

Sentada delante de un café, Elvira le habla con calma a Elena. El padre se ha ido a arreglar papeles, a organizar el entierro, los asuntos legales que alguien deja una vez muerto. Ya no existe, pero su rastro sigue en el mundo durante mucho tiempo, hasta que se lo olvida por completo.

—Mi hijo Carlos siempre fue un niño distinto. Su padre nunca quiso aceptarlo, pero una madre lo sabe. Yo creo que lo supe antes incluso que él. O debería decir ella, siempre supe que acabaría siendo Mónica, que mi hija estaba presa en un cuerpo que no le correspondía... ¿Usted tiene hijos?

—Tuve uno, murió —murmura Elena, aunque ha estado tentada de confesarle que tuvo dos. Lucas y Mihaela, y a los dos los perdió.

—Lo siento. Ya sabe lo que se sufre.

—Por eso me da vergüenza tener que hacerle muchas de las preguntas que le voy a hacer. Lo único que quiero es encontrar a quien le ha hecho esto.

—No se preocupe, lo entiendo.

—¿Su hija le habló alguna vez de ser madre...?

—No creo que pudiera, por muchas operaciones que se hiciera.

—Perdón, no quería decir eso. No me refiero a ser madre gestante, digo tener un hijo, adoptar o tenerlo con una mujer.

—Siempre le gustaron los niños, pero no me dijo que fuera a hacer nada. No lo sé. ¿Por qué lo pregunta?

—El asesinato de su hijo guarda similitudes con otros homicidios. Hasta ahora todas esas víctimas han tenido relación con los clientes de una red ilegal de vientres de alquiler.

—¿Para eso no hace falta el semen del padre?

—Sí.

—No creo que mi hija, después de dos años de tratamiento... Y no me pega que quisiera tener un hijo con su pareja.

—¿Tenía pareja?

—Sí, desde hace un año. Pero no era una pareja definitiva, era un desahogo pasajero, esas cosas una madre las sabe.

—Necesito que me diga quién es.

—Se llama Luna, trabaja en una gasolinera, en la Ronda de Segovia. Una chica guapa, de ojos azules, pero un poco tonta, sin estudios... Ya sé que a una madre ninguna candidata le parece suficiente, pero es que esta niña no era muy espabilada. Y mi hija era muy inteligente.

—¿A qué se dedicaba su hija?

—Cuando era Carlos trabajaba en una empresa de informática. Con todo lo del cambio de sexo, lo despidieron. Pero no se vino abajo, ni nada de eso. Al contrario. Decía que estaba explotada y que no iba a volver a una oficina nunca más. Quería emprender sus propios proyectos.

—¿Emprendió alguno de esos proyectos?

—No le han dado tiempo, inspectora —asume Elvira con una sonrisa trágica—. Pero habría llegado muy lejos, estoy segura. Mónica era imparable, le bastaba marcarse un objetivo para conseguirlo.

Capítulo 55

Desde la terraza del Hotel Riu, plaza de España y la Gran Vía se extienden como una alfombra a los pies de Zárate. Se siente un intruso, rodeado de turistas extranjeros que fotografían las vistas y pijos que Dios sabe cuánto se gastarán en comer en el restaurante; por el precio del tercio que se calienta en su mano se habría tomado cuatro en su barrio. Una pareja de chinos hace una videollamada a unos metros de él, en el puente de cristal que conecta las dos terrazas de la azotea. Muestran a su interlocutor el paisaje de Madrid, una ciudad que se mueve acelerada, como si nada pudiera detener su mecanismo. A veces le abruma esa velocidad, el ritmo al que somete a sus ciudadanos.

Ha estado evitando a Elena, la persecución de Violeta en la que están inmersos sus compañeros. Quería decidir cómo manejar la escasa información que tiene sobre su padre, elegir bien su siguiente paso, cuando Reyes lo llamó y lo citó en esta terraza. Ha debido de heredar las costumbres elitistas de su tío Rentero. No quiso darle explicaciones por teléfono y a Zárate le intriga la razón de este encuentro; Reyes y él no han llegado a conocerse tanto en la brigada como para que ella lo elija como confesor si es que ha tenido algún problema, antes habría llamado a Orduño o a la propia Elena. Da un trago a la cerveza cuando la ve entrar; a pesar de vestir solo unos vaqueros y una camiseta, una parka con una calavera bordada a la espalda, no desentona entre la clientela de la terraza. Reyes le hace un leve gesto para que se le una en un lugar menos concurrido, un lateral orientado hacia el *skyline* de las Torres de Europa.

—Podría haberme acercado a tu casa. El taxi me habría salido más barato que esta cerveza... ¿Has pedido algo?

—Una copa de vino blanco. Prefería asegurarme de que no me seguían; ya sabes, la brigada de Villaverde. Si alguno de ellos aparece por aquí, sería como ver entrar a un negro en una reunión del Ku Klux Klan.

—¿Estás teniendo problemas con ellos?

—Nada que no pueda manejar...

Mientras la camarera sirve el vino, Zárate analiza los gestos de Reyes. Está nerviosa como nunca la había visto antes; pese a ser prácticamente una novata, jamás ha dejado traslucir ese miedo que hoy delatan el largo trago de vino, su sonrisa incómoda, las miradas a los clientes de la terraza asegurándose de que nadie presta oídos a su conversación.

—¿Qué es lo que te pasa, Reyes?

—Hace unas semanas, fui a la fiesta de jubilación del comisario Asensio, no sé si has oído hablar de él. Fue en el Wellington. Estaba la mitad de mi familia...

—Los Rentero os sentís como peces en el agua en ese tipo de sitios. Debe de ir en los genes.

—Asensio se soltó un coñazo de discurso, creo que recordó cada uno de los putos días de los cuarenta años que estuvo en activo en el cuerpo... —Reyes zigzaguea en la conversación, Zárate puede notarlo, como si temiera llegar al centro de un laberinto—. Yo no sabía que, de joven, Asensio había empezado con Rentero, con Gálvez... Con tu padre. Se llamaba Eugenio, ¿verdad?

Los ojos de Reyes se posan por fin en los de Zárate, es la abeja aterrizando en el polen. A lo lejos, enturbiadas por la contaminación, las siluetas negras de las torres. Allí huye la mirada de Ángel, no imaginaba que lo que Reyes tenía que decirle pudiera guardar relación con su padre.

—Ellos tuvieron una carrera. Mi padre... murió en un operativo contra unos aluniceros. Eso es lo que siempre me han dicho, pero no es verdad.

—¿Has oído hablar del caso Miramar? —Reyes adivina la desconfianza de su compañero. Quizá esté pensando que ella es una enviada de Rentero. Ojalá fuera así, las cosas serían mucho más sencillas—. Estoy de tu lado, Ángel. Y no te creas que no me ha costado dar este paso.

—¿Qué es el caso Miramar?

—Mataría por un cigarro. ¿Tienes uno? Da igual. —Reyes vacía la copa de vino de un último trago—. Miramar es el nombre de la operación en la que murió tu padre. Hay una copia en el Archivo Central de la Dirección General de la Policía Nacional, pero no te molestes en ir a buscarlo, está incompleto, tachado, han hecho desaparecer la mayor parte del material y no está permitido sacarlo.

—Vas a tener que explicarme de dónde sale tu interés por cómo murió mi padre.

Reyes confiesa que se trató de un hallazgo casual, no perseguía nada de eso cuando robó el móvil de Cristo, el jefe de la brigada de Villaverde, y escuchó una de las conversaciones grabadas. Ahí se citaba el caso Miramar, un hilo que le llevó a hablar con Eduardo Vallés, el policía que dirigía la investigación.

—En el informe se hablaba de un policía muerto, pero no se daba su nombre. Esta mañana, Vallés me ha dicho que el agente caído era Eugenio Zárate. Tu padre.

—¿Por qué está incompleto el expediente?

—No es difícil atar los cabos, ¿verdad? Lo cerraron como un tiroteo contra unos narcos.

—¿Con unos narcos? ¿Y a mí por qué me contaron que fue con unos aluniceros?

—Puede que ninguna de las dos versiones sea cierta. Al no pillar al homicida, el caso nunca llegó a la instrucción... pero los dos sabemos cómo funcionan estas cosas. Cuando la mayoría de los nombres están tachados y faltan hojas de la investigación...

—Es un caso enterrado. ¿Qué te dijo ese tal Vallés? Él tiene que saber qué pasó en realidad.

—No le dejaron acabar el trabajo, pero... pasó sus conclusiones a Asuntos Internos. Tu padre estaba encubierto en la brigada. Había llegado allí para investigar a una manzana podrida en el Cuerpo y... tal vez... Yo he vivido algo muy parecido: podrían haberme matado y nadie habría sospechado de la gente de Villaverde.

—Descubrió algo y lo mataron sus propios compañeros. —Como un relámpago, los nombres que antes citó Reyes, vuelven a su memoria—. Asensio, Rentero, Gálvez.

—No lo sé, Ángel. No estoy completamente segura.

—¿Dónde vive Vallés? Tengo que hablar con él.

—Ya te lo he dicho: él nunca obtuvo pruebas para demostrarlo.

—¿Y quién cojones sabe qué pasó? Si estaba infiltrado en la brigada, alguien tuvo que meterlo: un superior, un juez... No fue allí por decisión propia; ningún policía lo hace.

Zárate no ha sido consciente de que levantaba demasiado la voz. Reyes le pide que se tranquilice, no deben llamar la atención. Los turistas que fotografían Madrid le dedican una curiosidad pasajera para volver a hacerse selfis al borde de la terraza.

—No se lo he contado a nadie, Ángel.

—¿Ni siquiera a tu tío?

—Él sería el último... En esa brigada que andaba investigando tu padre, estaban Asensio y Gálvez... pero también mi tío.

—¿Eres consciente de que si Rentero está implicado iré a por él?

—Sé que muchos lo consideráis ya más un político que un policía. No tiene muchos amigos en el cuerpo, pero... yo le quiero.

—¿Me estás pidiendo que lo deje al margen?

Reyes niega con un cabeceo; la tristeza hunde sus facciones, humedece unos ojos que se masajea para mantener a raya la emoción.

—Quiero pensar que hay una explicación. Que mi tío formaba parte de esa brigada, pero no tuvo nada que ver... A lo mejor, lo que te estoy pidiendo es que encuentres esa explicación. Que le des esa oportunidad.

Reyes se cierra la parka. Un viento frío recorre la azotea. El cielo se ha ido cerrando, parduzco, sucio, hasta difuminar al sol. Antes de que se marche, Ángel la retiene de la muñeca.

—¿Por qué lo haces, Reyes?

—Si las cosas me salen mal en Villaverde y acabo con un tiro en la cabeza, me gustaría que alguien contara la verdad, no como le pasó a Guillermo Escartín o a tu padre. No es justo que sus historias se conviertan en un informe lleno de tachones y que las entierren en el Archivo.

Capítulo 56

Luna está llenando el depósito de un Seat León rojo cuando Elena Blanco aparca su Lada frente a un negocio de manicura próximo a la gasolinera. Antes de bajar, Orduño y ella observan a la mujer: dicharachera, simpática, da conversación al conductor mientras se llena el tanque, intercambia chanzas y se prodiga en sonrisas. La supuesta falta de neuronas, como señalaba la madre de Mónica Sousa, la compensa con encanto. Da un poco de pena ensombrecer ese rostro de ángel al acercarse con las acreditaciones policiales, con la gravedad luctuosa del que va a soltar una mala noticia.

La joven se mete en la tienda unos segundos para informar a su jefe de la visita. Un hombre de pelo ralo, añoso, que estira el cuello por encima del mostrador para echar un vistazo a los recién llegados.

—Tengo mucho trabajo, y mi jefe, muy mala hostia —les espeta sin preámbulos al llegar junto al Lada donde la esperan.

—No queremos hacerte perder el tiempo, solo ver si nos puedes ayudar —se excusa Orduño—. Necesitamos preguntarte por Carlos Sousa. O por Mónica Sousa, como se llamaba ahora.

La cara de Luna cambia de inmediato. Ni rastro de la simpatía de antes, sus gestos se pliegan en una mueca de rencor. No parece haber notado el uso del pasado al referirse a Mónica. Tampoco parece la reacción de una novia enamorada.

—No tengo nada que ver con esa persona.

—Mónica Sousa ha sido asesinada. Tratamos de averiguar quién ha podido ser.

Elena evita los rodeos: Violeta sigue en Madrid, puede que haya identificado al verdadero padre de su hijo, el tiempo corre en contra de ese hombre. Luna se aparta de ellos con una mano en la boca; parece que va a vomitar, pero no, es su forma de contener un grito de rabia, de sofocar la impresión de la noticia.

—No me lo puedo creer. ¿Asesinada? ¿Quién...? Espera, joder... ¿estáis pensando mí? ¿Creéis que yo he matado a Mónica? ¿Por eso habéis venido?

—No, en absoluto, pero necesitamos que nos cuentes todo lo que sepas de ella. ¿Erais pareja?

—Ella habría dicho que no, que ni novias ni leches, pasaba de compromisos. Diría que estábamos liadas, nada más, que era un polvo, pero eso era antes... Desde hace dos meses, no teníamos nada.

Al explicarle los pormenores del caso, la posibilidad de que Mónica pudiera usar el semen de alguien para dejar embarazada a una mujer en una granja de madres de alquiler y que hay una mujer asesinando a los padres de los bebés, Orduño y Elena comprenden que, en efecto, la joven no tiene muchas luces. Se pierde en la explicación, por muy sencilla que ellos intenten hacérsela, parece que le va a estallar la cabeza.

—¿Mónica un hijo? Ni de coña. Pero vamos, ni de coña. Le tenía demasiado cariño a su libertad como para enmarronarse con un niño. Además, el tratamiento la había dejado estéril...

—¿Lo dejasteis porque él se cambió de sexo? —indaga Orduño.

Luna lo mira como si fuera un marciano. Él distingue una mezcla de desprecio y de burla en su mirada, le recuerda al brillo en los ojos de Reyes cuando le preguntaba al principio por su género fluido.

—A mí lo que me sacaba de quicio es que me fuera infiel. Por eso rompimos, no porque se quisiera poner un coño donde tenía la polla. Yo tenía claro que iba a operarse desde que nos conocimos.

—¿Te era infiel?

—Con un tío. Seguro que la bruja de su madre se llevó un alegrón cuando se enteró de que ya no estábamos juntas...

—Elvira no sabía que habíais roto. —Elena no sabe por qué siente la necesidad de defender a la madre de Carlos. No la conoce realmente, pero su dolor le ha parecido honesto, al igual que el amor que sentía por su hija—. ¿Quién era su amante?

—Un puto viejo. Pero no sé cómo se llama. Se lo pregunté el día que le monté el pollo, quería saber qué veía en ese viejo y me mandó una foto. ¿Os la enseño? Todavía la guardo.

Elena y Orduño cruzan una mirada. Claro que quieren ver la foto del amante. Luna saca su móvil y pasa el dedo por la pantalla con ferocidad, buscando la imagen. Menea la cabeza al encontrarla. La muestra. La pantalla queda ocupada en su totalidad por un pene erecto en todo su esplendor.

—¿Esa es la foto que te mandó?

—Un cielo, mi chica, ¿a que sí?

—¿Cómo sabes que era un viejo? —pregunta Orduño, que no quiere mirar la fotografía más de lo estrictamente necesario.

—Porque me olía algo, estaba rara, me entró la paranoia de que me ponía los tochos y, antes de la putada de la fotopolla, la seguí.

—La seguiste —la anima Elena a continuar.

—Sí, la espié, ya sé que está mal, pero estaba celosa: ¿tú nunca te has puesto celosa o qué? Un día, vi que iba desde su casa a un restaurante caro, yo ahí no podía entrar, no iba a tener ni para pagarme un café... Se tiró dos horas dentro, hasta que salió con un viejo y se fueron a un hotel en Arturo Soria, el Petit Palace. Tres horas estuvieron dentro. A la salida, ya no vi al viejo, debió salir por el garaje... Si me lo llego a encontrar, le salto los dientes.

—¿Cómo era ese hombre?

—Bien arreglado, con un traje de los caros. Calvo y con unas bolsas en los ojos que parecía un sapo... ¿Cuánto tendría? Sesenta y cinco o más... Ya tendría que estar jubilado, pero se ve que todavía le funcionaba con Mónica... esa polla vieja...

—¿Podrías reconocerlo si te mostramos unas fotos? Nos gustaría que nos acompañaras a las oficinas para enseñártelas.

—Y si me despiden, ¿me dais curro en la policía?

—Hablaré con tu jefe, en una hora estás de vuelta. Seguro que lo entiende.

Durante el trayecto hasta la BAC, Orduño advierte que Luna está llorando en el asiento trasero, silenciosa. La rabia le ha hecho un hueco por fin al dolor.

—¿Qué ha pasado con el perro de Mónica?

—No hemos encontrado ningún perro en su casa —se gira Orduño.

—Joder, como se haya perdido. Se lo regalé yo por su cumpleaños, un yorkshire enano, precioso. Alguien lo había abandonado en la gasolinera. Cuando rompimos le pedí que me lo diera, ella no le hacía caso. Pero pasó de mi culo. Qué cabrona. Si lo encontráis, me lo dais. Se llama Carantoña.

Elena no atiende a la conversación. Mientras conduce, trata de imaginar quién puede ser el amante de Mónica. Por edad, desfila la posibilidad de Rigoberto, incluso piensa en Cristo, aunque ninguno de los dos encaja con el resto de datos que ha dado Luna; ni sobrepasan los sesenta y cinco, ni son calvos, ni tienen esas ojeras que ella ha descrito. Los hombres a los que se han acercado desde que se inició el caso no cuadran en el perfil: Lucio, Blas Guerini, tampoco el ginecólogo ni ninguno de los padres que han identificado.

Las fotografías de cada uno de ellos van pasando por la pantalla del ordenador y todas reciben la negativa de Luna. Elena deja que sea Orduño quien continúe el trabajo. La derrota se va instalando en su cuerpo como un veneno. Se refugia en la sala de reuniones, consciente de que se le han agotado las ideas. Zárate ha vuelto a las oficinas; sentado en su mesa, lo ve centrado en su ordenador, no sabe en qué está inmerso. Ojalá haya descubierto algún cabo del que tirar, aunque supone que no es así. Ángel se ha despegado de la investigación, lo que suceda con Violeta no parece importarle. Ni siquiera está segura de que quiera detenerla. Y Elena, ahora, tampoco está segura de querer hacerlo: quizá terminar así su carrera en la BAC, con el primer caso que no logra cerrar, sea lo mejor. El fracaso que ha marcado su vida personal ha terminado contagiando a la parte profesional.

Su mirada recorre los rostros de los que han sido parte del caso en algún momento; sus fotografías están pegadas en la pared de cristal de la sala de reuniones. Escartín, Ramiro Beiro podría cuadrar por edad, pero sabe que es imposible que tuviera una relación con Mónica, Lucio, Blas Guerini, los ojos sin vida de las madres asesinadas en Las Suertes Viejas... Más pronto que tarde, todas esas imágenes pasarán a engrosar el expediente, las guardarán en carpetas que se archivarán en el depósito, hasta que algún día ya nadie guarde memoria de esos hombres y mujeres, de la historia que las conectó.

Amortiguada por la distancia, le llega la conversación de despedida entre Orduño y Luna.

—¿No hay más fotos que ver?

—No, ya está. Perdona por haberte hecho perder el tiempo. Ahora te pido un taxi y te lleva a la gasolinera.

Mientras Orduño se acerca a la recepción para pedírselo, Luna ve a Elena y camina hasta la puerta de la sala de reuniones.

—Acuérdate de Carantoña, si aparece me gustaría quedarme con él. Me gustaba mucho ese perrito.

—Pediré que pregunten por el barrio. Quizá lo haya recogido alguno de los vecinos.

—Tiene una patita mal, cojea un poco, pero es monísimo.

La mirada de Luna se queda ausente, flotando en el vacío, como si de pronto hubiera perdido la capacidad del habla. Da un paso más al interior de la sala de reuniones, Elena advierte que las fotografías han capturado su atención, algunas son muy duras: los cadáveres de las madres, el vientre abierto de Escartín o el feto abandonado a los pies de Daniel Mérida. Luna camina hacia ellas, como si hubiera surgido una grieta en la realidad que la succiona. Debajo de la vida en las calles de Madrid, de los ciudadanos en sus trabajos, de las mesas de las terrazas donde los amigos beben y ríen, existe un horror. Un infierno como el que hallaron en Las Suertes Viejas y Elena teme que, después de descubrir su existencia, Luna ya no sea capaz de volver a mirar a la vida que la rodea con la inocencia de antaño.

—Es mejor que no siga mirando esas fotos...

Los ojos alucinados de Luna se encuentran con los de Elena.

—Es él. El viejo sapo. El que se zumbaba a mi novia.

—¿Quién?

Luna da la espalda a Elena. Lucio, Blas Guerini, Ramiro Beiro, Escartín... Pero su mano firme no escoge ninguna de esas fotografías. Arranca una que en el árbol de relaciones entre sospechosos se había quedado en un lateral, como algo puramente accesorio y que no conducía a ningún sitio. Es un hombre de sesenta y cuatro años, calvo, bien vestido y con el rostro surcado de arrugas por las horas que el trabajo ha robado al sueño.

—¿Estás segura?

—Del todo. ¿Cómo me voy a olvidar de la cara de este puto viejo?

Y, tras arrancarla del cristal, Luna pone encima de la mesa la foto del juez Beltrán, el magistrado de la Audiencia Nacional que usó a Blas Guerini como confidente.

Capítulo 57

—¿Mónica Sousa? No, claro que no sé quién es.

—Tal vez la conociera como Carlos Sousa.

El juez Beltrán se levanta como un resorte y cruza el despacho. Zárate piensa por un momento que va a invitarlos a Elena y a él a marcharse, pero lo que hace es cerrar la puerta, que había dejado entornada quizá para indicar a los visitantes que no dispone de mucho tiempo. Parece ser que ahora quiere privacidad. En lugar de regresar a su silla, retira un montón de informes de un sillón orejero y se sienta, lo que obliga a los policías a girarse hacia él.

Elena busca en el móvil una fotografía de Mónica; elige una de las que la Científica tomó en la casa de aperos donde hallaron su cadáver, atada con cinta a un somier oxidado, el estómago abierto como un volcán. Zárate intenta adivinar en la expresión del juez alguna reacción que delate ante qué clase de hombre se encuentran. Sin embargo, Beltrán posa la mirada unos segundos en la fotografía como el que contempla un paisaje, está acostumbrado a repasar informes de autopsias, la sangre y la muerte ya no lo impresionan como a otros.

Le devuelve el móvil a Elena y se acomoda en el sillón, cruza las piernas.

—¿Quién le hizo esto?

—Eso es lo que tratamos de averiguar. En realidad, no sabemos todavía muy bien quién era Mónica. Solo que tuvo una pareja, Luna, y que esa chica la vio entrar en un hotel de Arturo Soria, el Petit Palace, con usted.

Elena ha preferido contemporizar. Zárate conoce bien sus gestos, la manera en que evita mirar a Beltrán para que el desprecio no la delate, el tiempo que pierde en abrir el bolso y guardar el móvil para conservar la calma y que la rabia no haga derivar el interrogatorio por el camino equivocado. En el trayecto desde la BAC, ella le ha puesto al día del testimonio de Luna. Nunca habían sospechado del juez, pero de repente su nombre aparece como vértice de un triángulo que conecta a dos piezas claves de la investigación: Carlos o Mónica Sousa, la última víctima, y Blas Guerini, el sicario que llevó a cabo la matanza.

—Luna dio por hecho que Mónica Sousa y usted tenían una aventura.

—Yo no tenía ninguna relación con este mamarracho —salta el juez como un resorte ante la hipótesis de Elena—. A veces me reúno en el Petit

Palace con personas que resultan de interés para algún sumario, cuando considero que es más apropiado que no acudan a mi despacho, aquí, en la Audiencia...

—Entonces, Mónica estaba implicada en algún sumario...

—Me gustaría ser de más ayuda, pero estoy convencido de que conoce las reglas: no puedo hablar de una investigación en curso que está bajo secreto. Sería un delito.

—Y para mí sería inútil obligarle a hacerlo. Tendría que recurrir al Supremo para que le forzaran a hacer pública su investigación. Llegaríamos tarde para impedir lo que va a pasar y lo único que conseguiríamos sería tirar por tierra lo que sea que esté investigando.

A pesar de que Elena se lo ha dicho con la mejor de sus sonrisas, la amenaza no ha pasado desapercibida para Beltrán.

—Veo que las cosas que se dicen de usted, inspectora Blanco, son ciertas.

—No sabía que era tema de conversación en la Audiencia Nacional.

—Algún día se acabará ese cortijo que Rentero montó con la BAC. Es el único grupo policial que trabaja al margen de la justicia.

—Por suerte, no tenemos que colaborar a menudo. No iba a ser fácil entendernos —replica ella—. Quizá sea una ingenua, pero no logro entender cómo esa investigación secreta le impide hablarnos de Mónica Sousa. ¿Se da cuenta de que su silencio puede impedirnos evitar un homicidio más?

—Mi relación con Sousa fue superficial. Una comida y una charla en el hotel que antes ha mencionado. Nada más.

Mientras Beltrán intenta dar por cerrada la conversación, Elena ha recuperado el móvil. Ha buscado la foto que les entregó Luna y, sin dudarlo, se la enseña al juez, que guarda silencio ante la imagen del pene erecto.

—¿Alguien a quien solo conoce superficialmente le ha sacado esta foto?

La reacción de Beltrán los sorprende a ambos. Podría haberse ofendido ante la grosería, negar que se tratara de él, pero esboza una media sonrisa y asiente, divertido.

—Así que estamos con esto. Fotografías que circulan de teléfono en teléfono. ¿Va a chantajearme? Supongo que es su método de trabajo.

—Esta fotografía se la hizo Mónica. Ahora, ella está muerta y, no sé si se ha dado cuenta, pero desde que empezamos a hablar hay una pregunta que no ha hecho en ningún momento: ¿por qué? ¿Por qué mataron de esa forma a Mónica? No le importa lo más mínimo, ¿verdad?

—Guarde eso, por favor. Somos personas educadas, no como Mónica.

Elena hace lo que le pide el juez. Guarda el móvil y se pone en pie. Ha ganado la primera batalla: la negativa de Beltrán a reconocer su relación.

—¿Desde cuándo conocía a Mónica Sousa?

—No mucho, unos ocho o nueve meses... Pero hace más de un mes que la vi por última vez. Y me alegro, era una persona nociva y perniciosa.

—¿Perniciosa?

—Dañina, interesada... Todo un compendio de virtudes, como ve. Dejé de verla y preferiría que no hubiera muerto de esa manera tan terrible, pero tampoco voy a fingir una pena que no siento.

—Sigue sin interesarse por las razones que la llevaron a morir así.

—Inspectora, ¿cree que no lo imagino? Hace unas semanas estuvieron aquí por el homicidio múltiple de Las Suertes Viejas. Supongo que han hallado alguna relación entre Mónica y esos asesinatos. ¿Me equivoco?

—Deme alguna razón para que yo comparta información cuando usted sigue sin decirnos todo lo que sabe de Mónica.

—Señor Beltrán, supongo que está usted al corriente de lo que sucedía en Las Suertes Viejas —se decide Zárate a intervenir—. Era una granja ilegal de vientres de alquiler. Hemos identificado a todos los padres que habían contratado sus servicios. Para la mayoría, hemos llegado tarde. Ahora están muertos. Pero sigue faltándonos un padre. Alguien cuyo semen llevó Mónica Sousa a la granja.

—¿Y están pensando en mí? ¿Qué clase de locura es esta?

—Nosotros no somos tan buenos como usted manteniendo los secretos —tercia ahora Elena—. Imagínese qué puede pasar si esta historia llega a la prensa. Un juez de la Audiencia Nacional, una transexual, una granja de vientres de alquiler...

Beltrán se levanta del sillón, no oculta su desagrado. Pasea por el despacho hasta sentarse tras su mesa. Se quita las gafas y se masajea los ojos. Zárate y Elena se mantienen en silencio, esperando que al fin el juez se deje de juegos y les cuente la verdad. Algo parecido a la felicidad recorre el cuerpo de Zárate; ese instante de compenetración en el interrogatorio con Elena le ha hecho recordar cuánto le gusta estar a su lado, cómo han llegado algunas veces a sentirse tan conectados que, ahora, le parece una pesadilla que se hayan transformado en dos islas incapaces de comunicarse. Le gustaría poder hablar con ella, contarle todo lo que ha descubierto de la muerte de su padre, lo que le ha dicho Reyes, la necesidad que siente de hacer justicia, y también de abrazarla y preguntarle qué ha pasado con la Nena... con Mihaela.

Elena vuelve a centrarse en el juez, que juguetea con una cruz cristiana labrada en oro que hay en la mesa.

—Una de las madres de Las Suertes Viejas sobrevivió, señor Beltrán. Poco a poco, ha ido vengándose de lo que pasó y, si usted está implicado, le encontrará...

—Yo no tengo ninguna relación con esa granja. O, por lo menos, no la que se imaginan. ¿Cómo iba a darle mi semen a Mónica? ¿De verdad me creen capaz?

—Entonces, ¿cuál es su parte en todo esto?

Una mirada de cansancio busca a Zárate y Elena.

—Les voy a contar una historia sobre la que tienen obligación de guardar secreto. ¿Están dispuestos a hacerlo? —El silencio de los policías anima a Beltrán a continuar su confesión—: No lo hago porque tema ese chantaje ridículo con el que me han amenazado, sino porque me da miedo que su falta de rigor acabe convirtiendo en papel mojado un trabajo de años. De toda una vida.

—¿Qué está investigando?

—Corrupción policial. Puede que les parezca una empresa quijotesca, pero me he propuesto limpiar el cuerpo y las altas instancias de las fuerzas de seguridad de esa lacra que tanto daño le hace a la sociedad.

—¿Qué tiene que ver esa investigación con la granja de vientres de alquiler?

Beltrán mira a Elena con una media sonrisa.

—Algo debería imaginar, inspectora. Esa granja contaba con el apoyo de una brigada de policías en Villaverde. La dirige un tal Ángel Cristo, ¿les suena? Creo que sí. No los tengo por malos policías, pero no se han dado cuenta de que no son ellos los encargados de impartir justicia. Después de la muerte de Guillermo Escartín, estoy convencido de que ustedes descubrieron que estaba infiltrado en esa brigada y la investigaron.

—¿Usted ordenó a Escartín entrar en la brigada de Villaverde?

—Se hace llamar la Sección —asiente Beltrán—. Hizo un gran trabajo. Vivía como un yonqui y poco a poco se ganó la confianza de Cristo. Me dijo que uno de los encargos que le habían hecho era llevar medicamentos a esa finca de Soria... Las Suertes Viejas. Quería que interviniera, pero no era el momento.

—Y no fue capaz de dar la cara cuando murió. —Zárate no disimula su desprecio. Escartín, como otros policías que se han dejado la vida haciendo de topos, están en manos de jueces que juegan con ellos como si fueran soldados de plomo—. Cuando intentamos saber quién le había matado, no recibimos más que portazos en la cara. De no ser por usted, habríamos evitado otras muertes...

—¿Cree que es el primer policía que cae en mitad de una investigación? Mi obligación era conservar el secreto. Si lo hubiera hecho público... ¿Se hacen una idea de cuántos años llevo detrás de esto?

—Habríamos podido colaborar —se desespera Elena—. Escartín no murió asesinado por esos policías, pero habríamos llegado antes a Las Suertes

Viejas. Ramiro Beiro y Daniel Mérida quizá ahora estarían vivos. Ha sacrificado esas vidas por destapar a unos policías corruptos de barrio que se llevan mordidas, ¿de verdad ha merecido la pena?

—La Sección es solo un eslabón de la cadena, inspectora Blanco. No he dedicado toda mi carrera a luchar contra unos policías que se llevan mordidas, no se equivoque. Es el camino para llegar a las altas esferas y derribarlas: desde abajo, para que se vayan desmoronando como un castillo de naipes... Ese fue el error que cometí cuando empecé a trabajar aquí, en la Audiencia Nacional, hace tres décadas. Ir a por la cúpula.

—¿De qué cúpula está hablando?

—Eso es algo en lo que es mejor que no entremos.

—¿Qué parte tiene Mónica en todo este galimatías?

Beltrán reconoce que, durante un tiempo, se cegó con Mónica. Es un hombre casado, no está orgulloso de haber tenido esa aventura, pero había una pulsión sexual que lo empujaba hacia ella. La conoció una tarde en una cafetería cerca de la calle Galatea. Más tarde, supo que ella vivía allí. Zárate intenta concentrarse en el relato del juez, en la confesión de que esa atracción lo hizo ser descuidado y confiar en exceso en Mónica. En las escapadas al Petit Palace y en cómo una vez la descubrió registrando el maletín donde llevaba documentación de la investigación. Así debió de saber Sousa de la existencia de Las Suertes Viejas, de que la propiedad de esa granja era de un mexicano llamado Rigoberto que también tenía un prostíbulo en el Hotel Torrebuena. La asunción de errores del juez se va perdiendo en la distancia, como si Zárate se hubiera quedado sumergido en una burbuja, ajeno a todo.

Tres décadas, ha dicho. Tres décadas desde que intentó ir a por la cúpula y fracasó. Esa coincidencia en el tiempo le martillea la cabeza: ¿estaba el juez Beltrán detrás de la investigación en la que murió su padre? Lo oye hablar de que Mónica era ambiciosa, solo buscaba dinero, e intentó sacárselo con fotografías comprometedoras. La del pene es una broma, al juez no se le ve la cara, pero hay otras.

—Si le cuento esta historia, inspectora Blanco, es porque quiero que entienda una cosa importante: yo no soy el malo. Puede que haya cometido errores en la vida, como todos, pero, en realidad, soy el quijote al que muchos quieren quitar de en medio. No se equivoquen conmigo ni por un instante: yo soy el bueno.

—¿Investigó usted el caso Miramar?

Zárate no ha podido contenerse más y su pregunta retumba en la habitación. Elena lo mira sin saber de dónde viene esa curiosidad ni ese nombre. Al levantar la mirada, encuentra los ojos extrañados de Beltrán, como si le hubieran nombrado a un familiar con el que perdió el contacto hace muchísimos años.

—Así se llamaba mi primer caso.

—¿Por qué cerró la investigación sin conclusiones?

—Zárate, ¿a qué viene esto? ¿Qué es el caso Miramar?

—Yo no cerré la investigación —el juez hace caso omiso de las preguntas de Elena—, me apartaron de ella. Se lo dije antes: empecé por el lugar equivocado.

—Guillermo Escartín no es el único policía que ha muerto en una de sus investigaciones. En 1991, infiltró a otro policía. El informe oficial decía que había muerto en una redada contra unos narcotraficantes, pero no era verdad. Ni siquiera Vallés, el policía que hizo ese informe, lo creía, pero el caso pasó a Asuntos Internos... Se olvidó. Como ha intentado olvidar la muerte de Guillermo Escartín.

—A veces, uno debe asumir que ha perdido y prepararse para otras batallas.

—El policía que murió en el caso Miramar, ¿se acuerda de cómo se llamaba? ¿O ya ha olvidado usted también su nombre?

—Zárate, por favor... ¿Qué es lo que te está pasando?

Casi sin darse cuenta, como si hubiera dejado de ser dueño de sus actos, Ángel se ha plantado en dos zancadas frente a Beltrán. Lo ha levantado de la silla agarrándolo de la pechera.

—He avisado a seguridad, ¡suélteme!

—¡¿Cómo se llamaba ese policía?!

Elena coge del brazo a Zárate, intenta que suelte al juez, pero él la aparta de un empujón y, luego, tira sobre la mesa a Beltrán. Le ha roto los botones de la camisa.

—Se llamaba Eugenio Zárate. Era mi padre. ¡¿Quién lo mató?!

—Si quieres seguir vivo, deberías dejar de hacerte esa pregunta.

Está fuera de sí. No oye los gritos de Elena cuando le suplica que deje de pegar a Beltrán. Tampoco el ruido de los agentes de seguridad que irrumpen en el despacho y, a empellones, logran reducirlo y arrastrarlo fuera. En la mesa, la imagen borrosa del juez, con la camisa rota, unas gotas de sangre que puntean su camisa blanca, una brecha en el pómulo. Le arde el cerebro. La rabia que ha estado durmiendo en su interior ha tomado el control. No es capaz de hablar ni de pensar. Quiere volver a ese despacho y terminar lo que empezó. Seguir pegando a Beltrán hasta que le diga quién mató a su padre.

—¿Eres gilipollas o qué coño te pasa? —lo acusa Elena cuando están fuera del edificio—. Lo has jodido todo. ¡Beltrán estaba hablando! ¿En qué clase de animal te estás convirtiendo?

Zárate recorre de arriba abajo seis metros de acera como un león enjaulado: abre y cierra los puños, mirada fija en el suelo, respiración agitada. A su alrededor, el caos del tráfico. Un taxista insulta a un *rider* que lo ha adelantado por la derecha. Un niño patalea en la puerta de su casa a los pies de un padre hastiado. La música electrónica de una tienda de ropa cercana invade las aceras.

—He tenido que jurarle que enterraríamos toda su relación con Mónica para que no te mandara directo a prisión, ¿me estás oyendo, Ángel? Por tu ira de mierda hemos perdido a la única persona que nos podía ayudar a aclarar todo lo que ha pasado.

—Es un hijo de puta. A Beltrán le da igual lo que pase con los policías. Solo quiere la gloria de un caso de la hostia...

—No tienes ni idea de lo que dices. Ese hombre lleva más de treinta años luchando contra la corrupción policial...

—¿Te lo crees? —se ha detenido al fin delante de ella, la mira a la cara.

—Somos piezas, Zárate. Lo que pasó con Escartín es una putada. Y, si tu padre murió en una situación parecida, también es una putada. Igual que lo sería si a Reyes le pasa algo, pero ¿de qué coño nos estamos quejando? Los tres son policías que aceptaron un trabajo difícil sabiendo que se jugaban la vida.

—¿Y para qué sirvieron sus muertes?

—¿Todavía no has descubierto cómo funciona el sistema? Matar no es difícil. Lo difícil es demostrar que alguien ha matado.

—A mí me basta con saberlo.

Poco a poco, ha recuperado el ritmo normal de respiración. El mundo a su alrededor ha dejado de girar como un tiovivo. En los nudillos quedan restos de la sangre de Beltrán. Levanta la mano y se los muestra a Elena.

—Me da igual que me echen del cuerpo. Deberías haberme dejado que siguiera.

—Pero a mí no me da igual que tires tu vida a la basura. Ángel, vete a casa, duerme, olvídate de todo esto, por favor. Hablaré con Rentero e intentaré reconducir las cosas con Beltrán. Lo necesitamos. Deja que yo acabe este caso.

—¿Qué me estás pidiendo? ¿Que me olvide de cazar al asesino de mi padre? ¿Tú lo harías?

—Te estoy pidiendo que esperes un poco. Voy a ayudarte. Estaré a tu lado si me dejas y te prometo que llegaremos hasta el final.

—No quiero obligarte a nada.

—Soy yo quien quiere estar ahí. Ojalá nunca nos hubiéramos...

Ángel sabe que Elena no se atreverá a terminar la frase. Él tampoco sería capaz de decir en voz alta lo que siente, le suena como un verso de una canción hortera en la cabeza, qué sentido tiene la vida si ella no está a su lado. Se acerca a besarla, sus labios sorprenden a Elena, que se abraza a él. Demasiadas conversaciones pendientes, ambos lo saben. Zárate le murmura una disculpa al oído y, después, una promesa: no hará nada hasta que Elena detenga a Violeta, hasta que encuentre a quien fuera que contrató a Blas Guerini. Ella descansa una mejilla en su pecho, ajenos a las miradas que los peatones les lanzan; tal vez piensan que es una pareja que se está despidiendo para siempre, tal vez que acaban de hacerse un juramento o de vivir una desgracia. Ni siquiera ellos mismos saben quiénes son de todas esas posibilidades.

Zárate detiene un taxi. Elena le da otro beso antes de subirse y le pide de nuevo que se vaya a casa. Ángel le promete que lo hará, aunque los dos saben que no cumplirá esa promesa.

Capítulo 58

—¿No nos pedimos algo?

—Después. Vamos dentro...

A Reyes le intrigan las prisas de Fabián, sospecha que puede tratarse de un arrebato sexual, que en cuanto entren en el almacén del Curro, el que solo usan los policías de la Sección, se le echará encima y querrá follar; no sería la primera vez.

—Tengo hambre, déjame por lo menos que me pida una tapa.

Quiere evitar la intimidad con Fabián como le gustaría evitar el paso de las horas. Es como si la vida la hubiera arrollado a toda velocidad, tan rápido, que no le permite tomar sus propias decisiones. No lo ha hecho en el caso Miramar, más allá de contarle a Zárate todo lo que ha descubierto, algo de lo que no sabe si se arrepentirá. Mucho menos ha elegido estar embarazada. Si pudiera encerrarse en su casa, darse un tiempo para tomar las decisiones que tiene pendientes... ¿Está convencida de abortar? ¿Está preparada para emprender una investigación que tal vez lleve a la cárcel a su tío?

—¿Hablaste con Rentero? —Fabián nota en la expresión de Reyes que ha olvidado esa oferta—. Me dijiste que intentarías enterarte de qué ha pasado con Escartín.

—No he tenido oportunidad.

—Mierda, Reyes. Te dije que me jugaba mucho.

—¿Qué está pasando, Fabián?

—No tengo ni puta idea, pero Cristo me ha dicho que teníamos que venir, que era urgente. Lo conozco, estaba de mala hostia y te aseguro que es mejor no darle disgustos a Cristo cuando está así.

Fabián la coge de la mano y la conduce hasta el almacén. Dentro, sentado tras la mesa, está Cristo. Está limpiando el cargador de su pistola. Su compañero rodea la mesa manteniendo las distancias como si se hubiera encontrado con un animal salvaje. A Reyes le da pena. Fabián no es más que un chaval de barrio que eligió mal a sus amigos. No está hecho de la misma pasta que su jefe. Con un leve gesto de su mano, Cristo la invita a que tome asiento.

—¿Hay algún problema? —pregunta recelosa.

No es a Fabián a quien quería ver Cristo, sino a ella. Su compañero también se ha dado cuenta y, más relajado, ocupa un sofá. Durante un instante, Reyes tiene miedo: ¿y si es una encerrona?, ¿y si la urgencia de Fabián era una mascarada para llevarla ahí dentro?

—Lo que te voy a contar es completamente confidencial. Si lo hago es porque confiamos en ti, espero no equivocarme.

—Ya te he demostrado que estoy con vosotros, Cristo —se defiende Reyes—. No creo que haga falta que reciba más disparos.

Cristo le sonríe y mira su arma. Cierra el tambor y se la guarda en el cinto.

—Una vez que lo sepas todo, no hay vuelta atrás —insiste él con la mirada clavada en sus ojos—. ¿Estás dispuesta?

—Sí.

—Ha aparecido el cuerpo de una transexual muerta...

—¿Una de las de la Colonia Marconi?

—No, no es una prostituta, es una transexual con la que tuvimos tratos hace unas semanas por otro asunto. Se estaba follando a un juez de la Audiencia Nacional.

Reyes se queda en silencio, a la espera de más datos. Todavía no entiende bien para qué la ha convocado Cristo, pero siente que por fin va a empezar a enterarse de cosas verdaderamente importantes, cosas que no está segura de querer saber.

—¿Has oído hablar de la BAC? Es un grupo de élite de la policía, van un poco por libre. Me ha llegado que están investigando la muerte de esa transexual y eso no nos conviene, ¿me sigues?

—¿Hemos sido nosotros? —se atreve a preguntar Reyes, que no sabe si esa mención a la BAC es un señuelo; si, en realidad, Cristo ha descubierto quién es.

—No es la primera vez que me lo preguntas y te contestaré lo mismo que las demás veces. Nosotros no matamos gente. No vuelvas a dudar.

—Entonces, ¿en qué nos afecta?

—La muerta era amante del juez Beltrán. La primera vez que hablamos con ella se llamaba Carlos Sousa, aunque después se cambió el nombre a Mónica. Contactamos con ella para pedirle un favor, a cambio de echarle una mano para pagar su operación de cambio de sexo. Parece ser que le corría prisa cortarse la polla.

—¿Qué favor le pedisteis?

—Ese juez es un dolor de huevos. Siempre ha estado detrás de nosotros y, ahora, estaba investigando algo que no nos interesaba. Nos podía salpicar. El negocio de un amigo: les conseguía hijos a gente que no podía tenerlos.

—¿Niños robados?

—No, madres de alquiler. Es legal en algunos países, aunque muy caro. Nuestro amigo los proporciona más baratos y nosotros lo protegemos a cambio de una comisión... Pensamos que, si el juez Beltrán dejaba embarazada a una de las mujeres, tendría que olvidarse de Las Suertes Viejas, que es como se llama la finca donde nuestro amigo tenía montado el negocio... Beltrán está casado, pero le van otro tipo de mujeres. Mónica era perfecta; guapa, educada... y con ganas de sacarse un dinero. Solo tenía que conseguirnos un poco de semen del juez para embarazar a una de las chicas.

—¿Lo consiguió?

—Lo consiguió. Esperábamos que la mujer diera a luz en unas semanas, pero entonces todo se torció. Un sicario se plantó en la finca y asesinó a todas las mujeres.

—¿Quién mandó a ese sicario?

—Ni lo sabemos, ni es asunto nuestro averiguarlo. El caso es que el negocio se desmanteló, pero... desde ahí estamos perdidos. No sabemos qué cojones está pasando. Solo que el yonqui que mandábamos a la finca, Gerardo se llamaba, desapareció y que, ahora, han encontrado muerta a Mónica Sousa. No me gusta una mierda ir por detrás. No saber por dónde nos pueden caer las hostias.

—Si Mónica ha muerto, no hay forma de que os relacionen.

—Yo no estaría tan seguro. Pueden tirar del hilo, llegar a Beltrán y a nosotros... Y, sin Mónica, no tenemos manera de defendernos de ese puto juez.

Reyes suelta aire, deja pasar unos segundos. Mira de frente a Cristo, tratando de mantener la calma en la voz.

—No sé qué quieres que haga yo. He oído hablar de la BAC, como todos, pero no puedo llegar hasta ellos.

—Sí que puedes, Reyes. Tu tío, Rentero. Tienes que ir a hablar con él. Necesitamos saber qué han descubierto.

—¿Te crees que le cuenta los pormenores de una investigación a su sobrina? Rentero nunca me habla de los casos...

—Pues tendrás que encontrar el modo de que lo haga. El puto Beltrán lleva una vida detrás de nosotros. A principios de los noventa inició una investigación, el caso Miramar, pero le paramos los pies. Entonces, fue fácil: acababa de llegar a la Audiencia Nacional y no sabía manejarse, pero ahora es distinto. Ese cabrón está armando un expediente contra nosotros y, si no sabemos qué tiene, vamos a caer. Todos. Incluso tú. No sé cómo se tomarán en tu familia que ayudaras a enterrar un cuerpo...

Reyes recuerda la noche lluviosa en la que tuvo que hacer desaparecer a Dely. En la penumbra del sofá, Fabián la observa esperando su respuesta. A ella le repugna escuchar cómo Cristo ha pasado por encima de la ejecución de las madres de Las Suertes Viejas como si se tratara de un detalle accesorio.

Solo les importa su supervivencia. Al mirar al jefe de la brigada, entiende que no cabe una negativa por respuesta.

—Lo intentaré —dice poniéndose en pie.

—Gracias, Reyes.

Cristo se enciende un cigarrillo mientras ella abandona el almacén. Calla hasta que el silencio se ha espesado en el cuarto. En el sofá, Fabián juguetea con su pulsera de España, incómodo.

—Ni ha pestañeado cuando he mencionado el caso Miramar.

—Ya me he dado cuenta.

—Tuvo que ser ella quien robó el móvil de mi casa. ¿Cómo iba a conocer si no el caso? Me cago en mi puta sombra. Es un topo.

—¿Qué vamos a hacer?

A través de la bocanada de humo que acaba de soltar, Cristo mira a Fabián. Él entiende lo que le está pidiendo.

—¿Tienes huevos para hacerlo?

—Sabes que me sobran, Cristo.

Capítulo 59

Manuela deja las llaves del coche sobre la mesa. Zárate ha escogido la que hay bajo la televisión en el Cisne Azul y ella no puede evitar una sonrisa un poco tonta, como si ese espacio se hubiera convertido en «el lugar especial» de ellos dos. No tiene el romanticismo de un puente o un mirador desde el que observar el *skyline* de Madrid y disfrutar de los atardeceres. Solo es una mesa en un rincón de un bar especializado en setas. En realidad, eso no es importante; lo único que cuenta es todo lo que han hablado en esa mesa.

—Lo he aparcado en la calle Almirante, en una plaza de minusválidos. Es el Volvo S60.

—Gracias, es que no tenía tiempo para rellenar el papeleo...

—Claro, lo que tú digas. Voy a hacer como si no me hubiera llegado el pollo que has montado esta tarde en la Audiencia Nacional, te pongo carita de enamorada, y tú vete sin remordimientos. No hace falta que me cuentes qué leches estás haciendo.

—Te prometo que no vas a tener problemas por mi culpa.

—¿Y tú? ¿Los vas a tener?

—Es mejor que te quedes al margen, Manuela.

—¿Te acuerdas de nuestra charla de ayer en esta mesa? —se decide a sentarse en una silla frente a Zárate, le roba el vaso de cerveza para darle un trago: la primera vez que él la ve beber algo distinto a su Aquarius—. Te pusiste a hablarme de Elena, de todo lo que habías pasado con ella... Yo pensaba que, al venir conmigo a cenar, había posibilidades de echar otro polvo, pero... no importa... Me gustó que confiaras en mí, aunque fuera para hablarme de otra. Me hizo sentirme tu amiga. No me quites eso también.

—Siento que pensaras que entre tú y yo...

—No pensé que nos fuéramos a casar ni nada por el estilo, pero anoche no me habría importado repetir... Ángel: esto no tiene nada que ver con el caso de Las Suertes Viejas, ¿verdad? No vas detrás de Violeta...

—Hay un caso... antiguo. Tú estás ordenando el archivo de Buendía, no sé si eso te dará también acceso a expedientes viejos, autopsias...

—¿Qué quieres que busque? Buendía tiene vía libre en toda la documentación de la policía.

—La autopsia de mi padre. Murió en 1991 en acto de servicio. Llamaron al caso Miramar, no sé por qué...

—Nadie sabe por qué se ponen los nombres de las investigaciones. —Manuela empuja las llaves sobre la mesa para que Ángel las coja—. A ver si cuando vas a por el coche, se lo ha llevado la grúa. Te llamo si encuentro algo.

—Gracias, Manuela. Eres una amiga.

Se despide con un beso en la mejilla. Manuela se queda unos segundos en silencio antes de llamar la atención del camarero.

—¿Me puedes traer un gin-tonic? Hoy estoy feliz.

El arroyo artificial del parque Aluche está construido siguiendo el trazado del antiguo arroyo Luche, el que dio nombre al barrio. Ahora es uno de los lugares de esparcimiento para los vecinos: paseos arbolados, zonas de juegos, instalaciones deportivas y hasta un auditorio... Allí, en un banco a la sombra de una acacia, es donde Zárate encuentra a Yolanda, la hermana de Blas Guerini, después de buscarla en el negocio de uñas que atiende su madre. La observa a unos metros de distancia: la chica parece haber envejecido varios años desde la última vez que la viera. La falta de su hermano le ha pasado factura, no cree que haya estado limpia desde que se enteró de la muerte de Blas.

Un joven con vaqueros de pitillo, zapatillas deportivas, camiseta a rayas y una cazadora vaquera muy gastada se sienta junto a ella. Zárate es testigo del negocio que hacen, la papelina que el camello deja en el banco, los billetes que Yolanda le entrega de manera disimulada para, después, tan pronto como el chico se marcha, coger la droga con ansia.

—¿Cómo estás, Yolanda?

—No me jodas, es para consumo propio...

A pesar de que debe de llevar semanas fuera de la realidad por la heroína, Yolanda reconoce a Zárate cuando él se sienta a su lado en el banco. Sabe que, si la conversación con Beltrán hubiera terminado de otra manera, Elena estaría allí ahora mismo. Repasar la declaración de la hermana de Blas Guerini era el paso lógico para saber si existía alguna relación reciente entre Beltrán y el sicario que acabó con la vida de las madres. Sin embargo, ella tiene otros fuegos que aplacar. Debe de estar lidiando con Rentero, intentando que el juez no use lo que ha pasado hace unas horas en el despacho para acabar con la BAC. Eso es algo que a Zárate le da igual. Sabe que ha cruzado la línea y ya no podrá regresar a las oficinas de Barquillo.

—Te vas a matar si te sigues metiendo de eso.

—¿De verdad? Nunca me lo habían dicho. —La chica arrastra las palabras—. Deberían avisarlo, como en los paquetes de tabaco. Gilipollas... ¿Qué quieres?

—Hablar de tu hermano.

—Está muerto. Y él no se metía, ya ves... Tanto decir que me voy a morir y él la ha palmado antes que yo.

—La mala vida, que también mata. Y las malas compañías.

—Mi hermano era una mala compañía, no necesitaba a nadie más.

Zárate saca su móvil y busca el retrato del juez Beltrán. Una foto oficial que aparece en la página web de la Audiencia Nacional.

—¿Conoces a este hombre?

Yolanda lo mira con un gesto errante, pronto su atención regresa a la papelina, que empieza a abrir. Zárate se la quita de las manos.

—¡No me des por culo! ¡Eso es mío!

—Cuando mires bien la foto.

—Que sí lo conozco, que ya te lo dije, es el juez que le hizo un trato a mi hermano para sacarlo del talego. ¡Dame eso, coño!

—¿Quieres que te la devuelva? —Zárate juguetea con la papelina entre sus dedos—. Yolanda, es importante. ¿Viste a este hombre con tu hermano cuando salió de la cárcel?

—Que sí, coño, una vez estuvo por el barrio, con Blas... Ni puta idea de qué trabajo le ofreció, pero debía ser de pasta. Al día siguiente, mi hermano dejó el curro de la discoteca. Me dijo que iba a sacar billetes para que no tuviéramos que trabajar en un tiempo...

—Algo te soltaría de qué negocio le ofreció este hombre.

—¿Te crees que mi hermano me contaba sus asuntos? Pues no, no me decía nada.

—Yolanda, a tu hermano lo mataron por aceptar ese trabajo. A mí no me da ninguna pena, pero... tú sí le querías, ¿verdad? ¿No vas a ayudarme a llevar a la cárcel al hijoputa que lo metió en ese lío?

—Blas está muerto, coño. Nada de lo que haga le va a devolver la vida.

—¿Estás dispuesta a firmar una declaración que diga que el tipo de la foto se vio con tu hermano en el barrio cuando ya había salido de la cárcel?

—Yo firmo lo que me digas, pero ahora pasa de mi culo. ¿Vale? Por lo menos hasta que me meta.

—Tienes que venir conmigo.

—Antes me tengo que meter esto. ¿Tienes coche?

Zárate ha dejado el Volvo de la BAC aparcado en batería en la calle Camarena, a pocos metros del parque.

—No te irás a meter un pico en el coche.

—Sí. O me dejas o no te acompaño.

El policía no tiene más remedio, así que le abre la puerta a Yolanda y se queda fuera. Ve por el vidrio del parabrisas a la hermana de Guerini sacando del bolso lo necesario para su pico: una cuchara, una botella de agua, el encendedor, la jeringuilla... Se anuda una goma en el brazo que aprieta con los dientes y, después, se clava la aguja. Mientras se pierde en el sueño de la heroína, Zárate se da cuenta de que no va a llevar a ningún sitio a Yolanda. Tiene lo que ha ido a buscar y hacerle prestar declaración en la BAC solo complicaría las cosas. El triángulo que Elena definió parece cobrar forma. Beltrán, agobiado por el chantaje de Mónica Sousa, contrató a Blas Guerini para ir a Las Suertes Viejas y acabar con las madres. Pero él no busca hacer justicia por lo que sucedió en esa finca, eso es algo que Violeta ya está haciendo. Lo que ahora tiene en sus manos es el arma que necesitaba para obligar a Beltrán a contarle todo lo que sabe del caso Miramar. La llave para averiguar quién mató a su padre.

Capítulo 60

Elena no tiene paciencia para esperar el ascensor. Sube de dos en dos los escalones hasta el tercer piso del edificio en la calle Ibiza. La puerta está abierta cuando llega a la casa de Rentero. Lo buscó en su despacho, pero la secretaria le dijo que se había tenido que marchar. No le respondía al teléfono y era urgente hablar con él. Su esposa le dijo que estaba con ella, en casa. Cuando entra en el salón, ve la silueta del DAO recortada contra los ventanales que se abren a una panorámica del Retiro. Se sorprende al descubrir, en un sillón, a Reyes. Encogida sobre sí misma, parece una niña que ha sufrido una reprimenda.

—¿Estás bien, Reyes? ¿Qué estás haciendo aquí?

—Rentero te contará. En realidad, debería marcharme. No es seguro que pase mucho tiempo contigo...

—La Sección de Villaverde quiere saber qué está investigando la BAC, Elena. —Rentero camina como si fuera mucho más pesado de lo que es hasta derrumbarse en un sillón—. Le he dicho que no vuelva por allí, pero no quiere entrar en razón. A ver si tú le abres los ojos. Están poniéndola a prueba.

—No pasará nada si regreso con algo que darles. —La respuesta de Reyes suena como si la hubiera repetido un millón de veces. Luego busca la complicidad de Elena—: Cristo tiene miedo del juez Beltrán. Lo estáis investigando por la muerte de Mónica Sousa, ¿verdad?

—Esto se nos está yendo de las manos —protesta Rentero—. Se está desbordando por demasiados sitios y vamos a terminar mal.

—¿Qué sabe la Sección de Beltrán y Mónica? —pregunta la inspectora a su agente.

—Mónica trabajaba para Cristo. Le hizo robarle semen al juez para embarazar a una de las mujeres de Las Suertes Viejas.

Elena necesita sentarse. Termina de encajar las piezas del puzle en su cabeza mientras Rentero le cuenta que Beltrán estaba investigando a la Sección. Para quitárselo de en medio, Cristo y sus hombres urdieron ese plan para chantajearle y así tumbar el trabajo del juez.

—Beltrán está en el Opus. La Obra no le iba a permitir que apareciera con un hijo de otra —razona en voz alta la inspectora.

—Será del Opus, pero también parece el único que ha hecho algo contra la corrupción policial en los últimos años.

Elena nota la rabia de Reyes. ¿Cómo puede defender a Beltrán? Lo que ha hecho ese juez se dibuja ahora en su mente con absoluta claridad; sin embargo, Reyes insiste en proteger la figura de Beltrán y el caso que lleva años armando.

—Puedo contarles que la BAC no está siguiendo ninguna línea relacionada con Beltrán. Que todo es culpa de una de las madres que perdió la cabeza cuando Blas Guerini se plantó en la finca y las mató a todas. Es un caso criminal que no tiene por qué guardar ninguna relación con la Sección. Les diré que lo único que le interesa a la BAC es detener a Violeta.

—Es que eso debería ser así. —Rentero intenta imponer su autoridad.

—Pero ¿os dais cuenta de lo que va a pasar? —interviene Elena en la conversación entre Rentero y su sobrina—. Violeta ha podido descubrir que Beltrán es el verdadero padre de su hijo. Me apuesto lo que sea a que Mónica se lo dijo. Va a ir a por él. Va a matarlo. Lo que no sé ahora es si quiero impedirlo...

—¿Tú también has perdido la cabeza, Elena? ¡¿No es suficiente con Zárate?!

El móvil de Reyes suena. Le ha entrado un mensaje mientras su tío echaba en cara a Elena la trifulca que Ángel ha organizado en el despacho del juez. La historia no ha tardado en desbordar la Audiencia Nacional para llegar a la cúpula de la Policía. Elena supone que Beltrán caerá sobre Zárate con tanta fuerza como sea capaz.

—Tengo que marcharme —les anuncia Reyes.

—No conseguiré impedir que vayas a la Sección, ¿verdad? —se rinde Rentero—. Entonces, quiero que les cuentes una cosa: diles que Beltrán va a levantar el secreto de sumario, que los va a llevar a juicio. Cuéntales que ese yonqui en el que confiaban era en realidad un policía. Se pondrán nerviosos y querrán evitarlo a toda costa.

—Me da la impresión de que lo que quieres es cargarte a Cristo y a sus hombres, no sacar toda la mierda que está investigando Beltrán.

Elena se sorprende de que Reyes ponga en duda las órdenes de Rentero con tanta entereza.

—¿No te parece suficiente?

—Lo que tú digas.

El eco de la puerta al cerrarse cuando Reyes se ha ido recorre el salón de la casa de Rentero. En el silencio de Elena hay una lucha entre el deber y lo que le gustaría que sucediera.

—Tienes que poner a salvo a Beltrán —le ordena el comisario.

—Vengo de la BAC. Mariajo ha estado rastreando las cuentas del juez. Hay una retirada sospechosa de sesenta mil euros justo un par de días antes de que se produjera la matanza de Las Suertes Viejas. No estaba segura de que fuera suficiente, pero ahora... ¿qué más da? Es evidente lo que pasó. La Sección intentó chantajear a Beltrán y el juez contrató a Blas Guerini para que pusiera fin al problema. Les arrancó los fetos a las madres, para que la Científica no pudiera llegar hasta él a través del ADN. Por eso mató a todas las madres, porque no sabía cuál era la madre del hijo del juez. Esa es la persona que me estás pidiendo que ponga a salvo. Ese es Beltrán.

—En la policía, no siempre nos toca proteger a los buenos.

Elena se pone en pie. Tendrá que ir a Barquillo, organizar a sus hombres para montar un dispositivo de protección de Beltrán y, como la araña que espera su presa, aguardar a que haga acto de presencia Violeta. Por primera vez en su vida, desea llegar tarde. Que Violeta haya sido más lista que ella y, ahora, ya tenga en sus manos a Beltrán.

—Elena, respecto a Zárate... —murmura Rentero cuando ella ya ha iniciado el camino hacia la salida—. Beltrán lo va a denunciar y... esta vez no voy a poder pararlo. Por ahora tengo que apartarlo del servicio. Me temo que acabará expulsado del cuerpo.

—¿Aunque Beltrán haya ordenado el asesinato de cinco mujeres?

—Son las reglas del juego. Nosotros no podemos saltárnoslas. Tenemos que ser los buenos.

Capítulo 61

La Sala de lo Penal de la Audiencia Nacional, donde tiene su despacho el juez Beltrán, se encuentra en la plaza Villa de París, en el lugar en el que estaban los huertos y los jardines del convento de las Salesas Reales. En tiempos se llamó plaza de la Justicia por albergar también el Tribunal Supremo. La plaza está cerrada al tráfico —solo hay algunas zonas en las que pueden entrar los funcionarios de los distintos juzgados— y es un lugar tranquilo, con jardines, setos, castaños, estatuas y hasta una zona de columpios, casi siempre vacía. En alguno de los inmuebles que la circundan se han construido los pisos más caros de Madrid; es una zona elegante y segura, perfecta para acoger a los más ricos.

Violeta se ha sentado en uno de los bancos, con la nevera que guarda al pequeño Zenón a su lado. Aunque la policía vigila la plaza, nadie impide el acceso y a su alrededor pasean los vecinos, con sus mascotas, y algunos otros que acortan el camino desde Génova hasta la calle Bárbara de Braganza.

Dentro de uno de esos edificios está el juez Beltrán, el padre de Zenón. Se da cuenta de que llegar hasta él será más difícil que a los demás padres. Es un juez importante y, aunque no haya logrado verlos, quizá hay guardaespaldas que lo protegen veinticuatro horas al día, pero confía en tener un golpe de suerte. Iyami Oshoronga va a ayudarla, lo sabe, su silueta negra le enseñará el camino que debe tomar. En el cielo, una bandada de pájaros vuela en círculos, puede que sean los emisarios de la Madre Ancestral.

De vez en cuando cruzan con urgencia la plaza abogados enfundados en trajes que probablemente cuesten una fortuna. Van hablando entre ellos, nadie se fija en esa mujer de pelo corto y teñida de moreno que se ha sentado en el banco. Los observa con curiosidad, sin saber qué aspecto tiene la persona a la que busca y si ha pasado ya ante ella: no ha tenido oportunidad de entrar en un locutorio y buscar en internet al juez Beltrán. Solo sabe que conduce un BMW negro. Antes de morir, Mónica Sousa le dio la dirección de su casa y una descripción del coche, también los primeros números de la matrícula, 7 y 8.

Llegó al amanecer a la calle Valle de Tobalina, al número 23, una zona de chalets en Boadilla del Monte. En el Ibiza de Mónica, esperó aparcada a unos metros hasta que vio surgir ese BMW negro. No pudo ver a Beltrán, solo una sombra negra dentro del vehículo, y lo siguió hasta la Audiencia Nacional. Lleva todo el día dentro, cree que ni siquiera ha salido a comer, pero ya es tarde, casi las siete, no debe tardar en acabar su jornada laboral. Por eso abandona su puesto de vigilancia junto a los columpios, es hora de instalarse en la salida del garaje que hay bajo la plaza y esperar que la boca del subterráneo escupa el BMW negro.

Tal vez debería cambiar de vehículo, pero no le surge ninguna ocasión de robar unas llaves al descuido, así que vuelve al Ibiza que había dejado aparcado en la calle Zurbano. No se aclara con las calles prohibidas y en obras que le obligan a dar círculos alrededor de su objetivo, teme no llegar a tiempo a la calle del Marqués de la Ensenada, donde está la salida del garaje.

Tiene suerte, a las ocho menos diez, poco después de que ella llegara en el Ibiza, el BMW sale. Violeta arranca y lo sigue. Al llegar a la calle Génova, se pone a su altura aprovechando un semáforo. Ve por primera vez al padre de Zenón: un hombre mayor de lo que ella esperaba, calvo, con ojos saltones y papada, gesto de cansancio, un apósito en una mejilla, ha debido de tener algún accidente. ¿Serían estos los rasgos que algún día podría reconocer en Zenón?

Él conduce hasta el aparcamiento de la plaza de España. Violeta desciende también por la rampa y ocupa una plaza cercana. El juez saca una bolsa de deporte del maletero y sube las escaleras hacia la calle a un ritmo muy superior al que Violeta esperaba, está en forma pese a su edad. Ella, que carga con la nevera en la que va su hijo, tarda más de la cuenta en salir, pero llega a tiempo de ver al juez meterse por una de las callejuelas que bordean el Edificio España. Su destino es un gimnasio lujoso, con entrada por San Leonardo, pero con grandes ventanales que dan a la calle Princesa. Es allí donde Violeta se instala hasta que lo localiza, un cuarto de hora después de su entrada, en una de las cintas de andar que se atisban en la primera planta desde la calle.

Entra en el gimnasio. Teme que alguien pueda detenerla en la recepción, ya ha armado una excusa para poder pasar, pero no es necesaria, nadie le dice nada. Hay bastante gente en las máquinas, en las bicicletas, en la zona de las pesas. Se aproxima al juez sin una idea clara en la cabeza. Necesitaría algún modo de hacerle tomar las gotas de escopolamina que ha llevado, la misma droga con la que ha reducido a los demás padres. De pronto le surge la oportunidad: el juez cambia de aparato, pero deja atrás su botella de agua, roja, de aluminio, opaca, y su toalla. Violeta se acerca antes de que él se percate y deja caer dentro las gotas. Ahora solo debe esperar. Diez minutos después de pedalear con fuerza, Beltrán alcanza su botella y le da un largo trago... Luego inicia unos estiramientos. Violeta sale a la calle. No tiene prisa, sabe que el juez se dará una ducha antes de marcharse de allí. La escopolamina también necesita su tiempo para hacer efecto.

Lo ve salir del gimnasio antes de lo que esperaba y se felicita por su buena suerte al comprobar que regresa al aparcamiento. Eso quiere decir que estará solo, cabía la posibilidad de que hubiera quedado con alguien para tomar una copa por la zona, y en ese caso la indisposición que él va a sentir no le serviría para sus propósitos. El juez Beltrán camina despacio, debe de haber empezado a sentir un ligero malestar. Mientras está pagando, se ve obligado a apoyarse en la máquina. En su cara se nota que a cada segundo se encuentra peor. Coge el tique para abandonar el parking y, algo tambaleante, cruza el garaje en busca de su BMW. Violeta lo aborda cuando está buscando las llaves del coche.

—¿Se encuentra usted bien?

—No sé qué me pasa. Estoy algo mareado...

—Venga, siéntese aquí un momento...

El juez Beltrán agradece la intervención de esa joven de acento dulce que abre la puerta de su coche, un Ibiza, y lo ayuda a sentarse en el asiento del acompañante. Una extraña sensación de sopor, de estar fuera de la realidad, lo va invadiendo. Ni siquiera sabe si es cierto que ella esté poniéndole el cinturón de seguridad, puede que lo esté soñando. Escucha el ruido de la puerta al cerrarse con sordina. Las palabras que la chica le dice suenan distorsionadas, ininteligibles. Se le cierran los ojos. Siente el rumor del motor al ponerse en marcha y lo último que recuerda es la sonrisa de esa mujer que lo ha socorrido. Le resulta extrañamente feliz.

Capítulo 62

Pese a que son casi las diez de la noche, María Dolores, la mujer del juez Beltrán, luce un vestido negro y un collar de perlas. Está maquillada y envuelta en perfume. Un nerviosismo que a la inspectora le resulta excesivo resquebraja su elegancia, como si este pequeño retraso de su marido fuera la confirmación de algo terrible que tenía que suceder.

—No es normal que no esté en casa. Habíamos quedado para cenar, hoy es nuestro aniversario de boda. Lo he llamado cien veces y no responde.

Elena Blanco entra en el salón, en el que destaca una lámpara de sobremesa, de gran diámetro, y un lienzo que reproduce un paisaje de Seurat. Ya es inevitable: poco a poco, la mujer irá descubriendo la vida secreta de su esposo, la relación entre Mónica y Beltrán, el hijo que no quería tener y la decisión brutal que tomó para evitarlo contratando a Blas Guerini. No quiere que ese lodazal distraiga ahora a María Dolores.

—¿A qué hora se comunicó con él por última vez?

—Cuando salió del juzgado. Me dijo que se iba al gimnasio y que a las nueve y media estaría de vuelta. Desde entonces, nada. Y lo he llamado. Le ha pasado algo, seguro. Ignacio es muy puntual, siempre me avisa si se va a retrasar...

En una consola del comedor hay una foto familiar: dos matrimonios jóvenes posan junto a Beltrán y María Dolores. No sabe quién de esos matrimonios son sus hijos.

—¿A qué gimnasio va?

—A uno que hay en la plaza de España, en la calle San Leonardo.

—¿Podría decirme el modelo y matrícula de su coche?

Elena transmite los datos que le da María Dolores a Orduño para que revisen si el coche está en el parking del gimnasio; también las cámaras de seguridad del subterráneo por si alguna hubiera grabado a Violeta. La esposa de Beltrán se ha sentado en un sofá, juguetea con las perlas de su collar, nerviosa, mientras murmura sus miedos.

—Se lo dije tantas veces que ya me había dado por vencida. Él no quiere escolta, pero... en su posición, con su trabajo... ¿Sabe que hemos recibido amenazas telefónicas? ¿Se lo han dicho?

—¿Cuándo?

—El año pasado, pero... esa maldita manía. Decía que «perdía la libertad» si tenía que cargar con un guardaespaldas a todas partes...

Elena supone qué significaba esa libertad para Beltrán. Sus encuentros con Mónica. Con otras mujeres antes, está segura. Un cuadro de Escrivá de Balaguer la observa desde el recibidor. Una aureola envuelve la cabeza del fundador del Opus Dei. La inspectora sale del chalet en Valle de Tobalina. Se fija en las cámaras instaladas en la fachada y en la puerta de la parcela.

—Orduño, pídele las grabaciones de las cámaras de seguridad. Si tenemos suerte, puede que registraran a Violeta...

Él regresa al interior para consultárselo a la esposa de Beltrán. Un escalofrío recorre el cuerpo de Elena cuando se ve reflejada en una de las ventanas del chalet. La imagen de sí misma que le devuelve el cristal es la de una Elena mucho mayor. Envejecida, cansada y derrotada. Recuerda algo que Beltrán les ha dicho ese mismo día en su despacho: *No los tengo por malos policías, pero no se han dado cuenta de que no son ellos los encargados de impartir justicia.* ¿Han cruzado esa línea? Sería hipócrita negárselo: ella misma ha fantaseado con la posibilidad de no socorrer al juez, de dejar que Violeta cumpliera su venganza. Es solo un pequeño paso al otro lado del límite, pero una vez dado no parece tan difícil seguir alejándose. Convertirse, como probablemente le haya pasado a Beltrán, en alguien que se cree por encima de cualquier ley. Arrogado del derecho a decidir quién vive y quién no. Como si fueran dioses infalibles y su misión estuviera por encima de todos. ¿Se está transformando ella en alguien así?

—No tiene las imágenes de la cámara de seguridad.

Elena no entiende qué razón puede haber para que hayan desaparecido esas grabaciones. Orduño prefiere llevar a la inspectora a un lugar apartado del jardín, lejos de los agentes que los han acompañado hasta allí.

—Dice que otro compañero nuestro estuvo aquí antes que nosotros, apenas media hora. Por eso estaba tan nerviosa desde el principio. Ese policía le dijo que no había nada de lo que asustarse, pero que necesitaba revisar las grabaciones para cerciorarse de que unos delincuentes que están detrás de Beltrán no habían estado por el barrio.

—Hijo de puta.

Elena no es capaz de decir el nombre de Ángel en voz alta. Se siente estúpida por haber pensado que él se apartaría, que le dejaría finalizar la investigación sin interferencias. No le importa lo más mínimo Violeta, la inspectora es consciente de que Zárate va detrás de la información sobre su padre que Beltrán pueda darle. Ojalá no fuera así, pero Ángel ha decidido emprender su propia batalla. Ya no es un policía, es simplemente un hijo.

Los agentes de las oficinas de Barquillo, los pocos que quedan a esas horas, hunden las miradas en sus escritorios cuando Elena y Orduño irrumpen en el despacho de Mariajo. No es habitual que la inspectora Blanco pierda el control. Se pueden contar con los dedos de una mano los que la han oído gritar, por eso están clavados en sus puestos como estatuas de sal; temen que, después de descargar su ira con la hacker, vaya a por alguno de ellos.

Manuela atraviesa desconcertada el silencio de la oficina. Ha estado en el archivo de Buendía, repasando los expedientes, cuando al ir a recoger sus cosas para marcharse a casa, se ha encontrado con esta extraña tensión. Un grito de «¿en qué cojones estabas pensando?» centra su atención en el despacho de Mariajo. La silueta de una agitada Elena bracea y vocifera al otro lado del cristal del habitáculo.

—¿Sabes qué está pasando? —pregunta a un hombre más o menos de su quinta.

—Ni puta idea, pero pinta mal.

El agente, al que contrataron por su carrera en Filología árabe, se levanta y huye hacia la cocina. No quiere que le salpique la rabia de la inspectora. Manuela se arma de valor y, al notar que el volumen de la discusión se ha apagado, llama al despacho de Mariajo y entra. Frente a sus monitores, la hacker tiene la mirada aguada y perdida en las imágenes de unas cámaras de tráfico. Coches y coches que circulan a toda velocidad por alguna autovía fuera de Madrid. Orduño, sentado cerca de Mariajo, parece tenderle una mano en señal de apoyo. Elena se gira a la forense como si de repente un niño hubiera entrado en la habitación de los padres en plena refriega.

—¿Qué coño quieres, Manuela?

—Ayudar, porque supongo que algo ha pasado... Y no parece bueno.

—Aparte de que cualquiera diría que Mariajo entró ayer en el cuerpo, nada más.

No hay humor en las palabras de Elena, solo un tono agrio. Seguramente se ha contenido para no decir nada más ofensivo.

—Ya basta, Elena —replica la hacker—. ¿Cómo querías que supiera que Zárate estaba suspendido? Pensaba que ibais juntos.

—Cierra la puerta —ordena Elena a Manuela, que obedece, para luego encararse de nuevo con Mariajo—. ¿Y no se te ocurrió avisarme cuando te pedimos que revisaras las imágenes del parking del gimnasio de plaza de España?

—Nos estamos desviando, Elena —Orduño ha decidido ejercer de mediador—. Nuestro objetivo no es Zárate. Es Violeta. Más aún ahora que sabemos que tiene a Beltrán.

—¿Y crees que vamos a encontrarla antes de que lo mate?

—La carretera de esas imágenes es la A1, ¿verdad? La carretera de Burgos. Viví un tiempo en San Sebastián de los Reyes y me la sé de memoria. —Agarrándose a ese retazo, Manuela intenta dar pie a que alguno de ellos la ponga al día.

Es Orduño quien lo hace, más por evitar que la discusión entre Elena y Mariajo vuelva a explotar que porque le parezca pertinente informar a la forense.

—Zárate fue a la casa del juez Beltrán antes que nosotros. Le pidió a su mujer las imágenes de las cámaras de seguridad y se las envió a Mariajo. Al revisarlas, vieron el Seat Ibiza de Mónica Sousa aparcado a primera hora cerca de la casa del juez. Es el coche en el que se mueve Violeta. Pudieron reconstruir cómo siguió a Beltrán hasta la Audiencia Nacional. Pasó allí el día y, alrededor de las ocho, fue detrás de él hasta un gimnasio en plaza de España. El coche de Beltrán, un BMW negro, ya no salió de allí. Sigue aparcado en el garaje. Sin embargo, el Ibiza de Violeta sí. Las imágenes de la cámara de seguridad del parking no son muy buenas, pero permiten adivinar que, en el asiento del copiloto, junto a Violeta, había alguien más. Suponemos que ya debía de haberlo drogado con escopolamina, como hizo con el resto. Esa grabación es de las ocho y cuarenta.

—Y ¿después? ¿Le has perdido el rastro, Mariajo?

—Volví a situarla en la salida de la A1, pero a partir de ahí... No sé dónde coño se ha metido. —Mariajo no oculta su incomodidad, todavía le molesta responder a Manuela como si fuera una más del equipo.

Elena sale del despacho como si fuera succionada por un desagüe. Sus pasos resuenan en la oficina, que sigue en silencio.

—¿Por qué se ha puesto así? —pregunta la forense—. Lo que has hecho siguiendo ese coche es un milagro. Debería ponerte una medalla...

—Le ha dado toda esa información a Zárate antes que a nosotros.

Manuela se acomoda las gafas mientras mira desconcertada a Orduño, sigue sin comprender cuál es el problema.

—Han apartado a Ángel del cuerpo. Esta tarde. Perdió el control con el juez Beltrán y se lio a darle de hostias... Y la cámara que grabó a Violeta en la A1... también registró a Ángel solo unos minutos después. Conduce uno de nuestros Volvos.

Un mensaje suena en el móvil de Orduño. Su gesto se tuerce cuando lo lee y, tras una disculpa, abandona el despacho de Mariajo. Manuela ensaya una expresión de sorpresa que cree que le queda convincente.

—Zárate está fuera de control —le dice Mariajo.

Orduño ha tenido que sentarse en una de las mesas de la oficina para releer el mensaje. Mira a su alrededor; Manuela y Mariajo siguen juntas, parece que la forense está ayudando ahora a la hacker a rastrear el coche en las cámaras de seguridad de la A1. Elena ha cerrado las persianas para que nadie pueda verla en su despacho. Imagina la confusión que debe de estar viviendo: Zárate, suspendido, sigue implicado en el caso y, si termina interviniendo, no hará más que empeorar su situación. Deberían dar con Violeta antes que él, pero ¿cómo? Las imágenes de seguridad de las carreteras, sucias por la poca calidad que ofrecen de noche, cargadas de ruido, muestran una riada intermitente de luces blancas y rojas alejándose de la ciudad, perdiéndose hacia el norte... pero él no puede centrarse en eso ahora.

Relee el mensaje que le ha enviado Reyes. «Ha aparecido el cadáver de Dely. Me citan donde la enterramos para controlar la investigación y que no nos salpique. Tengo miedo, no me fío, te mando mi ubicación en tiempo real».

Al pinchar en el enlace, la aplicación abre un mapa: un punto azul muestra la situación de Reyes. Se está moviendo, quizá en coche dada su velocidad, hacia una zona del sur de Madrid.

No contesta al teléfono. Ya lo ha intentado un millón de veces, Elena no sabe por qué sigue llamándolo. Zárate no es imbécil: lo más seguro es que se deshiciera del móvil por si intentaban dar con él. Puede que ya haya localizado a Violeta, ¿para qué iba a necesitar hablar con nadie de la BAC?

Se sienta frente a su mesa y abre el cajón de su escritorio. En tiempos, allí había siempre una botella de grappa. Ahora no hay nada. Necesita un trago. ¿Cómo hacía durante el último año para razonar con claridad sin la ayuda del alcohol? Sus pensamientos saltan de Zárate al juez Beltrán, dos caras de la misma moneda. En la pared, el dibujo pueril que le regaló Mihaela. ¿Será feliz allá donde esté, junto a su padre biológico?

El reloj del móvil marca las once. La abruma la perspectiva de una noche encerrada en su despacho, viendo caer las horas, esperando el amanecer y alguna llamada que la avise del hallazgo de Beltrán y de Zárate. ¿Hasta dónde será capaz de llegar Ángel para que Beltrán le confiese hasta el último detalle del caso de su padre? Es una pregunta absurda, Elena lo sabe: si tiene que torturarlo, lo hará, y, entonces, ya no podrá hacer nada por Ángel. Sus actos lo convertirán en un delincuente, no será posible enterrar más informes.

No hace tanto que ambos soñaron con un futuro juntos, que creyeron que el amor sería suficiente para mantenerlos unidos, felices. No tuvo en cuenta las grietas que hay dentro de cada uno de ellos, los agujeros que han terminado absorbiéndolos. La culpa no es exclusiva de la rabia que anida en Zárate, ella también tiene su parte de responsabilidad: la necesidad de volver a ser una madre la empujó por un camino que los separaba. Es difícil transmitir el dolor que genera la pérdida de un hijo, el abismo de esa ausencia. Tal vez Violeta podría entenderla, piensa durante un instante Elena, y, al hacerlo, se da cuenta de lo poco que se ha esforzado por tratar de empatizar con esa mujer. Puede dibujar una inmigración desesperada que la llevó a la finca de Las Suertes Viejas, quién sabe si hubo un paso previo por la prostitución. Vejada, aislada, usada como un animal que solo sirve para parir. Pero ¿cómo sustraerse al vínculo que se crea entre una madre y el hijo que empieza a tomar vida dentro de ella? La matanza de las madres tuvo que ser como abrir las puertas del infierno. ¿En qué se convierte la realidad cuando descubres que una pesadilla así puede suceder? Elena recuerda cómo Dorita describía el discurso errático de Violeta cuando la tuvo escondida en el mesón. Busca entre los papeles la transcripción de aquella conversación.

«No decía más que tonterías; que si iba a llevarlos de excursión a no sé qué montaña... que si pronto sería el cumpleaños de uno de ellos... Como si estuvieran vivos. Benigno, mi marido, se enfadó: decía que teníamos que llamar a la Guardia Civil, Violeta necesitaba un médico... Nosotros no podíamos cuidarla...».

El pensamiento mágico permitió a Violeta seguir viviendo.

«Decía que era la venganza: Iyami Oshoronga tiene que restablecer el orden, el destino necesita que todo vuelva a su lugar...».

Teclea en el ordenador el nombre de Iyami Oshoronga: más de doce mil resultados que hablan sobre esta deidad emparentada con la religión de los orishas, un culto que se practica en Cuba, México, Brasil... aunque con diversas mutaciones dependiendo del lugar. Puede que Violeta entrara en contacto con ese mundo en su país natal y, como los ateos que se aferran al catolicismo cuando la vida los somete a una enfermedad terminal o alguna otra circunstancia en la que la ciencia resulta inservible, tal vez rescatara esas creencias la tarde en la que murieron las madres de Las Suertes Viejas.

«No iba a pasar página. Su única obsesión era esa de hacer justicia, de volver a poner orden a las cosas...».

Es una idea que se repite varias veces en el testimonio que dio Dorita. Violeta estaba obsesionada con restablecer el orden, como si la vida hubiera tomado un desvío equivocado tras la matanza.

«El destino necesita que todo vuelva a su lugar».

Ucero. La finca de Las Suertes Viejas, en Cubillos. Allí está el origen. Es a donde conduce la lógica alucinada de Violeta a la hora de cerrar el círculo.

Por eso no mató a Beltrán al salir del gimnasio, por eso cogió la A1. La carretera que lleva hasta Soria. ¿Cuánto se tarda desde la plaza de España? El navegador le señala algo más de dos horas... Si Violeta abandonó Madrid alrededor de las nueve, debe de estar a punto de llegar.

Capítulo 63

A Violeta le cuesta bajar al juez del coche. Al hacerlo, aferrándolo por debajo de los brazos, se le resbala el cuerpo y la cabeza golpea contra el empedrado. Comprueba con alivio que el hombre sigue con vida. No quiere matarlo antes de cumplir con sus proyectos. Su hijo Zenón no se merece que las cosas no salgan como están previstas.

Ha dejado el motor del coche en marcha, los faros encendidos iluminan la fachada de Las Suertes Viejas. Es la primera vez que regresa desde que todo se rompió. Contemplar la casa es como observar una enorme calavera con el hueso pulido, una muerte limpia, aséptica. En el cielo, adivina una bandada de pájaros imposibles: es noche cerrada, esos pájaros solo pueden ser los emisarios de Iyami Oshoronga. Aquí trae al último padre. Sabe que no ha conseguido cumplir con todo el plan que la Madre Ancestral le pidió: debía devolver a cada uno de los niños a sus padres, pero dos de los pequeños se quedaron en el arcón de Dorita, la policía le impidió acceder a ellos. Aun así, espera que Iyami sea generosa, que sea suficiente lo que ha hecho y el destino vuelva a colocar cada pieza en su sitio. Que la vida retome el camino allí donde nunca debió perderlo.

Arrastra a Beltrán como un fardo hasta dentro de la casa. No hay muebles, no hay rastro de las que fueron sus habitantes, de las conversaciones que mantuvo con Rosaura o Serena. Es un escenario desnudo que no guarda memoria de las madres. El juez pesa demasiado y, al llegar a las escaleras que conducen al paritorio, no puede cargar con él. Lo empuja y, como un muñeco de trapo, Beltrán cae hasta abajo. Ha dejado una mancha de sangre en un peldaño. Violeta coge la nevera donde guarda a Zenón y desciende. Tampoco están allí las camas ni los monitores, han desaparecido las cunas del nido. Al intentar encender la luz, descubre que no hay corriente. No le importa; con la linterna del móvil bastará. Une las muñecas de Beltrán y se las ata con una brida de plástico por detrás de la cabeza. También le ata los tobillos. En esa postura, le recuerda a un San Sebastián que había en la iglesia de su pueblo. Un San Sebastián calvo y viejo, con algo de sobrepeso a pesar de las sesiones de gimnasio. Le abre la camisa e ilumina su pecho y su estómago desnudo con la luz del móvil.

—¿Qué es esto? ¿Qué hago aquí?

Con un tono narcótico, Beltrán entreabre los ojos. Intenta liberarse sin éxito de las bridas. Tumbado en el suelo, solo puede ver la silueta negra de Violeta tras la luz de móvil.

—Puedes hacer todo el ruido que quieras. El pueblo está abandonado, no hay nadie en muchísimos kilómetros a la redonda. Grita todo lo que quieras. Nosotras también gritamos alguna vez, hasta que nos dimos cuenta de que nadie vendría jamás.

Para ilustrar lo poco que le preocupa el ruido, Violeta se pone a dar aullidos.

—¿Lo ves? Nadie nos oye. Grita, si quieres, así te desahogas.

—¡Suéltame! ¿Quién eres?

—¿No me reconoces? Soy la mamá de tu niño. ¿Quieres que te lo presente?

Violeta abre la nevera y saca un bulto cubierto por un paño. Beltrán cree que lo que ve es consecuencia de su mal estado. Seguramente esa mujer de acento dulce le administró alguna droga; no es posible que, arrodillada a su lado, tenga un feto amoratado en sus brazos.

—Mira, Zenón, este es tu papá... ¿Tú crees que se parece un poco a ti?

—Estás loca. ¡Suéltame!

—Más bajito, que lo vas a despertar —lo amonesta con un mohín.

Violeta pone a Zenón sobre el pecho de Beltrán. Helado, ya no le quedan fuerzas ni para gritar. Luego, ella se pone en pie y sonríe. Una sonrisa beatífica que se pierde en las sombras del paritorio. Solo ella puede ver las alas negras de Iyami Oshoronga, su murmullo que la felicita por haber llegado hasta aquí, su permiso para que dé fin a esta locura y todo vuelva a su origen.

Capítulo 64

Reyes camina por el bosque sintiendo el eco de sus pasos, registrando cada chasquido de las ramas y de las hojas como una señal de alerta. La niebla envuelve el pinar en un halo vaporoso y se oye, lejano, el ulular de un búho. El día que Fabián y ella enterraron a Dely, se grabó un mapa en la cabeza para algún día volver a por el cuerpo, cuando todo hubiera acabado. Y, sin embargo, ahora le cuesta encontrar las referencias: los dos pinos torcidos, muy juntos, buscándose el uno al otro como un par de enamorados.

La lluvia de aquella noche ha ocultado el rastro de la tierra que removieron para cavar la fosa. Un chasquido rasga el silencio. ¿Es el eco de su última pisada? Trata de mantener la calma, pero un sudor frío le recorre el espinazo. Se fija en un montoncito de piedras y ramas que pusieron para camuflar la sepultura. Sí, cree que es ahí donde enterraron a la venezolana, pero ¿por qué todo está tal y como lo dejaron? ¿No se suponía que la habían encontrado? Mientras está apartando alguna de las ramas para verificar que fue allí, en ese punto, donde dejaron el cadáver, oye una voz a su espalda.

—Reyes...

Es Fabián quien se acerca a ella, amistoso, la sonrisa seductora en los labios un tanto azulados por el frío. La ilumina con una linterna.

—¿Qué pasa, Fabián? ¿Qué es eso de que han descubierto a Dely? Fue aquí y esto no lo ha tocado nadie...

—Es que te echaba de menos y quería asegurarme de que venías. Hace una noche preciosa... ¿No te apetece echar un polvo aquí, al aire libre?

—¿Sobre el cadáver de la chica? No, claro que no me apetece. ¿A qué vienen estas gilipolleces?

—Anda, no te mosquees. Ven aquí, dame un beso.

Reyes se acerca a él, todavía desconfiada, pero mira alrededor y no ve a nadie. ¿Será verdad que están solos? Fabián pone en los labios de ella tres besos cortos, muy seguidos.

—¿Quieres saber de verdad para qué te he pedido que vengas?

—Me estás asustando...

—No soy bueno en estas cosas, me da vergüenza, pero... Joder, es que... me he enamorado de ti como un imbécil. No me pongas esa cara, voy a dejar a mi mujer y todo por ti...

—No hace falta que dejes a tu mujer, estamos bien como estamos.

—Estoy harto de que lo nuestro sea así. No, no quiero que nos veamos en tu casa a salto de mata, vivir escondiéndonos… ¿Y si nos largamos de España? A Marruecos.

—¿Qué coño vamos a hacer tú y yo en Marruecos?

—Conozco a alguna gente… Amigos que he hecho de la Sección. Estoy hasta la polla de Villaverde y de Madrid. Nos vamos juntos y seguro que nos lo montamos bien.

—¿Has estado bebiendo, Fabián? No me puedo creer que me estés hablando en serio.

—Te quiero, Reyes. Nunca he querido así a nadie.

—Piensa en tu hijo. No puedes coger y desaparecer sin más.

De repente, Fabián la mira con tristeza.

—¿Qué sientes tú, Reyes?

Ella nota un escalofrío. Se abraza a sí misma. La verdad es que nunca se ha hecho esa pregunta. ¿Qué siente por Fabián? ¿Es algo más que un tío con el que se lo pasa bien y disfruta follando? ¿Y Orduño? ¿Qué siente hacia él? Por si fuera poco acertijo su vida, ahora Fabián la obliga a dar una respuesta que no tiene.

—¿Tenemos que hablar eso ahora? Vámonos a mi casa, te invito a un vino… Follamos y… no sé… ¿Por qué tenemos que definir lo nuestro tan pronto?

Él deja escapar una sonrisa triste. Se aparta unos pasos de ella, algo parece rondar por su cabeza. Reyes puede notarlo, aunque la oscuridad apenas le deja ver su rostro.

—Ojalá tuviéramos ese tiempo…

Un crujido a su espalda pone en alerta a Reyes. Lo extemporáneo de la cita en ese lugar, la extraña conversación que acaba de tener con Fabián, le hace temer de nuevo que todo esto sea una encerrona, uno de los juegos de la Sección. En la noche, huir entre la vegetación de esta zona próxima a la laguna del Soto de las Juntas no parece tarea fácil. Dejó su coche a más de diez minutos de paseo, pero no sabe si podría encontrarlo en el mismo tiempo.

—Es una pena que te hayas negado. Se lo pedí a Cristo, le pedí que me dejara desaparecer contigo, que nos iríamos juntos, que nunca le harías daño. Él no quería, pero estaba dispuesto a darte una oportunidad, por mí.

—¿Qué dices, Fabián? No te entiendo.

—Está convencido de que eres una traidora. ¿Eres una traidora, Reyes?

Reyes mira alrededor, segura de que de un momento a otro va a aparecer Cristo —tal vez la Sección al completo: Nombela, Richi y el Gregor—, pero no ve a nadie.

—Fabián, tranquilízate... Tú tienes un hijo, yo tengo también responsabilidades aquí, en Madrid. No podemos marcharnos, pero eso no quiere decir que yo vaya a traicionar a nadie. Estamos bien como estamos, trabajando juntos, viéndonos algunas tardes... Me gusta estar contigo y a ti conmigo.

Fabián coge el teléfono y hace una llamada.

—Te debo cincuenta euros. Has ganado la apuesta.

Tiene que huir. Es ahora o nunca. Quizá golpeando primero a Fabián para ganar algo de ventaja. Pero él parece haber leído sus pensamientos.

—No se te ocurra echar a correr. No saldrías viva.

A la vez que dice esto, gana presencia el crujido de unas hojas bajo unas pisadas y pocos segundos después, en la penumbra de la vegetación, aparece un hombre. Es Cristo.

—¿Llevas el móvil encima? Dámelo, Reyes.

—¿Qué móvil? —Reyes busca en su bolsillo el teléfono. Lo enciende—. ¿Para qué lo quieres?

—No quiero el tuyo, quiero el que robaste de mi despacho el día de la barbacoa.

—Yo no he robado ningún móvil.

Cristo sonríe y dedica a Fabián una mirada cómplice, de dos camaradas que se entienden con un solo gesto. Su compañero saca la pistola y encañona a Reyes.

—No, Fabián, no puedes matarme. Me quieres, me lo has dicho...

—Dale el teléfono y a lo mejor podemos llegar a un acuerdo.

—No lo tengo.

—Tu chica es cabezota, Fabián —se ríe Cristo—. ¿Te han enseñado tus amigos de la BAC a ser así?

La han descubierto. Reyes sabe que está perdida. Las sospechas deben de haber hecho que Cristo tire del hilo. Se supone que Gálvez está en contacto con ellos, aún recuerda esa estúpida conversación que tuvo con él en el Hotel Wellington. ¿Cómo no va a saber que ella formaba parte de la BAC? No tiene sentido ya la pantomima. Anticipa el alivio de la confesión postrera, en vivir sus últimos segundos sin el disfraz, sin el fingimiento que, ahora se da cuenta, tanta tensión le provocaba. Le sorprende notar hasta qué punto se siente relajada cuando ya no hay necesidad de ser quien no era.

—Puedes pegarme un tiro, pero estarás igual de jodido. Ya le enseñé lo que había en ese móvil a quien debía verlo. No solo van a ir a por ti, a por la Sección. También van a ir a por Aurelio Gálvez y toda la mierda que estáis tapando.

—¿Te crees que esa bravuconada me va a parar? Fabián...

Él, que había bajado el arma, vuelve a apuntar a la cabeza de Reyes.

—Eres idiota: te había dado una escapatoria, conmigo.

—De todas las mentiras que he oído, quizá esa locura de irnos a Marruecos juntos haya sido la única verdad, Fabián. Y quizá nos habría ido bien. —De repente, siente que ha encontrado respuesta a la pregunta que se hacía. Está enamorada de él, de su honestidad, de la mala suerte que lo llevó a quedar atrapado dentro de la Sección y que ahora va a obligarlo a apretar el gatillo.

—Qué pena. —Puede notar el nudo en la garganta de Fabián—. Ya no lo sabremos nunca.

Reyes cierra los ojos. No va a suplicar clemencia, no serviría de nada. Solo espera que suene el disparo y que el dolor no sea muy intenso, que todo pase deprisa. Piensa tristemente en lo corta que ha sido su vida. En todo lo que deja a medias: ese embarazo que no quiere, la corrupción que sabe que salpica a su tío Rentero. El disparo retumba en el bosque y se oye el batir de las alas de un pájaro asustado.

No ha notado el impacto, no le duele, no siente el poder abrasador de la bala horadando su cerebro. Sigue en pie y puede abrir los ojos.

Cuando por fin comprende lo que ha pasado, no se lo puede creer: Fabián ha disparado a Cristo, que yace muerto en el suelo.

—¿Qué has hecho?

—Demostrarte que te quiero; que cuando te pido que nos vayamos juntos, hablo en serio. A Marruecos o a donde quieras.

Y antes de que pueda reaccionar, una sorpresa más en forma de grito.

—¡Baja el arma!

El que se acerca, también con la pistola en alto y apuntando a Fabián, es Orduño. Fabián reacciona con rapidez: agarra a Reyes y se cubre con ella, le apoya el cañón del arma en la sien.

—La voy a matar. He matado a Cristo y haré lo mismo con ella.

Orduño duda. No dispone de un buen ángulo para un disparo limpio.

—Orduño, me va a matar de verdad.

—Solo quiero marcharme. Si me dejas ir, no le haré nada.

—Hazle caso, Rodrigo, por favor.

—Es un asesino. Está detrás de la muerte del periodista y quién sabe si no se encargó también de Dely...

—No vais a entenderlo —se revuelve Fabián—. En la Sección, nadie toma las decisiones, simplemente llegan las órdenes y se acatan. Da igual quién lo haga. Yo podría haber matado a ese periodista, y a Dely, sí... No me importa cargar con eso, pero cuando yo no esté, otros harán mi trabajo.

—Suéltala —ordena Orduño.

—Baja el arma y la suelto. No te voy a disparar, solo quiero irme. A partir de mañana, me podéis buscar.

—Hazle caso, Orduño, lo conozco. Cumplirá con su palabra —musita Reyes, segura de que esa es la única manera de que ninguno de los dos acabe muerto.

—Y una mierda. ¿Cómo sé que si bajo el arma no me va a disparar?

—Tendrás que fiarte —dice Fabián.

Tiembla la culata en las manos de Orduño. La rabia se agolpa en su interior y descubre con asombro que quiere apretar el gatillo. Quiere reventar la cabeza del hombre que tiene apresada a Reyes.

—O bajas el arma o la mato —insiste Fabián.

Orduño comprende que tiene las de perder. Está dispuesto a confiar, a arriesgar su vida para defender la de Reyes. Pero entonces ella interviene.

—¿Quieres arreglar esto? Confía tú también en mí, Fabián. Orduño no te va a disparar, va a dejar que te marches. Eres tú el que va a guardar la pistola y nadie te va a detener.

Fabián clava la mirada en su oponente. Trata de penetrar en ese cerebro de policía. Va a descifrar el mensaje, piensa Orduño. «Tengo que detenerlo, no lo puedo dejar marchar. No puedo hacer eso».

Sin soltar a Reyes, Fabián retrocede hacia una zona tupida de bosque.

—Te voy a echar de menos, Reyes —le dice antes de soltarla.

Acto seguido, apaga su linterna, guarda la pistola y corre entre los árboles.

Orduño apunta entre la vegetación. Puede situar por dónde avanza la carrera de Fabián por el movimiento de las ramas, el ruido. Sabe que podría acertarle. Pierde concentración cuando encuentra la mirada de Reyes, su suave vaivén de negación con la cabeza, que le ruega que no lo haga. Baja el arma y se limita a mirar a su compañera, mientras los pasos de Fabián van perdiéndose en la distancia hasta apagarse. Ella empieza a llorar, como si se hubieran derrumbado todos los diques de contención. En dos zancadas, Orduño se planta a su lado y la abraza con fuerza.

Capítulo 65

Apaga los faros del coche en la entrada de Las Suertes Viejas y aparca justo antes de la curva, para no delatar su presencia. Desde que Mariajo le dijo que había situado el coche de Violeta en la A1, se lanzó a una persecución tras ella. Conforme dejaba kilómetros atrás, perdía la esperanza de encontrarla; podía haber tomado cualquiera de las salidas que había superado. Poco antes de atravesar el túnel de Somosierra, la vio. No conducía demasiado rápido. En ese momento, supo cuál sería la última parada de su viaje. Un regreso a los orígenes, a Ucero. Le cruzó la idea de avisar a Elena, pero pronto la descartó. Bajó la ventanilla del coche y tiró su móvil. No quería que Elena ni nadie fuera tras él.

Necesita hablar con Beltrán. Necesita sacarle a ese juez todo lo que sabe de su padre. En las horas de carretera no ha dejado de recordar instantes de su infancia al lado de él. Su buen humor y esa autoridad que lo impresionaba. También después, cuando murió, la tristeza invencible que contrajo su madre y que acabó enfermándola hasta quitarle la vida. Solo sonreía al recordar alguna anécdota junto a su marido. Un viaje que hicieron de novios a Valencia, las sangrías que su padre bebió de más, los juegos en el agua del mar. Eran destellos de felicidad pasajera que, inmediatamente, se hundían bajo el peso de su ausencia. De una muerte inesperada, a todas luces prematura, que sacudió una mañana el teléfono de su casa y que cambió sus vidas para siempre. Una bala perdida de unos aluniceros atrapados en una persecución, le dijo Santos a su madre. Una mentira.

Teme llegar tarde. Al adentrarse en las carreteras de Ucero, prefirió dejar distancia entre su coche y el de Violeta para no descubrirse y evitar que, al verlo, los nervios la llevaran a matar a Beltrán antes de que él pudiera acercarse a ellos. Lo necesita con vida, se mueve en el dilema de la prudencia y la necesidad de irrumpir en la casa como un ciclón, poniendo en riesgo la vida del juez.

Acuna un feto en sus brazos. Tumbado en el suelo está Beltrán, la camisa abierta, los pantalones bajados hasta la rodilla. Con los pies y las manos atadas por detrás de la cabeza, su postura es ridícula. Tanto como la desesperación con la que intenta salvarse mientras, con una mano, Violeta rebusca algo en la mochila nevera donde supone que ha llevado al bebé.

—No me cuente chingadas, señor juez. Mónica me lo dijo...

—Mónica era una embustera. Una tramposa, ¿no ves qué edad tengo? Por Dios, soy casi un anciano, ¿por qué iba a buscar un hijo en un vientre de alquiler?

—Todos los hombres mienten. Todos. Y Mónica había sido un hombre, no me extraña... pero creo que en eso no me engañó. Sé que cuando alguien ya ve la sombra de la muerte, no se atreve a decir mentiras... Tú eres el padre de mi niño.

—Me chantajeó... No quería hacerlo. No puedes entenderlo, pero fue así... Hay mucha gente que quiere acabar conmigo. Y si no pueden verme muerto, van a por mi carrera. Son policías; llevo toda la vida investigándolos. Tienen miedo de que cuente a qué se dedican. Protegen prostíbulos, apuestas ilegales, hay hasta asesinatos por encargo y lugares como este donde estabais vosotras... ¿Me estás oyendo? ¡Lo que yo intento es acabar con ellos!

Violeta regresa junto a Beltrán, se arrodilla a su lado, todavía lleva al feto en sus brazos.

—Eso no explica cómo acabó tu semen dentro de mí...

—Soy débil. —La voz de Beltrán suena ahora ahogada por el llanto—. Nunca debería haberme acercado a Mónica, pero... No podía evitarlo. «Cada día renacer, cada día recomenzar. No os preocupen vuestros errores, si tenéis la buena voluntad de empezar de nuevo...». —Los ojos acuosos de Beltrán buscan a Violeta después de esa especie de oración—. Es lo que promulga San Josemaría... Y te juro que yo lo intentaba cada mañana. Me decía que no volvería a acercarme a Mónica, que eso no era cristiano. Tengo una esposa, tengo dos hijos casados, ellos son mi vida...

—A Iyami Oshoronga no le importan nada tus lágrimas... ¿verdad que no?

La mirada de Violeta se pierde en un lugar indeterminado de la oscuridad del paritorio, como si pudiera ver a alguien en esas sombras.

—¡¡Te estoy contando la verdad!! —Desesperado, Beltrán se revuelve en el suelo—. Usaron a Mónica para chantajearme. Se hizo con mi semen y lo trajo aquí solo para eso. Para acabar con mi carrera, con mi vida. ¿Te das cuenta de lo que me habría hecho la Obra si se conoce que yo...

—Él llegó preguntando por la madre del hijo de Sousa... La tarde de la matanza... —Violeta ha dejado el feto en el suelo, como si el recuerdo de aquel día estuviera ahora presente, justo a su alrededor, y pudiera verlo con total claridad—. El hombre que nos mató, que nos arrancó a nuestros hijos... llegó preguntando por la madre del hijo de Sousa y, como nadie sabía quién era, decidió acabar con todas.

Un brillo de pánico despunta en los ojos de Beltrán. Un velo de misticismo los recubre de pronto.

—«Este es también un modo de renovarse, es un modo de vencerse: cada día una resurrección, que sea la seguridad de que llegamos al fin de nuestro camino, que es el amor...».

—¿Sabes que rezas a un Dios que no existe?

El Ibiza de Violeta tiene el motor en marcha, las puertas abiertas; los faros iluminan el terreno yermo que rodea la casa. Zárate comprueba que no hay nadie en el coche y penetra con sigilo en el zaguán. El tenue resplandor de una luna menguante es toda la iluminación que se filtra por las ventanas. En la entrada, unas escaleras descienden a lo que fue el paritorio y una voz suave, con acento mexicano, llega desde abajo... La escalera dibuja una ele en su descenso. Zárate baja unos peldaños hasta instalarse en el recodo. La noche y las sombras le protegen. Desde esa posición puede ver a Violeta, la linterna del móvil en el suelo la ilumina.

—¡¡Dime que no es verdad!!

—No quería que fuera así, pero Guerini... Ese hombre era una bestia...

—¡¿Él era una bestia?! ¡¿Y tú qué eres?! ¡Tú fuiste quien lo envió!

—Lo siento, de verdad. Me arrepiento y cada noche rezo para que Dios me perdone...

Violeta se echa sobre Beltrán, que deja escapar un sonido gutural. En el caos de sombras, Zárate no adivina qué está pasando hasta que ella vuelve a incorporarse. Entonces sí, el filo de un cuchillo manchado de sangre destella en mitad de ese sótano. Le ha abierto una herida a Beltrán desde la ingle hasta la boca del estómago. Su carne se abre y brota sangre mientras el juez se retuerce de dolor en el suelo.

—¡¡Apártate de él!! —grita Zárate.

Violeta no muestra la sorpresa que cabría esperar. Su mirada se posa en el policía que la apunta con una pistola como si viera un holograma que no forma parte de su realidad.

—¡¡Tira al suelo el cuchillo!!

—Iyami Oshoronga terminará el ciclo. El destino necesita que todo vuelva a su lugar y ella pondrá las cosas en orden. Cada niño regresará al padre. Voy a volver al origen.

Lentamente, Zárate desciende el último tramo de la escalera. Mide sus pasos para que su avance no ponga nerviosa a Violeta. Le sorprende una letanía que emana de los labios exangües del juez.

—«Esos obstáculos que surgen en tu carrera, ponlos a los pies de Jesucristo, para que Él quede bien alto, para que triunfe: y tú, con Él. No te preocupes nunca, rectifica, vuelve a empezar, prueba una y otra vez, que al final, si tú no puedes, el Señor te ayudará a saltar el parapeto; el parapeto de la santidad».

La sangre de Beltrán ya mancha el suelo mientras él reza; se extiende como un charco pegajoso. Violeta se arrodilla junto al juez, abandona el cuchillo a su lado, y coge en brazos al feto.

—Mi pequeño Zenón. —Deposita un beso maternal en la frente del cadáver—. Tengo que dejarte con tu papá.

Hunde el cuerpo del bebé en el estómago sangrante de Beltrán. Luego, mira a Zárate, que sigue apuntándole con su arma.

—¿Por qué no me disparas? Yo ya he terminado.

—Vete. Solo me interesa él. — Zárate baja el arma—. Diré que cuando llegué tú ya no estabas.

Violeta lo mira sin entender nada. En su experiencia de la vida, un hombre te retiene, te fuerza, te somete... Un hombre no te deja ir así, sin más.

—¡Vamos, márchate!

Ella duda. No se decide a abandonar a su hijo con Beltrán. Le dedica al feto una última caricia y, sin prisa, como si se sintiera derrotada, se levanta, pasa por el lado del policía y sube las escaleras hasta perderse en la oscuridad.

Ángel corta las bridas que inmovilizan a Beltrán, retira el feto del vientre abierto y se quita la camiseta para intentar taponar la herida que no deja de sangrar.

—Te necesito despierto. Te juro que llamaré a una ambulancia cuando me digas lo que quiero oír...

—Soy un pecador. Me creí mejor, como tú te crees mejor... Pensé que todo lo que hacía estaba justificado, que yo no podía perder... Esta sociedad... me necesitaba pero... solo soy un pecador.

Zárate le abofetea, Beltrán está perdiendo tanta sangre que pronto se desmayará.

—¡¿Quién mató a mi padre?! ¡Dímelo! ¡¿Qué había detrás del caso Miramar?!

—Si te lo digo... es como... como si te entregara mi cruz...

—¡Habla!

—El Clan...

—¿Qué es el Clan?

Pero la única respuesta de Beltrán es un esputo de sangre.

—¡¿Qué es el Clan?!

Beltrán imagina que su muerte no es tan diferente a la de un mártir. La vista se le nubla, los oídos le pitan de forma atronadora. Ya no oye los gritos del policía. El último pensamiento del juez, antes de morir, es para su mujer. Una disculpa. Después de la oscuridad, espera que aparezca la luz del Altísimo para recibirlo, que sus pecados sean perdonados.

Capítulo 66

Ha dejado atrás las ruinas de Ucero. La carretera empeora a partir de ahí; los socavones del asfalto y la falta de visibilidad obligan a Elena a reducir la velocidad. Prefirió uno de los coches del garaje de la BAC en lugar de su Lada porque necesitaba cubrir en el menor tiempo posible la distancia que separa Madrid de este extremo deshabitado de Soria. Apenas le ha costado hora y media. Sabe que habría sido más rápido pedir la intervención de la Guardia Civil de la zona, pero temió que eso significara una sentencia de muerte para Ángel. No sabe qué planea hacer con Beltrán, aunque no duda que lo quiere con vida: necesita acceder a todo lo que sabe el juez.

Toma una curva cerrada rodeada por pinos y, al salir de ella, dos focos en dirección contraria la ciegan. Un coche avanza a su encuentro a toda velocidad, lleva las largas, y hasta que el vehículo está muy cerca Elena no puede reconocer el modelo, un Ibiza. Toca el claxon varias veces, advirtiendo del peligro. Circula por el centro de la calzada y los árboles del arcén le impiden maniobrar para esquivarlo. Lejos de apartarse, el Ibiza acelera. Elena sabe que es imposible un viraje, y reducir la marcha solo la haría más débil en el choque. Pisa a fondo el acelerador. Si quiere salir con vida, debe confiar en la carrocería y la fuerza de su coche. Atisba una silueta femenina en el interior durante un latido, como un fogonazo justo un segundo antes del impacto.

El cinturón de seguridad se clava en su pecho. Salta el airbag. Nota un crujido en el cuello. De repente, ha perdido por completo el equilibrio, como si la tierra hubiese desaparecido y fuera imposible saber si asciende o cae; si es su coche el que ha volado por encima del de Violeta o es al revés. Las luces del Ibiza atraviesan la luna delantera, pero también entran por los laterales, por detrás. Los cristales de su coche estallan, puede perder el conocimiento en cualquier instante, todo es un estruendo a su alrededor, pero logra reducir la velocidad y levantar el freno de mano cuando sufre un nuevo impacto.

Le va a reventar la cabeza. Un fuerte dolor la sacude por toda la espalda. El sabor metálico de la sangre le revela que tiene un labio partido, ha debido de golpearse con el volante en algún momento. Se suelta el cinturón y quita los seguros, pero la puerta se resiste y tiene que hacer un esfuerzo que le pasa factura. De nuevo, un tremendo latigazo en la espalda que se hunde hasta la nuca. Al fin, el mecanismo de la puerta funciona y logra salir. Al poner un pie en el suelo toma conciencia de su debilidad, apenas puede sostenerse. Le cuesta entender dónde está, cuáles han sido las consecuencias del accidente.

El equilibrio se va restableciendo. El mundo ha dejado de girar. Su coche está incrustado contra uno de los árboles del arcén. Los cristales laterales, convertidos en una telaraña, le devuelven un reflejo distorsionado de sí misma. Pálida, gotea sangre por la boca. No puede erguirse, cada vez que pone a prueba los músculos de su espalda, una corriente eléctrica se clava dentro de ella.

Unos metros atrás, está el Ibiza. Boca abajo, despide humo. Sus neumáticos todavía están rodando. Maltrecha, Elena avanza hasta el coche. Las puertas traseras han reventado, pero la del conductor se ha hundido como un acordeón. Se agacha a la altura de la ventanilla. Dentro, el cuerpo de la mujer está tumbado en el amasijo de hierros. No llevaba cinturón.

—¡Violeta! ¿Puedes oírme? ¡Violeta!

No hay respuesta. No sabe si vive, no llega a tocarla. Se mete en el coche por la puerta trasera. Los continuos dolores de su cuerpo no facilitan una tarea ya de por sí complicada; sacar a Violeta desde atrás. Con esfuerzo, consigue cogerla de un brazo. Tira de ella mientras busca en sus venas una señal de pulso. No es justo que acabe así. Si alguien en toda esta locura que empezó con el cadáver de Escartín merecía una segunda oportunidad, es ella. ¿Qué pesaría más para la sociedad a la hora de juzgarla: el sufrimiento de la víctima que ha sido o la demencia de sus asesinatos?

Logra arrastrar el cuerpo entre los dos asientos delanteros. Su cara es un borrón de sangre, una de sus piernas está doblada en un ángulo imposible, partida. Poco a poco consigue sacarla del coche. El olor a gasolina anticipa un incendio inminente del vehículo. Elena cae sobre el asfalto, rendida. Cierra los ojos. Le arde todo el cuerpo. Le cuesta respirar, es posible que se haya roto alguna costilla. Debería volver a su coche, buscar el móvil para avisar a las emergencias, pero se concede unos minutos para recuperarse del esfuerzo.

Le sorprende un golpe en el estómago, contiene una arcada. No sabe cómo ha llegado Violeta hasta ella, le ha clavado una rodilla en el vientre y se le ha puesto encima. Tiene la nariz rota, una herida divide su frente en dos. La sangre gotea sobre Elena, que de repente se descubre inmovilizada, Violeta la ha cogido de las muñecas. ¿De dónde saca las fuerzas? Debería estar muerta y, probablemente, lo esté. Quizá es uno de esos espíritus de los orishas quien da vida a ese cuerpo destrozado.

—¡¡Me ha mentido!! —grita Violeta y, al hacerlo, escupe sangre sobre Elena—. ¡¡Iyami me ha mentido!!...

La locura enciende sus ojos. Abre la boca en un grito desesperado, tiene los dientes sucios de coágulos.

—¡¡Me prometió que todo volvería al origen!! ¡¡Ella me lo prometió!! ¡¿Dónde están ahora sus pájaros?!

—Violeta, yo no quiero hacerte daño... Déjame ayudarte...

—¡Nadie puede ayudarme! Iyami es una mentirosa. Todos los dioses son unos mentirosos. Sirven a los hombres, se ríen de las mujeres... ...

Elena acumula la energía suficiente para golpear con una rodilla en el estómago de Violeta, que cae hacia un lado. A pesar del dolor, logra incorporarse y ahora es ella quien tiene el control; se busca en el cinturón la cartuchera. Desenfunda su arma y la encañona.

—Te juro que lo último que quiero hacer es disparar, Violeta. Déjame que llame a una ambulancia. Tiene que atenderte un médico.

Los faros del coche de Violeta están encendidos y, en sus haces de luz, flota el polvo que permanece en suspensión tras el accidente. La gasolina del Ibiza ha formado un charco alrededor de su carrocería. En cualquier momento, un chispazo la prenderá. Violeta busca con la mirada a Elena. Ha dejado de intentar moverse, como si hubiera gastado hasta la última de sus fuerzas al abalanzarse sobre la inspectora. Ahora está tendida en una postura imposible, como una muñeca rota que mantiene unidas sus partes de milagro.

—No quiero que nadie me atienda.

Su voz suena firme, serena, se ha desvanecido cualquier rastro de enajenación tanto de su habla como de su rostro. Está más allá de cualquier dolor y quizá eso le otorga por fin una clarividencia absoluta.

—No digas tonterías —ruega Elena.

—No hay un después para mí... Si vivo más años, no van a ser más que una repetición de todo este infierno, un castigo.

—Hay psicólogos y medicinas que te ayudarán a seguir adelante...

—Mataron a mis amigas en el cerro del Cristo Negro... Las convirtieron en una ofrenda a los orishas, me mandaron a España, me violaron tantas veces que dejé de contarlas... Me preñaron, me encerraron en la finca... Me usaron como a un animal y, cuando me enamoré del niño que estaba creciendo dentro de mí, de Zenón..., me mataron por primera vez... Me lo arrancaron. A mí y a todas las madres... Pero yo no tuve la suerte de ellas: me mataron y volví a la vida... Resucité para cumplir la venganza de Iyami Oshoronga... Eso pensaba... pero no hay venganza. No hay manera de volver atrás. Y si eso es imposible...

Elena nota cómo se le humedecen los ojos. Sabe qué le va a pedir Violeta a continuación.

—Márchate. Déjame morir.

—¿Cómo voy a hacer eso?

—Si de verdad quieres ayudarme, no me condenes a vivir.

—No puedo dejarte aquí. Lo siento.

—¿Quieres ser compasiva?

Su voz suena débil. Elena imagina cómo debe de dolerle el cráter que le fractura la frente y que no deja de sangrar, la nariz partida, la pierna quebrada. Como ella, también tendrá algunas costillas rotas, no sabe si alguna clavada en el pulmón, en cada inspiración suena un pitido agudo. Los ojos desesperados de Violeta se posan sobre el arma que Elena tiene en la mano. Ya no la apunta. Un cortocircuito del coche produce una chispa, la gasolina se incendia y envuelve en segundos el Ibiza.

—Déjame descansar por fin —le ruega Violeta.

Elena agarra con fuerza la culata de su pistola, el dedo índice avanza hasta el gatillo. Una sombra las envuelve a las dos, como las alas de un águila gigante. El cuerpo de la mexicana sufre una sacudida, y Elena no sabe si ha levitado por unos segundos, como izada por alguna de las diosas que ella invoca, o si ha sido por el impacto de un disparo.

Le ha costado casi una hora cubrir a pie la distancia hasta la finca de Las Suertes Viejas. Cuando cruza la verja, ve diferentes rodaduras de coches en la tierra. Sin embargo, ya no hay ningún vehículo. Entra en la casa. La linterna de su móvil ilumina el salón, pulcro y diáfano. Luchando contra los diferentes dolores que la martirizan, baja las escaleras al paritorio. Tirado en mitad de la sala, está el cuerpo del juez Beltrán. Una herida profunda le cruza el estómago. A su lado, el hijo de Violeta. Lleva demasiado tiempo fuera de la nevera. Ha empezado su proceso de descomposición.

En el suelo, arrugada y manchada de sangre, reconoce una camiseta de Zárate. ¿Qué ha pasado en ese sótano? ¿Por qué está muerto el juez? ¿Llegó a contarle algo a Ángel?

Ahora sí, va a tener que avisar a la Guardia Civil. No ha querido hacerlo antes, le abrumaba la cantidad de explicaciones que tenía que dar y su prioridad era ir al encuentro de su compañero.

Regresa sobre sus pasos. Sale de la casa. Mira a su alrededor: en plena noche, la oscuridad es tan densa que parece hecha de petróleo.

—¡¡Ángel!!

Solo el viento que mece la copa de unos pinos lejanos responde a su grito.

Capítulo 67

—¿Estáis seguros de que no os vais a acabar las setas con foie?

Ante la negativa de los demás, Manuela se acerca el plato. Buendía y Mariajo apenas las han probado. Come con hambre mientras ellos siguen deshilachando su conversación. Son las cuatro de la tarde y los clientes que habían ido a comer ya han terminado.

—¿Elena no te ha llamado?

Mariajo juguetea con una copa de vino blanco que no se decide a beber. El sonido del telediario —un reportero hace una conexión desde una plaza de Vigo donde las luces de Navidad brillan como si fuera Las Vegas— apaga la respuesta de Buendía. La sombra de sus ojeras se ha hecho más profunda en esta última semana, conforme veía que la meta de huir a Benidorm se alejaba. Vacía la botella en su copa.

—Le estoy dejando mensajes desde esta mañana. ¿Tú no tienes ni idea de dónde se ha metido?

—Hemos hablado poco estos días.

—Mariajo, van a por nosotros. Quieren cerrarnos.

La advertencia de Buendía no es una novedad para la hacker. No ha conseguido averiguar quién ha entrado en la intranet de la BAC ni cómo pudieron saltarse todas las barreras de seguridad. Ni siquiera puede asegurar cuántos archivos se copiaron. El hackeo le ha pasado por encima como una apisonadora, la ha hecho sentirse vieja e inútil, completamente desfasada.

—Todos los expedientes del caso estaban en la red, ¿verdad? Incluso la autopsia de Violeta.

—Son informes preliminares...

—Con eso, tendrían de sobra. ¿Sabes el daño que nos haría si se filtraran a la prensa?

El daño que le harían a Elena, es lo que Mariajo ha querido decir. Buendía y ella están en el ocaso de su carrera, qué más da cerrarla con un escándalo. Los más jóvenes —Manuela, Orduño o Reyes— están a tiempo de reconducir su vida en otros departamentos. Para Elena será imposible. Con más de cincuenta años, al mando de la BAC y en el ojo del huracán si la autopsia de Violeta sale a la luz, no tendrá ninguna opción en la policía. No sabe cuál será su respuesta cuando tenga que enfrentarse a los cargos.

Los datos de la autopsia alientan la sospecha de que ella disparó sobre una mujer desarmada y malherida que no suponía ninguna amenaza. Está por ver cuánto pesa la versión de Elena, que actuó en defensa propia, en una hipotética investigación. De momento, la jueza tiene bastante con armar el sumario contra Rigoberto, Dorita y su marido, Ramón, el ginecólogo, Hugo, el proxeneta del hotel Torrebuena, arrastrado por la ola de fango, y los dos matrimonios que también recurrieron a la granja de vientres de alquiler y que escaparon de la venganza de Violeta.

Los policías de la Sección de Villaverde han optado por cargar toda la responsabilidad en Ángel Cristo. Muerto el líder del grupo, hallado el cadáver de Dely, y también el del narcotraficante colombiano Wilson Cabello, los interrogatorios de la fiscalía se han encontrado siempre con las mismas respuestas. «No sé qué tratos podía tener Cristo con esa chica» y «Nunca recibimos ninguna compensación económica por lo que hacíamos; cumplíamos órdenes, como cualquier policía». Es lo que han repetido el Gregor, Nombela y Richi. Los tres han negado también saber cuál es el paradero de Fabián.

Orduño pierde los nervios cada vez que desde la fiscalía alguien le cuenta cómo se protegen los miembros de la Sección.

—Todo va a cambiar cuando tú declares.

Reyes asiente, aunque aún no tiene claro qué relato va a dar de su paso por la comisaría de Villaverde. Puede contar que, la noche en la que enterraron a Dely, todos estaban en la laguna del Soto de las Juntas, como estaba el grupo al completo en la nave donde Cristo le disparó. Sin embargo, si a la hora de describir ambos sucesos señala con el dedo a Cristo, si convierte a los agentes de la Sección en mera comparsa, si no desvela ninguna de las conversaciones privadas que tuvo con Fabián...

—¿Ha intentado ponerse en contacto contigo?

—Si lo hubiera hecho, te lo habría dicho.

Otra mentira. Lejos de sentirse liberada con la muerte de Cristo, con su regreso a la BAC, Reyes ha ido hundiéndose en una maraña de engaños y medias verdades, especialmente con Orduño. No sabe cómo explicarle por qué no responde a las llamadas de su tío Rentero, tampoco que no quiere ayudar en la persecución de Fabián ni hablar de las dos mujeres misteriosas que formaban parte de la Sección y a las que nunca conoció.

—Joder. —Orduño se derrumba en un sofá al leer un mensaje que acaba de entrarle—. Han pirateado la red de la BAC. La han cerrado, pero Mariajo no sabe cuántos archivos han podido copiar... Deberíamos ir a Barquillo.

—No me encuentro muy bien.

—¿Tienes fiebre?

—Solo necesito dormir un poco. En cuanto me despierte, voy a las oficinas.

Orduño asiente, no va a insistirle. La ha acompañado a casa después de la visita que Reyes ha hecho a la clínica. Sabe que ha interrumpido un embarazo, necesitaba compañía y él ha decidido no hacerle preguntas. Ha cambiado mucho desde que se infiltró en la brigada de Villaverde. De alguna manera, la conexión, la confianza que había antes entre los dos, se ha derrumbado. La frivolidad, el desparpajo, incluso la temeridad que lo subyugaron en esa noche del hotel Wellington han desaparecido. Reyes necesita tiempo para recuperar su identidad, y él está dispuesto a dárselo. Un tiempo que él empleará en definir el lugar que le da a Marina en su vida..

—Llámame si no te encuentras bien. —La besa en la frente antes de marcharse.

Reyes le da las gracias. Se tumba en el sofá de su casa cuando Orduño se ha ido. Está cayendo la noche y sabe que le costará conciliar el sueño. En su cabeza empezarán a dar vueltas todas las decisiones que debe tomar: Fabián, Gálvez, su tío Rentero... Si al menos pudiera hablar con Zárate.

Capítulo 68

Cuando sonó el teléfono, estaba en su despacho. No tenía el número agendado, pero respondió de todas formas.

—Elena, tenemos que vernos.

—¿Dónde estás, Ángel?

—Te voy a mandar mi ubicación. ¿Puedes salir de Madrid ahora mismo?

—Es absurdo que te sigas escondiendo. Ven a casa. Cuéntamelo todo y estoy segura de que encontraremos la manera de solucionarlo.

—Ojalá fuera tan fácil.

Elena se quedó sin palabras. Al otro lado, oía también el silencio de Zárate. Cerró la puerta del despacho, bajó las persianas.

—Te quiero.

—Y yo a ti, Elena. Hemos sido dos imbéciles, ¿no te parece? Hemos perdido el tiempo en gilipolleces y... ahora no sé si ya es demasiado tarde. No creo que pueda tener una vida normal.

Hizo un esfuerzo por deshacer el nudo de la garganta. No quería que Ángel se diera cuenta de que estaba llorando.

—¿Qué te dijo Beltrán?

—No te lo puedo contar por teléfono. No es seguro.

—Dime dónde quieres que vaya.

Zárate colgó el teléfono. Poco después, por WhatsApp, le llegó su ubicación en tiempo real. Salió de las oficinas sin despedirse y, en cuanto subió a su Lada, puso el navegador. Le marcó una distancia de cuatro horas y cincuenta minutos. El destino estaba en un pequeño pueblo costero, San Juan de los Terreros, en Almería, muy cerca de la frontera con Murcia.

En el trayecto, para mantener a raya sus miedos, puso el disco *Studio Uno* de Mina. Intentó cantar «L'ultima occasione» conforme salía de Madrid, pero no fue capaz. Al menos, la música le sirvió para no obsesionarse con lo que Zárate podía contarle. Estaba desaparecido desde la noche en que Beltrán murió en Las Suertes Viejas. Ella se deshizo de la camiseta ensangrentada que, en manos de la Científica, habría puesto a Zárate en apuros. Aun así, su enfrentamiento en la Audiencia Nacional con el juez no le daba ninguna opción de seguir en la policía. Elena sabe que su posición también es frágil. Ha sentido la incomodidad de Buendía y Mariajo; los dos deben haber sacado las conclusiones correctas de la muerte de Violeta. No los culpará si consideran que lo más justo es hacerlas públicas.

En algún momento del viaje, recordó lo que les dijo Beltrán: «No los tengo por malos policías, pero no se han dado cuenta de que no son ellos los encargados de impartir justicia».

Cuando toma la salida hacia San Juan de los Terreros, se está poniendo el sol. El navegador la conduce hacia una urbanización situada a unos kilómetros del mar. Entre montañas punteadas de arbustos, en mitad de un terreno desértico que parece haberse detenido a mitad de construcción, se levanta una especie de pirámide circular de apartamentos. Es como un enjambre o una torre de Babel erigida en medio de la nada. Solo una estrecha carretera invadida por matojos llega hasta ella. A los lados hay rotondas que no conducen a ningún lugar, grúas abandonadas, un cartel quemado por el sol donde un dibujo promete un maná de campos de golf y viviendas encaramadas a los montes. Nada de eso existirá. Es como si esas casas colmena fueran la promesa de un futuro ya extinguido.

Frena el coche frente a la entrada. Un mapa dibuja los apartamentos de la Urbanización Mar Tirreno. Mira su móvil: ubica la posición de Zárate en uno de ellos.

Todo está desierto. La luz vacilante de unas pocas farolas no mitiga las sombras que trae la noche. Hace frío. Elena asciende por unas escaleras sucias de tierra que, posiblemente, hace meses que nadie pisa. El aire decadente de los lugares vacacionales fuera de temporada parece aquí casi pegajoso. Se acerca la Navidad. ¿Quién querría venir a pasar unos días en un lugar así?

A pesar de que se orienta por el móvil, se pierde en el laberinto de apartamentos escalonados. Vuelve sobre sus pasos hasta dar con la planta correcta. Avanza por un pasillo que la acerca al punto intermitente donde se ubica Zárate. Dentro de la urbanización, apenas llega luz. En un acto reflejo, busca la pistola en su cintura cuando se encuentra con una puerta reventada. El marco se ha partido. Los materiales de baja calidad de la construcción no han resistido la patada. Con el arma en alto, entra silenciosa en el apartamento.

La puerta da acceso directamente al salón. Hay pocos muebles, todos parecen comprados en Ikea. Una mesa volcada hace pensar en una trifulca. Un pasillo conduce a dos habitaciones, una de ellas tiene las sábanas deshechas, camisetas arrugadas en el suelo. No las reconoce, jamás vio a Zárate usarlas, es probable que las comprara en estos días que ha estado desaparecido.

En la cocina hay algunas latas de comida preparada. El baño parece un campo de batalla: la barra de la ducha se ha caído, hay ropa sobre la taza del váter y en el suelo. Una mancha de sangre en la porcelana del lavabo.

Ha llegado tarde.

Coge la ropa del suelo. Quien sea que buscaba a Zárate lo ha encontrado antes que ella. No le cuesta imaginar la situación. Él estaba dándose una ducha cuando irrumpieron en el apartamento. Quizá, el ruido del agua amortiguó los pasos. Entraron en el baño, lo sacaron a la fuerza, él se agarró a la cortina, lo golpearon contra el lavabo...

Se sienta sobre la taza del váter, derrotada. ¿Qué descubrió Ángel? ¿Por qué se escondió en este lugar perdido? Se mira en el espejo. La vejez que últimamente siente que la va cercando gana terreno. La sombra de sus ojeras, su mirada, cada vez más acuosa, las líneas de expresión hundiéndole el rostro... Se levanta de golpe. Hay algo en ese espejo. Una especie de dibujo... Llevada por la intuición, abre el agua caliente del baño, cierra la puerta. Espera que el vapor empañe el cristal.

Poco a poco, conforme el vaho se adensa en el espejo, unas palabras escritas van tomando presencia. No necesita que se formen del todo para entender lo que Zárate escribió allí.

El Clan.

Sale a la terraza a través del salón. Unas farolas iluminan abajo una piscina vacía. La noche solo permite ver la silueta de los montes que hay alrededor, las luces del pueblo unos kilómetros más abajo. ¿Qué es el Clan? Coge el móvil. Marca el número de Zárate. Puede escuchar el timbre: el teléfono está cerca, en el apartamento. Pasa a uno de los dormitorios y lo encuentra entre las sábanas de la cama. ¿Por qué no se llevaron el móvil? Piensa que quizá no se dieron cuenta de que estaba allí cuando, al dejarlo de nuevo sobre la cama, empieza a sonar. Es un número privado. Elena descuelga, pero no dice nada. Aguarda a que alguien hable al otro lado.

—Estaba esperando a que llegaras.

Le sorprende escuchar una voz femenina. Una voz que le resulta familiar, pero los nervios le impiden identificarla de inmediato.

—¿Dónde está Zárate?

—Está bien. Y seguirá estando bien si haces lo que te digo.

Le parece una broma de mal gusto. ¿Por qué no se esconde? ¿Por qué no disimula su voz? Tiene que saber que la va a reconocer. Solo ha necesitado dos frases para darse cuenta de quién se trata.

—¿Cómo sabes que iba a estar aquí, Manuela?

—Sé muchas cosas, pero eso no es importante ahora. Lo que cuenta es que las dos queremos que Ángel salga vivo de esta, ¿verdad?

—¿Lo tienes tú?

La risa infantil de Manuela la desconcierta. La imagina acomodándose las gafas en el puente de la nariz.

—No, yo no sé dónde está Zárate, pero sí sé qué quieren. En realidad, no es tan difícil. Solo tienes que hablar con Rentero para presentar tu renuncia y cerrar la BAC. Cuando la brigada se disuelva, volveremos a hablar.

No le da opción a responder. Cuelga.

Elena mira el móvil. Sabe que es absurdo intentar llamarla, no contestará. Recuerda la última conversación que tuvo con Zárate; tenía razón, qué imbéciles fueron al separarse. Ahora se da cuenta de que no sabe qué estaba investigando él, que «el Clan» no significa nada para ella, que no tiene ningún arma con la que defenderse, que resulta imposible encontrar la manera de rechazar el chantaje de Manuela.

Regresa a la terraza. Le pesan las piernas, le gustaría beberse una botella de grappa para que el licor le incendiara la garganta. Sabe que ha llegado a un final. Que el tiempo de la BAC ha terminado. Se siente agotada, pero debe encontrar las fuerzas para afrontar la última misión, la más importante de su vida: encontrar a Zárate. No sería capaz de superar su muerte.

«No te voy a dejar morir, Ángel», musita, y sus palabras se las traga la noche de diciembre que ha invadido el terreno yermo alrededor de la urbanización. Los escasos puntos de luz de las farolas iluminan lugares abandonados, caminos que no conducen a ninguna parte.

Este libro se terminó
de imprimir en
Móstoles, Madrid,
en el mes de
noviembre de 2024

—No voy a andar con medias tintas, Elena. Lo que has hecho es una vergüenza.

—Lo sé, madre, y te pido disculpas. Me preocupó mucho la desaparición de esa policía. Ten en cuenta que trabajó conmigo, que es mi amiga.

—Yo no me voy a meter en tu vida. Bastante sé que no merece la pena y que vas a hacer lo que quieras. Solo te pido que cumplas con tus obligaciones. Estuve dando conversación al caballero ese alemán, a Weimar, hasta que no me quedó más remedio que reconocer que no ibas a volver. Qué bochorno...

Jens Weimar es un rico heredero alemán, forrado de títulos nobiliarios y de dinero; también de exmujeres. Su familia hizo fortuna con la siderurgia en el siglo XIX. Quedan de aquellos tiempos tantos millones de euros, de dólares y de francos en los bancos suizos que no serán capaces de gastarlos en varias generaciones. Pero es que, además, Jens se dedicó en su juventud a las inversiones tecnológicas y está detrás de muchas de las empresas punteras del sector. Isabel Mayorga ha logrado convencerlo de que haga una importante donación para las escuelas de Myanmar. Pero no quiere que se le escape la presa.

—Jens va a seguir dos días más en Madrid. Está en el Villamagna. Le he dicho que le llamarías y que comerías o cenarías con él, no me dejes mal.

—Descuida, mamá.

—Te he dicho mil veces que me llames Isabel.

En realidad, ese compromiso no es un sacrificio. Jens es un hombre atractivo y Elena cree que divertido. Quizá, si Chesca aparece pronto, haga caso a su madre y le llame. Desde hace varios meses, desde los lejanos días de los todoterrenos en el aparcamiento de Didí en la plaza Mayor, no ha estado con ningún hombre. Tal vez no sepa comportarse en una cita, si es que al final tiene una con Jens.

Decide caminar desde el piso de su madre hasta su casa en la plaza Mayor. De manera casi inevitable, piensa en Chesca. Recuerda uno de los primeros casos en los que trabajaron juntas, el de un estafador que había cambiado de identidad. Cuando lo pillaron, para celebrarlo, fueron a un karaoke y bebieron hasta que todos cayeron rendidos. Todos menos Elena y Chesca, que se animaron a cantar. Chesca odiaba las canciones italianas. Ella era más de cantantes brasileños, no entendía la pasión de su jefa por Mina. Aquella noche se rieron, se hicieron amigas, cantaron «Sozinho», de Caetano Veloso: *«Às vezes no silêncio da noite, eu fico imaginando nós dois, eu fico ali sonhando acordado, juntando o antes, o agora e o depois»*... Le sorprendió que Chesca eligiese una canción tan tierna.

En el bolsillo lleva el móvil que ha encontrado en una gabardina. Le gustaría poder devolvérselo en mano, sin examinar su contenido. Todos tenemos

Capítulo 7

Cuando Elena regresa al Casino, la recepción ya ha terminado. Tiene en su teléfono varias llamadas perdidas de su madre y tres mensajes que no quiere escuchar, prefiere acercarse a su casa y dar la cara. Es lo que siempre ha hecho cuando la jefa —como la llamaba su padre— tenía razón: no esconderse. Entiende que esté enfadada por haber dado la espantada en un acto de una organización benéfica que la misma Elena preside, tras suceder a su propia madre.

A Isabel Mayorga, la viuda de Blanco, la madre de Elena, le horrorizan esos grandes chalets de las afueras a los que se han ido a vivir muchos millonarios. Para ella, hay que diferenciar: si vives en Madrid, vives en un piso —puede estar en el barrio de Salamanca, en el de Chamberí o junto al Retiro, nada más—; si quieres jardines, piscina y aire libre, te trasladas a tu finca, que para eso la tienes. Ella pasa temporadas en el piso de Chamberí, en el cigarral de Toledo y en su lugar favorito, la casa en Italia, en la orilla del lago Como. De hecho, cada día le unen más cosas a Italia y menos a España. Una de esas cosas no es su hija Elena.

El piso de la calle Zurbano es espectacular, algo más de quinientos metros cuadrados que ocupan toda una planta de un edificio señorial que se ha salvado de la lacra de las oficinas. En él creció Elena, de él son algunos de los más gratos recuerdos de su infancia, aunque parezca más un museo que una vivienda familiar.

Desde que no vive allí, Elena no tiene acceso a cualquier estancia de la casa, es una visita y como tal se debe comportar. Solo el respeto por la tradición que siente la familia le permite suponer que su cuarto sigue exactamente igual a como ella lo dejó y que del despacho de su padre, el mismo en el que murió de un infarto, no se ha movido ni una pluma estilográfica de su gran colección.

Su madre —«llámame Isabel, hija, me horroriza lo de mamá»— la recibe en el salón verde. No es ni el salón de las visitas, el principal, ni el de hacer vida familiar, la salita. Un término medio que indica su consideración en el hogar de los Blanco Mayorga: ni una desconocida, ni una habitante de la casa. Puede parecer una tontería, pero Elena está segura de que a su madre le ha llevado varias horas tomar esa decisión, después de sopesar los pros y los contras.

El asentamiento es igual que muchos otros en los que han estado: chabolas, hogueras encendidas, hombres y mujeres huidizos, niños que los rodean pendientes de la novedad. Un hombre sale a recibirlos. Habla un español muy correcto.

—Vienen por lo de la moto, ¿no?

—Sí. Un vecino nos ha dicho que vio a un rumano dejarla ahí.

—Pues ya le digo que es falso, los vecinos dirían que nos comemos a los niños crudos con tal de echarnos de aquí. ¿Usted cree que si la hubiéramos robado nosotros la habíamos dejado en un descampado a doscientos metros de nuestras casas?

—No me extrañaría.

—Somos pobres, pero no imbéciles. La trajo una furgoneta blanca, una vieja. El que conducía llevaba un mono azul.

—¿Nada más?

—Sí, las letras de la matrícula eran M-HP. Me fijé porque me pareció que decían Menudo Hijo Puta.

Orduño y Reyes no tienen más remedio que sonreír.

—Con eso será bastante. Gracias.

Reyes no ha podido pensar en nada más que en su metedura de pata con el jubilado. No se va a quedar tranquila si no pide disculpas, así que lo hace nada más subir al coche, uno de los Volvo de la brigada.

—Perdona lo de antes, lo del viejo.

—Nunca sabes qué testigo te puede dar lo que necesitas.

—Tienes razón, lo siento.

—Otra cosa —se atreve a decirle Orduño—. ¿Vas siempre vestida así, con traje y corbata? Yo no tengo nada en contra, pero quizá no sea lo mejor para que los testigos tengan ganas de hablar contigo.

—No, no voy siempre así.

Reyes no da más explicaciones y Orduño no las pide.

—¿Qué crees que ha pasado con Chesca?

—¿Cómo voy a saberlo? No la conozco —se defiende Reyes.

—Eso da igual, muchas veces hay que seguir el instinto. ¿Qué te dice tu instinto?

Reyes piensa un par de segundos. Es verdad que hay algo que le ronda la cabeza, lo que no sabe es si le conviene decirlo. Cree que no conoce a Chesca y que nunca la conocerá.

—Nada, el instinto no me dice nada. Quizá sea que los novatos no lo tenemos muy desarrollado —contesta por fin.

—Mire, los vecinos del Ruedo veníamos realojados de Vallecas, del Pozo del Huevo, y el barrio nos recibió de uñas. ¿Sabe cómo se llama este barrio? La Media Legua, que todo se olvida. Nosotros nos manteníamos al margen, aunque algunos se dedicaran al trapicheo, pero aquello ya pasó. Ahora somos normales, hasta hay un equipo de fútbol, tenía que ver lo bien que juegan algunos chavales... Pero lo de los rumanos es distinto. Yo no sé por qué no los devuelven a su país en cuanto llegan a la frontera.

Orduño, como forma de pedir perdón por la bordería de Reyes, se ve obligado a escuchar la perorata del vecino antes de cortarlo.

—Le agradezco todo lo que me cuenta y se lo haré saber a mis superiores, pero ahora necesito que me ayude. ¿Sabría usted reconocer al hombre que tiró aquí la moto?

—¿Reconocerlo? No, yo no me meto en líos con esa gentuza. Que son rumanos, que no son gente como nosotros. ¿No los ha visto? Son pendencieros. Si voy con ustedes a su campamento y me pillan, no salgo vivo.

—Está bien, por lo menos díganos cómo era.

—Pues como son todos.

Hasta Orduño empieza a dudar de la sinceridad del testigo.

—¿Llegó montado en la moto?

—¿Y yo qué sé?

No parece un testigo muy fiable, tiene más ganas de echar a los rumanos que de ayudar a esclarecer algo sobre la moto.

—Vamos al campamento de los rumanos —ordena Orduño—, a ver lo que nos dicen allí.

Mientras se alejan, siguen oyendo la voz indignada del vecino.

—Mandarlos de nuevo a su país sin billete de vuelta, eso es lo que habría que hacer con ellos. Que ustedes los detienen y entran por una puerta y salen por la otra. Vaya país...

Tras dar instrucciones a la pareja de municipales para que retiren la moto del descampado, Orduño y Reyes se acercan al campamento de rumanos.

—Que sea la última vez que le faltas al respeto a nadie. Y menos a un testigo —le dice él mirándola a los ojos.

—Perdón. Es que me jode...

—A nadie le importa lo que te joda o no. La última vez, si quieres seguir en la BAC, sea tu tío Rentero o el rey de España. Ah, y cuando hablamos con un ciudadano al que no queremos presionar, lo hacemos de usted. Son ciudadanos, tu sueldo lo pagan ellos.

secretos y hay que respetarlos; cuando una persona se queda sin secretos lo ha perdido todo.

En su casa, Elena piensa que la mayor parte de sus secretos y de sus recuerdos pertenecen a otra vida, incluso a otra persona. Son de hace mucho tiempo, cuando su hijo no había desaparecido, cuando Zárate no había entrado en su vida. El punzón de los celos se le clava momentáneamente al pensar en Zárate y Chesca juntos. Imaginaba que podía haber algo entre ellos. Pero… ¿qué derecho tiene ella a sentirse implicada en esa relación, a sentir el menor desasosiego siquiera? Necesitaba darle la espalda a los que eran sus amigos y a la BAC para seguir viva. Hizo bien en recabar la ayuda de su madre, en meterse en la Fundación: está haciendo una buena obra y de eso se trata, ¿no? De ser buena persona.

¿Por qué mira el reloj como si contara las horas para ir a las oficinas de la BAC? Esa ya no es su vida. Ella ya no es policía.

Capítulo 8

Los ojos le escuecen, tiene la boca seca y le duele todo el cuerpo. Necesita agua urgentemente, siente que el roce de la lengua con el paladar o los dientes le puede llegar a causar llagas. Ha vuelto a tirar de los brazos y las piernas, pero ya se ha dado cuenta de que es imposible soltarse y lo único que consigue es hacerse daño en las muñecas y los tobillos. Piensa, además, que debe reservar fuerzas para cuando pueda usarlas para liberarse. En algún momento aparecerá alguien, no cree que vayan a dejarla morir, sin más. ¿Será Julio o será uno de los otros tres hombres?

Si se abstrae del dolor, puede pensar en la situación y hay algo que no entiende. ¿Qué habría pasado si ella hubiera llevado a Julio a su propio apartamento? Tal vez nada: un polvo y cada uno a su casa. Eso quiere decir que no estaba preparado. O sí, que Julio pensaba llevarla a ese piso de la calle Amaniel, muy cerca de la plaza de las Comendadoras, fuera como fuera, solo que ella lo puso más fácil.

La puerta que hay frente a ella, arriba de las escaleras, se abre. La luz la ciega. Baja una silueta que, al principio, no reconoce, pero luego, sí. Es Julio.

—Hola —saluda.

Ella tiene ganas de insultarle, pero se contiene: sabe que es mejor llevarse bien con él.

—¿Me vas a soltar?

Ha querido sonar neutra, como si no tuviera miedo, aunque el resultado ha sido patético, la voz se le ha quebrado y, en lugar de fría, parecía la de una cría suplicante.

Pero Julio no responde, solo se sienta a su lado.

—¿Tienes sed? —le pregunta.

—Sí.

Va hasta un mueble que está en alguna zona que Chesca no alcanza a ver. Regresa y se sienta otra vez a su lado con un vaso de agua en la mano. Le deja caer el líquido en la boca, poco a poco, con cuidado, como si lo hiciera con un enfermo convaleciente.

—¿Por qué me haces esto? —trata de nuevo de parecer serena en cuanto ha logrado humedecer la boca.